全本全注全译丛书

中华经典名著

邵颖涛　岳立松◎译注

虞初新志 上

中华书局

图书在版编目（CIP）数据

虞初新志/邵颖涛,岳立松译注. —北京:中华书局,2025.1. —
（中华经典名著全本全注全译丛书）. —ISBN 978-7-101-16959
-1

Ⅰ. I242. 1

中国国家版本馆 CIP 数据核字第 2024VT6356 号

书　　名　虞初新志（全二册）
译 注 者　邵颖涛　岳立松
丛 书 名　中华经典名著全本全注全译丛书
责任编辑　肖帅帅　周梓翔　刘树林
装帧设计　毛　淳
责任印制　陈丽娜
出版发行　中华书局
　　　　　（北京市丰台区太平桥西里 38 号　100073）
　　　　　http://www.zhbc.com.cn
　　　　　E-mail:zhbc@zhbc.com.cn
印　　刷　北京中科印刷有限公司
版　　次　2025 年 1 月第 1 版
　　　　　2025 年 1 月第 1 次印刷
规　　格　开本/880×1230 毫米　1/32
　　　　　印张 55　字数 1226 千字
印　　数　1-6000 册
国际书号　ISBN 978-7-101-16959-1
定　　价　142.00 元

目录

上册

下册

前言

　　《虞初新志》是清初文人张潮从时贤俊彦的作品中采编而成的一部文言短篇小说集。该小说集分为二十卷，每卷少则收录两篇、多则选有十一篇，目录列有一百五十篇，但不少篇目下实际又包含数则短篇故事，因此故事总数超逾二百二十篇。它有意袭仿《虞初志》《续虞初志》编选唐人传奇的体例，所选作品的题目中多有"记""传"等字，大体上以人物、鬼怪的逸闻奇事为主要内容，既有《姜贞毅先生传》《徐霞客传》《柳敬亭传》《冒姬董小宛传》《柳夫人小传》《郭老仆墓志铭》等叙写真人真事之作，亦有《记老神仙事》《鬼母传》《烈狐传》《鬼孝子传》《神钺记》《换心记》《化虎记》《再来诗谶记》之类事涉鬼神幽冥而怪异虚妄之文，还有《一瓢子传》《剑侠传》《秋声诗自序》《九牛坝观抵戏记》《书戚三郎事》等虚实相间、真妄参半的作品。其笔调偏于选录具有奇异情节或不平常的事件和人物，书写对象包括达官贵人、平民百姓、神仙鬼怪、飞禽走兽等，书中形象无不鲜活如生、跃然纸上。这部作品上承《虞初志》，下启《虞初续志》，编选明末清初八十多位作家作品，囊括彼时优秀的稗说之作，其中不乏时兴的小品文笔调，引人入胜，回味无穷；而且编选体例别开生面，独具编家的慧眼卓识，推动"虞初"体小说显扬于世，可谓是清代文言小说集的典范之作。

一

　　张潮字山来，号心斋居士，又号三在道人，江南歙县（今安徽歙县）人，清代文学家、小说家、刻书家。据陈鼎《心斋居士传》及今人相关研究成果考述，张潮出生于清顺治七年（1650），其祖张正茂、父张习孔皆以文墨著称，他自幼深受家学熏陶与文艺沁润，精通经史及诸子百家，十五岁便考取秀才，文名远扬大江南北。张潮青年时致力参加科考，可惜康熙五年（1666）、康熙八年（1669）、康熙十一年（1672）赴考皆不第，康熙十四年（1675）又逢母丧，故曾对此感慨道："又况此十二年间苦辛坎壈，境遇多违，壮志雄心，销磨殆尽，自是而后安能复低头伈毕以就绳墨之文为哉"（《八股诗自序》）。此后，渐放弃举业，借创作诗歌而宣泄其"抑郁牢骚之慨"。三藩叛乱时，张家遭逢变故，所藏"书皆不存"（《虞初新志》卷十六评语），张潮遂侨寓扬州，常与孔尚任、冒襄、吴绮、邓汉仪等文士宴饮集会，交游日愈广泛。张潮原本长于诗文创作，又在扬州与诸文士切磋交流的氛围中稳步提升，逐渐进入创作旺盛期，几十年间堪称著述丰赡，撰有《幽梦影》《心斋聊复集》《心斋诗集》《心斋杂俎》《鹿葱花馆诗钞》《奚囊寸锦》等二十余种作品。张潮还喜好刊刻书籍，编辑刻印了《檀几丛书》《昭代丛书》等。康熙三十年（1691），他曾援朝廷新例"捐纳京衔"，以岁贡生授翰林孔目，"以赀为翰林郎，不仕，杜门著书"（陈鼎《心斋居士传》）。五十岁时，张潮遭诬陷入狱，出狱后生计萧条，两年后"复遭陷阱"，其心志愈加淡泊，曾以"安贫自是读书人分内事"（《尺牍偶存》卷九）相自勉。康熙四十六年（1707），张潮撰序并刊刻其作品《奚囊寸锦》，此后事迹遂不见传载，学界多推测他可能卒于康熙五十年（1711）以前。

二

　　《虞初新志》得名于汉武帝时期的小说家虞初，虞初曾博采天下异闻而撰"《虞初周说》九百四十三篇"(《汉书·艺文志》),所以后世常以"虞初"为名来代称笔记小说。明代出现了一部记叙神异事件的小说集《虞初志》,又有汤显祖《续虞初志》,皆抄合汉唐小说而成。张潮对上述作品旨在记录异闻奇事的类型颇为欣赏,认为这些作品"调笑滑稽、离奇诡异,无不引人着胜"(《自叙》)。但这些小说集卷帙有限,搜采非广,且未收录时人佳作。张潮既然疏离举业,便将心志寄托在离奇诡异故事的编纂上,试图编选一本能体现"新"意的小说集。

《虞初新志》的编选工作始于康熙二十二年(1683),随选随刻、递补递印,经过二十来年持续性编刊才最终完成。撰写于康熙三十九年(1700)的《总跋》虽记载"辑是书竟",但实际上此时的选文工作并未停止,依然在不断增订中,这体现了是书经年累积、持续增补的编刻特征,亦是小说集编刻史上少见的情形。《虞初新志》卷十四《平苗神异记》评语提及"今壬午岁,苗民投诚薙发"隐指清康熙四十一年(1702)事,即"(康熙四十一年)六月壬子,贵州葛彝寨苗人为乱,官军讨平之"(《清史稿·圣祖纪三》)。卷十七所引钮琇《物觚》明确提及"康熙四十年(1701)七月",而书中多有收录的《觚剩·续编》一书实际上成书于康熙四十一年,所以《虞初新志》定本最早可能完工于康熙四十一年。

从选作的性质与体制来看,《虞初新志》所选作品大多是情节离奇或人物行为不寻常的文言短篇小说,大体延续了《虞初志》《续虞初志》编选传奇的选文类型,还借鉴《续虞初志》的评点模式而于文末附有评点之语。《虞初新志》共有一百五十篇篇目(依据小嬛嬛山馆刻本统计,该版本另缀四篇附文,即卷三《影梅庵忆语》《游一瓢传》、卷六《奇器目略》、卷二十《盒子会》,包括"传"八十一篇、"记"三十三篇,还撷选《因树屋书影》《樵书》《湖壖杂记》《客窗涉笔》《闻见戹言》《筠廊偶笔》《北墅奇书》《皇华纪闻》《圣师录》《讱庵偶笔》《柳轩丛谈》《啸虹笔记》《板桥杂记》《七奇图说》十四种笔记小说集或小品文集中的若干则记载,故事总数量极夥。《虞初新志》在甄选纪事作传的小说作品中,潜隐着强烈的志怪述奇意识，所选作品多具奇风异韵，即《自叙》所言"其文多时贤也，事奇而核"，而奇幻的选文标准大抵贯穿于全书，正能折射张潮的小说遴选旨趣。

<h1 style="text-align:center">三</h1>

有别于此前虞初类作品的编选体例，《虞初新志》跳出了仅选录汉唐小说的套路，所选作品多为明末清初时人之作，内容并不囿于小说，多采作家文集之类，更能呈现文学创作的时代风貌。再加上随选随刻、持续增补的刊刻特征，以及选篇有别时俗的艺术素养与价值标准，《虞初新志》存有不可忽视的"新"意，总体上胜于此前同类作品。其选文特色，陆林《歙人张潮与〈虞初新志〉》一文曾概括有"文多时贤""事多近代"、小说主角多出下层、"文集为多，间及笔记"、序跋批语阐发揄扬等特征。此外，尚有如下所述文学特质与殊奇之处：

首先，《虞初新志》在选文来源上存有明确的个人甄选标准，其文经过编者张潮审慎周详的考虑与裁定，汇聚明清之交的文言小说菁萃，体现出极高的艺术追求与审美意识。该书所选作品创作于明末清初之际，各篇作品的作者距张潮生活的时间比较接近；所选篇目大多是张潮博览群书后采撷而来，也有一些来自友朋的推荐或手稿寄送。张潮在选文圭臬上持守甚严，尤为注重文章质量，以极高艺术标准遴选作品，故《凡例十则》记："是集只期表彰轶事，传布奇文，非欲借径沽名，居奇射利。已经入选者，尽多素不相知；将来授梓者，何必尽皆旧识。"得闻张潮有意编撰《虞初新志》，友朋常主动向他提供文章，如卷二《武风子传》末记"癸亥冬，瓜洲梁子存斋以此传录寄。未几，而何省斋年伯又以刻本邮示"。再如卷八《王翠翘传》《髯樵传》《赵希乾传》《万夫雄打虎传》底本目录皆注"手授抄本"，而《赵希乾传》一文末评"今甘子中素以斯传见示"。面对海内寄送的诸多作品，张潮依然坚持严谨选摘，宁缺毋滥，并非拿来即用，常在同题故事中反复斟酌，挑选质量更优者。像王炜和魏禧都撰有《大铁椎传》，张潮虽然谦逊地称"顾魏详而王略，则登魏而逸王。只期便于览观，非敢意为轩轾"，实际在选文时自立尺度，因此淘汰王文而选录魏文。为方便读者比对同题文章的差异，张潮还有意以"附"的形式增补文章，如在严首昇《一瓢子传》之后补录陈周《游一瓢传》，力求多角度展示一瓢子的丰富形象，于正文、附录相参照的境况中流露其选文观念，呈现彼时小说创作盛景之一角。

其次，《虞初新志》中的作品多有一种高蹈出尘的气息与缥缈空灵的韵致，恰与张潮个人追求遗世独立的精神气质相契合，臻于文学风格与编者品性相融合的艺术境界。该书选录不少神仙、隐士事迹，流露出烟霞云岚之韵，大有出尘超物之气，如卷八《耕云子传》记："尝有人见其登匡庐顶，携一竹杖，衣葛藟衣，不冠，冬夏不易；见月出，则抚掌大叫啸，麋鹿不辟，从之行，见之者皆谓神仙人也。"仿若神仙中人的隐者一身布衣行走于层峦翠峰间，喜则拊掌，欢则狂啸，与麋鹿为伍，与自然为伴，真令人平添追慕之情。明亡之后，心念明恩的遗民无法忘掉华夏正统与明室遗泽，他们以隐居的方式来逃避江山更替带来的心理创伤，而《虞初新志》大胆选录此类隐遁逃世题材的作品。《花隐道人传》记主人公在甲申之变后"乃筑室黄子湖中，弃其鲜肥素习，衣大布衣，箨冠草履，曳杖篱落间"，不愿出仕，甘心隐道，这正是遗民情结的留存。张潮生活的时代文网甚密，而隐逸之风恰成为文士避世的手段，故有《卖花老人传》《花隐道人传》《江石芸传》《爱铁道人传》《狗皮道士传》之类。张潮歆慕隐者行游山水、吟赏烟霞的生活，当他阅读《徐霞客传》时由衷感慨"恍如置身蓬莱三岛，不必更读霞客游记矣"。隐士生活充满诱惑，像《花隐道人传》记："爱走扬城东南隅，卜地宅之，躬荷锸拨瓦砾，结庐数楹。一几一榻，张琴列古书画。携一妻二子婆娑偃息其中，陶陶然乐也。"作品中的人物流露出自由洒脱、无拘无束的精神气质，的确引人神往。甚至连文中物象亦是神韵潇洒，如《江石芸传》："石芸家有白牛一头，卧桃花下，鼻无绳，常出入自如。"这只白牛似乎不受羁绊，自在之极，或者说它反衬着故事中的人物精神气质与洒脱风韵。张潮缘于科考失意，面对功名利禄时相对心境淡泊，正如友人所评"张子性旷达，蔑视科第，尤不喜浮词……洗尽铅华，独标雅淡，如姑射仙人立缥缈峰头，令望见者有形秽之叹"（王晫《张山来五十序》），故而上述作品的选录大概也是他拟欲摆脱尘世束缚而追求自在心志的流露，同时这些文章也成为管窥清初文人心态的渠道。

　　再者，《虞初新志》选篇不乏描写英雄豪杰之作，张扬潇洒磊落的气质，似于文士品味和百姓需求间寻找到一个可渗透互通的合适书写面向。身为文士的张潮心佩刀剑、胸纳日月，他崇慕快意恩仇的侠客风采，追求逞心快意的生活，惯常保持着独立的自我个性与豪爽品格，"性沉静，寡嗜欲，不爱浓鲜轻肥，惟爱客，客尝满座"。豪客仗义疏财的品性，在他身上体现无余，"四方士至者，必留饮酒赋诗，经年累月无倦色；贫乏者多资之以往，或囊匮，则宛转以济。盖居士未尝富有也，以好客，故竭蹶为之耳"（陈鼎《心斋居士传》）。恰是基于天性使然，他有意选录了不少谈侠论豪之作，如《剑侠传》《汪十四传》《秦淮健儿传》《髯樵传》等。张潮对激于义愤而奋起抗争的百姓义行极为赞赏，所以评《五人传》"此百年来第一快心事也。读竟，浮一大白"。张潮执着于英雄侠客的行迹，期盼借此宣泄心中不平，因此评议《因树屋书影》"剑侠"一则云："若我遇其人，当即恳靓面赤髭者为我泄愤矣。"阅读该书所选的豪侠英雄题材作品，真有虎虎生风、击掌狂啸的感觉，世间不平之事当有英雄拔剑铲平，而这亦是处于鼎革乱离之际普通百姓殷切期许的事情，故其作品能够满足不同层次读者的需要。

　　最后，《虞初新志》宣扬传统道德观念，揄扬士庶高尚的品格操守，潜藏着浓郁的儒家伦理观意识。张潮生于儒学昌盛的新安故郡，自幼深受家庭儒家义理熏陶教化。其祖父张正茂便是恪守礼法，以孝义嘉范见载于《（康熙）徽州府志》《（乾隆）歙县志》等的道德君子，曾侍父疾十余年不改初心，生性仁义而乐善好施。张潮接受醇厚家风的熏染，秉承忠贞孝义等道德观念,曾自撰《二十四孝赞》以弘扬孝道,因此他有意于《虞初新志》中选录忠于君王、孝于父母、义于友朋、守节宜室的作品,选文时难免带有强烈的伦理色彩。张潮标榜忠贞孝义的意识符合清初儒家思想发展的趋势,而儒家道统思维有助于消融清初的民族矛盾,极易赢得读书人和士绅的文化认同,因此这类故事有可能成为清初文学书写中的一个重要面向。比如围绕孝行,《虞初新志》的主旋律之一,便选录了《山东四女祠记》《闵孝子传》《鬼孝子传》《吴孝子传》《李一足传》《孝贼传》《赵希乾传》《孝丐传》等篇。此外张潮还借《圣师录》及《烈狐传》《义牛传》《义猴传》《义虎记》等动物的行为来寓示伦理内涵,动物尚且如此,何况人乎?其良苦用心的确不言而喻!

综上而言,《虞初新志》在清代文言小说史上可占一席之地,洵为不可多得的佳作。这部作品编撰之初便受到海内文士的普遍关注,冒辟疆、梁存斋、王晫等纷纷寄送佳作以求选录;书籍刊刻行世后,不断有人祈寄刻本,张鼎望曾致函云"《虞初新志》计得八卷。嗣后如有续编,伏祈惠寄"(《友声新集》卷三)。该书所选佳作及张氏评语都卓具特异处,故赢得学林认可,以致其声誉远超同类作品,"一言可采,表之不遗余力"(王晫《张山来五十序》),遂促使张潮成为重要的文言小说编选家和批评家。正是由于其作品传播广泛、影响匪微,才出现多种刊刻版本与模仿续作的出现,如嘉庆时郑澍若编《虞初续志》十二卷、黄承增编《广虞初新志》四十卷等。

除上述价值之外,张潮在《虞初新志》中的评点也应值得肯定,纵使将之置于小说评点理论大环境中亦不逊色。《虞初新志》计有张潮一百七十三条评语,包括交代作品出处或与己渊源、阐发世情认知、慨叹印证之语,及章法辞语评点等内容,诸多评语寄托着张潮有关小说创作的理论观点。张潮点评特色鲜明,不迎合世俗价值标准,多能彰显他无功利的读书之乐,也更见其性情趣味。

四

《虞初新志》版本、藏本繁多，足以反映其传播影响之广，而其主要版本演进情况如下：

第一，现存较早的康熙序刻本流传较广，该版本前面有张潮康熙二十二年（1683）撰写的《自叙》及《凡例十则》，故称"康熙序刻本""清康熙二十二年刻本""清康熙间刻本"等。但这一版本现存的多种藏本绝非康熙年间刻成，应刻于乾隆时，因为正文中保存了雍正、乾隆时"禛""弘""历"等避讳习惯，如卷九《剑侠传》《皇华纪闻》作者"王士禛"讳作"王士正"，如卷九《再来诗谶记》"宏治中"、卷十三《曼殊别志书縛》"王茂宏""弘"写作"宏"。但有些篇章则未避讳，似夹杂康熙原刻本的情况，如卷二《柳敬亭传》"杜将军弘域"、卷十四《平苗神异记》"弘治"、卷十七《物觚》"陈弘泰"、卷十九《七奇图说》"上古制造弘工""身体弘大"。而且受乾隆帝诏令从典籍中删汰钱谦益文章的影响，该版本删去与之相关的《徐霞客传》（卷一）、《柳夫人小传》（卷五）、《书郑仰田事》（卷十六）。

第二，乾隆诒清堂本是张潮的从孙张绎刊刻的，《贩书偶记》著录《虞初新志》"乾隆庚辰诒清堂重刊袖珍本"，国家图书馆藏本卷末有刊刻者识语"时乾隆庚辰岁腊日也。诒清堂后人张绎谨识"，据此知该版本刊刻时间为乾隆二十五年（1760）。又嘉兴图书馆亦藏十四卷残本。该版本目录中增注作品的出处，所选篇目也有了变化。

第三，罗兴堂清远阁本首页署"罗兴堂舜章氏校"，版心刻"清远堂"，该版本是在诒清堂本基础上校订而成。据嘉庆二十五年（1820）刻本《奚囊寸锦·序》"时乾隆甲申（1764）新秋溧川后学罗兴堂舜章氏题于清远阁"推断，罗兴堂清远阁本《虞初新志》刊刻时间与《奚囊寸锦·序》所提及的时间相差无多，约在诒清堂本刻成后，故《中国古籍总目》提及的乾隆二十九年（1764）本《虞初新志》实际是套用了罗氏刊印《奚囊寸锦》的时间。该版本目录中也注明作品的出处，所选具体篇目存在变化，德国国家图书馆"乾隆甲辰重镌"本将和钱谦益相关的《徐霞客传》（卷一）替换成《姜贞毅先生传》，去掉《书郑仰田事》（卷十六），保留《柳夫人小传》（卷五），卷七把《象记》替换成《纪周侍御事》；韩国国立中央图书馆藏本则将卷五《柳夫人小传》替换成侯方域《贾生传》，保留了《象记》，增加卷六《孙文正黄石斋两逸事》、卷二十《板桥杂记》两篇，卷十七未收录《南游记》。

第四，日本文政六年（1823）和刻本参考了康熙原刻本及张绎诒清堂本。该版本卷前有日本文政六年荒井公廉的序言："其书有前后二刻，以康熙癸亥张潮所刻为初出，乾隆庚辰张绎所校巾箱本则系重镌，但重镌增五篇，而阙二篇，增者为《徐霞客传》，为《柳夫人小传》，为《书郑仰田事》，为《纪周侍御事》，为《板桥杂记》，阙者为《孙文正黄石斋两逸事》，为《象记》，今用初出原本翻刻之，更追补重镌内四篇，独《板桥杂记》，东都书肆既刊行之，故除。"日本和刻本以"康熙原刻本"为蓝本，卷末《拾遗》又增补《徐霞客传》《柳夫人小传》《书郑仰田事》《纪周侍御事》四篇。仔细考核和刻本的文字，它与国内流传的康熙序刻本极为接近，故疑它所依据的底本并非康熙时张潮的原刻本，而是经过避讳处理的产生于乾隆时的"康熙序刻本"。

第五，咸丰元年（1851）小嫏嬛山馆刻本弥补了前述诸版本缺失的篇目，还首次在卷十七增加了《南游记》，在篇目收录上堪称最为完备。《南游记》一文记孙嘉淦"辛丑二月二十四日出都，此则吾南游之始也"，此处的辛丑指康熙六十年（1721），但张潮是否阅读过《南游记》尚存疑问。学界一般认为张潮辞世于康熙五十年（1711）前后，所以他可能无缘亲览十余年后才撰成的《南游记》，此篇或是后来刊刻者羼入其中的。

该版本首页分三行镌刻"咸丰元年重刊""虞初新志""小嫏嬛山馆藏板"字样。从目录所列作品出处、增入《姜贞毅先生传》《孙文正黄石斋两逸事》及异文等信息来看，此本与罗兴堂清远阁本渊源颇深，如目录

《九牛坝观抵戏记》写作《九年坝观觚戏记》，《湖堧（墙）杂记》写作《胡
瑦杂记》。但也存在明显差异，如小嬛嬛山馆刻本目录中徐芳、朱一是、
吴伟业、吴肃公等人的字号有异，且目录中卷十五、卷十六、卷十七、卷十
八、卷十九等四版缺少出处，卷十九《七奇图说》有文无图。民国时开明
书店影印康熙刊本附《校印题记》记："世所传《虞初新志》多从道光坊
刻本翻印，舛误颇多，其最著者，如卷十九《七奇图说》有说无图。张氏
于每篇之后，均有评语，今本多所阙略，甚至凡例、总跋亦均被删。"编者
提及"道光坊刻本"早于小嬛嬛山馆刻本，颇疑这或是小嬛嬛山馆刻本
所据的底本，这个坊刻本虽以罗兴堂清远阁本为底本，但错误较多，而小
嬛嬛山馆刻本承袭了坊刻本的讹误，因此本书又参校其他版本或典籍以
寻求最可靠的文本记载。

　　本书以咸丰元年（1851）小嬛嬛山馆刻本《虞初新志》为底本，参校
康熙序刻本、乾隆诒清堂本、罗兴堂清远阁本、日本文政六年（1823）和
刻本、王根林校点本（上海古籍出版社2012年）等。因为小嬛嬛山馆刻
本仅有《自叙》，故又依康熙序刻本、文学古籍出版社1954年排印本补足
《凡例十则》《总跋》。

五

　　本书一般不对篇名作注释，多将每篇作品的作者列为第一条注释，
并在注释中注明作者信息及作品所出典籍。本书依据小嬛嬛山馆刻本
中《虞初新志目录》注明每篇作品的出处，例作某篇出某书或某篇《虞初
新志目录》注出某书。《虞初新志目录》所注典籍出处皆未注典籍卷数，
为方便读者继续查阅，本书在每篇作品的第一条注释中标明能查阅到的
所出典籍卷数。同时，列述所见转引该篇作品的典籍及卷数，例作"又
见""见引于"等。《虞初新志》所引《觚剩》《因树屋书影》《皇华纪闻》
等小说集，仅在每则故事的第一个注释中附注所出卷数及引书，如无必
要，不再单独作注。

文中涉及的人名、地名、典籍、年号等名词术语,会根据文章内容灵活进行详注或简注。

此外,文中涉及古代文人所作诗词,考虑到译为现代文会打乱原有韵律,译文一般保留原文,注释中会对其中生僻词做解释。

囿于学识所限,本书的译注过程中难免出现讹误之处,敬请读者不吝指正。我们祈望这本书能让读者由此打开一扇通往探研明清文化语境与文学创作的门户,任思绪与心志驰骋于文艺审美境界,随作品记载而感受彼时的世情百态,借明清人物的事略行迹而明悟人生真谛。更期盼读者能于阅读中慎思明辨,倘能由此发现问题而能深入探究,诚为读书之乐事!

邵颖涛　岳立松

甲辰仲秋书于长安百米阳光斋

自叙

古今小说家言，指不胜偻①，大都饾饤人物、补缀欣戚②。累牍连篇，非不详赡③，然优孟叔敖④，徒得其似而未传其真。强笑不欢，强哭不戚，乌足令耽奇揽异之士心开神释、色飞眉舞哉⑤！况天壤间灏气卷舒，鼓荡激薄，变态万状，一切荒诞奇僻、可喜可愕、可歌可泣之事，古之所有不必今之所无，古之所无忽为今之所有，固不仅飞仙盗侠、牛鬼蛇神如《夷坚》《艳异》所载者为奇矣⑥。此《虞初》一书，汤临川称为小说家之"珍珠船"⑦，点校之以传世，洵有取尔也⑧。独是原本所撰述，尽摭唐人轶事⑨，唐以后无闻焉。临川续之，合为十二卷，其间调笑滑稽、离奇诡异，无不引人着胜。究亦简帙无多⑩，搜采未广，予是以慨然有《虞初后志》之辑，需之岁月，始可成书。先以《虞初新志》授梓问世⑪。其事多近代也，其文多时贤也，事奇而核⑫，文隽而工，写照传神⑬，彷摹毕肖⑭，诚所谓"古有而今不必无、古无而今不必不有"。且有理之所无，竟为事之所有者，读之令人无端而喜、无端而愕、无端而欲歌欲泣，诚得其真，而非仅得其似也！夫岂强笑不欢、强哭不戚、饾饤补缀之稗官小说可同日语哉⑮！学士大夫酬应之余、伊吾之暇⑯，取是篇而浏览之，匪惟涤烦祛倦，抑且纵横俯仰，开拓心胸，具达观而发旷怀也已。

康熙癸亥新秋心斋张潮撰⑰

【注释】

①指不胜偻（lǚ）：形容数量极多，扳着手指头也数不过来。偻，弯曲。

②饾饤（dòu dìng）：比喻堆砌词藻。补缀欣戚：拼凑喜乐和忧戚之事。

③详赡：又详细又丰富。

④优孟叔敖：优孟是春秋时楚国著名的杂戏演员，他曾经在孙叔敖死后模仿过孙叔敖。孙叔敖担任过楚相。《史记·滑稽列传》记载："（优孟）即为孙叔敖衣冠，抵掌谈语。岁余，像孙叔敖，楚王及左右不能别也。庄王置酒，优孟前为寿。庄王大惊，以为孙叔敖复生也。"

⑤乌足：何足，哪里能够。用于反问。耽奇揽异：喜欢搜访奇谈异事。

⑥《夷坚》：《夷坚志》，南宋洪迈创作的文言小说集。《艳异》：《艳异编》，明代文学家王世贞撰写的传奇小说集。两书都记载一些神怪故事和异闻杂录，颇多仙人、鬼神、盗贼、侠士之作，如《艳异编》有神、水神、龙神、仙、义侠、妖怪、鬼等分类。

⑦汤临川：汤显祖，字义仍，号海若、若士、清远道人，临川（今江西抚州临川区）人，明代戏曲家。他曾经校勘明代志怪、传奇小说集《虞初志》，作《点校虞初志序》，说此书"洵小说家之珍珠船也"。《虞初志》八卷（通行本为十二卷），所编采的篇章除第一卷有南朝吴均《续齐谐记》外，其他均为唐人小说。

⑧洵：确实，实在。

⑨摭（zhí）：搜集。

⑩简帙（zhì）：书卷，书页。

⑪授梓：交付雕板，付印。

⑫核：翔实准确。

⑬写照：描写刻画。

⑭仿摹：同"仿摹"，此处指描摹临写。

⑮稗（bài）官：专给帝王讲述街巷琐事的小官。小说家出于此，后因称野史小说为稗官。

⑯伊吾：象声词，读书声。

⑰癸亥：清康熙二十二年（1683）。张潮：字山来，号心斋居士，自号三在道人，歙县（今属安徽）人。清代文学家、刻书家。博通经史百家言，弱冠补诸生，以文名大江南北，然累试不第。以赀为翰林郎，不仕，杜门著书。著述丰赡，编纂《虞初新志》，还有《幽梦影》《花影词》《心斋聊复集》《奚囊寸锦》《心斋诗集》《鹿葱花馆诗钞》等，曾刻印《檀几丛书》《昭代丛书》等。

【译文】

古今小说家的作品，多得简直数不过来，这些作品大多是堆砌各种人物、拼凑悲欢之事。这类作品篇幅极多，文辞冗长，故事并非不详细丰富，但是类似优孟模仿孙叔敖，只做到了表面功夫而没有触及内在灵魂。勉强发笑不是真的开心，勉强哭泣不是真的悲伤，怎么能让喜欢搜访奇谈异事的人们心情愉悦、神情放松、眉飞色舞呢！况且天地之间弥漫的云气时而蜷缩时而张扬，鼓动激荡来回碰撞，变化万端，一切荒诞奇怪及可喜悦、可惊愕、可歌咏、可悲泣的事情，古代有的不一定今天没有，古代没有的忽然今天就有了，所以不只是像《夷坚志》《艳异编》所记载的仙人、侠盗、各类鬼神那样才算奇事。《虞初志》一书，汤显祖称之为小说家的"珍珠船"，亲自校勘文字而传播于世，确实有可取的地方呀！只是明代小说集《虞初志》原书中的篇章，都选自唐朝人的逸事传闻，唐以后的作品则没有编选入内。汤显祖续补《虞初志》，编为十二卷，其中戏谑滑稽、离奇怪异的作品，无不引人入胜。但它究竟还是卷数不多，搜罗采集也不广泛，我因此感慨应辑录一本《虞初后志》，不过这需要耗费光阴才能成书。先把我已辑录完工的《虞初新志》付印行世。这本《虞初新志》中的故事多是近代发生的事情，其中的文章多出自当世名家之手，事情奇特但翔实可考，文笔俊美而写作工整，描写刻画生动传神，描摹写作活灵活现，真像前人所言"古代有的今天不一定没有、古代没有的今天不一定没有"。而且《虞初新志》囊括了在道理上没有的，但实际上却真实存在的故事，读起来让人无缘故地喜悦、无缘故地惊愕、无缘故地想要歌咏、哭泣，实在是得到了故事的真意，而不是仅仅得到了表面的形似啊！哪里是那些勉强发笑而不开心、勉强哭泣而不悲伤、堆砌拼凑的小说篇章能相提并论的呢！博学之辈与仕宦官员应酬之余、读书之暇，拿《虞初新志》中的作品去浏览，不仅可以涤荡烦恼、祛除疲倦，还能纵横天下、俯仰古今，开阔自己的心胸，具有豁达乐天的态度、旷远乐观的襟怀啊。

　　　　　　　　　　　　　　　康熙二十二年初秋心斋张潮撰

凡例十则

　　文人锐志钻研，无非经传子史^①；学士驰情渔猎，多属世说、稗官^②。虽短咏长歌允称游戏^③，即填词杂剧备极滑稽^④，未免数见而不鲜，抑亦常谈而多复。兹集效《虞初》之选辑，仿若士之点评^⑤，任诞矜奇，率皆实事；搜神拈异，绝不雷同。庶几旧调翻新，敢谓后来居上。

【注释】

①经传：对儒家典籍经与传的统称。传是阐释经文的著作。子：诸子百家及释道宗教等著作。史：史部书籍。

②世说：指像《世说新语》类的小说作品。

③游戏：嬉笑娱乐。

④填词：元明以来曲剧亦须按曲牌选用字词，进行创作，故亦称填词。杂剧：戏曲名词。中国戏曲史上有多种以杂剧为名的表演形式，如宋杂剧、元杂剧、温州杂剧、南杂剧等。通常指元杂剧，每本以四折为主，有时另加楔子，每折用同宫调同韵的北曲套数和宾白组成。

⑤若士：即汤显祖，号若士。

【译文】

文人锐意钻研的典籍,无非是儒经、传疏、诸子、史籍;学者纵情涉猎的书册,多是像《世说新语》、稗官野史之类的作品。虽然吟咏短诗、吟诵长篇可以称作嬉戏娱乐,而谱写曲词、演唱杂剧极具滑稽幽默,可这些作品难免见得多了就不稀罕了,或者经常谈论而多有重复。我现在仿效《虞初志》的选辑体例,模仿汤显祖的点评,所选的篇章任性放诞、炫耀新奇,都是真实的事情,搜罗神异、选取怪事,绝不出现重复。希望将陈旧风格予以革新,可以说此书能超过前人的著作。

《虞初志》原本不载选者姓名,汤临川《续编》未传作者氏号,俱为憾事,或属阙文。载考《委宛余编》①:虞初为汉武帝时小吏②,衣黄乘辎③,采访天下异闻,以是名书。亦犹志怪之帙④,即"齐谐"以为名⑤;集异之书,本"夷坚"而著号⑥。

一切选家,必以作者年代为准;百凡评次⑦,鲜以其事时世为衡。如《史记》追溯三代以前,而《选》文止称一字曰"汉"是也⑧。故志中之事,或属前时,而纪事之人实生当代,自应入选,讵可或遗?

一事而两见者,叙事固无异同,行文必有详略。如《大铁椎传》⑨,一见于宁都魏叔子⑩,一见于新安王不庵⑪。二公之文,真如赵璧隋珠⑫,不相上下。顾魏详而王略,则登魏而逸王。只期便于览观,非敢意为轩轾⑬。

【注释】

① 《委宛余编》:明人王世贞著作,今存一卷。

②虞初：西汉人。汉武帝时，任侍郎，称"黄车使者"。《汉书·艺文志》小说家有《虞初周说》九百四十三篇，今佚。后世常以其名作为笔记小说的代称。

③乘辎（zī）：乘坐车辆。

④志怪：记述怪异之事。古典小说的一类。盛于魏晋南北朝。

⑤齐谐：古书名。一说为人名。《庄子·逍遥游》记"《齐谐》者，志怪者也"。后来把志怪之书以及敷演俳谐故事的戏剧，命名为"齐谐"。

⑥夷坚：上古时有博物贤者名叫夷坚，如《列子·汤问》记"大禹行而见之，伯益知而名之，夷坚闻而志之"。南宋洪迈以夷坚自谓，将创作的文言志怪集起名为《夷坚志》。

⑦百凡：泛指一切。

⑧《选》：即《文选》。南朝梁昭明太子萧统编选先秦至梁的各体文章汇而成书。分为三十八类，共七百余篇。是我国现存最早的诗文总集。

⑨《大铁椎（chuí）传》：魏禧作品，详见卷一。

⑩魏叔子：魏禧，字冰叔，一字叔子，宁都（今属江西）人。详见卷一《姜贞毅先生传》注释。

⑪王不庵：王炜，后改名王艮，字无闷，号不庵。歙县（今属安徽）人。从祖、父治理学，年二十便于山中读《易》，一生大半归隐山林。有《葛巾子内外集》《鸿逸堂稿》。他曾撰《大铁椎纪事》，收于《鸿逸堂稿》。事见《（乾隆）歙县志》卷十二。

⑫赵璧隋珠：和氏璧和隋侯珠。比喻极珍贵的东西。

⑬轩轾（zhì）：高低、优劣。

【译文】

《虞初志》原书不记载所选文章作者的姓名，汤显祖《续编》也没有传载所选文章作者的名号，这都是令人遗憾的事情，或许应算是脱漏不全的文章。考察王世贞《委宛余编》：虞初是汉武帝时期的小吏，穿着黄衣，乘坐车辆，巡游天下以采访异闻，因此他的名字成了书名。也如同记录怪异之事的作品，因人名而得名"齐谐"；汇集异事的著作，来自人名而题作《夷坚志》。

所有选编文集的编者，一定考虑了作者的生平年代；所有作品的品评排序，很少参考到故事的时间、朝代。比如《史记》记事常追溯到夏、商、周三代以前的遥远历史，而《文选》选文只用了类似"汉"的一个字去简单记录人物信息。因此作品中记载的事情，可能是以前发生的事情，而记事的人实际出生在当代，像这些情况的作品自然应该入选，难道可以遗漏吗？

一件事情存在两处不同记载的，它们记载事情时即使没有不同之处，在行文上也一定会有详略之分。例如《大铁椎传》，一篇见于宁都人魏禧的作品，一篇见于新安人王炜的作品。两位先生的文章，真像是和氏璧、隋侯珠一般的珍品，不相上下。只是魏禧写得详细而王炜写得简略，我便选录了魏禧的文章而淘汰了王炜的文章。只期望方便读者阅读，并非想要评判他们文章之高下。

　　赖古堂《藏弆》《结邻》诸选①，汇其人之文，专系于姓名之下；蜩寄斋《尺牍新语》三编②，别其文之类，分叙于卷页之中。固云整整齐齐，未觉疏疏落落。今兹选错综无次，庶不涉于拘牵；且其事荒诞不经，无庸分夫门类。读书之暇，展卷尽可怡神；倦息之余，披翻自能豁目。

　　序爵序齿③，从来选政所无④；或后或先，总以邮筒为次⑤。不能虚简以待，亦难缩地以求。随到随评，即付剞劂之手⑥，投函投刺⑦，勿烦酬酢之劳。次第未可拘拘⑧，知交定称尔尔⑨。

文自昭明而后始有《选》名，书从匡、郑以来渐多笺释⑩。盖由流连欣赏，随手腕以加评；抑且阐发揄扬，并胸怀而迸露。

兹集触目赏心，漫附数言于篇末；挥毫拍案，忽加赘语于幅余。或评其事而慷慨激昂，或赏其文而咨嗟唱叹，敢谓发明⑪，聊抒兴趣；既自怡悦，愿共讨论。

【注释】

①赖古堂：周亮工室名。周亮工选辑明末清初名家书信，乃成《赖古堂名贤尺牍新钞》十二卷，又有二选《藏弆（jǔ）集》十六卷、三选《结邻集》十六卷。《赖古堂名贤尺牍新钞》编成于康熙元年（1662），二选《藏弆集》编成于康熙六年（1667），三选《结邻集》编成于康熙九年（1670），在编选过程中周亮工之子周在浚、周在延、周在梁等都参加了辑录工作。

②蜩（tiáo）寄斋：清人汪淇的书斋名。汪淇，字瞻漪，钱塘（今浙江杭州）人。精通医术，行医四十多年。他与徐士俊主编《尺牍新语》。《尺牍新语》共有三编，编选文人书信，于清康熙二年（1663）、康熙六年（1667）、康熙七年（1668）分三次出版，每编分二十四卷，每卷收二十多封书信，共收入一千多封书信。

③序爵：依爵位高低排列顺序。序齿：以年龄大小排列顺序。

④选政：指铨选官员、提拔人才之事。

⑤邮筒：书信。此指张潮收到的朋友从远方寄来的文章。《虞初新志》所选文章多为张潮的友朋推荐或寄送，如卷二《武风子传》末记"癸亥冬，瓜洲梁子存斋以此传录寄。未几，而何省斋年伯又以刻本邮示"。

⑥剞劂（jī jué）：雕板，刻印。

⑦投函投刺：投递书信、投送名帖。

⑧拘拘：拘泥。

⑨尔尔：应答声，犹是是。

⑩匡、郑：即匡衡、郑玄。匡衡，西汉经学家，以说《诗》著称。郑玄，
　东汉经学家，遍注儒家经典。

⑪发明：阐述，彰明。

【译文】

周亮工的《藏弃集》《结邻集》等选集，汇集了他人的文章，特意把
文章放到原作者的姓名之后；汪淇《尺牍新语》三编，区分所选文章的类
别，在卷页之中分别予以标记。本来就是井井有条，也不觉得稀疏零落。
现在《虞初新志》的编选前后颠倒、没有次序，是希望不被类别所束缚；
况且该书所记之事荒诞离奇，也不需要分门别类。读书余暇时，阅读这
书完全可以使心神怡悦，疲倦歇息时，翻看这书自然能够使视野开阔。

按照爵位或年龄排列，从来都是选官、提拔人才时不会做的事情；
《虞初新志》所选文章的先后顺序，都是依照我收到朋友寄来文章的时
间来排序。无法准备好纸张以等待别人来推荐文章，也很难将远方变成
近处而跑去寻访文章。只能是接到文章就去选评，随即交付刻印的人；
投送信函、投递名帖，不厌烦应酬交往的劳累。先后排序未受拘泥，知心
的朋友一定会称赞。

文章自从昭明太子萧统以后，才开始流传《文选》的盛名；书籍自从
匡衡、郑玄以来，逐渐多有笺释注解的作品。大概由于依恋不舍而心生
欣赏，随手便予以评点；或者阐释彰明表达赞扬，抒发自己的胸臆之语。

这本《虞初新志》在我读到赏心悦目时，便随意在篇末附记几句话；
挥动墨笔拍案嗟叹时，忽然会在篇幅之余写些啰嗦话。有时评论情绪慷
慨激昂，有时欣赏文章而嗟叹咏唱，岂敢说是阐述己见，聊以抒发意兴；
不仅让自己感到心情愉悦，也愿意和朋友们分享讨论。

鄙人性好幽奇，衷多感愤。故神仙英杰，寓意《四怀》；外史奇文，写心一《启》。予向有才子、佳人、英雄、神仙《四怀》诗，及《征选外史启》。生平幸逢祕本①，不惮假抄；偶尔得遇异书，辄为求购。第愧蒐罗未广②，尤惭采辑无多。凡有新篇，速祈惠教③，并望乞邻而与④，无妨举尔所知。

是集只期表彰轶事，传布奇文，非欲借径沽名，居奇射利。已经入选者，尽多素不相知；将来授梓者，何必尽皆旧识。自当任剞劂之费，不望惠梨枣之资⑤，免致浮沉，早邮珠玉⑥。

海内名家尚多未传之作，坊间定本俱为数见之书⑦。幽人素嗜探奇⑧，尤耽考异。此选之外，尚有嗣选《古世说》《古文尤雅》《古文辞法传集》《布粟集》《壮游便览》诸书，次第告竣，就正有道⑨。凡有缪盭⑩，幸赐教言。

心斋主人识于广陵之诒清堂⑪

【注释】

①祕（mì）本：犹秘籍。珍藏而不易见的书籍。祕，秘密，不公开的。

②蒐（sōu）罗：搜罗，搜集。

③惠教：赐教。

④乞邻：向邻人求助。语出《论语·公冶长》："孰谓微生高直？或乞醢焉，乞诸其邻而与之。"

⑤梨枣：旧时多用梨木枣木刻版印书，故称书版为"梨枣"。

⑥珠玉：比喻佳作，美好的诗文。

⑦坊间：书坊。定本：已校正审定的书籍。

⑧幽人：幽居之人。

⑨有道：有才艺或有道德的人。

⑩缪盭（miù lì）：错乱，错误。

⑪心斋主人：张潮自称。诒清堂：张潮家的书堂。张潮父亲张习孔

　　晚年居扬州（古称广陵），建诒清堂，从事藏书、刻书活动，有《诒

　　清堂集》。张潮接管家传诒清堂后，也以编刊书籍和著述为主业。

【译文】

　　我的本性喜欢探幽访奇，内心多有愤慨之意。因此将神灵仙人、英雄豪杰，都寄托在《四怀》诗中；私家史书、奇文异作，记录心意于一篇《启》中。我以前写有才子、佳人、英雄、神仙的《四怀》诗，以及《征选外史启》。我生平有幸碰见的秘籍，会不怕辛苦借来抄写；偶尔遇见的奇书异典，就要购买来使用。只惭愧自己搜罗依然不够广泛，尤其羞愧编选的作品还不够多。只要有新作，就迅速请求别人赐教，并希望邻居友朋能给予帮助，不妨举荐你所了解的作品。

　　《虞初新志》只期望彰明那些未见正史记载的事情，传播散布这些奇文，不是想要借着文章来沽取名望，囤积居奇而谋取利益。已经入选作品的作者，大多是我素不相识的人；将来入选刊印作品的作者，何必都是过去相识之人。我自己会支付雕版刻印的费用，不奢望别人提供书版的花销，为了避免文章埋没于史尘之中，请早早寄来你如珠玉的美文。

　　国内知名的人物，还有很多没有流传出来的作品；书坊里已定稿刻印的书籍，我都数次翻看阅读。我这样的幽居之人素来喜欢探索奇事，尤其喜欢考索异文。在这本选集《虞初新志》之外，我还打算编选《古世说》《古文尤雅》《古文辞法传集》《布粟集》《壮游便览》等书，将会先后完工，向有学问的人们请求指正。但凡有错误的地方，敬请读者赐教。

　　　　　　　　　　　　　　心斋主人张潮记于扬州诒清堂

总跋

予辑是书竟，不禁喟然而叹也，曰：嗟乎！古人有言："非穷愁不能著书，以自见于后世①。"夫人以穷愁而著书，则其书之所蕴必多抑郁无聊之意，以寓乎其间，读者亦何乐闻此如怨如慕、如泣如诉之音乎？予不幸，于己卯岁误堕坑阱中②，而肺附中山③，不以其困也而贳之④，犹时时相喔咻⑤。既无有有道丈人相助举手，又不获遇聂隐娘辈一泣愬之⑥，惟暂学羼提波罗蜜⑦，俟之身后而已。于斯时也，苟非得一二奇书消磨岁月，其殆将何以处此乎？然则予第假读书一途以度此穷愁，非敢曰惟穷愁始能从事于铅椠也⑧。夫穷愁之际，尚欲藉书而释，况乎居安处顺，心有余闲，几净窗明，焚香静读，其乐为何如乎！因附记于此，俾世之读我书者，兼有以知我之境遇而悯之。世不乏有心人，然非予之所敢望也。

康熙庚辰初夏三在道人张潮识⑨

【注释】

①非穷愁不能著书,以自见于后世:司马迁《史记·平原君虞卿列传》:"然虞卿非穷愁亦不能著书,以自见于后世云。"

②于己卯岁误堕坑阱中:清康熙三十八年(1699),张潮因遭人陷害,落入陷阱,遭债主催逼,家产积蓄几乎无存,甚至一度入狱。

③肺附:同"肺腑",比喻极亲近的人。中山:指中山狼。明马中锡著寓言《中山狼传》,记赵简子在中山打猎,一狼中箭逃命,东郭先生救之。既而狼反欲食东郭先生。后以喻恩将仇报、没有良心的人。

④贳(shì):赦免,宽纵。

⑤嘬(zuō):聚缩嘴唇而吸取。啮:咬。

⑥聂隐娘:唐代裴铏《传奇·聂隐娘》中的传奇女侠。

⑦羼(chàn)提波罗蜜:即忍辱波罗蜜,佛教术语。佛教六波罗蜜之一,大乘菩萨道的核心实践法门,能助众生究竟解脱、渡至彼岸。

⑧铅椠(qiàn):古人书写文字的工具,也指写作、校勘。

⑨康熙庚辰:清康熙三十九年(1700)。三在道人:张潮的别号。张潮《寄孔东塘》记:"弟自前岁误堕坑阱中,先人所遗尽为乌有。因自号为三在道人,仅存田宅与此身,余者俱不可复问。"(《尺牍偶存》卷八)

【译文】

我辑录完这本《虞初新志》,不禁慨然长叹,说:哎呀! 古人说过:"未至穷困愁苦的境地便无法著书立说,以把自己展示给后世之人。"人因为穷困愁苦而撰写书籍,那么他书中一定蕴含很多忧愤烦闷之意,作者将其意寄寓于书中,读者又怎么会乐意听闻这些如同哀怨、如同眷恋、仿佛哭泣、仿佛诉说的声音呢? 我很不幸,在康熙三十八年误堕陷阱之中,而平常亲近的人却变成忘恩负义的中山狼,不因为我穷困潦倒便放过我,仍然时时等着咬我一口。既没有宽厚仁德的长者伸手相助,又没有找到像聂隐娘那样的侠客哭诉哀告，只能暂且学习佛教渡至彼岸的忍辱波罗蜜，等待自己死后之事罢了。在那时候，如果不是得到了一两本奇书来消磨时间，则将如何应付那种处境呢？故而我只能借读书的途径来度过这段穷困愁苦的岁月，不敢说人只有穷困愁苦才能发愤著书。在穷困愁苦的时候，还想着要借助书籍去消释忧怀，何况现在处于安宁顺心的环境中，心态悠闲，案几洁净，窗户明亮，焚烧香料，静坐读书，此时的欢乐何等惬意！于是附记在这里，使世间阅读我这本《虞初新志》的人，同时因为了解我的境遇而感怀此书之编选。世上虽不缺乏有爱心的人，但却不是我所敢奢望的。

康熙三十九年初夏三在道人张潮记

卷一

【题解】

《虞初新志》首卷凡八篇，皆是明末清初传记叙事之作，既有明末官宦文士之传，亦记江湖侠客、乐坛名匠、豪门艳姬、义猴、口技之事。开篇之作《姜贞毅先生传》或非张潮选辑，因为文中叙述姜垛至死不忘崇祯帝，其忠君爱明的事迹恐怕难在康熙文字狱兴起的时候昭著于世，应系乾隆时的文士金兆燕编入此书。金兆燕青年时曾游历黄山，亲见姜垛的墨宝手迹，他将姜垛传记置于卷首，期望借此使《虞初新志》一书熠熠生辉。张潮编选文章时，更喜欢选择具有奇态万状之文，自言"鄙人性好幽奇"，"一切荒诞奇僻、可喜可愕、可歌可泣之事，古之所有不必今之所无，古之所无忽为今之所有"，这恰非《姜贞毅先生传》所具有的特点。依照张潮的编选旨意，其他七篇皆有"奇"趣，《大铁椎传》记豪侠魁杰高昂之奇行，《徐霞客传》载徐霞客高蹈山川之奇志，《秋声诗自序》撰口技家超乎想象之奇术，《盛此公传》传盛于斯盲而能文之奇事，《汤琵琶传》录汤应曾醉心琵琶之奇技，《小青传》叙痴儿女之奇情，《义猴传》详述奇物异类之行迹。这些作品奇趣横溢，令人称奇道绝，拍案叫好。

姜贞毅先生传

魏禧（冰叔）^①

公名垍^②，姓姜氏，字如农，山东莱阳人也^③。高祖淮^④，以御寇功拜怀远将军。父泻里，诸生^⑤。崇祯癸未，北兵破莱阳^⑥，泻里守城死，幼子、三子妇、一女皆殉节^⑦。事闻，赠泻里光禄寺卿^⑧，予祭葬，谥忠肃^⑨。

【注释】

① 魏禧：字冰叔，一字凝叔、叔子，号裕斋，宁都（今属江西）人。明末清初文学家。明亡后隐居不仕，交游名士，潜心治学。事见《清史稿·魏禧传》、魏礼《先叔兄纪略》（《魏季子文集》卷十五）。魏禧此篇文章未见于康熙序刻本《虞初新志》。据咸丰元年（1851）小嬛嬛山馆刻本《虞初新志目录》（下文不复详列版本信息）所记本篇选自魏禧诗文集《魏叔子文集》（原题作《明遗臣姜公传》，今见卷十七），当为乾隆间刊刻《虞初新志》时增补列入，并于文末附有乾隆时人金棕亭的评语。又，清康熙刻本《敬亭集》附录《本传》，即此文。

② 垍（cǎi）：姜垍，字如农，号敬亭山人、宣州老兵，莱阳（今属山东）人。崇祯四年（1631）进士，授密云知县，历任仪真知县、礼部主事、礼科给事中。曾因建言而受廷杖入狱。明亡后流寓苏州，以遗民终，其门人私谥"贞毅先生"。著有《敬亭集》。事见《明史·姜垍传》。生平可参考姜垍生前所撰《自著年谱》（后人题为《姜贞毅先生自著年谱》，录于《敬亭集》）、姜安节《府君贞毅先生年谱续编》。

③ 莱阳：明、清属登州府，治今山东莱阳。

④高祖淮:高祖姜淮。姜淮,字本隆,号诚斋。以输粟助边疆御寇而
　授怀远将军,明嘉靖时任大嵩卫指挥同知。事见《(民国)莱阳县
　志》。

⑤诸生:明代称考取秀才入学的生员为诸生,分为增生、附生、廪生、
　例生等。

⑥崇祯癸未,北兵破莱阳:明思宗朱由检崇祯十六年(1643),清军
　攻破莱阳城。据钱谦益《莱阳姜氏一门忠孝记》(《牧斋初学集》
　卷四四)等载,此年二月,清军攻陷莱阳。

⑦泻里守城死,幼子、三子妇、一女皆殉节:钱谦益《莱阳姜氏一门
　忠孝记》记姜泻里率僮仆抵御清军,被清军所杀。其幼子姜坡亦
　被杀,长子姜圻妻王氏、二子姜埰妻孙氏、幼子姜坡妻左氏和次女
　自尽殉国。殉节,为维护节操而牺牲生命。

⑧光禄寺卿:官名。明设光禄寺卿一人,职掌祭享、宴劳、酒醴、膳羞
　之事,分辨其品式,稽核其经费。此处为虚衔,乃死后追封。

⑨谥:即谥号,古代帝王、高官及文人死后根据其生平德行或贡献给
　予的称号。

【译文】

　　公名埰,姓姜,字如农,山东莱阳人。高祖姜淮,曾以抗击敌寇的功
劳而被封为怀远将军。父亲姜泻里,莱阳秀才。崇祯十六年,清军攻破
莱阳城,姜泻里守城战死,幼子、三个儿媳妇、一个女儿都殉节而死。此
事传到京城,朝廷追封他为光禄寺卿,下旨予以祭拜安葬,谥号为忠肃。

　　公之将生也,王母李感异梦①。其生,衣胞皆白色②。
三岁失乳,母杨太孺人置水酒床头③,夜起饮之,一瓻立
尽④。万历乙卯⑤,山东大饥,盗蜂起。公时九岁,与兄圻夜
读⑥,书声咿唔不绝。盗及门,叹息去。年二十,补诸生第

一。明年乡试⑦，经义中式⑧，主司以五策指斥崔、魏摈之⑨。崇祯庚午⑩，举于乡，往见中表李笃培⑪。李负清正名⑫，谓公曰："子富贵何足异？士大夫立身，要当为朝廷任大事耳！"公敬而受之。明年，举进士⑬，出倪文正元璐门⑭，殿试赐同进士出身⑮，授知密云县⑯。未行，改仪征县⑰。

【注释】

①王母：祖母。《姜贞毅先生自著年谱》记姜埰祖母李氏"感异梦，及诞，胎衣色白"。

②衣胞：指婴儿出生时的胎盘和胎膜，也称胞衣、胎衣。

③孺人：明、清时七品官的母亲或妻子的封号。也用于对妇人的敬称。

④瓿（bù）：小瓮。圆口，深腹，圈足。

⑤万历乙卯：指明神宗朱翊钧万历四十三年（1615）。

⑥圻：姜圻，字紫翰，一作字壂圃，号如圃。明崇祯九年（1636）乡试副榜，崇祯十六年（1643）莱阳城破时，身受创伤，仍负父姜泻里尸体而逃。明亡，避地浙东。南明鲁王监国时（《（民国）莱阳县志》记福王即位时），授象山知县。清军南下后，抵家而卒。事见清李聿求《鲁之春秋》卷十五《姜圻传》、《（乾隆）象山县志》卷八。

⑦明年乡试：指明熹宗朱由校天启七年（1627）的乡试。明年，指姜埰"年二十"的第二年，即天启七年。乡试，明、清时期在省城每三年举行一次的科举考试。一般在八月举行，故又称"秋闱"。

⑧经义：科举考试的一种科目，以经书文句为题，应试者作文阐明其中义理。中式：科举考试及格。

⑨主司以五策指斥崔、魏摈之：据《姜贞毅先生自著年谱》，天启七年姜埰参加乡试，因在策论中指斥阉党崔呈秀、魏忠贤而被主考官黜落，遂名落孙山。五策，似指姜埰在策论提出五条建议，《姜

贞毅先生自著年谱》仅记"以策语指斥"。崔，据《明史》指崔呈秀，蓟州（今属天津）人。天启初年，因贪赃而被举报，遂投奔魏忠贤，乞求为养子，自此成为阉党中坚。魏，即魏忠贤，明末宦官。天启时，任司礼监秉笔太监，极受皇帝宠信。他排除异己，专断国政，以致时人"只知有忠贤，而不知有皇上"。

⑩崇祯庚午：指明思宗朱由检崇祯三年（1630）。

⑪中表李笃培：指姜垓的表伯李笃培。中表，父亲的姊妹之子为外兄弟，母亲的兄弟姊妹之子为内兄弟，外为表，内为中，故合称为中表。李笃培，字汝植，别号仁宇，招远（今属山东）人。明万历三十八年（1610）进士，曾任工部主事等职。据《姜贞毅先生自著年谱》，李笃培是姜垓祖母李氏的侄儿，他的祖父李栋将长女李氏许配给姜垓的祖父姜良士为继妻，故李、姜两家为中表之亲，姜垓称李笃培表伯。

⑫清正：廉洁公正，清白正直。

⑬举进士：指参加科举考试考取进士。从举人到进士，需要参加会试、殿试。

⑭倪文正元璐：倪元璐，字玉汝，号鸿宝，上虞（今浙江绍兴上虞区）人。明末官员。曾任国子监祭酒、兵部右侍郎、户部尚书等职。崇祯十七年（1644），李自成攻陷京城，倪元璐自缢殉节，弘光帝时谥"文正"。事见汪有典《倪文正传》（《明忠义别传》卷十二）。

⑮殿试：科举考试中的最高一级，由皇帝亲临殿廷策试，也称廷试。殿试源于西汉时皇帝亲策贤良文学之士，始于唐武则天天授二年（691）于洛阳殿前亲策贡举人，但尚未成定制。明、清殿试已经完善，殿试后将录取的进士分为三个等级，即三甲：一甲三名赐进士及第，通称状元、榜眼、探花；二甲赐进士出身，第一名通称传胪；三甲赐同进士出身。

⑯密云县：今为北京密云区。

⑰仪征县:县名,即明之仪真县。明朝洪武二年(1369)撤销真州,
　设仪真县,属扬州府。清朝雍正元年(1723)避帝名讳,改为仪征
　县,即今江苏仪征。

【译文】

　　姜公将要出生时,祖母李氏做了个奇异的梦。他出生时,胎盘和胎膜都是白色的。三岁断乳时,母亲杨太孺人在床头放置水酒,他晚上起来时居然把一小瓮水酒都喝光了。万历四十三年,山东发生大饥荒,盗贼纷然而起。时年九岁的姜公,有一晚与哥哥姜圻对灯读书,两人咿咿唔唔念书声不断。盗贼来到门口听到读书声,叹息着离去了。二十岁时,他参加院试而被录为秀才,名列第一。第二年参加乡试,已经通过经义科,主考官因为他在策论中指斥崔呈秀、魏忠贤而将他从榜单中摒除。崇祯三年,他参加乡试中举,前去拜见表伯李笃培。李笃培享有清正美名,对姜公说:"你纵然得到富贵又有什么特别呢? 士大夫为人处世,应当为朝廷做大事啊!"姜公恭敬地接受了教诲。第二年考取进士,会试时出于倪元璐门下,殿试后得赐同进士出身,官授密云县知县。尚未赴任,又改任仪真县知县。

　　公为政廉仁①,十年无所取于民,不受竿牍②。客至,去,题其馆壁曰③:"爱民如子,嫉客若仇。"尝捐俸请托④,免泗州修河夫五百名⑤,百姓不知也。又请革过闸粮船牵夫⑥,著为令⑦。旧例,掣盐封引⑧,仪征令皆有赂。公独绝之。商人感激,为代备修河银一万两。下车日⑨,廉得大憝董奇、董九功等⑩,置于法;窝访之,害遂除。袁公继咸备兵扬州⑪,见,下堂揖之,曰:"吾间行真州⑫,见先生听断⑬,不觉心折矣!"

【注释】

①廉仁:廉洁爱民。

②竿牍:《敬亭集·本传》《魏叔子文集》等"竿"作"干",据《姜贞毅先生自著年谱》作"十年不受干牍,客有以私请者,拒之",当是。干牍,指请托的书信。

③馆:指官署里的房舍。

④请托:以私事相嘱托,找门路,通关节。

⑤泗州:明代泗州属凤阳府,治所在今江苏泗洪东南。据《姜贞毅先生自著年谱》记姜埰曾被总河(河道总督)刘荣嗣征请泗州参与修河事务,而清高咏《姜埰传》记:"县旧备泗州修河夫五百名及粮艘过闸牵夫,大为民累,埰先后请免,著为令。"(清钞本《(山东莱阳)姜氏族谱》)

⑥闸:拦住水流的构筑物,可以随时开关。

⑦著为令:写成法令。

⑧掣盐封引:盐场所产的盐按定制需要经过官府抽查核验以决定如何分配盐引,谓之掣盐封引。掣,掣验,抽查核验,当时对盐商贩盐的一种检查措施。引,指盐引,是官府发给盐商的食盐运销许可凭证,商户要想合法贩盐,必须先向官府购得盐引,凭盐引到指定的盐场守候支盐。

⑨下车:官吏到任。

⑩廉得:察考到,访查到。大憝(duì):罪大恶极之辈。

⑪袁公继咸:袁继咸,字季通,号临侯,宜春(今属江西)人。官兵部侍郎、佥都御史。事见《明史·袁继咸传》。备兵扬州:袁继咸在明崇祯间任扬州兵备副使,分理辖区军务,监督地方军队,整饬兵备。

⑫间行:密行。真州:指仪真县,今江苏仪征的古称。

⑬听断:听讼断狱。

【译文】

姜公为政廉洁仁爱，做官十年来没有向百姓索取过钱财，也不接受私下的书信请托。有客人因事找他，临走时在他的官署房舍墙壁上题字："爱民如子，嫉客若仇。"他曾经捐出俸禄请人帮忙，免去了五百人前往泗州修河的劳役，而百姓对此一无所知。又向上请求革除征用纤夫以拉拽过闸口的粮船，免役之事遂写成当地的法令。按照旧例，仪真官府可以通过抽查核验以决定如何分配盐引，历任仪真知县都曾因此而接受贿赂。只有姜公予以拒绝。商人们感激他，代为筹备了一万两修河银。他到任时，察访到当地恶势力董奇、董九功等人，将他们依法处置；同时访查地方恶势力的老巢，将恶势力一网打尽，除去祸害。袁继咸在扬州整饬军务时，遇见姜公，特意降阶至堂下，拱手行礼，说："我曾悄悄地到仪真，刚好遇见先生当堂听讼断狱，真是令人佩服啊！"

辛巳①，改礼部仪制司主事②。明年，巡抚南直隶朱公大典疏表公贤劳③。上谕"一体考选"④，因目阁臣曰⑤："有臣如此而不用，朕之过也！"三月，上御弘政门召见⑥，应对称旨，擢礼科给事中⑦，赐糕果汤饼⑧。

【注释】

①辛巳：明崇祯十四年（1641）。

②礼部仪制司：明代礼部下设仪制、祠祭、主客、精膳四个清吏司，各司有郎中、员外郎、主事等官。

③巡抚南直隶朱公大典：南直隶巡抚朱大典。巡抚，明代指巡视各地军政、民政的大臣。南直隶，明代称直隶于南京的地区为南直隶，简称南直，相当今江苏、安徽、上海一带。清初改南直隶为江南省。朱大典，字延之，金华（今属浙江）人。官兵科给事中、右佥都御史。明崇祯八年（1635），朱大典任总督漕运兼巡抚庐、凤、淮、扬四郡。

事见《明史·朱大典传》。劳:此处指劳绩,言姜埰政绩卓越。

④一体考选:似指与其他官员一同参加吏部考评选拔。崇祯十五年
　　(1642),朱大典上疏称赞姜埰,崇祯帝批"廉循久任,准一体考选"。

⑤阁臣:明、清大学士的别称。大学士入阁办事,故称。

⑥弘政门:明代紫禁城内正门东侧的宫门,清代改称昭德门。

⑦擢(zhuó):提拔,提升官职。

⑧汤饼:水煮的面食。

【译文】

　　崇祯十四年,姜公改授礼部仪制司主事。第二年,南直隶巡抚朱大典上奏表称赞姜公有才能且政绩显著。崇祯帝诏令姜公"与其他官员一同参加吏部官员考选",因而对阁臣说:"有臣子如此贤能却未受重用,这是我的过错啊!"同年三月,崇祯帝在弘政门召见姜公,觉得姜公应答颇合心意,于是提拔他为礼科给事中,赏赐糕点、果品、汤面。

　　公既拜官,五月中,条上三十疏①,上每采纳。十一月,东方告急②,公受诏分守德胜门③。自元勋以下④,惮公不敢归休沐⑤。时宰相大贪婪⑥,都御史刘公宗周有"长安黄金贵"之疏⑦。宰相惧,卸其罪于言官⑧,又欲引用逆辅□□相表里⑨,为奸恶。公上疏极论"罪在大臣,不在言官",并及涿州知府刘三聘疏荐□□事,触首辅怒⑩。又有"上谕'代人规卸,为人出缺'⑪,陛下果何见而云然",及"二十四气詟语⑫,腾闻清禁⑬,此必大奸巨憝恶言官不利于己"等语⑭。上大怒,闰十一月二十三日,御皇极门召见群臣⑮,谓:"埰欺肆⑯,敢于诘问朕何所见,二十四气之说,不知所指何人何事。着革职,锦衣卫拿送北镇抚司打问⑰!"时行人司副熊开元面劾首辅,既以补牍语不相应,同时下狱⑱,几死,后并

得赦。

【注释】

①条上:备文向上陈述。

②十一月,东方告急:据《明史·庄烈帝纪》,崇祯十五年(1642)十一月"大清兵分道入塞,京师戒严。命勋臣分守九门",知"告急"指清军入关挑起战火之事。

③德胜门:明、清北京城内城的北门。

④元勋:指有极大功绩者。

⑤休沐:休息洗沐。古时官吏每几日有休沐日,可休假暂歇。

⑥宰相:此指内阁首辅周延儒,其人贪婪奸险,入《明史·奸臣传》。周延儒以状元得授翰林院修撰,崇祯三年(1630)始任内阁首辅,因自明太祖废宰相,故后人称内阁辅臣为"宰相"。后被排挤去位。崇祯十四年(1641)复任内阁首辅。崇祯十六年(1643)周延儒自请督率军旅以抵御清军,却不敢前往前线而驻守通州,后假传捷报,谎报军情,事发后被崇祯帝赐死。

⑦都御史刘公宗周有"长安黄金贵"之疏:明崇祯十五年(1642),刘宗周被起用为左都御史,上《敬循职掌条列风纪之要以佐圣治疏》,提出"建道揆""贞法守""崇国体""清伏奸""惩官邪""饬吏治"等策略,《姜贞毅先生自著年谱》喻其为"长安金贵之疏"。都御史,明代朝廷设有都察院,专门行使监督职权,都御史即为都察院的长官。刘宗周,字起东,号念台,绍兴府山阴(今浙江绍兴)人。万历二十九年(1601)进士,曾任礼部主事、顺天府尹、工部侍郎、吏部侍郎、左都御史。清兵攻陷杭州的消息传到绍兴,刘宗周绝食二十三天卒。因讲学于山阴蕺山,世称蕺山先生。刘宗周是明末儒学大家,清初大儒黄宗羲、陈确、张履祥等皆是其学派传人。事见汪有典《刘总宪传》(《明忠义别传》卷二二)。

⑧言官：谏官，明代包含都察院御史和六科给事中。

⑨逆辅□□：据《姜贞毅先生自著年谱》及《明史·姜埰传》，当作"逆辅冯铨"。下文"疏荐□□"中空缺亦指冯铨。冯铨，天启时曾任户部尚书、武英殿大学士，谄事魏忠贤。崇祯帝清除阉党，将他以"魏忠贤党"之罪革职，人称"逆辅"，直至明亡未曾起复。清廷入关，冯铨归顺，以显位终。

⑩首辅：即内阁首辅，内阁大学士中位列第一的辅臣，权柄最重。

⑪代人规卸，为人出缺：皆为崇祯帝圣谕诫饬谏官之语，大意为他们给人推卸罪状，帮人设法离职。规卸，规避推卸。

⑫二十四气：明代崇祯间有人以二十四气比喻朝中二十四名臣子，《明史·姜埰传》记："忌者乃造二十四气之说，以指朝士二十四人，直达御前。"蜚语：没有根据的流言。

⑬腾闻：使帝王或朝廷得以闻知。清禁：皇宫。

⑭巨憝：大恶人。

⑮皇极门：明代官殿主体皇极殿的正门。

⑯欺肆：欺骗放肆。

⑰锦衣卫：即锦衣亲军都指挥使司。设置于明洪武十五年（1382）。原为管理护卫皇官的禁卫军和掌管皇帝出入仪仗的官署，后逐渐演变为皇帝心腹，特令兼管刑狱，给予巡察缉捕权力。明代中叶后与东西厂并列，成为厂卫并称的特务组织。北镇抚司：明朝负责侦缉刑事的锦衣卫机构。此官署职权甚重，"专理诏狱"（皇帝钦定的案件），可以自行逮捕、侦讯、行刑、处决罪人，不必经过一般司法机构。

⑱"时行人司副熊开元面劾首辅"几句：据《明史·熊开元传》，熊开元当面揭发周延儒罪状，崇祯帝令其回去补续公文以复奏，而周延儒等"虑其补牍，谋沮之"，以致熊开元终获罪。行人司副，官名，行人司的副长官。行人司，明洪武十三年（1380）设，掌传

旨、册封等事,下设左右司副。熊开元,字玄年,号鱼山,湖广嘉鱼(今湖北嘉鱼)人。曾任吴江令,迁给事中,擢行人司司副。面劾,当面揭发罪状。补牍,补作公文。

【译文】

姜公拜官后,五个多月间上疏三十条,每每为皇上所采纳。崇祯十五年十一月,清兵来袭形势危急,姜公接受诏令分守德胜门。自元勋以下的官员,惧于姜公忠于职守而不敢回家休息。当时首辅周延儒极为贪婪,都御史刘宗周以"长安黄金贵"之疏弹劾权臣。周延儒见到后心生畏惧,将刘宗周所奏的罪状转加于谏官身上,又想任用逆辅冯铨,以便狼狈为奸、共同为恶。姜公上疏极力申述"罪在大臣身上,而不在谏官身上",又论及涿州知府刘三聘上书表荐冯铨事,因此触怒首辅周延儒。上疏中还有"皇帝申斥谏官'代人规卸,为人出缺',陛下您究竟看到什么真相而如此说",及"如'二十四气'的流言,能上传到皇宫,这肯定是大奸大恶之辈害怕谏官弹劾他们而有意如此操作"等语。崇祯帝览表大怒,于此年闰十一月二十三日,在皇极门召见群臣,说:"姜埰欺诈放肆,居然敢诘问我看到了什么,又说到'二十四气',不知道指的是何人何事。革了他的职,让锦衣卫把他送到北镇抚司仔细拷问!"当时,行人司司副熊开元当面揭发首辅周延儒的罪行,朝廷却因他补奏所写与事实不符等罪名,也将他关进牢狱,姜、熊两人差点受刑而死,后来一起得到赦免。

初,公下北镇抚司狱三日,勺水不得入口。冰雪交积,公僵卧土室,无襮被①,身婴三木②,血流贯械③。九卿台省屡疏救④,不报。阙二十二字。例凡一拶敲五十⑤,一夹敲五十⑥,杖二十,名曰一套。公既备刑,谳狱者必欲得二十四人姓名以报上⑦。公以诸人皆正人,恐祸不已,忍死弗肯列。气垂绝,唯以指染口血书"死"字,卧阶下。半日稍甦⑧。清宏令尉灌酒一杯⑨，使毕讞。公终不肯承。

【注释】

①襥（fú）被：指铺盖卷。

②身婴三木：颈、手、足戴着刑具。婴，缠绕、绑缚。三木，用来枷锁犯人颈项及手足的刑具。

③贯械：戴的刑具。贯，穿，通。

④九卿台省：九卿、三省等官员，泛指朝廷官员。疏救：上疏解救。

⑤拶（zǎn）：一种酷刑，用拶子套入手指，再用力紧收。

⑥夹：即夹棍，旧时刑具。用两根木棍做成，行刑时夹犯人的腿部。

⑦讞（yàn）狱者：审问案情的人。讞，审判定罪。

⑧甦（sū）：苏醒。

⑨清宏：指北镇抚司都指挥使梁清宏。事可参见《明史·姜埰传》。

【译文】

起初，姜公被关到锦衣卫北镇抚司监狱三天，连一口水都喝不到。冬日冰天雪地，姜公躺卧在土室中，没有被褥御寒，颈、手、足三处还戴着刑具，鲜血流满刑具。朝廷官员多次上疏营救，崇祯帝却不予批复。此处缺二十二字。依照惯例拶刑要夹五十，夹棍要夹五十，杖刑要打二十，它们合称一套刑罚。姜公受尽各种酷刑，审案的锦衣卫千方百计想审出二十四人的名字以便上报皇帝。姜公认为那些人都是正直之人，一旦屈刑供认，恐怕会给他们招致无穷祸患，于是宁愿去死也不肯列出。奄奄一息时，他唯有用手指蘸着口中鲜血写下"死"字，昏死于堂阶下。半日后才稍稍苏醒。北镇抚司都指挥使梁清宏命人给他灌了一杯酒，催促姜公尽早招供以结案。然而姜公始终不肯招认。

疏入，上大怒，谓考击缓，情实未当，诘责卫司官①，令再讯，一拶一夹各敲八十，杖三十。俄出密谕一小纸曰②：

"姜埰、熊开元即取毕命,只云病故。"卫臣骆养性具奏③,有曰:"即二臣当死,陛下何不付所司书其罪,使天下明知二臣之罚?若生杀出臣等,天下后世谓陛下何如主?"又密言于诸大臣。而都御史刘宗周上殿力争,自辰至午不肯退④。上怒其执拗,非对君礼,将下有司治罪。既矜其耄⑤,特革职,放归田。佥都御史金公光宸⑥,奏宗周清直,愿以身代宗周。上怒,以为雷同罔上⑦,夺职谪籍⑧。而兵部侍郎马公元飙、都给事吴公麟徵⑨,开陈大指⑩,婉辞规劝⑪,上心为少移。旋出密旨谕卫司"缴昨旨毋行"。于是公及开元始得移刑部狱矣。刑部尚书徐公石麟拟附近充军⑫。上怒,公、开元各杖一百。

【注释】

①卫司官:锦衣卫司官。

②密谕:皇帝下的密令。

③骆养性:明锦衣卫左都督。曾揭发周延儒谎报大捷,明亡后降清。

④辰:指辰时,早七点至九点。午:指午时,上午十一点至下午一点。

⑤矜:怜悯。耄:古称大约七十至九十的年纪,此泛指年老。

⑥佥(qiān)都御史:明都察院置左、右佥都御史,位次于左、右副都御史。金公光宸:金光宸,字居垣,全椒(今属安徽)人,崇祯进士。擢御史,巡按河南,官至佥都御史。

⑦罔上:欺骗皇上。

⑧谪籍:古代登记谪降者的册籍,借指谪降者的行列。

⑨马公元飙:据史当作"冯公元飙",《魏叔子文集》卷十七亦作"冯公"。冯元飙,字尔弢,慈溪(今属浙江)人。曾任兵部右侍郎等

职。事见《明史·冯元飙传》。吴公麟徵:吴麟徵,字圣生,海盐
(今属浙江)人。天启二年(1622)进士。崇祯十五年(1642)任
吏科都给事中。事见《明史·吴麟徵传》。

⑩开陈:明白陈说,陈述。大指:即大旨,主要意思,大要。

⑪婉辞:恭顺或委婉的言辞。

⑫徐公石麟:"麟"当作"麒"。徐石麒,字宝摩,嘉兴(今属浙江)
人。天启二年进士。初入官,即忤魏忠贤而被革职。崇祯初复
职,后任刑部尚书。因对姜埰、熊开元量刑过轻,触怒帝意,罢官
还乡。明亡后,起兵嘉兴,嘉兴城陷,自缢而死。事见《明史·徐
石麒传》。充军:发配流放,旧时遣送犯罪者到边远地区服苦役
的刑罚。

【译文】

崇祯帝看到北镇抚司的上疏后大怒,认为他们拷打过于温和,以致
尚未查知实情,于是让锦衣卫司官再次拷讯,拶刑、夹刑都增加到八十,
杖刑则增加到三十。不久,给锦衣卫司官送去一小片密谕,写着:"即刻
处死姜埰、熊开元,对外只说他们是因病而亡。"锦衣卫左都督骆养性上
奏说:"如果两位大臣应当处死,陛下为什么不让相关部门写下他们的罪
行,使天下人都明白地知道他们的罪行?如果让锦衣卫执掌生杀之权,
这让当今之人和后世之人怎么评价陛下呢?"又悄悄地将此事告知朝中
大臣。都御史刘宗周上殿力争,从辰时到午时一直不肯退下。崇祯帝气
愤刘宗周固执己见,又不守君臣之礼,准备将其交付有关部门治罪。后
来怜惜他年老,只是革去职务,让他告老还乡。金都御史金光宸上奏表
陈说刘宗周清正廉直,愿意代替刘宗周受刑罚。崇祯帝闻此大怒,认为
他和刘宗周一样欺骗自己,便将金光宸降职。而兵部侍郎冯元飙、都给
事吴麟徵,上表陈说规谏之意,委婉劝说,崇祯帝的愤怒才有所缓解。不
久,崇祯帝又下密旨给北镇抚司说:"收回昨天的圣旨,不要施行。"于是
姜公和熊开元才得以转移至刑部牢狱。刑部尚书徐石麒打算将他们发

配到京师附近服苦役。崇祯帝大怒，下令将姜公和熊开元各自施一百廷杖。

　　是日，特遣大珰曹化淳、王德化监视①，众官朱衣陪列午门外西墀下②。左中使、右锦衣卫各三十员③，下列旗校百人④，皆衣襞衣⑤，执木棍。宣读毕，一人持麻布兜，自肩脊下束之，左右不得动。一人缚其两足，四面牵曳，唯露股受杖。头面触地，地尘满口中。杖数折，公昏绝不知人。弟垓⑥，时官行人⑦，口含溺吐公饮之⑧。名医吕邦相夜视公，曰："杖青痕过膝者不治，吾以刀割创处，七日而痛，为君贺矣！"半月，去败肉斗许，乃瘥。邦相曾活黄公道周廷杖⑨，京师号"君子医"也。大珰复命，上曰："二臣顾何言？"曰："二臣言皇帝尧、舜，臣得为关龙逢、比干足矣⑩。"上曰："两人舌强犹尔！"

【注释】

①大珰：指当权的宦官。珰，汉代武职宦官帽子的装饰品，后用来借指宦官。曹化淳：明末太监。精通诗文书画，入信王府陪侍五皇孙朱由检。朱由检继位后，曹化淳负责处理魏忠贤时的冤案，平反昭雪两千余件。王德化：明崇祯末年为司礼监太监。

②午门：宫城的正门，是群臣待朝候旨的地方。墀（chí）：台阶。

③中使：内廷的使者，多指宦官。

④旗校：泛指锦衣卫总旗、小旗、校尉等基层小官。其人数众多，《明史·毕锵传》："锦衣旗校至万七千四百余人。"

⑤襞（bì）衣：带褶皱的衣服。

⑥垓：姜垓，字如须，姜埰之弟。崇祯十三年（1640）进士，授行人司行人。明亡后，流寓苏州。事见魏禧《莱阳姜公偕继室傅孺人合葬墓表》（《魏叔子文集》外篇卷十八）、何天宠《姜考功垓传》（《（民国）莱阳县志》）、方以智《祭姜如须文》（《浮山文集》后编卷一）等。

⑦行人：明代行人司的官职名，掌传旨、册封、抚谕等事。

⑧溺：指童子尿。《姜贞毅先生自著年谱》记载姜垓"口衔童溺饮我"，中医认为童子尿补益阳气，能救治昏厥者。

⑨黄公道周：黄道周，天启二年（1622）进士，历官翰林院编修、詹事府少詹事。曾因指斥杨嗣昌而被崇祯帝贬官六级。明亡后，因抗清失败被俘，遂慷慨就义。事见《明史·黄道周传》。

⑩关龙逢：亦作关龙逄（páng），夏朝末年的著名贤臣。苦苦劝谏荒淫无道的夏桀，却被夏桀杀害。比干：曾劝谏暴虐荒淫的商纣王，被商纣王杀死并剖视其心。

【译文】

　　那一天，崇祯帝特意派遣大太监曹化淳、王德化监刑，多名身穿朱衣的官员陪站在午门外西边的台阶下。在台阶左右两边站着太监和锦衣卫各三十人，下面还站着一百个都身穿襞衣、手执木棍以行刑的旗校。宣读完崇祯帝的旨意，有一个行刑旗校手持麻布兜，将受刑者的肩膀脊背以下的部位牢牢捆住，防止受刑者左右晃动。又有一个行刑旗校将受刑者的两只脚捆住，再由四人向四面牵拽，只露出屁股和大腿以接受廷杖。姜、熊二人的头脸挨着地，满口都是地上的尘土。廷杖被打断了好几次，受刑的姜公昏迷在地，不省人事。姜公的弟弟姜垓时任行人一职，口中含着童子尿喂到姜公嘴里。名医吕邦相晚上去刑部牢狱探视姜公，说："青色的杖痕如果蔓延过膝盖就无法医治，我现在用刀子剐去受刑处的烂肉，七天内要是能感觉到疼痛，那就恭喜先生熬过难关了！"半个月里剐去了一斗多的烂肉，姜公才苏醒过来。吕邦相曾救治过受廷杖的黄道周，被京师人称为"君子医"。监刑的大太监曹化淳、王德化回去复命，崇祯帝说："姜、熊二人说了什么话没有？"太监回禀："二人都说皇帝如同尧、舜，他们心甘情愿做关龙逢、比干。"崇祯帝说："这两个人的舌头居然还是这样硬！"

　　明年春①，莱阳破，公父死于难。垓请身系狱，而释埰归治丧②，不许。台省亦交章请释公③。上曰："垓在！"七月疫，上命刑部清狱，公暂出。上召见刑部，以墨笔乂埰、开元名④，曰："此两大恶，奈何释之！"于是再入狱。十二月，首辅伏诛，有新参请释二臣者。上曰："朕怒二臣，岂为罪辅哉？"不许。

【注释】

①明年：指明崇祯十六年（1643）。上文记"崇祯癸未，北兵破莱阳，泻里守城死"，癸未即崇祯十六年。

②治丧：办理丧事。

③交章：指官员接连向皇帝上书奏事。

④乂："刈"的本字，本指割草，引申指除去、划去。

【译文】

　　崇祯十六年春天，莱阳被清军攻破，姜公的父亲死于国难。弟弟姜垓主动请求替兄长坐牢，以求能释放兄长回乡去处理父亲的丧事，但崇祯帝未应允。朝廷官员也纷纷上奏章请求释放姜公。崇祯帝回复："姜垓尚在，可以由他回家办理丧事！"这年七月疫病横行，崇祯帝让刑部整治牢狱以防疫病传播，姜公才被刑部临时从大牢放了出来。崇祯帝召见刑部官员，在释放名单上用墨笔划去姜、熊两个人的名字，说："这两人都是奸恶之徒，如何能释放！"于是，两人再次入狱。这年十二月，首辅周延儒被处以死刑，朝臣再次上奏章请求释放姜、熊二人。崇祯帝回复：

"我恼怒这两人，难道是因为他们曾得罪首辅吗？"依然不肯释放二人。

甲申正月①，闯贼猖獗②，阁臣李建泰奉命督师山西③。上御正阳门，行推毂礼④。建泰请释埰、开元，上报可，谪公成宣州卫⑤。公过故乡，哭光禄公⑥。闻京师陷，上殉社稷⑦，公恸哭。南之戍所。未至，弘光即位⑧，赦，公遂留吴门⑨，不肯归。会马士英、阮大铖用事⑩。大铖往被埰劾，必杀公兄弟。复窜走。丁亥⑪，避地徽州⑫，绝食。樵子宋心老时以菜羹啖之。或徒步数十里，走吴孝廉家得一饱⑬。祝发黄山丞相园⑭，而自号"敬亭山人"⑮，盖不敢忘先帝不杀恩也。

【注释】

①甲申：明崇祯十七年、清顺治元年（1644）。

②闯贼：对闯王李自成及其所率农民军的蔑称。

③李建泰：字复余，号括苍。崇祯十六年（1643），被提拔为吏部右侍郎兼东阁大学士。后被大顺军俘获。

④推毂（gǔ）：推动车轮轴，使车前进。古代帝王调兵作战时，常举行推毂之礼，如《史记·张释之冯唐列传》："上古王者之遣将也，跪而推毂。"

⑤宣州卫：明朝在今安徽宣城设置的卫，驻兵戍守当地。

⑥光禄公：指姜埰之父，即死后获赠光禄寺卿的姜泻里。

⑦社稷：国家的代称。

⑧弘光：南明皇帝朱由崧的年号（1645），这里指朱由崧。

⑨吴门：原指春秋吴国都城之西门的阊门，在今江苏苏州，后来代指苏州。

⑩马士英：字瑶草，贵阳（今属贵州）人。明万历四十七年（1619）

进士,授南京户部主事,后历官严州、河南、大同知府等职。明亡后,马士英与兵部尚书史可法、户部尚书高弘图等拥立福王朱由崧建立南明弘光政权,升任东阁大学士兼兵部尚书,成为首辅。最终殉国而死。阮大铖:字集之,号圆海,怀宁(今安徽安庆)人。明末大臣。阮大铖以进士居官后,先依东林党,后依魏忠贤,崇祯朝以附逆罪去职。明亡后在福王朱由崧的南明朝廷中官至兵部尚书、右副都御史、东阁大学士,对东林、复社人员大加报复。

⑪丁亥:清顺治四年(1647),南明永历元年。

⑫徽州:明代徽州府属南直隶,清初属江南省,治歙县(今属安徽)。

⑬吴孝廉:据《姜贞毅先生自著年谱》指"吴孝廉宇安"。吴宇安,字修能,歙县人。明崇祯三年(1630)举人(《(乾隆)歙县志》卷八)。

⑭祝发:削发受戒为僧。丞相园:位于安徽黄山,传说宋代宰相程元凤曾在此处读书,又名丞相源。

⑮敬亭山人:敬亭山在宣州(今安徽宣城宣州区)北,姜埰被贬宣州卫,虽未前往贬所,却自号"敬亭山人""宣州老兵",以示不忘崇祯之恩。高咏《姜埰传》记:"盖不忘烈皇帝不杀恩,而敬亭在宣,其戍所也。"

【译文】

崇祯十七年正月,李自成所率农民军势头猖獗,东阁大学士李建泰奉旨前往山西统率军队以镇压农民军。崇祯帝驾临正阳门,举行推毂礼。李建泰趁机请求释放姜埰、熊开元二人,崇祯帝允许,于是贬谪姜公去戍守宣州卫。姜公路过故乡莱阳时,哭悼已逝世的父亲。不久听闻京城沦陷、崇祯帝自缢殉国,姜公放声痛哭。他又向南前往谪戍的宣州卫。还没有到宣州卫,南明弘光帝登基,大赦天下,姜公便留在了苏州,不愿意去陪都南京。时值马士英、阮大铖执掌政权。阮大铖曾被姜埰弹劾过,势必要杀死姜氏兄弟。于是,姜公再次逃遁。清顺治四年,姜公逃到徽州，食物断绝。樵夫宋心老常送菜羹供姜公食用。他有时徒步数十里地，前往吴举人家吃一顿饱饭。后来他在黄山丞相园削发为僧，自号为"敬亭山人"，大概是不敢忘却崇祯帝没处死他的恩情吧。

　　后还吴门，终僧服，不与世人接。二子安节、实节①，才，亦不令进取。戊子②，奉母归莱阳。母疾甚，公默祷，愿减算延母。山东巡抚重公名③，下檄招公。公故坠马以折股，召疡医④，竹篼舁之⑤。使者归报。公夜驰还江南，自号"宣州老兵"。尝欲结庐敬亭山⑥，未果。癸丑夏⑦，公疾病，呼二子谓曰："吾受命谪戍。今遭世变，流离异乡，生不能守先墓，死不能正丘首⑧，抱恨于中心。吾当待尽宣州，以终吾志。"越数日，则曰："吾不能往矣！死必埋我敬亭之麓。"口吟《易箦歌》一章，呕血数升而殁，时年六十有七。遗命碑碣神主不题故官⑨，棺用薄材，不营佛事。二子皆遵行之。葬敬亭日，远近吊者如市。同人私谥曰"贞毅先生"⑩。公隐居后，多著述，自选所为诗文，刻《敬亭集》藏于家⑪，绝不示人。传甲乙以来殉节诸贤曰《正气集》⑫，自题己亥后诗文曰《馎饦集》⑬，又著《纪事摘缪》，皆藏之。

【注释】

①安节：姜安节，字勉中。姜埰长子。在姜埰辞世后，隐遁不仕。事
　见《（嘉庆）宣城县志》卷十五。实节：姜实节，字学在，号鹤涧，
　姜埰次子。

②戊子：清顺治五年（1648），南明永历二年。

③山东巡抚：清初山东设山东巡抚、登莱巡抚，主管姜埰家乡莱阳县

的应为登莱巡抚。

④疡医：主治跌打损伤的医生。

⑤竹篗（biān）：竹制的舆床。舁（yú）：抬。

⑥结庐：构结庐舍，建造房屋。

⑦癸丑：清康熙十二年（1673）。清徐枋《故给谏东莱姜公垛私谥贞毅先生议》记："故东莱姜公垛于癸丑岁六月丙午，以疾卒于吴门之舍馆。"（《居易堂集》卷九）

⑧丘首：《礼记·檀弓》记"狐死正丘首"，狐狸将死时，会摆正头使其朝向它出生的土丘。后来比喻人死后归葬故乡。

⑨神主：供奉祖先或死者用的灵牌。

⑩同人：志同道合的朋友。私谥：古代士大夫死后由亲属、朋友或门人给予的谥号。

⑪《敬亭集》：姜垛《敬亭集》今存清康熙间刻本、光绪十五年（1889）重刻本。凡十卷，集中诗文各五卷，卷首有黄周星序、钱澄之序、著者自序，诗文补遗一卷，附录一卷有魏禧、徐枋所作传记等，又录有《姜贞毅先生自著年谱》和姜安节、姜实节《年谱续编》。

⑫甲乙：指明末清初的甲申、乙酉年，也就是清顺治元年（明崇祯十七年，1644）、顺治二年（1645）。王根林校本作"甲申"。

⑬己亥：清顺治十六年（1659）。

【译文】

后来，姜公返回苏州，一直身穿僧服，不与他人交往。姜公的两个儿子姜安节、姜实节，有才学，他却不让儿子向仕途发展。顺治五年，姜公侍奉母亲回到莱阳。姜母身染重病，姜公悄悄祈祷，发愿削减自己寿命以延长母亲的寿命。山东巡抚看重姜公的声誉，发公文征召姜公。姜公故意从马上摔下跌断大腿，让人用竹轿抬着去请疡医诊治。送公文的使者回去汇报此事。而姜公连夜逃回江南，自号"宣州老兵"。他曾打算在敬亭山结庐隐居，却未能如愿。康熙十二年夏天，姜公身患疾病，唤二子近前嘱咐说:"我奉命被贬到宣州卫戍守。现在却经历朝代变迁,流落异乡,生前无法给祖先守墓,死后不能归葬故乡,这让我心存遗憾。我应当待在宣州,以此了结我的志愿。"过了数日,又说:"我不能去宣州了啊!我死后一定要把我埋葬在敬亭山下。"口中吟诵一首《易簀歌》,吐血数升而逝,终年六十七岁。临终留下遗言:不在墓碑、灵牌上题写官位,不选好木材做棺材,不请僧人做法事。二子皆遵照姜公的遗言而行。在敬亭山安葬他的那天,远近吊丧的人多如赶集者。朋友们赠予他谥号为"贞毅先生"。姜公隐居后,撰写了不少著作,选辑自己的诗文作品,刻印《敬亭集》一书藏于家中,不肯给人看。记载明末清初殉国的诸位先贤事迹而成《正气集》,顺治十六年之后的诗文自题为《馎饦集》,又撰写《纪事摘缪》,这些书皆秘不示人。

　　魏禧曰:公有赠禧序及《见怀》诸诗,皆未出。公死,而公二子乃写寄禧山中也。予客吴门,数信宿公①。每阴雨,公股足骨发痛,步趾微跛踦②。哀哉!北镇抚司狱廷杖、立枷诸制③,此秦法所未有,始作俑者,罪可胜道哉!宣城沈寿民曰④:"《谥法》⑤:'秉德不回曰孝。'经曰⑥:'事君不忠,非孝也。'公死不忘君,全而归之,可以为孝矣,宜谥曰贞孝。"

【注释】

①信宿:连住两夜。

②跛踦(qī):行走不稳貌。

③立枷:一种刑具。用木头做成笼子,笼顶有枷,有圆孔,套在囚犯颈上,使囚犯直立笼中,常常数日即死。

④沈寿民:字眉生,号耕严。明末诸生。

⑤《谥法》:以下所引文字见于《逸周书·谥法》。谥法,评定谥号

的法则。

⑥经：儒家经典，此指十三经中的《礼记》，以下所引文字见《礼记·祭义》。

【译文】

魏禧说：姜公赠给我序文和《见怀》等诗，都没有刻印成书。姜公去世后，他的两个儿子便抄写并寄送到我隐居的山中。我流寓苏州时，多次借宿在姜家。每到阴雨天，姜公的大腿、脚骨发痛，走路脚有些跛。悲哀啊！北镇抚司大狱的廷杖、立枷等制度，这些是连秦朝律法中都没有的，创制这些刑罚的人，其罪状能数得清吗？宣城人沈寿民说："《谥法》记：'保持美德而不行邪僻就是孝。'《礼记》记：'为君主效力而不忠诚，不是孝的表现。'姜公至死不忘君主，保全声名而返归贬所，可以称得上孝了，应该被谥为贞孝。"

金棕亭曰①：余游黄山，访先生祝发处。山僧犹藏手迹数纸。诗格豪放，字画遒劲，真希世宝也！以魏公文、姜公事作《新志》压卷，足令全书皆生赤水珠光②。

【注释】

①金棕亭：金兆燕，字棕亭，一字钟越，全椒（今属安徽）人。幼称神童。清乾隆三十一年（1766）进士，官国子监博士，改扬州府教授。有《国子先生集》。事略见清王昶《国朝词综》卷四一、清李斗《扬州画舫录》卷十。

②赤水珠：神话传说中赤水生的宝珠。《庄子·天地》："黄帝游乎赤水之北，登乎昆仑之丘而南望，还归，遗其玄珠。"《山海经·海外南经》："三株树在厌火北，生赤水上，其为树如柏，叶皆为珠。"

【译文】

金兆燕说：我游览黄山，寻访姜先生剃发的寺院。山寺僧人还藏着姜先生的数张墨迹。他的诗歌风格豪放,书法笔画刚劲有力,真是稀世之宝啊!用魏公文章、姜公事迹作为《虞初新志》压卷之作,完全能让这本书像赤水珠那样灿然生辉。

大铁椎传

魏禧(冰叔)[1]

大铁椎[2],不知何许人。北平陈子灿省兄河南[3],与遇宋将军家。宋,怀庆青华镇人[4],工技击[5],七省好事者皆来学[6];人以其雄健,呼"宋将军"云。宋弟子高信之,亦怀庆人,多力善射,长子灿七岁,少同学,故尝与过宋将军[7]。时座上有健啖客[8],貌甚寝[9],右肋夹大铁椎,重四五十斤,饮食拱揖不暂去[10];柄铁折叠环复如锁上练[11],引之长丈许[12]。与人罕言语,语类楚声。扣其乡及姓字[13],皆不答。

【注释】

①魏禧:参见本卷《姜贞毅先生传》注释。本篇《虞初新志目录》注出魏禧《魏叔子文集》。今《魏叔子文集》卷十七录此文,并有序记:"庚戌十一月,予自广陵归,与陈子灿同舟。子灿年二十八,好武事。予授以《左氏兵谋兵法》,因问:'数游南北,逢异人乎?'子灿为述大铁椎。作《大铁椎传》。"又见清赵吉士《寄园寄所寄》卷十引《魏叔子文集》。

②大铁椎(chuí):不知姓名的奇士,以他惯用的武器大铁椎来称呼他。其人其事还可参见王炜《大铁椎纪事》(《鸿逸堂稿》卷四)。铁椎,即铁锤。

③北平:指顺天府(今北京)。明洪武元年(1368)改元大都为北平

府。明成祖永乐元年（1403）建为北京，改名顺天府，府城为明、
清两朝的都城，故又称京师。省兄：看望哥哥。

④怀庆：府名。明洪武元年（1368）改怀庆路置，治所在河内县（今
河南沁阳）。

⑤工技击：擅长搏斗的武艺。

⑥七省：指河南及周边相邻各省。

⑦过：访问。

⑧健啖（dàn）：食量很大。啖，吃。

⑨貌甚寝：相貌甚丑陋。寝，面貌难看。

⑩拱揖：拱手作揖以示敬意。

⑪练：用同“链”。此指用铁环连缀成的链条。

⑫引：拉开。

⑬扣：询问。

【译文】

大铁椎，不知道是什么地方的人。北平人陈子灿到河南看望哥哥，
和他在宋将军家相遇。宋将军是怀庆府青华镇人，擅长搏击之术，周边
七省爱好搏击的人都来向他学习武艺；人们因为他强健有力，称呼他为
“宋将军”。宋将军的弟子高信之，也是怀庆府人，力气很大善于射箭，
比陈子灿大七岁，两人是少年时候的同学，因而曾经一起去拜访宋将军。
当时座席间有个食量很大的客人，容貌极为丑陋，右肋下夹着大铁椎，重
约四五十斤，吃饭、拱手作揖片时都不放下；椎柄上的铁链折叠环绕好像
锁链一样，拉开有一丈多长。他与别人很少交谈，口音像楚地人。询问
他的故乡和姓名，都不回答。

既同寝，夜半，客曰：“吾去矣！”言讫不见①。子灿见窗
户皆闭，惊问信之。信之曰：“客初至，不冠不袜，以蓝手巾
裹头，足缠白布。大铁椎外，一物无所持，而腰多白金②。吾

与将军俱不敢问也。"子灿寐而醒^③，客则鼾睡炕上矣。

【注释】

①讫（qì）：完结，终了。

②白金：银子。

③寐（mèi）：睡，睡着。

【译文】

不久，几人同居一室，半夜的时候，大铁椎说："我去也！"说完就不见了。陈子灿见门窗都关着，吃惊地问高信之。高信之说："大铁椎刚到时，不戴帽、不穿袜子，用蓝手巾裹头，脚上缠着白布。除了大铁椎外，没有带一样东西，而腰里藏着很多银子。我和宋将军都不敢问他。"陈子灿睡觉醒来，大铁椎却在炕上打着鼾入睡了。

一日，辞宋将军曰："吾始闻汝名，以为豪，然皆不足用。吾去矣！"将军强留之^①，乃曰："吾尝夺取诸响马物^②，不顺者辄击杀之^③；众魁请长其群^④，吾又不许，是以仇我。久居此，祸必及汝。今夜半，方期我决斗某所^⑤。"宋将军欣然曰^⑥："吾骑马挟矢以助战^⑦！"客曰："止！贼能且众，吾欲护汝，则不快吾意。"宋将军故自负，且欲观客所为，力请客。客不得已，与偕行。

【注释】

①强留：执意挽留。

②响马：旧时称抢劫财物者。因劫掠时先施放响箭，或马身上有铃铛作响，故称。

③辄（zhé）：就。

④众魁：众强盗。

⑤期：约定。

⑥欣然：喜悦的样子。

⑦挟矢：带着箭。

【译文】

一天，大铁椎向宋将军告辞说："我当初听闻你的大名，以为你是豪杰，然而全然无用。我去也！"宋将军执意挽留他，他才说："我曾经夺取拦路抢劫的强盗的东西，不顺从者都被我击杀了；强盗们想让我做他们的头领，我又不同意，因此他们怀恨在心。久居此处，灾祸一定会牵连到你。今天半夜，正好他们要约我在某地决斗。"宋将军高兴地说："我骑上马带着弓箭去助战！"大铁椎说："不要去！强盗本领高超而且人多势众，我要是想着保护你，就无法打个痛快。"宋将军本就自以为了不起，而且想要看看大铁椎的本事，竭力请求和大铁椎同去。大铁椎不得已，带他一起去了。

将至斗处，送将军登空堡上，曰："但观之，慎勿声，令贼知汝也！"时鸡鸣月落，星光照旷野，百步见人。客驰下，吹觱篥数声①。顷之②，贼二十余骑四面集，步行负弓矢从者百许人。一贼提刀纵马奔客，曰："奈何杀吾兄！"言未毕，客呼曰："椎！"贼应声落马，人马尽裂。众贼环而进，客从容挥椎，人马四面仆地下，杀三十许人。宋将军屏息观之，股栗欲堕③。忽闻客大呼曰："吾去矣！"但见地尘起，黑烟滚滚，东向驰去。后遂不复至。

【注释】

①觱篥（bì lì）：古代传自西域的一种管乐器。形似喇叭，以芦苇作

嘴,以竹作管,声音悲凄。

②顷之:一会儿。

③股栗:因紧张、害怕而两腿发抖。栗,发抖。

【译文】

　　大铁椎带宋将军来到决斗的地方,送宋将军登上无人的城堡,吩咐他说:"只许观看,切莫出声,不要让强盗察觉到你!"此时,雄鸡鸣叫,皎月西落,星光映照着空旷的原野,百步之内都能清晰见人。大铁椎飞驰而下,吹响数声觱篥。不大功夫,二十多个骑马的强盗从四面聚集过来,背着弓箭步行追随的强盗有一百多人。一个强盗提刀纵马冲向大铁椎,说:"为什么杀死我的兄弟!"话没说完,大铁椎高喊:"看椎!"强盗应声落马,人马都被打得碎裂。众强盗环形包围并开始进击,大铁椎从容挥动铁椎,强盗人马被杀得四面栽倒在地,死了三十多人。宋将军止住气息悄悄观看,两腿发抖,摇摇欲坠。忽然听到大铁椎大呼:"我去也!"只看见地上尘土飞扬,黑烟滚滚,向东奔驰而去。后来再没回来。

　　魏禧论曰:子房得沧海君力士①,椎秦皇帝博浪沙中②。大铁椎其人与! 天生异人,必有所用之。予读陈同甫《中兴遗传》③,豪俊侠烈魁奇之士,泯泯然不见功名于世者④,又何多也! 岂天之生才,不必为人用与? 抑用之自有时与? 子灿遇大铁椎为壬寅岁⑤,视其貌,当年三十,然则大铁椎今四十耳。子灿又尝见其写市物帖子⑥,甚工楷书也。

【注释】

①子房:张良,字子房。秦末汉初谋士,封留侯。与韩信、萧何并称"汉初三杰"。沧海君:《史记》作"仓海君",秦时东夷秽貊国君主,曾送给张良一个大力士。张良安排大力士在博浪沙用铁椎狙

击了秦始皇。事见《史记·留侯世家》。

②博浪沙：古地名，在今河南原阳。

③陈同甫：陈亮，字同甫，人称龙川先生，南宋文学家，著有《龙川文集》《龙川词》《中兴遗传》。《中兴遗传》：陈亮著作，记载宋南渡前后大臣、大将、死节、能臣、能将、直士、侠士等各类人物。

④泯泯然：消亡，消失。

⑤壬寅岁：指清康熙元年（1662）。

⑥市物帖子：购物单。

【译文】

魏禧评论说：张良得到沧海君的力士，在博浪沙椎击秦始皇。大铁椎与他是同样的人啊！天生异人，必有用武之地。我阅读陈同甫《中兴遗传》，看到豪杰俊彦、侠士奇客之辈，纷纷消亡于世而未显声名，此类人何其多啊！难道天生英才，总是不被重用吗？还是肯定有被重用的机会呢？陈子灿在康熙元年遇到大铁椎，看他的样貌，时年三十，这样的话大铁椎如今四十岁了。陈子灿还曾经见过他写的购物单子，楷书写得相当工整。

张山来曰①：篇中点睛在三称"吾去矣"句。至其历落入古处②，如名手画龙，有东云见鳞西云见爪之妙。

【注释】

①山来：张潮的字。

②历落：参差疏落。

【译文】

张潮说：这篇作品的点睛之笔在于三次所写"吾去矣"句。至于它参差疏落而接近古文之处，好像丹青妙手画龙，能有站在东边看见的是龙鳞、站在西边看见的是龙爪的妙处。

徐霞客传

王思任（季重）①

徐霞客者②，名弘祖，江阴梧塍里人也③。高祖经④，与唐寅同举⑤，除名⑥。寅常以倪云林画卷偿博进三千⑦，手迹犹在其家。霞客生里社⑧，寄情郁然⑨，玄对山水⑩。力耕奉母，践更繇役⑪，蹙蹙如笼鸟之触隅⑫，每思飏去⑬。

【注释】

①王思任：字季重，号遂东，山阴（今浙江绍兴）人。明代文学家。王思任曾著《徐氏三可传》叙徐霞客父母之事；然考此篇《徐霞客传》则出于钱谦益之手。文首署"王思任"，系后人妄改。清乾隆帝因钱谦益"荒诞悖谬，其中诋谤本朝之处，不一而足"（《清史列传·钱谦益传》），故下旨将钱氏自著书毁除，其他典籍中涉及钱谦益的评论、诗词等也予以抽毁，故姚觐元编《清代禁毁书目》记："《虞初新志》，婺源县张潮选，内有钱谦益著作，应铲除抽禁。"而本篇则是后来重刻《虞初新志》时，将作者钱谦益妄改作王思任，而小嫏嬛山馆刻本《目录》随意将出处标为《文津选本》，显然是借鉴下篇《秋声诗自序》之出处。钱谦益，字受之，号尚湖，又号牧斋，晚号蒙叟、东涧遗老，明末清初江南常熟（今江苏常熟）人。明万历三十八年（1610）进士，为东林党领袖之一，官至礼部侍郎。后因与温体仁争权失败而被革职。明亡后，马士英、阮大铖在南京拥立福王，建立南明弘光政权，钱谦益依附之，任礼部尚书。后降清，为礼部侍郎。学识渊博，工词章，尤善作诗，以文学冠东南，著有《牧斋初学集》《牧斋有学集》等。事见《清史稿·钱谦益传》《清史列传·钱谦益传》等。本篇《徐霞客

传》载于钱谦益《牧斋初学集》卷七一。未见于康熙序刻本《虞初新志》。又见引于钱肃润《文瀫初编》卷十五、黄宗羲《明文授读》卷五四等。

②徐霞客：名弘祖，字振之，号霞客，江阴县梧塍（chéng）里（今江苏江阴祝塘镇大宅里村）人。明代地理学家、旅行家、文学家。他游览天下三十余年，步行十余万里，所到之处，探幽寻秘，并记有二百六十余万字的游记作品（今存六十余万字）。事见明陈函辉《霞客徐先生墓志铭》。

③江阴：县名，明、清属常州府。治所即今江苏江阴。

④高祖经：高祖父徐经。徐经，字衡甫，自号西坞。家富藏书，平时足不出阃，目不窥市，一心读书。明孝宗朱祐樘弘治八年（1495）乡试举人，弘治十二年（1499）赴京会试时与唐寅因科场舞弊案均遭削除仕籍。返乡后闭门读书，并作《贲感集》以明志。事见薛章宪《乡进士徐君衡甫行状》（《鸿泥堂续稿》卷十）。

⑤与唐寅同举：与唐寅一起参加会试。唐寅，字伯虎，号六如居士，苏州府吴县（今江苏苏州）人。明朝著名书法家、画家、诗人。明弘治十一年（1498）戊午科应天乡试解元，弘治十二年赴京参加会试，卷入科场舞弊案，坐罪入狱，黜充吏役。从此绝意仕进，游荡江湖，用心绘画。

⑥除名：除去名籍，取消功名。

⑦常：通"尝"。倪云林：倪瓒，初名倪珽，号云林子，常州府无锡县（今江苏无锡）人，元末明初画家、诗人。博进：赌资。

⑧里社：原指里中祭祀土地神的地方，此处借指乡里。

⑨寄情：寄托感情。郁然：悠远貌。

⑩玄：默。此指默然冥想，感悟山水中的真韵。

⑪践更：古代的一种徭役。轮到的可以出钱雇人代替。受钱代人服役叫践更。

⑫蹙蹙（cù）：局促不安。隅：角落，此指鸟笼。

⑬飏（yáng）去：向上飞，遁去。

【译文】

　　徐霞客，名弘祖，是江阴县梧塍里人。高祖父徐经，和唐寅一同赴京参加会试，因牵涉科场舞弊案而被取消功名。唐寅曾用倪瓒的画作偿还输给徐经的三千贯赌金，画作至今尚在徐家。徐霞客生长在乡间，而寄情悠远，常冥想山水以寻求自然真韵。他辛勤耕作以奉养老母，遇到各类徭役时，便紧张不安恍如笼中之鸟，常常想着能遁迹远去。

　　年三十，母遣之出游。每岁三时出游①，秋冬觐省②，以为常。东南佳山水，如东西洞庭、阳羡、京口、金陵、吴兴、武林③，浙西径山、天目④，浙东五泄、四明、天台、雁宕、南海落迦⑤，皆几案衣带间物耳。有再三至，有数至，无仅一至者。其行也，从一奴，或一僧，一杖，一襆被。不治装，不裹粮，能忍饥数日，能遇食即饱，能徒步走数百里。凌绝壁，冒丛箐⑥，攀援上下，悬度绠汲⑦，捷如青猿，健如黄犊。以岩崿为床席⑧，以溪涧为饮沐，以山魅木客、王孙獑父为伴侣⑨。傮傮粥粥⑩，口不能道词，与之论山经，辨水脉，搜讨形胜⑪，则划然心开。居平未尝錾悦为古文辞⑫，行游约数百里，就破壁枯树，燃松拾穗，走笔为记，如甲乙之簿⑬，如丹青之画，虽才华之士无以加也。

【注释】

①三时：春、夏、秋三季。

②觐省：探望父母。徐霞客十九岁父亲去世，故此处仅指看望母亲。

③东西洞庭：洞庭东山和洞庭西山，在今江苏苏州西南太湖中，西面的称洞庭西山，东面的称洞庭东山。阳羡：明代宜兴县（今江苏宜兴）的古称。京口：明、清镇江府（今江苏镇江）的古称。金陵：南京的别称。吴兴：今浙江湖州的古称。武林：杭州的别称，得名于境内武林山。

④径山：位于浙江杭州西北，以径通天目山主峰，故名。天目：山名。地处浙江杭州西北部，浙皖两省交界处。古名浮玉山，"天目"之名始于汉，有东西两峰，顶上各有一池，长年不枯，故名。

⑤五泄：山名。位于浙江诸暨西。五泄山巅有瀑布从崇崖峻壁间飞流而下，折为五级，总称"五泄溪"。山因之得名。五泄山风光以青山挺秀、飞泉成泄而著称。四明：山名。位于浙江宁波西南。相传山上有方石，四面如窗，中通日月星辰之光，故称四明山。天台：山名。位于浙江天台县城北，多悬岩、峭壁、瀑布。雁宕：雁宕山，又作雁荡山，浙江东南部的山脉。山多悬崖、奇峰、瀑布。南海落迦：南海落迦山，即普陀山，在今浙江舟山普陀区，属舟山群岛。古称梅岑山，传说汉方士梅福在此炼丹。又相传这里是观音菩萨的道场。

⑥丛篝（qìng）：茂密的竹林。

⑦悬度绠（gěng）汲：以悬索度越山谷，如同以绠绳汲水一般。

⑧崟（yín）岩：高峻岩石。

⑨山魅：山中精怪。木客：深山精怪。王孙：猴子的别称。玃（jué）父：古书上说的一种大猴。

⑩儚儚（méng）：昏昧、糊涂的样子。粥粥：恭肃谦卑的样子。

⑪形胜：山川壮美之地。

⑫鞶帨（pán shuì）：比喻雕饰华丽的辞采。古文辞：指绍继唐宋八大家的散体文创作，相对于科举应用文体而言。也作"古文词"。

⑬甲乙之簿：分类明确、记载清楚的记事簿。甲乙，次第相连的编次类别。

【译文】

徐霞客三十岁时,他母亲让他出外游历。他每年春夏秋三季外出漫游,秋冬间又回家探望母亲,习以为常。东南地区的山水秀丽之处,如洞庭东山、洞庭西山、宜兴、镇江、南京、湖州、杭州,浙西地区的径山和天目山,浙东地区的五泄山、四明山、天台山、雁宕山、南海落伽山,对他来说熟悉得都像几案、衣带上随手可及的物品而已。有的地方游览两三次,有的地方游览数次,没有仅仅去了一次的地方。他游览时,带着一个奴仆,或者一位僧侣,带一根手杖,一包行李。不须整治行装,不用裹携粮食,能忍饥挨饿数天,能遇食即来填腹,能徒步行走数百里。登上悬崖峭壁,挺进茂密丛竹,上下攀援,悬绳索以度越山谷,迅捷如青猿,矫健如黄牛。把高峻岩石当作床席,以溪涧之水饮用梳洗,将山精木怪、猿猴狠獾视为同伴。他愚拙谦卑,口中似乎说不出什么词语,可和他谈论山脉走势,辨识水流分布,深入讨论壮美山川,就豁然间心灵开悟,便能侃侃而言。平日间,他从不用华丽辞采撰写散体古文,漫游大约数百里后,偎依着破壁枯树,燃烧松节、捡拾草穗,运笔如飞记述其经逢,如同记事分明的簿册,又如同丹青妙手的画作,纵使是有才华的人也无法超越。

游雁宕还,过陈木叔小寒山①。木叔问:"曾造雁山绝顶否?"霞客唯唯。质明已失其所在②。十日而返,曰:"吾取间道,扪萝上龙湫三十里,有宕焉③,雁所家也。攀绝磴上十数里④,正德间白云、云外两僧团瓢尚在⑤。复上二十余里,其颠罡风逼人⑥,有麋鹿数百群,围绕而宿。三宿而始下。"其与人争奇逐胜,欲赌身命,皆此类也。

【注释】

①陈木叔:陈函辉,字木叔,号小寒山子,临海(今属浙江)人。徐霞

客好友,曾为其作墓志铭。小寒山:即寒岩山,在浙江临海西南,风
景秀丽,多洞穴。陈函辉《霞客徐先生墓志铭》记:"壬申秋,以三
游台、宕,偕仲昭过余小寒山中,烧灯夜话,粗叙其半生游屐之概。"

②质明:天刚亮的时候。

③宕:洞穴,洞屋。

④磴(dèng):山路上的石台阶。

⑤正德:明武宗朱厚照的年号(1506—1521)。团瓢:圆形草屋。据
清梁章钜《雁荡诗话》卷上"薛应旂":"白云、云外二人,皆五台
僧。正德间,结茅龙湫绝顶,人迹罕至。武进薛应旂访之,陟绝磴
不能上,命大鸣钟磬,仿佛二人立岩隈。"

⑥罡(gāng)风:劲风。

【译文】

　　游完雁宕山,拜访居住寒岩山的陈函辉。陈函辉问:"可曾到过雁
宕山的最高峰呢?"徐霞客口中答应着。第二天拂晓,徐霞客已不知所
踪。十天后才返回,说:"我选了一条小路,攀援葛藤登临龙湫,走了三十
里,发现一处洞穴,大雁群居此处。攀爬石阶走了十几里路,看到正德年
间白云、云外两位僧人栖息的草屋至今还在。又向上爬了二十多里,雁
宕山顶劲风逼人,有数百群麋鹿,相互环绕栖息聚居。连歇三晚,方才返
回。"他和人争气逐胜,愿赌上性命,皆如此类。

　　已而游黄山、白岳、九华、匡庐①。入闽,登武夷②,泛九
鲤湖③。入楚,谒玄岳④。北游齐、鲁、燕、冀、嵩、雒⑤,上华
山⑥,下青柯坪⑦。心动趣归,则其母正属疾,啮指相望也⑧。

【注释】

①黄山:位于安徽南部黄山市境内。峰岩青黑,遥望苍黛,故原名
"黟山"。后相传轩辕黄帝曾在此炼丹,故改名作"黄山"。黄山

奇松、怪石、云海、温泉、冬雪五绝闻名天下，徐霞客曾赞叹："薄海内外无如徽之黄山。登黄山，天下无山，观止矣！"白岳：齐云山，位于安徽休宁西，古称白岳，与黄山南北相望，风景绮丽，素有"黄山白岳甲江南"之誉，乾隆帝称之为"天下无双胜景，江南第一名山"。九华：九华山，古称陵阳山、九子山，位于安徽青阳境内，素有"东南第一山"之称。匡庐：庐山，又名匡山、匡庐，位于江西九江境内。庐山以雄、奇、险、秀闻名于世，素有"匡庐奇秀甲天下"之美誉。

②武夷：武夷山，位于江西与福建两省交界处。集山岳、河川风景于一身，兼具奇、秀、美、古。

③九鲤湖：位于福建仙游，以湖、洞、瀑、石四奇著称，尤以飞瀑为最，素有"九鲤飞瀑天下奇"之美誉。徐霞客把它与武夷山、玉华洞并称"福建三绝"。

④玄岳：武当山，位于湖北十堰丹江口市境内。相传真武神人（即玄武神）曾在此修道。明永乐年间尊奉真武为帝，故此山得名玄岳。

⑤齐、鲁、燕、冀、嵩、雒：泛指山东东部、山东西部、京津及河北、河南登封和洛阳等地。嵩，嵩山在河南登封境内。雒，指洛阳。

⑥华山：五岳之一。位于陕西华阴，素有"奇险天下第一山"之说。

⑦青柯坪：在华山西峰脚下。是华山峪中唯一的山间盆地，面积较大，地势平缓，因坪地青柯树浮苍点黛，枝叶茂密，故有此名。

⑧啮指：咬指头。后多指母亲对儿子的思念和儿子对母亲的孝思。晋干宝《搜神记》卷十一记："曾子从仲尼在楚而心动，辞归问母。母曰：'思尔啮指。'"

【译文】

后来，游览黄山、齐云山、九华山、庐山。游至福建，登临武夷山，泛游九鲤湖。行至湖北，访游武当山。往北方漫游齐、鲁、燕、冀、嵩、雒等地，攀越华山，下经青柯坪。心中忽有触动而欲归家，原来是徐母生病，啮指以盼儿子还乡。

母丧服阕^①，益放志远游。访黄石斋于闽^②，穷闽山之胜，皆非闽人所知。登罗浮^③，谒曹溪^④，归而追石斋于黄山。往复万里，如步武耳^⑤。由终南背走峨眉^⑥，从野人采药，栖宿岩穴中，八日不火食。抵峨眉，属奢酋阻兵^⑦，乃返。只身戴釜，访恒山于塞外^⑧，尽历九边厄塞^⑨。

【注释】

①服阕（què）：守丧期满脱去丧服。阕，终了。

②黄石斋：黄道周，字幼玄，号石斋，漳州府漳浦县（今福建漳浦）人。明末学者、书画家、文学家。明天启二年（1622）进士，历官翰林院修撰、詹事府少詹事。明亡后，仕南明，后被俘殉国。徐霞客推崇黄道周，称"其字画为馆阁第一，文章为国朝第一，人品为海宇第一。其学问直接周、孔，为古今第一。然其人不易见，亦不易求"（《徐霞客游记·滇游日记七》）。

③罗浮：罗浮山，位于广东博罗。被道教尊为天下第七大洞天、第三十四福地。

④曹溪：水名。在广东韶关双峰山下。禅宗六祖慧能曾在曹溪宝林寺演法，使此地名闻天下。

⑤步武：古以六尺为步、半步为武，喻指很短的距离。

⑥终南：终南山，又名太乙山，位于陕西境内秦岭山脉中段。峨眉：峨眉山，位于四川西南部。地势陡峭，风景秀丽，素有"峨眉天下秀"之称。清蒋超《峨眉山志》卷二引《峨眉郡志》记"此山云鬟凝翠，鬓黛遥妆，真如螓首蛾眉，细而长，美而艳也"，故名峨眉山。

⑦属奢酋阻兵：恰好遇到奢崇明举兵叛乱而被阻。奢崇明是苗族

首领,世居四川永宁,任永宁宣抚司宣抚使。明熹宗天启元年
(1621)反叛,《明史·熹宗纪》记:"(天启元年九月)永宁宣抚使
奢崇明反,杀巡抚徐可求,据重庆,分兵陷合江、纳溪、泸州。"继
而进围成都,立国号大梁,自称大梁王,后由朱燮元平定其乱。

⑧恒山:亦名太恒山,"五岳"之北岳。位于山西浑源南,号称"人天
北柱""绝塞名山"。

⑨九边:本谓明代设在北方的九个边防重镇,后泛指边境。厄塞:险
要之地,险阻要塞。

【译文】

徐霞客为母亲守丧期满后,更加放纵心志去远游四方。他到福建
拜访黄道周,逛遍闽中山川秀丽之地,那些地方甚至连福建人都不知道。
登攀罗浮山,游访曹溪,回来时又追寻黄道周而到黄山。往返万里之遥,
浑如咫尺之近。从终南山后向峨眉山行进,跟随山民采摘药草,止宿在
山岩洞穴之中,八天里未能生火煮饭。抵达峨眉山,正值奢崇明举兵叛
乱而行程被阻,于是折返而归。独自一人,背着炊锅,游历塞北的恒山,
游遍九边边塞险要之地。

　　归,过予山中,剧谈四游四极①,九州九府②,经纬分
合③,历历如指掌。谓昔人志星官舆地④,多承袭傅会。江河
二经⑤,山川两戒⑥,自纪载来,多囿于中国一隅。欲为昆仑
海外之游⑦,穷流沙而后返⑧。小舟如叶,大雨淋湿,要之登
陆,不肯,曰:"譬如涧泉暴注,撞击肩背,良足快耳!"

【注释】

①四游:古人认为大地和星辰在一年的四季分别向东、南、西、北四
极移动,此处指日月周行四方所达到的最远点。四极:四方极远

的地方。

②九州：古代把天下分为九州，历来说法不一，《尚书·禹贡》所说
　　的九州为扬、荆、豫、青、兖、雍、徐、冀、梁。后用作中国的代称。
　　九府：各地的宝藏和特产。

③经纬：天下道路南北为经，东西为纬。

④星官：天文星象。舆地：地理。

⑤江河二经：指长江、黄河两条干流。《徐霞客游记·溯江纪源》：
　　"江、河为南北二经流，以其特达于海也。"

⑥两戒：国家疆域的南北界限。

⑦昆仑：昆仑山，又称昆仑墟。中国西部山系的主干。西起帕米尔高
　　原东部，横贯新疆、西藏间，伸延至青海境内。

⑧流沙：沙漠。沙常因风吹而流动，故称。

【译文】

　　徐霞客回来时，到山中来看我，他畅谈四方极远之地、九州各地物藏特产、天下道路交汇分叉，全都清楚分明、了若指掌。他说前人记载的天文星象、山川地理，大多因袭旧说、穿凿附会。此类书籍以长江、黄河为南北主流，以山川为南北界限，自从有记载以来，大多局限于中原这一块地方。徐霞客计划游览昆仑域外之地，穷尽沙漠地区再返回。他乘的小船飘若浮叶，人被暴雨浇淋，我邀请他登岸，可他一口回绝，说："雨好像山涧泉水倾注而下，撞击我的肩膀后背，真是让人快意啊！"

　　丙子九月①，辞家西迈②。僧静闻愿登鸡足礼迦叶③，请从焉。遇盗于湘江④，闻被创死。函其骨，负之以行。泛洞庭⑤，上衡岳⑥，穷七十二峰。再登峨眉，北抵岷山⑦，极于松潘⑧。又南过大渡河⑨，至黎、雅⑩，登瓦屋、晒经诸山⑪。复寻金沙江⑫，极于犁牛徼外⑬。由金沙南泛澜沧⑭，由澜沧北寻

盘江^⑮，大约在西南诸夷竟，而贵竹、滇南之观^⑯，亦几尽矣。过丽江^⑰，憩点苍、鸡足^⑱，瘗静闻骨于迦叶道场，从宿愿也。由鸡足而西，出玉门关数千里^⑲，至昆仑山，穷星宿海^⑳，去中夏三万四千三百里。登半山，风吹衣欲堕，望见外方黄金宝塔。又数千里，至西番^㉑，参大宝法王^㉒。鸣沙之外，咸称夷国，如述庐、阿耨诸名^㉓，由旬不能悉^㉔。《西域志》称沙河阻远^㉕，望人马积骨为标识，鬼魅热风，无得免者。玄奘法师受诸魔折^㉖，具载本传^㉗。霞客信宿往返，如适莽苍^㉘。

【注释】

①丙子：明崇祯九年（1636）。

②迈：远行。

③僧静闻：南京迎福寺僧人，钦慕迦叶，同徐霞客前往云南鸡足山礼拜迦叶像，半途而死，其尸骨被徐霞客背到鸡足山而安葬。事见《徐霞客游记》、清范承勋增修《鸡足山志》卷六。鸡足：鸡足山，位于云南宾川西北。山顶有迦叶石门洞天，相传是佛陀弟子迦叶守护佛衣以待弥勒之地，故该山被视为迦叶修行佛道的道场。迦叶：摩诃迦叶，佛陀释迦牟尼的弟子。生于古印度王舍城近郊的婆罗门家。在佛陀成道后第三年成为他的弟子，八日后即证入阿罗汉境地，为佛陀弟子中最无执着之念者。

④湘江：水名。源出广西，流入湖南，为湖南最大的河流。

⑤洞庭：洞庭湖，古称云梦、九江和重湖，处于长江中游荆江南岸。因湖中洞庭山（即今君山）而得名。古代曾号称"八百里洞庭"。湖区名胜繁多，以岳阳楼为代表。

⑥衡岳：衡山。一名岣嵝山，又名霍山，古称南岳，为五岳之一。位于湖南中部。

⑦岷山：山名。在四川北部，绵延四川、甘肃两省边境。

⑧松潘：松潘卫，明代驻兵的卫名。治所在今四川松潘。是川西门户。

⑨大渡河：岷江支流。在四川西南部。

⑩黎、雅：黎州、雅州。黎州，治今四川汉源北。为剑南西部边防要地。雅州，治今四川雅安。

⑪瓦屋：山名，又名蜀山，位于四川洪雅。山顶平台面积约一千五百亩，早在唐宋时期就与峨眉山并称"蜀中二绝"。晒经：晒经山，在今四川汉源西南晒经乡境。《读史方舆纪要》卷七四记："（越嶲）卫东北三百里有晒经山。山岭高峻，置关其上。"

⑫金沙江：江水名。指长江上游自青海玉树巴塘河口至四川宜宾的一段。以水中产金沙得名。

⑬犁牛：杂色牛。钱谦益《徐霞客传》引作"牦牛"，疑是。徼（jiào）外：塞外，边外。

⑭澜沧：澜沧江，中国西南地区的大河之一。源出青海玉树藏族自治州杂多县西北，流经青海、西藏和云南三省，在云南西双版纳傣族自治州勐腊县出境，后称湄公河。

⑮盘江：包括南盘江和北盘江，皆发源于今云南曲靖乌蒙山余脉马雄山，南北分流后流经云南、贵州，又同在贵州望谟双江口交汇，汇合后就是珠江水系的红水河。徐霞客撰《盘江考》详考盘江流经之地。

⑯贵竹：即贵阳，位于贵州中部。古代贵阳盛产竹子，明朝多称此地为"贵竹"，如王阳明《夜宿汪氏园》"他年贵竹传遗事，应说阳明旧草堂"。明洪武五年（1372）置贵竹长官司，属贵州宣慰司。治所即今贵州贵阳。滇南：云南。云南本简称滇，又因位于国土南部，故名。

⑰丽江：古水名。即今云南金沙江。又作丽水，南诏称为神川。

⑱点苍：山名。在云南大理西北，洱海及漾濞江间。

⑲玉门关：关名。汉武帝置。因西域取道于此输入玉石而得名。汉时为通往西域各地的门户。故址在今甘肃敦煌西北。

⑳星宿海：地名。在今青海。郑观应《盛世危言·治河》："河水发源昆仑之墟，伏流数千里，涌出地上，汇为星宿海。"

㉑西番：又作西蕃，特指吐蕃，古代对西藏地区的称呼。

㉒大宝法王：元明两朝给西藏佛教高僧的封号。明成祖永乐四年（1406）冬，封西藏僧人哈立麻为大宝法王，并命其领天下释教。自此以后，大宝法王成为该系活佛的专用称号。徐霞客所见的大宝法王，是第十世大宝法王却英多杰（1604—1674）。《徐霞客游记·法王缘起》考述吐蕃国法王因袭之事。

㉓述庐、阿耨：梵语音译，可能是西域国家的名称。《霞客徐先生墓志铭》"述庐"作"迷卢"。

㉔由旬：印度的里程单位，佛教常用语，有八十里、六十里、四十里等不同说法。

㉕《西域志》：未详，据书名推断当是记载西域地理风情的书籍。

㉖玄奘法师：唐代高僧。洛州缑氏县（今河南洛阳偃师区）人，俗姓陈，名祎。世称唐三藏，意谓其精于经、律、论三藏，熟知所有佛教圣典。贞观三年（629）西行，孤身涉险，历尽艰难，抵达天竺，钻研诸部经典。回国时带回佛经梵文原典六百五十七部，翻译佛教经论著作七十五部，被视为我国佛教史上最主要的佛典翻译家之一。魔折：磨折，磨难。

㉗本传：记载一人的生平事迹及其著作等，此指唐代僧人慧立、彦悰记述玄奘生平事迹的《大慈恩寺三藏法师传》。

㉘莽苍：空旷貌。此指郊野。

【译文】

崇祯九年九月，徐霞客离家向西远行。僧静闻发愿登鸡足山礼拜迦叶，请求与他一同前往。二人在湘江遇到盗贼，静闻受重伤而辞世。徐霞客用匣子盛装静闻的尸骨,背着骨匣继续行进。他泛游洞庭湖,登上衡山,游遍七十二峰。再次登临峨眉山,北上抵达岷山,到达松潘卫。又向南渡过大渡河,到了黎州、雅州,登临瓦屋、晒经等山。又寻访金沙江,走到遍是犁牛的边境地区。由金沙江而南游澜沧江,自澜沧江而北访盘江,大约在西南少数民族地区,贵阳、云南的景观,差不多都游遍了。渡过丽江,到点苍山、鸡足山憩息,在迦叶道场埋葬了静闻的尸骨,了了静闻旧日的心愿。从鸡足山西行,出了玉门关走了数千里,来到昆仑山,游览星宿海,这里距离中原地区有三万四千三百里。登临半山腰,劲风吹衣摇摇欲坠,望见远方的黄金宝塔。又走了数千里,到达西藏,参拜大宝法王。沙漠以外的地区,都称作外国,有述庐、阿�等国,路途远近无法知悉。《西域志》认为沙漠阻隔、前路杳渺,只能眺望人马尸骨以判断路径,皆无法幸免地遇到鬼怪热风。玄奘法师在西行路上受尽磨难,这些事都记载于他的传记之中。徐霞客在很短时间内便自西域返回,好比前往郊外赏景一样。

　　还至峨眉山下,托估客附所得奇树虬根以归①,并以《溯江纪源》一编寓予②。言《禹贡》"岷山导江"③,乃泛滥中国之始④,非发源也。中国入河之水,为省五⑤;入江之水,为省十一⑥。计其吐纳,江倍于河;按其发源,河自昆仑之北,江亦自昆仑之南,非江源短而河源长也。又辨三龙大势⑦,北龙夹河之北,南龙抱江之南,中龙中界之,特短。北龙只南向半支入中国,惟南龙磅礴半宇内⑧,其脉亦发于昆仑,与金沙江相并南下,环滇池以达于五岭⑨。龙长则源脉亦长,江之所以大于河也。其书数万言,皆订补桑经、郦注及汉、宋诸儒疏解《禹贡》所未及⑩,予撮其大略如此⑪。

【注释】

①估客:流动商贩。虬根:盘绕弯曲、错综复杂的根。

②《溯江纪源》:徐霞客写的一篇文章,通过实地考察以考述水道源流。今见《徐霞客游记》。寓:寄送。

③《禹贡》:《尚书》中的一篇,记述当时中国的地理情况,其记载囊括了各地山川、地形、土壤、物产等情况。

④泛滥中国之始:言《禹贡》的记载是滋长国人判断错误的开端。《溯江纪源》记"而不知《禹》之导,乃其为害于中国之始,非其滥觞发脉之始也"。

⑤省五:《溯江纪源》记流入黄河的有陕西、山西、河南、山东、南直隶五省水流。

⑥省十一:《溯江纪源》记流入长江的有陕西、四川、河南、湖广、南直隶、云南、贵州、广西、广东、福建、浙江十一省水流。

⑦龙:古人认为山形地势逶迤曲折似龙,故谓山脉曰龙。《溯江纪源》有三龙之说,"北龙夹河之北,南龙抱江之南,而中龙中界之"。因原文残缺不全,故未详北龙、中龙详细走势,仅知北龙始于昆仑山脉,大体循黄河向南延至中原;南龙始于西域昆仑山脉,经唐古拉山脉、横断山脉,延伸到贵州贵阳,再抵广东五岭,接着东趋福建渔梁、南入福建鼓山,后散入天目、武林、句曲等。

⑧磅礴:混同充塞,扩大延展。半宇:半个天下。

⑨滇池:又称昆明湖、昆明池、滇南泽。在云南昆明西南。五岭:大庾岭、越城岭、骑田岭、萌渚岭、都庞岭的总称,位于江西、湖南、广东、广西四省之间。

⑩桑经:相传《水经》为汉代桑钦所撰,故称桑经,该书记载简略,全文有一万多字,简要记述了一百三十七条主要河流的水道情况。郦注:指郦道元所作《水经注》,是一部记述河流水道的地理名著。全书以河川为纲,记述河流达一千二百五十二条,内容涉及

流域的地貌、植物、水文、水利等。

⑪撮（cuō）：摘录，撮举。

【译文】

回来时行经峨眉山下，托付商人顺便把自己搜集的奇材异根带回家，并寄送给我一篇《溯江纪源》。文中说《禹贡》记"长江源自岷山"，这说法是滋长国人错误的开端，岷山并非长江的发源地。我国汇入黄河的水流，分布五省；汇注长江的水流，分布十一省。统计水的流出汇入之数据，长江是黄河的几倍；考察水流源头，黄河源自昆仑山北麓，长江也源自昆仑山南麓，并非是长江源头短而黄流源头长。又考辨"三龙"山脉地势，北龙夹绕黄河之北，南龙环抱长江之南，中龙位于南、北龙之间，极短。北龙仅有半支向南延伸到中原地区，可南龙充塞延伸了大半个中国，其山脉也发源于昆仑山，和金沙江一同向南延展，环拥滇池而绵延到五岭。龙脉漫长则水脉漫长，这就是长江水量能远超黄河的原因。徐霞客的文章有数万字，皆能补充订正桑钦《水经》、郦道元《水经注》和汉代、宋代儒士注解《禹贡》所未能尽善之处，我仅摘录他的大概意思如上。

霞客还滇南，足不良行①，修《鸡足山志》②，三月而毕。丽江木太守俦饯粮、具笋舆以归③。病甚，语问疾者曰："汉张骞凿空④，未睹昆仑。唐玄奘、元耶律楚材衔人主之命⑤，乃得西游。吾以老布衣，孤笻双屦⑥，穷河沙，上昆仑，历西域，题名绝国⑦，与三人而为四，死不恨矣！"

【注释】

①足不良行：无法走路，行动不便。良，能够，有利。
②《鸡足山志》：徐霞客撰写的鸡足山寺志，据喻谦《新续高僧传》

卷六二记："《鸡足山志》徐霞客创稿简略,未刊。大错居山一年,大有增补,为滇中山志善本。"则知徐霞客原稿未曾刊行,僧大错据此有所增补,今存清释大错原纂、范承勋增修《鸡足山志》十卷。

③木太守:明云南丽江府的土知府木增。明洪武十六年(1383),纳西族首领木得任丽江土知府,后来其子孙皆世袭此职,这类世袭的土官被称作"土知府"。徐霞客所见的木太守为木增,他为木得八世孙,万历二十六年(1598)袭土知府职。天启二年(1622),五上奏疏,让政于长子,遂隐遁玉龙山南麓"解脱林",埋头读书写作,从事"辑释庄义"。木增在鸡足山上曾捐资建造悉檀寺,刻印经书,还请徐霞客修《鸡足山志》。《(民国)新纂云南通志》称:"山中功德,以增为最。"偫(zhì)餱(hóu)粮:储备干粮。偫,储备。餱,干粮。笋舆:用竹子编成的轿子。

④张骞:汉武帝时两次奉使西域,沟通西域诸国,打通通往西域的道路。以军功授博望侯。凿空:开通道路。

⑤耶律楚材:字晋卿,辽皇族,初仕金,后为蒙古重臣,曾随成吉思汗出征西域。在随征异域时,饱览塞外山川景物、风土人情。著有《湛然居士集》。人主:指皇帝。

⑥孤筇(qióng)双屦:一根竹杖一双鞋。筇,古书上说的一种竹子,可以做手杖。

⑦绝国:极其辽远之邦国,僻远隔绝的国家。

【译文】

徐霞客复返云南,行动不便,于是停留在鸡足山修撰《鸡足山志》,三个月后写完。丽江府的土知府木增为他储备干粮、用竹轿抬着他回乡。他病得厉害,对前来探病的人说:"汉代张骞开辟通往西域的道路,却未曾看到昆仑山。唐代玄奘、元代耶律楚材奉皇帝的使命,才能够西游。我这个年迈的普通百姓,靠着一根竹杖一双鞋,走遍沙漠,登临昆仑山,游历西域,在远方国家题写名姓,可以和以上三人并列为四,纵使死也没有什么遗憾了！"

予之识霞客也，因漳人刘履丁①。履丁为予言：霞客西归，气息支缀②，闻石斋下诏狱③，遣其长子间关往视④，三月而返，具述石斋颂系状⑤。据床浩叹⑥，不食而卒。其为人若此！

【注释】

①刘履丁：字渔仲，漳州（今属福建）人。明崇祯十一年（1638）以诸生应辟召，擢任郁林州知州。工书善画，是徐霞客友人。事参见钱谦益《漳浦刘府君合葬墓志铭》（《牧斋初学集》卷五三）。

②气息支缀：勉强支持延续气息。

③石斋：即黄道周，号石斋。诏狱：奉诏囚禁犯人的地方。《崇祯实录》卷十三记崇祯十三年（1640）"夏四月戊午，巡抚江西右佥都御史解学龙荐举佐领官及布政司都事黄道周；以道周党邪乱政、学龙蔑法徇私，俱逮下刑部狱，廷杖、论戍"。

④遣其长子间关往视：徐霞客派长子辗转跋涉去探望黄道周。黄道周有诗记其事，即《余罣吏议，霞客遣长公子来候并赠衣裘、手书游记四册以慰寂寥，感激无已》，又作《狱中答霞客书》。徐霞客长子徐屺，在徐霞客去世后请吴国华撰写《徐霞客圹志铭》。间关，辗转。

⑤颂系：谓有罪入狱，宽容而不加刑具。颂，同"容"。

⑥浩叹：长叹，大声叹息。

【译文】

我结识徐霞客，是通过漳州人刘履丁。刘履丁告诉我：徐霞客自西方回来，勉强能维持呼吸，听说黄道周被皇帝下诏关入牢狱，便派他的长子辗转跋涉前往探视，其子三个月后才回来，向徐霞客详细描述了黄道周入狱的情况。徐霞客躺在床上放声长叹，不吃东西而死。他为人就是这样的！

梧下先生曰^①：昔柳公权记三峰事^②，有王玄冲者^③，访南坡僧义海，约登莲花峰^④。其峰届山趾^⑤，计五千仞^⑥，为一旬之程^⑦，既上，爇烟为信^⑧。海如期宿桃林^⑨。平晓^⑩，岳色清明^⑪，伫立数息^⑫，有白烟一道，起三峰之顶。归二旬而玄冲至，取玉井莲落叶数瓣及池边铁船寸许遗海^⑬，负笈而去^⑭。玄冲初至，海谓之曰："兹山削成，自非驭风冯云^⑮，无有去理。"玄冲曰："贤人勿谓天不可登，但虑无其志耳！"霞客不欲以张骞诸人自命，以玄冲拟之，并为三清之奇士^⑯，殆庶几乎^⑰？

【注释】

①梧下先生：或系钱谦益的自称。

②昔柳公权记三峰事：昔日柳公权曾记述华山三峰之事。事见署名柳公权的《小说旧闻记》。柳公权，字诚悬，京兆华原（今陕西铜川耀州区）人，唐代著名书法家。三峰，华山的莲花峰、落雁峰、朝阳峰。

③王玄冲：其事见载于皇甫枚《三水小牍》。

④莲花峰：华山西峰，是华山最秀丽险峻的山峰。峰顶翠云宫前有巨石状如莲花，故名莲花峰。

⑤山趾：山脚下。

⑥仞：古代计量单位。一仞合周尺八尺或七尺。周尺一尺约合二十三厘米。

⑦一旬：十天。

⑧煿（gòu）：举火，点火。

⑨桃林：即桃林坪，在华山谷口以南五里。

⑩平晓：天刚亮。

⑪岳色：山色。

⑫数息：数个呼吸间，喻极短的时间。

⑬玉井莲：传说华山西峰顶上井池中所生的莲花。

⑭负笈（jí）：背着书箱。

⑮驭风冯（píng）云：乘风驾云。冯，凭借。

⑯三清：道教以为人天两界之外，别有三清，即玉清、太清、上清，为神仙居住之地。

⑰殆：大概。庶几：近似，差不多。

【译文】

梧下先生说：昔日柳公权记载华山三峰之事，有个叫王玄冲的人，拜访华山南坡的僧人义海，约好要登莲花峰。莲花峰到华山山脚，估计有五千仞高，需要走十天的路程，王玄冲攀登到峰顶后会点燃烟火为信号。义海依照约定的日期住在了华山口以南五里的桃林坪。此时天刚亮，华岳山色净澈明朗，义海伫立山下不久，便看见一道白烟从三峰之顶升起。义海回来二十天后，王玄冲返回，取出莲花峰顶玉井池的几片莲叶和池边一寸多长的铁船碎片送给义海，背着书箱走了。王玄冲刚来时，义海对他说："这座山峰如同用刀刻削成的一样，如果不是乘风驾云，没有登上去的道理。"王玄冲说："贤者您不要说不能登天，我只担忧没有登天的志向啊！"徐霞客不想自命为张骞等人，拿王玄冲来比拟，将他们视作三清灵境的奇人，这比况大概差不多吧？

霞客纪游之书，高可隐几①。余属其从兄仲昭雠勘而存之②，当为古今游记之最。霞客死时，年五十有六。西游归以庚辰六月③，卒以辛巳正月④，葬江阴之马湾。亦履丁云。

【注释】

①几：几案。

②仲昭：徐遵汤，字仲昭，徐霞客的远房族兄，其姓名多次出现于《徐霞客游记》中。事见《（康熙）常州府志》卷二四、《（民国）江阴县续志》卷二六。钱谦益《徐仲昭诗序》记徐遵汤博雅攻诗、称名当世。钱谦益《嘱徐仲昭刻游记书》又记曾嘱咐他整理《徐霞客游记》。雠（chóu）勘：校勘。

③庚辰：明崇祯十三年（1640）。明吴国华《徐霞客圹志铭》记徐霞客"西游归，在崇祯庚辰之六月。而请余圹志，在归之十月，时其年五十有五"。

④辛巳：明崇祯十四年（1641）。据明陈函辉《霞客徐先生墓志铭》："霞客生于万历丙戌，卒于崇祯辛巳，年五十有六，以壬午春三月初九日，卜葬于马湾之新阡。"

【译文】

徐霞客记载其游历的书稿，高高地越过书案。我嘱咐他的族兄徐遵汤校勘书稿以便存世，这书应该是从古至今游记之最佳者。徐霞客死时五十六岁。他西游归来，是在崇祯十三年六月，死于崇祯十四年正月，埋葬在江阴县的马湾。这些也是刘履丁告诉我的。

　　张山来曰：叙次生动，觉奇人奇情，跃跃纸上。快读一过，恍如置身蓬莱三岛，不必更读霞客游记矣。

【译文】

　　张潮说：这篇传记叙述生动，感觉徐霞客的奇人奇情，跃然纸上。浏览一遍，恍如自己置身于蓬莱仙境，不需要再去读徐霞客的游记了。

秋声诗自序

林嗣环（铁崖）①

彻呆子当正秋之日②，杜门简出③，毡有针，壁有衷甲④，苦无可排解者。然每听谣诼之来⑤，则濡墨吮笔而为诗⑥。诗成，以"秋声"名篇。

【注释】

①林嗣环：字铁崖，号起八，又号彻呆子，福建晋江（今福建泉州）人。清顺治六年（1649）己丑科进士及第。他博学善文，著有《铁崖文集》《海渔编》《岭南纪略》。此篇《虞初新志目录》注出《文津选本》。又见清平步青《霞外攟屑》卷七"口技"引《秋声诗自序》。

②彻呆子：作者林嗣环的号。正秋：仲秋。农历八月。

③杜门简出：闭门家居而少外出。

④壁：物体、身体等的外围结构的物质层。衷甲：内穿铠甲。

⑤谣诼（zhuó）：造谣诽谤。

⑥濡墨吮笔：指构思作文或绘画。濡墨，蘸润墨汁。吮笔，指作文时吮笔沉思。

【译文】

彻呆子正当仲秋之时，闭门家居而少外出，如同毡上有针，衣服里面穿着铠甲，内心苦闷无法排解。然而屡屡听到诽谤之语传来，便潜思构想而创作诗歌。诗作写成，以"秋声"作为篇名。

适有数客至，不问何人，留共醉。酒酣，令客各举似何声最佳。一客曰："机声、儿子读书声佳耳①。"予曰："何言之庄也！"又一客曰："堂下呵驺声、堂后笙歌声②，何如？"予曰："何言之华也！"又一客曰："姑妇楸枰声最佳③。"曰："何言之玄也！"

【注释】

①机声：织布机发出的声音。

②呵驺（zōu）：官员出行时在前面呵令行人让路的骑从。这里指仆从。笙歌：合笙歌唱。也泛指奏乐唱歌。

③楸枰（qiū píng）：以楸木制成的棋盘。

【译文】

正好有几名客人来到，不问他们是什么人，留下他们一起畅饮期醉。喝到有些醉意时，让客人们各自举例什么声音最为美妙。一位客人说："织机的声音和小孩子读书声最美妙。"我说："说得多么庄重啊！"又有一位客人说："厅堂外侍从的呵令声、厅堂里笙乐伴奏的歌声，怎么样？"我说："说得多么奢华啊！"又有一位客人说："姑娘妇人下棋的声音最好。"我说："说得多么清雅啊！"

一客独嘿嘿①，乃取大杯满酌而前曰②："先生喜闻人所未闻，仆请数言为先生抚掌③，可乎？京中有善口技者④，会宾客大宴，于厅事之东北角施八尺屏障⑤，口技人坐屏障中，一桌、一椅、一扇、一抚尺而已⑥。众宾团坐。少顷，但闻屏障中抚尺二下，满堂寂然，无敢哗者。

【注释】

①嘿嘿（mò）：默然无语。嘿，同"默"。

②满酌：斟满酒。

③抚掌：拍手。表示欣赏、开心。

④口技：一种杂技，运用口部发音技巧来模仿各种声音。

⑤厅事：本为衙署里的大堂，后私家堂屋也称此名。屏障：屏风，用来挡风或隔开、遮掩房室的用具。

⑥抚尺：醒木。曲艺演员表演时用来拍桌子以引起听众注意的木块。

【译文】

一位客人独自默默不语，取来一个大酒杯斟满酒自饮后，上前说："先生喜欢听别人没有听过的声音，我请求说些事使先生欢欣鼓掌，可好？京城里有个擅长口技的人，正赶上某家宴会宾客、大摆宴席，在厅堂的东北角安放了一座八尺高的屏风，表演口技的艺人坐在屏风里，只有一张桌子、一把椅子、一面扇子、一块醒木罢了。众宾客都围坐在屏风前。过了一会儿，只听到屏风中醒木拍了两下，全场安静下来，无人敢大声喧哗。

"遥遥闻深巷犬吠声①，便有妇人惊觉欠伸②，摇其夫语猥亵事③。夫呓语④，初不甚应。妇摇之不止，则二人语渐间杂，床又从中戛戛⑤。既而儿醒大啼，夫令妇抚儿乳。儿含乳啼，妇拍而呜之。夫起溺⑥，妇亦抱儿起溺。床上又一大儿醒，猭猭不止⑦。当是时，妇手拍儿声，口中呜声，儿含乳啼声，大儿初醒声，床声，夫叱大儿声⑧，溺瓶中声，溺桶中声，一齐凑发，众妙毕备。满座宾客，无不伸颈侧目⑨，微笑嘿叹，以为妙绝也。

【注释】

①犬吠：狗叫。

②欠伸：张嘴打哈欠伸懒腰。

③猥亵（wěi xiè）：下流的言语或行为，此指夫妻房事。

④呓语：说梦话。

⑤戛戛（jiá）：形容物体相碰击的声音。

⑥溺（niào）：撒尿。

⑦狺狺（yín）：原是狗叫的声音，此指小儿不满的话语。

⑧叱（chì）：大声呵斥。

⑨侧目：偏着头看，形容听得入神。

【译文】

"远远地听到深巷里狗叫声，就有一个妇人被惊醒而打哈欠、伸懒腰，摇动她的丈夫诉说夫妻房事的话。丈夫梦话不断，起初并不怎么答应。妇人不停地摇他，于是两人的说话声渐渐错杂起来，床也发出戛戛之声。一会儿，小孩子也醒了，大声啼哭，丈夫让妇人安抚孩子吃奶。孩子含着奶头啼哭，妇人拍着孩子，哼哼着哄孩子睡。丈夫起床小便，妇人也抱着孩子撒尿。床上的另一个大孩子也醒了，不满地叫个不停。在这个时候，妇人用手拍小孩的声音，嘴里哄小孩的哼哼声，小孩子含着奶头啼哭的声音，大孩子刚刚醒来的声音，床的吱吱声，丈夫呵斥大孩子的声音，尿入瓶中的声音，尿入桶中的声音，同时都发了出来，各种声音都表演得惟妙惟肖。满座的宾客，没有不伸着脖子、偏着脑袋看的，众人满脸微笑、默默地感叹，认为真是精妙绝伦。

"既而夫上床寝，妇又呼大儿溺，毕，都上床寝。小儿亦渐欲睡，夫齁声起①，妇拍儿亦渐拍渐止。微闻有鼠作作索索②，盆器倾侧③，妇梦中咳嗽之声。宾客意少舒④，稍稍正坐。

【注释】

①齁（hōu）：熟睡时的鼻息声。

②作作索索：象声词。老鼠活动发出的声音。

③倾侧：倾倒。

④舒：舒畅。

【译文】

"不久，丈夫上床睡觉，妇人又喊大孩子小便，完了都上床睡觉。小孩子也慢慢地要睡着了，丈夫打鼾的声音响起，妇人拍着小孩也拍着拍着慢慢停止了。依稀听到有老鼠窸窸窣窣的声音，盆子等器具被打翻倾倒的声音，妇人睡梦里的咳嗽声。客人们的心情稍微放松，渐渐把身子坐正了。

"忽一人大呼火起。夫起大呼，妇亦起大呼，两儿齐哭。俄而百千人大呼①，百千儿哭，百千狗吠。中间力拉崩倒之声，火爆声，呼呼风声，百千齐作。又夹百千求救声，曳屋许许声②，抢夺声，泼水声。凡所应有，无所不有。虽人有百手，手有百指，不能指其一端；人有百口，口有百舌，不能名其一处也。于是宾客无不变色离席，奋袖出臂③，两股战战④，几欲先走。而忽然抚尺一下，群响毕绝。撤屏视之，一人、一桌、一椅、一扇、一抚尺而已！嘻⑤！若而人者，可谓善画声矣！"

遂录其语，以为《秋声序》。

【注释】

①俄而：一会儿。

②曳（yè）：拉，牵引。许许：劳动时共同出力的呼声。

③奋袖：挥动衣袖。常用以表示情绪激动。

④两股战战：两条大腿发抖哆嗦的样子。

⑤嘻：叹词，表示惊叹。

【译文】

"忽然有一个人大声呼叫'着火啦'。丈夫起来大声呼叫,妇人也跟着起来大声呼叫,两个小孩子齐声哭泣。一会儿,有成百上千个人大声呼叫,成百上千个小孩哭,成百上千只狗汪汪地叫。其中夹杂着大力扯拽房屋崩塌的声音,大火燃烧爆裂的声音,呼呼的风声,千百种声音一齐响起。又夹杂着成百上千人的呼救之声,众人拉倒燃烧的房屋时一齐用力的呼喊声,抢救东西的声音,泼水的声音。凡是这种情况下应该有的声音,没有一样没有的。即使人有上百只手,每只手有上百个指头,也无法指出其中的一种声音来;即使一个人有上百张口,每张口中有上百条舌头,也无法说出其中的一个地方来。于是客人们都吓得脸色大变,离开座位,挥动衣袖露出手臂,两条大腿瑟瑟发抖,几乎想要先逃之夭夭。忽然间,醒木一拍,各种声响全部消失。撤去屏风一看,还是只有一个艺人、一张桌子、一把椅子、一面扇子、一块醒木罢了!嘻!像这个人,真可算是善于模拟声音啊!"

于是记载下那位客人的话语,题为《秋声诗自序》。

　　张山来曰:绝世奇技,复得此奇文以传之。读竟,辄浮大白①。

【注释】

①浮大白:本指罚一酒杯,后引申为满饮或痛饮。浮,罚人喝酒。大白,大酒杯。

【译文】

　张潮说:世上少见的奇特技巧,又得由这篇奇文记载其事。读完,便当痛饮一杯。

盛此公传

周亮工（减斋）^①

盛此公^②，名于斯，南陵人^③。家故不赀^④，先世有义声^⑤，屋以内多藏书，外多良田。此公年十数龄，即能读等身书^⑥，有声邑里^⑦。长肆力为古文词^⑧，虽不中有司尺度，而声称籍甚^⑨。然是时，此公但闭户读书，固不出与人见也。

【注释】

①周亮工：字元亮，号栎园、减斋，河南祥符（今河南开封）人。明末清初文学家、篆刻家、收藏家。明崇祯十三年（1640）进士，曾任山东潍县知县，迁浙江道监察御史。入清后历任盐法道、按察使、户部右侍郎等。曾两次下狱，被劾论死，后遇赦免。擅古文，宗唐宋八大家，著有《赖古堂集》《读画录》等。事见《清史列传·周亮工传》，可参见《赖古堂集》附录年谱、墓志铭、行状等。此篇出自周亮工《赖古堂集》卷十八。

②盛此公：即盛于斯，字此公，原名钱，字铿侯，宁国府南陵（今安徽南陵）人。少负异才，诗、古文辞，倚席立就。常往来南京和扬州，结交名士。后因目疾，失意愤郁，寄情于诗歌。今存《休庵影语》。事见《（民国）安徽通志稿·艺文考》。

③南陵：县名。在今安徽南陵。

④家故不赀（zī）：家中之事可说者极多。家故，家中之事。不赀，无法计量，数量极多。

⑤义声：德义的名声。

⑥读等身书：读了与身高相等的书，形容读书很多。

⑦邑里：乡里。

⑧肆力:尽力。

⑨声称籍甚:名气很大,广为人知。

【译文】

　　盛此公,名于斯,是南陵人。家中之事可言者极多,祖辈享有德高望重的声誉,家里藏了许多书籍,在外垦殖了大量良田。盛此公十几岁时,就读了很多的书,声名传遍乡里。长大后尽力创作散体文,虽然不符合朝廷取士的标准,却能名声远播。然而在这个时候,盛此公只是闭门读书,坚决不出来与他人相见。

　　会其尊人捐馆舍①,乃抗俍好交②。邑里人才智咸出此公下,此公乃以为无足语。去而之秣陵③,欲尽交东南士,东南士亦愿交此公。此公以为:"世且乱,吾当见天子,慷慨言当世事。彼经生何足语④,会求其人于屠狗间⑤。"于是益散金结客,遂为广陵儿所绐⑥。

【注释】

①尊人:对父母或长辈的敬称,据下文"会目病甚,又念母老,乃别予归",此指盛此公的父亲。捐馆舍:离弃馆舍,对死亡的讳称。

②抗俍(chuǎng):嫉恶如仇。俍,恶。

③秣(mò)陵:今江苏南京,秦朝称为秣陵。

④经生:对研治经学的书生的泛称。

⑤屠狗:此指身份低微者。

⑥广陵:扬州的古称。绐(dài):欺诈。

【译文】

　　父亲辞世后,他便嫉恶如仇、好交朋友。同乡人的才能智慧都在盛此公之下,他就觉得不值得和这些人论交。于是离开故乡而前往南京,想广泛结交东南地区的名士，东南士人也愿意结交盛此公。盛此公认为："世道将要动荡不安，我要拜谒皇上，慷慨陈词以论当今国事。那些研治儒家经学之辈不足道，应在屠狗之辈中访求豪杰之士。"自此愈发散发钱财结交俊杰，继而被一个扬州人所蒙骗。

是时边事急①，广陵儿讽此公出家赀备公家缓急②。此公故慷慨欲见天子言当世事，乃为所中。久之，事卒不济，而金垂尽。嗒然与世无所合③，退而返里闬④，里闬又嗤笑之⑤。此公益不复事事，产益落，所为文益不合有司尺度。侘傺无聊⑥，多饮酒，与妇人近。不数年，病矣。少愈，右臂诎伸不已⑦，若指遂不诎伸。此公故工书，丐其书者⑧，辄以左手濡墨⑨，纳右指窍中。见者以为苦，顾其书则益工，时为人据石擘窠书⑩。好为诗，酒后呜呜吟不已。间至秣陵，遴制举义行之⑪，非其志也。

【注释】

①边事：边境上的战事。

②讽：用含蓄的话劝告。缓急：危急、紧迫的事情。

③嗒（tà）然：形容懊丧的神情。

④里闬（hàn）：里间，里巷。

⑤嗤笑：讥笑。

⑥侘傺（chà chì）：形容失意的样子。

⑦诎（qū）伸：弯曲和伸直。

⑧丐：乞求。

⑨濡墨：蘸墨。

⑩擘窠（bò kē）：写字、篆刻时，为求字体大小匀整，以横直界线分

格,叫"擘窠"。擘,划分。窠,框格。

⑪遴制举义:选择八股文。遴,谨慎选择。举,选用。制义,是明、清科举考试制度所规定的一种文体,也叫时文、制艺、八股文。这种文体有一套固定的格式,规定由破题、承题、起讲、入手、起股、中股、后股、束股八个部分组成,每一部分的句数、句型也都有严格的限定。

【译文】

当时边境战事危急,那个扬州的骗子劝说盛此公拿出家里的钱财以应对国家紧迫之事。盛此公原本就打算拜谒皇帝时慷慨陈词以论当今国事,便落入了骗子的圈套。过了很久,事情最终没有办成,而钱财将要用完。他失意懊丧,觉得无法与世人合拍,离开南京而返归故里,乡里之人又嘲笑他。盛此公愈发不再做事,家业愈发衰落,所作的文章也更不符合朝廷的取士标准。他失意无聊,耽于饮酒,醉心美色。没几年,就病了。身体稍稍恢复,右胳膊无法弯曲伸展,手指也不便弯曲伸展。盛此公原本精于书法,有人索求他的书法作品,他就以左手执笔蘸墨,放入右手手指缝之中写字。看他写字的人觉得他很辛苦,可看他的书法却更好了,当时常在石头上为他人划框写字。他喜好作诗,酒后呜呜地吟诵不已。偶尔前往南京,选择科举考试的八股文而攻习,但这并不符合他原来的志向。

　　岁在辛未①,予自大梁来秣陵省家大人②。家大人好此公诗,语亮曰:"此间有盛此公,工为诗,儿识之。"亮因以父命往交此公。此公独异予,以为恨不十载前识。明年,此公目病,数明晦③,或不能视。予窃忧之,讽其勿读书饮酒。此公曰:"如是,不如其遂盲也!"会目病甚,又念母老,乃别予归,意怆然④,若不复与予见者。予私以为予当复见之,意以其盲而止耳,孰意遂不复见耶!

【注释】

①辛未:明崇祯四年(1631)。

②大梁:原指战国时魏国的都城,在今河南开封西北。周亮工是河南开封人,故袭用古大梁之称。家大人:对他人称自己的父亲。周亮工之父周文炜,崇祯年间在南京刻板印书,曾著有《观宅四十吉祥相》《五泄苎萝逸事》等。

③数明晦:眼前忽明忽暗,有时能看到光线,有时又看不到。

④怆然:悲伤的样子。

【译文】

明崇祯四年,我从开封到南京看望家父。家父喜欢盛此公的诗,对我说:"此地有个人叫盛此公,擅长作诗,你可以结识一下。"我听从父亲的吩咐而与盛此公结交。盛此公特别看重我,觉得恨不能十年前就结识我。第二年,盛此公眼睛患病,眼前光线忽明忽暗,有时看不到东西。我暗自担心,劝诫他不要读书喝酒了。盛此公说:"要是这样,还不如现在就瞎了!"赶上眼病严重,又惦念母亲日渐衰老,他便和我告别而返乡,心情悲伤,好像再也不能与我相见了。我暗地想着我肯定还会再见他,这想法因为他目盲而没有说出口,谁能料到竟然真的不能再相见了啊!

此公归,吾师静原相公方督学江以北①,耳其名,询之郡大夫②,郡大夫以盲告。公曰:"江以北其不盲者何限耶?"于是邑令盲试之,旅诸士进于郡大夫③。郡大夫复盲试之,旅诸士进于公。公大奇之,乃得补博士弟子员④。

【注释】

①静原相公:指蔡国用,字正甫,号静原,金溪(今属江西)人。明万历三十八年(1610)进士,官至武英殿大学士。明代武英殿大学士参与机要,起草诏令,代皇帝批答奏章,实际掌握宰相之权,故称"相公"。督学:旧时主管教育的部门中负责视察、监督学校工作的人。是提督学政或督学使者的简称,又称提学使。据《崇祯实录》卷十五记崇祯元年(1628)十一月"浙江道御史蔡国用分督南直隶学政"。江以北:即江北,此处实指南直隶。

②郡大夫:府郡长官,此指南直隶宁国府的知府。盛此公的故乡南陵县属南直隶宁国府。

③旅:俱,共同。诸士:指参加科考的士子。

④博士弟子员:明、清对县学生员的别称,又称弟子员,俗称秀才。

【译文】

　　盛此公回乡后,我的老师静原相公正好担任南直隶地区的督学使者,听闻他的名声,向宁国府知府询问他,宁国府知府回复说盛此公眼睛看不见了。静原相公说:"难道南直隶地区眼睛好的才士有很多吗?"于是南陵知县让他以盲者身份参加考试,和与试者一同录取并呈送给宁国府知府。宁国府知府再次让他以盲者身份参加考试,和与试者一同录取并呈送给静原相公。静原相公非常惊讶,于是盛此公得以补选为秀才。

　　嗟夫①!此公盲矣,犹不忘视,屈其二十年锐往之气,俯而与邑之黄口儿扶掖彳亍②,旅进旅退③,争有司阶前盈尺地而不惭,岂不悲哉!岂不悲哉!试后,犹寄语予曰:"盲儿无以慰老亲④,子毋嗤。"予为悲动者久之。因慨夫祖宗立法过严⑤,士即负奇材,抱异质⑥,魁奇特起⑦,不俯首就有司尺度,他途无由进。又慨夫吾师静原相公,能于成格之中破例待人⑧,使既盲之士犹得出而就有司尺度,且不惜阶前盈尺地,与盲士娓娓不休⑨。嗟夫！此固昌黎代张太祝⑩,望之当世而不得者,今得之公,岂不甚盛举哉！

【注释】

①嗟夫:表示感叹的语气词。

②黄口儿:指年轻无知的人。扶掖:扶持,提携。彳亍(chì chù):指缓步慢行。彳,左步。亍,右步。

③旅进旅退:共同进退,形容行动一致。

④老亲:指年老的母亲。

⑤祖宗:特指帝王的祖先。

⑥异质:超出寻常的禀赋。

⑦魁奇特起:杰出特异。

⑧成格:常规,成例。

⑨娓娓:形容谈论不倦。

⑩昌黎代张太祝:唐代的韩愈举荐张籍。《唐才子传》卷五记:"(张籍)初至长安,谒韩愈,一会如平生欢,才名相许,论心结契。愈力荐为国子博士。"昌黎,韩愈郡望昌黎。太祝,张籍官任太常寺太祝。

【译文】

　　唉！盛此公双目失明了,依然无法遗忘视事从仕,他压制自己二十年的锐意进取之气,低下头与同县的年轻人相携缓慢行进,共进同退,为考试争抢县府堂阶下尺寸大的地方却毫不羞惭,这难道不令人悲伤吗！这难道不令人悲伤吗！考试完后,仍然传话给我说:"眼盲之人没有什么能慰藉老母亲的,你切莫嘲笑我啊。"我替他伤心悲痛了很长时间。因此感慨大明先朝制定的律法过于严苛,负有奇才、天赋异禀、杰出特立的士人,不低头迎合朝廷的取士规则,就没办法选择其他的途径从仕进取。又感慨我的老师静原相公,能在常规成例中破例对待士人,使双目失明的士子仍然得以出头并参加朝廷的取士,而且并不吝惜阶前那一点点地方,与盲士谈论不休、毫无疲倦。唉! 这就是韩愈举荐张籍的故事,环顾当代却无法再看到了,现在从老师这里看到类似的情形,这难道不是盛举吗!

又明年癸酉[①],予自秣陵返大梁。闻此公以目久不愈,愈愤激[②],家益窘乏,无从得医药,于是遂长盲矣。然呜呜吟如往昔。丐其书者,以笔濡墨纳右指窍中,如其不盲时。此公以手扪幅,兔起鹘落[③],神采奕奕,视不盲时有加,环观者自愧其双眸炯炯也。益好读书,危坐绳床[④],听他人诵,更番不令休[⑤],入耳辄记忆不遗。有所撰述,口授友人,滔滔汩汩[⑥],凡数人不能供笔札[⑦]。

【注释】

①癸酉:明崇祯六年(1633)。

②愤激:愤怒激动。

③兔起鹘(hú)落:兔子刚出窝,鹘就飞扑下去。此比喻写字迅捷流畅。鹘,打猎用的鹰一类的猛禽。

④危坐绳床:挺直身躯端坐在胡床上。绳床,即交椅,也叫胡床,一种可以折叠的轻便坐具。

⑤更番:轮流,替换。

⑥滔滔汩汩(gǔ):比喻说话连续不断。滔滔,形容流水不断。汩汩,水流动的声音或样子。

⑦笔札:纸和笔,此指记录。

【译文】

到第二年,即崇祯六年,我从南京返回开封。听说盛此公因为眼睛长久未能治愈,情绪更加激愤,家境也更加窘困,没有办法请医买药,于是就永久失明了。但他依然像过去一样呜呜吟诵诗歌。有人索求他的书法作品，便用笔蘸墨放入右手指缝中写字，如同他眼睛好的时候。盛此公用手按着纸张，写字像鹘禽扑兔一样迅捷，神采焕发，看起来比眼睛好时还要出色，围着观看的人都羞愧自己空长了一双明亮的眼睛。他愈发喜欢读书，挺直身躯端坐在绳床上，听别人读书，让人轮流诵读而不停歇，听了后就能记下来而不会忘记。有所撰述，便口述下来而让友人记录，滔滔不绝，几个人记录都跟不上他的速度。

　　尝以书寄予大梁，至数千言，言："子当不长贫贱。他日拥节江上①，取道南陵，魁湖之北、桃源之南②，予墓在焉。子当登我堂，拜我老母，为我书石曰'盛此公埋骨处'。予愿足矣！他则子之事也，予何言。"予得其书，忽忽如失者数日③，知此公将不永矣。

【注释】

①拥节：执持符节。指出任一方官员。

②魁湖：又作奎湖，在南陵。盛此公埋葬于此，吴芳培有诗《过奎湖拜盛此公墓题绝句》。

③忽忽：失意的样子。

【译文】

他曾经给在开封的我寄送书信，写了数千言，信上说："你肯定不会总是身份低微。有朝一日经由长江而赴任，路过南陵时，我的墓地就在魁湖的北面、桃源的南面。你应当到我家里，见见我的老母亲，为我写块墓碑'盛此公埋骨处'。我的心愿就满足了！其他就是你的事情了，我何必说呢。"我收到他的书信，心中失落了很多天，知道他将不久于人世了。

　　不数日，凶问至①，予为位哭之②。会予成进士，官山左③，不能即至秣陵。比至秣陵，欲买舟省盛母，会乱甚，又不果行④。乃使掾往慰盛母⑤。掾归，为予言盛母年且开八袠⑥，妻倍孝谨⑦。故无子，一女先盛没。一老仆，樵以供两嫠妇⑧，糠豆不赡⑨，裋褐不完⑩，败屋数楹⑪，不蔽风雨。行道见之咨嗟⑫，而为之友者吊唁阙然⑬。嗟夫，天乎！孰使此公而至此极耶！予解橐金⑭，复促掾往，赎其田之易与族人者，佐盛母饘粥⑮。市石，檄南陵令碑其墓⑯，予自书"盛此公埋骨处"，从其生时请也。

【注释】

①凶问：死讯，噩耗。

②为位哭之：设灵位而哭悼他。

③山左：指山东。周亮工在崇祯十三年（1640）中进士，进入仕途，次年任山东潍县（今山东潍坊）令。

④不果行：此指没有实现前往南陵的想法。据《赖古堂集·附录·年谱》，周亮工在明崇祯十七年（1644）被授予浙江道监察御史一职，刚获任命，李自成就已破京师。周亮工到南京后，因战事而未能前往南陵县，故言不果行。

⑤掾（yuàn）：佐助官吏或官署属员的通称。

⑥八袠（zhì）：八十岁。袠，通"秩"，十年。

⑦孝谨：孝顺而恭谨。

⑧樵：打柴。嫠妇：丧偶的妇女。

⑨糠豆不赡：连糠皮杂粮都不充足。形容生活贫困。

⑩裋（shù）褐不完：粗陋布衣还破旧不完整。形容生活贫苦。

⑪楹：古代计算房屋的单位，一列或一间为一楹。

⑫行道：路人。咨嗟：叹息。

⑬阙然：缺少的样子。

⑭解橐（tuó）金：拿出囊中之金。

⑮饘（zhān）粥：稀饭，代指食物。

⑯檄（xí）：指给下级下命令的文书。这里作动词，发文书命令。

【译文】

没几天，他的死讯传到，我设灵位哭悼他。正赶上我考取进士，任职山东，不能即刻前往南京。等到我到了南京，想买船去看望盛此公的母亲，遇到战乱严重，又未能成行。于是派属员去慰问盛母。属员回来告诉我盛母快八十岁了，盛妻十分孝顺恭谨。盛此公原本无子，一个女儿比他还早辞世。家有一个老仆人，砍柴供养两个寡妇，粗食难继，弊服残破，破屋几间，难蔽风雨。路人看见她们嗟叹不已，然而盛此公的朋友很少前去慰问。唉，天哪！谁让盛此公到了这种极度悲惨的境地啊！我拿出金银财物，再次敦促属员前往南陵县，从盛氏族人手里赎回盛家田产，以供养盛母。购买石碑，发文命南陵县令竖在他的墓前，我在碑上自书"盛此公埋骨处"，满足他活着时的请求。

　　西蜀蝶庵陈公时守宛陵①。公在大梁，盖常闻予数言南陵盛此公不置。邑属公，公乃檄令视盛母无恙，手书"盛此公读书处"为额，悬其常危坐绳床侧；复允予请，以其行谊补郡乘②。其读书之屋，盖已受值③，期以盛母存殁④，不能待盛妻也，予归其值，祀此公于中，俾其老仆守之⑤。

【注释】

①蝶庵陈公：陈周政，号蝶庵，营山（今属四川）人。崇祯四年（1631）进士，曾任工部主事。宛陵：宁国府（今安徽宣城）的古称。

②行谊:事迹,行为。郡乘:郡志,府志。

③受值:按价出售。

④存殁（mò）:生存和死亡。殁,死亡。

⑤俾（bǐ）:使。

【译文】

四川人陈周政时任宁国府知府。他在开封时,曾听我屡次提及南陵盛此公的家眷没得到安置。南陵县属陈周政的治下,他上任后便发文让南陵县令探视盛母是否安康,亲手书写"盛此公读书处"的匾额,悬挂在盛此公经常端坐的绳床旁;又答应我的请求,把他的事迹补写在府志中。他读书的房子,也已经被售卖了,想着盛母生死诸事无法期待盛妻料理,我便付钱赎回了盛家房子,在这里祭祀盛此公,并让他的老仆看守房屋。

　　此公好为古文词。盲而死,无子弟为之收拾①,故多散乱。其所著,如《毛诗名物考》三十卷、《休庵杂钞》十卷、《历法》二卷、《舆地考》十卷、《群书考索》十二卷。今所传者,独《名物考》耳,他皆不传。予遣椽就其家钞遗书。盛母泣而曰:"儿著书咸为人窃去,惟存诗若干卷。老年人坐则悬之肘②,卧则枕之,老年人不即填沟壑者③,怜吾儿并数寸之书亦不传耳! 今且托之周君!"予受而泣,因为之次第寿之梓④。

【注释】

①子弟:子与弟,泛指后辈。

②老年人:盛母的自称。

③填沟壑:辞世的委婉说法。

④次第：排比编次。寿：谓使之长远留存。梓：木头雕刻成印刷用的
　木版。后指印刷。

【译文】

　　盛此公擅长创作散体文。失明辞世，没有后辈为他收拾遗文，因而
作品大多散佚不存。他写的书，有《毛诗名物考》三十卷、《休庵杂钞》
十卷、《历法》二卷、《舆地考》十卷、《群书考索》十二卷。现在留传下来
的仅有《毛诗名物考》，其他的都没有传下来。我派遣属员到他家抄写
遗留的作品。盛母哭着说："我儿的著作都被人偷走了，只留下诗稿若干
卷。我这个年迈之人坐着时把诗稿挂在臂肘，睡觉时就枕着它，我不久
就要死了，可怜我儿子数寸高的书稿不能留传于世了！现在就托付给
周先生了！"我拿到诗稿后难过哭泣，因此给他的诗稿编次排序并付梓
印刷。

　　嗟夫！此公能文章，而不以文显；好弯弓驰驱①，而不
以将名；行谊不愧古人，而不以行征；工为诗，而不以诗辟②。
黄金既尽，日徒愤激，退而自悔，又以盲死。筼簟未占③，嗣
续中绝④。老母寡妻，形影相吊⑤。生平故旧，不为存问⑥。
遗书狼籍，行谊莫传。徒存此数卷之诗，悬命于七十余年母
氏之手。使不知此公者，读其诗，以为其才且尽于此；而知
者因其已然，想其未然，咨嗟太息不能已已⑦。嗟夫！孰使
此公而至此极耶？

【注释】

①驰驱：策马飞奔。

②辟（bì）：征召。

③筼簟（diàn）：当为"莞（guān）簟"。原指蒲席与竹席。《诗经·小

雅·斯干》有"下莞上簟,乃安斯寝""乃生男子……载弄之璋""乃生女子……载弄之瓦"诸语,后因以"莞簟"为生儿育女的吉兆。

④嗣续:子孙。

⑤形影相吊:孤身一人,只有和自己的身影相互慰问。形容孤单,没有依靠。

⑥存问:问候,慰问。

⑦太息:深深地叹息。

【译文】

唉!盛此公善写文章,却没有凭借文才显扬于世;喜好引弓策马,却没有凭借武艺闻名天下;他的事迹无愧于先哲名贤,却没有因为品行而被征召为官;擅长作诗,却没有因为诗作而被任命为官。散尽黄金,每天空自激愤,返乡忏悔,又因为眼病辞世。未获生儿育女的吉兆,后嗣就此断绝。老母寡妻,孤单相伴。生前的故交旧友,未能前来慰问。遗著散乱不存,事迹未能留传。只留下这数卷诗作,其存世还仰赖七十多岁的老母亲。假使不了解盛此公的人,读他的诗,还以为他的才学仅此而已;而了解他的人通过保存下的诗作,想到那些未能保存下来的著作,长声叹息而不能停止。唉!是谁让盛此公到了这种极度悲惨的境地呢?

夫士既不能块然独处①,则不得不出而与人交;与人交不受其益,徒为所害如此!此虽其不慎交游所致,然孰非天哉!孰非天哉!天为庸流俾长守富贵②,少为姱节奇行者③,必阴摧折之④,从来久矣!予又何憾于广陵儿哉?此公初名镤,今尺牍中所传盛镤侯是也⑤。

【注释】

①块然独处:孤单待着,形容独居无聊。块然,孤独的样子。

②庸流：平庸无能的人。

③姱（kuā）节：美好的节操。

④摧折：摧毁，折断。

⑤尺牍：文辞。

【译文】

士人既然不能孤独自处，那就不得不外出以结交他人；与人相交没有得到好处，徒然像这样被人伤害！尽管这是他交游不慎所导致的，然而难道不是天命使然吗！难道不是天命使然吗！上天使平庸之辈长享富贵，年轻而具有美德的不同凡俗者，势必会被暗中摧毁，这种事从古至今太多了！我又何必怨恨欺骗盛此公的扬州人呢？盛此公初名钱，就是今人文章中所传的盛钱侯。

张山来曰：古今盲而能文者，自左、卜以下①，推吾家张籍②。今得此公，亦不寂寞矣。然诸人仅工诗文，而此公复能书，则尤奇也。

【注释】

①左、卜：指左丘明和卜商。鲁国史官左丘明失明后，曾撰《左传》；孔子的弟子卜商字子夏，晚年因丧子而失明。他擅长文学创作，故《论语·先进》记"文学：子游、子夏"。

②张籍：原讹作"张藉"。唐代诗人张籍晚年患眼疾，孟郊《寄张籍》有诗句"西明寺后穷瞎张太祝"。

【译文】

张潮说：从古至今目盲而能作文的人，从左丘明、卜商以来，当推选我们张家的张籍。现在又有了盛此公，他们也不算寂寞了。但是前人只善写诗歌散文，而盛此公还工于书法，这点更为奇特。

汤琵琶传

王猷定（于一）①

汤应曾，邳州人②，善弹琵琶，故人呼为"汤琵琶"云。贫无妻，事母甚孝。所居有石楠树③，构茅屋，奉母朝夕。幼好音律，闻歌声辄哭。已学歌，歌罢又哭。其母问曰："儿何悲？"应曾曰："儿无所悲也，心自凄动耳。"

【注释】

①王猷（yóu）定：字于一，号轸石，南昌（今属江西）人。明末清初散文家、诗人。曾在史可法幕下效命，明亡不仕，日以诗文自娱。事见韩程愈《王君猷定传》（《碑传集》卷一三六）、徐鼒《小腆纪传》补遗卷四《王猷定传》。此篇出自王猷定著作集《四照堂集》卷八。又见引于清黄宗羲《明文授读》卷五五与《明文海》卷四一九、清钱肃润《文瀽初编》卷十五。

②邳（pī）州：州名。在今江苏邳州。

③石楠树：蔷薇科、石楠属的常绿乔木，喜温暖湿润的气候。

【译文】

汤应曾，邳州人，善于弹琵琶，所以人们称呼他为"汤琵琶"。家贫没有妻子，侍奉母亲非常孝顺。居住的地方有石楠树，构筑茅屋，早晚供养母亲。年幼时就喜好音律，听见歌声就哭。后来学习唱歌，唱完又哭。他的母亲问他："儿子你为什么悲伤？"汤应曾说："我没什么悲伤的事，只是听到音乐时心中会自发地感到凄凉。"

世庙时①，李东垣善琵琶，江对峰传之，名播京师。江死，陈州蒋山人独传其妙②。时周藩有女乐数十部③，咸习蒋技，罔有善者，王以为恨。应曾往学之，不期年而成^④。闻于王，王召见，赐以碧镂牙篏琵琶^⑤，令著宫锦衣^⑥，殿上弹《胡笳十八拍》^⑦，哀楚动人^⑧。王深赏，岁给米万斛^⑨，以养其母。应曾由是著名大梁间，所至狭邪争慕其声^⑩，咸狎昵之^⑪。然颇自矜重^⑫，不妄为人奏。

【注释】

①世庙：此指明世宗朱厚熜，年号嘉靖（1522—1566）。

②陈州：州、府名。明代治今河南周口淮阳区。清雍正十二年（1734）升为陈州府。

③周藩：明朝分封的藩王周王，封地在河南开封。女乐：歌舞伎。部：泛指歌舞戏曲演出的单位。

④期年：一周年。

⑤篏（qiàn）：同"嵌"。

⑥宫锦：宫中特制或仿造官样所制的锦缎。

⑦《胡笳十八拍》：古乐府琴曲歌辞名。相传汉末蔡邕女蔡琰作。共十八章，一章为一拍。又为古琴曲名。

⑧哀楚：悲伤凄楚。

⑨斛：旧量器名。亦是容量单位，一斛本为十斗，后来改为五斗。

⑩狭邪：妓院，此指妓女。

⑪狎昵：指过于亲近而态度不庄重。

⑫矜重：矜持庄重。

【译文】

明世宗在位时，李东垣擅长弹奏琵琶，江对峰传承其技艺，名声传遍京城。江对峰辞世后，唯有陈州蒋山人能传承他的妙技。当时，周王有数十部女乐班，一起学习蒋山人的乐技，却没有人能学得好，周王对此感到很遗憾。汤应曾前往学习，不到一年就学成了。这件事为周王所知，就召见了他，赏赐给他一把碧镂牙箝琵琶，让他穿上由宫中特制锦缎做成的衣服，在藩王宫殿中弹奏《胡笳十八拍》，声音凄楚，感发人心。周王大肆奖赏，每年赐给他万斛米，以供养他的母亲。汤应曾因此在开封名噪一时，所去的妓女都争着欣赏他的琵琶演奏，都想亲近这位乐师。然而汤应曾较为矜持，并不轻易为人弹奏。

　　后征西王将军招之幕中，随历嘉峪、张掖、酒泉诸地①。每猎及阅士，令弹《塞上》之曲②。戏下颜骨打者③，善战阵，其临敌，令为壮士声④，乃上马杀贼。

【注释】

①嘉峪：嘉峪关，位于今甘肃嘉峪关市西。是明长城最西端的关口。
　张掖：地名，在今甘肃张掖。明代时为陕西行都司及甘肃镇的治所。酒泉：地名，在今甘肃酒泉。
②《塞上》：即《塞上曲》，由汉横吹曲辞演化而来，内容为沙场征战之事。
③戏下：谓在主帅的旌麾之下。引申为部下。戏，通"麾"。
④壮士声：此似指鼓舞士气、增加勇气和力量的音乐。

【译文】

　　后来，征西王将军招募汤应曾到幕府之中，他追随王将军游历嘉峪关、张掖、酒泉等地。王将军每逢射猎和校阅军队时，都让汤应曾弹奏《塞上曲》。王将军麾下有个部将叫颜骨打，善于作战布阵，他要作战的时候，会让汤应曾弹奏鼓舞士气的豪壮之乐，然后才策马杀敌。

　　一日至榆关①，大雪，马上闻觱篥②，忽思母痛哭，遂别将军去。夜宿酒楼，不寐，弹琵琶作觱篥声，闻者莫不陨涕③。及旦④，一邻妇诣楼上，曰："君岂有所感乎？何声之悲也！妾孀居十载⑤，依于母而母亡，欲委身，无可适者⑥。愿执箕帚为君妇⑦。"应曾曰："若能为我事母乎⑧？"妇许诺。遂载之归。

【注释】

①榆关：即山海关，在今河北秦皇岛。古称渝关、临榆关，明改为今名。其地古有渝水，关以水得名。

②觱篥（bìlì）：古代的一种管乐器。

③陨涕：落泪。

④旦：早晨。

⑤孀居：守寡。

⑥适：女子出嫁。

⑦执箕帚：手持畚箕扫帚从事贱役。后多指为人妻的谦词。

⑧若：你。

【译文】

有一天到了山海关，大雪纷飞，汤应曾在马上听见吹奏觱篥的声音，忽然思念母亲而失声痛哭，于是辞别王将军回家去了。晚上住在酒楼里，难以入睡，用琵琶弹奏觱篥的音声，听到的人都纷纷落泪。等到天亮，酒楼隔壁的妇人登楼到了汤应曾的房间，说："你难道有所感触吗？乐声居然如此悲切！我守寡已十年，仰赖母亲而母亲辞世，想要以身相托，却没有可出嫁的对象。如今想嫁你为妻。"汤应曾说："你能替我侍奉母亲吗？"妇人允诺。于是他载着妇人回去了。

　　襄王闻其名①，使人聘之，居楚者三年。偶泛洞庭，风涛大作,舟人惶扰失措^②。应曾匡坐弹《洞庭秋思》^③,稍定。舟泊岸,见一老猿,须眉甚古,自丛箐中跳入篷窗^④,哀号中夜。天明,忽抱琵琶跃水中,不知所在。自失故物^⑤,辄惆怅不复弹。

【注释】

①襄王:明代分封的藩王襄王。

②舟人:船夫。惶扰失措:惊慌失措。

③匡坐:正坐,端坐。《洞庭秋思》:古琴名曲。明嘉靖二十八年(1549)汪芝编辑《西麓堂琴统》初记其曲,此曲以洞庭秋意为背景,曲调高古雅正,意味悠远。

④篷窗:船舱简陋的窗户。

⑤故物:旧物,即那面碧镂牙镦琵琶。

【译文】

襄王听闻汤应曾的盛名,派人聘请了他,汤应曾在楚地住了三年。有一次泛游洞庭湖,狂风袭来,波浪滔天,船夫惊慌失措。汤应曾端坐在船上弹奏《洞庭秋思》,渐渐地风平浪定。船靠岸时,看见一只老猿,眉毛胡须苍老皓白,从茂密的竹丛跳入船窗中,哀声号叫了半夜。拂晓之时,老猿忽然抱着琵琶跳入湖水,消失无踪。汤应曾从此失去了琵琶,便心生惆怅不再弹奏了。

已归省母,母尚健而妇已亡,惟居旁抔土在焉^①。母告以:"妇亡之夕,有猿啼户外,启户不见。妇谓我曰:'吾待郎不至,闻猿啼,何也?吾殆死。惟久不闻郎琵琶声,倘归,为我一奏石楠之下。'"应曾闻母言,掩抑哀痛不自胜^②。夕陈酒浆,弹琵琶于其墓而祭之。自是猖狂自放^③,日荒酒色。

值寇乱④,负母鬻食兵间⑤。

【注释】

①抔(póu)土:借指坟墓。

②掩抑:低沉抑郁。胜:承受,禁得起。

③猖狂自放:无所拘束,行为放纵。

④寇乱:指明末李自成等农民起义。崇祯十四年(1641)正月,李自成率军攻克洛阳,杀死福王朱常洵,第二年又围开封。

⑤鬻(yù)食:购买粮食。

【译文】

后来,汤应曾回家探望母亲,母亲尚在人世而妻子却已辞世,只有居所旁的一座坟墓仍在那里。母亲告诉他说:"你媳妇去世的那天晚上,有猿猴在门外啼叫,打开大门又找不到。你媳妇对我说:'我等待夫君却不见他返回,现在听见猿叫,为什么呢?我恐怕将要离开人世了。只是很久没有听夫君弹奏的琵琶声,如果夫君回家,请他在石楠树下为我弹奏一曲。'"汤应曾听了母亲的话,心情抑郁、哀伤悲痛得不能承受。晚上他摆放了酒水,在妻子坟墓前弹奏琵琶以祭奠她。从此以后,汤应曾愈发放浪形骸,无所束缚,每天放纵于美酒美色。时值明末农民起义爆发,他背着母亲,买了粮食再送去军营。

耳目聋瞽①,鼻漏②,人不可迩③。召之者隔以屏障,听其声而已。所弹古调百十余曲,大而风雨雷霆④,与夫愁人思妇⑤,百虫之号⑥,一草一木之吟,靡不于其声中传之⑦。而尤得意于《楚汉》一曲⑧,当其两军决战时,声动天地,瓦屋若飞坠。徐而察之,有金声、鼓声、剑弩声、人马辟易声⑨。俄而无声。久之,有怨而难明者,为楚歌声⑩;凄而壮者,为项王悲歌慷慨之声、别姬声⑪;陷大泽⑫,有追骑声;至乌江,有项王自刎声、余骑蹂践争项王声⑬。使闻者始而奋,既而恐,终而涕泪之无从也。其感人如此! 应曾年六十余,流落淮浦⑭,有桃源人见而怜之⑮,载其母同至桃源,后不知所终。

【注释】

①聋瞽（gǔ）:聋盲。

②鼻漏:鼻涕往外漏。

③迩:近。

④雷霆:洪大而急发的雷声。

⑤思妇:忧思远行丈夫的妇人。

⑥百虫之号:各种虫鸣声。

⑦靡不:无不。

⑧《楚汉》:古琵琶曲名,内容表现楚汉相争。

⑨金声:指钲声。辟易:退避,多指受惊吓后控制不住而离开原地。

⑩楚歌:楚地的歌调,声音悲愤。楚汉相争时有四面楚歌之典。

⑪项王:西楚霸王项羽。项羽,名籍,字羽。秦末率军起义,秦亡后自立为西楚霸王,继与刘邦争天下。后来被刘邦用计围困垓下,在乌江自刎。别姬:诀别虞姬。项羽自刎前,诀别美人虞姬,乃作《垓下歌》:“力拔山兮气盖世,时不利兮骓不逝。骓不逝兮可奈何,虞兮虞兮奈若何!”

⑫陷大泽:指项羽陷入沼泽地中。

⑬余骑蹂践争项王:剩下的骑兵践踏争夺项羽尸身,事见《史记·项羽本纪》。

⑭淮浦:古代对淮河沿线一带地域的概称。汉代曾设淮浦县(今江

苏淮安涟水县),到南朝时被废置。此处的淮浦大约指江苏淮安一带的淮河地域。

⑮桃源:县名,在今江苏泗阳。

【译文】

汤应曾耳聋眼盲,鼻涕流淌,旁人不愿凑近他。召请他弹奏的人用屏风相隔,只听他弹奏的声音罢了。他会弹奏的古曲有一百一十多首,大概风号雨注、雷鸣霆响和那愁人吁叹、思妇哀怨、百虫鸣叫、草拂木动等声音,没有不能通过乐声来传递的。他最得意的乐曲是《楚汉》,当楚汉两军决战时,声音撼天动地,震得房屋上的瓦片飞落而下。慢慢地分辨,乐声中有击钲敲鼓之声、剑舞弩响之声、人马退避之声。很快声音消失。过了一会儿,传来幽怨而难以描述的乐音,是楚地的歌声;凄切而悲壮的乐音,是项羽悲愤高歌情绪激昂之声、诀别虞姬之声;陷入泥泽,有汉军骑兵追逐之声;到乌江,有项羽抽刀自刎之声、汉军骑兵践踏争抢项羽尸身之声。令闻听者开始还感到兴奋,继而心生恐惧,最终涕泪交加而不知所措。汤应曾的琵琶声如此感动人啊!汤应曾六十多岁,流落到淮河一带,有桃源县人见到后哀怜他,于是载着他的母亲一起到了桃源县,后来就不知道他的下落了。

轸石王子曰①:古今以琵琶著名者多矣,未有如汤君者。夫人苟非有至性②,则其情必不深,乌能传于后世乎?戊子秋③,予遇君公路浦④,已不复见君曩者衣宫锦之盛矣⑤。明年复访君,君坐土室,作食奉母。人争贱之,予肃然加敬焉。君仰天呼呼曰⑥:"已矣⑦!世鲜知音,吾事老母百年后⑧,将投身黄河死矣!"予凄然,许君立传。越五年,乃克为之。呜呼!世之沦落不偶而叹息于知音者⑨,独君也乎哉!

【注释】

①轸石王子：作者自称。轸石为王猷定的号。

②至性：诚挚纯厚的性情。

③戊子：清顺治五年（1648）。

④公路浦：地名。在江苏淮安淮阴区西，临近上文所述的桃源县。
　《水经注·淮水》："（淮阴）城西二里有公路浦，昔袁术（字公路）
　向九江，将东奔袁谭，路出斯浦，因以为名焉。"

⑤曩（nǎng）者：以往，从前。

⑥呼呼：感叹的拟声词。

⑦已矣：表示绝望的语词，有罢了、算了的意思。

⑧百年：年寿的终点，去世的委婉说法。

⑨不偶：不遇，不合。

【译文】

　　王猷定说：从古至今因为弹琵琶而扬名的人很多，没有像汤应曾这样的人。人如果没有至诚的天性，那么他用情必然不够深厚，怎么能传名于后世啊？顺治五年秋天，我在公路浦遇见汤应曾，已经不能再看到他往日穿着宫廷锦缎做的衣服的风光了。第二年，我又去拜访汤应曾，他坐在土屋中，做饭侍奉母亲。人们争相瞧不起汤应曾，我却对他肃然起敬。汤应曾仰天长叹说："算了！世上知己难求，我侍候老母到她去世，将跳黄河自我了结！"我闻言心中凄楚，答应会给他写传记。过了五年，我才为他写好了传记。唉！世上落拓不遇而感慨知音难求的人，难道只有汤应曾吗？

　　张山来曰：韩昌黎《颖师琴》诗①，欧阳子谓其是听琵琶②。予初疑之，盖以琵琶未必能如诗中所云之妙也。今读此文，觉尔汝轩昂③，顷刻变换，浔阳江口④，尚逊一筹耳。

【注释】

①《颖师琴》：唐代韩愈诗歌《听颖师弹琴》，描写作者听颖师弹琴的感受。

②欧阳子：欧阳修。苏轼《欧阳公论琴诗》："此退之《听颖师琴》诗也。欧阳文忠公尝问仆：'琴诗何者最佳？'余以此答之。公言：'此诗固奇丽，然自是听琵琶诗。'"

③尔汝轩昂：语出《听颖师弹琴》："昵昵儿女语，恩怨相尔汝。划然变轩昂，勇士赴敌场。"尔汝，不依礼俗，而以你我相称。比喻两人关系十分亲密。轩昂，音调高昂。

④浔阳江口：语出白居易《琵琶行》"浔阳江头夜送客"，代指《琵琶行》。

【译文】

　　张潮说：韩愈写的诗歌《听颖师弹琴》，欧阳修认为这是听琵琶。我起初很怀疑欧阳修的说法，因为琵琶未必能像诗中所写的那么奇妙。现在阅读这篇传记，觉得由尔汝亲密到音调高昂，瞬息间乐声忽然变换，即使是《琵琶行》中的描写，也还是差了一等啊。

小青传

失名①

　　小青者②，虎林某生姬也③，家广陵。与生同姓，故讳之④，仅以小青字云⑤。姬凤根颖异⑥，十岁，遇一老尼授《心经》⑦，一再过了了⑧，覆之不失一字⑨。尼曰："是儿夙慧福薄⑩，愿乞作弟子。即不尔⑪，无令识字，可三十年活尔。"家人以为妄，嗤之。母本女塾师⑫，随就学，所游多名闺⑬，遂得精涉诸技⑭，妙解声律。江都固佳丽地⑮，或诸闺彦云集⑯,茗战手语⑰,众偶纷然。姬随变酬答,悉出意表⑱,人人唯恐失姬。虽素娴仪则⑲,而风期异艳⑳,绰约自好㉑,其天性也。

【注释】

①失名:此篇传记不知作者姓名。文又见于明锺惺评点《名媛诗归》卷三五,两篇文字相同,故《虞初新志》与《名媛诗归》所录同系一文,也可能是张潮选录自《名媛诗归》。

②小青:传说为晚明冯生之妾。除本篇外,其事尚见戈戈居士(谭某)《小青传》、支如增《小青传》(见于《文章辨体汇选》卷五四一、《西湖志》卷四六、《媚幽阁文娱》卷六)、陈翼飞《小青传》(《媚幽阁文娱》卷六)、朱京藩《小青传》(附朱京藩《小青娘风流院》后)、冯梦龙《情史·小青传》、万时华《溉园初集·小青传定本》、张岱《西湖梦寻·小青佛舍》等。有人认为小青为文学虚构人物,如钱谦益《列朝诗集小传》"女郎羽素兰"附论:"又有所谓小青者,本无其人,邑子谭生造传及诗与朋侪为戏。曰小青者,离'情'字,正书心旁似'小'字也。或言姓钟,合之成'钟情'字也。其传及诗俱不佳。"清桑灵直《字触补》卷一"廋部"记:"《柳亭诗话》:《小青传》乃支小白戏撰,而诗文与词则卓珂月、徐野君为之。离合其字,情也,命名之义可见,为亡是公也。"

③虎林:浙江杭州的别称,亦名武林。据传唐代为避唐高祖李渊祖父李虎之讳而改"虎林"为"武林"。某生:隐去姓氏,某书生之谓。生,儒生,读书人的通称。清俞樾《茶香室丛钞》记:"此冯具区(冯梦祯,字开之,号具区)之子云将妾也。"冯云将,冯鹤雏,字云将,冯梦祯次子。今人考证某生当为明末浙中名士冯千秋(名延年,冯梦祯之孙),张清河《晚明江南诗学研究》记之甚详。姬:妾。

④讳:避忌。避而不称其姓氏。

⑤云：助词，无实在意义。

⑥凤根：本源，天资。颖异：聪慧出众。

⑦老尼：年老的尼姑。《心经》：佛教经典《般若波罗蜜多心经》的简
　称。此经篇幅短小，主要宣讲诸法皆空的道理。

⑧了了：清楚，明白。

⑨覆：审察，查核。

⑩蚤慧福薄：年幼聪明却缺少福气。蚤，通"早"。

⑪不尔：不然。

⑫女塾师：私塾的女教师。

⑬名闺：名门闺秀，大户人家的有才德的女儿。

⑭精涉：精通。

⑮江都：扬州的别称。佳丽：美女。

⑯闺彦：闺秀，才女。

⑰茗战：品茗，评选茶叶的比赛。手语：指弹奏琴瑟之类的乐器。以
　乐声能表达情意，故称。

⑱悉出意表：总能出人意料。

⑲素娴仪则：平时熟悉闺中的礼仪规范。

⑳风期：风度品格。

㉑绰约：柔婉美好的样子。

【译文】

　　小青，杭州某生的妾室，家住扬州。因和某生同姓，所以避而不言其
姓，仅仅称她的字小青。小青天资卓异，十岁时，遇到一个老尼给了她一
本《心经》，她看了一两遍便明白了，老尼考核她时没弄错一个字。老尼
说："这个孩子年幼聪慧却缺少福气，我想要收她做徒弟。倘若不如此，
不要让她读书识字，这样她能活三十年。"小青家人认为老尼胡说，故而
嗤笑她。小青的母亲本是私塾女教师，小青便跟随母亲学习，她交游的
人多是名门闺秀，因此擅长很多技艺，精通音律。扬州本是出美女的地

方,有时才女云集,品评茗茶,手弹乐器,同伴众多。小青随机应变以应答他人,总是起到出人意料之外的效果,众人只担心聚会缺少了她。尽管她一向遵循闺阁女子的礼仪规范,但风姿艳丽,柔美自成,这是她天生的禀赋。

年十六,归生①。生,豪公子也,性嘈哰②,憨跳不韵③。妇更奇妒④,姬曲意下之⑤,终不解。一日,随游天竺⑥,妇问曰:"吾闻西方佛无量⑦,而世多专礼大士者何⑧?"姬曰:"以其慈悲耳⑨。"妇知讽己,笑曰:"吾当慈悲汝!"乃徙之孤山别业⑩,诫曰:"非吾命而郎至,不得入;非吾命而郎手札至,亦不得入!"姬自念:彼置我闲地,必密伺短长⑪,借莫须有事鱼肉我⑫。以故深自敛戢⑬。妇或出游,呼与同舟。遇两堤之驰骑挟弹游冶少年⑭,诸女伴指点谑跃⑮,倏东倏西⑯,姬澹然凝坐而已⑰。

【注释】

①归:古代称女子出嫁。

②嘈哰(cáo shà):象声词,原形容鸟叫声的杂乱细碎,此形容某生多言喧嚣,性格外向。

③憨跳不韵:顽劣而不风雅。

④妇:此指某生的正室、正妻。奇妒:非常喜欢嫉妒。

⑤曲意下之:违反己意,去谦让迁就正妻。

⑥天竺:杭州灵隐山附近的山峰。

⑦西方佛无量:指西方有无数的佛陀。无量,没有限量,没有止境。

⑧大士:菩萨的通称。下文提及"慈悲",故此处应指大慈大悲观世音菩萨。观世音菩萨素以慈悲著称,常为女子所供奉。

⑨慈悲:本为佛教语。谓给人快乐,将人从苦难中拔救出来,亦泛指慈爱与悲悯。观世音亦称大慈大悲观世音菩萨,济度百姓于苦难之中。

⑩孤山:西湖北里湖和外湖间的岛屿,因岛上多梅花,又称梅屿。别业:别墅。

⑪密伺短长:秘密窥伺小青行动的好坏、对错。

⑫鱼肉:把人当作鱼、肉,比喻欺凌践踏。

⑬敛戢(jí):约束行动,不抛头露面。

⑭两堤:指西湖中白堤和苏堤。挟弹:手拿弹弓。游冶:游荡。

⑮谑跃:戏弄,开玩笑。

⑯倏(shū)东倏西:忽东忽西。

⑰澹然凝坐:恬然静坐。

【译文】

    小青十六岁时,嫁给某生。某生,是富贵人家的子弟,性格喧闹,顽劣无趣。某生的正室性喜嫉妒,作为妾室的小青委曲自己以逢迎正室,但最终还是无法缓和彼此的关系。有一天,她跟随正室游览杭州天竺峰,正室问她:"我听说西方有无数的佛,但世人为何大多一心礼拜观世音菩萨呢?"小青说:"因为观世音以慈悲为怀。"正室知道小青的话是讽刺自己,笑着说:"我应该对你发慈悲!"于是把小青迁移到西湖孤山的别墅中,告诫她说:"没有我的命令,郎君来了,也不能允许他进门;没有我的命令,郎君寄来的书信,也不能接收!"小青独自思量:正室把我安置到这个荒僻之地,肯定秘密伺察我言行的好坏,借莫须有之事来欺凌我。因此愈发约束自己。正室有次出外游玩,叫小青和她同乘一船。遇到在西湖白堤、苏堤上驰马飞奔、携带弹弓游荡的少年,女伴们指着少年开玩笑,忽东忽西,小青只是淡然地静坐着罢了。

      妇之戚属某夫人者①,才而贤,常就姬学奕②,绝爱怜之。因数取巨觞觞妇③，睍妇已醉④，徐语姬曰："船有楼，汝伴我一登。"比登楼，远眺久之，抚姬背曰："好光景可惜，毋自苦！章台柳亦倚红楼盼韩郎走马⑤，而子作蒲团空观耶⑥?"姬曰："贾平章剑锋可畏也⑦!"夫人笑曰："子误矣！平章剑钝，女平章乃利害耳⑧!"顷之，从容讽曰："子既娴仪则，又多技能，而风流绰约复尔⑨，岂当堕罗刹国中⑩? 吾虽非女侠，力能脱子火坑。顷言章台柳，子非会心人耶? 天下岂少韩君乎? 且彼纵善遇子，子终向党将军帐下作羔酒侍儿乎⑪?"姬曰："夫人休矣！妾幼梦手折一花，随风片片著水，命止此矣！夙业未了⑫，又生他想⑬，彼冥曹姻缘簿⑭，非吾如意珠⑮。再辱奚为? 徒供群口画描耳！"夫人叹曰："子言亦是，吾不子强。虽然，子亦宜自爱。彼或好言饮食汝，乃更可虑。即旦夕所须，第告我无害。"因相顾泣下沾衣。徐拭泪还座，寻别去。夫人每向宗戚语及之⑯，无不咨嗟叹息云。

【注释】

①戚属：亲属。某夫人：王士禄《宫闱氏籍艺文考略》记是杨淇园夫人。杨廷筠，字作坚，号淇园，仁和（今浙江杭州）人。万历进士，任安福知县、监察御史、河南按察司副使、光禄寺少卿等。事见《（康熙）杭州府志》卷三十。

②学奕：学棋。奕，通"弈"。

③觞（shāng）：古代酒器。亦作动词，向别人进酒。

④睍（jiàn）：窥视，偷看。

⑤章台柳亦倚红楼盼韩郎走马：被喻为章台柳的柳姬还依偎在红楼

上期盼韩郎君骑马而来。典出唐代许尧佐《柳氏传》,记载韩翃和爱姬柳氏在战乱中分离聚合的故事。韩翃有诗:"章台柳,章台柳,昔日青青今在否?纵使长条似旧垂,亦应攀折他人手。"以章台柳比喻柳姬,而柳姬始终期盼与韩翃重聚。

⑥蒲团:僧尼坐禅、跪拜的圆垫子。空观:佛教认为诸法皆空,把一切都看成虚无。

⑦贾平章剑锋:贾似道的剑锋,有暗喻小青担心陷入情爱会遭受类似贾似道般的人严苛治罪之意。事见明瞿佑《剪灯新话·绿衣人传》,记南宋宰相贾似道为人残暴,斩杀曾赞美两位少年的姬妾,又治罪少年。平章,官职名,唐宋以同平章事为宰相之职,贾似道于南宋末年任平章军国重事。

⑧女平章:指正室。

⑨复尔:如此。

⑩罗刹国:传说中食人恶鬼罗刹所居之处。此处比喻某生家。

⑪党将军帐下作羔酒侍儿:党进将军帐中制作羊羔酒的侍姬。宋胡仔《苕溪渔隐丛话》前集卷四引《类苑》记北宋将军党进家的侍姬被翰林学士陶穀购买,能制雪水烹茶等高雅之物。侍姬自命风雅,嘲笑党进:"彼粗人安得有此景?但能销金帐下,浅酌低唱,饮羊羔酒儿。"

⑫夙业:前世的罪业、冤孽。业,佛教术语,佛教谓业由身、口、意三处发动,分别称身业、口业、意业。业分善、不善、非善非不善三种,一般偏指恶业、孽。

⑬他想:别的想法,此指做人妾室的想法。

⑭冥曹:阴间的官府。姻缘簿:旧时指注定男女姻缘的名册。

⑮如意珠:佛教经典中一种有求必应的宝珠,据传来自龙王或摩竭鱼的脑中,或云由佛的舍利变成,能满足人的各种愿望。

⑯宗戚:亲族。

【译文】

正室的亲戚某夫人,才华出众而且很贤德,常找小青学下棋,对小青怜爱有加。一次手执大杯频频向正室进酒,看到正室喝醉了酒,缓缓地对小青说:"船上有阁楼,你陪我去登楼。"等到登楼时,远眺了很久,她抚着小青的背说:"大好的风光应该多珍惜,不要让自己过得太辛苦!被喻为章台柳的柳姬还靠在红楼上期盼韩郎君骑马而来,而你要坐在蒲团上像佛门弟子一样视爱情为虚妄吗?"小青说:"贾似道的剑锋太可怕!"某夫人笑着说:"你错了!贾似道的剑锋太钝,你家正室夫人才厉害啊!"过了会儿,她不慌不忙地劝诫小青道:"你不仅精熟闺阁礼仪,又有很多本事,况且如此风姿柔美,怎么能陷入像罗刹国一样的家里呢?我虽然不是女侠客,却有能力帮你跳出火坑。刚才说到了'章台柳',你不就是能领悟这故事的人吗?天下怎么会缺少韩翃这样的人呢?况且即使你家正室夫人善待你,你最终还要像那党进将军帐中制作羊羔酒的侍姬一样吗?"小青说:"夫人不要说了!我年幼时曾做梦折了一枝花,花朵随风片片落入水中,我的命运也就这样了!我前生的罪业还没赎完,如今又做了人家的姬妾,那冥府记录男女姻缘的名册,又不是我有求必应的宝珠。正室继续凌辱我又能怎样呢?只不过供众人在口中描绘议论而已!"某夫人感叹地说:"你说的也是,我不勉强你。即使如此,你也应该自爱。她要是说好话、供你饮食,那才更令人忧虑。假如一旦有需要的话,只管来告知我,没有关系。"两人因而相互看着,纷纷落泪沾湿衣服。某夫人缓缓擦干泪水回到座位,不久告别而去。某夫人常向亲族谈论小青之事,没有不唉声叹息的。

　　姬自后幽愤凄恻[1],俱托之诗或小词。而夫人后亦旋宦远方。姬益寥闶[2],遂感疾[3]。妇命医来,仍遣婢捧药至。姬佯感谢,婢出,掷药床头,叹曰:"吾即不愿生,亦当以净体皈依[4],作刘安鸡犬[5],岂以一杯鸩断送耶[6]?"然病益不支,水粒俱绝⑦，日饮梨汁盏许。益明妆冶服⑧，拥襆欹坐⑨，或呼琵琶妇唱盲词以遣⑩。虽数晕数醒，终不蓬首偃卧也⑪。

【注释】

①幽愤凄恻：怨愤郁结、凄凉悲伤。

②寥阒（qù）：亦作"寥阒"，孤寂。

③感疾：患病。

④净体：洗净身体。古人在祭祀或重大活动前常沐浴净体以表虔诚。皈（guī）依：佛教名词。信仰佛教者的入教仪式。因对佛、法、僧三宝表示归顺依附，故亦称"三皈依"。此处有死去之意。

⑤刘安鸡犬：刘向《列仙传》记汉代淮南王刘安服丹药登天，家中鸡犬舔食残药，也成仙升天。

⑥鸩（zhèn）：毒酒。

⑦水粒俱绝：形容病重，连水米都不能食用。

⑧明妆冶服：妆饰明艳、服装华丽。

⑨襆：被子，铺盖。欹（qī）：斜，倾斜不正。

⑩盲词：旧时的一种民间说唱文学。演唱者多为盲人，故称。

⑪蓬首偃卧：散乱着头发睡卧在床。

【译文】

小青自此忧怨郁结、凄楚悲伤，把情感全部寄托在诗词创作上。不久后，某夫人也跟随做官的丈夫去了远方。小青更加孤寂，便患了病。正室请医生过来，还派了婢女捧着药来了。小青佯装感谢，等婢女出去，她把药扔到床头，叹息说："我即使不愿意活着了，也要以干净的躯体死去，像刘安的鸡犬一样成仙而去，怎么能以一杯毒酒了断生命呢？"但是她病情更加严重、身体不能支持，水米不进，每天只喝大约一盏梨汁。她的妆容更明艳、衣着更华丽，抱着被子斜坐，有时叫弹琵琶的盲妇唱曲词来消遣。即使反复地昏迷清醒，始终也没有头发散乱地躺卧在床。

　　忽一日，语老妪曰①："可传语冤业郎②，觅一良画师来。"师至，命写照③。写毕，揽镜熟视曰④："得吾形似矣，未尽吾神也。姑置之。"又易一图，曰："神是矣，而风态未流动也⑤，若见我而目端手庄，太矜持故也⑥。姑置之。"命捉笔于旁⑦，而自与妪指顾语笑⑧，或扇茶铛、简图书⑨，或代调丹碧诸色⑩，纵其想会⑪。久之，复命写图。图成，极妖纤之致⑫，笑曰："可矣！"师去，即取图供榻前，蓺名香⑬，设梨酒奠之⑭，曰："小青！小青！此中岂有汝缘分耶？"抚几而泣，泪雨潸潸下⑮，一恸而绝⑯。时万历壬子岁也⑰，年才十八耳。哀哉！人美于玉，命薄于云，琼蕊、优昙⑱，人间一现，欲求如杜丽娘牡丹亭畔重生⑲，安可得哉！

【注释】

①老妪（yù）：老妇人，此指家里的老女仆。

②冤业郎：此指她丈夫。冤业，佛教用语，前世作恶所招致的冤屈业报。

③写照：画像。

④熟视：细看。

⑤流动：灵动鲜活。

⑥矜持：指拘谨未放得开。

⑦捉笔：执笔。

⑧指顾：手指目视，指点顾盼。

⑨茶铛（chēng）：煎茶用的锅。简图书：查寻检阅图书。

⑩调丹碧诸色：调和丹青等绘画所用的颜料。

⑪纵其想会：让他纵情地想象、体会，揣摩神韵。

⑫妖纤之致：极其妖冶纤丽，佚荡多姿。

⑬蓺（ruò）名香：焚烧珍贵的香料。

⑭梨酒：用梨酿成的果酒。

⑮潸潸(shān)：泪流不止的样子。

⑯一恸而绝：一时悲愤遂气绝而亡。

⑰万历壬子：明万历四十年（1612）。

⑱琼蕊、优昙：以花比喻世间少见的美女。琼蕊，琼花。优昙，优昙钵花，即昙花。

⑲杜丽娘牡丹亭畔重生：明代汤显祖戏曲《牡丹亭》讲述杜丽娘因相思病而死，地府判官有感于她的遭遇，准许她回返人间，与意中人结为夫妻。

【译文】

　　忽然有一天，小青对老女仆说："可以给我的夫君传话，让他找一个好的画师过来。"画师来了，让他给自己画像。画完，照镜细看后说："你能画得我的外形，没有画尽我的神韵。姑且舍弃了吧。"画师又画了一幅画，小青看后说："神韵差不多了，但风情姿态缺乏灵动，你看画像中我的眼睛、手端正不动，这是过于拘谨的原因。姑且舍弃了吧。"让画师执笔在旁，自己和老女仆手指目视、谈笑风生，时而对茶铛扇火、寻捡图书，时而帮着调和绘画用的颜料，任由画师去想象、体会。过了很久，再次让画师绘画。画完后，只见画像中的人物极其妖冶纤丽，小青笑着说："可以了！"画师走后，小青便把画像供放在床榻前，点燃珍贵的香料，摆放梨酒来祭奠，说："小青！小青！这里哪里有你的缘分啊？"抚着几案而哭泣，泪水潸潸而落，一时大悲而气绝辞世。此时是明万历四十年，小青才十八岁。悲哀啊！人像玉一样美，命却比云彩还薄，如琼花、优昙般艳美，在人间活了一场，想要像杜丽娘一样在牡丹亭旁复活，哪里能够得到这样的机会呢！

　　日向暮，生始踉跄来①，披帷，见容光藻逸②，衣袂鲜好③，如生前无病时。忽长号顿足，呕血升余。徐简得诗一卷,遗像一幅,又一缄寄某夫人。启视之,叙致惋痛,后书一绝句④。生痛呼曰:"吾负汝! 吾负汝!"妇闻恚甚,趋索图。乃匿第三图,伪以第一图进,立焚之。又索诗,诗至,亦焚之。《广陵散》从兹绝矣⑤。悲夫! 楚焰诚烈⑥,何不以纪信诳之⑦? 则罪不在妇,又在生耳!

【注释】

①踉跄:走路不稳,跌跌撞撞。

②容光藻逸:脸上光彩闪亮、美丽流溢。

③衣袂:衣衫。

④绝句:一种近体诗,指每首四句而合平仄格律的诗。

⑤《广陵散》:乐曲名。三国魏嵇康善弹《广陵散》曲,秘不授人,后因反对司马氏专政而遭谗被害,临刑时索琴弹曰:"《广陵散》于今绝矣!"后比喻人事凋零或事无后继,已成绝响。

⑥楚焰诚烈:楚军的确气焰嚣张。比喻正室果然厉害。

⑦纪信:秦汉之际将军,随刘邦起兵抗秦。项羽派兵围汉军,纪信由于身形及样貌恰似刘邦,假扮刘邦向西楚诈降,被杀死。文中用纪信之事,是指某生为什么不像纪信一样使计用假的画像、手稿骗正室。

【译文】

太阳快要落山时,某生才跌跌撞撞地赶过来,掀开帘帷,看见小青脸上光彩闪亮、美丽流溢,衣服鲜艳华丽,如同生前没有生病时。某生忽然长声哭号,以脚踩地,口中吐出了一升多血。随后找到一卷诗,一幅遗像,还有一封寄给某夫人的书信。打开阅读,上面叙说着她的惋惜哀痛,后面还写了一首绝句。某生痛声呼喊:"我辜负了你! 我辜负了你!"正室得知消息后非常怨恨,跑去索要画像。某生将第三幅画像藏了起来,用第一幅画像冒充定稿给了她，正室立刻焚烧了画像。又索要诗稿，拿到诗稿，也烧掉了。像《广陵散》一样的佳作就此绝迹了。悲哀啊！正室像楚军般气焰嚣张，某生为何不像纪信一样用计诓骗她呢？原来罪过不在于正室，在于某生啊！

及再简草稿，业散失尽。而姬临卒时，取花钿数事赠姬之小女①，衬以二纸，正其诗稿。得九绝句、一古诗、一词，并所寄某夫人者②，共十二篇。

古诗云：

雪意阁云云不流，旧云正压新云头。米颠颠笔落窗外③，松岚秀处当我楼。垂帘只愁好景少，卷帘又怕风缭绕。帘卷帘垂底事难，不情不绪谁能晓？炉烟渐瘦剪声小，又是孤鸿唳悄悄。

绝句云：

稽首慈云大士前④，莫生西土莫生天⑤。愿为一滴杨枝水⑥，洒作人间并蒂莲。

春衫血泪点轻纱⑦，吹入林逋处士家⑧。岭上梅花三百树，一时应变杜鹃花⑨。

新妆竟与画图争，知在昭阳第几名⑩。瘦影自临秋水照，卿须怜我我怜卿⑪。

西陵芳草骑辚辚⑫，内使传来唤踏春⑬。杯酒自浇苏小墓⑭，可知妾是意中人？

冷雨幽窗不可听，挑灯闲看《牡丹亭》⑮。人间亦有痴于我，岂独伤心是小青。

何处双禽集画阑，朱朱翠翠似青鸾^⑯。如今几个怜文彩^⑰，也向秋风斗羽翰^⑱。

脉脉溶溶滟滟波^⑲，芙蓉睡醒欲如何^⑳。妾映镜中花映水，不知秋思落谁多。

盈盈金谷女班头^㉑，一曲《骊珠》众伎收^㉒。直得楼前身一死，季伦原是解风流^㉓。

乡心不畏两峰高^㉔，昨夜慈亲入梦遥。见说浙江潮有信^㉕，浙潮争似广陵潮^㉖？

其《天仙子》词云^㉗：

文姬远嫁昭君塞^㉘，小青又续风流债^㉙。也亏一阵黑罡风，火轮下，抽身快，单单别别清凉界^㉚。

原不是鸳鸯一派，休算做相思一概。自思自解自商量，心可在？魂可在？著衫又搦裙双带^㉛。

【注释】

①花钿：用金翠珠宝制成的花形首饰。

②古诗：诗体名。即古体诗，拟古诗。与绝句、律诗等近体诗相对而称。不要求对仗，平仄与用韵相对自由。

③米颠：米芾，初名黻，后改芾，字元章，襄阳（今属湖北）人。北宋书法家、画家，与蔡襄、苏轼、黄庭坚合称"宋四家"。因个性癫狂，人称"米颠"。

④稽（qǐ）首：以头着地的跪拜礼。慈云大士：宋代僧人遵式，又称慈云忏主、慈云尊者等。他曾住在杭州天竺寺，与林逋交好，故林逋有诗《和酬天竺慈云大师》。

⑤西土：西方极乐世界。

⑥杨枝水：佛教喻称用杨枝沾洒的净水，能使万物复苏、起死回生、疗治疾病。

⑦春衫：春天穿的衣衫，有时指年少时穿的衣服，可指代年轻时的自己。

⑧林逋：北宋初期著名隐逸诗人。隐居杭州西湖，结庐孤山。喜植梅养鹤，自谓"以梅为妻，以鹤为子"，人称"梅妻鹤子"。处士：本指有才德而隐居不仕的人，后亦泛指未做过官的士人。

⑨杜鹃花：花卉名。相传有杜鹃鸟日夜哀鸣，后啼血染红满山花朵，因此此花得名杜鹃花。这首诗是说小青血泪随风落入隐士林逋位于孤山的家，将附近岭上的梅花染成了红色的杜鹃花。

⑩昭阳：昭阳殿，汉官殿名。后泛指后妃所住的宫殿。

⑪卿：指影子。

⑫西陵：在杭州西湖孤山屿上的西泠桥一带，临近苏小小墓，故李贺《苏小小墓》诗云"西陵下，风吹雨"。

⑬内使：使女。

⑭苏小墓：南朝齐时钱塘名妓苏小小的墓。在杭州西湖孤山的西北尽头处。

⑮《牡丹亭》：明汤显祖著传奇剧本。写杜丽娘和柳梦梅的爱情故事。

⑯青鸾：古代传说中的神鸟。

⑰文彩：禽鸟身上错杂艳丽的色彩。

⑱羽翰：翅膀。

⑲脉脉：形容水没有声音地流动。溶溶：水流盛大的样子。滟滟：水光貌。

⑳芙蓉：荷花，亦有以花喻己之意。

㉑盈盈：形容举止、仪态美好。金谷：西晋石崇所筑的金谷园。女班头：女中第一。指被养在金谷园中的宠妾绿珠，后坠楼而死。

㉒《骊珠》：《骊歌》之误。《名媛诗归》同作"骊珠"，而清傅王露《西

《湖志》卷四五引作"骊歌"。骊歌,离别时所唱的歌。

㉓季伦:石崇的字。

㉔乡心:思念故乡之心。两峰:指西湖附近的南高峰和北高峰。

㉕浙江:钱塘江的古称。潮水每月初一、十五按时而来,分毫不差,谓之信潮。

㉖广陵潮:长江上的扬州潮,即小青故乡的潮水,素以波澜壮阔而著称。

㉗《天仙子》:本名《万斯年》,属龟兹部舞曲,后用为词牌。因皇甫松诗有"懊恼天仙应有以"句,取以为名。

㉘文姬:东汉末才女蔡文姬。蔡琰,字文姬,文学家蔡邕之女。博学多才,擅长文学、音乐、书法。东汉末中原大乱,蔡文姬为匈奴左贤王所虏,在塞外生活多年。昭君塞:王昭君奉命远嫁的塞外。王昭君,名嫱,字昭君,西汉南郡秭归(今湖北秭归)人。晋时避司马昭讳,改称明君。汉元帝时被选入宫,后来匈奴呼韩邪单于入朝求和亲,昭君自请出塞远嫁匈奴。

㉙风流债:犹情债。指男女私情产生的纠葛。

㉚单单别别:仅仅,只有。

㉛撚(niǎn):执,持取。

【译文】

等到再次寻捡诗文草稿,发现已经散失完了。然而小青临死时,取了花钿等物品赠送给老女仆的小女儿,下面包衬了两张纸,正是她的诗稿。有九首绝句、一首古诗、一首词作,以及寄给某夫人的书信,一共十二篇作品。

古诗云:

雪意阁云云不流,旧云正压新云头。米颠颠笔落窗外,松岚秀处当我楼。垂帘只愁好景少,卷帘又怕风缭绕。帘卷帘垂底事难,不情不绪谁能晓?炉烟渐瘦剪声小,又是孤鸿唳悄悄。

绝句云:

稽首慈云大士前，莫生西土莫生天。愿为一滴杨枝水，洒作人间并蒂莲。

春衫血泪点轻纱，吹入林逋处士家。岭上梅花三百树，一时应变杜鹃花。

新妆竟与画图争，知在昭阳第几名。瘦影自临秋水照，卿须怜我我怜卿。

西陵芳草骑辚辚，内使传来唤踏春。杯酒自浇苏小墓，可知妾是意中人？

冷雨幽窗不可听，挑灯闲看《牡丹亭》。人间亦有痴于我，岂独伤心是小青。

何处双禽集画阑，朱朱翠翠似青鸾。如今几个怜文彩，也向秋风斗羽翰。

脉脉溶溶滟滟波，芙蓉睡醒欲如何。妾映镜中花映水，不知秋思落谁多。

盈盈金谷女班头，一曲《骊珠》众伎收。直得楼前身一死，季伦原是解风流。

乡心不畏两峰高，昨夜慈亲入梦遥。见说浙江潮有信，浙潮争似广陵潮？

她的《天仙子》词云：

文姬远嫁昭君塞，小青又续风流债。也亏一阵黑昆风，火轮下，抽身快，单单别别清凉界。

原不是鸳鸯一派，休算做相思一概。自思自解自商量，心可在？魂可在？着衫又撚裙双带。

与某夫人书曰：

玄玄叩首沥血致启夫人台座下①：关头祖帐②，迥隔人天；官舍良辰，当非寂度。驰情感往③，瞻睇慈云④,分燠嘘寒⑤,如依膝下。糜身百体⑥,未足云酬。娣娣姨姨无恙⑦?犹忆南楼元夜,看灯谐谑,姨指画屏中一凭栏女曰:"是妖娆儿,倚风独盼,恍惚有思,当是阿青?"妾亦笑指一姬曰:"此执拂狡鬟⑧,偷近郎侧,将无似娣?"于时角彩寻欢⑨,缠绵彻曙,宁复知风流云散,遂有今日乎?

【注释】

①玄玄:小青的名字,陈翼飞《小青传》记"小青者,名玄玄"。沥血:形容竭诚相示。启:书启,书信。台座:书信用语中对对方的尊称语。

②关头:小青辞世前书写遗书,故此处指生死关头。祖帐:古代送人远行,在郊外路旁为饯别而设的帷帐。此指告别。

③驰情感往:动起思念夫人的情感。

④瞻睇慈云:仰望您如云般广被世间的慈悲心怀。慈云,喻慈悲心怀如云之广被世界、众生。

⑤分燠(yù)嘘寒:呵出热气使受寒的人温暖。形容对人十分热情、关心。

⑥糜身百体:粉身碎骨。百体,身体的各部位。

⑦娣娣姨姨:妹妹、阿姨,当指某夫人家的两个女子。

⑧执拂狡鬟:手执拂尘的狡黠丫鬟。

⑨角彩:赌输赢。

【译文】

给某夫人的书信云:

　　小青叩首、竭诚致信给夫人您:我在生死关头与您告别,自此人、天远远相隔;您在官舍正遇佳日,想来不会孤寂度过。我动起思念夫人之情，仰望您如云般的慈悲心怀，回想您对我嘘寒问暖，恍如正偎依在您的膝下。我粉身碎骨，也不能够报答您的恩情。妹妹、阿姨还平安吧？依然记得南楼正月十五那晚，我们观灯嬉戏，阿姨指着画屏中的一个依着栏杆的女子说："这个妖娆女子，临风独自顾盼，好像有所思念，应是小青吧？"我也笑着指着一个女子说："这个手执拂尘的狡黠丫头，偷偷凑近郎君身旁，莫非是妹妹吗？"那时，大家赌输赢以玩乐，延续到第二天天亮，哪里知道风会流动、云会消散，以致有今天的光景啊？

　　往者仙槎北渡①，断梗南楼②，狺语哮声③，日焉三至。渐乃微词含吐④，亦如尊旨云云⑤。窃揆鄙衷，未见其可。夫屠肆菩心，饿狸悲鼠⑥，此直供其换马⑦，不即辱以当垆⑧。去则弱絮风中，住则幽兰霜里。兰因絮果⑨，现业谁深⑩？若使祝发空门⑪，洗妆浣虑，而艳思绮语⑫，触绪纷来。正恐莲性虽胎⑬，荷丝难杀⑭，又未易言此也。乃至远笛哀秋，孤灯听雨，雨残笛歇，谡谡松声⑮。罗衣压肌，镜无干影⑯；晨泪镜潮⑰，夕泪镜汐。今兹鸡骨，殆复难支。痰灼肺然⑱，见粒而呕。错情易意⑲，悦憎不驯⑳。老母娣弟，天涯问绝。嗟乎！未知生乐，焉知死悲？憾促欢淹㉑，无乃非达㉒？妾少受天颖，机警灵速；丰兹啬彼㉓，理讵能双？然而神爽有期㉔，故未应寂寂也。至其沦忽㉕，亦非自今。结缡以来㉖，有宵靡旦，夜台滋味㉗，谅不殊斯㉘！何必紫玉成烟㉙，白花飞蝶㉚，乃谓之死哉？

【注释】

①仙槎（chá）北渡：喻指某夫人乘船北上。仙槎，神话中能来往于海上和天河之间的竹木筏，典出晋张华《博物志》："旧说云天河与海通，近世有人居海渚者，年年八月有浮槎去来，不失期。"

②断梗：如折断的苇梗般飘离。

③狺（yín）语哮声：犬吠兽吼之声，比喻小青受到的责骂。

④微词：原指委婉而隐含讽谕的言辞，此处或指小青对正室不满的话语。含吐：孕育产生。

⑤尊旨：您的意思。

⑥屠肆菩心，饿狸悲鼠：都比喻恶人假慈悲。

⑦换马：以女子换马事，记载不止一处。如明代冯梦龙《情史》卷十三记苏轼有婢女名春娘，后来苏轼以"春娘易白马"；唐李玫《纂异记》亦记酒徒鲍生曾以乐妓换取外弟韦生的骏马。

⑧不即辱以当垆：不然就像卓文君一样以当垆卖酒的抛头露面生活相辱。垆，酒店里安放酒瓮的土台子。

⑨兰因絮果：比喻男女始合终散。兰因，比喻美好的开头。絮果，指飘荡无归的飞絮，比喻离散的结局。

⑩现业：现世的冤业。

⑪祝发空门：剃去头发，进佛门为尼。祝，断。

⑫艳思绮语：形容男女间的香艳想法、淫邪话语。绮语，佛教语，涉及闺门、爱欲等华艳辞藻及一切杂秽语。

⑬莲性虽胎：心中有遁入空门的想法。莲性，指佛心。胎，萌生，孕育。

⑭荷丝难杀：男女间的情爱之念难以割断。荷丝，藕丝。

⑮谡谡（sù）：原形容松柏挺拔的样子。这里似形容松涛声。

⑯干影：瘦影。

⑰镜潮：面对镜子，看到自己凄惨的病容，泪如潮涌。下句"镜汐"同此。

⑱然：燃。

⑲错情易意：改变情绪。

⑳悦憎不驯：喜悦憎恨之情难以控制。

㉑憾促欢淹：死的悲憾将要来了，生的欢乐行将消失。

㉒无乃非达：恐怕不是旷达之人。

㉓丰兹啬彼：这方面杰出，别的方面就出现不足。指自己机智多艺而不能旷达。

㉔神爽有期：指生命自有定数。神爽，魂爽，依附于形体的精神、魂魄。

㉕沦忽：原指没落。此句指小青在类似被遗弃的状态下生存，感情被扼杀，如同死亡。

㉖结缡（lí）：指女子出嫁，此指小青配作某生的妾室。

㉗夜台：指坟墓。

㉘谅不殊斯：估计与此没有什么不同。

㉙紫玉成烟：晋干宝《搜神记》载，吴王夫差小女紫玉与韩重相爱，因父亲阻挠，气结而死。韩重游学归来去墓上祭拜，紫玉出现并赠给韩重明珠。后来吴王夫人听说紫玉出现，欲上前拥抱，紫玉如烟而没。

㉚白花飞蝶：有关死者的典故。疑即祝英台化蝶之事。一说指祭扫时焚化的纸灰。宋人高翥《清明》诗："南北山头多墓田，清明祭扫各纷然。纸灰飞作白蝴蝶，泪血染成红杜鹃。"

【译文】

　　从前您乘船北上，飘离南楼；此后正室如犬吠般的责骂声，我一日之内遭遇多次。渐渐地我心中便有了对正室不满的想法，如同您昔日告诫我的意思。我私下揣测自己当初答复您的鄙陋说辞，看不到它能够实行的可能。人在屠宰场里发善心，如饥饿的狸猫悲悯老鼠，女子的价值不过是供男人用来换马，不然就像卓文君以当垆卖酒的抛头露面生活相辱。离开男人则像风中的飞絮，留在身边则像寒霜中的幽兰。男女如兰花般结下良缘、又如飞絮般产生恶果，今世的冤业究竟哪一个更深呢？我如果落发为尼，洗去妆饰、澄清思虑，那些香艳念头、轻浮话语，会触动思绪而纷至沓来。正是担心我虽然萌生向佛之心，情爱之丝却难以割断，遂不方便谈论这些。等到遥远的笛声传来悲哀的秋意，在孤寂灯光下聆听雨声，雨声渐悄而笛声已停，却又听到松涛之声正是劲烈。往昔我身上的罗衣紧贴肌肤，镜中看不到瘦弱的影子；如今早晨、傍晚面对镜子泪如潮涌汐泛。现在这副嶙峋瘦骨，差不多再也难以支持了。痰如火灼、肺像火烧，看见米粒就想呕吐。情绪反复变化，喜悦憎恨之情都难以控制。年迈的母亲和妹妹、弟弟，相隔遥远且音讯断绝。哎呀！不知道生的快乐，怎么知道死的悲伤？感慨死亡的悲憾将近而生的欢乐消失，恐怕我不是旷达之人。我年少时天资颖慧，机智敏锐反应灵活；这方面杰出，别的方面就有所欠缺，世间之理怎么可能让好事成双？然而人的生命自有定数，因而不应就此悄然离去。至于沉沦没落，也不是从今天才出现的。我配作人妾以来，只有夜晚没有白天，那坟冢幽暗的滋味，想来和我生前的处境没有什么不同！何必要像紫玉化成云烟，白花变成飞蝶，才称作死亡呢？

或轩车南返，驻节维扬①，老母惠存②，如妾之受，阿秦可念③，幸终垂悯。畴昔珍赠，悉令见殉④；宝钿绣衣，福星所赐⑤，可以超轮消劫耳⑥。然小六娘竟先期相俟⑦，不忧无伴。附呈一绝，亦是鸟语鸣哀⑧。其诗集小像，托陈媪好藏，觅便驰寄。身不自保，何有于零膏冷翠乎⑨？他时放船堤下，探梅山中，开我西阁门，坐我绿阴床，仿生平于响像⑩，见空帏之寂飔⑪，是耶非耶？其人斯在⑫！嗟乎夫人！明冥异路，永从此辞！玉

腕朱颜,行就尘土,兴思及此,恸也何如! 玄玄叩首叩
首上。

【注释】

①驻节:旧指身居要职的官员于外执行使命,在当地住下。这里指
　停留。维扬:扬州。

②惠存:敬词,请代为问候关照。

③阿秦:不详,可能是小青的家人,弟弟妹妹之类。

④殉:古代用人或物随葬。

⑤福星:敬词,指某夫人。

⑥超轮消劫:佛家语。即超越轮回,消除劫难,死后不再受苦。

⑦先期相俟:指小六娘在阴间等待。

⑧鸟语鸣哀:语出《论语·泰伯》:"鸟之将死,其鸣也哀;人之将死,
　其言也善。"

⑨何有于零膏冷翠乎:哪里还顾念剩下的香膏、珠翠等物呢?

⑩仿生平于响像:回忆我生前的音容笑貌言行举止。响像,声音容
　貌,常指死者。

⑪空帏之寂飏:孤风吹入,床帏飘动,更显得寂寞。

⑫其人斯在:我在这里。其人,指小青的鬼魂。

【译文】

　　倘若您乘车返回南方,驻留扬州的时候,请关照我年迈的母亲,
如同您以前对我般关爱,可以怜念一下阿秦,请给予他些怜悯。往
昔您赠送给我的物品,我会让它们全部陪葬;宝钿首饰、彩绣衣服,
都是您所赐,可以助我超越轮回、消除劫难。但是小六娘竟然先到
阴间等待我,我也不会忧虑没有侣伴了。顺便送上一首绝句,也是
鸟将死而哀鸣之意。我的诗集、画像,托付照顾我的女仆陈媪好好
收藏,让她找个机会就寄送给您。我自身尚且没法保全,哪里还

顾念剩下的香膏、珠翠等物呢？异日您行船到西湖堤岸，到孤山中探访梅花，打开我阁楼的西门，坐在我的绿阴床上，回想我的音容笑貌，看到孤风吹进空寂的帏帐，是这样还是不是这样呢？我的幽魂还在这里！哎呀，夫人！人世与幽冥两界异途，我与您自此永别了！我的洁白手腕、红润容颜，马上就要化作尘土，想到这些事情，心中虽然悲痛却又能怎么办呢？小青叩首再叩首上呈于您。

后附绝句云：

百结回肠写泪痕①，重来惟有旧朱门②。夕阳一片桃花影，知是亭亭倩女魂③。

【注释】

①百结回肠：心中郁结很多悲苦、愁哀之情。百结，心中各种郁结。回肠，比喻愁苦、悲痛之情郁结于内。

②朱门：红漆大门，指贵族豪富之家，此指小青的家。

③倩女魂：借指女子的魂魄。典出唐代陈玄祐《离魂记》，记张倩娘与表兄王宙从小相爱，因遭父亲反对，张倩娘抑郁成疾，灵魂离开身体而和表兄私下结为夫妻。

【译文】

后面附有一首绝句：

百结回肠写泪痕，重来惟有旧朱门。夕阳一片桃花影，知是亭亭倩女魂。

生之戚某集而刻之，名曰《焚余》①。

【注释】

①《焚余》：又作《焚余草》，意指毁于火中。宁波天一阁藏《小青焚

余稿》一卷。

【译文】

某生的亲戚某人搜集并刻印小青残诗，起名叫《焚余》。

张山来曰：红颜薄命①，千古伤心。读至送鸩、焚诗处，恨不粉妒妇之骨以饲狗也！

又曰：小青事，或谓原无其人，合"小""青"二字，乃"情"字耳。及读吴囗《紫云歌》②，其小序云："冯紫云，为维扬小青女弟③，归会稽马髦伯。"则又似实有其人矣。即此传亦不知谁氏手笔，吾友殷日戒仿佛忆为支小白作④，未知是否，姑阙疑焉⑤。

【注释】

①红颜薄命：比喻美女遭遇不幸。

②吴囗：此指吴道新。清管庭芬《兰絮话腴》卷四记："吴道新《紫云歌》，其序云：'维扬冯紫云，乃小青女弟，会稽马髦伯姬，姿才绝世，既精书史，兼达禅宗。'"吴道新，字汤日，号无斋，桐城（今属安徽）人。天启七年（1627）举人，官至工部主事。明朝灭亡后，隐居白云岩，著有《潜德居诗集》。

③女弟：妹妹。

④殷日戒：殷曙，字日戒，号竹溪，歙县（今属安徽）人。他曾校阅张潮父亲张习孔《诒清堂集》。殷曙与张潮交好，其名多次出现于张潮《幽梦影》。著有《竹溪杂述》。支小白：支如增，一作支如璔，字小白，浙江嘉善人，晚明学者支大纶之子。正如前文注释所述，今见小青事流传有多个叙事版本，其中有支如增《小青传》，其文与本篇略有出入。清周亮工《因树屋书影》卷四曾提及："丙寅

年，予在秣陵，见支小白如增以所刻《小青传》遍贻同人。"丙寅年即天启六年（1626），此距小青辞世已十四年。徐永明《冯小青其人真伪考述》考述支如增《小青传》是在冯梦龙《情史》基础上增改而成。

⑤姑阙疑：姑且空着。阙疑，遇有疑惑，暂时空着，不作主观推测。

【译文】

　　张潮说：美女命运极其坎坷，使千古之人为之伤心。读到某生正室送毒酒、焚诗之处，恨不得粉碎这个妒妇的骨头去喂狗！

　　又说：小青的事情，有人说原本没有这个人，把"小""青"二字合起来是"情"字。等到读吴道新的《紫云歌》，其小序记："冯紫云，是扬州小青的妹妹，嫁给了会稽马髦伯。"那么又似乎真有其人。这篇传记也不知道出自谁的手笔，我的朋友殷曙模糊记得是支如增所作，不知道是否如此，姑且空着吧。

义猴传

宋曹（射陵）①

　　建南杨子石袍告予曰②：吴越间③，有鬈髯丐子④，编茅为舍⑤，居于南坡。尝畜一猴，教以盘铃傀儡⑥，演于市以济朝夕⑦。每得食，与猴共，虽严寒暑雨，亦与猴俱。相依为命，若父子然。

【注释】

①宋曹：字彬臣、邠臣，号射陵、耕海潜夫，盐城（今属江苏）人。清初流寓扬州，著作有《会秋堂诗集》《会秋堂文集》。此篇作品出自《会秋堂文集》。又见引于清钱肃润《文瀫初编》卷十五。

②建南：未详。如依下文陆舜《杨石袍文集序》所言杨石袍为豫章
人，颇疑建南为新建、南昌二县之省称，新建、南昌二县同为明、
清时南昌府治所，南昌府古称豫章，故用其治所二县之省称。杨
子石袍：杨石袍，祖籍江西，以布衣终生，清陆舜《杨石袍文集序》
记："杨子者，所称东海布衣高士耶。……杨子豫章士，而实产东
海之虎墩。其读书好古，下帷而不窥园者有年矣。"

③吴越间：指春秋吴、越故地（今江苏、浙江一带）。

④鬈（quán）髯：两腮有卷曲胡子。

⑤编茅为舍：用茅草搭建房屋。

⑥盘铃傀儡：手执盘铃表演傀儡杂技，唐韦绚《刘宾客嘉话录》记
"入市看盘铃傀儡"。盘铃，古代一种摇击的乐器。

⑦朝夕：指度日之需。

【译文】

南昌府人杨石袍告诉我说：在吴越一带，有一个两腮长有鬈曲胡子
的乞丐，用茅草搭建房子，住在南坡上。他曾经养了一只猴子，教猴子拿
着摇铃表演傀儡杂技，到街市上去表演以糊口度日。每次得到食物，就
和猴子一起分享，即使遇到冬日严寒、酷暑暴雨，也和猴子在一起。他们
相依为命，关系如同父子一样。

如是者十余年，丐子老且病，不能引猴入市。猴每日长
跪道旁①，乞食养之，久而不变。及丐子死，猴乃悲痛旋绕，
如人子躄踊状②。哀毕，复长跪道旁，凄声俯首，引掌乞钱。
不终日，得钱数贯，悉以绳钱入市中，至棺肆不去。匠果与
棺，仍不去。伺担者辄牵其衣裾③。担者为舁棺至南坡，瘗
丐子埋之。猴复于道旁乞食以祭。祭毕，遍拾野之枯薪，廪
于墓侧④，取向时傀儡置其上焚之⑤。乃长啼数声，自赴烈焰

中死。行道之人，莫不惊叹而感其义，爰作义猴冢⑥。

【注释】

①长跪：古人席地而坐时，两膝着地，臀部压在脚后跟上。长跪时，则将腰股伸直，以示庄重。

②躄踊（bì yǒng）：哀痛貌，亲人去世后捶胸顿足。

③衣裾：衣襟。

④廪（lǐn）：积聚。

⑤向时：以前，过去。

⑥爰（yuán）：乃，于是。

【译文】

就这样过了十多年，乞丐年老患病，没法再领着猴子去街市了。猴子便每天直身跪在路旁，乞讨食物来养活主人，很久都不改变。等乞丐死了，猴子悲痛得围绕着主人的遗体转，如同孝子那样哀痛地捶胸顿足。哀悼后，便又挺直身体跪在路旁，低着头发出凄婉的叫声，伸出猴掌乞讨钱财。不到一天，就得到了几贯钱，把钱都用绳穿起来去街市中，到一家棺材铺前不肯离去。棺材匠最后给了它一口棺材，它仍然不肯离开。猴子等待杠夫过来，就扯住他们的衣襟。几个杠夫替它把棺材抬到南坡，装殓并埋葬了乞丐。猴子又跪在路旁乞讨食物来祭奠主人。祭奠完，猴子四处拾来野外的枯枝，堆在主人的坟旁，取出过去表演用的傀儡放到枯枝堆上焚烧。猴子这才长声啼叫数声，自己跳进大火中烧死了。过路的人们对此无不惊叹，都被猴子的义气所感动，于是为它筑起一座义猴墓。

张山来曰：有功世道之文，如读《徐阿寄传》①。

【注释】

①《徐阿寄传》：又名《阿寄传》，明代田汝成的小说。讲述老仆阿寄

为主人徐寡妇做生意，二十年后，致产数万金，"财雄一邑"。死后自己却无寸丝粒粟之储，妻子、儿子仍衣衫褴褛。故事突显了忠义、孝悌的儒家观念，被冯梦龙《醒世恒言·徐老仆义愤成家》引为本事。

【译文】

　　张潮说：这是有助于宣扬社会道德风尚的文章，如同读《徐阿寄传》。

卷二

　　卷二计有六篇作品，前五篇皆以人物事迹记叙为主，末篇《九牛坝观抵戏记》偏于杂技场景的描写。吴伟业《柳敬亭传》以实录的笔法介绍说书艺人柳敬亭的事略，从他未发迹时写起，讲述他依靠技艺日臻走红，名扬金陵，誉满江南，最终又落魄江湖，事无大小无不娓娓道来，于起落沉浮间绘就人生轨迹，细枝末节中彰显人物风骨。黄宗羲曾在吴文的基础上剪裁改写而成新文，但黄文凝练有余，传神稍欠，读罢总觉意犹未尽，不及吴文详尽曲折。吴文虽未正面描述柳敬亭说书技艺，却用柳敬亭向莫后光求教之事侧面勾勒出其说书才能，旨在以"技近于道"层面来凸显柳氏之技，其"目之所视、手之所倚、足之所跋，言未发而哀乐具乎其前，此说之全矣"。无独有偶，彭士望《九牛坝观抵戏记》也贯穿着"技近于道"的思维，杂技表演虽是小道，可作者却以道家神乎其技的"道"之境界来比况，将它与宜僚弄丸、庖丁解牛、痀偻承蜩、纪省子养鸡等相提并论，令读者由玩乐而进入事理的思索。值得注意的是选者张潮的态度，张潮在文章末评论说："予尝谓此等人必能作贼，有守土之责者，宜禁止之。纵不欲绝其衣食之路，或毋许入城，听于乡间搬演可耳。"据此考察，尽管张潮选录该文，但维护社会秩序与劝化世人的立场极为鲜明。此外《汪十四传》主人公豪逸干云，其文飞腾恣肆；《武风子传》读来则想见其人郁气,庶乎引发国亡民苦之深思;《记老神仙事》《瑶宫花史小传》皆涉神仙之事,然前者所叙似是假仙,后者所记颇类真仙,实质上无论真假皆是奇幻之笔。

柳敬亭传

吴伟业(梅村)①

柳敬亭者②,扬之泰州人③,盖曹姓。年十五,犷悍无赖④,名已在捕中。走之盱眙⑤,困甚⑥,挟稗官一册⑦,非所习也,耳剽久,妄以其意抵掌盱眙市,则已倾其市人。好博,所得亦缘手尽⑧。有老人,日为醵百钱⑨,从寄食。久之,过江,休大柳下,生攀条泫然⑩。已抚其树,顾同行数十人曰:"嘻!吾今氏柳矣!"闻者以生多端,或大笑以去。

【注释】

①吴伟业:字骏公,号梅村,江南太仓州(今江苏太仓)人。明崇祯四年(1631)进士。清人入关后入仕,顺治十三年(1656)底,以奉嗣母之丧为由乞假南归。其叙事诗体,自成一格,后人称为"梅村体"。事见顾湄《吴先生伟业行状》(《碑传集》卷四三)、《清史稿·吴伟业传》。此篇出自其诗文集《梅村集》卷三八,亦见于吴伟业《梅村家藏稿》卷五二、《吴诗集览》卷五。

②柳敬亭:明末清初说书艺人。清嘉庆二十一年(1816)曹邦庆撰修《曹氏校正六修谱》载,柳敬亭,本名曹永昌,字葵宇,号敬亭,始祖为北宋开国元勋武惠王曹彬。柳敬亭幼年时,随父曹应登迁往泰州。张岱《陶庵梦忆》、沈龙翔《柳敬亭传》、余怀《板桥杂记》、黄宗羲《柳敬亭传》等,皆记载了柳敬亭事迹。

③扬：指扬州府。泰州：南唐时设置泰州，明代泰州属扬州府，治今
　江苏泰州。

④犷悍无赖：粗野凶悍，刁顽泼皮。

⑤盱眙（xū yí）：始设于西汉，至明、清时属凤阳府或泗州。今属江
　苏淮安。

⑥困：穷苦，指物资贫乏。

⑦稗官：小说的代称。

⑧缘手：随手。

⑨醵（jù）：泛指凑钱，集资。

⑩泫（xuàn）然：流泪貌。亦指流泪。

【译文】

　　柳敬亭，扬州府泰州人，本姓曹。他十五岁时，凶狠粗野、刁顽泼皮，其姓名已被官府列入追捕的名单中。他于是逃到了盱眙，过得极度贫困，携带着一本小说，虽然没有研读过，耳闻目染久了，胡乱揣测小说的意思而能在盱眙街市上击掌说书，并且已经折服了街市上的人。他喜好赌博，赚的钱财会随手花完。有个老人，每天给他凑上百文钱，他便依附老人生活。过了很久，他向南渡过长江，在一棵大柳树下休息时，攀着柳条垂泪。他抚摸着柳树，看着同行的几个人说：“嘿！我从今以柳为姓！”听到的人觉得他生性多变，有人大笑着离开了。

　　后二十年，金陵有善谈论柳生①，衣冠怀之②，辐辏门③，车尝接毂④，所到坐中皆惊。有识之者，曰：“此固向年过江时休树下者也！”柳生之技，其先后江湖间者⑤，广陵张樵、陈思，姑苏吴逸⑥，与柳生四人者，各名其家，柳生独以能著。或问生何师，生曰：“吾无师也。吾之师乃儒者云间莫君后光⑦。”莫君言之曰：“夫演义虽小技⑧，其以辨性情⑨，考方

俗⑩，形容万类⑪，不与儒者异道。故取之欲其肆⑫，中之欲其微⑬，促而赴之欲其迅⑭，舒而绎之欲其安⑮，进而止之欲其留⑯，整而归之欲其洁⑰。非天下至精者，其孰与于斯矣⑱？"柳生乃退就舍，养气定词，审音辨物，以为揣摩。期月而后请莫君⑲。莫君曰："子之说未也。闻子说者，欢哈呕噱⑳，是得子之易也㉑。"又期月，曰："子之说几矣。闻子说者，危坐变色，毛发尽悚，舌桥然不能下㉒。"又期月，莫君望见惊起曰："子得之矣！目之所视、手之所倚、足之所跂㉓，言未发而哀乐具乎其前，此说之全矣！"于是听者傀然若有见焉㉔；其竟也，恤然若有亡焉㉕。莫君曰："虽以行天下莫能难也！"

【注释】

①谈论：谈论古今之事，此指说书。

②衣冠：代称缙绅、士大夫。怀：归向，指被他的说书水平所吸引。

③辐辏（còu）：集中，聚集。

④车毂接毂（gǔ）：形容车多。毂，车轮的代称。

⑤先后：指水平不相上下。江湖：泛指四方各地。

⑥姑苏：苏州的别称。

⑦云间：松江府的别称。因家在松江府的西晋文学家陆云对客自称"云间陆士龙"而得名。莫君后光：莫后光，松江府华亭县（今上海松江区）人。据清李延昰《南吴旧话录》载，莫后光早年在私塾教书，以说书闻名，曾说《西游记》《水浒传》，"听者尝数百人，虽炎蒸烁石，而人人忘倦，绝无挥汗者"。

⑧演义：指表演说书、弹词等。

⑨辨性情：揣摩人物的性情。

⑩考方俗：推求各地的风土人情。

⑪形容万类：描绘各类事物。

⑫取之欲其肆：取材要注意扩展。肆，伸张，扩展。

⑬中之欲其微：指具体讲述要深刻精妙。中，此处形容具体开讲。微，精深，精妙。

⑭促而赴之欲其迅：遇到紧急的情况时加快节奏迅捷应对，形容应当急的地方就说得快。

⑮舒而绎之欲其安：遇到缓慢的情况时连续不绝要稳住，形容应当缓的地方就说得慢而不断。

⑯进而止之欲其留：故事发展时要停下来，留下思考的余地，不要把话说尽。

⑰整而归之欲其洁：总结故事时返回起点要保持线索干净。

⑱其孰与于斯：哪一个能达到这种水平。与，达到。斯，指这种程度。

⑲期月：一整月。

⑳欢咍嗢噱（huān hāi wà jué）：欢乐喜悦，大笑不止。

㉑得子之易：听众很容易看透你，形容说书缺少深度。

㉒挢（jiǎo）：通"挢"。翘起，伸出。

㉓目之所视、手之所倚、足之所跂（qǐ）：形容柳敬亭眼神的动态、手脚的动作。跂，踮起脚跟。

㉔怳然：恍惚。

㉕恤然：惊恐貌。此句形容听众悲伤忧愁若有所失。

【译文】

过了二十年，南京出现了一个擅长说书的柳生，士大夫都被他所吸引，聚集其门，马车常常一辆接着一辆，他去说书时让席中之人都很惊叹。有认识他的人，说："这原来是过去渡长江时在大树下休息的人啊！"和柳敬亭说书的技艺水平相当的各地艺人，有扬州的张樵、陈思，苏州的吴逸，加上柳敬亭，四个人都各成一家，唯柳敬亭最为著名。有人问他师从何人，他回答："我没有专门拜师。指点我的老师是云间的儒士莫后光先生。"莫后光曾说："说书虽是不值提及的技艺,但也必须揣摩人物的性格情态,推究各地的风土人情,刻画世间的各类事物,与儒士学儒的方法并无差别。因此说书选取材料要注意扩展,具体讲述要深刻精妙,讲到紧要关头时加快节奏做到反应迅捷,讲到缓慢情节时连续不绝做到稳而不乱,讲到故事发展时停下来要留下供人思索的余地,总结故事时返回起点要保持线索干净。不是天下最精通的说书人,哪一个能达到这种水平呢?"柳敬亭回到家里,培养说书的气势,推敲说讲的词句,审定字词的发音,辨识不同的名物,揣摩体会这些方法。一个月后再去请教莫后光。莫后光说:"你说书还没有到达最好的境界。听你说书的人,欢笑不止,这样轻易就能看透你的表演。"又过了一个月,莫后光说:"你说书的水平差不多了。听你说书的人,端身而坐面色大变,毛发都恐惧地竖起来,舌头翘着没法放下来。"又过了一个月,莫后光看了他说书,吓得跳起来说:"你掌握了说书的技巧了!你的眼睛所看、手脚所动,没有开口,可是喜怒哀乐的情感都事先酝酿好了,这是说书的最高境界啊!"自此听众听他说书时心神恍惚,好像能体会些东西;等到他讲完,听众惊讶莫名,心中好像丢失掉了什么东西。莫后光说:"就是靠着这个技艺行走天下,也没有谁能难为到你了!"

　　已而柳生辞去,之扬州,之杭,之吴①。吴最久。之金陵,所至与其豪长者相结②,人人昵就生③。其处己也④,虽甚卑贱,必折节下之⑤;即通显⑥,敖弄无所诎⑦。与人谈,初不甚谐谑⑧,徐举一往事相酬答⑨,澹辞雅对⑩,一座倾靡⑪。诸公以此重之,亦不尽以其技强也。

【注释】

①吴:吴郡,苏州的古称。

②豪长：豪强官吏。

③昵（nì）：亲昵，亲近。

④处己：自己为人的方式。

⑤折节：降低自己身份，屈己下人。

⑥通显：指官位高、名声大的人。与上文卑贱相对。

⑦敖弄：调笑戏弄。诎（qū）：屈服。

⑧谐谑（xié xuè）：诙谐逗趣。

⑨往事：故事传说。

⑩澹辞：谓口才敏捷善辩。雅对：谈吐风雅。

⑪倾靡：倾倒，佩服。

【译文】

不久，柳敬亭辞别莫后光，赴扬州，下杭州，到苏州。在苏州停留时间最长。到达南京，去说书时和当地的豪强官员相结交，他们都亲近柳敬亭。柳敬亭的为人之道，即使是身份很卑贱的人，也一定会放低姿态善待他；即使是达官显宦，照样调笑戏弄、毫不屈服。他给人说书，起初不太诙谐幽默，慢慢地说一些故事传说应答众人，口才敏捷、谈吐风雅，座中之人都佩服不已。那些人因此都看重柳敬亭，也不全是因为他说书技艺高强。

当是时，士大夫避寇南下①，侨金陵者万家。大司马吴桥范公②，以本兵开府③，名好士，相国何文端④，阖门避造请⑤，两家引生为上客。客有谓生者曰："方海内无事，生所谈，皆豪猾大侠、草泽亡命⑥。吾等闻之，笑谓必无是，乃公故善诞耳⑦，孰图今日不幸竟亲见之乎！"生闻其语慨然。属与吴人张燕筑、沈公宪俱⑧，张、沈以歌，生以谈。三人者，酒酣，悲吟击节，意凄怆伤怀。凡北人流离在南者，闻之无不流涕。

【注释】

①士大夫：旧时指官吏或较有声望、地位的知识分子。避寇：躲避李自成等起义军作乱。

②大司马：原是指古代职掌邦政的高级官员，明、清时期用作兵部尚书的别称。吴桥：县名，明、清时吴桥县隶属京师河间府景州，今属河北沧州。范公：范景文，字梦章，号思仁，别号质公。明万历四十一年（1613）进士，任兵部尚书、工部尚书兼东阁大学士。明崇祯十七年（1644）李自成攻进京城，殉节而亡。

③本兵：执掌兵权，亦为明代兵部尚书的别称。开府：古代指高级官员成立府署，选置僚属。崇祯七年（1634），范景文时任南京右都御史、兵部尚书，在南京一带练兵布防，可开府选用幕僚。

④相国：明代指内阁大学士。何文端：何如宠，字康侯，号芝岳，南直隶安庆府桐城（今安徽桐城）人。明神宗万历二十六年（1598）进士，崇祯时官拜礼部尚书兼东阁大学士、户部尚书兼武英殿大学士。明崇祯十四年（1641），何如宠卒于金陵宅邸，南明弘光时追赠太傅，谥"文端"。

⑤阖（hé）门：关门。造请：登门晋见。

⑥豪猾：强横狡猾。草泽：荒野、穷僻之地。亦指乡野民间。

⑦善诞：巧妙虚构。

⑧属（zhǔ）：邀请。张燕筑、沈公宪：明末艺人，余怀《板桥杂记》有记载。

【译文】

当时，士大夫为躲避北方农民起义之乱而迁移南方，侨居在南京的就有上万家。兵部尚书吴桥人范景文，因执掌兵权而开立府署，素以礼遇士人而知名，大学士何如宠，紧闭门户以谢绝他人登门拜见，这两家都把柳敬亭视为贵宾。有人对柳敬亭说:"天下太平时,你所讲的都是强横不驯的侠客、乡野亡命之徒。我们听了,笑着说肯定没有这样的人和事,这是你有意虚构编造的,谁能料想如今居然不幸地亲身遭逢这类的人和事呢?"柳敬亭听闻这番话语感慨不已。他邀请吴地的张燕筑、沈公宪一起登台演出,张、沈二人歌唱,柳敬亭一人说书。三个人,喝酒到尽兴之时,悲伤吟歌并击打节拍,凄怆恻然、令人感伤。凡是流亡南方的北方人,听闻后没有不潸然落泪的。

　　未几而有左兵之事①。左兵者,宁南伯良玉军②,噪而南③。寻奉诏守楚,驻皖城待发④。守皖者,杜将军弘域⑤,于生为故人。宁南尝奏酒⑥,思得一异客,杜既已泄之矣⑦。会两人用军,事不相中⑧,念非生莫可解者,乃檄生至。进之,左以为此天下辨士⑨,欲以观其能,帐下用长刀遮客⑩,引就席,坐客咸震慑失次。生拜讫,索酒,诙嘲谐笑⑪,旁若无人者。左大惊,自以为得生晚也。居数日,左沉吟不乐,熟视生曰:"生揣我何念?"生曰:"得毋以亡卒入皖而杜将军不法治之乎⑫?"左曰:"然。"生曰:"此非有君侯令⑬,杜将军不敢以专也。生请衔命矣⑭。"驰一骑入杜将军军中,斩数人,乃定。

【注释】

①左兵之事:指左良玉部下欲袭南京之事。据《明史·左良玉传》记载,明崇祯十六年(1643),左良玉部下王允成等恣意剽掠,"声言诸将寄帑南京,请以亲信三千人与俱",南京文武官员陈兵长江以守御。安庆巡抚递送溃军以钱财粮草,才平定军心。而左良玉包庇王允成,违抗帝命而不予诛杀。

②宁南伯良玉：宁南伯左良玉。左良玉，字昆山，临清（今属山东）人。初在辽东与清军作战，后在镇压农民军的战争中，日益骄横跋扈，升为总兵官，拥兵自重。明崇祯十六年（1643）八月，奉崇祯帝诏命镇守楚地，驻扎武昌府。明崇祯十七年（1644）三月封宁南伯。南明福王朱由崧即位后，又晋为宁南侯，仍镇守武昌。弘光政权中马士英、阮大铖用事，排斥东林党人。左良玉袒护东林党人，且怀有个人野心，于南明弘光元年（1645）三月二十三日从武昌起兵，以清君侧为名，打算进军南京。未几，病死于九江舟中。

③噪：大声喧嚷。南：应指南京。据《明史·左良玉传》记载，左军破建德、劫池阳、驻芜湖，叫嚣着要去东北方向的南京。

④皖城：古皖国封地，山称皖山，水称皖水，城称皖城。其地即明、清安庆府潜山县（今安徽潜山）。据《明史·左良玉传》记左军驻军安庆府，则此处皖城应代指安庆府。

⑤杜将军弘域：杜弘域，明末将领。出身陕西将门，祖父杜桐、父亲杜文焕皆为名将，曾任宁夏总兵。其事可略见《（康熙）陕西通志》卷二十。据《（康熙）安庆府志》卷十一，杜弘域曾任安庆府总兵。

⑥奏酒：斟酒劝饮。此指喝酒。

⑦泄：泄露，告知。此句指有人把左良玉的话泄露给杜弘域。

⑧事不相中：事情不能合拍，或事情不太协调。

⑨辨士：能言善辩之士，游说之士。辨，通"辩"。

⑩遮：遮蔽。此句指军营两旁架起长刀遮蔽在柳敬亭头上方。

⑪诙啁（tiáo）：戏谑逗乐。谐笑：戏笑。

⑫得毋：即得无，是不是。亡卒：逃兵。

⑬君侯：对地位尊贵者的敬称。

⑭请衔命：请求奉命令。

【译文】

没过多久，便有了左军要进入南京之事。左军，就是宁南伯左良玉的军队,他们喧嚷着要去南京。不久,左良玉奉崇祯帝的诏命去镇守楚地,临时驻扎在安庆府等待出发。镇守安庆府的是杜弘域将军,他和柳敬亭是故交。左良玉曾在宴饮时,说他渴望得到一位不同寻常的门客,杜弘域遂得知此事。恰好左、杜两人在用兵作战之事上不太协调,想着除了柳敬亭便没有人能化解此事,便发文征召柳敬亭前来。杜弘域把柳敬亭推荐给左良玉,左良玉认为柳敬亭是世间能言善辩之人,打算看看他有什么才能,让士兵在军营中架起长刀遮蔽在柳敬亭的头上,接引他入席,在座的宾客都惊恐失措。柳敬亭行礼拜见后,索要酒喝,诙谐戏谑,一副旁若无人的样子。左良玉大为吃惊,自以为得遇柳敬亭太晚了。过了几天,左良玉闷闷不乐,认真看着柳敬亭说:"你猜猜我在想什么?"柳敬亭说:"是不是因为有逃兵跑到安庆府,而杜弘域将军未曾依法制裁他们呢?"左良玉说:"是的。"柳敬亭说:"这是因为没有得到您的命令,杜弘域将军不敢擅自执行。我请命去处理此事。"便驱驰一匹马跑到杜弘域军营中,斩杀了好几人,才平定了这事。

　　左幕府多儒生①,所为文檄②,不甚中綮会③。生故不知书,口画便宜辄合④。左起卒伍⑤,少孤贫⑥,与母相失,请貤封⑦,不能得其姓,泪承睫不止⑧。生曰:"君侯不闻天子赐姓事乎?此吾说书中故实也⑨。"大喜,立具奏⑩。左武人,即以为知古今、识大体矣。

【注释】

①幕府:古代军中将帅治事的地方。

②文檄(xí):指征召、晓谕或声讨的公文。

③綮(kuǎn)会:要害,关键。

④口画:口中谋划。便宜:处理事情的适当方法。

⑤卒伍：古代军队中五人为伍、百人为卒，故以卒伍指士兵。

⑥少孤贫：年幼丧父，家境贫困。《明史·左良玉传》记"良玉少孤，育于叔父。其贵也，不知其母姓"。

⑦貤（yí）封：旧时官员以自身所受的封爵名号呈请朝廷移授给亲族尊长。清代官员也可以为母亲、祖母等请求移授封诰。

⑧承睫：含着眼泪。

⑨故实：典故，旧事。

⑩具奏：备文上奏，具表上奏。

【译文】

左良玉幕府中有很多儒士，所写的公文，不太能切中要害。柳敬亭没有读过多少书，口中谋划处理事务的方法，便能符合左良玉的心意。左良玉从士兵发迹，少年丧父、家境贫困，和母亲也失散了，请求朝廷赐给母亲封诰，却不知道母亲的姓氏，眼泪流淌不止。柳敬亭说："您没有听说皇帝赐予姓氏的事情吗？这是我说书时常说的旧事啊。"左良玉非常高兴，立刻备文上奏。左良玉是武将，便认为柳敬亭知晓古今之事，明白关系大局的道理。

阮司马怀宁①，生旧识也，与左郤，而新用事。生还南中，请左曰："见阮云何？"左无文书，即令口报阮，以捐弃故嫌、图国事于司马也。生归，对如宁南指，且约结还报②。及闻坂矶筑城③，则顿足曰："此示西备，疑必起矣！"后果如其虑焉。

【注释】

①阮司马怀宁：司马阮大铖（chéng）。司马，明、清指兵部尚书。怀宁，阮大铖的故乡。阮大铖，明末怀宁（今安徽安庆）人，字集之，

号圆海、石巢、百子山樵。万历进士。先依东林党，后依魏忠贤，崇祯朝以附逆罪去职。明亡后在福王朱由崧的南明朝廷中任兵部尚书、右副都御史、东阁大学士，对东林、复社人员大加报复，南京城陷后降于清，后病死。

②约结：结盟，订约。

③坂矶筑城：在坂矶筑建防卫工事。坂矶，地名，当指坂子矶，一作板子矶，在今安徽芜湖繁昌区西北的长江边上，可据此防守驻扎安庆的左军东进。

【译文】

兵部尚书阮大铖，是柳敬亭的老相识，和左良玉素有嫌隙，刚获起用。柳敬亭要回南京，请示左良玉："我去见阮大铖说些什么？"左良玉没有写公文，让柳敬亭给阮大铖传口信：抛弃过去的嫌隙，与司马共谋国家政事。柳敬亭回去后，把左良玉的意思告知阮大铖，并约定盟约再返回禀告。后来，听闻阮大铖在坂子矶筑建防卫工事，便跺脚哀叹："这是表示对西面有所防备，肯定会引起对方的怀疑之心！"后来，果真发生了柳敬亭担心的事情。

左丧过龙江关①，生祠哭已②，有迎且拜、拜不肯起者，则其爱将陈秀也。秀尝有急，生活之。具为予言救秀状。始，左病恚怒③，而秀所犯重，且必死。生莫得楷梧④，乃设之以事曰："今日饮酒不乐，君侯有奇物玩好，请一观，可乎？"左曰："甚善。"出所画己像二，其一《关陇破贼图》也⑤。览镜自照⑥，叹曰："良玉，天下健儿也，而今衰！"指其次曰："吾破贼后，将入山⑦，此图所以志也。"见衲而杖者⑧，数童子从，其负瓢笠，且近，则秀也。生佯不省而徐睨为谁⑨，左语之，且告其罪。生曰："若负恩当死。顾君侯以亲信,即入山且令相从,而杀之,即此图为不全矣!"左颔之⑩。其善用权谲⑪,为人排患解纷率类此。

【注释】

①丧:送丧。龙江关:古关隘名,位于今南京鼓楼区和建邺区江边。明代在此设卡,征收关税。

②祠:祭奠。

③恚(huì)怒:愤怒。

④榰(zhī)梧:同"支吾",应付。

⑤关陇破贼:指左良玉早年在陕甘一带攻破农民起义军的事。

⑥览镜:照镜。

⑦入山:指进入山中隐居。

⑧衲:僧侣穿的衣服,常用许多碎布补缀而成。

⑨省(xǐng):清楚,明白。睨(nì):斜眼看。

⑩颔(hàn):点头。

⑪权谲(jué):弄权术,施诡诈。

【译文】

左良玉的送丧队伍途经龙江关时,柳敬亭祭奠痛哭完,有个人迎上前来叩拜,叩拜后还不肯起来,原来是左良玉的爱将陈秀。陈秀曾遇危急之事,柳敬亭救了他。柳敬亭对我详细讲述救陈秀的过程。起初,左良玉生病时爱发怒,陈秀犯的事很严重,必死无疑。柳敬亭无法应付,便设法用别的事情来说:"今天喝酒不开心,您有喜好的奇珍异物,请让我观赏一下可以吗?"左良玉说:"好啊。"拿出两幅自己的画像,其中一幅是《关陇破贼图》。他对镜自照,感叹说:"左良玉,是人世间的英雄豪杰,现在却老了!"又指着另一幅画说:"我打败贼人后,将要进山隐居,这幅画就是表达这个意思。"看见图中有人身穿僧衣且手执木杖,几个童子跟着他,还有个人背着瓢勺和斗笠,凑近看,则是陈秀。柳敬亭佯装没看清，缓缓斜着眼看是谁，左良玉告诉柳敬亭这是陈秀，还讲述了陈秀犯的罪状。柳敬亭说："他辜负恩义应当处死。但您把陈秀视作亲信，即使进山隐居都令他跟随，要是杀了他，那么这幅图就要不完整了啊！"左良玉点头认可。柳敬亭善用权术，他帮人排忧解难大概就像这样。

　　初，生从武昌归①，以客将新道军所来②，朝贵皆倾动，顾自安旧节③，起居故人无所改④。逮江上之变⑤，生所携及留军中者，亡散累千金⑥，再贫困而意气自如。或问之，曰："吾在盱眙市上时，夜寒藉束藁卧⑦，扉履踵决⑧，行雨雪中，窃不自料以至于此。今虽复落，尚足为生，且有吾技在，宁渠忧贫乎⑨？"乃复来吴中⑩，每被酒⑪，尝为人说故宁南时事，则欷歔洒泣。既在军中久，其所谈益习⑫，而无聊不平之气无所用⑬，益发之于书，故晚节尤进云⑭。

【注释】

①武昌：武昌府。三国时，吴国曾短暂定都武昌。元至正二十四年（1364）朱元璋改武昌路置武昌府，为湖广行省省会。治所在江夏县（今湖北武汉武昌区）。明洪武九年（1376）为湖广布政使司治。清康熙三年（1664）为湖北省省会。

②客将：柳敬亭以门客身份在军营中筹划事务，故称"客将"。道：从，由。军所：指左良玉军营驻地。

③旧节：过去做事、行动、生活的样子。

④起居：问安，问好。

⑤江上之变：指左良玉军被南明福王军在长江击败，旋即，清军渡过长江，攻进南京，福王逃跑，又被叛将俘虏降清等事件。

⑥累：达到。千金：千两银子，可能为泛指。金，量词，古代计算货币

的单位,各个时代不同。战国、秦代以一镒为一金,一金为二十两;汉代以一斤为一金,南朝裴骃《史记集解·平准书》:"汉以一斤为一金";宋代以一钱为一金,宋龚鼎臣《东原录》"世俗谓一钱为金,百金为一镪,与古甚异";明代至近代又以银一两或银币一元为一金,清黄宗羲《明夷待访录·财计二》:"崇祯间,桐城诸生蒋臣,言钞法可行,岁造三千万贯,一贯直一金,岁可得金三千万两。"

⑦藉:衬垫,坐卧其上。

⑧屝履:草鞋。踵决:鞋跟破裂。

⑨宁渠:难道。

⑩吴中:指江苏苏州一带。

⑪被酒:喝了酒,带有几分酒意或醉意。

⑫益习:更加熟练。

⑬无聊:精神空虚、愁闷。

⑭晚节:晚年。

【译文】

当初,柳敬亭从武昌府返回,以左良玉客将的身份刚从军营中回来,朝中权贵都为之倾倒,但柳敬亭保持着以往的生活方式,对待故交也没有什么改变的。等到发生长江之变,柳敬亭携带的和留在军营中的财物散失多达千两,他再度生活窘迫却神情自如。有人问他,他说:"我在盱眙街市时,晚上寒冷时躺在几束蒿草上睡觉,穿的草鞋后跟都破裂了,走在雨雪中,心里想不到我后来能有这样的情形。如今虽然再次没落,还能够维持生活,况且我还有说书的技艺在,难道还会忧虑贫困吗?"于是再次来到苏州,每次喝了酒,曾给人讲以往左良玉的事情,便叹息落泪。他已经在军营中待了很久,讲说军营之事越发熟练,而心中愁闷抑郁不平之气无法发泄,愈发流露在他的说书中,所以他晚年的说书水平愈加精进了。

旧史氏曰^①：予从金陵识柳生。同时有杨生季蘅，故医也，亦客于左，奏摄武昌守^②，拜为真^③。左因强柳生以官，笑弗就也。杨今去官^④，仍故业^⑤，在南中，亦纵横士^⑥，与予善。

【注释】

①旧史氏：作者吴伟业自称。模仿《史记》每一篇文末"太史公曰"的评论模式。

②摄：代理。守：太守，古称郡府长官为太守，明代则称一府长官为知府。

③拜：授予某种名义或职位。真：实职。

④去官：离职。

⑤故业：旧行业，指行医。

⑥纵横士：能言善辩之人。战国时期有一批从事政治活动的谋士，以审察时势、陈明利害的方法，以"合纵""连横"的主张，通过能言善辩的口才游说列国君主。

【译文】

吴伟业说：我在南京结识柳敬亭。当时有杨季蘅先生，他以前是医生，也做过左良玉的门客，左良玉奏请让杨季蘅代理武昌知府一职，崇祯帝直接授予他实职。左良玉便强让柳敬亭担任官职，柳敬亭笑着拒绝了。杨季蘅现在离职了，重操旧业，住在南京，也是个能言善辩的人，和我关系很好。

张山来曰：戊申之冬^①，予于金陵友人席间与柳生同饮。予初不识柳生，询之同侪^②，或曰："此即《梅村集》中所谓柳某者是也^③。"滑稽善谈^④，风生四座^⑤，惜未聆其说稗官家言为恨^⑥。今读此传，可以想见其掀髯鼓掌时也⑦。

【注释】

①戊申：清康熙七年（1668）。

②同侪（chái）：同伴。

③《梅村集》：吴伟业的作品集，收录此篇传记。清康熙七年（1668）吴伟业的诗文集《梅村集》四十卷刊刻行世，集中的诗与文均按体裁排序。其中诗18卷，录存997首；词2卷，录存92首；文20卷，录存132篇。

④滑稽：谓能言善辩，言辞流利。后指言语、动作或事态令人发笑。

⑤风生：指活跃气氛，使听的人感到轻松而投入。

⑥稗官家言：小说讲述的故事。

⑦想见：推想而知。掀髯：笑时启口张须貌，激动貌。

【译文】

张潮说：清康熙七年冬天，我在南京一位朋友的宴席上和柳敬亭一起喝酒。我原本不认识他，向同伴询问，有人说："这就是吴伟业《梅村集》中写的柳敬亭啊。"他言辞流利、健谈能言，让在座者听了后变得轻松活跃，很遗憾没有听过他讲小说中的故事。如今读到这篇传记，可以设想他激动鼓掌、开口说书时的情形了。

汪十四传

徐士俊（野君）①

汪十四者，新安人也②，不详其名字。性慷慨激烈③，善骑射，有燕赵之风④。时游西蜀⑤，蜀中山川险阻，多相聚为盗。凡经商往来于兹者，辄被劫掠⑥。闻汪十四名，咸罗拜马前⑦，愿作"护身符"⑧。汪许之，遂与数百人俱，拥骑而行。闻山上嚆矢声⑨，汪即弯弓相向，与箭锋相触，空中堕折。以故绿林甚畏之⑩，秋毫不敢犯⑪，商贾尽得数倍利。而白梃之徒日益贫困⑫，心忮之⑬，而莫可谁何也⑭。

【注释】

①徐士俊：原名翙，字野君，一字三有，明末仁和（今浙江杭州）人。工书、画，署款必曰"西湖某人"。工诗文，也擅长写杂剧。此篇作品出自其诗文集《雁楼集》卷十七。《雁楼集》二十五卷，今存清顺治十一年（1654）刻本、康熙五年（1666）刻本。

②新安：本是古郡名，辖有明、清徽州地域，其沿革可参见卷三《马伶传》注释。此处疑指歙县，故文末张潮称"吾乡有此异人"。

③性慷慨激烈：性格豪爽，激昂奋进。

④燕赵：指战国时燕赵二国所在的地区，即今河北北部及山西北部和东部一带。燕赵自古多慷慨悲歌之士，尚武重侠。

⑤西蜀：今四川。古为蜀地，因在西方，故称。

⑥劫掠：抢劫。

⑦罗拜：环绕下拜。

⑧护身符：原指道士或巫师所画的可以辟邪消灾的物件，此指像护身符一样庇护商旅、行人。

⑨嚆（hāo）矢：响箭。

⑩绿林：指聚集山林间的反抗官府或抢劫财物的盗匪。

⑪秋毫不敢犯：丝毫不侵犯别人的利益。秋毫，鸟兽在秋天新长出来的细毛，喻细微之物。

⑫白梃（tǐng）之徒：指手执木棒的山匪。白梃，大木棍。

⑬忮（zhì）：嫉妒，忌恨。

⑭莫可：无法，无可奈何。谁何：谁人，哪个。

【译文】

　　汪十四，是新安人，不知道他的名字。他性格豪爽激昂，擅长骑马射箭，有燕赵尚武游侠的风气。曾到西蜀游历，蜀地的山川险峻，盗匪大多聚集在那里。凡是经商往返这里的人，便会被抢劫。听过汪十四大名的人，都围着跪拜在汪十四的马前，请求他庇护他们。汪十四答应了他们，便和几百人一起，策马而行。耳听山上的响箭之声，汪十四立即拉弓向响箭来处射箭，他的箭与盗匪响箭的箭头相碰撞，响箭便从空中折断坠落。因此，盗匪很畏惧他，丝毫不敢去侵犯他，跟随他的商人都获取了好几倍的利润。而那些盗匪过得越来越窘迫，他们心里忌恨汪十四，却无论谁都是无可奈何。

　　无几时，汪慨然曰："吾老矣！不思归计①，徒挟一弓一矢之勇，跋履山川②，向猿猱豺虎之地以博名高③，非丈夫之所贵也！"因决计归。归则以田园自娱，绝不问户外事。而曩时往来川中者，尽被剽掠，山径不通。乃踉跄走新安，罗拜于门外曰："愿乞壮士重过西川④，使我辈弱者可强，贫者可富，俾啸聚之徒大不得志于我旅人也⑤。壮士其许之乎？"是时汪十四雄心不死⑥，遂许之曰"诺！"大笑出门，挟弓矢连骑而去⑦。于是重山叠岭之间，复有汪之马迹焉⑧。

【注释】

①归计：返回家乡的打算、计划。

②跋履山川：跋山涉水。

③猿猱豺虎：比喻盗匪们所在的像猿猱豺虎聚集一样的险恶之地。

　　名高：名声显著。

④西川：西蜀，蜀地。唐代在四川设方镇"剑南西川"，故称此地为西川。

⑤啸聚之徒：指互相招呼着聚集起来的盗匪。不得志：谓志愿不能实现或欲望不能满足。

⑥雄心不死：还有英雄豪士的志向、抱负。

⑦连骑：形容很多人骑马的盛况。

⑧马迹：指汪十四纵马奔驰留下的迹印。

【译文】

没过多长时间，汪十四感慨而言："我老了！不想着返回家乡的计划，仅凭着弓箭之勇，跋山涉水，跑到盗匪聚居的险恶之地去博取显赫名声，这不是大丈夫应推重的！"所以决定返回家乡。回乡后便在田园中自寻乐趣，再不过问外面的事情。而以前那些往返蜀地的人，又都被抢劫，山路被阻而不复通行。他们便跟跟跄跄地到了新安，都跪拜在汪十四家门前说："乞求勇士您再返西蜀，让我们这些弱小的人能强大，穷困的人能富有，使得那些啸聚山林的盗匪无法在我们这些出行在外的人面前张狂得意。勇士您能答应吗？"这时候，汪十四还有英雄的抱负，便答应他们说："好！"大笑着出门而去，持弓箭和商人们一起纵马而去。此后崇山峻岭间，再次有了汪十四骑马行走的踪迹。

绿林闻之咸惊悸，谋所以胜汪者。告诸山川雷雨之神①，当以汪十四之头陈列鼎俎②。乃选骁骑数人③，如商客装，杂于诸商之队而行。近贼巢，箭声飒沓来④。汪正弯弓发矢，而后有一人，持利刃向弦际一挥，弦断矢落。汪忙迫无计⑤，遂就擒。擒入山寨中，见贼党咸持金称贺⑥，然犹意在往劫汪之护行者⑦。暂置汪于空室，絷其手足⑧，不得动。俟日晡⑨，取汪十四头，陈之鼎俎，以酬山川雷雨之神。

【注释】

①告诸：祷告于。

②当以汪十四之头：给神灵许诺要用汪十四人头献祭。鼎俎（zǔ）：鼎和俎。古代祭祀、燕飨时陈置牲体或其他食物的礼器。

③骁（xiāo）骑：勇武的骑兵。

④飒沓（sà tà）：纷繁、众多貌。

⑤忙迫：忙碌，迫促。

⑥持金：手执兵器。

⑦意在：怨恨于。

⑧絷（zhí）：捆。

⑨日晡（bū）：指申时，约今之15时至17时。

【译文】

　　盗匪们得知后都惊恐心悸，谋划着能战胜汪十四的方法。他们向山川雷雨等神灵祷告，许诺会把汪十四的人头陈列在鼎俎中以祭祀。便派了几个勇武的骑兵，装扮成商旅，混杂在那些商人的队伍中前行。临近盗匪老巢时，箭声纷纷而来。汪十四正要拉弓射箭，身后冒出一个人，手持锋利的刀挥向弓弦，弓弦断裂、箭矢跌落。汪十四匆忙间无计可施，便被盗匪擒拿。他被擒拿到山寨后，看见盗匪们都手挥兵器、高声祝贺，他们一直怨恨着以往抢劫汪十四保护的商队时的事情。盗匪暂时把汪十四关在一间空屋里，捆住他的手脚，令他不能动弹。等着到下午，会砍下汪十四人头，摆在鼎俎里来酬谢山川雷雨等神灵。

　　汪忽瞪目，见一美人向汪笑曰："汝诚豪杰，何就缚至此？"汪且愤且怜曰："毋多言！汝能救我，则救之，娘子军不足为也①！"美人曰："我意如斯。但恐救汝之后，汝则如饥鹰怒龙，夭娇天外②，而我凄然一身，徒婉转娇啼，作帐下之鬼，为之奈何？"汪曰："不然。救其一，失其一，亦无策甚矣③。吾行百万军中，空空如下天状，况区区贼奴，何足当吾前锋哉！"因相对慷慨激烈。美人即以佩刀断其缚而出之。汪不遑起谢④，见舍旁有刀剑弓矢，悉挟以行。左挈美人⑤，右持器械⑥，间行数百步，遇一骑甚骏⑦，遂并坐其上。贼人闻之，疾驱而前⑧。汪厉声曰："来！来！吾射汝！"应弦而倒⑨。连发数十矢，应弦倒者凡数十人。贼人终已无可奈何，纵之去。

【注释】

①娘子军：原指由女子所组成的队伍，此处是汪十四对美女的称呼，近于女英雄。不足：不能。

②夭矫：飞腾。

③甚矣：很，过分。

④起谢：起身谢过。

⑤挈（qiè）：带领。

⑥器械：指刀剑弓矢等武器。

⑦骑：指马。骏：良，好。

⑧前：指向前面追逐。

⑨应弦而倒：随着弓弦的声音而倒下。

【译文】

汪十四忽然睁大眼睛，眼见一个美女过来对他笑着说："你要真是英雄，怎么会被绑到这里呢？"汪十四又气愤、又无奈地说："别多说了！你要是能救我，就救我，女英雄不能这样讽刺我！"美人说："我也这么想。只是担心救了你之后，你便像饥饿苍鹰、奋起蛟龙，腾跃天上，而我凄然孤苦的一个女子，徒然委婉含蓄、娇柔啼哭，成为盗匪巢窟里的鬼魂，怎么办呢?"汪十四说:"不是这样。救出一个,失去一个,我也太没有成算了。我行走在百万人的大军中,对此视而不见恍如从天而下,何况微不足道的盗匪,如何能够抵挡我的锐势呢!"因而对答豪爽激昂。美女便用佩刀砍断他的绳索并带他逃出屋子。汪十四来不及感谢,先看见屋子旁有刀剑弓箭,便都携带着逃跑。他左手拉着美女,右手拿着武器,悄悄跑了几百步,遇见一匹很好的马,便和美女同坐在马上。盗匪听到动静,急速驱马追逐。汪十四厉声大喊:"来啊! 来啊! 我射你们!"盗匪随着弓弦声响而倒在地上。连着射了几十箭,随弓弦声而倒的有几十个盗匪。盗匪最终无可奈何,任由他们逃跑了。

　　汪从马上问美人姓名。美人泣曰:"吾宦女也①。父为兰省给事中,现居京国②。今年携眷属至京③,被劫,妾之老母及诸婢子尽杀,独留妾一人,凌逼蹂践④,不堪言状。妾之所以不死者,必欲一见严君⑤,可以无恨;又私念世间或有大豪杰能拔人虎穴者⑥,故踌躇至今。今遇明公⑦,得一拜严君,妾乃知死所矣!"汪曰:"某之重生,皆卿所赐,京华虽辽远,当担簦杖策卫汝以行⑧。"于是陆行从车,水行从舟,奔走数千里。同起居饮食者非一日,略无相狎之意⑨,竟以女归其尊人,即从京国返新安终老焉。老且死,里人壮其生平奇节⑩,立庙以祀,称为"汪十四相公庙"。有祷辄应,春秋歌舞以乐之⑪,血食至今不衰⑫。

【注释】

①宦女:官宦人家的女儿。

②京国:京城,下文京华同。

③携:此指派人带领。眷属:亲眷。

④凌逼蹂践：凌辱践踏。

⑤严君：指父亲，下文尊人同。

⑥拔人虎穴：从虎穴里脱身。虎穴，喻盗匪老巢。

⑦明公：对有名位者的敬称。

⑧担簦（dēng）杖策：背着笠，拄着杖，形容汪十四不畏艰辛地赶路。簦，古代长柄笠，类似当今的雨伞。

⑨相狎：亲昵，戏弄。

⑩壮：赞赏。

⑪歌舞以乐之：歌舞乐神。古代先民歌舞的直接目的是为了愉悦鬼神。东汉王逸《楚辞章句·九歌序》："昔楚国南郢之邑，沅湘之间，其俗信鬼而好祠，其祠必作歌乐鼓舞以乐诸神。"

⑫血食：祭品。古代杀牲取血以祭，故称血食，此指用血食祭祀。

【译文】

　　汪十四在马上问美女的姓名。美女哭泣着说："我本是官宦人家的女儿。我父亲担任兰省给事中，现在住在京城。今年，我父亲派人护送家眷去京城，路上被劫，我的母亲和婢女们都被杀死，只留下我一个人，遭到凌辱践踏，其惨况无法用语言来描述。我之所以没寻死，是因为一定要再见见我父亲，那样便能没什么遗憾了；又思想着世间或许有英雄豪杰能帮我从虎穴里脱身，所以犹豫至今。现在遇到您，如果能因此去拜别我父亲，我便能找到自己葬身之所了！"汪十四说："我得以活命，都是你的恩赐，纵使京城遥远，也要背笠拄杖护卫着你去。"于是，他们在陆上坐车，在水上乘船，奔波了几千里路。汪十四和美女共同生活了很多日子，却没有一点戏弄的意思，最终把美女送还给她父亲，之后自己便从京城返回新安而终老于乡。他年迈而死，乡人赞赏他的生平事迹、品格节操，给他建庙祭祀，称作"汪十四相公庙"。只要到这里祈祷便会有灵验，每年春秋二季，百姓会以歌舞娱神，至今祭祀不断。

　　张山来曰：吾乡有此异人，大足为新安生色。而文之夭矫奇恣，尤堪与汪十四相副也^①。

【注释】

①相副：相称，相符。

【译文】

　　张潮说：我家乡有这位奇人，很能替新安增添光彩。这篇文章的风格飞腾恣肆，很符合汪十四的性格。

武风子传

方亨咸（邵村）^①

　　武风子者，滇南之武定州人也^②，名恬。先世以军功官于卫^③。恬以胄子^④，少学书，已弃弗学。性好闲，不谋荣利。嗜酒，日惟谋醉，箪瓢屡空^⑤，晏如也^⑥。凡游艺杂技，过目即知之。

【注释】

①方亨咸：字吉偶，号邵村、龙瞑、心童道士，桐城（今属安徽）人。清顺治三年（1646）举人，顺治四年（1647）进士，任丽水知县、刑部主事、刑部郎中，官终陕西道监察御史。能文，善书，精绘画。因顺治十四年（1657）丁酉科江南科场案坐流宁古塔，后释放。事见《（康熙）安庆府志》卷十五、《（道光）桐城续修县志》卷十六。此篇作品出自其著作集《邵村杂记》。又见引于清吴肃公《阐义》卷六。方亨咸所记武风子事，亦可参见清王士禛《池北偶谈》卷十六、《带经堂集》卷八十"武风子"，文异。

②武定州:元代设武定路,由云南土司统治。明初改为武定军民府,
　至隆庆元年(1567)改土设流为武定府,徙治和曲州(今云南武
　定),正式派流官治理,清乾隆三十五年(1770)改为武定直隶州。
　明代辖地和曲州(今云南武定东)、禄劝州(今云南禄劝)、元谋县
　(今云南元谋)。《(雍正)云南通志》卷二一"武定府"记武恬为
　和曲人。

③卫:明代军队编制。清初曾沿用。于要害地区设卫,大致以五千
　六百人为一卫,由都司率领,隶属于五军都督府。一般驻地在某
　地即称某卫,如威海卫、金山卫等,后相沿成为地名。小者称所,
　约一千一百二十人。

④胄子:古代称帝王或贵族的长子。

⑤箪瓢(dān piáo)屡空:盛饭的竹箪和舀水的瓢每每是空的,形容
　生活饮食不继,非常贫困。

⑥晏如:悠闲安适,安然自若。

【译文】

武风子,云南武定人,名恬。先祖因获军功而在卫所中任职。武恬
因为是家中长子,少年时读书,不久就弃而不学。生性喜好闲静,不求功
名利禄。嗜酒,每日只图一醉,家中饮食难继,却安然自若。凡是娱乐杂
技之类,他看上一眼就能弄明白。

滇多产细竹,坚实可为箸①。武生以火绘其上②,作禽
鱼、花鸟、山水、人物、城门、楼阁,精夺鬼工③。人奇之,每
得其双筹④,争购钱数百。于是武生之交戚贫者,因以为
利。生顾未尝售也,颇自矜重,一箸成,辄把玩不释,保护如
头目。或醉后痛哭,悉焚之,醒复悔,悔而复作,然靳不轻
与人⑤。好事者每睰其谋醉时⑥,置酒招之,造必尽欢⑦。酒

醋，以火与箸杂陈于前而不言。生攘臂起，顷刻完数十筹，挥手不顾也。或于酒中以箸相属，则怒，拂衣出，终身不与之见。或遇贫士及释道者流，告以困穷，辄忻然为之⑧，虽累百不倦。于是滇之士夫或相馈遗，皆以武生箸为重。王公大人游于滇者，不得武生箸即不光。

【注释】

①箸（zhù）：筷子。

②火绘：指用烧灼的炭条在竹筷上刻绘。清王士禛《池北偶谈》记武恬"能于竹箸上烧方寸木炭，画山水、人物、台阁、鸟兽、林木，曲尽其妙"。这属于火烫画，也叫烙画。

③鬼工：指事物精妙高超，非人工所能为。

④筹：本指竹筷。此指武恬在竹筷上刻绘的画，即箸画。

⑤靳（jìn）：吝惜，珍惜。

⑥瞯（jiàn）：窥视。

⑦造：往，到。

⑧忻（xīn）然：欢喜，愉快。

【译文】

云南盛产细竹，坚硬结实可以作竹筷。武恬用烧灼的炭条在竹筷上绘画，画禽鱼、花鸟、山水、人物、城门、楼阁，精妙绝伦、巧夺天工。人们对此很稀奇，常为了得到一副箸画，争相用数百钱购买。因此，武恬贫穷的知交、亲戚，借此谋利。武恬却从未售卖，很是矜持，画好一根筷子，便赏玩不放手，如同爱护自己的脑袋、眼睛一样。有时喝醉酒后痛哭，把箸画都焚烧了，酒醒后又后悔，后悔了便重新绘刻，但是珍爱而不轻易给人。有好事的人常窥探到他要买酒图醉时，便备酒招请他，他一到必定喝得尽兴。酒喝得尽兴了，好事的人把炭条、竹筷错杂地放在他前面却不说话。武恬捋起袖子站起来，不大功夫就画完几十双竹筷，挥挥手头也不回就走了。有人在喝酒时嘱托他绘制竹筷，他就发怒，拂袖而去，终生不再与这人相见。有时遇到贫士以及佛、道二教之人，将自己困苦贫穷的情况告诉武恬，武恬便欣然给他们绘画，即使做上百双也不厌倦。当时云南的士大夫有时相互赠送礼物，都很珍视武恬的箸画。王公贵官到云南游玩，得不到武恬箸画便觉得不光彩。

　　生固落落儒生耳①，未尝以"风子"名②。丁亥之岁③，流贼从蜀败奔④，假号于滇⑤，滇士民慑于威⑥，披靡以从⑦。生独匿深箐中不出⑧。贼于民间见其箸，异之，遍召不得，因悬赏索之。或告曰："曷出以图富贵⑨？"生大笑曰："我岂作奇技淫巧以悦贼者耶⑩？"侦者闻于贼，系之来。至则白眼仰天，暗无一语⑪。贼命作箸，列金帛于前，设醇醪于右以诱之⑫，不应；陈刀锯以恐之⑬，亦不应。贼怒，挥斩之。缚至市曹⑭，而神色自如，终无一语。时贼帅有侍侧者曰："腐鼠何足膏斧钺⑮？曷纵之？徐徐当自逞其技也⑯。"释之，而生自此病矣。披发佯狂，垢形秽语，日歌哭行市中，夜逐犬豕与处，人遂皆呼"武风子""武风子"云。

【注释】

①落落：形容举止潇洒自然，心胸旷达率真。

②风子：疯子。

③丁亥：清顺治四年（1647）。

④流贼：指孙可望、李定国等军队，对起义军的蔑称。清顺治三年（1646），清军大举入川，原张献忠农民起义军残部由孙可望和李

定国等率领逃离四川，《南明野史》记永历元年（1647）二月"孙可望方由川、贵入云南"。他们联合南明共抗清廷，后兵败，或死或降。

⑤假号：称起事者自立名号。当时农民起义军有四将军在昆明共同称王，孙可望称平东王，李定国称安西王，刘文秀称抚南王，艾能奇称定北王。

⑥士民：士大夫和普通百姓的并称。犹言士庶。

⑦披靡：随风倒伏，形容归顺、降伏。

⑧深箐：茂密的竹林。

⑨曷：表反问语气，何不。

⑩奇技淫巧：过于奇巧而无益的技艺与制品，此指武恬的箸画。

⑪喑（yīn）：哑，不说话。

⑫醇醪：美酒。

⑬刀锯：古代的刑具。刀以割，锯以刖。

⑭市曹：市内商业集中之处。古代常于此处决人犯。

⑮膏：润滑，滋润。斧钺（yuè）：斧和钺，古代兵器，用于斩刑。

⑯逞：逞弄，卖弄。

【译文】

武恬本是一个潇洒倜傥的儒生，不曾以"风子"为名。清顺治四年，孙可望、李定国等流贼从四川败逃，在云南自立为王，云南士庶慑于他们的淫威，纷纷降伏。武恬独自藏在茂密竹林中不出来。流贼在民间见到他的箸画，对此感到很奇异，四处召请却找不到他，于是悬赏追索他。有人对武恬说："何不出去谋求富贵？"武恬大笑说："我难道要作箸画去取悦流贼吗？"侦查到武恬下落的人向流贼告密，流贼将他逮捕而来。武恬到了贼营就翻着白眼仰望苍天，缄默不语。流贼让他绘制竹筷，在他面前摆放金帛财物，还在他身边摆设了美酒来诱惑他，他不答应；流贼陈列刑具以恐吓他，他还是不答应。流贼大怒，挥手要把他斩首。武恬被捆绑着押送到市集,神色如常,始终不说一句话。当时流贼统帅身边的侍卫说:"腐鼠怎么能够膏润斧钺呢?何不放了他?慢慢地他应当会自己卖弄他的技艺。"流贼放了他,然而武恬自此发病了。他披头散发故作癫狂,身体污秽不洁,口中污言秽语,白天又唱又哭地游走街市,晚上寻找猪狗的栖居地并与它们待在一起,人们便都喊他作"武风子""武风子"。

及王师定滇①,风子病少差②,亦稍稍为人作箸以谋醉,人重之逾常时。安定守某者③,受贵人属,召为之,不应。守怒,挞之于庭,血流体溃,终不应。自此风子之踪迹无定矣,或琳宫梵舍④,或市肆田家,往必数日留,留必作数十箸以谋醉。然出入无时,于是其箸可得而不可得矣。

【注释】

①王师:原指天子的军队、国家的军队,此指清军。清顺治十五年(1658),孙可望、李定国等人内讧,清军趁机攻入云南,他们归附的南明政府也逃窜缅甸,最终灭亡。

②少差:稍稍好转。

③安定守:未详,待考。顾岕《赠武异人》言"刺史鞭之百",安定守似为安定知府。然滇中无安定府、州、县,唯有《明史·地理志》记景东府北有安定关,在今云南景东彝族自治县安定镇,古时在此屯军驻防。莫非"安定"或为"武定"之讹乎?

④琳宫:道观、殿堂之美称。梵舍:寺院。

【译文】

等到清军平定了云南,武风子的病稍稍好转,也渐渐地给人画竹筷用来买酒图醉,人们比以前更看重他的箸画。安定守某某,受权贵嘱托,召请他绘制箸画，他不答应。那人大怒，在庭院里鞭挞他，使他鲜血流淌、身体溃烂，但他始终不肯答应。从此武风子的踪迹便漂泊不定，有时栖居道观、寺院，有时借宿店铺、农家，去了必定停留好几天，留下来必定绘制几十双竹筷来换酒图醉。但是往来不定，所以他的箸画可以得到，却又难以得到了。

　　余尝见其箸作《凌烟阁功臣图》者①，箸粗仅及绳，而旌旗铠杖、侍从卫列②，无不毕具。至褒公、鄂公③，英姿毛发④，道子传神⑤，莫或过之⑥。其画细如丝，深绀色⑦，入竹分余如镂。武定太守顾舆山为余言⑧：其作箸时，削炭如笔数十，置烈火中，酒满壶于旁，伺炭末红若锥，左执箸，右执炭，肃肃有声⑨，如蚕食叶，快若风雨。且饮且作，壶干即止，益之复作。饮不用杯杓⑩，以口就壶，不择酒。期醉，醉则伏火而卧，或哭或歌，或说《论语》经书，多奇解。及醒而问之，则他呓语以对。或正作时，酒未尽，忽不知其所往，逾数十日或数月复来，复卒成之。其状貌如中人，年近六十余，拜揖跪起无异，惟与之语，则风子矣。舆山曾作《武异人歌》赠之，故时往还也。但所绘故事，多稗官杂剧，有规以不雅驯者⑪，笑而不答，亦终不易。或曰："非病风者也，狂人也⑫。"或曰："其有道者欤⑬？不然，何富贵不淫、威武不屈耶⑭？"余于是作《武风子传》。

【注释】

①凌烟阁：唐太宗为表彰功臣而建筑的绘有功臣图像的高阁。唐太宗贞观十七年（643），命阎立本在凌烟阁内描绘了赵公长孙无忌、

　　鄂公尉迟恭、英公李勣、胡公秦叔宝等二十四位功臣的画像。

②旌（jīng）旗铠（kǎi）杖：旗帜和铠甲兵器。

③褒公：唐代开国功臣褒国公段志玄。鄂公：鄂国公尉迟恭。

④英姿毛发：英俊威武的神态和身体毛发的细节，形容着画能兼绘神韵和细微处。

⑤道子：唐代著名画家吴道子。

⑥莫或：没有，不能。

⑦绀（gàn）色：黑里透红的颜色。

⑧顾舆山：顾岱，字舆山，一字商若，又字泰瞻，号止庵，江南无锡（今江苏无锡）人。清顺治十五年（1658）进士，迁任武定军民府知府。后官至浙江杭州府知府。事见陈鼎《留溪外传》卷七《能吏传》。《（康熙）安宁州志》卷四、《（雍正）永宁州志》卷四录顾岱《赠武异人》一诗，即下文所言《武异人歌》。诗云："安宁山中有武恬，寄居堂琅川上之茅檐。时时张目漫狂啸，性情朴古技绝妙，十日不饭心悠悠，一日不醉如针毡。君不见手持红炭任纵横，箸间景物之错落，精微直与鬼争工。醉后更能肆讲说，天上海外口不拙。刺史鞭之百，秦王刀噗血，雅艺终不因威慑。噫嘻！异哉！君非青芝下谪，胡为来我今沽酒恣汝醉。怜尔磊落耿介之奇才，滇南撒摩秃老尽顽蒙，大痴大悟无如公。呜呼！安得大痴大悟皆如公！"

⑨肃肃：拟声词，泛指声音。

⑩杯杓（sháo）：酒杯和勺子，指杯具、酒器。

⑪雅驯：典雅纯正，文雅不俗。小说杂剧取材街谈巷语，沾染民间风气，古人多认为不够典雅。

⑫狂人：放荡不羁之人。

⑬有道：有学问道德的人。

⑭富贵不淫、威武不屈：语出《孟子·滕文公下》："富贵不能淫，贫

贱不能移，威武不能屈。"指不为金钱、权位所诱惑，不屈从于威势的震慑。

【译文】

　　我曾经见过武恬的箸画《凌烟阁功臣图》，竹筷仅有绳子粗细，然而上面的军营旗帜、铠甲兵器、随行侍卫，没有不具备的。图中的褒国公段志玄、鄂国公尉迟恭，英俊威武的神态、身体毛发的细微，就是吴道子绘画传神生动，也无法超过。他的箸画细如丝线，黑红色，烙在细竹上像丝缕般分散铺开。武定太守顾岱对我讲述：武恬绘箸画时，削制几十根像笔一样的炭条，放到烈火中，旁边放着一满壶酒，等炭条头红似火中的铁锥，左手执竹筷，右手拿炭笔，沙沙有声，仿佛春蚕食叶，快如迅风急雨。他边喝边画，一壶酒喝完便停笔不动，添酒之后重新再画。喝酒不用酒器，用嘴对着酒壶喝，并不挑酒。期望大醉一场，喝醉了便趴在火边睡觉，时哭时唱，有时讲《论语》，多有个人独特的见解。等他酒醒后旁人再问询，他便拿自己说的是梦话来搪塞。有时正在绘画时，酒还没喝完，忽然不知道人跑到哪里去了，过了几十天或好几个月再次过来，继续完成画作。他相貌普通，六十来岁，跪拜行礼和常人无异，只是和他谈论时，知道他就是个疯子。顾岱曾作《武异人歌》赠送给他，因而两人经常来往。但是武恬箸画所描绘的人物故事，大多取材于小说、杂剧，有人以不太文雅而规劝他，他微笑不语，也最终不肯改变。有人说："他不是患了疯病才那样去做，他是放荡不羁的人。"有人说："他是品德高尚之人吗？不然的话，他为何不惑富贵、不屈武力呢？"我于是写了一篇《武风子传》。

　　张山来曰：武生岂真风子耶？不过如昔人饮醇近妇①，以寄其牢骚抑郁之态，宜其箸之不轻作也。

　　邵村先生与先君同年②，余幼时曾一聆謦欬③。癸亥冬④，瓜洲梁子存斋以此传录寄⑤。未几，而何省斋年伯又以刻本邮示⑥。益信奇文欣赏，自有同心也。

【注释】

①饮醇近妇：饮酒接近妇女。晋代阮籍常喝得酩酊大醉，有时便睡卧在酒家女垆边，不知避嫌。此处以阮籍比况武恬，说他行为任性放纵，是佯狂以宣泄郁愤。

②先君：指已故的父亲张习孔。同年：科举时代称同榜或同一年考中者。方亨咸和张潮父亲张习孔于清顺治三年（1646）乡试中举，故称同年。此后，方亨咸于清顺治四年（1647）中进士，张习孔于清顺治六年（1649）中进士。

③謦欬（qǐng kài）：咳嗽。亦借指谈笑，谈吐。

④癸亥：清康熙二十二年（1683）。

⑤瓜洲：古津渡，又作瓜州、瓜步浦、瓜步尾、瓜步等，在今江苏扬州南。与镇江隔江斜对，向为长江南北水运交通要冲。梁子存斋：梁存斋，明末遗民，隐居瓜洲。

⑥何省斋：何采。字敬舆，号省斋，又号南硐，江南桐城（今安徽桐城）人。著有《让村集》《南硐集》《南硐词选》。他与张潮父亲张习孔同为清顺治六年（1649）进士，故张潮称其为年伯。年伯：对父亲同年登科者的尊称。

【译文】

张潮说：武恬难道真是疯子吗？不过是像阮籍喝醉酒睡在妇人旁边，借狂放寄托他的满腹牢骚、一腔忧郁的心态，无怪他的箸画不会轻易绘制。

方亨咸先生和我父亲是同榜举人，我年幼时曾听他谈笑之声。康熙二十二年冬，瓜洲的梁存斋把这篇传记抄录下来并寄给我。不久之后，何采伯父又把这篇文章的刻印本邮寄给我。我更加相信读到奇异的文章，众人的想法肯定不谋而合。

记老神仙事

方亨咸（邵村）^①

蜀中刘文季为余言^②：昔献贼中有所谓"老神仙"者^③，事甚怪，能生已死之人，续已断之肢与骨，贼众敬如神明焉^④。其初被掳时，将杀之。贼掳人，不即杀，审其人，凡一技一艺者皆得免。"神仙"比能以泥塑像获免^⑤，贼中遂以"塑匠"呼之^⑥。

【注释】

①方亨咸：参见本卷《武风子传》注释。此篇作品出自其著作集《邵村杂记》。褚人获《坚瓠集》秘集卷二引《大有奇书》亦略述老神仙事。据李调元《老神仙·诗序》记"蜀人刘文季菡亲见之，属方邵村亨咸为记"（《童山集》卷一），方亨咸此文当是应刘菡嘱托而作。

②刘文季：刘菡，字汝馨，号文季（一说字文季）。明末富顺（今属四川）廪生。明崇祯末陕西汧阳知县刘之褒之子。刘菡才高学博，曾随父寓居汧阳（今陕西千阳）。后因避乱而前往云贵地区，在云南参加南明永历朝乡试、会试，任南明翰林院编修（可参见《（民国）富顺县志》卷十一"刘菡传"注文）。曾撰《爱莲轩集》《乌私泣集》《萍滇信笔》。事见《（乾隆）富顺县志》卷五。

③献贼：对张献忠起义军的蔑称。张献忠，陕西延安府庆阳卫定边县（今陕西定边）人。明朝末年农民军领袖。崇祯年间，组织农民军起义。崇祯十七年（1644），带兵攻入四川，于成都建立大西政权，年号大顺。大顺三年（1647），与清军对战时被清和硕肃亲王豪格射死。老神仙：其人事迹亦见之戴名世《陈士庆传》（《忧

患集偶钞》及《南山集》卷七),清赵吉士《寄园寄所寄》卷五引
戴名世《陈士庆传》、清俞樾《茶香室续钞》卷四引《寄园寄所
寄》,又见清王棠《燕在阁知新录》卷二九《陈士庆传》、清汪为熹
《鄂署杂钞》卷六《陈士庆》(注引《毛西河文集》,其文实出戴名
世之作)皆摘引戴氏之作,又《(乾隆)滇黔志略》卷十六引"刘
菼《陈士庆传》",实亦出戴氏之作。或因戴名世身罹"南山案",
《南山集》亦遭禁毁,故汪为熹、《(乾隆)滇黔志略》等有意注出
他书。据戴名世所记,老神仙名陈士庆,邓州(今河南邓州)人,
"后从李定国至平越,病死"(李调元《老神仙·诗序》)。

④神明:神灵。

⑤比能:展示他的才能。

⑥塑匠:能用泥塑造人像的手艺人。

【译文】

四川的刘菼对我讲述:以前张献忠军中有个"老神仙",他的事情很
怪异,能使已经死的人复活,能接续已经断掉的肢体、骨头,张献忠的士
兵如同对待神灵一样尊敬他。他刚被俘虏时,将要被处死。张献忠停虏
到人,不会立刻处死,会审问停虏,但凡有技术、才艺的人都能逃脱一死。
"老神仙"用泥土塑造人像来展示他的才能,故得以免死,于是众人使用
"塑匠"称呼他。

一日,塑匠涤大釜沃水①,析屋为薪②,燎之③。水沸,沸
凡数,以一榜左右搅成膏④。贼众骇,争相传。献贼闻,谓妖
人⑤,又将杀之。塑匠曰:"愿一言以死:王不欲成大事耶?
何故杀异士?"献贼异而问之,曰:"臣有异术,能生人。此
膏乃仙授,或刀斧,或榜掠⑥,受重创者,臣能顷刻完好。"献
贼即榜一人,试之,立验。献贼残忍,日杀人,劓刖人⑦,至

笞掠无算⑧。笞凡数百,血肉糜溃,气息仅属者⑨,付塑匠。以白水膏傅之⑩,无不生,且立刻杖而行。军中争趋之,馈遗饮食无虚日⑪,以是衣食囊橐渐充矣⑫。

【注释】

①沃水:灌水,加水。

②析屋为薪:把房屋拆解成柴薪。析,拆分。

③燎:烧,延烧。

④榜(bàng):划船的桨,木片。膏:物之精华,此指由水烧成的浓稠膏状物,即下文所言白水膏。

⑤妖人:会施邪术的人。

⑥榜(bēng)掠:拷打。榜,古代刑法之一,杖击或鞭打。

⑦劓刖(yì yuè):古代割鼻断足的酷刑。

⑧笞掠:拷打。笞,用鞭杖或竹板打。

⑨属:疑即属纩,用新棉放在临死病人鼻前,验其是否有气。

⑩傅:涂抹。

⑪馈遗(kuì wèi):馈赠。虚日:间断。

⑫囊橐(tuó):袋子。

【译文】

有一天,塑匠清洗大锅后加满水,把房屋拆解成柴薪,再去烧水。水沸腾了,还沸腾了好多次,他便用一块木桨左右摇动把水搅成了膏。众人惊骇,争相传说。张献忠听了后,说这是妖人,又打算处死他。塑匠说:"请允许让我说句话再去死:大王不想成就大事业吗? 为何要杀身怀异术的人?"张献忠听后觉得塑匠很奇异,便详问他,他回答:"我身怀奇术,能使死者复活。这膏是仙人授予的,受到刀斧、拷打等重伤的人,我能令他们很快变得完好如初。"张献忠即刻拷打一人,拿这人去做试验,果真得到应验。张献忠生性残忍,每天都会杀人,将人割鼻断足,至于被拷打的人更是数不胜数。张献忠鞭笞了几百个人,打得他们血肉溃烂,仅有一口气息,再把人交给塑匠。塑匠将白水熬成的膏敷抹在他们身上,没有不活的,并且即刻就能拄杖行走。军营中的人争相追捧塑匠,馈赠给他的食物不曾间断,因此他装衣服、食物的袋子渐渐充盈。

献贼有爱将某者①,攻城,为飞炮所中,去其颏②,奄奄一息矣。塑匠曰:"易与耳!"即生割一人颏,按之,傅以膏,一日而甦,饮啖如未割也③。时孙可望在贼为监军④,夜被酒,杀一嬖妾⑤。旦行三十里,醒而悔之。道遇塑匠,笑问曰:"监军夜来未醉耶? 何有不豫色然?"可望告以故。塑匠曰:"监军果念其人乎? 吾当回马觅之。"可望曰:"唉! 起营时⑥,尸不知何在,想为犬豕啖矣,何从觅?"塑匠曰:"监军若令我觅,何物犬豕,敢啖贵人乎?"可望曰:"鼠子绐我⑦! 汝欲逃耶? 我当遣介士押汝觅⑧!"塑匠笑曰:"何处觅? 觅何能得?"可望怒曰:"汝何戏我?"塑匠指道旁舁一毡囊曰⑨:"何需觅,即此是也!"可望曰:"已朽之骨,何舁之?"塑匠笑谓:"监军曷启之?"可望下马解毡,则星眸宛转、厌厌如带雨梨花⑩,帐中之魂已返矣⑪。

【注释】

①某者:隐去名姓的人。戴名世《陈士庆传》作"祁三鼎",张献忠的部属。

②颏(kē):下巴。

③饮啖(dàn):饮水和吃饭。

④监军:监督军务的官员。张献忠建立大西政权后,授孙可望为平

東将军,另加监军,节制文武,位列群将之首。

⑤嬖(bì)妾:爱妾。

⑥起营:拔除营帐。表示部队开始转移或行军。

⑦鼠子:小子。骂人的话语。绐:骗。

⑧介士:武士。

⑨舁(yú):抬,杠,举。毡橐:毛毡制成的袋子。

⑩星眸:形容美丽的眼睛如星星般光亮。厌厌如带雨梨花:像雨后梨花般娇艳安静。厌厌,安静的样子。

⑪帐中之魂已返:指军帐中的嬖妾返魂而活。返魂,复活。

【译文】

　　张献忠有一员器重的将军,攻占城池,被大炮击中,打掉了下巴颏,气息奄奄,生命垂危。塑匠说:"救他很容易啊!"就活生生割下一个人的下巴颏,安到将军的下巴颏上,再给他涂上膏,一天后人便苏醒过来,喝水吃饭如同没受伤时的样子。那时,孙可望在张献忠军中担任监军,晚上醉酒,杀死了一个爱妾。第二天早上行军到三十里外,酒醒了,后悔自己杀了她。路上遇到了塑匠,见他笑着问:"监军昨晚没有喝醉吧? 怎么脸色看着不开心呢?"孙可望便告诉了他缘故。塑匠说:"监军果真思念那个爱妾吗? 我可以掉转马头去寻找。"孙可望说:"唉! 军队拔营时尸体不知道扔到哪里了,想来被野猪、野狗吃了吧,到哪里去寻找?"塑匠说:"监军如果让我去寻找的话,哪里会有野猪、野狗敢吃身份显贵的人呢?"孙可望说:"小子你蒙骗我! 你打算逃跑吗? 我要派武士押解你去寻找!"塑匠笑着说:"去哪里寻找? 即使寻觅,怎么可能就会找到呢?"孙可望大怒道:"你为何戏弄我?"塑匠指着路旁自己带着的一个毡毛制成的口袋,说:"哪里需要寻觅,这就是啊!"孙可望说:"已经死透的尸骨,何必要带着呢?"塑匠笑着对他说:"监军为何不打开看看?"孙可望下马,打开毛毡袋,却是眼睛明亮流动,像雨后梨花般娇艳安静的人,原来营帐中死去的那个爱妾又被救活了。

　　可望喜噪,一军皆惊。闻于献贼,献曰:"此神仙也,当封之[1]。"口封恐众未知。时营大泽中[2],下令军中人备一几,以次日集广原。是时贼数十万,令以数十万几累之[3],择累之最高者谓"拜仙台"。于是衣塑匠以深衣[4],巾以纶巾[5],方履丝绦[6]。塑匠身高六尺[7],广颡阔面[8],大有须,望之如世所绘社神者然[9]。命之升台,台高且危,塑匠怯不欲登。献贼令军士各持弓矢,引满以向之[10],曰:"不登,即射!"塑匠不得已,及其半,惴慄惶惧[11],而万矢拟之如的[12],不敢止,勉登其上。献贼令三军释弓矢[13],罗拜其下,呼"老神仙"者三。于时声震天地。自此不复呼"塑匠",而皆曰"老神仙"矣。

【注释】

①封:封拜。

②大泽:大湖沼,大薮泽。

③累:堆叠。

④深衣:古代上衣、下裳相连缀的一种服装,即直筒式长衫。最初是诸侯、大夫、士家居常穿的衣服,也是庶人的常礼服,后来流传渐少。

⑤纶(guān)巾:古代用青丝带做的头巾。

⑥方履:方头鞋履,有别于圆头履,曾称"句屦""方屦"。丝绦:以丝编织而成的腰带。

⑦六尺:明、清时一尺合今31.1厘米,六尺约有186厘米。

⑧广颡(sǎng)阔面:额头和脸型宽阔。

⑨社神:土地神。

⑩引满:完全拉开弓弦。

⑪惴慄惶惧:忧惧战栗。

⑫如的：像箭靶的中心。

⑬三军：古时指中军、上军、下军或中军、左军、右军，此泛指军队。

【译文】

孙可望高兴地叫嚷，使整个军营的人都被惊动。这事传到张献忠耳中，张献忠说："这是神仙，应当封拜他。"口头封拜担心众人不知道。刚好大军在大泽边扎营，张献忠便下令让士兵们每人准备一个案几，第二天在辽阔的野外集合。那时，有几十万士兵，张献忠命士兵把几十万个案几堆叠在一起，挑选堆叠最高的地方而命名为"拜仙台"。还让塑匠穿上深衣，戴上纶巾，足穿方鞋，腰系丝带。塑匠身高六尺，额头宽阔，脸型方正，胡须很多，看着就像世人所画的土地神一样。张献忠让塑匠登上堆叠的高台，台子又高峻又陡峭，塑匠心生怯恐而不想登攀。张献忠命令士兵手持弓箭，完全拉开弓对着塑匠，说："不登上去的话，便要射箭！"塑匠没有办法，等到爬到一半，惶恐忧惧、战战兢兢，然而台下有上万张弓箭像对准箭靶中心一样指着他，他不敢停止，勉强登到了最高层。张献忠下令士兵们放下弓箭，围绕台前跪拜，连喊三声"老神仙"。当时，声音震天动地。此后，军营中的人不再叫他"塑匠"，都称他为"老神仙"。

"老神仙"亦自此不轻试其术。有渠贼某者①，战败伤足，胫骨已折，所不断者，皮仅寸耳。求"老神仙"治，辞以不易。某哀号宛转，盛陈金帛以请。"老神仙"挥之曰："此身外物，吾无需。虽然，吾不忍将军之创也。吾无子，将军能养我乎？"某指天而誓，愿终身父事之。"老神仙"从容解所佩囊，出小锯，锯断其足上下各寸许，取生人胫，度其分寸以接之，傅以药，不数日而愈。自此贼中凡求其药者，皆不敢侈馈遗，争投身为养子矣。

【注释】

①渠：大，首领。某者：戴名世《陈士庆传》作"白文选"，张献忠的部属，后随李定国转战云南抗击清军。

【译文】

"老神仙"从此不再轻易展示法术。张献忠军中有个头目，战败后脚部受伤，小腿骨折断，没有断掉的只剩下一寸长的皮肉。他求"老神仙"给医治，可"老神仙"以不容易而推辞。那个人的哀嚎声在空中盘旋不绝，他摆满了金帛财物以祈求"老神仙"。"老神仙"挥手说："这些都是身外之物，我不需要。即使这样，我不忍心将军你身受重伤。我没有儿子，将军你能给我养老吗？"那个人指着天发誓，愿意一生像对待父亲般伺候他。"老神仙"缓缓地解开身上佩戴的袋子，拿出一把小锯子，把那个人脚伤处上下一寸多长的地方都给锯断，又拿来活人的小腿骨，量好长度给那个人接续上了，并涂抹上药，没过几天那个人就痊愈了。从此，军中凡是向他祈求药物的人，都不敢多赠送财物，争着舍身给他当养子。

　　献贼有幸婢曰"老脚"者①，美而慧，善书画，脚不甚纤，因名。凡贼中移会侦发文字皆所掌②，献贼嬖之。燕处有所思③，老脚见其独坐，私往侍之。贼不知为老脚，疑旁人伺④，以所佩刀反手击之，中其腰，折骨刲腹⑤，出肠而死。献贼省之，悔恨惋痛⑥，急召"老神仙"。"老神仙"曰："已死，不能救。"献贼骂曰："老狡！监军妾不亦已死者乎？汝不能救，当杀汝以殉！""老神仙"逡巡曰⑦："需时日乃可。"献贼急欲其生，限三日。"老神仙"请期三七⑧。比以酒合药灌之，一七喉间即格格有声。"老神仙"贺曰："可救矣，七日当复。"因取水润其肠，纳腹中，引针缝之，傅以药，夹以木板，约以绳，果七日而老脚步履如常时。

【注释】

①老脚：其人因大脚而得名。老，大。

②移会：古代一种官方的公文。衙门间的平行文书之一。侦发：侦查发现。

③燕处：退朝而处，闲居。此指张献忠从军营中回家闲坐。

④伺：窥伺。

⑤剸（tuán）：割断，截断。

⑥悢痛：憾恨。

⑦逡巡：有所顾虑，犹豫。

⑧三七：指二十一天。此处救人虽用时"二七"十四天，但"三七"是由"三天"讨价还价而来，以"七"易"天"，带有文字游戏性质。戴名世《陈士庆传》作"而傅以药，一日而老脚呻吟，又一日而求饮食，又三日起坐扉上，又三日而侍献忠侧矣"。

【译文】

张献忠有个宠幸的婢女叫"老脚"，娇美聪慧，善于书画，脚不够纤小，因此得名。凡是军营中的往来公文、侦查报告等文书都由她掌管，张献忠很宠爱她。张献忠退帐闲坐若有所思，老脚看见他一人独坐，便悄悄跑去侍奉他。张献忠不知道是老脚，怀疑是旁人窥伺，用佩刀反手向来人攻击，砍中了老脚的腰部，导致老脚骨头折断、腹部割断，露出肠子而死。张献忠醒悟过来，悔恨交加，急忙召请"老神仙"。"老神仙"说："已经死了，无法救活。"张献忠大骂："老滑头！监军的爱妾不也是已经死去的人吗？你不能救，必杀你去陪葬她！""老神仙"犹豫地说："需要些时间才可以。"张献忠急着要救活她，给他限期三天。"老神仙"请求改成二十一天。等到用酒调合药灌入老脚的口中，七天后老脚的喉咙间便发出了格格的声音。"老神仙"恭贺说："有救了，七天后会康复。"便拿水滋润她的肠子，再放进腹部，穿针缝补伤口，涂抹上药，用木板前后夹住腹部，再用绳子缠绕，果真七天后老脚便能行动如常。

及献贼死，贼众溃，从蜀奔滇。生平素德于"老神仙"者①，卫之来滇。永历至②，贼众多为伪王侯③。"老神仙"啸傲王侯间④，拥厚赀，辟室城东隅，累石成山，凿井为池，旁植花木，蓄朱鱼数百头。客至浮白⑤，呼鱼出水以娱，醉则高歌而卧，不顾也。

【注释】

①生平：平时，平素。德：感德，感激恩德。

②永历：南明皇帝朱由榔在位时的年号（1647—1661）。此指永历帝朱由榔。朱由榔，明神宗之孙。明崇祯九年（1636），封永明王。明亡后，被两广总督丁魁楚、广西巡抚瞿式耜推为监国，驻肇庆。旋即皇帝位，改年号为永历。南明永历十年（1656），李定国迎帝入滇。而孙可望降清。清军大举攻云、贵。永历十三年（1659），昆明失守，永历帝逃入缅甸。后为缅人执送清军。清康熙元年（1662），在昆明为吴三桂所害。

③伪：非法，非正统。王侯：王爵和侯爵，也泛指显赫的爵位。南明时，永历帝打破了异姓不封王的惯例，加封了不少异姓王爵，封赐侯爵者更多。

④啸傲：放歌长啸，傲然自得。形容放旷不受拘束。

⑤浮白：放开胸怀，畅快饮酒。

【译文】

等到张献忠死后，军队溃散，从四川逃往云南。平素一直感念"老神仙"救命恩德的人，护卫他来到云南。南明永历帝到了云南，军中众人多获封为王侯。"老神仙"在这些王侯间傲然自得，身拥巨资，在城东角建筑房屋，用石头堆叠假山，开凿井水以修池塘，旁边种植花木，畜养了几百头红色的鱼。客人登门，畅怀痛饮，"老神仙"呼唤鱼儿跳出水面以取乐,喝醉酒后便躺着放声歌唱,也不去管客人了。

迄永历奔缅甸^①,"老神仙"从之行。及腾越^②,居常向空咄咄^③,若有所诉。一日谓文季云:"吾老矣,将奈何?"文季曰:"等死耳,公何惜?但公之异术素靳不与人,致绝其传,是可惜!""老神仙"曰:"吾非靳也,吾师授我时有戒也。"因讯其所授之由,曰:"某陈姓,河南邓州人^④,名家子。少尝入乡塾^⑤,性不乐章句^⑥。塾侧有塑神佛者,时就与嬉^⑦。塾师时朴责之^⑧,归而父母复责以不学。不能耐,遂出亡,怅怅无所适,因祷于关帝^⑨,得一签,云:'他日王侯却并肩。'自顾一丧家子,何得并肩王侯哉?然神不诬我,与王侯并肩者惟仙人,素闻终南山多隐仙^⑩,愿往从之。穷登涉^⑪,忍饥寒,遍访无可从者。

【注释】

①迄:到。缅甸:此国西北与印度和孟加拉国为邻,东北靠中国,东南接泰国与老挝。南明永历十二年(1658),清军攻入云南,永历帝朱由榔仓皇逃窜,于第二年逃到缅甸,被缅王收留。后来吴三桂攻入缅甸,永历帝被缅王献与吴三桂,遂于康熙元年(1662)在昆明被绞死。

②腾越:其地约在今云南西境的腾冲。据《南明野史》卷下记南明永乐十三年(1659)闰正月十八日,"帝次腾越。二十日,发腾越"。

③咄咄:呵斥声,惊怪声。

④邓州:即今河南邓州。明清不辖县。

⑤乡塾:古代乡间的学堂。

⑥章句:分析古文的章节和句读。

⑦就：接近，到。

⑧朴责：当为"扑责"之讹，责打，惩戒。

⑨关帝：三国蜀关羽。明万历二十二年（1594）进爵为帝，故称。此指到关帝庙向关帝祈祷。

⑩终南山：山脉名。位于陕西境内秦岭山脉中段，又名太乙山、中南山、周南山，简称南山。素有"仙都""洞天之冠"和"天下第一福地"的美称。隐仙：隐世不出的仙人。

⑪穷登涉：深入山水以寻找，形容历尽艰辛去深入探访仙人的隐居地。登涉，指所登之山、所涉之水。

【译文】

直至南明永历帝逃往缅甸，"老神仙"跟随他一起上路。到了腾越，平常对着空中呵斥，好像诉说着什么。有一天，他对刘蓂说："我老了，怎么办呢？"刘蓂说："等死罢了，你遗憾什么呢？不过你平常吝惜异术而不传授予人，致使传承断绝，这倒有些可惜！""老神仙"说："我并非吝惜我的异术，只是我的老师在传授我时曾有告诫。"刘蓂随即便询问他能得传授的原因，他说："我姓陈，河南邓州人，本是名门子弟。幼时曾入乡间私塾读书，生性不喜欢分析古文的章节和句读。私塾旁有一个给神佛塑像的人，我时常去和他嬉戏。私塾先生因此常惩罚我，回家后父母也因为我不学习而加以责骂。我不愿忍耐，便逃出家门，失意惆怅间又不知道要去哪里，便在关帝庙祷告神灵，抽到了一根签，上面写着：'终有一天能与王侯并排而立。'我思量自己这个无处归宿的人，如何能和王侯并排而立呢？但神灵不会骗我，能与王侯并立者唯有仙人，以前听说过终南山中有很多隐居的仙人，便发愿去追随他们。我深入山水以寻找，忍受着饥饿、寒冷，可到处寻找也没有找到可以追随的仙人。

"一日至山后，遥望绝壁，上有洞，人出入。因拔荆棘，踞巉岩①，达于洞，见一道者坐石上，翛然异凡人②。余幸曰：'此吾师也！'因长跪以请。道者不顾，拂袖归洞，余不敢入，即洞口稽首而已。如是者三日，忽一童子持一物示余云：'师食尔！'状如糕，色白，方仅二寸，味甘如饴③。食之，遂不复饥。余窃喜，益信。拜求至七日，道者忽出，问余曰：'痴子，汝欲何为？'余告以求仙。道者哂曰：'去！汝非此中人，何自苦为？'余自念无所归，惟投崖死耳，涕泣以求。已而道者曰：'吾念汝诚，有书一卷授汝，资一生衣食④。好为之，勿轻泄，泄则雷击也。速去，毋久留，徒饱虎狼耳！'余得书惊喜，仓皇下山。省之⑤，皆禁方也⑥，可三十页。

【注释】

①踞巉（chán）岩：登上险峻的岩石。踞，占据，引申为登临。

②翛（xiāo）然：无拘无束、自由自在的超然样。

③饴（yí）：用麦芽制成的糖浆。

④资：供给。

⑤省（xǐng）：察看，探视。

⑥禁方：秘不示人的珍贵药方。

【译文】

"有一天来到终南山的山后，远远看着陡峭的山崖上有一个山洞，有人从那里出没。因而拔出荆棘，登临陡峭山岩，到达山洞之外，看见一个道士坐在石头上，他超然物外的样子异于常人。我高兴地想：'这就是我的老师。'便直身而跪，请求道人收下我。道人毫不理睬，拂袖回到山洞，我不敢进入，只凑近洞口跪拜磕头。这样做了三天，忽然有一个童子拿着东西对我说：'师傅让你吃！'那食物形状似糕，白色，仅有二寸大小，味道甜如饴糖。吃了，人便不再饥饿。我暗自喜悦，更加信服道人。跪拜乞求了七天，道人忽然出来，问我说：'痴儿，你打算干什么？'我回答说要拜求仙术。道人讥笑着说:'你走吧! 你并非此地之人,何必自寻辛苦呢?'我想着自己无所归宿,只有跳崖寻死罢了,哭泣着哀求他。过了会儿,道人说:'我怜念你心诚,有一卷书可授给你,供给你一生的衣食之用。认真学习它,莫要轻易泄露,泄露就会被雷霆击中。快些走吧,莫要久留此处,徒然喂饱虎狼而已!'我得到仙书惊喜交加,匆忙间下了山。查看那本书籍,上面记的都是珍秘的药方,约有三十来页。

　　"道延安①,人争传某巡抚者有爱女戏秋千伤足②,骨出于外,医莫能疗,募能疗者,金二百,骡一匹。余往应募,依方试之,果瘥③。余于是囊金乘骡归。吾父怒出亡,且疑多金,是时贼已起④,谓余必从不义,首于官⑤,将置之法。余族兄孝廉某⑥,白无辜⑦,出狱。讯其故,因出书。余父闻余出,持大杖奔族兄家⑧。余族兄反覆解喻⑨,不信,并陈书以实。余父愈怒,裂书火之。族兄从火中夺得,仅四页。余急怀而逃。今之所用者,皆烬余之四页耳。年久,其四页者亦不知往矣。"其自述如此。居无何,以疾死。

【注释】

①道延安:取道延安,路经延安。延安,延安府,治肤施(今陕西延安)。明末张献忠、李自成于此起义。

②巡抚:又称抚台。明以京官巡抚地方,为临时差使。清初沿明制,后渐按省设立,成为省一级地方政府的长官。职掌一省政务。据戴名世《陈士庆传》或为河南巡抚。

③瘥(chài):病愈。

④贼:指明末农民起义军。

⑤首:出首,告发。

⑥族兄：同一家族中的兄辈。孝廉：明清指举人。戴名世《陈士庆传》作"族人为知州者"。

⑦白：申白，申明表白。

⑧大杖：大棍棒，古代刑具。

⑨解喻：解释晓喻。

【译文】

"路经延安府，人们争相传言某巡抚的爱女玩秋千时伤了脚，骨头露了出来，医生无法治疗，官府正征募能治疗巡抚爱女的人，会赏二百两银子、一匹骡子。我跑去应募，根据医方而尝试治疗，果真治愈了伤者。我因此把银子装到袋里并乘着骡子返乡。我父亲恼怒我逃出家门，且怀疑我如何能有这么多银子，当时农民军揭竿起义，他认为我肯定跟随了那些不义之辈，便向官府告发，官府将要依法处置我。我的族兄举人某某，向官府申明表白我的无辜，遂得以出狱。族兄询问我缘由，我便拿出了书。父亲听到我被释放，手执木棒跑到族兄家中。族兄反复解释晓喻，仍不能使他相信，便摆出书以证实我所说非假。父亲更加愤怒，把书撕裂并点火焚烧。族兄只从火中夺取了四页。我急忙怀揣着残页逃出故乡。如今使用的药，都来自烧剩下的那四页而已。时间长了，残余的那四页也不知所踪了。"他如此自述缘由。没过多长时间，便因为生病而死。

呜呼！不龟手药一也①，一以封侯，一不免于洴澼绒②，顾所用异耳。向使"老神仙"能体父志③，不陷于贼，挟此术游当世，卢扁、华佗不得专于前矣④。惜其狃于货利⑤，遂安神仙之名，而终以贼死。虽然，人之遇仙与不遇仙，惟视福德之厚薄。"老神仙"得其书而不能全，其福可知矣。尝见稗官所志侯元者⑥，樵山遇老人⑦，授兵法，卒以作贼戮其身⑧，事颇类此。常怪仙人不得其人，即祕其传可也，何往往传非其人以致戕害⑨，仙亦何忍哉！且终南道者亦未必真仙，闻其膏乃以处子阴户油炼之⑩，火光满室，焰升屋梁，光息而膏成，此岂仙人救人之方乎？《本草》以多用虫鱼⑪，致迟上升十年⑫，况杀人以救人，不独一人，且数百人。是"老神仙"者，则亦始终一贼而已。

【注释】

① 不龟手药：使手不冻裂的药。典出《庄子·逍遥游》"宋人有善为不龟手之药者"，记宋国漂洗棉絮为业的人家将不龟手药方以百金售卖他人，而得药方之人则靠药方得以裂地封爵。

② 洴澼（píng pì）：漂洗。絖（kuàng）：棉絮。

③ 体：继承，效法。志：志向，志气。指上文"老神仙"之父反对农民军、斥为"不义"，保持忠君爱国之志。

④ 卢扁：即古代名医扁鹊。因家于卢国，故又名"卢扁"。华佗：汉末名医。精内、外、妇、儿、针灸各科，外科尤为擅长。行医各地，声名卓著。又仿效虎、鹿、熊、猿、鸟的动态创作"五禽戏"，用以锻炼身体。后因不从曹操征召而被杀。专：独自掌握和占有。

⑤ 狃（niǔ）：因袭，拘泥。

⑥ 侯元：唐皇甫枚小说集《三水小牍》中记载的一个樵夫，他在深山中遇到一位仙翁，得授讲述变化隐显的秘诀。侯元靠着这些秘术，招兵买马，意欲举事，后来被朝廷兵马击败，斩杀于阵前。

⑦ 樵山：砍柴的山。据《三水小牍》当指上党郡铜鞮县（今山西沁县）西北的山中。

⑧ 作贼：造反。

⑨ 戕（qiāng）害：杀害。

⑩ 处子：处女。

⑪《本草》：古代记载药物的著作。因以草类居多，故称为"本草"。此指《神农本草经》，陶弘景因注《神农本草经》而耽误十年，故王世贞《赠李时珍诗》有诗句提及"华阳真逸临欲仙，误注本草迟十年"。

⑫上升：上升至天界。

【译文】

悲哀啊！一份使手不冻裂的药方，一个人得以封为侯爵，一个人却免不了漂洗棉絮的辛劳，不过是用途不同罢了。倘若"老神仙"能效仿他父亲忠君之志向，不沦落于造反的农民军中，靠着这些医方游走天下，扁鹊、华佗等名医也没法在他面前独享盛名。可惜他拘泥于货卖盈利，便满足于被封赠神仙的虚名，而最终以反贼的身份而死。尽管如此，一个人能遇到神仙或遇不到神仙，只看他福运、功德的多与少。"老神仙"得到仙书却不能保全它，他的福分可想而知了。我曾看见小说中记载了一个叫侯元的人，他在砍柴的山中遇到一位老翁，老翁授予他兵法，他最终因造反而被杀，事情与此很相似。曾经怨怪仙人没找对人，即使秘而不宣他的传授也可以，何必总是所传非人以致那人身遭杀害，仙人也怎么忍心啊！况且终南山的道人也未必就是真正的神仙，听说他的膏是用处女阴道里的脂油炼成的，满屋都是火光，火焰烧到屋子的房梁，火光没了而膏才制成，这哪里是仙家救人的医方呢？《神农本草经》因为多用虫鱼为药材，导致给它作注解的陶弘景晚十年飞升，何况杀一个人去救另一个人，不仅是杀一人，且是杀数百人。这个"老神仙"也始终只是一个参与造反的人罢了。

张山来曰：仙家有禁方而不以传世，则禁方徒虚设耳。若以杀人救人为过，何不去此种类，而止存金石草木之药乎①？乃计不出此，而往往传非其人以致遗累^②,是亦授受之未善也。

【注释】

①金石:《神农本草经》等医书记载了铁精、雌黄、丹砂、粉锡、理石、慈石等金属矿石,后来多指道教丹药。

②遗累:连累,牵累。

【译文】

　　张潮说:神仙有药方却秘不传人,那么药方就只是空设而已。如果用杀人的方式去救人因而犯下过错,为何不去掉这类药方,而仅留下矿石、草木等药呢? 这是没有谋算到那些事情,常常所传非人而致使被牵累了,同时也因为传授的不是好东西啊。

瑶宫花史小传

尤侗(展成)^①

　　岁癸未^②,予读书王氏如武园^③,偶为扶鸾之戏^④,得遇瑶宫花史^⑤。云花史何氏,小名月儿,明初山阳富家女也^⑥。年十六,独在花下摘花,为一书生所调,父母怒而谪之^⑦,遂赴水死。王母怜其幼敏^⑧,录为散花仙史,此掌文真人唐孙过庭告予云^⑨。初降坛^⑩,作诗云:"片片落英飞羽客^⑪,翩翩独向风前立。缓行徐过小桥东,只恐春衫香汗湿。"其标韵如此^⑫。

【注释】

①尤侗:字展成,一字同人,明末清初著名诗人、戏曲家。早年自号三中子,又号悔庵,晚号艮斋、西堂老人、鹤栖老人、梅花道人等,

生于明万历四十六年（1618），苏州府长洲（今江苏苏州）人。尤侗天才富赡，曾被顺治帝誉为"真才子"，惜六入考场皆名落孙山。康熙十八年（1679）应诏入选博学鸿词科，以二等十二名授翰林院编修，参修《明史》，被康熙帝誉为"老名士"。他著述颇丰，大部分作品被收入《西堂全集》。其事见《清史稿·尤侗传》、朱彝尊《翰林院侍读尤先生墓志铭》（《曝书亭集》卷七六）。本篇出自他的文集《西堂杂俎》二集卷六。

②癸未：明崇祯十六年（1643）。

③如武园：明末苏州府的私家园林。尤侗多次提及该园，尤侗有诗《再哭汤卿谋十首》序记："如武园中，揖青亭上，江城久客，虎阜孤游。"又尤侗《再哭汤卿谋文》记："去年迎春日也，弟与兄联袂东郊，薄暮饮于王子如武园。"该园属王氏私园，所言"王子"或为其友人王禹庆，明崇祯十六年两人曾在此园中读书，常一起出行，故尤侗《千亩潭记》记："癸未七月之晦，予与王子禹庆避暑于千亩潭……。王子益州因卜居于此。九月之望，予与禹庆再往访之。"故疑该园是王禹庆（名复阳，字禹庆）家的私园。

④扶鸾：即扶乩，一种迷信活动。扶，指扶架子；乩，指卜以问疑。先制成丁字形木架，木架顶部悬有下垂的乩笔。把木架放在沙盘上，由两人各用食指扶着木架的两端，依法请神降临，木架下垂的乩笔便在沙盘中画成文字，作为神的启示，或与人唱和，或示人吉凶，或与人处方。因传说神仙来时驾凤乘鸾，故又名扶鸾。

⑤瑶宫：传说中的仙宫，用美玉砌成。花史：即散花仙史，女仙。

⑥山阳：古县名，即今江苏淮安淮安区。东晋义熙七年（411），始设山阳郡，治所在山阳县。明初，山阳县属淮安府，北滨淮河，东南跨射阳湖。

⑦谪：责备，谴责。

⑧王母：西王母，传说中的女仙首领。原是《山海经》中的神话人

物,后来成为道教的女仙首领。

⑨真人:道家称修真得道的人。孙过庭:名虔礼,以字行。唐代书法
　　家,曾著《书谱》二卷,已佚,仅存《书谱序》。孙过庭掌文真人的
　　称号,或出自作者的虚想。

⑩降坛:指扶乩时神灵降临。

⑪羽客:仙人。

⑫标韵:风韵,韵致。

【译文】

　　明崇祯十六年,我在王氏如武园读书,偶然玩扶乩的游戏,得以遇到
瑶宫花史。这位仙女姓何,小名叫月儿,是明初山阳县富家女儿。十六
岁时,她独自在花下摘花,被一个书生调戏,她的父母愤怒地责骂她,她
便投水而死。西王母喜爱她年少聪慧,将她录为散花仙史,这些事是掌
文真人,即唐代的孙过庭告诉我的。仙女初降神坛时,写诗云:“片片落
英飞羽客,翩翩独向风前立。缓行徐过小桥东,只恐春衫香汗湿。”她的
韵致大抵如此。

　　花史年少,放诞风流①,既为情死,眉黛间常有恨色②。
性善谐谑,既与予狎昵③,嘲戏百出④,一座哄堂⑤。间以微
词挑之⑥,辄不对,或乱以他语,久而怃然⑦,不知情之一往
而深也⑧。寒夜尝与予联句云⑨:“树头落叶舞天衣⑩,萧瑟
风篁吟露晞⑪。青火半销残月继⑫,黄钟初罢晓星稀⑬。新
寒翦到罗帷急⑭,愁泪弹来香息微⑮。消遣夜深惟有梦⑯,巫
山携得片云归⑰。”

【注释】

①放诞风流:言行不受礼法的束缚。

②眉黛：古代女子用黛画眉，所以称眉为眉黛。黛，青黑色的颜料。

③狎昵：亲昵。

④嘲戏：调笑戏谑。

⑤哄（hòng）堂：众人同时大笑。

⑥微词：似指能传男女之情的隐微情语。

⑦怃然：怅惘若失的样子。

⑧情之一往而深：指人情感深厚、真挚，一旦投入，始终不改。语本刘义庆《世说新语·任诞》："桓子野每闻清歌，辄唤：'奈何！'谢公闻之曰：'子野可谓一往有深情。'"

⑨联句：古代每人各作一句诗，轮流分吟，联合而成的集体创作形式。多用于宴席及朋友间酬应。

⑩天衣：原指神仙所穿衣服，喻指天空中飘浮的云。

⑪萧瑟风篁吟露晞：萧瑟的风吹着竹子，仿佛应和着吟咏"露晞"的声音。露晞，语出《诗经·秦风·蒹葭》"蒹葭萋萋，白露未晞"，暗喻怀人之思。

⑫青火：烛火，其光青荧。

⑬黄钟：古代的乐器，此似指晨钟。

⑭新寒翦到罗帷急：寒意似利剪般袭来，吹得罗帷急摇。新寒，气候开始转冷。

⑮香息：带有香味的气息，或指美女的气息。

⑯消遣：排解愁闷。

⑰巫山：战国时楚怀王、襄王并传有游高唐、梦巫山神女荐寝事。如战国宋玉《高唐赋》序："妾在巫山之阳，高丘之阻，旦为朝云，暮为行雨，朝朝暮暮，阳台之下。"后遂用为男女幽会的典实。

【译文】

花史年少时，不拘礼法，后因男女情事而死，眉目间常留有憾恨的神情。她生性爱逗乐诙谐，既然和我亲昵，便调笑戏谑，令在座的人哄堂大笑。我偶尔用暗含男女情意的词语挑逗她，她便不答复，或者随意用其他的话语来答复，长久地怅惘若失，不知道情感一旦投入便如斯深挚。她曾在寒冷的夜晚中和我联句作诗："树头落叶舞天衣，萧瑟风篁吟露晞。青火半销残月继，黄钟初罢晓星稀。新寒翦到罗帷急，愁泪弹来香息微。消遣夜深惟有梦，巫山携得片云归。"

　　自后相对①，多作断肠哀怨之语。予戏以尺素贻之②，是夜遂梦花史冉冉而来③。年可十八九，头上百花髻④，戴芙蓉冠⑤，插瑟瑟钿朵⑥，著金缕单丝锦縠⑦，银泥五晕罗裙⑧，鸳鸯袜⑨，五色云霞履⑩。妆束雅澹⑪，神姿艳发⑫，顾盼妩媚⑬，不可描画，搴帷微笑⑭，若有欲言。予胸次忽为一物填压⑮，又似鬼手来捉人臂，惊呼而觉，但见残钉明灭⑯，纸窗风声条条⑰，若有弹指而泣者⑱。诘朝问之⑲，云："吾夜间到君床头两次，君为五脏神所守⑳，觉则退耳。"予问："五脏神谁何？"花史云："凡人一身，皆有神守：耳目手足，有神外守；五脏魂魄，有神内守。有缘者神与之亲，无缘者神不与之亲。吾与子情深矣，奈三生石上无一笑缘何㉑！"因泣下歔欷。

【注释】

①相对：相对答，指通过扶乩的方式用诗词互相赠答唱和。

②尺素：书信的代称。贻：送给。

③冉冉：缓慢行进的样子。

④百花髻：束发于顶，呈花朵盛开状，并缀以花钗，多为少妇、少女的发式。

⑤芙蓉冠：用碧罗制成的形似莲花的头冠。唐宰相韩休夫妇合葬墓

中壁画《高士图》中的高士头戴芙蓉冠。

⑥瑟瑟钿朵:用碧绿宝石装饰的花钿。

⑦金缕单丝:金色单丝所织成的极细的丝织品。锦縠(hú):彩色的绉纱。

⑧银泥五晕罗裙:多次套染并有银质印花的女子衣裙。五晕,套染,色有深浅五重颜色。

⑨鸳鸯袜:绣有鸳鸯图的袜子。

⑩五色云霞履:绣有五色云霞的鞋子。

⑪妆束:打扮。

⑫神姿:流露于外的非凡姿态。艳发:鲜明焕发。

⑬顾盼妩媚:左右环视间妩媚动人。

⑭搴(qiān)帷:撩起帷幕。

⑮胸次:胸间,胸部。填压:用强力压制,镇服。

⑯残釭(gāng):残灯。

⑰条条:形容风声,如萧萧。

⑱弹指:捻弹手指作声,表示情绪激越。

⑲诘朝:诘旦,清晨。

⑳五脏神:亦作"五藏神",负责监督人体五脏的神灵。道教谓五脏各有神灵,即心神、肺神、肝神、肾神、脾神。

㉑三生石:常用作前因宿缘、因缘前定的典故。唐袁郊《甘泽谣·圆观》记李源与僧圆观友善,僧圆观临终前说自己要转世投胎,相约十二年后中秋月夜在杭州天竺寺外重会。十二年后,李源赴约,闻牧童歌《竹枝词》:"三生石上旧精魂,赏月吟风不要论。惭愧情人远相访,此身虽异性长存。"三生,前生、今生、来生。

【译文】

自此,她与我诗文酬答,多会写下悲伤哀怨的话语。我开玩笑般给她赠送书信,那天晚上便梦到她飘飘而降。她大约十八九岁,头上梳着百花髻，戴着芙蓉冠，插着瑟瑟钿朵，身披金缕单丝锦觳，穿着银泥五晕罗裙，脚穿鸳鸯袜、五色云霞履。打扮清雅淡净，非凡的姿态鲜明焕发，眉目顾盼间妩媚动人，其美不可描述，她手撩帷幕微微一笑，仿佛要对我说什么。我的胸部忽然间被某种东西压住，又好似鬼魂伸手捉住我的胳臂，吃惊地呼喊，便醒了，只看到残灯忽明忽暗，窗户糊的纸迎风萧萧作响，那声音好似有人弹指而哭泣。清晨向她问询，她说："我昨晚去了两次你的床头，你身体被五脏神守护，他们发觉了我，我就退走了。"我问："五脏神是何人？"花史说："普通人的全身上下，都有神灵守护：耳目手足，有神在体外守护；五脏魂魄，有神在体内守护。有缘的人，神灵会和他亲近，无缘的人，神灵则不会亲近他。我和你情感深挚，奈何约定三生的宿缘中没有我们这种一笑之缘的！"因此落泪，感叹唏嘘。

既而言楚江事。楚江，花史侍儿也①，与幼婢小红皆端丽明慧②，日侍香案。花史云："楚江前世与君为邻，两情眷眷不遂③，病死。君作一柬④，焚告楚江云：'三生如不断，愿结未来缘。'君举孝廉，亦早逝。迄今二十年，可续前盟矣⑤。"遂请于王母，许于甲申二月降生赵地⑥，赐以玉玦一事⑦，翠凤履一双。花史赋《鹧鸪天》词送之⑧，云："整束簪环下碧霄，教人肠断念奴娇。曲房空剩残香粉⑨，独对潇湘忆翠翘⑩。　　寻别话，酌清醪，盈盈徐送小红桥⑪。从今不伴烟霞客⑫，爱向风前斗柳腰⑬。"楚江和云⑭："朝餐风露暮凌霄⑮，不羡金闺贮阿娇⑯。却恨柳丝牵月线⑰，强移花色点云翘⑱。　　情犹恋，意如醪，依依不舍旧蓝桥⑲。东君可许归相伴⑳，暂向尘封学楚腰㉑。"

【注释】

①侍儿：服侍他人及供人使唤的婢女，此指仙侍。

②端丽：端庄美丽。

③眷眷：依恋不舍。不遂：不能如愿。

④柬（jiǎn）：信件。

⑤前盟：指主人公前生约定重续情缘、"结未来缘"的话语。

⑥甲申：明崇祯十七年、清顺治元年（1644）。赵地：古地名，约在今河北南部、山西北部一带。

⑦玉珰（dāng）：玉质的耳环。事：件，副。

⑧《鹧鸪天》：词牌名，又名"思佳客""醉梅花""剪朝霞""骊歌一叠"等。此调双调五十五字，前段四句三平韵，后段五句三平韵。

⑨曲房：深邃幽隐的密室。此指闺房。

⑩潇湘：情深的湘水。古时常用以代指情人的住所。翠翘：古代妇女的一种头饰。形似翠鸟尾部长毛，故称。此以女子饰物代指其旧日的音容笑貌，系遐想别后之语。

⑪盈盈：形容动作轻盈。

⑫烟霞客：此指居宿烟霞中的仙人。

⑬柳腰：形容女子的腰如柳条般柔软纤细。

⑭和：唱和。即依照花史词作《鹧鸪天》的题材、韵调进行酬唱。

⑮凌霄：升上云霄。

⑯金闺贮阿娇：化用汉武帝金屋藏娇的典故。

⑰月线：月下红线。李复言小说集《续玄怪录》中的《定婚店》，记月下老人以红绳相系男女，确定男女姻缘。

⑱云翘：高耸的发髻。亦借指美女。此句指用花色点染美女发髻，让她暗生情意，不得不下凡了却情缘。

⑲蓝桥：在今陕西蓝田。唐裴铏《传奇·裴航》记蓝桥有仙窟，裴航在此相遇仙女云英。后指情人相遇之处。

⑳东君：司春之神。

㉑尘封：尘世。楚腰：《韩非子·二柄》记楚灵王喜欢腰细的女子，所以国人多饿其身，以求细腰。后用以指女子细腰。

【译文】

不久便谈及楚江的事情。楚江，是花史的一个侍女，她与小婢小红都端庄美丽聪慧过人，每天照料香案。花史说："前生时，楚江和你是邻居，你们两人相互依恋但未能如愿，她遂得病而死。你写下一封信，楚信相告楚江说：'三生如不断绝，请结来生之缘。'你后来中了举人，却也英年早逝。从你们前生辞世到现在已过了二十年，如今可以重续你们前生的盟誓了。"花史便向西王母提出请求，西王母允许楚江在明崇祯十七年二月降生于赵地，赐给她一副玉耳环，一双翠凤履。花史写了一首词作《鹧鸪天》相赠，词云："整束簪环下碧霄，教人肠断念奴娇。曲房空剩残香粉，独对潇湘忆翠翘。　　寻别话，酌清醪，盈盈徐送小红桥。从今不伴烟霞客，爱向风前斗柳腰。"楚江唱和，词云："朝餐风露暮凌霄，不羡金闺贮阿娇。却恨柳丝牵月线，强移花色点云翘。　　情犹恋，意如醪，依依不舍旧蓝桥。东君可许归相伴，暂向尘封学楚腰。"

然自楚江下世①，花史意致黯然②，不复如前日欢洽矣③。王母闻其以腴词赠答④，切责之，命游神巡察⑤，不许私至，且曰："尤生不患才少，花儿独患情多。倘涉幽期⑥，恐有山魈木魅之疑也⑦。"自尔踪迹遂绝。予尝览《杜兰香传》⑧，乃湘江三岁女子，为阿母青童携去⑨，后驾钿车诣包山张硕⑩，言本为君作妻，以年命未合⑪，小乖⑫，太岁东方卯⑬，当还求君。此与楚江事绝类⑭。而予沦落不偶⑮，无室家之乐，幽婚如梦⑯，忽忽忘之。然每策蹇往来邯郸道上⑰，秦楼日出⑱，游女如云⑲，恍然若有所遇，卒无有鼓瑟而至者^⑳。而予亦已老矣！岂仙人固好食言耶^㉑？抑予尘心未尽^㉒，负此蹇修也^㉓？

【注释】

①下世：指仙人下临人间。

②意致：情致，心情。

③欢洽：愉快而和洽。

④腴词：美词。

⑤游神：巡游之神。

⑥幽期：男女间秘密的约会。

⑦山魈木魅：泛指山怪、木妖等精怪。

⑧《杜兰香传》：干宝《搜神记》、杜光庭《墉城集仙录》等书记载仙女杜兰香的传说，她三岁时被扔在湖南湘江边，遂被渔父收养，十几岁便升天而去，自言本是天上仙女，犯错而被贬人间。尤侗所言《杜兰香传》，故事情节兼融干宝、杜光庭的记载。

⑨阿母青童：西王母的仙童。

⑩钿车：装饰着金花的车。诣：造访，晋谒。包山：山名。位于江苏苏州西南太湖中，山下有洞庭穴，为地脉。或称为"洞庭西山"。

⑪年命未合：指此年的运道与自身的命数不合，不适合成婚。

⑫小乖：不顺，不和谐。

⑬太岁东方卯：指卯年。太岁，古代天文学上假定的岁星。

⑭绝类：非常相似。

⑮沦落：沉沦。尤侗戏为扶乩后，明朝灭亡，他于清初投身科考，然六入考场皆名落孙山，至顺治九年（1652）得授永平（今河北卢龙）推官，他认为自己仕途不顺并不如意，称作"沦落"。不偶：没有配偶，没有成家。

⑯幽婚：本指人鬼通婚，后亦指非人间的配偶。

⑰策蹇：骑着驽钝之马。

⑱秦楼日出：或出《陌上桑》："日出东南隅，照我秦氏楼。"代指美女的住所。又刘向《列仙传·萧史》记秦穆公的女儿弄玉与丈夫萧史吹箫引凤于凤楼，后世据此以指歌舞场所或妓馆。

⑲游女如云：形容美女群集，又多又漂亮，就像天上的云彩一样。

⑳鼓瑟：弹瑟。汉杨恽与其妻感情甚笃，他妻子本是赵女，雅善鼓瑟，后遂以"鼓瑟"比喻夫妇感情融洽。

㉑食言：不遵守诺言，失信。

㉒抑：抑或，或是。尘心：凡俗之心，名利之心。

㉓蹇修：相传为伏羲氏的臣子，专理婚姻、媒妁。后用为媒人的代称。此指帮尤侗和楚江牵线的花史。

【译文】

然而自从楚江下凡，花史心情黯然，不再像以前那么欢欣喜悦了。西王母听说她以华辞丽藻与人赠答唱和，严厉地责备了她，命游神巡察监督，不允许她私自跑去人间，还说："不忧心尤侗才识浅薄，只担心你用情过深。如果你去幽会，唯恐会被怀疑是山怪、木妖之类。"自此，她踪影全无。我曾经阅读《杜兰香传》，杜兰香本是湘江三岁大的女孩，后来被西王母的仙童带走，再后来驾着装饰金花的车子拜访洞庭西山的张硕，自言她本该给张硕做妻子，因为此年的运势与她不合，有些不顺，等到卯年时，当再回来以求张硕迎娶。这和楚江的事迹非常相似。而我落魄沉沦，未有配偶，没有享受家室的乐趣，与楚江通婚的事仿佛一场梦，匆匆间便忘了这事情。然而每次驾着驽马来往邯郸的大路上，看着太阳照耀着秦楼，街道游玩的女子多如云彩，恍然间好像会遇到什么似的，但最终没有人弹瑟前来嫁我。而我也老了！难道仙人本来就喜欢不守诺言吗？还是我尚存有名利之心，辜负了牵线的媒人呢？

花史诗词甚多，其最著者，《太华行》一篇。先是甲申元日^①，真人同湘江诸侣游太华山^②，乐甚，命予两人作长歌记之^③。予走笔急就^④，而花史诗故作虫书^⑤，亦狡狯伎俩也^⑥。真人笑而译之。其辞曰：

登峰当登第一山，婆娑屹立不可攀。巨灵赑屃崒为掌^⑦，云气时流十指间，苍龙玉马随风步^⑧，黄冠鹤羽皆童颜^⑨。半壁飞泉珠雨散，水天相对乘时闲。尔乃坐青莲^⑩，游玉田^⑪，金鼎石室篆如烟^⑫。团团握麈成清谈^⑬，铁笛一声江天寒^⑭。玉女乘鸾相接引^⑮，葡萄火枣列嘉筵^⑯。歌一曲，乐万年，进一酌，成百篇。松风枕上听流泉，陶然醉倒不知还。呼吸三光应列斗^⑰，巍峨两山一划剖。少阴令德合秋成^⑱，气含金爽据丁酉^⑲。伊古少昊居此都^⑳，蓐收别馆称中皋^㉑。何若凌虚此一游，凭风羽化飞飞走^㉒。视昔登颠发狂号，垂书作别真堪呕^㉓。仙兮仙兮不可及，仿佛斯游不竟口。我向琼宫索记书^㉔，大文千言若蝌蚪。

【注释】

①甲申：明崇祯十七年、清顺治元年（1644）。实为作者虚想之时、事。元日：农历正月初一。

②太华山：华山的雅称。

③长歌：篇幅较长的诗歌。

④走笔急就：形容运笔如飞很快写成。

⑤虫书：古代的一种字体，模仿虫鸟之形，类似蝌蚪文。

⑥狡狯：狡猾。

⑦巨灵：古代神话中劈开华山的河神。赑屃（bì xì）：猛壮有力。崒（zú）：山峰高耸险峻。

⑧苍龙玉马:神仙所乘的青龙、骏马。玉马,神骏的良马。

⑨黄冠鹤羽:头戴黄色冠帽、身披鹤羽衣服的仙人。黄冠、羽衣是道
　士或神仙常用的冠服。

⑩尔乃:于是,这才。青莲:疑为华山西峰莲花峰,或青色莲花。

⑪玉田:传说中种石生玉之地。

⑫金鼎:道士炼丹之鼎炉。石室:山中隐居的石屋。篆:焚香时所起
　的烟缕,因其曲折似篆文,故称。

⑬握麈:手执麈尾。本为拂尘之物,旧时道士手中常持此物。清谈:
　指仙人们闲谈玄理诸事。

⑭铁笛:铁制的笛管。相传隐者、高士善吹此笛,笛音响亮非凡。

⑮玉女:仙女。

⑯火枣:传说中的仙果。

⑰呼吸:疑形容气势盛大,与下句"巍峨"二字用法相似。三光:日、
　月、星。斗(dòu):古代天文用语,谓星辰相互撞击。

⑱少阴:指西方,亦指秋季。《汉书·律历志上》:"少阴者,西方。
　西,迁也,阴气迁落物,于时为秋。"令德:美德。

⑲金爽:指秋季的凉爽之气。五行中的金主管西方与秋季,故金爽
　如言秋爽。丁酉:未详。按地支酉位居西方,五行属金,和秋天相
　关,故《淮南子·时则训》记:"仲秋之月,招摇指酉。"古人言酉
　为秋门,万物已入。

⑳伊古:远古。少昊:又作少皞,上古五帝之一。黄帝之子,嫘祖所
　生。相传他是土命,土生金,为金德,故他被号为"金天氏"。

㉑蓐(rù)收:古代掌理西方的神,相传为少皞氏之子,名该,负责掌
　管秋天。西方于五行中属金,故又为主金之神。

㉒羽化:古时相传仙人能飞升变化,故把成仙称为羽化。飞飞:飘扬貌。

㉓视昔登颠发狂号,垂书作别真堪呕:化用韩愈华山投书典故。李
　肇《唐国史补》:"韩愈好奇,与客登华山绝峰,度不能返,发狂恸

哭，为书遗华阴令。令百计取之，乃下。"

㉔琼宫：多指天宫或道院。

【译文】

花史创作的诗词很多，她最著名的作品是《太华行》那一篇。那是在明崇祯十七年正月初一，掌文真人孙过庭和湘江同伴游览华山，喜悦之极，命我和花史二人创作长诗以记录游山之事。我运笔如飞快速完成，而花史故意用蝌蚪文写作，真是狡黠的手段。掌文真人孙过庭笑着将它翻译为如今的文字。其文辞记：

登峰当登第一山，婆娑屹立不可攀。巨灵赑屃峯为掌，云气时流十指间，苍龙玉马随风步，黄冠鹤羽皆童颜。半壁飞泉珠雨散，水天相对乘时闲。尔乃坐青莲，游玉田，金鼎石室篆如烟。团团握麈成清谈，铁笛一声江天寒。玉女乘鸾相接引，葡萄火枣列嘉筵。歌一曲，乐万年，进一酌，成百篇。松风枕上听流泉，陶然醉倒不知还。呼吸三光应列斗，巍峨两山一划剖。少阴令德合秋成，气含金爽据丁酉。伊古少昊居此都，蓐收别馆称中阜。何若凌虚此一游，凭风羽化飞飞走。视昔登颠发狂号，垂书作别真堪呕。仙兮仙兮不可及，仿佛斯游不竟口。我向琼宫索记书，大文千言若蝌蚪。

展子曰①：汉史记帐中神君②，不见其形，但闻其语而已。至乩仙③，并其语不可得闻也，亦恍惚矣。然花史尝许予现形，一夕月明竹下，有云鬟翠袖④，倚而招予者，望之翩然，即而求之，邈然不知其所之焉⑤。是耶？非耶？吾又何能测之哉？花史每呼予为"展子"。

【注释】

①展子：尤侗字展成，故花史昵称其作展子。

②汉史:指《史记》。帐中神君:《史记·孝武本纪》记载汉武帝视上郡
　　之巫为神君,使居于甘泉宫中,日常帷帐相隔,"非可得见,闻其音"。
③乩仙:扶乩时所请到的神灵。
④云鬟:盘卷如云的秀发。翠袖:指青绿色衣袖,泛指女子装束。
⑤邈然:茫然的样子。

【译文】

尤侗说:汉代史书《史记》记录了一个帐中神君,不见其形貌,只能听到其说话的声音而已。至于扶乩所请的神灵,连他的话语也没法听到,真让人感觉恍惚。但是花史曾答应我要显现容颜,有一天晚上,月亮明照竹林之间,出现了一位秀发如云、身着翠袖,背倚绿竹而招呼我的女子,远看她翩然轻盈,走过去寻找她,茫然间又不知道她去了哪里。是她吗? 不是她吗? 我又怎么能料想得到呢? 花史常呼我为"展子"。

　　张山来曰:世间唯乩仙一事最为难解。以为真仙,则不当为人所召;以为非仙,则诗句敏而且工,字迹亦多别致。或者慧业文人①,死而精魂不散,偶借人间笔墨以消遣光阴耳! 古人云:"宁为才鬼,尤胜顽仙。"则谓才鬼为仙亦无不可。

【注释】

①慧业:佛教用语。本指智慧的业缘,后多指对经典义理的研读。

【译文】

　　张潮说:世间只有扶乩请神一事最为费解。如果是真仙,那么不应该被人召请;如果不是仙人,然而他诗句才思敏捷、工整出色,字迹也很别致。或许是身怀慧根的文士,死后灵魂不曾溃散,偶然借用人间的笔墨来消遣光阴罢了! 古人说:"宁肯作一个才学的鬼,

也胜似那愚笨的神仙。"如此说，有才学的鬼成为神仙也没有什么
不可以的。

九牛坝观抵戏记

彭士望（达生）①

树庐叟负幽忧之疾于九牛坝茅斋之下②。戊午闰月除
日③，有为角抵之戏者④，踵门告曰⑤："其亦有以娱公⑥。"叟
笑而颔之，因设场于谿树之下。密云未雨，风木泠然⑦，阴而
不燥。于是，邻幼生⑧，周氏之族之宾之友戚，山者牧樵，耕
者犁犊，行担篓者⑨，水浮楫者⑩，咸停释而聚观焉⑪。

【注释】

①彭士望：本姓危，字躬庵（一说号躬庵），又字达生，号树庐，南昌
（今属江西）人。明天启五年（1625）年补县学生。崇祯间黄道
周被捕，为之营解。南明弘光时，劝史可法用高杰、左良玉兵清君
侧，史可法不能用。彭士望为"易堂九子"成员，著作有《手评通
鉴》《耻躬堂集》（《耻躬堂集》有《耻躬堂诗集》《耻躬堂文集》四
十卷，至乾隆间遭禁毁，晚清咸丰二年，其七世孙彭玉雯刊刻《耻
躬堂文钞》十卷、《耻躬堂诗钞》十六卷）等。其事见陆麟书《彭
躬庵先生传》（咸丰二年重刻本《耻躬堂文钞》）、《（道光）宁都直
隶州志》卷二三。此篇文章，张潮转录于清钱肃润辑评的《文瀫
初编》卷十二。

②树庐叟：彭士望自称。彭士望自言"予土室名树庐，依桂下"（《山
居感逝示弟士、时士贞塽胡映日令贻穉子厚德戊戌腊廿日》诗
注），以此为号，"先生别号树庐"（梅文鼎《喜晤彭躬庵先生即送

归冠石·序》）。叟，老翁。幽忧之疾：重病。《庄子·让王》记：
"我适有幽忧之病"，成玄英疏"谓其病深固"，一说为深忧之病。
九牛坝：据邱国坤《易堂九子年谱要录》述彭士望康熙十五年
（1676）至康熙十七年（1678）有三年湖南之游，魏禧《彭躬庵七
十序》亦说他在这时"比游楚，阻兵不得归"，则知写于康熙十七
年的此文所言九牛坝在湖南。考《（光绪）湖南通志》卷八十五记
祁阳县（今湖南祁阳）有"九牛坝"。

③戊午闰月除日：清康熙十七年（1678）闰三月某日。闰月，农历一
　年较回归年相差约10日21时，故须置闰，即三年闰一个月，五年闰
　两个月，十九年闰七个月。每逢闰年所加的一个月叫闰月，清康熙
　十七年三月为闰月。除日，指黄道吉日中的某一个日子。郁贤皓
　等人编《中国古代文学作品选》认为是一个月中的最后一天。

④角抵之戏：此指角抵、扛鼎、爬竿、走索等杂技表演，非指两人以
　力、技相校的角抵之一种游戏。

⑤踵门：登门，亲至其门。

⑥有以：表示具有某种条件、原因等。

⑦泠然：清凉的样子。

⑧幼生：疑指门生，晚生。如彭士望《与门人梁质人手札》"寂居宜
　耐，待幼生宜宽"。又，清代应州县考试的幼童称"幼生"。

⑨簦（dēng）者：身背伞具的人。簦，古代长柄笠，犹今雨伞。

⑩楫（jí）者：划船的人，即舟人。

⑪停释：停下工作，放下器具。

【译文】

树庐叟彭士望身患疾病，病卧于九牛坝茅庵之中。清康熙十七年
闰三月某日，有玩杂技表演的人，登门相告说："这里有杂技可以使您快
乐。"我笑着点头应允，便在水溪边的树下设立表演场地。此时阴云密
布尚未落雨，风吹树动，四下清凉，天气阴沉，毫无燥意。于是，隔壁的晚

生,周氏族人、宾客、朋友、亲戚,放牧砍柴的山人,犁地驱牛的耕夫,身背伞具赶路挑担的人,水上乘船划桨的舟人,都停下工作,放下器具而聚在一起观看表演。

初则累重案,一妇人仰卧其上,竖双足,承八岁儿^①,反覆卧起,或鹄立合掌拜跪^②,又或两肩接足,儿之足亦仰竖,伸缩自如。间又一足承儿,儿拳曲如莲花出水状。其下则二男子、一妇、一女童与一老妇,鸣金鼓^③,俚歌杂佛曲和之^④,良久乃下。又一妇登场如前卧,竖承一案,旋转周四角^⑤,更反侧背面承之。儿复立案上,拜起如前仪。儿下,则又承一木槌^⑥,槌长尺有半,径半之,两足员转^⑦,或竖抛之而复承之。妇既罢,一男子登焉,足仍竖承一梯,可五级,儿上至绝顶,复倒竖穿级而下。

【注释】

①承:托。

②鹄(hú)立:像鹄一样伸长脖子站立。鹄,天鹅。

③金鼓:泛指金属制乐器和鼓。

④俚歌:民间的通俗歌谣。佛曲:本是佛寺讲经前后所吟唱的乐曲,包括咒、偈、吟、赞,用以宣传佛经的教义。后来演变为讲唱文学。

⑤周:环绕。

⑥木槌(chuí):木制的捶击器具。

⑦员转:转圆圈。

【译文】

起初堆叠了好多桌案,一个妇人仰卧在桌案之上,竖起双脚,用双脚托着一个八岁小孩,上半身反复躺下又起来,时而像鹄一样伸长脖子站立并合掌跪拜,时而两肩挨近双脚,小孩的双脚也向上竖立,伸缩自如。间或用一只脚托着小孩,小孩像莲花出水一样蜷曲着身子。桌案之下,则有两个男人、一个妇人、一个小女孩和一个老妇人,鸣金敲鼓,和唱着俚歌、佛曲,很久才从桌案上下来。又有一个妇人登上台子,像前一个妇人那样躺着,竖起脚托着一张桌案,环绕桌案的四角去旋转,甚至反转身体背过来托着桌案。小孩再次站在桌案上,像前面那样跪拜起立。小孩下去后,接着又托着一根木槌,槌长有一尺半,直径为其长度的一半,用两只脚转着圆圈,或者向上抛扔而再次用脚接着。妇人结束后,一个男人登台,脚仍然向上托着一张梯子,梯子有五个梯阶,小孩跑到梯子的最上面,再倒立着从梯阶上爬下来。

　　叟闵其劳,令暂息,饮之酒。其人更移场他处[1],择草浅平坡地[2],去瓦石。乃接木为桥[3],距地八尺许,一男子履其上,傅粉墨[4],挥扇杂歌笑,阔步坦坦[5],时或跳跃,后更舞大刀,回翔中节[6]。此戏吾乡暨江左时有之[7],更有高丈余者,但步,不能舞。最后设软索,高丈许,长倍之,女童履焉,手持一竹竿,两头载石如持衡[8],行至索尽处,辄倒步。或仰卧,或一足立,或伛行[9],或负竿行如担,或时坠挂,复跃起,下鼓歌和之,说白俱有名目[10]。为时最久,可十许刻[11]。女下,妇索帕,蒙双目为瞽者[12],番跃而登[13],作盲状,东西探步,时跌若坠,复摇晃似战惧,久之乃已,仍持竿,石加重,盖其衡也。

【注释】

①其人:第三人物代词,此处相当于他们。下文"其人"则指那人,即角抵戏的领头人。

②草浅平:杂草低浅。

③桥:据彭士望《耻躬堂文钞》卷八作"跷",即高跷。高跷,双足缚

　于直立的木棍上行走的游戏,也称作踏跷。

④粉墨:演员化妆用的白粉与黑墨。

⑤坦坦:安定、安然的样子。

⑥回翔:回旋。中节:合乎音节。

⑦吾乡:指彭士望的故乡江西南昌。暨(jì):和。江左:即江东。指

　今江苏中南部和安徽南部、江西东北部。

⑧如持衡:如持秤。指持竹竿求得平衡。

⑨伛(yǔ)行:弯身而行。

⑩说白:戏曲、歌剧中唱词部分以外的台词。名目:指念白的内容都

　是有名的段子,能在书籍上找到名称。

⑪刻:古代用漏壶记时,一昼夜共一百刻。

⑫为瞽(gǔ)者:扮演盲人。

⑬番跃:翻飞腾跃。

【译文】

　　我怜悯他们的辛苦,让他们暂时休息,给他们备酒饮用。他们把场子移到另一块地方,选择杂草低浅的坡地,去除了瓦砾石块。便搭接木头而做成高跷,距离地面八尺多高,一个男人踩在高跷上,涂抹粉墨,挥着扇子伴杂着歌唱笑乐之声,安然地大步行走,时而跳跃起来,后来还挥舞起大刀,盘旋舞动,合乎歌唱笑乐的音节。这种杂戏在我故乡南昌和江东一带常有戏耍,还有高达一丈多的高跷,只能走,不能舞动。最后搭设了绳索,高约一丈,长约两丈,小女孩走在上面,手执一根竹竿,竹竿两头挂着石头如秤一样保持平衡,行走到绳索的尽头,便倒退而行。时而躺卧,时而金鸡独立,时而弓身而行,时而像挑担一样扛着竹竿,时而坠挂在绳索上,再跳起,下面的鼓声、歌声与此相和,他们的念白皆有名称。走绳索的时间最长,大约十刻钟。小女孩下来,一个妇人要来帕子,蒙上

双眼扮成盲人，她翻飞腾跃而登上绳索，扮作看不见路的样子，向东向西伸脚试探，有时跌倒险要坠落，再次摇摇晃晃地似乎很害怕，很久才平息过来，她仍然手执竹竿，竹竿挂的石头加重了，大概为了保持平衡吧。

　　方登场时，观者见其险，咸为股栗^①，毛发竖，目眩晕，惴惴然惟恐其倾坠。叟视场上人，皆暇整从容而静^②，八岁儿亦斋慄如先辈主敬^③，如入定僧^④。此皆一诚之所至^⑤，而专用之于习^⑥，惨澹攻苦^⑦，屡蹉跌而不迁^⑧，审其机以应其势，以得其致力之所在。习之又久，乃至精熟，不失毫芒^⑨，乃始出而行世，举天下之至险阻者皆为简易^⑩。夫曲艺则亦有然者矣^⑪。以是知至巧出于至平，盖以志凝其气^⑫，气动其天，非卤莽灭裂之所能效^⑬。此其意庄生知之^⑭，私其身不以用于天下；仪、秦亦知之^⑮，且习之以人国戏^⑯，私富贵以自贼其身与名^⑰。庄所称僚之弄丸、庖丁之解牛、痀偻之承蜩、纪省子之养鸡^⑱，推之伯昏瞀人临千仞之蹊^⑲，足逡巡垂二分在外^⑳，吕梁丈人出没于悬水三十仞^㉑，流沫四十里之间，何莫非是其神全也^㉒？叟又以视观者，久亦忘其为险，无异康庄大道中^㉓，与之俱化^㉔。甚矣，习之能移人也。

【注释】

①股栗：两腿发抖。形容极为恐惧的样子。

②暇整："好整以暇"的省称，形容既严整有序而又从容不迫。

③斋慄：敬慎恐惧的样子。先辈：崇信宋儒的人。主敬：持守诚敬。
　　宋儒主张"君子主敬以直其内，守义以方其外"的修养方法。

④入定：即禅定，佛教徒的一种修行方法，闭眼静坐，控制思想，不起

　　杂念。

⑤一诚:专诚。

⑥专用:专心用力。习:研习。

⑦惨澹:思虑深至的样子。攻苦:辛苦钻研。

⑧蹉跌:失误。

⑨毫芒:比喻极细微。

⑩举:拿起,引申为从事。险阻:艰险阻塞,困难挫折。

⑪曲艺:技能。此由"始出而行世"的杂技过渡到天下之技,进而讲
　　述庄子所言神技。

⑫气:古代哲学概念。指主观精神。

⑬卤莽灭裂:语出《庄子·则阳》:"君为政焉勿卤莽,治民焉勿灭
　　裂。"后多用以形容做事草率粗疏,粗鲁莽撞。

⑭庄生:庄子。姓庄,名周,战国中期思想家。他隐居林泽,洁身自
　　好,不愿与当权者同流合污,拒绝楚王的聘任,主张清静无为,"人
　　皆知有用之用,而莫知无用之用也"(《庄子·人间世》)。这类
　　似下文所言"私其身不以用于天下"。他的言论被其后学整理成
　　《庄子》一书,被称为"文学的哲学,哲学的文学"。

⑮仪、秦:张仪、苏秦。两人都是战国时期著名的纵横家,早年同学
　　于鬼谷子。张仪被秦惠王封为相国,奉命出使游说各国"事一强
　　以攻众弱",促使各国亲善秦国,受封为武信君。后因秦惠王去世
　　而失去宠信,遂逃离秦国。苏秦游说列国,提出"合纵"六国以抗
　　秦的战略思想,兼佩六国相印,使秦国十五年不敢出兵函谷关。
　　后来,联盟解散,齐国众大夫因争宠派人刺杀了苏秦。这两人辩
　　才无碍,都是"真倾危之士"(《史记·张仪传赞》)。

⑯人国:别人的国家。指张仪、苏秦出仕他国事。

⑰以:则,那么,表结果。自贼:自己伤害自己,自杀。

⑱"庄所称僚之弄丸"几句:皆是庄子所描述的神乎其技的故事。

僚之弄丸，《庄子·徐无鬼》记宜僚精通两手上下抛接好多个弹丸的技艺，凭借娴熟巧妙的技艺解除他人厄难。庖丁之解牛，《庄子·养生主》记庖丁为文惠君解牛时，技艺神妙，"奏刀騞然，莫不中音"，刀入牛身若"无厚入有间"而游刃有余。痀偻之承蜩，《庄子·达生》记驼背老人用竿子粘蝉，轻松易得，"犹掇之也"。纪省子之养鸡，《庄子·达生》记纪渻子为周宣王驯养斗鸡，他养的斗鸡呆若木鸡，但是具备了斗鸡的素质，颇有气势，"异鸡无敢应者，反走矣"。省，《庄子·达生》作"渻"。

⑲伯昏瞀（mào）人：《庄子·列御寇》《列子·黄帝》等提及指点列御寇的高人。《庄子·田子方》记他站在险峻山上仍神色不变，"临百仞之渊，背逡巡，足二分垂在外"。蹊：《庄子·田子方》作"渊"。

⑳逡巡：后退。

㉑吕梁丈人：《庄子·达生》记孔子在吕梁（今山西吕梁）遇到一个男子出没水中，"县水三十仞，流沫四十里，鼋鼍鱼鳖之所不能游也"，而那人"被发行歌而游于塘下"。丈人，《庄子·达生》作"丈夫"。

㉒何莫：何不，怎么。神全：精神凝聚。语出《庄子》，《庄子·天地》记"神全者，圣人之道也"，又《庄子·达生》记："其神全也，乘亦不知也，坠亦不知也，死生惊惧不入乎其胸中，是故遻物而不慑。"凝神凝聚，乃是圣人之道，到达此境，方能遗忘外物，不惧生死。

㉓康庄：平坦，通达。

㉔俱化：同受教化。

【译文】

在登场表演时，观众看见他们的动作很危险，都吓得两腿发抖，毛发竖立，眼睛昏眩，惴惴不安地担心他们会掉下来。我看台上表演的人，都紧张有序又从容不迫、镇静如常，八岁小孩敬畏小心的样子如同宋儒心怀诚敬一样，又如同进入禅定状态的僧人。这都是专诚某事达到的效果，在学习技艺上专心用力，认真思索辛苦钻研，屡屡失误却不改变心志，仔细思量事情的关键以找寻其变化的趋势，因此找到了他们应该努力拼搏的方向。学习技艺时间长了，便做到了精通，不差分毫，这才开始外出而表演给世人，从事天下最艰险困难的事情都会成为简单容易的。技能则也是有这样的情形。因此知晓巧妙本出于最平常的事情，大概定下意志去凝集精神，精神凝聚便激荡于天，这并非草率粗疏就能够效仿。这个意思庄子知道，暗自用到自己身上而没用到天下；张仪、苏秦也知道，而且学习后去玩弄别人的国家，使自己求得富贵却伤害了自己的性命、名声。而庄子所说的宜僚弄丸、庖丁解牛、痀偻承蜩、纪渻子养鸡等事，再推展到伯昏瞀人走到千仞高的深渊，脚步后退，还把一半的脚悬空在悬崖之外，吕梁丈人出没在高悬三十多丈、激流溅沫四十里的水中，这些怎么不是做到精神凝聚的呢？我又观察观众，时间长了他们也忘了表演者历经危险，觉得这和平坦大路没有区别，与表演者一样被教化了。真是厉害，学习能转移到别人身上。

其人为叟言，祖自河南来零陵①，传业者三世，徒百余人，家有薄田②，颇苦赋役③，携其妇与妇之娣姒、兄之子、提抱之婴孩，糊其口于四方，赢则以供田赋。所至江浙、两粤、滇黔、口外绝徼之地④，皆步担，器具不外贷⑤。谙草木之性，捃摭续食⑥，亦以哺其儿。叟视其人，衣敝缊⑦，飘泊羁穷，陶然有自乐之色⑧，群居甚和适⑨。男女五、六岁即授技，老而休焉，皆有以自给。以道路为家，以戏为田，传授为世业⑩。其肌体为寒暑风雨冰雪之所顽⑪，智意为跋涉艰远人情之所儆怵摩厉⑫。男妇老稚皆顽钝⑬，儇敏机利⑭，捷于猿猱⑮，而其性旷然如麋鹿⑯。叟因之重有感矣：先王之教久矣⑰，夫不明不作⑱！其人自处于优笑巫觋之间⑲，为夏仲御之所深疾⑳。然益知天地之大,物各遂其生成,稗稻并实,无偏颇也。彼固自以为戏,所游历几千万里,高明钜丽之家㉑,以迄三家一闳之村市㉒,亦无不以戏视之,叟独以为有所用。身老矣! 不能事泙澼絖㉓,亦安所得以试其不龟手之药? 托空言以记之㉔。固哉,王介甫谓鸡鸣狗盗之出其门㉕,士之所以不至,不能致鸡鸣狗盗耳。吕惠卿辈之谄谩㉖,曾鸡鸣狗盗之不若。鸡鸣狗盗之出其门,益足以致天下之奇士! 而孟尝未足以知之,信陵、燕昭知之㉗,所以收浆博屠者之用㉘,千金市死马之骨㉙,而遂以报齐怨㉚。宋亦有张元、吴昊㉛,虽韩、范不能用㉜,以资西夏㉝。宁无复以叟为戏言也,悲夫!

【注释】

①零陵:地名。隋文帝开皇九年(589)改泉陵县为零陵县,为永州的治所。明、清属湖南永州府辖县,今为湖南永州零陵区。

②薄田:土壤贫瘠的田地。

③赋役:赋税和徭役。

④两粤:广东、广西。因广东与广西为古百粤(越)地,故称为“两粤”。口外:泛指长城以北地区。长城有许多关隘多称口,如古北口、喜峰口、张家口等,故口外指长城以北地区。绝徼(jiào)之地:极远的边塞之地。

⑤外贷:此指向人借用。

⑥捃摭(jùn zhí):采取,采集。

⑦敝缊(yùn):破败的碎麻、旧絮制成的衣服。泛指粗陋的衣服。

⑧陶然有自乐之色:有舒畅快乐、怡然自得的神色。

⑨和适：和乐舒适。

⑩世业：世代相传的事业。

⑪顽：顽钝，指皮肤因为恶劣天气变得粗糙坚硬，有磨砺锻炼之意。

⑫智意：智谋。儆怵（jǐng chù）：警醒。摩厉：磨练。

⑬顽钝：粗糙坚硬。

⑭儇（xuān）敏机利：敏捷利索。

⑮猿猱（náo）：猿猴。

⑯麋鹿：麋与鹿。麋鹿优游草野，闲散自然。

⑰先王：指上古贤明君王。

⑱不明：不贤明。不作：不兴起，不兴盛。

⑲优笑：俳优。以乐舞戏谑、逗人笑乐为业的艺人。巫觋（xí）：古代称女巫为巫，男巫为觋，合称"巫觋"。后泛指以装神弄鬼替人祈祷为职业的巫师。

⑳夏仲御：夏统，字仲御，西晋时期人。当时有女巫身怀幻术神通，"拔刀破舌，吞刀吐火"，又能表演歌舞杂技，"轻步佪舞，灵谈鬼笑，飞触挑柈，酬酢翩翻"，世人争相观看，唯有夏统对此厌恶，"惊愕而走，不由门，破藩直出"（《晋书·夏统传》）。疾：厌恶，憎恨。

㉑高明：高大而明亮。钜丽：规模宏大而华丽。高明钜丽之家，实为豪门大户。

㉒三家一闬（xiàng）之村市：三户人家组成的一个村子、街市，犹言三家村，偏僻的小乡村。闬，同"巷"。

㉓洴澼纩（píng pì kuàng）：漂洗棉絮。此句和下句可参看卷二《记老神仙事》的注释。

㉔空言：谓只起褒贬作用而不见用于当世的言论主张。

㉕王介甫谓鸡鸣狗盗之出其门：见王安石《读孟尝君传》。北宋文学家王安石，字介甫，他的短文《读孟尝君传》驳斥了战国时齐国贵族孟尝君"能得士"的传统观点，将他归入"鸡鸣狗盗"之徒的

行列，"夫鸡鸣狗盗之出其门，此士之所以不至也"。鸡鸣狗盗，《史记·孟尝君列传》记载孟尝君在秦国被秦昭王囚禁，他有个能为狗盗的食客，就在夜里装成狗混入秦宫并偷得狐白裘，靠此贿赂秦昭王宠妃而得以释放了孟尝君。还有一个会学鸡叫的食客装鸡叫，骗得秦军半夜打开函谷关关门，最终逃回齐国。

㉖吕惠卿：字吉甫，北宋宰相。其为人颇受时人非议，司马光斥为"谄谀之士"。起初附和王安石新法，深受王安石信任而得以重用，王安石辞职后，却竭力排斥王安石，两人矛盾逐步深化。谄谩：阿谀欺诈。

㉗信陵：信陵君。战国时魏国公子无忌，他延揽食客，养士数千人，自成势力。魏无忌礼贤下士、急人之困，礼遇守城门的小吏侯嬴，召请屠夫朱亥，窃符救赵，两度击败秦军，挽救了赵国和魏国危局。燕昭：燕昭王。战国时燕国君主。他即位后，招贤纳士，礼遇剧辛、邹衍、屈庸、乐毅等贤才，大破东胡、朝鲜等，又联合五国攻破齐国，占领齐国七十多城，造就了燕国的一时盛世。

㉘浆博：卖浆和赌博之人，指战国时赵国的处士赌徒毛公与卖浆人薛公，信陵君常跟他们交往，皆为信陵君效力。浆，古代一种微酸饮料。屠者：屠夫，指屠夫朱亥。

㉙千金市死马之骨：战国时郭隗借用耗费千金买来一副马骨的典故，劝谏燕昭王应当显示出求贤若渴的态度。燕昭王听从计谋，修筑了"黄金台"以招纳天下贤士。

㉚齐怨：齐、燕两国有仇恨。燕昭王父亲燕王哙在位时，燕国内乱。齐国趁机派兵攻破燕国，杀死燕王哙，抓住国相子之并砍成肉酱，导致燕国几乎亡国。

㉛张元、吴昊：北宋时西夏国的谋士。北宋沈括《梦溪笔谈》、南宋洪迈《容斋随笔》、南宋岳珂《桯史》等书记载张元、吴（李）昊事迹，两人富有才学，原来打算献策于韩琦、范仲淹，但韩、范疑而未

用,他们便逃离宋地而为西夏国君元昊所用,反过来侵扰北宋。

㉜韩、范:韩琦、范仲淹,北宋名臣。两人率军防御西夏,在军中颇有
声望,人称"韩范",后来又与富弼等主持"庆历新政"。

㉝资:帮助。

【译文】

那人对我说,他祖辈从河南来到永州府零陵县,传承角抵的技艺已经三代了,有一百多个徒弟,家中有贫瘠的田地,很发愁赋税徭役之事,便携带着妻子及妻子姻娌、侄子、尚在怀抱中的婴儿,跑到各地糊口度日,赚钱了便去缴纳田税。去往江苏、浙江、广东、广西、贵州、云南、长城以北的极偏远的地方,都是挑担步行,所用的器具都不向人借用。他们熟知草木的性质功能,摘取草木以供给食用,也用来喂养婴儿。我看他们,穿衣褴褛,漂泊天涯,羁旅穷困,却有舒畅快乐、怡然自得的神色,聚居在一起很是安然舒适。男女孩五六岁便传授技艺,年迈了便休息,都有条件养活自己。把道路当作家园,把杂技当作田地,传授杂技以作为世代相传的事业。他们的身体被寒冷暑热、风雨、冰雪弄得粗糙坚硬,智谋被行走艰险偏远之地的人情世故所警醒、磨练。男人、妇人、老人、幼儿都很粗糙坚硬,敏捷利索,行动迅速快如猿猴,而他们的性格豁达如同麋鹿。我因为他们再次产生感想:上古贤明君王的教化由来已久,那些不贤明的事情不要去做!他们处身于俳优巫师行列之中,被夏统深深厌恶。然而更知道天地广阔,万物都能顺遂地生长,稗子、稻子都能结果实,天地并没有什么偏袒。他们固然自己把杂技视作戏耍,游历了几千万里的路程,高大明亮、宏伟华丽的人家,乃至偏远的小乡村,同样没有不把这视为戏耍的,我独认为杂技有它的价值。身体衰老了!不能从事漂洗棉絮的工作,从何处能试验那使手不冻裂的药物呢?我假托不合时宜的话语以记载此事。本来就是这样,王安石说鸡鸣狗盗之辈出入孟尝君的门下,真正的人才因此不来了,不可以再招引鸡鸣狗盗之辈。可是王安石的手下吕惠卿之辈阿谀欺诈,曾经连鸡鸣狗盗之辈都不如。鸡鸣

狗盗之辈出入门下,也能够招引天下的奇士!然而孟尝君不能知道这道理,信陵君和燕昭王能够知晓这道理,所以信陵君收纳卖水人、赌徒、屠夫等人去任用,燕昭王花千金购买千里马的尸骨,而得以报复齐国的怨仇。宋朝也有张元、吴昊,纵使是韩琦、范仲淹没有任用他们,反而使其帮助了西夏。希望不要把我所说的话当作戏言,悲哀啊!

　　张山来曰:此技即俗所谓"踹索"者①。予尝谓此等人必能作贼,有守土之责者②,宜禁止之。纵不欲绝其衣食之路③,或毋许入城,听于乡间搬演可耳④。

　　前段叙事简净,后段议论奇辟,自是佳文!

【注释】

①踹索:走绳。即文中走软索,表演者在悬空的绳索上来回走动,并表演各种动作。

②守土:保卫国家的土地,此指守护一方土地的官员,即地方官。

③衣食:赚取生活所需,谋生。

④搬演:化妆表演。

【译文】

　　张潮说:这种技艺就是世俗所说的"踹索"。我曾经说这类人肯定适合作小偷,担荷守护土地重责的官员,应该禁止表演。纵使不打算断绝他们的谋生方式,或者不许他们进入城市,任凭他们在乡村表演就可以了。

　　前一部分叙事简洁明快,后一部分议论新奇精辟,真是好文章!

卷三

【题解】

本卷六篇作品中所记的主人公皆是伶人歌姬、贩夫走卒、引车卖浆之流，并无名流贤达，故少言文士高雅风流之事。首篇《马伶传》中的伶人为了提升戏曲演唱能力，向现实人物取经求教，从而能一飞冲天，名震梨园。《顾玉川传》塑造的顾玉川虽是平民百姓，却通晓神行术，日行数百里，颇有小说中神行太保戴宗的风范。《卖酒者传》的主人公亦是身份卑微，却为人厚道仁义，平生从不欺人，做事多为他人考虑。《一瓢子传》的主人公敝衣蓬跣，手执一瓢一杖，举止古怪，但他善于绘画，故成为世人延请索画的对象。《宋连璧传》刻画的宋连璧虽是宦门子弟，出入朝廷官员门庭，但他侠肝义胆，好排解他人忧患的精神绝非平常文士所能比及，似乎更迎合底层百姓的心理需求。《冒姬董小宛传》以乐籍奇女子为中心，叙述董小宛的故事，她敢于追求个人的爱情，可惜薄命早逝，令人扼腕生叹。如果将本篇与文末所附的冒辟疆《影梅庵忆语》相比较，前者以传记形式叙述董小宛的生平事迹，人物形象特征鲜明；后者偏重记载生活点滴，充满柔情蜜意，举凡烹茶烹饪、谈诗论文之事，无不渗透着文士浪漫情怀与风流情思。

马伶传

侯方域（朝宗）[①]

马伶者[②]，金陵梨园部也[③]。金陵为明之"留都"[④]，社稷百官皆在[⑤]，而又当太平盛时，人易为乐，其士女之问桃叶渡、游雨华台者[⑥]，趾相错也[⑦]。

【注释】

①侯方域：字朝宗，号雪苑、杂庸子，归德府（今河南商丘）人。明末清初散文家。明末"四公子"之一、复社领袖。35岁时将其书房更名为"壮悔堂"，表示其壮年后悔之意。事见邵长衡《侯方域魏禧传》（《青门剩稿》卷六）、《侯朝宗先生事略》（李元度《国朝先正事略》卷三六）。侯方域亲自编录自己作品而成《壮悔堂文集》十卷、《四忆堂诗集》六卷，后人又辑补《壮悔堂遗稿》一卷、《四忆堂诗集遗稿》一卷，合称《壮悔堂集》（十八卷，末附录本传、年谱）。此篇文章选自《壮悔堂集》卷五。又见引于黄宗羲《明文海》卷四一九、焦循《剧说》卷六、钱肃润《文瀣初编》卷十五。

②马伶：姓马的伶人。伶，乐师，乐工。

③梨园部：本是唐玄宗时教练歌舞艺人的处所，后世因称戏班为梨园或梨园部，又称戏剧演员为梨园弟子。

④留都：古代王朝迁都以后，旧都仍置官留守，故称留都。明朝建国时朱元璋定都应天府，至明成祖永乐十八年（1420）诏令迁都北平府（今北京），改应天府为南京，改北平府为顺天府，别称京师。南京遂成留都，仍设六部等中央机构，称南京某部。

⑤社稷：古代帝王、诸侯所祭的土神和谷神。后作国家的代称。

⑥桃叶渡：位于今南京秦淮区，是南京名胜之一。雨华台：即今雨花台，位于今南京雨花台区，是南京名胜之一。

⑦趾:脚。

【译文】

马伶是南京戏班的艺人。南京是明王朝的"留都",明王朝迁都后仍留有宗庙祭祀、朝廷百官,而又正值国家安定兴盛之时,人们容易寻欢作乐,男男女女去桃叶渡和雨花台游玩,脚步交错,摩肩接踵。

梨园以技鸣者无论数十辈①,而其最著者二:曰"兴化部",曰"华林部"。一日,新安贾合两部为大会②,遍征金陵之贵客文人,与夫妖姬静女③,莫不毕集。列"兴化"于东肆④,"华林"于西肆,两肆皆奏《鸣凤》所谓椒山先生者⑤。迨半奏,引商刻羽⑥,抗坠疾徐⑦,并称善也。当两相国论河套⑧,而西肆之为严嵩相国者曰李伶⑨,东肆则马伶。坐客乃西顾而叹,或大呼命酒,或移坐更近之,首不复东。未几更进,则东肆不复能终曲。询其故,盖马伶耻出李伶下,已易衣遁矣。马伶者,金陵之善歌者也,既去,而"兴化部"又不肯辄以易之,乃竟辍其技不奏,而"华林部"独著。

【注释】

①无论:不止,何止。

②新安贾:新安商人。新安,古郡名,西晋太康元年(280)始置新安郡(因郡西有山曰新安山。在徽州祁门县境内),隋、唐改称歙州,宋代又改作徽州(辖地包括今安徽黄山等)。后世因以新安为歙州或徽州所辖地的别称,实际上其辖地还有寿昌(今属浙江建德)、淳安(今属浙江杭州)等。新安以商业发达著称,人称徽商。

③妖姬:妖艳的姬妾。静女:娴静的女子。

④肆:指演戏的台场。

⑤《鸣凤》：指无名氏戏剧《鸣凤记》，一说王世贞所作。是一部纪实性的政治时事剧，围绕嘉靖朝严嵩奸党和反严嵩集团的几次重大斗争展开，涉及夏言、杨继盛、沈炼等人物的命运起伏，结局是在朝廷的干预下收禁严嵩、腰斩严世蕃，抄没严家家产。椒山先生：指杨继盛，字仲芳，号椒山。直隶容城（今河北容城）人。嘉靖进士，以劾严嵩，被害死，谥"忠愍"。

⑥引商刻羽：谓曲调高古、讲求声律的演奏。

⑦抗：高亢。坠：低沉。疾：急速。徐：缓慢。

⑧两相国论河套：指《鸣凤记》第六出《两相争朝》，情节是宰相夏言和严嵩争论收复河套之事。河套，今指内蒙古自治区和宁夏回族自治区境内贺兰山以东、狼山和大青山以南黄河沿岸地区。

⑨严嵩：字惟中，号勉庵、介溪、分宜等，江西袁州府分宜（今江西分宜）人，明弘治十八年（1505）乙丑科进士。明朝著名的权臣，擅专国政十余年，《明史》将其列为明代六大奸臣之一。

【译文】

当时南京以技艺而闻名的戏班不止数十个，其中最著名的有两个：一是"兴化部"，一是"华林部"。有一天，新安的商人们集合这两个戏班举行盛大的堂会，广邀南京城中的贵人、读书人，和那些艳丽的姬妾、娴静的淑女，聚集在一起。"兴化部"被安排在东边台场，"华林部"则在西边台场，两边都上演《鸣凤记》所讲的杨继盛故事。等演到一半的时候，艺人们依照曲调演唱，高亢、低沉、急速、舒缓不断变化，众人都称赞叫好。当演到夏言和严嵩两位相国争论是否收复河套的情节时，西边戏台扮演严嵩相国的艺人是李伶，东边戏台的则是马伶。在座的客人都看着西面发出赞叹，有的人大喊上酒，有的人移动自己的座位以更靠近西面，头都再没有转回东边来。很快，演出继续往下进行，但东面戏台已经无法继续表演了。询问这其中的缘故，原来是马伶耻于技艺不如李伶，已经换了衣服逃走了。马伶是南京城中善于演唱的艺人，他离开之后，"兴化部"不愿意把角色改换成别人，竟然就停止了演出，从此"华林部"声名独显。

去后且三年，而马伶归，遍告其故侣，请于新安贾曰："今日幸为开宴，招前日宾客，愿与'华林部'更奏《鸣凤》，奉一日欢。"既奏，已而论河套，马伶复为严嵩相国以出。李伶忽失声，匍匐前称弟子①。"兴化部"是日遂凌出"华林部"远甚。

【注释】

①匍匐：手足伏地爬行。

【译文】

离开后将近三年，马伶又回来了，他将自己归来的消息告诉了以前的友伴，并且请求新安商人说："希望您们今天能够为我开一场宴会，邀请上次那些来宾，我愿意再次和'华林部'重新演唱《鸣凤记》，为大家献上一日的欢乐。"演出开始后，不久又演到论河套的情节，马伶再一次扮成严嵩相国出场。这时李伶突然失声惊呼，伏地爬到马伶面前，自称愿为他的弟子。从那一天起，"兴化部"的名声又远远超过了"华林部"。

其夜，"华林部"过马伶曰①："子，天下之善技也，然无以易李伶。李伶之为严相国至矣，子又安从授之而掩其上哉②？"马伶曰："固然，天下无以易李伶，李伶即又不肯授我。我闻今相国某者，严相国俦也③。我走京师，求为其门卒三年④，日侍相国于朝房⑤，察其举止，聆其语言，久乃得之。此吾之所为师也！""华林部"相与罗拜而去。马伶名锦，字云将，其先西域人⑥，当时犹称马回回云。

【注释】

①过：拜访，探望。

②掩：超过，盖过。

③俦（chóu）：同辈，同类。

④门卒：门下的差役。

⑤朝房：古代官吏上朝前休息的地方。

⑥西域：汉代以后对今玉门关以西地区的总称。

【译文】

　　当天晚上，"华林部"的艺人去拜访马伶，说："你是当今世上善于演唱的艺人，但是当初无法超越李伶。李伶扮演的严嵩相国已好到了极点，你又是从哪里得授技艺而超过李伶的呢？"马伶回答说："原本天下确实无逾李伶之人，李伶又不愿意传授技艺给我。我听说当今的某位相国和严相国是同类人。于是我跑到京城，请求在他门下当三年的差役，每天都在朝房侍奉他，观察他的行为举止，仔细聆听他的话语，久而久之就知道了相国的举动神情。这就是我求师学习的方法！""华林部"的艺人一起围着马伶行礼，然后离开了。马伶名锦，字云将，他的祖先是西域人，当时的人也称他为马回回。

　　侯方域曰：异哉，马伶之自得师也！夫其以李伶为绝技，无所干求，乃走事某，见某犹之见分宜也①。以分宜教分宜，安得不工哉？呜呼！耻其技之不若，而去数千里为卒三年；倘三年犹不得，即犹不归尔。其志如此，技之工又须问耶？

【注释】

①分宜：此指严嵩，他是江西分宜县人，故以"分宜"称之。

【译文】

　　侯方域说：马伶于平常生活中模仿真人言行的经历，真不寻常啊！

他认为李伶的技艺是绝技，没有办法学到这种技艺，于是就去侍奉当今的某相国，看见他就像见到严嵩一样。让严嵩来教演严嵩的人，马伶的技艺又怎么会不精妙绝伦呢？唉！马伶耻于自己技艺不如别人，就跑到数千里之外作了三年的差役；如果三年后他还没有学到想要学的东西，就仍然不会归来。他的意志如此坚定，技艺变得精湛难道还需要再问吗？

　　张山来曰：予素不解弈，不解歌，自恨甚拙，因从学于人。虽不能工，然亦自觉有入门处^①。乃知艺无学而不成者。观马伶事益信。

【注释】

①入门：指学问或技艺得到门径，初步学会一些东西。

【译文】

　　张潮说：我向来不懂得下棋，也不懂得唱歌，很遗憾自己太笨拙，于是就跟着别人学习。虽然没有办法做到精通，但也觉得自己初窥门径。由此知道技艺是不学习就不会有成就的。阅读了马伶的故事后，我更加相信这个道理了。

顾玉川传

曹禾（峨嵋）^①

　　顾玉川^②，名大愚，字道民，邑东鄙杨舍人^③。深目戟髯^④，类羽人剑客。少遇异人授神行术^⑤，三日夜达京师，六日而返。父母怪问之，玉川语之故，袖葡萄、苹果以献。由是里中传以为神^⑥。

【注释】

①曹禾:字颂嘉,号未庵,又号峨嵋,江阴(今属江苏)人。清康熙三
年(1664)中癸巳科三甲进士,官至国子祭酒,以事罢归。曹禾喜
纵酒,酷爱围棋,工诗文,与颜光敏、田雯、宋荦等称"诗中十子",
著有《未庵初集》《峨嵋集》等。事见《清史稿·曹禾传》。此篇
文章辑自钱肃润《文瀿初编》卷十五。

②顾玉川:顾大愚,字道民,号玉川。明末能日行数百里的奇人。屡
见明人述及,如明邹迪光《跋顾玉川居士普劝放生卷》(《石语斋
集》卷二十二)记"玉川顾君具有神足,一日夜行六百里"。明
黄尊素《说略》卷六(《黄忠端集》六卷)记长洲令陈石泓曾遇到
他,"时有人入山,遇异人授一物,遂能日行五百里。……其人名
顾玉川,一说有欲传其法者自言能隐身,与顾玉川同行街市,辄攫
肆中之物人皆不见。玉川急欲得其术,愿以神行相易,遂授于彼。
而彼之所授则不验"。明郭浚《秦淮邸中赠顾玉川》(《虹暎堂诗
集》卷四)诗云:"玉川山人髯似戟,古貌巉岩双眼碧。三年孝感
遇神僧,五台曾受灵飞术。鹤驭行天驾紫烟,桃笙引月凌空出。
大鹏九万抟扶摇,千里何妨行一日。"又冯梦祯《快雪堂日记》卷
六一"六月二十二"、徐允禄《赠顾玉川》(《思勉斋集》卷二)、钱
谦益《玉川子歌》皆写及其人。其人事迹又见清李介《天香阁随
笔》卷一、清李应奎《柳南续笔》卷三、《(民国)江阴县续志》卷
二六引《柳南续笔》等。

③邑:指江阴县,作者曹禾与顾玉川皆为江阴县人,故省去县名而称
"邑"。鄙:边境。杨舍:江阴东境的古镇名,属白鹿乡,又作阳舍,
如《(道光)苏州府志》卷一百四十九记顾玉川"江阴之阳舍人"。
今县乡区划重置,其地改属江苏张家港。

④戟(jǐ)髯:戟形的须髯。

⑤神行术:行走如飞的法术。

⑥里中：指同里的人。里，古代户籍编制单位，五家为邻，五邻为里。

【译文】

　　顾玉川，名大愚，字道民，是江阴县东边的杨舍镇人。他眼睛凹陷，留着戟形的须髯，像古之仙人和精于剑术的侠客。顾玉川年轻时碰到一个神怀异术的奇人，奇人授给了他神行术，于是他能够三个日夜就到达京城，六天就能返回。顾玉川的父母感到很惊讶，问他是怎么回事，他就把其中的原因告诉了他们，并从袖子里拿出葡萄、苹果献给他们。从此，同里的人都传言顾玉川是神仙。

　　性任侠①，喜施舍，尤好奇服②，所至儿童聚观。常衣纸衣，行则瑟瑟有声；冠纸冠，方屋而高二尺。或时蓬跣行歌道中③，或时幅巾深衣④，肩古藤杖，杖悬葫芦，大于身而高于顶，遇风则与偕覆，徐拄杖而起，行歌自如。渡河未尝假舟楫，跨葫芦，以杖导水，上下水面，望之如游云气中。与人言，多方外骇异不根之说⑤，人亦无从诘之。独其顷忽间往返数百里，音问不爽⑥，道路行旅，历历咸见，此足奇也。

【注释】

①任侠：凭借权威、勇力或财力等手段扶助弱小，帮助他人。

②奇服：新奇的服饰。

③蓬跣（xiǎn）：蓬头赤足。

④幅巾：又称巾帻、帕头，是指用整幅帛巾束首。深衣：古代上衣、下裳相连缀的一种服装，即直筒式长衫。宋代以后，深衣幅巾是士大夫冠婚、祭祀、宴居、交际服。

⑤方外：世俗之外，旧时指神仙居住的地方。不根：荒谬，没有根据。

⑥音问：音讯、书信。

【译文】

顾玉川生性任侠尚义,常常施人财物,特别喜欢穿新奇的衣服,他所到之处总是有小孩子围着看热闹。顾玉川经常穿着纸做的衣服,走起路来发出瑟瑟的声音;他戴着纸做的帽子,那帽子四四方方像屋子一样,高有二尺。他有时蓬头赤足,在路上边走边唱,有时头戴巾帻,身穿直筒长衫,肩膀上扛着一根古藤木做的手杖,手杖上挂着一个葫芦,那葫芦比他身子还宽,高过他的头顶,遇到刮风时他和葫芦就一起倒在地上,这时他就会慢慢地拄着手杖站起来,依然像原先一样边走边唱。顾玉川过河时从来没有用过船和桨,他跨坐在葫芦上面,用手杖划水,在水面上载浮载沉,远远看去就像在云气之中遨游。顾玉川和别人交谈的时候,多是说一些人世之外的令人惊骇的荒谬之语,人们也没有办法去诘问他。只是他能够在片刻之间来去于数百里之外,传递音信从来没有出过差错,一路上的行人旅客也都清清楚楚地见过他,这件事实在是令人惊奇。

　　明启、祯交[①],玉川子每游京师,月必一二过,尤厚虞山钱宗伯谦益[②]。宗伯传胪及第第三人[③],玉川子以其捷音归,归五日而邮报至[④]。邮中诸少年疾驰七日夜,始抵钱氏室,则已泥金焕然[⑤],无所获。宗伯言于诸公卿[⑥],闻其风者,以识面为幸。

【注释】

①明启、祯交:明代天启、崇祯间。启,天启,明熹宗朱由校的年号(1621—1627);祯,崇祯,明思宗朱由检的年号(1628—1644)。据方良《钱谦益年谱》,钱谦益于明天启四年(1624)六月赴京任职,至五年(1625)五月遭弹劾"除名为民"而归乡,崇祯元年(1628)春再度复出任詹事、礼部侍郎,此年六月出京任职南方,

直至崇祯十年（1637）被捕而再度入京下刑部狱。顾玉川约在天启四年至天启五年、崇祯元年这段期间在京城拜访钱谦益。

②虞山钱宗伯谦益：钱谦益，因其故乡江苏常熟西北有虞山，故学者称其为虞山先生。宗伯，官名，周代六卿之一，掌宗庙祭祀等事。明、清称礼部尚书为大宗伯或宗伯，礼部侍郎为少宗伯，而钱谦益在崇祯元年再度复出任礼部侍郎，故称。钱谦益，字受之，号尚湖，又号牧斋，晚号蒙叟、东涧遗老，明末清初江南常熟（今江苏常熟）人。学识渊博，工词章，尤擅长诗，以文学冠东南，有《楞严经蒙钞》《初学集》《有学集》等。事见《清史稿·钱谦益传》《清史列传·贰臣传·钱谦益传》及方良《钱谦益年谱》。

③传胪：科举时代，殿试揭晓唱名的一种仪式。殿试公布名次之日，皇帝至殿宣布，由阁门承接，传于阶下，卫士齐声传名高呼，谓之传胪。传胪，钱肃润《文瀊初编》卷十五作"胪传"。及第：科举应试中选。因榜上题名有甲乙次第，故名。隋唐只用于考中进士，明、清殿试之一甲三名称赐进士及第，亦省称及第。第三人：进士及第榜上第三名，即探花。钱谦益于明万历三十八年（1610）庚戌科殿试中探花（一甲三名进士）。

④邮：传送文书、公物的差役。

⑤泥金：借指泥金帖子，即用金屑涂饰的笺帖，用于报新进士登科之喜。

⑥公卿：泛指高官。

【译文】

明代天启、崇祯年间，顾玉川常常游逛京城，每月必定会去一两次，他和虞山先生钱谦益关系尤为深厚。当初，钱谦益在殿试唱名时中进士及第榜上第三名，顾玉川把这个消息送到钱谦益的家乡，五天之后官府传送公文的差役才来报喜信。传送喜报的少年们在路上飞快地跑了七天七夜才到钱家，报喜的泥金帖子尚焕然光彩，却已没有什么用处。钱谦益把这件事说给朝中官员们，风闻顾玉川的人，都以能够见他一面为荣。

一日，远游归，骑白牛，披孔翠裘①，戴櫏笠如车轮②，手棕榈扇，后随一橐驼③，背置大葫芦，其旁悬罌缶累累然④，种所得奇花草，菁葱鲜洁⑤，如山岳自行。邑之人初未识橐驼，拥观以为怪。时学使者方较试⑥，六郡士咸集，群指顾愕眙⑦。忽一人昂然从众中出，纸衣纸冠皆皂色，与玉川相对鼓掌笑，遂挽橐驼上，抱葫芦以行，如凶礼中"方相"然⑧。识者曰："此梁溪邹公履也⑨。"玉川之好怪而所与游多类此。玉川常乘橐驼往来旁郡县。至毗陵驿⑩，橐驼坠于野厕，百计挽之不能出，乃毁岸出之，而橐驼死矣。后访道入华山，不知所终。或谓玉川实病死于家，诫其子孙讳之云。

【注释】

①孔翠裘：疑用孔雀羽毛制作的裘衣。《红楼梦》有孔雀羽毛拈线织成的"雀金裘"，与此相似。

②櫏（jiě）：木名。

③橐驼：骆驼。

④罌缶：大腹小口的瓶。累累然：连接成串的样子。

⑤菁葱：青葱，葱绿色。

⑥学使：即学政，古代官名，全称提督学政，又称提学使，主管一省教育科举。较试：考核比试。

⑦愕眙（yí）：惊视的样子。

⑧凶礼：丧礼。方相：古有方相氏，为驱鬼之官。后模拟其凶恶可怖之相，作为驱疫鬼及送丧时开道之用。

⑨梁溪：水名，在今江苏无锡，此处以梁溪代指无锡。邹公履：邹德基，字公履，号二樗，又号磨蝎居士，江苏无锡人。明末清初书画家，其父湖广提学副使邹迪光亦为书画家。事见《（光绪）无锡金

匦县志》卷二二、《(乾隆)江南通志》卷一六六。他放纵不羁,行事与众不同,如清余怀《板桥杂记》记:"无锡邹公履游平康,头戴红纱巾,身着纸衣,脚登高跟木屐,佯狂沉湎,挥千金而不顾。"

⑩毗陵驿:位于今江苏常州,专供传递公文的差役和官员途经本地时停船休息或换马住宿。明代的毗陵驿,在常州城西门(朝京门)外百步的文亨桥(俗称新桥)北的西直街上,是明、清仅次金陵驿的江南重要驿站。

【译文】

有一天,顾玉川从远方游历归来,骑着一头白牛,披着孔翠裘,戴着车轮一样大的檞笠,手持一把棕榈扇,后面跟随一头骆驼,骆驼背上放着一个大葫芦,葫芦旁边还挂着许多大腹小口的瓶子,里面种着他寻觅的奇花异草,花草青翠鲜妍,看起来就像一座山在自己行走。江阴县的人起初不认识骆驼,都以为是怪物而围着观看它。当时,提督学政正在考核学子,六个州郡的读书人都集聚在一起,一群人惊骇地指着顾玉川看。忽然有一个人高傲地走出人群,他穿戴着黑色的纸做的衣服、帽子,和顾玉川相对而立并拍手大笑,然后拉住骆驼骑了上去,抱着葫芦前行,就像丧礼中的"方相"的样子。有认识他的人说:"这个人是无锡的邹德基。"顾玉川喜欢奇怪的东西,和他交游的人也大多像这样。顾玉川经常骑着骆驼来往其他的州县。有一次到毗陵驿的时候,骆驼掉进了外面的厕所里,顾玉川用了很多办法都没有把骆驼拉出来,于是就毁坏了厕所旁边的土地,这才把骆驼拉了出来,但骆驼这时已经死了。后来顾玉川去华山求仙问道,自此再也不知他的下落。有的人说顾玉川实际上在家中病死了,他告诫自己的子孙替他隐瞒此事。

张山来曰:余读《水浒传》①,窃慕神行太保戴宗之术,又以为尚不及缩地法②。私尝疑之,谓为文人游戏笔墨,未必实有其术。今读此,则是世有其人,惜予不及见耳。

【注释】

①戴宗:《水浒传》中的人物,绰号神行太保,能日行八百里,职司侦
　探消息。

②缩地法:传说中化远为近的神仙之术。晋葛洪《神仙传·壶公》:
　"费长房有神术,能缩地脉,千里存在,目前宛然,放之复舒如旧也。"

【译文】

　　张潮说:我读《水浒传》,私下里特别向往戴宗的神行术,又觉
得它还比不上缩地法。我心里曾怀疑过这些法术,认为它们是文人
的游戏之笔,不一定真实存在。今天读到这篇传记,却知道世上是
真的有这种人,可惜我无缘见到他们。

冒姬董小宛传

张明弼(公亮)①

　　董小宛②,名白,一字青莲,秦淮乐籍中奇女也③。七、
八岁,母陈氏教以书翰,辄了了。年十一二,神姿艳发,窈窕
婵娟④,无出其右;至针神曲圣、食谱茶经⑤,莫不精晓。顾
其性好静,每至幽林远壑,多依恋不能去;若夫男女阗集⑥,
喧笑并作,则心厌色沮,亟去之。居恒揽镜,自语其影曰:
"吾姿慧如此,即诎首庸人妇⑦,犹当叹采凤随鸦⑧,况作飘
花零叶乎?"

　　【注释】

　　①张明弼:字公亮,号琴牧子,南直镇江府金坛(今江苏常州金坛

区)人。明崇祯六年(1633)举人,崇祯十年(1637)五十四岁时中进士,授广东揭阳知县。早年师从曹大章,古文诗赋名重一时。与冒襄等五人义结金兰,为复社重要成员。张明弼仕宦十余年,至清顺治九年(1652)辞世,终年六十九岁,事见《(康熙)镇江府志》卷三七、《(康熙)金坛县志》卷十二。著有《兔角诠》《萤芝集》《榕城集》《杜单集》《蕉书》等,此篇文章选自其作品集《萤芝集》。又见引于清冒襄编辑《同人集》卷三。

②董小宛:名白,字小宛,又字青莲,明末"秦淮八艳"之一。嫁给复社名士冒襄为妾,故题目称作《冒姬董小宛》。冒襄《影梅庵忆语》、余怀《板桥杂记》中记有其事迹。后世有董小宛即清顺治帝董鄂妃之说,经学人考证为妄言。可参见吴定中《董小宛汇考》、孟森《董小宛考》。

③秦淮:河名,流经南京,是南京名胜之一。十里秦淮是南京繁华所在,一水相隔河两岸,一边是南方地区会试的总考场江南贡院(即今中国科举博物馆),另一边则是南部教坊名伎聚集之地,著名的有旧院、珠市。乐籍:乐户的名籍,此指官妓。古时官妓属乐部,故称。乐籍制度是将罪民、战俘等群体的妻女及其后代籍入专门的贱民名册,迫使她们世代从乐,倍受社会歧视和压制。

④婵娟:形容姿态曼妙优雅。

⑤针神曲圣:原指针线活计特别精巧的人和曲中高手。此处指女工针线活和音乐歌唱。

⑥阗集:聚集。

⑦诎(qū)首:弯下头,屈居。

⑧采凤随鸦:比喻淑女嫁鄙男。明汤显祖《紫钗记·哭收钗燕》:"终不然到嫁了人,那里有彩凤去随鸦,老鹳戏弹牙。"

【译文】

董小宛,名白,字青莲,是南京秦淮官妓中的一个传奇女子。董小宛七八岁的时候，养母陈氏教她读书认字，她很快就可以学会。董小宛十一二岁的时候，已经出落得姿色艳丽、娴静美好，无人可及；至于女工音乐、烹饪泡茶等事情，她没有不精通的。但是她生性喜欢安静，每次到了幽静的树林或遥远的山谷，都流连不已，不肯离去；至于看到男女聚集，听到喧哗调笑之声，她就会心里厌烦，面容颓唐，急着想要离开。董小宛平时总喜欢照镜子，对着镜子里的身影自语："我的姿色和智慧如此出众，即使是低头屈作平常人的妻子，也要感叹像是五彩的凤凰下嫁给乌鸦，更何况是现在像凋花落叶一样飘零呢？"

　　时有冒子辟疆者①，名襄，如皋人也，父祖皆贵显②。年十四，即与云间董太傅、陈征君相倡和③。弱冠④，与余暨陈则梁四五人⑤，刑牲称雁序于旧都⑥。其人姿仪天出，神清彻肤。余常以诗赠之，目为"东海秀影"。所居凡女子见之，有不乐为贵人妇，愿为夫子妾者无数。辟疆顾高自标置，每遇狭斜掷心卖眼⑦，皆土苴视之⑧。

【注释】

①冒子辟疆：冒襄，字辟疆，号巢民、朴庵、朴巢，南直隶泰州如皋县（今江苏如皋）人。明末清初文学家，生于明万历三十九年（1611），明亡后隐居不仕，以遗民自居，卒于康熙三十二年（1693）。事见《清史稿·冒襄传》。有《先世前征录》《朴巢诗文集》《芥茶汇钞》《水绘园诗文集》《影梅庵忆语》《寒碧孤吟》等作品。

②贵显：高贵显要。冒辟疆出身仕宦之家，祖父冒梦龄曾任云南宁州知州，父亲冒起宗官至山东按察司副使，故言贵显。

③云间：松江府（辖境约今上海苏州河以南地区）的别称。董太傅：董其昌，字玄宰，号思白，别号香光居士，松江府华亭县（今上海

松江区）人。明朝后期大臣，书画家。明万历十七年（1589）中进士，授翰林院编修。崇祯九年（1636）卒，被追赠为太子太傅，谥"文敏"。陈征君：陈继儒，字仲醇，号眉公、麋公，松江府华亭人。明朝文学家、画家。诸生出身，二十九岁开始，隐居在小昆山，后居东佘山，多次以疾辞皇帝征召，故时人称之为"陈征君"。征君，即征士，学问、品行皆高却不应朝廷征聘出仕的人。

④弱冠：古代男子二十岁行冠礼，表示已经成人，但体还未壮，所以称作弱冠。后泛指男子二十岁左右。

⑤陈则梁：据清吴骞《吴兔床日记》记陈则梁是海宁（今属浙江）人，原名陈昌应，志慕狄梁公的为人，遂改名则梁。他与董其昌等交好，晚年在海盐（今浙江海盐）城北十五里处筑海月庵，并自建生圹。冒襄《同人集》收其多篇著作，署"盐官陈梁（则梁）""秦海陈梁（则梁）"，则其名又作陈梁，字则梁。陈所学之子，与魏大中交好，晚年自称个亭和尚。事见《（光绪）海盐县志》卷十九。四五人：指"五子同盟"，有金坛张明弼、吕兆龙，盐官陈则梁，漳浦刘履丁，如皋冒辟疆。

⑥刑牲：为了祭祀或盟约而杀牲畜。雁序：指雁飞时有序的行列，引申为兄弟。旧都：指南京，因明成祖朱棣将都城自此改迁北京，故南京为旧都。

⑦狭斜：小街曲巷。多指妓院。这里代指娼妓。

⑧土苴（jū）：渣滓，糟粕。比喻微贱的东西。

【译文】

当时有个人叫冒辟疆，名襄，是如皋县人，他祖上都是高贵显要的官员。冒辟疆十四岁时，就已经和松江府的董其昌、陈继儒等人相互诗歌唱和了。冒辟疆二十岁时，与我以及陈则梁等四五人在南京杀牲畜结盟为兄弟。冒辟疆天生容貌英俊，神态清逸。我经常赠诗给他，视他为"东海秀影"。他但凡被女子看到，就有许多女子不愿去做富贵人家的妻子，而心甘情愿做他的小妾。冒辟疆自视甚高，每每遇到娼妓向他抛眼献媚，都把她们看得像渣滓糟粕一样。

　　己卯[①]，应制来秦淮[②]，吴次尾、方密之、侯朝宗咸向辟疆啧啧小宛名[③]。辟疆曰："未经平子目[④]，未定也。"而姬亦时时从名流谦集间闻人说冒子[⑤]，则询冒子何如人。客曰："此今之高名才子，负气节而又风流自喜者也。"则亦胸坎贮之。比辟疆同密之屡访，姬则厌秦淮嚣，徙之金阊[⑥]。比下第[⑦]，辟疆送其尊人秉宪东粤[⑧]，遂留吴门。闻姬住半塘[⑨]，再访之，多不值。时姬又患嚣，非受廲于炎炙，则必逃之魕赑之径[⑩]。一日，姬方日醉睡，闻冒子在门，其母亦慧情，亟扶出相见于曲栏花下。主宾双玉有光，若月流于堂户，已而四目瞠视，不发一言。盖辟疆心筹，谓此入眼第一，可系红丝。而宛君则内语曰："吾静观之，得其神趣，此殆吾委心塌地处也！"但即欲自归，恐太遽。遂如梦值故欢旧戚，两意融液，莫可举似。但连声顾其母曰："异人！异人！"

【注释】

①己卯：明崇祯十二年（1639）。

②应制：指赴南京应考乡试。这是他第五次参加乡试，仍然落第而归。

③吴次尾：吴应箕，字次尾，号楼山，南直隶贵池（今安徽池州）人，明末文学家，有《楼山堂集》等。方密之：方以智，字密之，南直隶桐城（今安徽桐城）人。明代著名思想家、哲学家、科学家，有《通雅》《物理小识》《博依集》《药地炮庄》等。侯朝宗：侯方域，字朝宗，参见本卷《马伶传》注释。

④平子：张衡，字平子，曾作《四愁诗》以咏叹美女。冒辟疆自喻平子，生就辨识美人的慧眼。

⑤谦集：宴饮集会。谦，同"宴"。

⑥金阊：即苏州。苏州有金门、阊门两城门，故以"金阊"借指苏州。

⑦下第：科举中的殿试或乡试没考中。

⑧尊人：对冒辟疆父亲冒起宗的敬称。秉宪：执掌法令。东粤：广东。据《（崇祯）肇庆府志》卷十一记："崇祯十三年三月金事冒起宗。"又冒起宗《（崇祯）肇庆府志序》自署"崇祯庚辰岁闰上元日，钦差整饬兵备分巡岭西道广东按察司金事、前南京副总考功司郎中、行人司行人如皋冒起宗撰于道署之却砚斋"，知冒起宗时任岭西道广东按察司金事，辅佐按察使、按察副使掌管刑法之事。

⑨半塘：地名，在今江苏苏州阊门至虎丘间。

⑩鼪（shēng）鼯（wú）之径：指鼠鼯类往来的小路。引申为荒凉偏僻的小道。

【译文】

明崇祯十二年，冒辟疆前往南京应考乡试，吴应箕、方以智、侯方域等人都向他啧啧夸赞董小宛的美名。辟疆说："不经我的眼睛亲自看过，不足以确定。"董小宛也经常在名士的宴饮集会上听到别人讨论冒辟疆，就询问冒辟疆是怎样的人。有客人说："他是当今很有名的才子，秉怀气节而又自命洒脱放逸。"董小宛也就把冒辟疆记在了心里。等到冒辟疆和方以智多次拜访董小宛的时候，她已经因为厌恶秦淮的喧嚣而迁居到了苏州。冒辟疆乡试落第后，送别担任广东按察司金事的父亲，之后就留在了苏州。他听说董小宛住在半塘，多次去拜访，都没有见到小宛。当时董小宛厌恶喧嚣，又不愿受累于炎热天气，一定要躲到荒凉偏僻的地方去。一天，董小宛在白日里酒醉而眠，忽然听闻冒辟疆来到门外，她的养母也十分聪敏，急忙把小宛扶出来，让她和冒辟疆在曲折栏杆旁的花丛下相见。主客双方都像美玉一样灿然生辉，仿佛月光流淌在门庭之内,不久两人四目相对,脉脉无语。大概冒辟疆在心里算计,她是我眼中的第一流女子,可以缠上红线以缔结姻缘。而董小宛则在心中自语:"我仔细观察他,能领略到他的神韵旨趣,他大概就是我愿意倾心相处的人吧!"她这时就想嫁给冒辟疆,但又担心有些着急了。他们就像在梦里遇到了往日的亲密友人一样,两人情投意合,世间没有什么可以比拟的例子。董小宛对着养母连声感叹:"他真是一个不寻常的人啊! 他是一个多么不寻常的人啊!"

　　辟疆旋以三吴坛坫争相属①,凌遽而别②。阅屡岁,岁一至吴门,则姬自西湖远游于黄山、白岳间者③,将三年矣。此三年中,辟疆在吴门,有某姬亦倾盖输心④,遂订密约,然以省觐往衡岳⑤,不果。辛巳夏⑥,献贼突破襄樊,特调衡永兵备使者监左镇军⑦。时辟疆痛尊人身陷兵火,上书万言,干政府言路⑧,历陈尊人刚介不阿、逢怒同乡同年状⑨,倾动朝堂。至壬午春⑩,复得调⑪。辟疆喜甚,疾过吴门,践某姬约。至则前此一旬,已为窦、霍豪家不惜万金劫去矣⑫。

【注释】

①三吴:泛指长江下游的江南吴地,包括南京、苏州、镇江、杭州、无锡、上海等地。坛坫(diàn):指文人集会或集会之所,此指复社。明崇祯十二年(1639)十一月初,复社三百四十人在南京召开集会,请有司刊印张自烈《删定四书大全》;明崇祯十五年(1642)春,复社在苏州虎丘集会。复社成员怀着饱满的政治热情,以宗经复古、切实尚用相号召,切磋学问,砥砺品行,反对空谈,密切关注社会人生,并实际地参加政治斗争。相属:相接连,相继。

②凌遽:仓促,急促。

③白岳：今齐云山，在今安徽休宁西。古称白岳，与黄山南北相望，有"黄山白岳甲江南"之誉。

④某姬：即陈圆圆，原姓邢，名沅，字圆圆，幼从养母陈氏，故改姓陈。明末清初"秦淮八艳"之一。冒辟疆《影梅庵忆语》记"此中有陈姬某，擅梨园之胜"，遂与之定情。倾盖输心：一见钟情。倾盖，车上的伞盖靠在一起，形容初交而一见如故。

⑤省觐：探望父母或其他尊长。衡岳：南岳衡山的简称，此指衡州（今湖南衡阳）及周边地区。冒父冒起宗时任"分巡上湖南道兵备宪使"，"崇祯十三年仕，十四年调襄阳监军道"（《康熙）衡州府志》卷九）。

⑥辛巳：明崇祯十四年（1641）。此年张献忠率农民起义军攻破了湖广襄阳（今湖北襄阳）和樊城（今湖北襄阳樊城区）。

⑦调衡永兵备使者监左镇军：调任衡永兵备宪使监督左良玉军队。衡永兵备使者，即湖南衡州、永州兵备宪使。左镇军，指左良玉军，当时在襄阳一带与张献忠军展开多次战斗。

⑧干：冒犯，冲犯。言路：旧指人臣向朝廷进言的途径。古代朝廷的言官可以直接上书皇帝，冒辟疆的秀才身份尚无权上书。

⑨同乡同年：同年，同登科榜者。据冒广民《冒巢民先生年谱》记陷害冒起宗之人有"府同乡之孙黄门、颜铨部、成侍御"。

⑩壬午：明崇祯十五年（1642）。

⑪复得调：再次调任。据冒广民《冒巢民先生年谱》记冒起宗崇祯十五年转调湖广宝庆按察司副使，未就辞归，逃离战火之处。

⑫窦、霍豪家：泛指有势力的外戚。西汉时期，窦婴、霍光倚靠外戚身份，把持政权，其家门显赫，权势滔天。此处指外戚田弘（宏）遇。崇祯十五年仲春，陈圆圆被田贵妃的父亲田弘遇劫夺入京。如叶梦珠《阅世编》称："十六年（叶氏可能记错时间）春，戚畹田宏遇南游吴阊，闻歌妓陈沅、顾寿。名震一时，宏遇使人购得顾

寿，而沅尤靓丽绝世，客有私于宏遇者，以八百金市沅进之，宏遇
载以还京。"

【译文】

不久，冒辟疆就因为江南复社诸事接连不断，仓促辞别。过了几年，
冒辟疆每年都去苏州，而董小宛已从西湖游历到了黄山、齐云山之间，这
种情况持续了近三年。这三年里，冒辟疆留在苏州，陈圆圆对他一见钟
情，于是二人就约定终生，但因为冒辟疆去衡阳一带探望父母，于是二人
的亲事不了了之。明崇祯十四年夏天，张献忠攻陷了襄阳、樊城，朝廷特
调任衡永兵备宪使冒起宗监督左良玉军队。当时，冒辟疆痛心父亲冒起
宗身陷兵火战乱，遂向朝廷上万言书，冒犯朝廷言官进谏上书的方式，逐
一陈述父亲冒起宗刚正耿直而触怒同乡同科榜人的情状，使朝廷官员大
为震惊。明崇祯十五年春天，冒起宗又得以调任他职，暂脱险境。冒辟
疆十分欣喜，急忙跑到苏州，想要履行和陈圆圆的约定。但是到了苏州
才得知，十天之前陈圆圆已被外戚田弘遇挥掷万金抢去了。

　　辟疆正旁皇郁壹①，无所寄托。偶月夜荡叶舟，随所飘
泊。至桐桥内②，见小楼如画，阒闭立水涯③。无意询岸边
人，则云："此秦淮董姬自黄山归，丧母，抱危病，镝户二旬
余矣④！"辟疆闻之，惊喜欲狂。坚叩其门，始得入。比登
楼，则灯炧无光⑤，药铛狼藉⑥。启帷见之，奄奄一息者，小
宛也。姬忽见辟疆，倦眸审视，泪如雨下，述痛母怀君状，犹
乍吐乍含，喘息未定。至午夜，披衣遂起，曰："吾疾愈矣！"
乃正告辟疆曰："吾有怀久矣！夫物未有孤产而无耦者，如
顿牟之草、磁石之铁⑦，气有潜感，数亦有冥会⑧。今吾不见
子，则神废；一见子，则神立。二十日来，勺粒不沾，医药罔
效；今君夜半一至，吾遂霍然。君既有当于我，我岂无当于

君？愿以此刻委终身于君，君万勿辞！"辟疆沉吟曰："天下固无是易易事。且君向一醉晤，今一病逢，何从知余？又何从知余闺阁中贤否？乃轻身相委如是耶？且近得大人喜音⑨，明旦当遣使襄樊，何敢留此？"请辞去。至次日，姬靓妆鲜衣，束行李，屡趣登舟，誓不复返。姬时有父，多嗜好，又荡费无度，恃姬负一时冠绝名，遂负逋数千金⑩，咸无如姬何也⑪。

【注释】

①旁皇：同"彷徨"，心神不定。郁壹：郁闷，不舒畅。

②桐桥：位于今苏州山塘街，又名洞桥，古名胜安桥。

③阒（qù）：同"阒"，寂静。

④镭（jué）户：锁闭门户。

⑤灯炧（xiè）：灯烛。

⑥药铛：熬煮中药的药锅。

⑦顿牟：琥珀。语见东汉王充《论衡·乱龙》："顿牟掇芥，磁石引针，皆以其真是，不假他类。"指琥珀吸引草芥，磁石吸引铁针。

⑧冥会：默契，暗合。

⑨大人：指冒父冒起宗。冒辟疆得知他转任他职，暂离战争险境。

⑩负逋（bū）：负债，拖欠钱财。

⑪无如姬何：没有什么办法来对付董小宛。

【译文】

冒辟疆彷徨不安，忧郁不乐，无法纾解忧怀。忽逢月夜，他乘着一叶小舟，随其任意飘荡。到了桐桥的时候，看见一座优美如画的小楼，紧闭大门，静立水边。冒辟疆无意间问起岸边之人，那人说："这里住着秦淮的董小宛，她从黄山回来后，养母过世，自己身染重病，已经紧锁门户二十多天了。"冒辟疆听到这些话语,惊喜得几乎发狂。他不停地敲门,才得以进门。等到登上楼,只看到屋里的灯烛黯淡无光,煎药的药锅散乱一地。他掀开床帷,看到一个气息微弱的人,正是董小宛。董小宛突然见到冒辟疆,用疲惫的双眼仔细盯着他,眼泪像雨水似的直往下流,缓缓诉说丧母之痛和对冒辟疆的思念之情,仍然呼吸不稳,喘息不停。到了半夜,董小宛忽然披上衣服起来了,说:"我的病已经痊愈了!"她郑重地对冒辟疆说:"我思念你已经很久了! 万物中没有独自生存而缺少配偶的,比如琥珀可以吸引草芥,磁石可以吸附铁屑,气运能有无形的感应,命数也会暗存感通。现在我见不到你,就精神颓废;一见到你,就精神焕发。我二十多天以来,勺水未进,粒米未沾,医药无效;如今你半夜到访,我转瞬间就变好了。你既然对我有所作为,我难道对你就没有酬答吗? 我愿意此时就将终身托付于你,请你千万不要推辞!"冒辟疆沉思着说:"天下本来就没有这样容易的事情。况且你只是以前喝醉时见过我一次,如今病中才与我相逢,你哪里能了解我呢? 又哪里知道我的正室是否贤良呢? 怎么就到了这样以身相许的地步? 何况我刚得到了父亲调任的好消息,明天一早便要派人去襄阳、樊城一带,怎么敢留在这里呢?"于是就请求离开了。到了第二天,董小宛化着明艳的妆容,穿着鲜艳的衣服,收拾好出行所带的东西,多次催促冒辟疆登船,发誓再也不回来了。当时,董小宛的养父有很多恶习,又挥霍浪费不加节制,仗着小宛冠绝秦淮的艳名,拖欠了数千两的钱财,但对小宛的离开束手无策。

自此渡浒墅^①,游惠山^②,历毗陵、阳羡、澄江^③,抵北固^④,登金、焦^⑤。姬著西洋布退红轻衫^⑥,薄如蝉纱,洁比雪艳,与辟疆观竞渡于江山最胜处。千万人争步拥之,谓江妃携偶踏波而上征也^⑦。凡二十七日,辟疆二十七度辞。姬痛哭,叩其意。辟疆曰:"吾大人虽离虎穴,未定归期。且秋期逼矣[8],欲破釜焚舟冀一当[9],子盍归待之?"姬乃大喜曰:"余归,长斋谢客[10],茗椀炉香,听子好音。"遂别。自是杜门茹素,虽有窦、霍相檄,佻健横侮[11],皆假贷略贿以蝉脱之。短缄细札,责诺寻盟,无月不数至。

【注释】

①浒(xǔ)墅:浒墅关,在苏州西北,地处运河交通要冲。明、清置钞关于此。素有"江南要冲地、吴中活码头"之称。

②惠山:山名,在今江苏无锡西郊。山有九陇,俗谓九龙山。惠山九峰中最著名的有三个山峰,即头茅峰、二茅峰、三茅峰。

③毗陵:古地名,此指武进县(今江苏常州武进区)。西汉高祖五年(前202)置毗陵县,治所在今江苏常州,明、清其地称作武进县,属常州府。阳羡:古地名,秦朝始设阳羡县,明、清称作宜兴县,即今江苏宜兴。澄江:明清江阴县的别称。今属江苏无锡。宋俞巨源《绍熙中创编江阴志序》"大江自京口来,委折而南,浩漾澎湃,势益壮越,数百里聚为澄江之区"(《(嘉靖)江阴县志》卷二一)。宋、元皆置澄江驿于江阴城内,故江阴有澄江之名。武进、宜兴、江阴皆属明、清常州府辖县。

④北固:北固山,在今江苏镇江。此山北临长江,石壁嵯峨,山势险固,因此得名。

⑤金、焦:金山与焦山的合称。两山都在今江苏镇江,与北固山合称"京口三山"。金山原名浮玉山,因唐朝时裴头陀于江际获金,故改金山。焦山因东汉焦光隐居此山得名。

⑥退红:粉红色。轻衫:轻似蝉翼的罗衣。

⑦江妃:亦作"江斐",传说中的神女。汉刘向《列仙传·江妃二女》:

"江妃二女者,不知何所人也,出游于江汉之湄,逢郑交甫,见而悦之,不知其神人也。"

⑧秋期:秋试的日期。明、清在秋季举行的选拔举人的考试,即乡试。

⑨破釜焚舟:犹破釜沉舟。语本《孙子·九地》:"帅与之深入诸侯之地,而发其机,焚舟破釜,若驱群羊。"表示下定必死决心,有进无退干到底。

⑩长斋:终年吃素。

⑪佻健:此指无赖。

【译文】

　　此后,二人渡浒墅关,游历惠山,行经武进、宜兴、江阴等地,到了北固山,也曾登临金山和焦山。董小宛身着西洋布做的粉红轻衫,轻薄如同蝉翼,洁白胜似白雪,她和冒辟疆在壮丽河山间观看划船比赛。当时有千万人竞相围观,说是江妃和她的伴侣一起踏着水波溯流而上。两人一同行路二十七天,冒辟疆二十七次推辞董小宛。董小宛痛哭不止,询问冒辟疆的心意。冒辟疆说:"我父亲虽然离开了危险之地,但是归来的日子还没有确定。而且秋试将近,我想要背水一战,希望可以一朝高中,你为什么不回去等我呢?"董小宛于是高兴地说:"我回去之后要吃长斋,闭门谢客,冲泡好茶,燃起香炉,等待你的好消息。"于是两人就此分别。自此,董小宛闭门谢客,只吃素斋,即使有权宜贵戚召请,轻佻之辈骚扰,也都通过借钱贿赂他们的方式得以金蝉脱壳。她每月都给冒辟疆寄送好几封书信,索求诺言,重订旧誓。

　　迨至八月初,姬复孤身挈一妇,从吴买舟江行,逢盗,折舵入苇中,三日不得食。抵秦淮,复停舟郭外,候辟疆闹事毕①,始见之。一时应制诸名贵咸置酒高宴。中秋夜,觞姬与辟疆于河亭,演怀宁新剧《燕子笺》②。时秦淮女郎满座,皆激扬叹羡，以姬得所归，为之喜极泪下。榜发，辟疆复中副车③；而宪副公不赴新调④，请告适归⑤；且姬索逋者益众，又未易落籍⑥。辟疆仍力劝之归，而以黄衫、押衙托同盟某刺史⑦。刺史莽，众哗⑧，挟姬匿之，几败事。虞山钱牧斋先生维时不惟一代龙门⑨，实风流教主也，素期许辟疆甚远，而又爱姬之俊识。闻之，特至半塘，令柳姬与姬为伴⑩，亲为规画，债家意满。时又有大帅以千金为姬与辟疆寿⑪，而刘大行复佐之⑫。公三日遂得了一切，集远近与姬饯别于虎嘷⑬，买舟，以手书并盈尺之券送姬至如皋⑭。又移书与门生张祠部⑮，为之落籍。

【注释】

①闱事：指科举考试。

②怀宁：即阮大铖，他祖籍南直隶安庆府桐城县（今安徽桐城），父辈迁居到怀宁（今安徽怀宁），故常称作"阮怀宁"。阮大铖著有《春灯谜》《燕子笺》《双金榜》《牟尼合》等戏剧，其中的《燕子笺》写唐代士人霍都梁与名妓华行云、尚书千金郦飞云的曲折婚恋故事。

③副车：乡试的副榜贡生，依然未中举。副榜是一种不同于正式录取的榜示，即在正式录取的正榜外，再选若干人列为副榜。明嘉靖时始出现乡试副榜，名列乡试副榜者不能参加会试，但可应下科的乡试。清初，乡、会试正榜以外，都会录取一定名额的"副榜"。

④宪副公：指冒辟疆父亲冒起宗，时任湖广宝庆府按察副使，明、清称按察副使为宪副。据冒广民《冒巢民先生年谱》记崇祯十五年"宪副公调宝庆，寻告归"。

⑤请告：请求休假或退休。

⑥落籍:销掉乐籍。旧特指妓女从良,从乐籍上除名。

⑦黄衫、押衙:皆指行侠仗义的人,典出唐小说《霍小玉传》《无双传》。《霍小玉传》记黄衫豪士为被李益所抛弃的霍小玉鸣不平,挟持李益前往探视重病的霍小玉。《无双传》记古押衙帮助刘无双金蝉脱壳,又舍生而成就王仙客和刘无双的姻缘。同盟某刺史:复社盟友刘刺史。据冒辟疆《影梅庵忆语》记,冒辟疆以行侠仗义之名请托刘刺史(身份不详)接引董小宛,陈大将军、刘大行皆解囊赠金以助刘刺史成行。

⑧哗:哗变,逃散。据冒辟疆《影梅庵忆语》记:"刺史至吴门,不善调停,众哗决裂。"

⑨龙门:比喻声望高的人。

⑩柳姬:柳如是,钱谦益的妾室。本名杨爱,改姓柳,名隐,又改名是,字如是,又称河东君,明末清初秦淮名妓,后为钱谦益妾室,她工于诗文,有《戊寅草》《湖上草》等作品。

⑪大帅:统军的主帅、主将。《影梅庵忆语》记为陈大将军,不详。寿:以金、帛赠人以表祝福。

⑫刘大行:或为刘履丁,与冒辟疆同为秦淮眉楼五子之一。

⑬虎疁(liú):即浒墅的旧名。

⑭券:债券,债务契约。

⑮移书:写信,致书。门生张祠部:据冒辟疆《影梅庵忆语》记"驰书贵门生张祠部",其人当为钱谦益的门生,时任祠部官员。

【译文】

快到八月时,董小宛再次孤身一人,带着一个侍女,买船从苏州沿水路而行,路上遇到强盗,便调转船头躲进芦苇丛中,三天都没有吃东西。到了南京之后,董小宛又把船停在南京外城,等到冒辟疆结束秋试才去见他。一时间,参加秋试的许多名流贵官都陈设酒席宴请他们。中秋节那天晚上,有人请董小宛和冒辟疆在河亭饮酒,酒席上表演阮大铖的新戏《燕子笺》。那时场上坐满了秦淮女子,她们激动地哀叹、羡慕,为董小宛找到了归宿而高兴得落泪。乡试发榜后,冒辟疆又名列副榜;而他的父亲冒起宗辞却了朝廷的新任命,请求辞官还乡;况且向董小宛讨要欠债的人越来越多,她又难以销除乐籍。冒辟疆仍极力劝说她回苏州去,并以行侠仗义之名义而请托复社盟友某刺史代为照管。这个刺史粗莽冒失,同行者哗变,他只好带着董小宛藏了起来,几乎使事情失败。钱谦益当时不仅是文人们所崇仰的文学宗师,也堪称是男女情爱的领袖,他向来对冒辟疆寄托厚望,也很欣赏董小宛的卓越见识。听闻此事,他特意赶往苏州半塘,让柳如是给董小宛作伴,亲自为董小宛筹划安排,使她的债主们都得到了满意的结果。当时又有大将军赠给董、冒千两银子以表祝福,而刘大行也帮助他们。钱谦益用了三天时间就处理好了所有事情,在浒墅关召集远近的友朋为董小宛饯行,为她买了船,将自己的书信和一尺多高的债务契约交给董小宛,并送她前往如皋。他又写信给门生张祠部,请他为董小宛销掉乐籍。

八月初,姬南征时①,闻夫人贤甚,特令其父先至如皋,以至情告夫人,夫人喜诺已久矣。姬入门后,智慧络绎,上下内外大小,罔不妥悦。与辟疆日坐画苑书圃中,抚桐瑟,赏茗香,评品人物山水,鉴别金石鼎彝②。闲吟得句,与采辑诗史③,必捧研席为书之。意所欲得,与意所未及,必控弦追箭以赴之。即家所素无,人所莫办,仓猝之间,靡不立就。相得之乐,两人恒云"天壤间未之有也!"

【注释】

①南征:南行。此处追忆董小宛从南京向南返回苏州之事,冒辟疆《影梅庵忆语》详述其事,但未述时间,张明弼此文略言"八月初"。

②鼎彝：古代祭器，上面多刻着表彰有功人物的文字。此处泛指钟
　　鼎之器。

③诗史：前人的诗作。

【译文】

　　八月初，董小宛启程往南走时，听说冒辟疆的正室十分贤良，就特意
让养父先去如皋，向她诉说自己的真情，正室夫人欣然允诺并等待已久。
董小宛进门之后，处处显示其聪慧之处，冒家上上下下、里里外外、大大
小小没有不满意和喜悦的。她和冒辟疆白天坐在画斋书房里，弹奏桐木
的鸣瑟，品味茶叶的清香，评论人物、品鉴山水，鉴别钟鼎碑碣的真伪。
冒辟疆吟诵而得佳句时，还有搜集辑录前人诗作时，董小宛一定会捧着
砚台、坐席亲自为他记录。冒辟疆想要的东西，以及还没有想到的东西，
董小宛一定会像拉弓射箭般急速地做好。即使是家里向来没有的东西，
别人没做过的事情，董小宛也能在很短的时间内立刻做好。那份情投意
合的快乐，两人常称言"这是天地之间从来未有的！"

　　申、酉崩坼①，辟疆避难渡江，与举家遁浙之盐官②，履
危九死，姬不以身先，则愿以身后，"宁使贼得我则释君，君
其问我于泉府耳③。"中间智计百出，保全实多。后辟疆虽
不死于兵，而濒死于病。姬凡侍药不间寝食者，必百昼夜。
事平，始得同归故里。前后凡九年，年仅二十七岁，以劳瘁
病卒④。其致病之繇与久病之状，并隐微难悉，详辟疆《忆
语》《哀辞》中⑤，不惟千古神伤，实堪令奉倩、安仁阁笔也⑥。

【注释】

①申、酉崩坼：指甲申（明崇祯十七年、清顺治元年，1644）、乙酉
　　（清顺治二年，1645）间发生的清军南侵、李自成攻入北京、明朝

灭亡等事。崩坼，山崩地坼，比喻社会大变乱、朝廷覆灭。

②盐官：海宁（今属浙江）的古称。三国东吴始置盐官，以产盐并置盐官署得名。元代改名海宁州，明洪武二年（1369）降为海宁县，属杭州府。清乾隆三十八年（1773）复升为海宁州。滨临杭州湾，钱塘江口海潮至此束狭汹涌，为观潮胜地。

③泉府：黄泉，地府，死人居住的地方。

④劳瘁：因辛劳过度而致身体衰弱。病卒：孟森《董小宛考》考述董小宛殁于清顺治八年（1651）正月初二，享年二十八岁。

⑤《忆语》：即冒辟疆所作《影梅庵忆语》。《哀辞》：即冒辟疆所作《亡姬董小宛哀辞》。《影梅庵忆语》《亡姬董小宛哀辞》都是追忆董小宛之作，在清顺治年间不胫而走，乃悼亡佳作。

⑥奉倩：三国魏荀粲，字奉倩，因妻病逝，痛悼悲哀，神情颓败，岁余而死，年仅二十九岁。安仁：潘安，本名岳，字安仁，西晋著名文学家、政治家，与其妻杨氏感情甚笃，后世有"潘杨之好"的评价。杨氏去世，潘安曾作《悼亡诗》三首。阁笔：搁笔，停笔，指因羞愧不如而停笔不写悼亡之作。

【译文】

明崇祯十七年、清顺治二年间江山巨变、乾坤颠覆，冒辟疆为了避难而渡过长江，携全家躲到浙江海宁县，逃难途中多次置身险境而九死一生，董小宛不是冲在危险前面，便是愿意殿后守护，她说："我宁愿让贼人抓了我而释放你，你只要以后在地府问候我就行了。"途中小宛多次使用妙计保全冒家人。后来冒辟疆虽然没有死于战乱，但是因为生病而濒临死亡。董小宛服侍他喝药而不眠不食，历经许多个日夜。战事平息后，董小宛才和冒辟疆一起回到故乡。两人在一起生活前后共九年，董小宛才二十七岁，就因为积劳成疾过世了。她生病的缘由和久病的情状，以及一些隐约细微外人难以知晓的事情，冒辟疆在《影梅庵忆语》《亡姬董小宛哀辞》中都记得很详细，这些记述不仅让千古之人伤感万分，甚至会令荀粲和潘岳自感羞愧而停笔不写悼亡之作。

琴牧子曰^①：姬殁，辟疆哭之曰："吾不知姬死而吾死也！"予谓父母存，不许人以死，况菌席间物乎^②？及读辟疆《哀词》，始知情至之人，固不妨此语也。夫饥色如饥食焉。饥食者，获一饱，虽珍羞亦厌之。今辟疆九年而未厌，何也？饥德非饥色也！栖山水者，十年而不出，其朝光夕景，有以日酣其志也，宛君其有日酣冒子者乎？虽然，历之风波疾厄盗贼之际而不变如宛君者^③，真奇女，可匹我辟疆奇男子矣。

【注释】

①琴牧子：作者张明弼的号。

②菌席：席褥，床垫。此处比喻侍寝的妾室。

③风波疾厄：人事变迁、疾病苦厄。

【译文】

张明弼说：董小宛死后，冒辟疆哭着说："我没想到小宛死了之后我也像死了一般啊！"我认为只要父母还活着，就不能向别人许诺生死，何况只是一个侍寝的小妾呢？但等到读了冒辟疆的《亡姬董小宛哀辞》，我才知道如果是用情至深的人，说这样的话自然没有关系。那些渴求美色与渴求食物的人行径如出一辙。渴求食物的人，获得一餐饱饭后，即使是山珍海味也不会稀罕。如今冒辟疆九年都没有厌烦董小宛，是为什么呢？冒辟疆是渴慕德行而不是渴求美色之人啊！栖息在山水之间的隐士，隐居十年都不离开，是因为山中的晨色晚景，每天都可以使他的心志畅快，董小宛或许每天都能令冒辟疆的心志畅快吧？即使是这样，董小宛历经人事变迁、疾病苦难，遭遇盗匪等境况仍能不变初心，实在是一个奇女子,完全配得上冒辟疆这样的奇男子。

附:冒辟疆《影梅庵忆语》选十五则

壬午清和晦日①,姬送余至北固山下,坚欲从渡江归里。余辞之力,益哀切不肯行,舟泊江边。时西先生毕今梁寄余夏西洋布一端②,薄如蝉纱,洁比雪艳。以退红为里,为姬制轻衫,不减张丽华桂宫霓裳也③。偕登金山④,时四五龙舟冲波激盘而上⑤。山中游人数千,尾余两人,指为神仙。绕山而行,凡我两人所止,则龙舟争赴,回环数匝不去。呼询之,则驾舟者,皆余去秋浙回官舫长年也⑥。劳以鹅、酒⑦,竟日返舟。舟中宣磁大白盂盛樱珠数升⑧,共啖之,不辨其为樱为唇也。江山人物之盛,照映一时,至今谭者侈美⑨。

【注释】

①壬午:明崇祯十五年(1642)。清和:农历四月的俗称。晦日:农历每月最后的一天。

②西先生毕今梁:西方人毕今梁。毕方济,字今梁,意大利天主教神父(阮大铖《赠毕今梁》诗注曰"今梁,西洋教士")。他精通天文学,来到大明后四处活动,曾到上海、开封、扬州、苏州、宁波、福州等地传教,还曾在明崇祯十二年(1639)上崇祯帝《谨修方物,并陈一得,仰佐中兴盛治疏》。

③张丽华:南朝陈后主陈叔宝的妃子。聪明灵慧,有辩才,而且记忆力很强,因此深得陈后主喜爱。陈朝灭亡后,被隋军斩杀。桂宫:陈后主为张丽华修建的宫殿。霓裳:飘拂轻柔的舞衣。

④金山：在江苏镇江西北。古有氏父、获苻、伏牛、浮玉等名，唐时裴
　头陀获金于江边，因改名金山。

⑤激盘：《影梅庵忆语》作"激荡"，指船只在水流冲击下动荡起伏。

⑥官舫：官船，官府的船。长年：船工。宋戴埴《鼠璞・篙师》："海
　壖呼篙师为长年……盖推一船之最尊者言之。"

⑦劳：犒劳。鹅、酒：鹅和酒。旧时常用作馈赠品。

⑧宣磁：宣瓷，明宣德窑烧制的瓷器，以精美而闻名。明沈德符《万
　历野获编・瓷器》："本朝瓷器……如宣窑品最贵，近日又贵成窑。"
　"磁"，《影梅庵忆语》作"瓷"。盂：盛食物或盛液体的器皿。

⑨谭者：谈论。

【译文】

　　明崇祯十五年四月的最后一天，董小宛送我到北固山下，坚决
要和我一起渡江还乡。我极力推辞，她却更加悲痛而不肯离去，我
只好把船停在江岸。当时西洋人毕今梁寄给我一匹西洋夏天薄布，
轻薄如同蝉翼，洁白胜似白雪。用粉红色的布做里子，给小宛缝制
了一件轻衫，其轻美不亚于张丽华在桂宫穿的霓裳。我们一起登上
金山，当时正好有四五艘龙舟逆着波浪迎水动荡。金山上有数千游
人尾随我们两人，指着我们说是神仙。我们绕着山行走，凡是我们
停留的地方，龙舟都争相追逐，绕着我们盘桓好几圈而不离去。我
呼喊着询问他们，原来驾驶龙舟的人都是我去年秋天从浙江返回时
所乘官船上的船工。我用鹅和酒犒劳他们，玩了一天才返回船中。
船上用宣瓷制的大白盂里盛放着数升樱桃，我和小宛一起吃樱桃，
到后来已经分不清那红艳艳的到底是樱桃还是嘴唇。江山如画、人
物明艳，相互映照着那一时刻，如今谈论起来仍然觉得那时的场景
分外美好。

　　秦淮中秋日①，四方同社诸友②，感姬为余不辞盗

贼风波之险,间关相从,因置酒桃叶水阁③。时在坐为眉楼顾夫人、寒秀斋李夫人④,皆与姬为至戚,美其属余,咸来相庆。是日新演《燕子笺》,曲尽情艳,至霍、华离合处⑤,姬泣下,顾、李亦泣下。一时才子佳人、楼台烟水、新声明月,俱足千古。至今思之,不异游仙枕上梦幻也⑥。

【注释】

①中秋日:指壬午年(明崇祯十五年,1642)的中秋节。

②同社:即复社,明末江南士大夫主张改良政治的文学结社之一。冒辟疆为复社骨干成员。

③桃叶水阁:桃叶渡边的楼阁。桃叶渡是南京秦淮河上的一个古渡,位于秦淮河与古青溪水道合流处附近,南起今贡院街东,北至今建康路淮清桥西,又名南浦渡。从六朝到明、清,桃叶渡处均为繁华地段。

④眉楼顾夫人:原名顾媚,字眉生,又名眉,号横波。本为南京妓女,后被龚鼎孳纳为妾室,通文史,工画兰,精诗词音律。眉楼,顾媚居所。寒秀斋李夫人:李大娘,一名小大,字宛君,性格豪爽,有侠妓之称。晚年靠教授女子歌舞为生。寒秀斋,李大娘的居所。

⑤霍、华:指阮大铖《燕子笺》中的男主人公霍都梁和女主人公华行云。《燕子笺》讲述两人悲欢离合之事。

⑥游仙枕:相传唐玄宗时,龟兹国献一奇枕。头枕此枕入睡,能梦游海外十洲三岛、四海五湖,故名游仙枕。事见王仁裕《开元天宝遗事》。

【译文】

在南京时的中秋节,来自各地的复社朋友们有感于小宛为了我而不顾盗匪横行的风险，越过重重难关来追随我，于是便在桃叶渡边的楼阁摆酒设宴。当时在座的眉楼顾媚、寒秀斋李大娘，都是小宛最亲密的朋友，她们称赞小宛跟随于我，都过来庆祝此事。那天宴席上演唱的是新戏《燕子笺》，动听的曲调尽情地倾诉着哀艳的情感，演到霍都梁与华行云分别的情节时，小宛泪水涟涟，顾媚、李大娘也潸然落泪。一时间，才华横溢的文士与姿容艳美的女子，精致华美的楼台和烟雾朦胧的水阁，新演剧目的曲调和皎洁澄明的圆月，所有场景都足以留名千古。我如今想起那时的场景，还觉得和做梦时游历仙境毫无二致。

　　余数年来，欲裒集四唐诗①，购全集②，类逸事③，集众评，列人与年为次第，付姬收贮。至编年论人，准之《唐书》④。姬终日佐余稽查抄写，细心商订，永日终夜，相对忘言。阅诗无所不解，而又出慧解以解之。尤好熟读《楚词》、少陵、义山⑤、王建、花蕊夫人、王珪三家《宫词》⑥。等身之书，周回座右，午夜衾枕间，犹拥数十家唐诗而卧。今祕阁尘封，余不忍启，将来此志，谁克与终？付之一叹而已！

【注释】

①裒（póu）集：搜集，辑集。四唐诗：指初、盛、中、晚四期的唐诗。

②全集：一个作者或一个流派作者的全部著作集合编成的书。

③逸事：正史上没有记载的遗闻。

④《唐书》：记载唐朝历史的纪传体史书，五代后晋时刘昫、张昭远等撰《旧唐书》，宋代欧阳修等撰《新唐书》。

⑤《楚词》：即《楚辞》。战国楚人屈原借鉴楚地歌谣，创作出《离

骚》等巨制鸿篇，后人仿效创作了很多风格相似的文学作品，西汉刘向将这些作品全部汇集而成诗歌总集《楚辞》。少陵：即杜甫，字子美，自号少陵野老，唐代诗人，有《杜工部集》。义山：即李商隐，字义山，号玉溪生，又号樊南生，晚唐诗人，有《李义山诗集》。

⑥王建：字仲初，唐代诗人，曾创作《宫词》百首。开创了以"宫词"为题的诗作创作。花蕊夫人：前蜀皇帝王建淑妃徐氏，宫中号为花蕊夫人，有《花蕊夫人宫词》百余首传世。王珪：字禹玉，北宋名相、著名文学家，创作《宫词》百余首。《宫词》，以帝王宫廷日常生活琐事为题材的诗，常表现宫女抑郁愁怨的情怀。

【译文】

　　我多年以来，一直想要搜集汇编唐代各时期诗歌，于是购买文人全集，归类诗人逸事，汇集各家评论，按照诗人及其作品的时间先后进行排列，都交给小宛收藏保存。至于编年排列和评价诗人，都参考《唐书》的体例。小宛整日陪着我核查文字和抄写材料，仔细地与我商量定夺，从早到晚夜以继日，我们相对坐着忙碌都忘了互诉心意。小宛读诗时总是能够理解其意，又往往能提出更有见地的解释来。她尤其喜欢反复阅读《楚辞》、杜甫和李商隐的诗作，以及王建、花蕊夫人和王珪三人创作的《宫词》。小宛的座位右边放了一圈书籍，数量多得堆叠起来等同她的身高，她半夜躺在衾被、枕头间，还抱着数十位唐代诗人的作品才入睡。如今闺阁紧闭、灰尘落满，我再也不忍心打开那扇门窗，我集诗的志愿将来能和谁一起去完成呢？只能长叹一声罢了！

　　乙酉客盐官①，尝向诸友借书读之。凡有奇僻，命姬手抄。姬于事涉闺阁者，则另录一帙。归来与姬遍搜诸书续成之，名曰《奁艳》②。其书之瑰异精祕，凡古今女子，自顶至踵，以及服食器具，亭台歌舞、针神才藻,下及禽鱼鸟兽,即草木之无情者,稍涉有情,皆归香丽^③。今细字红笺,类分条悉,俱在奁中。客春^④,顾夫人远向姬借阅此书,与龚奉常极赞其妙^⑤,促绣梓之^⑥。余即当忍痛为之校雠鸠工^⑦,以终姬志。

【注释】

①乙酉:清顺治二年(1645)。

②奁(lián):古代女子盛梳妆用品的匣子。以"奁艳"为题,暗示作品涉及女子闺闱之事。或云董小宛有《奁艳集》三卷,惜今未传。

③香丽:旧时指内容涉及闺阁而辞藻艳丽的诗文文风,此处指《奁艳》。

④客春:指春天客居异地。

⑤龚奉常:龚鼎孳,字孝升,号芝麓。明末清初诗人、文学家,有《定山堂文集》《定山堂诗集》等。他纳顾媚为妾,两人轻财好客,称名一时。奉常,本是掌管宗庙礼仪的最高行政机关,后来改称太常或太常寺。龚鼎孳入清后,任太常寺少卿,故称龚奉常;官至礼部尚书,又称龚宗伯。事见《清史稿·龚鼎孳传》)。

⑥绣梓:本指精美的梓木刻版,此指雕版印行。

⑦校雠(chóu):校正书籍,纠正讹误。鸠工:召集工人刻印。

【译文】

　　清顺治二年客居浙江海宁时,我曾向朋友们借书阅读。但凡遇到奇怪生僻之处,就让小宛亲手抄写下来。小宛把其中涉及闺阁女子的内容另外辑录成一册。返回故乡如皋之后,我和小宛四处搜求群书并增补了一些内容而使其成书,取名为《奁艳》。这本书选取珍奇罕见之事,凡是古往今来的女子事迹,对她们从头到脚的描写,日常的服饰、饮食、所用器具,亭台中的歌舞,精通女工、颇具文才,甚至像禽、鱼、鸟、兽,及本来无情的花草树木,只要稍微涉及一点情愫,也都一起收入了《奁艳》。小宛细小的字迹如今还留存在红色的纸张上,分类仔细、条目清晰,都收在她的匣子里面。春天客居异地时,顾媚在远方向小宛借阅这本书,她和龚鼎孳一起盛赞它的妙处,并催促小宛把它雕版刻行。我现在应当忍住悲痛为小宛校对文字并召集工匠刻书,以此来完成她的心志。

姬于吴门曾学画未成,能作小丛寒树,笔墨楚楚[①]。时于几砚上辄自图写,故于古今绘事别有殊好。偶得长卷小轴与笥中旧珍[②],时时展玩不置。流离时,宁委奁具,而以书画捆载自随;末后尽裁装潢,独存纸绢,犹不得免焉,则书画之厄,而姬之嗜好,真且至矣。

【注释】

①楚楚:鲜明整洁。

②笥(sì):书箱。

【译文】

小宛曾在苏州学习绘画,但没有学成,只能画几丛稀疏凋残的树木,运笔用墨鲜明整洁。她经常在几案上随意画画写写,所以对于古往今来的画作特别感兴趣。偶然得到一幅长卷巨作、短轴小作或是藏于书箱的珍贵旧作,小宛总是展开画作反复赏玩,舍不得放下。流离辗转逃往海宁时,小宛宁愿舍弃梳妆用具,也要把书画捆绑好带在身边;后来她把画作的装饰都剪去了,只留下宣纸和绢帛部分,但那些画作还是未能幸免保全,实在是书画的灾难,而小宛对于书画的爱好,确实是真切到了极致。

姬能饮,自入吾门,见余量不胜蕉叶[①],遂罢饮,每晚侍荆人数杯而已[②]。而嗜茶与余同,性又同嗜片岕③。每岁半塘顾子兼择最精者缄寄,具有片甲蝉翼之异。文火细烟,小鼎长泉,必手自炊涤。余每诵左思《娇女诗》"吹嘘对鼎𬭚"之句④,姬为解颐⑤。至沸乳看蟹目鱼鳞,传瓷选月魂云魄,尤为精绝。每花前月下,静试对尝,碧沉香泛,真如木兰沾露,瑶草临波⑥,备极卢、陆之致⑦。东坡云⑧:"分无玉椀捧蛾眉。"余一生清福,九年占尽,九年折尽矣!

【注释】

①不胜蕉叶:不胜酒力,酒量极浅。蕉叶,浅底的酒杯。宋胡仔《苕溪渔隐丛话后集·回仙》引宋陆元光《回仙录》:"饮器中,惟钟鼎为大,屈卮螺杯次之,而梨花蕉叶最小。"

②荆人:对人称己妻的谦辞。

③片岕:即岕茶,产于浙江长兴境内。

④左思:字太冲,西晋文学家,后人辑有《左太冲集》。其诗句意为急于将鼎水吹沸而饮茶止渴。

⑤解颐:开颜欢笑。

⑥瑶草:传说中的香草,仙草。

⑦卢、陆:指"茶仙"卢仝和"茶圣"陆羽。

⑧东坡:即苏轼,字子瞻,号东坡居士,眉州眉山(今四川眉山)人,北宋著名文学家、书法家、画家。后文诗句出自其诗歌《试院煎茶》。

【译文】

　　小宛酒量很好,但自从进入我家后看到我不胜酒力,也就不再主动喝酒了,只是每天晚上侍奉我的正妻喝几杯而已。但是小宛和我一样喜好喝茶,我们也都最喜欢片岕茶。每年苏州半塘的顾子兼都会挑选上好的片岕茶寄给我们,茶叶像轻薄透亮的鳞片、蝉翼一样奇异。小宛慢火烧煮，只见火烟细微，如清泉长流般慢慢续入纤小的茶具中，她都是亲手煮茶、洗涤茶具。我每次吟诵左思《娇女诗》里"吹嘘对鼎䥶"一句时，小宛都会为此喜笑颜开。至于我们一起看沸腾白水中的茶叶像蟹目和鱼鳞一样翻滚，传递瓷杯以挑选出如月魂和云魄一般上好的茶杯时，这种情趣尤其精妙绝伦。每当花前月下，我们静静对坐着品尝新茶，碧绿的茶叶沉入水底，茶水泛起阵阵清香，真好似木兰花坠着露珠，瑶草映照水波，简直达到了卢仝和陆羽的情致。苏轼有诗云："分无玉椀捧蛾眉。"我这一生享有的清闲福气，都在和小宛一起度过的这九年里了，而这九年也用尽了我的福气啊！

姬每与余静坐香阁，细品名香。宫香诸品淫，沉水香俗①。俗人以沉香著火上，烟扑油腻，顷刻而灭，无论香之性情未出，即著怀袖，皆带焦腥。沉香有坚致而纹横者，谓之"横隔沉"，即四种沉香内革沉横纹者是也，其香特妙。又有沉水结而未成，如小笠大菌，名"蓬莱香"，余多蓄之。每慢火隔砂，使不见烟，则阁中皆如风过伽楠、露沃蔷薇、热磨琥珀、酒倾犀斝之味②。久蒸衾枕间，和以肌香，甜艳非常，梦魂俱适。外此则有"真西洋香"，方得之内府③，迥非肆料。丙戌客海陵④，曾与姬手制百丸，诚闺中异品，然爇时亦以不见烟为佳。非姬细心秀致，不能领略到此。

【注释】

①沉水香：沉香的别名。沉香，产于亚热带，木质坚硬而重，黄色，有香味。可制成著名的熏香料，香味浓郁，深受世人追捧。因置

于水中会下沉,所以称为"沉香"。宋丁谓《天香传》记:"香之类有四:曰沉,曰栈,曰生结,曰黄熟。"沉香入水而沉,故名沉水、水沉、沉香;半沉者为栈香;直接从生长的树中挖取的为生结,香油脂尚未完全分泌而出,即文中"蓬莱香";不沉者为黄熟香。俗:原作"世",据康熙序刻本及《影梅庵忆语》等改。

② 伽楠:沉香的别名。斝(jiǎ):古代酒器,形状像爵而较大,有三足、两柱,圆口,盛行于商代。泛指酒器。

③ 内府:皇宫中的仓库。

④ 丙戌:清顺治三年(1646)。海陵:治所即今江苏泰州。西汉时始设,至明、清时已取缔而归入泰州。

【译文】

小宛经常和我一起静坐在香阁,细细品味各种名香。诸类宫香香味过重,沉香又失于典雅。世人把沉香放在火上熏,烟雾翻腾、溢出油腻,很快就会灭掉,不要说香料本来的气味还没有散发出来,就是放在袖子里,也带有一股烧焦的腥味。有一种坚实细密、上面有横向纹路的沉香,叫作"横隔沉",是四种沉香中外皮深沉、纹路横向的香,这种香尤其出色。还有一种是沉香生长时尚未完全分泌油脂的香料,外形像小斗笠或大菌菇,叫作"蓬莱香",我储藏了很多这种香料。小宛每次都会用小火隔着沙子来燃香,如此能使香不冒烟,这时香阁里闻起来就好似微风吹过沉香、露水浸泡蔷薇、热气消磨琥珀、美酒倒进犀牛角杯的味道。这种香味缭绕熏染着被子和枕头,混合着肌肤的香味,甜美香艳,使人睡梦酣沉、灵魂安适。除这些香外,还有一种"真西洋香",是刚刚从皇宫府库中得到的,它和商铺里卖的香料迥然不同。顺治三年,我们客居海陵的时候,我和小宛曾亲手制作了百来颗香丸,确实是闺阁中的奇物,但是燃烧时不冒烟的才算是最好的。如果不是小宛心细手巧,我绝对不能领略到香的如此妙处。

黄熟出诸番①，而真腊为上②。皮坚者为"黄熟桶"③；气佳而通黑者，为"夹栈黄熟"。近南粤东莞茶园村土人种黄熟④，如江南之艺茶⑤。树矮枝繁，其香在根。自吴门解人剔根切白，而香之松朽尽削，油尖铁面尽出。余与姬客半塘时，知金平叔最精于此，重价数购之。块者净润，长曲者如枝如虬，皆就其根之有结处，随纹缕出黄云紫绣，半杂鹧鸪斑，可拭可玩。寒夜小室，玉帏四垂，氍毹重叠⑥，烧二尺许绛蜡二三枝，设参差台几，错列大小数宣炉⑦，宿火常热，色如液金粟玉⑧，细拨活灰一寸，灰上隔砂，选香蒸之。历半夜，一香凝然，不焦不竭，郁勃氤氲⑨，纯是"糖结"热香⑩，间有梅英、半舒荷、鹅梨、蜜脾之气静参鼻观⑪。忆年来共恋此味此境，恒打晓钟，尚未著枕。与姬细想闺怨有"斜倚薰笼""拨尽寒炉"之苦⑫，我两人如在蕊珠众香深处⑬。今人与香气俱散矣，安得返魂一粒⑭，起于幽房闭室中也⑮？

【注释】

①黄熟：指黄熟香。晋嵇含《南方草木状·蜜香等》："交趾有蜜香树，干似柜柳，其花白而繁，其叶如橘……其根为黄熟香。"番：古时对少数民族或外国的称呼。

②真腊：又名占腊，是中国古代史书对中南半岛吉蔑王国的称呼，其境在今柬埔寨境内。

③黄熟桶：与下文的夹栈黄熟都是黄熟香的一种，据元陈敬《陈氏香谱》引叶庭珪语记："其皮坚而中腐者，形状如桶，故谓之黄熟

桶。其夹栈而通黑者,其气尤朦,故谓之夹栈黄熟。"

④南粤东莞:即今广东东莞。南粤,南越,泛指广东广西。东莞,即东莞,唐朝至德二年(757)宝安县更名东莞县,明、清时东莞县属广州府。

⑤艺:种植。

⑥毾𢬑(tà dēng):毛毯。《释名·释床帐》记毾𢬑:"施之承大床前、小榻上,登以上床也。"

⑦宣炉:明宣宗朱瞻基宣德年间(1426—1435)设计制造的铜香炉。

⑧粟玉:如粟谷颜色一样黄的玉石。粟,北方通称"谷子",去皮后叫"小米",其色黄亮。

⑨郁勃:形容回旋貌。氤氲:浓烈的香气。

⑩糖结:香名。明文震亨《长物志·香茗》记:"(伽南)有'糖结''金丝'二种。'糖结',面黑若漆,坚若玉,锯开,上有油若糖者,最贵。"

⑪半舒荷:还没有完全盛开的荷花。又东晋王嘉《拾遗记》记汉灵帝时,外国进献一种"夜舒荷",其叶夜舒昼卷。鹅梨:一种梨。皮薄多浆,香味浓郁。明李时珍《本草纲目·梨》卷三十《集解》引苏颂之语:"鹅梨,河之南北州郡皆有之,皮薄而浆多,味差短,其香则过之。"蜜脾:蜜蜂营造的酿蜜的房。其形如脾,故称。鼻观:用鼻子嗅闻。

⑫斜倚薰笼:白居易《后宫词》云:"斜倚薰笼坐到明",独自倚靠薰笼,一直坐待天亮。拨尽寒炉:宋代吕蒙正有残句"拨尽寒炉一夜灰",炉火早已烧残,拨尽一夜积聚的寒灰,有穷愁潦倒之意。

⑬蕊珠:即蕊珠宫,道教传说中的仙宫。

⑭返魂:指能起死回生的返魂丹或能看见亡者灵魂的返魂香。古有起死回生的丹药返魂丹,如宋邵雍《首尾吟》之六十:"返魂丹向何人用,续命汤于甚处施。"又有点燃后能引导人见其亲人亡灵的返魂香,明周嘉胄《香乘》引宋洪刍《香谱》:"司天主簿徐肇,

遇苏氏子德哥者，自言善为返魂香。"

⑮幽房扃（jiōng）室：原指深幽寂静、关闭已久的屋室，此处喻指墓室。

【译文】

黄熟香出产于多个番国，但真腊国出产的品质最佳。外皮坚硬的就是"黄熟桶"；气味浓郁而通体黑色的，是"夹栈黄熟"。近年来广东东莞茶园村的当地人也种植黄熟，就像江南种茶一样。黄熟树低矮而枝条繁多，黄熟香就结在树的根部。经过苏州的懂行人剔下根部、切去白色木质，把香的松散朽烂部分都除掉了，油脂刚渗透的地方和木质坚硬的部分就全部露出来了。我和小宛客居苏州半塘时，知道金平叔最擅长制作这种香，就花大价钱买了好几次。块状的黄熟香干净饱满，细长弯曲状的黄熟香像枝杈和龙角一样，都在它们根部有突起的地方，顺着自然纹路分散出黄色云彩、紫色绣饰的图案，夹杂着一些鹧鸪鸟斑纹的颜色，可以擦拭，也可以把玩。寒冷的夜里，在小小的卧房之中，床的四面都垂着精美的帷帐，地上的毛毯重重叠叠，我和小宛燃起两三根二尺来长的红烛，摆放几个高低错落的几案，错杂陈列许多个大大小小的宣德炉，使炉火整夜保持燃烧，火焰的颜色就像液体的黄金和黄粟色的玉石，慢慢把燃烧的炉灰拨出大概一寸深，用砂子隔开灰，选取香料并放在上面熏蒸。经过大半个夜晚，香还是原来的样子，没有焦黑也没有烧完，香气愈发四散萦绕，真像"糖结香"受热散发的香气，有时也能闻到其中夹杂着梅花、半舒荷、鹅梨、蜜脾的香气，静静地体味、慢慢地嗅闻。多年后回想那时，我和小宛都特别沉迷那种味道和情境，经常是晨钟已经敲响了，我们还没有躺下睡觉。我和小宛细细思量，想到闺阁之中有"斜倚薰笼""拨尽寒炉"等苦楚，而我们两人却像处身在仙宫中众香浓郁的地方。如今小宛和香气都不在了，我从哪里可以得到一粒返魂丸，让小宛从幽暗的墓穴之中苏醒复活呢？

余家及园亭,凡有隙地皆植梅。春来蚤夜出入,皆烂熳香雪中。姬于含蕊时,先相枝之横斜,与几上军持相受[1],或隔岁便芟剪得宜,至花放恰采入供。即四时草花竹叶,无不经营绝慧,领略殊清,使冷韵幽香,恒霏微于曲房斗室[2]。至秾艳肥红[3],则非其所赏也。

【注释】

①军持:净瓶。古印度梵语的音译,也译作君持、军墀、君迟、群持等,为佛教僧侣"十八物"之一,用以饮水或净手。

②霏微:形容花香弥漫飘散。曲房:幽深的内室。斗室:狭小的房间。

③秾(nóng)艳:华美,艳丽。

【译文】

我的家宅和园林亭台间,凡是有空地的地方我栽着梅花。春天里我昼夜出入之时,梅花都在雪中灿烂盛开并散发香味。小宛在梅花生出花苞时,先仔细察看枝条的横斜,选定一些与几案上的净瓶相得益彰的花枝,或者来年就把它们修剪得适宜得当,等到花开时正好采下来供养到净瓶中。即使是在一年的不同时令生长的花花草草和竹子树叶,小宛也都以她绝妙的智慧精心照管,欣赏它们特别的清冽气息,使花草的清冷气韵和幽微香气,总是淡淡地飘散在幽深的闺房或狭小的屋室。至于那些色彩浓丽、花朵硕大的花卉,则不属于小宛欣赏的类型。

秋来犹耽晚菊。即去秋病中,客贻我"剪桃红",花繁而厚,叶碧如染,浓条婀娜,枝枝具云罨风斜之态[1]。姬扶病三月,犹半梳洗,见之甚爱,遂留榻右。每晚高烧翠蜡[2],以白团回六曲围三面[3],设小座于花间,位置菊影,极其参横妙丽④,始以身入。人在菊中,菊与人俱在影中,回视屏上,顾余曰:"菊之意态尽矣,其如人瘦何!"至今思之,澹秀如画。

【注释】

①云罨(yǎn):白云遮掩。

②翠蜡:一种带有香气的蜡烛。

③白团回六曲:白屏风。团回六曲,指屏风,古代有曲折六次、有十二屏面的屏风,如唐李贺《屏风曲》"团回六曲抱膏兰"。

④参横:参星横斜,指夜深。

【译文】

秋天时,小宛尤其喜爱晚放的菊花。就在去年秋天小宛生病的时候,有人送给我一些"剪桃红",这种菊花花瓣繁多、层层叠叠,叶子碧绿得像用颜料染过一样,枝茎浓密而纤细,每一枝花都具有白云掩映、清风斜吹的姿态。小宛已抱病在床三个月了,仍会大致梳洗装扮下,见到菊花后非常喜欢,就把那些菊花放在床边。小宛每天晚上燃起高高的翠蜡,用白色的屏风围起三面来,又在菊花之间放置小椅,小椅就放在菊花的影子间,等到天上参星横斜,夜色非常美妙时,她才移身坐进去。小宛身在菊花丛中,而菊花和她又都在月影环绕之下,她回头观看屏风,又扭头看着我说:"菊花的意味和姿态已经充分展现出来了,它们怎么像人一样瘦啊!"我如今回想当时的画面,还觉得恬静美好,宛如一幅画作。

姬最爱月,每以身随升沉为去住。夏纳凉小苑,与幼儿诵唐人咏月及流萤、纨扇诗,半榻小几,恒屡移以领月之四面。午夜归阁,仍推窗延月于枕簟间。月去,复卷幔倚窗而望,语余曰:"吾书谢庄《月赋》^①,古人'厌晨欢,乐宵宴',盖夜之时逸,月之气静,碧海青天,霜缟冰净^②,较赤日红尘^③,迥隔仙凡。人生攘攘,至夜不休,或有月未出已齁睡者^④,桂华露影^⑤,无福消受。与子长历四序,娟秀浣洁,领略幽香,仙路禅关^⑥,于此静得矣!"

【注释】

①谢庄:字希逸,陈郡阳夏(今河南太康)人,南朝宋文学家,以《月赋》闻名。文中有"君王乃厌晨欢,乐宵宴"的语句,通过虚构陈王曹植与文学侍从王粲的对话来描绘月亮,抒发羁旅孤独、"怨遥""伤远"之感,思人怀归之情。

②缟:原指未经染色的绢,此指白色,即缟的本色。

③红尘:车马扬起的飞尘。

④齁(hōu):熟睡时的鼻息声。

⑤桂华:指月。

⑥仙路:登仙之路。禅关:比喻悟彻佛教教义必须越过的关口。

【译文】

　　小宛最爱月亮,经常随着月亮的升起、西沉而行走、驻留。夏天在小院里乘凉时,小宛和小儿一起吟诵唐人吟咏月亮和流萤、纨扇的诗句,她总是把半个榻席和小几案挪来挪去,以便领略月亮及其周围完整的景色。半夜里回到内室,仍旧要打开窗户让月光照到枕头和席子上。月亮离开之后,又卷起帷帐倚靠在窗户边望着外面,对我说:"我抄写谢庄的《月赋》,古代的人说'讨厌白昼的娱乐,喜欢夜晚的欢宴',大概是因为夜晚的时候静逸,月光恬淡沉静,像碧蓝的海水和蔚蓝的天空,又像素白的凝霜和纯净的冰块,相比白天里的炎热太阳、飞扬车尘，两者的差距遥远的如同仙境和凡尘一样。凡人的生活繁忙纷乱，到了晚上都不停歇，有的人在月亮还没出来的时候已经打着呼噜熟睡了，皎洁的月亮和澄澈的露珠，他们算是没有福气来观看了。愿我和你能长久地经历春夏秋冬，赏玩月光的清秀洁白，领略月夜的幽微香气，求仙入禅的途径或许都能够在这片静谧中参悟到了！"

酿饴为露①，和以盐梅，凡有色香花蕊，皆于初放时采渍之，经年香味颜色不变，红鲜如摘；而花汁融液露中，入口喷鼻，奇香异艳，非复恒有。最娇者为秋海棠露：海棠无香，此独露凝香发，又俗名"断肠草"，以为不食，而味美独冠诸花。次则梅英、野蔷薇、玫瑰、丹桂、甘菊之属②，至橙黄、橘红、佛手、香橼③，去白缕丝，色味更胜。酒后出数十种，五色浮动白瓷中，解酲消渴④，金茎仙掌难与争衡也⑤。

【注释】

① 露：指花露，将花瓣倒入一种叫甑的炊器中，酝酿而成的液汁。清李渔《闲情偶寄·声容部·修容》："富贵之家，则需花露。花露者，摘取花瓣入甑，酝酿而成者也。"

② 甘菊：菊科菊属，多年生草本植物。多生于山野间，花细碎，蕊如蜂巢，可作药品，性微寒，可降火除热，去翳膜、治眼疾。

③ 佛手：即佛手柑，果名。佛手柑的果实色黄而香，下端有裂纹，状如半握之手，中医以之入药。香橼（yuán）：果名。香橼的果实长圆形，黄色，果皮粗而厚，供观赏。果皮中医入药。

④ 解酲（chéng）：醒酒。

⑤金茎仙掌:指承露盘中的仙露。金茎,原指用以擎承露盘的铜柱,
　此指承露盘中的露。仙掌,汉武帝为求仙在建章宫神明台上造铜
　仙人,舒掌捧铜盘玉杯,以承接天上的仙露。

【译文】

　　用饴糖酿制花露时,加入盐和梅子,凡是颜色香气俱佳的花蕾,
都在初开时就采摘下来加以浸渍,放置一年还能够保持香味和颜色
不变,粉红鲜艳的色泽就像刚刚摘下来一样;而花朵的汁液融到花
露之中,无论是尝起来还是闻起来,都能够感觉到花露中有着异常
芳香的味道,这香气难以永恒留存。最娇贵的是秋海棠露:海棠本
来没有香味,只有酿制花露时才会散发香气,又俗称"断肠草",人们
往往认为它不能食用,但它的美味其实是花中之最。然后是梅花、
野蔷薇、玫瑰、丹桂、甘菊之类,至于黄橙、红橘、佛手、香橼,去掉白
色的丝络之后,酿成的花露颜色和味道都会更好。饮酒后取出几十
种花露,它们鲜艳的颜色在白色瓷碗中漂浮移动,这些花露解酒和
解渴的功效很好,即使是承露盘中的仙露也很难和它们相提并论。

　　冬春水盐诸菜,能使黄者如蜡,碧者如苔。蒲、
藕、笋、蕨①,鲜花野菜,枸、蒿、蓉、菊之类②,无不采入
食品,芳旨盈席③。

【注释】

①蒲:多年生草本植物,生池沼中,高近两米。根茎长在泥里,可食。
②枸:枸杞,茎叶嫩时可食,果实成熟时红色称"枸杞子",可入药。
　蓉:芙蓉,荷花。
③芳旨:香美之味。

【译文】

　　冬季和春季时腌制各种菜,能够让黄色的菜像蜡一样,绿色的

菜像苔藓一样。香蒲、莲藕、竹笋、蕨菜，鲜花野菜，枸杞、蒿草、荷花、菊花之类的东西，也都可以制成食物，这些香美之味能丰盛地摆在饭桌之上。

　　火肉久者无油，有松柏之味。风鱼久者如火肉，有麂、鹿之味。醉蛤如桃花；醉鲟骨如白玉①；油蝐如鲟鱼②；虾松如龙须；烘兔酥雉如饼饵，可以笼食；菌脯如鸡塅③；腐汤如牛乳④。姬细考之食谱，四方郇厨中一种偶异⑤，即加访求，而又以慧巧变化为之，莫不异妙。

【注释】

①鲟骨：鲟鱼骨，可熬制美味的鲟骨汤。

②蝐（chāng）：小蠃，蚌属。

③鸡塅（zōng）：一种菌类，即鸡枞、鸡宗。菌盖圆锥形，中央凸起，熟时微黄色。

④腐汤：豆腐汤。

⑤郇厨：唐代韦陟袭封郇国公，精治饮食，穷治馔馐，厨中多美味佳肴，后多以"郇公厨"或"郇厨"称膳食精美的人家或名厨。

【译文】

　　用火烤肉时间长了就不再有油脂，会有一种松柏的香味。风干的鱼肉制作久了也会和火烤肉一样，有了麂子、野鹿肉的味道。小宛的酒渍蛤做得美如桃花；酒渍鲟鱼骨色如白玉；油炸蝐做得像鲟鱼；虾松做得像龙须；烘烤兔子、酥制雉肉做得像面做的饼类，可以放在笼屉中蒸食；菌干美似鸡塅；豆腐汤色如牛乳。小宛仔细阅读食谱，周围膳食精美的人家里要是有了一种特殊的烹食，她便要去求教学习，又凭借自己的聪慧巧妙地加以变化，她做出来的食物没有不奇异美妙的。

　　取五月桃汁、西瓜汁，一瓢一丝漉尽①，以文火煎至七八分，始搅糖细炼，桃膏如大红琥珀，瓜膏可比金丝内糖。每酷暑，姬必手取其汁示洁，坐炉边静看火候成膏，不使焦枯。分浓澹为数种，此尤异色异味也。

【注释】

①漉（lù）：过滤。

【译文】

　　选取五月桃汁和西瓜汁，把其中的瓢和丝都过滤干净，用小火煮到七八分热的时候，开始往里面加入糖用心熬制，制好的桃膏像大红琥珀的颜色一样，瓜膏堪比镶嵌着金色丝络的糖。每年酷热的时候，小宛一定会亲手选取果汁以保证洁净，然后静坐在炉火边掌握火候以熬制成膏，不让它熬焦干。果膏按浓淡的口味可分为好多种，而小宛熬制的果膏颜色奇异、味道奇美。

　　张山来曰：予雉皋别业与辟疆相邻①，辟疆常为予言宛君事甚悉，复以《忆语》见示。予深羡辟疆奇福如许。癸亥秋②，又以家公亮传来③，谆属入选。快读一过，乃知慧业文人固应有此。因自嗟命薄，不能一缔如此奇缘，能无浩叹？

【注释】

①雉皋：如皋的别称。《（嘉靖）维扬志》卷二载："春秋传贾大夫娶妻三年不言不笑，御从如皋，射雉，获之，其妻始笑，即此地，故名

如皋、雉皋。"别业：与"旧业"或"第宅"相对而言，业主往往原有一处住宅，而后另营别墅，称为别业。

②癸亥：康熙二十二年（1683）。

③家公亮：吾家公亮，即指本文作者张明弼，字公亮。张潮、张明弼同姓，以吾家称之带有亲昵意味。

【译文】

　　张潮说：我在如皋的别墅与冒辟疆的紧邻，他常常很详细地给我讲他和董小宛的事情，又把《影梅庵忆语》拿给我看。我深深羡慕冒辟疆有这样难得的福气。康熙二十二年秋天，冒辟疆带着张明弼的这篇传记前来，叮咛我把它录入《虞初新志》。我快速地读了一遍，才明白有慧根的文人本来就应该这样。于是我暗自嗟叹命运不济，无法缔结这样一段奇妙的缘分，怎能不为此深深叹息呢？

卖酒者传

魏禧（冰叔）①

　　万安县有卖酒者②，以善酿致富。平生不欺人。或遣童婢沽③，必问："汝能饮酒否？"量酌之，曰："毋盗瓶中酒，受主翁笞也④。"或倾跌破瓶缶，辄家取瓶，更注酒，使持以归。由是远近称长者。

【注释】

①魏禧：参见卷一《姜贞毅先生传》注释。此篇文章选自魏禧《魏叔子文集》卷十七。又见引于钱肃润《文瀫初编》卷十五。

②万安县：县名。宋熙宁四年（1071）改原泰和县万安镇为万安县，属吉州；明、清万安县属吉安府。今属江西吉安。

③童婢：供使唤的奴婢，亦作"僮婢"。沽：买。

④主翁：主人。

【译文】

　　万安县有一个卖酒人，因为善于酿造好酒而生活富裕。这个卖酒人向来不欺骗别人。有人派遣奴婢来买酒，他一定会问奴婢："你可以喝酒吗？"然后适当地给奴婢斟一些酒，并且劝诫奴婢："不要偷喝瓶里的酒，不然会受到主人的鞭笞。"如果有人跌倒而摔破酒瓶，他就会从家里拿出一个瓶子，重新灌满酒，让那个人带回去。因此，远方和近处的人都称他为仁厚的长者。

　　里有事醵饮者①，必会其肆②。里中有数聚饮，平事不得决者③，相对咨嗟，多墨色。卖酒者问曰："诸君何为数聚饮，平事不得决，相咨嗟也？"聚饮者曰："吾侪保甲贷乙金④，甲逾期不肯偿，将讼，讼则破家，事连吾侪，数姓人不得休矣！"卖酒者曰："几何数？"曰："子母四百金⑤。"卖酒者曰："何忧为？"立出四百金偿之，不责券⑥。乙得金欣然，以为甲终不负己也。四年，甲乃仅偿卖酒者四百金。

【注释】

①里：古代一种居民组织，泛指乡里。醵（jù）饮：凑钱喝酒。

②其肆：卖酒者的酒铺。

③平事：商量事情。

④吾侪保甲贷乙金：我们担保某甲借贷某乙的钱。吾侪，我们，我辈。保，担保。甲、乙，皆指没有详细记载姓名的人，类似某甲、某乙。

⑤子母：利息和本金。

⑥责券：求取凭据，这里指索要借据。

【译文】

乡里有事情需要凑钱饮酒去商讨时,一定会聚集在这个卖酒人的酒店。乡人多次聚在一起喝酒,他们商讨事情却不能决断,相对坐着叹气,脸色阴沉如墨。卖酒人问道:"各位为什么多次聚在一起喝酒,商量事情又不决断,反而互相叹气呢?"聚在一起喝酒的人回答说:"我们担保某甲借了某乙的钱,现在超过了约定的归还期限,但是某甲不肯还钱,某乙将要打官司,这样一来某甲就会倾家荡产,事情还会连累到我们,我们这几家人就会有没完没了的事情啊!"卖酒的人又问:"是多少钱呢?"喝酒的人答道:"利息和本金一共四百两。"卖酒的人说:"这有什么好忧愁的呢?"他立即拿出了四百两替某甲还钱,并且不索要借据。某乙收到钱后很高兴,还以为某甲最终没有亏欠自己。四年之后,某甲也只是还清了卖酒者的本金四百两。

客有橐重赀于途,甚雪,不能行。闻卖酒者长者,趋寄宿。雪连日,卖酒者日呼客同博^①,以赢钱买酒肉相饮啖。客多负,私怏怏曰:"卖酒者乃不长者耶?然吾已负,且大饮啖,酬吾金也。"雪霁,客偿博所负行。卖酒者笑曰:"主人乃取客钱买酒肉耶?天寒甚,不名博,客将不肯大饮啖。"尽取所偿负还之。

【注释】

①博:赌钱。

【译文】

有个外乡人用口袋装着巨款赶路,遇到大雪,无法继续前行。他听说卖酒者是一个仁厚的长者,就跑去卖酒人家里借宿。雪一连下了很多天,卖酒人每天招呼外乡人一起赌博,并且用赢得的钱买来酒肉和他一起吃喝。外乡人赌博时多半会输,于是暗地里不满地说:"卖酒人难道不是仁厚的长者吗? 我已经输了这么多钱,他还大吃大喝,用我的钱去付账。"雪晴之后,外乡人偿还了赌博所欠的钱,准备继续赶路。卖酒人笑着说:"主人难道会拿客人的钱买酒买肉吗? 天气如此寒冷,如果不借着赌博的名义,你是不会尽情喝酒吃肉的。"于是把赢来的钱全部还给了这个外乡人。

术者谈五行①,立决人死,疏先后宜死者六人矣②。卖酒者将及期,置酒,召所买田舍主毕至,曰:"吾往买若田宅,若中心愿之乎? 价毋亏乎?"欲赎者视券,价不足者,追偿以金。又召诸子贷者曰:"汝贷金若干,子母若干矣。"能偿者损其息,贫者立券还之,曰:"毋使我子孙患苦汝也!"及期,卖酒者大会戚友,沐棺更衣待死③。是日也,卖酒者颜色阳阳如平时④,戚友相候视,至夜分⑤,乃散去。其后第八人以下各如期死,卖酒者活更七年。

【注释】

①术者:指以占卜、星相等为职业的人。五行:指以人的八字配合五行生克来推算命运。后借指命运。

②疏先后宜死者六人矣:列出死于他前面的六个人和死于他后面的六个人。术者一共列出十三人,卖酒人为第七人,故下文所言"其后第八人"是指卖酒人之后的人,即术者所列十三人中的第八个人。

③沐棺:整治棺材。

④阳阳:色彩鲜明貌。

⑤夜分:半夜。

【译文】

有个算命先生卜算他人命运，当下断定了卖酒人的死期，并列出了死于他前面的六个人和死于他后面的六个人。卖酒人马上要到死期，他摆好酒，把他所购买的田地、房屋原先的主人全部召集起来，说："我以前买你们的田地和房屋，你们心里愿意吗？价格没有吃亏吧？"想要赎回田地、房屋的人查看当初的契约以做决定，觉得当初给的价格不够高的，卖酒人就用现钱进行补偿。卖酒者又把向自己借钱的人召集起来，说："你们借走了我这些钱，利息和本金共有这些。"能够偿还的人，卖酒者就免去他们的利息，贫穷的人，卖酒者就立即把借据还给他们，说："不要再让我的子孙忧虑你们，被还债一事所困扰了！"快到了算命先生预算的那一天，卖酒人召集了许多亲戚朋友，他整治棺材、更换衣服，等待着死亡。那一天，卖酒者的脸色像平时一样容光焕发，亲戚朋友们彼此问候察看，到了半夜才散去。后来，算命先生所列名单上的第八个人以下的人都在他断言的日期死了，而卖酒者又活了七年。

　　魏子曰：吾闻卖酒者好博，无事则与其三子终日博，喧争无家人礼。或问之，曰："儿辈嬉，否则博他人家，败吾产矣。"嗟乎！卖酒者匪惟长者，抑亦智士哉！卖酒者姓郭名节，他善事颇众。予闻之欧阳介庵云①。

【注释】

①欧阳介庵：魏禧曾与他交往。魏禧《欧阳介庵七十寿叙》所记其信息较详："丁巳（康熙十六年，1677）四月，客孟昉，则尝道其姻旧介庵先生。介庵家蜀口，为欧阳氏冠冕。明季以明经补岭南广文，未就。隐处而歌先王之风，垂四十年。予固愿见，而介庵居山中不获往。既而，孟昉言曰：'去年五日先生寿七十，时予浮家江

南,今归而子适来邑,士君子欲因予乞一言以举觞,可乎?'"(《魏叔子文集》卷十一)据此,欧阳介庵,江西吉安蜀口洲(今江西泰和)人,生于明万历三十五年(1607),明末贡生,明亡不仕,隐居蜀口洲四十余年。他与魏禧后来关系亲密,己未年(清康熙十八年,1679)曾同登蜀口洲半山寺(魏禧《半山寺记》);他的孙子欧阳士杰是魏禧的弟子(魏禧《欧阳期伊五十序》),曾校刻《魏叔子诗集》。

【译文】

魏禧说:我听说卖酒者喜欢赌博,没事时就和他的三个儿子整天赌博,喧嚣争吵没有家人间应有的礼节。有的人问起,他回答说:"儿子们喜好玩乐,不这样他们就会与别人赌博,败光我的家产。"唉!卖酒者不仅有仁德,而且是一位智者!这位卖酒者姓郭名节,他做过的善事非常多。这些我都是听欧阳介庵说的。

张山来曰:自古异人,多隐于屠沽中。卖酒者时值太平,故以长者名耳。叔子谓"匪惟长者,抑亦智士",诚具眼也①!

【注释】

①具眼:谓有识别事物的眼力。

【译文】

张潮说:自古以来的奇人异士,大多都隐藏在屠夫、卖酒者之中。这个卖酒人生活在太平的时代,所以凭借仁厚而闻名。魏禧说他"不仅有仁德,而且是一位智者",确实独具慧眼!

一瓢子传

严首昇（平子）[①]

一瓢道人[②]，不知其姓名。性嗜酒，善画龙，敝衣蓬跣，担筇竹杖[③]，挂一瓢，游鄂渚间[④]，行歌漫骂，学百鸟语，弄群儿聚诟以为乐。顾其神明映彻[⑤]，怪准奇颜[⑥]，髯疏疏起[⑦]，吐语作洪钟声。有时衣新绛衣，从人假驵马[⑧]，拥大盖[⑨]，往来市中，观者如堵。

【注释】

①严首昇：字颐，又字平子、平翁，号确斋，后改字上公，号解人。湖广华容（今湖南华容）人。明末清初学者。明亡后，衲衣髡顶，在家修行。事见《（乾隆）华容县志》卷八。此篇作品见其文集《濑园文集》卷五。张潮选自清钱肃润《文瀫初编》卷十五，又见引于《（乾隆）直隶澧州志林》卷二二。

②一瓢道人：一瓢道人之事，最早当出自明袁中道《一瓢道人传》（《珂雪斋集·前集》卷十六），又见张怡《玉光剑气集》、赵吉士《寄园寄所寄》皆引袁文。

③筇（qióng）：竹名。筇竹宜于制杖。

④鄂渚：地名，在今湖北武汉武昌区西长江中，此处代指明、清的武昌府。今武汉武昌区黄鹤山上游长江中有地名鄂渚，隋代因此渚而改郢州为鄂州，故后世称鄂州为鄂渚，而至明、清时，鄂州之地改作武昌府，治江夏县（今湖北武汉武昌区），明为湖广行省，清为湖北省省会。袁中道《一瓢道人传》作"鄂岳"。

⑤神明：谓人的精神、心思。映彻：照临。

⑥怪准奇颜：鼻子怪异、容貌殊特，指他有着不平常的鼻子和容貌。

⑦疏疏：稀疏貌。

⑧驺（zōu）马：古代贵族家驾驭车马的侍从。

⑨盖：贵族、官员出行时车驾的伞形顶盖。

【译文】

　　一瓢道人，不知道他的姓名。他生性喜欢喝酒，擅长画龙，衣着破烂，蓬头光足，肩膀上挑着一根筇竹杖，上面还挂着一个瓢，游历于武昌府，边行走，边吟唱，口中乱骂一通，能模仿各种鸟儿的叫声，招惹小孩子们聚集起来辱骂他，他却觉得欢乐开心。看他精神光彩照映，鼻子和容貌都不平常，两腮的胡子稀稀疏疏，说起话来声音如钟声一般洪亮。一瓢道人有时穿着崭新的深红色衣服，从别人那里借来出行用的车马侍从，坐在遮着大伞的车上，在集市中来来往往，围观他的人多得水泄不通。

　　隆庆丁卯①，居澧阳②，年可七十。澧人异之，或具酒，蓄墨汁，乞一瓢子画，不能得。一日，饮龚孝廉园中③，颓然以醉④，直视沉吟久之。座中顾曰："此一瓢子画势也。"一瓢子骨相既奇，如蛟人龙子⑤，更卸衣衫，赢而起舞⑥，顾谓座客："为我高歌《入塞》《出塞》之曲⑦。"又令小儿跳呼，四面交攻。已，信手涂泼，烟雾迷空，座中凛凛生寒气，飞潜见伏，随势而成。署其尾曰"牛舜耕"⑧，问其故，笑而不答。有饮一瓢子酒，年余不能得其画者。久之，画一人科头赤脚⑨，踞地而遗，节骨隐起，作努力状，以赠之。其善谑如此！信口辄成诗，间有异语，多奇中。澧人渐敬之，竞馈问，皆受而弃之。

【注释】

①隆庆丁卯：明隆庆元年（1567）。隆庆（1567—1572），是明朝第十二位皇帝明穆宗朱载垕的年号。

②澧阳：古县名，明、清时指澧州，治今湖南澧县。因澧水得名，隋置澧阳县。明代废澧阳县，其地归入澧州。清雍正七年（1729）升为直隶州，属湖南省。

③孝廉：明代时对举人的雅称。考《（乾隆）直隶澧州志林》卷十三《选举志》，澧州龚姓举人有明嘉靖三十四年（1555）举人龚天申，曾任严州同知，其事见《（乾隆）直隶澧州志林》卷十六，应为本文龚孝廉。

④颓然：倒下的样子。

⑤蛟人：传说中居于海底的人。

⑥臝（luǒ）：赤身露体。

⑦《入塞》《出塞》：皆为古曲名。内容多写军人从边塞返归或出塞征战等情景。

⑧牛舜耕：《（乾隆）直隶澧州志林》卷十七记"牛舜耕"事，然此名或为一瓢道人笔名，不一定为真名。

⑨科头：谓不戴冠帽，裸露头髻。

【译文】

明隆庆元年的时候，一瓢道人住在澧州，约有七十岁了。澧州人觉得一瓢道人很奇异，有的人备好美酒，研好墨汁，向一瓢道人求画，却得不到。一天，一瓢道人在龚举人的园子里喝酒，酒醉而倒，目光凝神注视且沉思了很久。在场的人看着他，说："这像是一瓢道人画的气势。"一瓢道人的形体和相貌都很奇特，如同海中蛟人、龙王之子，他脱去衣服，裸露身体开始跳舞，看着在座的客人说："给我放声高唱《入塞》《出塞》之歌。"一瓢道人又让小孩子跳跃呼喊，声音从四面一起传了过来。他跳完舞之后，随手涂抹泼洒，霎时烟雾弥漫在空气中，席间生出了猛烈的寒冷之气，笔下物像的腾飞潜藏、显现隐没，随着他的笔势变化而活灵活现了。一瓢道人在画末署名"牛舜耕"，别人询问其中的原因，他微笑着却不回答。有个人请一瓢道人喝酒，一年多都没有得到他的画。过了很久，一瓢道人画了一个裸露头髻、赤裸双脚的人，这个人蹲在地上排泄，骨节隐隐突起，做出努力的样子，一瓢道人把这幅画送给了那个人。他善于戏谑竟到了这种地步！一瓢道人随口就能作出诗篇，说话常有惊人之语，往往能神奇的得到应验。澧州人逐渐对一瓢道人尊敬起来，竟相向他馈赠东西和致以问候，一瓢道人都会收下然后全部扔掉。

　　华阳庄靖王请改馆①，一瓢子不可。所居无定处。一日宿文昌祠中②，礼文昌像，作梵咒③，像落压其脑，乃遗书庄靖："请速营黄肠④，吾将老焉。"王如言为治木。木具，一瓢子坐其中，不覆，令人舁而过市，拱手大呼，与人言别。周遍街巷，迁郊外普贤庵，命众曰："可覆我。"众不敢覆，视之，已去矣。遂覆而埋之，举之甚轻，如空棺然。澧人为题石于澧水桥头⑤，署"画龙道人一瓢子之墓"，盖隆庆辛未七月也⑥。

【注释】

①华阳庄靖王：即朱承爝，朱元璋庶十一子蜀献王朱椿的六世孙，明嘉靖十四年（1535）袭封华阳郡王，明嘉靖二十五年（1546）去世，谥华阳庄靖王。第一任华阳郡王是蜀献王第二子，原本应在蜀地华阳（此华阳指明成都府华阳县）居住，但因被怀疑有夺嫡之谋而被安排到外省别城远居，治所在澧州（今湖南澧县）。但据下文"隆庆辛未（1571）"时间线索推断，此处的华阳王绝非早已辞世二十余年的华阳庄靖王，疑似其子朱宣墤，他在明万历十三年（1585）才迟迟获袭华阳王，史称华阳温懿王。馆：居所，馆舍。

②文昌祠：专门供奉文昌帝君的庙宇。文昌帝君主持文运功名，是
　民间尊奉的掌管士人功名禄位之神。

③梵咒：由古印度传来的梵文咒语。像民间流传的六字真言"唵嘛
　呢叭咪吽"就是一种梵咒。梵咒是具有特殊力量的语词或语句，
　念诵它可向神明祷告、诅咒怨敌遭受灾祸、祛除厄难、祈求利益。
　古印度吠陀经典中即有咒术，后来又被佛教所采用，在佛教经典
　中保存大量的咒语，汉传佛教宗派密宗亦把咒语当作修行过程中
　不可或缺的内涵。

④黄肠：以柏木中的黄心所做的椁，此指棺材。黄肠原指柏木之心，
　其色为黄，汉代帝王陵寝椁室四周常用黄色的柏木心堆垒成框形
　结构，故名黄肠。

⑤澧水：澧州内的河流。位于今湖南西北部，流域跨越湘鄂两省边境。

⑥隆庆辛未：明隆庆五年（1571）。

【译文】

　　华阳庄靖王请一瓢道人住到王府馆舍，他不同意。一瓢道人居住的地方不固定。有一天，他借宿在文昌祠里，礼拜文昌帝君神像，用梵语念诵咒语，神像掉下来压住了一瓢道人的脑袋，他便写信给华阳庄靖王："请赶快准备棺椁，我将要死了。"华阳庄靖王按照一瓢道人的要求为他准备棺木。棺木准备好之后，一瓢道人坐进里面，也不盖上棺盖，让人抬着经过街市，他双手抱拳大声呼喊，向大家告别。走遍大街小巷，又到了郊外的普贤庵，一瓢道人对众人说："给我盖上棺盖。"众人都不敢盖上棺盖，定睛一看，一瓢道人已经死去了。众人于是盖上棺盖，埋葬了一瓢道人，抬起他棺材时感觉很轻，好像空棺材一样。澧人在澧水桥头给一瓢道人竖了墓碑，上面写着"画龙道人一瓢子之墓"，这大概是明隆庆五年七月的事。

　　或曰：一瓢子，少读书不得志，弃去走海上①，从军征倭

寇有功②，至裨将③。后失律，匿于群盗，出没吴楚间④。乃以赀市妓十余人，卖酒淮扬⑤，所得市门赀悉以自奉⑥。诸妓更代侍之。日拥歌舞，具饮食以自豪。凡十余年，始亡去，乞食湖湘间⑦，终于澧。

【注释】

①海上：此指东南沿海地区。

②倭寇：指13世纪到16世纪左右侵略朝鲜、中国沿海各地和南洋的日本海盗，因古籍称日本为倭国，故称这些海盗为倭寇。明嘉靖时，倭寇在江浙、福建沿海攻掠乡镇城邑，以致东南沿海地区倭患大起。明嘉靖后期戚继光、俞大猷等将领先后平定江浙、福建、广东的倭寇海盗，倭患始平。

③裨（pí）将：副将。

④吴楚：泛指春秋吴、楚故地。即今长江中、下游一带。

⑤淮扬：指扬州。元至正二十一年（1361）朱元璋改淮海府置淮扬府，治江都县（今江苏扬州）。辖境相当今江苏宝应、金湖、兴化等地以南，扬州、泰兴、南通等地以北，高邮湖以东至海。元至正二十六年（1366），朱元璋改淮扬府为扬州府。

⑥市门：市场的门，此指街市。

⑦湖湘：洞庭湖和湘江地带，代指湖南。

【译文】

有人说：一瓢道人，少年时读过书，但无法实现自己的志愿，于是离家前往东南沿海，参加军队征战倭寇并立下军功，官至副将。后来一瓢道人触犯律法，就逃匿到强盗之中，出没于吴楚地区。一瓢道人购买了十来个娼妓，让她们在扬州卖酒，在街市上赚到的钱都用于奉养自己。娼妓们轮流侍奉他。他每天坐拥美女，听歌观舞，准备着好酒美食以便豪饮狂啖。大约十多年后，一瓢道人才离此而去，到湖南一带乞讨，最终死在澧州。

附：游一瓢传

陈周（二游）[①]

启、祯之时[②]，楚湖之南澧州[③]，有游食道人，衣结履穿[④]，臭秽不可迩。求乞市中，每日得酒一瓢，风雨中辄醉卧道上。其言在可解不可解之间，或验或不必验，无甚异于人，人亦不之异。以其游食，谓之"游道人"；以其喜酒一瓢，又谓之"游一瓢"也。尝醉中大言曰："我善画龙。"人或以纸试之，磨墨满瓢，狂噀著纸[⑤]，又以破袖渍墨浓涂，张纸空中。俟墨干时，烟云吞吐，鳞甲生动，有飞腾破壁之势[⑥]，得者至今宝之。

【注释】

①陈周：字二游，江苏溧阳人，明末清初学者。据《（嘉庆）溧阳县志》卷十三记："陈周字二游，幼嗜学，至映月读书。比长，尽通经史百家言。明季，避兵山中入。"清潘天成《祭梅勿庵先生文》、杜浚诗歌《送陈二游归溧阳》皆记与他有交往，又清卓尔堪《遗民诗》卷十一录其诗作《宿张汉瓿斋中》一首。陈周曾作传奇《诗扇记》叙演顾小玉故事，已亡逸。

②启、祯：明熹宗朱由校天启（1621—1627）、明思宗朱由检崇祯（1628—1644）年间。

③湖：指湖广承宣布政使司，明朝在今湖北、湖南一带设置的省级行政单位。民间简称"湖广行省"或"湖广省"。澧州在湖广行省南部，洞庭湖之西，明洪武三十年（1397）改属岳州府。

④衣结履穿：衣服补缀、鞋子穿孔，形容衣衫褴褛，破烂不堪。

⑤噀（xùn）：含在口中而喷出。

⑥破壁：古代画龙破壁的典故。唐张彦远《历代名画记·张僧繇》：
"金陵安乐寺四白龙，不点眼睛。每云'点睛即飞去'。人以为妄
诞，固请点之。须臾，雷电破壁，两龙乘云腾去上天，二龙未点睛
者见在。"

【译文】

　　明朝天启、崇祯年间，在楚地湖广省南部的澧州，有一个游走
四方以乞讨食物的道人，他穿着满身补丁的破衣和磨穿鞋底的烂
鞋，浑身脏臭让人不愿接近。他在街市上乞讨，每天讨要一瓢酒，刮
风下雨时照样大醉而睡在路上。他说的话介于能够理解和不能理
解之间，有的应验了，有的没应验，没有什么异于常人的地方，人们
也不觉得他怪异。因为他游走四方以谋食，所以人们称他为"游道
人"；因为他总喜欢喝一瓢酒，所以人们又称他为"游一瓢"。他曾
在喝醉的时候大声说："我善于画龙。"有人拿纸来测试他，只见他
研磨了满满一瓢墨汁，含在口中之后任情恣意地喷到纸上，又用自
己的破袖子沾着墨汁浓浓涂抹，然后把纸在空中展开。等到墨汁
干了，画上烟霭云雾聚散流动，龙的鳞片生动逼真，这条龙仿佛有
飞升腾空、冲破墙壁的气势，得到这幅画的人至今珍藏着它。

　　偶华阳王过市①，前驱诃斥不起。王曰："得全于
酒者得全于天也②。天全之人，自非凡品。"舆致宫中，
供养致敬。一日，忽举手谢王曰："吾禄食已尽③，后事
累王矣！"奄然长逝。王以两石缸函其尸，葬之。半载
后，有自都门来者，见游在都，附书于王，果一瓢手迹。
王异之，发其缸，空如也，因叹神仙之游戏人间，而人不
之识也。

【注释】

①华阳王：此处的华阳王不同于前文"华阳庄靖王"，根据"启、祯之
时"线索判断，疑指明代最后一位华阳王朱至滗，他于万历四十
三年（1615）至永历元年（1647）在位。严首昇、陈周两人所记
时间有异，疑陈周所记时间较合于史。

②得全于酒：出自《庄子·达生》："彼得全于酒而犹若是，而况得全
于天乎？"原指在酒醉后尚能保全自身的人都能这样，更何况契
合自然之道的人呢。全，是《庄子》中反复出现的一个概念，指
契合天然而又合于人为，庄子提出"全人"，《庄子·庚桑楚》："圣
人工乎天而拙乎人，夫工乎天而俍乎人者，唯全人能之。"成玄英
疏："全人，神人也。夫巧合天然，善能晦迹，泽及万世而日用不知
者，其神人之谓乎！"

③禄食：指供奉王府享有俸禄。

【译文】

　　碰巧遇到华阳王经过街市，在前开路的侍卫斥责醉倒在地的游
一瓢，但他就是不起来。华阳王说："酒醉尚能保全自身的人也能让
上天保他一条命。上天保全的人，自然不是一般的人。"于是就把
他抬到了华阳王宫殿里，非常恭敬地奉养他。有一天，游一瓢忽然
抬起双手向华阳王行礼致谢，说："我已经享用完了能够得到的俸禄
了，死后之事就麻烦您了！"然后他就忽然辞世了。华阳王用两个
石缸装盛游一瓢的尸体，把他埋葬了。半年之后，有一个从京城来
的人曾见到游一瓢在京城游走，游一瓢还请这个人给华阳王带了一
封信，华阳王一看果然是游一瓢的字迹。华阳王感到很奇怪，挖出
了装盛尸骨的石缸，发现里面空空如也，于是慨叹游一瓢是在人世
间游乐嬉戏的神仙，但是人们都认不出来他是神仙。

　　独拙和尚，澧州人，目击其异，并识其诗四绝。一

曰:"磨快锄头挖苦参,不知山下白云深。多年寂寞无烟火,细嚼梅花当点心。"二曰:"游食多年不害羞,也来城市看妆楼。东风不管人贫贱,一样飞花到白头。"三曰:"破寺无僧好挂瓢,闲时歌舞醉吹箫。黄昏月落秋江里,没个人来问寂寥。"四曰:"门外何人唤老游?老游无事听溪流。而今世事多荆棘,黄叶飞来怕打头。"

【译文】

独拙和尚是澧州人,他曾亲眼目睹游一瓢的奇异之处,并且记录了游一瓢的四首绝句。第一首:"磨快锄头挖苦参,不知山下白云深。多年寂寞无烟火,细嚼梅花当点心。"第二首:"游食多年不害羞,也来城市看妆楼。东风不管人贫贱,一样飞花到白头。"第三首:"破寺无僧好挂瓢,闲时歌舞醉吹箫。黄昏月落秋江里,没个人来问寂寥。"第四首:"门外何人唤老游?老游无事听溪流。而今世事多荆棘,黄叶飞来怕打头。"

张山来曰:予于《文澂》中见严作,选后,而濑江陈子二游复以是作见寄①。所纪事大同小异,因并录之,以彰瑜、亮云②。

【注释】

①濑江:濑水,即江苏溧阳的溧水的古称。此处代指溧阳,作者陈周为溧阳人。

②瑜、亮:周瑜、诸葛亮,指两人才能相匹敌。

【译文】

张潮说:我在钱肃润《文澂初编》中看到了严首昇的《一瓢子

传》，将其选入《虞初新志》后，溧阳的陈周又把《游一瓢传》寄给了我。两篇文章所记录的事情大同小异，因此我一并收录于《虞初新志》，以此来彰显两人不相上下之才学。

宋连璧传

李焕章（象先）①

宋连璧者，字玉梧，吾乘北郭人也②，巨族。诸家率淳谨，璧独以侠行惊里中。性至孝，父鸿胪丞③，晚得异疾，日脐出绿汁数合④，医不治。有道士衣破絮，至其家，谓璧曰："是非脔乳熊，莫能疗也。顾山左何从得⑤？君其听之而已。"璧叱曰："是岂天上物耶？"乃徒步入秦中⑥，深山遇虎，几咥璧⑦，会猎人大至，虎逸去。璧日伺幽箐伏莽⑧，灌木丛祠⑨，踪迹熊穴。窥熊出，潜刃其乳二，怀之出。熊至，璧仓皇惊堕崖谷下，伤两趾，病不能步，而持乳熊如故也。夜宿废庙中，疑户外有拖屐声至⑩，璧曰："援远人命！援远人命！"屐声入，取袖中草捏之，即爇。璧察之，乃曩所遇道人也。璧大骇："师何至是？"道士曰："待尔久矣！"乃以药傅璧足，辄能立。道士授一书，皆符咒，曰："尔善用，后四十年，与尔会鸠兹之市⑪。"璧遂至家，父吞乳熊肉，瘥。

【注释】

①李焕章：字象先，号织斋，山东乐安县（今山东东营）人。父亲李中行为明万历三十八年（1610）进士。李焕章是明末诸生，明亡后，不复仕进，清康熙三十年（1691）辞世。著有《龙湾集》《无学

堂集》《老树村集》,此三书后来被刊削而成《织斋集钞》,近百万言。其事略见《(雍正)乐安县志》卷十二、《(民国)续修广饶县志》卷十九。据底本此文选自其《爽韵居集》,该书今未见著录。又见引于钱肃润《文瀷初编》卷十五、《(民国)续修广饶县志》卷二七。又张怡《玉光剑气集》所记文辞稍异。

②乘:指千乘县,李焕章故乡乐安县的古称。

③鸿胪丞:官名,即鸿胪寺丞。明朝鸿胪寺置左、右丞各一员,从六品,掌朝会、宾客、吉凶仪礼之事。

④合:古代计量单位,十合为一升。

⑤山左:特指山东。因在太行山之左(东),故称。

⑥秦中:古地名,泛指今天陕西中部的平原地区。因春秋、战国时地属秦国而得名。

⑦咥(dié):咬。

⑧伏莽:低伏丛生的草木。

⑨丛祠:丛林荒野中的神祠。

⑩拖屧:即连齿木屧,鞋底多齿的木拖鞋。明田艺蘅《留青日札》记:"宋高祖则好着连齿木屧,见《南史》,盖即今之拖屧也。"

⑪鸠兹:明、清太平府芜湖县(今安徽芜湖)的古称。芜湖地势低洼,林草丛生,湖畔鸠鸟繁多,故先秦时曾称此地为"鸠兹"。张怡《玉光剑气集》径作"芜湖"。

【译文】

宋连璧,字玉梧,是我们乐安县城北人,出身于豪门大族。此地百姓都淳厚谨慎,唯独宋连璧因为行侠仗义而令同乡惊异。宋连璧为人特别孝顺,他的父亲官至鸿胪丞,晚年时身患一种奇怪的病,肚脐每天都会流出很多绿色的汁液,医生束手无策。有一个穿着破烂棉絮的道士到了宋连璧家里,对他说:"这个病除非是用切成小块的幼熊肉做药,否则就没有办法治好。但是整个山东之地从哪里能得到幼熊肉呢? 你听一听就算了。"宋连璧叱责道:"幼熊肉哪里是天上才有的东西呢?"于是他就步行到了陕西一带,在深山中遇到了一只老虎,几乎就要咬到他了,恰逢有猎人们结队进山,老虎方才逃走。宋连璧每天暗中侦察幽密的树林、低伏的草莽、茂密的灌木丛、野外的祠庙,顺着踪迹找到了熊的洞穴。看到大熊出去了,他就偷偷杀死了两只幼熊,把它们藏在怀里带出了熊洞。大熊回来时,宋连璧慌乱之中坠落到了山崖下的深谷里,伤到了两个脚趾,为其所累而不能行走了,但仍然像原先一样拿着幼熊。宋连璧晚上睡在一个废弃的庙宇里,听到门外仿佛有由远及近的木屐行走声,就大喊:"救救我这个远方来的人的命吧!救救我这个远方来的人的命吧!"木屐声踏入庙宇,来人取出袖子里的草捏在手里,就开始点燃。宋连璧趁着火光,察看进来的这个人,原来是先前遇到的那个道士。宋连璧大惊,问:"大师您为什么到这里来了?"道士说:"我已经等你很久了!"于是就把草药涂抹在宋连璧的脚上,宋连璧马上就能站起来了。道士传授给宋连璧一本书,上面都是符箓和咒语,说:"你好好利用这本书,四十年以后,我和你在芜湖集市上相见。"宋连璧于是回到了家里,他父亲吃了幼熊肉之后,就痊愈了。

　　后数年,父以他病殁[①]。璧愈厌弃世俗[②],欲为五岳游[③]。乃稍稍理前道人所遗书,能隐形,驱风雷雨,又剪纸为人马甲盾器械。客侍御游公幕府[④],崔、魏忌侍御[⑤],祸家又以侍御匿妖妄报。缇骑至[⑥],缚侍御与璧。槛车至河西务[⑦],璧曰:"烦诸公致词中贵[⑧],我野人不习豪家,欲他往。"诸缇骑急视之,槛车寂无人矣。璧与侍御亡之淮上[⑨],璧曰:"君可归楚中。"取一符付侍御:"急则焚之。"是时璧变姓名为张思任[⑩],于是朝廷捕亡者张思任,而璧之家人不知也。

【注释】

①殁：去世。

②世俗：世间，俗世。

③五岳：中国的五大名山，指东岳泰山、西岳华山、南岳衡山、北岳恒山和中岳嵩山。

④侍御：官名，此处指监察御史。明设都察院，以都御史、副都御史为主官，所属监察御史分道负责，各冠以地方名称，各道人数不等，总数一百一十人，均为正七品官。游公：游士任，字肩生，号玉铉，又号鸥夫，湖广嘉鱼（今湖北嘉鱼）人，一说后迁居湖广江夏（今湖北武汉）。生于明万历二年（1574），万历三十八年（1610）庚戌科三甲第三十三名进士，初任浙江湖州府长兴县知县，万历四十四年（1616）调任都察御史，巡视太仓，天启元年（1621）改任广西道监察御史，加巡按监军御史，监山东登莱沿津等处军务。天启五年（1625）魏忠贤诬陷他贪污受贿，遂被锦衣卫逮捕下狱，后经登莱总兵官毛文龙力证，得以免死。明崇祯皇帝继位后，游士任及东林党人平反昭雪，还其冠服。后以身体有病为由，坚辞不出，崇祯六年（1633）病故于武昌。事见《（康熙）湖广武昌府志》卷七、湖北嘉鱼县地方志编纂委员会编纂《嘉鱼县志》卷三二。

⑤崔、魏：明末宦官崔呈秀、魏忠贤。

⑥缇骑：逮治犯人的禁卫吏役的通称。

⑦槛（jiàn）车：四周有栏槛，用来装载禽兽或囚犯的车子。河西务：地名，今隶属天津武清区。此地因紧靠隋大运河西岸而得名。元朝定都北京以后，军需官俸无不仰给江南，河西务便成了出入京都的水路咽喉，因而，历代朝廷在这里设置钞关、驿站、武备等各种衙门。明隆庆六年（1572），河西务始建砖城，素有"京东第一镇"和"津门首驿"之称。

⑧中贵：有权势的太监。

⑨淮上：指淮河流域的淮南，今安徽淮南一带。

⑩张思任：据此文知为宋连璧化名。明黄尊素《黄忠端公集》卷六有张思任小传，记"张思任亦游客，以房术走诸贵人，游肩生待以上宾"，又记："张思任原名宋连璧，山东乐安人，有李焕章为其传。"《明史·董汉儒传》记天启间"又请诛逃将管大藩、张思任、孟淑孔等"，又《熹宗实录》记天启三年追捕张思任事较详。

【译文】

后来又过了好几年，宋连璧的父亲因为其他的疾病过世了。宋连璧更加厌烦尘世，打算游览五岳。于是他渐渐研习道士先前送给他的那本书，学会隐藏自己的形体，驱使风雨雷电，又用纸剪成人、马、盔甲、盾牌、器械等。宋连璧在监察御史游士任的幕府中做门客时，崔呈秀、魏忠贤忌恨游士任，降祸游家并以他藏匿会妖术的人为罪名向朝廷诬告他。缉拿犯人的锦衣卫到了后，捆绑了游士任和宋连璧。囚车到了河西务的时候，宋连璧说："麻烦各位告诉内廷宦官，粗野之人不习惯出入权贵之家，打算到其他地方去。"那些锦衣卫急忙查看，囚车里已经空空荡荡没有人了。宋连璧和游士任逃到淮南一带后，宋连璧说："您可以返回湖广嘉鱼老家了。"他拿出一张符箓给了游士任，说："遇到紧急情况时就烧了它。"那时，宋连璧已改名为张思任，所以朝廷追捕逃犯张思任，而宋连璧的家人并不知道此事。

璧乃潜某宗伯家①，遇之厚。时权要与宗伯隙，璧曰："国贼也！"乃走长安上书劾权要险狠倾善类②，为逆阉复仇③，宜下司寇请室④。上大怒，执之，就斩西市⑤。桎梏忽脱地，寂无人矣。是时，璧又变姓名为李抱真，于是朝廷捕亡者李抱真，而璧之家人不知也。

【注释】

①宗伯：官名。明代称礼部尚书为大宗伯，称礼部侍郎为少宗伯。宗伯其人未详，据文中崇祯初、官宗伯、与权要有隙、人在京城之外等信息推断，似乎像钱谦益，他在崇祯元年（1628）复任詹事、礼部侍郎，与礼部尚书温体仁、礼部侍郎周延儒结怨，又长期住在浙江。又考张怡《玉光剑气集》记"去潜常熟某公家，某公方与乌程隙"，常熟正是钱谦益故乡，而乌程则指乌程人温体仁也。

②长安：特指都城。

③逆阉：旧指弄权作恶的宦官。此处当指魏忠贤。宋连璧弹劾权贵"为逆阉复仇"说明逆阉已被处死，故此时当为崇祯帝执政之时，下文"上"应指崇祯帝，而明黄尊素《黄忠端公集》卷六亦记他"崇祯初，走长安上书劾权要"。

④司寇：官名。中央政府中掌管司法和纠察的长官。明、清称刑部尚书为大司寇，侍郎为少司寇。请室：请罪之室，系囚禁有罪官吏的牢狱。

⑤西市：明代刑场名。

【译文】

宋连璧便藏在某个礼部官员家里，这人待他非常好。当时有权贵和这人产生嫌隙，宋连璧大骂："他是危害国家的败类！"于是跑到京城，上书弹劾权贵阴险狠毒要倾轧良善的人，妄想为宦官魏忠贤报仇，应该把这个权贵关到刑部负责的牢狱里去。皇帝十分生气，下令逮捕了他，要求马上在西市将他斩首。行刑时宋连璧身上的脚镣和手铐突然掉在地上，刑场随即空空无人。那时，宋连璧又把名字改为李抱真，所以朝廷追捕的逃跑之人就是李抱真，而宋连璧的家人并不知道此事。

　　璧辄忆前道人约，至鸠兹市，僦居候道人①，且三载。一日，人大呼墙外曰："此中匿亡者三人，曰宋连璧、张思任、李抱真,可速出!"璧大骇无措,其人已排闼入^②,则昔所与别道人也。责之曰:"以尔夙有道契^③,故售之书,尔奈何与党锢事^④,为天下逋逃客耶^⑤?吾以此迟三年始至。"璧顿首谢^⑥,愿自此与师永绝世缘,不复恋妻孥矣。道人曰:"不可!尔还里,当再与家人见。"

【注释】

①僦(jiù)居:租屋而居。

②排闼(tà):推门。

③道契:谓与佛、道有缘分。

④党锢:东汉桓帝时宦官专权,士大夫李膺、陈蕃等联合太学生郭泰、贾彪等,猛烈抨击宦官集团。宦官诬告他们结为朋党,诽谤朝廷,李膺等二百余人遭捕,后虽释放,但终身不许做官。后用党锢泛指因获阴结朋党之罪而遭禁锢。

⑤逋逃客:逃亡的罪人,流亡者。

⑥顿首:以头叩地而拜,是古代的一种交际礼仪。谢:致歉,谢罪。

【译文】

宋连璧便想起了之前和那个道士的约定,就赶往芜湖集市,租了屋子住下来等待道士,住了将近三年。有一天,有人在墙外面大声喊道:"这里面藏着的三个逃犯,叫宋连璧、张思任、李抱真,你们最好赶快出来!"宋连璧非常害怕,束手无策,这时那个人已经开门进来了,就是昔日和他分别的那个道士。道士责备他说:"因为你与道向来有缘,所以才授予你那本书,你为什么要卷进党锢之事,成为到处逃亡的犯人呢?我因此晚了三年到这里来。"宋连璧以头叩地并连声道歉,发愿从今往后跟随道士永远断绝世间俗缘,不再留恋妻子和儿女。道士说:"不行!你返回家乡,应当再和家里人见一面。"

璧遂携药囊抵家。其妻已丧久,儿梦瑞,璧去方周岁,见不复认。则栖一庙中,曰:"我张思任,后改李抱真,与兹村有缘,故来。"璧同母弟珠,当捕张、李时,亦疑其为兄,终未敢以告人也。至是心动,趣之①,急启扉②,兄弟各相识,因抚其子,具告所以,留数日去。

【注释】

①趣:赴,前往。

②扉:门扇。

【译文】

宋连璧便带着药袋子回到了家。他的妻子已经辞世很久了,儿子宋梦瑞在他离开时才刚满一周岁,现在见到了也不认识。宋连璧就住在一个庙里,对人说:"我是张思任,后来改名李抱真,和这个村子有缘分,因而前来。"宋连璧同母的弟弟宋珠,在官府追捕张思任、李抱真的时候也怀疑所捕之人是自己的兄长,但始终没有敢把这件事告诉别人。宋珠到了这个时候内心触动,赶赴庙里,急忙推开庙门,兄弟两人相认,于是宋连璧轻轻抚摸自己的孩子,把一切事情都告诉了他们,逗留了一段时间之后才离乡而去。

　　张山来曰:宋连璧虽不当误道人所期,然排解党锢处①,亦足见其豪侠。

【注释】

①排解:排除危难,调解纠纷。

【译文】

　　张潮说:宋连璧虽然不应该延误和道士的约定,但是他参与排解党锢这件事,也足以显示他的豪猛侠义。

卷四

【题解】

本卷八篇作品记叙的形象既有老虎猛兽，亦有歌者、花贩、逆子、狂人，乃至《陈小怜传》中的风尘女子，而《丁药园外传》《焚琴子传》则记录文士的坎坷遭逢。北方百姓素以老虎为患，往往谈虎色变，恨不得化身武松、李逵去杀虎除害。记录山西孝义县老虎的作品《义虎记》新人耳目，描写了一只秉怀仁义、济人危难的老虎，它遇到误坠虎穴的樵夫，不仅没有咬死樵夫，反而投食给他，甚至帮助他脱离虎穴而返归家园。这只老虎身上汇集了凡人期许的道德观念，没有凶残暴戾的气息，能义助百姓脱困，以致自己深陷险境，险些丧命。老虎身上的"义"符合大众的心理需要，故张潮编选此文以张扬"义"的精神，"乃知世间尚有义虎，人而不知，此余所以有《义虎行》之作也"，这种有意弘扬消除了人兽间的对立抗拒，呈现了人与虎间的和谐关系，更重要的目的在于宣扬野兽身上具有的人性色彩与价值准则。《神钺记》也在色彩鲜明地宣传传统道德观念，谴责忤逆不孝之辈，希望通过故事劝化人心，规诫风俗，因此张潮还特意在文末补叙了一则在歙县发生的逆子故事，希望为母者"慎毋姑息而自贻伊戚也"。《焚琴子传》读来令人义愤填膺，志士仁人心怀社稷，纵有满腹才华，也只能无奈地蹉跎岁月，焚琴而终。《卖花老人传》则写得花团锦簇，花趣盎然，卖花老人洒脱逍遥，被人视作天上神仙，真是"逸趣横溢,潏宕多姿"的文章。

义虎记

王猷定（于一）①

　　辛丑春②,余客会稽③,集宋公荔裳之署斋④。有客谈虎,公因言其同乡明经孙某⑤,嘉靖时为山西孝义知县⑥,见义虎甚奇,属余作记。

【注释】

①王猷定:参见卷一《汤琵琶传》注释。本篇《虞初新志目录》注出《文津选本》,今见于王猷定《四照堂文集》卷九。此篇又见引于黄宗羲《明文海》卷三五二,王士禛《池北偶谈》卷二十《义虎》文辞稍略。

②辛丑:据王猷定、宋琬的生平活动判断,此指清顺治十八年（1661）。王猷定在顺治十七年（1660）漫游浙江绍兴,"庚子冬,予游会稽"（《四照堂文集》卷九《桓矗记》）;至次年元旦时又撰《正月三日宋使君荔裳携酒过千峰阁对雪》（《四照堂诗集》卷二）。

③会（kuài）稽:浙江绍兴的古称。明、清时为绍兴府。

④宋公荔裳:宋琬,字玉叔,号荔裳,莱阳（今属山东）人。清顺治四年（1647）进士,顺治十六年（1659）任浙江宁绍台道（辖宁波、绍兴、台州三府）参政,顺治十八年（1661）任浙江按察使。康熙十二年（1673）由四川按察使任上进京述职,适逢吴三桂兵变,家属遇难,忧愤成疾,病死京都。他以诗著称,与施闰章齐名,有"南施北宋"之说。事见清钱林《文献征存录》卷二、王熙《通议大夫四川按察使司按察使宋公琬墓志铭》（《碑传集》卷七八）。署斋:官署书斋。

⑤明经：明代以后，士大夫雅称学校的贡生为明经。贡生即由府、

州、县的秀才挑选到国子监去读书的人，意谓以人才贡献给皇帝。

⑥孝义：孝义县，明、清时属山西汾州府，治今山西孝义。

【译文】

清顺治十八年春天，我客居在绍兴府，集会于宋琬先生的官署书斋。有客人谈论到老虎，宋琬先生就说起他的同乡贡生孙某，在明嘉靖年间担任山西孝义县的知县时，曾见到一只仗义救人的老虎，很是奇特，宋琬先生便嘱咐我写下这篇《义虎记》。

县郭外高唐、孤岐诸山多虎。一樵者朝行丛箐中，忽失足堕虎穴。两小虎卧穴内。穴如覆釜①，三面石齿廉利②，前壁稍平，高丈许，藓落如溜，为虎径。樵踊而蹶者数③，傍徨绕壁④，泣待死。日落风生，虎啸逾壁入，口衔生麋，分饲两小虎。见樵蹲伏，张爪奋搏。俄巡视若有思者，反以残肉食樵，入抱小虎卧。樵私度虎饱，朝必及。昧爽⑤，虎跃而出。停午⑥，复衔一麋来⑦，饲其子，仍投馂与樵⑧。樵馁甚⑨，取啖，渴自饮其溺。如是者弥月，浸与虎狎⑩。

【注释】

①釜：古代的一种炊器。

②廉利：锋利。

③踊：往上跳。蹶：跌倒。

④傍徨：彷徨。

⑤昧爽：指黎明、拂晓时，天未全明之时。

⑥停午：正午，中午。停，通"亭"，正值。

⑦麋（jǐ）：哺乳动物的一属，像鹿，腿细而有力，善于跳跃。

⑧馂（jùn）：吃剩下的食物。

⑨馁（něi）：饥饿。

⑩浸：逐渐。狎：熟习，亲近。

【译文】

孝义县城外的高唐山、孤岐山等山上有很多老虎。有一位樵夫早晨穿行在茂密的竹林间，忽然不慎失足，掉入虎穴。洞内卧着两只小老虎。洞穴好似倒扣的锅，三面石壁尖锐锋利，前壁稍为平缓一些，高一丈多，苔藓看起来很光溜，像是老虎行走过的路。樵夫数次跳着想爬出洞穴，都摔了下来，他绕着石壁走来走去不知如何是好，哭泣着等待死亡。待到太阳落山时，山风忽起，一声长啸之后，有一只猛虎越过石壁，叼着一头活麋鹿跳进洞来，分给两只小老虎吃。老虎看到樵夫蹲在洞中，张牙舞爪猛地扑了过来。随后老虎目光来回扫视，好像在思考着什么，反而将一块剩肉丢给樵夫吃，抱着小老虎睡觉去了。樵夫心想，兴许今日老虎吃饱了，明早饿了定会吃他。第二天清早，老虎跃出洞穴。中午，又叼来一只麋鹿，喂给两只小老虎，仍然把吃剩的肉扔给樵夫。樵夫饿极了，拿起肉来便吃，渴了就喝自己的尿。就这样过了一个月，渐渐与老虎熟悉起来。

一日，小虎渐壮，虎负之出。樵急仰天大号："大王救我！"须臾，虎复入，拳双足俯首就樵①。樵骑虎，腾壁上。虎置樵，携子行，阴崖灌莽②，禽鸟声绝，风猎猎从黑林生③。樵益急，呼"大王"。虎却顾④，樵跽告曰⑤："蒙大王活我，今相失⑥，惧不免他患。幸终活我，导我中衢⑦，我死不忘报也。"虎颔之，遂前至中衢，反立视樵。樵复告曰："小人西关穷民也，今去将不复见，归当畜一豚，候大王西关三里外邮亭之下⑧，某日时过飨⑨。无忘吾言。"虎点头。樵泣，虎亦泣。

【注释】

①拳:卷曲。

②阴崖:山崖的阴面。灌莽:丛生的草木。

③猎猎:形容风声。

④却:回转,返回。

⑤跽(jì):长跪,挺直上身两膝着地。

⑥相失:分离,离散。

⑦中衢:四通八达的大路。

⑧邮亭:古代沿途设置供传递信件的人或旅客休息的地方。

⑨飨(xiǎng):接受酒食。

【译文】

有一天,逐渐长大的小老虎,被老虎背着带出洞穴。樵夫慌忙仰天大叫:"虎大王救我!"不一会儿,老虎再次进洞,蜷曲双爪并低头凑近樵夫。樵夫骑到老虎背上,跟随老虎跳上石壁,跃出洞外。老虎放下樵夫,打算带领小老虎离去,山崖的阴面树木茂密,没有任何禽鸟活动,只有黑暗森林中传来阴风怒号声。樵夫更加慌忙,连声高呼"虎大王"。老虎回头看他,樵夫跪下求告说:"承蒙虎大王使我活下来,但现在分开的话,我害怕免不了会遭受别的灾难。希望虎大王能最终让我活下来,带我到大路口,我至死也不忘报答您的恩情。"老虎闻言点头,便将樵夫带到大路口,然后回头看着樵夫。樵夫又对它说:"我是孝义县西关的穷人,此次分别难得再见,我回家后会准备一头猪,在西关三里外的邮亭下等候您,某日某时请您过来享用食物。请不要忘了我的话。"老虎点头答应。樵夫落泪,老虎也不禁流出泪水。

迨归,家人惊讯。樵语故,共喜。至期,具豚,方事宰割,虎先期至,不见樵,竟入西关。居民见之,呼猎者闭关栅,矛梃铳弩毕集,约生擒以献邑宰①。樵奔救告众曰:"虎与我有大恩,愿公等勿伤。"众竟擒诣县②。樵击鼓大呼,官怒诘,樵具告前事。不信。樵曰:"请验之,如诳,愿受笞!"官亲至虎所,樵抱虎痛哭曰:"救我者大王耶?"虎点头。"大王以赴约入关耶?"复点头。"我为大王请命,若不得,愿以死从大王。"言未讫,虎泪堕地如雨。观者数千人,莫不叹息。官大骇,趣释之③。驱至亭下,投以豚,矫尾大嚼④,顾樵而去。后名其亭曰"义虎亭"。

【注释】

①邑宰:县令的别称。

②竟:到底,最终。

③趣(cù):催促。

④矫尾:翘起尾巴。

【译文】

等到樵夫回家,家人惊讶地问其原因。樵夫叙说了自己的经历,大家都很高兴。待到和老虎约定的日期,樵夫准备了猪,刚要杀猪时,老虎提前到了,没见到樵夫,就直接进入西关寻找。西关的居民见到老虎,忙呼喊猎人关闭栅门,拿上铁矛、木棒、火铳、弩箭等武器,相约生擒老虎后献给县令。樵夫得知后急忙跑去救虎,并对百姓说:"老虎对我有救命之恩,请大家不要伤害它。"众人到底还是把老虎捉住并送到县衙。樵夫来到县衙中击鼓呼冤,县令大怒,问他缘由,樵夫详细诉说了老虎救他之事。县令不相信。樵夫说:"请求您来验证,如果我骗您的话,愿意接受刑罚!"县令亲自来到关老虎的地方,樵夫抱着老虎哭道:"是救我的虎大王吗?"老虎点头。"虎大王是为了赴约才入西关的吗?"老虎又点头。"我为虎大王请命,若不能救您,愿跟虎大王一同赴死。"樵夫话还没说完,老虎便泪如雨下。围观的数千人,无不叹息。县令见此非常惊骇,催促放出老虎。老虎被赶到邮亭下，樵夫投喂猪肉，老虎高兴地竖起尾巴大吃猪肉，饱餐后回头望望樵夫，然后离去。后来那个邮亭被叫作"义虎亭"。

王子曰：余闻唐时有邑人郑兴者①，以孝义闻，遂以名其县。今亭复以虎名，然则山川之气，固独钟于此邑欤？世往往以杀人之事归狱猛兽②，闻义虎之说，其亦知所愧哉！

【注释】

①郑兴：据宋乐史《太平寰宇记》卷四一，唐贞观间永安县百姓郑兴以孝义闻名，遂改永安县为孝义县。

②归狱：归罪。

【译文】

王猷定说：我听说唐朝时有个本地人叫郑兴，以其孝顺忠义而闻名，于是这个县便以"孝义"为名。现在邮亭又因为老虎而得名，那么山川灵气就只凝聚在此地吗？世人常常把杀人的罪过强加在猛兽身上，听闻仗义救人的老虎的故事，也应当有所羞愧吧！

张山来曰：人往往以虎为凶暴之兽，今观此记，乃知世间尚有义虎。人而不知，此余所以有《义虎行》之作也。

【译文】

张潮说：人们常把老虎看作是凶狠残暴的猛兽，现在读了这篇文章，才知道人世间还有仗义救人的老虎。世人皆不知晓老虎的义举，因此我才写了《义虎行》。

丁药园外传

林璐（鹿庵）①

丁药园先生②，名澎，杭之仁和人也③。世奉天方教④，戒饮酒，而药园顾嗜酒。饮至一石⑤，貌益庄，言愈谨，人咸异之。诗赋古文辞，自少年未达时，即名播江左⑥。其后仲弟景鸿⑦，季弟溁⑧，皆以诗名。世目之曰"三丁"。至香奁艳句⑨，四方闺秀，尤喜诵药园诗。

【注释】

①林璐：字玉逵，号鹿庵，钱塘（今浙江杭州）人。明末清初儒生。事见吴农祥《林鹿庵先生墓志铭》、卢铭《林鹿庵先生传》。此篇《虞初新志目录》注出《文瀫选本》，今见录于林璐《岁寒堂初集》卷三，又见于钱肃润《文瀫初编》卷十五。

②丁药园：丁澎，字飞涛，号药园。清顺治十二年（1655）进士，官刑部主事，改调礼部主客司。顺治十四年（1657）因科场案牵连而被发配塞北，至康熙二年（1663）返归故里。其事迹除本文外，《国朝先正事略》《清史列传》《清史稿》等均有传。

③仁和：旧县名，北宋太平兴国四年（979）改钱江县为仁和县。明、清仁和县属杭州府。其地今属浙江杭州。

④天方教：伊斯兰教在中国的旧称。伊斯兰教创于阿拉伯，而明代称阿拉伯为天方，故名其教为天方教。

⑤石：容量单位，十斗为一石。此处有夸张的成分，极言其多。

⑥江左：长江下游以东的地方，此处泛指江苏南部和浙江一带。

⑦景鸿：丁景鸿，字弋云，清顺治五年（1648）举人。工草书，善山水。事见《（康熙）仁和县志》卷十八。

⑧渶（yíng）：丁渶，一作丁濚，字素涵，号天庵。工诗文，著《青桂堂集》。事略见《两浙辎轩续录》卷三。

⑨香奁艳句：指描写闺阁女子琐事，多绮罗脂粉之语的诗词。

【译文】

丁药园先生，名澎，是杭州府仁和县人。世代信奉天方教，教规禁止喝酒，但他却很爱喝酒。喝一石酒，面色更加庄重，言语更加慎重，旁人都觉得很奇怪。在年少未出仕的时候，他的诗、赋、古文就已经名扬江东地区。在他之后，二弟丁景鸿、小弟丁渶，都因诗赋而闻名。他们被世人称作"三丁"。丁药园尤其善于写妇女生活的艳体诗，各地的名门闺秀都很喜欢吟诵他的诗。

家有揽云楼，"三丁"读书处也。客乍登楼，药园伏案上，疑昼寝。迫而视之①，方观书，目去纸才一寸，骤昂首，又不辨某某。客嘲之曰："卿去丁仪凡几辈②？"药园戏持杖逐客，客匿屏后，误逐其仆。药园妇闻之大笑。一夕娶小妇③，药园逼视光丽④，心喜甚，出与客赋定情诗。夜半披帏，芗泽袭人⑤，小妇卒无语。诘旦视之，爨下婢也。知为妇所绐⑥，药园又大笑。

【注释】

①迫：接近。

②丁仪：字正礼，汉魏间文学家。丁仪眼睛不好，曹丕曾以此为由而阻止曹操将女儿许配给他。

③小妇：妾。

④逼：接近。

⑤芗泽：香气。芗，通"香"。

⑥绐（dài）：欺骗。

【译文】

丁家有座揽云楼，是"三丁"读书的地方。一天有个客人忽然登上楼，看到丁药园趴在书桌上，误以为他在大白天睡觉。走近了才发现，原来他是在读书，眼睛距离纸张只有一寸，猛然抬起头，也没能分辨出客人是谁。客人嘲笑他说："你和丁仪总共相差几辈啊？"丁药园戏耍着拿棍子追客人，客人躲到屏风后边，丁药园误把他家仆人当成了客人而继续追赶。他的妻子听说后哈哈大笑。一天晚上，丁药园娶小妾，他凑近看着人很漂亮，心里非常高兴，就出去和客人写新婚夜男女恩爱的诗作。半夜时回房揭开帷帐，只觉得香气袭人，小妾始终没有说话。等到第二天早晨起来一看，原来是厨房的烧火丫头。这才知道自己被妻子欺骗了，他又哈哈大笑。

延陵大姓遣一姬^①，能诗，久诵药园诗，誓曰："主人令吾自择配，愿得如丁君足矣。"阳羡吴参军^②，与丁世讲也^③，诡以药园意请约姬，姬许之。丁有侍儿，小字冬青，主讴^④，善鼓琴。主妇不悦，将遣，府吏纳千金聘之^⑤。世方企羡两女子已得所。久之，延陵姬登舟，泣曰："吾旦夕冀事丁郎，为幕府绐入掖庭^⑥，缘已矣！"方扣舷堕水，冬青忽至。延陵姬道故，冬青亦泣曰："吾故主人翁。"相对泣不止。护骑以告药园，废寝食者累月。然药园数得孺子妾^⑦，犹鞅望^⑧。主妇贤^⑨，家人多不直丁君^⑩。

【注释】

①延陵：春秋吴国邑名，季札所居之封邑。在今江苏常州附近。遣：遣散，放走。

②阳羡：宜兴的古称。参军：明、清称经历司经历为参军。宗人府、
　都察院、通政使司、布政使司、按察使司等都设经历一职，职掌出
　纳文书。疑此处参军为管理皇室宗族事务的宗人府经历，故将美
　姬骗入掖庭。

③世讲：世交，上辈有交情的两家子弟。

④讴：歌唱。

⑤府吏：杭州府的属吏。

⑥幕府：此处代指参军，因其职掌文书，类似幕僚的工作，故称幕府。
　掖庭：指宫中妃嫔居住的地方。

⑦孺子妾：指美妾。

⑧鞅：通"怏"。郁郁不乐的样子，不满意的样子。

⑨主妇：正妻。

⑩家人：仆役。不直：不以为他做得对。

【译文】

　　延陵的一户豪门遣散了一个姬妾，她能作诗，常吟诵丁药园的诗作，曾发誓说："主人允许我自己选择配偶，我希望能找到像丁先生那样的人就满足了。"宜兴的吴参军和丁药园是世交，他假冒丁药园的名义和这个姬妾约会，得到她的应允。丁药园有个侍女，名叫冬青，善于唱歌，兼通弹琴。丁药园的妻子不喜欢她，便将其遣散，有个官吏奉上千两银子迎娶她。世人都羡慕这两位女子找到了好归宿。后来，延陵姬上船后哭着说："我日夜希望能侍奉丁先生，却被吴参军骗入宫中，自此无缘相见了！"正想从船舷跳河，冬青忽然来了。延陵姬说了跳河的缘由，冬青也哭着说："丁先生是我的旧主人啊。"二人相对哭个不停。护送冬青的人回来将此事告诉了丁药园，他好几个月不吃不睡。纵使他又得到几名美妾，还是闷闷不乐。丁药园正妻贤惠，仆人大多觉得丁药园做得不对。

　　药园居法曹①，无事，日作诗。与宋观察荔裳、施大参

愚山、严黄门灏亭称"燕台七子"②,诗名满京师。吏人窃其牍换鹅炙③。灶下养思染指④,不获,明日讼于庭,药园复赐吏人鹅炙。时药园官京师,犹守天方教,同官故以猪肝一片置匕箸⑤。药园短视,吏人以告,获免。

【注释】

①法曹:古代的司法官署,此指刑部。丁澎进士及第后任刑部主事,故云居法曹。

②观察:清代对道台的尊称,宋琬曾任浙江宁绍台道(辖宁波、绍兴、台州三府)参政,故称观察。施大参愚山:施闰章,字尚白,号愚山,清初文学家。大参,参政的别称。施闰章曾任江西参议,可称为少参。严黄门灏亭:严沆,字子餐,号灏亭,浙江余杭(今浙江杭州市余杭区)人。清顺治十二年(1655)进士,曾任兵科、吏科、刑科、礼科给事中,官至户部侍郎,总督仓场。黄门,汉代设黄门侍郎、给事黄门侍郎,清代称六科给事中为黄门(《称谓录》卷十四"给事中古称"有"黄门郎""给事黄门""给事黄门侍郎"等),严沆曾任给事中。燕台七子:清顺治年间活跃在北京的七位诗人,即施闰章、宋琬、丁澎、张谦明、周茂源、严沆、赵锦帆。

③鹅炙:烤鹅,烧鹅。

④灶下养:旧时对厨工的蔑称。亦省称"灶养"。染指:指分取不应该得到的利益。

⑤匕箸:餐具,羹匙和筷子。

【译文】

丁药园担任刑部主事的时候,每天闲来无事就作诗。他和宋琬、施闰章、严沆等并称为"燕台七子",他们的诗名传遍京城。有个差役偷了丁药园的公文去换烧鹅。官署的厨工想从中获取利益,却没没达到目的,第二天就在堂上向丁药园揭发差役,丁药园宽容,反而又送给差役一只烧鹅。当时丁药园在京城做官,依然信奉天方教,同僚故意把一片猪肝放在他的餐具上。丁药园眼睛近视没有看到,幸亏那个差役及时告知,他才避免了犯戒。

上方册立西宫^①,念无娴典礼者^②,调入东省兼主客^③。主客即古典属国也^④。贡使至^⑤,译问主客为谁,廉知公,持紫貂、银鼠、美玉、象犀,从吏人易公诗归国。长安缙绅以为荣^⑥。晨入东省,侍郎李公甈棠从东出^⑦,药园从中入,瞠目相视。侍郎遣驺卒问讯^⑧,药园趋谢。侍郎笑曰:"是公耶?吾知公短视,奚谢为?"药园退而笑曰:"吾短视与诗名等。"

【注释】

①西宫:指嫔妃。

②典礼:制度礼仪。

③东省:中央官署,此处指礼部,丁澎曾任礼部主客司员外郎。主客:职官名,礼部主客司员外郎。掌管接待外国使节的事,至清末废。

④典属国:官名,掌管归附的少数民族事务。

⑤贡使:进贡的使臣。

⑥长安:泛指京师。

⑦李公甈棠:李甈棠,字贰公,顺天府大兴(今北京)人。清顺治三年(1646)丙戌科进士。顺治十二年(1655)调礼部任右侍郎。顺治十四年(1657),转为礼部左侍郎。事见《东华录·顺治二十四》、《(康熙)大兴县志》卷五。

⑧驺(zōu)卒:泛指仆役。

【译文】

顺治皇帝要册立嫔妃,想到没有熟悉礼制的人,于是把丁药园调到礼部兼任主客司员外郎。主客司员外郎的官职,就是过去典属国一职。朝贡的使臣到了,通过翻译询问主客是谁,等到访查到是丁药园后,便拿着紫貂、银鼠、美玉、象牙、犀角等珍品,从差役那里换到了丁药园的诗作并带回国去。京城做官的人以此为荣耀。丁药园早晨到礼部官署,礼部侍郎李甹棠从东边出来,丁药园从中间的门进去,瞪着眼睛看了半天。礼部侍郎派遣仆役去问好,丁药园跑去道歉。李甹棠笑着说:"是您啊?我知道您近视,哪里用向我道歉呢?"丁药园回来后笑着说:"我的近视和我的诗文如今同样有名啊。"

谪居东①,崎岖三千里,邮亭驿壁,读迁客诗②,大喜。孺子妾问曰:"得非闻赐环诏耶③?"药园曰:"上圣明,赐我游汤沐邑④。出关迁客皆才子,此行不患无友。"久之,粮尽,馁而啼。孺子妾慰劳曰:"卿有友,必箪食迎若⑤。"药园笑曰:"恐如卿言,当先以酒疗吾渴。"

【注释】

①谪居东:清顺治十五年(1658)秋,丁澎被贬尚阳堡,《清史稿·丁澎传》:"尝典河南乡试……坐事谪居塞上五载。"据《东华录·顺治三十一》记清顺治十五年二月,礼部磨勘丁澎丁酉科乡试案,至七月"辛酉,刑部议河南主考黄钺、丁澎违例更改举人原文作程文,且于中式举人朱卷内用墨笔添改字句。黄钺又于正额供应之外恣取人参等物,黄钺应照新例籍没家产,与丁澎俱责四十板,不准折赎,流徙尚阳堡"。

②迁客:因罪而流徙他乡的人。遭贬迁的官员。

③赐环:旧时被贬谪的臣子,遇赦召还谓"赐环"。

④汤沐邑:指国君、皇后、公主等收取赋税的私邑。关外是清朝的

"龙兴"之处，故用汤沐邑代指。

⑤箪食：装在食盒里的饭食。这里用作动词，带着食物。

【译文】

丁药园被贬谪到东北，艰难跋涉了三千多里，他在途中邮亭和驿站的墙壁上读到被贬官员写的诗，很高兴。他的小妾问："莫不是得到了赐还的诏书？"丁药园说："皇上英明，让我到关外游历。被贬谪到关外的人都是有才华的人，这趟行程不用发愁没有朋友啊。"一段时间之后，粮食吃完了，他饿得哭出了声。妾室安慰他说："您有朋友啊，一定会带着食物欢迎您的。"丁药园笑着说："大概和你说的一样，那样我肯定要先喝点酒来解渴。"

初至靖安①，卜筑东冈②，躬自饭牛，与牧竖同卧起③。然暇辄为诗，诗益温厚④，无迁谪态。国子藩公闻其名⑤，欲枉见药园⑥，迟不往。一日，乘牛车入城，药园车上执《周易》⑦，骤遇藩公节⑧，低头读《易》不及避。藩公归，语陆子渊曰⑨："吾今日得遇药园先生矣！"子渊问故，藩公曰："此间安有车上读书，傲然不顾若此人者乎？必药园无疑也。"嗣此西园飞盖⑩，必延药园，饮酒赋诗，礼为上客。

【注释】

①靖安：靖安堡，又称尚阳堡。位于今辽宁开原东。清代多将犯罪官员配戍于此。

②卜筑：选择地方建造房屋定居。

③牧竖：牧童。

④温厚：平和宽厚。

⑤国子藩公：清朝受封的宗室贵族。

298 虞初新志

⑥枉见：屈尊接见丁药园。这里指贵族想让丁药园来拜见自己。

⑦《周易》：儒家经典之一，内容包括"经"和"传"两部分。

⑧节：此指车马。

⑨陆子渊：陆庆曾，字子渊，又作子玄，华亭（今上海松江区）人。素负才名。清顺治十四年（1657）丁酉科举人，因丁酉北闱科场案中"蜚语牵连"而被流徙尚阳堡，业医自给，十余年后卒于戍所。事略见《吴诗集览》卷七《赠陆生》注。

⑩西园飞盖：指举行宴会。典出曹植《公宴诗》："清夜游西园，飞盖相追随。"飞盖，宾客赴宴疾行的车辆。

【译文】

他刚到尚阳堡的时候，在东山坡上修筑房屋，亲自喂牛，和牧童一起住行坐卧。他仍在闲暇的时候写诗，诗风更加宽厚平和，丝毫没有被贬谪的怨气。有位宗室贵族听闻他的名声，想让丁药园来拜见自己，但丁药园迟迟没有去。有一天，丁药园乘坐牛车进城，在车上拿着《周易》读，忽然遇到贵族的车马，因为低头看书没有避让。这个贵族回去后，对陆庆曾说："我今天遇到丁药园先生了！"陆庆曾问他缘由，他说："这个地方怎么会有在车上读书，像他这样高傲地目不斜视的人呢？这人一定是丁药园了。"自此贵族举办宴会，一定会邀请丁药园，请他喝酒作诗，把他看作尊贵的客人。

然药园亦困甚，塞上风刺入骨，秋即雨雪，山川林木尽白，河冰合，常不得汲。樵苏不至①，五日不爨，取芦粟、小米②，和雪啗之。然孺子妾辄生子。当尔时，坐茅屋下，日照户，如渥醇酒③，然畏风不能视日。日晡④，山鬼夜啼⑤，饥鼯声咽⑥，忽闻叩门客，翻然有喜⑦。从隙中窥之，虎方以尾击户。药园危坐自若⑧。

【注释】

①樵苏：打柴割草的人。

②芦粟：高粱的一个品种。茎可生吃或用来制糖。

③渥：沾润，沾濡。

④日晡（bū）：指申时，即下午三点至五点。

⑤山鬼：泛指山中精灵鬼魅。

⑥鼯（wú）：哺乳动物，形似松鼠，能从树上飞降下来。住在树洞中，昼伏夜出。

⑦翩然：形容动作轻松迅速的样子。

⑧危坐：端坐。自若：态度自然如常。

【译文】

但是丁药园的处境却十分窘困，关外寒风刺骨，秋天就会下雪，到处都是白色，河流结冰，时常无法打水。卖柴草的人没有上门，丁药园家五天都没法生火做饭，他取出芦粟、小米和着雪来吃。而他的妾刚生了孩子。在那个时候，他坐在茅屋下，太阳照射着门窗，觉得像喝了美酒一样自在，只是怕风而不能去看太阳。傍晚吃饭的时候，山中的精怪凄厉哭号，饥饿的鼯鼠不停呜咽，忽然听到有客人敲门，他迅速起身，心里很高兴。从门缝向外看，发现有只老虎正在用尾巴拍门。丁药园端坐着安然自若。

居东凡五迁，家日贫，诗日富。登临眺览，供其笔墨，作《归思轩记》以寓意。友人林璐闻之，曰："卿归矣①！曩者邯郸道上吕仙祠②，即卢生受枕处也，仕宦过者，疾驱去以避不祥。卿衔命过其下③，停车徐步入，道人方坐蒲团不起。卿异之，索笔题壁曰：'向翁乞取还乡梦，留得凌云化鹤飞'之句，得非诗谶耶④？"贻书报药园，惘然悟。又一年始归，果如林生言。

【注释】

①卿：你，表尊敬或爱意。

②曩者：以往，从前。邯郸道上吕仙祠：即黄粱一梦的故事。沈既济《枕中记》载，卢生在邯郸客店遇道士吕翁，赠送给他一个枕头，卢生枕着枕头入梦，在梦中享尽富贵荣华。醒来时，店主人煮的黄粱还没有熟，卢生怪曰："岂其梦寐耶？"吕翁笑曰："人世之事亦犹是矣。"后人遂在邯郸修建吕翁祠。

③衔命：奉命。

④诗谶：指所作诗无意中预示了后来发生的事。

【译文】

他在关外一共换了五次地方，家里越来越穷，诗文却越来越多。他登高远眺，用笔墨写下了《归思轩记》来寄托对故乡的情思。他的朋友林璐听闻后，说："你要回来了！从前，邯郸路上有座吕翁祠，就是昔日卢生得到仙枕的地方，官员经过这里时，都匆忙赶路想避开这个预示荣华富贵是一场梦幻的不吉利地方。你奉命出行路过那里，停下车慢慢进去，见到有位道人在蒲团上坐着不起来。你觉得很怪异，要来笔在墙壁上写下'向翁乞取还乡梦，留得凌云化鹤飞'的诗句，难道不是预示着如今的遭遇吗？"便写信给丁药园，丁药园这才依稀想了起来。又过了一年他得以返回故乡，果真和林璐所说的一样。

张山来曰：叙琐屑事，须眉活现，是颊上添毫手也①。

【注释】

①颊上添毫：刘义庆《世说新语·巧艺》记载晋朝画家顾恺之画裴楷画像时，在颊上添上了三根毫毛，旁人觉得更加肖似，如神来之

笔,后来便用"颊上添毫"比喻文章或图画的得神之处。

【译文】

　　张潮说:记述小的事情,活灵活现,好像是在脸颊上添豪毛的丹青妙手啊。

寄畅园闻歌记

余怀(澹心)①

吴门徐生君见,以度曲名闻四方②。与余善,著《南曲谱》,索余序。余为之序,有曰:南曲盖始于昆山魏良辅云③。良辅初习北音④,绌于北人王友山;退而镂心南曲⑤,足迹不下楼十年。当是时,南曲率平直无意致,良辅转喉押调⑥,度为新声,疾徐高下清浊之数,一依本宫⑦,取字齿唇间,跌换巧掇⑧,恒以深邈助其凄泪⑨。吴中老曲师如袁髯、尤驼者,皆瞠乎自以为不及也。良辅之言曰:"学曲者移宫换吕⑩,此熟后事也。初戒杂,毋务多,迎头拍字⑪,彻板随腔⑫,毋或后先之。长宜圆劲,短宜遒,然毋剽⑬,五音依于四声⑭,毋或矫也⑮,毋艳。"又曰:"开口难,出字难,过腔难⑯,高不难低难,有腔不难无腔难。"又曰:"歇难,阁难⑰。"此不传之祕也,良辅尽泄之。而同时娄东人张小泉、海虞人周梦山⑱,竞相附和。惟梁谿人潘荆南独精其技⑲,至今云仍不绝于梁谿矣。合曲必用箫管,而吴人则有张梅谷,善吹洞箫,以箫从曲;毗陵人则有谢林泉⑳,工抐管㉑,以管从曲。皆与良辅游。而梁谿人陈梦萱、顾渭滨、吕起渭辈,并以箫管擅名。盖度曲之工,始于玉峰,盛于梁谿者,殆将百年矣。

此道不绝如线㉒，而徐生蹶起吴门㉓，搴魏赤帜易汉帜㉔，恨
良辅不见徐生，不恨徐生不见良辅也。

【注释】

①余怀：字澹心，一字无怀，号曼翁，又号壶山外史、寒铁道人，晚年自
　号曼持老人，莆田（今属福建）人，清初文学家。明亡后侨居南京，
　自称江宁余怀、白下余怀。晚年退隐吴门，漫游支硎、灵岩之间，征
　歌选曲，与杜濬、白梦鼐齐名，时称"余杜白"。曾作《板桥杂记》三
　卷，述秦淮妓女事。又有《余子说史》十卷、《甲申集》七卷等。本
　篇出自余怀《曼翁文集》。又见引于钱肃润《文瀫初编》卷十二。

②度曲：谱写乐曲。

③南曲：原指南方戏曲及各种曲调，此处指昆腔。昆山：昆山县，明、
　清属苏州府，治今江苏昆山。明弘治十年（1497），析昆山新安、
　惠安、湖川三乡建太仓州（今江苏太仓），隶属苏州府，魏良辅即
　居于此。魏良辅：明代戏曲音乐家。字尚泉，号此斋，豫章（今江
　西南昌）人，寄居太仓州。嘉靖年间，由张野塘等协助，在原昆山
　腔基础上，吸收海盐、余姚、弋阳诸腔的长处，形成新声，称"水磨
　调"，即昆腔。

④北音：泛指北方诸宫调、散曲、戏曲所用的各种曲调。

⑤镂心：比喻苦心钻研、构思。

⑥转喉：引吭歌唱。

⑦一依：完全按照，全凭。本宫：指起初以宫声为主的调式。

⑧掇：掉转。

⑨深邈：犹深远。

⑩移宫换吕：乐曲改变宫调。此指另制新腔。

⑪迎头拍字：鼓板按照乐曲节奏拍打。唱昆曲时，合着字头、拍着板
　眼唱曲。

⑫彻板随腔：指鼓板打出的节拍随着唱腔或击或止。彻板，曲学名词，也叫腰板、闪板，节拍的一种。指字音唱出以后才下板，板拍过以后再接唱下去，使行腔当中突然休止一下，把板闪让过去。

⑬剽：轻浮，轻薄。

⑭五音：古代五声音阶中的五个音级，即宫、商、角、徵、羽。四声：汉语字音的声调，有平声、上声、去声、入声四种。

⑮矫：拂逆，违背。

⑯过腔：由此调转入另一调。过腔难等"五难"，可参见魏良辅《南词引正》。

⑰阁：停止。

⑱娄东：太仓的别称，因其地位于娄水之东，故称娄东。海虞：古地名，明、清时即苏州府常熟县（今江苏常熟）。

⑲梁谿：无锡的别称，因无锡城西的梁溪而得名。谿，同"溪"。

⑳毗陵：常州的古称。西汉置毗陵县，治今江苏常州。

㉑抴（yè）管：以手轻按吹奏的乐器，此处指吹管。

㉒不绝如线：形容子孙衰落或后继者稀少。

㉓蹶起：突起，兴起。蹶，急遽，突然。

㉔搴（qiān）魏赤帜易汉帜：改旗易帜，把魏良辅的红旗改变成徐君见的旗帜，意指昆曲传承发生变化，徐君见取代了魏良辅的地位。搴，拔取。汉帜，原指汉王刘邦军队的旗帜，《汉书·韩信传》："拔赵帜，立汉帜。"此处喻指徐君见的旗帜。

【译文】

苏州的徐君见，以谱写乐曲而名闻天下。他和我交好，撰写了《南曲谱》，让我帮忙写序言。我给他写序，这样说：昆曲大概发源于昆山的魏良辅。魏良辅一开始学习北方曲调，比不过北方的王友山；于是舍弃北方曲调，钻研南方曲调，十年未曾下楼。在那个时候，南方曲调大都平淡没有意趣，魏良辅引吭高歌、控制曲调，创造新的声腔，曲调的快慢高

低清重之类，完全遵循宫声为主的调子，从唇齿间吐字，起伏变换、巧妙
掉转，始终用深远的声音以增加它使人忧伤落泪的感染力。苏州成名已
久的作曲家袁髯、尤驼等，都瞠目结舌地认为自己比不上他。魏良辅说：
"学习曲调的人创制新腔，这是在掌握曲调之后做的事。学习之初忌学
得太杂，不能钻研太多，开口演唱时合着字头、拍着板眼唱曲，鼓板随着
唱腔或击或止，不能改变先后顺序。长腔要圆活流动，短音要雄健有力，
但是不能轻浮，五音要依赖四声，不可随意改变，不能过于浓艳。"他又
说："开口时难，吐字时难，换腔时难，高音不难低音却难，有腔不难，无腔
更难。"还说："休息停止也是很难的。"这是不外传的秘密，魏良辅全都
说了。同时代的太仓人张小泉、常熟人周梦山，争着应和魏良辅。只有
无锡人潘荆南精通魏良辅的曲艺，据说至今还在无锡一带传播着。合奏
乐曲一定要用管箫，苏州人张梅谷擅长吹洞箫，用箫来伴奏；常州人谢林
泉善于吹管，用管来伴奏。他们都和魏良辅交好。无锡人陈梦萱、顾渭
滨、吕起渭等，都以善吹箫管而出名。大概创制曲调比较出色的，开始于
魏良辅，鼎盛于无锡众人，距今大概有上百年了吧。这种曲调后继乏人，
而来自苏州的徐君见则重振昆腔，取代了魏良辅的独霸地位，遗憾魏良
辅没见到徐君见，不遗憾徐君见没见过魏良辅。

　　徐生年六十余，而喉若雏莺静女，松间石上，按拍一歌，
缥缈迟回①，吐纳浏亮②，飞鸟遏音，游鱼出听，文人骚客，为
之怡恍③，为之神伤。妙哉，技至此乎！一日徐生语余曰："吾
老矣！恐不能复作少年狡狯事④。得吾之传者，乃在梁谿。
今太史留仙秦公尊人以新公⑤，所蓄歌者六七人是也。君倘
游九龙二泉间⑥，不可不见此人，闻此曲。"余心识之久矣！

【注释】

①缥缈:声音清扬而长。迟回:徘徊。

②吐纳:发声。浏亮:清朗明亮。

③惝(chǎng)恍:心神恍惚。

④狡狯(jiǎo kuài):游戏,玩乐。

⑤太史留仙秦公:秦松龄,字汉石,无锡(今属江苏)人。康熙年间授翰林院检讨。曾参与编修《明史》,故称作太史。详见卷十一《过百龄传》注释。尊人:对他人父母的敬称,此指秦松龄生父秦德藻。秦德藻,字以新,号海翁。事见秦兰枝《锡山秦氏宗谱》卷七上《第十三世》。

⑥九龙:无锡九龙山,即惠山,在今江苏无锡西郊。山有九陇,故俗称九龙山。二泉:指无锡惠山泉。因其有"天下第二泉"之称,故名。

【译文】

徐君见已六十多岁,但他的声音像幼莺和妙龄女子一样清脆柔美,他在松林山石间打着节拍缓声歌唱,声音清幽婉转绕耳不绝,吐字发音清朗明亮,似乎能使飞鸟停止鸣叫,诱使游鱼出水聆听,文人墨客都因此而心神恍惚,哀叹感伤。多么奇妙啊,居然达到了这样的技艺!有一天,徐君见对我说:"我老了!恐怕不能再像少年一样嬉戏于昆腔了。深得我真传的人,在无锡。如今史官秦松龄的父亲秦德藻,他蓄养的六七个乐工就是我的弟子。假如你去无锡九龙山、惠山泉游玩,一定要见见他们,听听他们演唱。"我心里记下这事已经很久了!

　　庚戌九月①,道经梁谿,适颍州刘考功公勇②,拥大航西门外③,留余方舟同游惠山④。而吴明府伯成、秦宪使补念、顾孝廉修远及其子文学天石、朱公子子葆、刘处士震修皆在席⑤。太史留仙则挟歌者六七人,乘画舫,抱乐器,凌波而至,会于寄畅之园⑥。于时天际秋冬,木叶微脱,循长廊而观止水,倚峭壁以听响泉。而六七人者,衣青纻衣⑦,蹦五丝履⑧,恂恂如书生⑨,绰约若处子⑩,列坐文石⑪,或弹或吹。须臾歌喉乍转,累累如贯珠⑫,行云不流,万籁俱寂。余乃狂叫曰:"徐生徐生,岂欺我哉!"六七人者,各道姓名,敛袖低眉,倾其座客。至于笙笛三弦⑬,十翻箫鼓⑭,则授之李生。李生亦吴人。是夕分韵赋诗⑮,三更乃罢酒。次日复宴集宪使家,六七人又偕来各奏技。余作歌贻之,俾知徐生之言不谬。良辅之道,终盛于梁豁。而留仙父子,风流跌宕⑯,照映九龙、二泉间者,与山俱高,与水俱清也。是为记。

【注释】

①庚戌:清康熙九年(1670)。

②颍州:明颍州属凤阳府,清代升为颍州府。今为安徽阜阳颍州区。刘考功公勇:考功郎中刘体仁。考功,职官名,即考功司郎中,属吏部,掌考察内外官吏之职。刘体仁,字公勇,号蒲庵,颍州人。顺治十二年(1655)进士,官吏部考功司郎中。与宋琬、王士禛等交好,著有《七颂堂诗文集》。《(康熙)颍州志》卷十四有《刘体仁行略》。

③大航:大船。

④方舟:两船相并。

⑤吴明府伯成:吴兴祚,字伯成,号留村,绍兴府山阴(今浙江绍兴)人。清康熙二年(1663)任无锡知县,古称知县为明府。秦宪使补念:秦钺,字克绳,号补念,无锡人。清顺治十二年(1655)乙未科会元,殿试探花。曾任江西按察使,故称宪使。事见汪琬《湖广湖南粮储道布政使司参政秦公钺墓志铭》(《碑传集》卷八十)、

《(乾隆)江南通志》卷一四二。顾孝廉修远及其子文学天石:顾
宸及其子顾彩。顾宸,字修远,无锡人。明崇祯十二年(1639)举
人。事见《(光绪)无锡金匮县志》卷二二。顾彩,参见本卷《焚琴
子传》注释。刘处士震修:刘雷恒,字震修,无锡人。康熙十九年
(1680)以贡生任常州府训导。事见《(同治)苏州府志》卷六六、
《(光绪)无锡金匮县志》卷二二。处士,有才德而隐居不仕的人。

⑥寄畅之园:寄畅园,位于无锡惠山,秦松龄家的私人园林。

⑦纻(zhù)衣:苎麻所织之衣。

⑧蹝(xǐ):踩,踏,引申为穿。五丝:五色丝。

⑨恂恂:恭谨温顺的样子。

⑩绰约:柔婉美好的样子。

⑪列坐:依次而坐。文石:有纹理的石头。

⑫贯珠:比喻声音珠圆玉润。

⑬三弦:弦乐器。木筒两端蒙蛇皮,长柄,有三根弦,故名。

⑭十翻:即十番鼓,器乐合奏名。因演奏时轮番用鼓、笛、管、箫等十
种乐器,故名。李斗《扬州画舫录》:"是乐不用小锣、金锣、铙钹、
号筒,只用笛、管、箫、弦、提琴、云锣、汤锣、木鱼、檀板、大鼓十
种,故名十番鼓。番者,更番之谓。"

⑮分韵:几人相约赋诗,选定若干字为韵,各人自认或拈定诗韵以作
诗,称分韵。

⑯风流跌宕:气度超脱不拘小节,潇洒放逸。

【译文】

康熙九年九月,我路过无锡,恰逢颍州人吏部考功司郎中刘体仁乘
坐大船停在无锡西门外,他挽留我并船同游惠山。无锡知县吴兴祚、按
察使秦钺、举人顾宸和他儿子儒生顾彩、朱子葆公子、刘震修处士等都在
邀请之列。秦松龄带着六七个唱曲艺人,坐着画舫,抱着乐器,划过水波
飘逸而来,相会在秦氏寄畅园中。当时正值秋冬之间,树木刚开始掉叶

子,沿着长廊欣赏池塘静水,依靠着峭壁聆听瀑布水响。这六七个人,穿着青色苎麻衣,脚穿五色丝履,恭谨得像书生,柔美得像女子,依次坐在有纹理的石头上,有的弹,有的吹。不一会儿,唱了起来,声音像珠玉一样圆润动听,飘动的云彩不再流动,什么声音都陷入寂然。于是我大叫道:"徐生,徐生,你真的没有骗我!"六七个人都各自报了姓名,收紧衣袖、低眉顺目地向在座的客人行礼。至于笙、笛、三弦,十翻、箫、鼓,则传授给了李生。李生也是苏州人。当天晚上大家选韵作诗,直到三更才停止。第二天再次在秦钺家中宴集,那六七个人又相伴而来,各自表演他们的曲艺。我作诗赠给他们,让他们知道徐君见所言非虚。魏良辅的衣钵,最终昌盛于无锡。秦松龄父子气度超脱、潇洒放逸,他们照耀于九龙山、惠山泉之间,与山同高,与水同清。我于是写了这篇文章。

　　张山来曰:吴俗于中秋夜,善歌者咸集虎丘石上①,次第竞所长,唯最后一人为最善。听者止数人,不独忘言②,并不容赞。予神往久矣!今读此记,益令我穆然以思③,悠然以想也④。

【注释】

①虎丘:山名。在江苏苏州西北,亦名海涌山。相传吴王阖闾间葬此,
　　葬后有白虎踞其上,故名。唐时因避讳曾改称武丘或兽丘,后复
　　旧称。名胜古迹很多,向有"吴中第一名胜"之称。

②忘言:谓心中领会其意,不用言语来说明。

③穆然:静思的样子。

④悠然:深远貌。

【译文】

　　张潮说:苏州中秋晚上有个习俗,擅长歌唱的人都到虎丘山上

集会，依次展现他们的拿手好戏，但最后一个人是最厉害的。听众只有几人，不用言语表达而静心领悟，还不让人称赞点评。我真的向往很久了啊！如今读到这篇文章，更加让我静思，有了无限的向往之意。

陈小怜传

杜濬（十泉）^①

陈小怜，郯城女子也^②。年十四，遭兵乱，失所，落狭斜^③。有贵公子昵之，购以千金，贮之别室^④，作小妻，相好者弥年^⑤。大妇知之，恚甚，磨砺白刃，欲得而甘心焉。公子不得已，召媒议遣。居间者以为奇货^⑥，遂将小怜入燕中^⑦，住西河沿^⑧。西河沿，亦斜狭也。

【注释】

①杜濬（jùn）：原名诏先，字于皇，号茶村，黄州府黄冈（今湖北黄冈）人。少倜傥，为副贡生。明亡，避地金陵，寓居鸡鸣山。诗文豪健，有《变雅堂集》传世。《清史列传》《金陵通传》有传。其人事迹另见胡绍鼎《杜茶村先生传》（《（乾隆）黄冈县志》卷十六）、方苞《杜茶村先生墓碣》（《望溪集》卷十三）。本篇选自《变雅堂集》。

②郯（tán）城：县名。清代郯城县隶沂州府。今属山东。郯城陈小怜事，查慎行有诗《范性华征君属题陈怜小影》："小像沉香手自熏，前期如梦却疑真。五湖忍负闲风月，为少扁舟共载人。"（《敬业堂诗集》卷六）

③狭斜：小街曲巷。多指妓院。

④别室：正室以外的房间，是让妾室居住的侧室、外宅。陈小怜沦为
　　妾，即下文"小妻"。

⑤弥年：经年，终年。

⑥居间者：商业买卖的介绍者，类似牙人。

⑦燕中：指京师，今北京。

⑧西河沿：位于京师前门大街皇城根下的御河桥（也称玉河桥）西。
　　此地极为繁华，会馆、银号林立，是京城金融业的集中地。

【译文】

　　陈小怜，是郯城县的女子。她十四岁的时候，遭遇了战乱，流离失
所，沦落到青楼妓院中。有一个富家公子喜欢她，花费很多钱替她赎身，
养在外宅，成了小妾，相好了一年。后来此事被公子的正妻所知晓，正妻
极为生气，磨刀霍霍，想杀死她才罢休。那个公子迫不得已，叫来媒人商
量把她送走。中介人觉得她奇货可居，于是把她带到京城，安排她住在
西河沿。西河沿，也是风月烟花场所。

　　小怜姿慧不凡，遂倾动都人士，声价翔贵。虽达官富
人，有华筵上客，欲得小怜一佐酒①，必先致意，通殷勤②，为
期旬日之后，然后得其一至。时燕聚四方之士，座中往往
多年少美姿容者，结束济楚③，媚态百出，自谓必得当于小
怜④，小怜弗睬也。

【注释】

①佐酒：指妓女在酒席间劝酒助兴。

②殷勤：借指礼物。

③结束：打扮。济楚：赞美之词。指人美好、漂亮。

④得当：表示相当、相配的意思。

【译文】

　　陈小怜容貌、才智极为出色，使京城人士为之倾倒，她的身价倍增。即使是达官显贵，在高级宴会上招待尊贵的客人，想要邀请她来陪酒，也得提前送礼物以示心意，约好十来天之后，才能请她来一趟。当时京城聚集天下英才，宴会上常有很多年少貌美的人，他们打扮光鲜，露出各种各样的谄媚样，自认为能与陈小怜相匹配，然而陈小怜却不屑一顾。

　　而钱唐知名士范性华者①，老成人也②，馆于燕。一日以赴某公宴，遘小怜，虽颇异其姿，然平澹遇之耳。范时年五十余，人地固自轩轩③，顾貌已苍然，意不在佻达④。而小怜一见，独为之心醉，注目视范，自入座以至酒阑，目不他视。凡范起则视其起，范步则视其步；范复就座，则视其就座。往则目送，旋则目迎。己或时起，数步之外，必回头视范，如恐失之。小怜固素谨，忽如此，举坐咸诧异。范反为之局蹐不自得⑤，笑而左右顾。而小怜自如也。将别，则详问范姓字，归而朝夕诵之。

【注释】

①钱唐：亦作"钱塘"，古县名。明、清时与仁和县同为杭州府治所，常代指杭州。范性华：范醇政，字性华，钱塘（今浙江杭州）人。他与杜濬、张竞光等交好，张竞光有《送范性华北上》诗（《宠寿堂诗集》卷七）；杜濬《变雅堂集》多次提及他，曾为其撰《范性华杂剧题词》。

②老成人：指品德忠厚，且为人处世老成持重的人。

③人地：才能品格及门第家世。轩轩：仪态轩昂的样子。

④佻达：轻浮放荡。

⑤局踏（jí）：局促不安的样子。踏，后脚紧跟着前脚，用极小的步子走路。引申指局促。

【译文】

杭州有名的士人范醇政，老成持重，寓居京城。有一天他去参加某人的宴会，邂逅了陈小怜，虽然觉得她美貌出众，但也只当作平平淡淡的相遇罢了。当时范醇政五十多岁，人看起来依然仪态轩昂，但样貌却已经苍老，没有轻薄放荡的意味。然而陈小怜一见到他，却偏偏迷上了他，深情地看着他，从酒宴开始一直到酒宴结束，都没看过别人。只要范醇政站起来，她的目光就跟着起来；范醇政脚步挪移，她的目光也跟着走；范醇政再次回到座位时，她的目光也回到他的座位。范醇政出去就目送他行走，回来就用目光迎接他。自己有时候站起来行走，几步之外也要回头看看范醇政，好像害怕他消失一样。陈小怜原本向来谨慎，忽然变成这样，让在座的人都感到很诧异。范醇政反而因为她的行为变得局促紧张不自在，笑着旁顾左右。陈小怜则一如方才没有变化。即将分别时，陈小怜详细地询问了范醇政的姓氏、名字，回到家里早晚都在念叨他。

有潘生者，往来于其家，又素识范，谓小怜曰："尔念范君如此，盍往访之？"小怜正色曰："吾既已心许范君终身矣，若猝往，是奔也。姑少待，范君相迎，斯可矣。"潘以其言白范，范犹恐其难致，试走伻探之①。值小怜是日有巨公之约②，肩舆在门矣③，立改其所向，语其妪曰："某公之约，一惟汝多方辞绝之④。我赴范君召，不顾矣。"小怜至范所，语次谓范君曰⑤："君知我日者席间注目视君之故乎？"范曰："初不知。"小怜曰："吾见君之酷似吾故夫也。吾不能舍君矣！"是时小怜年始十七。范答曰："以子之姿慧，从良固甚善⑥，然当择年相若者，吾岂若偶耶？"小怜应曰："君误矣！三十年以内所生之人，岂有可与论吾心者哉？"范大奇其言，叩之⑦，知尝读书，粗通《朱子纲目》⑧。范初无意，至是固已心动矣。因留连旬朔⑨，相与定盟⑩，然后去。

【注释】

①伻（bēng）：使者。

②巨公：大人物。

③肩舆：轿子。

④一惟：同"一唯"，完全听从。

⑤语次：交谈之间，说话之间。

⑥从良：旧指妓女脱离妓院而嫁人。

⑦叩：询问。

⑧《朱子纲目》：《资治通鉴纲目》，简称《朱子纲目》或《纲目》。《奁史》卷四三记："陈小怜，年十四通《朱子纲目》。"《资治通鉴纲目》，南宋朱熹编著，生前未能定稿，其门人赵师渊于樊川书院续编完成，共五十九卷。

⑨旬朔：十天或一个月。泛指不长的时日。

⑩定盟：缔结婚约。

【译文】

有个潘生常到陈小怜家里走动，本来又认识范醇政，便对陈小怜说："你这么思念范醇政，为什么不去拜访他呢？"陈小怜严肃地说："我早已经在心里将自己许配给了范醇政，如果仓猝造访，就是私奔了。姑且再等等，让范醇政来迎娶我，这样就可以了。"潘生把这些话说给范醇政，范醇政还担心难以得到她，于是试着派人去探问消息。恰逢陈小怜那一天要去赴某位大人物的邀约，已经坐轿出门，当即掉转方向，对其鸨母说："那位大人物的邀约，全由你设法去推拒。我要去赴范醇政之约，无法顾及他了。"她到了范家，交谈之间，对他说："你知道我当日在酒席间一直看你的原因吗?"范醇政说:"我全然不知。"陈小怜说:"我看你特别像我的前夫。我无法离开你啊!"这时陈小怜才十七岁。范醇政说:"凭借你的姿色和智慧,嫁人的确是件好事情,但是应当选择一位年纪相当的人,我哪里是你的佳偶呀?"她回答说:"你错了!三十岁以内的人,哪里有可以和我谈论心中话语的呢?"范醇政觉得她的话很奇怪,向她询问,知道她曾读过书,大致通晓《资治通鉴纲目》。范醇政起初没有什么心思,到这时已然心动了。所以,陈小怜在他家呆了一段时间,互相定下婚约才离开。

　　而小怜所与一时宦①,方与范相忌,闻之,雅不能平②,辄计致小怜曲室中,出而扃其户以困之③。小怜顾室中,有髹几长丈余④,遂泚笔于几上⑤,书"范性华"三字,几千百满之。时宦归而睹几上字,色变不能言。燕中尝作盛会,广召宾友,及狎客妓女皆与⑥。酒酣,客为觥政⑦。下令人各引满,既酌,自言其心上人为某,不实者,有如酒。次第至小怜,或戏之曰:"尔心上人多矣,莫适言谁也!"小怜嗔曰:"是何言?一人而已!"起持巨觥命满酌⑧,一饮绝沥⑨,覆觥大呼曰⑩:"范性华!"举座相顾,以为此子无所引避矣。其笃挚至于此。

【注释】

①所与:结交。时宦:在位官员,正得势的官员。

②雅:极,甚。

③扃(jiōng):上闩,关闭。

④髹(xiū):古代称红黑色的漆。

⑤泚(cǐ)笔:以笔蘸墨。

⑥狎客：旧称嫖客。

⑦觞政：饮酒时一种助兴取乐的游戏。酒令。

⑧觥（gōng）：古代酒器。腹椭圆，上有提梁，底有圈足，兽头形盖，亦有整个酒器作兽形的，并附有小勺。

⑨绝沥：没有液体滴下。

⑩覆觞：倒置酒杯。

【译文】

　　但是陈小怜曾结交过一位得势的官员，他当时正忌恨范醇政，听说了这个消息，十分无法忍受，就使计谋把陈小怜骗到深宅内院中，出去后把门窗都锁住，拘禁陈小怜。陈小怜环顾房间，发现室内有一面用油漆刷过的长一丈多的案几，于是用毛笔蘸着墨水在案几上写下"范性华"三个字，写了千百次，把案几都写满了。那个官员回来后看到案几上的字，脸色大变却说不出话。京城里曾举办了一场盛大的宴会，到处邀请宾客和嫖客、妓女等参加。大家喝酒到兴头上，客人们开始行酒令。主持酒令的人让大家都斟满酒，斟酒之后，要说出自己喜欢的人是谁，如果说的是假话，就要喝酒。按顺序到了陈小怜，有人开玩笑说："你的心上人太多了，不知道该说谁了吧！"陈小怜生气地说："这是什么话？只有一个人罢了！"站起来拿着大酒杯让人斟满酒，一次喝干了酒，把酒杯翻转过来大声说："范性华！"在座的人都相互看着，认为她对这个事情毫不避讳。她对范醇政深情到了这种地步。

　　然久之无成事。范于是仰天叹曰："醇政独非丈夫乎？何遂力不能举一女子，而忍负之也？且小怜与吾约者，极不难耳。督过愆期①，至于舌敝②，金台之下③，识范性华者多矣，而将伯之助寂然④，又安事交游为？"乃为诗自伤云："只愁世少黄衫客⑤，李益终为薄倖人。"信乎其为薄倖人矣⑥！小怜以河清难俟⑦，竟为有势者强劫以去，犹留书与范云：

"非妾负君，妾终不负君也。"噫，是可悲矣！

【注释】

①督过：责备。愆期：失约，误期。

②舌敝：指说话很多，舌头都疲了。

③金台：指古燕都、燕京，即清都城京师（今北京）。

④将伯之助：请人帮忙的套语，语出《诗经·小雅·正月》"载输尔载，将伯助予"。也指别人对自己的帮助。将，请求。伯，长者。

⑤黄衫客：唐人蒋防传奇《霍小玉传》中的豪侠。进士李益与妓女霍小玉相爱，得官后另娶望族卢氏女，遂弃小玉于不顾。有位黄衫豪士仗义勇为，挟持李益去见临终的霍小玉。

⑥薄倖：薄情，负心。

⑦河清难俟：难以等待黄河的水变清澈。比喻时间漫长，难以等候。

【译文】

但是他们的婚事过了很长时间还没有结果。于是范醇政仰天长叹说："我范醇政难道不是大丈夫吗？为什么我的能力始终无法得到一个女子，而要狠心辜负她吗？况且陈小怜和我相约定情，原本只是很容易的事情。我自责延误了赎娶陈小怜的日期，为此事奔走连舌头都说累了，京城里认识我范醇政的人很多，但是能帮助我的人却极少，又为何要和朋友们交往呢？"于是作诗自我感伤道："只愁世少黄衫客，李益终为薄倖人。"果然，他真的成了负心失约的人！陈小怜等待了很久，最终居然被有权势的人强行房掠了去，还留下了书信给范醇政说："不是我想要辜负你，我心中始终没有辜负你。"哎，真是可悲！

先是小怜每数日不晤范，辄废眠食；及范至，则又庄语相勉以大义①。且曰："出处一不慎②，则君之词翰③，俱可惜矣。"闻者以为此非巷中人语。又力劝范迎其室人来燕中^④，曰："小怜异日得事君子，固甘为之副。"范用其言。既而得与室人病诀，厚为之殡^⑤，祭吊成礼^⑥。小怜一言之力也，范尤感之云。

【注释】

①庄语：庄重的言论。大义：正道，大道理。

②出处：行进和静止。

③词翰：诗文，辞章。

④室人：指妻子。

⑤厚为之殡：为她不惜财力地经营丧葬。

⑥祭吊成礼：祭奠、吊唁的礼仪都完备齐全。

【译文】

起初陈小怜好几天没见到范醇政，就不吃不睡；等到他来了，又用严肃的话语来谈论一些世间大道理以勉励他。还说："出处进退一时疏忽大意，那么您的满腹才华，都可能因此抱恨终身。"听到这些话的人觉得这不像烟花柳巷的妓女所说的。她又极力劝说范醇政把妻子接到京城，说："我以后要是能够侍奉您，一定甘心辅佐您的正妻。"范醇政照她的话做了。此后不久，范醇政与病逝的妻子相诀别，厚葬了她，为她举行的祭奠、吊丧的礼仪都完备齐全。这是陈小怜说的话起了作用，范醇政对此十分感激。

徐无山人赞曰^①：昔晋羊皇后^②，丑诋故夫以媚刘聪^③。其死也，化为千百亿男子，滔滔者皆是也。陈小怜何人，独不以故夫为讳，而吾友范性华，以似其故夫见许。岂羊皇后之教反不行于女子乎？噫！是为立传。

【注释】

①徐无山人:杜濬的号。赞:用于颂扬人物的文体。

②羊皇后:羊献容,原是晋惠帝的皇后。永嘉之乱,前赵军队攻陷洛阳,羊献容被俘,被刘曜强纳为妾。刘曜即位后,立羊献容为皇后。

③丑诋:用难听的话毁谤。刘聪:当作刘曜,杜濬可能记错了。刘曜,刘聪的堂弟,在刘聪死后登基为帝。羊皇后曾对刘曜评价晋惠帝,说:"陛下开基之圣主,彼亡国之暗夫。"(《晋书·惠羊皇后传》)

【译文】

杜濬的赞记:昔日晋朝的羊皇后,用难听的话毁谤他的前夫晋惠帝而取媚刘曜。她死后,肯定要投胎变成男人,生生世世都会连续不断。陈小怜是什么人? 偏偏不避讳谈及前夫,而我的好友范醇政,因为和她前夫长相相似而被认可。难道羊皇后的事反而在女子中没有得到传播吗? 啊! 我于是写了这篇传记。

张山来曰:层次转折,无不入妙,尤妙在故夫一语。一见不复再见,是文之有品者。

【译文】

张潮说:这篇文章有层次有转折,都很引人入胜,尤其是前夫的情节写得很精妙,恐怕很难再见到类似的文章,真是文章中的上品。

卖花老人传

宗元鼎（定九）①

卖花老人者,不知何许人。家住维扬琼花观后②,茅屋三间,傍有小阁。室中茗椀丹灶③,经案绳床④,皆楚楚明洁⑤。柴门内，方广二亩，以种草花为业。家尝有五色瓜，云即昔之广陵人邵平种也⑥。所种芍药、玫瑰、虞美人、莺粟、洛阳、夜合、萱草、蝴蝶、夜落金钱、剪春罗、剪秋罗、朱兰、蓝菊、白秋海棠、雁来红⑦，共十数种。朝晨担花向红桥坐卖⑧，遇文人墨客，即赠花换诗而归。或遇俗子购之，必数倍其价，得钱沽酒痛醉。余者即散诸乞儿。市人笑为花颠。

【注释】

①宗元鼎：字定九，一字鼎九，号梅岑，江都（今江苏扬州）人。事见《清史稿·宗元鼎传》、《文献征存录》卷十。本篇选自其作品集《新柳堂集》。又见引于徐钒《本事诗》后集卷十二。

②维扬：扬州的别称。琼花观：原为后土祠，宋徽宗赐金字匾额题为"蕃厘观"，后又称"琼花观"，位于今江苏扬州文昌中路。观内种有琼花。

③椀：同"碗"。丹灶：炼丹用的炉灶。

④绳床：一种可折叠的轻便坐具。

⑤楚楚：排列整齐的样子。

⑥邵平：秦末汉初人。秦朝时被封为东陵侯，秦亡后沦为布衣，在长安城东青门外种瓜，瓜味甜美，皮有五色，世人称之为"东陵瓜"。

⑦莺粟：罂粟。洛阳：牡丹的别称。唐宋时洛阳盛产牡丹，故有此别称。夜合：合欢的别称。夜落金钱：即金钱花，"一名子午花，于开子落，吴人呼为夜落金钱，又名川蜀葵"（《致富奇书》卷二）。剪春罗：又名剪红罗、碎剪罗、雄黄花。剪秋罗：又名剪秋纱、汉宫秋。

⑧红桥：扬州的桥名，又名虹桥。明崇祯时建，为扬州游览胜地之一。

【译文】

卖花老人，不知道是何处的人。他住在扬州琼花观的后面，那里有三间茅草屋,旁边还有个小阁楼。屋里面有喝茶的碗和炼丹用的炉灶,摆放经书的案几和折叠的坐具,都摆放得整齐、洁净。柴门内有两亩大小的庭院,靠种植花草来谋生。家里曾种过五色瓜,说这就是以前扬州人邵平种植的那种瓜。院中种有芍药、玫瑰、虞美人、罂粟、牡丹、合欢、萱草、蝴蝶花、夜落金钱、剪春罗、剪秋罗、朱兰、蓝菊、白秋海棠、雁来红等十几种花卉。每天早晨挑着鲜花去红桥那里坐着售卖,遇到文人雅士,就把花赠送给他,换首诗就回家了。有时候遇到凡夫俗子来买花,必定会索要好几倍的价钱,拿到卖花钱就买酒喝得酩酊大醉。剩下的钱就分给大街上的乞丐。集市上的人都笑话他,把他称作"花颠"。

尝九日渡江①,经旬不归。人问之,答曰:"吾访故人殷七七于铁瓮城中耳②。"袖中出杜鹃花一枝,红芬可爱。所往来者有笔道人、珏道人,围棋烹茗为乐。珏道人,疑即唐广陵人李珏③,以贩籴为业成仙者④;笔道人,疑即宋建炎中颜笔仙耳⑤。昔琼花观中,有黄冠持画一轴献帅守⑥,字皆云章鸟篆不可识⑦。使人尾之,乃入观后井中玉勾洞天深处⑧。相传老人或为童子,或为黄鹤,千年于兹矣。识者谓即黄冠后身云⑨。

【注释】

①九日:农历九月九日,即重阳节。

②殷七七:唐代道士,名天祥,又名道筌,自称七七,以善幻术著名。他曾到润州鹤林寺,使寺内还没到时令的杜鹃花瞬时盛放。事见沈汾《续仙传》。铁瓮城:今江苏镇江北固山前的一座古城。为三国时孙权所筑。

③李珏:唐代修道成仙之士。广陵江阳(今江苏扬州)人,世代住在

城里,以贩卖粮食为职业,后尸解成仙。事见沈汾《续仙传》。

④贩籴(dí):收买粮食。

⑤颜笔仙:高邮(今属江苏)人。南宋高宗时,卖笔为生,凡买得其笔者,笔管中都藏有预示其祸福吉凶的诗句。事见《明一统志》卷十二。

⑥黄冠:黄色的冠帽,多为道士戴用,用以指代道人。帅守:镇守地方的将军。

⑦云章:道教的典籍。鸟篆:篆体古文字,形如鸟的爪迹。

⑧玉勾洞天:汪懋麟《百尺梧桐阁文集》卷三《玉勾洞天记》:"扬州有玉勾洞天,载于郡志,在蕃厘观后。"传说此井可通仙人的洞天福地,故明人茅元仪《影园记》:"吾尝徘徊于琼花之下、瞀井之间,求其玉勾洞天者而不可得。"

⑨后身:来世之身。

【译文】

他曾经在重阳节时渡过长江南下,过了十来天还没有返回。回来后,人们问他缘由,他回答说:"我去镇江拜访旧友殷七七了。"他从袖子里取出一枝杜鹃花,花朵鲜红艳丽惹人喜爱。他所交往的人有笔道人、珏道人,他们常以下围棋和煮茗茶为乐趣。珏道人可能就是唐代扬州人李珏,通过买卖粮食而成仙得道,笔道人可能就是宋高宗建炎年间的颜笔仙。昔日琼花观中,有一个道士拿着一幅画献给守城的将帅,上面的字都是道教典籍上的古篆体文字,无法识别。将帅派人跟着道士,见他进入了琼花观后面玉勾洞天深处。传说这位卖花老人或许是位童子,也可能是只仙鹤,他待在这里已经千年了。有识之士说他就是那个道士转世。

张山来曰:逸趣横溢,澹宕多姿①。

【注释】

①澹宕:荡漾。

【译文】

　　张潮说：这篇文章充满了超凡脱俗的意趣，回味起来觉得千姿百态仿佛荡漾其中。

神钺记

徐芳（仲光）①

　　庚辰夏②，某乡有不孝子王某，父早丧，仅一老母，婢畜之。每晨拥妻酣睡，而役母使炊，俟熟乃起，旦旦如是。小不如意，即恣口谇骂③。

【注释】

①徐芳：字仲光，号拙庵，别号愚山子。建昌府南城县（今江西南城）人。明崇祯十三年（1640）庚辰科进士，官山西泽州知州。入清不仕，与友人邓廷彬入山偕隐，亦时为衣食而出游，但不轻谒公卿。事见《（康熙）南城县志》卷十一、《（光绪）江西通志》卷一五五。本文选自《诺皋广志》。今见徐芳《悬榻编》卷三，又见引于来集之《倘湖樵书》初编卷五及《博学汇书》卷五。褚人获《坚瓠集》秘集卷二"周将军"引《客窗涉笔》，事稍略。

②庚辰：据徐芳生平活动推断，指明崇祯十三年（1640）。《坚瓠集》作"崇祯庚辰夏"。

③恣口谇（suì）骂：肆意责骂。

【译文】

　　明崇祯十三年夏天，某地有个不孝子王某，早年死了父亲，只剩下老母亲，他却像对待婢女一样养着母亲。每天早晨搂着妻子熟睡，却役使他的母亲在厨房做饭，等饭做好了才起床，每天都是这样。稍有不称他心意的地方,就随口责骂母亲。

    生一子,甫数月,母抱之,视釜沸候,儿忽腾跳堕釜中,母知不救,即潜窜①。不孝子闻儿叫,起视已死,乃大恨曰:"媪杀我子②!"扪厨得刀③,遂出。离家百武④,有关帝庙。母见不孝子至,闪入庙,伏神座下。不孝子撚刀入⑤,忽帝傍周将军像从座跃下⑥,提刀砍不孝子倒,正中其项。庙祝闻刀声铮然⑦,趋出,则不孝子流血满地,而周将军一足尚在门限外未入⑧。呼问老母,具述其事,盖几不免而神救之也。自是远近喧传其庙周将军灵爽⑨,竞以金重装其像,足仍门外如故。信州居民⑩,近是乡者,日裹粮走谒⑪。予过玉山居停⑫,叶七十为道其异。

【注释】

①潜窜:偷偷地逃走。

②媪(ǎo):老妇人的通称。

③扪:按,摸。

④武:古代以六尺为步,半步为武。

⑤撚(niǎn):执,持取。

⑥周将军:周仓。历史小说《三国演义》中的人物,本是黄巾军出身,后追随关羽,对关羽忠心不二,在关羽兵败被杀后也自刎而死。在《三国演义》及此后的各种民间传说中,周仓均是关羽的护卫,在各地的关帝庙中,关羽神像的两侧也经常供奉周仓、关平(关羽之子)的神像,其形象身材高大、黑面虬髯。

⑦庙祝:主管庙内香火事务的人。铮然:象声词,金属撞击声。

⑧门限:门槛。

⑨喧传：犹哄传,盛传。灵爽：神灵,神明。

⑩信州：唐乾元元年(758)置,治上饶(今江西上饶)。元至正二十

　　年(1360)朱元璋改信州路为广信府。

⑪裹粮：携带熟食干粮,以备远行。

⑫玉山：玉山县,今属江西上饶。明、清时玉山县隶广信府。居停：

　　寄居。

【译文】

　　王某生了一个孩子,刚几个月大,他母亲抱着孩子,查看锅灶烧沸的情况,孩子忽然跳进了锅中,母亲知道孩子救不活了,便溜出家门逃走了。王某听到儿子啼哭,起床去看,发现儿子已经死了,于是十分愤恨地说："老太婆杀死了我的孩子!"他从厨房摸到菜刀,出门而去。距离他家五十步远,有一座关帝庙。母亲见王某追来,急忙躲进了庙里,趴在关帝神像下面。王某拿着菜刀进庙,忽然关帝神像旁边的周仓将军神像从神座上跳了下来,提着大刀把王某砍倒在地,正好砍中他的脖子。庙祝听到刀砍击的声音,快步走出来,看见王某的鲜血流到地上,而周仓将军神像的一只脚还在门槛外面没有踏进来。庙祝叫来王某的老母亲问发生了何事,她详细地讲述了事情的原委,大概说在她几乎要遭遇不测时,神灵救了她。此后,十里八乡都盛传这个庙里的周仓将军显灵,百姓争相为神像重塑金身,神像仍像原来一样有一只脚留在门外。广信府一带的百姓,距离这个地方路途较近,白天带着粮食跑去关帝庙拜谒。我路过广信府玉山县寄居时,叶七十向我讲了这件奇事。

　　夫帝庙,非西市也①;神之刀,非铁钺也②;木偶之将军,非有血气知觉指臂运动也。然异变所激,则金可使飞,土可使跃,块然之手足可使逾阈而搏③。假令神不敕是子④,其母且不免。神视子之刜刃其母而不之救⑤,无为贵神矣。然必

无是也。即使更入他庙，神之铁亦皆能跳而馘之也。苏子瞻云[6]："掘井得泉，水非专在于是。"而世不察，或疑为诞，或以为像之灵爽若是而奔走之，皆窥管刻剑而不达于感应之义者也[7]。数十年前，吾郡有祖母抱孙堕池中死者[8]，畏其子之怒，避去[9]。子藏椎僻径石罅中[10]，诱其母归过之。索椎，手既入，石辄合不可出。雷火下焚其面，乃自声罪，宛转石间，数日死。以理言，石岂开阖啮人之物哉？罪逆之至[11]，凡其所触皆为难矣。

【注释】

①西市：明、清时京城行刑的场所。

②铁钺（fū yuè）：斫刀和大斧，用于斩刑。铁，铡刀，也用为刑具。钺，古代兵器，青铜制，像斧，比斧大，圆刃可砍劈。

③块然：木然无知的样子。阈（yù）：门槛。

④馘（guó）：原指古代战争为计数报功而割取敌人的左耳，此指杀死。

⑤刲（tuán）：割断，截断。此指用刀杀死其母。

⑥苏子瞻：苏轼字子瞻。苏轼《潮州韩文公庙碑》："譬如凿井得泉，而曰水专在是，岂理也哉？"

⑦窥管：管中窥物，比喻见识狭小。刻剑：即刻舟求剑，比喻固执拘泥，不知变通。

⑧吾郡：指徐芳的故乡建昌府。

⑨避去：避开，离去。

⑩僻径：荒僻的小路。石罅（xià）：石缝。

⑪罪逆：罪恶悖逆。

【译文】

关帝庙，不是京城行刑的地方；神像手中的大刀，也不是杀人砍头的刑具；木头雕刻成的周仓将军，没有血液气息、意识感觉来控制胳膊转动。但是受老母亲将被杀死的变故刺激，那么大刀可以飞舞、泥像可以跳跃，木然无知的手脚也足以越过门槛而去和王某搏斗。假如神灵不杀死王某，王某的母亲将在劫难逃。神灵看着王某杀死自己的母亲而不去救她，就不应当被视为尊贵的神。但肯定不会发生神灵不救的情况。即使进入其他的寺庙，神灵的武器也一样会跳起来杀了王某。苏轼说："挖井得到了泉水，但是水并非只是挖井的地方才有。"然而人们都没有明察，有人怀疑这是假的，有人觉得神像如此灵验所以跑来跪拜，都是像管中窥物、刻舟求剑一样见识短浅而未能感受其中道理的人。几十年前，我们建昌府有个祖母抱孙子时把孙子掉进池塘淹死了，她害怕儿子发怒，就偷偷逃走了。她儿子把锤子藏在僻静小路的石缝中，诱骗他母亲回家经过这里。母亲过来时，儿子摸锤子，手刚一摸进去，石头的缝隙就合上了，使他无法出来。天降雷火灼烧他的脸，儿子才承认自己的罪状，在石缝里来回挣扎，几天后就死了。按照常理来说，石头怎么会是张口闭口来咬人的东西呢？犯的罪恶极大，凡是罪犯触及的任何东西都会对他自己造成灾难。

　　张山来曰：阅至不孝子弑逆处①，令人发指眦裂②，读至神钺砍颈处，令人拍案称快。世之敢于悖逆者③，皆以为未必即有报应耳。则曷不取是篇而读之也？

　　又曰：吾乡有一人④，负其至戚者，已非一端，而犹谓未足，又欲挟强而贷⑤。至戚不能缄默，因诉其族人。此人遂大诟⑥，遽逼其母死于至戚之家。其母固媚居而姑息者也⑦，虽未如其言，而此言则亦难逭于神钺者矣⑧。吾愿世之为母者，慎毋姑息而自贻伊戚也。

【注释】

①弑逆：指弑杀母亲。

②发指眦裂：头发上竖，眼眶欲裂。为极度愤怒状。

③悖逆：违反正道、忤逆作乱。

④吾乡：指张潮故乡歙县。

⑤贷：宽恕，饶恕。

⑥大诟：大怒或大声辱骂。诟，辱骂，怒，此处似乎两义皆通。

⑦孀居：守寡，此指不再嫁人的寡妇。

⑧逭（huàn）：逃避。

【译文】

　　张潮说：读到不孝子意图杀害母亲时，让人极度愤慨；读到神灵用武器砍断不孝子的脖子时，让人相当高兴。这世上敢违背正道的人，都以为不一定会有报应吧。那为什么不拿这篇文章去读一读呢？

　　又说：我们歙县有一个人，辜负他的至亲，已经不止做了一件坏事情，却还未觉得满足，又想依仗强势而取得宽恕。他的至亲无法保持沉默，便向他的族人诉说此事。于是这个人就去辱骂至亲，急逼母亲死在至亲的家里。他母亲本是个寡妇，因此对孩子一味姑息，虽然不一定像这里所说的一样，但他的情形也难以逃脱神灵的施刑。我希望世上作为母亲的人，一定不要一味姑息孩子而为自己招来忧伤。

焚琴子传

顾彩（天石）①

　　焚琴子者，姓章氏，闽之诸生也。为人磊落不羁②，伤心善哭，类古之唐衢、谢翱③，而才情过之。为诗文，下笔累千言，皆感人心脾。

【注释】

①顾彩：字天石，号补斋，别号梦鹤居士，无锡人。据本卷《寄畅园闻歌记》"顾孝廉修远及其子文学天石"，可知其父为顾宸（字修远）。顾彩官至内阁中书。工曲，与孔尚任友善。有《往深斋诗集》十卷、《辟疆园文稿》四卷。本篇《虞初新志目录》注出顾彩《辟疆园文钞》，或即《辟疆园文稿》。

②不羁：不受拘束。

③唐衢：唐代诗人，屡应进士试，不第。所作诗意多伤感，阅读他人的悲叹诗，必哭。曾经在太原参加宴会，喝酒时说到伤心事，失声大哭。时人称"唐衢善哭"。后用为伤时失意之典。谢翱：字皋羽，南宋末期的爱国诗人。他的诗文多写亡国悲情，如散文《登西台恸哭记》及诗歌《哭所知》《西台哭所思》《哭广信谢公》等，都是哀悼故国和亡友之作。

【译文】

焚琴子，姓章，是福建地区的秀才。为人光明磊落、放荡不羁，心里悲痛的时候容易哭泣，和古代的唐衢、谢翱相类似，但是才华比他们还杰出。他写的诗词文章，动笔屡屡能写千余字，都能使人深受感动。

庚子乡试①，文已为主司所赏②。及观五策③，指陈时事太过，至斥耿氏以为包藏叛志④。主司乃惧不敢录，遂下第。生遂弃诸生不为。登鼓山所谓天风海涛亭者⑤，北望神京⑥，痛哭失声曰："今天下将有变，得如余者数辈，委以兵农财赋诸大政⑦，犹可镇定。顾乃郁郁以青衿子困英雄⑧，俾儿曹口臭者登廊庙而食肉⑨，诚何为哉！诚何为哉！余且烧其诗书，绝笔不为文矣！"既而三藩继叛⑩，闽亦疲于兵革⑪，悉如生所料云。

【注释】

①庚子:清顺治十七年(1660)。

②主司:此指主持乡试的官员。

③策:策论。乡试要求考生写策论,需结合经学理论对当时的时事政务发表议论或者见解。

④耿氏:指耿继茂,耿仲明之子,耿精忠之父。清初,袭靖南王,镇守广东。清顺治十七年(1660)七月,被移封福建。康熙十年(1671)耿继茂去世后,其子耿精忠袭封靖南王,于康熙十三年(1674)在福州响应吴三桂,起兵反清。

⑤鼓山:在福建福州东郊、闽江北岸。岩壑幽奇,山径盘曲。天风海涛亭:鼓山主峰屴崱峰上的亭子,建于南宋淳熙年间。赵汝愚《题福州鼓山寺》诗有"江月不随流水去,天风直送海涛来"句。朱熹爱赵诗,遂书"天风海涛"四字刻石,因以名亭。

⑥神京:即京师。

⑦财赋:财货赋税。

⑧郁郁:文采美盛的样子。青衿子:指学子,年轻书生。

⑨儿曹:儿辈,尊长称呼后辈的用词。此为蔑称。廊庙:指朝廷。食肉:谓做高官,封侯。语出《左传·庄公十年》:"肉食者鄙,未能远谋。"

⑩三藩继叛:清朝初期云南、广东、福建三个藩镇王发起的反清事件。康熙十二年(1673)冬,明降将平西王吴三桂因朝廷撤藩而起兵叛变,平南王尚可喜之子尚之信与靖南王耿仲明之子耿精忠等相继起兵。康熙二十一年(1682)正月,三藩之乱彻底平息。

⑪兵革:指战争。

【译文】

　　顺治十七年乡试,章生的文章本来已经受到了主考官的赏识。等到主考官看了他的五篇策论,发现他批评时事太过激烈,极力斥责耿继茂,认为他包藏着叛逆的心思。主考官害怕，不敢录取他，所以他名落孙山。于是章生放弃了儒生身份，不再考取功名。他攀登鼓山上的天风海涛亭，向北望着京城，大声哭泣说："现在国家将会有变乱，要是能有几个像我一样的人，把军事、农业、财政、赋税等重要政务交给我们，或许还能平定乱局。但是英雄却困于富有文采的书生身份，反让那些有口臭的小子进入朝堂而享受高官俸禄，这到底是为什么啊？这到底是为什么啊？我将要烧掉我写的诗文，以后再也不写文章了！"后来，三藩相继叛乱，福建地区也被战争折腾得疲弊不堪，事情全都和他预料的一样。

生既不得志，出游于潮①，过潮刺史韩文公庙②，读其逐鳄文，哭之。又历韶、惠、广、雷诸郡③，悲岭海之烟瘴④，思寇莱公谪雷时⑤，枯竹生笋⑥，蜡泪成堆，风流如在也⑦，则又哭之哀。听鹧鸪作"行不得哥哥"声⑧，则抗音而哭以乱其鸣⑨。

【注释】

①潮：潮州。明、清潮州府治所在海阳县（今广东潮州）。

②韩文公：韩愈，字退之，河南河阳（今河南孟州）人，祖籍昌黎（今河北昌黎），世称韩昌黎。唐代文学家。曾被贬为潮州刺史，在任期间撰写《祭鳄鱼文》，劝诫鳄鱼搬离潮州，不要为害百姓。韩愈死后谥文，世称"韩文公"。北宋真宗咸平二年（999），潮州城南修建韩文公庙，亦称韩文公祠，苏轼曾撰《潮州韩文公庙碑》。

③韶、惠、广、雷：皆为明、清时广东的府名。韶州，治所在今广东韶关。惠州，即今广东惠州。广州，即今广东广州。雷州，即今广东雷州。

④岭海：两广地区。以其地北接五岭，南临南海，故称。烟瘴：瘴气。深山丛林间蒸发出来的湿热有害之气。

⑤寇莱公：即北宋莱国公寇准。寇准，字平仲，华州下邽（今陕西渭
　　南）人。晚年因受丁谓等人排挤，数次贬谪，终雷州司户参军。
　　后病逝于雷州。

⑥枯竹生笋：《宋史·寇准传》记寇准死后，灵车北归行经公安县，沿
　　路百姓插竹枝悬挂纸钱，一月之后，枯竹生笋。百姓遂建祠祭祀。

⑦风流：风操，品格。

⑧鹧鸪：中国南方的一种鸟。古人谐其鸣声为"行不得也哥哥"，诗
　　文中常用以表达思乡之情。

⑨抗音：抗声，高声。

【译文】

　　章生的志向既然无法实现，便外出游历到了潮州，路过潮州刺史韩
愈庙的时候，读了他的《祭鳄鱼文》，呜咽哭泣。又游历韶州、惠州、广州
和雷州等地，悲伤岭海之地瘴气弥漫，想起寇准被贬谪到雷州时，枯萎的
竹枝长出笋芽，祭奠的蜡烛聚集成堆，他的风操品格仿佛还有遗存，于是
又哀伤地哭了起来。听到鹧鸪鸟发出"行不得哥哥"似的啼鸣，就通过
高声痛哭来扰乱鸟的叫声。

　　久之，学琴于惠州僧上振，得其音节之妙，遂归，变姓
名，以琴游八闽①。王公大人争延致而听其琴。有愿从而学
者，虽善，然终莫能及也。久之，有将军自满洲来②，驻防闽
省，嗜琴，厚礼延生，使鼓琴于幕下③。将军据上坐，而置一
座于旁，命生坐。生怒目视将军曰："吾博通万卷书，而明公
惟知马上用剑槊④，吾岂为若门下士耶⑤？奈何不以宾礼见
而屈于傍，吾不能鼓琴矣！"奋衣径出⑥，不顾。将军惭，下
与抗礼谢罪⑦，强留之。乃踞上坐为一鼓琴。将军称善，左
右无不竦听⑧。然其声凄怆噍杀⑨，有秦音焉⑩。生曰："琴

者,天下之至和也。吾琴雍雍如鸾凤鸣⑪。今枝上无螳螂捕蝉,而弦中忽变西北肃杀声,何也?岂军中殆将有警耶⑫?"抚琴毕,三军之士皆为嗟叹,有流涕者。生尽醉,痛哭上马而去。将军赠之金,不受。后此军沦于海澄焉⑬。

【注释】

①八闽:福建省的别称。福建古为闽地。宋时始分为八个府、州、军,元代分为福州、兴化、建宁、延平、汀州、邵武、泉州、漳州八路,明代改八路为八府,清仍之,因有八闽之称。

②满洲:女真族在东北所建国号。

③幕下:军中将帅的营帐中。

④剑槊(shuò):剑和槊。泛指兵器。

⑤门下士:门生,门客。

⑥奋衣:振衣。表示气愤。

⑦抗礼:行平等之礼。

⑧竦听:恭听。

⑨凄怆:凄凉悲伤。嘄(jiāo)杀:声音急促。

⑩秦音:秦地的音乐。钱谦益《王元昌北游诗序》:"世遂以上气力、习战斗、激昂嘄杀者为秦声。"

⑪雍雍:和谐的样子。

⑫警:危急的情况或消息。

⑬海澄:旧县名,明属漳州府。治今福建漳州龙海区东南。

【译文】

后来,章生在惠州向僧人上振学习弹琴,领会其音乐节奏的精妙,于是返回故乡,改名换姓,靠弹琴游历福建。贵族官宦争相邀请他,想聆听他的琴声。有人想跟着他学琴,虽然学得不错,但是始终无法比得上他。

后来有位从满洲来的将军，驻守福建，特别喜欢琴，用丰厚的礼物邀请他登门，让他在帐中为自己弹琴。将军坐在主位之上，在旁边设置了一个座位，让章生坐下。他瞪着眼睛气愤地对将军说："我知识渊博、通晓经典，但您只知道在马上舞刀弄剑，我难道是您的门客吗？为什么不用对待宾客的礼仪来对我，反而让我屈居在您的身边，我不能为您弹琴！"振衣出门，头也不回。将军很惭愧，走下座位来和章生行礼道歉，勉强他留了下来。章生便占据了上位，为将军弹琴。将军大加赞叹，身旁的人都洗耳恭听。但他的琴声中流露出凄凉悲伤而又急促的声音，仿佛有秦地音乐的特征。章生说："琴声，是天下最和谐平静的乐声。我的琴声像鸾凤和鸣一样和谐。如今树上没有螳螂在捕蝉，可是琴弦中却忽然带有西北地区的萧瑟严厉的声音，这是什么原因呢？难道是军中将有紧急情况吗？"弹完琴，三军将士都为之赞叹，甚至有哭泣的人。章生完全沉迷于其中，大声哭泣着骑上马离开了。将军送给他钱财也不接受。后来，这支军队在海澄县覆灭。

    久之，闽人目生为琴师，虽江浙间，颇多闻其名者。然当道不以礼遇^①，招亦不往，往亦不为久留。常酒后耳热^②，摔琴于地，引满大厄^③，放言高论，惊其座宾。谈古今得失，虽老师宿儒^④，深通经济者^⑤，不能难也。其最爱童子曰金兰，亦善琴，独得生传，常负奚囊从生游数千里外^⑥。生诗成，金兰辄缮录之盈帙^⑦。客访生不遇，金兰代为款接^⑧，以生惊人句示人。由是人颇异之，以为抱负非常之士，不得志而隐于琴。然当事卒莫有荐之者^⑨，竟佯狂以卒云。

【注释】

①当道：居要位。指掌权的人。

②耳热:耳部发热。形容人兴奋的状态。

③引满:斟酒满杯并喝下。卮(zhī):古代盛酒的器皿。

④宿儒:年高而博学的读书人。

⑤经济:指治理国家,造福人民。

⑥奚囊:诗囊,装诗的袋子。典出李商隐《李贺小传》:"每旦日出,与诸公游……恒从小奚奴,骑距驴,背一古破锦囊,遇有所得,即书投囊中。"

⑦缮录:誊写。帙:古代竹帛书籍的套子,后世亦指线装书的函套。此处形容装满书套,有很多诗文。

⑧款接:接待,款待。

⑨当事:掌权人。

【译文】

后来,福建人把章生看作是琴师,即使在江浙地区,也有很多人听说过他的名字。但是掌权的人没有谁对他以礼相待,叫他时他也不去,即使去了也不会多作停留。他经常在喝酒以后变得兴奋起来,把琴摔到地上,把酒杯斟满以后便高谈阔论,使在座的宾客大为震惊。他谈论从古至今的是非成败,即使是德高望重、学识渊博、深入地知晓经世济民方法的人,也无法驳倒他。他最喜欢的僮仆叫金兰,也善于弹琴,只有他得到了章生的亲传,时常背着诗袋子跟随章生去千里之外游历。章生作成了诗,金兰就为他誊抄,攒了很多册。有客人来拜访章生,恰好他不在的时候,金兰就代替主人款待客人,将章生惊世骇俗的言论告诉客人。因此,人们觉得章生很特别,把他看作是怀有与众不同的理想的人,因为无法施展自己的才华才隐居而鼓琴。然而掌权者始终没有谁把章生推荐到朝廷,章生最终居然假装疯癫了。

　　生笃于伉俪①,妇陈氏,少生十岁,亦颇知书嗜音。生尝入为其妻鼓琴,茶香入牗②,鬒影萧疏③,顾而乐之,以为闺房清课④，亦人生韵事⑤。忽一日，谓其妇曰："吾向闻红颜薄命⑥。卿才情如此，而推命者多言岁行在卯当死⑦。岂汝亦天上人，不久当去耶？"因感慨悲伤，为弹《别鹄》《离鸾》之曲⑧，曰："琴音和，吾与汝尚无恙。然第七弦无故忽绝，少而慧者当之。"居数日，金兰死。生抚尸一哭，不胜其悲，吐血数斗，曰："吾死后，《广陵散》绝矣⑨。"遂焚其琴，不复鼓也。因自号"焚琴子"。生至康熙丁巳⑩，年四十九，竟卒。闻其妇先亡一岁云。

【注释】

①笃：忠实，一心一意。伉俪：指妻子。

②牖（yǒu）：窗户。

③鬓影：鬓发的影子。萧疏：清冷疏散，稀稀落落。

④清课：原指佛教日修之课。后用以指清雅的功课。

⑤韵事：风雅的事，雅致的事。

⑥红颜薄命：美女遭遇不幸。

⑦推命：算命。岁行在卯当死：指卯年出生的人犯太岁，此年与自己的生年冲克不利，会犯冲而死。岁行在卯，岁星运行到与卯相应的位置的那一年，指卯年出生的人。据下文，焚琴子卒于康熙十六年丁巳岁（1677），终年四十九岁。据此推算他当生于明崇祯二年己巳岁（1629），比他小十岁的妻子当生于明崇祯十二年己卯岁（1639）。

⑧《别鹄》：即《别鹤操》。古琴曲，主旨为夫妻分离，抒发别情。《离鸾》：琴曲《双凤离鸾》的简称，也是抒发夫妇分离之情。

⑨《广陵散》绝矣：参见卷一《小青传》注释。比喻事无后继，已成绝响。

⑩康熙丁巳:清康熙十六年（1677）。

【译文】

　　章生对他的妻子深情忠贞,他妻子姓陈,比章生小十岁,也很喜好读书、热衷音律。章生曾经入室给他的妻子弹琴,茶水的香气飘进窗户,鬓发的影子稀稀疏疏,二人相互看着很开心,把这作为二人卧室里面的日常功课,也是人生中的一件风雅之事。忽然有一天,章生对妻子说:"我以前就听说美女遭遇坎坷。你有这样的才华,然而算命的人大多说卯年出生的人今年会不吉利而要辞世。难道你也是天上的人,过不久也要离开了么?"于是慨叹悲伤,为妻子弹了《别鹄》《离鸾》等曲子,说:"琴音平和,我和你还没有灾祸。但第七弦无缘无故地突然断了,预示着有年少聪明的人会顶替你死。"过了几天,金兰去世。章生抚摸着他的尸体大哭,难以控制心中的悲伤,吐了几斗的鲜血,说道:"我死以后,琴音妙响就失传了。"于是焚烧了他的琴,从此不再弹。因此起了别号叫"焚琴子"。他活到康熙十六年,四十九岁时去世。听说他的妻子比他早去世一年。

　　顾子曰:焚琴子之事,余盖闻之漳州陈别驾云①。别驾为余言最详,因嘱余亟为立传,殆古之有心人也②。观生之少而肆于文③,文不得志而游,一寄于琴,再寄于哭,卒之无有识生之才而用之者,宜其伤于情而碎于琴也。然生流风余韵④,宛在丹山碧水之间,迄今登鼓山之亭,如闻其哭焉。生其化鹤而来归乎?松风夜弦,空林鬼哭,生何往而不在也?悲哉!

【注释】

①漳州:明、清时期为漳州府,即今福建漳州。别驾:官名。汉置别

驾从事史,为刺史的佐吏,刺史巡视辖境时,别驾乘驿车随行,故名。隋唐改为长史,宋代通判似别驾之职,后世因沿称通判为别驾。明、清通判分掌粮运及农田水利等事务。

②有心人:有侠义心肠的人。

③肆:尽,极。

④流风余韵:流传于后世的风俗韵致。也作"流风遗韵"。

【译文】

顾彩说:焚琴子的事情,我是从漳州陈通判那里听说的。陈通判给我说得极其详细,还嘱咐我要快点给他撰写传记,他恐怕就像古代的那些侠肝义胆之辈吧。考察章生年少的时候在写诗作文方面相当出色,因为文章无法施展其抱负才去游历,既把情思寄托在古琴之中,又寄托在哭泣之中,直到死也没有遇到赏识他才华的人来任用他,大概是因伤心才把琴摔碎的吧。但是章生的风韵雅致流传后世,好像弥漫在丹山绿水之间,至今登上鼓山的亭子,好像还能听到他的哭声。章生变成仙鹤飞回来了吗?松林间谡谡风吹,夜晚泠泠弦响,树林里空旷寂然,仿佛有鬼魂哭泣,你为什么逝去而不在人世了呢?真令人伤心啊!

张山来曰:予尝观文人之不得志者,往往怨尤侘傺作不平之鸣①。心窃议之,以为若辈即使得志,亦未必能有所树立,仅与肉食者等耳。今观焚琴子能预识耿氏于未叛之先,则其器识②,诚有度越寻常者,未可谓此中无人也。

【注释】

①怨尤:怨恨责怪。侘傺(chà chì):形容失意的样子。不平之鸣:对不公平事物所产生的抗议呼声。

②器识:器量与见识,气度才识。

【译文】

　　张潮说:我曾观察文人中无法施展抱负之辈,他们往往心生怨恨、失意潦倒,发出人世不公的抗议声。我心里面暗暗地想,觉得他们就算是实现了自己的理想,也不一定能建立什么丰功伟业,只是和其他享受俸禄的官吏一样罢了。如今看焚琴子能够提前察觉到耿继茂叛变之前的征兆,他的气度才识真是超越了普通人,才发觉不能说不得志的文士里没有人才啊。

四氏子传

张明弼(琴牧)①

　　四氏子,万历初吴人也。有姓名,四氏子者,人名之,因以为名焉。氏子家虽贫,亦产清门②,凡缨绥之徒③,初皆与游。

【注释】

①张明弼:参见卷三《冒姬董小宛传》注释。此篇文章选自其作品集《萤芝集》。

②清门:书香门第。

③缨绥(ruí):亦作"缨绥"。冠带与冠饰。借指显贵之士。

【译文】

　　四氏子,明万历初年苏州人。原本有姓有名,四氏子是人们对他的称呼,因此把这个当作他的名字。他家里虽然贫寒,也是出身书香门第,凡是显贵之士,开始都和他交往。

　　顾其体中痴黠各半,亦复各时。方其黠也,能作诗文,自作自书自讽①,声满四邻,若出金石②。及其痴也,天地变,黑白贸③,亲疏怨德皆相反,妻孥无协志者④。其父痛谕之⑤,不从,则挝之⑥,氏子亦报挝焉。久之,恒挝其父。既而著为论曰:"父子主亲,父若挝子,当其举手之时,亲谊已绝,子安得不报挝?又且君父一也,君有罪,汤、武诛之⑦,可以称圣;父有罪,子挝之,容得不号贤乎?"又立论:"古今无真名人,但能诃诋人则名归之⑧。孟子诋杨、墨⑨,庄周诋孔子⑩,韩愈诋佛⑪,岂好诋人哉?自为名焉耳!"故氏子遇当世大儒,其声名经旸谷、达蒙汜者⑫,皆极力讪诟之⑬。且作嗔拳笑面曰⑭:"是才不如我,而名居吾上,何也?"或相见至有受其大诟者。

【注释】

①讽:朗读,背诵。

②金石:比喻音韵像黄金美玉一样铿锵有力。

③贸:变易。

④妻孥(nú):妻子和儿女。

⑤谕:告诫,教诲。

⑥挝(zhuā):打,敲打。

⑦汤、武:商汤与周武王的并称。商汤、周武王是商、周两朝的建立者。商汤举兵攻夏、放逐夏桀,推翻夏朝;周武王举兵攻商、逼死商纣王,推翻商朝。

⑧诃诋:责骂诋毁。

⑨孟子诋杨、墨:孟子斥责杨朱、墨翟的观点。孟子说杨朱"拔一毛而利天下,不为也"(《孟子·尽心上》),抨击他的"为我"思想。孟子还说:"杨氏为我,是无君也;墨氏兼爱,是无父也;无父无

君,是禽兽也。"(《孟子·滕文公下》)

⑩庄周诋孔子:庄周不满孔子的言论,《庄子·盗跖》记:"此夫鲁国之巧伪人孔丘非邪?为我告之:尔作言造语,妄称文武,冠枝木之冠,带死牛之胁,多辞谬说,不耕而食,不织而衣,摇唇鼓舌,擅生是非,以迷天下之主,使天下学士不反其本,妄作孝弟,而徼幸于封侯富贵者也。子之罪大极重,疾走归!"

⑪韩愈诋佛:韩愈曾作《谏迎佛骨表》,说"事佛求福,乃更得祸。由此观之,佛不足事,亦可知矣"。

⑫旸(yáng)谷:古代指日出之处。蒙汜:古代指日落之处。

⑬讪(zǐ)诟:指摘,责骂。

⑭嗔拳:谓因恼怒而挥拳。笑面:笑容。

【译文】

四氏子这人时而痴傻、时而聪明,时常反复变化。在他聪明的时候,能写诗作文,自己创作自己书写自己诵读,邻居都能听到他诵读诗文之声,音调就好像黄金美玉般铿锵有力。等到他痴傻的时候,天地、黑白都发生了变化,亲属远近、恩惠仇怨都颠倒了,妻子儿女都不合他的心意。他的父亲痛心地告诫他,他不听从,他父亲就打他,他也反过来打他父亲。后来就一直打他父亲。之后还写文章论述说:"父亲和儿子应该怀有血缘亲情,父亲要是打儿子,当他抬起手的时候,亲情关系就已经断绝了,儿子为什么不能反手打父亲?况且君主和父亲是相同的,君主有了过失,商汤和周武王起兵诛杀了前朝的君主,而被称作圣明的君主;父亲要是有了过失,儿子打他,难道不能被称为有才德的人吗?"他又提出看法说:"从古至今没有真正负有盛名的人,只要能诋毁别人就会获得名望。孟子指责杨朱、墨子,庄子批评孔子,韩愈反对佛陀,难道是喜欢指责别人吗?是为了自己的名望罢了!"所以四氏子遇到当时的著名学者,那些人的声誉名望能远播日出、日落之地,四氏子都极力地去诋毁责骂。还会挥拳欺凌态度和悦的人,说:"你的才华不如我,可名声在我之上,凭什么？"有人刚与他见面，便会受到他的指责。

　　氏子既挝父母，詈兄嫂①，诋諆当世之岳立者②，国人皆鄙之，渐不与游。氏子游甚困，其兄割赀食之③，氏子未厌。有所如皆枳棘④，则益卞急自恣⑤，弃书不读，但好《世说》《水浒》⑥。尝有人扣其门，氏子则怒曰："谁敢扣若爷门耶？"曰："我也！"曰："谁为我？我为谁？"急取大棒击其胫⑦。出行，见人有俯首者⑧，曰："避我耳！"詈之，答詈则相搏。见仰首者，曰："骄我耶⑨？"亦詈之，答詈亦相搏。故氏子有所之辄挂阂⑩。既乃以所搏人自嫁于众曰⑪："彼为彼妻之厚我也，而仇我；虽然，岂予罪哉？"因出袖中一物曰："此某妻之臂饰，诪我者也⑫。"轻薄者竞传之。剧言苦语⑬，各以加人，遂令邑少洁门⑭。其妻，中庸人也⑮，稍劝之。氏子则手格之曰⑯："吾厚其妻，尔乃厚其夫乎？"其子年长，皆心诽之⑰，不敢言。已而邑之人皆知其诡也，则家相告曰："慎毋与四氏子游。有与立谈者，死期必至矣！"其怨家亦相告曰："此秽豸也。昔有犬豸卧偃厕中，见狮子过，则负溲溺以侮之⑱，狮子不敢近也。今氏子负秽来，谨避之而已，勿与角也⑲。"于是氏子居都会中⑳，若空庐；行巷市间，惟逢鸡犬草木，不能逢一人也。氏子游益困，则念《世说》中祖珽获鬐上叵罗、袖中金叠㉑，因遇物即怀之。人或率众追夺，指名于千百人之前，他人丑之，思入壁罅㉒，氏子坦然徐步，不以屑意也。又欲作南塘夜出、梁山筑栅之事㉓，终岁召人，人无肯与同役者。

【注释】

①詈（lì）：骂，责骂。

②诋諆（qī）：毁谤污蔑。岳立：耸立，引申为卓立不群。

③割赀：分割资产。

④枳（zhǐ）棘：枳木与棘木。这两种树因多刺而被称为恶木。

⑤卞急：性情急躁。自恣：放纵自己，不受约束。

⑥《世说》：《世说新语》。南朝宋刘义庆的志人小说集。分德行、言语、政事、文学等三十六门。主要记载魏晋士大夫的言谈轶事。展现出当时清谈放诞的士风及贵戚豪族倾轧争斗的现实。《水浒》：长篇小说。元末明初施耐庵作。一说为施耐庵作、罗贯中编次。根据民间流传的宋江起义故事加工定型。全书叙述北宋末年官逼民反、梁山泊英雄聚众起义的故事。

⑦胫：小腿，从膝盖到脚跟的一段。

⑧俯首：低头。

⑨骄：轻视。

⑩挂阂（hé）：挂碍，羁绊。

⑪嫁：嫁祸，转移矛盾。

⑫诛（tiǎo）：挑逗，诱惑。

⑬剧言苦语：说极尽调笑挖苦的话语。剧，极，甚。

⑭洁门：清白人家。

⑮中庸：指待人处事妥协、保守，不偏不倚。

⑯手格：徒手搏击。

⑰心诽（fěi）：心中指责。

⑱溲溺（sōu niào）：尿，粪便。

⑲角：较量，竞争。

⑳都会：大城市。

㉑祖珽（tǐng）：字孝徵，南北朝时期北齐诗人。《北齐书·祖珽传》

记他性格放纵不羁，曾到胶州刺史司马世云家饮酒，私藏了两面铜叠；到高欢家喝酒，偷了金巨罗，戴在发髻之上。巨罗：古代饮酒用的一种敞口的浅杯。祖斑事不见于《世说新语》，张明弼可能记错。

㉒罅（xià）：缝隙，裂缝。

㉓南塘夜出：《世说新语·任诞》记祖逖生性节俭，衣着简朴，有一次家里却摆放了很多裘袍、珠宝。别人见到后感到奇怪，问他缘故。祖逖告诉众人，他昨夜跑到南塘（东晋都城建康的秦淮河南岸），劫掠了很多财物。梁山筑栅：《水浒传》中宋江等英雄在梁山筑栅结寨，打家劫舍。

【译文】

四氏子打过父母，责骂过哥哥嫂子，毁谤当世才华出众的人，全国的人都看不起他，逐渐不和他交往了。四氏子陷入了交往的困境，他的哥哥分割财物来养活他，他也不满足。所到之处仿佛走进荆棘丛中，为人更加急躁放纵，放弃了读经书，只喜欢《世说新语》和《水浒传》。曾有人敲他家的门，他生气地说："是谁胆敢来敲你爷爷的门？"对方说："是我！"四氏子回复："谁是我？我又是谁？"急忙拿来大棍子殴打敲门者的腿。出门的时候，看见有人低着头，说："你是在躲避我啊！"便出口责骂对方，对方要是还嘴就和他搏斗。看见抬着头的人，就说："你是在轻视我啊？"也开口责骂对方，对方要是还嘴也和他搏斗。所以凡是他所到的地方，就会遇到阻碍。四氏子便在众人面前将过错嫁祸给与他打架的人，说："你因为你的妻子与我交好，而敌视我；即使是这样，难道这是我的错吗？"然后从袖子里拿出一个东西说："这是某人的妻子胳膊上的饰物，是拿来诱惑我的东西。"轻佻放荡的人争相传言。四氏子说着极尽调笑挖苦的话，用不同的言语凌辱他人，让城中几乎没有清白干净的人家。四氏子的妻子，为人平和保守，略微地劝说四氏子。四氏子就用手打她说："我交好那个人的妻子，你居然交好那个人吗？"四氏子的儿子已经大了，都在心里指责他，但不敢说出口。不久，当地的人都知道了他的奸诈狡猾，在家里相互转告说："千万小心不要和四氏子交往。和他站着说话的人，离死也不远了！"他的仇家也告诉别人说："这是一只肮脏的猪。以前有猪、狗躺卧在厕所里，看到狮子经过，便带着屎尿去侮辱狮子，狮子就不敢靠近了。现在四氏子带着肮脏之物过来，只能小心地避让，不要和他计较。"所以他居住在城市中，好像置身空荡荡的房屋里；行走在街巷闹市里，只能见到鸡狗和草木，无法见到一个人。他的交往更加困窘，就想起《世说新语》里面的祖斑把金巨罗戴在发髻上、把铜叠藏于袖子里，因此看到东西就想据为己有。有时人们带领众人把东西抢了回来，在众人面前对他肆意指责，别人这样被对待会觉得很羞耻，想要钻进墙缝里，可是四氏子却坦然地慢慢走路，毫不在意。四氏子又想学祖逖夜出劫掠、梁山好汉筑寨抢劫，一直召集同伴，可大家都不愿意和他在一起做事。

　　如此十余年，颇自悔。其所亲因从容语之曰："若为儒，而挝父母，何也？"曰："吾与父母戏耳，何尝尽力挝之哉？且悔挝之，必沽酒以释之①。""若詈兄嫂，何也？"曰："吾亦戏耳！且子视吾兄嫂之身，有吾詈迹者，吾当罪②。""子之尽绝六亲百朋③，又何也？"曰："吾初皆戏耳。乃吾六亲百朋，无一达人，见我辄物而不化④。彼绝我，我宁绝彼耶？"其人曰："子每诋通人达士⑤，以为不如子，又奈何？"氏子曰："尽戏也。吾戏言江水不如吾沼，江与沼不移位，岂非戏耶？"其人曰："若之戏则尽然矣。今日者，名败身辱，父兄不以为子弟，交游不以为朋友，处环堵之室⑥，上漏下湿，烟断粮绝。子何不尽以戏周旋之⑦，顾怨尤侘傺乃尔耶？"氏子默然无以应。

【注释】

①释：消除误会，予以和解。

②当罪：抵罪。

③六亲百朋：泛指亲友。

④物而不化：拘泥于物而不知变通。

⑤通人达士：学识渊博、见识高超的人。

⑥环堵：四面环绕着土墙的狭屋。形容狭小、简陋的居室。

⑦周旋：对抗，应付。

【译文】

　　就这样过了十多年，四氏子自己特别后悔。他的亲人慢慢对他说："你作为一个儒生，却打了自己的父母，是为什么呢？"他回答："我是和父母开玩笑罢了，哪里会用全力去打他们啊？况且我已经后悔打人了，决定买酒宴请他们来与他们和解。""你责骂哥哥嫂嫂，是为什么呢？"他回答："我也是开玩笑啦！而且你看我哥哥嫂子的身体，要是有我责骂造成的伤痕，我就去抵罪。""你和亲人朋友完全断绝关系，又是为什么呢？"他回答："我一开始都是开玩笑啊。我的亲戚朋友中没有一个通达事理的，看到我常不知变通。他们和我断绝关系，难道我愿意和他们断绝关系吗？"那人说："你常常指责学识渊博、见识高超的人，认为他们比不上你，又是为什么呢？"四氏子回答："我都是在开玩笑啊。我开玩笑说长江的水不如我家池塘的水，江水和池水无法因此而改变地位，这难道不是开玩笑吗？"那人说："你全部都说成开玩笑。今天的你，身败名裂，父亲和哥哥不把你看作儿子和弟弟，交往的人不把你当作朋友，你处身在狭窄简陋的房间里，屋顶漏雨地面潮湿，烟火、粮食都断绝了。面对这些，你怎么不开着玩笑来与之对抗呢？反而如此怨恨失意呢？"四氏子沉默着无法反驳。

　　无何①，其长子某，少亦韶令②，将弱忽得狂疾③，终日喃喃詈人。然听其所詈，则皆其父也。其父至，则枚数其罪而挞之。氏子号叫，不得免。或言惨于氏子父被挞时。氏子乃械子囚诸室④，则以一木为其父，诘之曰："父母可挝乎？"又代应之曰："不可。"曰："是宜挞！"日挞至百数，其余罪皆然。数年，竟狂死。

【注释】

①无何：不久，很短时间之后。

②韶令：聪慧，美好。

③将弱：将及弱冠之龄，指快到二十岁。狂疾：精神颠狂的疾病。

④械：用木枷和镣铐之类的刑具拘系。

【译文】

不久之后，四氏子的长子，小时候也很聪明，在快要二十岁的时候忽然患上了疯病，一天到晚不停地小声骂人。但是听他骂的对象，都是他的父亲四氏子。四氏子来了，他儿子就逐个数落父亲的过错，还打了父亲。四氏子大声呼救，无法逃脱。有人说这比以前四氏子打他父亲还要凄惨。四氏子于是用枷锁把他儿子囚禁在房间里，儿子就把一块木头看作他父亲，责问道："可以殴打父母吗？"又代替木头回答说："不行。"儿子说："你当然该被打！"每天要打一百多下，另外还要如此控诉其他的罪过。几年之后，四氏子的长子最终因为疯病辞世。

外史氏曰①：吾犹及识四氏子，身短不盈四尺，其目莹然若攫食之鸥②，颐颊矜张若索斗之鸡③；其气如含瓦砾，抱荆棘，有触即摘射。邑人谓其顽嚚不友④，似浑敦⑤；不可教诲，不知话言⑥，似梼杌⑦；恶言诬善，贪冒货贿⑧，又似穷奇、饕餮⑨。以为兼有四氏之长，故目为"四氏子"。而四氏子不肯受也，曰："凡吾所为皆戏耳！"虽然，四氏子戏，其子数木之罪而日挞之，岂亦戏狂耶？或以戏谏耶？今死矣，亦可云戏死耶？夫其父则狂，而反号其子为狂；其子父木而挞之则戏，而其父反以诸罪为戏，皆惑也。吾疑天公之愦愦久矣⑩，今乃以其子之口与手，作天之口与手而日数之，日挞之，又酷巧。嗟乎！天公则诚戏耳，四氏子乌乎戏？

【注释】

①外史氏：作者自称，意谓自己所著有别正统史官的记载，大抵为琐记野史之类。外史，指野史、杂史和以描写人物为主的旧小说之类，如《儒林外史》等。作者在书中发议论，就是"外史氏曰"。

②莹然：形容光洁明亮的样子。鸱（chī）：鸱鹰。

③颐颊：即腮颊，引申指脸色。矜张：骄傲，自夸。

④顽嚚（yín）：亦作"顽嚣"。愚妄奸诈。

⑤浑敦：相传是尧舜时"四凶"之一，不分是非、善恶。

⑥话言：善言，有道理的话。

⑦梼杌（táo wù）：古代传说中的一种猛兽。后来比喻恶人。

⑧贪冒：贪图财利。货贿：财货，财物。

⑨穷奇：古代恶人的称号，其行恶而好邪僻。饕餮：传说中的一种贪残的怪物。后来比喻贪得无厌者、贪残者。

⑩愦愦：昏庸，糊涂。

【译文】

张明弼说：我还曾见过四氏子，他身材矮小不到四尺，他的眼睛闪闪发亮好像一只捕食的鸱鹰，神色骄傲张扬得像一只想打斗的公鸡；他呼吸间像口含瓦片砖石，怀里抱着荆棘，一被触碰到就要发动攻击。同乡说他愚蠢奸诈，对人不友好，像浑敦一样善恶不分；无法教导训诫，不晓得美善之言,好像梼杌一样;言语恶毒污蔑良善,贪图财物,又像是穷奇和饕餮。大家认为他同时具有这四类凶兽的特征,所以称他为"四氏子"。但他却不接受这个绰号,说:"我的所作所为都只是开玩笑罢了!"即使四氏子说是开玩笑,那么他儿子借用木头来数落父亲的过失并且每天鞭打他,难道也是在开玩笑、发疯癫吗?或者是通过开玩笑来劝谏他父亲吗?现在他儿子死了,也可以说是戏作死亡吗?父亲癫狂,却反过来说他儿子癫狂;他儿子把木头看作父亲而开玩笑般地去鞭笞,而父亲却把众多过错当作开玩笑,全都让人迷惑啊。我怀疑老天爷怕是糊涂得时间长了,现在借用他儿子的语言和行动,来代替上天的语言、行动而每天数落他、鞭笞他,还这样巧妙。啊!真是老天爷在开玩笑啊,怎么会是四氏子在开玩笑呢?

　　张山来曰:世岂真有若人耶?然观"吾犹及识之"云云,则是真有其人矣。乃知天生若人,诚近于戏,当亦未尝不悔之耳。后乃假手其子以巧报之①,则彼苍之文过也②。

【注释】

①报:由于做了坏事而受到惩罚。

②文过:掩饰过失。

【译文】

　　张潮说:世上难道真有这样的人吗?看了张明弼说他曾见过四氏子,是确有其人啊。要知道上天创造出四氏子这样的人,的确近于玩笑,应该也不见得没有后悔之意啊。于是后来借用他儿子的手,巧妙地惩罚了他,这是上天在掩饰自己的过失啊。

卷五

【题解】

　　本卷选录九篇作品，大多围绕人物事迹而展开，篇幅稍短，未必尽属佳作。《柳夫人小传》《秦淮健儿传》叙事曲折，而前者最值得称道。明末名妓柳如是的事迹流传极广，顾苓《河东君小传》、沈虬《河东君传》、钱肇鳌《质直谈耳》之"柳如之（是）逸事"、钮琇《觚剩》卷三"河东君"等都记录了柳如是的逸事，陈寅恪先生《柳如是别传》更是借柳如是的奇特经历而展开了一幅恢宏的历史画卷，记载处于历史乱流中知识分子之命运抉择与人生归宿。《虞初新志》中的《柳夫人小传》一文可谓命运多舛，张潮有意选录此文，可乾隆时期思想文化专制之风甚炽，朝廷下旨删禁被视为失节者的钱谦益的文章，当时典籍出现"去钱谦益"现象，如乾隆四十三年（1778）敕令："除所自著之书俱应毁除外，若各书内有载入其议论，选及其诗词者，原系他人所采录，与伊等自著之书不同，应遵照原奉谕旨，将书内所引各条签明抽毁，于原板内铲除，仍各存其原书，以示平允。"《虞初新志》难脱删汰钱文的厄运，姚觐元编《清代禁毁书目》记录云："《虞初新志》，婺源县张潮选，内有钱谦益著作，应铲除抽禁。"《柳夫人小传》虽然不是钱谦益的作品，可作者徐芳写的是钱谦益的夫人柳如是的故事，因此亦难幸免，乾隆二十五年（1760）张绎论清堂本有藏本便曾删除了本篇，镌刻较晚的康熙序刻本也予以删除，改将原来的第五篇《鲁颠传》抽换成本卷的第一篇。直到咸丰时的小嫏嬛山馆刻本才重新补入此篇。这篇文章的坎坷历程，与柳如是坎坷遭逢何其相似，柳如是幼年因家贫而被迫卖入豪门为婢，妙龄时不虞沦落青楼，在明末乱世中飘零江南，纵有绝色、才华，也只能仰人鼻息，虽然成为钱谦益的妾室后曾享有一段较安宁的岁月，可谁能预料到她在丈夫死后竟然被逼自缢而了结人生，真是红颜薄命如斯！

柳夫人小传

徐芳（仲光）①

柳夫人字某②，虞山钱牧斋宗伯爱姬也③。慧倩工词翰。在章台日④，色艺冠绝一时。才隽奔走枇杷花下，车马如烟，以一厕扫眉才子列为重⑤。或投竿衔饵⑥，效玉皇书仙之句⑦，纸衔尾属⑧，柳视之蔑如也。即空吴越无当者，独心许虞山，曰："隆准公即未复绝古今⑨，亦一代颠倒英雄手⑩。"而宗伯公亦雅重之，曰："昔人以游蓬岛、宴桃溪，不如一见温仲圭⑪。吾可当世失此人乎？"遂因缘委币⑫。

【注释】

①徐芳：参见卷四《神钺记》注释。本文未见于康熙序刻本《虞初新志》，可能因钱谦益的缘故而被删除，后来重刻时又加补入。据底本本文辑自徐芳《藏山集》，《藏山集》或为未刻稿，今仅见徐芳《悬榻编》卷三收有此文。又见引于黄宗羲《明文海》卷四一四。

②柳夫人：即柳如是，本名杨爱，字如是，又称河东君，明末清初女诗人。"秦淮八艳"之一，后嫁钱谦益为侧室。柳如是事迹除本篇之外，尚见顾苓《河东君小传》、沈虬《河东君传》、钱肇鳌《质直谈

耳》之"柳如之（是）逸事"、钮琇《觚剩》卷三之"河东君"等，亦可参考陈寅恪先生《柳如是别传》。本文讳而不言其名、字，故记"字某"。

③虞山钱牧斋宗伯：参见卷一《徐霞客传》注释。钱谦益，号牧斋，居常熟虞山，人称虞山先生，官至礼部侍郎。

④章台：西汉长安城街名，多妓馆，因以"走马章台"指涉足娼妓间，追欢买笑。

⑤"才隽奔走枇杷花下"几句：语出唐朝王建《寄蜀中薛涛校书》："万里桥边女校书，枇杷花下闭门居。扫眉才子知多少，管领春风总不如。"枇杷花下，代指柳如是的住处。厕，参与。扫眉，妇女画眉毛，扫眉才子旧指有才华的女子。

⑥衒（xuàn）饵：炫耀鱼饵，夸弄鱼饵。衒，炫耀。

⑦玉皇书仙之句：据宋朝刘斧《青琐高议》记载，唐时女妓曹文姬，工于翰墨，为关中第一，号为"书仙"。岷江任生投诗道："玉皇殿前掌书仙，一染尘心谪九天。莫怪浓香薰骨腻，霞衣曾惹御炉烟。"文姬得诗大喜，认为任生知道自己来历，遂与之结为夫妻。玉皇，是道教和民间宗教中的天帝。

⑧衔（xián）尾属：即衔尾相属，意为前后相接。衔，马嚼子。尾，马尾。马嚼子接着马尾巴，形容一个紧跟着一个，成单行前进。

⑨隆准公：汉高祖刘邦的别称。《史记·高祖本纪》："高祖为人，隆准而龙颜。"敻（xiòng）绝：极远，极高。

⑩颠倒英雄：跌倒英雄，指才能勇武过人的人陷入人生窘境。

⑪"昔人以游蓬岛"几句：北宋妓女温琬，字仲圭，虽为娼家女，但有节操廉耻，又饱富才学，当时士大夫评价她："从游蓬岛宴桃溪，不如一见温仲圭。"蓬莱仙岛、桃溪，皆是仙人居所。桃溪，出于南朝宋刘义庆《幽明录》刘晨、阮肇天台山桃溪遇仙女之事。

⑫委币：致送钱财之物。

【译文】

　　柳夫人字某，是常熟虞山人钱谦益的宠妾。她聪慧美丽擅长诗文辞章。在妓馆时，姿容和技艺都出类拔萃。才俊之士赶赴她的居所，来往车辆熙熙攘攘、络绎不绝，他们把能亲近才女柳夫人视作头等大事。有人诱惑她，还效仿玉皇书仙式的诗句，写下一首又一首的诗篇送给柳夫人，但柳夫人认为这些人不值一提。她觉得吴越之地没有相配她的人，却心中有意于钱谦益，说："刘邦即使生活在现在，也是个穷途末路的人而已。"而钱谦益也敬重她，说："前人认为游览蓬莱仙岛、赴宴桃溪也比不上同温琬见上一面。我能在活着的时候错过这个人吗？"于是借着这个机会赠送财礼以示好。

　　柳既归宗伯，相得欢甚，题花咏柳，殆无虚日。每宗伯句就，遣鬟矜示柳，击钵之顷①，蛮笺已至②，风追电蹑，未尝肯地步让。或柳句先就，亦走鬟报赐③，宗伯毕力尽气，经营惨淡，思压其上，比出相视，亦正得匹敌也。宗伯气骨苍峻，虬榕百尺，柳未能到；柳幽艳秀发，如芙蓉秋水，自然娟媚，宗伯公时亦逊之。于时旗鼓各建，闺阁之间，隐若敌国云。宗伯于柳不字，凡有题识，多署"柳君"。吴中人宠柳之遇，称之直曰"柳夫人"。

【注释】

①击钵之顷：击钵催诗，指在限定时间内成诗。
②蛮笺：蜀笺，唐时四川地区所造彩色花纸。
③报赐：送给对方以求赐教、欣赏。

【译文】

　　柳夫人嫁给钱谦益后，两人相得甚欢，没有哪一天不题花咏柳、吟诗作对的。每次钱谦益写好诗句，差遣丫鬟向柳夫人炫耀，但在敲击铜钵那么短的时间内，柳夫人写好诗句的花笺就已经送到，两人逐风追电，一步也不肯谦让。有时柳夫人先写好诗文，也派丫鬟送给钱谦益去欣赏，钱谦益费尽心力，苦心构思，想比柳夫人更胜一筹，等写出来一看，发现正好旗鼓相当。钱谦益的诗作风骨苍劲峻逸，好像如虬龙般盘结在一起的百尺榕树，这点柳夫人比不上；柳夫人的诗作文静秀美，好像澄明秋水中的静逸荷花，自然清新、可爱娇媚，这点钱谦益有时也比不上。在当时，两人各自张旗击鼓，相互争锋，在内宅后院里隐隐形成了两个互相对抗的文学阵营。钱谦益不称呼柳夫人的字，但凡要写上姓名题款的，大多署名"柳君"。吴地之人尊崇她的际遇，直接称呼她为"柳夫人"。

宗伯生平善逋①，晚岁多难，益就婆娑②。嗣君孝廉某故文弱③，乡里豪黠颇心易之，又嗛宗伯公墙宇孤峻④，结侣伺衅。丙午某月，宗伯公即世⑤。有众骤起⑥，以责逋为口实，噪而环宗伯门，搪撞诟谇⑦，极于嫚辱⑧。孝廉魂魄丧失，莫知所出。柳夫人于宗伯易箦日⑨，已蓄殉意，至是泫然起曰："我当之！"好语诸恶少："尚书宁尽负若曹金⑩？即负，固尚书事，无与诸儿女！身在，第少需之。"诸恶少闻柳夫人语，谓得所欲，锋稍戢⑪，然环如故。柳中夜刺血书讼牒，遣急足诣郡邑告难⑫，而自取缕帛结项死尚书侧⑬。旦日，郡邑得牒，又闻柳夫人死，遣隶四出，捕诸恶少，问杀人罪。皆雉窜兔脱，不敢复履界地，构尽得释。孝廉君德而哀之，为用匹礼，与尚书公并殡某所。吴人士嘉其志烈，争作诗诔美之，至累帙云⑭。

【注释】

①逋：拖欠。

②窭赼（jù cù）：贫穷窘迫。

③嗣君：称呼别人的儿子。据方良《钱谦益年谱》，钱谦益儿子钱孙爱于清顺治四年（1647）参加乡试中举人。明、清称举人作孝廉。

④嗛（xián）：怀恨，忌恨。

⑤丙午某月，宗伯公即世：本文记钱谦益于丙午年（康熙五年，1666）去世。但据方良《钱谦益年谱》考证，钱谦益去世于康熙三年（1664）五月。

⑥有众骤起：钱谦益去世后，据顾苓《河东君传》记族人钱曾等相勾结，威逼柳如是，乘机抢夺钱氏家产。署名钱孺饴（钱孙爱字孺饴）的《钱氏家变录》记载较详，但其事真伪尚存争议。

⑦搪（táng）撞：冲撞，冒犯。诟谇（suì）：辱骂。

⑧虣（bào）：同"暴"。

⑨易箦（kuì）：指将尸体迁于厅堂地上铺设的竹席或床单上。后指临终将死之时。

⑩尚书：钱谦益在南明弘光朝任礼部尚书，仕清以后任礼部侍郎。

⑪戢（jí）：收敛。

⑫急足：急行送信的人。

⑬缕帛：泛指丝织物做的绳线。

⑭帙：量词。一套线装书叫一帙。

【译文】

钱谦益活着的时候喜欢拖欠债务，晚年多灾多难，过得越发贫穷困窘。钱谦益的儿子举人钱孙爱生来文弱，族里狡猾的无赖之辈很想取代他，又忌恨钱谦益家房屋高峻，勾结同伴以等待挑衅的机会。康熙五年某月，钱谦益去世。一群族人骤然发难，以钱谦益拖欠欠款为借口，围着钱谦益家门口大声吵闹，冲撞辱骂，言语极尽侮辱。钱孙爱丢魂落魄，不知道怎么办。柳夫人在钱谦益临终之时已经有心殉葬，看到这种情况流着眼泪说："我来承担！"她对那些恶棍好语劝说道："难道尚书大人生前欠了你们所有人的钱吗？就算欠了，也是尚书大人的事，不要强加在他的儿女身上！我人在这里，你们但须稍微等待。"那些恶棍听到柳夫人的话，认为可以得偿所愿，于是暂收锋芒，但仍然围在钱宅附近。柳夫人半夜刺破身体用血写好诉状，派急行送信之人到府县告急，自己拿了布帛绕住脖子自缢在钱谦益身旁。第二天，府县接到诉状，又听说柳夫人死了，于是派遣差吏四处追捕恶棍，追问他们杀人之罪。恶棍都像野鸡狡兔般迅速逃窜，不敢再靠近钱宅一步，他们的阴谋设计被瓦解了。钱孙爱感念柳夫人的恩德并悲痛她的殉节，用相应的礼节把她和钱谦益合葬一处。吴地人赞许柳夫人贞烈，争相作诗词祭文赞美她，连篇累牍，多不胜记。

　　东海生曰①：柳夫人可谓不负虞山矣哉！或谓情之所钟，生怜死捐②。缠绵毕命，若《连理枝》《雉朝飞》《双鸳鸯》之属③，时有之矣。然柳于虞山岂其伦耶？夫七尺腐躯，归于等尽。而掷之当，侯嬴以存弱赵④，杵臼以立藐孤⑤，秀实以缓奉天之危⑥，纪信以脱荥阳之难⑦。或轻于鸿羽，或重于泰山，各视其所用。柳夫人以尺组下报尚书⑧，而纾其身后之祸，可不谓重与？所云重用其死者也！夫西陵松柏，才矣，未闻择所从⑨。耆卿、月仙⑩，齐丘、散花女⑪，得所从矣，而节无闻。韩香、幼玉、张红红、罗爱爱之流⑫，节可录矣，又非其人也。千秋香躅⑬，惟张尚书燕子一楼，然红粉成灰，尚在白杨可柱之后⑭。夫玉容黄土之不惜，而顾以从死之名为地下虑，荒矣。微曰舍人泉台下随⑮，未敢必其然也。人固不可知，千寻之操⑯，或以一念隳⑰；生平之疵，或以晚节覆。遂志赴义，争乎一决。柳夫人存不必称，而没以馨，委蜕如遗⑱，岂不壮哉！

【注释】

①东海生：作者自称。徐芳《悬榻编》多次自称东海生。

②生怜死捐：活着时互相怜恤，死了就撒手不管。多用于夫妻关系。语出《列子·杨朱》："'生相怜，死相捐。'此语至矣。"

③《连理枝》《雉朝飞》《双鸳鸯》：皆是和爱情相关的典故，被谱成古曲或曲调。《雉朝飞》相传为战国时期齐国处士牧犊子所作。牧犊子年老无妻，看见双飞的雉鸟，心生羡慕之情，遂作此曲。亦有正宫调《双鸳鸯》。

④侯嬴以存弱赵：侯嬴，战国时魏国人。前257年，秦国攻打赵国并围困赵国都城邯郸，魏国的援兵中途停兵不进。信陵君的门客侯嬴献计窃得兵符，夺权代将，解救赵国危局。后来因自感对魏王不忠，自刭而死。

⑤杵臼以立藐孤：公孙杵臼，春秋时晋国人，赵盾、赵朔父子的门客。晋景公时，他和程婴合谋，藏匿赵氏孤儿赵武，却献出了自己的生命。

⑥秀实以缓奉天之危：段秀实，字成公，陇州汧阳（今陕西千阳）人。唐代中期的名将。唐代宗广德元年（763），吐蕃占领长安，唐室危急。段秀实代替管理不善的白孝德掌管奉天（今陕西乾县）行营的军务，他号令严明，很快安定了军队和地方的骚乱不安。

⑦纪信以脱荥阳之难：纪信，刘邦部将。他由于身形及样貌恰似刘邦，在荥阳城被围时假扮成刘邦，向西楚诈降被俘，解救刘邦和城内妇女。项羽见他忠心，有意招降，但遭纪信拒绝，遂用火刑处决了他。

⑧尺组：带子，指自缢所用的布帛。

⑨"夫西陵松柏"几句：南朝齐时著名歌伎苏小小，死后被埋葬在杭州西湖孤山屿上的西陵边，坟墓多有松柏，故乐府古诗有句"何处结同心，西陵松柏下"。她曾和阮郁一见钟情，但阮郁离开后便毫无音讯。后来，苏小小又捐助鲍仁参加科考。鲍仁登科后，两人还没有见面，苏小小就病逝了。

⑩耆卿、月仙：柳永和月仙之事。柳永，字耆卿，宋元话本小说集《清平山堂话本》有《柳耆卿诗酒玩江楼记》，讲述柳耆卿曾用计谋得到妓女周月仙。

⑪齐丘、散花女：宋齐丘和散乐女之事。宋齐丘，历任十国时南吴和南唐左右仆射平章事。宋代陶岳《五代史补》卷二记，宋齐丘未发迹时，遇到一位散乐（宋元称民间艺人或专业戏曲艺人）女，这位乐女馈赠钱财，帮助他向淮南骑将姚洞天投书，得以谋取到了荣华富贵。后来，宋齐丘迎娶散乐女为妻。散花女，当指散乐女。

⑫韩香、幼玉、张红红、罗爱爱之流：皆是古代与意中人无奈分开的名妓。韩香，五代南徐（今江苏镇江）娼妓，色艺冠绝一时。曾与叶将军之子定情，闭门谢客。叶将军有意阻挠，强行将她许配给老兵，她便自刎而死。王幼玉，因晚唐黄巢起义沦落为歌妓，至死也在等待洛阳商人柳富。张红红，精通音乐的歌女，先被将军韦青养在家中，后被唐代宗召入宫廷。韦青去世后，张红红感念旧恩，悲恸而死。罗爱爱，元末嘉兴妓女，托身于同郡赵氏子，兵乱中为保贞洁，自缢而死。

⑬躅（zhú）：足迹。

⑭"惟张尚书燕子一楼"几句：唐德宗时，镇守徐州的武宁节度使张愔，购燕子楼以养家伎关盼盼。张愔死后，朝廷追赠尚书右仆射，关盼盼则独守徐州旧宅燕子楼，一过十余年，不肯改嫁。白居易《燕子楼三首》有"见说白杨堪作柱，争教红粉不成灰"之句，大意是说尚书大人坟头上的白杨树早已参天成柱，红粉佳人关盼盼也

已憔悴衰老。

⑮舍人：官名，白居易曾任中书舍人，中书省掌制诰（拟草诏旨）。泉台下随：关盼盼曾赠诗白居易，其《和白公诗》云："舍人不会人深意，讶道泉台不去随。"泉台，墓穴，也指阴间。

⑯千寻：古以八尺为一寻，千寻形容极高或极长。

⑰隳：毁坏，崩毁。

⑱委蜕如遗：死后丢弃了壳，形容死后摆脱过去做娼妓时的不好名声。委蜕，婉称死亡。

【译文】

徐芳说：柳夫人可以说没有辜负钱谦益了！有人说专注爱情的人，在对方活着的时候充满爱怜之意，对方死后就会丢弃不管。情意缠绵直至死去，好像《连理枝》《雉朝飞》《双鸳鸯》等曲子中那样的感情，偶尔也有。然而柳夫人对钱谦益的感情难道属于这一类吗？钱谦益去世后身躯已经腐朽，到达人生的终点。但柳夫人却喊出"我来承担"，就像侯嬴保全了弱势的赵国，公孙杵臼保护了幼弱的赵氏孤儿，段秀实解除奉天之危，纪信挽救了荥阳之难。有人的死亡轻于鸿羽，有人的死亡重于泰山，只看他们为什么而死。柳夫人用几尺布帛以死报答钱谦益，并纾解他死后的祸事，难道称不上重吗？柳夫人的事让她的死重于泰山！西陵松柏下的苏小小，虽然有才情，但是没有听说她找到重情之人。柳永和周月仙，宋齐丘和散乐女，虽然如愿以偿，但是没有可以称道的节操品行。韩香、王幼玉、张红红、罗爱爱之类的人，虽然其节操品行值得一书，但又未曾得到意中人。几千年里的娼妓事迹中，只有张愔燕子楼中的关盼盼节操可赞，但是关盼盼最终憔悴不堪而成灰尘，还是在张愔坟上的白杨树长有柱子那么粗之后的事情。那些美丽的容颜不怕被黄土掩盖，只是顾虑陪葬会影响死者的名声，这种说法简直是荒唐。别说中书舍人白居易所言的去地下赴死追随的话语，不敢说一定就要这样去做。人本来就难以预料，像千寻那么高的操守，也可能因为一念之差就毁灭了；人生中的一点点缺点，也可能导致晚年节义不保。实现心意而走向死亡，只是在于一个决定。柳夫人活着的时候不需要说道，死了却美名远扬，摆脱了过去不好的名声，这难道不壮美吗！

　　张山来曰：前半如柳萦花笑，后半如筎响剑鸣，柳夫人可以不死矣！

【译文】

　　张潮说：文章前半部分像柳树环绕、鲜花绽放，后半部分像胡筎悲响、刀剑齐鸣，柳夫人可以凭借此文千古流芳！

换心记

徐芳（仲光）①

　　万历中②，徽州进士某太翁③，性卞急，家故饶赀④，而不谐于族。其足两腓瘦削无肉，或笑之曰："此相当乞。"翁心恨之。生一子，即进士公，教之读书，性奇僿⑤，咿唔十数载⑥，寻常书卷，都不能辨句读⑦。或益嘲笑之曰："是儿富贵，行当逼人。"翁闻益恚。

【注释】

①徐芳：参见卷四《神钺记》注释。此篇文章选自徐芳笔记小说集《诺皋广志》。

②万历：明神宗朱翊钧的年号（1573—1620），明朝使用时间最长的年号。

③徽州：简称"徽"，古称歙州、新安。明代徽州府属南直隶，清代属

江南省,治歙县(今属安徽)。进士:隋唐科举考试设进士科,录取后为进士。明、清时称殿试考取的人,殿试后赐进士及第、进士出身、同进士出身,皆通称为"进士"。太翁:对别人父亲的称呼。为行文方便,下文多以太翁译之。

④赀:通"资"。货物,钱财。

⑤儓(sài):迟钝,闭塞不通。

⑥咿唔:象声词,多形容读书吟诵声。

⑦句读(dòu):古代文章中没有标点符号,诵读时称文句中停顿的地方,语气已经完的叫"句",没有完的叫"读",由读者用圈和点来标记。

【译文】

万历年间,徽州某进士的父亲,性格急躁,家里向来资产丰厚,但和族人关系不和。他的两个腿肚都瘦削无肉,有人笑话他说:"这种相貌和乞丐的一样。"太翁心里恨他。太翁生了个儿子,就是某进士,教他读书,但某进士天性非常迟钝,咿咿唔唔读了十多年,连普通书籍的句读都不能分清。有人更加嘲笑他说:"这个小孩以后肯定会富贵逼人。"太翁听了越发气愤。

有远族侄某,负文名,翁厚币延致①,使师之,曰:"此子可教则教,必不可,当质语予,无为久羁。"侄受命,训牖百方②,而懵如故。岁暮辞去,曰:"某力竭矣。且叔产固丰,而弟即鲁,不失田舍翁③,奈何以此相强?"翁曰:"然!"退而嗔语妇曰:"生不肖子,乃翁真乞矣!"趣治具饯师④,而私觅大梃⑤,靠壁间,若有所待。盖公恨进士辱己,意且扑杀之,而以产施僧寺,作终老计。妇知翁方怒,未可返,呼进士窃语,使他避。

【注释】

①延致：招来，邀请到。

②训牖：训诱。牖，通"诱"。

③田舍翁：指田间的农夫。

④趣：催促。

⑤梃：棍棒。

【译文】

太翁有个远房族侄某某，享有善于文辞的声名，太翁用丰厚的钱财聘请他，让儿子拜他为师，说："这个小孩能教就教，实在不行，要直接告诉我，不要为此而长期羁绊住你。"族侄接受任命，以各种方法教导进士公，但他依旧像过去一样一窍不通。岁末将终之时，族侄辞别离去，说："我已经竭尽全力了。况且族叔您本来就家产丰厚，族弟即使鲁钝，也可以做个富足的农夫，为何用读书强迫他呢？"太翁说："确实如此！"太翁回来向妻子抱怨说："你生的不肖子，他父亲我真的要做乞丐了！"他催促着置办酒食为老师饯别，但私底下却寻找大棒，靠放在墙角，好像在等着什么。大概太翁恨儿子辱没自己，想要打死他，然后把家产施舍给佛寺，以作终老之计。进士的母亲知道太翁正是愤怒的时候，没有办法挽救，于是叫来进士悄悄告诉他，让他避一避。

进士甫新娶，是夜阖户筹议，欲留，恐祸不测，欲去，无所之。则夫妇相持大哭，不觉夜半。倦极假寐，见有金甲神拥巨斧①，排闼入，捽其胸②，劈之，抉其心出，又别取一心纳之，大惊而寤。

【注释】

①金甲神：金甲神是中国民间信仰的神仙，身穿金色盔甲，行走人间。

②捽（zuó）：揪，抓。

【译文】

　　进士刚刚新娶了妻子，当天晚上关上门与妻子筹划计议，想要留下，害怕遭遇不测之祸，想要离开，没有能去的地方。于是夫妻俩相互抱着大哭，不知不觉间已经到了半夜。进士疲倦至极开始打盹，梦见有穿着金甲的神灵怀抱巨斧，打开门进来，抓住他的胸膛劈开，挖出他的心，又另取一个心装了进去，进士大惊而醒。

　　次日，翁延侄饮为别。翁先返，进士前送至数里，最后，牵衣流涕曰："恻隐之心①，人皆有之。师何忍某之归而就死？"师矍然曰②："安得此达者言③？"进士曰："此自某意。且某此时，颇觉胸次开朗，愿更从师卒业。"因述夜来梦。师叩以所授书，辄能记诵，乃大骇，亟与俱返。

【注释】

①恻隐之心：见人遭遇不幸，而生不忍、同情之心。
②矍然：震惊的样子。
③达者：通达事情的人，明白事理的人。

【译文】

　　第二天，太翁邀请族侄饮酒饯别。太翁先返回，进士上前把老师送到几里远的地方，最后拉着老师的衣角，流着眼泪说："恻隐之心，人皆有之。老师您怎么忍心我回去受死呢？"老师惊讶地说："你怎么会说出这种明白人才能说出的话呢？"进士说："这就是我的本意。况且现在我觉得胸怀特别开阔明亮，希望重新跟从老师学习以完成学业。"于是说出了晚上做的梦。老师用曾传授给他的书籍来考问，他都能记住背诵，老师大为惊骇，急忙和他一起返回。

　　翁闻剥啄声^①，挈梃门俟。已闻师返，则延入。师具以途中所闻告。翁以为谬，试之良然，乃大喜。自是敏颖大著，不数岁，补邑诸生^②。又数岁，联捷成进士^③。报至之日，翁坐胡床^④，大笑曰："乃公自是免于乞矣！"因张口哑哑而逝^⑤。

【注释】

①剥啄：轻轻敲门的声音。

②补邑诸生：录为县里秀才。

③联捷：指科举考试时两科或三科接连及第。

④胡床：亦称"交床""交椅""绳床"，是古时一种可以折叠的轻便坐具。

⑤哑哑（è）：笑声。

【译文】

　　太翁听到轻轻敲门的声音，拿着棍子等在门边。后来听说是老师回来了，就把老师请进来。老师把途中听到的全部事情告诉了太翁。太翁以为荒谬，考察儿子后发现果真如此，于是非常开心。从此以后，进士非常机敏聪颖，没过几年，考取了县里的秀才。又过几年，连连高中成了进士。喜报传来之日，太翁坐在胡床上，大笑说："你爹我从此免于当乞丐了！"于是张口大笑而死。

　　族子某为郡从事^①，庚辰与予遇山左道中^②，缕述之。古今未闻有换心者，有之自此始。精诚所激，人穷而神应之。进士之奇颖，进士之奇愚，逼而出也，所谓德慧存乎疢疾者也^③。或曰："今天下之心，可换者多矣，安得一一捽其胸剖之，易其残者而使仁，易其污者而使廉，易其奸回邪佞者而使忠厚正直④?"愚山子曰⑤:"若是,神之斧日不暇给矣!且今天下之心皆是矣,又安所得仁者、廉者、忠若直者而纳之,而因易之哉?"

【注释】

①从事:官名。汉以后三公及州郡长官都自设僚属,多称"从事"。此指太翁族侄为某府知府的僚属。

②庚辰:明崇祯十三年(1640)。徐芳在崇祯十二年中举后,遂于崇祯十三年进京参加会试、殿试,是年考中进士。可能在这一年经京杭大运河北上,至山东时遇到太翁族侄,得知此事。

③疢(chèn):热病。也泛指疾病。

④奸回邪佞:奸诈邪恶。

⑤愚山子:作者的号。徐芳《悬榻编》多次自称愚山子。

【译文】

太翁的族侄是某府僚属,崇祯十三年和我相遇在山东的大路上,向我详细叙述了这件事。从古至今从未听说过有换心的人,从这开始有了。在真心诚意的激发下,人走到困境了神灵就会回应他。进士的出奇聪颖是他出奇愚笨逼出来的,就是所谓的品德和智慧存在于疾病之中。有人说:"当今天下人的心,可换的多不胜数,如何才能一一揪着胸脯剖开,换掉残忍的心而让他变得仁义,换掉贪污的心而让他变得廉洁,换掉奸诈邪恶的心让他变得忠厚正直?"徐芳说:"如果这样的话,神灵的斧子每天要供给不暇了!何况当今天下人的心都是如此,又怎么能得到仁义、廉洁、忠直之人的心而放到自己的身体,从而更换了呢?"

张山来曰:有形之心不能换,无形之心未尝不可换。人果肯换其无形者,安知不又有神焉并其有形者而换之耶？则谓进士公为自换其心也可。

【译文】

　　张潮说：有形的心无法更换，无形的心未尝不能更换。人果真愿意更换无形的心，又怎么知道没有神灵来把有形的心一起换了呢？那么也可以说是进士自己替自己换的心。

秦淮健儿传

李渔（笠翁）①

　　嘉靖中②，秦淮民间有一儿，貌魁梧，色黝异。生数月，便不乳，与大人同饮啜。周岁怙恃交失③，鞠于外氏④。长有膂力，善拳击，尝以一掌毙一犬，人遂呼为"健儿"。健儿与群儿斗，莫不辟易⑤。群儿结数十辈攻之，健儿纵拳四挥，或啼或号，各抱头归，愬其父兄⑥。父兄来叱曰："谁家豚犬⑦，敢与老子相触耶？"健儿曰："焉敢相触？为长者服步武之劳⑧，则可耳。"乃至父兄前，以两手擎父兄，两胫去地二尺许，且行且止，或昂之使高，或抑之使下，父兄恐颠仆，莫敢如何，但咭咭笑⑨，乡人哄焉⑩。

【注释】

　　①李渔：初名仙侣，后改名渔，字谪凡，号笠翁，浙江金华府兰溪县（今浙江兰溪）人，明末清初文学家、戏剧家。一生著述丰富，有戏曲《笠翁传奇十种》，小说集《无声戏》《十二楼》，诗文集《笠翁一家言》。本篇选自其诗文集《笠翁一家言》，该诗文集凡五十

二卷。除了这些作品之外,李渔还有《闲情偶寄》十六卷、《笠翁词韵》四卷等。

②嘉靖:明世宗朱厚熜的年号(1522—1566)。

③怙恃交失:父母去世的婉称。

④鞠(jū):抚育。外氏:指外祖父母家。

⑤辟易:指击退,败退。

⑥愬(sù):告诉。父兄:偏义复词,父亲和兄长皆有可能。

⑦豚犬:原指猪和狗。多用以谦称自己的儿子。《幼学琼林·鸟兽类》:"父谦子拙,谓豚犬之儿。"也作"豚儿""小犬"。此处带有嘲弄之意,指小儿、小子。

⑧服步武之劳:指代人跑腿、帮人代步。古时以六尺为步,半步为武。

⑨咭(xī):笑声。

⑩哄(hòng):喧嚣,吵闹。

【译文】

嘉靖年间,南京一带的民间有个男孩,他体貌魁梧,肤色黝黑。生下来几个月,就不喝乳汁,和大人一样吃喝。一周岁的时候父母去世,在外祖父母家被抚养长大。他长大后力气很大,擅长拳击,曾经用一掌就打死了一条狗,于是人们称呼他为"健儿"。健儿和一群小孩打架,没有不败退的。这群小孩聚集了几十个人想搂他,健儿挥拳还击,这群小孩有的哭泣、有的哀嚎,各自抱着头回去向他们的父兄控告。小孩父兄愤怒地斥责健儿道:"谁家的小子,敢和老子我比斗吗?"健儿说:"哪里敢和您比斗?帮长辈代步,倒是可以的。"于是健儿来到小孩父兄面前,用两只手抓住小孩的父兄,使他的两条小腿离地两尺来高,边走边停,有时往上抬起,有时往下压低,小孩的父兄害怕跌下来,不敢怎么样,只是笑,乡里人看见了都不住起哄。

健儿性善动,不喜读书。外氏命就外傅,不率教①。师

夏楚之②,则夺朴裂眦曰③:"功名应赤手致,焉用璅璅章句
为④?"师出,即与同塾诸儿斗,诸儿无完肤。又时盗其外氏
簪珥衣物,向酒家饮,醉即猖狂生事。外氏苦之,逐于外。
为人牧羊,每窃羊换饮,诈言多歧亡⑤。主人怒,复见摈。时
已弱冠矣。

【注释】

①率教:听话,遵从教导。

②夏(jiǎ)楚:泛指用槚木荆条之类制成的打人用具进行体罚。多
　　用于对未成年者。夏,也作"槚"。木名。楚,荆条。

③朴:通"扑",打人的用具。

④璅璅(suǒ):形容声音细碎叨絮。璅,同"锁"。

⑤歧亡:即因岔路太多无法追寻而丢失了羊。

【译文】

　　健儿生性爱动,不喜欢读书。外祖父母令他离家就学于师,健儿不
遵从教导。师父用教鞭鞭打他,健儿就夺过来愤怒地睁大眼睛说:"功名
应该空手夺取,怎么能靠咬文嚼字来得到呢?"师父离开,健儿就同私塾
的小孩们打斗,打得他们体无完肤。有时偷走外祖父母的簪子耳环、衣
服物品,去酒家买酒喝,喝醉了就肆无忌惮地招惹是非。外祖父母为此
而苦恼,把他赶到外面。健儿替人放羊,每每偷羊换酒,欺骗主人说羊走
丢了。主人发怒,健儿又被赶走了。当时他已经二十来岁了。

　　闻倭入寇,乃大快曰:"是我得意时也!"即去海上从军。
从小校擢功至裨将①。与僚友饮,酒酣斗力,毙之。罪当死,
遂弃官,逃之泗②,易姓名,隐于庖丁③。民家有犊,丙夜往
盗之④,牵出,必剧呼曰:"君家牛我骑去矣!"呼竟,倒骑牛

背，以斧砍牛臀。牛畏痛，迅奔若风，追之莫及。次日亡牛者适市物色之⑤，健儿曰："昨过君家取牛者我也，告而后取，道也，奚其盗？"索之，则牛已脯矣，无可凭。市中恶少，推为盟主，昼纵六博⑥，夜游狭斜，自恃日甚。尝叹曰："世人皆不足敌，但恨生千载后，不得与拔山举鼎之雄一较胜负耳⑦！"

【注释】

①小校：军中低级军官。裨将：军中副将，相对主将而言。

②泗：泗州。明朝属凤阳府，辖今江苏盱眙、安徽天长。清雍正二年（1724），泗州升直隶州，辖今江苏盱眙，及安徽五河、天长三地，属凤阳府。

③庖丁：厨师。

④丙夜：三更。

⑤物色：依照牛的颜色、外形特征去寻找。

⑥六博：又名"陆博"。古代的一种博戏。共十二棋，六黑六白，两人相博，每人六棋。

⑦拔山举鼎之雄：指项羽。出自《史记·项羽本纪》："籍长八尺余，力能扛鼎，才气过人。"及《垓下歌》："力拔山兮气盖世，时不利兮骓不逝。"

【译文】

听说倭寇入侵，于是健儿高兴地说："到我实现志愿的时候了！"就去海上从军。从小校被提拔到副将。他和同僚朋友喝酒，喝到酣畅处比拼力气，失手杀了他。按罪当死，于是丢弃官职，逃到泗州，改换姓名，隐藏在厨师之间。有百姓家养着牛，健儿晚上去偷，牵出来，必定大喊说："你家的牛我骑走了！"喊完，他倒骑在牛背上，用斧头砍牛臀部。牛怕疼痛，跑得像风一样快，失主追之不及。第二天，失主到市场寻找，健儿说："昨天路过你家牵走牛的人是我，告诉你然后再拿，符合道义，怎么能是偷盗？"失主索要，但牛已经被切成牛肉，没有凭证了。市场上的恶少，推选健儿做首领，他白天玩六博戏，晚上逛妓院，一天比一天骄傲。他曾经感叹说："世人都比不上我，只遗憾生在千年之后，不能和项羽一较胜负！"

邑使者禁屠牛①，健儿无所事事，取向所屠牛皮及骨角，往瓜、扬间售之②，得三十金。将归，饮旅馆中，解金置案头。酒家翁见之，谓曰："前途多豪客③，此物宜善藏之。"健儿掷杯砍案曰："吾纵横天下三十年，未逢敌手。有能取得腰间物者④，当叩首降之。"时有少年数人，醵于左席，闻之错愕，起问姓名居里⑤。健儿曰："某姓名不传，向尝竖功于边陲，今挂冠微服⑥，牛耳于泗上诸英雄⑦。"少年问能敌几何辈，健儿曰："遇万万敌，遇千千敌。计人而敌，斯下矣！"诸少年益错愕。

【注释】

①邑使者：城中官员，指泗州官员。使者，犹言使君，对官吏、长官的尊称。

②瓜、扬：瓜洲、扬州。在今江苏扬州一带，距离泗州路途不远。

③豪客：指强盗。

④腰间物：指银子，钱财。

⑤居里：居住的乡里。

⑥挂冠：辞官。微服：改穿的平民便服。

⑦牛耳：古代诸侯会盟的时候，盟主割牛耳取血，分与诸侯宣誓，以表守信。后称居领导地位的人为"牛耳"。泗上：此指泗州。

【译文】

城中官员禁止宰牛，健儿无事可做，拿了之前宰牛得到的牛皮和牛骨、牛角，到瓜洲、扬州一带售卖，得到三十两银子。将要回去的时候，健儿在旅馆喝酒，把钱放在几案上。卖酒的老人看见了，说："前面的路上强盗很多，钱物应该妥善收藏。"健儿扔了杯子劈砍几案说："我纵横天下三十年，没有遇到敌手。如有能拿到我钱财的人，我肯定磕头归降。"当时有几个少年，在左边的酒桌上聚饮，听到了感到惊愕，起来问健儿的姓名籍贯。健儿说："我的名气不大，曾经在边疆建立功业，现在辞官做普通人，被泗州各位英雄奉为盟主。"少年们问他能应敌多少人，健儿说："遇到上万人就打上万人，遇到上千人就打上千人。计算能打几个人，就落入下乘了！"少年们更加惊愕。

健儿饮毕，束装上马。不二三里，一骑追之甚迅。健儿自度曰："殆所云豪客耶？"比至，则一后生，健儿遂不介意。后生问："何之？"健儿曰："归泗。"后生曰："予小子亦泗人，归途迷失，望长者指南之①。"于是健儿前驱，马上谈笑颇相得。健儿谓后生曰："子服弓矢，善决拾乎②？"后生曰："习矣，而未闲。"健儿援弓试之，力尽而弓不及彀③，弃之，曰："此物无用，佩之奚为？"后生曰："物自有用，用物者无用耳。"乃引自试。时有鹜唳空④，后生一发饮羽，鹜坠马前。健儿异之。后生曰："君腰短刀，必善击刺。"健儿曰："然！我所长不在彼，在此。"脱以相示，后生视而剧曰⑤："此割鸡屠狗物，将焉用之？"以两手一折，刀曲如钩，复以两手伸之，刀直如故。健儿失色，筹腰间物非复我有矣。虽与偕行，而股栗之状，渐不自持。后生转以温言慰之。

【注释】

①指南:指导,指引方向。

②决拾:古代射箭用具,此指射箭。决,通"抉",古代射箭时套在大拇指上的骨质套子,用来钩弦。拾,套袖,用皮革制成,套在胳臂上,用来护臂。

③彀(gòu):把弓张满。

④鹜(wù):一种野鸭。唳空:在空中鸣叫。

⑤剧:《笠翁一家言》作"噱(jué)",此处"剧(繁体字为"劇")"疑为"噱"之形讹。噱,大笑。

【译文】

健儿喝完酒,整装上马。走了不过两三里路,就有一个人骑着马飞快地追来。健儿自己揣测说:"大概这人就是卖酒老翁所说的强盗吧?"等那人到了,发现是一个年轻人,于是健儿不复在意。年轻人问他:"要到哪里去?"健儿说:"回泗州。"年轻人说:"我也是泗州人,回去迷路了,希望您能为我指路。"于是健儿走在前面,两人在马上谈笑相处得很错。健儿对年轻人说:"你带着弓箭,擅长射箭吗?"年轻人说:"在学习,还没有娴熟。"健儿拉弓尝试,力气用尽了也没能拉满弓,把弓放下,说:"这弓箭没有用,佩戴它做什么呢?"年轻人说:"东西本来有用,用东西的人没用罢了。"于是自己拉弓尝试。当时有野鸭在空中鸣叫,年轻人一箭就射中了,野鸭掉落在马匹前方。健儿感到惊异。年轻人说:"你腰上佩戴短刀,肯定善于击刺。"健儿说:"确实如此!我擅长的不是弓箭,而是短刀。"解下短刀给他看,年轻人看了大笑说:"这就是杀鸡屠狗用的,拿来做什么用呢?"用两手一折,短刀弯曲如钩,再用两手拉直,短刀又像之前一样笔直。健儿脸色苍白,想着自己的钱财保不住了。虽然和年轻人一起走,但双腿颤抖,渐渐不能控制。年轻人反而用温和的话语安慰他。

复前数里，四顾无人，后生纵声一喝，健儿坠马。后生先斩其马，曰："今日之事，有不唯吾命者，如此马！"健儿匍伏请所欲。后生曰："无用物，盍解腰缠来献！"健儿解囊输之，顿首乞命。后生曰："吾得此一囊金，差可十日醉。子犹草莱①，何足诛锄？"拨马寻故道去。健儿神气沮丧，足循循不前②。自思三十金非长物，但半世英雄，败于乳臭儿之手，何颜复见诸弟兄？遂不归泗，向一村墅结庐卖酒聊生。每思往事，辄恧恧欲死③。

【注释】

①草莱：杂生的草。

②循循：徘徊不前的样子。

③恧(nù)：自愧，惭愧。

【译文】

又往前走了几里，四下无人，年轻人放声大喝一声，健儿从马上跌落。年轻人首先斩杀了健儿的马，说："今天的事情，有不听从我命令的，下场就像这匹马！"健儿匍匐在地问他要什么。年轻人说："没用的东西，为什么不解开腰间钱财送给我！"健儿解开钱囊送给他，磕头请求饶命。年轻人说："我得到的这一袋钱财，大概够十天的酒钱。你就像杂草一样，哪里值得我去诛灭？"调转马头沿着此前的道路离开。健儿神情沮丧，脚步徘徊不前。心中思量着三十两银子并非什么像样的东西，但是自己半辈子英雄之名，败折在乳臭小儿的手里，哪里有颜面再去见各位弟兄？于是不再返回泗州，去了一个村子里搭建房屋，卖酒聊以谋生。每次想到过去的事，就羞惭欲死。

一日，春风淡荡①，有数少年索饮，裘马甚都②，似五陵公子③，而意气豪纵，又似长安游侠儿④。击案狂歌，旁若无人，且曰："涤器翁似不俗，当偕之。"遂拉健儿入座。健儿视九人皆弱冠，唯一总角者⑤，貌白皙若处子⑥，等闲不发一言，一言则九人倾听，坐则右之，饮则先之。健儿不解其故。而末坐一冠者，似尝谋面，睇视之⑦，则向斩马劫财之人也，谓健儿曰："东君尚识故人耶？⑧"健儿不敢应。后生曰："畴昔途中⑨，解腰缠赠我者，非子而谁？我侪岂攘攫者流⑩？特于邮旁肆中⑪，闻子大言恐世，故来与子雌雄，不意竟输我一筹！今来归赵璧耳⑫。"遂出左袖三十金置案头，曰："此母也。于今一年，子当肖之。"又探右袖，出三十金，共予之。健儿不敢受。旁一后生拔剑努目曰："物为人攫而不能复，还之又不敢取，安用此懦夫为？"健儿惧，急内袖中，乃治鸡黍为欢⑬。诸后生不肯留。归金者曰："翁亦可怜矣，峻拒之则难堪。"众乃止。时爨下薪穷⑭，健儿欲乞诸邻，后生指屋旁枯株谓之曰："盍载斧斤？"健儿曰："正苦无斧斤耳。"后生踌躇久之，曰："此事须让十弟，我九人无能为也。"总角者以两手抱株，左右数挠，株已卧矣，遂拔剑砍旁柯燃之。酒至无算，乃辞去，竟不知其何许人。

【注释】

①淡荡：和舒，骀荡。

②都：华美，美好。

③五陵公子：指京都富豪子弟。五陵，长陵、安陵、阳陵、茂陵、平陵等五个西汉皇帝陵墓所在地，代指京都。

④长安游侠儿：汉唐都城长安有很多好交游、重义气、能救困扶危的

人。也作咸阳游侠。

⑤总角：古时少男未冠、少女未笄时的发型。头发梳成两个发髻，如
　头顶两角。后人称儿童时代。

⑥处子：处女。

⑦睨视：斜视，仔细看。

⑧东君：即东家。对主人的敬称。

⑨畴昔：往日，以前。

⑩攘攫：掠夺。

⑪邮：指供路人歇宿的馆舍、酒楼。

⑫赵璧：即和氏璧。战国时为赵惠文王所有。蔺相如奉之出使秦
　国，最终完璧归赵。

⑬鸡黍：指待客的饭菜。语见《论语·微子》："止子路宿，杀鸡为黍
　而食之。"

⑭爨（cuàn）：灶。

【译文】

　　一天，春风骀荡，有几个少年前来饮酒，轻裘肥马，看着像京都豪贵
公子，但意气豪放不羁，又像长安游侠儿。他们拍打桌案放声歌唱，好
像身边没人，并且说："洗杯盘的人好像不是俗人，应当一起饮酒。"于是
拉着健儿入座。健儿看见九个人都是刚刚成年，只有一个扎着总角的儿
童，皮肤白皙好像小姑娘，轻易不说一句话，说一句话九个人就都认真
听，坐在上位，第一个喝酒。健儿不明白原因。坐在末位的是个加冠的
成年人，好像曾经见过，仔细一看，就是之前斩马劫财的人，他对健儿说：
"店主还记得故人吗？"健儿不敢答应。年轻人说："从前在路上，解下钱
袋送给我的，不是你是谁？我们岂是抢掠财物的强盗？只是在驿馆酒肆
中，听到你说大话恐吓世人，所以来和你决一胜负，没想到你竟然输给我
一筹！今天来完璧归赵罢了。"于是拿出左边衣袖中的三十两放在桌上，
说："这是本钱。如今过了一年，利息应当和本金相当。"又从右边衣袖

中拿出三十两，一起递给他。健儿不敢接受。身边一个少年拔出剑睁大眼睛说："东西被人夺了不能拿回来，还回来又不敢取，你怎么做出这样懦夫的行为？"健儿害怕，急忙把钱放进袖子里，于是准备置办饭菜以欢迎客人。那些少年不肯留下。还钱的人说："店主也可怜，坚决拒绝他会让他难堪。"众人于是留下。当时灶下没柴了，健儿想向邻居讨要，年轻人指着房子边枯树对他说："斧头放在哪里？"健儿说："我正苦于没有斧头呢。"年轻人犹豫了很久，说："这件事必须让十弟做，我们九个人没有本事。"扎着总角的幼儿用两只手抱着枯树，左右抓了几下，树就倒了，于是拔剑砍下树枝以烧火。他们不知道喝了多少酒才辞别离去，最终没人知道他们是什么人。

健儿自是绝不与人较力，人殴之则袖手不报。或曰："子曩日英雄安在？"健儿则以衰朽谢之。后得以天年终①，不可谓非后生力也。

【注释】

①天年：天赋的年寿，即一个人在保持身体各器官都在健康状态下的自然寿命。

【译文】

健儿从此以后再也不和人比较力气，有人打他就把手收进袖子里而不回击。有人说："你先前的英雄气概到哪里去了？"健儿就用老迈无能为由来推辞。他后来得以享尽天年，不能不说这是那位年轻人的功劳。

张山来曰：尝见稗官中，有《赵东山夸技顺城门》①，其事与此相类。甚矣，毋谓秦无人也②！

【注释】

①《赵东山夸技顺城门》：明凌濛初《拍案惊奇》卷三有《刘东山夸技顺城门》的故事，内容与此大致相似，其故事出自明宋懋澄《刘东山》(《九籥前集》卷十一)。张潮可能记错了主人公姓氏，误作"赵东山"。

②毋谓秦无人：别说秦国没有人才。常用以驳斥对方对己方缺乏人才的藐视。语出《左传·文公十三年》："子无谓秦无人，吾谋适不用也。"

【译文】

　　张潮说：我曾经在小说里读过《刘东山夸技顺城门》的故事，那篇故事与此类似。唉，不要再不知深浅地宣称没有人才了！

山东四女祠记

黄始（静御）①

　　丙辰十月②，出都门③，畏陆行之劳悴也，舍而之舟。舟行六七日，将至黄河崖④。过一村，风急不得行，遂泊舟。人曰："此四女镇也⑤。"初未详"四女"何以名。

【注释】

①黄始：字静御，别字静怡，号东吴庑客，江苏吴县（今江苏苏州吴中区）人。清康熙十八年（1679）举博学鸿儒，有诗才。曾辑评《听嘤堂四六新书》《听嘤堂四六新书广集》收录明中后期至清初骈文。此篇文章注出《听莺堂集》，当作《听嘤堂集》，听嘤堂为黄始书房，然其集今未传。

②丙辰：清康熙十五年（1676）。

③都门：指清朝国都京师（今北京）。

④黄河崖：位于今山东德州德城区南郊，是黄河流经之地。黄始离
　　开京城沿京杭大运河乘舟南下，需经过此地及下文四女镇。

⑤四女镇：今四女寺镇，位于山东武城东北部，在我国西汉年间曾名
　　安乐镇，后因四女孝亲的故事而更名为四女寺，是当时卫运河上
　　的重要码头。

【译文】

　　康熙十五年十月，我离开京城，畏惧走陆路遭受车马劳顿之苦，就舍
弃陆路选择坐船。船走了六七天，快到德州黄河崖了。路过一个村子，
风太大不能航行，于是停船暂驻。有人说："这就是四女镇。"刚开始不
知道"四女镇"命名的原因。

　　泊少间，风息。卧舟中，闷甚。起行崖岸间，一望荒沙，
市人皆闭户，无憩立所。迄市尾一古祠，若无人焉者。入
门，阒如也①。庭一碑，藤藓网布。碑前古树，半无枝叶，秃
而龙身。右转得一径，进则老屋三楹而已②。中坐像二，一
老翁，庞眉而古衣冠③；一老媪，白发高髻，咸非近世饰。独
两傍侍坐者四人，虽儒衣儒冠④，而修眉皓齿⑤，皎若好女
子。心颇疑之，无从询其说。乃扪藤剥藓，拭其文读之，盖
明成化年碑也⑥。碑载汉景帝时⑦，地有傅姓长者，好善，年
五十，无子，生四女，皆明慧知礼。寿日觞父⑧，父曰："吾五
十无子，奚寿为？"四女愀然曰："父期于子者，为终养计也。
儿即女，亦可代子职养父母，父母其勿忧。"明日，俱改男子
装，四女共矢不嫁，以侍其亲。时佛未入中国，惟读五经、百
家、周秦以上书，博览奥义如大儒。间则行善事，德化洽于

乡里。庭前古柏树，叶生龙爪，树身生鳞，金色灿然。乡里咸骇异，以为孝感所致。如是者三十年。一日，天神鼓乐降于庭，树化为龙，载翁媪及四女上升而去。里人感之，遂为建祠，今所树趾，遗迹也。

【注释】

①阒（qù）如：空虚的样子。

②楹：量词。一列或一间。

③庞眉：眉毛黑白杂色。形容老貌。

④儒衣儒冠：儒家服饰、冠帽。

⑤修眉：指女子纤细的长眉。

⑥成化：明宪宗朱见深的年号（1465—1487）。

⑦汉景帝：刘启，西汉第六位皇帝。在位期间，推行"削藩策"，平定"七国之乱"，巩固中央集权。他继承和发展其父汉文帝的事业，共创"文景之治"。

⑧觞：向人敬酒。

【译文】

船停了一会儿，风停了。我躺在船里相当烦闷。起来走到山崖水边，一眼望去尽是荒漠，街上人家都关着门，没有休息的地方。走到街道尽头有个古老的祠堂，好像没有人。进了门，里面空无一人。庭院里立着一块石碑，遍布藤蔓苔藓。石碑前面的古树，一半都没有枝叶，光秃秃的像龙的身躯。向右转有一条小路，进去了有三间老屋。老屋中间有两尊坐像，一个老翁，眉毛黑白相杂，穿着古时衣冠；一个老妪，白发梳成高髻，都不是近代的打扮。唯独两边侍坐的四个人，虽然穿着儒者衣冠，但是修眉皓齿，皮肤白皙，面若美女。我心中颇为疑惑，又没办法询问缘由。于是拨开藤蔓剥去苔藓，擦拭碑文以阅读，原来是明代成化年间的石碑。石碑记载汉景帝时，当地有个姓傅的老翁，乐善好施，到了五十岁，没有儿子，只有四个女儿，都聪明知礼。老翁寿辰那天，女儿向父亲敬酒祝贺，父亲说："我五十岁了还没有儿子，长寿有什么用？"四个女儿悲伤地说："父亲希望有儿子，是为了养老送终。我们即使是女儿，也能代替儿子的职责以赡养父母，你们不用忧虑。"第二天，都改穿男装，四个女儿都发誓不嫁，来侍奉父母。当时佛教没有传入中国，她们只读了五经、诸子百家及周秦两代之前的书，如同鸿儒一样通读书籍并通晓要义。有时间就做善事，她们的德行使乡人普遍受到熏陶教化。院子前面有棵古柏，柏树叶形状如同龙爪，树皮如同龙的鳞片，金光灿烂。乡人都大为惊骇，认为这是孝行感动天地而形成的。这样过了三十年。一天，天上神仙击鼓奏乐降临庭院，古柏化成飞龙，载着老翁、老妇和四个女儿升天而去。乡人有感此事，就为他们建立祠堂，今天树所在的地方，就是祠堂的遗迹。

　　呜呼！自汉景帝迄今，不知千几百年。及遍考东国舆图纪载①，都无所谓"四女祠"者，而孝感之报，徒得之于荒烟蔓草中②。乃知古人轶事，其湮没不传者概不乏云。

【注释】

①东国：东方之国，指中国。舆图：地图。

②荒烟蔓草：比喻空旷偏僻，冷落荒凉。

【译文】

　　唉，自汉景帝到今天，不知道过了一千几百年了。等我遍查中国地图和文献记载，都没有找到所谓的"四女祠"，孝感动天的故事，徒然只能留存在荒野之中。这才领悟古人不见史载的事迹，不知道有多少都湮没于史尘之中。

张山来曰：昔汉缇萦上书赎父罪，因除肉刑[①]，此只一人耳，不难自行其意。今四女同心，尤为仅见也。

【注释】

①昔汉缇萦上书赎父罪，因除肉刑：见《史记·孝文本纪》，西汉文帝时，诸侯国齐国的太仓令淳于意被告下狱，按律当受肉刑。淳于意的女儿缇萦上书汉文帝，愿做官婢来替父亲赎罪。汉文帝深受感动，便废除了肉刑。肉刑，残害肉体的刑罚，在古代指墨、劓、剕、宫、大辟等五种刑罚。

【译文】

张潮说：昔日汉代的缇萦上书汉文帝以请求宽恕父亲的罪行，使汉文帝因此废除了肉刑，缇萦只身一人，想实践自己的想法并不难。这里的四个女子齐心合力，尤其难得一见。

鲁颠传

朱一是（近修）[①]

颠不知何里人[②]，独行吴越间，体上裸，披单大襆[③]，襆中圆一孔，下体著絮厚裤[④]，污重染，不易也。鬂飞蓬，足跣而跳。手一龟，龟习颠，颠俯首则龟昂，鼻息相接以为常。颠所过，群儿什百怪随之。颠即踞地展襆，头出中孔，伸缩像龟行，群儿狎且笑。又坦腹命群儿拳。腹坚，群儿争拳之，痛；更击以石，石碎，腹橐橐然[⑤]。颠喜酒，酒鼻饮。群儿愿观颠鼻饮，多就家索酒酒颠也。夜倒悬桥梁或城女墙卧[⑥]，鼾鼾焉。

【注释】

①朱一是：字近修，海宁（今属浙江）人。朱履和之子。明崇祯十五年（1642）举人，明亡后避地梅里（今属浙江），工诗文、绘画。事见《（乾隆）海宁州志》卷十一。本文选自其诗文集《为可堂集》。

②颠：鲁颠，其人之事又见清徐岳《见闻录》卷一《鲁仙》，文中"鲁仙"夜宿飞檐殿脊城堵之上、被松江知府方岳贡杖毙事，同于本篇所记鲁颠之事，当为一人。清王士禛《居易录》卷二四、卷二八，皆略记鲁颠之事，前者引自朱一是《鲁颠传》，后者出自徐岳《鲁仙》，又多"云是宋肃简公裔"诸语，言其为北宋鲁宗道（谥肃简）后裔。清盛枫《嘉禾征献录·外纪一》亦载"鲁生"事，盖出于徐岳《鲁仙》。

③襆（fú）：包裹，遮盖衣物用的布单。

④裈（kūn）：裤子。

⑤橐橐然：拟声词。硬物连续撞击发出的声音。

⑥女墙：城墙上砌的凹凸形的小墙。

【译文】

　　鲁颠不知道是哪里人，独自行走在吴越之间，裸着上身，披着大布单，布单中间有个圆形的洞，下身穿着厚棉絮裤，裤子已经很脏了，也不更换。头发散乱如蓬草，光着脚蹦跳。手上持有一只乌龟，乌龟习惯亲近鲁颠，鲁颠低下头乌龟就昂起头，他们经常头鼻凑在一起。鲁颠走过的地方，有数十数百个儿童都好奇地跟随着他。鲁颠就坐在地上展开布单，将头从布单中间的孔洞伸出来，模仿乌龟的伸缩，引发小孩们嬉闹调笑。鲁颠还袒露腹部让小孩击打。他腹部坚硬，小孩们争相击打，感到手很疼痛；小孩们又把石头扔向鲁颠的肚子，石头碎了，将他的肚子打得咚咚响。鲁颠喜欢喝酒，能用鼻子喝酒。小孩们想看鲁颠用鼻子喝酒，大多跑回家要来酒给鲁颠喝。鲁颠晚上倒悬在桥梁或者城墙垛上睡觉，鼾声连连。

横江徐氏者^①，好事人也，要颠归，问吐纳水火之术^②，不答，惟日戏群儿如故。颠食尽一器，徐故予大器，无问多寡，食辄尽。又故以肥腻冷水诸不可口物内器，无问多寡予颠，颠亦食辄尽。问颠："浴乎？"曰："浴。"然殿人浴^③。微窥之^④，见颠方呼呼然，俯水面饮前浴人垢，不更去己垢也。夜无桥梁城女墙，则悬足架上，垂首卧。夜分人定^⑤，即溺^⑥。人乘颠起，入问之，颠语庄，微及日用细碎，卒不答吐纳水火事。

【注释】

①横江：指横江浦，古长江渡口，在今安徽和县东南。李白有《横江词六首》即颂此处，这里距离南京较近，明代直属南京，清代属江南左右布政使司，可称之吴越之地。

②吐纳水火之术：道家修炼法门。吐纳，从口中吐出恶浊之气，鼻吸入清新之气，是道家修炼术。水火术，即指道家的炼丹术。

③殿：在最后。

④微：暗中，秘密地。

⑤人定：夜已很深，人们已经是停止活动，安歇睡眠了。指夜里的亥时（21—23时），又名定昏、黄夜等。

⑥溺：尿。

【译文】

横江徐某，是个好事之徒，邀请鲁颠回家，向他询问吐纳水火之术，鲁颠不作回答，只是像之前一样每天和小孩们嬉戏。鲁颠吃完食器里的食物，徐某故意又给他一个大的食器，不管多少，鲁颠都能吃完。又故意把肥腻冷水等不可口的食物放在食器里，不管放多放少，鲁颠也都吃得干干净净。徐某问鲁颠："洗澡吗？"鲁颠说："洗。"然而安排鲁颠最后一个洗。徐某暗地里窥探他，看见鲁颠正低下头呼呼地大口喝着前面人洗澡留下的脏水，也不去清洗自己身上的污垢。晚上没有桥梁、城墙垛，他就把脚悬挂在屋内的某个架子上，垂下头睡。晚上夜深人静了，就去小便。徐某乘着鲁颠起夜，进去问他，鲁颠语气严肃，稍微谈及日常琐事，始终不说吐纳水火等修炼之事。

　　在吴越十余年，人皆识之。一日过华亭^①，太守方岳贡出见市儿数百哗曰^②："颠来！颠来！"怪问颠，不答。再问，再不答。以为惑民，系且杖，杖下而颠死矣。后有人入杭之西山，复见颠曳杖躄躄行^③。朱子曰^④："颠，吾知其不死。"

【注释】

　①华亭：此处指松江府城，松江府的治所为华亭县（今上海松江区）。

　②太守：明、清时专称知府。方岳贡：字四长，号禹修。明天启二年（1622）进士。崇祯元年（1628）出为松江知府。李自成陷京师，被执，缢死。有《国纬集》《经世文篇》。事见《明史·方岳贡传》《明季烈臣传·方岳贡》。

　③躄躄（bì）：一瘸一拐走路的样子。

　④朱子：指作者。

【译文】

　　鲁颠在吴越住了十多年，人们都认识他。一天，他路过松江府城，松江知府方岳贡出来看见集市里有数百个儿童喊叫："鲁颠来了！鲁颠来了！"他奇怪地询问鲁颠，鲁颠不作应答。又问了一次，又不回答。方岳贡认为他迷惑百姓，就把他绑起来施以杖刑，将鲁颠打死在棍棒之下。后来有人去杭州西山，又看见鲁颠拄着拐杖、跛腿走路。朱一是说："我知道鲁颠是不会死的。"

　　张山来曰：世人谓颠为颠，吾知颠必以世人为颠，则谓颠非倒卧而世人为倒卧，亦无不可。

【译文】

　　张潮说：世人说鲁颠是癫狂，我知道鲁颠肯定认为世人癫狂，或者说鲁颠不是倒卧而是世人倒卧，也没有什么不可以的。

林四娘记

林云铭（西仲）[①]

　　晋江陈公宝钥[②]，号绿厓。康熙二年，任山东青州道金事[③]。夜辄闻传桶有敲击声[④]，问之，则寂无应者。其仆不胜扰，持枪往伺，欲刺之。是夜但闻怒詈声[⑤]。已而推中门突入[⑥]，则见有鬼，青面獠牙，赤体挺立，头及屋檐。仆震骇，失枪仆地。陈急出，诃之曰："此朝廷公署，汝何方妖魅，敢擅至此？"鬼笑曰："闻尊仆欲见刺，特来受枪耳。"陈怒，思檄兵格之[⑦]。甫起念，鬼又笑曰："檄兵格我，计何疏也？"陈愈怒。迟明[⑧]，调标兵二十名守门[⑨]。抵夜，鬼却从墙角出，长仅三尺许，头大如轮，口张如箕，双眸开合有光，蹩跚于地[⑩]，冷气袭人。兵大呼发炮矢，炮火不燃；检铳中矢[⑪]，又无一存者。鬼反持弓回射，矢如雨集，俱向众兵头面掠过，亦不之伤。兵惧奔溃。

【注释】

　　①林云铭：字西仲，号损斋，福州府闽县林浦（今福建福州仓山区）

人。因福州别称三山，典籍中又多记为三山人。清顺治十五年（1658）进士，官徽州府通判。晚年寓居杭州著述。有《吴山戥音》《把奎楼选稿》存世。事见毛际可《晋安林西仲传》（《会侯文钞》卷十）。此篇选自其著作《损斋焚馀》，该书成书于康熙十三年（1674），共十卷。又，林云铭于康熙三十五（1696）手定《损斋焚馀》而成《把奎楼选稿》十二卷，故《把奎楼选稿》卷六亦录此文。又《吴山戥音》卷八亦录此文。

②陈公宝钥：陈宝钥，字大莱，号蓼厓，晚年易号绿厓，泉州府晋江县（今福建晋江）人（见《（乾隆）泉州府志》卷四五）。历仕南明、清廷，清顺治十七年（1660）始任青州道佥事（《（康熙）山东通志》卷二五），后来跟随吴三桂反清，康熙十八年（1679）二月，复降清，回乡终老，名其堂曰"绿野堂"。有《陈绿崖（厓）诗集》传世。

③青州道：青州巡道。清代分一省为数道，由布政司统领。佥事：官名。佥，辅助。明、清佥事，全称为提刑按察使司佥事，辅佐按察使、按察副使掌管刑名诸事。

④传桶：旧时衙门的大门上开一洞口，里面装有木箱，便于传递函件。

⑤詈（lì）：骂。

⑥中门：正中的大门。

⑦格：拘执。

⑧迟明：黎明，天快亮的时候。

⑨标兵：兵制名。在清朝总兵官以上将帅亲自统领的绿营兵称为标兵。

⑩蹒（pán）跚：蹒跚。行走艰难貌。

⑪韔（chàng）：弓袋，古代装弓的套子

【译文】

晋江人陈宝钥，号绿厓。康熙二年，任山东青州道佥事。晚上总是听到有敲击传桶的声音，出声问是谁，便安静下来没有人回答。仆人不

胜其扰,拿着枪去查看,想要去刺击。当天晚上只听到怒骂声。不久,有人突然推开大门走进来,只看见有一个鬼脸色发青、长着獠牙,裸着身体昂然而立,头高得能碰到屋檐。仆人惊惧,丢下枪倒在地上。陈宝钥连忙出来,喝问道:"这是朝廷办公场所,你是何方妖孽,竟敢擅自来到这里?"鬼笑道:"听说您的仆人想要刺我,特意来受他一枪。"陈宝钥大怒,想要叫士兵来拘拿鬼。刚一起这个念头,鬼又笑着说:"想调派士兵拘拿我,你的计谋怎么如此粗疏?"陈宝钥愈发生气。天快亮的时候,陈宝钥调派二十名标兵把守大门。到了晚上,鬼却从墙角出来,身长只有三尺多,头像车轮一样大,嘴像簸箕一样张着,两只眼睛睁开闭上闪动光芒,在地上蹒跚行走,冰冷之气阵阵袭人。士兵大喊发射炮弹、弓箭,但大炮点不起火来;检查箭袋里的箭,又发现没有一枝弓箭。鬼反而拿着弓回射,箭像雨一样密集,都从士兵头上掠过,也没伤人。士兵害怕地四处溃逃。

陈又延神巫作法驱遣,夜宿署中。时腊月严寒,陈甫就寝,鬼直诣巫卧所[①],攫去衾毡衣裤[②]。巫窘急呼救。陈不得已,出为哀祈。鬼笑曰:"闻此神巫乃有法者也,技止此乎?"遂掷还所攫。次日,神巫惭惧,辞去。自后署中飞炮掷瓦,晨昏不宁。或见墙覆栋崩[③],急避之,仍无他故。陈患焉。

【注释】
①诣:到。
②衾毡:衾被,毡毯。
③墙覆栋崩:指梁栋崩坏、房屋倒塌。栋,房屋的正梁。

【译文】
陈宝钥又延请巫师作法驱赶鬼怪,晚上就住在官衙中。时值腊月天气严寒，陈宝钥刚一睡下，鬼就直接到了巫师睡觉的地方，抢走了他的铺盖、衣服、裤子。巫师窘迫地连忙呼救。陈宝钥迫不得已，出来为巫师向鬼哀求。鬼笑着说："听说这个巫师是有道行的人，难道就这么一点本事吗？"于是抛回自己拿走的衣被。第二天，巫师惭愧害怕，请辞离去。此后，鬼在官衙中放炮弹、扔瓦片，搅得人们时时不得安宁。有人看见墙倒房塌，慌忙躲避，却没有发生别的事。陈宝钥为此提心吊胆。

嗣余有同年友刘望龄赴都①，取道青州，询知其故，谓陈曰："君自取患耳！天下之理，有阳则有阴。若不急于驱遣，亦未扰扰至此。"语未竟，鬼出谢之。刘视其狞恶可畏，劝令改易颜面。鬼即辞入暗室中，少选复出，则一国色丽人，云鬟靓妆，袅袅婷婷而至②。衣皆鲛绡雾縠③，亦无缝缀之迹。香气飘扬，莫可名状。自称为林四娘④，有一仆名实道，一婢名东姑，皆有影无形。惟四娘则与生人了无异相也。陈日与欢饮赋诗，亲狎备至，惟不及乱而已。凡署中文牒⑤，多出其手，遇久年疑狱，则为廉访始末⑥，陈一讯皆服。观风试士⑦，衡文甲乙悉当，名誉大振。

【注释】

①嗣：随后，接着。刘望龄：字尔三，泉州府同安县（今福建泉州同安区）人。清顺治八年（1651）辛卯科举人，顺治十五年（1658）戊戌科进士，授开封府推官，又左迁云龙州州判（《（乾隆）泉州府志》卷五三）。他和本文作者林云铭皆是顺治十五年进士，故称同年。

②袅袅婷婷：形容女子纤柔轻盈的体态。

③鲛绡：传说中鲛人所织的绡。泛喻薄纱。雾縠（hú）：细薄如雾的

轻纱。

④林四娘：明朝末年兴化府莆田县（今福建莆田）人。原本是秦淮
　歌妓，后成为衡王朱常庶的宠妃。为营救衡王带着娘子军攻打贼
　寇，英勇赴死，被后人称为"姽婳将军"。林四娘事迹传播较广，
　除了本篇记载外，还有王士禛《池北偶谈》卷二一、陈维崧《妇人
　集》、蒲松龄《聊斋志异》卷二等皆记其事，其内容略有不同。《红
　楼梦》中《姽婳词》也是歌颂林四娘的作品。

⑤文牒：文书，案卷。

⑥廉访：察访。

⑦观风：观察了解社会风气，以及施政得失。

【译文】

　　随后，与我为同榜进士的友人刘望龄去京城，路经青州，询问之下知道了原因，便对陈宝钥说："你是自找麻烦！天下的道理，有阳间的生人就有阴间的阴鬼。如果不是急着驱赶鬼，也不会被侵扰到这个地步。"话没说完，鬼就出来道谢。刘望龄看见鬼狰狞可怕，劝其变化容貌。鬼于是离开进入内室中，没一会儿又出来，则是个容貌冠绝一国的美女，头发如云、妆容精致，纤柔轻盈地走了过来。她的衣服都是珍贵的薄绢轻纱，也没有缝纫拼合的痕迹。她浑身香气飘散，说不出是什么味道的香。她自称是林四娘，有一个仆人叫实道，一名婢女叫东姑，都只有影子没有形体。只有林四娘和活人并无差别。陈宝钥每天和她欢快地饮酒赋诗，亲近备至，唯独未发展到淫乱的地步。只要是官衙中的公文，大多出自林四娘的手笔，遇到积年疑案，她就去察访案情的来龙去脉，而陈宝钥只需要审讯一次就能使众人信服。她观察风情、考核士人，衡量文章高下都十分得当，陈宝钥在她的帮助下得以名声大振。

　　先是陈需次燕邸①，贷京商二千缗②。商急索，不能应，议偿其半，不允。四娘出责之曰："陈公岂负债者？顾一时

力不及耳。若必取盈，陷其图利败检③，于汝安乎？我鬼也，不从吾言，力能祸汝！"京商素不信鬼，笑曰："汝乃丽人，以鬼怖我。若果鬼也，当知我在京庐舍职业。"四娘曰："庐舍职业，何难详道？汝近日于某处行一负心之事，说出恐就死耳。"京商大骇，辞去。陈密叩商所为，终不泄，其隐人之恶如此。

【注释】

①需次：旧时指官吏授职后，按照资历依次补缺。燕邸：旧时官员在京城的府邸。

②缗：穿钱的绳子。借指成串的铜钱，亦泛指钱。

③败检：失于约束，败坏操行。检，品行操守。

【译文】

先前，陈宝钥在京城府邸等待补缺，借了京城某个商人两千贯钱。商人急着讨债，陈宝钥还不了，商量着先还一半钱，商人不同意。林四娘出来责备商人说："难道陈公是欠钱不还的人吗？只是一时还不上罢了。如果你一定要多收钱，让他陷入贪图钱财、败坏操行的境地，你能心安吗？我是鬼，不听我的话，我可以降祸给你！"京城商人向来不信鬼神，笑着说："你只是美人，扮鬼来吓我。如果你果真是鬼，应当知道我在京城的宅舍、职业。"林四娘说："详细地说出你的宅舍、职业有什么困难？你最近在某个地方做了一件有违良心的事，说出来恐怕可以置你于死地。"京城商人大为惊骇，告辞离开。陈宝钥私下寻问商人做了什么，林四娘始终没说出来，她就像这样隐瞒别人所做的恶事。

　　性耽吟咏，所著诗，多感慨凄楚之音，人不忍读。凡吾闽有访陈者，必与狎饮。临别辄赠诗，其中庾词①，日后多验。有一士人悦其姿容，偶起淫念。四娘怒曰："此獠何得无礼？"喝令杖责。士人欻然仆地^②，号痛求哀，两臂杖痕周匝。举坐为之请，乃呼婢东姑持药饮之，了无痛苦，仍与欢饮如初。

【注释】

①廋（sōu）词：隐语。须经猜想推测才能得知，犹如谜语。

②欻（xū）然：忽然。

【译文】

林四娘生性沉迷诗词，所写的诗，大多是感伤凄楚的格调，让人不忍卒读。只要有福建人去拜访陈宝钥，林四娘必定和他们一起纵情喝酒。临别之时便赠送诗歌，诗中写的隐语，日后多有应验。有一个读书人，喜欢她的姿态仪容，偶然间起了淫念。林四娘愤怒地说："这个畜生怎么敢如此无礼？"大声命令人用杖刑责罚他。读书人突然跌倒在地，号啕痛哭乞求哀怜，两条手臂遍布杖责的痕迹。在座的人都为他求情，林四娘才喊婢女东姑拿药给他喝，读书人一点儿痛苦也没了，依旧像开始那样开心饮酒。

　　初，陈叩其为神始末^①，答曰："我莆田人也，故明崇祯年间，父为江宁府库官^②，逮系下狱^③。我与表兄某悉力营救，同卧起半载，实无私情。父出狱，而疑不释。我因投缳以明无他^④，烈魂不散耳。与君有桑梓之谊而来^⑤，非偶然也。"计在署十有八月而别，别后陈每思慕不置。康熙六年，陈补任江南驿传道^⑥，为余述其事，属记之^⑦。

【注释】

①神：此处指鬼，有敬称的意味。

②江宁府：治所在今江苏南京。明代称应天府，清顺治二年（1645）改称江宁府。

③帑（tǎng）：古代指钱财。

④投缳（huán）：上吊，自缢。

⑤桑梓之谊：同乡之情。

⑥驿传道：明、清时设置，明代按察司多以副使或佥事一人管理本省的驿传事务，称为驿传道，唯江西、河南、四川以屯田道兼之。据《（乾隆）江南通志》卷一〇五记陈宝钥"福建人，康熙六年以驿传道兼任"扬州钞关。

⑦属：嘱咐。

【译文】

陈宝钥询问她变成鬼的来龙去脉，林四娘回答说："我是莆田县人，在先朝崇祯年间，我父亲担任应天府管理府库钱财的官员，因拖欠府库钱财而被关进牢房。我和表兄某全力营救，同卧同起半年时间，但实际上并没有私情。父亲出狱后，疑窦难消。我于是悬梁自尽以明我们并无私情，贞烈之魂没有散去。因为和你有福建同乡之情故而来此，并非偶然的缘故。"林四娘在官衙停留十八个月才辞别，她离开后陈宝钥每每心中怀念，不能放下。康熙六年，陈宝钥补授江南驿传道，向我讲述这件事，嘱托我记下此事。

林子曰：《左氏传》言涉鬼神①，后儒病其诬。余窃疑天下大矣，二百四十余年中②，岂无一二人出于见闻所不及乎？今陈公绿厓，正士也，非能造言语者。且吾乡士人，往往有亲见之者。王龙谿云③："神怪之事，圣人不语。力与乱明明是有,怪与神岂得云无④?"鬼能见形预人事,不可谓非神怪矣。然强魄暂留人间,终归变灭,不能久存。是在精气为物、游魂为变之外⑤,非可以常理推究。言有言无,皆惑也。此圣人所以不语也夫?

【注释】

①《左氏传》:即《左传》,又称《春秋左氏传》或《左氏春秋》。编年体史书,相传是春秋时鲁国史官左丘明为《春秋》做注解的一部史书。它叙事详明,文笔优美,被奉为儒家经典之一。

②二百四十余年:《左传》所记时限一般认为是始自鲁隐公元年(前722),迄于鲁哀公二十七年(前468),共二百五十五年。《春秋》记述自鲁隐公元年(前722)至鲁哀公十四年(前481),共二百四十二年。

③王龙谿:王畿,字汝中,号龙谿,绍兴府山阴(今浙江绍兴)人。明代思想家。师事王守仁,是王门七派中"浙中派"创始人,提倡四无说。

④"神怪之事"几句:王畿《龙谿王先生全集》卷七《新安斗山书院会语》记:"此是神怪之事,夫子所不语。力与乱分明是有,怪与神岂得谓无?"圣人不语,指孔子不言怪力乱神,即不说怪异、勇力、叛乱、鬼神之事,见《论语·述而》。

⑤是在精气为物、游魂为变之外:"精气为物,游魂为变"出于《易经·系辞传》,指阴阳二气凝聚而生万物,精气离开物形则生变为死。精气,阴阳凝聚之气,古人认为是生命赖以生存的因素。游魂,浮游的精魂,即消散的精气。

【译文】

林云铭说:《左传》记事涉及鬼神,后世儒生诟病它妄言。我私下里觉得天下之大，两百四十多年中，难道没有一两个人可以经历平常碰不到的事情吗？如今的陈宝钥是个正直之士，并非能编造事实的人。况且我家乡的读书人，常有亲眼看见鬼的。王徽说："孔子不谈论鬼神、怪异之事。但勇力和叛乱明明存在，神鬼和怪异怎么会没有呢？"这个鬼能现身并预测人间的事情，不能说不是神鬼、怪异了。然而强大的魂魄暂时留在人间，终归会变化消失，不能长久存在。因此阴阳二气凝聚而生万物、精气离开物形由生变死以外的事情，不是常理能推算出来的。说有或者没有，都让人感到疑惑。这就是孔子不去谈论的原因吧？

张山来曰：先君明季时客楚抚军署中①，宾客杂遝②，室无空虚。旁有园，扃镯甚固③。先君谓众客曰："曷不迁入此中，俾稍稍舒眉乎④？"或答曰："此内有鬼，是以未敢耳。"因询其状，乃知前抚军有女，及笄而死⑤，遂葬此中。每际清风明月，辄见形于回廊曲槛间，徘徊徙倚⑥，如不胜情。人惧其为祟⑦，故常扃之。先君大喜曰："审若是，是固我所祷祀而求者也！"遂请独居其内，日以二小童给侍，夜则遣去，冀有所遇，而卒无所见闻。事载《天山楼随笔》⑧。今林四娘独能变现若此，则又何也？岂必无罪而冤死者乃能为厉耶⑨？

【注释】

①先君：指张潮已去世的父亲张习孔。抚军：官名。明、清时巡抚的别称。巡抚明朝时为临时性差役，以京官巡抚地方，在清朝是地方军政大员之一。

②杂遝（tà）：拥挤杂乱的样子。

③扃镯（jiōng jué）：门闩锁钥之类。

④俾（bǐ）：使。

⑤及笄（jī）：指女子到了可以许配或出嫁的年龄。笄，发簪。古代女子年满十五岁而束发加笄，表示成年。

⑥徙倚：徘徊，来回地走，逡巡。

⑦祟：迷信说法指鬼神给人带来的灾祸。

⑧《天山楼随笔》：据此或为张习孔的著作，惜今未见著录。

⑨为厉：变为恶鬼。

【译文】

张潮说：先父在明朝末年到楚地某巡抚官署中做客，宾客拥挤杂乱，没有空余的房间。旁边有个园子，门锁锁得相当牢固。先父对众位宾客说："为什么不迁居到这个园子里，让自己住得稍微舒心点呢？"有人说："这里面有鬼，因此不敢。"于是问鬼的样子，才知道前任巡抚有个女儿，及笄那一年死去，便埋葬在园中。每逢清风明月，她就在回廊曲栏之间显出身形，徘徊逡巡，悲伤地好像控制不住自己的情感。人们怕她作祟，所以经常锁着门。先父大喜说："如果真的有鬼，就是我以前祈祷着想要找的地方！"于是请求一个人住在里面，每天让两个童子服侍，晚上就让他们出去，他希望可以遇到鬼，但到最后也没有看见。这件事情记载在《天山楼随笔》中。唯有林四娘能变化现身到这种地步，又是为什么呢？难道一定要无罪冤死的人才能成为厉鬼吗？

乞者王翁传

徐芳（仲光）①

洒口王氏②，樵郡大姓也③。其先世某翁，尝行乞至拏口陈长者家④。日尚早，小憩门首。有顷户启，一小鬟捧盆水⑤，向外倾洒去。有声铿然，随水堕地，视之，金钏也⑥。翁大喜，复念此钏必主妇洗妆置盆中，而鬟不知，倘主妇索钏不得，而疑鬟盗，或挞之急，且有变。吾贫人，横得重资⑦，未必能享，而贻鬟累，以至不测，大不祥。遂留以待。久之，微闻户内喧声，似有所诃责。斯须⑧，前鬟出，流血被面，望溪便掷。翁急前，持抱问故。鬟掷愈力，曰："主妇失钏，而枉予盗。予何处得钏？与挞死，宁溺死！"翁曰："然，钏在，毋恐。"乃出诸袖中，俾持入，且曰："待子于此久矣。"鬟入报，主妇以为谩⑨，遣僮出问翁，具以实对。

【注释】

① 徐芳：参见卷四《神钺记》注释。本文选自徐芳文集《悬榻编》卷三。《悬榻编》，六卷，书名得自汉代陈蕃悬榻以待徐稚的典故。徐芳入清隐居不仕，品行高洁。南城县令苗蕃敬重徐芳，遂为他建造居所，并命名为悬榻居，还为其选刻文集，遂有《悬榻编》问世（苗蕃《悬榻编序》）。该书记录了一些有关明末史事的传记，并记载了一些乡曲无闻之士。

② 洒口：地名，在邵武府（今福建邵武）东南部、紫云溪（今富屯溪）北岸。今改名作晒口。

③ 樵郡：邵武府的别称，得名于境内的水流樵川，故邵武又有樵川、樵阳等称呼。清张三异《来青园文集·重修八角楼序》"樵郡，居闽上游，八角楼为郡巨观。"又如《（嘉靖）邵武府志》卷九："故福山为樵郡胜迹之最。"徐芳故乡南城县距离邵武府有一百多里，他曾在邵武居留，与当地读书人交往，如徐芳《樵城箕仙纪》记"樵川诸生吴君"，文中又记"樵"人危允藏。

④ 挐（ná）口：地名，位于邵武府东南部、紫云溪东岸，明代在此地设

拏口驿。今称拿口镇。长者：显贵的人。

⑤鬟：丫鬟，指婢女。

⑥金钏：金镯子。

⑦横：无缘无故。

⑧斯须：片刻，一会儿。

⑨谩（mán）：欺骗，蒙蔽。

【译文】

洒口王氏，是邵武府的世家大族。他们的祖先王翁，曾经到拏口陈姓贵人家行乞。天色尚早，就在他们门口稍作休息。过了一会儿门开了，一个小丫鬟端着盆水，向外倒水。有东西发出响亮的声音，随着水流掉在地上，王翁一看，是个金镯子。王翁非常高兴，又想到这个金镯肯定是女主人梳洗的时候掉到盆里，小丫鬟没察觉，倘若女主人寻找不到金镯，而怀疑丫鬟盗窃，可能会严厉鞭打她，甚至引发变故。我是穷人，无缘无故得到一大笔钱，未必能够享受，但连累到丫鬟，让她遭受灾祸，非常不吉利。于是留下来等待事态发展。过了很久，他隐约地听见房子里有喧闹的声音，好像有责骂之声。一会儿，此前出现的丫鬟出来了，血流满面，奔向小河就要投水自杀。王翁急忙上前，抱住她问原因。丫鬟越发用力地往下跳，说："女主人丢了个金镯，冤枉我偷了。我从哪里偷金镯？与其被打死，还不如跳河淹死！"王翁说："原来是这样。金镯在我这里，不要害怕。"于是从袖子里拿出金镯，让丫鬟拿进去，并且说："我在这里等你很久了。"丫鬟进去回禀，女主人以为丫鬟骗她，派僮仆出来问王翁，王翁据实以对。

事闻长者，长者曰："世安得有此人？"亟召入，居然壮男子也。因问："若能为我任奔走乎？"对曰："幸甚！"于是使司门户稽察，辄胜任。则又使出入市买，征责租课①，又辄称。长者益喜,遂以前鬟妻之,而使主庄佃某所。翁益殚竭心力以谨恪报②。长者知翁可任,益亲爱,待以家人礼,诸钱谷会计之重要者③,悉以寄之。

【注释】

①租课:赋税。

②谨恪:指对工作谨慎恭敬。

③会计:管理财物及其出纳等事。

【译文】

陈姓贵人听说这件事,说:"世上怎么会有这样的人?"急忙召他进来,见他竟然是一个壮年男子。因此问道:"你能为我奔走效力吗?"王翁回答说:"荣幸之至!"于是让他担任门户检查工作,他能胜任这个职务。就又让他进出集市进行交易,负责征收租税,又能做好这个职务。陈姓贵人越发高兴,于是把之前的丫鬟配给他当妻子,又让他掌管某个庄园的耕作事宜。王翁越发殚心竭力地谨慎工作来回报对方。陈姓贵人知道王翁可以任用,越发亲近爱重他,用家人之礼对待他,将管理财物粮食等重要的事都托付给了他。

翁任事既久,橐渐裕①,而所娶鬟生数子,皆颖敏。既长,使之分道商贩,遂大富,致产巨万。翁乃谢陈氏事,携鬟与子归洒口,为素封家②。享年耄耋③,孙、曾辈读书为诸生者十余人,翁皆及亲见之,今门第人文之盛,与陈颉云④。

【注释】

①橐(tuó):指钱袋。

②素封:无官爵封邑而富比受有封邑的人。

③耄耋（mào dié）：年纪很大，高寿。一般指八十至九十岁。

④颉（xié）：不相上下。

【译文】

王翁做事时间长了，钱袋渐渐丰裕，所娶的丫鬟生了几个儿子，都很聪明。等到儿子长大了，让他们去不同的地方做生意，于是家财变得极其富有，积累了百万家产。王翁便辞去陈家的事情，带着妻子和儿子回到洒口，成为虽无官爵封邑却富比封君的家室。他活到了八九十岁，孙辈、曾孙辈读书做秀才的有十几个，王翁都赶得上亲眼看见，今天他家门第显要且人才兴盛，可以和陈家相提并论。

噫①！一乞人得金镮值数十金②，可以饱矣，返之奚为哉？

愚山子曰："翁非特廉也，仁且智也：其不取非有，廉也；逆计主妇之重责鬟③，鬟急且死，而候其出救之，以白其枉而脱其祸，仁也；救鬟得鬟，而免于乞，智也。使翁匿镮而往④，十数金止矣，卒岁之奉耳，视此所得孰多乎？方其逡巡户外时，岂尝计及此哉？而报随之，谓天之无心，又安可也？今之读书明礼义，据地豪盛，长喙铦距⑤，择弱肉而食之，至于冤楚死丧，宛转当前而不顾者，盖有之矣。况彼遗而我遇，取之自然者乎！吾故不敢鄙夷于乞而直翁之。夫乞而贤，即翁之可也。"

【注释】

①噫：表示惊异或悲痛、叹息。

②镮（huán）：镯。

③逆计：预测。

④匿：藏。

⑤长喙铦(xiān)距：长嘴利爪，形容像猛鸷般用喙爪剥削民众、欺凌
弱小。铦，锋利。距，雄禽爪子后面突出像脚趾的部分，此指爪子。

【译文】

噫！一个乞讨之人得到价值几十两的金镯，足可填饱肚腹了，还回
去做什么呢？

徐芳说："王翁不仅仅是廉洁，还有仁德和智慧：他不拿不是自己的
东西，是廉洁；推想女主人会重罚丫鬟，丫鬟焦急寻死，然后等丫鬟出来
救她，昭雪她的冤屈并帮她脱离祸事，是仁德；救丫鬟并得娶丫鬟为妻
子，不再乞讨，是智慧。假使王翁偷藏金镯然后离开，就只能得到几十
两，不过一年的俸禄罢了，相比如此做所能得到的，哪个更多呢？当他在
房子外面徘徊时，难道曾经想到这一点吗？但是回报随之而来，说老天
没有存心，又怎么可以呢？如今攻读诗书并学习礼仪仁义、雄踞地方的
豪强，像猛鸷般用喙爪剥削民众、欺凌弱者，导致他人陷入冤屈痛楚并最
终死亡，就算人在面前回旋徘徊也不会多看一眼，这种情况也是有的。
何况对方丢了我捡到了，这是自然而然得到的呢！我因此不敢鄙夷王翁
做过乞丐而是尊敬他。身为乞丐却有德行，王翁应当被认可。"

　　或曰："王氏，大姓也，而其祖贫至于乞，此其子孙之所
深讳，而子暴之①，无乃不可乎？"愚山子曰："不然！人惟其
行之可传而名，亦惟其品之可尊而贵。名与贵不关其所遭，
关其人之贤不肖也。若翁之所行，是古之大贤，王氏子孙
当世世师之，又奚讳乎？师其廉仁且智者，以穷则守身，而
达则善世②，何行之弗成焉？乞宁足讳也？彼行之不道，虽
荣显贵势③，若操、莽、悖、卞、杞、桧之流④，乃真乞人之所不
为，而其子孙所羞以为祖父者也！"

【注释】

①暴：揭露，显露。

②善世：为善于世。

③荣显：荣华显贵。贵势：位高有权势。

④操、莽、惇、卞、杞、桧之流：曹操、王莽、章惇、蔡卞、卢杞、秦桧等人，皆是位高权重的奸臣。

【译文】

有人说："王氏，是豪门大族，但他们的祖先贫困到要去乞讨，这是他的子孙极力避讳的事情，你却把它揭露出来了，难道不是不该这样做吗？"徐芳说："不是这样的！人只有因行为值得传扬而享有名声，也只有因品性值得尊敬而变得尊贵。名声和尊贵无关于人的际遇，而关系于这个人贤能与否。如果王翁做的事情，和古代圣贤一样，王氏子孙应当世世代代效法学习，又有什么可避讳的呢？效法祖辈的廉洁、仁德、智慧，贫穷时则保持节操，荣达时则为善于世，做事情有什么不会成功呢？乞讨为生的经历难道值得避讳吗？他的行为不符合道义，即使拥有荣华富贵、滔天权势，像曹操、王莽、章惇、蔡卞、卢杞、秦桧之辈，才是真正的乞丐也不会做的，他的子孙也会因他是祖父而羞耻！"

　　张山来曰：东坡有言①："上可以陪玉皇大帝，下可以陪卑田院乞儿②。"然则可以陪乞儿者，皆足以陪玉帝者也。盖乞人一种，非至愚无用之流，即具大慈悲而有守者，不屑为倡优隶卒③，不肯为机械以攫人财④，不得不出于行乞之一途耳。至王翁之高行，则又为此中翘楚矣⑤。

【注释】

①东坡有言：下文苏轼之语见于元陶宗仪《南村辍耕录》卷二十所引。

②卑田院：即悲田院，收养鳏寡孤独的穷人的场所。宋代曾慥《类说·事始》："开元中，京城乞儿官为置病坊，给廪食，近代改为悲田院，或曰养病院。"

③倡优隶卒：都是身份低贱的职业。倡，娼妓。优，优伶。隶，衙役、捕快之类。卒，走卒。

④机械：巧诈，机巧。

⑤翘楚：比喻杰出的人才。

【译文】

　　张潮说：苏轼说过："上可以陪伴玉皇大帝，下可以陪伴救济院里的乞丐。"那么可以陪伴乞丐的人，都完全可以陪伴玉皇大帝了。大概乞丐这类人，不是愚笨至极的无用之人，就是具有大慈悲和操守的人，他们不屑于做低贱之事，不肯做巧诈的事来攫取别人钱财，不得不走上行乞这条路。至于王翁的高尚行为，又是乞丐中的杰出之人。

雷州盗记

徐芳（仲光）①

　　雷于粤为最远郡②。崇祯初，金陵人某以部曹出守③，舟入江遇盗。知其守也，杀之，并歼其从者，独留其妻女。以众中一最黠者为伪守，持牒往④，而群诡为仆⑤，人莫能察也。抵郡逾月，甚廉干，有治状，雷人相庆得贤太守。其寮属暨监司使⑥，咸诵重之。未几，太守出示禁游客，所隶毋得纳金陵人只履，否者虽至戚必坐⑦。于是雷人益信服新太守乃能严介若此也⑧。

【注释】

①徐芳：参见卷四《神钺记》注释。本篇出自徐芳笔记小说集《诺
　皋广志》。又见于《悬榻编》卷四。

②雷：雷州府。明、清属广东省，治所在海康县（今广东雷州）。

③部曹：京师各部属官的统称。出守：指出任雷州知府。守，州郡的
　长官，明、清常称作知府。

④牒：指任命知府职务的公文，即官牒。

⑤诡：假冒，欺诈。

⑥寮属：属官。监司使：负责监察地方官吏的官员的总称。

⑦坐：犯罪，判罪。

⑧严介：严肃耿介。

【译文】

　　雷州府对广东省来说是最远的府。崇祯初，南京人某某以部曹的
身份出任雷州知府，船进入长江时遇到强盗。强盗知道他是知府，杀了
他，并杀死跟从他的人，只留下他的妻子、女儿。让强盗中最狡猾的一个
人假扮知府，拿着官牒前往雷州，其他强盗假充仆人，没有人察觉到他们
的欺骗行为。假知府抵达雷州府一个多月，相当廉洁干练，做出了一些
政绩，雷州人相互庆贺得到了一个好知府。知府属官和监察官员都称颂
重视他。没过多久，假知府出告示制止外来游客前来，雷州府管辖的区
域尤其不得允许南京人踏入，违反禁令的话，即使是至亲也要予以治罪。
因此雷州人越发信服新知府，觉得他居然严肃耿介到这种地步。

　　亡何，守之子至，入境，无敢舍者。问之，知其禁也，心
惑之。诘朝①，守出，子道视，非父也，讯其籍里名姓，则皆
父。子悟曰："噫！是盗矣！"然不敢暴语，密以白监司使。

监司曰:"止! 吾旦日饭守而出子②。"于是戒吏,以卒环太守舍,而伏甲酒所。旦日,太守入谒,监司饮之酒,出其子质,不辨也。守窘,拟起为变,而伏甲发,就坐捽之③。其卒之环守者,亦破署入。贼数十人卒起格斗④,胥逸去⑤,仅获其七。狱具如律⑥,械送金陵杀之⑦。于是雷之人乃知向之守,非守也,盗云。

【注释】

①诘朝:第二天清晨。

②旦日:明天,第二天。

③捽(zuó):揪,抓。

④卒:后多作"猝",急迫,仓促。

⑤胥(xū):跟从,相随。

⑥狱具:罪案已定。

⑦械送:加刑具押送。

【译文】

　　没过多久,真知府的儿子来了,他进入雷州府境内,没有人敢留宿他。真知府儿子一问,知道了这项禁令,心里感到疑惑。第二天早上,假知府出行,真知府的儿子在路边一看,发现不是自己的父亲,向人询问假知府的籍贯姓名,却都是父亲的籍贯姓名。真知府的儿子恍然大悟说:"啊! 他是强盗!"然而却不敢说出来,他私下告诉监察官员。监察官员说:"别说了! 我明天请假知府吃饭,然后你再出来。"于是告诫手下的官吏,让士卒包围了假知府居住的房子,并且派披坚执锐的士兵埋伏在喝酒的地方。第二天,假知府前来谒见,监察官员请他喝酒,让真知府的儿子出来对质,假知府认不出"儿子"。假知府很窘迫,想要起来应付巨变,但埋伏的士兵行动了,在他坐着的时候就抓住他。包围知府官邸的士兵,也破门而入。几十个强盗,仓促之下起来格斗,后来相继逃跑,士兵只抓住了其中七个。按律将他们定罪,并戴上刑具送到南京处斩。于是雷州人才知道之前的知府不是真知府,而是强盗。

东陵生闻而叹曰[①]:"异哉!盗乃能守若此乎?今之守非盗也,而其行鲜不盗也,则无宁以盗守矣!其贼守,盗也;其守而贤,即犹愈他守也。"或曰:"彼非贤也,将间而括其藏与其郡人之资以逸[②]。"曰:"有之。今之守亦孰有不括其郡之藏若赀而逸者哉?"愚山子曰:"甚哉,东陵生言也!推其意,足以砥守。"

【注释】

①东陵生:未详其人。徐芳《悬榻编》仅有本篇提及此人,依下文的愚山子(徐芳别号)曰:"甚哉,东陵生言也!"或系作者假托之人名,借此人之语兴发感慨。

②括:搜求,搜括。

【译文】

东陵生听说这件事后叹息说:"怪异啊!强盗做知府竟能做到这样吗?今天的知府不是强盗,但他们的行为却少有不是强盗行径的,那还不如让强盗做知府呢!那个强盗知府,本身是强盗;强盗身为知府却极为贤明,仍能超过其他知府。"有人说:"强盗知府并非贤明,他会趁机搜罗府库和府县百姓的资产以逃跑。"回答说:"有可能。今天的知府谁不是搜刮府县的钱财准备逃跑呢?"徐芳说:"东陵生说得太好了!推求他的意思,足够磨砺现在的知府。"

张山来曰:以国法论之,此群盗咸杀无赦;以民情论之，则或尽歼群从，而宽其为守之一人，差足以报其治状耳。若今之大夫，虽不罹国法^①，而未尝不被杀于庶民之心中也。

【注释】

①罹（lí）：遭受，触犯。

【译文】

　　张潮说：依据国法来论罪，这群强盗都要处死而不能赦免；依据民情判断，或许该处死所有跟随的强盗，只宽赦假扮知府的那一个强盗，大概足够报答他治理府县的功绩了。像今天的官吏，即使不犯国法，也不是没被老百姓在心中想着处以死刑。

花隐道人传

朱一是（近修）^①

　　道人姓高氏^②，名晛，字公旦。其先晋人也^③，商于扬，家焉。至道人，贫矣，徙商而读。顾读异书，不喜沾沾行墨^④，能以己意断古今事。见世窃儒冠目瞆瞆然者^⑤，弃去，羞与伍。慕朱家、郭解为人^⑥，尚侠轻财，急人困。然砥行^⑦，慎交游。里中少年有不逞者^⑧，始畏道人知，既事蹶张^⑨，则又求道人。道人予其自新，亦时援手，故扬人倾心。四方贤豪来者，闻道人名，多结欢焉。

【注释】

①朱一是：参见本卷《鲁颠传》注释。此篇选自朱一是作品集《为

可堂集》。《千顷堂书目》等著录《为可堂集》十卷,今存清钞本《为可堂集》仅一卷。又见引于王晫《文津》卷下。

②道人:有极高道德的人。

③晋:周朝诸侯国晋国,泛指今山西一带。

④沾沾:执着,拘执。行墨:文字或诗文。

⑤儒冠:代指儒生。瞆瞆(kuì)然:看不见的样子。这里指糊涂,不明事理。

⑥朱家:秦汉之际的鲁国侠士,以能助人之急而闻名。郭解:字翁伯,河内轵(今河南济源东南)人,西汉时期的游侠,行侠仗义,后举族被诛。

⑦砥行:砥砺品行,修养道德。

⑧不逞者:因失意而胡作非为的人。

⑨蹶(jué)张:勉力支撑。这里指事情不可收拾。

【译文】

道人姓高,名晓,字公旦。他的祖先是山西人,在扬州做生意,遂定居于此。到了道人这一代,家境贫困,舍弃经商而攻读诗书。他只喜欢读奇书,不喜欢束缚于文字笔墨,能按照自己的想法去评价古今之事。看到世上那些假借儒士身份却不明事理的人,就离之而去,羞于与之为伍。他仰慕朱家、郭解等侠客行为,崇尚侠义,轻视钱财,急人所困。但是又砥砺自己的品行,谨慎结交友人。乡里有个因失意而胡作非为的少年,开始害怕道人知道自己的事,等到事情不可收拾,又向道人求救。道人给了他改过自新的机会,又经常施以援手,所以扬州人都尊敬道人。来到扬州的各地豪杰,听闻道人的名声,大多去和他交好。

甲申①,知乱将作,移家避南徐②。时阃帅鳞集江上③,争罗致道人幕下。道人知事不可为,蠖伏自污④,卒得以全。乙酉,扬中兵祸惨,民鸟兽散⑤。道人独先众入城访亲知,吊死扶伤,阴行善多。然道人是时感念深矣。自以遭时变乱,年壮志摧,流离困折,无复风尘驰骤之思⑥。乃筑室黄子湖中⑦,弃其鲜肥素习⑧,衣大布衣,箨冠草履⑨,曳杖篱落间⑩。挽渔父牧儿与饮,饮辄醉,放歌湖滨,湖水为沸扬,似鸣不平者⑪。

【注释】

①甲申:明思宗朱由检崇祯十七年(1644),李自成率军入主北京,崇祯皇帝自尽,明朝灭亡,史称甲申之变。同年,清军入关,建立清朝,为顺治元年。

②南徐:古代州名,即今江苏镇江。明、清时此地称作镇江府。

③阃(kǔn)帅:地方上的军事统帅。

④蠖(huò)伏:像尺蠖一样屈伏。蠖,尺蠖,体柔软细长,屈伸而行。

⑤"乙酉"几句:清顺治二年乙酉岁(1645),据王秀楚《扬州十日记》、计六奇《明季南略》记载,史可法率领扬州百姓阻挡清军南侵,守卫战失败之后,清军对扬州城内百姓展开为期十日的大屠杀,史称"扬州十日"。

⑥风尘:尘世,纷扰的现实生活境界。驰骤:驰骋,在某个领域纵横自如,有所成就。

⑦黄子湖:湖名,在今江苏扬州邗江区西北。东通扬州古邗沟,西至古邗沟入淮河的末口。

⑧鲜肥:鱼肉类美味肴馔。

⑨箨(tuò)冠:竹皮冠。用竹笋皮制成的帽子。

⑩篱落:篱笆。

⑪鸣不平:对不公平的事情表示愤慨、抗议。语见韩愈《送孟东野序》:"大凡物不得其平则鸣。草木之无声,风挠之鸣。水之无声,风荡之鸣。"

【译文】

崇祯十七年,道人知道大乱将作,于是搬家,避居到镇江府。当时地方上的军事统帅像密集的鱼鳞般群聚在长江上,争相网罗道人去自己帐下。道人知道这种事情不能做,便像尺蠖一样屈伏,自污声名,最终得以保全。顺治二年,扬州城中兵祸惨烈,百姓像鸟兽一样逃散。道人先于众人独自进城访问亲戚朋友,吊问死者,助扶伤者,暗中做了很多善事。然而这时道人感慨很深。自从遭遇时局变乱,正当壮年却志向摧颓,流离失所且困顿挫折,已经没有了在乱世尘俗中大展拳脚的想法。于是在黄子湖中建造房屋,抛弃美味佳肴和往日习惯,身穿粗布衣服,戴着竹皮冠,脚穿草鞋,拄着拐棍行走在篱笆墙间。拉着渔夫、牧童一起喝酒,一喝酒就醉,便在湖边放声歌唱,湖水为之翻腾激扬,好像发出不平之声。

未几,岁大涝①,居沉于水。道人曰:"未闻巢父买山而隐②,独支遁见讥耶③。古之大隐,有隐市者,吾何为不然?"爰走扬城东南隅④,卜地宅之,躬荷锸拨瓦砾⑤,结庐数楹。一几一榻,张琴列古书画。携一妻二子婆娑偃息其中⑥,陶陶然乐也。

【注释】

①大涝:雨水泛滥成灾。

②未闻巢父买山而隐:唐尧时有个隐士不求荣利,在树上筑巢而居,时人称作巢父。

③独支遁见讥耶:支遁,字道林,东晋高僧。据《世说新语》记载:"支道林因人就深公买印山,深公答曰:'未闻巢、由买山而隐。'"

④爰:于是。

⑤锸(chā):古代掘土用的工具。铁锹。

⑥婆娑：逍遥自在。

【译文】

没过多久，遇到雨水泛滥成灾，房子沉到了水中。道人说："没有听说过巢父买山隐居的，只有支遁被嘲笑的事情呀。古代的大隐士，有隐居在市集中的，我为什么不这样做呢？"于是到扬州城东南角，选择地方去造房屋，亲自扛着铁锹拨开瓦砾，造了几间房屋。屋内一张桌子，一张床榻，还摆放着琴和古代书画。道人带着妻子和两个儿子逍遥自在地在里面睡卧止息，其乐陶陶。

宅旁筑匡墙①，围地数亩，植菊五百本。一仆长须赤脚，善橐驼之术②，道人率之艺植灌溉。夏日当午，虫有长颈乌喙寇菊颠者③，秋有白皙如蚕唼菊根者，必伺而攻去之。二为渠魁④，他虫种种咸治无赦。道人察其患害，而保护朝夕，故菊茂于常。始自蓓蕾以及烂熳⑤，其列也如屏，散也如星，叠也如锦；其色如玉，如金，如霞，如雪；其味如元酒⑥；其香如蘅蕳⑦。道人洞开其门，门如市；虚辟其堂，堂如肆。往来如织，观者如堵⑧。不见主人，见其扁额曰"花隐"，咸谓之花隐道人，若忘其昔之为高公旦者。

【注释】

①匡墙：围墙。匡，"框"的古字，边框，围子。

②橐驼之术：高明的栽培技艺。典出柳宗元《种树郭橐驼传》。

③喙（huì）：嘴。寇：劫掠，侵犯。

④渠魁：旧指武装反抗集团或敌对方面的首脑。

⑤烂熳：同"烂漫"，鲜花盛放时的杂乱繁多、色泽绚丽貌。

⑥元酒：玄酒。指淡薄的酒。元，避清康熙帝"玄烨"名讳而改

　　"玄"作"元"。

　　⑦蘑（zhān）蔔：植物名，以花香闻名。产西域，色黄，香浓，树身高大。

　　⑧观者如堵：观看的人如同砌起一道墙壁。形容观众很多。

【译文】

　　房子边修筑了围墙，围了几亩地，种了五百多棵菊花。家里有一个留着长胡子赤着脚的仆人，擅长种植之术，道人带着仆人一起种植灌溉。夏天正午，有长颈黑嘴侵食菊花顶部的虫子，秋天有颜色洁白像蚕一样吞吃菊花根部的虫子，必定等在一旁伺机进犯菊花。这两种虫子是最大的祸患，其他各种虫子都被治理杀死。道人看到菊花受到侵害，就朝夕保护它，所以他家的菊花比普通菊花长得茂盛。园中的菊花从含苞待放到绚烂盛放都有，完全开放的像屏风，花瓣发散的菊花像星星，叠在一起的菊花像锦绣；颜色像美玉，像黄金，像彩霞，像白雪；味道像淡酒；香气像蘑蔔。道人打开大门，门庭喧闹如市；开放正堂，正堂热闹如街。往来的游人像织布的梭子一样穿梭不止，观看的人极多。人们看不到主人，只能看到房屋匾额上的"花隐"二字，都称他为花隐道人，好像忘记了他过去是高公旦这个人。

　　其友梅溪朱一是诮之曰[1]："子隐于花，则善矣。然花隐之名益著，得非畏影而走日中者耶？吾见子之愈走而影不息也！"道人嘻然，笑而不答。

【注释】

　　①梅溪：在嘉兴府梅里（今浙江嘉兴王店镇）。朱一是在明亡后避地梅里。梅里有源出天目山的长水相环绕，夹溪两岸皆种梅花，故围绕梅里的水有梅溪之名。因此，朱一是自言"梅溪朱一是"。

【译文】

　　他的好友梅溪朱一是打趣他说："你隐居于花中，的确很好。但是花隐的名声越来越大,莫不是害怕有影子而特意走到阳光底下了? 可我看你越往前走,影子越不会停止!"道人笑嘻嘻地不回答。

　　张山来曰:从来隐于花者,类多高人韵士,而菊则尤与隐者相宜。妙在全不蹈袭渊明只字①,所以为高。

【注释】
①蹈袭:因循,沿用。渊明:陶渊明,东晋诗人,性耽隐逸,喜爱菊花。
【译文】
　　张潮说:从来隐居在花中的,大多是高人雅士,而菊花尤其和隐士相匹配。好在完全不因袭陶渊明一个字,所以才是高人。

卷六

【题解】

　　本卷七篇作品写及十二个主要人物。《张南垣传》叙写园林建造大师事迹，《箫洞虚小传》描写制箫名匠，《黄履庄小传》中的主人公则是古代的科学家；《郭老仆墓志铭》《鬼孝子传》两篇中的人物身份相对简单；其余两篇则记录留名青史的人物。吴肃公《五人传》是一篇使人击节慨慕的妙文，洋溢着敢于反抗的斗争精神与不屈旨意。明末时，宦官专权，朝政腐败，有识之士有心改变时局，积极出谋划策，而苏州民间也涌现出一批心怀忠义之辈，他们为守护被阉党迫害的正义之士，决然殴打锦衣卫，毫不顾忌个人生死荣辱，在明朝末际发出各自最强硬的声音。文章从混乱的时局写起，系念时事的忠贞臣子们竟然遭到诬陷，相继被捕入狱，一开始便让读者诸君感受到难言的压抑感。当压抑超过心理负荷时，苏州百姓遂纷纷出走寻求宣泄的方法，于是文章很顺然地写道颜佩韦、马杰、沈扬、杨念如、周文元等人率众替周顺昌讨回公道。接着描写当权者与请愿者的冲突，一面是一味推诿的当权者，一面是群情激奋的百姓，矛盾很自然地被激化了。苏州百姓激于义愤而一发不可收拾，打死锦衣卫，追逐知府，虽是升斗小民，也愿心怀光明、寻找希望，纵使被斩街头，依然谈笑自若，其胸中义气怎能不使人叫好称绝！方苞《孙文正黄石斋两逸事》所记孙承宗、黄道周无愧于士人的名节，他们是那个时代的佼佼者。文章虽然对孙承宗运筹帷幄多次击退清军、最终英勇就义的事迹讳而不言，但对孙承宗直面阉党、忧民体国的精神赞叹有加。黄道周从容赴死的勇气、百折不挠的气节，及其傲然风骨足令贰臣汗颜。

张南垣传

吴伟业（骏公）[①]

张南垣[②]，名涟，南垣其字。华亭人，徙秀州[③]，又为秀州人。少学画，好写人像，兼通山水，遂以其意垒石[④]。故他艺不甚著，其垒石最工，在他人为之，莫能及也。

【注释】

①吴伟业：参见卷二《柳敬亭传》注释。据《虞初新志目录》此篇选自吴伟业《梅村文集》，今见于《梅村集》卷三八、《梅村家藏稿》卷五二。

②张南垣：明末清初造园家，注意园林与自然山水的浑然融合。他的事迹亦有黄宗羲《张南垣传》（《南雷文定》卷十）一文记载，系由吴伟业此文改写而成。

③秀州：古州名，五代天福四年（940）于嘉兴县置秀州，下辖嘉兴、海盐、华亭、崇德四县，包括旧嘉兴府（除海宁外的今嘉兴地区）与旧松江府（上海吴淞江以南部分）。南宋宁宗庆元元年（1195），因宋孝宗诞生于此，遂升为嘉兴府。明、清皆称嘉兴府，明属浙江承宣布政使司，清属浙江省。

④垒石：以石头堆砌假山。

【译文】

张南垣名叫涟，南垣是他的字。他本是松江府人，后来移居嘉兴府，所以又算是嘉兴人。他少时学画,喜欢描摹人像,又善画山水,于是用山水画的意境垒石造山。所以他的其他技术不怎么出名,垒石造山最为出色,其他做这一行的人,没有一个能比得上他。

百余年来,为此技者,类学崭岩嵌特①。好事之家,罗取一二异石,标之曰峰,皆从他邑辇至,决城闉②,坏道路,人牛喘汗,仅而得至。络以巨绠③,锢以铁汁,刑牲下拜④,劖颜刻字⑤,钩填空青⑥,穹窿岩岩⑦,若在乔岳⑧,其难也如此。而其旁又架危梁⑨,梯鸟道⑩。游之者钩巾棘履⑪,拾级数折,伛偻入深洞,扪壁投罅⑫,瞪盼骇栗。

【注释】

①类:大抵,大都。崭(zhǎn)岩:高峻的山崖。嵌特:指山石险峻突出。

②城闉(yīn):泛指城郭。闉,瓮城的城门。

③绠(gēng):粗绳索。

④刑牲:古时为了祭祀或盟约而杀牲畜。

⑤劖(chán):凿。

⑥钩填:书法术语。以较透明的纸蒙于法书上,先以细笔双钩,后用墨廓填。

⑦穹窿:也作穹隆。物体中间隆起而四周下垂的样子,泛指高起成拱形的东西。岩岩:高峻的样子。

⑧乔岳:本指泰山,后泛指高山。

⑨危梁:高架于山谷间的桥。

⑩鸟道:比喻险峻的山路,只有飞鸟可以通行。

⑪钩巾棘履:指攀爬险峻的假山时头巾被勾、鞋履被挂,形容行路艰难。

⑫罅:缝隙,裂缝。

【译文】

一百多年来，从事垒石造山技艺的人大都学着把假山造得高突险峻。修建园林的人家，往往搜罗到一两块异石，称作山峰，这些异石都用车从其他地方拉过来，挖开城墙，毁坏道路，车夫和拉车的牛都被累得气喘吁吁、汗流浃背，才得以运到。人们用粗大的绳索缠绕异石，用铁汁浇灌稳固，再像祭祀一样屠杀牲畜、下拜行礼，再在上面凿石题字，刻好之后在中间填上青色，使异石像高耸险峻的山峰，营造这种假山的难度大致如此。假山旁边险要处还要架上桥梁，铺设狭窄的山间小道。让来游玩的人的头上方巾不时被勾住，脚上的鞋履不时被挂到，拾级而上时经历多次曲折，弯着腰钻进深深的山洞，扶着山壁走进悬崖缝隙，令人惊愕瞠视、战战兢兢。

南垣过而笑曰①："是岂知为山者耶？今夫群峰造天，深岩蔽日，此夫造物神灵之所为，非人力可得而致也。况其地辄跨数百里，而吾以盈丈之址，五尺之沟，尤而效之，何异市人抟土以欺儿童哉？惟夫平冈小坂②，陵阜陂陁③，板筑之功可计日以就④。然后错之以石，棋置其间，缭以短垣⑤，翳以密筱⑥，若似乎奇峰绝嶂累累乎墙外，而人或见之也。其石脉之所奔注⑦，伏而起，突而怒，为狮蹲，为兽攫，口鼻含呀，牙错距跃⑧，决林莽，犯轩楹而不去⑨，若似乎处大山之麓，截谿断谷，私此数石者为吾有也。方塘石洫⑩，易以曲岸回沙；邃闼雕楹⑪，改为青扉白屋⑫。树取其不凋者，松杉桧栝⑬，杂植成林；石取其易致者，太湖、尧峰⑭，随宜布置。有林泉之美，无登顿之劳⑮，不亦可乎？"华亭董宗伯玄宰、陈征君仲醇吅称之⑯，曰："江南诸山，土中戴石，⑰黄一峰、吴仲圭常言之'此知夫画脉者也'⑱。"群公交书走币⑲,岁无虑数十家⑳。有不能应者,用以为大恨,顾一见君,惊喜欢笑如初。

【注释】

①过:拜访,参观。

②坂:山坡,斜坡。

③陵阜:丘陵。陂陁(pō tuó):倾斜不平貌,参差峥嵘貌。

④板筑:指土木建筑。

⑤缭:围绕。

⑥翳:遮掩。筱(xiǎo):比较细的竹子。

⑦石脉:山石的脉络纹理。奔注:奔流的态势。

⑧距跃:跳跃。

⑨轩楹:堂前的廊柱,借指廊间、走廊。

⑩石洫(xù):石砌的水渠。

⑪邃闼:幽深的小门。雕楹:饰有浮雕、彩绘的柱子。

⑫青扉:青色的门扉。白屋:不施彩色,露出本材的房屋。青扉白屋,皆是自然的本色,与上文雕饰涂染全然不同。

⑬桧(guì):桧柏,也叫圆柏。常绿乔木。树冠塔形,叶有鳞形、刺形两种。木材细致,有香气。栝(kuò):古书上指桧树。

⑭太湖、尧峰:都指石名。江苏太湖产的太湖石,多孔而玲珑剔透。苏州尧峰山产的尧峰石,明文震亨《长物志》记尧峰石:"近时始出,苔藓丛生,古朴可爱。以未经采凿,山中甚多,但不玲珑耳!然正以不玲珑,故佳。"

⑮登顿:上下,行止。

⑯董宗伯玄宰:董其昌,字玄宰,官至南京礼部尚书,为"华亭画派"代表。陈征君仲醇:陈继儒,字仲醇,隐而不仕的征君,明代画家。参考卷三《冒姬董小宛传》注释。

⑰土中戴石：指江南土山和土石相间，土中戴石的天然生成的山，而不是前人罗致奇峰异石，堆叠琐碎而造出的假山。

⑱黄一峰：黄公望，字子久，号一峰、大痴道人，世居平江常熟（今江苏常熟）。元代画家。传世作品有《富春山居图》《水阁清幽图》《天池石壁图》《九峰雪霁图》等。吴仲圭：吴镇，字仲圭，号梅花道人，嘉兴（今浙江嘉兴）人。元代画家、书法家、诗人。他与黄公望、倪瓒、王蒙合称"元四家"。作品有《渔父图》《双桧平远图》《洞庭渔隐图》《芦花寒雁图》等。画脉：绘画的构图布局。

⑲走币：奉赠礼金，送礼。

⑳无虑：大约，大概。

【译文】

张南垣游览这些园林后笑着说："你们这些人哪里知道怎么造山？现在那些群峰高耸入云，深密的岩石隐天蔽日，这都是造物主的手笔，不是人力可以做到的。何况天然的山脉总是跨地几百里，而自己用一丈来长的地方，五尺长的沟渠，更要去仿效它，这与集市上的人捏泥巴来哄骗儿童又有什么区别呢？只有那平缓的山冈小坡，倾斜不平的丘陵土山，修建起来可以计日而成。然后像摆放棋子一样把石头交错地安放其间，再围绕上短墙，遮蔽上茂密的竹子，就好像墙外有奇峰峻岭层层叠叠，人们隐约可以看见。这种假山的脉络走向、奔流态势，低伏却有跃起之势，突立如同狂怒之状，像狮子蹲伏地上，像猛兽掠取食物，口鼻间仿佛张合有声，它们牙齿呲错、奔腾跳跃，冲开树林草丛，好像要直逼轩廊，实际上却岿然不动，好像处于山麓之中，截断溪流切断山谷，让人想夺走这几块山石为己所拥有。方形的池塘和石砌的沟渠，改建为曲折迁回的沙岸；深邃的门户和雕花的廊柱，改造成青色门扉、不施涂料的房屋。选取四季常青的树木，像松、杉、桧、栝之类，混杂种植以成密林；再用容易得到的石头，像太湖石、尧峰石之类，因地制宜加以布置。这样既有山林泉石的美景，又没有上下登攀的劳累，不也是可以的吗？"松江府的董其昌、征君陈继儒屡次称赞他的构思,说:"江南各山都土中带石,就像元代的黄公望、吴镇常说的'这种形状是深知绘画的构图和布局的'。"素有名望的人与他书信往来或奉赠礼金,而他每年大概只去几十家。有些人家没有得到张南垣的回应,觉得十分遗憾,但一见到张南垣,又和原来一样惊喜欢笑。

　　君为人肥而短黑,性滑稽,好举里巷谐媟以为抚掌之资①。或陈语旧闻,反以此受人调弄,亦不顾也。与人交好,谈人之善,不择高下,能安异同,以此游于江南诸郡者②,五十余年。自华亭、秀州外,于白门③,于金沙④,于海虞⑤,于娄东⑥,于鹿城⑦,所过必数月。

【注释】

①谐媟(xiè):指诙谐狎亵的事。抚掌:拍手,鼓掌。表示高兴。

②江南诸郡:江南既是指长江中下游以南的自然地理区域,也是一个社会政治区域。此处当指政治区域,江南诸郡指江南省各府县,范围大致相当于今上海、江苏和安徽,以及江西婺源等地。江南,明朝设南直隶,清朝沿明制设江南承宣布政使司,巡抚衙门设于江宁府(今江苏南京),清康熙初年改承宣布政使司为行省,故江南承宣布政使司改为江南省。

③白门:南京的别称。六朝京城建业(今江苏南京)宫城的正南门宣阳门叫作白门。《南史·明帝纪》:"宣阳门谓之白门,上以白门不祥,讳之。"后人遂称南京为白门。

④金沙:指镇江府金坛县(今江苏常州金坛区)。明郑若曾《江南经略》卷六下《金坛县境考》:"金坛县亦名金沙,在镇江府城东南一百三十里。"

⑤海虞:古县名,位于今江苏常熟北部。西晋设海虞县,隶属吴郡,
　至隋朝废除。境内东临沧海,故名海虞。明、清其地称作常熟县,
　隶于苏州府。

⑥娄东:太仓(今属江苏)的别称,因其地位于娄水之东,故称娄东。
　明代建立太仓州,隶苏州府。清雍正二年(1724),升太仓为江苏
　省的直隶州。

⑦鹿城:昆山的别称,即今江苏昆山。

【译文】

　　张南垣身材矮胖而皮肤黝黑,性格幽默,喜欢拿街头巷尾诙谐荒唐
的传闻作为谈笑的材料。有时因为说的事情过于陈旧,反而受到别人的
调笑要弄,他也不放在心里。他和别人交往,喜欢讲别人的好处,不计较
别人地位的高低,能和不同性格的人和平相处,因此在江南各府县来往
活动了五十多年。除了松江府、嘉兴府外,还到南京、金坛、常熟、太仓、
昆山等地,每次经过必定要逗留好几个月。

　　其所为园,则李工部之"横云"、虞观察之"预园"、王
奉常之"乐郊"、钱宗伯之"拂水"、吴吏部之"竹亭"为最
著①。经营粉本②,高下浓淡,早有成法③。初立土山,树木
未添,岩壑已具,随皴随改④,烟云渲染⑤,补入无痕⑥。即
一花一竹,疏密欹斜⑦,妙得俯仰。山未成,先思著屋;屋未
就,又思其中之所施设。窗棂几榻,不事雕饰,雅合自然。
主人解事者,君不受促迫,次第结构;其或任情自用,不得已
骫骳曲随⑧。后有过者,辄叹惜曰:"此必非南垣意也!"

【注释】

①李工部:工部主事李逢申。横云:横云山庄、横云草堂,位于今上

海横云山，依山而建，似一幅倪瓒的平远山水。虞观察：浙江佥事虞大复。观察，清代俗称道员，明代应为按察使副使、佥事之类的官员，按《（光绪）金坛县志》卷八记"虞大复，字符见，任福建海澄、崇安、清丰知县，户部主事改礼部，出为浙江佥事，升江西提学参议"，或为浙江佥事。预园：豫园，在江苏金坛县（今江苏常州金坛区）西北六十五里的茅山下，钱谦益《赐兰堂寿宴诗》、阮大铖《题虞来初豫园八首》皆语及此园。王奉常：指太常少卿王时敏。乐郊：乐郊园，在今江苏太仓，今人顾凯曾撰文绘制园景复原图。钱宗伯：指礼部侍郎钱谦益。拂水：拂水山庄，在今江苏常熟。吴吏部：指吏部文选郎吴昌时。竹亭：竹亭湖墅，在今浙江嘉兴。

②粉本：古代绘画施粉上样的稿本，类似于现代设计图。

③成法：考虑好的想法。

④皴：借用中国山水画涂出物体脉络纹理的皴染技法，来堆砌假山的山势走向。

⑤烟云渲染：借用中国山水画以烟云烘托山水的方法来堆砌假山。

⑥补入无痕：堆砌山石之后，全然看不出人工加工的痕迹，各个部分浑然一体。

⑦攲（qī）斜：歪斜不正。

⑧骫骳（wěi bèi）：曲意迎合。

【译文】

张南垣建造的园林，以工部主事李逢申的横云山庄、佥事虞大复的豫园、太常少卿王时敏的乐郊园、礼部侍郎钱谦益的拂水山庄、吏部文选郎吴昌时的竹亭别墅最为著名。在绘制营造草图时，他对高低浓淡，就早已有了初步设想。开始堆造土山时，树木还未安置，山岩峡谷已准备妥帖，根据山势走向进行皴染改动，利用烟云烘托山水的理念加以渲染，修整堆砌后的假山浑然一体、了无凿痕。即使是一株花木、一棵竹子，它的疏密倾斜，从各个角度看都非常巧妙。假山尚未垒成时，就预先考虑房屋的构造;房屋还没有造好,又思索其中的布置。窗栏家具,都不作雕饰,以符合自然之美。遇到通达事理的主人,张南垣可以不受催促强迫,按自己的设想逐步建造;有时遇到全凭自己意图行事的主人,他不得已只能委曲顺从。后来有人参访园子,就会叹息说:"这一定不是张南垣的本意!"

　　君为此技既久,土石草树,咸能识其性情。每创手之日①,乱石林立,或卧或倚。君踌躇四顾,正势侧峰,横支竖理,皆默识在心,借成众手。常高坐一室,与客谈笑,呼役夫曰:"某树下某石,可置某处。"目不转视,手不再指。若金在冶,不假斧凿;甚至施竿结顶②,悬而下缒③,尺寸勿爽。观者以此服其能矣。

【注释】

①创手:开始动手垒石。

②施竿:安放梁、柱等工序。结顶:建筑物封顶。

③悬而下缒:从高处垂绳索而下检查建造位置、角度是否合格。

【译文】

　　张南垣从事这项技艺的时间长了,对泥土、山石、青草、树木的特性都了若指掌。每到动手造园的日子,摆放了很多凌乱的石头,有的卧倒,有的相倚。张南垣一边思考,一边四下张望,山石的正面形势、侧面造型,横的分支、竖的纹理,都默默记在心里,借众人之手来完成营造。他常常坐在屋内上座和客人谈笑,对干活的人说:"某棵树下的某块石头,可以放在某个地方。"眼睛根本不看工地,手指也不去比划。好像冶炼金属时,不需要借用斧凿去锤造;甚至在安放梁柱和封顶后,把绳索垂下来检验,也一寸不差。观看的人因此对他的技能心服口服。

人有学其术者，以为曲折变化，此君生平之所长，尽其心力以求彷佛，初见或似，久观辄非。而君独规模大势①，使人于数日之内，寻丈之间，落落难合②。及其既就，则天堕地出，得未曾有。曾于友人斋前作荆、关老笔③，对峙平碛④，已过五寻⑤，不作一折，忽于其颠将数石盘互得势⑥，则全体飞动，苍然不群⑦。所谓他人为之莫能及者，盖以此也。

【注释】

①规模：规划。大势：总的格局。

②落落难合：形容张南垣技艺高超，旁人不易理解他的构思意图。

③荆、关：五代的画家荆浩、关仝。两人属北方画派，作品沉郁雄浑，气势宏大，尽显北方山河的雄奇。老笔：老练娴熟的笔法。

④碛（qì）：通"砌"，垒砌。

⑤寻：古代长度单位。一般为八尺。

⑥盘互：互相交错。

⑦苍然：突然，仓促。

【译文】

有学他技艺的人，认为他一生所擅长的地方在于曲折变化，用尽心力去模仿，刚开始看还觉得相似，看久了就觉得不像了。张南垣独自规划假山的总体布局，让人在数天之内，方丈之间，难以理解他的设计意图。等到造好之后，园林景观就像从天地中自然生出的，得观前所未有的景观。他曾在朋友的书房前用荆浩、关仝那样的老练笔法去构筑假山，两山对峙而立，由平地而向上直垒，已经超过五寻，没有一点曲折，忽然在它的顶端将几块山石连接交错而形成气势，让整座假山具有了灵动之感，突然间变得与众不同。所说的别人垒石造园比不上他，大概就是这个原因吧。

　　君有四子，能传父术。晚岁辞涿鹿相国之聘^①，遣其仲子行。退老于鸳湖之侧^②，结庐三楹。余过之，谓余曰："自吾以此术游江以南也，数十年来，名园别墅，易其故主者，比比是矣。荡于兵火，没于荆榛^③，奇花异石，他人辇取以去，吾仍为之营置者，辄数见焉。吾惧石之不足留吾名，而欲得子文以传之也。"

【注释】

①涿鹿相国：即冯铨，字伯衡，又字振鹭，号鹿庵，顺天涿州（今河北涿州，古称涿鹿）人，历仕明、清两朝，明天启五年（1625）以礼部侍郎兼东阁大学士入内阁，故称相国。

②鸳湖：又名南湖，在今浙江嘉兴，风景优美。元代吴镇《嘉禾八景图》之《鸳湖春晓》便是图绘此湖。

③荆榛：亦作"荆蓁"。泛指丛生灌木，多用以形容荒芜情景。

【译文】

　　张南垣有四个儿子，都能继承父亲的技艺。他晚年谢绝了涿州人大学士冯铨的聘请，改派他第二个儿子前往。自己在鸳湖边造了三幢小屋，隐退养老。我去拜访他，他对我说："自从我凭着建造园林的技艺来往于江南地区，几十年来，看到名园别墅变换主人的情况比比皆是。或者在战火中荡平毁坏，或者埋没荒废在荆榛丛中，奇花异石被别人用车拖走，请我再次为他们营建园林的情况，就遇到了好多次。我担心垒石的技术不足以让我青史留名，所以想请您为我撰写文章以传名于后世。"

　　余曰：柳宗元为《梓人传》^①，谓有得于经国治民之旨。今观张君之术，虽庖丁解牛、公输刻鹄^②，无以复过，其艺而合于道者欤？君子不作无益，穿池筑台，《春秋》所戒^③，而王公贵人,歌舞般乐④,侈欲伤财,独此为耳目之观,稍有合于清净⑤。且张君因深就高⑥,合自然,惜人力,此学愚公之术而变焉者也⑦,其可传也已。作《张南垣传》。

【注释】

①《梓人传》:唐代柳宗元的散文作品,记述一位木工的传奇事迹,并通过"梓人之道"阐述治国的大道。

②公输刻鹊:公输班造木鹊的故事。典出《墨子·鲁问》:"公输子削竹木以为鹊,成而飞之,三日不下,公输子自以为至巧。"

③《春秋》:儒家典籍"六经"之一,我国第一部编年体史书,记载了春秋时期鲁国的国史。记事的语言简练,每个句子都暗含褒贬之意,被后人称为"春秋笔法""微言大义"。

④般乐:游乐,玩乐。

⑤清净:心境洁净,不受外扰。佛、道常提倡追求清净,远离世俗恶行与烦恼。

⑥因深就高:因地制宜挖池垒山。

⑦愚公之术:指移山,事见《列子·汤问》。

【译文】

　　我说:唐代柳宗元作《梓人传》,说从中可以得到治理国家和管理百姓的要义。现在观察张南垣的垒石技艺,即使是庖丁解牛、公输班雕刻木鹊,也不能超过他,他的技艺是符合自然的规律吧?君子不做无益之事,掘地成池、修建高台,是《春秋》所劝诫的事情,但是那些王公贵族,欣赏歌舞、游乐嬉戏,放纵欲望、耗费钱财,只有园林虽是眼睛、耳朵能欣赏的景观,却稍微符合一些清净之理。而且张南垣因地制宜地挖池垒山,合乎自然之道,又爱惜人力,这是学愚公移山又加以变通,这是可以传载的事情啊。于是写了《张南垣传》。

张山来曰：叠山垒石，另有一种学问。其胸中丘壑，较之画家为难。盖画则远近高卑，疏密险易，可以自主；此则必合地宜，因石性，物多不当弃其有余，物少不必补其不足，又必酌主人之贫富，随主人之性情，犹必藉群工之手，是以难耳。况画家所长，不在蹊径，而在笔墨。予尝以画上之景作实境观，殊有不堪游览者。犹之诗中烟雨穷愁字面⑧，在诗虽为佳句，而当之者殊苦也。若园亭之胜，则止赖布景得宜，不能乞灵于他物⑨，岂画家可比乎？

【注释】

①字面：文句中所用的字眼。

②乞灵：求助于神灵或某种权威。

【译文】

张潮说：造山垒石，是一门与众不同的学问。营造者心中的构思设置，比画家作画还要艰难。大概绘画时远近高低，空疏密集、险峻平坦，可以自己控制；垒石必须结合地理形貌，顺着石块的特性去加工，多余无用的地方就去除掉，欠缺的地方不一定增补其不足，肯定要斟酌考虑主人的财力情况，依据主人的性情，还必须借助众位工人的手去完成，所以显得很困难。何况画家擅长的地方，不在于方法技巧而在于用笔落墨。我曾把画上的景色当成实景看待，发现有很多地方不值得去游览。好比诗里"烟""雨""穷""愁"这类字眼，在诗里虽然是佳句，面对那些景色的人却感到很是苦恼。优美的园林亭台，只依赖于适当的布景构局，不能求助于其他事物，哪里是画家能比得上的呢？

孙文正黄石斋两逸事

方苞（望溪）^①

杜先生岕尝言^②：归安茅止生习于高阳孙少师道公^③。天启二年，以大学士经略蓟辽^④，置酒别亲宾，会者百人。有客中坐，前席而言曰^⑤："公之出，始吾为国庆，而今重有忧。封疆社稷^⑥，寄公一身。公能堪，备物自奉，人莫之非；如不能，虽毁身家，责难逭^⑦，况俭觳乎^⑧？吾见客食皆凿^⑨，而公独饭粗，饰小名以镇物^⑩，非所以负天下之重也！"公揖而谢曰："先生诲我甚当，然非敢以为名也。好衣甘食，吾为秀才时固不厌。自成进士，释褐而归^⑪，念此身已不为己有。而朝廷多故，边关日骇，恐一旦肩事任，非忍饥劳，不能以身率众。自是不敢适口体，强自劬厉^⑫，以至于今，十有九年矣。"

【注释】

①方苞：字灵皋，亦字凤九，晚年号望溪，亦号南山牧叟。江南桐城（今安徽桐城）人。清代散文家，桐城派散文创始人，与姚鼐、刘大櫆合称桐城三祖。此篇作品非为张潮亲选，是乾隆间罗兴堂清远阁本《虞初新志》始增补进入的，文末有乾隆时金兆燕的评语。此文见于方苞《望溪集》卷九，分作《高阳孙文正逸事》《石斋黄公逸事》两篇。

②杜先生岕：杜岕，字苍略，号望山、些山，湖广黄冈（今湖北黄冈）人。明季为诸生。明亡后，与兄杜濬隐居于南京鸡鸣山。有诗才，吟咏自适，纵饘粥难继，仍廓然不介，著《些山集》。清康熙三十二年（1693）七月过世，方苞撰写墓志铭《杜苍略先生墓志铭》

（《望溪集》卷十，又见《（乾隆）黄冈县志》卷十一）。芥，开明书店本及王根林校本《虞初新志》皆误作"岑"。

③归安：旧县名，今属浙江湖州。茅止生：茅元仪，字止生，号石民。茅坤之孙。明天启间征为翰林，后为孙承宗重用，历官副总兵，后受魏忠贤朋党影响，悲愤纵酒而死。习：熟悉。茅、孙并非师徒关系，孙赏识茅，故将茅召入幕府，参赞军事。孙少师道公：孙承宗，字稚绳，号恺阳，保定府高阳县（今河北高阳）人。天启二年（1622），任兵部尚书兼东阁大学士，曾任少师、太子太师等。崇祯十一年（1638）清兵攻高阳，孙承宗率众据守，城破自杀，南明福王时追赠太师，谥文忠，又改谥文正。道公，对道德高尚的人的敬称。其事见钱谦益《孙公行状》（《牧斋初学集》卷四六）、汪有典《明忠义别传》卷七《孙文正传》。

④经略：明、清两代主管军事的官员，掌管一路或数路军政事务，职位高于总督。孙承宗虽然任命为"经略"，但挂兵部尚书衔，故等同于"督师"，故《熹宗实录》记："天启二年十二月（十六日）丁丑，兵部覆督师孙承宗疏言。"蓟辽：蓟州镇、辽东镇，皆是明代九边之一，约在今山海关一线到锦州直至辽河的地区。

⑤前席：将座席前移。

⑥封疆：边界，疆界。

⑦逭（huàn）：逃避。

⑧俭觳（què）：节俭。

⑨凿（zuò）：精米。

⑩镇物：使众人镇定，安抚众人。

⑪释褐：脱去平民衣服，喻始任官职。

⑫勖（xù）：勉励。

【译文】

杜岕先生曾经说过：归安茅元仪熟悉高阳孙承宗先生。明天启二年，

孙承宗以东阁大学士的身份担任蓟州镇、辽东镇经略,置办酒席以饯别
亲友宾客,来参加宴会的有上百人。有个坐在席间的客人,走上前说:
"您出任蓟辽经略,刚开始我还为国家庆幸,现在又有所忧虑。边疆守护
和国家社稷,都寄托在您一个人身上。您能胜任重责,备办物资以供自
己享用,没人可以非议;如果不能胜任,即使身死族灭,也难以逃避罪责,
何况只是勤俭节约呢? 我看见客人的食物都很精良,只有您吃粗粮,为
了炫耀小小的虚名而抚慰众人,这不是能背负天下重担的行为!"孙承宗
拱手行礼并道歉说:"先生对我的教导相当恰当,然而我不敢凭此赢得虚
名。锦衣玉食之类,我在身为秀才时的确不知满足。可自从考取进士、
担任官员之后,考虑到这个身体已经不再仅属于自己。如今朝廷多有灾
难,边关日益危急,我担心自己一旦肩负国家重任,不能忍受饥饿劳顿之
苦,就不能来做众人的表率。因此不敢享受口腹之欲,勉强用这种办法
自我激励,到今天,已经有十九年了。"

　　呜呼! 公之气折逆奄①,明周万事,合智谋忠勇之士以
尽其材,用危困疮痍之卒以致其武②,唐、宋名贤中,犹有伦
比。至于诚能动物,所纠所斥,退无怨言,叛将远人③,咸喻
其志,而革心无贰④。则自汉诸葛武侯而后⑤,规模气象,惟
公有焉! 是乃克己省身、忧民体国之实心⑥,自然而忾乎天
下者⑦,非躬豪杰之才,而概乎有闻于圣人之道,孰能与于
此? 然惟二三执政与中枢、边境事同一体之人⑧,实不能容。
《易》曰:"信及豚鱼⑨。"媚嫉之臣⑩,乃不若豚鱼之可格⑪,
可不惧哉!

【注释】

①奄(yān):即宦官,指魏忠贤阉党。孙承宗曾上书弹劾魏忠贤。

②疮痍:创伤。

③远人:远处的人。指外族人或外国人。

④革心无贰:谓叛将远人洗心改过。

⑤诸葛武侯:诸葛亮。其死后被蜀汉后主刘禅追谥为"忠武侯"。

⑥体国:为国效力。

⑦忔(xì)乎天下:指遍及天下。语出《礼记·哀公问》:"身以及身,子以及子,妃以及妃,君行此三者,则忔乎天下矣"。忔,遍及,到。

⑧执政:掌握政权。中枢:朝内,中央政府。

⑨豚鱼:豚和鱼。多比喻微贱之物。《易经·中孚》:"豚鱼吉,信及豚鱼也。"人的诚信,可以感动猪和鱼等微贱之物。

⑩媢(mào)嫉:嫉妒。

⑪格:感动。

【译文】

哎! 孙承宗的志气挫败阉党,他明察万事,集结了一批智计百出、忠正勇猛的才士以充分发挥他们的才能,任用身处危困、患有伤病的士卒以施展他们的勇武,可以比得上唐宋时期的知名贤臣。再说他的诚心能感动一切,被他纠察指斥的人,退下后也毫无怨言,叛将远人都明白他的志向,进而洗心革面、再无二心。自蜀汉诸葛亮以后,只有孙承宗才有这样的胸襟气度! 所以他约束行为反躬自省、忧民报国的真心,很自然地被推扬于天下,并非自己具有豪杰之才,而大概是他了解圣人之道,谁能和他相提并论呢? 然而有一些在朝中执掌政务,将中央与边境的事态发展与自身利益相关联的人,实在容不下他。《易经》上说:"诚信感动猪、鱼。"那些妒忌的小人,竟然不如能被感化的猪和鱼等微贱之物,这怎么能不令人惧怕呢!

黄冈杜苍略先生,客金陵,习明季诸前辈遗事。尝言崇祯某年,余中丞集生与谭友夏结社金陵①,适石斋黄公来游②，与订交，意颇洽。黄公造次必于礼法③，诸公心向之，而苦其拘也，思试之。妓顾氏④，国色也，聪慧通书史，抚节按歌，见者莫不心醉。一日大雨雪，觞黄公于余氏园⑤，使顾佐酒，公意色无忤。诸公更劝酬剧饮⑥，大醉，送公卧特室⑦。榻上枕衾茵各一⑧，使顾尽弛亵衣⑨，随键户⑩，诸公伺焉。公惊起，索衣不得，因引衾自覆荐⑪，而命顾以茵卧。茵厚且狭，不可转，乃使就寝。顾遂昵近公，公徐曰："无用尔。"侧身向内，息数十调，即酣寝。漏下四鼓⑫，觉，转面向外。顾佯寐无觉，而以体旁公。俄顷，公酣寝如初。诘旦，顾出，具言其状，且曰："公等为名士，赋诗饮酒，是乐而已矣。为圣为佛⑬，成忠成孝，终归黄公。"

【注释】

① 余中丞集生：余大成，字集生，号石衲，江宁（今江苏南京）人。明万历三十五年（1607）进士，官兵部职方司主事，崇祯四年（1631）担任山东巡抚，发生"吴桥兵变"，招抚失败，被贬谪。留有记事名篇《剖肝录》。其事见陈鼎《余中丞传》（《留溪外传》卷七）。中丞，明代都察院副都御使职位相当御史中丞，又巡抚常以副都御使或金都御史出任，故明、清称巡抚作中丞。谭友夏：谭元春，字友夏，竟陵（今湖北天门）人。与同乡钟惺诗名满天下，称之竟陵体。曾参加复社。有《谭友夏合集》传世。

② 石斋：黄道周，字幼玄，又字螭若，号石斋，福建漳州镇海卫（今福建漳州）人。可参见卷一《姜贞毅先生传》注释。

③ 造次：须史，片刻。

④ 顾氏：指秦淮名妓顾媚（眉），其人生平参见卷三《冒姬董小宛传》注释。清邱炜萲《菽园赘谈》："顾横波词史，自接黄石斋先生后，

卷六 431

有感于心,志决从良。"

⑤余氏园:余大成的园林。

⑥更:轮流。劝酬:互相劝酒,敬酒。

⑦特室:独室,一个人居住的屋室。

⑧茵:褥垫。

⑨亵衣:内衣。

⑩键户:闭门。键,锁闭,关闭。

⑪覆荐:覆盖。

⑫漏下四鼓:时间到了四更天。漏,古代计时器,铜制有孔,可以滴水或漏沙,有刻度标志以计时间。四鼓,报更的鼓声敲了四次。古代一个更次敲一次鼓,四更大致相当于现在的后半夜一点到三点。

⑬为圣为佛:成为圣人、佛祖。圣人,是儒家追求的有完美品德的人。佛祖,是佛教追求的修行圆满的人。

【译文】

黄冈的杜岕先生,客居南京,熟知明朝末年诸位先辈的事迹。曾经讲述明崇祯某年,巡抚余大成和谭元春在南京组织诗社,正好黄道周来南京游玩,和他们结为朋友,相处得颇为融洽。黄公每时每刻都遵守礼法,众人心中倾慕于他,但苦于他太过拘谨,于是想要试探他。南京歌妓顾氏,容貌极其姝丽,生性聪慧且精通经籍史书,演奏乐器、依调歌唱时,让看到的人没有不心中仰慕的。一天,雪很大,众人在余大成园亭中请黄道周喝酒,让顾氏陪酒,黄道周脸上没有抵触之色。众人轮流敬酒让他喝了很多酒水,黄道周大醉,被送到单间去休息。床上有一个枕头、一床被子、一床褥垫,众人让顾氏给黄道周宽衣解带,随后关上门,众人在一旁窥探。黄道周惊起,找不到衣服,于是拉着被子覆盖住自己,命令顾氏自己睡在褥垫上。垫褥又厚又窄,无法翻转,于是让她靠近睡。顾氏就亲昵地靠近黄道周,黄道周慢慢说:"不要这样。"侧着身子朝内,调息了数十下后,就睡熟了。到了四更时分,黄道周醒了后把脸转向外面。顾氏假装没睡醒,用身体靠着黄道周。过了一会儿,黄道周熟睡如初。第二天早上,顾氏出来,详细说了情况,还说:"你们都是诗文名士,赋诗饮酒,只图一朝快乐。至于成为圣人佛祖,做到忠诚孝义,还是要看黄道周。"

　　及明亡,公絷于金陵①,在狱日诵《尚书》《周易》②,数月,貌加丰。正命之前夕③,有老仆持针线向公而泣曰:"是我侍主之终事也。"公曰:"吾正而毙,是为考终④,汝何哀?"故人持酒肉与诀,饮啖如平时。酣寝达旦,起盥漱更衣,谓仆某曰:"曩某以卷索书,吾既许之,言不可旷也。"和墨伸纸,作小楷,次行书,幅甚长,乃以大字竟之⑤,加印章,始出就刑。其卷藏金陵某家。

【注释】

①絷于金陵:清顺治二年(1645)底,黄道周在江西一带率众抵抗清军,战败被俘而被押送到南京入狱。次年,英勇就义。絷(zhí),用绳子拴捆,拘禁。

②《尚书》《周易》:儒家的重要经典。《尚书》,最早名为《书》,"尚"即"上",《尚书》就是上古的书,它是上古历史文献和部分追述古代事迹著作的汇编,是我国最早的一部历史文献汇编。《周易》,内容包括《经》和《传》两个部分,《经》主要是六十四卦和三百八十六爻,成书时间较早;《传》包含解释卦辞和爻辞的七种文辞共十篇,统称《十翼》,可能是孔门弟子的注解。黄道周精通易学,撰有《易象正》《三易洞玑》。

③正命:儒家以顺应于天道、得其天年而死为得"正命"。语见《孟子·尽心上》:"尽其道而死者,正命也;桎梏死者,非正命也。"

④考终:考终命,即尽享天年,长寿而亡。

⑤大字：一般指径寸以上之字。

【译文】

等到明朝灭亡后，黄道周被囚禁在南京。他在狱中时，每天诵读《尚书》《周易》，几个月后，看上去还胖了。他临死前一天晚上，一个上了年纪的仆人拿着针线对黄公哭着说："这是我侍奉主人的最后一件事了。"黄道周说："我为道义而死，这是享尽天年，你为什么难过呢？"故人拿着酒肉和他诀别，他像平日般喝酒吃肉。黄道周熟睡到了天亮，起来洗漱换衣，对仆人说："过去某人拿着卷轴向我求字，我既然答应了他，就不能食言。"于是黄道周研墨，展开纸张，先写小楷，再写行书，卷幅很长，就用大字写完纸张，加盖印章，才出去受刑。这份卷轴后来藏于南京某户人家。

顾氏自接公①，时自怼②。无何，归某官③。李自成破京师，谓其夫："能死，我先就缢。"夫不能用④。语在缙绅间⑤，一时以为美谈焉。

【注释】

①接：接待，接触。

②怼（duì）：怨恨。

③某官：某个官员，指龚鼎孳。

④夫不能用：指龚鼎孳不能采用顾媚殉国的主张。顾媚归于龚鼎孳后，居于京城。至崇祯十七年（1644）李自成攻陷京城，龚鼎孳被俘，遂辅佐李自成，受吏科给事中，又迁太常寺少卿。后来又投降清军。世人因其失节丧操，颇为不齿。

⑤缙绅：旧时官宦的装束，此处借指士大夫。

【译文】

自从顾氏接触过黄道周后，经常自我埋怨。没过多久，便嫁给了某位官员。李自成攻破京城，顾氏对她丈夫说："愿以身殉国，我先上吊自缢。"她丈夫未予听从。她的话传到官宦之间，当时大家都把这当作美谈。

　　金棕亭曰：甘食悦色，人情所不能已者。而两公淡嗜好之性，出于自然，故为千古第一流人物。觉闵仲叔之不受猪肝[1]，颜叔子之蒸尽搯屋[2]，尚未免为食色所累。望溪文直接史迁[3]，今连缀二事，亦宛然龙门合传之体[4]。

【注释】

①闵仲叔之不受猪肝：闵贡，字仲叔，东汉末期的节士。不受无功之禄，自惭口腹之累。客居安邑县（今山西夏县），家贫连猪肝也吃不起，安邑县令知道后便派属吏经常给他送猪肝，闵贡便搬家离开了。

②颜叔子之蒸尽搯屋：颜叔子是古代坐怀不乱的君子。曾有妇人投宿于颜叔子，他始终点着蜡烛照明以避嫌，燃完烛火后，又折取房屋木料来烧火，始终不曾侵犯借宿的妇人。《毛传》疏解《诗经·小雅·巷伯》时记："昔者颜叔子独处于室，邻之厘妇又独处于室，夜暴风雨至而室坏，妇人趋而至，颜叔子纳之而使执烛，放乎旦而蒸尽，缩屋而继之。"蒸，古代以麻秸、竹木制成的火炬。搯，抽，引。

③史迁：司马迁。西汉史学家，他以"究天人之际，通古今之变，成一家之言"的史识创作了我国第一部纪传体通史《史记》。该书被公认为中国史书的典范，被鲁迅誉为"史家之绝唱，无韵之离骚"。

④龙门：司马迁为西汉夏阳龙门（今陕西韩城）人，故以龙门代指

他。合传：纪传体史书合数人于一传，称合传。如《史记》之《孟子荀卿列传》）。

【译文】

　　金兆燕说：对美食美人的喜爱，是人的本性不能控制。然而孙承宗、黄道周两位淡泊的嗜好欲望，出于自然天性，所以成为了千古第一流人物。觉得闵贡不接受猪肝、颜叔子不欺暗室，仍然难免被美食美色所累。方苞的文章直接秉承太史公司马迁的笔法，现在把这两件事合为一篇，就好像是司马迁集数人于一传的撰写体例。

郭老仆墓志铭

侯方域（朝宗）①

　　郭老仆死，而葬于城北之金家桥，其主人为志其墓而铭之曰②：

　　老仆名尚，十八岁事予祖太常公③。方司徒公之少而应秀才试④，以及举孝廉、登进士第，老仆皆身从之。司徒公仕，而西抵秦凉之塞⑤，南按黔方⑥，北尽黄花、居庸边镇上⑦，老仆又皆从。司徒公尝道经华山，攀崖悬洞而陟其巅，老仆则手挽铁索从焉。华山老道士，年百八十岁矣，谓司徒公曰："公贵人也，然生平丰于功业，啬于福用⑧，当腰围玉而陪天子饭，此后一月难作。凡有五大难，过此可耄耋。此仆当济公于难者也，幸善视之⑨。"

【注释】

　　①侯方域：参见卷三《马伶传》注释。本篇选自侯方域《壮悔堂集》卷十。又见清李祖陶《国朝文录》引《壮悔堂文录》卷二。

②志其墓而铭：撰写记述生平、事迹的文字，即撰写墓志铭。

③太常公：指侯执蒲，侯方域的祖父。侯执蒲，字以康，号碧塘，河南归德府（今河南商丘）人。曾任太常寺卿（《太常续考》卷七记其天启三年任太常寺卿），故称太常公。事见《（康熙）商邱县志》卷八、《（康熙）河南通志》卷二五。公，敬辞，对男性的长者或老人的尊称。

④司徒公：指侯恂，侯方域父亲。侯恂，字若谷，号六真。明末曾任户部尚书，总督七镇军务。事见清计东《前明资德大夫正治上卿户部尚书侯公墓志铭》（《改亭集》卷十四）、《（康熙）商邱县志》卷八、《（康熙）河南通志》卷二五。司徒，古官名，后世常称户部尚书。

⑤秦凉之塞：秦州治今甘肃天水，凉州治今甘肃武威，皆属边塞地区。

⑥按：巡按。黔方：今贵州。巡按，明代设巡按御史，由监察御史赴各地巡视，负责考核吏治，审理大案。侯恂曾在明天启二年（1622）受邹元标举荐而巡按贵州，故《（乾隆）贵州通志》卷十七"巡按御史"条记侯恂担任此职。

⑦黄花：黄花镇，明长城蓟州镇西部戍守要地，在今北京怀柔西北，景泰四年（1453）在此建城，守护京师北大门。居庸：居庸关，明蓟州镇西部戍守关隘，依军都山建成。居庸关地形险要，两山夹峙，下有巨涧，与紫荆关、倒马关、固关并称明朝京西四大名关。在今北京昌平区。

⑧福用：指利禄享用，所享福运。

⑨幸：期望，希冀。善视：善加看待。

【译文】

郭老仆去世，葬在城北的金家桥，他的主人为他做墓志铭，墓志记：

老仆名叫郭尚，十八岁时就侍奉我的祖父侯执蒲。自我父亲侯恂年纪尚小应试秀才，到他考取举人、进士登科，老仆都陪在他身边。我父亲出仕为官，西到秦州、凉州这样的边塞之地，向南巡按贵州，北到黄花镇、居庸关等边镇要地，老仆又都陪侍着他。我父亲曾经路过华山，攀登山崖悬洞而到达华山峰顶，老仆就手拉着锁链跟随着他。华山有个老道士，年纪有一百八十岁了，他对我父亲说："你是贵人，然而生平功业虽多，利禄享用却少，你腰围玉带陪侍皇帝用饭后的一个月内就会有灾祸发生。你一生总共有五大灾难，过了难关就可以得享高寿。这个仆人就是能把你从危难中救出去的人，希望你善加对待他。"

　　然老仆殊不事事①，司徒公尝遣视南圃之墅②。久之，所司皆荒失③。命人迹之④，则老仆自携琵琶，与一妇人饮于鹿邑之城门楼⑤。司徒公怒，斥之不使近。戊辰⑥，赴官京师，老仆固请从，至则日酣饮于城隍市⑦。司徒公朝所命，老仆暮归，醉而尽忘之。司徒公怒而骂，老仆则倚壁而鼾，鼾声与司徒公之骂声更相间也。积二岁余，以为常。

【注释】

①殊：甚，很。事事：治事，做事。

②南圃：南园，侯家在归德府商丘县的园林别墅。侯恂著《南园记》，记"园去城十里之遥，无所因袭，平地修创，绝去雕甍、朱槛一切繁华富丽之相，故茅屋亭亭如野人居、处士家"（《（康熙）商邱县志》卷十六）。侯恂晚年在此居住十三年，死后埋葬于此。

③荒失：荒废，废弃。

④迹：追踪，搜寻。

⑤鹿邑：县名，隋代始置，故治在今河南鹿邑西。明、清时期均隶属归德府。侯方域是归德府人，侯家住在归德府城（治所商丘县），在归德府的辖县鹿邑县东北一百多里处。

⑥戊辰：明崇祯元年（1628）。清计东《前明资德大夫正治上卿户

　　部尚书侯公墓志铭》(《改亭集》卷十四)记"崇祯改元时,起公广
　　西道监察御史"。

⑦城隍:城墙和护城河,代指城池。

【译文】

　　然而郭老仆很是不好好做事,我父亲侯恂曾经派他看管南圃的别
墅。时间久了,他掌管的地方都荒废了。我父亲令人寻找他,发现老仆手
执琵琶,和一个妇人在鹿邑城门楼喝酒。我父亲大怒,斥责他并不让他近
前侍奉。崇祯元年,我父亲到京城赴任,老仆坚持请求跟随,到了后,每
天就在城池市集间畅饮。我父亲早上让他做的事,老仆晚上回来,因为醉
酒把吩咐的事情忘了个精光。我父亲生气骂他,老仆就靠着墙壁鼾睡,鼾
声和我父亲的骂声此起彼伏。过了两年多,我父亲也就习以为常了。

　　司徒公为乌程相所构下狱①,顾谓诸仆曰:"尔辈皆衣
食我,今谁当从乎?"老仆涕泣拜于堂下。司徒公熟视曰:
"嘻! 尔岂其人耶?"老仆前曰:"主人盛时安所事老仆? 老
仆亦酣醉耳。今老仆且先犬马死,主人又患难,岂尚不尽
心力? 主人不忆老道士言乎?"自此不饮酒,亦不与其家相
通,从司徒公于狱者七年。乌程相与韩城相相继秉政②,皆
苛深③,托诸缇校诇察往事④。士大夫亲朋奴仆,往往避匿
去。老仆尝衣敝衣⑤,星出月入,以事司徒公。

【注释】

①司徒公为乌程相所构下狱:侯恂在明崇祯九年(1636)十一月,
　　遭阁臣薛国观、温体仁嫉妒,薛、温唆使宋之普等奏劾侯恂靡饷误
　　国。侯恂被削职,不久入狱,长达七年。清夏燮《明通鉴》卷八
　　五记崇祯十年(1637)正月"侯恂罢,寻下狱"。计东《前明资德

大夫正治上卿户部尚书侯公墓志铭》：“时乌程相当国，久欲尽去天下贤者，以朋党误国之说，疑撼天子。嫉公为东林魁，乃搰柱居高位，嗾言官论公縻饷系诏狱。韩城继当国，守乌程相意，嫉大司寇郑公三俊薄拟公并逐郑公去位，公长系七年，谪戍新安。”乌程相，温体仁，字长卿，号园峤，浙江乌程（今浙江湖州）南浔辑里村人。明末大臣，崇祯年间以礼部尚书兼东阁大学士入阁，后任首辅。构，构陷。

②韩城相：薛国观，字家相，号宾廷，陕西西安府韩城县（今陕西韩城）人。薛国观于温体仁之后几年任相。

③苛深：苛刻严酷。

④缇校：明代锦衣卫校尉。诇（xiòng）察：侦察。

⑤尝：通“常”。

【译文】

　　我父亲被乌程人首辅温体仁构陷要关进大狱，临走前看着各位仆人说：“你们都靠我提供衣食，今天谁能跟着我？”老仆哭着在堂前跪下。我父亲仔细看着他说：“哼！你哪里是跟随我下狱的人？”老仆上前说：“主人处于仕途高峰期时，哪里用得着老仆我呢？我便喝得酩酊大醉。现在我的寿命不长了，主人又遭受灾难，怎能不尽心尽力？主人不记得老道士说的话了吗？”从此不再喝酒，也不和家里接触，跟着我父亲在大狱中待了七年。温体仁和薛国观相继执政，对我父亲都苛责严酷，委派锦衣卫校尉侦察我父亲过去做过的事。士大夫、亲友和奴仆，往往都躲避藏匿。老仆经常穿着破衣服，早出晚归，到狱中侍奉我父亲。

　　初，燕女有姚氏者，数嫁不终，饶于财。每曰：“我当嫁官人耳①。”老仆乃伪为官人，娶之。日取其财易酒食，交欢诸缇校者，故得始终不及于难。后姚氏察知其伪，大哭，骂老仆，以手提其耳，啮其面，面上痕常满。及司徒公出视师[2]，乃以老仆为军官。冠将军冠，服将军服，以见姚氏，姚氏则大喜。老仆入谢司徒公曰："老仆嗜饮酒，今七年不饮酒，此后愿日夜倍饮酒以偿之。"久之，饮酒积病，遂以死，年五十七。老仆有四子，其次尝犯军法当死，诸大帅卜从善等[3]，罗拜司徒公曰："非愿公绌法[4]，乃军中欲请之以劝忠义也。"当是时，郭老仆之名播两河云[5]。

【注释】

①官人：为官之人。

②视师：督率军队。崇祯十五年（1642），侯恂被赦免出狱，以兵部侍郎的身份，代替丁启睿总督保定等七镇军务。计东《前明资德大夫正治上卿户部尚书侯公墓志铭》："壬午，流寇破归德，蹂躏豫州几遍，且大合兵围汴。朝廷思公才，又以天下重兵在左良玉，稔知良玉受公恩深，非公莫能制，乃特拜公兵部右侍郎督良玉等七镇兵援汴。"

③大帅：统军的主帅、主将。卜从善：明末河南总兵，南明时投降清军。

④绌：通"黜"，罢免，革除。

⑤两河：指今河南、河北一带。当时侯恂督师保定等七镇军务，主要在河南、河北活动。自唐代始，称河南、河北二道为两河，明代实称河南府、北直隶。

【译文】

起初，有个燕地的姚姓女子，几次嫁人丈夫都早亡，家里富有资财。常说："我应当嫁给做官之人。"老仆于是假冒官员，娶了她。每天拿着她的钱置换酒食，结交管理大狱的那些锦衣卫，所以我父亲始终没有受苦。后来姚氏察觉老仆不是官员，大哭，怒骂老仆，用手提着他的耳朵，咬他的脸，他脸上经常布满齿痕。等到我父亲出狱督率军队，就让老仆当军官。他戴着军官的冠帽,穿着军官的衣服,来见姚氏,姚氏非常高兴。老仆进屋感谢我父亲说:"我喜好喝酒,现在已经七年没喝酒,以后希望每天加倍喝酒来补偿。"时间长了,喝酒成疾,因此死了,当时五十七岁。老仆有四个儿子,次子曾经因触犯军法按律当死,卜从善等主将,围着我父亲下拜说:"不是希望您因私枉法,而是军中想要通过请求免死来劝勉其他人效仿忠义之行。"在那时,郭老仆的名声遍传河南、北直隶一带。

　　铭曰:汝士大夫之师,而乃居于奴;奴乎奴乎,奴尚则有,士大夫卒无!

【译文】

　　铭文记:你是士大夫的师长,却身为奴仆;奴仆奴仆,奴仆中还有高尚的人,士大夫里面却没有!

　　张山来曰:老仆之奇,不在后之戒酒,而在前之饮酒。盖戒酒犹属忠义之士所能,若饮酒则大有学问在。苟非日饮亡何①,则当司徒盛时,其播恶造业,当不一而足矣。

【注释】

①亡何:无他。

【译文】

　　张潮说:老仆奇特的地方,不在于后来戒酒,而在于之前喝酒。大概戒酒仍然是忠贞义烈之人能够做到的,若是喝酒则蕴藏了很多道理。如果不是每天喝酒不做其他事,那么在侯恂风头正盛之时,他所做下的恶事、犯下的辜行,应当不会只有一件吧。

五人传

吴肃公（晴岩）①

天启朝②，逆珰魏忠贤扇虐③，诸卿大夫以忠直被刑戮④，怨愤彻闾里⑤，匹夫匹妇，发竖心伤。然未有公然发愤，抗中贵⑥，殴缇骑，不恤其身家之殒，惟义之殉，若苏民之于吏部周公顺昌者也⑦。尝读《颂天胪笔》⑧，及询之吴父老⑨，未尝不击节慨慕之云。

【注释】

①吴肃公：字雨若，号晴岩，又号逸鸿，别号街南，学者称街南先生，宣州（今安徽宣城）人，明末诸生。明末清初皖南地区著名学者，著《街南文集》二十卷、《街南文集续集》七卷、《明语林》十四卷、《阐义》等。事见《（嘉庆）宣城县志》卷十五。本篇选自《街南文集》卷十五。又见引于《周忠介公遗事》。

②天启朝：明熹宗朱由校在位期间（1621—1627）。

③逆珰：旧指弄权作奸的宦官。珰，汉代宦官侍中、中常侍等的帽子上有黄金珰的装饰品，故以珰代指宦官。扇虐：肆虐。

④卿大夫：卿和大夫。借指高级官员。

⑤闾里：里巷，平民聚居之处。

⑥中贵：有权势的太监。中，即禁中，指皇宫。

⑦周公顺昌：周顺昌，字景文，号蓼洲，南直隶苏州府吴县（今江苏苏州）人。明万历四十一年（1613）进士，历任福州推官、吏部稽勋主事、吏部文选司员外郎。后为魏忠贤党迫害，以颜佩韦等五人为首的乡人加以反抗，与同为阉党所害的高攀龙、周起元、缪昌期、周宗建、黄尊素、李应升并称"后七君子"。《明史》卷二四四

有传，又可参黄道周《周忠介公神道碑》、汪琬《周忠介公传》《忠介公墓志》(皆收入《周忠介公遗事》)。周顺昌曾任吏部稽勋主事、吏部文选司员外郎，故称吏部。

⑧《颂天胪笔》：明代金日升的著作，今存明崇祯六年（1633）刻本，24卷。主要记载明思宗朱由检关于清除魏忠贤集团所下的谕旨，和东林党人这一时期的相关奏折，以及东林人物的事迹。《颂天胪笔》卷一署"东吴野臣金日升谨辑"，卷五署"吴门布衣金日升茂生父著"，则知金日升，字茂生，苏州人，布衣终生。

⑨父老：对老人的敬称。

【译文】

明天启年间，宦官魏忠贤横行肆虐，各位官员因为忠义直言而被施刑杀害，怨恨愤怒充满了大街小巷，男人女人，或是怒发冲冠，或是黯然神伤。然而没有谁像苏州百姓那样因为吏部员外郎周顺昌的缘故而公开发泄愤懑，反对阉党，殴打锦衣卫，不在乎身家性命，只想着遵从道义。我曾经读金日升《颂天胪笔》，后来向苏州老人询问，他们没有不对此事拍掌赞赏的。

初，吏部负人望①，谒告家居②，时切齿朝事③。令不便于民者，辄言之当事。苏人德之。会都谏魏公大中被逮④，所过州邑莫敢通。吏部轻舠候吴门⑤，相持恸哭，骂忠贤不去口，为约婚姻⑥，奉炙酒，累日乃去。珰闻之，怒。珰所私御史倪文焕⑦，劾吏部党奸人，削籍⑧。苏固已人人自慑矣。天启六年，织造中使李实⑨，以忠贤旨，复坐讲学聚徒⑩，与都御史高公攀龙、御史周公宗建、谕德缪公昌期、御史黄公尊素、李公应昇⑪，俱逮治。诏使至苏⑫，吏部慷慨自若。而苏民无少长皆愤，五人其最烈云。五人者，曰颜佩韦，曰马杰,曰沈扬,曰杨念如,曰周文元[13]。

【注释】

①人望:众人属望,声望。

②谒告:拜见,进谒。家居:在家闲居。

③切齿:齿相磨切,表示极端愤怒。

④都谏:都察院谏官,此处实指都给事中。魏公大中:魏大中,字孔时,号廓园,浙江嘉兴府嘉善县(今浙江嘉善)人。为魏忠贤所害,死于狱中,"前六君子"之一。事见《魏忠节传》(汪有典《明忠义别传》卷五)、金日升《颂天胪笔》卷六《赠太常寺卿谥忠节魏公》。魏大中时任吏科都给事中,掌管侍从、规谏等事。明代六科给事中直属中央,至清代才隶属都察院,与御史同为谏官。

⑤轻舠(dāo):轻快的小舟。

⑥婚姻:因婚姻而结成的亲戚。

⑦倪文焕:江都(今江苏扬州)人。明万历四十七年(1619)进士,授行人,擢御史。魏忠贤爪牙。陈鼎《东林列传》卷三《魏大中周顺昌列传》:"御史倪文焕诇得之,诬劾顺昌贪横,归道潞河,舟重漏发,白金浮露,矫旨削夺。"

⑧削籍:革职。

⑨织造中使:提督织造的太监。织造,明代在江宁、苏州、杭州等地设专局供应宫中织品,管理各地织造衙门政务的内务府官员称织造太监。清代改由户部派员管理。中使,宫中派出的使者。多指宦官。

⑩复坐讲学聚徒:据明刘侗《帝京景物略》卷四记御史倪文焕诋毁周宗建等聚众讲授伪学,上疏弹劾说:"聚不三不四之人,说不痛不痒之话,作不深不浅之揖,啖不冷不热之饼。"

⑪高公攀龙:高攀龙,字存之,又字云从,南直常州府无锡(今江苏

无锡)人,世称"景逸先生"。时任都察院左都御史,是都察院的长官,职专纠劾百司、辩明冤枉,正二品。事见《明史·高攀龙传》。周公宗建:周宗建,字季侯,号来玉。吴江(今江苏苏州吴江区)人。缪公昌期:缪昌期,字当时,一字又元,号西溪,谥号文贞,南直隶江阴(今江苏江阴)人。时任谕德,掌对皇太子教谕道德之事。事见《明史·缪昌期传》。黄公尊素:黄尊素,字真长,号白安。浙江绍兴府余姚县(浙江余姚)人。著名学者黄宗羲之父。李公应昇:李应昇,字仲达,号次见,又号石照居士,南直隶江阴(今江苏江阴)人。时任监察御史。

⑫诏使:皇帝派出的特使。

⑬"五人者"几句:据《明季北略》载,天启六年(1626)三月,魏忠贤阉党党羽构陷"东林七贤",激起苏州民众的愤怒,颜佩韦等五人出于义愤,发动民众奋起反抗,引起暴动,打死两名东厂特务。事后,阉党人士大范围搜捕暴动市民,颜佩韦等五人为了保护群众,挺身投案,英勇就义。明代文学家张溥撰有《五人墓碑记》,亦记其事迹。还可参见金日升《颂天胪笔》卷二二《五人传》、佚名《五人取义纪略》,皆见录于彭定求《周忠介公遗事》。

【译文】

刚开始,周顺昌身负众人期望,不管是拜谒他人,还是居住在家,他经常咬牙切齿地评点朝廷政事。有不便于民的政令,直接就事予以点评。苏州百姓感激他。适逢吏科都给事中魏大中被逮捕,路过的州县官员没有敢和他交流的。周顺昌乘着轻快的小船等在苏州,两人相互扶着痛哭,对魏忠贤骂不离口,并约定儿女婚姻,送上热酒,过了几天才离开。魏忠贤听说此事,大为生气。同魏忠贤有私交的御史倪文焕,弹劾周顺昌结党奸人,遂将他予以革职。苏州百姓越发人人自危了。天启六年,织造太监李实听从魏忠贤的命令,以讲学聚徒的罪名将周顺昌予以治罪,还将都御史高攀龙、御史周宗建、谕德缪昌期、御史黄尊素、御史李应昇等逮捕治罪。皇帝派出的特使到达苏州,周顺昌志气昂扬、神情自若。但苏州百姓不分老少都非常愤慨,有五个人是其中反应最激烈的。这五个人,分别叫颜佩韦、马杰、沈扬、杨念如、周文元。

　　佩韦贾人子,家千金,年少不欲从父兄贾,而独以任侠游里中。比逮吏部,郡人震骇罢肆。而诏使张应龙、文之炳者虐于民①,民益怒,顾莫敢先发。佩韦于是爇香行泣于市②,周城而呼曰:"有为吏部直者来③!"市中或议,或询,或泣,或切齿訾,或搏颡吁天④,或卜筮占吉凶,或醵金为赆⑤,或趣装走京师挝登闻鼓⑥,奔走塞巷衢,凡四日夜。

【注释】

①张应龙、文之炳:皆为锦衣卫校尉,是地位较低的锦衣卫小官,也就是上文所言"缇骑",他们被派往苏州缉拿周顺昌等人。姚希孟《开读本末》:"锦衣千户张应龙、文之炳猝至吴,吴中鼎沸。"(《周忠介公遗事》)

②爇(ruò):点燃,焚烧。

③直:申雪冤屈,讨回正义。

④搏颡(sǎng):叩头。

⑤醵(jù)金:集资。赆(jìn):送别时赠给的财物。

⑥趣装:速整行装。挝(zhuā):敲打,击。登闻鼓:中国封建时代于朝堂外悬鼓,有冤抑或急案者击鼓上闻,从而成立诉讼。

【译文】

颜佩韦是商人之子,家里富有钱财,年少时不想跟着父亲兄长做生意,独自凭着任侠使气行走于乡里。等到周顺昌被逮捕,苏州百姓震惊地开始罢市。而奉皇帝诏命的使者张应龙、文之炳等锦衣卫肆虐百姓,百姓愈加愤怒，只是都不敢第一个站出来。颜佩韦于是点燃香烛在市集中边走边哭，围着城走了一圈而大声喊道："愿意给周顺昌讨回正义的人跟我来！"市集中的人有的议论，有的询问，有的哭泣，有的咬牙大骂，有的磕头向天呼冤，有的占卜测吉凶，有的凑钱送礼，有的整理行装打算去京城敲登闻鼓，为周顺昌奔走的人塞满大街小巷，这种现象共持续了四个昼夜。

　　洎宣诏①，诸生王节、杨廷枢、文震亨、徐汧、袁徵等窃计曰②："人心怒矣。吾徒当为谒两台③，以释众怒。"又谓："父老毋过激，激只益重吏部祸。"父老皆曰："诺！"乃相与诣西署④，将请于巡抚、都御史。巡抚者毛一鹭⑤，珰私人也。

【注释】

①洎（jì）：到，及。

②王节：字贞明，号惕斋，南直隶苏州府吴县（今江苏苏州）人。父为王廷贵。明崇祯十二年（1639）举人，顺治中任桃源县教谕。著《惕斋诗稿》。事见《（康熙）吴县志》卷六、《（同治）苏州府志》卷八二。杨廷枢：字维斗，号复庵，南直隶苏州府长洲（今江苏苏州）人。明代学者、复社领袖。因反清事泄被杀。事见陈鼎《东林列传》卷十二《杨廷枢传》、《（乾隆）吴江县志》卷三六。文震亨：字启美，画家、园林设计师，南直隶苏州府长洲（今江苏苏州）人。明亡，绝粒而死。事见陈鼎《留溪外传》卷一《文中翰传》。徐汧：字九一，号勿斋，南直隶苏州府长洲（今江苏苏州）人。明崇祯元年（1628）进士，明末殉节。事见陈鼎《东林列传》卷十《徐汧传》。袁徵：字公白，南直隶苏州府吴县（今江苏苏州）人。《（康熙）吴县志》卷七记他为崇祯元年恩贡。有《蘧庄

遗稿》。

③两台：指巡抚、巡按御史两台官员。据明陈建《明通纪》卷五七所记"乃迎两台于门"，实指巡抚毛一鹭、巡按御史徐吉。巡抚，明、清时期地方军政大员之一，又称抚台，巡视各地的军政、民政。巡按御史，简称巡按，由都察院（古称御史台）派遣监察官对地方行政进行定期巡回考察。

④西署：此指西察院。明代全国最高监察机构都察院，在地方州府设都察分院，简称察院，察院官员监督地方官员，辩明冤枉。据《（正德）姑苏志》卷二一，苏州都察分院有三处，分别是分枢察院、北西察院、西察院。西察院在明泽桥西。

⑤毛一鹭：魏忠贤党羽。号孺初，遂安（今浙江淳安）人。明万历三十二年（1604）进士，曾任兵部左侍郎。天启五年（1625）由大理寺少卿转任应天巡抚兼右佥都御史（见《熹宗实录》卷五五），巡抚驻地苏州。事见《（康熙）遂安县志》卷七。

【译文】

特使宣读诏书后，秀才王节、杨廷枢、文震亨、徐汧、袁微等人私下商量道："百姓愤怒。我辈应当为周大人拜见巡抚、巡按御史两台官员，以宣泄百姓之怒。"又告诉百姓："父老乡亲不要过激，过激只会加重周大人的灾祸。"百姓都说："好！"于是一起拜访西察院官署，请求巡抚、都御史能昭雪冤屈。应天巡抚毛一鹭，是魏忠贤的人。

是日，吏部因服，同吴令陈文瑞由县至西署①，佩韦率众随之，而马杰亦已先击柝呼市中②，从者合万余人。会天雨，阴惨昼晦，人拈香如列炬，衣冠淋漓，履屦相躏，泥淖没胫骭③。吏部昇肩舆④，众争吊吏部，枳道不得前⑤。吏部劳苦诸父老⑥。佩韦等大哭，声震数里。

【注释】

①陈文瑞：字应萃，号同凡，福建同安（今福建厦门同安区）人。明天启五年（1625）乙丑科进士，授苏州府吴县县令。为颜佩韦等五义士营葬，立石名五丈夫墓。后辞职归乡。事见《（康熙）同安县志》卷六。

②柝：旧时巡夜打更用的梆子。

③泥淖（nào）：烂泥，淤泥。骭（gàn）：胫，小腿。

④舁（yú）：共同用手抬。肩舆：轿子。

⑤枳（zhǐ）道：阻塞道路。

⑥劳苦：慰问。

【译文】

当天，周顺昌身穿囚服，和吴县县令陈文瑞从吴县前往西察院官署，颜佩韦率领众人尾随于后，马杰已经先在集市中敲着梆子呼喊，跟着的人计有一万多人。适逢下雨，天色阴阴惨惨光线暗淡，人们手里捏着香好像火炬排列，衣服帽子都被雨水浇透，鞋履相互踩踏，污泥没过小腿。周顺昌亲自去抬轿子，众人争相安慰他，以致道路堵塞不能通行。周顺昌安慰问候父老乡亲。颜佩韦等人大哭，声音响彻数里。

移时抵西署，署设帏幕仪仗。应龙与诸缇骑立庭上，气张甚，最下陈锒铛钮镣诸具①，众目属哽咽。节、震亨等前白一鹭及巡按御史徐吉曰②："周公人望③，一旦以怵珰就逮，祸且不测。百姓怨痛，无所控告。明公天子重臣，盍请释之以慰民乎？"一鹭曰："奈圣怒何？"诸生曰："今日之事，实东厂矫诏④。且吏部无辜，徒以口舌贾祸⑤。明公剀切上陈⑥，幸而得请，吏部再生之日，即明公不朽之年。即不得请，而直道犹存天壤，明公所获多矣！"一鹭张无周以对⑦，而缇骑以目相视耳语,谓"若辈何为者?"讶一鹭不以法绳之。而杨念如、沈扬两人者,攘臂直前[8],诉且泣曰:"必得请乃已!"念如故阊门鬻衣人[9],扬故牙侩[10],皆不习吏部,并不习佩韦者也。蒲伏久之[11],麾之不肯起[12],缇骑怒叱之。忽众中闻大声骂忠贤"逆贼!逆贼!"则马杰也。缇骑大惊曰:"鼠辈敢尔,速断尔颈矣!"遂手银铛,掷阶舂然[13],呼曰:"囚安在?速槛报东厂[14]!"佩韦等曰:"旨出朝廷,顾出东厂耶?"乃大哗。而吏部舆人周文元者,先是闻吏部逮,号泣不食三日矣,至是跃出直前夺械。缇骑笞之,伤其额,文元愤,众亦俱愤,遂起击之炳。之炳跳,众群拥而登,栏楯俱折[15],脱屐掷堂上,若矢石落。自缇骑出京师,久骄横,所至凌轹[16],郡邑长唯唯俟命。苏民之激,愕出不意,皆踉跄走。一匿署阁,缘桷[17],桷动,惊而堕,念如格杀之。一逾垣仆淖中,蹴以屐,脑裂而毙。其匿厕中、翳荆棘者,俱搜得杀之。一鹭、吉皆走匿。王节等知事败,而当众气方张之时,即欲前谕止不可得。诸父老练事者,亦旋悔,稍稍散。

【注释】

①银铛:铁锁链。钮镣:泛指枷锁镣铐之类的刑具。

②徐吉:时任巡按御史,在处理苏州民众暴乱时给朝廷上的奏章被汇录成《徐巡按揭帖》,以他的视角备述此次事件。

③人望:人心所向,众人所仰望。

④东厂矫诏:东厂太监假托皇帝诏书。东厂,明朝时,专由宦官掌理事务的特务机关,用来查访谋逆,监管吏民言行,与锦衣卫均势,成立于明成祖永乐年间。

⑤贾:招惹,招引。

⑥剀切:恳切,切中事理。

⑦张无周:据诒清堂本、吴肃公《街南文集》卷十五乙应作"周张无"。王根林校本作"张周无"。周张,焦躁急迫貌。

⑧攘臂:捋起袖子,伸出胳膊。表示激奋或发怒。

⑨阊门:苏州古城之西门,通往虎丘方向。

⑩牙侩:牙人。旧时居于买卖双方之间,从中撮合,以获取佣金的人。

⑪蒲伏:犹匍匐。伏地而行。

⑫麾:挥动,指挥。

⑬砉(huā)然:象声词。常用以形容破裂声、折断声、开启声、高呼声等。

⑭槛:槛车,囚车,此处用作动词。

⑮栏:门栏。楣:门框上的横木。

⑯凌轹(lì):欺压,压倒。

⑰桷(jué):方形的椽子。

【译文】

过了一段时间,众人到了西察院,官署里摆着帷幕仪仗。张应龙和锦衣卫们站在庭堂上,气势相当嚣张,最下方放着枷锁、镣铐之类的刑具,众人看到后发出哽咽声。王节、文震亨等人上前对应天巡抚毛一鹭和巡按御史徐吉说:"周大人负有民望,一时因忤逆魏忠贤而被逮捕,恐遭不测之祸。百姓怨恨痛苦,没有地方可以控告。您是天子重臣,为何不放了他来安慰民心呢?"毛一鹭说:"如果圣上发怒怎么办?"众人说:"今天的被捕之事,实际上是因东厂太监篡改诏书而起。而且周大人是无辜的,只是因为别人诽谤才获罪。您上陈奏疏说明情理,侥幸得到皇帝的应允而让周大人无罪释放的那天,就是您功绩永不磨灭的时候。即使不能得到允准,但正义仍然存在于天地之间,您会得益甚多!"毛一鹭焦躁急迫却无话可说,但锦衣卫看着他们耳语,说:"你们干什么?"惊讶毛一鹭不把他们绳之以法。而杨念如、沈扬两个人捋起袖子直走向前，哭诉道："必须得到允准释放我们才会停止！"杨念如过去是阊门卖衣服的，沈扬过去是苏州牙人，都和周顺昌不熟，和颜佩韦也不熟。久久地匍匐在地，喊他也不肯起来，锦衣卫生气责骂他。忽然从人群中传出很大的声音，痛骂魏忠贤"逆贼！逆贼！"，是马杰在怒骂。锦衣卫大惊说："鼠辈胆敢再犯，将砍断你的脖子！"于是手里拿着锁链，扔在台阶上发出声响，喊道："罪犯在哪里？赶快装入槛车押送东厂！"颜佩韦等人说："圣旨本当出自朝廷，现在反而出自东厂了吗？"于是众人大哗。周顺昌的轿夫周文元，先是听到周顺昌被逮捕，哭泣喊叫、不吃不喝已经三天了，到了这个境地就从人群中跳出，直接上前抢夺兵器。锦衣卫抽打他，伤到了他的额头，周文元十分愤怒，众人也都很愤怒，于是起来打锦衣卫文之炳。文之炳跳起，众人一起围起来蹬他，栏杆门楣都被折断，人们脱掉鞋子往堂上扔，好像箭矢石头落地一样。自从锦衣卫离开京师，横行已久，所到之处都会欺压别人，州府长官只会唯唯诺诺、接受命令。苏州百姓的激愤，出其不意，锦衣卫都步履不稳地逃跑。一个躲在官署阁楼，爬到屋椽上，屋椽晃动，他大惊之下落在地上，杨念如击杀了他。一个翻墙倒在污泥中，众人用屐鞋踢他，踢得他脑袋开花而死。躲在厕所和荆棘丛中的，都被找到并打死。毛一鹭、徐吉都逃走躲了起来。王节等人知道事情失败，但在众人愤怒的劲头上，即使想上前阻止也做不到。那些通晓事理的百姓，也很快后悔了，众人慢慢散了。

　　是日也，缇骑之逮御史黄公尊素者，适舟次胥江①，掠于郛②，执市人挞之③。郛人闻城中之殴缇骑也，亦殴之，焚其舟，挤水中。

【注释】

①胥江：水名。春秋时由伍子胥主持开挖的人工运河。水源出太

湖,经胥口、木渎,汇京杭大运河,过横塘,进苏州城西的胥门,与外城河交汇,全长28里。锦衣卫押解黄尊素泊胥江事,见《明季北略》卷二《周顺昌》:"是日,城中正沸。而锦衣逮黄尊素者,由吴入浙,泊舟胥江,罔知也。登岸扬扬,凌轹市民,一人偏袒呼曰:'是何得纵?'一招而击者云集,遂沉其舟,焚其衣冠,所得辎重悉投之于河。诸旗仅以身免。"

②郛(fú):外城,城外面围着的大城。

③市人:市民。

【译文】

那一天,逮捕御史黄尊素的锦衣卫恰好要停泊胥江,船只经过外城墙时,逮住市民殴打。外城人听说城里在打锦衣卫,也痛殴城外的锦衣卫,烧了他们的船,把他们推入水中。

次日雨霁,乡大夫素服谒两台①,策所以敉地方②。而一鹭则夜已密书飞骑白东厂③,且草疏告变矣④。檄下县曰:"谁为柝声聚众者?谁为爇香号泣者?谁为骁雄贾勇、党罪囚而戕天使者⑤?必悉诛无赦!"

【注释】

①乡大夫:乡间的官员,类似乡长、里长。素服:居丧或遭到其他凶事时所穿的白色衣服。

②敉(mǐ):安抚,安定。

③密书:密信。

④草疏:拟写奏章。

⑤贾勇:鼓足勇气。

【译文】

第二天雨停了,乡官们穿着丧服拜谒巡抚、巡按御史等官员,寻问怎么安抚地方。而毛一鹭早在前一天晚上就写了密信快马报告东厂,还拟写奏章状告民变。檄文下到县里说:"是谁敲梆聚众?是谁点香哭号?是谁逞勇斗狠、结党罪犯而杀死使者?必须全部诛杀而不予赦免!"

　　始,众以吏部故,用义气相感发,五人一呼,千百为群;闻捕诛,稍稍惧。五人毅然出自承曰:我颜佩韦,我马杰,我沈扬,我杨念如,我周文元。俱就系①,曰:"吾侪小人,从吏部死,死且不朽!"及吏部死诏狱,五人亦斩于吴市,谈笑自若。先刑一日,暴风雨,太湖水溢②,而广陵人则言文焕家居昼坐,忽忽见五人严装仗剑③,旌旆导吏部来,忽不见。庭井石阑④,飞起舞空中,良久乃堕,声轰如雷。

【注释】

①系:拘囚。

②太湖:古称震泽、具区,又称五湖、笠泽。地跨江苏、浙江二省。为我国第三大淡水湖。承受大运河和苕溪来水,主要由黄浦江泄入长江。湖中岛屿有48个,以洞庭东山、洞庭西山、马迹山、鼋头渚为最著。烟波浩渺,景色多姿,自古称胜景。

③忽忽:倏忽。

④石阑:石头栏杆。

【译文】

　　刚开始,众人基于周顺昌的原因,通过义气相互感染激励,五个人一喊,千百人聚集在一起;听到要被逮捕杀头,大家才渐渐恐惧起来。五个人毅然站出而招认说:我颜佩韦,我马杰,我沈扬,我杨念如,我周文元。他们都被逮捕后,说:"我们都是小人物,跟从周大人而死,死而不朽!"等到周顺昌死在牢狱,五人也被斩杀于苏州街市,死时谈笑自若。行刑前的一天，暴风骤雨，太湖水满，扬州人说倪文焕白天坐在家里时，倏忽之间看见有五个人装束整齐，手持宝剑，举着旗帜引导周顺昌前来，突然间又不见踪影。庭院水井边的石头栏杆，飞起后在空中舞动，很久才落下，轰然一声，如同雷鸣。

　　明年，烈皇帝即位①，忠贤伏诛，吏部子茂兰刺血上冤状②。诏恤吏部，诛文焕。苏士大夫即所夷珰祠废址③，裒五人身首④，合葬而竖石表之，至今称"五人之墓"云。

【注释】

①烈皇帝：明思宗朱由检，字德约，明朝第十六位皇帝（1627—1644年在位）。他于苏州事件的第二年，即天启七年（1627）八月登基，次年改元崇祯。死后，南明弘光帝赠谥号绍天绎道刚明恪俭揆文奋武敦仁懋孝烈皇帝，简称烈皇帝。

②吏部子茂兰：周茂兰，明末清初处士。字子佩，号芸斋，周顺昌子。崇祯初刺血书疏，诣阙诉父冤，得赠官，建祠赐额。好学砥行，不就荫叙，明亡后隐居不出。事见彭定求《端孝先生传》（《南畇文稿》卷六）、黄宗羲《周子佩先生墓志铭》（《南雷文定》后集卷三）。

③珰祠：魏忠贤生祠。魏忠贤活着时，各地为其修建祠堂，加以供奉，应天巡抚毛一鹭在苏州虎丘为其建祠。

④裒（póu）：聚。

【译文】

　　第二年，明思宗朱由检继位，魏忠贤伏诛，周顺昌的儿子周茂兰刺血书疏，上呈冤案诉状。明思宗下诏抚慰周顺昌，诛杀倪文焕。苏州士大夫随即在已被夷平的魏忠贤祠堂废址，聚齐五个人的身体和脑袋，将他们合葬在一起并竖立石碑旌表他们的事迹，至今尚称"五人之墓"。

街史氏曰^①：奄寺之祸^②，古有弑君覆国者矣。而何物魏逆，威焰所愒^③，俾率土靡然^④。廉耻道丧，振古为极矣^⑤！向使中朝士大夫悉五人者^⑥，则肆诸市朝何为哉^⑦？五人姓名具而"人"之，无亦以人道之所存，不于彼而于此欤！

【注释】

①街史氏：本文作者吴肃公别号街南，故在作品中常自称街南氏、街史氏。

②奄寺：指宦官。

③愒（hè）：恐吓。

④靡然：颓靡貌。

⑤振古：远古，往昔。

⑥中朝：古代皇帝为加强皇权，选用一些亲信侍从组成宫中的决策班子，又称内朝。

⑦市朝：朝野。

【译文】

吴肃公说：宦官带来的祸乱，古代就有弑君亡国的。魏忠贤又算什么东西，他的威势气焰震慑天下，使整个国家变得荒废倾颓。他没有廉耻、道德沦丧，堪称自古至今的第一人！假使内朝官员都像苏州五人这样，那么魏忠贤怎么会在朝野内外肆虐呢？五个人都有姓名但用"人"来称呼，不也因为为人之道存在的地方，不在朝廷，而是在他们身上！

　　张山来曰：此百年来第一快心事也。读竟，浮一大白。

【译文】

　　张潮说：这是近百年来最让人痛快的事情了。读完，满饮一大杯酒。

箫洞虚小传

傅占衡①

今箫非箫也，盖古"尺八"②。近予临川车衮擅其巧，今世称"洞虚子"者是也。

【注释】

①傅占衡：字平叔。江西抚州府临川县（今江西抚州临川区）人。明末清初文学家。明亡后，奉父隐居山中，与世相绝，专事著述。事见《（康熙）江西通志》卷三四、《（光绪）抚州府志》卷五九。本篇选自其作品集《湘帆堂集》卷六，该书由傅占衡的友人陈孝逸在傅占衡去世后编集而成，共二十六卷。又见引于《明文海》卷四一九。

②尺八：古代管笛箫类乐器的一种。因长一尺八寸得名。有人认为今已失传。

【译文】

今天的箫不是箫，大概是古时的"尺八"。近来我们临川人车衮擅长制箫技术，现在人们称呼他为"洞虚子"。

　　衮，戴湖村人，字龙文。幼涉学，凡艺近文史者皆工，而尤妙于竹，凡竹之属皆善，而最善者窍尺八也。自言年七岁，弄俗箫成声，辄恶其声。十岁时得吴市箫吹之①，亦不厌己意。然好弥甚，至妨语食。刿刲刻镂②，大变旧法。昼则操造水滨怪石旁，或入幽岫林樾苍蓓中③。当月野霜庭、鸟睡虫醒之际，启塞抑按，未尝去手。一日悟其法，起舞拍床，骂前人聋钝，不闻此妙矣。

【注释】

①吴市箫：伍子胥从楚国逃到吴国时，曾在吴国街市上吹箫乞讨，后人遂称其"吴市箫"。此处虽有化用典故的意味，更是指吴地集市上出售的良箫。

②刬（yǎn）：削。刳（kū）：剖开后再挖空。

③岫（xiù）：山。樾（yuè）：树荫。蒨（qiàn）：茜草。

【译文】

　　车尧是戴湖村人，字龙文。幼时钻研学问，凡是和文史相关的技艺都擅长，尤其擅长制作竹子类乐器，凡是和竹子相关的技艺都出色，最擅长的是给尺八打洞。他讲自己七岁时，摆弄普通的箫，听了它吹出的声音就觉得心中厌烦。十岁的时候得到吴市箫，吹了也不合心意。但是更喜欢箫了，甚至到了影响他说话睡眠的地步。削竹、剖竹、刻画、镂空，每个环节都和传统的方法大为不同。他白天就在水边怪石旁制造，或者进入深山密林茂草之中。当月光映照野外、银霜洒满庭院、禽鸟归巢栖息、昆虫悄然醒来的时候，他拔开塞子，双手时压时按，便不愿再放开手。一天，想明白了其中的诀窍，就高兴地起舞，拍打床铺，大骂前人又聋又蠢，不知道其中的奥妙。

　　顷之，其乡人持一管万里外，遇解音客，购之万钱双绢。自是洞虚子箫闻天下。顾产僻左①，足不到吴越歌舞场，客居十指不给②。其后俗箫稍稍窃其粗似，丹碧之，名"洞虚"，乱吴市中，暴得直③。而真洞虚子家故贫自若也。时澹荡以酒人客高门雅士间④，语次骂坐⑤，众欲殴之。已而闻箫声，满坐皆欢，又相与洗盏更酌⑥。盖其为人如此。四方之知洞虚子者，至今莫知其何许人也。

【注释】

①僻左：偏僻之地。

②不给：供给不足，匮乏。

③直：价值。

④澹荡：放达，不受约束。

⑤语次：交谈之间。骂坐：漫骂同座的人。

⑥洗盏：以酒洗杯，指饮酒。

【译文】

没过多久，车垚的同乡拿着一支他制作的"洞虚箫"远赴万里之外，遇到了一个懂音乐的人，用一万钱、两匹绢来买这支竹箫。从此以后"洞虚箫"名扬天下。本来车垚住在偏僻之地，足迹不到吴越的歌舞场中，双手劳作也无法供给生活所需的花销。后来有些普通的竹箫渐渐粗糙地模仿他制作的竹箫，涂上红绿等颜色，也叫"洞虚箫"，还混到吴地集市去售卖，以此赢得暴利。而真正的洞虚子车垚家里还是像以前一样贫穷。当时他在贵族雅士门下做客，饮酒时放荡不羁，交谈之间谩骂同坐之人，众人气得想要痛打他一顿。不久听到他的箫声，所有人又高兴起来，一起饮酒并轮换斟酌。大概他的为人就是这样。四处皆传闻"洞虚子"这个名字，但到今天都不知道他是哪里人。

其箫表里濯治①，得议制之妙②；无瑕声，无累气③，饰以行草秀句，山水渔钓，宫观烟树，人物花鸟虫豸，杂工写④，描勒入神。而其独得之妙在选竹，竹至千尺取十一，盖有柯亭、爨下遗识乎⑤？啸咏之顷，辄以斤锯自随。园公林监或訾病之⑥，好事者赏其僻，不问也。

【注释】

①濯治：光洁。

②议制：比喻他制成的箫合乎法度，有固定的标准。议，《明文海》引作"仪"。

③累气：指吹奏起来芜杂累赘，导致箫音凝滞。

④工写：工笔和写意，都是国画绘画方式。工笔用笔工巧细密，着重细部的描绘；写意不求工细，着意注重表现神态和抒发作者的意趣，跟"工笔"相对。

⑤柯亭：即柯亭竹。柯亭，又名高迁亭（今浙江绍兴西南），以产良竹著名，蔡邕经过这里时曾砍竹制笛，能发妙声。爨（cuàn）下遗识：出自《后汉书·蔡邕传》："吴人有烧桐以爨者，邕闻火烈之声，知其良木，因请而裁为琴，果有美音，而其尾犹焦。"

⑥园公林监：管理花园、森林的人。訾病：指责。

【译文】

车衮制作的箫里外干净光洁，合乎礼制法度；没有瑕疵的声音，没有芜杂多余的气息，上面用行书草书写就的美丽句子、青山绿水、渔翁垂钓、宫室道观、烟雾绕林、人物花鸟昆虫来装饰，夹杂着工笔和写意的绘画技巧，其描写刻画极尽神韵。然而它独特的地方在于选取竹子，千尺高的竹子只选十分之一，大概是从柯亭、爨下传下的本事吧？他歌咏吹奏的时候，就带着斧子和锯子。管理花园树林的人或许会指责他，好事之人却欣赏他的怪癖，任他自行其是。

　　予尝得二焉，其一潇湘合流①，八景分峙②，隙间题咏，毫发可数；其一十八尊者图③，李龙眠笔、苏子瞻赞、秦太虚记皆具④。尝置酒倚琴而吹之，因谓："子是艺如北方佳人，绝世独立，余粉黛皆土耳。昔人品庾信月明孤吹⑤，然非洞

虚箫,宁称子山文乎?"衮大喜,遂别作一枝遗予,彤以一丘
一壑,一觞一咏,而题其上云:"青筠欲托王褒赋⑥,明月吹
成庾信文。"且曰:"箫之寿计年计十,人之寿计十计百,先
生作传,洞虚之寿不可计。敢请!"予笑诺之,因访其利病
最要处⑦。衮乃曰:"箫孔下出贯绹者两⑧,宜差后而斜睨⑨,
勿居中而径往。"予爱其聪巧绝伦,戏为《箫洞虚传》传之。
嗟夫! 恐亦如流马木牛⑩,尺寸具诸葛书中,人不能用也。

【注释】

①潇湘:湖南境潇水与湘水的合称。

②八景:潇湘八景,潇湘一带的八处佳胜。宋代沈括《梦溪笔谈·书
　画》中有所描述,后来多有才子追和,或诗或画,吟咏图绘八景。

③十八尊者:十八罗汉,佛教释迦牟尼的十八个修成正果的弟子,是
　寺院塑像、绘画作品中的常见人物。

④李龙眠:李公麟,字伯时,号龙眠居士,北宋著名画家。庐江郡舒
　城县(今安徽舒城)人。代表作品有《五马图》《维摩居士像》
　《免胄图》等。苏子瞻:苏轼,字子瞻。秦太虚:秦观,字少游,一
　字太虚,别号邗沟居士,学者称其淮海居士。扬州高邮(今江苏
　高邮)人。北宋文学家,"苏门四学士"之一。

⑤庾信:字子山,南阳郡新野县(今河南新野)人。南北朝时期文
　学家。其家"七世举秀才""五代有文集",父亲庾肩吾为南朝梁
　中书令,亦以文才闻名。月明孤吹:庾信《荡子赋》有"陇水恒冰
　合,关山唯月明。……新筝不弄,长笛羞吹。"

⑥青筠:指竹子。王褒:西汉时期著名的辞赋家,曾作《洞箫赋》从
　竹子写起,讲述箫的制作及箫声美妙,进而写箫声的道德感化作
　用和艺术感染力,最后以余音袅袅和不绝如缕收尾。

⑦利病：利弊，利害。

⑧贯：穿。纶：丝绳。

⑨斜睨：斜视。

⑩流马木牛：相传是诸葛亮制造的运输物资的工具。晋陈寿《三国
　　志·蜀志·诸葛亮传》："亮性长于巧思，损益连弩，木牛流马，皆
　　出其意。"

【译文】

　　我曾经得到过两支洞虚箫，一根是潇湘合流，潇湘八景分布其间，空隙之间题刻着诗歌，纤毫可辨；一支是十八罗汉，李公麟的字、苏轼的赞、秦观的记都具备。我曾置办酒席倚着琴而吹箫，故而说道："你的这才艺如同北方的美女，卓然出众而无人能比，其余美女都是庸脂俗粉罢了。前人品味庾信作品中明月之夜独自吹奏，但吹得又不是洞虚箫，怎么能说庾信有文采呢？"车衮非常高兴，于是另做了一支竹箫送给我，涂饰着一面山坡一道幽壑，一杯酒一首诗，上面写道："青筠欲托王褒赋，明月吹成庾信文。"并且说："竹箫的寿命用一年十年计算，人的寿命用十年百年计算，您为我作传，我的寿命将因文章的流传而不可计算。请您给我写吧！"我笑着答应了，于是问他制作竹箫最关键的地方。车衮说："竹箫底下穿绳子的两个孔，应该放在稍后一点的位置并且形成倾斜的角度，不要沿着中线直接排列下来。"我欣赏他的聪明绝伦，开玩笑地写了《箫洞虚传》来记录他的事迹。哎！恐怕又像诸葛亮制造的流马木牛，制作尺寸全记在诸葛亮的书里，但后人却无法使用了。

　　　张山来曰：此日之箫，其贯纶处，皆近后而斜睨，无居中者。其殆皆本于车君耶？

【译文】

　　张潮说：今天的箫，穿绳的地方，都是靠后而且倾斜的，没有居

中的。这大概都源于车衰吧?

　　又曰:黄九烟先生为予言①:"韩翁能吹铁箫,冠服诡异,时而衣大袖红衫,如豪富公子;时而破衲褴褛,如贫乞儿。"予闻而异之,因访焉。面城而居,败屋一楹,几上置大小竹管若干具,皆有窍,长四五六寸不等。裂片楮三四寸许者②,书《箫谱》,约三四十字,堆满几案。翁衣貉裘,冠狐帽,如营伍中人,语操北音。予请聆其技。乃出铁箫者三,其二制与常箫等,左右手各握一具,以鼻吹,音无参差也;其一约长二尺余,口吹。余因询其所裁竹管③,答云:"竹不论长短皆可吹,但须因材剜窍耳。予《箫谱》止四五句,熟之则诸曲皆可合也。尚有铁琴一,今在真州④,未携来,不能为君奏矣。学予技,颇能已病。抚军某患目疾,予授以吹箫而愈。制府某患齿病⑤,予授以吹箫而愈。所治者非一人矣!"复为余言:"今医家每以王道治病⑥,王道性燥烈,恐反增疾。予则纯以霸道治之⑦,是药皆取其魂而去其质⑧,仅轻清之气耳。"予因知翁未尝读书,误谓"霸"为"王",谓"王"为"霸"也。因读《箫洞虚传》,附记于此。

【注释】

①黄九烟:黄周星,原姓周,名星,字景虞,号九烟。生于上元(今江苏南京),随祖母黄氏而变易姓氏,晚年还变名黄人。明崇祯十三年(1640)进士,授户部主事,入清隐居不仕。清康熙十九年

（1680）端午节,在南浔投水自杀。著有《夏为堂集》《制曲枝语》等。事见《黄户部传》(汪有典《明忠义别传》卷三十)、陈鼎《笑苍老子传》(《留溪外传》卷五)。

②楮(chǔ):也叫穀,通称构树。落叶乔木。叶似桑叶而粗糙,果圆球形,熟时红色。树皮可造纸,叶可作猪饲料。

③所:代词,表示疑问。裁:选择,决断。

④真州:治今江苏仪征。

⑤制府:制置司衙门,掌军务。宋代的安抚使、制置使,明、清两代的总督,均尊称为"制府"。

⑥王道:本是儒家提出的一种以仁义治天下的政治主张,与霸道相对,具有宽和滋益的意思。但韩翁不识诗书,刚好把词语的意思弄反了。韩翁原本想表达:医家惯用功效峻急的强横猛药,而自己吹箫则是采用舒缓宽和的吹奏方式。

⑦霸道:原是指君主凭借武力、刑法、权势等进行统治,与"王道"相对,带有蛮横强硬的意思。

⑧取其魂而去其质:形容韩翁吹箫这味药是选取虚无的精魂而抛弃外在的形体。魂、质,指灵魂和实体。

【译文】

又说:黄周星先生对我说:"韩翁能够吹铁箫,他穿着奇异,有时穿着红色的宽袖长衫,好像富家公子;有时穿着缝缝补补的破旧衣裳,好像贫困乞丐。"我听说后感到惊异,于是去探访他。他家对着城墙,只有一间破旧的房子,桌子上放了大大小小很多竹管,都已经凿出孔窍,有四、五、六寸等不同长度。劈开三四寸长的构树木片,上面写着《箫谱》,一片上大概有三四十字,堆满了桌案。韩翁穿着貉皮大衣,带着狐皮帽,好像是军中士卒的装扮,说话是北方口音。我请他吹箫。他于是拿出三支铁箫,其中的两支形制和普通箫一样,左右两手各握一支,用鼻子吹,音调上没有丝毫差错;还有一支大概有两尺多长，用嘴吹。我便问他如何选择竹管，他回答说："竹子不管长短都能吹奏，但是需要根据材质、形状去挖孔罢了。我的《箫谱》只有四五句，熟悉了就能将它融通到所有的曲子中。我还有一架铁琴，现在在真州，没有带过来，不能为您弹奏。学习我的技艺，能够治病。某巡抚患了眼疾，我教他吹箫而治好了病。某总督患了牙病，我教他吹箫而治好了病。治好的患者不止一个人！"又对我说："现在的医生每每用'王道'治病，'王道'属性燥烈，恐怕反而会恶化疾病。我纯粹用'霸道'治病，这种药都是选取虚无的精神而抛弃外在的实体，只是轻灵柔和的气流罢了。"我因此知道韩翁没有读过书，他错将"霸"说成"王"，将"王"说成"霸"。趁着读《箫洞虚传》，把韩翁之事附记在这里。

鬼孝子传

宋曹①（射陵）

海宁陆冰修述闽中高云客之言曰②：其乡有"鬼孝子"者，生七八岁，父亡于外。家无宿粮③，孝子即能以力养其母，俾母安其室而无他志。将束冠④，聘某氏女，未及娶，孝子忽以疾死。自是母无所依。有邻人某者，将娶之，谓媒者曰："若之夫久相失矣，若之子又卒亡矣，若之家无三尺之童，且无衣无食矣，若其何以自终乎？予欲与若偕老，若其许之乎？"媒者悉以告其母，母将许之。孝子是夜忽声作于室，呜呜然环榻而告母曰："儿虽死，儿心未死也。儿与母形相隔，魂相依也。邻人欲夺吾母，母遂将从之乎？"母惊哭曰："失身岂吾素志⑤？始汝父死，赖有汝；汝死，吾复何赖？汝为我谋,我何以生?"孝子曰:"儿之生,曾以力养吾母,亦曾以余力聘某氏女。儿不幸早丧,母无所依,某当归吾聘资为母生计⑥。"母曰:"如不应何?"孝子曰:"儿当语之。"是夜果见异于某家。某倍偿前资,以归其母。母以是自给。

【注释】

①宋曹:参见卷一《义猴传》注释。本篇选自宋曹《会秋堂集》。宋曹《会秋堂集》有诗九卷、文二卷、附编一卷,今存上海图书馆藏稿本。又见引清钱肃润辑评《文瀚初编》卷十四;又陆嘉淑的弟弟陆次云《北墅绪言》卷三《奇孝传》记述鬼孝子一事,文字与此大同小异。又见吴陈琰《旷园杂志》卷下、徐熙龄《熙朝新语》卷六引《虞初新志》,褚人获《坚瓠集》余集卷二引"《北墅手述》高云客言"(文同《北墅绪言》),事略。

②陆冰修:陆嘉淑,字孝可,又字冰修,号辛斋,又号射山,射山衰凤,海宁路仲里(今浙江嘉兴)人。清初诗人、书画家、藏书家。高云客:高兆,字云客,号固斋居士、栖贤学人等,清康熙时闽县(今福建福州)人。"闽中七子"之一。著有《续高士传》《端溪砚石考》《怪石考》《砚石录》《启祯宫词》《荔社纪事》《揽胜图谱》《观石录》等。事见《(乾隆)海宁州志》卷十一。

③宿粮:第二天吃的粮食,存粮。

④束冠:束发戴冠,指二十岁时成年加冠。

⑤失身:失去守寡不嫁的贞节操守。

⑥聘资:聘礼,指订婚时男方给女方的财礼。

【译文】

海宁人陆嘉淑叙述福建人高兆的话,说:他的家乡有个"鬼孝子",

生下来七八年，父亲就死在外面。家里贫困而无存食，孝子就靠自己的能力供养母亲，使母亲安守家里而没有外嫁的想法。他快要成年的时候，已聘下某家的女儿，还没有来得及把她娶回家，孝子突然生病死了。从此母亲无依无靠。有个邻居，想要娶她，吩咐媒人转告她："你的丈夫早就死了，你的儿子也病死了，你家没有三尺高的仆童，而且没有衣服和食物，你要如何给自己养老送终？我想和你携手到老，你同意吗？"媒人把这话全部转述给孝子的母亲，他母亲将要答应婚事。孝子当晚在房间里忽然发出呜呜的声响，那些声音绕着床榻，他对母亲说："儿子虽然死了，儿子的心没有死。儿子和母亲身体虽然相隔，魂灵却依偎在一起。邻居想要抢夺我的母亲，母亲就要跟从他吗？"他的母亲惊吓地哭诉："难道我一直想要失节改嫁吗？起初你父亲死了，幸亏还有你；如今你死了，我又要依靠谁？你替我考虑一下，我要靠什么生存呢？"孝子说："儿子活着的时候，曾经靠能力养活我的母亲，也曾经尽所能及聘下某家的女儿。儿子不幸早死，母亲无所依靠，我要拿回下聘的钱财给母亲作为维持生活的资本。"母亲说："如果人家不还怎么办？"孝子说："儿子会告诉他家。"当天晚上某户人家果然出现异象。那家加倍补偿了以前的聘礼，归还给了孝子的母亲。他的母亲因此能自给自足。

三年许，资尽，母复呼孝子之魂而告之。孝子曰："儿生能以力养吾母，死亦能以力养吾母。"母曰："吾儿鬼矣，乌能复以力养？"孝子曰："母当市中，语担者曰：'尔倍平日所担，吾儿当佐汝。'"母果入市语担者。担者曰："若儿死矣，乌能佐吾担？"其母曰："请试之。"担者果增以倍，孝子阴佐之[1]，担者疾走如平日。因以所获钱谷，归半于其母。孝子日佐之无间，母以是自给至老。

【注释】

①阴：暗地里。

【译文】

大概过了三年，钱用完了，母亲又喊来孝子的魂魄告诉他此事。孝子说："儿子活着的时候靠能力供养我的母亲，死了也能靠能力养活我的母亲。"孝子母亲说："我的儿子如今是鬼，怎么能有能力供养我呢？"孝子说："母亲可去市集里，对挑担的人说：'你挑上比平时担子多一倍的重量，我的儿子会帮助你。'"孝子母亲果然到市集里如此转告挑担的人。挑担的人说："你的儿子已经死了，怎么可能帮助我挑担？"孝子母亲说："请你试一试。"挑担的人果然增加了成倍的重量，孝子暗地里帮助他，挑担的人像平时一样快步走路。于是把得到的钱粮的一半给了孝子母亲。孝子每天帮忙而不间断，他的母亲因此自给自足到老死。

呜呼！孝子当父死后，能尽孺慕之孝以养其母，俾母安其室而无他志。迨身死后①，复能精魂周旋其母②，俾母获全生平之节③；而且以死力佐担养母，以至于老。岂非孝子之为德④？非死之所能间乎！爰记其事而传之⑤。

【注释】

①迨：等到，及。

②精魂：灵魂。古人认为人死后，人的灵魂会离开肉体而独立存在，不会消亡，这种存在状态叫作鬼，也称作鬼魂。周旋：应付。

③节：贞节，指女子守贞或夫死而不改嫁的节操。

④岂非：难道不是，表示反诘的语气。为德：做符合道德的事情，做好事。

⑤爰：于是。

【译文】

　　哎呀! 孝子在父亲死后,能够尽儿子的孝道赡养母亲,让母亲安守其室没有改嫁的想法。等到他死了,又能用灵魂的状态来应对他母亲,让母亲保全了一生的贞节;而且用死者的能力帮忙挑担子来赡养母亲,一直到她终老。难道这不是孝子做的符合孝道的事情吗? 并非是死亡就能隔开的呀! 于是记下他的事迹以便传播。

　　张山来曰:予尝谓鬼胜于人,以人不能为鬼之事,而鬼能为人之事也。然世之赍志以殁者①,不能凭依于人以为厉,岂真如子产所云"用物精多,则魂魄强"②,否且反是耶? 今鬼孝子竟能自行其志,可以为鬼道中开一法门矣③。

【注释】

①赍志:怀抱着志愿。

②子产:姬姓,公孙氏,名侨,字子产,又字子美。春秋时期郑国著名政治家、思想家。他辅佐郑国国君执政期间,维护公室利益,限制贵族特权,进行了自上而下的改革。用物精多,则魂魄强:出自《左传·昭公七年》子产之语,大意是指生前生活条件好的人魂魄强,死后能成为鬼。生前生活条件不好的人魂魄弱,死后未必能成为鬼。

③法门:原指修行者入道的门径,此指路径。

【译文】

　　张潮说:我曾经说鬼比人强,因为人不能做鬼做的事,但鬼可以做人做的事。然而世上怀着高洁志向而死去的人,不能倚靠人而化成厉鬼,难道真的像子产说的"享用物品精良丰富的人,魂魄才会强大"，否则会与此相反吗？这个鬼孝子竟然能践行自己的志向，可以给鬼魂们提供一条效仿的路径。

黄履庄小传

戴榕（文昭）[①]

黄子履庄[②]，予姑表行也[③]，少聪颖，读书不数过，即能背诵。尤喜出新意，作诸技巧。七八岁时，尝背塾师，暗窃匠氏刀锥，凿木人长寸许，置案上能自行走，手足皆自动，观者异以为神。十岁外，先姑父弃世，来广陵，与予同居。因闻泰西几何比例、轮捩机轴之学[④]，而其巧因以益进。尝作小物自怡，见者多竞出重价求购。体素病，不耐人事[⑤]，恶剧嬲[⑥]，因竟不作，于是所制始不可多得。

【注释】

①戴榕：字文昭，是文中黄履庄的舅表兄，扬州（今属江苏）人，事不详。据《虞初新志》目录，本篇选自《奇器目略》，又略引于清末陈作霖《中国机器学家考》（《可园文存》卷七）。

②黄履庄：其事略见清吴陈琰《旷园杂志》卷下"木狗自吠"条，文记听自"宣城梅定九与柴陛升言"。又《（乾隆）福宁府志》卷十九、《（民国）霞浦县志》卷十五记清顺治、康熙间霞浦县学（雍正时升为福宁府学）有贡生"黄履庄"，可能为此篇戴榕之表弟。

③姑表行：姑母家表兄弟辈。姑表，一家的父亲与另一家的母亲是兄妹或姊弟的亲戚关系，双方的子女互称为"姑表姊妹"或"姑表兄弟"。行，排行。

④泰西：犹极西，过去泛指西方国家。几何比例：指西方几何学知

识,研究物体的形状、大小和位置间相互关系的科学。明代利玛窦、徐光启合译《几何原本》,西方几何学开始传入中国。轮捩(liè)机轴:机器齿轮转动,是西方由转轮、轴承等重要零部件来组装制造新产品的机械知识。捩,扭转。

⑤人事:人情事理。

⑥嬲(niǎo):纠缠。

【译文】

黄履庄,是我的姑表弟弟,小时候就聪明,读书不过几遍,就能背诵。尤其喜欢别出新意,制造机关器械。他七八岁的时候,曾经背着私塾老师,私下偷走工匠的刀锥,凿了个一寸来长的木头人,放在桌子上可以自动行走,手脚都能动,见到的人感到惊异神奇。十岁后,姑父去世,他来到扬州,和我一起居住。因为接触了西方的几何比例、轮轴扭转等知识,于是他的技术更加进步。曾经制作小东西来自我娱乐,见到的人大多会竞相出高价购买。他身体向来病弱,不喜欢人情世故,厌烦别人过度纠缠,因此竟然不做了,于是他制造的东西便难得一见了。

所制亦多,予不能悉记。犹记其作双轮小车一辆,长三尺许,约可坐一人,不烦推挽能自行①。行住,以手挽轴旁曲拐,则复行如初。随住随挽,日足行八十里。作木狗,置门侧,卷卧如常,惟人入户,触机则立吠不止。吠之声与真无二,虽黠者不能辨其为真与伪也。作木鸟,置竹笼中,能自跳舞飞鸣,鸣如画眉,凄越可听②。作水器,以水置器中,水从下上射如线,高五六尺,移时不断。所作之奇俱如此,不能悉载。

【注释】

①挽：拉，牵。

②凄越：凄凉清脆。

【译文】

他制作的东西也挺多，我没有办法全部记下来。仍然记得他制造了一辆双轮小车，三尺来长，大约可以坐一个人，不需要推拉就能自动走。走停了，用手拉车轴边上的曲拐，就又能像开始那样行走。随停随拉，每天能走八十里。制作过一个木头狗，放在门边，就像正常的狗一样蜷缩着身体卧在一边，只要有人进门，触到机关便立刻叫个不停。木狗叫的声音和真狗没有区别，即使是聪明人也不能分辨真假。制作了一个木鸟，放在竹笼中，能够自行跳舞、飞翔鸣叫，叫声像画眉鸟，凄凉清脆值得一听。制作过一个水器，把水放到器具中，一条水线从下面向上射去，高达五六尺，过了一段时间也不会间断。他制作的东西都是如此奇妙，无法全部记载。

有怪其奇者，疑必有异书，或有异传。而予与处者最久且狎，绝不见其书。叩其从来，亦竟无师傅，但曰："予何足奇？天地人物，皆奇器也。动者如天，静者如地，灵明者如人①，颐者如万物②，何莫非奇？然皆不能自奇，必有一至奇而不自奇者以为源，而且为之主宰，如画之有师，土木之有匠氏也，夫是之为至奇。"予惊其言之大，而因是亦具知黄子之奇，固自有其独悟，非一物一事求而学之者所可及也。昔人云："天非自动，必有所以动者；地非自静，必有所以静者。"黄子之奇，其得其奇之所以然乎？

【注释】

①灵明：聪明，通灵明敏。

②赜（zé）：精妙，深奥。

【译文】

有人奇怪他制作的东西如此奇妙，怀疑他肯定学自异书，或者传承了异术。但我和他相处时间最久而且极为亲近，知道他绝对没有读过这类书。我问他这些发明是从哪里来的，竟然没有师傅，他只是说："我有什么奇妙的地方？ 天、地、人、物，都是奇妙的东西。如天不断变化，像地安静不动，似人聪明灵秀，自然万物也仿佛奇妙深奥，哪个不让人感到惊奇呢？ 然而它们都不能发现自身的奇妙，必然有一个达到奇妙境界但并未察觉自身奇妙的事物成为来源，进而成为能支配它们的主宰，好像绘画依赖画家，土木建筑需要工匠，这样才能成为最奇妙的。"我惊讶他话语中的宏远旨意，通过这些话也完全明白了黄履庄的奇妙，因为他本来就有独特的领悟，不是只追求钻研一个物体、一件事情的人可以比得上的。古人说："不是天自己运转，肯定有它能运转的原因；不是地不运动，肯定有它不动的原因。"黄履庄的奇妙，肯定有他奇妙的原因吧？

黄子性简默，喜思。与予处，予尝纷然谈说，而黄子则独坐静思。观其初思求入，亦戛戛似难①，既而思得，则笑舞从之。如一思碍而不得，必拥衾达旦，务得而后已焉。黄子之奇，固亦由思而得之者也，而其喜思则性出也。黄子生丙申②，于今二十八岁，其年月日时，与予生期毫发无异，亦奇也，因附书之。

【注释】

①戛戛：形容困难。

②丙申：清顺治十三年（1656）。清顺治十三年丙申岁（1656）黄履庄和戴榕出生，至清康熙二十二年癸亥岁（1683），黄履庄和戴榕二十八岁，戴榕乃作此文。此后张潮撰写《虞初新志自叙》记有"康熙癸亥新秋"，而第二年，即康熙二十三年甲子岁，收录戴榕此文的《虞初新志》初刻本可能问世。

【译文】

黄履庄生性简静沉默，喜欢思考。和我相处时，我常谈天说地，但黄履庄只是一个人静坐思考。看他开始思考以求有所收获，也好像被难住了，一会儿若有所悟，就笑着手舞足蹈。如果一个想法遭到阻碍而总也想不通，他肯定会抱着被子想一个晚上，一定要想通才会停止。黄履庄的奇妙，也是经过思考才感悟到的，故而喜欢思考造就了他的性格。黄履庄生于顺治十三年，到今年二十八岁了，他的出生年月日和时辰，和我出生的时间丝毫不差，也算奇事，于是附带记述下来。

附：奇器目略

一、验器。冷热燥湿，皆以肤验，而不可以目验者，今则以目验之。

验冷热器：此器能诊试虚实，分别气候，证诸药之性情。其用甚广，另有专书。

验燥湿器：内有一针，能左右旋，燥则左旋，湿则右旋，毫发不爽，并可预证阴晴。

一、诸镜。德之崇卑，惟友见之；面之媸妍①，惟镜见之。镜之用，止于见己，而亦可以见物，故作诸镜以广之。

千里镜：大小不等。

取火镜:向太阳取火。

临画镜。

取水镜:向太阴取水②。

显微镜。

多物镜。

瑞光镜:制法大小不等,大者径五六尺,夜以灯照之,光射数里,其用甚巨。冬月人坐光中,遍体生温,如在太阳之下。

一、诸画。画以饰观③,或平面而见为深远,或一面而见为多面,皆画之变也。

远视画。

旁视画。

镜中画。

管窥镜画:全不似画,以管窥之,则生动如真。

上下画:一画上下观之,则成二画。

三面画:一画三面观之,则成三画。

一、玩器。器虽玩而理则诚。夫玩以理出,君子亦无废乎玩矣。

自动戏:内音乐俱备,不烦人力,而节奏自然。

真画:人物鸟兽,皆能自动,与真无二。

灯衢:作小屋一间,内悬灯数盏。人入其中,如至通衢大市,人烟稠杂④,灯火连绵,一望数里。

自行驱暑扇:不烦人力,而一室皆风。

木人掌扇。

一、水法。农必藉水而成，水之用大矣，而亦可为诸玩。作水器。

龙尾车：一人能转多车，灌田最便。

一线泉：制法不等。

柳枝泉：水上射复下，如柳枝然。

山鸟鸣：声如山鸟。

鸾凤吟：声如鸾凤。

报时水。

瀑布水。

一、造器之器。"工欲善其事，必先利其器。"况目中所列诸器，有非寻常斤斧所能造者。作造器之器。

方圆规矩⑤。

就小画大规矩。

就大画小规矩。

画八角六角规矩。

造诸镜规矩。

造法条器。

【注释】

①媸妍（chī yán）：美丑。

②太阴：月亮。

③饰观：戴着像装饰物一样的观画器具去观看绘画作品。

④稠杂：多而杂。

⑤规矩：画圆画方的工具。

【译文】

一、检验机器。冷热燥湿，都用皮肤触感检验，而不能用眼睛检验，现在就用眼睛检验。

验冷热器：这台机器可以检验虚实，区分时令，验证药性。它用途很广，另有专门说明。

验燥湿器：机器里面有一根针，能够左右旋转，干燥就左旋，潮湿就右旋，没有丝毫差错，而且可以预告天气阴晴。

一、各种镜子。品德高下，只有朋友看见；长相美丑，只有镜子看见。镜子的用途只是照见自己，而这些镜子也可以照见其他事物，所以制作各种镜子推而广之。

千里镜：大小不一。

取火镜：借太阳取火。

临画镜。

取水镜：借月亮取水。

显微镜。

多物镜。

瑞光镜：制作的大小不一，大的直径五六尺，晚上用灯一照，光线能照亮几里地，用途巨大。冬天人坐在光里，全身发热，好像坐在太阳底下。

一、各类观画器具。戴着像装饰物一样的观画器具去观看画作，有的是平面的但看上去深远立体，有的原本一面但看上去像有多面，画都发生了变化。

远视画。

旁视画。

镜中画。

管窥镜画：完全不像画，但通过管子看，就活灵活现好像真的一样。

上下画：一幅画从它的上下两面看去，就成了两幅画。

三面画：一幅画从它的三个方向看去，就成了三幅画。

一、赏玩的器具。器具虽然用来玩赏，但其中的道理是真的。在玩赏过程中发现道理，君子并没有玩物丧志。

自动戏：里面有音乐，不需要人力，而且节奏自然。

真画：人物鸟兽，都能够自己动，和真的没有区别。

灯衢：造一间小屋，里面悬挂几盏灯。人走进里面，好像踏上通坦大路，进入庞大市集，人口密集繁多，灯火连绵不绝，一眼似能望到数里之遥。

自行驱暑扇：不需要人力，一个房间都能吹到风。

木人掌扇。

一、水器。农业必要靠水成熟，水的用途很大，也可以用来玩赏。制作水器。

龙尾车：一人能够转多车，灌田最为方便。

一线泉：制法不一。

柳枝泉：水先射上方再射下方，像柳枝摇摆的样子。

山鸟鸣：声音如同山鸟。

鸾凤吟：声音如同鸾凤。

报时水。

瀑布水。

一、制造器具的器具。古人说："工匠想要做好工作，先得准备好工具。"何况目录中列举的各种器具，有一些不是普通斧子可以制造的。制造器具的器具。

方圆规矩。

就小画大规矩。

就大画小规矩。

画八角六角规矩。

造诸镜规矩。

造法条器。

　　张山来曰：泰西人巧思，百倍中华，岂天地灵秀之气，独钟厚彼方耶？予友梅子定九、吴子师邵^①，皆能通乎其术。今又有黄子履庄。可见华人之巧，未尝或让于彼；只因不欲以技艺成名，且复竭其心思于富贵利达，不能旁及诸技，是以巧思逊泰西一筹耳。

　　原本《奇器目略》颇详，兹偶录数条，以见一斑云。

【注释】

①梅子定九：梅文鼎，字定九，号勿庵，宣州（今安徽宣城）人。清初天文学家、数学家，清代"历算第一名家"和"开山之祖"。事见方苞《梅征君墓表》（《望溪集》文集卷十二）。吴子师邵：吴子远，字师邵，丹阳（今江苏丹阳）人，寓室名"亦安乐窝"。所学极多，"尤精西洋制器之法"（王源《亦安乐窝记》）。清康熙九年（1670）在扬州活动，与魏禧、王源、吴绮交好，魏禧《亦安乐窝说》、王源《亦安乐窝记》、吴绮《吴子远亦安乐窝诗序》皆记其事。孙蕙《题吴师邵亦安乐窝》记他性如麋鹿，隐居山林，"吴子好仙复好游，人间遍访丹经读。泠然列子御风行，岂惟不恋佳桑宿。到处皆名安乐窝，不学尧夫颜一屋"。（孙蕙《笠山诗选》卷二）

【译文】

　　张潮说：西方人奇思妙想，超过中国人百倍，难道是天地的灵气，只钟情厚爱西方吗？我的朋友梅文鼎、吴子远，都能通晓西方的技术。现在又有了黄履庄。可见中国人的技术，未必比他们差；只是因为不想靠技术而技艺，况且又花费心思在荣华富贵、功名利禄之上，便不能涉及其他技艺，所以奇思妙想上比西方人差一筹。

原来的《奇器目略》相当详尽，这里随意记下几条，以便窥其一斑。

卷七

【题解】

卷七的九篇作品内容驳杂,既有大象、神灯、老虎、义犬的记载,也有贞节妇人、善谋女子、名士之盗、忠直臣子的故事。首篇的周亮工《书戚三郎事》是一篇情节曲折复杂的长文,描写了乱世中小百姓的真实遭遇,流露着无尽的酸辛苦楚。作品反映普通百姓身处朝代更替的乱世漩涡中,无力改变个人的命运,只能随历史的齿轮载浮载沉,在水深火热中苦苦求觅一线生机。周亮工回避了清军残暴行为的描写,只关注乱世中一户百姓家的悲欢离合:江阴的戚三郎一家三口原本生活幸福美满,谁料清人入关,江阴城陷,原有的安宁瞬间荡然无存,戚三郎夫妇遽遭分离,丈夫被砍十几刀,奄奄一息,濒临死亡,妻子被乱兵抢掠,不知下落。读者读到此处,只觉愁肠纠结,叹息连连,期盼戚三郎一家能得命运垂青。作者在吸引读者对戚三郎一家的关注后,为解决戚家的困境而虚构出关帝神形象,让关帝神佑护戚三郎的身体日渐康复,又引导他前往南京寻找妻子。经过一番周折,戚三郎于阴差阳错间最终得偿所愿,一家人终得团聚。周亮工着笔琐碎,事无宏大细微皆一一叙来,正如清人张谦宜所评:"《书戚三郎事》纯用琐细事描写情状,是史法却不入史品,正当于结构疏密处辨之。此只如古小说之隽者耳。"徐芳《奇女子传》同样讲了明清易鼎之际的一个小故事,与周文寄望虚无缥缈的神道相助不同,徐文更注重刻画一个普通妇人如何巧设计谋,主人公于运筹帷幄间诛杀恶奴、逃回家园,这一人物形象集聪慧、果敢于一身,读罢方知弱女子也能通过自我的努力而摆脱厄运。其余诸作相对特色较少,然亦有可读之处,观物类兼具人情凡心,看世人各具人生百况。

书戚三郎事

周亮工（减斋）①

江阴城陷②,微戮抗命者。邑有戚三郎,与妇王笃伉俪③,夫妇皆好推施④。一子甫五龄⑤。家所向惟关帝君祠⑥,戚夫妇虔事之。月朔望⑦,未辨明⑧,即肃香祠下⑨,二十年如一日。城陷,被兵执,举戚足带纠其臂⑩,数被创,拥至通衢。见妻为他兵拽去,戚呼号救之,复被创。前后凡十三创,首亦被刃。推拥过帝祠,不胜步矣⑪,倒地上。兵见其气息仅属⑫,舍之去。戚心独朗朗⑬,念虔事帝,得死槛下足矣。然度难死⑭,帝显赫,或有以援我。日且暮⑮,觉祠中有异,纠臂带忽裂,裂声如弓弦,作霹雳鸣。戚臂左受创,纠缚既断,因得以右扶首。首将堕,喉固未绝,因宛转正之。心朗朗,念帝显赫,真援我也。

【注释】

①周亮工:参见卷一《盛此公传》注释。本篇选自其作品集《赖古堂集》卷十八。又见周亮工《因树屋书影》卷五,又略引于清王复礼《季汉五志》卷十。清人张谦宜评曰:"《书戚三郎事》纯用琐细事描写情状,是史法却不入史品,正当于结构疏密处辨之。

此只如古小说之隽者耳。"(《茧斋论文》卷五)

②江阴:南朝梁时始置江阴郡,因地处大江之阴(水之南为阴)而得名。明、清称江阴县,明代属南直隶常州府,清代属江苏省常州府,今为江苏江阴。清顺治二年(1645),江阴城被清军攻陷,江阴百姓在抗清三公阎应元、陈明遇、冯厚敦的带领下独守孤城八十一天,史称"江阴八十一日"。江阴百姓杀死清兵七万五千余人,城内死者九万七千余人,城中仅存五十三人。清初状元韩菼《江阴城守纪》及《(道光)江阴县志》,祝纯嘏《江上孤忠录》、沈涛《江上遗闻》、赵曦明《阉典史传》等文献皆记其事。据此知下文"微戮"系周亮工之隐笔,并非事实,纵使周亮工谨慎如此,其书《赖古堂集》依然被列为禁书。

③笃:深厚。伉俪:指夫妻。

④推施:施恩惠于他人。

⑤甫:刚刚,才。

⑥向:所指向的地方。关帝君祠:关帝庙,供奉三国蜀关羽的祠庙。帝君,旧时对神中位尊者的敬称。

⑦朔:指农历的每月初一。望:指农历的每月十五。

⑧辨明:平明,指天刚亮的时候。

⑨肃香:供香。

⑩足带:腿脚上绑的带子。纠:缠绕,绑缚。

⑪胜:能够承担或承受。

⑫属(zhǔ):连续。

⑬朗朗:清楚,明白。

⑭度(duó):推测,估计,揣度。

⑮且:程度副词,将近,几乎。

【译文】

江阴城被清军攻陷后,有一小部分反抗的臣民被屠戮。城中有个叫戚三郎的人,和他的妻子王氏感情深厚,夫妻二人都乐善好施。他们有一个儿子,年龄刚满五岁。戚三郎家所在的方位只有一座关帝庙,夫妻二人都虔诚供奉关帝爷。每个月的初一、十五,天刚拂晓,夫妻二人便前往庙里供香,二十多年来一如既往。江阴城沦陷,戚三郎被清兵捉住,清兵用他腿上的带子绑上他的双臂,将他打得伤痕累累,押着他到了大路上。戚三郎看见妻子被另一个清兵拉走,他大声呼喊想去营救妻子,又被清军打了一顿。他全身上下一共有十三处伤口,头上也被清兵砍了一刀。清兵拘押着他经过关帝庙,戚三郎连路也走不了,倒在了地上。清兵见他仅存微息,就扔下他离开了。戚三郎心里很明白,自念一直虔诚地供奉关帝爷,能死在关帝庙庭楹下也算是得偿所愿了。然而又揣度自己不应该就这样死去,关帝爷神威显赫,或许会来救我。时间将近黄昏,察觉关帝庙里发生异象,戚三郎胳膊上的绑带忽然断裂,断裂的声音如同弓弦响动一般,发出霹雳雷鸣。戚三郎的左胳臂已被清兵打伤,绑带断裂以后,因此得以用右手扶正头。戚三郎的头摇摇欲坠,只有喉咙部分还没有断开,就将头辗转扶正。他心里清楚,感念关帝爷神威显赫,果真援救了我。

　　黎明,兵数过戚,见血痕模糊,谓死矣,不复顾。久之,有老翁、妪趋视戚[1],怜之曰:"三郎垂毙矣[2],盍掖之归[3]?"戚虽愦然[4],心识其为比邻钱翁、沈妪也。顷之,两人续以姜糜至[5]。越二日,入曰:"兵封刃[6],行且去,郎活矣!"乃不复至。戚首为血糒,乃因之固[7],渐能起。举视室中,无一存者,五龄儿固坐足旁泣。而屋中乃僵二尸,辨之,邻钱翁、沈妪也。戚恐甚,久之,悟两人殆肃帝命以援予者。

【注释】

①趋：跑，疾走。

②垂毙：形容将死之人。

③盍掖之归：何不将他扶回去？盍，何不。掖，扶助，这里引申为帮助。

④愦然：昏乱，昏迷。

⑤姜糜：放有姜末的粥类食物。糜，糁也。《尔雅·释言》注中说："粥之稠者曰糜。"

⑥封刃：将刀封裹，意谓停止杀戮。

⑦固：结实，牢固。

【译文】

　　黎明时分，清兵好几次经过戚三郎身边，见他血肉模糊，以为他已经一命呜呼，没有人再来看他。过了很久，有老翁、老妪跑来察看戚三郎的情况，哀怜他，并且说："戚三郎已经奄奄一息了，我们何不将他搀扶回去？"戚三郎虽然昏迷，但心里知道说话的老人是邻居钱老翁和沈老太。不一会儿，两位老人又端来了姜粥。就这样过了两天，两人进来说："清军停止杀戮，行军将要离去，三郎可以活命了！"便再也没有过来。戚三郎满头都是已经凝固的血，因此得以稳住头颅，渐渐能站起来。举头环顾屋内，没有一个活人，只有自家五岁的儿子一直坐在自己脚边哭个不停。而屋中有两具尸体直挺挺地躺在地上，定睛一看，是邻居钱老翁和沈老太。戚三郎异常地害怕，思索了好久，才领悟那两位老人应该是恭奉关帝爷的命令来救自己性命的。

　　因强起，跛躄过帝祠①。欲投地，身不能屈，立作叩首状，首又若将离者。乃依槛祝曰："身赖帝活，惟帝终有以庇予！"因念翁、妪死而生我，不可久暴露。吾室有木，可为槽②，第安所得匠③？忆众为帝治寝宫④，城围，工未竟，匠或有存者。往迹之⑤，见三匠跻户语⑥。戚告以故，咸随戚归。戚指示木所在，匠遽为操作。戚匍匐乞米以为食，久之不得，仅从空室得冬炒半囊归⑦。入室，失三匠而存五槥。戚念："约为二而五之，去又不俟予归耶？"趋帝宫，窅无人⑧，三尸仆户内外，固三匠也。戚惊惧。是时兵远去，人渐归，乃倩所识⑨，以槥厝翁、姬及匠⑩，而瘗之隙地⑪。

【注释】

①跋躄（bì）：形容走路艰难。跋，跋涉，翻山越岭。躄，腿瘸。

②槥（huì）：粗陋的小棺材。

③第：只是。

④寝宫：指给关帝修建的宫室。

⑤迹：寻找，寻访。

⑥跻（yì）户：倚门。

⑦冬炒：疑是炒天门冬或炒麦门冬，皆是炮制好的中药，可食。

⑧窅（yǎo）：岑寂的样子。这里形容寂然无人。

⑨倩：请，请人代替自己做事。

⑩厝（cuò）：安置，此指用棺材敛放二老人以及三工匠。

⑪瘗（yì）：埋葬，埋藏。

【译文】

戚三郎勉强起身，艰难地来到关帝庙。他想要屈身跪地，但身体却弯不下来，便站着做出磕头的姿势，头又仿佛要从身体上掉下来。戚三郎倚靠在门框上祈祷说："我仰仗关帝爷的护佑才得以活命，只祈求您一直可以庇护我！"因为感念钱老翁和沈老太即使死了还救活自己，不能让他们的尸体久曝于外。自己家里有木头，可以用来制作棺材，只是去哪里寻找做棺材的木匠呢？想起曾经有一批工匠在为关帝修建宫室，江阴城被围的时候还没有完工，或许在那里有存活下来的木匠。前往寻找木匠，看见三个木匠正倚着门交谈。戚三郎向他们说明缘故，这三个木匠都跟着他回家帮忙。戚三郎给他们指点放木头的地方，三个人匆忙开始工作。戚三郎爬行着向人乞讨大米来作食物，很长时间都无所获，只从一间没人居住的房间里找到了半袋冬炒带回来。回家后，三位木匠不见了，却有五口棺材。戚三郎心想："约好做两口棺材却做了五口，他们怎么不等我回家就离开呢？"三郎赶往关帝宫，却发现此处寂然无人，看到有三具尸体躺在屋子内外，原来是做棺材的三位木匠。戚三郎惊恐万分。此时，清军已经远去，逃走的人渐渐返回，于是，戚三郎就请了几个认识的朋友，用棺材装敛了钱老翁、沈老太和三位工匠，找了块空地埋葬了他们。

　　戚数得帝佑，神理亦渐旺^①。复至帝祠，能稽首投地矣。肃告帝^②，谓："帝恩我无极，第妻无由见，帝其以梦示！"归而梦帝驱之曰："疾去数里外，有舟待。越月之十四日，终不可见矣。"辨明，力疾负子行至津亭，见有舣舟柳下^③，若有待者，其人为成三。戚曰："若何待？"成曰："吾之室被掳而南^④，吾将操舴艋往^⑤。独不可往，度邑中失侣者多，应有往者，故迟之。"戚曰："帝示我矣。予为此子觅母，得附舟行，幸矣！"具告以梦。成亦手额曰^⑥："帝祐君，合浦珠自当还^⑦。吾即不德，藉君庇以分神贶^⑧，浮萍断梗^⑨，或冀幸一遇乎^⑩！"言讫，相与泣数行下。忧患易感，意气殊相得也^⑪。

【注释】

①神理：精神。

②肃：恭敬。

③舣（yǐ）舟：停船靠岸，把舟停好。

④室：家室，这里指成三的妻子。

⑤舴艋（zé měng）：小船。

⑥手额：用手加额头，表示祈祷或庆幸。

⑦合浦珠自当还：即"合浦还珠"，比喻东西失而复得或人去而复回。语出《后汉书·循吏传·孟尝传》："（合浦）郡不产谷实，而海出珠宝……先时宰守并多贪秽，诡人采求，不知纪极，珠遂渐徙于交阯郡界。……尝到官，革易前敝，求民病利。曾未逾岁，去珠复还，百姓皆反其业。"

⑧神贶（kuàng）：神灵的恩赐。贶，赠，赐。

⑨浮萍断梗：浮萍，浮在水上的萍草；断梗，折断的草木茎。此处比喻成三的妻子离散后如浮萍般漂泊不定。

⑩冀：希望。

⑪意气：志趣和性格。相得：戚三郎和成三两人都遭受别妻之痛，经历、性格相近，所以相处格外融洽。

【译文】

戚三郎多次得到关帝爷的护佑，精神逐渐转好。他再次来到关帝庙，已经可以跪下磕头了。他恭敬地向关帝爷祷告说："关帝爷对我的恩情无穷无尽，只是现在无法见到我妻子，乞求关帝爷给我托梦指示！"回家后，梦到关帝爷催促他说："赶快去几里外，那里有船在等你。过了这个月的十四日，终生都不可能再相见了。"第二天拂晓，戚三郎背着儿子用力疾奔赶到了渡口旁的亭子，看到柳树下停着一艘小船，好像在等人，船夫是成三。戚三郎问成三说："你在等谁呢？"成三说："我的妻子被清兵掳掠去了南方，我准备划着这条小船前去寻妻。但独自去不了那么远的地方，猜想着城中丢失妻子的人很多，应该有前往寻找的人，所以迟迟没走。"戚三郎回答说："关帝爷指示我来这里。我为这孩子去寻找他母亲，能搭乘你的船一同前往，真是幸运呀！"把自己的梦全告诉给了成三。

成三用手加额，祈祷说："关帝爷护佑你，你的妻子肯定能找回来。我虽然没有什么德行，借你的庇佑而分享关帝爷的恩赐，我和离散的妻子，或者还有希望侥幸相遇！"说完，两人便相对流泪。相同的遭难挫折更容易感发人心，两人的志趣和性格非常投合，相处融洽。

抵昇州①，舟刺鬼面城下②，乃入市，揭示四达之衢曰③："江阴戚三郎觅妻王，能为驿骑者④，予多金。"成亦揭示如戚。有某者，见戚所揭示，往见戚曰："予我金，告尔妻所在。"戚虽揭示，谬语耳⑤，固无从得金。语某曰："我实无金，期一见妇耳。"某叹曰："世固有不持金而求得妇者？"疾起去。成挽之，告以"戚为帝所指示，始昧昧至此⑥，实不持金。城陷家破，安得金？"某闻成语，凄然悯之，曰："即告尔妻所在，不得尔金，易耳；顾无金⑦，彼武人，赤手返尔妻耶？"具告以妻所在。戚与成彷徨久之，某忽曰："子何能？"戚曰："能书。"某曰："机在是矣。某公者，矢愿于报恩塔下⑧，倩人书百部《首楞》施四方⑨，方觅人。子诚善书，计可得数金，事或可图欤。曷疾去！"戚乃尾某行，而以子属成。见某公，以情告。试以书，书诚工。某公既善其书⑩，又悯其遇，施十金。

【注释】

①昇州：南京的旧称。唐乾元元年（758）改江宁郡为昇州，不久即废；唐光启三年（887）复立；北宋灭南唐，复改江宁府为昇州；北宋天禧二年（1018），复昇州为江宁府，明改作应天府，常称作南京。

②刺：划船，撑船。鬼面城：又名"鬼脸城"，实名为"石头城"，本是

六朝城池遗址,坐落于南京清凉山西麓秦淮河畔,也常代指南京。因石头城古城墙中段一块凸出的椭圆形红色水成岩,长年风化,酷似一副狰狞的鬼脸,因此称为"鬼面城"。

③揭示:公布文告等,这里指大张旗鼓地宣传,贴布告。

④驿骑:乘马送信、传递公文的人。这里指能够告知戚三郎夫人王氏下落的人。

⑤谬语:这里指戚三郎说的"多金"为假话,实无金。

⑥昧昧:昏乱,模糊不清,迷迷糊糊。

⑦顾:文言连词,但是,只是。

⑧报恩塔:即报恩寺塔,明成祖朱棣时期修建。此塔为南京大报恩寺的核心建筑,九层八面,高约八十米,直到清代前期都被誉为"天下第一塔",成为游历金陵的必到之处。后来毁于太平天国运动中。

⑨《首楞》:佛教经典《大佛顶如来密因修证了义诸菩萨万行首楞严经》,常称作《楞严经》。

⑩善:喜好。

【译文】

三郎和成三抵达南京后,撑船来到石头城下,随后进入南京城,在城内街道上到处贴寻妻告示:"江阴戚三郎寻找妻子王氏,能告知下落者,赠予重金酬谢。"成三也像戚三郎一样张贴告示来寻妻。有个人见到戚三郎所贴告示,前往戚三郎住处告诉他说:"给我赏钱,我告诉你妻子的下落。"戚三郎虽然在告示上宣称有重金酬谢,但说的是假话,他本来就没有钱。戚三郎对来者说:"我实际上没有钱,只是希望能够找到自己的妻子而已。"报信人感叹说:"世间哪里有不带钱财而想找回妻子的人呢?"报信人迅速起身打算离去。成三挽留他,告诉他"戚三郎是受关帝爷的指引,才迷迷糊糊地来到南京,确实没有带钱。城池沦陷、家庭破碎,哪里还有钱啊?"报信人听了成三的话,悲伤地怜悯戚三郎说:"即使我告诉你妻子的下落，不要你的酬金，这事很容易能做到；但是你没有钱，抢占你妻子的人乃是行伍出身，他会空手送回你妻子吗？"然后来者详细告知了戚三郎妻子的下落。戚三郎与成三犹豫了很久，不知怎么办，来者忽然问："你有什么技能吗？"戚三郎说："我擅书法。"来者说："机遇就在书法上呀。某位贵人，在报恩寺塔下发愿，要请人抄写百部《首楞经》以布施四方民众，正在找抄书人。如果你真的擅长书法，算下来能获得一些酬金，救妻之事或许还有希望吧。为何不赶紧去呢！"戚三郎就跟着来报信的人一起离开，而把儿子拜托给成三。戚三郎见到那位贵人，把自己的情况禀告给那人。那位贵人试着让三郎写字，字写得的确出色。那位贵人既欣赏戚三郎写的字，又同情他的遭遇，便给了他十两银子。

　　某踉跄携戚至某标郝总旗所①。郝他出，郝妇曰："谁耶？"戚告以故。妇曰："诚有江阴王氏者，予我金，我与尔妇。"戚喜妇无多索，跪献金。妇持金入，久之不出。又久之，出，四顾曰："何为者？"戚与某咸惊噪。妇愕然曰："何为者？乃诬我得金？室固无尔妇，安得尔金？"命阍者榜逐之②。戚掩涕怨某，相与且去。成方与戚子望其与妻俱归，已得故，怒目曰："不得妇，又失金，不值一死耶？奈何遂返？明日与我俱。"

【注释】

①踉跄：形容人走路不稳。这里是形容二人走路匆忙。标：清督抚
　　等所辖绿营兵编制名称。相当于后来的团。总旗：武官官职名。
　　明朝地方卫所是一个千户下有十个百户，一个百户下有两个总旗，
　　一个总旗下有五个小旗，一个小旗十个人，即总旗管理五十人。

②阍（hūn）者：即阍人，看门的人。榜：鞭打，击打。

【译文】

那个报信的人匆忙带着戚三郎来到了某标的郝总旗的家中。郝总旗外出，郝妻问："你是谁？"戚三郎告知原因。郝妻回答道："家里确实有个江阴王氏妇人，你把钱给我，我把你妻子还给你。"戚三郎欣喜郝妻没有要过多的钱，跪下向郝妻献上了钱财。郝妻拿了钱进门，很久也不出来。又不知过了多久才出来，四下张望问道："你们在这里干什么？"戚三郎与那个人听到此话都惊异地喧嚷前事。郝妻听后吃惊地说："你们想要干什么？竟然诬陷我拿了你们的钱？我家里本来就没有你们说的王氏，如何能要你们的钱？"郝妻让看门的人将二人打走。戚三郎满眼含泪抱怨着那个报信人，两人一起离去。成三和戚三郎的儿子翘首盼望着戚三郎带妻子一起回来，得知缘故后，生气地说："你没把妻子找回来，又损失了钱，难道不值得为此拼命吗？怎么就回来了？明天我和你一起去郝总旗家里。"

明日，戚携子偕成往，匍匐于门①。郝方立球场弄鹰②，召入。成瞪目欲裂，谢而前③："吾成三，是为吾友戚三。戚妇在公所，昨携金赎妇，公夫人得金，乃不与妇。吾与戚邑陷家破，与妇失，去死丝粟耳④！无家死，失妇死，失金亦死！公不与戚妇，十步之内，以颈血相溅矣！"突出刃靴中，欲自杀。郝怒张，急止之曰："安有是？吾妇何从昧尔金⑤？勿自杀，吾入询。诚有是，吾不以为妇矣！"乃急入。久之，闻诸诃声⑥，已复闻郝挞妇⑦。戚与成咸跪呼于外曰："勿挞夫人，但愿还妇足矣！"食顷，郝出，气结⑧，掷金于地曰："急持去！"成稽首曰："戚急得妇，不急金。且金归公室一日夜矣，又吐之，公大人⑨，义不为也。"争之益力。郝曰："义哉！子为友，乃以死争！计戚所持金，乌足赎妇？然吾高子行，何计金！当以妇归子友。"因呼妇出。戚方注目不瞬[10]，谓妻且至，望不类。少近，则成与妇相抱痛哭，妇盖成妻也。先是成妻之被掳而南也，过邸舍[11]，书壁曰："我江阴成三郎妻王氏，为某标郝掳，见者幸以语吾家。"久之，"成"字微落，独存"戊"。某第见戚所揭示，故遽报之戚云。

【注释】

①訇訇（pēng hōng）：形容声音大。

②球场：本是古代进行击球游戏的场地，军中的球场亦作屯兵、习武、集结之用。此处类似私家的演武场之类。

③谯（jī）：揭发别人的阴私。

④丝粟：丝线和粟米，比喻很微小的事物，此处形容死亡对他们来说是很小的事。

⑤昧：隐藏，隐瞒。

⑥谯讻（zhā náo）：争吵怒骂。

⑦挞（tà）：用鞭子、棍棒等打人。

⑧气结：心情郁闷，怒气郁结。

⑨大人：此处带有称赞的意思，指对方德行高尚、志趣高远。

⑩瞬：眨眼。

⑪邸舍：客店，客栈。

【译文】

第二天，戚三郎带着儿子和成三一起来到郝总旗家，在门口大声吵闹。郝总旗正在演武场上玩弄猎鹰，听到吵闹声后，让人带他们进来。成三见到郝总旗后眼睛都快要瞪裂了，上前揭发道："我是成三，这是我的好友戚三郎。戚三郎的妻子在您的府第，昨天拿着钱来赎回妻子，您夫人拿到钱后，却没有放回戚三郎妻子。我和戚三郎遭遇城破家亡，夫妻失散，死亡对我们来说微小如发丝、米粒而已！无家可归是个死，与妻子失散是个死，钱没了也是个死！您如果不还回戚三郎的妻子，十步之内，我就引颈自杀以血溅当场！"成三突然从靴子中拔出刀来，想要自杀。郝总旗怒意勃发，急忙劝止说："哪里有你说的这回事？我的妻子何曾隐匿你们的钱财？你不要自杀，我进内堂问清楚。如果真有此事，我就把妻子给休了！"于是郝总旗便急忙转入内堂。过了好久，听到屋内有吵闹的声音，过后又听到郝总旗鞭打妻子的声音。戚三郎和成三都在外面跪着呼喊："不要打您夫人了，只希望您能还回王氏就可以了！"片刻之后，郝总旗从内堂出来，郁闷生气，把钱扔在地上说："拿上钱快走！"成三叩头说："戚三郎急着找回妻子，并不是急着拿回钱。况且这些钱已经放在您家一天了，又还回来，您品德高尚，在道义上不允许那么做。"成三竭尽全力地向郝总旗争取。郝总旗说："你真是个仗义之人！你为了朋友的事，竟然以死相争！核算戚三郎拿的这些钱，哪里够赎回妻子的？但是我敬重你的高德义行，哪里在乎钱财之事！把王氏归还给你的朋友吧。"于是，郝总旗派人把王氏喊了出来。戚三郎目不转睛地看着，认为妻子快出来了，但远望不像自己的妻子。等出来的妇人走近后，成三却与这个妇人抱头痛哭，原来这个妇人是成三的妻子。在此之前，成三的妻子被清兵掳掠南行，路过客店时在墙上留字说："我是江阴成三郎的妻子王氏，被某标郝总旗掳掠，如果有见到留言的人，希望能通知我的家人。"时间长了，写的"成"字文字有些脱落，只剩下"戊"字。当初报信的那个人只看到戚三郎的告示，因此急忙告诉了戚三郎。

郝见妻反属成，讶曰："异哉！子以死争友而顾乃自争①。天下嗜义者②，独为人哉！天合子，子疾去！"成曰："金出戚而妇归我，我何去？去则戚之金不返，我诚我争矣。"郝曰："奈何？"成曰："小人勇于力，妇善针黹③。公诚能录小人夫妇，愿得二十金予戚，听其觅妇。小人即除马通^④，妇括爨下^⑤，甘心也。"郝曰："义哉！然吾无所需子。有张将军者，方觅役，曷为子言之？"郝即趋张所，戚亦随成往。张见成，许纳，出廿金^⑥，予成券^⑦。券成，成以金予戚。戚曰："子激于义，售夫妇身，期全吾夫妇耳。顾吾妇何在？得金安往？"相与絮泣^⑧。张曰："尔姑携金去，得间，当具以语我，当为觅之。"戚见张位都赫^⑨，往来甚夥^⑩，意显者苟留意，忧不得妻耶？乃叩首曰："予向赍十金耳^⑪，成售身，倍其金予我，我义不敢受。然成缘我金得妻，又不忍分我金。吾侪落魄^⑫，得金即随手逸，金尽，妇终不可得，且负两公义。曷以金留公所，公但为我觅妻，妻得，成之心尽，我即倍费成金，无愧于成矣。"张颔之^⑬，纳金，令"尔亦觅所在来语予，毋独恃予^⑭"。

【注释】

①顾乃：却，反而。

②嗜：喜好。

③针黹：缝纫、刺绣等针线活。

④除马通：清扫马粪。除，清除，清理。马通，即马粪。

⑤括：包括。爨下：灶下，指厨房。

⑥廿（niàn）：二十。

⑦券：票据或作凭证的纸片。这里指成三夫妇的卖身契。

⑧絮泣：哭泣不停。

⑨都赫：显赫，有势力。

⑩夥（huǒ）：多。

⑪赍（jī）：带着。

⑫侪（chái）：等类，同辈的人们。

⑬颔：点头。此处是表示同意的意思。

⑭恃：依靠，依赖，仗着。

【译文】

郝总旗见那个妇人反而归属给了成三，惊讶地说："这事稀奇啊！你拼死替朋友争取而却成了替自己争取。天下讲义气的人，难道只是为别人吗？看来是天意使你夫妻重逢，你们快走吧！"成三说："钱是戚三郎出的，但妻子却成了我的，我怎么能这样走呢？如果离开，戚三郎的钱无法返回，我真的变成为自己谋取了。"郝总旗说："你想怎么办？"成三说："小人富有勇力，小人的妻子精通针线活。如果您能够录用我们夫妻，请赐给我二十两银子以还给戚三郎，任他去寻觅妻子。小人我即使去清理马粪，妻子去厨房烧火做饭，我们也心甘情愿。"郝总旗说："你果真讲义气！但是我没有用你的地方。有个张将军，正在找杂役，我何不替你向他推荐一下？"于是，郝总旗便去了张将军家，戚三郎也跟着成三一起前往。张将军见到成三，许诺雇佣他，拿出来二十两银子，写定了卖身契约。签完契约后，成三把钱给了戚三郎。戚三郎说："你激于义愤，不惜夫妇卖身为奴，期望让我夫妻团聚。只是我的妻子在哪里？拿着钱能去哪里呀？"两个人相对泪流不止。张将军说："你姑且拿着钱走，等我有了时间，把事情的来龙去脉全告诉我，我会帮你找。"戚三郎见张将军地位显赫，交往的人很多，想着贵人如果留意此事，还用担心找不到妻子吗？便磕头说："我原来带有十两银子，成三卖身后，给了我二十两银子，于道义上我不能接受。但是成三因为我的十两银子找回妻子，他又不忍心分走我的钱。我们这些人穷困落魄，有了钱就随手花掉，钱花完了，我的妻子再也找不到了，就辜负了你们两位的恩义了。何不将银子留在将军您这里，将军您但请为我寻觅妻子，找回妻子，成三的心意也算尽到，我即使花费了成三给的两倍的钱，也不必对他感到愧疚。"张将军点头表示同意，便把钱收了起来，授命戚三郎"你也去寻找你妻子的下落来告知我，不能只靠我一个人"。

　　阅二日，成方除马通，过坏墙，闭诸妇人^①，多操乡里音。成私度曰："戚妻脱在是^②，谁复知者？"乃亦语乡里音过曰："戚三郎属予寻妇，今安所得耶？"妇聆之，迫于监者，不敢答。晚如厕，遗片纸墙隙，复操乡里音曰："此纸纳之隙，留以备明日。"成遥闻之，觉有异，俟人定，趋取纸，细书："戚三郎妻王氏，即今在此，君急语我夫。"成得之，大惊喜，急闻之戚。戚乃携子，先恳之郝，郝与俱来。戚直前跪曰："连觅妻所在，闻即在府中，愿悯之！"张即询："所系妇，首王氏^③，即戚妇耶？"呼之出，真戚妇也！戚见妇，惊悸错愕，未敢往就，摇摇不知悲。其子见母出，突奔母怀，仰视大痛。妇亦俯捧儿，哭失声。戚至是始血泪迸落。

【注释】

①闭：幽禁，关押。

②脱：倘若，或许。

③首：第一，最好的，魁首。

【译文】

过了两天，成三正在清理马粪，路过坏墙的时候，见到这里关押着很多妇人，听到她们说话大多是江阴口音。成三私下里想："戚三郎的妻子或许被关在这里，谁又能够知道呢？"于是也用江阴口音传语说："戚三郎嘱托我帮他寻妻，现在到哪里才能找得到她呢？"有个妇人听到成三的话，但是由于监管的人在场，不敢应答。晚间，那妇人上厕所，在墙缝里留下了纸条，并且用家乡话说："我把剩下的纸放到厕所墙缝里，留着明天再用。"成三远远听到了妇人说的话,心中感觉事情并不是那么简单,等到夜深人定,小步跑着去把厕所墙缝里面的纸拿了出来,只见上面写着小字:"戚三郎妻子王氏就在这里,请你赶快告知我的夫君。"成三得知戚三郎妻子下落,惊喜万分,急忙把这个消息告诉了戚三郎。戚三郎带着孩子,先去恳求郝总旗,和郝总旗一起来到了张将军家。戚三郎跪在张将军面前说:"小人连日来寻找妻子下落,如今听说她就在您府中,乞求将军怜悯小人!"张将军立即询问:"我们羁押的妇人中,长得最好看的王氏妇人,就是戚三郎的妻子吗?"张将军派人把王氏喊出来,果真是戚三郎的妻子!戚三郎见到妻子,惊慌不知所措,也不敢往前,心神恍惚地不知道悲哀。他儿子看见母亲出来,迅速地跑向母亲的怀里,抬头看着母亲哭泣不止。王氏也俯下半个身子抱着儿子,失声痛哭。至此,戚三郎才哭得椎心泣血。

　　戚、成跪张前,戚妇亦遥跪听命。张曰:"是诚尔妻。然是人少有色,故遴为首,约值五十金。半犹不足,望得妇耶?"戚挽郝言之曰:"邑陷家破,安得金?将军悯之!"且娓娓言帝所以祐之者,复告以梦,期以动张。张曰:"众无一赎,始赎,即减定值,何以示来者?"坚不许。戚曰:"成售夫妇身,仅得此金,而又苦不足。天乎,安所得金!"戚乃大哭,妇哭,而戚子又趑趄往来[①],哭于父母旁。郝哭,张之厮养哭[②],张姬妾环屏内者亦哭,久之,张亦潸潸泪下矣。哭声鼎沸间,张突跃起曰:"止!止!吾还汝妇,不须金也。城陷家破,尔诚无所得金。且尔数被创弗死,非帝祐,不至是。尔诚善者,吾还尔妇,不须金也!成以尔故售身于吾,尔夫妇还而成留,成即不怨尔,何以谢成?吾既还尔妇,兼还尔友夫妇。尔夫妇其与尔友夫妇俱还。此二十金，即为尔辈道里需③，不须金也。吾还尔妇，然我有言，尔亦毋我逆。尔之子秀而慧，我怜之，盍以子我？我耄矣④，无嗣⑤。诚子我，我不奴视子，不隔膜视子也⑥。"戚急遽未有以应，妇忽趋前，唾耳语戚⑦。久之，复扬谓戚曰："子尚需乳耶？"戚遽膝前曰："将军生全两家夫妇，且欲子下愚子⑧，何不可者？"将军喜，急前抱儿，儿亦昵将军⑨，不复甚恋父母。将军益喜，呼戚夫妇坐，待以亲串礼⑩。举儿入室，遍拜所亲，已复剑儿出⑪，衣冠焕奕⑫。宾从以下皆罗拜，庆将军有子。戚与成两家谢将军去。计戚初见张将军日，实帝所示十四日内也。人咸以为戚虔于帝之报云。

【注释】

①趚趚（cuàn chǒng）：小孩子走路的样子。趚，同"窜"。

②厮养：供使役的人。

③道里：旅程，路途。

④耄：年老。

⑤嗣：子嗣，后代。

⑥隔膜：感情或道德方面的分隔或缺少牵连，没有亲密感或亲切感。此指不会毫无亲密感地养育他，定会视如己出。

⑦唾耳：附耳。

⑧下愚：最愚笨的人，此处是戚三郎的谦称。

⑨昵：亲近，亲昵。

⑩亲串：亲戚，血亲和姻亲的通称。

⑪剑：抱，挟。

⑫焕奕：光彩焕发。这里形容戚三郎子被收养后，衣服焕然一新。

【译文】

　　戚三郎和成三跪在张将军面前,戚妻王氏也远远跪着听从将军发落。张将军说:"果真是你的妻子。只是王氏的姿色绝佳,因此被选为众妇人中的魁首,她大约值五十两。你连一半钱都不到,怎敢承望赎回妻子?"戚三郎拉着郝总旗,说:"小人城池沦陷家室破灭,从哪里拿出来那么多钱?请将军可怜可怜我吧!"并且将关帝爷护佑自己之事娓娓道来,又把关帝爷托梦之事也告诉了将军,希望能够打动将军。张将军听后,说:"众妇人还没有一个被赎回的,如今第一个来赎妻的就削减了原定的价值,让我怎么应对再来赎亲人的人呢?"他坚持不答应三郎所请。戚三郎说:"成三夫妻卖身于您,我才有了这二十两,又苦恼于钱仍然不够。老天爷呀,我去哪里找剩下的钱呀!"戚三郎大声痛哭,妻子王氏也含泪哭泣,他们的儿子蹒跚地来回小跑在父母身边,也哇哇号哭。看此情景,郝总旗虎目落泪,张将军家的奴仆也饮泣不止,张将军的姬妾们也围在屏风后面小声啜泣,过了一会儿,张将军双眼也泛起了泪花。大家正哭得不可开交之际,张将军突然站起来说:"停!停!我将你的妻子还给你,你也不需要再给我钱了。城毁家亡,异地飘零,你的确没有地方去筹措钱财。况且你身上被砍了那么多刀还没有死,如果没有关帝爷的庇佑,也不至于活到现在。你的确是个正直善良之人,我让你们夫妻团聚,不要你的赎金了!成三因为助你寻妻的缘故才卖身于我,你们夫妻返回家园却留下成三夫妇,即使成三不抱怨你,但你拿什么来报答他们夫妻二人呢?我既然归还你的妻子,我也归还成三夫妻。你们夫妻和成三夫妻都可以回家。这二十两银子,就作为你们返乡路途的花费吧,不需要再还给我。我虽归还你的妻子,但我有个条件,你也不要违背我的意思。你的儿子,俊秀聪明,我很喜欢他,何不把他过继给我做儿子呢?我年纪大了,没有子孙。如果真能把儿子过继给我,我不会把他当下人看待,定会视若己出。"戚三郎仓促间不知怎么回答,妻子王氏忽然走向前,附耳对戚三郎说话。又过了一会儿,张将军又扬声问戚三郎说:"这孩子还需要吃奶吗?"戚三郎急忙下跪膝行向前说:"将军使我们两家夫妻团聚,并且想要认小人的儿子为继子,我还有什么不愿意的呢?"张将军听后,喜不自胜,急忙上前抱起孩子,小孩子也亲近张将军,不是很依恋父母。将军这下更加高兴了,赶忙延请戚三郎夫妇入座,以亲戚的礼仪来招待他们。将军将儿子抱入了内室,让他拜见家人行礼,然后再次抱着孩子出来,衣服、帽子都已焕然一新。客人、仆人等都向张将军下拜并庆祝他喜得一子。戚三郎与成三两对夫妇拜谢将军离开。推算戚三郎初见张将军的那一天,的确是在关帝爷托梦所说的"该月十四日"那天内。人们都认为这是戚三郎虔诚侍奉关帝爷应有的福报。

戚归,既安其室,复过某公,为书经塔下者三阅月,因得往来视儿。将军亦多所赠。久之,将军病卒。将军拥高赀①,族子利之,咸以戚自有父母,非吾族类也,耸臾其归②。戚子亦因之便去。诸母恶族子③,竟以所有与戚。戚子所携甚厚,至今为江阴巨室。成亦依戚终其身。子归后,新帝祠,江上知名之士,咸为诗文以纪之,戚尽镌于祠右。

【注释】

①高赀:资财雄厚,形容人有钱。

②耸臾:劝诱,怂恿。

③诸母:庶母,指戚姓孩子养父张将军的姬妾。

【译文】

戚三郎携妻子返回家中,安顿好妻子后,又来到了南京拜访那位请他抄写经文的贵人,在报恩寺塔下给他抄写了三个多月的佛经,因此有机会出入张将军府探望儿子。张将军也对戚三郎多有馈赠。很久以后,张将军因病而死。他生前财力雄厚,张氏家族的侄子们想谋取利益,都说这个戚姓孩子的生身父母健在,他并非张氏族人,怂恿他回到江阴戚家去。这孩子便因此回家了。他的庶母厌恶张氏子侄,竟相把自己的财富送给戚姓孩子。戚姓孩子带走的财富相当丰厚,至今仍然是江阴的富裕人家。成三也在戚姓孩子的照料下终了一生。戚姓孩子回到江阴,重新翻修了关帝庙,长江两岸的知名人士,全都作诗文来纪念这件事,戚姓孩子把这些诗文刻在了关帝庙的右边。

　　张山来曰:关帝能宛转嘿佑戚郎,则曷不于其妇被掳时,显示神威耶①!岂数当有难,有不可免者耶? 又岂必待祈祷而后应耶? 然终不可谓非帝佑也。

【注释】

①神威:神奇的威力。

【译文】

　　张潮说:关帝爷既然可以想尽办法庇佑戚三郎,为什么不在他妻子王氏被掳走时,就显示神通,救助王氏呢? 这难道是命中注定戚三郎夫妇该遭此劫难,不可以躲过吗? 为什么关帝爷一定要在戚三郎祈祷后才显灵帮助他? 即便如此,始终不可以认为关帝爷没有庇佑戚三郎一家。

象记

林璐(鹿庵)①

　　国家大朝会②,陈设卤簿③。驯象所引象列门外④,各以品秩分左右⑤。百官入,钟鸣鞭响,群象鼻相交,无一人敢阑入者⑥。朝散,各以先后归。有罪则宣敕杖之⑦,伏而受杖。

此其所从来远矣。

黔中人昔为余言①，守土者以期贡象②，必入山告语之
曰："朝廷诏汝备禁卫③，将授官于汝。"象俯贴足，如许诺
状，即驯而行，无能捕捉也。思陵时④，将贡象，先期语之，

一象许诺,会明亡,不果进⑤。皇朝定鼎⑥,征贡象,象数头诺而来前。一象呼之不至,迟数日,翩然来取其牝⑦,盖山中偶也,候已竟去⑧。守土者廉知其期又当来⑨,乃先期语之曰:"今天子神圣⑩,薄海内外⑪,知天命有归⑫,带甲者率先以军降,守土者次第以城降。汝异类,敢抗天子不赴耶?"至期来,竟复去。守土者异之,设大炮于衢,语之曰:"汝爱妻,数数来⑬;汝再逸去⑭,当死炮下!"象闻之,徐行伏炮台下,若待以举炮者。

【注释】

①黔:指今贵州地区。明代始设贵州承宣布政使,俗称贵州省。

②守土者:地方官员。

③禁卫:原指保卫帝王或京城的卫兵,此处指用大象来担任警备防卫皇宫的角色。

④思陵:明思宗朱由检与周皇后及田贵妃之合葬墓,位于今北京昌平区天寿山。此处代指明思宗朱由检。

⑤不果:即没有结果,不了了之。

⑥定鼎:鼎,国之重器,在封建王朝是权力与地位的象征。定鼎形容新王朝刚刚定都建国。这里指清王朝初建。

⑦翩然:潇洒貌。形容动作轻松,悠闲自适的样子。牝:雌性的鸟、兽。

⑧候已竟去:等了很久竟然离开了。候,等待,等候。已,过了一些时间。竟,居然,表示出乎意料。

⑨廉:察考,访查。

⑩神圣:形容帝王崇高、尊贵,庄严而不可亵渎。

⑪薄:迫近,接近。这里引申为亲附的意思。

⑫天命:上天之意旨,由天主宰的命运。

⑬数数：急迫。

⑭逸：跑，逃跑。

【译文】

　　曾经有贵州人对我说过，他们当地的官员按期向朝廷进贡大象，一定会提前进山对大象说："朝廷征召你们担任禁卫军，即将给你们授予官职。"有些大象就俯首帖耳，仿佛同意的样子，便可以接受驯化而跟人离开，并不能靠人力去捕捉。明思宗在位时，将要向朝廷进贡大象，官员提前告知大象，有一头大象答应前往，恰逢明朝灭亡，最终不了了之。清王朝建立，向地方征召进贡大象，有数头大象应诺来到人跟前。有一头大象，被召唤却没有过来，过了好几天，那头大象悠闲自适地跑来召唤一头母象，大概是它在山中的配偶，待了半天竟然又离开了。当地官员察知这头公象到了带走群象的日期还会再回来，于是就提前对它说："当今皇帝英明神武，海内外百姓纷纷亲附，知道当今皇帝是天命所归，那些披甲将士们率先带领部队投降，各地方官员陆续献城投降。你们并非人类，怎么敢违抗天子之命，不赴皇帝征召呢？"到时间那只大象果真又来寻找母象了，最终又再次离开。地方官员都感到不可思议，便在大象来往的大路上架起了大炮，并对大象说："如果你爱护自己的妻子，就迅速归顺；如果你再逃跑，就将死在大炮之下！"大象听了这话后，缓缓而行来到架起大炮的平台之下，好像等着人放炮将自己打死。

　　呜呼，异矣！夫人未有不爱其妻者，爱妻并爱吾身。谁能以其所爱，易其所至爱？而今见之于一象！呜呼，异矣！闻其言，退而为之记。

【译文】

　　哎呀，这也太不可思议了吧！对于人而言，没有人不喜爱自己的妻子，喜爱妻子的同时也爱惜我们自身。谁能够用自己所喜爱的妻子，来换取心中最爱惜的自身呢？如今这种情形竟然在那一头大象身上体现得淋漓尽致！哎呀，这真是不可思议的事情！我听说了这个故事后，回来便专门为那头大象写了这篇《象记》。

　　张山来曰：闻象房群象，皆行清礼①，三跪九叩首；独一老象不能，犹作汉人跪拜云②。因录此文，附记于此。

【注释】

①清礼：清朝人的礼仪制度。

②汉人：汉族人，指老象模仿明代汉族人的礼仪制度。

【译文】

　　张潮说：我听说象房里面的大象，都遵循清朝的礼仪制度，三跪九叩；唯独有一头老象做不到这一点，它仍旧在施行汉人的叩拜礼仪。因此我选录了《象记》这篇文章，并在这里附带记述。

　　世人画象，虽庞大而带妩媚。及观真象，殊属笨伯①。尤恨其皮色秽浊，不似有识者。"以貌取人，失之子羽"②，吾于观象亦云。

【注释】

①笨伯：形容身体肥大、行动不灵巧的人，泛指愚笨者。这里借以形容大象的行为举止。

②以貌取人，失之子羽：语出司马迁《史记·仲尼弟子列传》："孔子闻之曰：'吾以言取人，失之宰予，以貌取人，失之子羽。'"子羽，人名，春秋时孔子的学生，因相貌丑恶，不受孔子重视，遂退学自己钻研学问，后带学生游学至江，从者三百人。

【译文】

　　世间之人画大象，虽然所画之象躯体庞大，但却带有一股娇媚之气。等见到了现实中的大象，就会发现大象是行动缓慢且笨重的动物。尤其令人遗憾的是大象的皮色污秽浑浊，不像是有什么见识的。前人说"如果以容貌的好坏来作为评判人才的标准，就很容易失去真正的人才"，我在观象的时候也是这么想的。

纪周侍御事

陆次云（云士）①

　　明天启时②，御史周公宗建屡疏击魏阉③，夺职被逮④，棰楚至不能出声⑤。许显纯向公厉声曰⑥："此时复能詈魏上公不识一丁否⑦？"卒毙于狱。六月沉狱⑧，七月还尸，家中讣音未至⑨。

【注释】

①陆次云：字云士，号北墅，钱塘（今浙江杭州）人。卷六《鬼孝子传》所提及的陆嘉淑（号冰修）的弟弟。清康熙十八年（1679）召试鸿博。后曾任郏县、江阴知县。工诗文，著有《释史记余》《八纮荒史》《北墅绪言》《澄江集》等。事见《两浙輶轩录》卷十三、《（光绪）江阴县志》卷十五。此篇未见于康熙序刻本《虞初新志》，出自陆次云《大有奇书》卷一"周季侯"。

②天启：明熹宗朱由校在位时的年号（1621—1627）。

③周公宗建：周宗建，字季侯，号来玉。吴江（今江苏苏州）人。明万历四十一年（1613）进士，曾任武康、仁和两县县令，因政绩而被调入京城任御史。天启六年（1626），与黄尊素、李应升等入

狱，毙命狱中。事见《明史·周宗建传》、郑鄤《赠太仆寺卿御史周公传》（《峚阳草堂诗文集》文集卷十三）、钱谦益《赠太仆寺卿周公神道碑铭》（《牧斋初学集》卷六二）及《周忠毅公奏议》。曾撰《老子解》，乾隆四十四年（1779）禁毁。魏阉：指太监魏忠贤。

④夺职被逮：周宗建被逮事，可见钱谦益《太仆寺卿周公神道碑铭》："乙丑，阉征杨、魏诸公考死，群小胁阉曰：'必杀周某。'遂嗾吴江旧贪令曹钦程飞章告公。公丧父里居，坐削籍追赃，狱未上而槛车征矣。公之下诏狱也，以丙寅四月十三日；其毕命也，以六月十七日，年仅四十有五。越七日，始得出暴尸都市，肢体断烂，其惨毒视杨、魏一也。"

⑤棰（chuí）楚：古代打人用具，引申为杖刑的通称。汪有典《明忠义别传》卷六《周忠毅传》："逮公下诏狱，拷掠备毒，肉节糜折，大呼天地祖宗共击贼，夜半沙囊以死，时年四十有五。"

⑥许显纯：明末人，官至锦衣卫都指挥佥事。依附魏忠贤，为明末阉党成员，与武臣田尔耕、孙云鹤、杨寰、崔应元主杀戮，成为"五彪"之一。曾参与迫害东林党领袖人物。

⑦詈（lì）：骂，责骂。魏上公：指魏国公魏忠贤，上公为公爵爵位，据《明史·熹宗纪》"（天启六年）冬十月戊申，进魏忠贤爵上公"。不识一丁：一个字也不认识。

⑧六月沉狱：据上文所引钱谦益《赠太仆寺卿周公神道碑铭》，应指六月身死狱中。周宗建下狱时间较早，钱谦益记作"丙寅四月十三日"，张岱《石匮书》卷十五《熹宗本纪》所载同；而王心一《劾冯铨疏》"天启六年三月，下前御史周宗建于狱"（《兰雪堂集》卷一），清谷应泰《明史纪事本末》卷七一《魏忠贤乱政》所载同。

⑨讣音：报丧的通知。这里指周宗建死亡的消息。

【译文】

明朝天启年间，御使周宗建多次上疏攻击魏忠贤一派的阉党，因此被削职入狱,遭受杖刑以至于不能出声说话。阉党许显纯对他厉声喝道:"此时你还可以骂魏国公说他不识字吗?"他最终死在狱中。六月在狱中去世,七月尸体被送回,家人还不知道周宗建已死的消息。

　　有清江浦舟子①,接一秀士②,许以一金雇舟。问其姓氏,自何所来。曰:"我周季侯,自京师来。"又问吴中被逮诸公状③,颦蹙曰④:"俱死矣!"又问魏监,曰:"伊罪恶贯盈,不久显戮矣⑤!"至吴江,入门不出。舟子呼之,家人出,询知其故,曰:"季侯吾主人也,赴逮在京,安有此事?"喧闹间,夫人急出曰:"良有是事。昨梦侍御还家⑥,备言死状,且云:'上帝鉴其忠直⑦,俾为神吴郡⑧。舟子许其一金,为我酬之,勿失信也。'"出金与之,举家环哭⑨。舟人亦哭曰:"吾得载忠魂,生平奇事,肯受金耶?"夫人曰:"侍御生平清介⑩,汝不受直⑪,非其心也。"舟子拜领而去。

【注释】

①清江浦:古地名,在今江苏淮安清江浦区。于明永乐十三年(1415)开埠,是明、清时期京杭大运河沿线享有盛誉的、繁荣的交通枢纽和漕粮储地,有南船北马、九省通衢、天下粮仓等美誉。《大清一统志·淮安府一》记清江浦"旧为沙河。土名乌沙河。古运道,自郡城东北入淮。《旧志》,宋转运使乔维岳开此,直达清口。明永乐初,陈瑄重浚置闸,更今名。为水陆之孔道"。

②秀士:泛指读书人。

③诸公:可参见卷六《五人传》,指吴地高攀龙、周顺昌等人。

④颦蹙(pín cù):皱眉头,形容人忧愁不高兴的样子。

⑤显戮:亦作"显僇",明正典刑,将人处死。

⑥侍御：官名。秦朝始置，汉代沿设，受命御史中丞，接受公卿奏事，举劾非法。唐代侍御史属台院，殿中侍御史属殿院，监察御史属监院，三者并列。明、清时期，监察御史、巡按御史，皆可称作"侍御"，此处指御史周宗建。

⑦上帝：天帝。古代神话传说中天上的主神。

⑧吴郡：苏州的古称。东汉末期置吴郡，后来曾反复废置、改名，如唐武德四年（621）改吴郡为苏州。明、清皆称苏州府。

⑨举家环哭：指周宗建家人围绕着周夫人哭泣。钱谦益《赠太仆寺卿周公神道碑铭》记"妻申氏，封淑人"。

⑩清介：清正廉直。

⑪直：工钱，报酬。

【译文】

清江浦上有一个船夫，搭载了一个读书人，读书人雇用船只时许诺给他一两银子。船夫问他的姓名及来历。读书人回答说："我是周季侯，从京城来的。"船夫向他询问被魏忠贤阉党逮捕入狱的吴地士人的状况，读书人皱着眉头说："都死了！"船家又问魏党情况，秀士回答说："他们恶贯满盈，过不了多久就都会被屠戮殆尽！"船行至吴江县，读书人进入家门就再也没出来。船夫在门外呼喊，仆人出来询问船夫呼喊的原因，说："季侯是我家主人的字，他被捉拿到京城，哪里有你说的这种事？"两人争论时，周宗建的妻子急忙出来说："的确有这事。我昨天晚上做梦梦到了大人回家，他对我详细讲了死时的情形，并且告诉我说：'天帝知道我是个忠贞正直的人，让我做苏州的神灵。我许给船夫一两银子，替我把钱给船夫，千万不能失信于人。'"周宗建的妻子拿钱给船夫，全家人围着周夫人痛哭。船夫也哭着说："我有幸搭载忠贞的亡魂，这是一辈子都可遇不可求的奇事，怎么肯接受夫人您的钱呢？"周宗建夫人说："我家大人生平清正廉洁，你如果不拿这些钱，这不符合他的本心。"船夫礼拜后领钱离去。

姚江神灯记

朱一是（近修）[①]

往余闻姚江有神灯[②]，以为诞。询邑人，曰："有之。四三月间始见，东郊岳庙为盛[③]。"余候其时，携同辈往，数数不获遇。庙僧曰："天骤热，将雨，遇矣。"

【注释】

①朱一是：参见卷五《鲁颠传》注释。本篇选自朱一是诗文集《为可堂集》。又见引于周亮工《因树屋书影》卷九、《(光绪)余姚县志》卷二、王晫《文津》卷上。

②姚江：余姚县（今浙江余姚）别称。余姚县内有姚江，古名舜江，又称余姚江。余姚神灯一事，典籍所记较多，如元朝宋禧《与诸友宿城南即事》诗序记："吾邑东门外五里许有岱岳行祠，在小黄山，俗传三月廿七夜，其神出而还。恒有火光若列炬，自诸丛祠出，送岳神还。明灭聚散，云雾间不可胜数者，是其征也。每岁邑人候而观之，以为常。"（《姚江逸诗》卷五）

③岳庙：此指余姚县的东岳庙，供奉东岳大帝的庙宇。《(万历)绍兴府志》卷十九记余姚县东的大黄山上有东岳庙，建于宋徽宗政和四年（1114），历代多有复建，"岳庙在郡中各邑往往有之，而余姚独盛。春二三月间，每初昏无风雨时，远望有火光数点自庙中出，灿烂如星。已而，跨江南北，散漫数十百点，若飞若坠，参差不定久之。至夜分，渐隐隐向白山没，谓之神灯"。明朱国祯《涌幢小品》卷十九《神灯庙》亦述大黄山东岳庙神灯之事。

【译文】

过去，我听说余姚这个地方有神灯，自认为这说法甚为荒唐。向余姚人询问,他们回答说:"这件事是真的。每年三四月间开始出现,县城东郊东岳庙附近的神灯最为盛大。"我等到三四月时,叫上同伴一起去观览神灯,多次前往都没有看到过。东岳庙里的僧人说:"天气骤然变热,将要下雨时,就能看到神灯。"

余又候热往,日暝抵庙①。登山巅玉皇殿②,凭高俯眺。忽见二灯冉冉从庙出,若悬予足底。回首四望,俱有所见,如晨星落落布野③。已渐稠密,百千万亿,熠耀往来,不可纪极矣④。有一灯独行者;有并携二灯者;有百什灯排列徐徐,若官人出行,卤簿前导者⑤;有若二队相值⑥,各分去者;有相值若揖若语而别者;有高擎者,有下移者;有置灯憩坐者,有穿林踏险而行者;有渡江者,始渡若揭衣踌躇,登岸则速者。其光或颓若有所矇⑦;或光动若庭燎⑧,或灭或复明;或数灯合为一,或一分为数;或迎风疾行,焰反向而炽;或徐行则敛,或驻则渐微;或排列一线,若星桥灯市⑨;或独燃幽处,若寒窗爇灯荧荧然⑩;或高在山半,若悬竿;或出江间丛苇中,若渔火;或远,或近在数十步内,熟视灯下,若有二足影,喁喁若闻语声⑪,而实无语。余见灯聚处,使人疾趋视,则无有。其人回视余所在,反有之,余不觉也。至初更钟鸣⑫,则尽灭。

【注释】

①暝:天色昏暗,指黄昏。

②玉皇殿:供奉玉皇大帝的官殿。据《(万历)绍兴府志》卷二二,玉皇殿位于余姚大黄山山顶。

③落落:零落,稀疏。

④纪极:终极,限度。引申为穷尽的意思。

⑤卤簿:形容灯火的排列次序,像帝王官员出行时扈从的仪仗队。

⑥值:碰到,遇到。

⑦幪:动词,遮盖。

⑧庭燎:古代庭中照明的火炬。

⑨星桥灯市:星辰搭建的桥梁,灯火繁盛的夜市。

⑩荧荧:灯光微弱的样子。

⑪喁喁:低语声。

⑫初更:旧时每夜分为五个更次。晚七时至九时为"初更"。

【译文】

　　我又等到天气变热后再去观看神灯,于黄昏时到达了东岳庙。随后登上山顶的玉皇殿,站在高处俯瞰。突然,看见有两盏灯缓缓地从东岳庙飞出来,仿佛在我的脚底下悬挂着。我回头向四处张望,发现灯火已遍及天宇,仿佛天上的星辰散落于辽阔的山野。慢慢的,灯火密集起来,仿佛有数以百、千、万、亿计,闪烁的灯光在山野间来回穿梭,看不出来到底有多少盏灯。其中有一盏灯独自飞行的;有两盏灯双宿双飞的;有数百灯列队飞行的,好像官员出行一样,有仪仗队在轿子前面引导着;有两排灯在飞行过程中相遇,然后再分别转向飞行;有的灯仿佛两个人相遇,相互作揖问候,然后再分别;有往高处飞的,也有往低处落的;有的灯停在空中仿佛在休息,有的灯则穿过树林,在树林中冒险而行;有的灯仿佛渡江的行人,一开始渡江时好像要提起衣服又犹豫不定,抵达河岸后又动作迅速。这些灯的光芒,有的昏暗的像被东西蒙住一样;有的不断闪动,像庭院里照明的火炬,忽而黯淡,忽而又再次明亮起来;有的灯光由多盏灯聚合在一起,或者是由一盏灯分开若干盏灯;有的灯迎着风迅速飞动,焰火向相反的方向燃烧得很明亮;有的灯则飞行得很慢,或者干脆停下来,渐渐变得昏暗;有的灯排成一列,就好像一座由明星搭建的桥

梁,一条由灯火点缀的街市;有的灯则在偏远的地方独自飘荡,就好像在
寒窗下点燃的小灯一样,光芒微弱;有的灯高悬在半山腰,像挂在高高的
竹竿上;有的灯则飘荡在姚江间的芦苇丛中,仿佛渔船上的灯火;有的灯
远隔千里之遥,有的灯近在几十步之间,仔细观看灯下,仿佛能看到两只
脚的影子,似乎能听到有人窃窃私语的声音,但实际上并没有声音。我
看见远处灯火都聚在了一起,于是派人赶快跑过去探察,却发现看不到
灯火了。被我派去远处看灯火聚拢的人,他转头却看到我所在的地方有
灯火聚集,但是我自己却察觉不到。到了初更钟响的时候,这些灯就都
消失不见了。

　　呜呼!其神耶?非神耶?以余所见,洵神也①。然神之
德盛,塞天地,贯古今,无乎不在,而必姚江,必东郊,必四三
月,必热将雨始见,是岂神耶?夫儒者探赜索隐②,采传闻,
览怪志,其疑惑聚讼宜也③。余目所经见,且久立凝睇④,而
不知所由然。求为博物君子,不其难耶?抑诚有不可知者
耶?不可知,则神矣。余故详述焉,以质世之多闻者⑤。其
年丙戌,其月癸巳,其日己卯⑥。同游者,为年友湛侯子君
进⑦,及密、沈、叶三君⑧,俞秀才思颜,余门下士。

【注释】

①洵(xún):实在,表肯定。

②探赜(zé)索隐:出自《周易·系辞上》:"探赜索隐,钩深致远,以
　定天下之吉凶,成天下之亹亹者,莫大乎蓍龟。"探,寻求、探测。
　赜,幽深玄妙。索,搜求。隐,隐秘。意思是探究深奥的道理,搜
　索隐秘的事情。这里指读书人对神灯传闻进行反复地考察探究
　的行为。

③聚讼:形容众人争辩某个人物或某件事情,是非难定。

④凝睇：凝视，注视。

⑤质：咨询，问。

⑥"其年丙戌"几句：据作者朱一是生平活动推算，应指清顺治三年
　（1646）四月三日。

⑦年友：年龄相同的友人。

⑧密：《（光绪）余姚县志》卷二引朱一是《姚江神灯记》作"宓"。

【译文】

　　哎呀！这些灯的出现神奇吗？难道不神奇吗？以我的看法，的确神奇。然而神奇的事情应该力量强大，充塞在世间所有的地方，突破了时间的限制，是无时无处不在的，但是灯的出现一定是在余姚，一定是在余姚东郊，还一定要在三四月份间，一定是天气闷热即将下雨时，这难道真的是神奇之事吗？很多读书人反复地寻找证据以研究这种现象，他们采访民间传闻，搜索志怪之书，对于这件神奇之事充满疑惑，争论不休。我亲眼目睹，并且长时间地注视着那些神奇的灯光，却弄不明白这到底是怎么一回事。对于那些想要通晓事物道理的人士而言，不是更难吗？或者这其中真的有不为人所知的神异之事的存在？这事让人无法探究明白是什么原因导致的，所以显得更神奇了。因此，我把这件事详细地记录下来，以便向世间见多识广的人去咨询。观看灯火的时间是清顺治三年四月三日。和我一同游览的人，有我好友湛侯的儿子君进，有密、沈、叶三位好友，有秀才俞昆颜，以及我的弟子。

　　张山来曰：吾乡有灵金山①，每岁以六月十八日建醮施食②，檄召诸鬼，鬼火群起，倏合倏分。其文乃韩国公李善长读书山中时所撰③。久之，其板漶漫至不可识④。道士别镌一板，焚之而鬼不至。因仍以旧板刷文重读，磷火复炽⑤。迄今每遇醮坛，则新旧二檄并焚云。

可见鬼神一道，与人互相感通。姚江神灯，非妄言也。

【注释】

①灵金山：又名灵山，位于张潮故乡徽州歙县（今安徽歙县）西北三
　十里。

②建醮（jiào）：在特定的日子里，设坛为亡魂超度或为新庙落成、神
　像开光等事祈福的法事。

③李善长：字百室，明初凤阳府定远（今安徽滁州）人。知书有计
　谋，习法家言。归附朱元璋，官参议、左右相国、左丞相，封韩国
　公。曾主持撰修《元史》，编辑《祖训录》《大明集礼》诸书，后坐
　胡惟庸案被杀。

④滮（huàn）漫：也作"漫滮"。模糊难辨。

⑤磷火：俗称鬼火。旧传为人畜死后血所化，实为动物尸骨中分解
　出的磷化氢的自燃现象。

【译文】

　　张潮说：我家乡有座灵金山，每年的六月十八日设坛作法、施舍
食物，发檄文召唤众鬼，鬼火蜂拥而起，时合时分。檄文是韩国公李
善长在山中读书的时候撰写的。时间长了，印刷此篇檄文的木板已
经模糊不清，其内容已不可辨认。于是有道士又另外刻了一板并付
之印刷，但新印的檄文焚烧后鬼火没有出现。因此仍旧用旧版印刷
的檄文去焚烧，鬼火才又旺盛起来。迄今为止，每年设坛作法的时
候，新旧两版所刊印的檄文都一起焚烧。由此可见，鬼神这一类，能
接收到人的至诚并予以回应。因此可推知，余姚有神灯出现，绝非
虚妄之说。

记盗

杨衡选（圣藻）[1]

有穿窬之盗[2]，有豪侠之盗，有斩关辟门、贪婪无厌、冒死不顾之盗[3]，从未有从容坐论、杯酒欢笑如名士之盗者[4]。盖盗者，迫于饥寒，或为仇恶报怨，不得已而为之。盗而名士，盗亦奇矣。

【注释】

①杨衡选：字圣藻，泾阳（今属陕西）人。客居邗江数十载，江都（今江苏扬州）贡生。事略见王豫、阮亨《淮海英灵续集》庚集卷一。与魏禧、孙枝蔚（字豹人）交情深笃，著《披香文集》（见清人王豫辑《淮海英灵续集》庚集卷一）。其父杨兰佩，孙枝蔚曾撰《杨兰佩小像赞并序》；子杨帝右。此篇文章据《虞初新志目录》出自杨衡选"手授钞本"。

②穿窬(yú)：形容翻墙头或钻墙洞的盗窃行为。窬，从墙上爬过去。

③斩关：砍断门闩。辟门：劈开门户。

④名士之盗：像恃才放达、不拘礼法的士人那样的盗贼。

【译文】

古往今来，有翻墙钻洞偷东西的人，有行侠仗义偷东西的人，也有砍断门闩、劈开门户、贪得无厌、为了钱财不顾性命的强盗，从来没有与主人从容坐而论道、饮酒交欢如同恃才放达的士人一样的盗贼。大概盗贼们被饥寒所迫，或者因为仇恨怨憎，不得已而做了盗贼。做盗贼却像不拘礼法的士人，这种盗贼也着实令人不可思议。

南城萧明彝先生[1]，家世为显官，厚其赀，庾于田[2]。时当秋获，挈其爱妾，刈于乡之别墅③。有少年三人，自屋而下，启其户，连进十数辈，曰："萧先生睡耶？"就榻促之起④，为先生着衣裳，进冠履，若执僮仆役，甚谨，曰："先生有如君⑤，男女之际⑥，不可使窥外事⑦，请键其室⑧。"迎先生至外厅，设坐，面南向，爇烛其下，曰："某读先生今古文⑨，可一一为先生诵之。最佳者无如某篇，某篇之中，有某转某句⑩，非巧思不能道。尝于某显曹处私伺先生宴⑪，连饮十五犀觥⑫，诸公不及也。江南藩司碑记⑬，惟先生文为绝笔⑭。"

【注释】

①萧明彝：萧韵，字明彝，号元声，南城（今属江西）人。明崇祯十五年（1642）举人，熟读群书，过目不忘，任侠好义。事见《（乾隆）南城县志》卷八、《（乾隆）建昌府志》卷四四。他与陈继泰、徐芳交往密切，徐芳《答萧明彝》与陈孝逸《与萧明彝》语及其事，为人雄豪，性喜佛典。

②庾：露天的谷堆、谷仓，这里指田地出产的农作物堆满仓库。

③刈（yì）：动词，割。

④就：凑近，靠近。

⑤如君：旧称他人之妾。

⑥男女之际：男人和女人间需有分际、界限，这里是指身为女子的萧韵妾室，不便听闻身为男子的少年们要讨论之事。

⑦窥：暗中察看，亦泛指观看。

⑧键：插在门上关锁门户的金属棍子。这里名词活用作动词，用金属棍子关锁门户。

⑨今古文：时文和古文。今文，是当时通行的文体，指科举应试的八股文。古文，原指先秦两汉以来用文言写的散体文，相对六朝骈

体而言,单句散行。这里相对科举应用的八股文而言,指明、清文
人模仿秦汉古文创作的散体文。

⑩转:旧时诗文结构章法方面的术语。

⑪显曹:这里形容富贵显赫人家。曹,等、辈。

⑫犀觥(gōng):指犀牛角做的酒杯。觥,古代酒器。腹椭圆,上有
提梁,底有圈足,兽头形盖,亦有整个酒器作兽形的,并附有小勺。

⑬藩司:官名。明、清时布政使的别称,主管一省民政与财务。

⑭绝笔:出色的文笔。

【译文】

　　江西南城县的萧韵先生,祖上曾做过大官,累世积累,家财富裕,田
粮满库。正值秋收时节,萧韵带着爱妾到田里收割庄稼,就住在乡间的
别墅里。一天,有三个年轻人从屋顶上跳下来,打开了别墅的大门,跟着
进来十几个人,他们说:"萧先生睡下了吗?"几个人凑近床榻,催促萧韵
赶快起床,替他穿衣服,戴帽子,穿鞋子,这些人就像萧韵的仆人一样,态
度十分恭谨,说:"先生您有爱妾,男女有别,不能让您的爱妾观看外面的
事情,请您把卧室门锁上吧。"有人迎请萧韵来到了外厅,准备座位,安
排萧韵面朝南坐着,并且点燃了蜡烛,说:"我读过先生您的八股文和散
体文,能一篇一篇背诵下来给先生听。我认为最好的应当是某篇,那篇
中由某句转到某句,如果构思不精巧是不可能写出来的。我曾经在某位
达官贵人的宴席上悄悄窥探先生您,您一口气喝了十五觥的酒,其他的
人都比不上您。江南藩司的碑文,只有先生您写的才称作绝妙文章。"

　　左右有恐吓先生者,其盗魁力止之,曰:"此萧先生,不
可以常态惊也。"索酒肴相啖食。先生为之陈庖厨①。饮
酣,曰:"某等闻先生名久矣!不惜千金路费至此,可出其囊
橐以偿吾愿②。"先生曰:"昨有四百金稻谷价,惜来迟耳,今

早已送之城中。此所留者，仅羹酒之需^③，不过二十七金，人参八两，玉带一围而已，愿持赠诸豪士^④。"左右疑有埋藏者，盗魁曰："此先生真实语也，不须疑。"启其箧^⑤，如数。

【注释】

①庖厨：菜肴，肴馔。

②囊橐（náng tuó）：盛物的袋子。大称囊，小称橐。或称有底面的叫囊，无底面的叫橐。这里代指钱粮。

③羹酒：羹和酒，泛指饮食。

④豪士：指豪放任侠之士，是对盗贼的敬称。

⑤箧（qiè）：箱子一类的东西。

【译文】

有盗贼恐吓萧韵，盗贼的头目极力制止，说："这是萧先生，不可以像平时那样吓唬先生。"众人向萧韵索要酒菜来食用。萧韵亲自给众人准备饭菜。酒足饭饱之后，众人说："我们这些人早就听说先生您的大名了！不惜重金路费才来到这里，您可以拿出家里的钱粮来满足我们求财的愿望。"萧韵说："昨天家里还存放着价值四百两银子的稻谷，可惜你们来迟了，今天一大早已经送回城里去了。现在我手头留下的钱粮，只够应付饮食所需，不过二十七两银子，另有八两人参，一条玉腰带而已，我愿意把这些东西赠送给诸位豪侠。"众盗贼怀疑他还有隐藏不露的钱粮，盗贼的头目说："这是萧先生的真话，你们不必有所质疑。"众人打开箱子，数目的确如萧韵所说。

夜将半，先生倦，且恐。盗魁曰："先生倦乎？吾为先生起舞。"解长服，甲铠绣鲜^①，金光灿耀夺人目。拔双剑，起舞厅中，往来近先生鼻端，迹其状，如项庄鸿门意在沛公时也^②。良久乃止。先生待益恭，盗益重先生。自启户论文，始终敬礼先生，卒不敢犯如此。

【注释】

①绣鲜：华丽鲜亮。指盗贼首领的铠甲精美鲜亮。

②项庄鸿门意在沛公：鸿门宴时，项庄席间舞剑，企图刺杀刘邦。出自《史记·项羽本纪》："今者项庄拔剑舞，其意常在沛公也。"比喻盗贼舞剑的真实意图别有所指。

【译文】

快到半夜时，萧韵疲惫不堪，并且惊恐不安。盗贼的头目说："先生困倦了吗？我给先生起舞助兴吧。"他脱下外面穿的长袍，露出里面华丽鲜亮的铠甲，金光闪闪耀人眼目。接着拔出双剑在大厅中起舞，宝剑来回舞动，时常凑近萧韵的鼻端，看此情形，盗贼头目大有项庄舞剑，意在沛公之意。舞剑良久才停下来。萧韵对待他们更加小心谨慎，他们也更加敬重萧韵。盗贼自从打开门户进来和萧韵讨论文章，一直对萧韵以礼相待，直到走的时候都没有冒犯过他。

先生房委曲^①，四顾夜黑，持灯周书幌曰^②："此窗棂宜向某处上下，此楼宜对某方，所惜鸠工时少经营耳^③。"登楼，窥先生藏书，见《名臣奏议》《忠臣谱》二集^④，曰："吾愿得此。"笔筒中旧置网巾二副^⑤，纳之袖中。字画多时贤为者，曰："乌用此玷辱书斋？"择其不佳者毁裂之。有美人一幅，乃名笔，曰："此不可多觏者^⑥。"罗君某写有小楷扇一柄，藏笔床侧^⑦。曰："吾与此公有旧好，宜珍之。"亦携之去。

【注释】

①委曲：指曲调、道路、河流等曲折。这里指房屋幽邃曲折。

②书幌：书房的窗帘，借指书房。

③鸠工：指聚集工匠干活。鸠，聚集。经营：筹划，计划。

④《名臣奏议》：即《历代名臣奏议》，明成祖永乐十四年（1416）由黄淮、杨士奇等奉敕编著而成，收集了自商周至宋元历代名臣学士向当朝帝王进言的奏、疏、议等，内容涉及政治、经济、文化、军事等各个方面。《忠臣谱》：明人朱鹭《建文书法拟》记有《建文诸忠臣谱》一书，记录明建文帝时忠臣名录，未审是否为此书。

⑤笔筒：筒形插笔器具。网巾：以丝结成的网状头巾，用以束发。清周亮工《因树屋书影》卷九：“俗传网巾起自洪武初。新安丁南羽言，见唐人《开元八相图》，服者窄袖，有岸唐巾者，下露网纹。是古有网巾矣，或其式略异耳。”网巾上有总绳拴紧，名曰一统山河；结发之宗，窄不过二寸，名曰懒收网。上至贵官，下至生员吏隶，冠下皆着网巾。可参见明郎瑛《七修类稿》卷十四、明李介《天香阁随笔》卷二、清王逋《蚓庵琐语》。

⑥觏：遇见。

⑦笔床：卧置毛笔的器具，笔架。

【译文】

萧韵住的这所别墅幽邃曲折，四下望去一片漆黑，盗贼头目持灯照着书房说：“这个窗格应该朝那个方向移动，这座楼应该面对那个方位，可惜当时盖房子时，工匠们没有好好地替您筹划。”盗贼头目登上楼，见萧韵有很多藏书，其中有《名臣奏议》《忠臣谱》两本书，便说：“我想要这两本书。”笔筒中过去曾放了两副网巾，盗贼头目将它们放到袖中，据为己有。书房内的字画大多是当时有德才之人所作，盗贼头目说：“先生怎么拿这些没品位的东西玷污您的书房？”于是，选了一些不好的作品撕裂销毁。房内有一幅美女图，乃是名家所画，盗贼头目说：“这幅画真是难得一见。"书房中还有一把罗姓友人写有小楷字的扇子,藏在笔架旁边。盗贼头目看到后说:"我和罗先生有旧交情,应该珍藏它。"于是也拿走了扇子。

将出门,邀先生送。先生强留曰:"若辈皆少年豪侠,待至明日归,取四百金相遗何如^①?"盗魁曰:"世从无其事,余何能待?"请姓名,不答,曰:"后会有期。惜先生老,若少壮,当与之同往。"先生出走里许,见木舟二,泊溪口,尽登,摇橹而去,语作吴下音。

【注释】

①遗(wèi):给予,馈赠。

【译文】

这伙强盗将要出门而去时,邀请萧韵送别他们。萧韵执意挽留说:"你们都是少年豪侠,等我明天回到家里,取回四百两银子送给你们如何?"盗贼头目说:"自古以来没有这样的事,我怎么可能会等着来收钱呢?"萧韵问询他的大名,他却不回答,并且说:"后会有期。可惜萧先生您年老了,如果年轻些,就可以和我们一起走了。"萧韵送他们走了一里多路,看见溪口停着两只木船,盗贼一行人全都登身,划桨而去,隐约中听到他们说着吴地方言。

嗟乎!盗而如是,可以常盗目之哉?吾恐盗虚声者,灭礼义,弃诗书,反不若是之深于文也!谓之曰"名士之盗"。

【译文】

哎呀!盗贼竟然能这样做,怎么可以把他们看作寻常的强盗呢?我想恐怕世间欺世盗名之人，会毁弃礼仪仁义，捐弃书籍诗文，反而比不上这些强盗通晓文章啊！他们可以称作"名士之盗"。

　　　　张山来曰：有盗如此，即开门揖之①，似亦无不可者。虽然，天下岂少此辈哉？独恨蹈其实而讳其名②，且所欲无餍③，固不若此辈之直而且廉耳！

【注释】

①揖（yī）：拱手行礼，指行礼迎进盗贼。

②蹈：履行，遵循。讳：避忌，有顾忌不敢说或不愿说。

③餍（yàn）：满足。

【译文】

　　张潮说：有这样的盗贼，即使打开大门欢迎他们，似乎也说得过去。这伙盗贼虽然也有劫掠之行，但世间怎会缺少这种行为的人呢？唯独遗憾的是，世间的人实际做了盗贼的事情却讳言盗贼的名声，况且这些人贪得无厌，还不如闯入萧韵家的这伙强盗耿直和清白呢！

化虎记

徐芳（仲光）①

　　年来予乡多虎②，啮人甚众③，及行脚历闽、楚、晋、豫皆然④。或曰："是帝所役，以襄戈镝所不及⑤。"或曰："所在猛鬼厉魄激郁而化⑥。"是二者，疑皆有之，而无如危子允臧所述黄翁事尤异⑦。

【注释】

①徐芳：参见卷四《神钺记》注释。本篇出自徐芳笔记小说集《诺皋广志》。又见徐芳《悬榻编》卷四，又见引于吴陈琰《旷园杂志》卷上"化虎救父"。

②予乡：指徐芳故乡建昌府南城县（今江西南城），毗邻福建邵武府。

③啮（niè）：咬。

④行脚：行走。闽、楚、晋、豫：闽，今浙江南部和福建一带；楚，今长江中下游及其周边的广大地区，明、清初湖广行省一带；晋，今山西一带，太行山以西，吕梁山以北，长城以南的广大区域；豫，今河南一带，黄河中下游、黄河以南的地区。

⑤襄：帮助，助其完成。戈镝（dí）：戈，古代的一种兵器，横刃，用青铜或铁制成，装有长柄。镝，箭头，亦指箭。此处用武器来指战争。

⑥激郁：激愤忧愁。

⑦危子允臧：危允臧，据徐芳《悬榻编》又作危允藏，他与徐芳交好，徐芳《化虎记一》《化虎记二》《樵城箕仙纪》皆语及其名，《樵城箕仙纪》记危允藏曾说"昨岁丁酉，督学岁试临吾樵，予与数友问场中首何题"，据此推断：危允藏，樵郡人，清顺治十四年丁酉岁（1657）时为秀才，故受督学岁试考察（清代各省学政巡回所属州、县，考核府、州、县学的生员、增生、廪生。试以四书文一题，五经文一题，诗一首，并默写《圣谕广训》一二百字）。

【译文】

最近几年来，我家乡一带的老虎比较多，咬死了不少人，我游历福建、湖广、山西、河南等地发现也是如此。有人说："这是天帝派老虎专门做这件事情的，让战争未曾波及之地也遭受伤害生命的痛苦。"也有人说："这是因为战争导致死人太多，老虎是那些死后恶鬼因为愤怒郁闷之气而变成的。"这两种说法，我怀疑它们都可能成立，但没有一件像危允藏所讲的黄翁之事那样令人感到不可思议。

　　黄翁者,密溪人①,去樵城十余里②。生三子,俱壮矣。乙未春③,使耕田山中,晨出酉返④,如是数日。一夕,邻子谓翁曰:"田芜弗治,倘无意乎?"翁曰:"儿曹日躬耒耜⑤,奚芜也?"邻子曰:"未也。"翁心怪。诘旦,三子出,翁密尾,侦其所往。则见入山林中,袪衣挂树⑥,随变为虎,哮跃四出。翁大恐,奔归,窃告邻子,拒户匿处。迨夜,三子归,呼门良久,不应。邻子谕之曰⑦:"若翁不尔子矣!"问其故,以所见告。三子曰:"有之。帝命所驱,不自由也。"因呜咽呼翁曰:"罔极之恩,宁不思报?无如父名早在劫中⑧,儿辈数日远出,正求其人可以代者。既尔逗露⑨,不可复止。然某所衣领中,有小册,幸为简付⑩。不然,父固不利,儿皆坐是死矣⑪。"翁因取烛觅衣领中,果得小册,皆是樵郡应伤虎者,而翁名在第二。翁曰:"奈何?"三子曰:"第开门,当自有策。"翁勉听,三子受册泣拜,因告翁曰:"此俱帝命。父当蒙厚衣数重,勿结带,加黄纸其上,匍伏虔祷,儿自有救父法。"翁如言,三子次第从后跃过,各衔一衣,虎吼而出,遂不复返。翁至今犹在。

【注释】

①密溪:邵武府(今福建邵武)境内的水流,据《(嘉靖)邵武府志》卷二记"密溪导天地山东北,流入于大溪"。这里修有密溪渡。

②樵城:指邵武府城。樵城,指樵郡、樵川,皆为邵武府的别称,故徐芳《樵城箕仙纪》开篇即言"樵川",可参考卷五《乞者王翁传》注释。

③乙未:清顺治十二年(1655)。

④酉(yǒu)：这里指酉时,下午五点至七点。

⑤躬：自身,亲自。耒耜(lěi sì)：古代一种像犁的翻土农具。耜用
于起土。耒是耜上的弯木柄。此处泛指用农具干活。

⑥祛：脱去。

⑦谕：告诉,使人知道。

⑧无如：无可奈何。

⑨逗露：透露,显露。

⑩幸为简付：希望能把衣领里面的书简交付给我。幸,希望。为,表
目的。简,古代用来写字的竹板,这里指下文的虎伤人的名单。

⑪坐是：由这件事而获罪。

【译文】

黄翁是密溪人,家距邵武府城不过十多里。黄翁生有三个儿子,都
已成年。清顺治十二年春天,黄翁让三个儿子到山中耕田,兄弟三人每
天早出晚归,一连多日都是如此。有一天,邻居问黄翁："您家田地杂草
丛生而不加治理,你们对田地真的不在意吗?"黄翁说："我三个儿子每
天都下地劳作,田里怎么可能会杂草丛生呢?"邻居说："恐怕不是您说
的那样。"因此,老人内心感到很疑惑。第二天早晨,三个儿子出门,黄
翁偷偷地尾随在后,看他们到底去哪里。只见三人走到山林中,把外衣
脱下来挂在树上,然后变成了老虎,吼叫、跳跃着四下奔走。黄翁惊恐万
分,一路跑回家,把自己看到的情形偷偷地告诉给邻居,然后关上门藏了
起来。到了晚上,三个儿子回家,在门外喊了好久,家里也没有人回应。
邻居隔着院门告诉他们说："你们的父亲已经不把你们当儿子了!"三人
询问缘故,邻居就把黄翁看到的事情告诉给兄弟三人。黄翁的三个儿子
说："我父亲所见之事确是事实。我们接受天帝命令而被役使,实在是身
不由己。"因此三人哭着对黄翁喊道："父亲养育之恩深广无边,我们怎
能不想着报答? 无奈父亲的名字早就被记在死劫名单之中,我们兄弟多
日来跑远路,正是寻找可以替父亲去死的人。事情既然已经泄露,我们

兄弟不能再留下来了。然而放在某个地方的衣服领子中藏有一本小册子，恳求您把这个简册交给我们。否则的话，不仅对父亲您不利，我们兄弟都得因此获罪丧命。"黄翁便取来蜡烛在衣领中寻找，果然发现了一本小册子，上面记录的都是邵武府应该被虎咬死的人的姓名，而黄翁的名字排在第二位。黄翁说："这可如何是好？"三个儿子说："父亲您尽管把门打开，我们有办法。"黄翁不太情愿地听从儿子的话，把门打开了，三个儿子接过小册子，边哭边拜，说："这都是天帝的命令。父亲您应当多穿几重厚衣服，不要系上衣带，把黄纸贴在衣服上，趴在地上虔诚地祷告，我们自有救您的办法。"黄翁按照儿子们的话做了，三个儿子化身成虎，依次从黄翁身后跃过，每个都衔着一件衣服吼叫着跑走了，从此以后，他们再也没有回过家。黄翁至今仍然活着。

　　自昔以人化虎，多有之矣，如封邵、李微辈①，即皆易皮换面而去，未有溷处人中若三子者②。且帝既以伤人役之，而又列其父册中，尤极难处之事。而三子求代不得，又曲尽以全之③，可谓形易而心不易者矣。天下固有五官四体居然皆人，而君父当前，竟不相识者。岂既已虎矣，而犹有恩之不可负哉？虽然，三子既虎矣，奈何列翁名册中，岂司此者偶忘之乎？又岂年来气数之变④，虽负恩之大，至于戕贼其父⑤，帝亦恣其所为而不甚问也耶？则非予之所敢知也。

【注释】

①封邵、李微：都是小说中变成老虎的人物。南朝梁任昉《述异记》记载汉宣城郡太守封邵，有一日忽然化成老虎，攫夺百姓而食。因为封邵担任太守，太守被人尊称作使君，所以后来诗文中常用"封使君"代指老虎。"李微"当作"李徵"，"微"为"徵"之形讹，

　　他是唐人张读《宣室志》所记的人物,他郁闷不得志,遂发狂变成

　　老虎,托朋友袁傪照顾妻儿。

②溷处(hùn chǔ):混杂在一起居住、生活。

③曲尽:竭尽。

④气数:气运、风气。

⑤戕(qiāng)贼:伤害,残害。

【译文】

　　自古以来,人变成老虎的事情就不罕见,如封邵、李徵等人,便都是改头换面之后离去的,从未听说过像黄家三兄弟一样和人杂居在一起的。况且天帝既然派三兄弟化虎伤人,却又把他们父亲的名字列在被咬死人员的名单中,这对于三兄弟而言实在是为难的事情。三兄弟找不到人去替代父亲,又想尽各种办法去保全父亲,可以说是身体虽然幻化成了老虎,但内心的孝行懿德依旧没变。当今天下固然有一些面容、四肢都具备的人,但在自己的君主、父亲面前,竟然假装不认识。难道已经变成老虎,还仍然感念父子恩情而不愿辜负父亲吗?即使这样,兄弟三人已经变成老虎了,但无奈父亲名字已列在被咬死人员的名单之中了,这难道是管理此事的人偶然忘记他们之间的亲情关系了吗?又难道是近年来天下气运大变,本来忘恩负义就很普遍,以致伤害自己的父亲,天帝也纵容其行为,而不加以惩罚吗?对于这样的事,并不是我可以知晓的。

　　张山来曰:三子求可以代父者,其计甚拙。设代者当死于虎,则仅足蔽其本辜①,未可以代其父罪;设彼不当死于虎,而三子枉法以杀之②,则是父罪未免,而已先罹于法矣③,将若之何?

【注释】

①蔽:遮蔽,掩饰。辜:罪。

②枉法：以私意歪曲、破坏法律。

③罹：触犯。

【译文】

　　张潮说：兄弟三人寻找可以代替父亲去死的人，这种计策实在是太拙劣了。如果他们找到的代父亲去死的人，本身就应当死于虎口，那么这个人的死也就只是刚刚可以掩饰自己的罪罢了，并不能连同兄弟三人父亲的罪也一起抵消；假使这个人命中注定不应丧命于虎口，但兄弟三人破坏法律而杀害了这个人，那么兄弟三人父亲的罪过还没有免除，反而先违背了律法，这事如何处理呢？

义犬记

徐芳（仲光）①

　　丙申秋②，有太原客南贾还③，策一卫④，橐金可五六百。偶过中牟县境⑤，憩道左。有少年人，以梃荷犬至⑥，亦偕憩。犬向客咿哑，若望救者。客买放之。少年窥客装重⑦，潜蹑至僻处⑧，以梃搏杀之，曳至小桥水中，盖以沙苇，负橐去。

【注释】

①徐芳：参见卷四《神钺记》注释。本篇出自徐芳笔记小说集《诺皋广志》。又见徐芳《悬榻编》卷四及《悬榻编》卷六《七义赞》，事略。

②丙申：由徐芳生平活动判断，此丙申年当为清顺治十三年（1656）。

③太原：太原府。秦代始置太原郡，史上曾称作并州、晋阳等。明、清时期，置太原府，府治在阳曲（今属山西）。贾（gǔ）：做买卖。

④策一卫：驱使着一头驴。策，鞭打。卫，古代称驴。

⑤中牟县：明、清时，中牟县属开封府，东接开封府城，西邻郑州，北濒黄河。今属河南郑州。

⑥梃：棍棒。

⑦装：指出行时带的东西，泛指行李、钱财。

⑧潜蹑：偷偷地跟着。

【译文】

清顺治十三年秋天，有个太原府的客商从南方做生意返回家乡，他赶着一头驴，驴身上驮载的布袋里装着五六百两银子。偶然路过河南中牟县境内时，在路旁停下休息。这时，有一个年轻人扛着一根大木棒走了过来，木棒上面绑着一只狗，也和客商坐在一起休息。狗向客商咿呀吠叫，似乎希望客商能救它。于是商人便买了这只狗，并放其自由。那个年轻人窥视到客商的行李沉重，就悄悄地跟在客商后面到了偏僻的地方，用木棒打死了客商，并将他的尸体拖拽到桥下的水里，用沙滩上的芦苇掩盖住尸体，再背上客商的财物扬长而去。

犬见客死，阴尾少年至其家，识之①，却诣县中②。适县令升座，衙班甚肃。犬直前据地叫号③，若哭若诉，驱之不去。令曰："尔何冤？吾遣吏随尔。"犬导隶出④，至客死所，向水而吠。隶掀苇得尸，还报，顾无从得贼。犬亦复至，号掷如故。令曰："若能知贼乎？我且遣隶随尔。"犬又出，令又遣数隶尾去。行二十余里，至一僻村人家，犬竟入，逢一少年，跳而啮其臂，衣碎血濡。隶因继之到县⑤，具供杀客状。问其金，尚在，就家取之，因于橐中得小籍⑥，知其邑里姓字。令乃抵少年辟⑦，而籍其橐归库⑧。犬复至令前吠不已，令因思曰："客死，其家固在，此橐金安属？犬吠，将无是乎？"乃复遣隶直往太原，此犬亦随去。既至，其家方知客死，又知橐金无恙⑨，大感恸。客有子，束装偕隶至，贼已瘐死狱中⑩。令乃取橐验而付之。其犬仍尾其子至，扶榇偕返⑪，还往数千里，旅食肆宿，与人无异。

【注释】

①识（zhì）：记住。

②诣（yì）：到。

③据地：占据地盘，席地而坐。

④隶：官府里的衙役。

⑤绁（xiè）：拘系牵引用的绳索、缰绳。这里引申为用绳索捆绑之意。

⑥小籍：写有姓名、籍贯等信息的文书或牌子，类似路引、牙牌。

⑦抵：抵偿。辟（pì）：罪，罪刑。此指根据年轻人所犯的罪行处以相应的刑罚。

⑧籍：登记。

⑨恙：疾病。这里引申为丢失，损失。

⑩瘐（yǔ）死：囚犯在狱中死去。

⑪扶榇（chèn）：护送棺材。

【译文】

那只狗见客商被年轻人打死，暗中尾随着年轻人到了他家，默默地记住路，然后跑到城中的县衙。正赶上县令升堂办案，两班衙役严整地排列堂下。狗跑到堂前，蹲在地上长声嚎叫，似哭似诉，衙役驱赶它也不离开。县令说："你有什么冤屈之事？我派遣衙役跟你去调查。"狗便引着衙役跑到了客商被打死的地方，面向河水狂吠不止。衙役掀开芦苇发现了客商的尸体，遂飞报县令，但是不知道去哪里抓住杀死客商的贼人。狗又再次来到县衙公堂，像上次一样嚎叫。县令说："你知道谁杀死了客商吗？我将派衙役跟着你去缉凶。"狗再次离开公堂，县令又派了好几个衙役跟着狗出去。走了二十多里地，到了一个偏僻的村庄，狗奔入其中一家,遇到了一年轻人,跳起来咬住他的胳膊,咬烂了他的衣服,鲜血渗透到衣服上。衙役把这个人押解到县衙公堂上,年轻人把击杀客商的情形一五一十地说了出来。县令询问客商的行李财物在哪里,得知财物还都在,便派人前往他家里搜取,并且从客商的布袋中搜得一本文书,从上面得知了客商的姓名和籍贯。于是县令根据年轻人的罪行判以罪罚,还把客商的钱财予以登记并收归县库。狗又跑到县令面前狂吠不止,县令思索说:"客商虽然死了,他家人还在,这布袋中的钱财该归属谁呢?狗一直叫,是不是因为这件事情没有处理好呢?"于是县令又派衙役直接去太原府寻找客商家人,那只狗也跟着衙役去了太原府。衙役到达客商家里,客商家人才知道了客商遇害的消息,又知道带的钱财没有丢失,感伤悲痛。客商有个儿子,收拾行李随衙役一起赶到中牟县,那个杀人犯已死在狱中。于是,县令派人取来客商的布袋,清点钱财后将它交付给客商之子。那只狗仍跟随着客商的儿子,一起护送客商的棺材返回故里,往返中牟县与太原府间几千里路途,旅途饮食、店铺住宿,和人没有什么区别。

论曰:夫人赴几在智①,观变在忍②。祸起仓卒,张皇震慑而不知所出③,智不足也;不忍忿忿之心,蹈义赴难,而规画疏略,志虽诚而谋卒无济④,忍不足也。故曰成事难。使犬当少年戕客之时,奋其齿牙以与贼角⑤,糜身巨梃而不之避⑥,烈矣,然于客无补。唧哀茹痛,疾走控吁,而于贼之窟宅未能晓识,纵令当事怜而听我⑦,荒畦漫野,于何索之?冤虽达⑧,贼不可得也。惟明有报贼之心,而不骤起以骇之⑨,知县之可诉,而姑忍以候,逡巡追蹑以识其处⑩,贼已在吾目中,而后走诉之。已落吾彀中⑪,而后奋怒于一啮,而仇可得,金可还,太原之问可通⑫,而客之榇可以归矣。其经营细稳，不必痛之遽伸[13]，而务其忠之克济[14]，是荆轲、聂政之所不能全[15]，子房、豫让诸人所不得遂[16]，而竟遂之者也。岂独猘讼公庭[17]，旅走数千里外之奇且壮哉？夫人孰不怀忠，而遇变则渝[18]；孰不负才，而应猝则乱。智取其深[19]，勇取其沉[20]，以此临天下事，何弗办焉？予既悲客，又甚羡客之有是犬也，而胜人也。

【注释】

① 赴几（jī）在智：身处危险的环境中，要有足够的智谋。赴，投入。几，危险。

② 观变在忍：处理突变的事件，关键要沉着镇定。

③ 张皇震慑：形容人惊慌害怕的样子。

④ 济：补益。

⑤ 角（jué）：较量，竞逐。

⑥ 糜（mí）身：身体糜烂，这里借指死亡。

⑦ 当事：掌权者，这里指为客商申冤的官员。

⑧ 达：知道，通晓。

⑨ 骇：擂，击。这里引申为攻击。

⑩ 逡巡：从容，不慌忙。

⑪ 彀（gòu）中：弓箭射程范围之内。

⑫ 问：为表关切而慰问。

⑬ 遽伸：遽，急，仓促。伸，表白，陈述。这里指急着伸张正义，报仇雪恨。

⑭ 克济：谓能成就。

⑮ 荆轲：又称庆卿、荆卿、庆轲，战国末年著名刺客。受燕太子丹之托刺杀秦王嬴政，失败被杀。其事见司马迁《史记·刺客列传》。

聂政：韩国轵（今河南济源东南）人，战国时侠客，因除害杀人，偕母及姐避祸齐地。后为报恩，帮助韩大夫严仲子杀死相国韩傀，因怕连累亲人，遂以剑自毁其面，挖眼、剖腹自杀。其事见《史记·刺客列传》。

⑯子房：张良，字子房。早年曾因刺杀秦始皇不成而隐居躲避，后来追随刘邦，协助刘邦赢得楚汉战争，建立大汉王朝，册封为留侯。豫让：春秋战国时期晋国人，是晋国正卿智伯瑶的家臣。晋出公二十二年（前453），赵、韩、魏联手攻打智氏，智伯瑶兵败身亡。豫让为了给主公报仇，谋刺赵襄子未遂。被捕临死时，求得赵襄子衣服，拔剑击斩其衣，以示为主复仇，然后伏剑自杀，留下了"士为知己者死"的历史典故。

⑰狺（yín）讼：狺，犬吠声，借指攻击性的言论。讼，争辩是非，打官司。这里指对簿公堂，相互攻讦，吵吵嚷嚷的混乱场面。

⑱渝：改变，违背。

⑲深：程度高。

⑳沉：沉着，稳重。

【译文】

论说：人处在危险环境，一定要运用智慧去化解危机；面对紧急事件，一定要沉着冷静去准备反击。祸事往往会突然发生，紧张害怕而没有什么办法去处理它，是智谋不足；不能够隐忍自己的怨愤不平，欲为所谓的道义献身，却疏忽精心筹划，意志虽然真诚但谋略始终无济于事，这是隐忍力不足的表现。因此，这样的人很难成就大事，实现理想目标。假使狗在年轻人击杀客商时，咬牙拼命地与之搏斗，纵使被贼人棍棒打得糜烂也不逃避，虽然这样死得很壮烈，但对于身死的客商而言毫无意义。那只狗忍着悲痛，跑去县衙嚎叫鸣冤，却未能知道贼人的家宅所在，即使让县令感到哀怜并接受它的鸣冤，在那荒郊野外，到哪里去寻得贼人下落呢？虽然客商枉死的冤屈能够被人得知，却无法找到贼人。只有内心怀着为恩人报仇的决心，却不鲁莽地突然攻击贼人，是可以去向知县诉讼的，所以暂忍愤懑以候时机，从容地跟踪贼人以记下他的住所，这时贼人已经落在它的眼中了，然后才跑去向县令诉说冤屈。贼人的行迹已落在狗的掌握之中，然后它爆发愤怒，狠命地咬啮贼人的臂膊，这样既可以报仇，又可以追回金钱，可以施行去太原慰问客商家人之事，可以护送客商的棺材返回故里。这只狗思虑周备、安排稳当，不需要因为悲痛而急着报仇雪恨，而是务必忠诚地去想办法解决问题，这是荆轲、聂政都做不到的，张良、豫让也难以做成功的事情，而竟然被一只狗做到了。难道只有狗嗥叫于公堂，奔走几千里之遥令人惊异和感觉悲壮吗？世间之人哪一个不怀秉忠心，但一旦遇到变故就会违背初衷、改变心意；天下之人哪一个不身负才能，但一旦遇到突变就会惊慌彷徨、不知所措。智慧一定要来自深谋远虑，勇敢一定要做到沉着冷静，如果以这样的态度对待天下万事，还有什么事不可以成功做成呢？我既同情客商的不幸遭遇，又十分美慕客商遇到了那只狗，那只狗的所作所为胜过多少庸碌之辈啊。

　　张山来曰：义犬事不一而足，特录此篇者，以其事为尤奇也。

　　又曰：犬固义矣，而此令亦有良心。设墨吏当之，此金尚能归客之子乎？

【译文】

　　张潮说：义犬的事迹多不胜数，我特意选录这篇文章，因为它的事迹非常离奇。

　　又说：狗本身就很忠义，而中牟县县令也很有良知。如果是贪腐的昏官遇到此事，客商的钱财还可能被归还给客商之子吗？

奇女子传

徐芳（仲光）①

奇女子者，丰城杨氏女②，归李氏子为妇。谭兵围南昌③，游骑四出④，掠丁男实军⑤。妇为小校王某所得⑥。校山东人，故有妻，妇曲意事之，甚见昵，已生一子矣。

【注释】

①徐芳：参见卷四《神钺记》注释。本篇出自徐芳作品集《悬榻编》卷三，该书可参见卷五《乞者王翁传》注释。又见引于吴陈琰《旷园杂志》卷上"奇女巧脱"、来集之《倘湖樵书》卷二与《博学汇书》卷二"女将军"、张怡《玉光剑气集》。

②丰城：丰城县。东汉建安十五年（210）置县，时名富城县，晋太康元年（280），移治丰水西，改名丰城县。明、清时，丰城县属南昌府，今属江西，位于江西中部、赣江中下游，鄱阳湖盆地南端。

③谭兵：指清军将领谭泰的军队。清顺治五年（1648）六月，征南大将军谭泰兵围南昌府城，掘壕沟，筑土城，攻破南昌后四处抢掠，"死者亦万余，而其外兵死、走死、水死者且无算焉"（《南明野史·永历皇帝纪》卷下）。南昌：南昌府，秦朝属九江郡，三国时为东吴豫章郡，隋朝置洪州。明、清时称南昌府，府内有南昌、新建二县同城而治，今为江西南昌。

④游骑：巡逻突击的骑兵。

⑤丁男：成年男子。丁，已及服役年龄的成年男子。

⑥小校：低级武官名。

【译文】

奇女子，是江西丰城县杨家的女儿，嫁于李家做媳妇。清朝征南大将军谭泰兵围南昌府城时，巡逻的骑兵单骑出行，抢掠男子来充实清军。这个妇人被一个小校掠得。小校是山东人，本来就有妻子，妇人委曲己意以侍奉小校，两人十分亲昵，已经生下了一个儿子。

亡何，校家渐落，从军去。妇诡语妻曰："生事萧条①，恨不身生羽翼。"妻曰："何也？"妇曰："妾故夫本大家②，先世遗赀良厚，当播越时③，曾以金珠数斛潜瘗密室④。今夫死妾掳，栋宇皆烬，此中重宝，瓦石同没。使得徙而之此，妾与夫人，何患不富乎？"妻艳之曰："果尔，盍遣人发之？"妇曰："此妾手营，无人识也。"嗟惜而罢。他日，妻又问，妇曰："妾固筹之⑤，欲得此金，非妾行不可。妾妇人，安能远出？必易服，往还且数月，而此呱呱⑥，何堪久掷？"妻大喜曰："第行耳，若子吾自抚之。"妇故绻恋不肯⑦，妻恿愈力，乃择日释笄薙辫⑧，靴裤腰弓刀⑨，从两健儿，跃马而南。

【注释】

① 生事：生计。

② 大家：巨室，世家望族。古指卿大夫之家，这里指有钱人家。

③ 播越：逃亡，流离失所。

④ 潜瘗（yì）：暗中埋葬，偷偷地埋藏。

⑤ 筹：谋划，打算。

⑥ 呱呱（gū）：状声词，形容婴孩的啼哭声。这里指婴儿。

⑦ 绻（quǎn）恋：犹眷恋。爱恋不舍。

⑧ 释笄（jī）薙（tì）辫：拔去发簪，剃除头发，编成辫子。释笄，去掉发簪，即解开盘起的头发。薙，同"剃"，剪头发。清军入关，颁发"剃发令"，让百姓把头颅四周的头发都剃掉，只留一顶如钱大，结

辫下垂。

⑨靴裤：这里代指士兵的衣服。

【译文】

没过多久，小校家经济渐渐衰落，小校不得不再次离家从军。妇人欺骗小校妻子说："如今我们的生活条件如此窘迫，我恨不得身上长出翅膀来。"小校妻子问："为什么这么说呢？"妇人说："我前夫家原本是大户人家，先辈遗留下来很多的财产，当初家破流离时，我曾经把数斛金银珠宝偷偷地埋在了密室中。如今前夫已死，我也被掠夺至此，原来的房屋全都被焚烧殆尽，在屋子里的珍宝，同砖瓦石头一起被埋没。如果能将珍宝转移到这里来，我与夫人您还用担心没有钱花吗？"小校妻子听后，艳羡地说："如果真是这样的话，为什么不派人去把财宝挖出来呢？"妇人说："这些财宝是我亲手埋藏的，没人可以发现的。"两人惋惜了一阵子遂作罢。过了几天，小校妻子又问所埋藏的财宝之事，妇人说："我原本谋划着这事情，想要把这些财宝找到，必须我亲自去一趟才可以。然而我是个妇道人家，怎么能出远门呢？一定要改易服装，来回一趟将近几个月，而我的婴儿太小，怎么能长时间扔在家里呢？"小校妻子听后欣喜万分，说："你只管去就是，这孩子我会亲自照料。"妇人假装眷恋孩子，不肯离去，而小校妻子愈发怂恿妇人前去挖宝，于是妇人选了个日子，拔下簪子放开头发，再剃掉头颅四周的头发，仅将剩余的头发编成辫子，穿上军靴军裤，腰配弯刀，带上两个健壮的家丁作随从，跨上马背向南奔去。

渡章江①，去家数十里，止逆旅②。以醇酒饮两健儿，皆醉，夜潜起骈馘之③。驰骑至里，以马策挝家门大叫④。夫从牖罅睢视⑤，见是少年将军，不敢出。里老数辈，稍前谒问。妇曰："别有勾当⑥，不关公等。"门启，妇歇马中堂⑦，踞坐索故夫⑧,呼叱甚厉⑨。里中疑有他故,恐相累,共促夫出。夫伛偻前谒⑩,伏地不敢起。妇曰:"颇识吾否?"夫对曰:"万死不能识将军。"妇曰:"试认之。"夫谢不敢,侧目微睇⑪,惘然失措⑫。妇叹曰:"真不识矣!"于是推几前抱夫起⑬,痛哭曰:"妾非他,妾,君被掠杨氏妇也!"具述其易装巧脱状,一时喧动里中。亲识更阗门⑭,贺李氏子再得妇。事闻邑令,为给牒奖许⑮。绅士之贤者,多妇义略⑯,相率为诗歌美之,皆曰:"奇女子! 奇女子!"云。此甲午年事⑰。

【注释】

①章江:又称章水、赣水,赣江的古称。位于长江以南、南岭以北,是长江下游主要支流之一。章江流经南昌府城,故南昌又称"章江城"。

②逆旅:客舍,旅馆。

③骈馘(guó):骈,两物并列,成双的,对偶的。馘,古代战争为计数报功而割取敌人的左耳。这里指杀死两健儿并割去其耳朵。

④挝(zhuā):打,敲打。

⑤牖罅(yǒu xià):窗户缝儿。牖,窗户。瞷(jiàn):窥视,偷看。

⑥勾当:事情。

⑦歇马中堂:妇人把马拴在庭院里歇息,也可以理解为妇人进入正堂歇息,两解皆通。歇马,让马休息或指人休息。中堂,正堂,屋内正中的厅堂。

⑧踞坐:坐的一种姿势,两脚底和臀部着地,两膝上耸,这种姿态带有倨傲不恭、旁若无人之意。

⑨呼叱:同"呵斥",因发怒而大声斥责。

⑩伛偻(yǔ lǚ):腰背弯曲,恭敬的样子。

⑪侧目微睇:不敢正视,微微斜视。侧目,斜眼看人。睇,斜视。

⑫惘然：迷糊，不清貌。

⑬几：小或矮的桌子。

⑭阗（tián）门：充塞门庭。

⑮牒：指官方表彰的文书。

⑯义略：指妇人忠义贞洁及聪慧善谋。

⑰甲午：清顺治十一年（1654）。

【译文】

妇人渡过章江，距离家有几十里路程时，在旅馆中休息。妇人用美酒灌醉了两个随从，半夜悄悄地起床把两个随从杀死并割下耳朵。快马驰骋返回故乡，用马鞭子敲打自家大门并大声呼喊。她的前夫从窗户缝隙里偷偷地观察，见敲门的是个年轻的将军，吓得不敢出门。街坊里的几个老人，向前和妇人搭话。妇人回答说："我有事情找这家主人，不关你们的事。"门被打开后，妇人把马拴在庭院里休息，然后进入屋内傲然而坐并呼喊前夫，呵斥之声又高又急。街坊怀疑他们之间有什么事情，怕祸及自身，催促妇人的前夫赶快出来相见。妇人的前夫躬身向前，匍匐于地拜谒将军，不敢起身。妇人说："你还认得我吗？"前夫对答说："小人就是死千万回也认不得将军是谁。"妇人说："你再试着辨认一下。"前夫谢罪不敢冒犯，微微斜视，依然迷茫地不知所措。妇人叹着气说："这是真不认识我了呀！"于是妇人推开几案，向前抱住前夫并将其拉了起来，痛哭流涕地说："我不是别人，我是被清军抢走的杨氏妇人呀！"她详细讲述了自己如何巧妙设计逃脱的情状，其事迹一时间轰动了整个乡里。亲朋旧友纷纷登门看望，祝贺李家儿郎夫妻重聚。此事被丰城县令得知，便颁发文牒以嘉奖她的行为。丰城的贤达名士，赞赏妇人的忠义贞洁和胆识谋略，纷纷作诗褒美她，都说："这真是个不同寻常的女人呀！这真是个不同寻常的女人呀！"等等。这是清顺治十一年发生的事。

论曰:《易》有之:"妇人之义,从一而终"①。邮亭之妇,以引腕小嫌,举刀自断其臂②,其肯隐忍驱掠③,为厮养生子乎?女行如此,节不足称矣。然人之情,于近则昵之,所远则益疏而掷之。妇巾帼婉弱④,异地飘堕,以数千里雨绝星分⑤,势无回合;乃能谲谋幻出⑥,弭耳豢槛之中⑦,飑翮绦笼之外⑧,弄愚妇如转丸⑨,剪凶雏若折朽⑩,其深智沉勇,有壮男子不办者矣。彼台柳之假手虞侯⑪,乐昌之乞怜半镜⑫,奄奄气色⑬,视此孰多乎?女子如此,不谓之奇不可也。往盱郡之变⑭,里中有长年⑮,为卒絷驾一舟⑯,舟所载掠得妇十数人,膏首袨服⑰,笑语吃吃,无有几微惨悴见颜面者⑱。长年退而叹息。而某村少妇归一弇⑲,夫闻,百计营入,以重金求赎。妇见夫,瞠目曰:"此非吾夫!"夫骇走,几于不免。盖情迁腹变,其甚者又如此矣!且天下之得新捐故,仇其夫不肯一顾者岂少乎?抑如柳先生所传河间妇者⑳,自昔已如是耶?

【注释】

①妇人之义,从一而终:出嫁妇女的美德,是一生只侍奉一位丈夫。语出《易经·恒卦》:"妇人贞吉,从一而终也。"

②"邮亭之妇"几句:欧阳修《新五代史》卷五四记五代时官员王凝去世,他的妻子李氏带着幼子护送丈夫棺材返乡,途中借宿旅舍。旅舍主人不愿接纳他们,拉了她的手臂想驱赶出去,而李氏觉得自己被旅舍主人接触而有失贞洁,便引斧自断其臂。邮亭,酒楼,旅店。引,拉,牵挽。嫌,厌恶,不满意。

③驱掠:驱迫掠夺。

④巾帼:古代妇女的头巾和发饰。借指妇女。

⑤雨绝星分：雨绝，谓如雨水落地，不可能再回到云层。星分，谓星散。比喻事情不可挽回。

⑥谲（jué）谋：诈谋。谲，欺诈，玩弄手段。

⑦弭耳豢槛：形容妇人俯首温顺，曲意逢迎地被养在内宅里。弭耳，贴耳，指驯服、安顺貌。豢，喂养，豢养。槛，牢笼，比喻像牢笼样的内宅。

⑧飏翮（yáng hé）：飏，飞扬、飘扬。翮，鸟的翅膀。意为展翅飞翔。绦笼：丝带和笼子，比喻束缚人的事物。

⑨转丸：比喻转动圆球般顺易，圆滑婉转、收放自如。

⑩剪：除掉。凶雏：凶恶的小鸟。这里形容凶恶的健儿。

⑪台柳之假手虞侯：台柳代指唐代韩翃姬柳氏，典故出自唐代许尧佐《柳氏传》，可参见卷一《小青传》注释。虞侯，本是下级吏员、侍从的通称，此处指帮助韩翃与柳氏复合的虞侯许俊。

⑫乐昌之乞怜半镜：典故出自唐代孟棨《本事诗·情感》，南朝陈太子舍人徐德言和妻子乐昌公主在国破分离时，各自持有半块镜子，后来靠着两块破镜，得以重新相遇，破镜重圆。这里比喻夫妻离散，女子盼归的渴望。

⑬奄奄气色：形容人气色黯淡、衰弱不振。

⑭盱（xū）郡：指盱眙（今属江苏）。东晋义熙七年（411），分临淮郡置盱眙郡，属徐州。隋初，废盱眙郡，考城、直渎、阳城三县并入盱眙县，属江都郡。明、清时，盱眙为县，属凤阳府。

⑮长年：长寿。这里指年龄大的老人。

⑯絷（zhí）：拴，拘禁。

⑰袨（xuàn）服：盛服，艳服。

⑱惨悴：忧伤憔悴。

⑲弁（biàn）：低级武官。

⑳柳先生：指柳宗元。柳宗元《河间传》记述河间（今属河北）的一

个良家女子由贤德贞节而变得淫邪的故事。

【译文】

论说:《易经》上记载:"妇女最大的美德,在于一生只嫁一个丈夫。"旅舍中的王凝妻因为店主拉了自己的手,内心嫌恶,便举刀砍断手臂,她能够像杨氏妇人一样隐忍下被人抢夺的耻辱,受人役使并生养儿子吗?如果王凝妻果真这么做了,那她的节义也就不值得称颂。然而世人的情感,面对身旁的人便显得亲近,面对距离自己远的人便越来越疏远,甚至时间久了就会将其遗忘。杨氏妇人身为一个柔弱的女子,飘零到异地,数千里的遥远距离相隔,如同雨落天宇、星散银河般,势必难以返回家乡;但杨氏妇人奇谋迭出,她俯首温顺地被养在内宅牢笼之中,能展翅飞出困守她的牢笼,玩弄愚蠢的小校妻子如同转动圆球般简单,除掉两个跟随的家丁如同摧枯拉朽般自如,她智谋深远、勇敢沉稳,即使是精壮的男子也很难做到这些事情。那柳氏借助虞侯许俊的力量,乐昌公主求助于半块镜子,她们渴慕夫妻相遇却衰弱无力,和杨氏妇人相比哪一个更值得称赞呢?像杨氏妇人这样的女人,不称作奇女子显然不可以。过去盱眙被清军攻破时,乡间有一位老人,被清兵捆去驾驭船只,船上载有清军抢掠的十几个妇人,一个个浓妆艳抹、穿着华丽,彼此间还欢笑逗乐,没有一个人是内心凄恻、愁容满面的。老人回去后叹息不止。某一个村子的少妇被小军官抢走,她丈夫打探得知其所在,千方百计地来到小军官家里,想用大量钱财赎回妇人。妇人见到自己的丈夫,瞪大眼睛说:"这不是我的丈夫!"男子惊惧而走,几乎因此丧失性命。大概身边的情况发生变动,内心的想法也会有了改变,还有什么情况能比这更严重的呢!况且天下之人喜新厌旧,仇视自己的丈夫甚至都不愿看一眼,这种情况难道还少吗?又如柳宗元所说的河间妇人的故事,难道从很早的时候便已经有这样的妇女吗?

或曰:女子不忘夫,是矣,而舍其子,无乃忍乎? 东海生曰：此所以奇也。非是子无以信其妻，而故夫不可见矣。厮养之子^①，奚子也^②。世之不能为女子者，皆其不能舍者也。女子之以金珠艳其妻^③，想奇；巾帼而介胄^④，胆奇；夜醉馘两健儿，手奇；抵家不遽识夫，踞而骇之，而后哭之，始终结撰^⑤，亦无不奇。然尤更奇于舍其子。夫惟其能舍，斯所以能取也欤？

【注释】

①厮养：供使役的人。此处指杨氏妇人被抢掠后如同奴役一般。

②奚子：奴仆之子。

③艳：羡慕。这里为使动用法"使……羡慕"。

④介胄：铠甲和头盔。为古代的军服。这里指戴着头盔，披着铠甲。

⑤结撰：构思文字，结构撰述。这里指女子讲述自己的前后经历和结果。

【译文】

有人说：杨氏妇人不忘夫妻恩情，这值得称颂，然而抛弃了自己的亲生骨肉，是不是太狠心了呢？徐芳说：这才是她最不同寻常的地方。如果没有这个孩子不可能取得小校妻子的信任，而她的前夫也没有机会再见到了。被人役使时而生的儿子，永远都是奴仆的儿子。世间之人不能成为杨氏妇人那样的人，都是因为他们割舍不了儿女亲情。杨氏妇人用金银珠宝勾起小校妻子的贪慕之心，计策真是别出心裁；身为女子却穿戴男子甲胄出门远行，算是大胆果勇；半夜趁醉杀死两个健仆，手段真是与众不同；抵达家园却不立刻与前夫相认，傲然而坐吓唬前夫，然后痛哭相认，诉说前后遭遇，也是令人吃惊的奇异行为。然而更令人意想不到的是杨氏妇人抛弃了自己的儿子。或许唯有有所舍弃，才能有所得吧？

　　张山来曰：拙庵之论备矣①。尤妙在小校从军去后，始露其谋。设非然者，则小校必偕之而行矣。

【注释】

①拙庵：本文作者徐芳的号，上文东海子亦是徐芳的自称。

【译文】

　　张潮说：徐芳的故事记述得十分详细。尤其是小校从军走后，杨氏妇人才开始施行谋略这一节，写得尤为精彩。假设不是这样的话，那么小校肯定会和杨氏一起回去寻找财宝。

曲全节义疏

阿毕阮①

　　巡视南城监察御史阿□□、毕□□、阮尔询等②，题为《曲全节义》③，以敦风化事④。

【注释】

①阿毕阮：阿尔赛、毕兴霖、阮尔询三人姓氏的联合署名。本篇《虞初新志目录》注出"邸报"，即传抄皇帝谕旨、臣僚奏议和有关政治情报的报纸。

②巡视南城监察御史：即巡城御史。明、清时设巡城御史，隶属于都察院，负责巡查京城内东、西、南、北、中五城的治安管理、审理诉讼、缉捕盗贼等事，并设有巡城御史公署，称"巡视西城察院""巡视北城察院""巡视南城察院"等。各城都设有兵马司，由五城御史督率管理。阿□□：据王士禛《书亳州女子王氏事》(《居易录》卷十一、《带经堂集》卷六七）应为阿尔赛，内务府员外，康熙帝时

曾任监察御史、湖光总督、户部尚书等职位，后被家奴所害致死。毕□□：应为毕兴霖。阮尔询：字猷若（一字于岳），号澄江，江南宣城（今安徽宣城）人。阮士鹏之子。清康熙十四年（1675）由拔贡中顺天府乡试，康熙二十一年（1682）壬戌科进士，由庶常改御史，有政声，累迁工部左侍郎，著有《南纪堂诗集》等。可参见清程元愈《二楼小志·北楼》卷下小注、《（光绪）宣城县志》卷十五、《（乾隆）歙县志》卷十一等。

③曲全节义：委曲成全忠贞义行。

④敦：劝勉，勉励。风化：指社会公德和民间风气。

【译文】

巡视南城的监察御史阿尔赛、毕兴霖以及阮尔询等人，题写《曲全节义》，用来劝导社会教化，褒赞人性美德。

　　该臣等看得①，王知礼即正法牵连叛犯李范同之子李殿机也②。其母张氏，给配象房校尉王伏③。殿机年甫三岁，随母抚养，因入后父王姓。后充校尉，以私回原籍，曾经銮仪卫革退④。于廿三年，将身卖与镶红旗佛尔海佐领下厄尔库家⑤。

【注释】

①看得：旧时审判案件公文的开头用语。

②正法：对犯死罪者依法处决。李殿机：后改名王知礼，他与王氏之事可见王士禛《书亳州女子王氏事》（《居易录》卷十一、《带经堂集》卷六七）、《清史稿·列女传》中"李殿机妻王"、陈鼎《王节女传》（《留溪外传》卷十）、王士禛《池北偶谈》卷五"节义"等。

③王伏：王士禛《书亳州女子王氏事》及《清史稿·列女传》皆作王福。

④銮仪卫:清代官署名。清改明锦衣卫为銮仪卫,掌皇帝后妃出行
仪仗及保管之事。革退:革职黜退。

⑤镶红旗:清代八旗之一。建于明万历四十三年(1615),因旗为红
色镶白而得名,镶红旗是下五旗之一,由诸王、贝勒,和贝子分统,
清末时规模达到下辖86个整佐领。佐领:清代八旗组织基本单
位名称。是满语"牛录"的汉译。初时一佐领统辖三百人,后改
定为二百人。其长亦称佐领,世袭者称为世管佐领,选任者称为
公中佐领。

【译文】

据臣等了解,王知礼是因牵连叛乱而被处死的李范同的儿子李殿
机。李殿机的母亲张氏,后来被配给看护象房的校尉王伏。当时,李殿
机刚刚三岁,随母改嫁而养于王家,因此随继父改姓为王,改名知礼。后
来,李殿机担任校尉,因为某件事情遣返原籍,从銮仪卫的岗位上被革
退。清康熙二十三年,李殿机卖身给镶红旗佛尔海佐领的部下厄尔库。

　　据幼聘王氏供称:年三十四岁,伊叔伊兄逼嫁①,决志
不从,探得伊夫尚存,不忍即死,守妇人从一之义,匍匐千余
里外②,以图完聚。是女子真有丈夫行也。

【注释】

①伊:她,代词。

②匍匐:手足伏地爬行。这里形容行程之艰难。

【译文】

据李殿机幼时定亲的妻子王氏称:时年三十四岁,叔父、兄长逼迫王
氏改嫁他人,王氏坚决不从,打探得知自己幼年定亲的丈夫李殿机尚在
人世,不忍心立刻赴死,想要守妇人的名节孝义,她便艰难地行走到一千
多里之外,期望能和丈夫团聚。这个女子真有大丈夫的高尚品行。

据厄尔库之供：我虽一穷巴牙拉①，无人供役，价买李殿机②。因只身不便使唤，复买婢萧氏，配为夫妇。今重王氏节义，不取伊仆身价，情愿断出③。不忍拆李殿机已配之妇，并许与萧氏同归。前后二婚，悉候发落④。轻财好义，此巴牙拉真有义士风也。

【注释】

①巴牙拉：满语，护军，即清代守卫宫城的八旗兵。

②价：动词，论价。

③断出：决定让他离开。

④发落：处理，处置。

【译文】

据厄尔库供称：我虽然是一个没钱的护军，因为没有人可供役使，才论价买来李殿机做家奴。但因为他一个人生活不方便使唤，于是又买了婢女萧氏，做主将他们二人配为夫妇。现在钦佩王氏的贞节义行，不要李殿机拿钱赎身，我情愿将他放为自由身。不忍心拆散李殿机与已配妻子萧氏，因此我答应放萧氏和他一同回去。对于李殿机前后娶了两位妻子的事情，则听候上官裁决。看重道义，仗义疏财，这个护军真有侠义之士的风范。

据范一魁虽供年六十二岁，但以异姓人，携一女子远行，迹涉嫌疑，事干非分①，因唤稳婆更番验过②，已得真实。据女子之供，是范一魁怜王氏立志寻夫，不顾是非成败，护持完节③，似亦人情所难得者。

【注释】

①干：关联，涉及。非分：不合本分。

②稳婆：此指官廷或官府检验女身的女役。

③护持完节：护卫王氏保持贞节。

【译文】

　　据范一魁供词，他虽然已六十二岁，但因为是外姓人，带一个女人出远门，行迹容易惹人非议，此事并非是范一魁应该做的事情，所以让稳婆轮番验证过王氏身体，已经证实范一魁所言非虚，他没有侵犯王氏的身体。根据王氏的供述，范一魁同情王氏立志千里寻夫，才不计较他人非议和此行是否能够成功，竭力帮助她守护贞节，这似乎是难能可贵的世间情理呀！

　　此皆我皇上至德深仁，恩濡化洽①，人心风俗，直接唐虞②。是以女人怀贞，匹夫向义，共成一段奇缘。播之海内③，传之千万世，见贞节之风，超出于寻常事外者。臣等查在官人与旗人原有定例④，何敢于例外妄奏？但王氏贞心守节，冒死寻夫，若竟不准其完聚，王氏无从着落，情似可悯！虽据厄尔库之供，情愿断出听其完聚，然又非现行之例。臣等再四踌躇⑤，因事关风化，仰体我皇上尧、舜⑥，不忍一夫一妇不得其所至意，故备述其情事本末，合词上闻⑦。格外之仁，均候圣断，非臣等所敢置喙也⑧。伏乞敕部议覆施行⑨。

【注释】

①化洽：教化普沾。

②唐虞：唐尧与虞舜的并称。亦指尧与舜的时代，古人以为太平盛世。

③海内：古人认为我国疆土四面为海所环抱，因而称国境以内为海内。

④旗人：指清代编入旗籍的人。特指满族人。定例：不能变更的规矩。

⑤踌躇：思量，考虑。

⑥尧、舜：这里将当今圣上（康熙帝）比作有仁德的尧、舜，赞扬皇帝的圣德。

⑦合词上闻：合词，联名上书。上闻，向朝廷呈报。此句指联名向朝廷呈报。

⑧置喙：插嘴以发表言论。

⑨敕（chì）：帝王的诏书、命令。覆：回报，答复。

【译文】

这都是当今圣上仁德深厚，皇恩濡化万民的结果，以至于民间风俗人情，上承远古尧舜时期的淳朴。因此，王氏心怀贞节，范一魁归附正义，共同成就了一段奇缘佳话。此事在天下间广为流传，并会传扬于后代万世，可见女子守节的贞洁之德，比寻常的道义之事流传更广。臣等查找了我朝在职官员和旗人原有的相关规定，哪里敢随意奏请规定之外的事情呢？只是因为王氏守节之心从未动摇，且冒着生命危险跨越千里寻夫，如果最终不允许他们夫妇重聚，王氏的未来就没有了着落，从人情的角度来说，实在是可怜呀！尽管根据厄尔库的供言来看，他情愿还李殿机以自由身，任其夫妇团圆，但是这又不符合现在的律法规定。臣等再三商量，因为此事有关教化百姓、风俗民情，臣等仰观圣上您的仁德堪比尧、舜，不忍心天下任何一对夫妇生活不能够称心如意，因此详细记录了这件事的始末，合臣等三人一起上奏给您。对于格外的恩典，都听从圣上，臣等不敢妄下议言。恭候圣上下令相关部门讨论此事并批文决断。

张山来曰：此事已经部覆①，如其所请矣。王氏守志寻夫，固为难得，而巴牙拉厄君听其与萧氏同归，不索身价，尤属义举。予故亟表而出之。

【注释】

①部覆：旧时中央各部的复文。王士禛《书亳州女子王氏事》记康
　　熙二十八年（1689）四月二十九日，"奉旨依议"此事。

【译文】

　　张潮说：这件事已经得到朝廷回复，就按三位大臣所请的意思
办理。王氏坚守贞节以千里寻夫，本身就够难得的了，而护军厄尔
库放任李殿机和萧氏同归自由，不要他们的买身钱，也属于难得的
仗义之举。我因此急忙地表彰他们，使他们名声显扬。

　　按唐诗中，有闺秀三人联句①，前列名处，合称"光
威袅"②，今此疏三君联名，因仿其例称"阿毕阮"云。

【注释】

①联句：也作"连句"，旧时作诗的一种方式，每人或多人各做一句
　　或数句，相联成篇。这是一种集体创作形式。相传起于汉武帝柏
　　梁台诗。
②光威袅：唐代三位女诗人的联名，她们生活在晚唐时期，曾做联句
　　七言排律，女诗人鱼玄机有诗歌《光威袅姊妹三人少孤而始妍乃
　　有是作》赞誉她们三人。

【译文】

　　考察唐诗中有三个闺中女子联句为诗，前面署名"光威袅"，如
今这篇疏奏也是三人联名，仿照唐人署名的例子而称"阿毕阮"。

卷八

【题解】

卷八的十篇作品皆以"传"名篇,《戴文进传》记载画师逸事;《江石芸传》《耕云子传》二文烟霞之气浓郁,文中的主人公皆是隐居山林、不食人间烟火的异人,江石芸终日读《易》、仙气飘飘,耕云子抚掌吟啸、侣伴麋鹿,被人目作神仙中人,两篇皆令人心生向往之意。本卷其余诸篇多在宣扬忠孝节义,更贴近百姓的义理观,而将之汇集于一卷的《虞初新志》则具有明确的规诫风俗、劝化民心的选文旨意。《吴孝子传》记吴绍宗一心为父治病,甚至毅然自投舍身崖以代父死。《赵希乾传》中的赵希乾侍奉母亲极其孝顺,当母亲无药可救时,他居然割心救母。《李一足传》里的李夔为父报仇,力毙仇人后逃难天涯。《孝贼传》叙写穷人为奉养老母而无奈做了盗贼,纵使为贼,其孝心却分外感人。《髯樵传》的主人公性格刚烈,嫉恶如仇,常被忠义所感发,听闻兄长遇害,怒气之下竟敢直斥神灵。《万夫雄打虎传》则讲述主人公为救友人,挺身与猛虎搏斗,鼓平生勇气,接连打死三只老虎。《王翠翘传》描写一个风尘女子也能风骨凛然,竟然殉身报恩,其行为令须眉男子望之生愧。这些作品的风格或叙事情节虽有奇趣,但其立意仍偏向道德层面,大多围绕固有的道德观念而展开,类似百姓为人处世的行为指南。

江石芸传

吴良枢（璿在）①

江石芸，吴山桃花崖女子也②。幼习经史，穷元会运世之数③。及长，好兵法④，铸剑诛妖，摄人万里外⑤。一日过小孤山⑥，遇白衣道士，授以书，尽通其义；人读之，莫能晓也。以时无知者，遂隐于吴山。种桃花，无根，花四时常开，名其地曰桃花崖。

【注释】

①吴良枢：字璿在，豫章（今江西南昌）人。清康熙七年（1668）曾刊刻《朱子年谱》（见《重修婺源县志》卷六六）；康熙时人潘钟麟《深秀亭诗集》卷十二有《吴璿在别驾招同陈健园表弟夜集胥江水窗分韵》《次璿在韵》等诗，据此知吴良枢曾任别驾，即通判一职。吴良枢著有《强意堂稿》《明慎新编》。本篇选自《强意堂稿》。

②吴山：在浙江杭州西湖东南，左带钱塘江，右瞰西湖，为杭州名胜。

③元会运世：简称元会，北宋邵雍虚构的用来计算世界历史年代的单位。邵雍认为世界历史是自始而终、终而复始地不断循环的，"天地亦有始终乎？曰：既有消长，岂无始终？"（《观物外篇》）。世界从开始到消亡的周期叫作元，一元复始，万象更新。一元有十二会，一会有三十运，一运有十二世，一世有三十年。

④兵法：练兵和作战的方法、策略。

⑤摄：捕捉，勾摄。

⑥小孤山：杭州南高峰的支脉丁家山，"西沿麦岭，三面无邻，又名小孤山"（清翟灏《湖山便览》卷九）。

【译文】

　　江石芸，是吴山桃花崖的女子。她从小就熟读经史，精于推演历史循环变化的周期。等她成年之后，喜好兵法，铸剑斩妖除怪，能在万里之外摄取人命。有一天，江石芸行经小孤山，遇到了一位白衣道士，白衣道士传授给江石芸一本书，江石芸看后，对于书中之义了然于胸；而其他人读了之后，却无法明白。因为当时没有人能通晓她的心意，她于是到吴山隐居。她种植没有根的桃花，桃花四季常开不凋，自名此处为桃花崖。

　　崖下月，当日午而明。或曰："此龙宫女子也①。有宝珠，其光夺日入月②。"因聚群盗劫之，其珠不可见。石芸曰："珠固在，若乌能得也③？舍若珠④，劫我珠，若将失其珠，乌能得我珠？唯自宝其珠以无失其珠可耳。"

【注释】

①龙宫女子：即龙女。传言龙王宫殿多藏宝珠，佛教有"龙女献珠"典故，《法华经》卷四载龙女有一宝珠，价值三千大千世界，持之以献佛。黄庭坚《南山罗汉赞十六首》诗云："龙女来献九渊珠。"

②夺日入月：形容宝珠如日月般灿烂光明。

③乌：怎么。

④舍若珠：形容盗贼们舍弃自身像宝珠般珍贵的道义良善。盗贼的珠，是一种形象的比喻，指他们内心深处如宝珠般珍贵的道义品德、善良品性。

【译文】

　　桃花崖下月光明澈，比得上中午时太阳的光芒。有人说："桃花崖上住的是龙女。她身怀宝珠，宝珠放射的光芒可以媲美太阳和月亮。"因为这个传言，很多强盗想劫掠宝珠，但是没有人看到过宝珠。江石芸说：

"宝珠尚在,你们怎么能得到呢? 你们这些人,舍弃了自己像宝珠般珍贵的道义良善,却来这里劫取我的宝珠,你们都丢失了自己的善良品性,又怎么能够在我这里有所收获呢? 一定要学会先珍惜自己的美好德行,不要丧失良善的品德才可以啊!"

　　崖之中有黄夫人者,与之善①。黄夫人家有虎,名白公。出入常骑之,能陟山渡水②。石芸家有白牛一头,卧桃花下,鼻无绳,常出入自如。人以为黄夫人虎,不敢近。久之,石芸与夫人亦不知也。于时构茅屋崖下③,读《易》终日,不为人所知。所著有《悟真注》。有为之序者,曰:"不知何许人也。"

【注释】

①善:友好,交好。

②陟(zhì):登高。

③于时:当时。构:建造。

【译文】

　　桃花崖上住着一位黄夫人,与江石芸交好。黄夫人家里养着一只老虎,名字叫白公。黄夫人出门的时候常常骑着白公,能登山渡河。江石芸家里养着一头白牛,常卧在桃花下,牛鼻子上没有穿绳子,牛可以自由出入。人们误把江石芸家的白牛当作黄夫人家的白虎,没有人敢靠近白牛。时间长了,江石芸和黄夫人也分辨不清了。那时候,江石芸在桃花崖下构筑茅屋,整天读《易经》,不被世人所了解。她曾撰写《悟真注》一书。后来,有人为这本书作序,说:"不知道作者是什么人。"

　　予尝见石芸,观其所著书,其女子邪? 其非女子邪? 天乎,其不知我也! 宜其不知何许人也①!

【注释】

①宜：当然。

【译文】

我曾经见过江石芸，读过她写的书，疑惑这是女子该拥有的气魄吗？难道她不是女子吗？老天呀，我真的不清楚她的身份！世人当然也不知道她是什么人了！

> 张山来曰：补天立极①，应归女娲氏。其光夺日入月，则丹成矣②。驱烟染墨③，设想着语，皆不在人间，宜世人之不知也！
>
> 又曰：洪子去芜④，授我《强意堂稿》，美不胜收。仅登其一，余者自当借光梓入《阐幽集》中，以成大观也⑤。

【注释】

①补天立极：指神话传说中的人类始祖女娲炼石补天、立四极。据《淮南子·览冥训》："往古之时，四极废，九州裂，天不兼覆，地不周载……于是女娲炼五色石以补苍天，断鳌足以立四极。"极，即四极，神话传说中支撑天的四根柱子。

②丹成：炼成内丹。相传道教有内丹、外丹之别，烧炼金石成丹的是外丹，内丹是用自身的精气炼成，是阴阳相济、日月交融的产物。

③驱烟染墨：凝结松烟制墨，蘸上墨汁写作。指她撰写著作的过程。

④洪子去芜：即洪嘉植。详见下篇《耕云子传》注释。

⑤大观：比喻集大成的事物。

【译文】

张潮说：炼石补天，立四极，这应该是女娲所做的事情。江石芸所住地方的光彩可与日月相媲美，这预示她修成内丹，可以成仙了。

她撰写宣扬道教思想的著作，无论是思维构想还是遣词造句，都不是世间普通人能做到的，俗世之人当然无法了解江石芸了！

张潮又说：洪嘉植送来吴良枢的《强意堂稿》，我阅读后觉得实在是精彩绝伦。我仅选《强意堂集》中的这一篇文章辑录于《虞初新志》，剩下的将趁便收入《阐幽集》中，以便成为一部汇集名家文章的宏大作品。

耕云子传

洪嘉植（去芜）①

耕云子，秦人也，隐于楚江之西②。尝有人见其登匡庐顶③，携一竹杖，衣葛蕰衣④，不冠，冬夏不易；见月出，则抚掌大叫啸，麋鹿不辟⑤，从之行，见之者皆谓神仙人也。身长七尺，长鬒而修下⑥，双瞳子炯炯如流电光。人问其姓字，不答。性嗜酒，有饷⑦，则大笑尽饮，去亦不谢。卒有人终饷之不懈。人疾病过其前者，则止之，语其故，治以药草，遂愈。酬以钱，不受，曰："吾非医者，恶用此⑧？"其行事多如此类。然其不能与人以可见者，人遂不能知也。尝入市，众哗之⑨，谓其异人。趋而前⑩，则不为礼，各相视无语。则又两手爬搔⑪，眼顾五老峰云起⑫，移时去⑬。或曰："耕云子，非秦人也。"耕云子曰："秦无人也。"或曰："耕云子，有道人也，龙蛇其身者也。人莫知其所自来，其隐君子邪？"

【注释】

①洪嘉植：字去芜，一字秋士，号汇村。工诗文，博经籍，讲求井田、

封建之学,终生未仕,素有"以布衣谈理学"之名。事见《(乾隆)江宁新志》卷二二、《(乾隆)歙县志》卷十二。其生平著述甚多,有《洪去芜文集》《大荫堂集》《朱子年谱》等传世。本篇选自洪嘉植《大荫堂稿》。

②楚江:即长江。今湖北东部之长江水段古时属楚国,故称。

③匡庐:即庐山,又名匡山。位于江西九江庐山市境内。

④葛藟(lěi):植物名,又名"千岁藟"。

⑤辟(bì):避,设法躲开。

⑥髯:两腮的胡子,亦泛指胡子。修下:下身长。

⑦饷:馈赠的酒食。

⑧恶(wū):疑问词,哪,何。

⑨哗:人声嘈杂,喧闹。

⑩趋:古代的一种礼节,小步快走,表示恭敬。

⑪爬搔:用指甲轻抓。

⑫顾:回头看,泛指看。五老峰:庐山东南部名峰。五峰形如五老人并肩耸立,故称。

⑬移时:一会儿,经历一段时间。

【译文】

耕云子,是陕西人,隐居在楚江以西。有人曾经见他登到庐山山巅,手拿一根竹杖,身穿葛藟制成的衣服,不戴帽子,严寒酷暑也不见他改变穿着;当月亮出来之后,耕云子就拍手放声歌啸,像麋鹿这种胆小的动物也不躲避他,跟随在他身后行走,看到的人都说他是神仙。耕云子身高七尺,长胡须,下身修长,双目炯炯有神如电光闪动。人们问他姓什么,叫什么名字,耕云子从不回答。他喜欢喝酒,如果有人请他喝酒,就高兴地痛快饮酒,离去时也不说感激的话。即便如此,宴请他的人始终不曾中断。有生病的人走到耕云子面前,耕云子就让他停下来,病人说了病由,耕云子就用草药给他治疗,不久便能治愈。病愈者酬谢他钱财,耕云子拒不接受,说:"我又不是医生,哪里需要给我钱?"耕云子的行事大多像这样。但是,耕云子不想让别人看见的事情,人们就永远不会知道。他曾经去集市,人们为之喧哗,觉得他是奇人异士。耕云子快步跑到人前,却不行礼,只是逐一审视,也不说话。然后伸出双手轻抓痒处,远望五老峰山间的云雾升起,不一会儿就离去了。有人说:"耕云子,并不是陕西人。"耕云子则说:"陕西没有人。"有人说:"耕云子,是个得道高人,是龙蛇的化身。没有人知道他来自哪里,他是个隐居的有道之人吗?"

洪子曰:古无神仙,无异人。天下有道,将安其身于烟霞泉石之中乎①?夫何皇皇如也②!欲与天下之士日相见哉?顾天有不可逆者,而终皭然长往矣③!凤集于棘,鹦雀调之④;神龙潜乎深渊,终能雨此九土也⑤。

【注释】

①烟霞泉石:云霞山水,指隐居在山水林泉之间。

②皇皇:美盛庄肃的样子。

③皭(jiào)然:洁净纯白的样子。长往:指避世隐居。

④凤集于棘,鹦雀调之:凤凰停在低矮的灌木林,小鸟却在嘲笑它。讽刺世人有眼无珠和势利的态度。棘,酸枣树,茎上多刺,泛指有刺的灌木。鹦雀,一种小鸟,弱小不能远飞。调,挑逗、戏弄。

⑤雨(yù):滋润,灌溉。九土:九州的土地,这里泛指国土。

【译文】

洪嘉植说:上古时期没有神仙、异人。那时天下太平,难道有人会隐居在云霞雾霭、流泉飞瀑的山林间吗?那是多么光明盛大的事情啊!难道他们是想和天下的士人每日都能相见吗?但是天命是不可逆转的,最终清白之士只能隐居于山林草野间了!凤凰栖息在荆棘丛林中,遭到小小的鹨雀的嘲笑;神龙潜藏在深水潭中,终会飞腾升空,降雨滋润四方国土。

张山来曰:古无神仙,非无神仙也。耕田凿井,含哺鼓腹①,夫人而神仙也。古无异人,何以异于人哉?尧、舜与人同耳。然则神仙、异人之有,其于中古乎②?读此可以知世变矣!

【注释】

①含哺:口衔食物。形容人民生活安乐。鼓腹:鼓起肚子,形容百姓
　饱食安乐。《庄子·马蹄》:"夫赫胥氏之时,民居不知所为,行不
　知所之,含哺而熙,鼓腹而游。"

②中古:次于上古的历史时代。由于古人所处时代不同,所指时期
　不一。今一般以魏晋南北朝至唐宋之间为中古。

【译文】

　　张潮说:上古时期没有神仙,但并不是没有活得像神仙那样逍
遥自在的人。人们耕田种地,挖井取水,食物充裕,生活安乐,那些
人活得就像神仙一般。上古没有异人,如何能不同于普通人呢?
即使是尧、舜这样的圣人,也和普通人没有什么不一样。那么神
仙、异人莫非是出现于中古时期吗?读了这篇文章,可以察知世事
变迁了呀!

吴孝子传

魏禧(冰叔)①

孝子姓吴,名绍宗,字二璧,建昌新城县人②,世居梅溪
里。性聪敏,幼善属文③。万历丙午④,督学骆公日升拔置诸

生第一⑤，时年二十，屡试辄高等。

【注释】

①魏禧：参见卷一《姜贞毅先生传》注释。本篇选自《魏叔子文集》卷
　十七。又见引于清李元度《国朝先正事略》卷五六；又略引于《（同
　治）建昌府志》、清魏方泰《行年录》、清梁学昌《庭立纪闻》卷四。

②建昌：府名。府治南城（今江西南城）。新城县：明、清属建昌府，
　治今江西黎川。

③属（zhǔ）文：撰写文章。

④万历丙午：明神宗朱翊钧万历三十四年（1606）。

⑤骆公日升：骆日升，字启新，号台晋，惠安（今属福建）人。万历二
　十三年（1595）中进士。万历三十四年（1606），骆日升时任江西
　提学副使，视察、监督州县教育。事见胡维霖《明赠光禄卿四川
　按察司副使台晋骆公神道碑》（《长啸山房汇稿》卷二）、《（乾隆）
　泉州府志》卷五七。诸生第一：即院试的案首。

【译文】

　孝子姓吴，名叫绍宗，字二璧，是建昌府新城县人，祖祖辈辈都居住
在梅溪里。吴绍宗天性聪颖，很小的时候就擅长写文章。万历三十四
年，江西提学副使骆日升选拔吴绍宗为院试的第一名，当年他只有二十
岁，后来只要参加科考，都会高中。

　孝子父道隆，善病①，久之，痹不能起②，前后血并下，
医药十余年，无效者。戊午正月病甚③，孝子惶恐无所出④，
乃斋戒沐浴⑤，焚香告天地，刺肘上血书疏，将谒太华山⑥，
自投舍身崖下代父死。太华山者，抚州崇仁县之名山也⑦，
距新城三百里，相传神最灵异⑧。诸来谒者，有罪辄被祸不

得上⑨，甚则有灵官击杀之⑩，同行人闻鞭声铮然⑪。或忽狂病，自道生平隐恶事。而神殿左有悬崖陡绝，曰"舍身崖"。人情极不欲有生者⑫，则掷身投之，头足尽破折死。

【注释】

①善病：多病。

②痹：痹症。中医指由风、寒、湿等引起的肢体疼痛或麻木的病。

③戊午：即万历四十六年（1618）。

④无所出：想不出主意。

⑤斋戒沐浴：古人在祭祀、重大活动前沐浴更衣、整洁身心，以示虔诚。

⑥太华山：亦作大华山，又称华盖山，位于今江西抚州南部。是江南道教名山之一。

⑦崇仁县：明、清时期属抚州府。太华山在今崇仁县南。

⑧灵异：灵验。

⑨被祸：遭到祸殃。

⑩灵官：仙官。

⑪铮然：象声词，金属撞击声。这里形容鞭子抽打人身的声音。

⑫情极：情急，心急。

【译文】

吴绍宗的父亲吴道隆，经常生病，时间久了，导致身体瘫痪，无法起身，甚至大小便出血，求医问药十多年也没有效果。万历四十六年正月，吴道隆病重，吴绍宗惶恐不安却想不出什么好办法救治，于是斋戒沐浴，焚香祷告天地，还刺破手肘取血写了上奏给天上神灵的奏疏，想要拜谒太华山，跳下舍身崖来换取父亲活命。太华山，是抚州崇仁县的一座名山，距离新城县有三百里之遥，相传山上的神灵极为灵验。来山上参拜神灵的人，如果犯有罪行就会遭受祸殃而根本到不了进香的地点，甚至会被仙官击杀，同行的人还能够听到仙官鞭打罪人的声音。有的人突然变得疯狂起来,坦白自己一生所做的鲜为人知的恶事。太华山上神殿的左边是悬崖峭壁,名为"舍身崖"。如果有人实在不想活了,就从崖上跳下去,头和脚会完全跌破折断而死。

　　孝子既告天作疏①,明晨独身行。二日至山上,宿道士管逊吾寮②。同寮宿者,南昌乡先生二人③,同郡邑诸生三人④。十八日,孝子升殿,默祷焚疏既。同寮人相邀游著棋峰⑤,路经舍身崖。孝子于是越次前行,至崖所欻然投身下。同行人惊绝⑥,不知所为。一时传骇,聚观者千人。道士使人买棺往就殡⑦。自山顶至崖下,路迂折四十里。而殿上道士急奔崖所,呼众人曰:"谁言吴秀才投崖死也?今方在神座下叩头,方巾道服如故⑧。"众群走殿上视之,果然。方孝子之自投崖也,立空中不坠,开目视,足下有白云起;又遥望见石门,门上一大"孝"字。俄而见三神人命之曰:"孝子,吾左侧石有仙篆九十二画⑨,汝谨记之。归书纸食汝父,不独却疾⑩,且延年矣。"更授催生、治痫疟、驱瘟咒并诸篆⑪。孝子叩头谢毕,身已在殿上。孝子乃言:"吾如梦中也。"

【注释】

①告天作疏:祷告上天、撰写奏疏。

②寮:小屋。

③乡先生:古时敬称辞官居住乡里或在乡里教学的老人。

④郡邑:郡与邑,古代的行政区域。明、清称作府和县,当指建昌府新城县。

⑤著棋峰:太华山上的山峰。《徐霞客游记》记太华山(华盖山)西峰

　　为著棋峰："盖华盖三峰并列,而中峰稍逊,西为著棋,东为华盖。"

⑥惊绝:十分惊恐。

⑦殡:这里指把死者放进棺材里。

⑧方巾:明代文人、处士所戴的软帽。

⑨仙篆:传说中的神仙书体,常人难以识别。

⑩却疾:除去疾病。

⑪催生:促使胎儿从速产出。驱瘟:驱除瘟疫。

【译文】

　　孝子吴绍宗已经向上苍祷告并撰写奏疏,第二天天一亮就一个人独自上路。两天后,吴绍宗到了山上,住在道士管逊吾的道房。和他一起住在管道士房里的,还有南昌府的两位居乡士人,和吴绍宗同乡的三个秀才。正月十八这一天,吴绍宗进入太华山上的神殿,默默地在心里向神灵祷告并焚烧自己写的奏疏。一起借宿管道士道房的人邀请吴绍宗游览著棋峰,途中经过舍身崖。吴绍宗于是加快脚步,越过众人,来到舍身崖旁,忽然纵身跳下。和吴绍宗一起出游的人都感到十分震惊,一时间不知道做什么好。一时间,吴绍宗跳崖的消息震动众人,聚拢来上千人围观。管道士听说这件事后,让人买了棺材去崖下收殓吴绍宗的尸体。从舍身崖顶到崖底,道路迂回曲折,有近四十里路程。正行之际,看守神殿的道士匆忙跑到悬崖边上,对众人大声呼喊道:"谁说吴秀才投崖死了?他正在大殿的神座下磕头呢,头戴方巾、身穿道服,安然无恙。"众人一齐走回神殿去看,吴绍宗果真安然无恙。刚才,吴绍宗跳下舍身崖后,就站在空中并没有掉到崖底,他睁眼四顾,看到脚下有一片白云托起自己的身体;又抬头遥望,看见远处有一道石门,门上写着一个大大的"孝"字。转眼间,吴绍宗看见三个神仙出现,并命令他说:"孝子,我左边的石头上有九十二画的仙家文字,你一定要牢记。等你返回家中,把这些内容写下来让你父亲吃下去,不仅仅能够治好你父亲的病,而且还可以延年益寿。"然后又传授吴绍宗催生、治疗痫疟和驱除瘟疫的咒语和篆文符箓。吴绍宗磕头致谢神仙后,便现身于神殿上了。吴绍宗回过神来说:"我仿佛在梦中一样。"

　　孝子既定①,疾走归,一日有半而至家,至则父垂绝②,不能言。孝子急书九十二画篆焚服之,室中人皆闻香气。甫入口③,父即言曰:"是何药耶?"明日起坐啜粥④,旬日疾大愈。孝子徒步反复六百里,不饮食者五日。而父乃益康强善饭,以诗酒自娱,年九十二,耳目清明,无疾终焉。

【注释】

①定:镇静安稳(多指情绪)。

②垂绝:临终,将死。

③甫:才,刚刚。

④啜:饮,吃。

【译文】

　　吴绍宗镇定下来后,匆忙返回,一天半就回到家中,回家后看到父亲已经在垂死边缘,话都说不出来了。吴绍宗急速写下九十二画的仙家篆字,焚烧后让父亲和水喝下,满屋的人都能够闻到一股香气。吴绍宗父亲刚把符水喝下去,就可以说出话来:"这是什么药?"第二天,吴父就可以坐起来喝粥,十天左右就完全康复了。吴绍宗靠步行往返六百余里的路程,五天里不吃不喝,才救回父亲的性命。从此以后,吴父的身体更加健康,饭量大增,经常以赋诗、喝酒来娱情享乐,活到九十二岁,耳聪目明,寿终正寝。

　　由是孝子名闻远近。邑大冢宰涂公国鼎与为同道友①,进士黄端伯、过周谋②,举人黄名卿、涂伯昌③,贡士璩光孚④,皆拜为弟子。孝子当国变时⑤,避乱泰宁⑥,以病卒诸生廖愈达家⑦。愈达,予所传三烈妇夫也⑧。愈达来新城,主孝子子吴长祚⑨,予故并得交。一日而见孝子之子,烈妇之夫,为荣幸焉。愈达言:"孝子生平好名义⑩,轻财,往往出钱物为人解讼斗⑪。既感神应,益自修⑫。人病苦者,恒用符篆救之⑬,以施药为名。"

【注释】

①大冢宰:古代官名,西魏、北周大冢宰卿的省称。明、清吏部尚书的别称为冢宰。涂公国鼎:涂国鼎,字牧之,建昌府新城县(今江西黎川)人。明万历三十五年(1607)进士。历任吏部郎中、刑部侍郎,南明吏部尚书加太子少保。事见《(乾隆)建昌府志》卷四三。

②黄端伯:字元公,建昌府新城县人。明崇祯元年(1628)戊辰科进士。事见《(康熙)江西通志》卷四一。过周谋:号莲谷,建昌府新城县人。明崇祯元年(1628)戊辰科进士,历任宁国、昆山、仙居等县知县,卒于任,著有《北役草》。事见清黎元宽《过莲谷先生祠堂记》(《进贤堂稿》卷十五)、《(乾隆)建昌府志》卷四四。

③黄名卿:字仲常,建昌府新城县人。明万历二十五年(1597)举人,任高纯知县,迁汉中同知。事见《(乾隆)新城县志》卷九。涂伯昌:字子期,建昌府新城县人。明崇祯三年(1630)举人。任南明兵部主事、御史,后在江西募兵抗清,清兵破城后,他自缢而亡,谥"节愍"。事见《(乾隆)新城县志》卷九。

④贡士:指地方向朝廷荐举的人才。璩(qú)光孚:字吉甫,号肇山,建昌府新城县人。万历时以恩贡选授博平县令,被免官后归乡而卒。事见《(同治)建昌府志》卷八。

⑤国变：指崇祯十七年（1644）李自成攻破北京、明朝灭亡、清军入
　　关等一系列巨变。

⑥泰宁：县名。明、清时属邵武府，今为福建泰宁。江西建昌府新城
　　县距离福建邵武府泰宁县仅有百余里路程，故吴绍宗避乱此处。

⑦廖愈达：邵武府泰宁县秀才。清顺治三年（1646），清军攻破泰宁
　　县南石砦，在此避难的廖愈达妻子李氏和两个妾室投崖而死，被
　　誉为烈妇。魏禧撰《泰宁三烈妇传》，备叙廖愈达的妻子李氏和
　　妾室张氏、汪氏三个烈妇之事。

⑧烈妇：指重义守节或以死殉节的妇女。

⑨主孝子：在父母去世后领头守丧的人，一般是长子、长孙。

⑩名义：名声与道义。

⑪讼斗：争斗。

⑫自修：修养自己的德性。

⑬符箓：指符篆。道士巫师所画的一种图形或线条，相传可以役鬼
　　神，辟病邪。

【译文】

　　因为此事，吴绍宗之名远近皆知。同乡的吏部尚书涂国鼎将吴绍宗
当作志同道合的朋友，进士黄端伯、过周谋，举人黄名卿、涂伯昌以及贡
士璩光孚等人，都拜吴绍宗为师。明清易鼎之际，吴绍宗去泰宁县避乱，
因病死在了廖愈达秀才家里。廖愈达就是我所作《泰宁三烈妇传》中的
三个烈妇李氏、张氏、汪氏的丈夫。廖愈达来到新城县，领头守丧的是吴
绍宗的儿子吴长祚，廖、吴两人都和我是故交。一天之中，能够同时见到
大孝子吴绍宗的儿子、三烈妇的丈夫，真是我莫大的荣幸。廖愈达曾说：
"吴绍宗平生讲道义、重名节，仗义疏财，经常出钱帮助他人调解矛盾。
他感受到了神灵的应验后，便更加注重修养自己的心性。如果遇到有人
被疾病所折磨，吴绍宗常用符箓来救治他们，以施舍草药而闻名乡里。"

　　魏禧论曰：闻孝子常诣太华山，登座附神耳语①，为人祈祷，颇不经②，然邑君子往往道其事甚悉。梅溪东出四十里，为南丰县③，县贡士赵希乾者④，与禧交。母尝病甚，割心以食母；既剖胸，心不可得，则叩肠而截之⑤，母子俱无恙。其后胸肉合，肠不得入，粪秽从胸间出，而谷道遂闭⑥，饮食男女如平人⑦。假谓非有神助，其谁然哉？其谁然哉？

【注释】

①登座：走上神座。

②不经：近乎荒诞，不合常理。

③南丰县：明朝属建昌府，即今江西南丰。

④赵希乾：字仲易，明末清初南丰县人。十七岁时母亲病重，他打算割心入药治疗母亲的病，剖胸后取心不得，遂割肠少许。后来，母子均愈。明督学使者得知他孝顺母亲的事情，拔充秀才，并选为崇祯十五年（1642）恩贡。可参见本卷《赵希乾传》。

⑤叩：通"扣"，拉住。

⑥谷道：后窍，即直肠到肛门的一部分。

⑦饮食男女：指对吃喝和性的需要。平人：正常无病之人，健康人。

【译文】

　　魏禧评论说：我听说吴绍宗经常去太华山拜谒神灵，登上神座附在神像耳边低语，为他人祈祷，听上去这事儿荒诞不经，但是他同乡的士人们时常将这件事说得很详细。吴绍宗住的梅溪里东边四十里，就是南丰县，南丰县的贡士赵希乾，和我交好。赵希乾的母亲曾患重病，他试图割心喂给母亲以治疗疾病；赵希乾用刀割开胸腔，拿不出心，于是抽出肠子来割取一节，用来给母亲治病，母子最后都得以平安。后来，赵希乾胸腔上的肉慢慢长合，肠子没能够塞回腹腔，从此粪便从胸间流出，肛门闭合，但吃饭、做事和常人没有什么区别。如果说没有神灵的佑护，是谁佑护他们呢？是谁佑护他们呢？

张山来曰：古有以祝由治病者①，今"九十二画篆"以及痢疟诸篆，殆即其道耶？然吾以为必孝子行之，乃能有验；若人人可行，斯又理之所难信者矣！

【注释】

①祝由：古代以祝祷、符咒治病的方术。

【译文】

张潮说：古代就有靠念诵咒语、祈求神灵来给人治病的传统，文中的"九十二画篆"以及治疗痢疟等疾病的篆文符篆，也同古代念诵咒语、祈求神灵来治病救人是同一个道理吧？但是我认为，只有孝子这么做才会有效果；假使人人都可以做到这一点，这就在事理上让人难以相信了！

李一足传

王猷定（于一）①

李一足，名夔，未详其家世。有母及姊与弟。貌甚癯②，方瞳微髭③，生平不近妇人。好读书，尤精于《易》，旁及星历医卜之术④。出尝驾牛车，车中置一柜，藏所著诸书，逍遥山水间。所至人争异之。

【注释】

①王猷定：参见卷一《汤琵琶传》注释。本篇《虞初新志目录》注出

王猷定《四照堂稿》。今见王猷定《四照堂文集》卷七,又见引于黄宗羲《明文海》卷四〇四。本篇李一足事又略见王培荀《乡园忆旧录》卷六。

②癯(qú):瘦。

③方瞳:方形的瞳孔,古人认为是长寿之相。

④星历:天文历法。医卜:医术卜筮。

【译文】

李一足,名叫夔,其家世情况不详。他家中有母亲和姐姐、弟弟。他看上去十分清瘦,瞳孔方形,嘴上留有胡子,平生没有接近过女人。李一足喜欢读书,尤其精通《易经》,也涉猎一些星占历法、医术卜筮。他出门曾驾着一辆牛车,牛车上放着一个木柜,里面藏着自己写的书稿,逍遥快活于山水原野之中。凡是他所到之处,人们都投来异样的眼光。

　　天启丁卯①,至大梁②,与鄢陵韩叔夜、智度交③。自言其父为诸生,贫甚,称贷于里豪④。及期无以偿,致被殴死。时一足尚幼,其母衔冤十余年⑤。姊适人⑥,一足亦婚。母召其兄弟告之。一足长号,以头抢柱大呼。母急掩其口。不顾,奋身而出,断一梃为二,与弟各持,伺仇于市,不得;往其家,又不得。走郭外,得之,兄弟奋击碎其首。仇眇一目⑦,抉其一,祭父墓前。归告其母,母曰:“仇报,祸将及!”乃命弟奉母他徙,遂别去。

【注释】

①天启丁卯:明熹宗朱由校天启七年(1627)。

②大梁:战国时魏国都城,今河南开封西北。明时,其地当属开封府。

③鄢陵:明、清时属河南开封府。即今河南鄢陵。韩叔夜:韩则愈,

字叔夜,鄢陵人。清顺治十六年(1659)授永嘉知县,康熙元年
(1662)辞官,稽留杭州二十年始还。智度:韩程愈,字幼平,号智
度,鄢陵人。韩则愈的弟弟。二人事见《(道光)鄢陵县志》卷
十五。

④称贷:举债,向人借贷。里豪:乡里的豪绅。

⑤衔冤:含冤。

⑥适人:女子出嫁。

⑦眇(miǎo):失明。

【译文】

天启七年,李一足到开封府一带,和鄢陵县的韩则愈、韩程愈兄弟交
往甚密。李一足自己说,他父亲曾是秀才,因为家里穷,于是向乡里的富
户借钱。借期到了没钱归还,被富户殴打致死。那个时候,李一足年龄
很小,他的母亲含冤受屈十多年。李一足的姐姐嫁人后,李一足也结婚
成家。李一足的母亲把他们兄弟二人喊到跟前,向他们讲述了当年的事
情。李一足得知父亲去世的真相后,大声哭泣,悲痛地用头去撞柱子,并
大声呼喊。母亲急忙捂住李一足的嘴,不让他呼喊。李一足不听,奋力
跑到室外,把一根木棍子断为两截,和弟弟各拿一截去集市上等着仇人
出来,却没有找到仇人;去仇人家里,也没有找到。兄弟二人来到城外寻
着了仇人,然后奋力击碎了仇人的头颅。仇人原本瞎了一只眼,于是他
们便挖出仇人的另一只眼睛,来到父亲坟前祭拜。等回到家里,李一足
把这件事情告诉了母亲,母亲说:"你父亲的大仇虽然得报,但祸事恐怕
也就要来了!"于是李一足就让弟弟带着母亲远走他乡,自己和他们分
别而去。

　　时姊夫为令于兖①,往从之。会姊夫出,姊见之,惊曰:
"闻汝击仇,仇复活,今遍迹汝②,其远避之!"为治装③,赠以
马。一足益恚恨,乃镌其梃曰:"没棱难砍仇人头。"遂单骑

走青齐海上④。见渔舟数百泊市米，一足求载以济⑤，遂舍骑登舟。渡海，至一岛，名高家沟，其地延袤数十里⑥，五谷鲜少。居民数百户，皆蛋籍⑦，风土淳朴，喜文字，无从得师。见一足至，各率其子弟往学焉。其地不立塾，晨令童子持一钱诣师，师书一字于掌以教之，则童子揖而退⑧，明日复来。居数年，积钱盈室。辞去，附舟还青州，走狭邪。不数日，钱尽散，终不及私。由辽西过三关⑨，越晋，历甘、凉⑩，登华岳，入于楚，抵黔、桂，复历闽海、吴、越间⑪，各为诗文纪游。

【注释】

①兖：即兖州，明洪武十八年（1385）为兖州府，治滋阳（今山东济宁兖州区）。

②迹：追寻踪迹。

③治装：备办行装，整装。

④青齐：青州和齐州，古代州名，此指山东东部沿海地区。青州，明、清时称青州府，治所在今山东青州。齐州，明、清时称济南府，即今山东济南。

⑤济：渡。

⑥延袤：绵延。

⑦蛋籍：指沿海水上生活的民户。蛋，同"蜑（dàn）"，旧时南方的水上居民。宋周去非《岭外代答·蜑蛮》："以舟为室，视水如陆，浮生江海者，蜑也。"

⑧揖：古代的拱手礼。

⑨辽西：辽河以西的地区，就是今辽宁的西部。

⑩甘、凉：甘州和凉州，指西北地区甘肃边疆一带。甘州，明改置甘州左、右、中、前、后五卫，清雍正初改为甘州府，即今甘肃张掖甘

州区。凉州,明置凉州卫,清雍正二年(1724)升为凉州府,治今甘肃武威。

⑪闽海:指福建和浙江南部沿海一带。

【译文】

当时,李一足的姐夫在兖州某县担任知县,李一足就去投靠他。正巧他的姐夫出门不在家,姐姐见到李一足,吃惊地说:"我听说你去杀咱们的杀父仇人,可仇人重伤后又活了过来,正到处寻找你,你去远处躲一躲吧!"李一足姐姐为他整治行装,并送给他一匹马。李一足更加恼恨,便在随身携带的木棍上刻下"没棱难砍仇人头"几个字。便一个人骑马去了青州、齐州一带的海上避难。他看见有大大小小的渔船停靠在岸边卖米,便请求渔家让他搭载渔船过海,于是舍马登船。李一足渡海,来到一个岛上,岛名高家沟,方圆数十里,岛上很少种植五谷。岛上生活着数百户人家,都是蜑民,风俗淳朴,渴望文化知识,但是无法找先生来教学。众人见李一足到来,于是都领着自家的孩子去请他教学。这个岛上没有私塾,每天早晨,家长让孩子拿一枚铜钱去拜访老师,老师则在这些学生手心里写一个字教他们,然后这些孩子长揖而退,第二天一早再过来请教。李一足在岛上住了几年,积累了很多钱。他便辞别而去,乘船返回青州,然后跑到青楼妓院中放纵玩乐。没过几天,李一足把钱都花完了,没有给自己留一点。李一足从辽西过三关,走过了山西,又到了甘州、凉州,攀爬华山,还去过楚地,抵达贵州、广西地区,又游览于福建、吴地、越地一带,每个地方都作诗文来记录行程及沿途见闻。

二十载,乃反其家①。仇死,所坐皆赦②。母亦没,登其墓大哭,数日不休。自以足迹遍天下,恨未入蜀。会鄢陵刘观文除夔守③,招之同下三峡,游白帝、绵、梓诸山④,著《依刘集》一卷。其弟自母丧,不知所在。一日欲寄弟以书,属韩氏兄弟投汴之通衢⑤。韩如其言。俄一客衣白袷⑥,幅巾草屦⑦,貌与一足相似,近前揖曰:"我张太羹也,兄书已得达。"言讫不见。辛巳⑧,李自成陷中州诸郡⑨,韩氏兄弟避乱至泗上⑩,见一足于途,短褐敝屣⑪,须眉皆白。同至玻璃泉⑫,谈笑竟日⑬。数言天下事不可为⑭。问所之,曰:"往劳山访徐元直⑮。"韩笑之。一足正色曰:"此山一洞,风雨时披发鼓琴,人时见之,此三国时徐庶也。"约诘朝复来,竟不果。

【注释】

①反:返回,回归。

②坐:即连坐,指古代因他人犯罪而使与犯罪者有一定关系的人连带受刑的制度。

③刘观文:刘贲卿,字观文,又字以成,河南鄢陵人。明天启二年(1622)以举人授肃宁知县,历任博野知县、户部主事、四川夔州知府。事见查继佐《罪惟录·刘贲卿传》、《(康熙)肃宁县志》卷一、《(道光)鄢陵县志》卷十四。除:任命官职。夔(kuí):夔州,府名,明、清时夔州府属四川,府治在奉节县(今重庆奉节)。

④白帝:白帝山,位于今重庆奉节东,山上有白帝城。绵:绵山,在绵州(今四川绵阳)北。梓:梓潼山。

⑤汴:开封府的别称。

⑥白袷(jiá):白色夹衣,旧时平民的服装。亦借指无功名的士人。

⑦幅巾:古代男子以全幅细绢裹头的头巾。草屦:草鞋。

⑧辛巳:明思宗朱由检崇祯十四年(1641)。

⑨李自成陷中州诸郡:明崇祯十四年(1641)李自成率兵攻掠河南。他攻克洛阳,杀死福王朱常洵,此后花费一年半时间三围省城开封未果。中州,狭义指今河南一带。

⑩泗上：据下文盱眙玻璃泉推断，此泗上或指泗州一带。明、清时泗州辖盱眙县。

⑪短褐散屣（xǐ）：形容穿着破烂，暗指生活窘迫、生存艰难。褐，粗布或粗布衣服。屣，鞋。

⑫玻璃泉：泉名，在泗州盱眙县（今江苏盱眙）。据《（乾隆）盱眙县志》卷四记玻璃泉在"县西秀岩下，西北翠微间，今文庙后也。泉水如线，四时不断，莹彻如玻璃"，多有文人游览赋诗。

⑬竟日：终日，从早到晚。

⑭不可为：事情没有发展的希望，前途渺茫。

⑮劳山：又称牢山、崂山、鳌山等，位于今山东青岛东部。徐元直：徐庶，字元直，颍川（治今河南禹州）人。东汉末年刘备谋士，后归曹操。据《（乾隆）灵山卫志》记徐庶曾在帽子峰（在今山东青岛）读书。

【译文】

过了二十年，李一足才返回故乡。仇人早已死去，当时被此事牵连的人也早已被朝廷赦免。李一足的母亲也已去世，他跑到母亲的坟旁大哭，一连好几天都哭个不停。李一足自认为走遍了天下，只是遗憾还没有去过蜀地。正当此时，鄢陵人刘贲卿被任命为夔州知府，邀请李一足同游三峡，于是得以游览白帝山、绵山、梓潼山等，并著有《依刘集》一卷。自从母亲去世后，李一足的弟弟就不知所踪。有一天，李一足想要给弟弟寄一封信，他嘱托韩则愈、韩程愈兄弟帮着投递到开封府的某条大路边。韩氏兄弟按照李一足的话投递信件。不久，一位穿着白色夹衣、头裹幅巾、足踏草鞋、长相酷似李一足的男子走向前作揖说："敝人张太羹，我兄长的书信已经收到。"说完，人就不见了。崇祯十四年，李自成攻陷了河南诸府，韩氏兄弟跑到泗州避难，在路上遇到李一足，只见他穿得破破烂烂，胡须、眉毛都已经白了。韩氏兄弟和李一足一起到玻璃泉游玩，他们整天谈笑玩乐。李一足多次谈到天下大事前景渺茫。韩氏兄弟问李一足要到哪里去,他答道:"我要去崂山拜访徐庶先生。"韩氏兄弟讥笑他。李一足神色严肃地说:"崂山上有一个山洞,每逢刮风下雨之际,就有人披散头发、端坐弹琴,人们常看到此种情形,这个弹琴的人就是三国时的徐庶。"李一足相约明晨再来,但最终没有来赴约。

甲申后,闻一足化去^①。先一日,遍辞戚友,告以远行。是日,鼻垂玉箸尺许^②,端坐而逝,袖中有《周易全书》一部^③。后数月,济人有在京师者^④,见之正阳门外^⑤。又有见于赵州桥下^⑥,持梃观水,伫立若有思者。韩子智度,不妄言人也,述其事如此。

【注释】

①化去:死亡的婉辞。

②玉箸:人死后下垂的鼻涕。明陶宗仪《辍耕录》卷二三:"王(和卿)忽坐逝,而鼻垂双涕尺余,人皆叹骇。关(汉卿)来吊唁,询其由,或对云:'此释家所谓坐化也。'复问鼻悬何物,又对云:'此玉箸也。'"

③《周易全书》:即《周易》,包括《易经》和《易传》两部分。

④济人:济南府人。

⑤正阳门:明、清京城内城的正南门,俗称前门。

⑥赵州桥:又名安济桥,隋开皇、大业年间名匠李春所建。

【译文】

崇祯十七年后,听说李一足逝世了。在李一足去世的前一天,他逐一向朋友、亲戚辞行,并告诉他们自己将要辞别人间。去世这一天,李一足鼻子垂下一尺多长的鼻涕,正襟危坐而逝,袖中有一本《周易全书》。李一足辞世后数月,有个在京城的济南府人,在正阳门外见到李一足。

又有人说曾在赵州桥下见到他,他手持昔日那根木棍,观看着流水,站在那里仿佛在思考着什么。韩程愈是个从来不说假话的人,他向我详细述说了此事。

> 张山来曰:观一足行事,亦孝子,亦侠客,亦文人,亦隐者,亦术士,亦仙人,吾不得而名之矣!

【译文】

张潮说:从李一足的行事来看,他不仅是个大孝子,而且集侠客、文人、隐士、术士、仙人多种身份于一身,我实在不知道该怎样概括他!

孝贼传

王猷定（于一）①

贼不详其姓名,相传为如皋人②,贫不能养母,遂作贼。久之,为捕者所获,数受笞有司③。贼号曰:"小人有母无食,以至此也!"人且恨且怜之。一日,母死。先三日,廉知邻寺一棺寄庑下④。是日,召党具酒食⑤,邀寺中老阇黎痛饮⑥。伺其醉,舁棺中野⑦,负其母尸葬焉。比反,阇黎尚酣卧也。贼大叫叩头乞免。阇黎惊,不知所谓,起视庑下物,亡矣。亡何,强释之。厥后不复作贼。

【注释】

①王猷定:参见卷一《汤琵琶传》注释。本篇《虞初新志目录》注出自王猷定《四照堂稿》。今见《四照堂文集》卷八。又见引于吴

　　肃公《阐义》卷十七《孝贼》、《街南文集》卷十八《书王于一孝贼
　　传》、张自烈《芑山诗文集》卷二一《书孝贼传后》。

②如皋：明、清时先后隶属泰州、通州，即今江苏如皋。

③有司：指官吏。古代设官分职，各有专司，故称。

④庑（wǔ）：堂下周围的走廊、廊屋。

⑤党：同党，同伙。

⑥阇（shé）黎：又译作"阇梨"，梵语音译"阿阇梨"的简称，意为高
　　僧，也泛指僧人、和尚。

⑦舁（yú）：抬。

【译文】

　　有个不知道叫什么名字的盗贼，相传是如皋县人，因为家里贫穷，没有能力奉养老母，于是就靠偷盗为生。时间长了，他被当地的捕快逮捕，多次受当地官员的鞭打。盗贼嚎叫说："小人家有老母，因家贫没有食物来奉养她，才沦落到如此地步！"人们对他是既痛恨又同情。有一天，盗贼的母亲死了。在此前三天，盗贼察知邻近的寺庙里有一口棺材放在廊庑下。这一天，盗贼召集同伙准备酒食，邀请寺庙中的老和尚来家中饮酒。等到老和尚喝醉后，他和同伙把棺材抬到野外，再背着母亲遗体到野外装殓安葬。等到他返回，老和尚还在酣睡。盗贼跪下磕头大声求饶。老和尚被惊醒后，起先不知道发生了什么事情，起身环顾廊庑，发现棺材不见了。无可奈何，老和尚只好勉强让他离开了。从此之后，盗贼再也不去做贼偷东西了。

　　张山来曰：有孝子如此，而听其贫①，至于作贼，是谁之过欤？

【注释】

①听：任凭，随。

【译文】

　　张潮说：有如此孝顺的人，却任由他家境贫寒以致偷东西度日，这是谁的过错呢？

王翠翘传

余怀（澹心）①

　　余读《吴越春秋》②，观西施沼吴③，而又从范蠡以归于湖④。窃谓妇人受人之托，以艳色亡人之国，而不以死殉之，虽不负心，亦负恩矣。若王翠翘之于徐海⑤，则公私兼尽，亦异于西施者哉！嗟乎！翠翘故娼家，辱人贱行，而所为耿耿若此⑥。须眉男子⑦，愧之多矣！余故悲其志，缀次其行事⑧，以为之传。传曰：

【注释】

①余怀：参见卷四《寄畅园闻歌记》注释。据《虞初新志目录》，此篇文章出自余怀"手授抄本"。

②《吴越春秋》：书名。汉赵晔撰，今本十卷。叙述春秋时吴越二国攻战事。文辞丰蔚，颇类小说家言。

③西施：亦称"西子"，春秋末年越国美女，被越王勾践献给吴王夫差。沼吴：沼，名词用作使动词，使吴为沼，即让吴国沦为沼地。犹言灭吴。

④范蠡：字少伯，楚国宛（今河南南阳）人。春秋末年政治家、军事家。仕越为大夫，擢上将军，与文种协助勾践重建国家。灭吴后功成身退。其事迹见于《国语·越语下》《越绝书》等。

⑤王翠翘：明末著名的传奇女子。自幼被卖为娼，初嫁罗龙文，后因

倭寇侵扰而被捉,被献给倭寇头目徐海,随徐海漂泊海上,劝说徐海归顺胡宗宪。徐海被逼跳水自尽,王翠翘被官兵押至钱塘江,亦跳水自杀。其事迹最早见于茅坤《纪剿徐海本末》,后被青心才人《金云翘》、《胡少保平倭战功》(周清原《西湖二集》第三四卷)、《王翠翘死报徐明山》(陆人龙《型世言》第七回)等多部文学作品咏唱。徐海:明代嘉靖年间的倭寇头领之一。原为王直旧部,后自成一股势力。他曾经三次率领倭寇大规模入寇沿海地区。后被总督胡宗宪用计诱降,受困投水而死。

⑥耿耿:形容诚信守节。

⑦须眉:胡须和眉毛,比喻成年男子。

⑧缀次:依照次序记录成篇。

【译文】

我读《吴越春秋》,读到西施以美色导致吴国灭亡,后又跟随范蠡归隐五湖之事。我私下里想,美女受人所托,用自己的美色使得敌国灭亡,却不为亡国的吴国国君殉葬,虽然她并没有负心,却辜负了吴国国君对她的恩宠之情。如果拿王翠翘和徐海相比,于公于私而言她都做到了极致,又和西施的所作所为不一样。唉!王翠翘本身是个妓女,常被人侮辱、轻贱,但是她的行为却如此诚信守节。即使是男子汉大丈夫与她相比,恐怕也要自惭形秽吧!我对她的守节行为发自内心地同情,因此,将她的所作所为逐次记录下来,为她写了一篇传记。传记如下:

王翠翘,临淄人①,幼鬻于倡②,冒姓马③,假母呼为翘儿④。美姿首,性聪慧,携来江南。教之吴歈歌⑤,则善吴歈歌;教之弹胡琵琶⑥,则善弹胡琵琶。吹箫度曲,音吐清越,执板扬声⑦,往往倾其座客。平康里中⑧,翘儿名藉甚⑨。然翘儿雅淡,顾沾沾自喜⑩,颇不工涂抹倚门术⑪。遇大腹贾及伧父之多金者^⑫，则目笑之，不予一盼睐温语^⑬。以是假母日忿而笞骂。会有少年私翘儿金者，以计脱假母，而自徙居嘉兴^⑭，更名王翠翘云。

【注释】

①临淄：明代属青州府，即今山东淄博临淄区。

②倡：妓女。

③冒姓：假托他人姓氏。

④假母：指鸨母。

⑤吴歈（yú）歌：春秋时吴国的歌，后泛指吴地的歌。

⑥胡琵琶：由西域传入中原的一种弹拨乐器，称为"曲颈琵琶"或"胡琵琶"，有别于中国传统乐器"直颈琵琶"。

⑦执板：手执拍板。板，演奏民族音乐或戏曲时打节拍用的拍板。

⑧平康里：唐朝长安城妓女的居所，后代指妓院。

⑨藉甚：盛大，卓著。

⑩沾沾自喜：自以为得意而满足。

⑪涂抹倚门术：指涂脂抹粉倚门卖笑引诱嫖客之术。

⑫伧父：魏晋南北朝时南人讥骂北人之语。后用以泛指粗俗、鄙贱之人。

⑬盼睐：眷顾，垂青。

⑭嘉兴：府名。治今浙江嘉兴。

【译文】

王翠翘是临淄县人，在很小的时候被卖给娼家做娼妓，假托姓马，鸨母喊她翘儿。马翘儿长得漂亮而又聪慧，被鸨母带到了江南地区。鸨母教她唱吴地歌谣，她唱得极为出色；教她弹胡琵琶，她就擅长弹胡琵琶。她能吹箫，能谱写乐曲，吐音清脆悦耳，手执拍板放声唱歌，坐客无不为之倾倒。在妓院的歌儿舞女中，马翘儿的名气很大。然而马翘儿平素举止高雅，孤芳自赏，很不喜欢涂脂抹粉、倚门卖笑引诱嫖客的手段。如果遇到做生意的大肚子客人或者是有钱的粗鲁人，便只是眼睛扫视而暗自发笑，根本不会眷顾他们，与他们温和地讲话。鸨母经常因为这个生气，甚至打骂马翘儿。正巧有个年轻的嫖客私下给了马翘儿一笔钱，她便设计从鸨母那里脱身，自此迁居到了嘉兴府，更名叫王翠翘。

当是时，歙人罗龙文①，饶于财，侠游结宾客②，与翠翘交欢最久③，兼昵小妓绿珠。而越人徐海者，狡佻④，贫无赖，方为博徒所窘⑤，独身跳翠翘家，伏匿不敢昼见人。龙文以其壮士⑥，倾身结友，接臂痛饮，推所昵绿珠与之荐寝⑦。海亦不辞。酒酣耳热，攘袂持杯⑧，附龙文耳语曰："此一片土非吾辈得意场，丈夫安能郁郁久居人下乎？公宜努力，吾亦从此逝矣！他日苟富贵，毋相忘！"因慷慨悲歌⑨，居数日别去。徐海者，杭之虎跑寺僧⑩，所谓"明山和尚"者是也。

【注释】

①歙：歙县。明代属南直隶徽州府，即今安徽歙县。罗龙文：歙县（今属安徽）人，明代嘉靖年间徽州著名墨工。严嵩当权时，为严嵩子严世蕃幕宾。事见《（民国）歙县志》卷十。

②侠游：依仗侠义行走四方。

③交欢：结好。

④狡佻：狡狯轻薄。

⑤窘：使为难，迫使对方陷入困境。

⑥壮士：意气豪壮而勇敢的人，勇士。

⑦荐寝：荐枕。借指侍寝。

⑧攘袂：捋起衣袖。常形容奋起貌。

⑨慷慨悲歌：意志激昂地放声高歌，以抒发悲壮的胸怀。

⑩虎跑寺：即虎跑定慧寺，位于杭州西南的大慈山。原称大慈定慧禅寺，寺内有虎跑梦泉，故俗称虎跑寺。

【译文】

　　在这个时候，徽州歙县的罗龙文，富有家财，以侠义游走四方，结交宾客，和王翠翘已经相好很久，同时还和一个叫绿珠的小妓女关系密切。越地人氏徐海，性格油滑轻薄，身无分文且又是个泼赖之人，当时被赌徒逼债而陷入困境，只身跑到王翠翘家里躲藏，白天不敢出来见人。罗龙文觉得他是个豪勇之人，就放低身段与他结交，把臂畅快饮酒，让自己狎昵的绿珠晚上去陪侍徐海。而徐海也不推辞。正值酒喝得痛快之际，徐海挽袖持杯，附在罗龙文的耳边说："这一片土地不是我这样的人能发达的地方，男子汉大丈夫怎么能长久地居于人下，郁郁不得志呢？您要多努力，我也马上就要走了！如果将来有一天混出了名堂，一定不会忘了您！"于是情绪激昂地放声高歌，又住了几天便离开了。徐海，本来是杭州虎跑寺的和尚，就是众人口中说的"明山和尚"。

　　居无何，海入倭，为舶主①，拥雄兵海上，数侵江南。嘉靖三十五年，围巡抚阮鹗于桐乡②，翠翘、绿珠皆被掳。海一见惊喜，命翠翘弹胡琵琶以佐酒，日益宠幸，号为夫人，斥诸姬罗拜。翠翘既已骄爱无比，凡军机密画，惟翠翘与闻。乃翠翘阳为亲昵，阴实幸其覆败③，冀归国④，以老泪渍渍常承睫洗面也⑤。会总督胡宗宪开府浙江⑥，善用兵，多计策，欲招致徐海，自戕麻叶、陈东⑦，而离散王直之党⑧，乃遣华老人赍檄招降⑨。海怒，缚华老人，将斩之。翠翘语海曰："今日之事，生杀在君，降不降何与来使？"海乃释其缚，畀金而遣之⑩。老人归,告宗宪曰:"贼气方锐,未可图也。然臣睨海所幸王夫人者,左右视,有外心,或可藉以歼贼耳。"

【注释】

①舶主:即船主。

②巡抚:明代指巡视各地军政、民政的大臣。阮鹗:字应荐,号函峰,安庆府桐城(今安徽桐城)人。明嘉靖二十三年(1544)进士。嘉靖三十五年(1556)巡抚浙江,被徐海、陈东、麻叶等联兵围困于桐乡。后来巡抚福建,敛括民财以贿赂倭寇,被弹劾为民。事见李春芳《右佥都御史函峰阮公鹗墓志铭》(焦竑《国朝献征录》卷六三)。桐乡:县名。明宣德五年(1430)置,即今浙江桐乡。

③幸:希望。

④冀:希望。

⑤承睫:睫毛上承接着泪水,谓含着眼泪。

⑥总督:明初在用兵时派往地方巡视监察的官员,事毕即罢。胡宗宪:字汝贞,徽州府绩溪县(今安徽绩溪)人。嘉靖十七年(1538)进士,历任浙江巡抚、右都御史、太子太保。由赵文华援引巴结严嵩父子,威震东南。嘉靖三十五年(1556)任浙直总督,招纳东南士大夫参预谋议,斩徐海,俘陈东,降王直,断绝倭寇内应。历经数年,弭平倭患。嘉靖四十四年(1565),被弹劾下狱而死。事见《明史·胡宗宪传》。

⑦戕(qiāng):杀害,剪除。麻叶:本名叶明,又称叶麻。浙江人。明嘉靖年间的倭寇头领之一。后在胡宗宪指示下被徐海诱捕,在嘉兴被处死。陈东:明朝倭寇首领之一。总督胡宗宪设计分化徐海、陈东,使徐海缚献陈东,然后围歼徐海。徐海死,他也被杀。

⑧王直:旧史多误作汪直,徽州府歙县人。本名锃,号五峰船主。海禁政策使海上贸易中断,王直召集帮众及日本浪人组成走私团

伙,自称徽王。后被浙江巡按使王本固擒获处死。

⑨华老人:陆人龙《型世言》第七回记为"华旗牌",华姓旗牌官。

赍:怀抱着,带着。

⑩畀(bì)金:赐与金钱。

【译文】

徐海离开后不久,便去海上与倭寇为伍,后来自己成了船主,在海上聚集精兵,多次派兵侵犯江南地区。嘉靖三十五年,徐海等人把浙江巡抚阮鹗围困于桐乡,王翠翘、绿珠也被抓走了。徐海看到她们二人后又惊又喜,于是命令王翠翘弹胡琵琶来陪酒,逐渐宠幸起王翠翘来,尊奉翠翘为夫人,命令其他姬妾向她罗列而拜。王翠翘受到徐海的无比宠爱后,凡是军机要务和机密谋划,只有王翠翘能知道。然而王翠翘只是表面上和徐海亲昵,心里却希望徐海被朝廷消灭,希望自己能够回国,那郁积多日的泪水常常挂在眉睫上,甚至以泪洗面。恰逢这个时候,总督胡宗宪在浙江成立府署,他善于用兵,多有谋略,想要收服徐海以剪除麻叶、陈东,借以离间王直等人,于是派遣华老人带着招降书去见徐海。徐海见此情况,十分生气,他叫人绑了华老人,想要将他斩杀。王翠翘劝告徐海说:"今天这件事情,生杀大权在你,你归不归降朝廷和这个使者又有什么关系呢?"于是徐海让人给华老人松绑,赐给他钱财并打发他回去。华老人回去后,对胡宗宪说:"此时贼人的士气正盛,我们还不能把他们消灭。但是我看徐海宠幸的王夫人,目光游离眼神不定,似乎有二心,或许我们可以借此人之手来消灭贼人。"

　　而罗龙文者微闻是语①,自喜与翠翘旧好,乃因幕府上客山阴徐渭以见于宗宪②。宗宪以乡曲故③,降阶迎揖曰④:"生亦有意功名富贵乎?吾今用君矣!"与语大说⑤。遂受指诣海营⑥,摄旧日任侠衣冠,投刺谒海⑦。海妪延入,坐上座,置酒握龙文手曰:"足下远涉江湖⑧,为胡公作说客耶⑨?"龙文笑曰:"非为胡公作说客,乃为故人作忠臣耳。王直已遣子纳款⑩,故人不乘此时解甲释兵⑪,他日必且为虏。"海愕然曰:"姑置之,且与故人饮酒。"锦绣音乐⑫,备极豪侈,俨然自以为大丈夫得志于时之所为也⑬。酒半,出王夫人及绿珠者见龙文。龙文改容礼之,极宴语不及私。翠翘素习龙文豪侠,则劝海遣人同诣督府输款⑭,解桐乡围。

【注释】

①微闻:隐约听到。

②徐渭:字文长,号天池山人、青藤道士等,山阴(今浙江绍兴)人。明代书画家、文学家。诸生。曾为胡宗宪幕僚,宗宪获罪后惊惧发狂,自杀未成。善画水墨写意花鸟,挥洒淋漓,擅行草,奔放有力。诗文戏曲皆纵横奇肆,不拘一格。著有《南词叙录》。

③乡曲:同乡,乡亲。胡宗宪是徽州绩溪县(今安徽绩溪)人,罗龙文是徽州歙县人,同为徽州府老乡。

④降阶:主人走下台阶迎客,以示恭敬。

⑤说:高兴。

⑥海营:徐海屯兵驻扎的地方,即其巢穴。

⑦投刺:投递名帖以求见。

⑧远涉江湖:跑到江河湖海间。

⑨说客:游说之士,善于用言语说动对方的人。

⑩纳款:向敌人输诚降服,投降归顺。

⑪解甲释兵:卸掉盔甲,放下武装。比喻不再战斗。

⑫锦绣:原指花纹色彩精美鲜艳的丝织品,此处比喻屋内摆设的华丽美好的物品。

⑬儼(xiàn)然：狂妄的样子，自大的样子。

⑭督府：指胡宗宪府衙。输款：犹投诚。

【译文】

罗龙文隐约听说了这件事后，心中暗喜自己与王翠翘有旧情，于是通过胡宗宪幕府的座上客山阴人徐渭见到胡宗宪。胡宗宪因为和罗龙文是同乡的缘故，走下台阶作揖相迎说："先生你也有意于升官发财吗？我会重用你的！"罗龙文把自己曾经和王翠翘、徐海交好的事情告诉了胡宗宪，胡宗宪听后十分高兴。罗龙文便受胡宗宪的请托，前往徐海的巢穴当说客，他穿上自己往日行侠仗义时的服装，向徐海投上拜帖。徐海急忙把他请进自己的军营，延入上座，安排酒席，还握着罗龙文的手说："龙文兄远涉江湖，是给胡宗宪来做说客的吗？"罗龙文笑着说："我不是替胡宗宪来此做说客的，只是给老朋友你做个忠直敢谏的人罢了。王直已经派儿子向胡宗宪投诚，老朋友你不趁这机会放下武装归顺，他日肯定会沦为俘虏。"徐海听到这话非常吃惊，便说："暂且不谈论这件事，先与老朋友你喝酒吧。"屋内摆设精美，歌吹乐舞悦耳，极尽豪华奢侈，徐海自鸣得意地认为自己如今的作为，堪称大丈夫功成名就。当酒过三巡之后，便召王翠翘和绿珠出来见罗龙文。罗龙文庄重地向她们行礼问好，只说些酒桌上的客套话，始终不涉及私人往事。王翠翘一向知道罗龙文为人有豪侠风尚，便劝告徐海派人跟罗龙文去胡宗宪府衙中投诚，解除桐乡被围的危机。

　　宗宪喜，从龙文计，益市金珠宝玉，阴赂翠翘。翠翘益心动，日夜说海降矣。海信之，于是定计，缚麻叶，缚陈东，约降于宗宪。至桐乡城，甲胄而入①。是时赵文华、阮鹗与宗宪列坐堂皇②。海叩首谢罪，又谢宗宪。宗宪下堂摩其顶曰："朝廷今赦汝，汝勿复反。"厚劳而出。海既出，见官兵大集,颇自疑。宗宪犹怜海,不欲杀降③,而文华迫之。宗宪乃下令,命总兵俞大猷整师而进④。会大风,纵火,诸军鼓噪乘之,贼大溃,歼焉。海仓皇投水,引出,斩其首,而生致翠翘于军门⑤。宗宪大犒参佐⑥,命翠翘歌吴歈歌,遍行酒⑦。诸参佐或膝席⑧,或起舞,捧觞为宗宪寿⑨。宗宪被酒大醉⑩,眷乱⑪,亦横槊障袖⑫,与翘儿戏。席乱,罢酒。次日,宗宪颇愧悔醉时事,而以翠翘赐所调永顺酋长⑬。

【注释】

① 甲胄:指穿着铠甲、戴着头盔。

② 赵文华:字元质,慈溪(今属浙江)人。明嘉靖八年(1529)进士。由刑部主事累官至工部尚书。认权相严嵩为父。嘉靖三十四年(1555)任工部侍郎时巡视东南防倭事宜,因怨恨将领张经、李天宠不阿附自己,遂将他们诬陷害死。胡宗宪铲除徐海、陈东等人,他以功召还京城。后因骄横失宠,罢官病死。堂皇:官吏办事的大堂。

③ 降:降兵,归顺者。

④ 总兵:明代统帅军队出征的将领,后来成为镇守一方的将领的职称。俞大猷:字志辅,号虚江,晋江(今福建泉州)人,明代名将。读书而知兵法,嘉靖时中武举,在浙东任职时因屡破倭寇升为总兵,后来复镇两广,剿灭群盗,立功无数,卒谥武襄。事见《明史·俞大猷传》。

⑤ 生致:活着送到。军门:军营的门,代指军营。

⑥ 参佐:僚属,部下。

⑦ 行酒:依次斟酒。

⑧ 膝席:直身跪在席上。

⑨ 寿:祝寿,奉酒祝福。

⑩被酒：喝了酒，带有几分酒意或醉意。

⑪瞀（mào）乱：昏乱，精神错乱。

⑫横槊（shuò）：横持长矛，形容气概豪迈。障袖：用衣袖遮挡面部。

⑬永顺：明洪武二年（1369）置永顺军民安抚司，六年（1373）升为永顺军民宣慰使司。治今湖南永顺。酋长：指少数民族首领。

【译文】

胡宗宪听后十分高兴，他采用罗龙文的计策，购买了大量的金银珠宝，暗地里派人给王翠翘送去。王翠翘收到礼物后，更动了劝降的念想，于是不断劝说徐海。最后徐海听从了王翠翘的建议，于是定下计策，绑了麻叶和陈东，和胡宗宪约谈投降之事。徐海身穿盔甲进入桐乡城。这时，赵文华、阮鹗和胡宗宪肃然坐于大堂。徐海磕头请罪，并叩谢胡宗宪的准降之恩。胡宗宪走下堂来，用手抚摸着徐海的头说："朝廷今天赦免了你，以后可千万不要再谋反了。"胡宗宪重重嘉奖了他，让他退下。徐海准备离开，见官兵集结在一起，心中疑窦丛生，颇感不安。胡宗宪仍旧怜惜徐海，不想杀死归顺之人，但是赵文华逼迫胡宗宪杀了徐海。胡宗宪最终下令，命总兵俞大猷点兵进攻徐海。恰逢此时刮起了大风，俞大猷军队纵火烧营，官军敲击军鼓趁机杀敌，徐海等贼人被打得溃不成军，最终被全歼。徐海仓促间跳水逃命，却被官兵捉住拖上岸，砍掉了脑袋。官兵俘获了王翠翘，把她带到军营。胡宗宪大宴诸将，让王翠翘唱吴歌，并为诸武官斟酒。这些武官，有的跪在席上饮酒，有的起舞，举起酒杯向胡宗宪表示祝贺。胡宗宪饮酒大醉，昏乱中也横槊起舞，或以袖遮面，与翠翘嬉戏。众人欢饮之后，杯盘凌乱，遂罢酒而散。第二天，胡宗宪十分后悔醉后和王翠翘嬉戏之事，于是把王翠翘赏赐给了被调来作战的永顺酋长。

翠翘既随永顺酋长，去之钱唐江中①，恒悒悒捶床叹曰②："明山遇我厚③，我以国事诱杀之。毙一酋又属一酋，吾何面目生乎？"向江潮长号大恸，投水死。

【注释】

①钱唐江：即今钱塘江。

②悒悒（yì）：忧愁郁闷的样子。

③明山：指徐海，原为虎跑寺的明山和尚。

【译文】

王翠翘跟随着永顺酋长行至钱塘江中，一直闷闷不乐，捶床叹息说："徐海待我甚好，我因为国家大义诱其投降并使他遭遇杀身之祸。徐海身死，可我又落到了永顺酋长之手，我哪里还有颜面再在这个世上活下去呢？"于是王翠翘面向潮水，嚎啕大哭，投水而死。

外史氏曰：嗟乎！翠翘以一死报徐海，其志亦可哀也！罗龙文者，世称小华道人，善制烟墨者也①。始以游说阴赂翠翘，诱致徐海休兵，可谓智士。然其后依附权势，与严世蕃同斩西市②，则视翠翘之死，犹鸿毛之于泰山也。人当自重其死，彼倡且知之，况士大夫乎？乃倡且知之，而士大夫反不知者，何也？悲夫！

【注释】

①烟墨：以松烟或桐烟等调胶制成的墨。

②严世蕃：号东楼，分宜（今属江西）人。严嵩之子。累官工部左侍郎，与父狼狈为奸，尤好古器文玩之属，凭势胁求。后获罪谪戍雷州，还乡后依然肆意淫乐，又被弹劾，斩杀于市。西市：旧时京城行刑的场所。

【译文】

余怀说：哎呀！王翠翘用死来报答徐海的恩情，她的志节也够令人哀怜的！罗龙文人称"小华道人"，是擅长制墨的人。开始的时候，他自荐去游说徐海投降，并私下贿赂王翠翘，使之劝诱徐海休兵投降，可以说是有智谋之人。但是他后来依附权奸，和严世蕃一起被斩首于西市，那么他的死相比王翠翘的死，就好比微小的鸿雁之毛相比泰山一样，显得轻飘飘的。人应该看重自己的死亡，死得其所，王翠翘作为一个风尘女子都知道这一点，更何况官员士子呢？如果风尘女子尚且知道为大义、名节而死，而官员士子却不懂得这道理，这是为什么呢？真是可悲啊！

　　张山来曰：胡公之于翠翘，不以赐小华，而以赐酋长，诚何心乎？观翠翘生致之后，不能即死，居然行酒于诸参佐前，则其意有所属，从可知已。其投江潮以死，当非报明山也。

【译文】

　　张潮说：胡宗宪没有把王翠翘赐还罗龙文，却把她赏赐给了永顺酋长，他是什么心思呢？读到王翠翘被俘虏到军营后，没有立即为徐海殉葬，竟然在诸军官面前劝酒，肯定是早已心有想法，从这里就可以推测出来。王翠翘最后投江潮而死，肯定不是为了报答徐海对她的恩情。

戴文进传画苑三高士传之一

毛先舒（稚黄）①

　　明画手以戴进为第一②。进字文进，钱唐人也③。宣宗喜绘事④，御制天纵⑤。一时待诏有谢廷循、倪端、石锐、李在⑥，皆有名。进入京，众工妒之。一日在仁智殿呈画⑦，进进《秋江独钓图》，画人红袍垂钓水次。画惟红不易著，进独得古法入妙。宣宗阅之，廷循从旁跪曰："进画极佳，但赤是朝廷品服⑧，奈何著此钓鱼？"宣宗颔之，遂麾去余幅不视⑨。故进住京师，颇穷乏。

【注释】

①毛先舒：字稚黄，后更名骙，字驰黄。明末清初浙江仁和（今浙江杭州）人。明诸生。工诗，为"西泠十子"之一。有《东苑文钞》《思古堂集》等。事见毛际可《家稚黄五兄传》（《会侯文钞》卷十）。本篇选自毛先舒《东苑文钞》。今又见于毛先舒《撰书》卷七《画苑三高士传》。

②画手：绘画能手。戴进：字文进，号静庵，又号玉泉山人。明浙江钱塘（今浙江杭州）人。明代著名画家。

③钱唐：亦作"钱塘"，古县名。明、清时与仁和县同为杭州治所。

④宣宗：即明宣宗朱瞻基，年号宣德。在位期间经济发展，颇有治平气象。

⑤天纵：指上天所赋予，才智超群。多用为对帝王的谀辞。

⑥待诏：待命供奉内廷的人。谢廷循：即明代画家谢环，字廷循，永嘉（今浙江温州）人。好学问，喜赋诗，存《梦吟堂集》。善画山水、墨竹、人物，是明代宫廷画家的杰出代表，画作有《杏园雅集图》等。明永乐中召入禁中，宣德时因宣宗好绘事，特加重奖，官锦衣卫千户。倪端：字仲正，善画释道人物、花卉，山水宗马远。宣德中被征入画院。曾画历史故事画，如《朝阳卧龙图》《严陵钓叟图》等。石锐：字以明，钱塘人。宣德间授仁智殿待诏。画作傅色鲜明温润，名著于时。李在：字以政，号一斋，莆田（今属福建）人。明宣德时与戴进、谢环、石锐、周文靖同待诏入直仁智殿，为金门画史。传世作品有《琴高乘鲤图》《阔渚遥峰图》等。

⑦仁智殿：俗称"白虎殿"，位于明皇宫武英殿以北、右翼门以西，是

明代供职于宫廷的画师作画之处。

⑧品服：官服。品级不同，服色、样式也不同，故称。

⑨麾去：撤掉，退掉。

【译文】

明朝的画家以戴进最为优秀。戴进，字文进，钱塘人。明宣宗喜好绘画，天赋极高。当时的待诏有谢廷循、倪端、石锐、李在，这些人都很有名气。戴进被召进京后，这些人都嫉妒他。有一天，众画家在仁智殿向皇上进呈画作，戴进呈上《秋江独钓图》，画的是一个披着红袍的人在水边钓鱼。绘画只有红色不易用色，戴进却用古法以红色入画，达到精妙之境。明宣宗尽兴欣赏，谢廷循在一旁跪下说："戴进的画的确优秀，但是红色是朝廷官服的颜色，怎么能穿着官服钓鱼呢？"明宣宗点了点头，就撤掉了戴进所绘的其他画作，不再欣赏。因此，戴进在京城时，生活非常窘迫。

先是，进锻工也①，为人物花鸟，肖状精奇，直倍常工。进亦自得，以为人且宝贵传之。一日于市，见熔金者，观之，即进所造，怃然自失②。归语人曰："吾瘁吾心力为此③，岂徒得糈④，意将托此不朽吾名耳！今人烁吾所造⑤，亡所爱，此技不足为也；将安托吾指而后可？"人曰："子巧托诸金，金饰能为俗习玩爱⑥，及儿妇人御耳⑦。彼惟煌煌是耽⑧，安知工苦？能徙智于缣素⑨，斯必传矣。"进喜，遂学画，名高一时。然进数奇⑩，虽得待诏，亦辗轲亡大遇⑪。其画疏而能密，著笔澹远⑫，其画人尤佳，其真亦罕遇云。予钦进锻工耳，而命意不朽⑬，卒成其名。

【注释】

①锻工：把金属材料加热到一定温度，并进行加工的技术工人。

②怃然：怅惘若失的样子。

③瘁（cuì）：劳累。这里形容人劳心力。

④糈（xǔ）：粮食。

⑤烁：通"铄"，销熔。

⑥俗习：流俗。玩爱：玩赏珍爱。

⑦御：使用，应用。

⑧煌煌是耽：指世俗大众沉迷于光彩夺目的器物。煌煌，光彩夺目的样子。耽，沉溺，入迷。

⑨缣素：细绢。代指书册或书画。

⑩数奇：命运不好。数，命数。

⑪轗轲（kǎn kē）：坎坷困顿，不得志。

⑫澹远：恬淡广远。

⑬命意：寓意，含意。指戴进"托此不朽吾名"的想法。

【译文】

戴进在从事绘画之前，是个锻造器物的工匠。他在金器上雕刻的人物、花鸟，非常精致逼真，器物的价值远高于其他一般的工匠。因此，戴进也自得其乐，认为人们都会把他雕刻的器物当作宝贝来收藏，并传之后代。有一天，戴进在集市中看到有人正在熔炼金属，他停下来观看，发现那些器物竟然是自己锻造的，他感到失望不已。他回去后，对人说："我竭心尽力地锻造雕刻器物，哪里只是为了混口饭吃，我是有意通过雕刻器物来传名后世呀！现在看到有人熔炼我雕刻的金属器物，毁掉我的珍爱之作，才明白这种手艺活不值得再干了；又如何能利用我的手指来传名后世呢？"别人说："你寄希望于雕刻器物来传名后世，金属器物是普通大众的珍爱之物，为儿童、妇女所使用。他们只是喜爱金光灿灿、光彩夺目的器物，哪里知道你制造时的辛苦？你如果能够把自己的这些雕刻技能和构思转移到绘画之上,那么肯定能流传下来。"戴进听了很高兴,就去学习绘画,名声不久就流传开来。然而,戴进的命数坎坷,虽然有幸成为待诏,却依然困顿而没有什么大的际遇。戴进所作的画,疏散中又透着紧密的风格,意境淡远,所画的人物尤为出色,逼真的程度很少能从其他人的画作中看到。我钦佩戴进纵然只是个小小的锻工,但他心中想的却是谋得传名于后世,最终得以成名。

赞曰:立志探悬①,鬼神所赞。孰是殚精②,而屑近玩③。戴君操捶④,锻金为生。感慨徙业⑤,卒成高名。盖人极而天呈矣夫⑥!

【注释】

①悬:远。

②孰:同"熟"。纯熟,精熟。

③屑:顾惜,介意。

④操捶:指持器具锤炼金属,即锻造金属。捶,同"锤",锻炼。

⑤徙业:改换职业。

⑥天呈:上天帮助他,让他的才华显露出来。

【译文】

赞说:戴进立志高远,鬼神为之感动。他精通于此并耗费精力地雕刻器物,专注世人的玩物。戴进锻炼器物,以锻器来谋生。由于感慨借此业无法传名于后世,才改行去从事绘画,最终得以成名。大概人竭尽全力地努力,上天就会给他创造机会吧!

张山来曰:明画史又有仇十洲者①,其初为漆工,兼为人彩绘栋宇,后徙而业画,工人物楼阁。予独嫌其略

带匠气^②，顾不若戴文进为佳耳。且戴兼工山水，则尤
不可及也。

【注释】

①仇十洲：仇英，字实父，一作实甫，号十洲，苏州府太仓（今江苏太
仓）人。明代绘画大师。漆匠出身，居苏州，从周臣学画，以卖画
为生，知名于时。善临摹宋元名迹，落笔乱真。擅山水、花鸟，尤
长人物，设色、水墨、白描均精。与沈周、文徵明、唐寅并称"明四
家"。主要作品有《汉宫春晓图》《桃园仙境图》《赤壁图》《玉洞
仙源图》等。

②匠气：工匠习气。指创作缺乏艺术巧思。

【译文】

　　张潮说：在明代绘画史上，还有个叫仇十洲的画家，他起初只是
个给器物上漆的工人，同时也给人家粉饰房屋，后来改行专门绘画，
擅长画人物楼阁。我个人嫌他的画作带有一些匠人的习气，反而不
如戴进创作的画好。而且戴进也擅长画山水画，在这一点上，仇十
洲是更比不上的。

髯樵传

顾彩（天石）^①

　　明季吴县洞庭山^②，乡有樵子者，貌髯而伟，姓名不著，
绝有力。每暮夜樵采^③，独行山中，不避蛇虎。所得薪，人负
百斤而止，髯独负二百四十斤，然鬻于人，止取百斤价。人或
讶问之，髯曰："薪取之山，人各自食其力耳。彼非不欲多负，
力不赡也^④。吾力倍蓰而食不兼人^⑤，故贱其值。且值贱，则

吾薪易售，不庸有利乎⑥？"由是人颇异之，加刮目焉⑦。

【注释】

①顾彩：参见卷四《焚琴子传》注释。本篇得自顾彩手授抄本。又
　　略引于吴肃公《阐义》卷一《髯樵》。

②明季：明朝末年。吴县：古县名。明、清时属苏州府，为苏州府治。
　　洞庭山：在今江苏苏州西南太湖中。有东、西二山。

③樵采：打柴。

④赡：富足，足够。

⑤倍蓰（xǐ）：数倍。蓰，五倍。兼人：超过别人。

⑥庸：岂，难道。

⑦刮目：指改变旧看法。

【译文】

明朝末年，吴县洞庭山的乡间有个樵夫，留有大胡子，身材魁梧，不
知姓名，力量巨大。他每天傍晚独自进山砍柴，也不躲避毒蛇猛虎。别
人砍柴只能砍一百斤背下山，唯独大胡子能背二百四十斤的柴下山，然
而把柴火卖给别人，只收取百斤的柴价。有人很诧异地询问原因，大胡
子说："柴是从山上砍的，每个樵夫都是通过劳作挣钱养家罢了。他们并
非不愿意多背柴下山，只是力气没有那么大。我的力气比别人大数倍，
但食量却并不比他们多，所以就贱价出售。况且我贱价出售，那么我砍
的柴就容易卖出去，难道不是也能获利吗？"因此，人们对他感到不可思
议，对他的看法彻底改变。

髯目不知书，然好听人谈古今事，常激于义①，出言辨
是非，儒者无以难②。尝荷薪至演剧所，观《精忠传》所谓秦
桧者出③，髯怒，飞跃上台，捽桧殴流血几毙。众咸惊救，髯

曰："若为丞相，奸似此，不殴杀何待？"众曰："此戏也，非真桧。"髯曰："吾亦知戏，故殴；若真，膏吾斧矣④！"其性刚疾恶类如此。

【注释】

①激：使有所感发，激发。

②难：质问，诘责。

③《精忠传》：取材于岳飞故事的戏剧作品。秦桧：字会之，江宁（今江苏南京）人，南宋时期大奸臣。

④膏（gào）：沾溉。借指受死。

【译文】

大胡子不会读书写字，却喜欢听别人谈论古今故事，他常常被忠义所感发，张口和他人辨别是非对错，就是学问广博的读书人也无法诘难他。他曾经背着木柴去表演戏剧的地方看演出，看到《精忠传》中扮演秦桧的演员出场，大胡子愤怒不堪，健步上台，用力摔倒"秦桧"，打得他直流血，差点丧命。众人都惊慌地救"秦桧"，大胡子却说："你作为丞相，如此奸恶，不打死你还留着干什么？"众人劝解说："这是演戏，他不是真正的秦桧。"大胡子说："我知道这是演戏，因此只是殴打他；如果是真的秦桧，我就用斧子砍了他！"大胡子性格刚烈，嫉恶如仇的行为就像这样。

髯有兄进香茅山①，堕崖折胸死。或传其暮夜饮酒不诚，被王灵官鞭杀者②。髯怒，走一日夜，诣茅山，饮大醉，数王灵官曰："汝有罪三！人敬祖师③，来进香，固有善心，饮酒小过，无死状，汝辄杀之，不仁，罪一；祖师以慈庇下土④，量甚宏大，汝居位下，行残忍，不遵祖师意，不恭，罪二；吾兄，小人也⑤，酬香而来，小被酒，汝辄杀之，吾来不酬香，昨实大饮，今日詈汝，汝反不能杀，无勇，罪三。汝宜毁撤，曷为横鞭瞋目，坐踞于此？"欲夺鞭碎像，众譬遣之⑥，乃止，负兄骨归葬焉。

【注释】

①茅山：山名。在今江苏句容东南。

②王灵官：道教奉祀的神。

③祖师：此指三茅真君，道教茅山派的三位创始人茅盈、茅固、茅衷。

④下土：人间。

⑤小人：古代指地位低的人。

⑥譬：晓谕，告诉。

【译文】

　　大胡子有个兄长去茅山进香，从茅山的悬崖上掉下来折断胸骨死掉了。有传言说，大胡子兄长之所以死，是因为他进香时曾傍晚饮酒而对神灵不够虔诚，所以被王灵官鞭打致死。大胡子听到这种传言后十分生气，他赶了整整一天的路，来到茅山，喝得酩酊大醉，开始数落王灵官的罪状说："你有三条大罪！人们敬奉茅山祖师，到山上进香，原本心怀善意，饮酒上山虽然是有点小过错，但罪不至死，你这样杀了他，是不仁义的行为，这是第一条大罪；茅山祖师用慈悲之心庇佑下界百姓，心胸器量十分宽大，你作为他的手下，手段残忍，不遵从祖师的意愿，是对祖师不恭敬，这是第二条大罪；我的兄长，是普通老百姓，为了上香赶到这里，喝酒微醺，你就杀了他，我今天来这里不上香，昨天晚上喝得酩酊大醉，今天又大声斥责你，你反而没有杀我，是缺少勇气，这是第三条大罪。你的神位应该被砸烂、撤掉，为什么你还扬着鞭子，瞪着眼睛，占据着这个位置？"大胡子想要夺鞭子、砸碎王灵官的塑像，大家都以会请走神像来劝说他，大胡子才停手，背着兄长的尸骨返回家乡埋葬。

　　洞庭有孤子陈学奇，聘邹氏女为室①，婚有期矣。女兄忽夺妹志②，献苏宦某为妾③。学奇泣诉于官，官畏宦势，无如何也。学奇讼女兄④，宦并庇兄，不得伸，学奇窘甚。一日，值髯于途，告之故，且曰："若素义激，能为我筹此乎？"髯许诺："然需时日以待之，毋迫我也。"学奇感泣。髯去，鬻身为显者舆仆⑤。显者以其多力而勤，甚信爱之，得出入内闼⑥。邹女果为其第三妾。髯得间，以陈情告，女泣如雨，诉失身状，愿公为昆仑⑦。髯曰："毋迫。"一日，显者夫人率群媵游天平山⑧，显者不能禁。髯嘿贺曰⑨："计行矣！"于是密具舟河干⑩。众妾登舆，髯舁第三舆，乃邹氏也。出门，绐其副，迂道疾行⑪，至河干，谓女曰："登舟！"舟遽开，帆疾如驶。群仆骇变，号呼来追。髯拳三人仆地，不能出声。徐去，则女舟已至陈门矣。学奇得室忻感⑫，谓古押衙不是过也⑬。髯谓学奇："亟宜鸣之官以得妻状。"官始不直显者⑭，至是称快⑮，询知义由于髯，赐帛酒花彩以荣之。显者惭，杜门若不闻者⑯。自是"义髯"名益著，年五十余矣。

【注释】

①室：指妻子。

②夺妹志：强迫妹妹改变志向去嫁给别人。

③宦：官员。

④讼：去官府衙门打官司。

⑤舆仆：抬轿子的仆夫。

⑥内闼：内院门户。

⑦昆仑：指昆仑奴磨勒。唐裴铏《传奇·昆仑奴》记有昆仑奴磨勒，帮助某大官家歌姬红绡出奔，与自己的主人崔生结为夫妇。

⑧媵（yìng）：古代称姬妾婢女。天平山：山名。在江苏苏州。山高顶平，多林木泉石。

⑨嘿：同"默"。不说话，不出声。

⑩河干：河边，河岸。

⑪迂道：绕道。

⑫忻感：形容既高兴又感激的样子。忻，欣喜。

⑬古押衙：唐人小说中仗义舍生的义士，参见卷三《冒姬董小宛传》注释。

⑭直：公正合理。

⑮称快：表示痛快、快意。

⑯杜门：闭门。指不跟人交往。

【译文】

　　洞庭山一带有个孤儿叫陈学奇，聘娶邹姓女子为妻，婚期都定下来了。但是邹姓女子的兄长忽然逼迫她改嫁，将她献给了一个姓苏的官员为妾。陈学奇向地方县令哭诉，但县令害怕苏姓官员的势力，无能为力。陈学奇状告邹姓女子的兄长，可苏姓官员包庇女兄，使得陈学奇无处伸冤，导致他已经到了走投无路的地步。一天，陈学奇在路上遇见大胡子，把自己冤屈的来龙去脉全都告诉了他，并且请求说："您一向激愤于维护道义，能替我想办法解决这个问题吗？"大胡子许诺说："但这件事需要时间，你得耐心等一等，不要催促我。"陈学奇激动地泪流不止。大胡子离开后，把自己卖身到苏姓官员家里，做他家抬轿子的仆夫。苏姓官员因为大胡子力气大又勤快，十分信任、喜欢他，让他可以自由出入内院。邹姓女子果真成了苏姓官员的第三房妾室。大胡子趁机把陈学奇对她的情意告诉了她，邹姓女子泣涕如雨，哭诉自己被迫为妾的惨状，并请求大胡子像昆仑奴一样为她周旋脱身。大胡子说:"别急。"一天,苏家夫人带领众多婢妾去天平山游玩,苏大人没有阻止。大胡子暗自庆幸地说:"我的计划可以施行了!"于是,他悄悄地在河边准备好船。等各位夫人上轿之后,大胡子抬着第三顶轿子,这是邹姓女子乘坐的轿子。等出门以后,大胡子哄骗和他一起抬轿子的人绕道急行,等走到河边,大胡子对邹姓女子说:"上船!"邹姓女子刚上船,船立马开了,船帆张开,疾如马驰。其他仆人目睹此情况,都被吓得不轻,呼喊着去追。大胡子用拳把另外三个抬轿子的仆人打倒在地,直至他们不能呼喊。大胡子缓缓而去,邹姓女子已经乘船到了陈学奇家里。陈学奇重得妻子,既高兴,又对大胡子心怀感激,认为即使是唐代小说中押衙的计谋也赶不上大胡子的计谋高明。大胡子对陈学奇说:"你应该赶快报官说明你妻子回到家这件事。"县令一开始就觉得苏姓官员做得不对,听到陈学奇说自己的妻子回家了,满心痛快,询问后才知道这义举是大胡子所为,于是赏赐布匹、酒食、彩色丝绸以表彰大胡子。苏姓官员知道这件事后羞愧难堪,紧闭大门,仿佛没有听说过这件事一样。从此之后,大胡子"义樵"的名号愈发传扬开来,这时候他已经五十多岁。

　　甲申①,闯贼破京城,崇祯帝凶问至②。或传于市中曰:"李自成坐却龙廷矣③!"髯不信,历问三四人,言如一口。髯大愤曰:"吾生年七八岁时,即知皇帝姓朱,今李贼何为者耶?故君安往耶?何文武满朝,无一人出力救耶?吾年老,不能复为贼百姓也!"乃大呼天者三,投具区以死④。死之日,义声振吴下云。

【注释】

①甲申:此年为明崇祯十七年(1644),明思宗朱由检在位的最后一

年。此年,李自成(被蔑称为闯贼)率军攻入京城。

②凶问:死讯,噩耗。

③龙廷:即龙庭,朝廷。

④具区:太湖的古称。

【译文】

崇祯十七年,李自成攻陷北京,崇祯皇帝的死讯传到民间。街市间有传言说:"李自成登基为帝,占据了朝廷!"大胡子不相信,接连问了好几个人,人们都这么说。大胡子愤怒地说:"我七八岁记事时就只知道皇帝姓朱,如今贼人李自成凭什么当皇帝?这让刚驾崩的皇帝如何去地下呢?满朝文武百官,怎么没有一个人尽心护主呢?我年纪大了,不想再做贼人的子民了!"于是,大胡子仰天长啸,悲叹数回,投太湖而死。他死的那天,他的义举震动苏州。

顾子曰:义哉,髯也!见义必为,矢志不屈①,求之士人中,亦戛戛难之②,况樵子乎?髯无姓名,吾师吴颂筠曾为立传③,传未悉④。予又询之朱子僧臣,所言如此,良不妄矣⑤。彼附势利、忘君亲者,观髯梗概⑥,亦可以知所傲乎⑦?

【注释】

①矢志:立下誓愿和志向,以示决心。

②戛戛(jiá):形容困难、费力。

③吴颂筠:吴明玕,字颂筠,一字虎侯,无锡(今属江苏)人。理学名儒,笃志古学,仿《通典》《通志》作《典林》一百四十余卷。入清后,隐居不仕。他是本文作者顾彩的老师,据《印人传》卷三记:"予同年顾君修远馆颂筠于家,令子天石师之。"

④悉:详尽。

⑤良：诚然，的确。

⑥梗概：大略情形。

⑦儆：告诫，警告。

【译文】

顾彩说：大胡子真是一个忠义之人！他遇到应当做的事情，总是挺身而出，一旦立下誓愿便始终不会屈服，即使在读书人中，也很难找到这样的人，更何况他仅仅是个樵夫呢？大胡子没有姓名，我的恩师吴颂筠先生曾经为他写过传记，可惜写得不够详细。后来我又向朱僧臣询问有关大胡子的事迹，他告诉我以上所记录的事情，的确没有杜撰。像那些亲附权势，出卖君主、亲人的小人，看看大胡子的事迹，也可以对他们的卑鄙行径有所警示了吧？

张山来曰：观剧忿怒杀人，所闻者非止一事。此樵奇处在后数段，劫邹女尤见作用①。至自投具区以死，真可谓得其所矣。

【注释】

①作用：作为，行为。

【译文】

张潮说：因看戏而生气地几乎打死演员，我所听说过的不仅仅是大胡子这一件事情。这位樵夫的不同寻常之处，在后面几段所记述的情节中，救回邹姓女子的情节尤其可见他的忠勇义行。至于他投太湖而死，真可以说是为了自己的名节而死得其所了。

赵希乾传

甘表（中素）①

赵希乾②，南丰东门人，幼丧父，以织布为业。年十七，母抱病月余，日夜祈祷身代，不少愈③。往问吉凶于日者④。日者推测素验⑤，言母命无生理⑥。又往卜于市，占者复言不吉。希乾踟蹰不去⑦，曰："何以救母病？"占者恶其烦数⑧，曰："汝母病必不治，若欲求愈，无乃割心救之耶？"

【注释】

①甘表：字中素，建昌府南丰（今江西南丰）人。清代文人，天资卓荦，有用世之才，少从父游程山易堂间，为当时知名人士所器重。李振裕、甘国枢争列名举荐，甘表力辞，隐居不出。有《膜堂存稿》《逸民传》等。事见《（乾隆）南丰县志》卷二六。本篇选自甘表手授抄本。

②赵希乾：本卷《吴孝子传》曾提及他，与魏禧交好。其事迹亦见邱维屏《述赵希乾事》（《邱邦士文集》卷十五）、徐鼒《小腆纪传》补遗卷五、明蔡保祯《孝纪》卷六。

③少：略微，稍微。

④日者：以占候卜筮为职业的人。

⑤素：一向。

⑥生理：生存的希望。

⑦踟蹰：徘徊。心中犹疑，要走不走的样子。

⑧占者：占卜算卦者，指上文的日者。烦数：频繁。

【译文】

赵希乾，在南丰城东门附近居住，很小的时候父亲就去世了，靠母亲织布维持生计。在他十七岁这一年，母亲生了一个多月的病都没有好起来，赵希乾就每天不停地祈祷，愿意以自身替代生病的母亲，但是母亲的病情依然没有一点好转。于是他去占卜的人那里去替母亲占卜吉凶。这个占卜的人一向占卜得很准确，他说赵希乾母亲的病没有痊愈的希望了。赵希乾又去集市上卜问母亲的病情，占卜的人依然说他母亲的病没有好的希望了。赵希乾在占卜的人面前徘徊不走，继续问："有什么办法可以救我母亲呢？"占卜的人厌烦他一直问个不停，于是说："你母亲的病肯定治不好了，如果想要让她的病好起来，恐怕要把你的心割下来给你母亲入药吃吧？"

　　希乾归，侍母左右，见病益危笃。时日光斜射床席，形影孑立①，寂寂旁无一人。希乾忽起去，笥中得薙发小刀②，立于窗外，剖胸，深寸许，以手入取其心，不可得。忽风声震飒③，门户胥动④，以为有人至。四顾周章⑤，急取得肠，抽出，割数寸。盖人惊则心上忡⑥，肠盘旋满胸腹云。希乾置肠于釜上，昏仆就室而卧。顷刻，母姑来视病⑦，见釜上物，以为希乾股肉也⑧，烹而进之母。再视希乾，则血淋漓心腹间，不能出声，始知希乾为割心矣。城邑喧然传其事⑨，闻于令⑩，令亲往视之，命内外医调治母子病。不数日，母病愈；旬日，希乾亦渐次进饮食。胸前肠出不得纳，每日子午间⑪，粪滴沥下。月余后，希乾起无恙，终身矢从胸上出⑫。

【注释】

①形影孑立：只有自己和自己的身影孤单而立。晋李密《陈情表》："茕茕孑立，形影相吊。"形，指身体。孑，单，独。

②笥（sì）：盛饭或衣物的方形竹器。薙（tì）：同"剃"。

③震飒：形容风响的声音。

④胥：全，都。

⑤周章：仓皇惊惧。

⑥怵：忧虑不安的样子。

⑦母姑：姑母，父亲的姐妹。

⑧股：大腿，自胯至膝盖的部分。

⑨喧然：声大而杂貌。

⑩令：指南丰知县。

⑪子午：子时、午时，即夜半和正午，这里是指时时刻刻。

⑫矢：通"屎"，粪便。

【译文】

赵希乾返回家里，在母亲身边侍奉，发现她的病情愈加严重。此时，日光斜照在赵希乾的床上，只有自己和自己的影子孤单而立，周围一片寂静没有一人。他忽然起身，从竹箱里拿出平日剃头发的小刀子，站在窗户外面，用刀子划开了自己的胸膛，大约有一寸多深，把手伸进胸膛取心脏，却拿不出来。忽然间，一阵风呼呼刮来，门窗全部动了，他以为有人来了。四下张望，仓促之间，他抓住了自己的肠子，将肠子从胸间抽了出来，用刀割了几寸长的一段。大概人在惊慌的时候，内心总有愁绪，此时愁肠百结，肠子便会盘绕在心胸间吧。赵希乾把割下来的肠子放进锅里，倒在屋内昏睡过去了。不一会儿，他的姑母来探视他母亲的病情，见到锅里的东西，以为是赵希乾从大腿上割的肉，于是就煮来让他母亲吃了。回头再看赵希乾，只见他胸腹之间淋漓不止地流出鲜血，已经不能说话了，这才知道他是为了取心脏才这样的。城中很快就哄传这件事情，南丰县令听闻赵希乾的孝行，亲自去探望他，并且请治疗内病、外伤的大夫救治他们母子。没过几天，赵母的病好了；又过了些时日，赵希乾也逐渐能吃些东西了。但是他胸前拽出的肠子却没办法再塞回去，每天都会有粪便从截断的肠子处滴沥而下。一个多月后，赵希乾可以下床，脱离了生命危险，终其一生，粪便都从胸口截断的肠子里流出来。

赵氏故宋裔①，为南丰巨族。宗党以为奇孝②，供赡其母子，而更教之读书。学使者侯峒曾闻其事③，取充博士弟子员④。崇祯壬午⑤，以恩诏天下学选一人贡于成均⑥。学使者吴石渠既考试毕⑦，进诸生而告之曰："百行以孝为先。赵希乾割心救母，不死，不可以寻常论。建、武多才⑧，校士衡文⑨，希乾不应入选。今欲诸生让贡希乾，以示奖劝。"诸生咸顿首悦服。于是以希乾选补壬午恩贡⑩。又三四年而有甲申、乙酉之变⑪，希乾避乱山中，将母不遑⑫，遂卖卜⑬，奔走于四方，以养其母。又十余年，母寿八十余而卒。

【注释】

①裔：后代子孙。

②宗党：宗族及乡党。

③学使者：即学政，是提督学政的简称，又叫督学使者、督学，是明、清派往各省督导教育行政及主持考试的专职官员。侯峒曾：字豫瞻，号广成，南直隶苏州府嘉定县（今上海嘉定区）人。明天启五年（1625）进士，授南京武选司主事。崇祯间任江西提学参议、浙江右参政。南明弘光时，辞不就职。清兵下江南，与里人黄淳耀等起兵自保，城陷，偕二子赴水，被清兵引出杀死。有《仍贻堂集》。事见《明史·侯峒曾传》。

④取充博士弟子员：指录为秀才。博士弟子员，又称弟子员，俗称秀才。

⑤崇祯壬午：崇祯十五年（1642）。

⑥成均：古之大学，后来泛指官府所设的最高学府，此当指国子监。

⑦吴石渠：吴炳，字可先，号石渠，宜兴（今属江苏）人。明末戏曲作
　家。万历末中进士，后授蒲圻知县。崇祯中，历官江西提学副使。
　清时被俘，绝食自尽于湘山寺。有戏剧作品《绿牡丹》《画中人》
　等。事见《明史·吴炳传》、《（康熙）常州府志》卷二四。

⑧建、武：指江西建昌府和福建邵武府，两府毗邻。

⑨校（jiào）士：考评士子。

⑩恩贡：明、清时，每年由府、州、县选送廪生入京都国子监读书，称
　为岁贡。凡遇皇帝登基或其他庆典而颁布恩诏之年，除岁贡外再
　加选一次，称为"恩贡"。

⑪甲申、乙酉之变：指1644年、1645年间李自成攻入北京、明朝灭
　亡，清入主中原。

⑫将母不遑：即不遑将母，顾不上奉养母亲。语见《诗经·小
　雅·四牡》："王事靡盬，不遑将母。"将，供养。不遑，没有余暇。

⑬卖卜：以占卜为生。

【译文】

　　赵氏是宋代皇族后裔，是南丰的显贵家族。宗族中人认为赵希乾特
别孝顺，于是出钱供养他们母子，同时教导赵希乾读书。学政侯峒曾听
说了这件事情，把赵希乾录为秀才。崇祯十五年，皇上给天下学府下降
恩诏书，要选一人进入国子监。提学副使吴石渠在考试结束后，召见秀
才们并告诉他们说："人间万事以孝道最重。赵希乾割心救母，虽然没有
丢掉性命，但不可当成寻常事看待。建昌府、邵武府一带才子云集，如果
依照学子的文章学识来考评，赵希乾不应该入选。如今想让秀才们把皇
帝恩诏上的名额让给赵希乾，借以奖励孝行、劝勉世人。"众位秀才都叩
头表示同意。于是赵希乾被选录为崇祯十五年壬午科恩贡。又过了三
四年，国家遭受巨变，江山易主，于是赵希乾到山中躲避战乱，无力供养
母亲，就去给人算卦谋生，奔走四方来奉养母亲。就这样过了十多年，赵
母八十多岁时辞世。

予自幼时,常见希乾过先君谈①,饮食起居如常人,面黎黚,高准方耳②,睛光满眸子,颀然而长③,多浑朴之风。与之立久,胸间时闻秽气④。予年十岁,先君请希乾入书室,命表肃揖再拜⑤,求解衣开胸视之。两乳正中间,肠突出寸许,色鲜红如血;以丝带系竹筒悬于颈,乘其肠粪出,洗换竹筒,日必再三换,常时滴黄水不绝,盖已三十余年。自是希乾少家居。母死未十年,而希乾亦卒,年六十一。

【注释】

①过:来访,前往拜访,探望。先君:指甘表的父亲。

②准:鼻子。

③颀然:修长的样子。

④秽气:难闻的气味,臭气。

⑤再拜:古代礼仪,拜而又拜,表示恭敬之意。

【译文】

我小的时候,经常看到赵希乾来拜访家父,一起聊天,他吃饭睡觉和平常人没有什么两样,看上去皮肤黝黑,高鼻梁,大耳朵,眼睛灵动有神,身材高挑,给人一种浑厚质朴的感觉。和他站在一起时间长了,可以闻到他胸部有一股粪便的臭味。我十岁那年,家父请赵希乾到他的书房里,命令我恭敬地对他作揖再拜,请求他解开衣服让我看。他前胸两乳房的正中间,有一截一寸来长的肠子突出,颜色像血一样鲜红;他用丝带系着竹筒悬挂在脖子上,等到粪便流出,就换洗竹筒,每天都得换多次,胸前露出的肠子时常滴沥黄水,这种情况已经有三十多年了。自从他母亲去世后,赵希乾在家住的时间就很少了。赵希乾母亲去世不满十年,他自己也死了,终年六十一岁。

甘表曰：朝廷不旌毁伤愚孝①，尚矣！然希乾一念之诚，若有以通天地、格神鬼也②，岂不可嘉哉？汤公惕庵最恶言希乾事③，予则以为应出特典④，一加旌赏。盖事不可法而可传⑤，使知孝行所感，虽剖胸断肠而不死，岂非天之所以旌之耶？天旌之，谁能不旌之？然旌而不传，不若不旌而传也。安得龙门之书以施于后世哉⑥？呜呼，古今忠孝之士，非愚不能成。而世之身没而名不传者，又何多也？悲夫！

【注释】

①旌：表扬，表彰。

②格：感通。

③汤公惕庵：即汤来贺，号惕庵，江西南丰人。明崇祯十三年（1640）中进士。任扬州推官、广东按察司佥事。入清后归隐著述，不问世事。今存《内省斋文集》三十二卷。事见《（乾隆）建昌府志》卷四四、《（雍正）江西通志》卷八四。

④特典：特殊的恩典。

⑤法：仿效。

⑥龙门之书：龙门人司马迁的著作，代指史书。

【译文】

甘表说：朝廷不表彰毁伤自己的愚孝行为，这样做是值得推崇的！但是赵希乾出于孝心的一个诚挚的念头，可以感动天地、沟通鬼神，难道不值得嘉奖吗？汤来贺最不喜欢谈论赵希乾的事，我则认为应该对赵希乾施以特殊恩典，对他表彰赏赐。大概赵希乾的事迹不值得提倡效仿，但对其孝心进行宣扬，使人们知道孝行能感通天地，纵使剖腹截肠也仍然能够存活，这难道不是上天对他孝行的嘉奖吗？老天爷都嘉奖他，谁还能不赞赏他的孝行呢？然而只是嘉奖他，而不宣扬他的事迹，还不如只宣扬他的事迹而不嘉奖他的孝行呢。怎么才能够记于史书并传扬后世呢？哎，古往今来的忠孝节义之士，如果不是愚笨的性格是不会有所成就的。然而世上的这类人去世后，他们的姓名便寂然无闻，这样的情况不知道又有多少呢？真是可悲呀！

　　张山来曰：予友王不庵曾为予言孝子事①，惜属口述，不获载之简编②。今甘子中素以斯传见示，乃知事之度越寻常者③，终不能泯其姓字也④。

【注释】

①王不庵：王炜，字无闷，号不庵，后改名王艮。歙县（今属安徽）人。与张潮、顾炎武等友善，有《鸿逸堂稿》《葛巾子内外集》。

②简编：原指串连竹简的带子，借指书籍、文章。

③度越：超越，胜过。

④泯：消灭，丧失。

【译文】

　　张潮说：我的好友王炜曾经给我说过赵希乾的事迹，可惜只是口述，没有将所谈的故事记录成文。如今甘表把这篇传记拿给我，才知道赵希乾的事情超过了平常之事，他的声名不应该泯灭于历史之中。

万夫雄打虎传

张惣（南村）①

　　泾川有万姓字夫雄者②，少负膂力③，以拳勇称④，初亦未尝事田猎也⑤。一日，与夙所莫逆尔汝昆季范姓友⑥，早行深山中。忽林莽出巨虎，搏范以去⑦。范号曰："万夫雄救我！救我！"万亦茫然不知所措，遂撼大树拔之⑧，怒持树往追。经里许，震天一呼，虎为逡巡退步者三⑨，范得以脱。因梃击虎，中其项⑩。虎负，狰狞欲迎斗，然项痛，竟不能举⑪。万乘势一再击之，虎毙矣。母虎暨虎子相寻至。万度不能中止，且却且前⑫，又奋鼓生平之勇，纵送格扑⑬，而二虎复相继而毙于其手。

【注释】

①张惣（zǒng）：字僧持，号南村，明末清初江宁（今江苏南京）人。善诗话，好游山水，著有《南村觞政》《南村自订诗》《蘼芜庵集》《南村集》等。其事可参见卷十六《张南邨先生传》。邨，同"村"。本篇选自张惣手授抄本。

②泾川：县名。今属甘肃。

③膂（lǚ）力：体力，力气。

④拳勇：勇壮。

⑤田猎：打猎。

⑥莫逆：指两人意气相投，密切友好。尔汝：彼此以尔和汝相称，表示亲昵，不分彼此。昆季：兄弟。长为昆，幼为季。

⑦搏：捕捉。

⑧撼：摇动。

⑨逡巡：因为有所顾虑而徘徊不前。

⑩项：颈的后部，泛指脖子。

⑪举：兴起，发动。

⑫却：避让。

⑬纵送：本指射箭与逐禽。形容疾速奔驰的样子。格：击，打。

【译文】

　　泾川县有个叫万夫雄的年轻人,少壮有力,以勇猛异常而闻名,起初他从来不曾从事过打猎活动。有一次,他和与自己意气相投以兄弟相称的朋友范某相约出行,两个人一大早就穿行在深山老林中。突然,一只大老虎从草木丛中蹿了出来,捉住朋友就跑。朋友大声喊道:"万夫雄救救我!救救我!"万夫雄也茫然不知所措,于是顺手摇动旁边的大树,把树拔了出来,扛着它,愤怒地追了出去。跑了一里多,万夫雄愤然一声吼叫,老虎吓得在原地转圈,不断向后退步,他的朋友得以脱险。万夫雄拿着大树干向老虎打去,正击中老虎的脖子。老虎败退,又呲牙咆哮着想要攻击万夫雄,但因为脖子痛,始终无法发动。万夫雄趁势对老虎一再猛击,把它打死了。母虎和幼虎寻着声音跑了过来。万夫雄想,现在肯定不可以停下来,他面对着老虎,一边避让一边进攻,又鼓起平生的勇气,迅速地击打老虎,这两只老虎也相继毙命在他手里。

　　嗟乎!万夫雄一乡野鄙人耳①,素不识诗书为何物②,亦不识交道为何事③。而仓卒间不忍负异姓兄弟之意,卒毙三虎以救其友,其义岂不甚伟?万夫雄亦诚烈丈夫哉④!余尝见世之聚首而处者⑤,交同手足之亲⑥,谊比金石之固。设有缓急⑦,即蜂虿微毒⑧,不致贻祸杀人⑨,当其纷纷未定之时,虽夙昔周旋⑩,密迩徒辈⑪,靡不潜迹匿形,鸟飞云散,悄然而不一顾焉。其视万夫雄为何如也?

【注释】

①鄙人:鄙俗的人。
②诗书:泛指书籍、诗文。
③交道:与朋友相处的道理。

④诚烈：忠诚刚烈。

⑤聚首：犹碰头，在一起。

⑥手足：手和足，喻兄弟。

⑦缓急：危急、紧急的事情。

⑧蜂虿（chài）微毒：蜂和虿，都有毒刺。此句比喻毒害或困难等不大。

⑨贻祸：使受害，留下祸害。

⑩夙昔：昔日。周旋：打交道、应酬，亦形容有什么事情都整天搅和在一起。

⑪密迩：靠近，接近。徒辈：同伴。

【译文】

哎呀！万夫雄不过是一个乡野俗人，一向没有读过什么书，也不懂得什么交友的大道理。但在危急时刻，他不忍心违背对朋友的那份情意，最终冒着生命危险击毙了三只老虎，救了朋友的性命，这份情义难道不伟大吗？万夫雄真是个忠勇刚烈的大丈夫！我曾经见过世上的一些人，他们和朋友在一起的时候，看上去交情比亲兄弟还要好，友谊似乎比金属、石头还要坚固。但是如果遭遇危急的事情，即使是像蜂虿蜇人一样的小事，还不至于导致杀身之祸，当纷乱的状况还没有稳定时，虽然是曾经整天打交道、关系密切的好朋友，也没有一个不是消失得无声无迹，如鸟儿高飞、云彩散开，寂然无声地不看对方一眼。这些人，和万夫雄相比算得了什么呢？

或云："一人而毙三虎，颇似不经，殆属乌有子虚之谈①。"噫！诚有之矣！家九宣从泾川来②，为余述其事最奇。亦曾亲见其人，短小精悍。与之语，意气慷慨③，须眉状貌④，殊磊砢不凡⑤，飞扬跋扈⑥，犹可想望其打虎时英风至今飒飒云。盖义愤所激,至勇生焉;即万亦不自知其何以至此也。从古忠孝节义,蹈水赴火,为人之所不能为,并为人之所不敢为,往往以蚩愚诚朴而得之⑦。万夫雄有焉。

【注释】

①乌有子虚:指假设的、不存在的、不真实的事情。出自汉司马相如《子虚赋》:"楚使子虚使于齐,齐王悉发境内之士,备车骑之众,与使者出田。田罢,子虚过诧乌有先生,而无是公在焉。"乌有,哪有。子虚,并非真实。

②家九宣:吾家张昭。张昭,字九宣,与张惣同族。与施闰章交好,有诗歌酬答,曾作诗《宴集少参施愚山书楼》(《诗持》三集卷十),施闰章有诗《送张九宣还秣陵兼忆陈少参》。

③意气:志向与气概。慷慨:充满正气,情绪激昂。

④须眉:古时男子以胡须眉毛稠秀为美,故以为男子的代称。状貌:容貌,面貌。

⑤磊砢:形容仪态豪放洒脱。

⑥飞扬跋扈:意气举动洒脱,不受常规约束。

⑦蚩(chī):老实,痴愚。

【译文】

有人说:"一个人杀死三只老虎,太不合常理了,大概属于虚妄假托的事情。"哎!真有这样的事情呢!我家张昭从泾川回来,给我讲的事情中数这件事最不可思议。他也曾经亲眼见过万夫雄,个头不高,但却非常精明强干。和他交谈,只觉他志向气概慷慨激昂,样貌气质,很是豪纵洒脱,意气风发,仍然可以想象他当年打虎时遗存的飒飒英姿。大概出于被道义所激发的愤怒,他才会在危急时刻如此勇敢;就是让万夫雄自己说,他都不知道为什么当时会不顾生命危险和老虎搏斗。古往今来,尚忠勇、求孝顺、重名节、讲道义的人,他们往往会为他人赴汤蹈火,做出一些普通人不能做、更不敢做的事情，这往往是由他们内心拥有单纯朴实的想法而导致的。万夫雄就是这样的人。

南村野史曰①：余友苍略氏②，闻其事而异之，太息曰："士亦视所托身为贵耳③！得交万夫雄，其人虽陷入虎口，猛虎不能害也。"甚矣，人固不可无义烈男子以为之友哉！

【注释】

①南村野史：张惣（号南村）的自称。

②苍略氏：即杜岕，字苍略。可参见卷六《孙文正黄石斋两逸事》注释。

③托身：此指结交。

【译文】

张惣说：我的好友杜岕听说这件事后感觉不可思议，他叹着气说："士人也应该视结交朋友为重要的事情！能交到万夫雄这样的朋友，即使陷于虎口之中，再凶猛的老虎都不能伤害他。"说得真对啊，人本来就不能把不讲忠义节烈的男子当作朋友！

张山来曰：孔子论甯武子①，谓其"愚不可及"。匪独愚忠愚孝②，凡事之度越寻常者，大抵多近于愚耳。一结最妙。

又曰：今之义气满洲③，类能生搏虎豹④。使万夫雄而在，当必与干城之选矣⑤！

【注释】

①甯（nìng）武子：即甯俞，春秋时卫国人，名俞，谥号"武子"。卫文公、成公时大夫。卫成公无道，导致卫国被晋国攻破，卫成公逃

往陈,终为晋侯所执。甯俞不避艰险,周旋其间,终保其身,而救其君。孔子评价他说:"邦有道则智,邦无道则愚。其智可及也,其愚不可及也。"(《论语·公冶长》)

②匪独:不单是,不只是。

③义气满洲:即新满洲。义气,亦作"伊彻",为汉语"新"的满语发音。清廷入关后,对在此之前编入八旗籍的满人均称老满洲,对此后编入八旗的满人均称新满洲。

④类:相似,好像。生搏:活捉。

⑤干城:指盾牌和城墙,都用来防卫。比喻捍卫或捍卫者。

【译文】

张潮说:孔子曾经评价甯武子,说:"谁都比不上他的愚蠢。"这话不只是说那些愚忠愚孝之人,凡是那些行为处事超越人们正常认知的人,大多数都是近乎愚钝的人。我认为这一结论最是贴切。

张潮又说:当今新满洲的勇士,好像可以活捉虎豹猛兽。假使万夫雄生活在当下的话,肯定会成为保家卫国的不二人选!

卷九

【题解】

　　卷九的八篇作品中有七篇可单篇传世，另外一篇《皇华纪闻》则选录了该小说集中的十四则小故事。千古文人大多有一个侠客梦，本卷首篇《剑侠传》写尽侠客风采，呈现了王士祯对侠客的认知。文中的女剑侠出场时并不太惹人注意，读者只知其女尼身份，随后见其行径才发觉不容小觑，哪里知道她行走如飞、倏忽不见，等到她出手才明白什么是剑侠手段，居然瞬间便能摘取贼人首级。事了之后，女剑侠飘然不知所终，更显其神秘的色彩。可文章忽然又倒叙了女剑侠的来历，原来是一个高髻盛装、身穿锦绫、年方妙龄的美女，着实令人遐思不止。王士祯的这种写法，初似云山雾罩，随后一层层铺展开来而发挥出欲扬先抑的效果，及至尾声，反而更令人觉得神秘无比。王士祯善写故事，故本卷还选录了其小说集《皇华纪闻》中的一些作品。这部小说集是王士祯在康熙二十三年（1684）奉使祭告南海时，搜采沿途听闻的故事及各地小说地志之文编撰而成，篇幅短小，颇有志怪叙奇的风格。本卷中的《毛女传》祖述汉唐小说原型，《宝婺生传》《王义士传》叙写乱世中百姓之艰难选择，《纪陆子容事》道尽早殇书生的悲伤，《雌雌儿传》则语涉奇异变幻之事。末篇沙张白的《再来诗谶记》夹杂着佛家轮回转世的观念，但小说的重心在于借一场离奇遭逢来为天下不得志的老儒道不平。侯官老儒，博学善文，怎奈时运不济，屡试不第，纵有锦绣文章也无济于事；等到他转世重生，凭借前世的绝妙文章竟然青云直上，年少成名。今朝扬名天下，可谁知前生岁月蹉跎，这真是读书人的一场伤悲事啊！

剑侠传

王士禛（阮亭）①

新城令崔懋②，以康熙戊辰往济南③。至章丘西之新店④，遇一妇人，可三十余。高髻如宫妆⑤，髻上加毡笠⑥，锦衣弓鞋⑦，结束为急装⑧，腰剑。骑黑卫⑨，极神骏⑩。妇人神采四射⑪，其行甚驶⑫。试问："何人？"停骑漫应曰⑬："不知何许人。""将往何处？"又漫应曰："去处去。"顷刻东逝，疾若飞隼⑭。崔云："惜赴郡匆匆，未暇蹑其踪迹⑮，疑剑侠也⑯。"

【注释】

①王士禛：殁后避雍正讳，追改名为士正，乾隆时又命改书士禛。字贻上，号阮亭，又号渔洋山人，山东新城（今山东桓台）人。清顺治十五年（1658）进士。历官至国子监祭酒、左都御史、刑部尚书。以博学、善诗文著名于时，诗有一代正宗之称，倡神韵之说，领袖诗坛近五十年。深得康熙皇帝宠幸，曾录其诗三百首为《御览集》。事见宋荦《资政大夫刑部尚书阮亭王公暨配张宜人墓志铭》（《西陂类稿》卷三十一）、李元度《国朝先正事略》卷六《王文简公事略》、《清史稿·王士禛传》。王士禛自编有《渔洋文略》十四卷，文章亦颇雅饬。诗集初有《阮亭诗钞》，晚年并历年所刻为《带经堂集》，另有笔记《池北偶谈》。本篇选自王士禛《渔洋文略》卷六，又见于《池北偶谈》卷二六、《带经堂集》卷四四。

②新城：明、清属济南府。民国三年（1914）因境内有齐桓公戏马
　　台，改新城县称桓台县。即今山东桓台。崔懋：字黍谷，辽阳（今
　　属辽宁）人，隶汉军镶红旗。清康熙二十一年（1682）任山东新
　　城县知县，在职十二年，多有德政。

③康熙戊辰：清康熙二十七年（1688）。济南：府名。明、清时治历
　　城县（今山东济南）。

④章丘：县名。明、清时属济南府，今为济南章丘区。

⑤宫妆：宫中女子的妆束。

⑥毡笠：毡制的笠帽。

⑦锦衣：精美华丽的衣服。旧指显贵者的服装。弓鞋：旧时缠脚妇
　　女所穿的鞋子。

⑧结束：装束，打扮。急装：扎缚紧凑的装束，方便远行赶路。

⑨黑卫：黑色的驴。卫，驴的别称。

⑩神骏：形容良马、猛禽等姿态雄健。

⑪神采：指人面部的神气和光采。

⑫其行甚驶：行动非常迅速。驶，马快跑，泛指迅速。

⑬漫应：随口答应。漫，散漫，随意。

⑭隼（sǔn）：亦称"鹘"，鹰类中的一种。猎人常饲养用来捕捉鸟兔。

⑮未暇蹑其踪迹：没有时间追查她的行踪。蹑，追踪，跟随。

⑯剑侠：精于剑术的侠士。

【译文】

　　新城县令崔懋，在康熙二十七年前往济南府。当他走到章丘县西边
新店的时候，遇到一个妇人，大约三十来岁。她头上挽着宫妆样的高高
发髻，戴着毡制的笠帽，身着华装，小脚穿弓鞋，穿着可以远行的紧凑服
装，腰上配着剑，骑着一头非常雄健的黑驴。妇人神气扬扬，光彩夺目，
匆忙赶路。崔懋尝试着问她："你是什么人？"妇人勒住缰绳敷衍道："不
知是什么人。"崔懋又问道："你往哪里去？"妇人继续随意答复："到该去

的地方去。"妇人驱驴继续东行,顷刻间就消失在了崔懋的视野里,速度如同疾飞的鹰隼一般。崔懋感叹道:"可惜我急着赶路去济南府,没时间去追查她的行踪,我怀疑她就是传说中的剑侠。"

　　从侄鹓因述莱阳王生言①:顺治初,其县役某②,解官银数千两赴济南③,以木夹函之④。晚将宿逆旅,主人辞焉,且言镇西北里许有尼庵⑤,凡有行橐者⑥,皆往投宿。因导之往。方入旅店时,门外有男子著红帢头⑦,状貌甚狞。至尼庵,入门,有廨三间⑧,东向,床榻甚设。北为观音大士殿⑨,殿侧有小门,扃焉⑩,叩门久之,有老妪出应。告以故,妪云:"但宿西廨无妨。"久之,持铢封镝山门而入⑪。役相戒勿寝,明灯烛,手弓刀以待曙。至三更,大风骤作,山门砉然而辟⑫。方愕然相顾,倏闻呼门声甚厉。众急持械谋拒之,廨门已启。视之,即红帢头人也。徒手握束香掷地,众皆仆。比天晓始甦⑬,银已亡矣。

【注释】

①从侄鹓因述莱阳王生言:从侄王鹓因而向我转述了莱阳王姓书生告诉他的事情。从侄,堂房侄子。莱阳,县名。明、清时属登州府,即今山东莱阳。

②县役:县衙差役。

③解(jiè):押送财物。

④木夹:古代传递并保护文书等物的木制夹板。函:用匣子或封套装盛。

⑤尼庵:尼姑所居的寺庙。

⑥行橐(tuó):即行囊,出外或旅行时所带的行李袋。橐,口袋。

⑦帕（qiào）头：古代男子用以包头发的纱巾。

⑧廨：此指屋舍。

⑨观音大士：即观世音、观自在，佛教菩萨名。据说唐避太宗李世民讳，省称观音。

⑩扃（jiōng）：上闩，关门。

⑪持袾（zhū）封镢（jué）山门而入：拿着红色木头封锁了山门，然后返回住处。袾，同"朱"，红色木，或赤心木。许慎《说文解字》："朱，赤心木，松柏属。"封镢，密封，封闭上锁。山门，佛寺的外门。

⑫砉（huā）然：象声词。常用以形容破裂声、折断声、开启声、高呼声等。

⑬比天晓始甦（sū）：等到天亮才苏醒过来。比，及，等到。晓，天明。甦，从昏迷中醒过来。

【译文】

　　我的堂侄王鹓因而转述了莱阳王姓书生所讲：顺治初年，莱阳县里有一个差役，和人押送数千两官银赶往济南府，这些银两都用木夹板盛放着。天色将晚，他们投宿在旅店，店主人推辞不让众人留宿，并告诉差官们说在镇子西北方向大约一里的地方，有个尼姑庵，凡是有携带行李的客人，都前往那里投宿。于是亲自带领官差一同来到了尼姑庵。刚刚到这个旅店的时候，众人见门外有个男子头上包着红头巾，相貌十分狰狞。到达尼姑庵之后，差官们进入庵里，只见前面有三间房舍，坐西朝东，床铺桌椅等一应俱全。尼姑庵北边坐落着供奉观音大士的殿堂，殿堂的侧面有一个小门，用门栓拴着，叩门许久，才有个老妇人出来接应。差役们告诉她来借宿的原因，老妇人答道："施主只管在西边的厢房安歇吧。"过了好一会儿，老妇人拿着红色木头封锁了尼姑庵的山门，返回住处。众差役相互提醒不要休息，以防财物丢失，他们点着灯，手里拿着刀和弓箭等待天亮。到三更时分，突然刮起了大风，传来山门被吹开的声音。众人惊疑错愕，互相对视，突然听到门外传来急切的呼门声。差役们急忙拿着武器准备阻击对方,但此时房门已经被打开了。众人详视,破门而入之人就是投宿时旅店门口戴红头巾的男子。这男子手里拿了一束香,把香扔到地上,众人便纷纷倒地昏睡不醒。等到第二天天亮苏醒过来的时候,数千两白银已被洗劫一空。

急往市询逆旅主人,主人曰:"此人时游市上,无敢谁何者,唯投尼庵客辄无恙。今当往愬耳。然尼异人,须吾自往求之。"至,则妪出问故,曰:"非为夜失官银事耶?"曰:"然!"入白①。顷之,尼出,妪挟蒲团敷坐②。逆旅主人跪白前事。尼笑曰:"此奴敢来此作狡狯③,罪合死。吾当为一决!"顾妪入,率一黑卫出,取剑臂之,跨卫向南山径去。其行如飞,倏忽不见。市人集观者数百人。移时,尼徒步手人头,驱卫返,驴背负木夹函数千金,殊无所苦。入门,呼役曰:"来,视汝木夹,官封如故乎④?"验之良是⑤。掷人头地上,曰:"视此贼不错杀却否?"众聚观,果红帩头人也。罗拜谢去。比东归,再往访之,庵已空无人矣。尼高髻盛装,衣锦绮⑥,行缠罗袜⑦,年十八九,好女子也。市人云:尼三四年前挟妪俱来,不知何许人。常有恶少夜入其室,腰斩掷垣外⑧。自是无敢犯者。

【注释】

①白:告知。

②蒲团:一种圆垫子,用香蒲草、麦秸等编成,为修行人坐禅及跪拜时所用之物。

③狡狯(kuài):诡变多诈之事。

④官封：官府的封条。

⑤良是：的确是这样。良，诚然，的确。

⑥衣锦绮：穿着锦缎做的带花纹的衣服。绮，有花纹的丝织品。

⑦行缠罗袜：腿绑布带，脚穿罗袜。行缠，绑腿布，古时男女都用，后来只有兵士或远行者用。罗袜，丝罗织的袜子。

⑧垣：墙。

【译文】

　　差役们急忙赶往街市向旅店主人询问戴红头巾男子的消息，旅店主人道："这个人经常在街市上游走，没有人敢问他是谁、从哪里来，只有投宿尼姑庵的客人财产不会被洗劫。如今应该去尼姑庵里求助。但是这个尼姑庵里的尼姑是个不同寻常的人，必须我亲自去拜访才会相见。"一行人跟随店主来到尼姑庵，那个老妇人出门询问，说："你们到这里来难不成是为了昨天半夜丢失了官银的事？"旅店主人道："正为此事！"老妇人进去向尼姑通报众人来意。不一会儿，尼姑走出来，老妇人拿着蒲团布置座位让尼姑坐下。旅店主人跪下来向尼姑详细讲述丢官银的事。尼姑笑道："这个该死的奴才敢在这里作恶，此罪当死。我替各位施主来解决此事！"尼姑示意老妇人进去牵出来一头黑驴，拿剑挂在手臂上，骑上驴子直奔南山而去。她骑着驴子飞驰，瞬间就消失不见了。市镇上有数百人跑来围观。没过多久，只见尼姑手里提着人头，步行返回，她驱赶着驴子，驴背上驮着木夹板盛放的数千银两，看上去泰然自若，并无劳苦之状。尼姑进门，呼喊众差役道："快过来，看看你们盛放银两的木夹板，官封是否有所损坏？"众差役检视确是昨夜丢失的官银。尼姑把人头扔在地上说："看看是否杀错了贼人？"众人围观，果真是戴红头巾恶人的首级。差役们围着尼姑拜谢而去。等到差役们自济南府东返时，再去尼姑庵拜访尼姑，尼姑庵已经空无一人了。那个尼姑梳着高高的发髻，衣着华丽，腿绑布带，脚穿罗袜，年龄大约十八九岁，是位漂亮的女子。市镇上的人都说：这个尼姑是三四年前和老妇人一起来到此处安身的，没人知道她们来自哪里。曾经有个品性恶劣的少年趁着夜色进入她房中欲行不轨之事，被尼姑腰斩致死，把尸体扔到墙外。从那以后，再也没有人敢对她有非分之想了。

　　某中丞巡抚上江①。一日，遣吏赍金数千赴京师②。途宿古庙中，扃镭甚固。晨起，已失金所在，而门钥宛然。怪之，归以告中丞。中丞怒，亟责偿官③，吏告曰："偿固不敢辞，但事甚疑怪。请予假一月，往踪迹之。愿以妻子为质④。"中丞许之。比至失金处，询访久之，无所见；将归矣。忽于市中遇瞽叟⑤，胸悬一牌云："善决大疑。"漫问之，叟忽曰："君失金多少？"曰："若干。"叟曰："我稍知踪迹。可觅露车乘我⑥，君第随往⑦，冀可得也。"如其言。初行一日，有人烟村落；次日入深山行，不知几百里，无复村瞳⑧；至三日，逾亭午⑨，抵一大市镇。叟曰："至矣。君但入，当自得消息。"不得已，第从其言。比入市，则肩摩毂击⑩，万瓦鳞次⑪。忽一人来问曰："君非此间人，奚至此？"告以故，与俱至市口，觅瞽叟，已失所在。

【注释】

①中丞：明、清时用作巡抚的别称。巡抚：巡视安抚。上江：多指长江的上游地区。又因长江从安徽流入江苏，故旧称安徽为上江，江苏为下江。今浙江的金华、衢州一带，居浙江上游，旧时也称上江。

②赍（jī）：携带。

③亟：急切。

④质：抵押或抵押品。

⑤瞽（gǔ）叟：算命的老盲人。

⑥可觅露车乘我：可以找一辆敞篷的车子载着我。露车，没有车盖、车帷的车子。

⑦君第随往：你姑且跟在我后面一同前往。第，姑且。

⑧村疃（tuǎn）：村庄。

⑨亭午：正午，中午。

⑩肩摩毂（gǔ）击：人们肩膀碰肩膀，马车挨马车，形容人多，车多。借指繁华。毂，车轮中心有洞可以插轴的部分，借指车轮或车。

⑪鳞次：像鱼鳞那样依次排列。

【译文】

　　某巡抚巡察上江地区。一天，他派官吏带着数千银两去京城。官吏在半路上投宿在古庙里，睡前把门拴得十分牢固。第二天早晨起来，所携银两却不知所踪，然而门却依旧封闭得很严密，没有被破坏过的痕迹。官吏对眼前发生之事感到很奇怪，急忙返回向巡抚汇报情况。巡抚愤怒不已，急忙责令官吏归还钱财，官吏向巡抚请求道："让我偿还钱财本来不敢推辞，但此事很是蹊跷。请求大人准我一个月假期，去寻访丢失银两的下落。我愿意把妻子儿女留下来当人质。"巡抚答应了他的请求。官吏再次来到丢失银两的古庙附近，询访了许久，也没有找到什么线索；假期结束该回去了。忽然在街市上遇到一个双眼失明的算卦老人，老人胸前挂着一块木牌，写道："擅长决断各类疑难问题。"官吏随口向老人问询丢钱的事，算卦的老人忽然问道："先生丢失了多少银两？"他答道："数千两。"算卦的老人道："我对这些钱的去处略知一二。你可以雇一辆车载着我，你姑且跟在我后面一起去寻找，希望有机会找到。"官吏听从老人的建议，随他前行。刚出发的第一天，行经之处还能见到村庄人烟；到了第二天，走入深山里，不知道走了几百里，就看不到村舍烟火了；到了第三天，过了中午时分，二人走到了一个大的市镇上。老人说："就是这里了。先生只管进城去，肯定会得到丢失银两的消息。"官吏此时已身不由己，只能听从老人的话。他走进街市里，只见这里人山人海，摩肩接踵，房屋鳞次栉比。突然有一个人走近他，问道："你不是此处百姓，如何来到这里？"官吏告诉他自己来此地的缘故，并且和此人一起走向街口，去寻找算卦的老人，却发现算卦的老人已不见了踪影。

　　乃与曲折行数街①，抵一大宅，如王公之居。历阶及堂，寂无人，戒令少待。顷之，传呼令入。至后堂，堂中惟设一榻，有伟男子科跣坐其上②，发长及骭③，童子数人，执扇拂左右侍。拜跪讫，男子询来意，具对。男子颐指语童子曰④："可将来。"即有少年数辈，扛金至，封识宛然⑤。曰："宁欲得金乎？"吏叩头曰："幸甚，不敢请也。"男子曰："乍来此，且好安息。"即有人引至一院，扃门而去。馈之食，极丰腆⑥。是夜，月明如昼，启后户视之，见粉壁上累累有物⑦。审视之，皆人耳鼻也。大惊，然无隙可逸去⑧，彷徨达晓。前人忽来传呼，复至后堂，男子科跣坐如初，谓曰："金不可得矣！然当予子一纸书。"辄据案作书，掷之，挥出。前人复导至市口，惝恍疑梦中⑨，急觅路归。

【注释】

①曲折：弯曲回转。

②科跣（xiǎn）：露头光脚。

③骭（gàn）：胫骨，小腿骨。也指小腿。

④颐指：指以下巴的动向示意而指挥人。

⑤封识：封缄并加标记。

⑥丰腆（tiǎn）：指饮食丰盛。

⑦粉壁：白色的墙壁。累累：连续不断的样子，连接成串。

⑧逸去：逃走。

⑨惝恍：恍惚。

【译文】

于是官吏便跟随此人弯弯曲曲地走过了数条街，来到了一所大宅院前，仿佛王公贵戚居住的府第一般。走上台阶来到大堂，堂内寂静无人，此人让他稍等片刻。不一会儿，里面传话出来令官吏进入。他进到后堂，后堂中只设有一张卧榻，有一个身材伟岸的男人光头赤脚坐在卧榻上，头发长得没过了小腿，有几个手持拂尘的仆人侍立左右。官吏跪拜行礼后，男人询问他到此地的目的，官吏将丢失官银之事一五一十地告诉了此人。男人示意侍童说："把他丢失的银两拿出来。"便有几个少年抬着钱从外面进来，箱子上的封条标记犹在。男人问道："你难道想要带走这些银两吗？"官吏叩头道："如果这样的话真是非常庆幸，我不敢请求您。"男人说道："你初到此地，先好好歇歇吧。"随后就有人将他引入一个院子里，转身关门离去。院主人派人送给他吃食，极为丰盛。当天晚上，皎洁的月光把黑夜照得如同白天一样明亮。官吏打开房屋的后窗观望庭院，只见白色墙壁上似乎有很多东西。官吏仔细辨认，发现都是人的耳朵、鼻子。他大惊失色，但由于没有机会逃走，只得在惊恐中挨到了拂晓时分。先前带他来此处的侍童忽然来叫他，他随童子又来到后堂，昨天见到的男人仍旧光头赤脚地坐着，只听他说道："银两是不会让你带回去的！但是我可以写一封书信交给你带回去交差。"男子伏案写了一封信，扔给官吏，挥手示意他离开。先前引他入宅的人又把他领到了街口，官吏精神恍惚，仿佛一切发生在梦中，出城后急忙寻找回去的路。

　　见中丞，历述前事。叱其妄。出书呈之。中丞启缄①，忽色变而入。移时，传令吏归舍，释妻子，豁其赔偿②。吏大喜过望。久之，乃知书中大略斥中丞贪纵，谓勿责吏偿金，否则某月日夫人夜三更睡觉，发截三寸，宁忘之乎？问之夫人，良然，始知其剑侠也。日照李洗马应廌云[3]。

【注释】

①缄：书信。

②豁：免除。

③日照李洗（xiǎn）马应廌（zhì）云：日照的洗马李应廌讲述了这件事。洗马，职官名。清朝为詹事府司经局主官。李应廌，字谏臣，号愚庵，日照人（今山东日照）。曾任司经局洗马，官至内阁学士兼礼部侍郎。事见张玉书《诰授光禄大夫内阁学士兼礼部侍郎愚庵李公墓志铭》（《张文贞集》卷十）。

【译文】

官吏返回拜谒巡抚，并向他详细叙述了自己经历的事。巡抚听后，呵斥他不要胡言乱语。官吏于是呈上先前光头赤脚男人所写的书信。巡抚打开信封查看，突然脸色大变，转入内室。不一会儿，巡抚派人传话给官吏，让其回家，并且释放了官吏的妻子儿女，免除了他的赔偿。官吏兴奋不已。时间长了，他才知道男人信中所写大概是斥责巡抚贪污之事，告诫他不要让官吏偿还丢失的银两，不听劝告的话，想想巡抚夫人的头发在某月某日半夜睡觉时被人截短三寸，难道忘记这件事情了吗？巡抚询问夫人，果真曾经发生过这样的事。这时官吏才知道劫走官银的人是剑侠。官任洗马的日照人李应廌向我讲述了这件事。

张山来曰：予尝遇中山狼[1]，恨今世无剑侠，一往翦之。读此乃知尚有异人，第不识于我有缘否也[2]。

【注释】

①中山狼：比喻忘恩负义、恩将仇报的小人。

②第：但，表转折。

【译文】

张潮说：我曾经遇到过忘恩负义的小人，遗憾的是这世上缺少像剑侠一样的人物，不能向他倾诉我的遭遇。读到此处，我才知道世上仍有行侠仗义的奇人，但不知道自己今生是否有缘结识这样的人。

皇华纪闻

王士禛（阮亭）①

天顺间②，恩县人赵云③，性至孝。母刘病笃，闻怀庆府济源庙神有灵药④，诚求可得，云往求之。越二日，水中涌出一绢囊，内盛绛桃花片，约二升许。持归煎汤奉母，疾果愈。其余愈疾又十余人。

【注释】

①王士禛：参见本卷《剑侠传》注释。本篇《虞初新志目录》注出王士禛"本书"，即《皇华纪闻》。《皇华纪闻》四卷，王士禛在康熙二十三年（1684）任詹事府少詹事时，奉使祭告南海，他搜采沿途听闻的故事及各地小说地志之文，最终撰成《皇华纪闻》，今存清康熙二十九年（1690）刻本。

②天顺：明英宗朱祁镇年号（1457—1464）。此则天顺间事出《皇华纪闻》卷一"赵孝子"，考其本事当出明徐昌祚《燕山丛录》卷七，又见引于《（乾隆）重修怀庆府志》卷三二。

③恩县：旧县名。明洪武二年（1369）改恩州置恩县，属高唐州。治

所即今山东武城。洪武七年(1374)移治许官店(今山东平原西)。
清属东昌府。

④怀庆府:明洪武元年(1368)改怀庆路置怀庆府,治所在河内县
(今河南沁阳)。济源:县名。明、清时属怀庆府。

【译文】

明英宗天顺年间,恩县人赵云,天性纯孝。他母亲刘氏病重,他听人
说怀庆府济源县神庙有灵药,如果虔诚祈求可能会得到,赵云便前往此
庙去求取治病灵药。他在神庙里苦苦祈求了两天,水中突然涌出来一个
绢布做的袋子,袋内装有两升多深红色的桃花瓣。赵云急忙跑回家,将
桃花瓣煎汤侍奉母亲喝下,刘氏的病果真痊愈了。他把剩下的桃花瓣分
送给得病的人家,又治愈了十多个人。

白马营①,在恩县西十五里。夏秋之际,清晨辄现城郭
人物,林木郁葱,日出乃不见。茌平马令村亦有此异②。盖
山市、海市之属,陆地亦有之。

【注释】

①白马营:此则白马营事见《皇华纪闻》卷一"白马营"、《池北偶谈》
卷二六。

②茌平:据《皇华纪闻》当作"茌(chí)平"。县名。明、清属东昌
府,即今山东聊城茌平区。

【译文】

白马营,位于恩县城西十五里。每到夏秋之交的清晨时分,此处就
会出现城市以及形形色色的人物影像,树木苍翠葱郁,太阳一出来,那些
景象就会消失不见。茌平县的马令村也经常发生如此怪异之事。这些
都属于山中蜃景、海市蜃楼一类现象,即使是在陆地上也常常会有这样
的事情发生。

赖塔拉把土鲁[1]，满洲人，素以勇称。常从征浙、闽[2]。一日，浴于溪，水底有物，槎枒如古木[3]，因呼侪辈缚以绳[4]，共引出之，则一龙首，须鬣宛然[5]，缚者乃其角。众皆惊走，赖神色不变，徐入水手解其缚。少顷，雷雨晦冥[6]，龙腾空而去。众皆无恙。人更称为"缚龙把土鲁"。把土鲁，勇也。元时把土鲁必出上赐，本朝亦然。

【注释】

①把土鲁：常作"巴图鲁"，蒙语译音，意思是勇士、英雄、好汉。清初，满族、蒙古族有战功者多赐此称。此则故事见《皇华纪闻》卷一"缚龙角"。

②浙、闽：指今浙江和福建地区。

③槎（chá）枒：亦作"槎牙""槎丫"。树木枝杈歧出貌。

④侪（chái）辈：同辈，朋辈。

⑤须鬣（liè）：胡须。

⑥晦冥：昏暗，阴沉。

【译文】

赖塔拉把土鲁是满洲人，一直以勇猛为人所知。他曾经跟随大军去过浙江、福建地区打仗。有一天，他在溪水中洗澡，突然发现水底有如古木状的东西，枝杈高低错落，于是呼喊同伴把绳索拴在这东西上，一同用力拽到了岸上。原来是一个龙头，胡须清晰可见，他们拴绳的地方是龙角。众人都吓得四散逃走，只有赖塔拉神态安然，缓缓地走进水中，用手解开了绑在龙角上的绳索。没过多久，空中雷雨交加，天色昏暗，神龙腾空而去。和赖塔拉一起拖拽龙头的人都没受到伤害。人们便称呼赖塔拉为"缚龙把土鲁"。把土鲁是勇敢的意思。元朝时把土鲁的称号都是由皇帝赐予的，本朝也是这样。

张大悲，合肥人①，居邑之香炉岩。好仙术，常画地为限，牛不能出。恒作泥丸食之，坐卧处往往有云气。后不知所终。

【注释】

①合肥：县名。明时为南直隶庐州府治，清初为江南省庐州府治。合肥人张大悲事见于《皇华纪闻》卷一"张大悲"。《（万历）重修六安府志》卷八较早记录其人事迹。

【译文】

张大悲是合肥人，住在县里的香炉岩。他擅长仙家法术，经常在地上画圈为限，限定牛不得从圈内出来。他还经常制作泥丸吃进肚子里充饥，在他活动的地方，往往可以看到有云气升腾。后来没人知道他去了何方。

朝城陈给事赞化①，崇祯间为桐城令②。偶有馈蛋者，其一有五色光，令家鸡翼之。俄卵破，得一小白凤。不数日，浸大③，时去时来。其伏卵之鸡④，重至三十斤，毛变五色，久之同翔去。

【注释】

①朝城陈给事赞化：给事中朝城人陈赞化。朝城，明属东昌府，在今山东莘县朝城镇一带。给事，官名，给事中的省称，明代给事中分吏、户、礼、兵、刑、工六科，辅助皇帝处理政务，并监察六部，纠弹官吏。陈赞化，字金铉。明天启二年（1622）进士，授安庆府太湖县知县。天启五年（1625）调任桐城县知县，暗加保护左光斗。后任刑科给事中、太常寺少卿、太仆通政协理院左副都御史。事

见《(康熙)朝城县志》卷八、《(康熙)桐城县志》卷三等。此则出
《皇华纪闻》卷一"白凤",又见引于《(康熙)安庆府志》卷三二。

②崇祯间为桐城令:崇祯年间任桐城县令。桐城,县名。明属南直
隶安庆府。此处时间有误,据《(康熙)桐城县志》卷三、《(道光)
续修桐城县志》卷六,陈赞化在天启五年任桐城知县,至崇祯元
年(1628)由山西芮城人李国俊继任。

③浸:渐渐,逐渐。

④伏卵:鸟伏于卵上使卵孵化。

【译文】

给事中陈赞化是朝城县人,崇祯年间任桐城知县。有一次,有人送
他一些蛋,其中有一个可以发出五色光,他便让自家的母鸡去孵化。没
过多久,蛋壳破裂,从蛋壳里面出来一只白色的小凤凰。随着时间的推
移,白凤凰逐渐长大,在县令家里飞来飞去。孵卵的那只母鸡,也在逐渐
长大,竟重达三十斤,羽毛也变成五色,最后和小白凤一起飞走了。

　　王文正,桐城人。七岁得道书,能役鬼神。后祷雨皖
城①,有道人亦祷雨池口②。池口云起,文正招云过皖。道
人曰:"皖有异人。"即棹片席渡江访之③,文正亦浮磨江中
迎之④,谐论竟日⑤。临别,道人以三指附文正背。有顷,背
痛,则有三铜钉入骨。文正急用瓮自覆,围火炼之,戒家人
曰:"七日勿启,可活。"至五日,家人不能待,试启之,钉已
出三寸许。文正叹曰:"命也!"遂死。

【注释】

①皖城:潜山县(今安徽潜山)的别称。明、清皆属安庆府。王文正
皖城祷雨事见《皇华纪闻》卷一"王文正",又见引于《(康熙)桐

城县志》卷六、《（康熙）安庆府志》卷二一等。考其本事当出自明方学渐《迩训》卷二十。

②池口：古镇名。位于池州府贵池县（今安徽池州贵池区）西北。池口在长江之南，皖城在长江之北，两地相距近二百里。

③棹（zhào）：划船。片席：片帆，孤舟。

④浮磨：浮游转移，指漂浮过江。磨，转移，摇动。

⑤谘论：议论，商讨。

【译文】

王文正是桐城人。他七岁的时候得到了一本道家典籍，便学会了驱役鬼神之术。后来他在潜山求雨，有会法术的道人也在池口一带求雨。池口的云刚起，王文正便通过法术将云招到了潜山。池口的道人说："潜山有法术高超之人。"道人便乘一叶孤舟渡江拜访王文正，而王文正也浮游长江中迎候他的到来，二人讨论了一整天才分开。分别之际，道人把三个手指贴在王文正背上。顷刻间，王文正感觉后背很痛，原来有三只铜钉被道人打入了他的骨头里。王文正回家后急忙用瓮盖上自己，在瓮的周围点上火来炼铜钉，并且告诫家人说："七天之内不要掀开瓮，我就能活。"到了第五天，家人等不下去了，便试着掀开瓮察看情况，此时铜钉已经从骨头里拔出来三寸多长。王文正长叹一声道："这都是命呀！"随后就死了。

何公冕，潜山人①，少遇异人，授符箓二卷，能役鬼神。初置田于乱墩山②，硗确无水③。公冕每取手巾沥水，町畦盈溢④。会大旱，郡守遣役檄呼之⑤。公冕笑曰："吾非可檄者。但汝往来烈日良苦，吾书符汝掌中。当得片云覆头，可固握之。"使至，如其言。守怒，固令开视，则疾风雷电骤作。乃大惊，礼致之。常行路迷津，问芸者⑥，不答。公冕取柳叶布田，尽化为鱼。芸者竞取之，至禾皆被践踏。及登岸视之，乃柳叶耳。

【注释】

①潜山：即今安徽潜山。因境内有潜山而得名。潜山人何公冕事见《皇华纪闻》卷一"何公冕"。又见《（康熙）安庆府志》卷二一、《（乾隆）潜山县志》卷二三等。

②乱墩山：山名。《（乾隆）潜山县志》卷一："东山，县东十里，俗名乱墩山。"

③硗（qiāo）确：土地坚硬瘠薄。

④町畦（tǐng qí）：原指田界，此处指田地。

⑤郡守：指安庆府知府。潜山隶属安庆府。

⑥芸者：耕耘劳作者。芸，通"耘"，除草。

【译文】

何公冕是潜山人，他小时候曾遇到异人，传授给他两卷记载道家符箓的书籍，可以驱役鬼神。一开始的时候，何公冕在乱墩山购置了一片土地，但土地贫瘠，又缺乏灌溉用水。何公冕经常拿出手巾在田地里滴水，地里不一会儿水就满了。适逢大旱，安庆府知府派官差去传唤他到府衙。何公冕笑着说："我不是你们知府可以召见的。但我可怜你在烈日下往返奔波的辛苦，就在你手掌中写一道符咒吧。会出现一片云彩遮挡你头顶上的烈日，一定要握紧拳头呀。"来召请他的官差返回府衙后，向知府报告了何公冕说的话。知府听后愤怒不已，坚持让官差伸出手让他检查符咒，结果屋外突然狂风大作，电闪雷鸣。知府大为吃惊，便送去礼物以请罪。何公冕曾经迷路，询问在田间劳作的农夫，农夫不答。何公冕摘下柳叶撒在田地里，柳叶都变成了游动的鱼。农夫看到后都抢着捡鱼，连田地里的禾苗都被踩坏了。等到他们捡鱼上岸一看，所有的鱼都变成了柳叶。

崇祯癸未①,潜山县溪河中,结冰如钱形,上有古篆文四,人莫辨之。

【注释】

①崇祯癸未:明思宗崇祯十六年(1643)。此则见《皇华纪闻》卷一"冰钱篆"。

【译文】

崇祯十六年,潜山县的溪流中,河水结成像铜钱形状的冰,每块钱状冰块上面刻有四个古老的篆书文字,没有人认识这些字。

南华寺六祖钵①,非金非石。魏庄渠督学广东②,遍毁佛寺。至曹溪③,索钵掷地,碎之为二,每片各有一字,视之,乃"委""鬼"也④。庄渠异之,寺因得不毁。

【注释】

①南华寺:在广东韶州府(今广东韶关)南。依山(大庾岭分脉)面水(北江支流曹溪),是佛教著名寺庙之一,有"岭南第一禅寺"之称。初名宝林寺。钵:梵语钵多罗的省称。意为"应器"。僧人餐具。此则与下一则见《皇华纪闻》卷三"庄渠碎钵二则"。

②魏庄渠:魏校,字子才,因居苏州蔚门之庄渠,故自号庄渠。与李承勋、胡世宁、余祐并称"南都四君子"。明弘治十八年(1505)进士,授南京刑部主事,迁郎中。明正德十六年(1521)任广东提学副使,负责视察、监督当地学校工作,移风易俗,变革甚多。后人编有《魏庄渠先生集》。事见《明史·魏校传》、《昆山人物传》卷六、《弇州史料·后集》卷三十。

③曹溪:水名,在韶州府曲江县东南双峰山下。六祖慧能在曹溪宝林

寺（即后来的南华寺）演法，故后世常把曹溪作为禅宗南宗的别号。

④"委""鬼"：两字合起来就是"魏"字，预示钵将毁于魏校之手。

【译文】

南华寺供奉有六祖慧能的钵盂，此钵既非金属制作，也非石器打磨。魏校以提学副使一职督察广东学政，大肆毁坏当地的佛寺。他来到曹溪南华寺，向寺中住持索要六祖钵盂并摔在地上，摔成了两块，每块破碎的钵上都有一个字，仔细检视，乃是"委""鬼"二字。魏校见此大吃一惊，南华寺因此没有被毁。

崇祯中，有彭举人某，病中梦至一官府，其神冠冕坐堂皇①，状如王者。闻胥吏传呼魏校一案②。须臾，有一官人，峨冠盛服而入③。其神问："何以毁曹溪钵？"答言："吾为孔子之徒④，官督学校⑤，在广东所毁淫祠几千百所⑥，岂但一钵？"神云："闻钵破中有'魏'字，如此神异，乌可以为异端而毁之⑦？"答言："魏是予姓，既数已前定⑧，虽欲不毁，其可得耶？"神语塞⑨，揖之而出。彭病痊，为人言如此。

【注释】

①堂皇：官吏办事的大厅。

②胥吏：官府中的小吏，负责案牍、法令、书判、行移等事。

③峨冠：高冠。

④孔子之徒：指尊奉孔子学说的儒家士人。

⑤官督学校：担任督导学校、视察教育的官职，即时任提学副使。

⑥淫祠：不合礼义而设置的祠庙，邪祠。

⑦异端：指魏校自居儒家正统，而称佛教观念为异端、邪说。

⑧数：命运，天命。前定：事件的预先注定或安排。此为宗教或迷信

用语。

⑨语塞：因激动、气愤或理亏等原因说不出话。

【译文】

　　崇祯年间，有个姓彭的举人，生病时梦到自己来到了一座官府里，见府里有位神灵头戴冠冕、高坐殿堂，装扮像是个王侯。他听见小吏传声呼喊审理魏校毁坏曹溪南华寺六祖慧能钵盂一案。转眼间，有一个身穿官服的人，带着高冠、衣着华丽地走了进来。坐在殿堂上的神灵问道："你为什么毁坏曹溪南华寺六祖慧能的钵盂？"魏校答道："我是崇信儒家学说的儒士，官至提学副使督导地方教育，在广东地界已经毁了成百上千座邪庙淫祠，哪里只是毁坏了一只钵盂？"神灵道："我听说钵盂破后里面有个'魏'字，发生如此灵异的事情，你怎么可以认为佛教是异端而毁坏寺庙呢？"魏校回答道："魏是我的姓，既然命数在钵盂被毁之前便已经注定，我就是不想毁坏那钵盂，又怎么可能呢？"神灵无话可说，魏校便拱手行礼而去。彭举人病愈后，向世人讲述了自己梦中的这件事。

　　林癸午①，不知何许人。年十余，投阳江北贯中为人牧竖②。每出牧，以箫管一枚自随。牛有逸者，取箫画地，牛不敢出。晚归，辄束箫高篁中③。篁俯地受寄，若有神物伺之者。河畔一巨石，形如犬，癸午每坐啸其上。忽一日谓其徒曰④："吾当以来日上升⑤。"明日往视，与石俱不见。事在万历初年⑥。

【注释】

①林癸午：此则事见《皇华纪闻》卷四"林癸午"。又见《（崇祯）肇庆府志》卷二四。

②阳江:县名,明属肇庆府管辖。至清同治六年(1867)改阳江县为阳江直隶州。沿今广东阳江。北贯:即阳江北惯镇,位于阳江东北部。《(崇祯)肇庆府志》卷二四作"北惯"。牧竖:放牧牛羊的童子。

③篁:竹林,泛指竹子。

④徒:同伴,指一同放牧者。

⑤上升:道家指修炼功成,得道升天。

⑥万历:明神宗朱翊钧年号(1573—1620)。

【译文】

林癸午,没有人知道他是哪里人。他十几岁的时候,到阳江县北贯一带给人放牧。每当他出门放牧的时候,随身携带一只篝。如果牛想要逃跑,他便取出篝在地上画一个圈,牛就不敢跑出圈外了。傍晚返回,就把篝系挂在高高的竹子上。竹子都俯身接受他挂篝,仿佛有伺候他的神物。在他经常放牛的河边,有一块巨大的石头,外形像一只狗,林癸午每天都坐在上面长啸。突然有一天,林癸午对他的同伴说:"我明天就要飞升成仙了。"到了第二天,众同伴前往河边察看,发现林癸午和河边石头都已消失不见。这件事就发生在万历初年。

崇祯丙子秋①,广州城东二十里北亭洲田间②,有雷出地,奋而成穴。耕者梁某投以石,空空有声。内一雄鸡其中,逾夜鸡鸣无恙。乃发之,有金人如翁仲者数枚③,各重十五六斤。有二金像,冕而坐者,笄翟如后妃者④,各重五六十斤。地皆金蚕珠贝⑤,旁有镜一,光烛穴中;宝砚一,砚池中有玉鱼,能游泳。他异物不可指识者甚众。梁携归,光动四邻,邻人觉而争往,遂白之官。有司亲临发之,隧道如城,高五尺余,深三丈,中有碑,乃伪汉刘龑冢也⑥。文曰:"维大有十五年、岁次壬寅、四月甲寅朔、廿四日丁丑[7]，高祖天皇大帝崩于正寝[8]。粤光天五年、五月癸未朔、十四日丙申[9]，迁神于康陵[10]，礼也。"文多阙，不尽载。"翰林学士、知制诰、正议大夫、尚书右丞赐紫金鱼袋臣卢应初撰并书[11]。"按《五国故事》[12]，癸天福壬寅岁四月[13]，避暑甘泉宫[14]，未几殂。《通鉴》及《十国春秋》皆作三月[15]。据碑当以《五国故事》为正。《十国春秋》又云："康陵在兴王府城东二十里之漫山，陵中以铁锢之，坚不可启。"光天乃癸子玢年号。玢立仅二年，为其弟晟所弑，即改光天二年为应乾元年[16]。按，光天无五年，《十国春秋》称殇帝光天元年八月，葬天皇大帝于康陵，与碑皆不合。又考伪汉诸臣列传，止有卢膺仕岩为工部侍郎[17]，才藻俊茂[18]，晟时拜中书侍郎、同平章事[19]，无应初名，识之以俟博雅者考焉。

【注释】

①崇祯丙子：明崇祯九年（1636）。此则事见《皇华纪闻》卷四"刘龑冢"、《带经堂集》卷五十。又见引于《蠹勺编》卷三四、《广州金石略》卷三、《南汉金石志》卷一等。

②北亭洲：即今广州番禺区的小谷围岛。南汉高祖刘龑曾在此建昌华宫。

③翁仲：陵墓前面及神道两侧的文武官员石像。

④笄翟（dí）：用野鸡羽毛做的簪子，用来挽住头发。笄，古代的一种簪子，用来插住挽起的头发，或插住帽子。翟，长尾的野鸡。

⑤金蚕：金铸的蚕，古代帝王的一种殉葬品。珠贝：产珠之贝，泛指珍珠宝贝。

⑥伪汉：指五代时的南汉政权。伪，不合法的，不受正统承认的非法政权。刘䶮（yǎn）：初名岩，又名陟，五代时南汉建立者。后梁贞明三年（917）称帝，建都广州，国号大越。次年，改国号汉，史称南汉。

⑦维大有十五年：南汉大有十五年（942）。维，文言助词，用于句首或句中，无实际意义。大有，五代十国时期南汉高祖刘䶮的年号（928—942）。岁次壬寅：壬寅年。岁次，也叫年次，古代以岁星（木星）纪年。四月甲寅朔：初一日是甲寅日的四月。甲寅，这是古代使用天干地支记录日序的方法，此处表示这一月的初一是甲寅日，甲寅和朔实际是限定月份的。廿四日丁丑：天干地支记录日序以六十天为一个循环周期，依照初一是甲寅推算，这个月的二十四日是丁丑日，故丁丑日、廿四日都指同一个日期。下文"五月癸未朔、十四日丙申"用法相同。

⑧高祖天皇大帝：指刘䶮，他去世后庙号高祖，谥号天皇大帝。崩：指帝王去世。正寝：古代帝王治事的宫室。

⑨粤：文言助词，用于句首或句中。光天：南汉殇帝刘玢的年号（942—943），仅有两年。按，文中"粤光天五年"，当是记载有误，据清屈大均《广东新语》卷十九《坟语·刘䶮墓》、朱彝尊《曝书亭集·续书光孝寺铁塔铭后》，当作"光天元年"。五月癸未朔：初一日是癸未日的五月。考之天干地支记录日序，月份有误，五月初一并非癸未日，疑"五"当作"七"，光天元年七月初一为癸未日，该月十四日为丙申日。

⑩迁神：迁移灵柩或遗体。康陵：刘䶮的陵墓。

⑪翰林学士、知制诰、正议大夫、尚书右丞赐紫金鱼袋臣卢应初撰并书：时任翰林学士、知制诰、正议大夫、尚书右丞赐紫金鱼袋的臣卢应初撰文并为之书写。翰林学士，官名，唐玄宗改翰林供奉为翰林学士，后专掌内命诏敕。知制诰，职衔名，唐始置，掌起草诏命；由翰林学士任此官者，其权颇重，号称内相。正议大夫，文散

官名。尚书右丞,官名,东汉始置,掌假署印绶,管理尚书台专用文具及诸财用库藏,并与左丞通掌台内庶务,保管文书章奏。紫金鱼袋,唐代三品以上官员穿紫袍,佩金鱼袋,是地位与身份的象征。卢应初撰,疑碑传文字脱误,《广东新语》卷十九《坟语·刘䶮墓》作"卢应敕撰"。清吴任臣《十国春秋》记为卢膺,南汉工部侍郎,后拜中书侍郎、同平章事。

⑫《五国故事》:今存两卷,未著撰者名氏。其书记吴杨氏、南唐李氏、蜀王氏和孟氏、南汉刘氏、闽王氏之事。

⑬天福壬寅岁:后晋高祖石敬瑭天福七年(942),南汉刘䶮大有十五年。

⑭甘泉宫:南汉时位于都城兴王府(今广州)的宫殿名。

⑮《通鉴》:指《资治通鉴》,北宋司马光主编的编年体通史。《十国春秋》:清人吴任臣编撰的纪传体史书。记十国历史。

⑯应乾:南汉中宗刘晟的年号(943),共计八个月。

⑰卢膺:五代时人,仕南汉,刘䶮时为工部侍郎,大有时加太尉,曾出使吴越,求聘钱氏女为继后,无功而还。刘晟时,拜中书侍郎、同平章事。岩:刘䶮本名刘岩,他为自己更名而自造"䶮"字。工部侍郎:官名,工部的次长官,职位仅低于尚书。协助尚书掌管百工山泽水土之政令。

⑱俊茂:才智杰出。

⑲中书侍郎:官名,三国魏始置,属中书省,掌协助起草发布诏令。同平章事:职衔名,实为宰相。唐代中书令和侍中是宰相,别的官员参掌机要,必加"同中书门下平章事",简称"同平章事",意思是与中书门下一样,同商国事,共议国政。

【译文】

崇祯九年秋天,在广州城东二十里北亭洲的田地里,有一道闪雷从地下窜了出来,窜出时在地面形成了一个大坑。有个姓梁的农夫把石头投进坑穴中，能够听到从里面传出来的回声。他把一只大公鸡放进坑穴中，到了第二天这只大公鸡依旧能打鸣，没有发生意外。于是，梁某便下坑探索，见里面有几个像翁仲的金人，每个金人都有十五六斤重。还有两尊金像，头戴帽子呈坐状，头上插着雉毛做的头簪，仿佛宫廷里的嫔妃，每个有五六十斤重。坑穴地上都是金蚕珍珠，旁边还有一面铜镜，散发的光芒照亮坑穴；坑穴中还有一方漂亮的砚台，砚池中雕刻着一条精美的玉鱼，能够游泳。此外，坑穴内还有许多其他东西，梁某无法辨别是何物。梁某将挖掘出来的物品带回家里，宝物的光芒惊动了四方邻居，邻居们发觉后都争相前去欣赏，于是有人将此事报告给了地方官员。当地官员亲自去考察坑穴情况，只见坑穴的隧道仿佛城墙的建制一般，高五尺多，深有三丈，坑穴中还有一块碑，根据上面的文字才知道这是南汉伪帝刘龑的墓穴。碑上的文字记："南汉大有十五年、壬寅岁、四月二十四日，高祖天皇大帝刘龑去世于宫中。光天五年、五月十四日，葬于康陵，合于礼。"碑上文字脱漏处极多，在此不能够完全传载。"翰林学士、知制诰、正议大夫、尚书右丞赐紫金鱼袋臣卢应初撰文并书写。"考索《五国故事》，刘龑于大有十五年四月，到甘泉宫避暑，不久就驾崩了。对于刘龑驾崩的时间，《资治通鉴》和《十国春秋》都记载是三月。但根据碑文来看，《五国故事》记载的四月是正确的。《十国春秋》又记载："康陵在兴王府城东二十里的漫山上，陵墓里浇铸铁汁进行封闭，十分坚固而无法打开。"光天是刘龑的儿子南汉殇帝刘玢继位后使用的年号。刘玢仅在位两年，就被自己的弟弟刘晟杀害，刘晟登基后改年号光天二年为应乾元年。据我考证，南汉殇帝刘玢光天的年号未使用到五年，《十国春秋》记载殇帝刘玢在光天元年八月，将天皇大帝刘龑安葬到康陵，这些说法都与碑文的记载不合。我又考证南汉诸位臣子的传记，只有卢膺曾担任过南汉高祖刘龑时的工部侍郎，他文采斐然、才智杰出，刘晟在位时担任中书侍郎、同平章事，史书中没有"卢应初"这个名字，今暂且记下来，留待博学雅正之士进一步考证。

《澹归禅师集·六和尚小传》云①：吴震崏侍御②，小字六和尚。髫时读书灯下③，水中盂内跃出一僧④，长三寸许，绕案而行，且言。震崏惊问之，曰：“吾能知人终身，亦知人前世。”震崏意稍定，曰：“试言我终身。”曰：“汝以某年登科⑤，某年登第，初任某官，再三任某官。”曰：“更言我前世。”曰：“汝前世某山某僧，吾即汝同道之友，今相报耳。”曰：“何以教我？”曰：“当早回首，无忘来处。”因忽不见。明日，案上瓶花枯枝更开。一生功名，片语不爽⑥。

【注释】

①澹归禅师：法名性因，仁和（今浙江杭州）人。明崇祯十三年（1640）进士及第。清兵入关后，辗转浙江杭州、台州等地抗击清军，兵败出家为僧。清康熙元年（1662），到广东韶州府丹霞山开辟道场，从之学禅者众多。此则事见《皇华纪闻》卷四“六和尚”，又见《遍行堂集》卷十三“六和尚小传”。

②吴震崏：吴邦臣，字震崏，小名六和尚。明崇祯十三年（1640）进士，官山西道御史。侍御：明、清时期，监察御史、巡按御史皆可称作“侍御”。

③髫（tiáo）时：幼年时期。髫，小孩前额下垂的头发，引申以指童年。

④水中盂：即水盂，盛水以供磨墨用的器皿。

⑤登科：即“登第”，指科举时代应考人被录取。第，指科举考试录取列榜的甲乙次第。此处登科为别于下句登第，姑且译作“中举”。

⑥片语不爽：指僧人所说的话一点也没有差错。爽，差失，违背。

【译文】

《澹归禅师集·六和尚小传》记载：御史吴邦臣，小名叫六和尚。他孩童时在灯下读书，从书桌上的水盂中跳出来一个僧人，大约有三寸长，

围着他的书桌转圈,还能说话。吴邦臣吃惊地询问他的来历,僧人答道:
"我能够推算人的今世运势,也知道人的前世经历。"吴邦臣定了定神,
说道:"你试着说一说我今世的运势吧。"僧人道:"你当在某年中举,某
年考中进士,一开始被授予某某官职,后来会改任某某官职。"吴邦臣道:
"你再说说我前世是做什么的吧。"僧人道:"你前世在某某山出家为僧,
我就是你前世为僧时的道友,如今来此相见就是为了报答旧日之情。"
吴邦臣道:"你能指点我些什么吗?"僧人说:"早日抛却红尘之事,回头
是岸,不要忘了你的前世身份。"说完,僧人便突然消失不见了。到了第
二天,书桌上花瓶里插着的枯萎花枝突然开花了。而吴邦臣一生所经历
的官职,果然都如同僧人所说。

　　韶人黄思德《纪事》云①:韶城西南楼,有关帝庙。顺
治丙申五月二十日未时②,思德游芙蓉山归③。从舟中见楼
上毫光炫曜④,关帝披金甲,蓝纱巾,立楼牖面北,少顷面转
西,移时而没。两岸居人皆见之,且惊且拜。二十一、二十
四、二十五、三十,凡四日,依时复现。次年丁酉七月初十、
十二、十四日,依时复现。或黄盖⑤,或二将随侍,见者不啻
千万人⑥。因镌碑勒像⑦,以志灵异。此事余在京师,闻之袁
密山景星通政⑧。至曲江⑨,乃得其月日之详如此。

【注释】

　①韶:指韶州府。明洪武元年(1368)改韶州路置韶州府,属广东布
　　政使司,治所在曲江县(今广东韶关曲江区)。下文的韶城即韶
　　州府城。黄思德:《(康熙)韶州府志》卷十五录黄思德《现身录
　　异》,或为王士禛此文的素材。《粤东金石略》卷四《关帝现身像
　　碑》记黄思德所立碑文,"今碑存庙中,碑下层有康熙乙酉邑人刘

树琪纪'康熙丁巳年七月九月帝显灵保城事'"。此则事见《皇华纪闻》卷三"关帝现身"。

②顺治丙申：清顺治十三年（1656）。未时：指十三时至十五时。

③芙蓉山：在今广东韶关西南。《舆地纪胜》卷九十记芙蓉山"在（韶）州西五里。其山先有芙蓉株，故名"。

④毫光炫曜：光线四射，耀人眼目。毫光，如毫毛般四射的光线。炫曜，亦作"炫耀"，闪耀，光彩夺目。

⑤黄盖：黄色的伞或黄色车盖。常借指帝王的车驾。

⑥不啻：不止，不只。啻，但，只。

⑦勒像：雕刻石像。勒，雕刻。

⑧袁密山：袁景星，字密山，平乐（今属广西）人。康熙三年（1664）中进士，任通政使司左通政、通政使司左右参议、内府光禄寺少卿等。通政：官名，明置，为通政司长官通政使的副贰之官，分左、右，佐长官掌内外章疏敷奏驳之事。

⑨曲江：县名。明、清为韶州府府治。即今广东韶关曲江区。

【译文】

韶州府人黄思德在《纪事》中记载：韶州府城的西南楼，有座关帝庙。顺治十三年五月二十日的未时，黄思德游览完芙蓉山后回家。在回家途中，从船上看见西南楼上光耀四方，关帝爷身披金甲，头戴蓝色纱巾，面朝北站立在西南楼的窗户前，不一会儿转身朝西，过了一会儿又消失不见了。两岸的老百姓全都看见了，吃惊不已，皆叩头下拜。五月二十一、二十四、二十五、三十日，一共四天，关帝爷每天都会在未时显灵现身。顺治十四年的七月初十、十二、十四日，又在这个时间显灵现身。有时配有黄色车盖的车马扈从，有时有两个将军侍奉左右，看见这一幕的人何止有千万。黄思德因此刻碑塑像，写文记录关帝爷现身的灵异事件。当时我在京师为官，从时任通政的袁密山名景星那里听闻此事。后来我来到韶州府的治所曲江县，才知悉显灵事件发生的具体时间。

张山来曰:《皇华纪闻》凡四卷,先生奉使南海时所笔记也①。余窃僭取异事数条②,盖欲与拙选相类云尔。倘读者欲观全豹③,则自有原书在。

【注释】

①南海:指广东以南的大海。王士禛奉命祭告南海。

②僭取:未经允许摘用。僭,超越本分。

③全豹:比喻事物的全貌。

【译文】

张潮说:《皇华纪闻》一共四卷,是王士禛先生奉命出使南海时留下来的笔记。我私下抄录了这几条异事,是因为该书中的故事有很多与我选辑《虞初新志》的旨意类似。如果读者想要全部阅读,当然得去找王士禛先生的原书了。

毛女传

陈鼎(定九)①

毛女者,河南嵩县诸生任士宏妻也②。姓平氏,美而且淑③。归士宏,阅三岁而无子,乃往祷少室④。行二十里,度绝岭⑤,方舍车而徒,以休舆夫⑥。忽猛兽横逸,平氏惊坠深谷。士宏四顾,皆千仞壁,不可下,大恸而归。召沙门梵诵⑦,誓不再娶。

【注释】

①陈鼎:原名大夏,字定九,号鹤沙,江阴(今属江苏)人。工诗文,喜游览。陈鼎与张潮交游,张潮于康熙三十七年(1698)曾为陈

鼎著作《留溪外传》作序。其人事见《(光绪)江阴县志》卷十七、金武祥《粟香二笔》卷五等。本篇选自陈鼎传奇小说集《留溪外传》卷十六。该书所记都是明末清初的人和事,记录了入清士人的遗民意识和安贫乐道、反腐倡廉的经世济民思想。又见引于清陈尚古《簪云楼杂说·坠崖妇》、清王初桐《奁史》卷三一。

②嵩县:明洪武二年(1369)降嵩州置嵩县,属河南府,治所即今河南嵩县。

③淑:善良,美好。

④少室:少室山,在今河南登封西北,为嵩山之西部,山北麓五乳峰下有少林寺,以传授少林派拳术著称。

⑤绝岭:难以攀爬的陡峭山岭。

⑥舆夫:车夫。

⑦沙门:梵语音译,古印度泛指出家修苦行、禁欲,或因宗教的理由以乞食为生的人。在中国则专指佛教的出家人。梵诵:诵念梵经,诵念佛经。

【译文】

毛女,是河南嵩县秀才任士宏的妻子。本姓平,人长得秀美,且秉性善良。她和任士宏结婚三年还没有孩子,便和丈夫一起去少室山祈求子嗣。二人走了二十里地,遇到一座陡峭山岭,想要下车徒步攀爬过去,让车夫休息片刻。正行之际,突然从山林中冲出来一只野兽,平氏因惊吓过度,不小心跌入深谷中。任士宏四下张望,只见周围全是很高的悬崖绝壁,没有办法下山谷寻找妻子,便强忍着内心的万千悲恸回家了。随后花钱请了一群僧人诵念经文以超度亡灵,并发誓此生不再娶妻。

　　平氏既亡三年,里有张义,向竖任家①。往樵山中,猝闻幽篁深箐间②,婉婉呼张义者。义大骇,回顾见一毛女,通体垂黄毫,长六七寸许。因咋舌不敢语③。毛女曰:"我任家大嫂也,汝不相识耶?"义惊曰:"大嫂固无恙乎? 何幸而得此?"曰:"我初坠,缘藤得无损。既而饥甚,见交柯女贞子甚繁④,因取食,味殊涩,不可口。三日后,则甘香满颊。三月乃生毫,半载则身轻如叶,任腾踔上下矣⑤。第山中乏水,惟此有泉,渴则来饮耳,不意得与汝相见。"义具道任生哀慕状⑥。毛女曰:"我已趯然轻举⑦,与鸾鹤为伍,其乐何如,肯复向樊笼哉⑧? 为我谢任生,早续姻盟,以丰后嗣,毋徒自苦也。"言已,一跃而往。

【注释】

① 竖:旧称未成年的童仆。

② 幽篁深箐(qìng):幽深的竹林。篁,竹林,泛指竹子。箐,山间的大竹林,泛指竹木丛生的山谷。

③ 咋舌:咬住舌头。谓因害怕而不敢说话。

④ 交柯:交错的树枝。女贞子:女贞的果实。女贞凌冬青翠不凋,其子可入药。

⑤ 腾踔(chuō):跳起,凌空。

⑥ 哀慕:哀伤思慕。

⑦ 趯(yuè)然:犹超然,高超脱俗的样子。趯,同"跃"。轻举:谓飞升,登仙。

⑧ 樊笼:关鸟兽的笼子。比喻受束缚不自由的境地。

【译文】

平氏去世三年后,同乡有个叫张义的男子,以前曾在任士宏家里做童仆。一天,他进山打柴,突然听到在幽深的竹林中,有人柔婉地呼喊自己的名字。张义吃惊不已,回头看见一个浑身长毛的女子,全身上下都长着约有六七寸长的黄毛。张义因害怕而张口结舌,说不出话来。毛女说道："我是任家大嫂，你不认识我了吗？"张义吃惊地问："大嫂您还好吗？怎么有幸在这里见到您呢？"毛女道："我当初失足坠落山谷，因为抓住了悬崖壁上的藤条才幸免于难。没过多久，我实在是太饿了，看到附近错杂交错的树枝上长满了女贞子的果实，便取来充饥，感觉味道很苦涩，实在难以下咽。三天后，吃起来就觉得满口都散发着香甜。三个月过去后，身上就长出了这么多的细毛，半年后感觉身体轻快如片叶，就可以随意地在树上和地下腾挪跳跃了。只是因为山里缺水，只有这一处泉水可以饮用，我渴了就来此处喝水，没想到就碰到了你。"张义详细地讲述任士宏这几年来对她的哀伤思慕之情。毛女说："我如今已经能超脱俗世，凌空飞升，过着与鸾凤、白鹤为伍的自由自在的生活，多么逍遥快乐，岂肯再回到那充满束缚的人间呢？你替我带话给我夫君表达我的歉意，希望他能够早点再结连理，多生育子孙，不要再徒然思念我来折磨自身了。"说完这番话，毛女就起身腾跃而去了。

义亟报任生。任生大喜，即偕义诣樵所取之。伏草中，俟三日，毛女果至。直前抱之。毛女曰："谁耶？"曰："夫也。"曰："妾貌已寝^①，君不足念也。"曰："我不嫌汝，何忘夙昔之好乎？"因泣下。毛女心动，乃允之，遂舆归。初饮食，腹微痛，逾时而定。半月，毛尽脱，依然佳丽也^②。自是情好益笃，生子女数人，历四十余年而死。

【注释】

①寝：面貌难看。

②佳丽：俊美，秀丽。

【译文】

张义急忙回去将见到平氏的消息告诉了任士宏。任士宏听到自己的妻子还活着，惊喜万分，便马上让张义带着自己去他打柴的地方寻找妻子。二人趴在草丛中，等了三天，毛女果然来了。任士宏急忙上前抱住了毛女。毛女道："是谁？"任士宏回答说："我是你的丈夫。"毛女道："我如今面貌丑陋，不值得你如此挂念。"任士宏道："我不嫌弃你，你难道忘了我们曾经在一起的欢乐时光了吗？"言罢痛哭流涕。毛女内心触动，便应允跟随丈夫一起回家，于是同车而归。回家之后，一开始吃饭的时候，毛女的肚子有点微微作痛，过了很久才恢复正常。大约过了半个月，她身上的细毛才脱尽，其容貌还是和原来一样漂亮。从此之后，二人的感情更加甜蜜，夫妻二人生下了好几个孩子，平氏又活了四十多年才去世。

外史氏曰：神仙可为也。使平氏当饮水时，不呼张义，则凌踔碧虚之上[1]，一死生而无极矣，何至埋身黄壤哉！甚矣，情丝之难割也[2]。

【注释】

[1]碧虚：青天，碧空。

[2]情丝：喻指男女间相爱悦的感情。

【译文】

陈鼎说：做个远遁俗世的神仙其实挺好的。如果当时平氏去泉边喝水的时候不喊张义，而是腾跃碧空之上，可能生死对于她而言就都没有什么限制了，又怎么会最后落得葬身黄土之中呢！哎，这就是世人常说的情爱难以割舍呀。

张山来曰：使我为任生，则随毛女入深山中，亦效其饵女贞实，共作仙家眷属，何乐如之？计不出此，何也？

【译文】

　　张潮说:假使我是任士宏,就跟着毛女一起在深山中居住,也学她吃女贞子的果实,做一对神仙眷侣,世间哪里还有如此逍遥快乐的事呢? 任士宏却没有这么考虑,为什么呢?

宝婺生传

陆次云(云士)①

　　宝婺生②,忘其名。顺治初,我师破金华③,宝婺生夫妇相散失。生卧积尸中,得免死。妇行不知所向,为健儿所获④。无何,健儿移师驻华亭⑤。生觅耗于华亭⑥,不可得。困乏无聊,坐叹于旅馆之侧。旅馆主人鉴其貌,怜而问之,生告以故。主人曰:"若识字乎?"曰:"识。""习会计乎⑦?"曰:"习。"主人曰:"盍留我馆中,勷若事而徐访尔妻⑧,可乎?"生曰:"得如是,诚幸甚。"生入馆,悉代主人劳。主人逸甚⑨,而业加盛,利倍入。主人有女,欲妻之而未发也。

【注释】

①陆次云:参见卷七《纪周侍御事》注释。本篇选自陆次云《北墅绪言》卷三。《北墅绪言》五卷,汇集陆次云所作杂文,其中有大半的俳谐游戏之篇,类似尤侗《西堂杂俎》。

②宝婺:隐指金华府。宝婺是婺女星的别称,天上婺女星在人间相对应的地域被命名为婺州。故此文以宝婺代指古婺州,即明、清之金华府。文中的主人公为金华府的书生,故作者称其为宝婺生。

③金华:明、清金华府治金华县(今浙江金华)。据《清史稿·世祖纪》,清顺治三年(1646)八月,清军攻克金华、衢州。

④健儿：此指清兵。

⑤华亭：县名。清时与娄县同为松江府治。即今上海松江区。

⑥耗：音信，消息。

⑦会计：管理财物及其出纳等事。

⑧勷（ráng）若事而徐访尔妻：先帮我做点事情来养活你自己，再慢慢寻找你的妻子。勷，通"襄"，辅助。

⑨逸：安闲，安乐。

【译文】

宝婺生，人们如今已经忘了他的真实姓名。顺治初年，清廷军队攻破金华府，宝婺生夫妻因战乱离散。他躺在尸体堆里，才躲过一劫。他妻子随百姓四处逃散而迷失方向，最后被官兵虏获。没过多久，清军离开金华府驻军华亭县。宝婺生来到华亭县，四处打听妻子下落，却始终没有找到。由于困乏劳顿，贫苦无依，他坐在旅馆门口惆怅哀叹。旅店主人见他如此愁眉不展，产生了同情之心，便询问他悲伤的原因，宝婺生就说了自己的事情。旅店主人道："你识字吗？"宝婺生答道："认识。"店主又问道："你会算账吗？"宝婺生道："会。"店主人说："你何不留在我的旅店中，先帮着做点事情混口饭吃，再慢慢寻访自己的妻子，你看如何？"宝婺生道："如果能这样，我实在是三生有幸。"宝婺生跟随店主来到旅馆，竭尽全力地替他操持旅店生意。店主人也得以轻闲下来，产业更加兴旺，利润也增加了一倍多。店主人有个女儿，他想要把女儿许配给宝婺生做妻子，但还没有说出口。

一日者，旭始旦①，一人急遽趋而来，至馆饭，饭毕，酬值，急遽趋而去。生视其有所遗，启之，灿然白锭五十金也②。以告主人，俟其返。日亭午，其人复急遽趋而来，汗渍衣，息喘喘，详视几地，茫然也。生问之，曰："觅遗金。"生曰："遗几何？"曰："金五十。"生曰："何用乎？"曰："持向营中往娶妇，失之矣，将奈何！"生曰："金固在，还之于子，无苦也。"即出金，其人受金拜谢去。越数日，失金者持二柬云③："蒙子还金，事谐矣。某日当婚，此婚君所赐也，敬请主人与君饮卮酒④。"生固辞。主人曰："吾勿暇，而不可却也⑤。"

【注释】

①旭始旦：早晨太阳才出来的时候。

②灿然白镪（qiǎng）五十金也：原来是明晃晃的五十两白银。灿然，形容光彩明亮。白镪，亦作"白锵"，银子。

③柬：请柬，以书面形式邀请人出席或参加某活动的卡片或帖。

④卮（zhī）酒：犹言杯酒。卮，古代盛酒的器皿。

⑤而：你。

【译文】

　　一天，天刚刚破晓，只见一个人急匆匆地赶到店里，吃过早饭，结账后又匆忙离去。宝敩生看到此人吃饭的地方留下来一包东西，他走过去打开包裹，里面是明晃晃的五十两白银。他将此事告诉店主，等着失主回来寻找丢失的银两。中午时分，那个人又匆匆忙忙地跑进了店里，衣衫已经被汗水浸透了，大口喘着粗气，详细查看几案、地面，神情茫然。宝敩生问他在做什么，那人道："寻找丢失的银两。"宝敩生问："丢了多少银两？"那人回答道："丢了五十两。"宝敩生又问道："您拿那么多钱干什么？"那人回答："我拿着这些钱去军营里接娶媳妇的，谁料半路上遗失了，不知道如何是好！"宝敩生道："银两一直在我们店里，马上就还给您，不必再为此事苦恼了。"宝敩生拿出钱来，那人领回钱，叩谢离去。又过了几天，那日丢失银两的人拿着两封请柬来到旅店对宝敩生说："多亏先生当日归还银两，如今我已接到媳妇了。过两天就要拜堂成婚了，得以成婚都是先生您的恩赐，所以想请先生和店主赏光待结亲之日去家里喝杯喜酒。"宝婆生坚持推辞。店主道："我没有时间过去，你就不要推辞了。"

　　生秉主人之命，至期往，往见失金者之家，乃亦一善族也。日未晡①，生闲步溪头，遥见一叶扁舟，半篙春水②，中有翠袖云鬟之人，掩袖而坐③，云载新妇至。生偶举目视妇，俨然故妻也；妇偶举目视生，俨然故夫也。于是生一恸而偃于碧草之上④，妇一恸而伏于孤篷之中⑤。舟及门，促妇起，不能起也。问其故，曰："适见一人如故夫，故伤悼欲绝耳。"问其人何若，妇言其仪表衣冠，宛然生也。娶妇者急觅生，见生悲卧不能起，问其故，不肯言。固问之，曰："适见一人……"语未毕，哽咽不能续。娶妇者憬然曰⑥："我知之，是妇即君妇矣。君既得金，君之金矣。还金而赎妇，是天命我代君以完其偶也。君无悲，吾感君义，敢不以此为报乎？"生难之，娶妇者请其主人以为主。主人曰："还金者，义士也；还妇者，义不在还金下。娶妇而失妇，不可也。吾有女，当妻还妇者。所娶妇，当返还金者。"闻者咸以为善，而两从之。更推主人之义，与二义士相鼎立⑦。

【注释】

①晡（bū）：申时，即午后三点至五点。

②半篙（gāo）春水：半竿船篙划过春天的绿水。半篙，指划船的竹篙有一半在水中划过。

③掩袖：以袖遮脸。

④偃：仰面倒下。

⑤孤篷：孤舟的篷，常用以指孤舟。

⑥憬然：醒悟的样子。

⑦鼎立：三方如鼎足般对立。此处指三人的美名一样被人颂扬。

【译文】

　　宝婺生听从店主人的吩咐，在结婚那日来到那人家里赴宴，新郎全家人看上去都是良善之人。时间临近傍晚，宝婺生悠闲地在小溪边散步，远远地看到一叶扁舟驶来，一溪春水没过半支船篙，小舟中有一个身穿青绿服饰、发髻高耸乌黑的女子，她用袖子半掩着脸坐在舟中，只听周围人都喊着"新娘来了"。宝婺生偶然间抬头看那女子，竟和自己丢失的妻子长得一模一样；新娘也偶然间抬头看到了宝婺生，就是自己曾经的丈夫。宝婺生因内心悲恸倒在了草地上，新娘也因心中悲伤而趴在船上抽泣。等小船驶近了新郎家门，众人催促她起身下船，她已悲伤得不能起身了。新郎问她原因，新娘道："我刚刚看到一人，很像我的前夫，因此才如此哀伤欲绝。"新郎向她询问她前夫的样貌，新娘描述前夫的穿着打扮，和宝婺生无异。新郎急忙寻找宝婺生，只见他倒在草地上起不来，新郎询问他悲伤的原因，宝婺生不肯说。新郎坚持询问，宝婺生才说："刚才看到一个女子……"话还没有说完，宝婺生就哽咽地再也说不出话来。新郎突然明白过来，说："我知道怎么回事了，这个新娘，就是先生的妻子。既然先生捡到了钱，钱就是先生的。先生把钱归还给我，使我有机会拿钱赎回那个女子，这是老天爷让我替你去接回丢失的妻子，让你夫妻团聚呀。先生不要悲伤，我感念先生是个有情有义之人，怎敢不因此报答你呢？"宝婺生十分地为难，新郎请求旅店主人替他做主。旅店主人说："拾金不昧的宝婺生，是个讲道义的人；丢金人归还妻子，其德行也不在拾金不昧的美德之下。刚刚娶得新娘又失去新娘，从情理上也说不过去。我有一个女儿，就让她做丢金人的妻子吧。丢金人刚要结亲的新娘，应当送归给拾金不昧的宝婺生。"听说这件事的人都认为处理得当,宝婺生与该男子二人都听从了店主的建议。乡里人十分钦佩店主人的德行,三人的美名一起在十里八乡传为美谈。

　　陆子曰:余读愚山学士《兔丝女萝》之篇[1],见有商山人失妇,为健儿妻。健儿亦失妻,为商山人妇。征途相遇,各易以归者。叹其奇绝,而宝婺之遇更奇!乱离之际,镜破珠沉[2],不胜数矣!而健儿以不吝[3],使商山人认妇而得妻;彼还金者,亦犹是也。天乎?人乎?虽曰天意,而所以格天者[4],吾以为不在天也。

【注释】

①愚山:施闰章,字尚白,号愚山,江南宣城(今安徽宣城)人。清顺治六年(1649)进士,授刑部主事。顺治十三年(1656)擢山东提学金事,后分守江西湖西道,主持河南乡试,充翰林院侍讲学士。著有《学余堂集》《矩斋杂记》《蠖斋诗话》等。其人事见汤斌《翰林院侍读愚山施公墓志铭》(《汤子遗书》卷六)、毛奇龄《翰林院侍读施君闰章墓表》(《西河集》卷八六)、李澄中《侍读施愚山先生传》(《白云村文集》卷二)。《兔丝女萝》:指施闰章五言诗《浮萍兔丝篇》。谈迁《北游录》记"宣城施闰章使广西,经岳州,有李将军言其部兵尝掠人妻……施为作《浮萍兔丝篇》"。

②镜破珠沉:比喻夫妻生离死别。镜破用"破镜重圆"中典故,即唐孟棨《本事诗·情感》记徐德言和妻子乐昌公主在分离时各持半块镜子。珠沉比喻人去世。

③吝:吝惜,舍不得。

④格天:感通上天。

【译文】

陆次云说：我曾经读施闰章写的诗歌《浮萍兔丝篇》，文中写到一个商山人和妻子失散，他妻子后来成为一个官兵的妻子。那个官兵也与妻子失散，他妻子辗转成了商山人之妻。官兵在出征的路上碰到了商山人，于是四人分别相认，两对夫妻得以重新团聚。我当时就感叹这实在是奇遇呀，而现在宝婺生的遭遇更加离奇！在兵荒马乱的时代，夫妻如同镜破珠沉一般别离，这种情形实在是太多了！而那个官兵没有吝惜俘虏来的妇人，让商山人与妻子相认团聚；如今这个拾金不昧的宝婺生，也遇到了此等好事。这是天意吗？还是人心使然？即使说是天意，而之所以能感动上天做这样的安排，我认为也是在于人而不在于天呀。

张山来曰：篇中有极难措语处①，须看其不棘手之妙②。

【注释】

①措语：指行文选择词句。陆次云《北墅绪言》卷三载"东川（汪霦的号）"评语，"篇中行文到最难措语处，是失金人让还原配处，云士只用'生难之'三字接下，蕴无穷斯非作手不遍"（清康熙二十三年宛羽斋刻增修本《北墅绪言》）。

②棘手：荆棘刺手。比喻事情难办，不易对付。

【译文】

张潮说：此篇文章中有很难措辞用语的地方，应当看它描写出色的妙处。

王义士传

陈鼎（定九）①

王义士者，失其名，泰州如皋县隶也②。虽隶，能以气节自重，任侠好义。甲申国亡后，同邑布衣许元博德溥③，不肯薙发，刺臂誓死。有司以抗令弃之市④，妻当徙⑤。王适值解⑥，高德溥之义，欲脱其妻而无术，乃终夜欷歔不成寐。其妻怪之，问曰："君何为彷徨如此耶？"王不答。妻又曰："君何为彷徨如此耶？"曰："非尔妇人所知也。"妻曰："子毋以我为妇人也而忽之，子第语我⑦，我能为子筹之。"王语之故。妻曰："子高德溥义而欲脱其妻，此豪杰之举也。诚得一人代之可矣。"王曰："然。顾安得其人哉？"妻曰："吾当成子之义，愿代以行。"王曰："然乎？戏耶？"妻曰："诚然耳，何戏之有。"王乃伏地顿首以谢。随以告德溥妻，使匿于母家，而王夫妇即就道⑧。每经郡县驿舍就验时⑨，俨然官役解罪妇也。历数千里，抵徙所，风霜艰苦，甘之不厌。于是皋人感之，敛金赎归⑩。夫妇终老于家焉。

【注释】

①陈鼎：参见本卷《毛女传》注释。本篇出自陈鼎小说集《留溪外传》卷八。此篇之事可参见吴嘉纪诗歌《王解子夫妇》（《明遗民诗》卷八），《（乾隆）直隶通州志》卷十五记主人公为王熊。

②泰州：明及清初属扬州府，即今江苏泰州。如皋县：县名。明及清初属泰州。隶：衙役，差役。

③许元博：许德溥，字元博。其人事见计六奇《明季北略》卷二一、

《（嘉庆）如皋县志》卷十六、徐鼒《小腆纪传》卷五二等。又据王家祯《研堂见闻杂记》记许元博为如皋人，清顺治二年（1645），他在胸前刺"不愧本朝"，左臂刺"生为明人"，右臂刺"死为明鬼"。顺治五年（1648），被人揭发处死，妻子朱氏配为奴，父亲流放，邻里也被判徒刑。

④弃之市：古代在闹市执行死刑，并将犯人尸首暴露于市。

⑤徙：古代流放犯人的刑法。

⑥王适值解（jiè）：正赶上王义士押解犯人远行。

⑦子第语我：夫君尽管告诉我就是。第，只管，尽管。

⑧就道：上路，动身，出发。

⑨驿舍：驿站供来往人员住宿的房屋。

⑩敛金：凑钱。

【译文】

王义士，忘了他的真实姓名，只知道他是泰州如皋县的衙役。他虽然只是个小小的衙役，却十分重视气节，喜欢做些行侠仗义之事。崇祯十七年明朝灭亡后，如皋县有个平民姓许名德溥，字元博，不肯剃发归顺大清，他在自己的胳膊上刺字，发誓要以身殉国。官府以他违抗朝廷命令的罪名将其处死，尸体弃市，他的妻子被判流刑。此时正轮上王义士押解犯人，因为他十分钦佩许德溥的气节，便想要设法替他妻子脱身，却百思无解，因此整晚唉声叹气，无法入眠。王义士的妻子见此情此景十分不解，便问道："夫君为什么事这样心神不定？"王义士闭口不言。妻子又问道："夫君为什么这样心神不定？"王义士道："此事不是你等妇人可以知道的。"妻子又道："夫君不要以为我是个女人就这么忽视我，夫君只管告诉我，我也能替夫君想想办法。"王义士坦言相告。妻子听后道："夫君敬佩许德溥的气节，想要帮他的妻子脱身，这可是英雄之举。如果真想办成此事，就要找一个人去替代她服刑。"王义士说："可以。但是去哪里找能替代她的人呢？"妻子道："我想要成全夫君的大义之举,愿意代她流放。"王义士说:"你说真的? 不会是戏言吧?"妻子道:"当然是真的,我哪里敢开这样的玩笑。"王义士于是跪下来向妻子叩头行礼以示谢意。随后,王义士将这消息告诉了许德溥的妻子,让她躲藏在自己的娘家,而王义士夫妻二人就这样上路了。每当二人经过沿途府县的驿站需要验明正身之时,完全就是官差押解罪妇的情状。二人行程几千里,才到达妇人流放的地方,沿途饱经风霜苦难,夫妻二人却甘心忍受,没有一句怨言。当时如皋县的老百姓知道夫妻二人的义行之后都被感动,众人凑钱最终将二人赎回。王义士夫妇得以在老家安度晚年。

外史氏曰:今之吏胥,只知侮文弄法以求温饱①,何尝知有忠义也! 王胥竟能脱义士之妻,而其妇尤能慨然成夫之志②。噫! 盖亦千古而仅见者矣!

【注释】

①侮文弄法:践踏歪曲法律条文。侮文,歪曲法律条文以行私作恶。弄法,谓玩弄法律条文以营私舞弊。

②慨然:感情激昂的样子。

【译文】

陈鼎说:当今的官吏衙役,只知道歪曲、玩弄法律条文来贪污受贿、中饱私囊,哪里还知道什么是忠贞义烈啊! 王义士竟然同意让自己的妻子去代替许德溥的妻子受刑,而王义士的妻子也竟然慷慨激昂地成全了丈夫的志向。哎呀! 这是千古难得一见的仁义之举呀!

张山来曰:婴、臼犹赵氏客也①,此妇竟远过之,乃逸其名氏,惜哉!

【注释】

①婴、臼犹赵氏客也：程婴、公孙杵臼本来是晋国贵族赵氏的门客。婴，指程婴。臼，指公孙杵臼。程婴是晋国正卿赵朔友人，公孙杵臼是赵朔门客。屠岸贾灭赵氏，公孙杵臼与程婴密谋救下赵朔遗腹子，公孙杵臼掩藏孩子而主动赴死，程婴将孩子养育成人。

【译文】

　　张潮说：程婴与公孙杵臼本来是赵氏的门客，却愿意为保全赵氏后代做出牺牲；王义士的妻子与许德溥的妻子素不相识，愿意代人受过的德行竟远在这两人之上，竟然不知道她的姓名，实在是可惜呀！

纪陆子容事

王晫（丹麓）①

　　钱塘陆子容②，名韬，一名自震。少负异姿，喜读书，经传史记，背诵如流。邑侯梁公试童子③，以古文诗词拔取第一④。廉其贫，解金赠之。子容尽以买书，昼夜读，得咯血疾。已又向友人借"二十一史"⑤，力疾研寻⑥，随有论撰。疾愈笃⑦，遂死。其师张祖望哭以诗曰⑧："荒园寂寞绿苔生，肠断当年陆士衡⑨。春鸟不知人已去，棠梨树上两三声。"

【注释】

①王晫（zhuō）：初名棐，字丹麓，号木庵，自号松溪子，仁和（今浙江杭州）人。清顺治四年（1647）秀才。工于诗文。事见《（民国）杭州府志》卷一四五。所著有《今世说》八卷、《遂生集》十二卷、《霞举堂集》三十五卷等。本篇选自王晫《霞举堂集》。陆子容事

还可见景星杓《山斋客谭》。

②钱塘：古县名。即今浙江杭州。陆子容：名韬。陆次云之侄。交往文士较多。与王晫交好，王晫《丹麓杂著十种》录其五条评语，张纲孙《张秦亭诗集》亦载酬赠陆韬之诗。除本篇外，其人事见《（乾隆）杭州府志》卷九四引《城北杂记》、《山斋客谭》卷二、《全浙诗话》卷四五引《山斋客谭》。

③邑侯梁公试童子：钱塘县的县令梁公主持县试。邑侯，旧时对县令的尊称。因其主理一邑，故称为"邑侯"。梁公，据景星杓《山斋客谭》卷二、姚礼《郭西小志》记载为梁允植，一作梁永植，字承笃，清直隶正定（今河北正定）人。以贡生官钱塘知县。试童子，此处指县试，童试（包括县试、府试、院试）考试中的第一场，由各县知县在县内举行。本县童生要有同考者五人互结，并且有本县廪生保结后才能报名赴考。录取后才有参加上一级府试的资格。

④古文诗词：指文章诗赋。县试考试内容有八股文、诗赋、策论等。拔取第一：录取为第一名。

⑤二十一史：明朝时，史书《史记》《汉书》《后汉书》《三国志》《晋书》《宋书》《南齐书》《梁书》《陈书》《魏书》《北齐书》《周书》《隋书》《南史》《北史》《新唐书》《新五代史》《宋史》《辽史》《金史》《元史》合称"二十一史"。

⑥研寻：研究探索。

⑦疾愈笃：病得更加严重。笃，病沉重。

⑧张祖望：张丹，原名纲孙，字祖望，号秦亭，清初仁和（今浙江杭州）人。性恬淡，不喜交游。好作诗词古文。其人事见姚礼《郭西小志》、《（乾隆）杭州府志》卷九四。

⑨陆士衡：陆机，字士衡，吴郡华亭（今上海松江区）人。吴大司马陆抗子。晋武帝太康末年，入洛阳为祭酒。"八王之乱"中，被司马颖所杀。陆机博学多才，诗重藻绘排偶，骈文尤佳，与其弟陆云

合称"二陆"。

【译文】

钱塘人陆子容,名韬,又名自震。年少之时,天赋异禀,喜欢读书,儒家经传、史书等,皆能背诵如流。钱塘县知县梁允植主持当地的县试,陆韬凭借文章诗赋夺得了第一名。梁知县察知他家里贫困,自掏腰包送给他银两以度日。陆韬把这些钱全都拿来买书,夜以继日地研读,因劳累过度得了咳血的病。他读完自己买的书后,又向朋友借阅"二十一史",勉强支撑着病体苦读研究,同时写了一些议论性的文章。他因过度劳神,病情加重,不久就奔赴黄泉了。他的老师张纲孙写诗悼念道:"荒园寂寞绿苔生,肠断当年陆士衡。春鸟不知人已去,棠梨树上两三声。"

子容有内兄某者①,素不习诗,读张诗而哀之,欲和不能②,辗转床笫间。倦就寝,忽见子容相谓曰:"君和张先生诗未得耶?予已和成,为君诵之:'谁向蓬门问死生③,诸公枉道驾车衡④。我游泉路无他乐⑤,惟听萧萧松柏声。'"某遽惊寤,寂无所见。时银缸半灭⑥,惟有月映缥帷而已⑦。诘旦⑧,以诗示祖望,且告以故。祖望把其诗流涕曰:"声情凄郁,何其诗之神似子容也!"传写人间⑨,和者几数百人。予亦有诗云:"一读遗编百感生⑩,文章无价漫权衡⑪。子期去后知音少,肠断高山流水声⑫。"好事者辑而存之。近得卒业⑬,因叹结习之不能忘如是哉⑭!

【注释】

①内兄:妻子的哥哥。

②和:唱和。指以原韵律答和张纲孙的诗。

③蓬门:以蓬草编的门。指贫寒之家。死生:逝世,死亡。

④枉道：绕道。车衡：车辕前端的横木，代指车辆。

⑤泉路：泉下，阴间，人死后所归之处。

⑥银釭：银白色的灯盏、烛台。

⑦繐（suì）帷：亦作"繐帏"，用稀疏的布制成的灵帐或帐幕。

⑧诘旦：第二天早晨。

⑨人间：尘世，此处指流传于士子间。

⑩遗编：遗诗，指陆韬托梦舅兄所作的那首诗歌。百感：种种感慨。

⑪权衡：品评文章高下。

⑫子期去后知音少，肠断高山流水声：锺子期与俞伯牙"高山流水"的典故，暗寓知己、知音之意。典故出自《列子·汤问》。俞伯牙善鼓琴，锺子期善听音。俞伯牙鼓琴，志在高山。锺子期曰："善哉，峨峨兮若泰山！"俞伯牙志在流水，锺子期曰："善哉，洋洋兮若江河！"

⑬卒业：全部诵读完毕。

⑭结习：多指积久难除之习惯，指陆韬死后依然忘不了平日所读的诗文。

【译文】

陆韬的妻兄某某，一向不擅长写诗，读了张纲孙悼念妹夫的诗后悲伤不已，想要写一首和答的诗，却怎么也想不出来，在床上翻来覆去地思索。最后疲倦地睡了过去，突然梦到陆韬对他说："兄长还没有写成唱和张先生的诗吗？我替兄长写出来了，现在就朗诵给你听：'谁向蓬门问死生，诸公枉道驾车衡。我游泉路无他乐，惟听萧萧松柏声。'"陆韬妻兄顿时惊醒，发现四周寂静无人。此时烛台上的蜡烛明灭可见，只有月光洒在屋内的帐幕上。第二天天一亮，陆韬妻兄拿着诗去拜访张纲孙，并且告诉了他此诗的来历。张纲孙流着泪赏评其诗道："声调凄婉，情感沉郁，这首诗歌的感情基调多么像子容的风格啊！"这首诗歌流传士林，唱和的有数百人。我自己也写了一首和诗："一读遗编百感生，文章无价漫权衡。子期去后知音少，肠断高山流水声。"有雅好诗歌的人将这些诗歌辑录在一起保存了下来。最近我将这些诗全部读完，因此悲叹陆韬死后竟然如此难以忘却生前所习读的诗文啊！

夫幽明异路①，纵甚所亲爱，亦皆弃之如遗。而独于诗文之际，往往欲自见其长，有不能尽泯者②，岂非心之所结，虽生死亦莫为之隔耶？吾知慧业文人③，应生天上，子容终不乐以才鬼自鸣于时矣。因纪之。

【注释】

①幽明异路：人与鬼神之间隔绝不能相通。幽明，指生与死，阴间与阳间。

②泯：指遗忘。

③慧业文人：指有文学天才并与文字结为业缘的人。《宋书·谢灵运传》："得道应须慧业文人，生天当在灵运前，成佛必在灵运后。"

【译文】

生死异路，纵使是死者生前极其喜爱的事物，在他死了之后也只会被毫不在意地丢弃。而只有死者创作的诗文，常常为了要显示自己的才华，因此这些作品没有完全被世人所遗忘，难道这些作品是死者心血、智慧的结晶，即使是生死也无法阻隔人们的关注吗？我知道的那些有文学天赋并与文字结为业缘的人，死后应该升到天庭，陆韬始终也不愿意在地府做个逞才恃能的鬼魂。因此我把这件事记载下来。

张山来曰：语有之："宁为才鬼，尤胜顽仙①。"然才鬼附乩作诗文者②，世多有之。今此则于梦中和韵，尤为奇也。

【注释】

①宁为才鬼，尤胜顽仙：见南朝梁陶弘景《上武帝启》："常言人生数纪之内，识解不能周流天壤，区区惟充恣五欲，实可耻愧。每以为得作才鬼，亦当胜于顽仙。"才鬼，有文才、识见的鬼。顽仙，愚蠢仙人。

②附乩（jī）作诗文：通过扶乩的方式用诗词互相赠答唱和。

【译文】

　　张潮说：古语有言："宁可做个才华横溢的游魂，也不做愚蠢不堪的神仙。"然而世间才鬼通过扶乩的方式创作诗文，却有不少。如今陆韬在妻兄的梦境中吟和张纲孙之诗，更是难遇的奇事。

雌雌儿传

陈鼎（定九）①

　　雌雌儿者，不知何许人，亦未详其姓氏。自言崇祯时孝廉也，未几为道士，往来江阴、无锡间②，与予里黄介子先生善③。每过其家，必袖一刺④，大书"年家眷弟雌雌儿顿首再拜"投入⑤。相见必交拜⑥，别去必顿首。衲衣外别无他物⑦，惟腰佩竹筒三，大钱围⑧，长五寸而已。

【注释】

①陈鼎：参见本卷《毛女传》注释。本篇出自陈鼎小说集《留溪外传》卷十七。

②往来江阴、无锡间：在江阴与无锡之间来往不断。明、清时江阴、无锡二县皆属常州府。

③黄介子：黄毓祺，字介子，号大愚，江阴（今属江苏）人。明天启间

贡生,万历晚期与友人结江上九子社。清兵入关,他积极参加复明抗清活动。江阴城破后,隐居月城桥南的黄梅别墅,剃度出家,法号印白。顺治六年(1649)被捕,卒于南京狱中。其人事见温睿临《南疆逸史》卷三六、计六奇《明季南略》卷九。

④必袖一刺:衣袖中必定放着一张拜帖。刺,名帖,拜帖。

⑤年家眷弟:是旧日客套的措辞,"近则无不用年家眷三字矣。有人戏为词曰:也不论医官道官也,不论两广四川,但通名一概年家眷。按今惟翰林前后辈交拜通用年家眷字,外省则大府拜知府以下属员间用年家眷弟字"(梁章钜《退庵随笔》卷二)。年家,科举时代同年登科者两家之间的互称。明末以后,往来通谒,不论有无年谊,概称年家。眷弟,旧时姻亲的互称。"眷"本有姻亲、亲眷之意。初结婚之家,尊长对卑幼自称"眷生",卑幼对尊长自称"眷晚生",平辈称为"眷弟"。顿首:磕头,常是书简中表示致敬的用语。再拜:拜了又拜,表示恭敬。古代的一种礼节。

⑥交拜:互拜,中国古时相见的一种礼节。

⑦衲衣:道袍。

⑧大钱围:大如铜钱的周长。围,圆周的周长。此句指竹筒粗如铜钱。

【译文】

雌雌儿,不知道是哪里人,也没人知道他姓什么。他自言是明崇祯年间的举人,没过多久就出家当了道士,经常往来于江阴县和无锡县之间,和我的同乡黄毓祺先生关系亲密。雌雌儿每次拜访黄先生,必从袖中拿出来一封拜帖呈上,帖上郑重地写道"同科友人、姻亲雌雌儿致敬礼拜",交给黄家门人送入。雌雌儿见到黄先生的时候,二人必会行对拜之礼,辞别黄先生的时候,也必会叩头辞别。雌雌儿道袍上没有任何其他东西,只有腰间佩戴了三个竹筒,竹筒粗如铜钱,长约五寸而已。

后游云间①,云间诸氏,素封家也②,有空屋三百余楹。

雌雌儿往僦之③，如数与之值。既入，键其户④，独坐堂上，取所佩竹筒，揭盖倾之，如芥子状者⑤，跃于地不止。须臾，尽化椅桌帷帐器皿，无不具。既而复取一筒倾之，如芥子者复跃于地。须臾，谷粟、饮食、牛羊鸡犬无不具⑥。又以一筒倾之，则僮、仆、婢、妪、妻、妾、男、妇数百人皆集矣，供奔走者⑦，除堂宇者，整器用者，顷刻如大富贵家。诸氏从门隙窥之，大惊，以为怪。于是雌雌儿乘车马，拥仆从，交游通国⑧。居久之，诸氏以为妖，使人辞焉。雌雌儿尽以妻、妾、僮、婢、器用、牛羊之类，纳诸筒内，飘然长往⑨，不知所终。

【注释】

①游云间：漫游松江府（今上海一带）。西晋文学家陆云（家在松江府的治所华亭）对客自称"云间陆士龙"，后世遂以云间代指松江府。

②素封：无官爵封邑而富比封君的人。

③僦（jiù）：租赁。

④键其户：拴上门。键，插在门上关锁门户的金属棍子。这里名词活用作动词，用棍子拴上门。

⑤如芥子状者：指像芥菜种子那么小的物体。佛典中常用芥子比喻极微小之物，有芥子纳须弥之语。

⑥谷粟：谷类的总称。

⑦奔走：驱使，差遣。

⑧交游通国：交游往来于整个国家。这里比喻其朋友众多。交游，往来的朋友。通国，整个国家。

⑨飘然：高远、超脱的样子。

【译文】

后来，雌雌儿漫游松江府，松江府的诸氏，是个虽无官爵封邑却富比封君的家族,家中有三百多间闲置的房屋。雌雌儿便去诸家租房居住,按照价格交付租金。雌雌儿进入房间后,从里面把门拴上,独自坐在厅堂上,从身上取下随身携带的竹筒,打开盖子倾倒,只见如同芥子大小的东西,不断地从竹筒里跳到地上。不一会儿,这些如同芥子大小的东西全都变成了桌椅、帷帐、饮食用具等物品,生活所需应有尽有。接下来,他又取出来一个竹筒,打开盖子倾倒,如同芥子大小的东西又从竹筒中跳到地上。不一会儿,谷物粟米、饮品食物、牛羊鸡犬等东西也都齐备了。雌雌儿第三次拿出竹筒倾倒在地,便出现了僮子、健仆、婢女、老妪、妻子、妾室、男人、女人等数百个各类人物,这些人有的供人驱使,有的打扫堂屋,有的整理器具,这个房屋便瞬间像富贵人家那样了。诸家的人从门缝里看到了此情此景,大吃一惊,觉得这事情极为怪异。从此之后,雌雌儿乘坐马车,拥有一众仆人,和他有往来的朋友遍及全国。时间久了,诸家的人觉得雌雌儿是妖怪,便派人请他退租离去。雌雌儿把妻子、妾室、僮子、婢女、器用、牛羊等等东西全部重新收到竹筒里,就潇洒地离开此地,没有人知道他去了哪里。

    外史氏曰:黄介子高足徐佩玉弟群玉[1],与松江倪永清为予言[2]。雌雌儿,高士也[3],以幻术避世[4],而世卒不容,屡遭斥逐,终遁深山。呜呼!士生乱世,道亦穷矣[5]!

【注释】

①高足:高才弟子。对别人弟子的敬称。徐佩玉:徐趋,字佩玉,黄毓祺弟子,与黄毓祺同在江阴抗清。其人事见《明季南略》卷九、《弘光实录钞》卷四、《(光绪)江阴县志》卷十六。

②松江:府名。明属南直隶,清属江苏省。在今上海。倪永清:松江人,明亡后出家,法名超定。清超永编《五灯全书》卷九七有载。

③高士:指隐居不仕或修炼者。

④幻术：方士、术士用以眩惑人的法术。避世：逃避乱世。

⑤穷：困窘，指有道术也无法施展。

【译文】

陈鼎说：黄毓祺先生的弟子徐佩玉有个弟弟叫徐群玉，他和松江府的倪永清一起向我讲述了此事。雌雌儿，是个修炼得道的高人，凭借高超的法术逃避乱世，但世俗之人始终不接受这样的人存在，多次遭到驱逐的他，最终远遁深山了。哎呀！有才能之人生逢乱世，即使身怀再高妙的道法，也没办法施展呀！

　　张山来曰：昔阳羡诸生以眷属、什器、饮食纳口中①，今雌雌儿以眷属、什器、饮食纳竹筒中，似逊阳羡书生一筹。然书生眷属有外夫②，而雌雌儿则无之，是雌雌儿又胜于阳羡书生也。

【注释】

①阳羡诸生：即阳羡书生，也叫鹅笼书生，出自南朝梁吴均志怪小说集《续齐谐记》。讲述阳羡人许彦负鹅笼而行，遇一书生以脚痛求寄鹅笼中。至一树下，书生从口中吐出器具肴馔，与许彦共饮，并吐一女子陪坐。等到书生睡后，女子口中吐出一个男子，与之私会。眷属：家属，此指女子，书生的妻妾。什器：指各种生产用具或生活器物。

②外夫：指阳羡书生的女人私会的男子，该篇小说载"女人于口中吐出一男子，年可二十三四，亦颖悟可爱"。

【译文】

　　张潮说：昔日阳羡书生可以把妻妾、器具、饮食等放到口中，如今有雌雌儿可以把妻妾、器具、饮食等放到竹筒里，表面上看似乎比阳羡书生本领差一些。但是阳羡书生的女人私通男子，而雌雄儿则没有私通外人的女人，从这方面来看，雌雄儿的境遇似乎比阳羡书生略胜一筹。

再来诗谶记

沙张白（定峰）[1]

弘治中[2]，闽之侯官有老儒某[3]，博学善文，屡举不第，性迂介[4]，贫困日甚。生一子，不能读书，佣耕自给[5]。年七十，郁郁死。死之夕，取生平著作，题诗其后，嘱其妻善藏之，遂卒。贫无以敛，门人某某四五人[6]，醵金敛之[7]。内某生者，家富，尤笃于谊，偕同学涕泣执丧[8]，瘞之而后去[9]，又时时周恤其孥[10]。

【注释】

① 沙张白：原名沙一卿，字介臣，号定峰，江阴（今属江苏）人。明崇祯间秀才，长于史学，涉猎医卜星相之类。著有《定峰乐府》《定峰文选》《读史大略》。事略见金武祥《粟香二笔》卷五、《（光绪）江阴县志》卷十七。本篇《虞初新志目录》注出《古今文绘》。陆次云辑《古今文绘稗集》四卷，或即此书，惜未见。

② 弘治：明孝宗朱祐樘的年号（1488—1505）。

③ 侯官：县名。东汉末置侯官县，治今福建福州。明、清时与闽县同为福州府治。

④ 迂介：迂执耿介。

⑤ 佣耕：受雇为田主耕种。

⑥ 门人：弟子，指老儒平日教导学业的学子。

⑦醵（jù）金：凑集众人的钱财。

⑧执丧：奉行丧礼或守孝。

⑨瘗（yì）：掩埋，埋葬。

⑩周恤：周济，抚恤。孥：妻子与儿女的统称。

【译文】

明弘治年间，福建侯官县有个老书生，博闻强识，擅长写文章，但他多次参加科考都没有考中，为人迂腐耿直，生活困窘得一天不如一天。他和妻子生有一子，此子读不进去书，只得靠给人耕作来谋生。这个老书生七十岁的时候，抑郁而终。在临死的那天晚上，取来自己平生的著作，在后面题了一首诗，并嘱咐自己的妻子一定要好好保存这些作品，随后咽气，撒手人寰。因为家贫，老书生家人无力来殡殓入葬，最终是他的四五个弟子，凑钱来装殓了他。在这些学生中，有个家庭殷实、又十分珍视与老书生师生之谊的弟子，他带领其他同学一起哭号守孝，安葬了老师后才离去，此后还经常送钱周济老书生的家人。

嘉靖改元①，江南有某公者，十五发解②，十六捷南宫③，夙慧神敏④。起家庶常⑤，不五年，出典闽试⑥，拔士公明⑦。风檐操笔为程式之文⑧，文不加点⑨，八闽传诵焉。九月之望⑩，值公诞辰，抚按监司⑪，莫不具觞为寿⑫。以翰苑之重⑬，衔命典试⑭，礼仪宾主⑮，盛绝一时。都人士莫不歆艳⑯，目为神仙中人⑰。荐绅先达⑱，亦相顾而愧弗如。盖不难其遇，难其少而遇也。

【注释】

①嘉靖改元：启用嘉靖年号，即嘉靖年间。嘉靖，明世宗朱厚熜的年号（1522—1566）。改元，皇帝改用新年号。

②发解：明、清时乡试举人第一名称为解元，考中举人第一名为"发解"。也泛指乡试考中举人。

③南宫：指礼部会试。

④夙慧神敏：一向聪明，神思敏捷。

⑤庶常：庶吉士的代称，明、清官名。其名称源自《尚书·立政》中"庶常吉士"之意。明永乐后，庶吉士专属翰林院，选进士中文学优等及善书者为之。三年后举行考试，成绩优良者分别授以编修、检讨等职。

⑥出典闽试：出京主持福建一带的乡试考试。出典，谓出而执掌某种官职。明、清时期，朝廷选派翰林、内阁学士赴各省充任正副主考官，主持八月在各省省城举行的乡试。

⑦公明：公正而无隐私。

⑧风檐：指科举时代的考试场所。操笔：执笔。程式之文：程文。指科举考试时由官方撰定或录用考中者所作、以为范例的文章。

⑨文不加点：形容文思敏捷、下笔成章，通篇无所涂改。

⑩望：望日，指每月农历十五日。

⑪抚按监司：泛指大小各级官员。抚按，明、清巡抚和巡按的合称。监司，监察地方属吏的司、道诸官。

⑫具觞：举酒。

⑬翰苑：翰林院的别称。为文士聚集的地方。乡试主考官员多为翰林或内阁学士。

⑭衔命：接受使命。典试：主持考试之事。

⑮礼仪宾主：形容宾主双方热情交接，客人依礼前来祝贺，主人招待来宾热情尽礼。

⑯歆艳：歆羡，羡慕。

⑰神仙中人：指某公神采、风姿、才学、举止不同凡俗。

⑱荐绅先达：泛指官员名儒。荐绅，缙绅，指有官职或做过官的人。

荐,通"揎"。先达,有德行学问的前辈。

【译文】

嘉靖年间,江南地区的某人,十五岁就中了解元,十六岁就在会试中告捷,此人一向聪明,才思敏捷。他由翰林院庶吉士做起,不过五年时间,就出京主持福建的地方考试,选拔人才公正严明。他在科场上写作的范文,一气呵成,下笔成章,在整个福建地区被人们流传诵读。九月十五日,正值此人的生日,地方的大小官员都来为他进酒祝寿。因为他供职翰林院的重要身份,加上接受使命担任科考的主考官,主人、宾客都极尽礼节地交往,一时间宴会热闹兴盛。城中文人没有一个不羡慕他年少有为、才情优异的,都把他视作不同凡俗的人物。在座的官员名儒,也都相互看着而自叹不如。大概这类仕运亨通、才华杰出之辈不难见到,而难得的是他在年少之时就能有这样的境遇。

抵暮醉甚,而晋接无间①,避归使舟,闭舱酣寝,戒舟人尽却贺客。比酒醒,已夜半矣。月射纱窗,晶皎如昼,顾瞻岸崖,清兴忽发②。遂潜易衣帻③,呼一小竖自随,乘月信步④,不觉数里。所见山川林壑,恍若旧游,意颇讶之。俄闻哭声甚哀,出自村舍。公闻之,凄然心动,寻声踪迹之,至一僻小聚落中⑤,一家茅屋数椽⑥,了无篱落⑦。命小竖排阓入视⑧,则有老妪,年且八旬,头鬓皓白,然一纸灯,设野蔬麦粥,祭其亡夫而哭之,词旨悲惋⑨。公揖而问妪:"夫人何为者,过哀乃尔?"妪挥涕而谢,掇一破绳床命公坐,已乃泣告曰:"妾拟昼祭亡夫,而儿子远出,迟之至今,度弗返矣,不得已夜祭之。觅杯酒为奠不可得,用是感伤,顿违夜哭之戒⑩,知不免为君子所讥耳。"公曰:"贤夫何人⑪?没来几载?祭既无具，曷不姑俟质明乎⑫?"妪曰："妾夫侯官老儒，才丰命啬⑬，没于弘治某年，今日乃忌辰也。未亡人伉俪情深⑭，虽乏椒浆⑮，不忍不祭。移忌就明，理不敢出。"公闻之愕然，盖其忌辰，即公之生辰，而以岁计之，适二十一。

【注释】

①晋接：进见，接见。

②清兴：清雅的兴致。

③衣帻：衣服与头巾。

④信步：漫步，随意行走。

⑤聚落：村落，人们聚居的地方。

⑥数椽：数间房屋。

⑦篱落：篱笆墙。

⑧排闼：推开门。闼，门，小门。

⑨词旨：言辞意旨。悲惋：悲伤叹惜。

⑩夜哭之戒：古礼戒寡妇夜哭。《礼记·坊记》："寡妇不夜哭。"

⑪贤夫：敬称他人的丈夫。

⑫曷不姑俟质明乎：为什么不暂且等到天亮的时候再说呢？质明，天刚亮。

⑬才丰命啬：有才情、满腹经纶却运数不好。啬，少，这里引申为不好。

⑭未亡人：寡妇的自称。伉俪情深：夫妻之间的感情深厚。伉俪，夫妻，配偶。

⑮椒浆：椒酒。古代多用以祭神。

【译文】

临近黄昏时分，某人已经喝得醉醺醺，可往来道贺的宾客仍旧络绎不绝，于是他暂时躲避到使者乘坐的船中，关闭船舱门窗酣然大睡，睡前告诫船夫全部回绝道贺的来客。等到他酒醒的时候，已经是半夜时分。此时皎洁的月光照进船舱蒙纱的窗户，银白明亮如同白昼一般，他抬头仰望窗外两岸的山崖夜色，突然之间雅兴袭上了心头。于是暗中穿上衣服、戴上头巾，叫上一个童仆跟随，乘着月色悠闲地散步，不知不觉间就走了好几里。在夜色中，他所见到的河水、山林涧谷，熟悉得仿佛曾经见过一般，使他内心诧异不已。不久，他听到远处传来十分凄婉的哭声，这哭声来自村里的房屋。某人听着这暗夜里的哭声，内心悲切而生发感触，寻着声音去探察，来到一座偏僻狭小的村宅前，有几间茅屋，也没有篱樁护持庭院。他命童仆敲门进去查看情况，只见房屋内有一位年近八旬的老妇人，头发洁白如雪，点着一盏纸糊的灯，在桌子上摆设着野菜和小麦混合熬的粥，原来是祭奠亡夫而哀声哭泣，言辞悲伤。某人向老妇人作揖道："夫人这是在祭奠谁？竟哭得如此哀切？"老妇人擦泪致谢，收拾了一张破旧的绳床让他坐下，然后哭着向他说道："妾身本打算白天祭奠亡夫，但儿子出门远行，到现在还没有回来，我想他应该赶不回来了，所以没有办法，只好半夜祭奠亡夫了。我想用酒来祭奠亡夫，但家贫无力筹备，因此更加伤感，一时间违背了半夜禁哭的习俗，如今知道难免要被公子讥笑了。"某人道："尊夫是什么人？去世多久了？既然没有祭奠他的酒菜，为什么不等到天明再祭奠呢？"老妇人道："先夫曾是侯官县的老书生，才情通达却时运不济，死于弘治某年，今天是他的祭日。我心念夫妻间的深情，虽然缺少酒水，也不忍心不祭奠他。如果改到天明再祭奠，在事理上说不过去。"某人听闻这一番话，震惊不已，原来老书生的祭日，就是自己的生日，如果推算时间的话，老书生辞世已二十一年，而自己恰好二十一岁了。

　　睹妪容貌憔悴，而吐词温雅①，有儒家风，且惊且怜之。因问曰："贤夫既是硕儒②，必富著述，遗编存者，可得见乎？"妪闻而泫然首肯③，若有所思。既而告公曰："妾事先夫五十年,见其精勤嗜学,无间寒暑。瓶无粟,突无烟④,淡如也。著述之富,充栋汗牛⑤,制义文字⑥,别为一编。六十以后,每取而读之,未尝不抚几太息,泣下数行。妾恐伤其意,每箧藏之,不使得见。将死前一月,忽燔烈焰⑦,誓将焚之。既而展玩再四,徘徊不忍,嘱妾曰:'一世苦心,难付秦炬⑧。当藏吾棺中,以为殉耳。'言已歔欷久之。易箦之夕⑨,又向妾索观,题诗其后,而语妾曰:'好藏之,当有识者。'既而笑曰:'文义高深⑩,非吾再来,安识其中神妙乎?吾生无愧怍⑪,死而食报⑫,易世而后⑬,大兴吾宗⑭,令天下寒儒吐气也⑮!'言已,大笑而绝。迄今二十年,唯门生数辈,抄而读之,他未有过而问者也。"

【注释】

①温雅:温和文雅。

②硕儒:大儒。

③泫然:流泪的样子。首肯:点头同意。

④突无烟:烟囱里不冒烟,指家中无柴、无米做饭。突,烟囱。

⑤充栋汗牛:谓书籍堆得高及栋梁,多至牛马运得出汗。形容藏书或著述之富。语出唐柳宗元《陆文通先生墓表》:"其为书,处则充栋宇,出则汗牛马。"

⑥制义:即八股文。

⑦燔(fán):焚烧。

⑧秦炬:秦始皇曾举火焚书,故用秦火、秦炬代指以火烧书。

⑨易箦(zé)之夕:临死之前的那天傍晚。易箦,更换床席,指人将死。箦,竹席。

⑩文义:文章的义理,文章的内容。

⑪愧怍：惭愧。

⑫食报：受报答或受报应。

⑬易世而后：指转世投生之后。

⑭吾宗：儒学。老儒习读儒经，所言吾宗指儒学。

⑮寒儒：贫寒的读书人。

【译文】

某人看老妇容貌憔悴，但谈吐却十分文雅，有儒者的气质，对此他既惊讶又哀怜。于是问道："尊夫既然是有大学问的人，肯定著作丰富，他遗留下来的文集，可否让我拜读？"老妇人听后眼中泪光闪闪地点了点头，看上去若有所思。接着她对某人说："妾身侍奉先夫五十年，知道他勤于治学，寒来暑往从未间断过。即使是家里没有吃的粮食，灶房无法生火做饭，他也淡然处之。他生前所作文章很多，数不胜数，所作应试八股文，另外编为一册。他六十岁以后，每次拿出这些文章来读，都拍桌叹息，泪流满面。妾身担心这样会触动他的悲怀，经常把文集藏到书箱，不让他看到。在他去世前的一个月，他突然点起了火，发誓要烧了这些文稿。接着看了又看，翻了又翻，思忖良久最终没舍得烧掉，嘱咐我说：'这可是我一辈子的心血呀，实在不舍得付火烧掉。你把它藏在我的棺材里，就让它陪我一起埋藏地下吧。'说完后，他又叹息了许久。在临死之前，又向我索要文稿观看，并在最后一页写了一首诗，对妾身说：'好好保存这些文稿，一定会有人赏识它的。'接着又笑着说：'这些文章义理深刻，如果不是我转世重来，哪里还有人能读懂其中的奥妙所在呀？我此生没做过亏心事，死后肯定有个好报应，等我死后投胎转世，要振兴我们儒学，让全天下贫寒的读书人扬眉吐气呀！'说完之后，含笑而终。到如今已经二十多年了，只有先夫的几个弟子抄过文章，读过遗著，再没有其他人过问先夫的遗作了。"

公闻，急索观之，开卷第一艺①，则发解首墨也②，从初迄末，一字不殊③。公益骇然，细加翻阅，则自应试游庠④，决科会试⑤，一切试卷墨裁⑥，论表策判⑦，以至廷试策、馆选论⑧，皆在集中。闽闱五程⑨，亦皆集中语也。最后有一诗，盖临终绝笔，其诗曰："拙守穷庐七十春⑩，重来不复老儒身。烦君尽展生平志，还向遗编悟夙因⑪。"公读之，恍然大悟，点首浩叹。仰视破屋颓垣，真同故居。因问姬曰："向有卧榻，今则安在？"姬以灯引公入，则朽簀敝衾⑫，尘土坌满⑬。姬拥破席，卧草荐中⑭。公对之，叹息泣下。姬亦骇然，问："公君子，对贫居而饮泣，岂于先夫有师友渊源之雅乎⑮？"公曰："非也。贤夫所谓再来人，即我是也！今日之会，岂繄非天⑯？"姬曰："先夫之亡，妾柔肠寸断⑰，因闻再来之语，私啮尸股⑱，刺指血涂之，以图后验。君子岂有此征乎⑲？"公解靴出股，齿痕宛然，作血殷色。于是姬大啼泣。公亦悲不自胜，徐慰姬："夫人无忧，贤夫读书七十年，老不食报，而取偿于吾。吾之逸，贤夫之劳贻之也。苟昧夙因，即年少登瀛⑳，皆侥倖耳。吾当大兴前生之门，以酬夙愿㉑，使天下老儒有所感奋，不徒为夫人温饱计也。"姬收泪而谢。公又问："令子焉往㉒？"姬曰："先夫没后，妾母子无以自存，幸及门数生㉓，犹敦古道㉔，每当忌日，必遣恤祭。今某生甫登贤书㉕，未暇躬至，故遣儿子诣之，不识何以不至。"公问某生姓名，则是科所拔解元某也。余四五人，亦皆新贵㉖。公又慨然久之。

【注释】

①艺：即制艺，科举考试中的八股文。

②首墨：指第一篇文章。当时的乡试要考三场，根据所出题目写文章若干篇。

③不殊：相同、没有两样。殊，不同。

④游庠（xiáng）：明、清时，儒生经考试录取进入府、州、县学为生员，称"游庠"。庠，古代的学校。

⑤决科：谓参加射策，决定科第。后指参加科举考试。会试：明、清每三年会集各省举人于京城举行的考试，考中者可参加殿试。

⑥墨裁：明、清流行的八股文范本。

⑦论表策判：泛指各类科考文体，科举考试时要考察诏、判、表、诰、时务策等文体。论，议论的文体。表，奏章的一种，多用于陈请谢贺。策，策论，时务策，议论当前政治问题、向朝廷献策的文体。判，审理狱讼的判决书。

⑧廷试：科举考试最高一级，由皇帝亲自在殿廷上主持。通常称殿试。馆选：指参加翰林院庶吉士的选拔。明代进士一甲三人被授予翰林院修撰和编修之职，二、三甲进士可参加翰林院庶吉士考试，称馆选。馆选考取后称庶吉士，在翰林院学习三年，学成后授职。

⑨闱闱五程：在福建主持乡试时所写的五篇范文。闱，科举时代称试院，此处指乡试。程，程文，即前文所言"程式之文"。

⑩拙守：安于愚拙，不取巧。穷庐：贫贱者居住的房屋。

⑪夙因：前世因缘，前世的根源。

⑫朽簟敝衾：朽烂的竹席，破烂的被子。衾，被子。

⑬尘土坌（bèn）满：尘土堆积得到处都是。坌，聚积。

⑭草荐：草垫子，草席。

⑮雅：交情。

⑯岂繄(yī)非天：这难道不是天意吗？繄，是。

⑰柔肠：柔曲的心肠。喻指缠绵的情意。

⑱股：大腿，自胯至膝盖的部分。

⑲征：表露出来的迹象，标记。

⑳登瀛：登上瀛台。清代新进士及第，授官时有赴宴、谢恩、登瀛等仪式，意谓及第授官就职。

㉑夙愿：平素的心愿。

㉒令子：犹言佳儿，贤郎。多用于称美他人之子。

㉓及门：本谓现时不在门下，后以"及门"指受业弟子。语出《论语•先进》："从我于陈、蔡者，皆不及门也。"

㉔敦：笃守，崇尚。古道：古代淳朴厚道的风俗习惯。后称守正不阿的人为"古道"。

㉕登贤书：科考得中，指考中举人。贤书，语本《周礼•地官•乡大夫》："乡老及乡大夫群吏献贤能之书于王。"贤能之书，谓举荐贤能的名录，后因以"贤书"指考试中式的名榜。

㉖新贵：新近显贵的人，即高中乡试科榜而被录为举人。

【译文】

某人听闻后，急忙索要老书生的遗著来看，开卷第一篇，就是自己中解元时写的第一篇文章，从头到尾，一字不差。某人更是吃惊不已，仔细翻看这本著作，自己所经历的各种考试和各级入学考核，从童子试到会试写的文章，所有的试卷乃至八股文范文，包括论文、表章、时务策、判文，以及廷试策论、庶吉士选拔等等文章，都收录在这本遗著之中。他在福建主持乡试时所写的五篇范文，也能在遗著中找到。这本遗著的最后写有一首诗，是老书生的临终绝笔，该诗写道："拙守穷庐七十春，重来不复老儒身。烦君尽展生平志，还向遗编悟凤因。"某人看完，恍然大悟，不住地点头长声叹息。他抬头环顾这破旧的茅屋、墙壁，的确如同自己曾经生活的地方。于是，他问老妇人道："尊夫以前睡觉的那张床榻，如今搬到哪里去了?"老妇人用灯照路带领他进入另一间屋子,一张破损的竹席和破烂的被褥出现在眼前,上面积满了尘土。老妇人看到旧物悲心不已,怀抱破旧竹席,躺在席褥之上。某人面对着她,叹息流泪。老妇人诧异地问:"公子是读书人,面对寒舍旧屋流泪,难道与先夫有师友交往的情谊吗?"某人说:"我们并非师友。尊夫临终前说的转世重生之人,就是我!今天你我再次重逢,这难道不是天意吗?"老妇人道:"先夫死的时候,妾身肝肠寸断,因听他说会转世重生,所以我偷偷地在他大腿上咬了一口,并刺破自己的手指把血涂在上面,为的就是日后转世重来时查验真伪。公子身上难道有那个标记吗?"某人脱靴露出大腿,只见腿上齿痕还在,呈现出殷红血色。于是老妇人大声哭泣。某人也悲痛万分,他缓缓地宽慰老妇人道:"夫人别哀伤,尊夫读书七十年,至死没得到什么回报,如今要从我这里得到补偿了。我现在的清闲自在,都是尊夫辛苦读书的结果。如果不明白前世的因缘,即使我少年考中进士,也当作是侥幸获得罢了。我会振兴前世的门庭,实现之前的志愿,让天下年老的读书人都能受到感发振奋,不只是考虑夫人你的温饱问题。"老妇人收泪拜谢。某人又问道:"你儿子去哪里了?"妇人道:"先夫去世后,妾身母子没有办法养活自己,所幸先夫还有几个受业弟子,仍然遵守着淳朴厚道的尊师遗风,每到先夫的祭日,他们都会派人送来祭品财物。如今先夫的一个学生刚刚考中举人,我没有时间亲自去登门道谢,所以让儿子去贺喜了,也不知道他为什么到现在还没有回来。"某人询问老书生弟子的姓名,原来竟是此次乡试录取的解元某某。其他的四五个弟子,也都在此次科考中被选中。某人又感叹了许久。

既而东方渐明,姬子已至,后有苍头负酒米钱物[①],相随而来。其子蓬鬓布衣[②],一田家庄夫耳。姬命与公相见,询其何以归迟。子言:"某解元以座师寿诞[③],率同年称觞[④]。衙署舟次[⑤],两不获见,彼候师而我候彼,是以归迟。"

公顾负米者曰："若某解元仆耶？"曰："然。"曰："归语汝主，速来会此。"其仆星驰而去⑥。妪语其子以再来故，子欲以父礼事公。公曰："不可。此隔世事耳。"俄而某解元及同年数辈来，闻公语，皆顿首曰："两世师弟，古未闻也！"未几，县令来⑦，又未几，太守至⑧。公对多官，备述所以，无不愕然称奇。

【注释】

①苍头：指奴仆。

②蓬鬓：鬓发蓬乱。

③座师：明、清两代举人、进士对主考官的尊称。

④称觞：举杯祝酒。

⑤舟次：船停泊之所。

⑥星驰：疾走、奔驰如流星。形容速度很快。

⑦县令：知县，指老妇人所在地的侯官县知县。

⑧太守：知府，指福州府（今福建福州）的知府。乡试考试在各省省城举行，福建的省城即为福州府，侯官县为其治所之一。

【译文】

不一会儿，东方已经渐渐天亮了，老妇人的儿子也赶了回来，在他身后还跟着一个仆人担着些酒、米、财物。老妇人的儿子头发蓬乱，穿着一件布衣，俨然一个农家田夫的装扮。老妇人命儿子与某人相见，并询问他为什么回来得这么晚。其子道："因为解元某某的主考官今天过寿，他带着同科举人一同向主考官去祝酒拜寿了。他们在官府衙署和官船停泊处都没有找到主考官，他们等候主考官，我等待他们，所以耽误了时间，回来晚了。"某人回头看了一眼挑担子的人说："你是新科解元某某的仆从吗？"此人答道："小人正是。"某人说："回去告诉你家主人，让他赶快来这里会面。"这个仆人便飞奔回去报信。老妇人向儿子讲述了夫君死前所说转生再来的事情,老妇人儿子想要以父亲的礼节去侍奉他。某人道:"不可如此。毕竟这都是前世的事了。"不一会儿,解元某某和他的几个同科举人一起赶过来,众人听某人讲述前生之事后,都叩头下拜道:"两世都能成为师徒,这可是自古未曾听说过的事呀!"没过多久,侯官知县也赶来了,又过了一会儿,福州知府也来了。某人面对众多官员,详细地讲了一遍自己前世今生之事,在座众人全都目瞪口呆,啧啧称奇。

公于是首祭老儒之墓①,加封树焉②。大集姻族③,咸有馈赠。其于妪母子有恩者,倍酬之。为妪子买田宅奴婢,倾赀赈给之④。自抚按藩臬⑤,下至公所取士,莫不有赠。妪母子遂为富人,又为其子娶妇。数日间,传遍八闽,自江以南,悉播为美谈。老生宿儒闻之⑥,有泣下者。公以归期急,不及久留,辞妪母子去,终其身往返不绝焉。后其子生子女各五,某解元者与为婚姻。五子读书,三登甲第⑦,最少者犹以乡贡起家⑧,起至二千石⑨。科名绵绵,为闽中鼎族云⑩。

【注释】

①首祭:带头祭奠。

②加封树:给坟上垒土、坟边植树。

③姻族:有姻亲关系的各家族或其成员。

④赈给:救济施与。

⑤藩臬:藩司和臬司。明、清两代的布政使和按察使的并称。

⑥老生宿儒:泛指年老的读书人。

⑦甲第:明、清指进士。

⑧乡贡：古代科举考试中，不由学馆而先经州县考试，通过后再送尚书省应试者叫乡贡。

⑨二千石：指知府。汉代郡守俸禄为二千石，所以后世称郡守为"二千石"。

⑩鼎族：豪门贵族。

【译文】

于是，某人领头祭奠老书生的墓地，又给坟墓加土、种植树木。他派人聚集自己前世的亲族，并且全都赠送了他们礼物。对那些曾经帮助过老妇人母子的人，加倍地偿还财物。并且为老妇人的儿子购买田地、宅院以及仆从、侍婢，拿出自己的财物来帮助他。上至地方上的巡抚、巡按、布政使、按察使等官员，下至自己新选中的举人，没有一个不给老妇人母子赠送礼品的。自此，老妇人母子两人成为了富人，某人还为老妇人儿子娶了妻子。不多时日，此事就传遍了整个福建地区，自长江以南，处处被人称颂赞扬。世上年老的书生儒士听说这件事之后，有的泣涕如雨。某人因为奉命外出主考的时间有限，没能停留多久，就辞别老妇人母子回京了，后来直到自己去世，他都与福建这户人家频繁来往。后来老妇人的儿子生有五个儿子，五个女儿，当时被某人取中的解元某某替他们安排婚姻大事。五个儿子都读书进学，其中有三个都考中了进士，最差的也是凭贡士身份立业起家，官至知府。他们家的后辈举子绵延不绝，后来成为福建地区的显赫家族。

张山来曰：前生处约①，而今生处乐，实所不必，以其于前生毫无所益也。若尽能如此公，则无复有遗憾矣。

【注释】

①处约：居于穷困的环境。

【译文】

　　张潮说：前世过得贫苦坎坷，而今生活得逍遥自在，实际上不必这样做，因为这样做对人的前生而言实在是没有丝毫的用处。如果世人都能像文中那个人一样可以转生弥补前世不足之事的话，那么人生就都没有什么遗憾了。

卷十

【题解】

　　本卷所选篇目既涉及两部小说集，又有七篇描写人物、鬼怪以及艺术家精湛技艺的文章。《筠廊偶笔》是宋荦撰写的一部小说集，记载康熙时期的奇事。该小说集每则故事篇幅短小，往往仅是粗陈梗概，甚至有的只有片言只语；所选内容五花八门，既有洞庭湖神现身、重修洛阳桥的记载，也有茯苓、山市的描写，还有暴风卷荷吹落至三里外的琐事，读者借此娱目开怀，但不可尽信其说。本卷所选《北墅奇书》，文笔胜于《筠廊偶笔》，如李宛借张远尸体还阳的故事鲜活逼真，人物的一言一行仿佛近在眼前；而四川巡道汪公所见借尸还魂之事亦为殊异，至于刘理顺因善行得好报、蓟门人偿还前世宿债、观音救汤聘之类则饶富故事性，确有可读性。《鬼母传》《烈狐传》一写鬼魂，一写狐精，其关注点与《筠廊偶笔》《北墅奇书》如出一辙，大抵在于鬼神精怪之类。《爱铁道人传》《狗皮道士传》写的都是明末异人，他们在国破家亡后走上了一条狂放不羁之路，举止疯癫，言行放诞，行非常之路，说奇异之语，佯狂或许已成为他们存世的方式。《核舟记》以极细致的笔法叙写雕刻奇技，堪称写物叙技的典范。作者魏学洢的文学创作生涯短暂如流星，却依然留下像《核舟记》这样的佳作。他或许是以猎奇的心理来写此篇，却展示了青年人超强的观察力，仿佛能将微小的艺术品无限放大一般，令人对其景象了然于胸。作品详尽描绘舟中雕刻的物象，层次分明，纤毫毕现，始从核舟外形轮廓描写，又一一介绍惟妙惟肖的人物造型，诸种描写美若画作。作者将舟中人物的意态神情交代得清清楚楚，既有个人情趣的展现，更有追求艺术神韵的意识，故能生动传神。魏学洢虽非散文大家，但此篇作品却令他扬名文坛，正如陆次云《古今文绘》所评："文亦灵怪甚矣！"

筠廊偶笔

宋荦（牧仲）①

今上御极之四年②，鹿邑中翰梁公遂以诏使过洞庭③。风雨中见一人，长髯，蓝衣，纱帽，气度闲雅，乘一物似马，半没水内。侍者持杖，狰狞随其后，与波涛上下。舟中数十人共见之，相距才数武耳④。逆风而行，良久，迷离不见⑤。其年八月，公返棹过齐安⑥，与余杯酒间细言之。或曰：此洞庭君迎诏使⑦。理或然也。

【注释】

①宋荦：字牧仲，号漫堂、西陂、绵津山人，清归德府（今河南商丘）人。清初著名诗人、画家，他与王士禛、施闰章等人同称"康熙年间十大才子"。历任黄州通判、刑部郎中、吏部尚书等职。著有《绵津诗抄》《筠廊偶笔》《沧浪小志》等，后来将诗文汇刻成《西陂类稿》。事见《清史稿·宋荦传》、汤右曾《皇清诰授光禄大夫太子少师吏部尚书漫堂宋公墓志铭》。本篇九则故事选自宋荦《筠廊偶笔》。该书记宋荦耳目见闻之事，乡野趣事、野史考证之类无不涉及。

②今上：《筠廊偶笔》成书于康熙九年（1670），《筠廊二笔》成书于康

熙四十五年（1706），故"今上"指康熙皇帝。文中"公返棹过齐
安"，梁遂与宋荦相遇齐安是康熙四年（1665）事，彼时梁遂奉诏
广西颁诏，宋荦时任湖广黄州通判。御极：指皇帝登基。

③鹿邑：县名。明、清时期均隶属河南归德府。今属河南。中翰：
明、清时内阁中书的别称，即中书舍人。梁公：梁遂，字大吕。清
顺治三年（1646）进士，顺治十七年（1660）升任内阁中书科中
书舍人。康熙四年（1665）充任粤西颁诏使，官至贵州清军粮
驿道道员、贵州布政使司参议，署理贵州布政使司布政使。事见
《（康熙）鹿邑县志》卷八。梁遂与宋荦为姻亲，是宋荦弟弟宋炌
的岳父。诏使：皇帝派出的特使。

④武：半步，泛指脚步。

⑤迷离：模糊不明，难以分辨。

⑥返棹（zhào）：乘船返回。齐安：古郡、县名，此处指黄州府（今湖
北黄冈）。宋荦时任黄州府通判。

⑦洞庭君：洞庭湖的水神。

【译文】

康熙皇帝继位的第四年，鹿邑县人中书舍人梁公名遂奉诏出使，路
过洞庭湖。在疾风密雨中看见一位长着长胡子、穿着蓝色上衣、戴着纱
制官帽的气度非凡的人，只见他乘坐着一个似马非马的动物，身体的一
半已经没入了水中。在他的身后，跟着一位面目狰狞、手持木杖的侍者，
随着波涛上下起伏。和梁遂在一个船上的几十人都看到此景，与他们相
距只不过几步。只见那个人逆风而行，过了一会儿，就模模糊糊地看不
见了。同年八月，梁遂乘船返回时，路过黄州，和我一起喝酒吃饭时详细
讲了这件事情。有人说：这是洞庭水神在迎接皇帝派出的使者。按道
理或许是这样。

楚之黄安县①，野塘荷叶数百，为暴风卷起，插三里外

稲畦中，一叶不乱。

扬州水月庵杉木上②，俨然白衣大士像③，鹦鹉、竹树、善财皆具④。

余于武城见一小儿⑤，四五岁，手足似螳螂，头高起作两歧⑥，见人念"阿弥陀佛"⑦，惟索钱无厌耳。

孝感夏孝廉振叔炜⑧，见一儿六七岁，浴水中，势与谷道各二⑨。后不知所终。

樵人于王屋山得茯苓如屋⑩，送济源某公⑪，服之十年不尽。

一闽人山居，门前忽现宫阙数重⑫，巍焕插天⑬，须臾不见，盖山市也⑭。

【注释】

①黄安县：明嘉靖四十二年（1563），割麻城、黄陂、黄冈置新安县，不久改为黄安县。明、清属黄州府。即今湖北红安。

②水月庵：《（雍正）扬州府志》卷二五记庵在扬州城南官河北岸。

③白衣大士：即观音菩萨，因菩萨常穿白衣、坐于白莲中。

④善财：即善财童子。

⑤武城：《筠廊偶笔》作"城武"，当是。城武，明洪武十八年（1385）由济宁州改属兖州府。至清雍正十三年（1735），城武县改属曹州府，即今山东成武。

⑥两歧：也作"两岐"，指两个分岔。

⑦阿弥陀佛：佛名，指西方极乐世界的教主。"阿弥陀"意译为无量，也译作无量寿佛或无量光佛。民间常持念阿弥陀佛。

⑧孝感：县名。清代孝感县属德安府、汉阳府。即今湖北孝感。夏

孝廉振叔：举人夏炜，字振叔，孝感人。明崇祯十五年（1642）举人。曾撰《借山随笔》，宋荦《筠廊偶笔》、周亮工《因树屋书影》、陆廷灿《南村随笔》等曾引用。

⑨**势与谷道**：指生殖器与肛门。

⑩**王屋山**：中条山的分支山脉。位于河南济源、山西垣曲间。**茯苓**：中药名。为多孔菌科真菌茯苓的干燥菌核。

⑪**济源**：县名。明、清时属河南怀庆府。今为河南济源市。

⑫**宫阙**：古时帝王宫门前有双阙，故称宫殿为宫阙。

⑬**巍焕**：盛大光明，高大壮观。

⑭**山市**：山中出现的蜃景。周亮工《因树屋书影》卷五："然人知有海市，而不知有山市。东省莱潍去邑西二十里许，有孤山，上有夷齐庙。志称春夏之交，西南风微起，则孤山移影城西。从城上望之，凡山峦林木、神祠人物，无不聚现。逾数时，渐远，渐无所睹矣。"

【译文】

楚地的黄安县，野外池塘中生长着数百荷叶，一天暴风忽袭，把荷叶连根卷起，插到三里外的水稻田中，一片叶子也不见散乱。

扬州水月庵有一颗杉树，树上呈现出观音菩萨像，菩萨身旁鹦鹉、翠竹、善财童子等一应俱全。

我在城武县遇到一个小孩，大约有四五岁，手脚像螳螂前肢的形状，头顶部高拱，两边有两个分岔，见人就念"阿弥陀佛"，只是一直向别人乞讨而不知道满足。

孝感县的举人夏振叔名炜，曾遇见一个六七岁的小孩，在水中洗澡，阳具和后窍各长了两个，也不知道后来怎么样。

有个樵夫在王屋山得到一个如房屋大的茯苓，将它送给济源县的某人，某人吃了十年都没有吃完。

有个福建人住在山里，门前突然出现几层高的宫殿，高大壮观，直耸云天，一会儿就消失了，这是山中蜃景。

同里孝廉王皞之^①，有妹生不能言。及笄，有道人过门乞食，云善治病。或问能治哑否，曰："能。"孝廉遂以妹请。道人命取水、油各一盏，咒之，倾一处，以簪搅成膏，渐结为丸，曰："以水调服，即能言，但须焚香谢天耳。"孝廉以药授妹服之，顷刻能言。急觅道人不见，举家向空拜谢，闻仙乐喧阗^②，冉冉而去。

【注释】

①同里孝廉王皞之：此则见引于《（康熙）商丘县志》卷二十、《（乾隆）归德府志》卷三六。

②仙乐：仙界的音乐。喧阗（tián）：喧哗，热闹。阗，喧闹。

【译文】

我的同乡举人王皞之，有个妹妹天生不会说话。妹妹十五岁那年，有个道士到他们家讨饭，这个道士说他擅长给人治病。家中有人问他能不能治哑病，道士说："能。"王皞之于是请他给妹妹治病。道士让人取来净水、清油各一盏，念着咒语，把净水、清油倒在一起，用簪子不断搅拌成膏状，渐渐地凝结成丸药，说："用水调服，就能够说话了，但是必须点香向上天拜谢。"王皞之把药给妹妹服用后，妹妹一会儿就会说话了。他急忙寻找道士，道士已经不见了，于是全家人向苍天拜谢，只听得仙乐之声响起，逐渐消失于空际。

闽中洛阳桥圮^①，有石刻云："石头若开，蔡公再来。"鄞人蔡锡^②，中明永乐癸卯乡试^③，仁庙授兵科给事中^④，升泉州太守^⑤。锡至，欲修桥，桥跨海，工难施。锡以文檄海神，忽一醉卒趋而前曰："我能赍檄往^⑥。"乞酒饮大醉，自没于海，若有神人扶掖之者^⑦。俄而以"醋"字出^⑧。锡意必八月廿一日也，遂以是日兴工。潮旬余不至，工遂成。语载锡本传中⑨，乃实事也。人不知而以其事附蔡端明⑩，且以为传奇中妄语矣。锡官至都御史⑪，以才廉闻。

【注释】

①洛阳桥：又名万安桥，位于泉州府城东北的洛阳江上。何乔远《闽书》卷八记桥为北宋泉州知州蔡襄主持修造，跨江接海，桥上有石雕扶栏与石狮。圮（pǐ）：毁坏，坍塌。此则故事又见周亮工《因树屋书影》卷十、焦循《剧说》卷四、田同之《西圃丛辨》卷二十、《（康熙）鄞县志》卷十五、《（乾隆）泉州府志》卷七五、《福建金石志》卷七引《筠廊偶笔》。

②蔡锡：字廷予，鄞县（今浙江宁波鄞州区）人。明仁宗时选为国子监生，选授兵科给事中，弹劾不避权贵。出任福建泉州知府，有惠政，迁山东副使，参赞宣府总兵军务。奉敕巡抚湖广，致仕归。事见过庭训《明分省人物考》卷四七。

③永乐癸卯乡试：明成祖朱棣永乐二十一年（1423）乡试。

④仁庙：指明仁宗朱高炽，明成祖朱棣长子，年号洪熙，在位一年即死，庙号仁宗。兵科给事中：明、清六科中的兵科给事中掌侍从、规谏、补阙、拾遗，分察兵部之事，纠其弊误。

⑤泉州：明、清为闽八府之一，即今福建泉州。

⑥赍（jī）：拿东西给人，送给。

⑦扶掖：搀扶，扶持。

⑧醋："醋"字拆开后左边的"酉"代表八月，右边拆开为"廿一日"。酉，是十二地支的第十位，用以纪月，则为农历八月。

⑨锡本传：蔡锡的人物传记。本传，常指见于正史的人物传记。万斯同与张廷玉《明史》未载蔡锡之事，过庭训《明分省人物考》卷四七未详载修桥之事。今见《（嘉靖）宁波府志》卷二七"蔡锡

传"记载修桥之事,文字相近,或出于此。

⑩蔡端明:蔡襄,曾任端明殿学士,故称蔡端明。北宋嘉祐年间,曾任泉州知州。

⑪都御史:明朝都御史,有都察院的长官左右都御史、副都御史、佥都御史。

【译文】

福建泉州府的洛阳桥坍塌了,露出一块石头,上面写着:"石头如果露出,蔡公就会再来。"鄞县人蔡锡,明朝永乐二十一年癸卯科乡试考中举人,明仁宗时得授兵科给事中,后来升任泉州知府。蔡锡到泉州上任,想要修桥,但洛阳桥横跨江海间,施工比较困难。于是蔡锡就写了一纸檄文想召请海神,这时候忽然有一个喝醉的兵卒跑上前说:"我能带着檄文送给海神。"他要来酒,喝得大醉,自己潜没大海中,仿佛有神人挽扶着他一样。过了一会儿,海面上出现一个"醋"字。蔡锡拆字后,认为开工建桥的日期是八月二十一日,于是,就在这一天开始了建桥梁的工程。海潮十几天都没有到来,于是这座洛阳桥得以建成。这件事见于蔡锡的人物传记中,是真实存在之事。世人不了解情况,却把这件事情附会在宋代的蔡襄身上,以为应归为传奇类小说中的虚妄之事。蔡锡官至都御史,凭借才能和清廉得以扬名。

　　张山来曰:宋先生,予父执也①,抚吴时②,以大集暨此帙见赠③,获之不啻拱璧④。敬采异事数条载入选中,盖仿前人节录《搜神记》《续齐谐记》之例⑤,非敢有所去取也。

【注释】

①父执:指张潮父亲张习孔的朋友。

②抚吴:据《清史稿·宋荦传》、《(乾隆)江南通志》卷一〇五"江苏

巡抚",宋荦于康熙三十一年（1692）至康熙四十四年（1705）任
江苏巡抚。

③大集：敬称对方的文集。此帙：指《筠廊偶笔》。帙，泛指书。见
赠：赠送给我。

④啻（chì）：仅仅，只有。拱璧：大璧，形容其作品极其珍贵。

⑤《搜神记》：东晋初年史学家干宝编撰的一部志怪小说集，全书凡
二十卷，原本已散，今本系后人缀辑增益而成。《续齐谐记》：南朝
梁吴均撰写的志怪小说集，记录了很多怪异之事。

【译文】

　　张潮说：宋荦先生是我父亲的朋友，他任江苏巡抚时，把他的著
作集和《筠廊偶笔》赠送给我，我得到他的著作如获珍宝。我恭敬
地从中采选了几件奇闻异事而收录在《虞初新志》中，模仿前人节
选《搜神记》《续齐谐记》篇章的例子，并不敢妄自选录或删汰宋荦
先生的佳作。

金忠洁公传

董以宁（文友）①

　　金铉，字伯玉，武进之剡村人也②。因殉节③，谥"忠
洁"，人称金忠洁云。初以顺天籍领解④，成进士，时年十
九；不习吏，请改教授⑤。其大父户部主事汝升⑥，旧多藏
书，乃与弟镔日夜读之。继擢国子监博士⑦，迁工部主事。

【注释】

①董以宁：字文友，江南武进（今江苏常州武进区）人。明末秀才，
少明敏，为古文诗歌数十万言。曾与同里士人结国仪社。著《正

谊堂集》。事见《(光绪)武进阳湖县志》卷二三。本篇选自其
《国仪集》,该书是董以宁早年所著,今未见传本。今见载于董以
宁《正谊堂文集·金忠洁公传》。

②武进:县名。明、清属常州府。即今江苏常州武进区。

③殉节:金铉在明亡后,不愿投降清人,投水殉国。金铉事见万斯同
《明史·金铉传》卷三八二、张廷玉《明史·金铉传》卷二六六、
陈鼎《金铉传》(《东林别传》卷八)、邵长蘅《金铉传》(《青门簏
稿》卷十五)等。

④顺天:明永乐元年(1403)改北平府置顺天府,建为北京,至永乐十
九年(1421)定都于此,改称京师。领解:乡试中举。据陈鼎《东
林别传》卷八《金铉传》,他以北京留守卫籍举天启七年(1627)
乡试第一名,第二年中进士。

⑤教授:学官。明、清府学设教授,给学子传授学业。

⑥大父:祖父。户部主事:明代户部各司设主事二人到七人不等,正
六品。汝升:金汝升,字君问,号巽舍,又号少甫。明万历二十年
(1592)进士。历仕浙江布政司照磨、乐安令。

⑦擢:选拔、提升官职。国子监:国子监是隋朝以后的中央官学,为
中国古代教育体系中的最高学府。国子监主管为祭酒,分管教学
的官员有国子监博士及助教等。

【译文】

金铉,字伯玉,武进县剗村人。因为为国殉死,谥为“忠洁”,人们称
他金忠洁。早年间,他借顺天府的户籍参加乡试中举,十九岁时考中进
士;因为他不习惯做官管理事务,请求改为传授学问的教授。他的祖父
是户部主事金汝升,家里多年来藏有许多书籍,于是金铉就与他的弟弟金
锊夜以继日地读书。后来金铉被提拔为国子监博士,又调任工部主事。

先是时,明怀宗已诛魏忠贤①,而太监张彝宪等旋用

事②。至是而贼李自成兵始炽，添内饷③。命彝宪总理户工钱粮④，建别署⑤。忠洁曰："此天下存亡之机也，奈何诛忠贤，复任一忠贤？且我为工曹⑥，必将属视我矣⑦。"乃抗疏言⑧：先言彝宪既有独踞之庭⑨，必强二部郎官匍匐进谒⑩，挫士节⑪，辱朝廷。疏上不报。而总理已建署，果檄郎官以谒尚书仪注见⑫。复上疏固争之，旨谕："职事相关，自当礼见，余不必通谒⑬，金铉亦不得激陈。"彝宪意甚得，与其党议接侍郎官礼。或曰："视尚书当稍倨⑭。"宪曰："吾当稍恭，而待金铉倨耳。"

【注释】

①明怀宗：明崇祯帝朱由检。崇祯帝卒后，南明弘光年间谥思宗烈皇帝，庙号思宗，后改为毅宗；清代改谥庄烈愍皇帝，庙号怀宗。崇祯帝继位后，惩治阉党，下令逮捕魏忠贤予以法办，致其自缢而亡。

②张彝宪：明朝末年宦官。明崇祯四年（1631）九月，他钩校户、工二部出入，署名"户工总理"。金铉、周镳曾上书弹劾过他。崇祯九年（1636）到南京任守备太监，不久病死。

③添内饷：战争增加了军队的粮饷，指战争导致国内粮饷不足。据《明史·张彝宪传》记"既而廷臣竞门户，兵败饷绌，不能赞一策，乃思复用近侍"。

④总理：全面管理。

⑤建别署：单独建立衙署，即户工总理官署。

⑥工曹：明工部别称，此指自己担任工部主事。

⑦属视：注视，予以特别关注。

⑧抗疏：上书直言。

⑨独踞之庭：独自占据衙署。

⑩二部郎官：泛指工部、户部的官员。郎官，指侍郎、郎中等官职。

⑪士节：士大夫应有的节操。

⑫尚书：六部的最高行政长官。仪注：礼仪，仪节。

⑬通谒：通报请求拜见。

⑭倨：傲慢。

【译文】

在金铉担任工部主事以前，崇祯帝已经诛杀了宦官魏忠贤，但是太监张彝宪等人过了不久又被皇帝所重用。正是这个时候，李自成军势力猖獗，朝廷为镇压叛乱，导致国内需要不断为军队提供粮饷。崇祯帝任命张彝宪管理户部和工部的钱财和粮食，为他单独建立衙署。金铉说："现在是天下生死存亡的关键时期，为什么皇上诛杀了魏忠贤，又任用了一个像魏忠贤一样的宦官呢？况且我是工部的官员，张彝宪肯定会特别关注我呀。"于是向皇上上书直言：认为张彝宪既然已经独自占据了一个衙署，必然强迫户、工两部官员向他跪拜进见，顿挫读书人的气节，使朝廷的威严受到羞辱。这封疏奏呈递给皇上，却不见批复。张彝宪另建了总理户、工两部钱粮的官署后，果然发出文书让户、工两部官员以对待两部尚书的礼仪去拜见他。金铉又上疏坚持争辩这件事情，皇上下旨说："户、工两部和与总理衙署事务相关的官员，本来就应当依照礼节去拜见他，其他与此衙署事务不相关的官员不用通传谒见，金铉也不必再过于激动地争论这件事情了。"张彝宪十分得意，和他的同党商议着接待两部官员的礼仪。有人说："相比对待尚书，对待其他官员要稍微傲慢一些。"张彝宪说："我对他们应该更加谦恭一些，但是对待金铉要傲慢一些。"

金遂集诸郎官倡议曰："职事可令掾吏移之①，吾曹有一人登彝宪堂，即属彝宪假子②，毋许入孔子庙③。当提吾靴掷肿其面，辱之朝堂。"于是诸郎官诣尚书，各请以公事出。至期，彝宪坐堂皇④，黄衫缇衣⑤，倡赞毕⑥，但见吏，不见郎官。曰："诣尚书始来乎？待午乎？"久之，又不至，乃恚曰："避金铉，不即来，待晚乎？"命小竖窃伺门外[7]，望扇导来即报[8]。已而，马蹄前后过之，无一人入者，乃大惭愤[9]。借验放十六门火器[10]，诬指十八位无火门[11]，劾以故误军机[12]，曰："必杀铉。"会尚书争之力，仅削籍归。家居益与弟锞尽读所藏书，尤善《易》学。而父汀州太守显、母恭人章[13]，更时时慰勉之。至父死，服阕[14]，复起为兵部车驾司主事分守皇城[15]，益修城守火器，时崇祯十七年二月也。

【注释】

①掾（yuàn）吏：官府中辅助官吏的通称。

②假子：养子，义子。明代太监因无嗣，常认他人为假子。

③孔子庙：各州县纪念和祭祀孔子的祠庙。多省称"孔庙"。孔子庙奉祀儒家历代先贤及先儒，代表着儒家思想的血脉传承，不能进入孔子庙的人，等同于开除儒籍，不把他当作读书人来看待。

④堂皇：特指官吏处理公务的厅堂。

⑤缇（tí）衣：古代武士之服。缇，红黄色，丹黄色。

⑥倡赞：下级拜见上级，赞礼的人在旁唱礼，即宣唱仪节、叫人行礼。

⑦小竖：对宦官的蔑称。

⑧扇导：指引导官员的仪仗队。扇，官员外出时护卫所持的长柄掌扇，即伞扇。

⑨惭愤：羞愧愤恨。

⑩验放：检验火器是否能正常开火。火器：用火药爆炸性能来发挥杀伤和破坏威力的武器。

⑪火门：指枪炮、炸药包等发火引爆的装置。

⑫军机：军事机宜。

⑬汀州：明、清时称汀州府，治所在长汀县（今福建长汀）。显：金铉
父亲的名字，《明史·金铉传》《（乾隆）长汀县志》等记为"金显
名"，检董以宁《正谊堂文集》与《虞初新志》皆脱"名"字。母恭
人章：母亲恭人章氏。恭人，古时命妇封号之一，明、清时为四品
官员之妻的封号，而金铉父亲金显名任从四品的知府。

⑭服阕：指金铉守父丧期满除服。

⑮车驾司：兵部车驾清吏司的简称。明朝的车驾司掌管卤簿、仪仗、
禁卫、驿传、邮符等，其属官也有郎中、员外郎、主事等。分守皇
城：被兵部分派守护京城的内城。

【译文】

金铉于是纠集诸位官员，并且倡议说："如果有公事可令两部吏员去
交接，我们这些官员中，如果有一个人登临张彝宪的公堂去拜见他，就是
张彝宪的干儿子，不许这个人再跻身儒士之列，踏入孔子庙。我会提着
自己的官靴把他的脸打肿，在朝堂上公开羞辱他。"于是，两部官员都去
拜见尚书，每人都请求把公事转让给两部吏员。到了张彝宪规定进谒的
这一天，张彝宪坐在官署厅堂上，穿着黄色的衣衫、武士的服饰，倡赞后，
只见到来的都是办事的吏员，不见一个官员前来。于是张彝宪问："那些
官员拜见完尚书才会来见我吗？难道要等到中午吗？"时间过了很久，依
然没有官员过来，张彝宪愤怒地说："那些官员为了躲避金铉，没能立刻
过来拜见，难道要等到晚上吗？"于是他命令一个宦官在门外偷偷地察
看动静，看到有引导官员的仪仗过来就立即来报知自己。过了一会儿，
官员们骑着马先后从门口经过，却没有一个人进门，于是张彝宪极为羞
愧愤恨。他借检验试放十六门火炮的时候，诬告说火炮中缺少十八个火
门，弹劾金铉故意贻误军机，扬言说："一定要杀了金铉。"多亏了工部尚
书力争保全，仅削了金铉的官职，让他返回乡里。金铉闲居在家里，便和
他的弟弟金综读完了家里的藏书，尤其精通《易经》的学问。而他的父
亲汀州知府金显名、母亲恭人章氏，更是时时劝慰、鼓励他们。到他父亲

死后,服丧结束,他被再次起用为兵部车驾司主事,分守皇城,增修城防、严守火炮,这是崇祯十七年二月的事情。

　　李自成已陷大同①,而宣府镇方有太监杜勋监视②。又上疏曰:"宣府京城之蔽,宣府不救,虑在京城。抚臣朱之冯忠勇足恃③,恐受内臣之掣④,请亟撤之,并撤居庸关监视⑤。"不听。至三月,果闻杜勋以宣府迎贼,朱死之。因哭语弟镈:"目今我哭朱公,数日后汝曹旋哭我也。"及贼至居庸关,太监杜之秩果复迎降⑥,遂进薄彰义门城下⑦。杜勋缒城上⑧,入见大内⑨,惟张皇贼势以逼帝⑩,遍语诸珰⑪,谓"吾党富贵自在"云。忠洁则仓皇点禁兵,归谋匿母,因哭告母曰:"铉守皇城,城亡当与偕亡。今日从母乞此身殉王事⑫。"母曰:"噫!久谓汝读书知大义,乃今始向我乞身哉?且我命妇⑬,与汝偕勉之。汝魂归,可会我于井矣!"趣之出⑭,又命仆追往,以朝衣随之。

【注释】

①大同:大同府,即今山西大同。大同为京师西北门户,被倚为军事重镇。

②宣府镇:明初设立的九边镇之一,因镇总兵官驻宣府(今河北张家口宣化区)而得名。杜勋:明崇祯时期的尚膳监掌印太监。明崇祯十七年(1644),李自成兵陷山西,直逼京城。崇祯皇帝命李国贞督师退敌,随后又派太监杜勋监军。李自成陷宣府,杜勋和总兵王承允开城投降。

③朱之冯:字乐三。明天启五年(1625)进士,明末任宣府巡抚。李

自成攻破宣府,朱之冯自缢而亡。

④内臣:指太监。掣:掣肘,牵制。

⑤居庸关:在今北京昌平境内。京北长城沿线上的著名古关城,"天下九塞"之一。居庸关处于两山夹峙的深长峡谷中,地形极为险要,为北京西北的门户。居庸关与紫荆关、倒马关、固关并称明朝京西四大名关。

⑥杜之秩:明末宦官。明崇祯末在居庸关担任监军太监,督导守将唐通。崇祯十七年二月底李自成攻至居庸关,唐通领军出关迎战,杜之秩于三月六日开居庸关向李投降。

⑦进薄:进迫。彰义门:广安门,又称彰仪门,与广渠门相对。

⑧缒(zhuì)城:由城上以绳索垂至平地,缘之而下。

⑨大内:皇宫。

⑩张皇:炫耀,夸张。

⑪珰:指宦官。

⑫王事:官差,国家的公事。

⑬命妇:封建时代受封号的妇人,即诰命夫人。

⑭趣:催促。

【译文】

此时,李自成已经攻陷了大同府,而宣府镇由太监杜勋监督军队。金铉又上奏章说:"宣府是京城的一道屏障,如果宣府无法挽救了,那么京城的形势就岌岌可危。宣府巡抚朱之冯忠勇可靠,就怕他受到监军太监杜勋的牵制,请求立刻撤掉监军,一并撤掉在居庸关的监军太监。"皇帝不肯采纳他的意见。到了三月,果真传闻杜勋打开宣府城门迎接李自成的军队,朱之冯死了。因此,金铉哭着对弟弟金棕说:"今天你们见我哭朱之冯,数日之后你们就会反过来哭我了。"等李自成军队打到了居庸关,太监杜之秩果真又开城门投降,李自成军队进而逼近京城彰义门外。杜勋从城下攀绳索进入城内,到了皇宫里,一味夸言李自成军队声势浩大,来逼迫皇帝投降,并且在皇宫里鼓惑太监们说:"和我站在一起的人自有一场富贵。"金铉则匆忙地召集京城卫兵,返回家里谋划着藏匿他母亲章氏,并哭着对母亲说:"儿子如今守卫皇城,如果皇城被攻破了,我也会殉身。今天向母亲乞求拿这一具身躯来为国事殉葬。"金铉的母亲说:"哎呀!我一直以来认为你读书多,知晓世间正理,怎么今天反而向我讨要身体呢?况且我本来就是朝廷封的诰命夫人,应和你一起殉国来相互勉励。等你的魂魄回家的时候,可以与我的魂魄在井中相会!"金母催促他赶快离家,又命令仆人去追他,给他带上上朝时穿的衣服。

见贼入京城,杀监察御史王章于城上①。王章亦武进人,字芳洲,与忠洁素厚。方为之欷歔数声,见市中宫人遍至②,言贼入皇城,帝后已死社稷③。欲趋入宫,又传闻提督京城太监王承恩从死④,曰:"微独吾乡王御史也⑤,若辈中尚有一人知大义者,我乃后之,不已为若笑耶?"遂衣朝衣,投御河死⑥。死时有吕胖者,亦内监也⑦,儽然而至⑧,两手反接而睨视之⑨,曰:"是金兵部耶?是人素不居我辈于人面⑩,岂渠能死⑪,吾独不能死哉?渠生欲远我,我偏近之!"亦自沉于此。

【注释】

①王章:字芳洲(《王忠烈传》记字汉臣,号芳洲),武进人。明崇祯元年(1628)进士,崇祯十七年任监察御史,巡视京营事务,京城失陷后被杀。事见《明史·王章传》、邹漪《王忠烈传》(《启祯野乘·一集》卷十二)。

②宫人:妃嫔、宫女的通称。

③死社稷:为国家而死,即殉国。

④提督京城：即提督京营戎政，多以勋戚大臣及太监充任，掌有关京
　营操练事务。王承恩：明末宦官，官至司礼监秉笔太监，深得崇祯
　信任。李自成攻入北京时，时任提督京营戎政，与崇祯皇帝自缢
　于煤山（景山）。

⑤微独：不单是，不仅仅。

⑥御河：环绕皇城的护城河。

⑦内监：太监。

⑧儽（léi）然：颓丧的样子。

⑨反接：反绑两手。睨视：斜视，傲视。

⑩不居：不处，不停留。此处引申为不搭理，疏远。

⑪渠：人称代词，他。

【译文】

　　只见李自成军队已经攻入了京城，在城墙上杀死了监察御史王章。王章也是武进县人，字芳洲，一直以来与金铉交情深厚。金铉等人正因为王章的死而频频叹息，只见大街上到处是从宫中逃出来的人，并且说李自成军队已经攻入了皇城，皇帝和皇后已经为江山社稷殉难了。金铉想要赶快进宫，又在沿途听说提督京城太监王承恩已经随同皇上、皇后一起死了，金铉说："原来不仅仅只有我的同乡御史王章这样做了，你们太监中还有一个人懂得大义而舍身殉国，我居然落后于王承恩，岂非要被你们太监笑话吗？"他于是穿上官服，自投护城河而死。死的时候，有个叫吕胖的太监，也神情沮丧地跑到护城河边，他将自己两手反绑，斜眼间看到河中的金铉，说："这是兵部主事金铉呀？这个人在公众面前一向不搭理我们太监，难道只有他能够舍生赴义，我却不能够为国赴死吗？他在活着的时候故意疏远我，我偏偏要在死后凑近他！"也在金铉投水的地方投河而死。

　　仆以奔告其母。母曰："孝哉，铉也。既信于王公①，又

能激吕监死,吾安可以诳铉?"急正冠帔②,投井中,妾王氏随之下,遂与俱死。悰归,收葬毕,焚其书而长恸曰:"吾母乎! 吾兄乎! 此时会相见而相依乎!"哀号数日,又死井中。其后清兵至,家人请入皇城,求得忠洁尸,已与吕监骨相杂,不可分敛。而皇城又不得入榇③,竟合两骸藁葬御河堤④。而王御史之丧归里。

【注释】

①信于王公:指取信于监察御史王章,即和王章一同毅然殉难,未曾失信于他。

②冠帔(pèi):古代妇女的服饰。冠,帽子。帔,披肩。

③榇(chèn):空棺材。《小尔雅》:"空棺谓之榇,有尸谓之柩。"

④藁(gǎo)葬:草草埋葬。

【译文】

仆人跑回家告诉金铉的母亲金铉投水而死这件事。金铉的母亲说:"金铉是个孝顺的孩子呀。既能守信于王章与他先后殉国,又能激励吕太监一起赴死,我怎么能够欺骗金铉呢?"急忙穿戴整齐,自投水井之中,金铉的妾室王氏也跟随老太太跳入井中,一起死了。等金悰回到家,把她们装殓埋葬后,烧掉他们家的藏书,十分悲恸地说:"我的母亲呀! 我的哥哥呀! 这个时候你们应该见面了,能彼此依靠了!"金悰痛哭了几天,也投水井而死。后来,清兵进入京城,金悰的家人请求进入皇城寻找金铉的尸骨,他的尸骨已经和吕太监的尸骨混在一起了,没法分开装殓。而皇城内又不允许抬棺收殓,于是就把他们两个人的尸骨一同草草埋葬在了护城河的堤岸上。王御史的丧事则回乡办理了。

张山来曰:明末死于忠义者,较前代为独盛。特存此一编,以当清夜闻钟^①,发人深省。

【注释】

①清夜:清净的夜晚。

【译文】

　　张潮说:明朝末年因为恪守忠贞节义而殉国的人,相较前朝尤其要多。我如今特意在《虞初新志》中收录这一篇文章,就当作清寂的夜晚传来的钟声一样,使人警醒,发人深思。

核舟记

魏学洢(子敬)^①

　　明有奇巧人曰王叔远^②,能以径寸之木,为宫室器皿人物,以至鸟兽木石,罔不因势象形,各具情态。

【注释】

①魏学洢:字子敬,号茅檐,嘉善(今属浙江)人。明末天启年间江南才子,文学家。父亲魏大中为明末名臣,因上疏弹劾魏忠贤而死于狱中。魏学洢扶柩返乡,朝夕哭号,悲伤而死。事见金日昇《魏孝子传略》(《颂天胪笔》卷六)、沈季友《魏孝烈学洢》(《携李诗系》卷十九)等。本篇选自魏学洢《茅檐集》。又见引于贺复徵《文章辨体汇选》卷五八八、郑元勋《媚幽阁文娱》卷七、张怡《玉光剑气集》。

②王叔远:据本文知他名王毅,字叔远,号初平山人,常熟(今属江苏)人。大约是明熹宗时期著名的微雕家。

【译文】

明朝有个能工巧匠叫王叔远,能够在直径一寸的木头上,雕刻房屋、日常用具、人物,以及飞鸟、走兽、草木、石头等,他所雕刻的东西没有一样不是依靠雕刻材料的形状态势来构思出不同的造型,雕成的各种物品都具有相应的情状形态。

尝贻余核舟一①,盖大苏泛赤壁云②。舟首尾长约八分有奇③,高可二黍许④。中轩敞者为舱⑤,箬篷覆之⑥,旁开小窗,左右各四,共八扇。启窗而观,雕栏相望焉⑦。闭之,则右刻"山高月小,水落石出"⑧,左刻"清风徐来,水波不兴"⑨,石青糁之⑩。

【注释】

①核舟:果核雕成的小舟。一般用桃核或橄榄核雕刻。

②大苏泛赤壁:苏轼泛游赤壁。苏轼曾游赤壁,著前后《赤壁赋》。

③分:长度单位,寸的十分之一。有:通"又",表示整数之外再加零数。

④黍:一年生草本植物。子实淡黄色,去皮后称黄米,比小米稍大,也用为古代度量衡的基准。

⑤轩敞:宽敞明亮。

⑥箬(ruò)篷:用箬叶等编制的船篷。

⑦雕栏:雕花彩绘的栏杆,华美的栏杆。

⑧山高月小,水落石出:出自苏轼《后赤壁赋》,指从山下望去,山峰高高耸立,月亮小而明亮,潮水回落,水底的石头就露了出来。

⑨清风徐来,水波不兴:出自苏轼《前赤壁赋》,指清风缓缓吹来,水面没有一点波纹。此二句体现的是一种风平浪静的意境,与上文

　　一静一动,相映成趣。

　　⑩石青:一种青色颜料。糁(sǎn):涂抹。

【译文】

　　王叔远曾经送给我一枚桃核雕刻的小舟,上面雕刻的是苏轼泛舟游玩赤壁的图景。这枚小舟从船头到船尾大约有八分多长,约莫有两黍高。小舟中间宽敞的地方是船舱,上面覆盖着箬叶编的船篷,两旁开有小窗,左右各有四扇,一共有八扇。打开窗子往里看,雕刻的栏杆清晰可见。关上窗子,可以看到右面的窗扇上面刻着"山高月小,水落石出",左边的窗扇上面刻着"清风徐来,水波不兴",都涂染了石青颜料。

　　船头坐三人,中峨冠而多髯者为东坡①,佛印居右②,鲁直居左③。苏、黄共阅一手卷④,东坡右手执卷端,左手抚鲁直背;鲁直左手执卷末,右手指卷,如有所语。东坡现右足,鲁直现左足,各微侧,其两膝相比者⑤,各隐卷底衣褶中。佛印绝类弥勒⑥,袒胸露乳,矫首昂视⑦,神情与苏、黄不属。卧右膝,诎右臂支船⑧,而竖其左膝;左臂挂念珠倚之⑨,珠可历历数也。舟尾横卧一楫,楫左右舟子各一人:居右者椎髻仰面⑩,左手倚一衡木⑪,右手攀右趾,若啸呼状;居左者右手执蒲葵扇,左手抚炉,炉上有壶,其人视端容寂⑫,若听茶声然。

【注释】

　　①峨冠:高冠。

　　②佛印:宋代僧人,名了元,字觉老,与苏轼、黄庭坚相友善,能诗。

　　③鲁直:黄庭坚,字鲁直,号山谷道人、涪翁,洪州分宁(今江西修

水)人。北宋著名文学家、书法家,江西诗派开山之祖。与苏轼
友善,二人齐名,号称"苏黄"。

④手卷:只能卷舒而不能悬挂的横幅书画长卷。

⑤比:紧靠,挨着。

⑥弥勒:梵语音译,意译"慈氏"。未来佛。

⑦矫首:举首,抬头。

⑧诎(qū):弯曲。

⑨念珠:佛教徒念佛号或经咒时用以计数的串珠。用材不一,粒数
有十八、二十七、五十四、一百零八之分。

⑩椎髻:一撮之髻,形状如椎。

⑪衡木:横木。

⑫视端:目光端正。容寂:脸色平静。

【译文】

船头坐着三个人,中间那个戴着高帽子、大胡子的人是苏轼,苏轼的
右边是佛印和尚,左边是黄庭坚。苏轼和黄庭坚一起看着一幅手卷,苏
轼的右手拿着手卷的开端部分,左手做出轻抚黄庭坚后背的动作;黄庭
坚左手拿着手卷的末端部分,右手指在纸上,好像在说些什么。苏轼露
出右脚,黄庭坚露出左脚,两个人都向中间微侧着身子,他们两个相靠着
的膝盖,都隐藏在手卷底下的衣服褶子里面。佛印被刻画得像极了弥勒
佛,露着胸脯和乳房,昂首望向天空,神情和苏轼、黄庭坚完全不同。只
见佛印平放着右膝,弯曲右手臂支着船,而竖起左膝;左手臂上挂着念珠
靠在船舷上,上面的念珠都雕刻得清清楚楚。核舟的尾部横放着一只船
桨,在船桨的两边各刻有一个船夫:右面的船夫梳着椎髻,抬头仰面,左
手倚靠在一根横木上,右手攀着右脚的脚趾,看上去仿佛在放声呼喊;左
边的船夫右手拿着蒲葵扇,左手轻抚火炉,火炉上还有一把壶,这个人眼
光注视火炉,面容端详宁静,好像在聆听火炉上茶水沸腾的声音。

其船背稍夷①,则题名其上,文曰:"天启壬戌秋日②,虞山王毅叔远甫刻③。"细若蚊足,钩画了了,其色墨。又用篆章一④,文曰"初平山人",其色丹。通计一舟,为人五,为窗八,为箬篷,为楫、为炉、为壶、为手卷、为念珠各一;对联题名并篆文,为字共三十有四;而计其长,曾不盈寸。盖简桃核修狭者为之⑤。

【注释】

①夷:平坦。

②天启壬戌:明熹宗朱由校天启二年(1622)。

③虞山:在江苏常熟。此代指常熟。甫:古代在男子名字下加的美称,多附于字之后。

④篆章:用篆字刻的印章。

⑤简:挑选,选用。

【译文】

这个核舟的船背稍微平坦,上面有题字,写着:"天启二年秋天,常熟王毅字叔远刻。"这些文字纤细如蚊子腿,勾画清晰,颜色是黑色的。船背上又刻有一枚篆字印章,文字是"初平山人",是红色字迹。统计一下整个核舟上,有五个人,有八扇窗,有箬篷,还有船桨、火炉、茶壶、手卷、念珠各一件;船舱对联和船背题字加上印章篆字,共有三十四个字;而量一下整个核舟的长度,竟然不满一寸。大概是选用狭长的桃核雕刻而成的。

魏子详瞩既毕,诧曰:"嘻!技亦灵怪矣哉①!《庄》《列》所载②,称惊犹鬼神者良多③,然谁有游削于不寸之质,而须麋了然者④?假有人焉,举我言以复于我,亦必疑其诳,乃今亲睹之。繇斯以观⑤,棘刺之端,未必不可为母猴也⑥。

嘻！技亦灵怪矣哉！"

【注释】

①灵怪：神奇。

②《庄》《列》：《庄子》《列子》。《庄子》《列子》记录了大量技艺高超者，如像之弄丸、庖丁解牛、痀偻承蜩、纪渻子养鸡、纪昌学射等，可参考卷二《九牛坝观抵戏记》注释。

③惊犹鬼神：语见《庄子·达生》："梓庆削木为锯，锯成，见者惊犹鬼神。"意指技艺如同鬼斧神工，好像不是人工所能制成，使人非常吃惊。

④麋：通"眉"，眉毛。了然：明白，清楚。

⑤繇：通"由"，从，自。

⑥棘刺之端，未必不可为母猴也：形容不可信的事情未必不是事实，艰难的事业未必不能成功。语出《韩非子·外储说左上》："宋人有请为燕王以棘刺之端为母猴者，必三月斋，然后能观之。"

【译文】

魏学洢仔细察看后，十分诧异地说："嘻！这技艺简直出神入化了呀！《庄子》《列子》中所记载的一些故事，可以称得上技艺如同鬼斧神工的例子有很多，但是又有谁能够在不满一寸的材料上面游刃有余地雕刻，并且眉毛、胡子如此清晰可见呢？如果有这么一个人，把我记载的这些事情转述给我，我也肯定怀疑这个人是在说谎话，但是今天我亲眼见证了这件事情的存在。由此可以看出，棘木刺的尖端，未必雕刻不出母猴来。嘻！这技艺真是太出神入化了！"

张山来曰：眼镜中有所谓显微镜者，一虱之细，视之大如枣栗。由此推之，则一核未尝不可视为东瓜矣！

716

虞初新志

【译文】

张潮说:眼镜中,有一种叫作显微镜的,哪怕是一只虱子那么小的东西,看上去都如同红枣、栗子那么大。由这件事情推理下去,那么一个桃核也未尝不可以看作一个东瓜呀!

沈孚中传

陆次云(云士)①

沈嵊②,字孚中,居武林北墅③。不修小节④,越礼惊众⑤。作填词⑥,夺元人席⑦。好纵酒,日走马苏、白两堤⑧。髯如戟,衿未青⑨,不屑意也⑩。

【注释】

①陆次云:参见卷七《纪周侍御事》注释。本篇选自陆次云《北墅绪言》卷三。又见《坚瓠集》十集卷三略引。

②沈嵊(shèng):字孚中,号俺庵、孚中道人,钱塘(今浙江杭州)人。明末秀才,戏曲作家。

③武林:旧时杭州的别称。北墅:即杭州湖墅,位于今杭州市北的湖墅路一带。沈谦《北墅竹枝词序》:"湖墅附杭州北城,亦称北墅,舟车辐辏,烟火万家。自南宋寓宅,建置益盛。志称其地有夹城夜月、白荡村烟诸景,属咏最多。"(《东江集》卷六)

④不修小节:不注意生活小事。

⑤越礼:越出礼法的规定,不守规矩。

⑥填词:元明以来曲辞戏剧,需按曲牌选用字词,进行创作,故称填词。

⑦夺元人席:夺席,本指讲经辩难时,辩胜者夺取他人的坐席。后指见

解高明，议论超过他人。该词出自典故"夺席谈经"，《后汉书·戴凭传》："（光武）帝令群臣能说经者更相难诘，义有不通，辄夺其席以益通者，凭遂重坐五十余席。"元人，元朝的人。元人创作杂剧散曲最为出色，此处意谓沈嵊的作品超过元人之作。

⑧苏、白两堤：指苏堤、白堤。苏堤，北宋元祐年间，苏轼知杭州时，疏浚西湖，堆泥筑堤，其间有桥六座，夹道种植花柳，有"六桥烟柳"之称。白堤，即白沙堤。唐代诗人白居易任杭州刺史时曾赞颂此堤："最爱湖东行不足，绿杨荫里白沙堤。"后人为纪念他，称白堤。

⑨衿未青：未中秀才之意。青衿，古代读书人穿的衣服，这里代指秀才。

⑩屑意：在意，介意。

【译文】

沈嵊，字孚中，居住在杭州的北墅一带。他为人不拘小节，不守礼法之处使众人吃惊。他创作的曲词戏剧，超过元人之作。他喜好纵情饮酒，每日漫步苏堤、白堤。胡须如戟一般刚硬，一直未中秀才，也不把这件事情放在心上。

崇祯某年，当九日^①，携酒持螯，独上巾子峰头^②，高吟浮白^③。有僧濡笔窃记其一联云："有情花笑无情客，得意山看失意人。"为之叫绝。拉归精舍^④，痛饮达旦。家人觅至，曰："今邑试^⑤，郎君何不介意耶？"嵊方醉睐未开^⑥，履无详步^⑦，扶入试院，则已几席纵横，置足无地。嵊乃积墨广砚，立身高级^⑧，大书《登高词》于粉壁之上。其首阕曰："万峰顶上，险韵独拈糕^⑨。撑傲骨，与秋鏖，天涯谁是酒同僚？　　面皮虽老，尽生平受不起青山笑。难道他辟英雄一纸贤书^⑩，到做了禁登高三寸封条?"题毕而下,有拍其肩狂叫者曰:"我得一贤契矣⑪!"李视之⑫,则令也,潜视其后良久矣⑬。令宋姓,兆和名,字禧公,云间名士,不屑为俗吏态者。把嵊臂曰:"昔贺监遇李白,为解金龟当酒⑭。我虽远逊知章,君才何异太白? 此日之事,今古攸同,盍拈是题⑮,与君共填散曲⑯,志奇遇乎?"嵊曰:"善!"令未成而嵊稿脱⑰,更复击节,擢之冠军。荐之学使者,补弟子员⑱,声誉大起。

【注释】

①九日:九月九日,重阳节。

②巾子峰:杭州西湖山峰,又名狮子峰、石狮峰。《(淳祐)临安志》卷八记"在钱塘门外,旧志云在梵天院后,形如巾帻"。宋周密《武林旧事》卷五记"石狮峰又名巾子峰""金轮寺后即巾子峰"。

③浮白:喝酒。

④精舍:出家人修炼的场所。

⑤邑试:这里指县试。县试由知县主持、在本县举办,是童试考试中的第一场,通过县试,还须参加府试、院试,才能取得秀才资格。

⑥睐:旁视,斜视。这里动词活用作名词,指眼睛。

⑦详步:指脚步平稳安然。

⑧级:台阶。

⑨险韵:险僻难押的诗韵,此指创作韵字生僻难押的诗歌。

⑩贤书:贤能之书,指举荐贤能的名录,后用来指考试中式的名榜。

⑪贤契:对世交子弟或门生弟子的爱称。

⑫李:原文讹误,据《北墅绪言》当作"嵊"。

⑬潜视:秘密地看,偷偷地看。

⑭昔贺监遇李白,为解金龟当酒:指贺知章金龟换酒的典故。据李

白《对酒忆贺监诗序》记："太子宾客贺公,于长安紫极官一见余,
呼余为'谪仙人',因解金龟,换酒为乐。"贺监,贺知章曾任秘书
监,故称贺监。金龟,是唐代官员的一种佩饰。解下金龟换美酒,
形容为人豁达,恣情纵酒。

⑮盍:何不,为什么不。拈是题:指拈定题目、选定诗韵来集会作诗。

⑯散曲:元代开始盛行的一种曲,没有宾白科介,只供清唱。内容多
为抒情、写景,有小令和散套两种形式。

⑰稿脱:著作完成。

⑱补弟子员:录取为县学的生员,即秀才。

【译文】

　　崇祯某一年,时值重阳节,沈嵊拿着酒,带着螃蟹,独自攀登到西湖
巾子峰的山顶,高声吟诗,大口喝酒。有个僧人蘸笔悄悄记录下他吟咏
的一联诗句:"有情花笑无情客,得意山看失意人。"称赞他写的诗句简
直太绝妙了。于是把沈嵊带回到自己的寺院,两人痛快地喝了一晚上的
酒。沈嵊的仆人寻到了寺院,说:"今天是参加县试的日子,您为什么不
把这件事情放在心上?"沈嵊当时醉眼尚未睁开,脚下走路还不平稳,被
仆人搀扶进考场,只见里面到处都是考试用的桌、椅,都没有立脚的地
方。沈嵊于是把墨放进砚台研磨开,站在高高的台阶上,在墙上题写了
一首《登高词》。其首阕是:"万峰顶上,险韵独拈糕。撑傲骨,与秋鏖,
天涯谁是酒同僚?　面皮虽老,尽生平受不起青山笑。难道他辟英雄
一纸贤书,到做了禁登高三寸封条?"写完后下了台阶,只见有人拍他肩
膀大声叫喊道:"我今天得到了一个好学生呀!"沈嵊回头一看,原来是
钱塘知县,知县已经在后面偷偷地观察沈嵊好久了。知县姓宋,名兆和,
字禧公,是松江府有名的读书人,不喜欢时下庸俗官吏的举止情态。他
挽着沈嵊的手臂说:"昔日贺知章遇到李白,为了他解下金龟来换钱买酒
喝。我虽然远比不上贺知章,可你的才情与李白又有什么差别呢?像今
天这事情,无论古代、当下都是一样的,何不选定这个题目,我与你一同

填词作散曲,记录这次奇遇?"沈嵊说:"好呀!"知县还没有写完,沈嵊的作品已经完成了,知县更是击节称好,后来把他点为县试头名。此后知县向督学使者推荐沈嵊,将沈嵊录为秀才,自此,沈嵊名声大起。

嗣是非令醉嵊①,即嵊醉令,交谊既狎,略师生而尔汝,更冠易服,戏乐不羁。嵊弟有讼,对簿于令②,令佯为研鞫③。嵊跃出厅事④,大呼曰:"错矣!错矣!"令拂袖起。事闻直指⑤,以白简斥令⑥,令恬然勿怨也。

【注释】

①嗣是:自此,从此。

②对簿:受审。簿,狱辞的文书,如现在的起诉状。受审时根据状子核对事实,故称对簿。

③研鞫(jū):审讯。

④厅事:亦作"听事",指官署处理公务的厅堂。

⑤直指:原指汉武帝时朝廷设置的专管巡视、处理各地政事的官员,此处指明、清时职同直指的"巡按""监察御史"等官员。据清梁章钜《称谓录》卷十四"绣衣直指"条记:"盖今之督抚兼都御史、副都御史衔,其制亦权舆于此矣。案监察御史亦称大直指。"

⑥白简:古时用来弹劾上奏的奏章。

【译文】

自此,宋知县和沈嵊经常一起饮酒,不是宋知县把沈嵊灌醉了,就是沈嵊把宋县令喝倒了,他们交情亲昵,越过师生之谊,常用你我相称,彼此还经常更换衣服,嬉戏玩耍一点儿也不拘束。沈嵊的弟弟摊上了官司,对簿公堂,宋知县假装要审讯他。沈嵊听到后跑到了审理案件的大堂上,大声说:"错了!错了!"宋知县甩开袖子站起来走开了。后来这件事情被巡视地方的官员听说了,便用弹劾的文书申饬宋县令,宋县令坦然接受,也没有一点儿怨言。

　　明鼎既移①,阁部马士英卷其残旅②,遁迹西陵③。嵊往谈兵,士英伪为壮语云:"当背城决胜。"嵊驰归语里人曰:"此地顷为战场矣。"里人群哗曰:"丞相宵奔,将军夜遁,谁能任战,欲殃吾民?"争击毙嵊,烧其著书。所存者,独《息宰河》《绾春园》传奇二种④。《绾春园》尤为词场称艳云。

【注释】

①明鼎既移:指明朝江山易主。

②阁部马士英:内阁大臣马士英。他在南明弘光政权中担任东阁大学士兼兵部尚书,故称阁部。

③西陵:在今杭州西湖孤山屿上的西泠桥一带,此处有代指杭州之意。西陵地名虽有多处,但据后文所记沈嵊奔驰回钱塘故里说此地将为战场,故知此处指钱塘西陵。

④传奇:明、清时长篇整本的南曲。盛于明嘉靖到清乾隆年间。享有盛名的作品有《浣纱记》《牡丹亭》《长生殿》《桃花扇》等。

【译文】

　　明朝灭亡以后,内阁大臣马士英带着他打了败仗的军队,逃到了杭州。沈嵊前往军营谈论作战之事,马士英假装英勇,口出豪言壮语说:"我们要靠着这座城池与清军决一胜负。"沈嵊乘马飞驰回到家乡,对乡人说:"这个地方马上就会成为战场了。"乡人都大声议论说:"以丞相和将军为首的文武官员早就趁着夜色逃跑了,哪里还有人能胜任作战之事,你这是想祸害我们老百姓吗?"大家竞相攻击沈嵊而打死了他,还烧毁了他所写的书。他现在留存下来的作品,只有《息宰河》《绾春园》两部传奇了。《绾春园》在文坛上尤为耀眼出色。

陆次云曰：余童子时，尝从道中见孚中策骑过，有河朔少年风^①。及长，读其词而叹其死。语云："凡人之死，有重于泰山，轻于鸿毛者^②。"孚中之死，鸿毛耶？泰山耶？吾乌能论定之！

【注释】

①河朔：泛指黄河以北地区。北方风气豪健，男儿多有刚烈雄猛之气。

②"凡人之死"几句：语出司马迁的《报任少卿书》："人固有一死，死有重于泰山，或轻于鸿毛，用之所趋异也。"

【译文】

陆次云说：我还是个小孩的时候，曾经在路上看到过沈嵊骑马而过，有北方男儿的英雄气概。等到我长大以后，读到沈嵊的作品而惋惜他的死亡。古语说："人的死，有的比泰山还重，有的比鸿毛还轻。"沈嵊的死，是比之于鸿毛呢？还是比之于泰山呢？我难以论定这件事呀！

张山来曰：文人不谙世务，是以为世所轻，稍不得意，辄作不平鸣^①。若止观其文，诚足令人敬之、重之。甚矣，全才之难也！

【注释】

①不平：愤慨，不满。

【译文】

张潮说：读书人不了解世俗的事情，因此会被世人所轻视，稍微有些不得志，就会通过创作来宣泄心中的牢骚愤懑。如果只读他的文章,的确足以令人尊敬他、重视他了。哎,方方面面都优秀的人才真是太少了!

爱铁道人传

陈鼎(定九)①

爱铁道人,逸其姓名,云南人也。少时曾为郡诸生。明亡,即弃家为道士。冬夏无衣裈②,惟以尺布掩下体。不火食,所食者,瓜蓏蔬果③。滇中四时皆暖,虽腊月有鳞物④,故道人竟辟谷⑤。性爱铁,见铁辄喜,必膜拜⑥,向人乞之。头项肩臂以至胸背腰足,皆悬败铁,行路则铮铮然如披铠,自号曰"爱铁道人"。久之,言人祸福多奇中⑦,愚男女皆以神仙奉之。而道人亦遂以神仙自居,更号曰"爱铁神仙"。

【注释】

①陈鼎:参见卷九《毛女传》注释。本篇出自陈鼎小说集《留溪外传》卷十七。又略见《(民国)新纂云南通志》卷二五九引《明季滇南遗民录》。陈鼎寓居云南多年,熟悉云南、贵州等西南少数民族地区的风俗民情,曾著《滇黔土司婚礼记》《滇黔纪游》。

②裈(kūn):古代有裆的裤子。

③蓏(luǒ):瓜类植物的果实。

④鳞物:对水族的统称。

⑤辟谷:不食五谷。道教的一种修炼术。辟谷时,仍食药物,并须兼做导引等功夫。

⑥膜拜:古代的拜礼。行礼时,两手放在额上,长时间下跪叩头。原专指礼拜神佛时的一种敬礼,后泛指表示极端恭敬或畏服的行礼

方式。

⑦奇中：谓意想不到地说准、猜中。

【译文】

爱铁道人，不知他的姓名，只知是云南人。年轻的时候是州府里的秀才。明朝灭亡以后，他就抛弃家人成了道士。一年四季没有衣裳穿，只用一块布裹着下体遮羞。他不吃热饭熟食，只吃瓜果蔬菜。云南这个地方四季都很暖和，即使腊月里也能吃到鱼类等水产品，而他居然不食五谷。他生性喜欢铁，看见铁就十分高兴，必定会顶礼膜拜，并且向人们乞讨铁。他浑身上下都悬挂着腐朽的铁，走路的时候会铮铮作响，如同披着铠甲一般，自己号称"爱铁道人"。时间长了，他预言别人的福祸之事经常会神奇地说中，愚男痴女们都把他当作神仙来侍奉。而他自己也因此以神仙自居，更改名号为"爱铁神仙"。

嗜饮，市人争醉以酒。妇人持酒与，则倾泼不饮。或诘之，则厉声曰："若不闻孟圣人云：男女不亲授受乎①？"于是神仙之名四走。有不远数十百里，来问吉凶。时道人寄迹破庙②，日环绕门者数百人。道人大怒，骂曰："我何神仙，我贪酒花子耳③，知底吉凶④？汝辈来问我？"即擎秽撒之，众乃散。与蜀中铜袍道人张闲善。铜袍者，联铜片为衣而服之者也，故号曰"铜袍道人"。常携杖头钱⑤，与爱铁饮于市，醉则歌呜呜，大恸而后休。甲寅乱⑥，二人不知所往。

【注释】

①男女不亲授受：语出《孟子·离娄上》"男女授受不亲"，意谓男女间不能互相亲手递受物品。

②寄迹：暂时存身，借住。

③花子:指乞丐。明谢肇淛《五杂俎·人部一》:"京师谓乞儿为花子,不知何取义。"

④底:何,什么。

⑤杖头钱:指买酒钱。《晋书·阮脩传》:"常步行,以百钱挂杖头,至酒店,便独酣畅。"

⑥甲寅乱:指清康熙十三年(1674)云南发生的平西王吴三桂叛乱事件。爱铁道人于明亡后出家为道士,则此甲寅年当为明亡后第一个甲寅年,即清康熙十三年。

【译文】

　　这个道士喜欢喝酒,人们都争着给他买酒喝。如果是妇人给他端酒喝,他就全都倒在地上不喝。有人诘问他,他很严厉地回答:"你没听孟子曾经说过:男女间不能够亲手递受物品吗?"于是,他神仙的名声被四处传扬。有些人不远百里来询问祸福吉凶之事。当时道士寄居在破庙里,每天有数百人围在庙门口。道士很生气,骂道:"我哪里是神仙,我只不过是个爱喝酒的叫花子,知道什么吉凶之事? 你们这些人居然来问我?"当即举着污秽之物撒向人群,众人才散去。道士和四川的铜袍道人张闲关系密切。所谓铜袍,是把铜片缀接而制成衣服穿在身上,因此号称"铜袍道人"。他经常拿着买酒钱,和爱铁道人在市集上饮酒,喝醉了酒就呜呜地歌咏,悲伤过后就休息了。康熙十三年吴三桂作乱祸及云南、四川,这两个人就不知所踪了。

　　外史氏曰:以铁为衣,以铜为袍,岂炫异以骇人耳目耶①? 抑道家别有所属,而寓意于铜铁耶? 皆不可得而解也。

【注释】

①炫异:炫耀与众不同。

【译文】

陈鼎说:用成片的铁来做衣服,用连缀的铜片来做袍子,这不是故意炫耀与众不同来达到使人耳目惊骇的目的吗?或者是道家另有深意,而把这深意隐藏于铜铁中吗?这些都让人无法弄明白。

　　　　张山来曰:既有铁,便应有铜。爱金银者为贪夫,则爱铜铁者自是异人矣!

【译文】

　　张潮说:既然有铁,就应该有铜。喜爱金、银的是贪婪的人,那么喜爱铜、铁的人本身就是非比寻常之人呀!

北墅奇书

陆次云(云士)①

　　顺治时,山左有李神仙②,游行京邸③。庚子北直乡试④,有两生密询试题。李笑曰:"公皆道德仁艺中人也⑤,无庸卜⑥。"题出,乃"志于道"全章⑦,二人皆中式⑧。辛丑会试⑨,又有以场题问者,李曰:"五后四可。"场中首题,乃"知止而后有定"一节⑩,果五"后"字;二题乃"夫子之文章"一章⑪,三题乃"易其田畴"二节⑫,果四"可"字。灵异最多,此特其一事耳。

【注释】

①陆次云:参见卷七《纪周侍御事》注释。本篇七则《虞初新志目录》注出《大有奇书》。

②山左：特指山东。此则山左李神仙事又见清法式善《槐厅载笔》
　　卷十二、梁章钜《制义丛话》卷二二引《北墅奇书》，又见清褚人
　　获《坚瓠集》秘集卷二、明徐芳《悬榻编》卷六，以及清来集之《倘
　　湖樵书》卷五"闱题定数"引《悬榻编》。

③京邸：京都的邸舍，此处指京城。

④庚子北直乡试：清顺治十七年（1660）庚子科北直隶乡试。北直，
　　即北直隶，相当于今北京、天津两市，河北大部和河南、山东部分
　　地区。

⑤道德仁艺：暗寓下文试题所选《论语·述而》中四句话的末字。

⑥庸：用。

⑦志于道：语出《论语·述而》："志于道，据于德，依于仁，游于艺。"

⑧中式：科举得中，此指乡试中举。

⑨辛丑会试：清顺治十八年（1661）辛丑科会试。

⑩知止而后有定：语出《礼记·大学》："知止而后有定，定而后能静，
　　静而后能安，安而后能虑，虑而后能得。"五句中有五个"后"字。

⑪夫子之文章：语出《论语·公冶长》："夫子之文章，可得而闻也。
　　夫子之言性与天道，不可得而闻也。"句中有两个"可"字。

⑫易其田畴：语出《孟子·尽心上》："易其田畴，薄其税敛，民可使富
　　也。食之以时，用之以礼，财不可胜用也。"句中有两个"可"字。

【译文】

　　顺治年间，山东有个李神仙，云游到了京城。顺治十七年庚子科北
直隶乡试，有两个考生偷偷地向他问询试题。李神仙笑着说："你们都是
有道、德、仁、艺的人，不用占卜。"考试试题在科场公布后，是《论语》中
"志于道，据于德，依于仁，游于艺"一章的内容，两个人都通过了考试。
顺治十八年辛丑科会试，又有人向李神仙询问试题，李神仙说："五后四
可。"考场中出的第一题，是《大学》中的"知止而后有定"一节，里面果
真有五个"后"字；第二题是《论语》中的"夫子之文章"一章，第三题是

《孟子》中的"易其田畴"二节,第二题和第三题里面果真有四个"可"字。有关李神仙的灵异事情非常多,这里只举一个事例罢了。

　　　　张山来曰:先君视学山左时①,李神仙来谒,自署曰"治仙"。先君延入署中,仙命人于架上随手取书一册,复令信手揭开,随于袖中取出字纸一条,乃其首行也。又云:"明日有贵人送礼至。"及次日,衍圣公以叵罗见赠②。后不知所之矣。

【注释】

①先君视学山左:据《(康熙)山东通志》卷二五,张潮父亲张习孔在清顺治九年(1652)任山东提学佥事,督导学政,至顺治十三年(1656)期满归京。

②衍圣公:从宋仁宗至和二年(1055)起授予孔子嫡长子孙的世袭封号,直至1935年国民政府改为"大成至圣先师奉祀官"。张习孔在清顺治九年(1652)至顺治十三年(1656)担任山东提学佥事,故他见到的衍圣公当指孔子的第六十六代孙孔兴燮(1647—1667袭封)。

【译文】

　　张潮说:我父亲担任山东提学佥事督导学政的时候,李神仙来拜谒他,署名叫"治仙"。我父亲把他请入署衙中,李神仙命人在书架上随手取一本书,又让这个人随手翻开一页,随后从袖子里取出一张纸条来,就是这个人翻开的这一页书的首行文字。又说:"明天有贵人会来送礼。"到了第二天,衍圣公给我父亲送了一个叵罗。后来,就不知道李神仙到哪里去了。

　　陈我白瞽目^①，善揣骨^②。居扬州，吴江相国金岂凡召之^③。先令遍相诸人，多验。后及公，陈遍摸之，云："此穷相，不足道。"公不语。傍人曰："子无误言！"陈复遍摸，辄摇首曰："不差。"公复不语。陈摸至公眼，遽跪曰："此龙眼，当大贵！"众愕然。公笑曰："果神相也。"重赠以金，复为延誉^④。盖公未生时，父翁祷于神庙，甚虔，夜梦神许赐以一子，视之，即寺傍丐者。私念有子如此，不如无矣。神复曰："汝勿虑，当易其眼。"取殿庑龙眼纳之^⑤。未几生公。故公以为神也。

【注释】

①陈我白瞽（gǔ）目：陈我白目盲。陈我白之事可见徐岳《见闻录》卷四。宋琬有《行乐词》注云"陈我白善揣骨相，言予当有五子"（《安雅堂未刻稿》卷五）。

②揣骨：旧时的一种相法。揣摸人的骨骼以判断其贫富、智愚、贵贱、寿夭等。

③吴江：县名。明、清皆属苏州府。即今江苏苏州吴江区。金岂凡：金之俊，字岂凡。明万历进士，官至明兵部侍郎。入清，历官至史院大学士、中和殿大学士、秘书院大学士，依照明、清惯称尊为相国。事见《（康熙）吴县志》卷四五。

④延誉：播扬声誉，传扬好名声。

⑤庑（wǔ）：堂下周围的走廊、廊屋。

【译文】

　　陈我白是个盲人，擅长摸骨测相。他居住在扬州，吴江县人内阁大学士金之俊召见他。一开始的时候，先让陈我白给其他人摸骨相面，基本上都很灵验。后来给金之俊摸骨，陈我白说："这是穷人的面相，没有什么可说的。"金之俊听后没有说话。近旁的人说:"你不要说错了!"陈我白又仔细地摸了一遍,摇着头说:"没有说错。"金之俊依然没有说话。当陈我白摸到金之俊的眼睛时,突然跪在地上说:"这是龙的眼睛,预示你应有极其富贵的命相!"听到的人都十分惊愕。金之俊笑着说:"果真是个预测奇准的相士。"赠送给他很多金银,又给他宣扬名声。原来在金之俊未降生之前,他父亲在神庙里祷告求子,极为虔诚,到了晚上,他父亲梦到神灵许诺赐给他一个儿子,仔细一看,竟然是神庙旁边的乞丐。父亲暗地里想着,有这样的儿子,还不如没有呢。神灵回复说:"你别担心,我给他换换眼睛。"当即取下了殿堂外廊神龙的眼睛给乞丐安上了。没过多久,金之俊就降生了。因此,金之俊认为陈我白算命真是太准了。

　　张山来曰:审若是①,则富贵之后身,仍为富贵;乞丐之后身,仍不免贫贱耶? 真不可解! 余卜居维扬时②,陈我白已大富,不复为人揣骨,故无从一询休咎③。闻其颇精于弈,目虽瞽,人不能欺之,尤为奇也。

【注释】

①审若是:果真如此的话。审,确实,果真。

②卜居:选择居处。

③休咎:吉凶、福祸。

【译文】

　　张潮说:若果真是这样的话,那么富贵之人的来生,就仍为富贵之人;而乞丐的来生,就仍不免贫苦卑贱吗? 真是令人匪夷所思呀! 我当年居住在扬州时,陈我白已经很富裕了,他已经不再给人摸骨测相了,因此没有机会向他询问一下自己的祸福吉凶。传闻他擅长下棋,虽然双目失明,在下棋的时候人们却没法欺骗他,这一点尤为使人吃惊。

　　河南刘理顺①，乡荐久不第②。读书二郎庙中③，闻哭声甚哀。问之，乃妇人也：其夫出外，七年不归，母贫且老，欲嫁媳以图两活。得远商银十二两，将携去。姑媳不忍别④，故悲耳。刘闻之，急呼其仆曰："取家中银十二两来。"仆曰："家中乏用，止有纳粮银在⑤，明早当投柜矣⑥。"刘曰："汝且取来，官银再设处可也。"因代为其子作一书，称"离家七年，已获五百余金，十日后便归矣，先寄银十二两"等语。觅人送其家，姑媳得银及书，以告商。商知其子在，取银去。越十日，其子果归，所得之银及所行之事，与书中适符。母以问子，子骇甚，但曰："此神人怜我也！惟每日拜谢天地而已。"刘公是年会试，庙祝见二郎神亲送之⑦，中崇祯甲戌状元⑧。其子后于庙中见公题咏⑨，乃知书银出自公手，举家往谢，公竟不认，尤不可及也。

【注释】

①刘理顺：字复礼，号湛六。崇祯七年（1634）参加甲戌科殿试，崇祯帝亲点他为状元，授翰林院修撰。李自成攻入京师时，自尽殉国。事见清田兰芳《中允刘公传》（《逸德轩文集》卷下）、《明忠义别传》卷十三《刘文烈公传》、《明史·刘理顺传》。此则事又见清席启图《畜德录》卷十二。

②乡荐：明、清称乡试中式为领乡荐，指刘理顺乡试中举人。

③二郎庙：民间供奉二郎神的神庙。

④姑媳：婆婆与儿媳。

⑤纳粮银：指交粮税的钱。

⑥投柜：明、清田赋征收的方法之一。各州县征收赋税银两时，在衙

　　署门外置木柜,由粮户自己将应缴钱粮注明姓名和田赋银数,然
　　后封好投入柜中,随取收据,以免浮收少纳。
⑦庙祝:寺庙中管香火的人。
⑧崇祯甲戌:明崇祯七年(1634)。状元:科举时代殿试第一名称为
　　状元。唐制,举人赴京城应礼部试者都须投状,因此称第一名为
　　状头,故有状元之称。
⑨题咏:指为歌咏某一景物、书画或某一事件而题写的诗词。

【译文】

　　河南人刘理顺,乡试中举人后便很长时间未能通过会试。他在二郎
神庙里读书时,听到有人哭得十分伤心。他过去询问是怎么回事,发现
是一个妇人:原来她的丈夫出门在外,已经七年没有回过家了,婆婆年龄
大了,家里又没有钱,想要把她改嫁出去,好让两个人都能够活下去。有
个跑远路的商人给了十二两银子,将要把她带走。她和婆婆不忍心分
别,因此才悲伤痛哭。刘理顺听完这件事,立马呼喊他的仆人,说:“从家
里取十二两银子拿过来。”仆人说:“家里的钱也不够用,只有缴纳公粮
的钱,明天一早就该上交官府税柜了。”刘理顺说:“你先把这些钱取来,
缴纳公粮的银两我再设法从别处找。”于是刘理顺模仿老妇人儿子的口
吻写了一封家书,信上写着:“儿子离家七年,已经赚了五百多两银子,十
天之后就返回家中,先寄给家里十二两银子”等话语。刘理顺找人把家
书和银两送到家,婆婆、媳妇二人收到书信和银两,把这件事情告诉了商
人。商人知道老妇人的儿子还活着,就取回当初买人的银两离开了。过
了十来天,老妇人的儿子果真回家了,儿子所赚取的银两及所做的事情,
和刘理顺信中描述的事情完全吻合。老妇人询问儿子这些事,儿子惊骇
万分,只是说:“这是神灵哀怜我呀!只有每天向天地叩首来表示感谢之
意。”刘理顺这一年参加会试,庙祝看见二郎神亲自送他出门赴京考试,
后来果真考中了崇祯七年甲戌科殿试的状元。老妇人的儿子后来在庙
中看见刘理顺的题诗,才明白家书和银两都是出自刘理顺之手,因此带

着全家人去感谢他,可刘理顺竟然不承认有这件事情,这是一般人都没有的高风亮节呀。

蓟门有人^①,新置茧袍一领^②,衣之过芦沟桥^③。值推车者碎其右袂^④。其人自顾,绝无一语。推车者跪而请曰:"小人误碎君服,贫不能偿,乞赐痛责以惩过。"碎衣者曰:"衣已碎矣,责尔何为?"拂袖竟去。推车者归,忽颠狂曰:"吾冤不能报矣!"邻人聚观,诘问其故。曰:"衣茧袍者为某,与我仇积前生。今日我数当尽^⑤,碎其衣,欲致其击我,我则随击而毙,使彼受法抵偿。而无如其不较也^⑥,吾如彼何哉?其量若此,吾怨已解。然彼于前世,尚负我五金,乞邻翁为我语彼,持此金来,资我殡事,我则与彼释此冤矣。"邻人走访,详语其人。其人大惊,拜推车汉于破炕之下。推车汉历叙前因,碎衣者浃汗,叩求上五金偿夙负^⑦。复上五金,曰:"以此为君祈福,修佛事^⑧。"推车汉曰:"如是,吾不惟不汝冤,且汝德矣^⑨!"一笑而逝。

【注释】

①蓟门:春秋战国时的燕国以蓟城为国都,古称蓟城为蓟门。蓟门的位置,众说不一,一般认为在今北京市海淀区学院路元城墙遗址上。为"燕京八景"之一。清乾隆年间,立御书"蓟门烟树"碑于此。

②茧袍:绵袍,絮丝绵的衣袍。

③芦沟桥:亦称卢沟桥。在今北京市丰台区永定河上。永定河旧名卢沟河,桥以河得名。金代始建石桥,明、清时皆曾重修。桥面石栏杆头雕刻有千姿百态的石狮子。为"燕京八景"之一,清乾隆

御书"卢沟晓月"。

④袂（mèi）：衣袖，袖口。

⑤数：命运，命数。

⑥无如：无奈。

⑦夙负：指前生亏负的钱财。

⑧佛事：指僧尼等所作诵经祈祷、拜忏礼佛等事。

⑨德：感激恩德。

【译文】

　　蓟门有个人，新做了一领绵袍，他穿着绵袍走过卢沟桥。适逢一个推车的人也在过桥，推车人把绵袍的右袖口给剐破了。这个人看着自己的衣服，什么话也没有说。推车的人跪下来道歉说："我不小心剐破了您的衣服，奈何家里穷，没有钱赔偿您，请您严厉地责骂我一顿吧，以此来惩罚我的过失。"被剐破绵袍的人说："衣服已经破了，责罚你又有什么用呢？"于是就甩袖子离开了。推车的人回到家里，突然发疯似的说："我无法报仇雪恨了！"邻居们都围拢过来看他，并且问他说这话的缘故。推车者说："穿绵袍的人是某某，他和我前世有仇。今天我命数已尽，剐破他的衣服，想要让他打我，我就在他的攻击下死去，让他受到法律制裁来偿还前世欠我的债。奈何他却不计较我剐破了他的衣服，我能拿他怎么办呢？他如此宽宏大量，我对他前世的怨恨也消解了。然而他上辈子仍然欠我五两银子，请邻居们替我给他带个话，让他拿着前世欠我的五两银子来，用这些钱为我办理丧事，我就彻底和他消除前世的冤仇了。"推车人的邻居前去拜访穿绵袍的人，把这件事详细地对他说了。穿绵袍的那个人感到十分震惊，于是在推车人家里残破的土炕下叩拜。推车人详细讲述了前世的因果，穿绵袍的人听得汗流浃背，向推车人磕头乞求并献上五两银子来偿还前世的欠款。穿绵袍人又拿出来五两银子说："这些钱拿来给你祈福，并请僧侣做超度的法事。"推车人说："如果真是这样，我不仅不再怨恨你，还得感激你的恩德呀！"大笑一声，溘然长逝。

　　顺治戊戌进士汤聘①，为诸生时，家贫奉母。忽病死，鬼卒拘至东岳②。聘哀吁曰："老母在堂，无人侍养，望帝怜之！"岳帝曰："汝命止此，冥法森严，难徇汝意。"聘扳案哀号。帝曰："既是儒家弟子，送孔圣人裁夺。"鬼卒押至宣圣处③，曰："生死隶东岳，功名隶文昌④，我不与焉。"回遇大士⑤，哀诉求生。大士曰："孝思也，盍允之以警世？"鬼卒曰："彼死数日，尸腐奈何？"大士命善财取牟尼泥完其尸⑥。善财取泥，若旃檀香⑦，同至其家，尸果腐烂。一灯荧然⑧，老母垂涕，死七日，尚无以殓。善财以泥围尸，臭秽顿息，遂有生气。魂归其中，身即蠕动，张目见母，呜咽不禁。母惊狂叫，邻人咸集。聘曰："母勿怖，男再生矣！"备言再生之故，曰："男本无功名，命限已尽。求报亲恩，大士命男持戒⑨，许男成进士，但命无禄位⑩，戒以勿仕。"后聘及第，长斋绣佛⑪，事母而已。迨母死，就真定令⑫，卒于官。岂违勿仕之戒欤？

【注释】

① 顺治戊戌：清顺治十五年（1658）。汤聘：江南上元（今江苏南京）人。清顺治间进士，康熙八年（1669）任真定府平山县知县，康熙十一年（1672）编修《（康熙）平山县志》。徐岳《见闻录》卷二有"汤聘再生"，文同；蒲松龄《聊斋志异》有《汤公》篇记其入冥之事，记他是顺治十八年（1661）辛丑科进士；又清袁枚《子不语·牟尼泥》亦载其事。

② 东岳：泰山。中国传统民间信仰中，泰山有泰山神，又称东岳大帝，具有主生死的职能。《后汉书·乌桓传》载："中国人死者，魂神归

岱山（泰山）也。"

③宣圣：汉平帝元始元年（1），追谥孔子为褒成宣公。其后历代王朝都尊孔子为圣人，因此也称其为"宣圣"。

④文昌：即"文昌帝""文昌君""梓潼帝君"。《明史·礼志四》："梓潼帝君者，记云：'神姓张名亚子，居蜀七曲山，仕晋战没，人为立庙。唐、宋屡封至英显王。道家谓帝命梓潼掌文昌府事及人间禄籍，故元加号为帝君，而天下学校亦有祠祀者。'"

⑤大士：本是佛教对菩萨的通称。文中提到观世音菩萨的侍从善财童子，故大士特指观音菩萨。

⑥牟尼泥：可能指佛教用来塑造释迦牟尼佛像的神泥，未见佛书传载。牟尼，梵语音译，意为寂静，多指佛祖释迦牟尼。

⑦旃（zhān）檀：是一种珍稀树种，可制作香料，做熏香使用。

⑧一灯荧然：一盏光芒微弱的灯。

⑨持戒：遵行佛教戒律。

⑩禄位：俸给与爵次。泛指官位俸禄。

⑪长斋绣佛：吃长斋于佛像之前，形容修行信佛。长斋，终年吃素。绣佛，刺绣的佛像。杜甫《饮中八仙歌》："苏晋长斋绣佛前，醉中往往爱逃禅。"

⑫真定：此处指真定府。清雍正元年（1723）避胤禛讳，改为正定府，属直隶省。汤聘曾任平山县知县，而平山县为真定府辖县。

【译文】

顺治十五年戊戌科的进士汤聘，当他还是秀才的时候，家里贫穷，艰难地侍奉着老母。忽然有一天，汤聘生病死了，鬼卒把他的魂魄押到了泰山的地府中。汤聘悲叹道："我的母亲还活着，没有人奉养她，希望东岳大帝能够垂怜！"东岳大帝说："你的命数只能到此，冥界法度严苛，很难为了你徇私枉法。"汤聘攀着桌子痛哭不已。东岳大帝说："你活着的时候既然是读圣贤书的儒士，我把你移送到孔圣人处，让他来裁断此事吧。"于是鬼卒把他押到孔子那里,孔子说:"生死之事属东岳大帝管理,功名前途属文昌君管理,我无权裁决此事。"在押解汤聘返回泰山地府的路上,遇到了观音菩萨,汤聘哀求观音菩萨指点一条生路。观音菩萨说:"这是出于孝顺的想法,为什么不应允他的请求以警示世人呢?"鬼卒说:"他已经死了好几天了,尸体腐烂了怎么办?"观音菩萨命令善财童子去取牟尼泥来修复汤聘的肉身。善财童子取来牟尼泥,这牟尼泥如同檀香一样香,善财童子和汤聘一起返回他家中,他的肉身果真已经腐烂。家里点着一盏光芒微弱的小灯,他母亲坐在旁边哭泣,汤聘已经死了七天了,还没有钱来装殓。善财童子用牟尼泥包裹汤聘的肉身,腐肉味瞬间消失了,充满了生气。汤聘的魂魄返回到身体里,身体就能慢慢蠕动了,他睁开眼睛看到母亲,呜咽不止。母亲惊讶地大叫起来,邻居们都聚集到了汤聘的家里。汤聘说:"母亲不要害怕,儿子死而复生了!"便详细地叙述了自己复活的经过,说:"儿子这一生本来不会考取功名,命数已尽。我请求观音菩萨让我复活来报答母亲的恩情,观音菩萨让儿子持守戒律,应允儿子能够考取进士,但命中没有做官的福分,告诫我不要走进官场。"后来汤聘果然考中了进士,只是常年吃斋念佛,侍奉老母罢了。等到母亲去世以后,汤聘去了真定府当了平山县知县,死在知县任上。这岂不是违背了菩萨不让他入仕的警告了吗?

　　张山来曰:大士慨发慈悲,吾夫子独不为裁夺者,以死数日而复生,是为索隐行怪①,非中庸之道②,故不为耳。

【注释】

①索隐行怪:探索隐晦之事而行怪僻诡异之道。《汉书·艺文志》:"孔子曰:'索隐行怪,后世有述焉,吾不为之矣。'"

②中庸:儒家的最高道德标准,主张待人、处事不偏不倚,无过无不及。

【译文】

　　张潮说：观音菩萨大发慈悲，我们孔圣人不为汤聘裁决此事，因为人死多日而复活，这是做探索隐晦之事而行怪僻诡异之道，并不符合儒家所倡导的中庸之道，因此孔圣人不裁决这件事。

　　顺天江霞子云：其母舅汪公①，于崇祯十三年任四川巡道②。经略到省③，单骑往谒，中途所乘马无病而死。蜀道难行，计无所出。忽有少年对马言曰："我当变马与公乘之。"左右以为奸人，拥至公前。公云："此狂人也。"释之。少年出门去，而马忽活。公喜甚，乘之，至辕门④，甫下马而复倒矣。公入谒，事毕，乘肩舆归。方行，见一老者牵一人至，喊云："救命！"视其人，即少年也。老者云："适见公乘马死，小人随藏身山穴，变马负公。出马腹而寻身，不意宅舍竟为此人所占⑤。伏乞敕彼更换，各还故有。"公语少年，少年云："此系难得之物，愿受官刑，断不还矣。"公欲绳之以法，而无法可加。老者知不可强，拳詈交及，少年惟有笑受。公劝老者："尔有此手段，不若另觅好舍何如？"老者曰："公肯为某留心，某当从命。"少年拜谢去，老者亦随公回署。

【注释】

①母舅：母亲的兄弟。即舅父、舅舅。

②巡道：又称分巡道。明、清道员之一，主掌刑名之事。

③经略：经营治理。

④辕门：古时军营的门或官署的外门。这里指官署的外门。

⑤宅舍：借指人的躯体、肉身。古人认为人由魂魄和肉身两部分组

成,魂魄附于身体则人生,魂魄离开身体则人死。

【译文】

顺天府人江霞子说:他的舅舅汪某,于崇祯十三年出任四川某地的巡道。有一次前往省城办事,只骑了一匹马前往,半道上马无故而死。蜀道难以行走,他想不出什么办法来。忽然有个少年出现,对着马说:"我要变成马,供大人乘骑。"随行人员认为这个少年是坏人,把他推搡到了汪某面前。汪某说:"这不过是个口出狂言的人。"就放了他。少年出门离去,而马突然活了过来。汪某非常高兴,骑上马就走了,到了衙署门外,刚刚下马,马又倒在地上不动了。汪某进入衙署拜谒上官,处理完公务,坐着轿子准备返回。刚刚准备出发,汪某看见一个老者牵着一个人到了自己面前,那人大声喊道:"救命呀!"仔细打量那人,就是此前见过的少年。老者说:"此前见到汪大人您的马死了,我随即便把肉身藏在山上的洞穴里,魂魄变成马来驮着您。等我的魂魄从马身上出来寻找自己的身体时,不料自己的身体竟然被这个人占为己有了。我请求您责令这个人再次更换身体,各自回到自己原有的身体中去。"汪某对少年讲了更换身体这件事,少年说:"这个身体非常难得,我宁愿遭受官府刑罚,也一定不会归还身体。"汪某想要把这个少年绳之以法,却没有什么合适的罪名能够给他定罪。老者知道不可以强求,对少年拳打脚踢,谩骂不止,少年只是笑着忍受。汪某劝慰老者说:"你有如此高的手段变成马来载我,不如另外找个好的身体怎么样呢?"老者说:"如果您肯把为我另觅佳处的事情放在心上,我就听从您的吩咐。"少年拜谢了汪某离去,老者也跟着汪某一起回到了衙署。

越半载,一日向公云:"公书吏之子①,今夜暴亡。明晨弗令掩盖,使移置郊外,当拜公佳舍之惠。"公许之。明早升堂,问某吏:"可有子昨夜死否?"吏曰:"有之。"公云:"汝欲令其重生否?"吏曰:"安能得之?"公云:"汝命无子,虽生必命出家，不则生而复死。"吏曰："与其死隔，宁使生离。"公令其舁之郊外，吏泣谢去。公归语老者，老者求一新衣，随公出郭。吏夫妇已先迎候，观者万众。见老者扶尸起，脱其衣，以己衣衣其身，随脱己衣，以其衣衣自身。老者忽卧地，棺中人突然起矣，拜谢汪公。吏夫妇呼之，绝不应，亦惟有向之拜谢而已。吏夫妇痛哭去。是人遂作道人妆，虽若舞勺之年②，而所出者尽神仙之语。谓公云："时事不可问，宜急隐。"答曰："君父事了却③，稍俟之。"后再促公，公言如故。因叹云："固有定数，不可强也！"遂辞去。明年寇大警④，公卒于官。　裘武宋口述。

【注释】

①书吏：管理文书档案或起草公文的吏员。

②舞勺之年：指男子十三岁到十五岁的年龄。出自《礼记·内则》："十有三年，学乐、诵诗、舞勺，成童舞象，学射御。"

③君父事了却：指要把皇帝指派的公事办完。君父，指天子。

④明年寇大警：第二年张献忠农民起义军侵犯四川，形势危急。崇祯十三年（1640），张献忠率部突入四川，至十四年率部转战湖北，十七年再次进军四川，随后控制了四川大部地区。警，危险紧急的情况或事情。考汪公崇祯十三年出任巡道，但遇到少年变马之事的时间可能稍晚，不一定是崇祯十三年，他可能是在崇祯十五、十六年间，经过"半载"，又到"明年"，或死于崇祯十七年张献忠攻破四川时。

【译文】

时间过了半年，突然有一天老者对汪某说："大人手下吏员的儿子，今天晚上会得暴疾离世。明天一早您下令不要让他们埋葬尸体，让人把尸体转移到郊外，我肯定会拜谢您给我的魂魄寻找栖身之所的恩惠。"汪某答应了他。第二天一早，汪某坐堂，问某个吏员说："你可有孩子昨天晚上离世了？"吏员说："有。"汪某说："你想要让你的孩子复活吗？"吏员说："这怎么能够做到呢？"汪某说："你命里没有儿子，即使死而复生，也得让他出家，如果不这样的话，即使复生了也得再次死去。"吏员说："与其和他生死相隔，我宁愿选择让他活着而与他分离。"于是汪某命令吏员把儿子的尸体抬到郊外，吏员哭着感谢汪某，然后离开了衙署。汪某回去告诉了老者，老者要了一件新衣服，然后跟着汪某一起出城去了。吏员夫妻已经在郊外先行等候，旁边有上万人观看。人们只见老者把尸体扶起来，脱掉了尸体身上的衣服，把自己和汪某要的新的衣服穿在尸体身上，随后又脱掉自己的衣服，把尸体身上的衣服穿在自己身上。只见老者突然躺在地上，棺材中的人忽然坐了起来，拜谢汪某。吏员夫妻二人呼喊着自己的孩子，孩子闭口不应，只是向他们拜谢而已。吏员夫妻二人痛哭流涕地离开了。这个人于是换了一身道士的装束，虽然看上去只有十三四岁的样子，但是说出来的话都是神仙才能够说出来的玄妙之语。这个人对汪某说："当下的局势无法预测，您应当赶紧隐退。"汪某回答说："我要把皇帝交代的事情做完，再稍等一段时间吧。"后来，那人再次催促汪某隐退，汪某依旧像上次一样回复。那人于是叹息说："寿命原本是有定数的，我也不可以强求了！"于是就辞别汪某离开了。到了第二年，张献忠军队侵扰四川，形势危急，汪某便死在了官任上。这是裴武宋亲口告诉我的事情。

　　明末，关东有为玉器之工李宛者①，白皙无髭之人也②。其里中有张远者，长髯倾黑之人也③。宛、远俱抱病，宛先三日死，远后三日死。宛至冥，冥官曰："张合死，李犹未也，放转生。"鬼卒曰："李舍坏矣。"冥官曰："即借张舍舍之④。"

鬼卒送宛魂附远体而去。尸忽起，远之父惊喜曰："儿生矣！"妻曰："夫活矣！"子曰："父能动矣！"宛张目曰："我李宛也。此何地？尔何人？而子我、夫我、父我耶？"竟趋李宅。李阖家怪而逐之。宛曰："我李宛也，父何以不我子？妻何以不我夫？子何以不我父耶？"其父曰："我子死且腐，我子无髭，而尔多髯，大异矣！何诡说耶？"宛曰："此张远之躯，冥曹判而假我生者也⑤，盍辨我之声乎？"其家人曰："声果宛声也。"张之父子追至，亦曰："声诚非远声也。"而李之家究不敢纳也。宛曰："不信，试取我器具来。"须臾，剖玉磨滤⑥，为璧为珪。事事俱宛之素艺，远所不能者。于是信其果为宛也。张不能强之归，李不复驱之去。此王艾衲游边，云亲见其事者。

【注释】

①关东：据文末"游边"判断，此指山海关以东的地方。

②髭（zī）：嘴唇上边的胡子。

③髯：两颊上的胡须。

④借张舍舍之：把张远的身体供李宛作身体。第一个"舍"字，指身体；第二个"舍"字，动词，给……做魂魄寄居的身体。

⑤冥曹：冥官，阴间官吏。

⑥剖玉磨滤：指玉器的剖开、打磨等工序。剖玉，把玉璞表面其他的石头削掉。磨滤，用工具来磨细玉器的外表，琢磨花纹。

【译文】

明朝末年，关东地区有个雕琢玉石的工人名叫李宛，皮肤白皙，没有胡子。李宛有个同乡叫张远，是个长着长胡子、面目黧黑之人。李宛和张远都生病了，李宛先张远三日离世。李宛到了阴间，冥官说："张远应该死,李宛的寿数还没有终结,放他回去重生。"鬼卒说:"李宛的身体已经腐烂了。"冥官说:"就让他的魂魄借张远的身体来作为新身体而复活吧。"于是鬼卒把李宛的魂魄放进了张远的身体里,然后返回了阳间。张远的尸体突然坐了起来,张远的父亲惊喜地说:"我儿子活了!"张远的妻子说:"我的丈夫活了!"张远的儿子说:"父亲能动啦!"李宛睁开眼说:"我是李宛。这是哪里? 你们是什么人? 怎么喊我儿子、喊我丈夫、喊我父亲呀?"然后快步走到李家。李宛全家感到十分奇怪,于是都赶他走。李宛说:"我是李宛呀,父亲您为什么不认您的儿子? 妻子你为什么不认你的丈夫? 儿子呀,你为什么不认自己的父亲?"李宛的父亲说:"我的儿子已经死了,身体都腐烂了,我的儿子没有胡子,而你却有长胡子,你们之间的差异太大了! 你为什么胡说八道呢?"李宛说:"这是张远的身体,阴间的叛官裁决让我借他的身体复活,你们为什么不辨识一下我的声音呢?"李宛的家人说:"听声音果真是李宛的声音。"张远的父亲和儿子追到李家,也说:"这声音确实不是张远说话的声音。"但是李宛的家人终究是不敢接纳他。李宛说:"如果你们不相信我,把我干活的工具拿来。"一会儿工夫,只见李宛剖削玉石,琢磨玉石,很快把它们做成了玉璧和玉珪。所做的每一件器物,都是李宛一向熟悉的手艺,这都是张远不会做的。于是,所有人才相信这人果真是李宛。自此,张家人不再强迫他回家,李家人也不再驱赶他离开。这是王艾衲远游边境时,亲眼所见的事情。

张山来曰:冥官亦舞文如此耶[①]? 虽与受贿者不同,然亦恐宜挂弹章也[②]。不识李宛之妻肯与之同宿否? 以白皙无髭之婿[③],而忽易以长髯倾黑之夫,能无怏怏[④]? 即张远之妇,见其夫复生,而为李宛之妻所踞,心能甘乎? 俱不可解。

【注释】

①舞文：玩弄文字，曲解法律。

②弹章：弹劾官吏的奏章。

③婿：丈夫。

④怏怏：不服气或闷闷不乐的样子。

【译文】

　　张潮说：冥界的官员也如此无视法度吗？虽然这和收受别人贿赂不一样，但是恐怕也该被弹劾吧。也不知道李宛的妻子是否愿意和他一起同床共枕呢？原来是一个皮肤白皙、没有胡须的丈夫，而忽然变成了一个长胡子、皮肤黝黑的丈夫，心里能不郁闷吗？而张远的妻子，看见她的丈夫复生，却被李宛的妻子据为己有，她能够心甘情愿吗？这些事都没法弄明白。

鬼母传

李清（映碧）①

　　鬼母者，某贾人妻也。同贾人客某所，既妊暴殒②。以长路迢远，暂瘗隙地③，未迎归。适肆有鬻饼者④，每闻鸡起⑤，即见一妇人把钱俟，轻步纤音，意态皇皇⑥，盖无日不与星月俱者⑦。店人问故，妇人怆然曰："吾夫去，身单，又无乳，每饥儿啼，夜辄中心如剂。母子恩深，故不避行露⑧，急持啖儿耳。"

【注释】

①李清：字心水，号映碧，晚号天一居士。明末南直隶兴化（今江苏兴化）人。明崇祯四年（1631）进士。明亡后，辗转流寓松江、昆

山、高邮等地。后归隐兴化枣园,屡征不起,以老病拒仕,近四十年键户著书,总结明亡教训而撰著《三垣笔记》和《南渡录》,因此蜚声海内、载誉史坛。事见汪琬《前明大理寺左寺丞李公行状》(《尧峰文钞》卷二一)、徐元文《李映碧先生墓志铭》(《含经堂集》卷二七)、徐乾学《李映碧先生墓表》(《憺园文集》卷三三)、《清史稿·李清传》等。本篇《虞初新志目录》注出《古今文绘》。又见王初桐《奁史》卷九九引《古今文绘》。

②妊:怀孕。殒:死。

③瘗(yì):掩埋,埋葬。

④肆:市集,店铺。

⑤每闻鸡起:每次听到鸡叫而起床,指到了黎明起床。

⑥皇皇:美盛的样子。

⑦侔(móu):等同,相等。

⑧行露:道上的露水。

【译文】

鬼母,是一个商人的妻子。她和丈夫客居在某地,怀孕后却突然辞世。因为路途遥远,商人于是把妻子的尸骨暂时埋在了一块空地,没有把她迎回家乡安葬。正巧在这个地方的市集上,有户卖饼为生的人家,每天黎明起来开店门,就看到一个妇人拿着钱站在门口等着买饼,这个妇人走路脚步声很轻,说话声音纤细,看上去姿态美好,没有一天见她不是和星星、月亮同时出现的。店主人问她买饼的原因,妇人面露悲戚之色说:"我丈夫离开后,留下我孤身一人,我又没有奶水,每次我的儿子因为饥饿啼哭,到了夜里我的心中就如同刀子剜割一般。我们母子感情深厚,因此我不避黎明路上的露水,着急买饼去喂育我的儿子呀。"

店中初聆言,亦不甚疑,但昼投钱于笥①,暮必获纸钱一,疑焉。或曰:"是鬼物无疑。夫纸爇于火者,入水必浮,其体轻也。明旦盍取所持钱，悉面投水瓮，伺其浮者物色之②。"店人如言，独妇钱浮耳。怪而踪迹其后，飘飘飏飏，迅若飞鸟，忽近小冢数十步，奄然没③。店人毛发森竖④，喘不续吁⑤，亟走鸣之官。起柩视，衣骨烬矣⑥，独见儿生。儿初见人时，犹手持饼啖，了无怖畏。及观者猬集⑦，语嘈嘈然⑧，方惊啼。或左顾作投怀状，或右顾作攀衣势，盖犹认死母为生母，而呱呱若觅所依也。伤哉，儿乎！人苦别生，儿苦别死！官怜之，觅急乳母饲，驰召其父。父到，抚儿哭曰："似而母。"

【注释】

①笥（sì）：指放钱的箱子或盒子。

②物色：访求，寻找。

③奄然：忽然。

④森竖：因害怕而毛发耸立。

⑤吁：喘气。

⑥烬：指衣服尸骨化成灰烬。

⑦猬集：比喻密集。

⑧嘈嘈：形容声音嘈乱吵闹。

【译文】

卖饼的人一开始听到她说这话，也没有怀疑，只是白天往钱箱里投钱，到了晚上肯定会在钱箱里看到一枚纸钱，因此开始怀疑起来。有人说："这肯定是鬼用的钱，毋庸置疑了。鬼用的纸钱经过火烧后，放在水里肯定会在水面上漂着，这是因为烧过的纸重量轻。明天早晨何不把买饼人拿的钱，全部投到水缸里，找出浮出水面的钱，然后再去探访其来历。"店主收钱后按照这人的话做，发现只有妇人给的钱浮在水面上。店主感到十分奇怪，因此悄悄跟在妇人的身后去探明情况，只见那妇人走路恍如随风飘浮，速度迅捷如飞鸟，距离一座小坟头数十步时，忽然消失不见了。店主惊悚得毛发耸立，喘息混乱，赶忙跑去报告给官府。官府派人打开了墓主人的棺椁，只见里面的衣服、骨头都已经化为灰烬了，只发现一个活生生的婴儿。这个婴儿刚刚被人看到的时候，手里仍然拿着饼在吃，一点也看不出来害怕的样子。等到来看的人多起来，说话的声音吵吵嚷嚷，孩子才被吓得啼哭起来。时而向左看做出投入别人怀抱的姿态，时而向右看做出牵拉别人衣服的样子，原来仍然把已经去世的母亲当作活着的，并且一直哭着好像在寻找依靠。这个孩子，真是太可怜了！别人都因为和活着的人诀别而感到痛苦，这个可怜的小孩子却因为和死去的母亲分别而难过！官员可怜这个孩子，急忙寻找乳母喂养他，并赶快派人去寻找他的父亲。他父亲赶到后，抚摸着孩子，哭着说："长得多么像你的母亲呀。"

　　是夜，儿梦中趯趯咿喔不成寐①，若有人呜呜抱持者。明旦，视儿衣半濡②，宛然未燥，诀痕也。父伤感不已，携儿归。后儿长，贸易江湖间，言笑饮食，与人不异。惟性轻跳，能于平地跃起，若凌虚然③。说者犹谓得幽气云④。儿孝，或询幽产始末，则走号旷野，目尽肿。

【注释】

①趯趯（yuè）：跳跃的样子，引申为活跃、兴奋。趯，同"跃"。

②濡：沾湿。

③凌虚：升于空际。

④幽气：这里指幽冥鬼气，阴气。幽，阴间。

【译文】

那天晚上，孩子在睡梦中兴奋活跃，咿咿呀呀地睡不踏实，仿佛有人抱着他呜呜哭泣。到了第二天，父亲看到儿子的衣服湿了一部分，仍然还没有干，这是母亲来和儿子诀别时留下的泪痕。父亲感伤不已，带着儿子一起返回老家。后来儿子长大成人了，和父亲一样远行四方做生意，说话做事、起居饮食和平常人一样。只是天生身躯轻盈能跳很高，能在平地上起跳，仿佛在空中漫步。有人说这是因为他小时候得到幽冥鬼气的原因。他是个孝顺的儿子，询问得知自己是鬼母所生的事情后，就一个人跑到旷野中嚎啕大哭，眼睛都哭肿了。

张山来曰：余向讶既已为鬼，亦安事楮镪为①？今观此母，则其有需于此，无足怪矣。

【注释】

①楮镪（chǔ qiǎng）：祭供时焚化用的纸钱。镪，钱贯，引申为钱。宋洪迈《夷坚志补》卷二一："移时宴罢，乃焚烧楮镪，渐次闻人哭声。"

【译文】

张潮说：我一直惊异既然人已经去世成为鬼魂，又为何要给他们焚烧纸钱呢？现如今看这位母亲的行为，则是因为她在死后也有花钱的需要呀，这也就没有什么值得大惊小怪的了。

狗皮道士传

陈鼎（定九）①

狗皮道士者，不知何许人，亦未详其姓氏。明末，尝冠道冠，蹑赤舄②，披狗皮，乞食成都市③。每至人家乞食，辄作犬吠声，酷相类。家犬闻之，以为真犬也，突出吠之。道士辄与对吠不休。邻犬闻之，亦以为真犬也，辄群集绕吠之。道士怒,忽作虎啸声,群犬皆辟易。每独居破庙,至深夜,辄作一犬吠形声,少顷,作众犬吠声,俨然百十犬相吠也。久之,通国之犬皆吠,而达乎四境矣。

【注释】

①陈鼎:参见卷九《毛女传》注释。本篇出自陈鼎小说集《留溪外传》卷十七。又李调元曾作《狗皮道士歌》叙及狗皮道士事,该诗序略引陈鼎此文(《童山集》诗集卷一)。

②蹑赤舄(xì):穿着红色的鞋子。蹑,踩,引申为穿着。赤舄,古代帝王、诸侯所穿的鞋。

③成都:明、清时为成都府,即今四川成都。

【译文】

狗皮道士,不知道是哪里人,也不知道他的姓氏。明朝末年,他曾经戴着道士的帽子,穿着红色的鞋子,披着一张狗皮,在成都府的街市上向人乞讨食物。每次到百姓家里去乞讨食物,就像狗一样汪汪地叫几声,和真狗的声音十分相似。家狗听到他模仿的犬吠声,常以为是真狗在狂吠,都从家里跑出来和他对叫。每到这个时候,道士就和狗相互对着狂吠不止。邻家的狗听到了声音,也以为是真狗在叫,便聚集在一起围绕着道士狂吠。道士很愤怒,会在不经意间发出老虎的咆哮之声,于是所有的狗都被吓得慌忙躲避。他经常一个人住在破庙里,到了深夜,就会像狗一样叫唤,不一会儿,又模仿很多条狗在叫,仿佛有上百条狗叫的声音从破庙里面传出来。随后,惹得全国的狗都在叫,狗叫声甚至传到了四方边境。

岁余,献贼入寇①,道士突至贼马前数十步,大作犬吠声。献贼怒,令群贼策马逐杀之。道士故徐徐行,贼数策马，马不前。献贼益怒，令飞矢射之，如雨，皆不中。献贼益大怒，以为妖，亲策马射之，中其首不入，矢还中贼马，马毙。献贼大骇，乃已。他日献贼僭尊号②，元旦朝贼百官，忽见道士披狗皮，列班行③，执笏作犬吠声④。献贼大怒，令群贼缚之。道士乃大作犬吠声，盈庭如数千百犬争吠状，声彻四外。合城之犬，闻声从而和吠之，声震天地。献贼大声呼，众皆不闻，为犬声乱也。献贼大惊而退。既退，犬声息，道士亦不知何往。

【注释】

①献贼：对明末农民起义首领张献忠的蔑称。他割据于四川，建立大西政权，后被清军所灭。入寇：这里指张献忠侵犯四川。

②僭（jiàn）：僭越，超越本分，古代指地位在下者冒用在上者的名义或礼仪、器物等。尊号：即帝位。清顺治元年（1644）十一月十六日，张献忠在成都称帝，建国号"大西"，改元"大顺"，以成都为西京。

③班行：朝班的行列，朝官的位次。

④笏（hù）：古代大臣上朝拿着的手板，用玉、象牙或竹片制成，上面可以记事。

【译文】

一年多后，张献忠带兵攻入成都府，狗皮道士突然跑到张献忠马前几十步远的地方，像狗一样大声狂吠。张献忠恼怒，命令属下骑马赶上去杀了他。道士故意走得很慢，众人多次策马追赶，但马都不向前走。张献忠看到这种情况，怒火更大，下令属下用弓箭射杀他，箭矢如雨，但都没有射中他。张献忠更加愤怒，认为这是个有妖术的人，亲自策马追着射杀他，飞箭射中了狗皮道士的头部，但箭头却没有射进去，反而返回来射中了张献忠的坐骑，马倒地而死。张献忠惊骇万分，于是不再杀他了。又过了一段时间，张献忠自立为帝，元旦那天，举行百官朝贺天子的大礼，突然间看到道士披着狗皮，站在百官的行列中，拿着笏板学狗叫。张献忠大怒，下令让众人把他绑起来。于是道士大声狂吠起来，整个朝堂上如同有成百上千条狗在大叫，声音响彻四方。整个成都城里面的狗听到了声音，全都跟着叫唤起来，声音震天动地。张献忠大声呼喊，但别人却听不清他的话，声音全被狗叫声给扰乱了。张献忠万分震惊，于是离开朝堂。等到众人都散了，狗叫声也停止了，道士也不知道到哪里去了。

外史氏曰：世之言神仙者比比^①，余则疑信相半。今观狗皮道士之所为，岂非神仙哉？不然，何侮弄献贼如襁褓小儿哉？

【注释】

①比比：谓到处都有或每每有之。

【译文】

陈鼎说：世人所说神仙的故事比比皆是，我对于这种传闻则半信半疑。如今看到狗皮道士的所作所为，难道这不是神仙吗？如果不是的话，为什么会如同耍弄襁褓中的婴儿一般戏弄张献忠呢？

张山来曰：人皮者不能吠贼，狗皮者反能之，可以人而不如狗乎？

【注释】

张潮说：作为人，我们不能像狗一样对着张献忠等人狂吠，披着狗皮的道士却可以这样做，难道说人还不如一条狗识大义吗？

烈狐传

陈鼎（定九）^①

明末有狐，幻老人状，年可六七十，诣昆山葛氏^②，欲僦其荒圃以居。葛谢以无屋，老人曰："君第诺我，勿论屋有无也。"葛异而诺之。老人即与葛约曰："我异类也^③，与君家有夙世缘，故相依耳。徙来，请诫从者勿相扰^④，则佩君高谊矣^⑤。"葛曰："谨奉教^⑥。"乃去。

【注释】

①陈鼎：参见卷九《毛女传》注释。本篇注出陈鼎小说集《留溪外传》，然未见康熙三十七年（1698）自刻本《留溪外传》录载此文。

②昆山：县名。明、清属苏州府。

③异类：指禽兽神鬼之类。

④从者：仆从。

⑤佩：铭记，铭感。高谊：别人对自己或他人的深厚的情谊。

⑥谨奉教：恭敬地接受教导。

【译文】

明朝末年，有只狐狸幻化成一个老人的容貌，看上去大约有六七十岁。老人去拜访昆山县的葛某，想要租赁他家的荒园子来居住。葛某推辞说没有房屋供他居住，老人说："您只需要允诺让我居住，不用管有没有房屋。"葛某虽然感到奇怪，但还是答应了他。老人便与葛某约定说："我不是人类，因为和您家有前世的缘分，才来投靠您。如果我搬过来，请告诫您家的下人不要来打扰我，那么我就会铭记您深厚的情谊。"葛某说："敬听您的安排。"于是，老人就离开了。

越数日，老人投刺进谒曰①："徙来矣！"既至，从者数十人，皆衣裳楚楚②。陈币悉珠玉锦绣③，值数千缗④。葛辞之，老人固让，葛然后纳其币。及去，达圃扉，即不见。葛愈异之，使人私睧之⑤。见圃内皆高堂大厦，画栋雕题⑥，俨然缙绅家也。他日，治酒招葛⑦，樽俎之盛⑧，帷幄之富⑨，极人间之异。

【注释】

①投刺：投递名帖。刺，名片。

②衣裳楚楚：形容服装整齐漂亮。裳，古人穿的下衣。楚楚，鲜明的样子。

③陈币：摆设的礼物。币，泛指馈赠的礼品。

④缗（mín）：成串的铜钱，每串一千文。

⑤睧（jiàn）：窥视，偷看。

⑥画栋雕题：有彩绘的栋梁楼阁。这里形容房屋装饰富丽堂皇。雕题，建筑上雕饰花纹。

⑦治酒：置办酒食。

⑧樽俎：古代用来盛酒肉的器皿。樽用来盛酒，俎用来盛肉。后来常用作宴席的代称。

⑨帷幄：指室内悬挂的帐幕、帷幔。

【译文】

过了几天，老人投名帖来拜见葛某，说："我要搬过来居住了！"等到他来的时候，只见后面跟着数十人，都是盛装丽服。赠送给葛某的礼品全是金银珠宝、绫罗绸缎，价值几千贯钱。葛某推辞不受，老人却坚决让他收下，于是葛某收下了这些礼物。老人带领众人离开，走到了荒园子门外，就消失不见了。葛某越发感到奇怪，于是派人去偷偷地察看。仆人回来禀报说,只见荒园内都是高大豪华的房屋,雕栏画栋,就像官宦人家一样。又过了几天,老人准备酒席招待葛某,宴席食物的丰盛,满堂陈设的富丽,简直是人间罕见。

葛有子,方弱冠,风流都雅倾一邑①。偶过其居,见一丽人,年可十五六,如海棠一枝,轻盈欲语②。归而思之不置③。久之,遂成病,且欲死。父知其情,走告老人以姻请。老人曰:"恐吾辈异类,不足以辱君子耳④!"葛固请之,乃许。择吉迎之⑤,奁赠以万计⑥。既归,夫妇笃好,事舅姑甚孝⑦。未几,国变⑧,乱兵入其家⑨,见妇艳,欲污之⑩。妇大骂,夺刀自刭而死⑪,乃一九尾狐也⑫。

【注释】

①都雅:俊美闲雅。

②轻盈:形容人或物(女子、蝴蝶等)动作、姿态轻柔优美。

③不置:不舍,不能忘怀。

④不足以辱君子耳:意指我们是异类,不是人类,不值得和我们结亲来辱没您的儿子。这里是委婉拒绝的说法。不足,不值得。辱,侮辱,辱没。君子,指葛某儿子。

⑤择吉:选择好日子。旧时婚礼要择吉日举行。

⑥奁赠:陪嫁的财物。

⑦舅姑:古代指公婆,丈夫的父母。

⑧国变:国家巨变,指明室灭亡、清军入关。

⑨乱兵:指清军。据王家桢《研堂见闻杂记》记清顺治二年(1645)七月初六,清军攻入昆山县,随即屠城,士民死难者达数万人,"杀戮一空,其逃出城门践溺死者,妇女、婴孩无算"。

⑩污：玷污，凌辱。

⑪自刭：刎颈自杀。

⑫九尾狐：传说中的奇兽。《山海经·南山经》："（青丘之山）有兽焉，其状如狐而九尾，其音如婴儿，能食人，食者不蛊。"

【译文】

葛某有个儿子，刚刚二十岁，长得风流俊美，闻名当地。有一天，他偶然路过老人的居处，看到一个美女，大约十五六岁，看上去仿佛刚开的海棠花，体态轻盈，曼妙多姿，含情脉脉，轻唇欲语。他回到家里，思念着这个美人，不能够忘怀。时间长了，积郁成疾，都快要生命垂危了。他父亲知道内情后，跑去请求与老人结成儿女亲家。老人说："担心我们这些异类，担不起你家公子的抬爱，不值得让我们辱没了你家公子！"葛某坚持请求老人答应下这门亲事，最后老人才同意。于是两家人挑选了好日子，将女子迎娶过门，光嫁妆就数以万计。结婚后，夫妻二人十分恩爱，女子对待公婆也特别孝顺。不多久，国家大乱，乱军闯进了葛某家里，兵卒看到葛某儿媳特别漂亮，想要玷污她。葛某儿媳大骂乱军，从兵卒手里夺刀自刭而死，这才现出原形，是一只九尾狐。

外史氏曰：狐，淫兽也①，以淫媚人，死于狐者，不知其几矣。乃是狐竟能以节死。呜呼！可与贞白女子争烈矣②！

【注释】

①淫兽：指淫荡的野兽。古人认为狐狸淫邪多媚，喜欢引诱男子行欢好之事。唐徐坚《初学记》卷二九引《郭氏玄中记》曰："千岁之狐为淫妇，百岁之狐为美女。"又引《道士名山记》曰："狐者，先古之淫妇也，其名曰紫，紫化而为狐，故其怪多自称阿紫也。"

②贞白：谓守正清白。烈：刚直，坚贞。

【译文】

陈鼎说：狐狸，是一种淫邪的畜生，常用淫乱来魅惑人类，被狐狸精害死的人不计其数。但是这里的狐狸精竟然因为要保住自己的贞洁而自杀。哎呀！这真可以和坚守妇道的刚烈贞洁女子相提并论呀！

　　张山来曰：曩于友人处，见小书一帙，皆纪妖狐故事。狐之多情者固不乏，而烈者则未之前闻。今得此文，可为淫兽增光矣！葛翁肯与联姻，亦非寻常可及。狐之以烈报之固宜①。

【注释】

①固宜：本就应当。

【译文】

　　张潮说：我曾经在朋友的家里，看见过一本小书，上面记录的全都是狐妖的故事。多情的狐狸精本来就不少，但是像上文所讲的如此刚烈的狐狸精却从来没有听说过。如今我得到这篇文章，可以为狐狸这种淫乱的畜生增光添彩了！葛某愿意与老狐联姻，也不是寻常人能做得到的。狐狸精儿媳用自杀来维护自己的名节也是应该的。

卷十一

【题解】

　　本卷选录了三部小说集的多则记载，以及七篇记叙人物或动物事迹的作品。张潮所选《樵书》即来集之《倘湖樵书》，这是一部博采唐、宋、元、明诸家之说或自述奇谈遗闻的著作，书中记录诸多像樵川吴生扶乩、袁显襄扶乩之事，再如贵州番民精通用木头替换人脚的秘术，其事实足诡异。《客窗涉笔》《闻见卮言》两部小说集也记载一些荒诞不经之事，如康元积知晓前生事、麻城人投胎、福州奸商被雷击死等皆有离奇的色彩。《钱塘于生三世事记》也记录了一则拥有前生记忆的故事，于生经历了三生：第一生为猪，第二生为蛇，第三生为人。来自佛家的轮回转世观念已经渗入民间信仰并广为流传，故上述作品大多出现与此类似的情节。陆次云《圆圆传》讲述的是风尘女子陈圆圆的故事，她艳名高炽，色艺俱佳，无奈在乱世中只能靠依傍男子生存。该文虽为女子作传，却不可仅视作普通的人物传记，读者可从作品中寻觅到明亡及清初三藩作乱的端倪，原来沉迷美色的吴三桂因爱生狂，冲冠一怒为红颜，又暗藏野心，以一人之力牵动天下局势的走向。读者亦能从本传记中看到崇祯帝、吴三桂、李自成等不同人物的性格，崇祯帝挂念国务，吴三桂好色狡狯，李自成自矜骄横，关涉明末时局的三个人物宛然在目，如跃纸上。至于本卷其余诸篇，《过百龄传》描写围棋高手风采，《八大山人传》叙述画家丹青妙手,《啸翁传》记载吟啸能人技艺,观其文即可窥其人风姿神韵;《活死人传》与他卷所写神仙事题材相类,《义牛传》亦与他卷所写义犬、孝犬、义虎等物类品性相近,不乏寄托深意。

过百龄传

秦松龄（留仙）①

锡固多佳山水②,间生瑰闳奇特之士③,常以道艺为世称述④。若倪征君云林以画⑤,华学士鸿山以诗⑥,王金事仲山以书⑦,乃今过处士百龄者⑧,则以弈。其为道不同,而其声称足以动当世则一也。

【注释】

①秦松龄:字汉石,又字次椒,号留仙,又号对岩,晚号苍岘山人。无锡（今属江苏）人。清顺治十二年（1655）进士,官翰林院检讨,以事罢官。康熙间举鸿博,官谕德,不久又罢。家有寄畅园,在无锡惠山之麓,常读书其中。工诗,有《毛诗日笺》《苍岘山人集》。事见《清史稿·秦松龄传》、《秦松龄传》（秦毓钧《锡山秦氏文钞》卷四）、陆楣《秦对岩先生传》（《铁庄文集》卷五）。本篇选自《古今文绘》,清钱肃润《文瀬初编》卷十五亦选录此篇。

②锡:指无锡县,明、清隶属常州府。

③瑰闳（hóng）:瑰奇博伟。

④道艺:学问和技能。称述:称扬述说。

⑤倪征君云林:指倪瓒,号云林子,故称倪云林。元末明初无锡人,著名画家、诗人。征君,征士的尊称,指不愿接受朝廷征聘的隐士。

⑥华学士鸿山:翰林学士华察。华察,字子潜,号鸿山。明嘉靖五年

（1526）中进士。曾做过翰林院侍读学士。十二岁能作诗文,有《翰苑留院》《知退轩》《碧山堂》等。事见王世贞《明故翰林院侍读学士掌南京翰林院事奉训大夫华公墓碑》(《弇州四部稿》卷九七)。

⑦王佥事仲山:按察佥事王问。王问,字子裕,一字仲山,无锡人。明嘉靖十一年（1532）进士,历官车驾郎中,擢广东按察佥事,因思念老父,未赴任,即弃官归家。书法类米芾,又似黄庭坚,点染山水、花鸟皆精。有《仲山诗选》《崇文馆稿》等。事见清姜绍书《无声诗史》卷三、《(康熙)常州府志》卷二三。

⑧处士:古时候称有德才而隐居不愿做官的人。

【译文】

无锡本来就有很多优美的山水景色,其中生养了瑰奇博伟、卓异奇特的文士,经常凭借他们的学问、技艺而被世人所称赞。比如说隐士倪瓒凭借画艺,翰林侍读学士华察依仗诗歌,按察佥事王问依仗书法,如今的处士过百龄,则倚靠棋艺。他们擅长的领域并不相同,但是他们的名声都一样足以震动当时的世人。

百龄名文年,为邑名家子。生而颖慧,好读书。十一岁时,见人弈,则知虚实先后、进击退守之法,曰:"是无难也。"与人弈,弈辄胜。于是闾党间无不奇百龄者①。时福唐叶阁学台山先生②,弈品居第二③。过锡山④,求可与敌者,诸乡先生以百龄应召。至则尚童子也,叶公已奇之。及与弈,叶公辄负。诸乡先生耳语百龄曰:"叶公显者,若当阳负⑤,何屡胜?"百龄色然曰⑥:"弈固小技,然枉道媚人⑦,吾耻焉;况叶公贤者也,岂以此罪童子耶?"叶公果益器之,欲与俱北,以学未竟辞。自是百龄之名,噪江以南,遂益殚精于弈。不几年,学成,曰:"可以应当世矣!"

【注释】

①闾（lú）党：乡里，邻里。

②福唐：古县名。唐天宝元年（742）改万安县置福唐县，治今福建福清。五代后唐长兴四年（933）改名福清县。明、清福清县属福州府。叶阁学台山先生：大学士叶向高。叶向高，字进卿，号台山，晚年自号福庐山人。明朝大臣，福清人。万历三十五年（1607）拜礼部尚书兼东阁大学士，次年为首辅。熹宗即位后，再任首辅。阁学，对内阁大学士的称呼。事见明朱国祯《叶文忠公志铭》（《同时尚论录》卷十五）、明刘振《识大录》。

③弈品：指围棋水平的等级。

④锡山：在今江苏无锡西，惠山支麓，此处代指无锡。

⑤阳：假装。

⑥色然：变色貌。

⑦枉道：违背正道。

【译文】

　　过百龄名叫文年，是无锡的名门子弟。天生聪明，喜欢读书。他十一岁的时候，看见别人下围棋，就明白其中虚实先后、进攻防守的方法，便说："下棋这件事不难。"他同别人下棋，一下就赢了。因为这件事同乡没有一个不对过百龄啧啧称奇的。当时福清人内阁大学士叶向高，下棋的技艺排第二。他路过无锡，想找一个可以同他下棋的对手，无锡的乡贤们让过百龄去拜见叶向高。等过百龄来的时候，叶向高看见他还是一个小孩，就已经感到惊奇了。等到和他下棋，叶向高总是输。诸位无锡乡贤对过百龄耳语说："叶先生是贵人，你应该假装输掉，为什么总是赢他？"过百龄变了脸色，说道："下棋确实只是小道，但如果违背道义来谄媚别人，我以此为耻；何况叶先生是个贤德之人，怎么会因为下棋这件事怪罪我这样的小孩呢？"叶向高果然更加器重过百龄，想要带他一起北上，过百龄以没有完成学业而推辞掉了。从那以后，过百龄在长江以南名声大噪,于是对于棋艺更加竭尽心思去研究。没过几年,他觉得自己棋艺大成了,说:"我可以和当世棋手对战了!"

　　会京师诸公卿闻其名①,有以书邀致者②,遂至京师。有国手曰林符卿③,老游公卿间,见百龄年少,意轻之。一日,诸公卿会饮④,林君谓百龄曰:"吾与若同游京师,未尝一争道角技,即诸先生何所用吾与若耶?今愿毕其所长,博诸先生欢。"诸公卿皆曰:"诺⑤!"遂争出注,约百缗。百龄固谢不敢。林君益骄,益强之,遂对弈。枰未半⑥,林君面颈发赤热,而百龄信手以应,旁若无人。凡三战,林君三北⑦。诸公卿哗然,曰:"林君向固称霸,今得过生,乃夺之矣⑧!"复皆大笑。于是百龄棋品遂第一,名噪京师。

【注释】

①公卿:泛指高官。

②邀致:召请。

③国手:精通某种技能(如医道、棋艺等)在国内数第一流的人。

④会饮:聚饮。

⑤诺:答应,答应的声音(表示同意)。

⑥枰(píng):棋盘,此处指下棋。

⑦北:败北。

⑧夺:胜过,压倒。

【译文】

　　恰好京城里的公卿大臣听闻他的盛名,便有人写信邀请他北上,于是他应邀到了京城。京城中有位一流的棋手叫林符卿,经常在公卿之间游走,看见过百龄岁数小,心里很轻视他。有一天众官员聚在一起宴饮,林符卿对过百龄说："我和你都游历京城，还没有比试过棋艺，这样的话，各位贵人还要我们做什么呢？今天希望我们尽展自己的棋艺，给在座诸位贵人带来欢乐。"各位官员都说："好！"于是竞相下赌注，大概有几百贯。过百龄坚持推辞不敢接受比试。林符卿更加骄傲，愈发强迫他，于是答应了比试下棋。还没有下到一半，林符卿就面红耳赤，而过百龄随手应对，毫不顾忌身旁观看之人。他们一共下了三局，林符卿三次都输了。诸位官员议论纷纷，说："林符卿向来总是赢，今天遇到过百龄，竟被打败了！"大家又都笑了。从此过百龄棋艺排名第一，其声名传遍京城。

当是时，居停主某锦衣者^①，以事系狱，或谓百龄曰："君为锦衣客，须谨避，不然，祸将及。"百龄毅然曰："锦衣遇我厚^②，今有难而去之，不义。且吾与之交，未尝干以私^③，祸必不及。"时同客锦衣者悉被系^④，百龄竟免。

【注释】

①居停主：居停主人。指寄居处的主人。居停，寄寓，寄居。锦衣：据文末的"金吾"，此处指职掌皇宫侍卫、缉捕、刑狱等事的锦衣卫。

②遇：对待。

③干：牵连，涉及。

④系：拘囚，关进牢狱。

【译文】

恰逢那个时候，过百龄客居在某一位锦衣卫家中，这个人因为犯事而被关进监狱，有人对过百龄说："你是那位锦衣卫的客人，此时应当谨慎回避，不这样做的话，灾祸会降到你的身上。"过百龄坚定地说："这位锦衣卫大人对我非常好，现在他有难我就离开他，不符合道义。何况我同他交往，从来没有牵涉到私事，灾祸必然不会牵连到我。"当时一起在锦衣卫家做客的人都被逮捕了，过百龄竟然幸免于难。

　　已天下多故^①，百龄不欲久留，遂归隐锡山。日与一二酒徒狂啸纵饮，不屑屑与人弈^②，独征逐角戏以为乐^③。百龄素贫，出游辄得数百金^④，辄尽之博簺^⑤。其戚党谯诃百龄^⑥，百龄曰："吾向者家徒壁立，今所得赀，俱以弈耳。得之弈，失之博，夫复何憾？且人生贵适志^⑦，区区逐利者何为^⑧？"噫！若百龄者，可谓奇矣！以相国之招而不去，以金吾之祸而不避^⑨，至知国家之倾覆而急归^⑩；为公卿门下客者垂四十年，而未尝有干请^⑪。若百龄者，仅谓之弈人乎哉？

【注释】

①多故：多变乱，多患难。指明末崇祯间各地起义军揭竿而起，而清军在关外虎视眈眈，明室岌岌可危。

②屑屑：劳瘁匆迫的样子。

③征逐：朋友频繁交往、相互宴请。角戏：竞赛游戏。

④出游：外出交游走动。

⑤博簺（sài）：即六博、格五等博戏。簺，古代一种赌博性游戏，亦称"格五"。

⑥戚党：亲族。谯（qiào）诃：喝骂，申斥。

⑦适志：舒适自得。

⑧区区：形容一心一意。

⑨金吾：本是古代负责皇帝及大臣警卫、仪仗以及徼循京师、掌管治安的武职官员。对应上文的"锦衣"，因明代锦衣卫职务类似唐之金吾卫。

⑩倾覆：覆灭。

⑪干请：请托。

【译文】

后来天下多变乱，过百龄不愿意在京城久留，于是归隐于无锡。他每天和一两个好酒之人啸歌畅饮，不劳心费力和别人下棋，只是参加朋友间的宴请以竞赛游戏取乐。过百龄向来贫困，每次外出交游就能得到很多钱，很快又在博戏中输光。他的亲族斥责他，过百龄说："我原本就家徒四壁，现在得到的钱都是下棋赚来的。从下棋中得到钱，在博戏中输光，又有什么遗憾的呢？何况人生贵在舒适自得，一味追逐利益做什么呢？"唉！像过百龄这样的人，可以称为奇人了！不应允内阁大学士叶向高的招揽，不避忌锦衣卫相牵连的祸事，等到知道国家快要灭亡时便急着回乡归隐；在达官贵人门下做客快四十年，却从未有所请托。像过百龄这样的人，仅仅称为他棋手就够了吗？

　　张山来曰：善弈者多在垂髫①，然其人往往啬于寿②。今过君独历四十余载，岂其命名为之兆耶？

【注释】

①垂髫：古时汉族儿童不束发，头发下垂，因以"垂髫"指儿童。

②啬于寿：不长寿，短命。古人认为早慧者不寿，慧极必伤。

【译文】

　　张潮说：善于下棋的棋手多在儿童时期就显示出精深造诣，然而这类人往往寿命不长。现在唯有过百龄在棋坛上称雄四十多年，难道是他的名字预示着长寿吗？

八大山人传

陈鼎（定九）①

　　八大山人②，明宁藩宗室③，号人屋。人屋者，"广厦万间"之意也④。性孤介，颖异绝伦。八岁即能诗，善书法，工篆刻,尤精绘事。尝写菡萏一枝⑤,半开池中,败叶离披⑥,横斜水面,生意勃然;张堂中,如清风徐来,香气常满室。又画龙,丈幅间蜿蜒升降⑦,欲飞欲动;若使叶公见之,亦必大叫惊走也⑧。善诙谐,喜议论,娓娓不倦,尝倾倒四座。父某,亦工书画,名噪江右⑨,然喑哑不能言⑩。

【注释】

①陈鼎:参见卷九《毛女传》注释。本篇出自陈鼎小说集《留溪外传》卷五。

②八大山人:朱耷,明末清初画家。他本是宁王朱权九世孙,明亡后削发为僧,后改信道教,住南昌青云谱道院。擅书画,花鸟以水墨写意为主,形象夸张奇特,风格雄奇隽永。山水师法董其昌,笔致简洁。擅书法,能诗文。其人事迹除本篇外,还可参见邵长蘅《八大山人传》(《青门旅稿》卷五)。

③宁藩:指明藩王宁王。

④广厦万间:万间高屋大房,用以形容赈济寒士的伟大抱负。语出杜甫《茅屋为秋风所破歌》:"安得广厦千万间,大庇天下寒士俱欢颜,风雨不动安如山。"

⑤菡萏(hàn dàn):古人称未开的荷花为菡萏。

⑥离披:摇荡貌,晃动貌。

⑦蜿蜒:龙、蛇等曲折爬行的样子。

⑧若使叶公见之,亦必大叫惊走也:化用叶公好龙的典故。汉刘向《新序·杂事》:"叶公子高好龙,钩以写龙,凿以写龙,屋室雕文以写龙。于是夫龙闻而下之。窥头于牖,拖尾于堂。叶公见之,弃而还走,失其魂魄,五色无主。"

⑨江右:古人坐北朝南,在地理上以东为左,以西为右,故江西又名江

右。宁王一脉,被分封在江西南昌府,故八大山人父亲即名闻江西。

⑩喑哑:哑巴,口不能言。

【译文】

　　八大山人,是明朝宁王一脉的皇室后裔,号称"人屋"。人屋,就是"广厦万间"之意,希望人人皆能安居。他性格耿直方正,不随流俗,聪明绝顶。八岁就可以赋诗,擅长书法,善于篆刻,尤其精于绘画。他曾经画过一枝荷花,半开在水池中,枯萎的荷叶仿佛摇动不已,或横或斜布满水面,居然显得生机勃勃;张贴在客厅中央,好像有微风缓缓吹过,香气总溢满整个房间。又画过一条龙,龙在一丈长的画面上弯曲身体上下飞舞,好像要飞;如果让叶公看见了,肯定也会惊叫着逃走。他为人幽默,好发议论,娓娓道来不知疲倦,时常笑倒四座之人。他的父亲也擅长书法和绘画,在江西很出名,但是个哑巴,无法说话。

　　甲申国亡①,父随卒。人屋承父志,亦喑哑。左右承事者,皆语以目:合则颔之,否则摇头。对宾客寒暄以手,听人言古今事,心会处,则哑然笑。如是十余年,遂弃家为僧,自号曰雪个。未几病颠,初则伏地呜咽,已而仰天大笑,笑已,忽跳跄踊跃②,叫号痛哭。或鼓腹高歌③,或混舞于市,一日之间,颠态百出。市人恶其扰,醉之酒,则颠止。岁余,病间④,更号曰个山。既而自摩其顶曰:"吾为僧矣,何可不以驴名?"遂更号曰个山驴。数年,妻子俱死。或谓之曰:"斩先人祀⑤,非所以为人后也,子无畏乎?"个山驴遂慨然蓄发谋妻子⑥,号八大山人。其言曰:"八大者,四方四隅⑦,皆我为大,而无大于我也。"

【注释】

①甲申:明崇祯十七年(1644),明朝灭亡。

②踸踽(tú jū):腾跳踊跃。

③鼓腹:拍击腹部,以应歌节。

④病间:病情好转,病初愈。

⑤斩先人祀:断绝祭祀祖先,指没有后嗣。

⑥蓄发:指僧尼留发还俗。

⑦四方四隅:东、西、南、北、东南、西南、西北、东北八个方向,泛指各方。

【译文】

崇祯十七年明朝灭亡,八大山人的父亲随后也死了。八大山人继承父亲的遗志,也不再说话。他同身边办事的人交流都用眼神:闭上眼就是点头,睁开眼就是摇头。通过手和宾客寒暄,听到别人说古往今来的事情,遇到心领神会的地方,就会无声地笑。这样过了十来年,于是就出家当了和尚,给自己起别号叫"雪个"。没过多久犯了癫狂,起初趴在地上低声哭泣,继而仰天大笑,笑完了就腾身跳跃,嚎叫痛哭。有时候拍打肚皮高声歌唱,有时候到集市上胡乱跳舞,一天之内,会出现各种疯癫的样子。集市中的人讨厌他骚扰百姓,把他灌醉,他才停止发狂。过了一年多,他病情好转,换了个别号叫"个山"。继而摸着自己的头顶说:"我是光头的和尚,为什么不以驴命名?"于是又换了个别号叫"个山驴"。过了几年,他的妻子、儿女都死了。有人对他说:"没有后代祭祀祖先,不是后人应该做的事情,你不担心吗?"他于是感慨地蓄起头发筹划着娶妻生子,别号"八大山人"。他说:"八大就是四个方向、四个角落,所有地方都以我为大,没有比我更大的。"

山人既嗜酒,无他好。人爱其笔墨,多置酒招之,预设墨汁数升、纸若干幅于座右。醉后见之,则欣然泼墨广幅间,或洒以敝帚,涂以败冠,盈纸肮脏,不可以目。然后捉笔渲染①,或成山林,或成丘壑,花鸟竹石,无不入妙。如爱书,则攘臂搦管②,狂叫大呼,洋洋洒洒,数十幅立就。醒时,欲求其片纸只字不可得,虽陈黄金百镒于前③,勿顾也。其颠如此。

【注释】

①渲染:中国画技法的一种。以水墨或淡彩涂染画面,以烘染物像,增强艺术效果。

②攘臂:捋起袖子,露出胳膊表示振奋。搦(nuò)管:握笔,捉笔,执笔写字。

③黄金百镒(yì):二千四百两(或二千两)黄金,泛指很多钱。镒,古代重量单位,合二十四两(一说二十两)。

【译文】

八大山人就是嗜酒,没有其他嗜好。人们喜欢他的书画,很多人置办酒席招待他,预先在座位右边摆好几升墨汁和几张纸。他喝醉以后看见纸笔,就会高兴地在大幅的纸上绘画,有时用破旧的扫帚挥洒墨水,用破旧的帽子涂抹,整张纸都脏到不能直视的地步。随后,他拿着笔开始涂染画面,有时画成山林,有时绘作丘壑,鲜花、飞鸟、翠竹、山石,都画得妙极了。如果他想要写字,就捋起袖子拿起笔来,大喊大叫,洋洋洒洒,几十幅作品立马就完成了。在他醒的时候,别人想求他片纸只字都无法得到,即使是把再多的黄金放到他面前,他也不会看上一眼。他已经癫狂到了这个地步。

外史氏曰:山人果颠也乎哉? 何其笔墨雄豪也①? 余尝阅山人诗画,大有唐宋人气魄,至于书法,则胎骨于晋魏矣②。问其乡人,皆曰得之醉后。呜呼! 其醉可及也,其颠不可及也!

【注释】

①雄豪:雄壮豪放。

②胎骨:坯子或骨架。

【译文】

陈鼎说:八大山人果真疯癫吗?为什么他的书画作品能雄健豪放呢?我曾经欣赏八大山人的诗画,觉得大有唐宋人的气势,至于书法,则源自魏晋的风度。我向他的同乡询问,都说在他醉了之后才能得到他的作品。哎!他的醉态旁人可以效仿,可他的疯癫旁人却无法比及!

张山来曰:予闻山人在江右,往往为武人招入室中作画①,或二三日不放归。山人辄遗矢堂中②,武人不能耐,纵之归。后某抚军驰柬相邀③,固辞不往。或问之,答曰:"彼武人何足较?遗矢得归可矣。今某公固风雅者也,不就见而召我,我岂可往见哉?"又闻其于便面上④,大书一"哑"字,或其人不可与语,则举"哑"字示之。其画上所钤印⑤,状如屐。予最爱其画,恨相去远,不能得也。

【注释】

①武人:指军中武将。

②遗矢:拉屎。

③抚军:明、清时巡抚的别称。

④便面:古代用以遮面的扇状物。

⑤钤(qián)印:书画、书籍上面的印章符号。

【译文】

　　张潮说：我听说八大山人在江西，总是被武将召到房中作画，有时两三天都不放他回来。八大山人就在房间里大便，武将不能忍受，就放他回去了。后来某位巡抚让人骑马送请柬邀请他，他坚决地推辞不去。有人问他为什么，他回答说："那些武将哪里值得费心较量？我用大便就能设法脱身。现在这个巡抚虽然是个风雅之人，不来看我却召我见他，我怎么能去见他？"又听说他在扇面上写了一个大大的"哑"字，遇到某些不想与之交流的人，他就举着"哑"字给对方看。他画上使用的印章形状像个木屐。我最喜欢他的画，遗憾与他住的江西距离太远，无从得到他的画作。

圆圆传

陆次云（云士）①

　　圆圆，陈姓，玉峰歌妓也②，声甲天下之声，色甲天下之色。崇祯癸未岁③，总兵吴三桂慕其名④，赍千金往聘之，已先为田畹所得⑤。时圆圆以不得事吴怏怏也，而吴更甚。田畹者，怀宗妃之父也⑥，年耄矣。圆圆度《流水高山》之曲以歌之⑦，畹每击节，不知其悼知音之希也。

【注释】

①陆次云：参见卷七《纪周侍御事》注释。本篇选自陆次云《北墅绪言》卷三。本篇所记之事，亦见清刘埥《片刻余闲集》卷一转引；陈圆圆事迹尚见沈虬《圆圆偶记》（《片刻余闲集》卷一）、钮琇《圆圆》（《觚剩》卷四）等。

②玉峰：指苏州府昆山县（今江苏昆山）。昆山县西北有玉峰山，故

玉峰亦成为昆山县之别称，如宋凌万顷所编纂的县志即名《玉峰
志》。

③崇祯癸未岁：明崇祯十六年（1643），即甲申之变的前一年。

④吴三桂：字长伯，祖籍南直隶高邮（今江苏高邮），锦州总兵吴骧之
子。明崇祯时为宁远总兵，封平西伯，镇守山海关。崇祯十七年
（1644）降清，在山海关大战中大败李自成，封平西王。清初与福建
靖南王耿精忠、广东平南王尚可喜并称三藩。康熙十二年（1673），
朝廷下令撤藩，吴三桂公然叛乱。康熙十七年（1678）秋在衡州
病逝。其孙吴世璠支撑了三年之后被清军攻破昆明，三藩之乱遂
告结束。

⑤田畹：即田弘遇，明江都（今江苏扬州）人。明思宗朱由检田妃之
父。田妃受宠，因而窃权，封都督。明崇祯十六年（1643）病死。
一说甲申国难，明思宗自缢于煤山，弘遇不知所终。

⑥怀宗：清廷赠给明崇祯帝朱由检的庙号为怀宗。

⑦度《流水高山》之曲以歌之：按《流水高山》的曲谱来歌唱曲辞。
《流水高山》，琴曲名，即《高山流水》，内容据《列子·汤问》所载
伯牙与子期的故事谱写。

【译文】

圆圆，姓陈，是昆山的歌妓，拥有天下最动听的歌喉、最美丽的容貌。
崇祯十六年，宁远总兵吴三桂仰慕她的名声，带着丰厚的钱财去聘娶她，
但是她已经被田畹抢先带走。当时，陈圆圆因为不能侍奉吴三桂而快快
不乐，吴三桂更加难受。田畹是崇祯帝田妃的父亲，年纪老迈。陈圆圆
依据《高山流水》的乐曲来歌唱，田畹总是为她打节拍，却不知道陈圆圆
是在伤悼知音稀少。

　　甲申春，流氛大炽①，怀宗宵旰忧之②，废寝食。妃谋所
以解帝忧者于父，畹进圆圆。圆圆扫眉而入③，冀邀一顾。

帝穆然也^④，旋命之归畹第^⑤。

【注释】

①流氛：寇乱，明代用以诬称李自成等领导的农民起义。

②宵旰（gàn）：日夜。旰，晚，天色晚。

③扫眉：描画眉毛。

④穆然：肃静安然的样子。

⑤旋：不久，很快。

【译文】

　　明崇祯十七年春天，农民起义军势盛，崇祯帝日夜忧虑，寝食难安。田妃问她的父亲怎么给皇帝解忧，田畹便献上陈圆圆。陈圆圆描眉画妆进入皇宫，希望得到皇帝的垂青。可崇祯帝表情肃敬，很快就命陈圆圆返回田畹的宅邸。

　　时闯师将迫畿辅矣^①，帝急召三桂对平台^②，锡蟒玉^③，赐上方^④，托重寄命，守山海关^⑤。三桂亦慷慨受命，以忠贞自许也。而寇深矣。长安富贵家胥皇皇^⑥，畹忧甚，语圆圆。圆圆曰："当世乱而公无所依，祸必至。曷不缔交于吴将军，庶缓急有藉乎？"畹曰："斯何时，吾欲与之缱绻^⑦，不暇也。"圆圆曰："吴慕公家歌舞有时矣，公鉴于石尉^⑧，不借人看，设玉石焚时，能坚闭金谷耶？盍以此请？当必来，无却顾。"畹然之，遂躬迓吴观家乐^⑨。吴欲之而故却也，强而可。至则戎服临筵^⑩，俨然有不可犯之色。畹陈列益盛，礼益恭。酒甫行，吴即欲去。畹屡易席，至邃室^⑪，出群姬调丝竹^⑫，皆殊秀。一淡妆者，统诸美而先众音，情艳意娇。三桂不觉其神移心荡也，遽命解戎服，易轻裘，顾谓畹曰："此非所谓圆圆耶？洵足倾人城矣[13]！公宁勿畏而拥此耶？"畹不知所答，命圆圆行酒。圆圆至席，吴语曰："卿乐甚？"圆圆小语曰："红拂尚不乐越公[14]，矧不逮越公者耶[15]？"吴颔之。酣饮间，警报踵至[16]，吴似不欲行者，而不得不行。畹前席曰："设寇至，将奈何？"吴遽曰："能以圆圆见赠，吾当保公家，先于保国也。"畹勉许之。吴即命圆圆拜辞畹，择细马驮之去[17]。畹爽然[18]，无如何也。

【注释】

①闯师：闯王李自成的军队。畿辅：京城附近的地区。

②平台：指紫禁城的云台门（今故宫保和殿后门），是皇帝召见官员的地方。云台左右门，叫平台，刘若愚《芜史》："建极殿，即谨身殿也，殿居中，向后高踞。三缠白玉石栏杆之上者，云台门也。两旁向后者，东曰后左门，西曰后右门，即云台左右门，亦名曰平台也。凡召对阁臣等官，或于平台，即后左门也。"

③蟒玉：即蟒衣玉带，古代贵官的服饰。

④上方：即上方剑、尚方剑。尚方署特制的皇帝御用的宝剑。古代天子派大臣处理重要事务时，常赐以上方剑，表示授予全权，可以先斩后奏。

⑤山海关：古称渝关，或作榆关。又名临渝关、临闾关。明初置关戍守，因其背山面海，故取名山海关。北依角山，东临渤海，连接华北平原与东北平原。形势险要，自古为交通要隘，有"天下第一关"之称。

⑥胥皇皇：都惶恐不安。胥，皆，都。

⑦缱绻：结交。

⑧石尉：即晋代富豪石崇。因他曾任卫尉，故称石尉。他修筑金谷园，现为"洛阳八景"之一。中书令孙秀想索求石崇的宠姬绿珠，遭到石崇拒绝，孙秀愤怒之下劝赵王司马伦杀石崇，于是杀死石崇全家。

⑨迓（yà）：迎接。家乐：谓富豪家所蓄的歌妓。

⑩戎服：军服。

⑪邃室：犹密室。

⑫丝竹：弦乐器与竹管乐器之总称。亦泛指音乐。

⑬洵：文言副词，实在，确实。倾人城：倾城之貌，形容女子极其美丽。

⑭红拂尚不乐越公：典出唐杜光庭《虬髯客传》。红拂女原是隋越国公杨素的家妓，因常手执红色拂尘，故称红拂女。她具有超人的识见，赏识布衣李靖，于是弃杨出逃，委身李靖。

⑮矧：况，况且。迨：及。

⑯警报踵至：前方危急军情接踵而来。

⑰细马：骏马。

⑱爽然：犹茫然。

【译文】

当时闯王李自成的军队即将到达京城附近，崇祯帝连忙召见吴三桂在云台门商讨对策，赐予蟒袍玉带和尚方宝剑，将社稷重任、身家性命托付与他，让他驻守山海关。吴三桂也慷慨激昂地接受了命令，夸耀自己的忠贞。而李自成的军队已不断深入京城附近。京城富贵人家都惶惶不可终日，田畹特别忧虑，向陈圆圆诉说。陈圆圆说："当今局势混乱，但是您无所依靠，肯定会大祸临头。为什么不结交吴三桂，也许有急事时就能有所依仗呢？"田畹说："现在到这样的危急时刻了，以前局势稳定时我想和他结交，他都没有空闲搭理我。"陈圆圆说："吴三桂仰慕您家里的歌舞表演已有一段日子了，您看看石崇的例子，如果有好东西却不给别人看，假若玉石俱焚的时候，紧紧关闭金谷园就能解决问题吗？ 为什么不用这个理由来邀请他呢？他肯定会来，不要再反复思量了。"田畹同意了，于是亲自迎请吴三桂观看田家的舞乐表演。吴三桂想去却故意推辞，在田家人强烈邀请后才应允。他去的时候就穿着军装参加宴会，表情庄重有不可侵犯的神色。田畹摆设的食物极为丰盛，礼仪相当恭敬。一开始喝酒，吴三桂就要告辞离去。田畹多次为吴三桂更换席位，直至请他进入密室，请出诸位美女演奏乐曲，这些女子都特别美丽。有一个化了淡妆的人，比所有美女都漂亮，比众人唱得都好听，她神态艳丽、情意娇柔。吴三桂不自觉地心动神摇，于是命人脱下军服，改穿轻便的皮衣，看着田畹说："这个人莫非就是陈圆圆吗？确实是倾国倾城的绝世美人！您拥有这样的绝世美女难道不担心吗？"田畹不知道怎么回答，命令陈圆圆倒酒。陈圆圆到了席边，吴三桂说："你在这里开心吗？"陈圆圆小声回答："红拂女尚且不喜欢杨素，何况是不如杨素的人呢？"吴三桂点头。尽情喝酒的时候，前方军情急报接二连三地传来，吴三桂似乎不想走，但不得不走。田畹到席前说："如果敌人来了，将要怎么办呢？"吴三桂立刻说："如果您能把陈圆圆赠送给我，我就会在保护国家之前先保护您家。"田畹勉强同意了。吴三桂于是让陈圆圆辞别田畹，选了一匹骏马把她驮走。田畹郁闷茫然，但是也不能怎么样。

　　帝促三桂出关。三桂父督理御营名骧者[①]，恐帝闻其子载圆圆事，留府第，勿令往。三桂去，而闯贼旋拔城矣[②]。怀宗死社稷。李自成据宫掖[③]，宫人死者半，逸者半。自成询内监曰："上苑三千[④]，何无一国色耶？"内监曰："先帝屏声色[⑤]，鲜佳丽。有一圆圆者，绝世所希，田畹进帝，而帝却之。今闻畹赠三桂，三桂留之其父吴骧第中矣。"是时骧方降闯，闯即向骧索圆圆，且籍其家[⑥]，而命其作书以招子也。骧俱从命，进圆圆。自成惊且喜，遽命歌。奏吴歈[⑦]，自成蹙额曰："何貌甚佳而音殊不可耐也⑧！"即命群姬唱西调⑨，操阮、筝、琥珀⑩，己拍掌以和之，繁音激楚⑪，热耳酸心。顾圆圆曰："此乐何如？"圆圆曰："此曲只应天上有，非南鄙之人所能及也⑫！"自成甚嬖之⑬，随遣使以银四万两犒三桂军。

【注释】

①督理御营：即提督京营、总督京营戎政，明置总督京营戎政，掌管京营军务。骧：指吴三桂父亲吴骧。明崇祯十七年（1644），李自成破大同、真定，崇祯帝起用吴骧提督京营。北京城破，吴骧被李自成军队俘虏，后因劝降吴三桂未成而被杀。

②拔城：攻取城池。

③官掖：指皇宫。

④上苑三千：皇宫中有三千佳丽。极言妃嫔之多。上苑，原指皇家的园林，此处指皇宫。

⑤先帝：前代已故的帝王，指崇祯帝。声色：指淫声与女色。

⑥籍：抄家，没收所有财产。

⑦吴歈（yú）：泛指吴地的歌，或指昆曲。

⑧不可耐：忍受不了，熬不住。

⑨西调：明代流行的民间曲调，可能兴盛于山西、陕西一带。清翟灏《通俗编》："今以山、陕所唱小曲曰西曲，与古绝殊，然亦因其方俗言之。"乾隆间有抄本《西调百种》。

⑩阮：即阮咸，一种弦乐器，柄长而直，略像月琴，有四根弦。传说因晋代人阮咸善弹此乐而得名。琥珀：即琥珀词，乐器名。似琵琶，亦名"浑不似""火不思"。

⑪繁音：繁密的音调。激楚：高亢凄清。

⑫南鄙：南方边境地区，谦称。

⑬嬖：宠爱。

【译文】

崇祯帝催促吴三桂去山海关备战。吴三桂的父亲吴骧当时督管京城军中事务，他害怕崇祯帝知道自己儿子带走陈圆圆的事，就把陈圆圆留在府邸，不让陈圆圆随行。吴三桂离开后，闯王李自成很快攻下了京城。崇祯帝自杀殉国。李自成占据了皇宫，宫中妃子和宫女们死了一半，另一半逃跑了。李自成询问太监说："皇帝有三千佳丽，宫中为什么找不到一位绝世美女？"太监说："崇祯帝摒弃音乐、美色的享受，宫里美人很少。有一个叫陈圆圆的，是世上少有的美女，田畹曾将她进献给崇祯帝，崇祯帝推辞不受。现在听说田畹把陈圆圆送给了吴三桂，吴三桂把她留在他父亲吴骧的宅邸中了。"那个时候吴骧刚刚投降闯王李自成，闯王立刻向吴骧索要陈圆圆，并且抄没了吴家，命令吴骧写信招降吴三桂。吴骧全部遵照李自成的命令，进献了陈圆圆。李自成又惊又喜，立刻命令她唱歌。陈圆圆演奏了一首昆曲，李自成皱眉说："为什么你长得这么好看但是歌声如此让人难以接受！"于是命令众位美女唱西调，弹奏阮、筝、琥珀词这些乐器，自己拍掌应和音节，那繁密的音调听起来高亢凄清，令人兴奋得耳朵发热，心中却泛起辛酸之意。李自成问陈圆圆说："这首乐曲怎么样？"陈圆圆说："这首曲子只应该在天上仙宫才有，不是我这样的南方小女子能够演唱的！"李自成相当宠爱她，便派使者送了四万两白银犒赏吴三桂的军队。

　　三桂得父书，欣然受命矣，而一侦者至①，询之曰："吾家无恙耶？"曰："为闯籍矣！"曰："吾至当自还也。"又一侦者至，曰："吾父无恙耶？"曰："为闯拘絷矣②！"曰："吾至当即释也。"又一侦者至，曰："陈夫人无恙耶？"曰："为闯得之矣！"三桂拔剑砍案曰："果有是，吾从若耶？"因作书答父，略曰："儿以父荫③，待罪戎行④，以为李贼猖狂，不久即当扑灭。不意我国无人，望风而靡。侧闻圣主晏驾⑤，不胜眦裂！犹意吾父奋椎一击⑥，誓不俱生，不则刎颈以殉国难。何乃隐忍偷生⑦，训以非义⑧？既无孝宽御寇之才⑨，复愧平原骂贼之勇⑩。父既不能为忠臣，儿安能为孝子乎？儿与父决，不早图贼，虽置父鼎俎旁以诱三桂⑪，不顾也。"随效秦庭之泣⑫，乞王师以剿巨寇，先败之于一片石⑬。

【注释】

①侦者：侦探敌情的人。

②拘絷（zhí）：押系，束缚。

③儿以父荫：下文所引吴三桂回信可详参邹漪《明季遗闻》。荫，庇荫。封建时代子孙因先世有功劳而得到封赏。

④待罪：古代官吏任职的谦称，意谓不胜其职而将获罪。戎行：行伍，军队。

⑤侧闻：从旁听到，传闻。晏驾：古时帝王死亡的讳称。

⑥奋椎（chuí）一击：指张良安排力士在博浪沙狙击秦始皇之事，可参见卷一《大铁椎传》注释。

⑦偷生：苟且求活。

⑧训：通"顺"，顺从，遵循。非义：不义，不合乎道义。

⑨孝宽御寇：韦叔裕抵御叛贼。孝宽，韦叔裕的字，西魏、北周时期将领，打退东魏权臣高欢的进攻，平定尉迟迥叛乱，《周书·韦孝宽传》记"孝宽善于抚御，能得人心"。

⑩平原骂贼：颜真卿痛骂叛贼。颜真卿，曾任平原太守，人称颜平原。唐德宗时，淮西节度使李希烈叛乱，颜真卿奉旨晓谕，他凛然拒绝叛贼招降，痛骂怒斥，终被缢杀。

⑪置父鼎俎：将父亲绑到鼎、俎旁边。鼎，古代烹煮用的器物。俎，切肉时垫在下面的砧板。《史记·项羽本纪》载，项羽俘获刘邦父亲，"为高俎，置太公其上"，意欲威胁刘邦，而刘邦则说："吾与项羽俱北面受命怀王，曰'约为兄弟'，吾翁即若翁，必欲烹而翁，则幸分我一杯羹。"

⑫秦庭之泣：原比喻向别国乞求救兵。后泛指苦苦向别人请求援助。《左传·定公四年》记载，春秋时，吴国攻破楚国都城，楚国大臣申包胥入秦乞师，依庭墙哭，勺饮不入口者七日夜。秦哀公于是出师救楚。

⑬一片石：一片石关城，位于今河北秦皇岛抚宁区，地处河北、辽宁两省分界处。吴三桂与李自成曾大战于此。清李清《南渡录》卷一："督辅可法言：闻四月二十四日，吴三桂大败贼兵于一片石。贼踉跄入都，尽掠赀财，于四月二十八日西遁讫。青州士绅军民杀其伪将军、伪道、伪府，余相继杀伪官者十处。"

【译文】

　　吴三桂收到父亲招降的书信，非常高兴地接受了他的吩咐，这时一个探子到了，吴三桂问他："我家没事吧？"对方说："被李自成抄没了！"吴三桂说："我回去他就会归还家产了。"又一个探子到了，吴三桂问他："我父亲没事吧？"对方说："被李自成抓起来了！"吴三桂说："我回去他就会释放我父亲了。"又一个探子到了，吴三桂问他："陈夫人没事吧？"对方说："被李自成弄到手了！"吴三桂拔剑砍向桌案说："如果真是这样，我跟随他做什么？"于是写信回复父亲，大意是："儿子因为父亲的荫庇，得以充任军旅要职，原本以为李自成叛军虽然猖狂，但不过多久就会被消灭。可没想到国家缺少勇士，众人望风而降。如今听说皇帝驾崩，我悲伤得眼眶都禁不住要裂开了！仍想着父亲您会像张良一样设谋奋力狙击李自成，发誓灭掉对方，否则就自杀为国家殉难。可为什么您要忍辱苟且偷生，遵循不义的行为？您既然没有韦叔裕抵御叛贼的才能，又愧对颜真卿痛骂贼寇的勇敢。父亲您自己既然都不能做忠臣，儿子怎能做得了孝子？我今日同您决裂，如果您不早点图谋除掉李自成，即使李自成把您放在鼎旁、刀案边上诱哄我，我也不会回头。"于是他效仿申包胥哭求救兵，请求率领明军去剿灭李自成，在一片石先行击败了李自成的军队。

　　自成怒，戮吴骧并其家人三十余口①，欲杀圆圆，圆圆曰："闻吴将军卷甲来归矣②，徒以妾故，又复兴兵。杀妾何足惜，恐其为王死敌不利也！"自成欲挈圆圆去，圆圆曰："妾既事大王矣，岂不欲从大王行？恐吴将军以妾故而穷追不已也。王图之，度能敌彼，妾即褰裳跨征骑③。"自成乃凝思。圆圆曰："妾为大王计，宜留妾缓敌，当说彼不追，以报王之恩遇也。"自成然之，于是弃圆圆，载辎重，狼狈西行。是时也，闯胆已落，一鼓可灭。三桂复京师，急觅圆圆。既得，相与抱持，喜泣交集，不待圆圆为闯致说，自以为法戒追穷④，听其纵逸而不复问矣。

【注释】

①戮吴骧并其家人三十余口：张岱《石匮书后集》卷六三《盗贼传》记崇祯十七年四月"二十五日，自成自称帝，即位于武英殿……是日杀吴骧并其家属三十八口及所系投诚各官勋戚等，骈斩于市"。

②卷甲来归：卷起铠甲前来归顺，意指吴三桂要归顺李自成。

③褰（qiān）裳：撩起下裳。

④法戒追穷：兵法告诫不要追赶陷于绝境的敌人。《孙子·军争》记："归师勿遏，围师必阙，穷寇勿迫，此用兵之法也。"

【译文】

李自成大怒，杀了吴骧和他家三十多口人，又想要杀陈圆圆，陈圆圆说:"听说吴三桂原本收起铠甲要来归顺,只是因为我的缘故又再次起兵。您杀了我也不值得可惜,只是怕他成为您的死敌而对您不利!"李自成想带走陈圆圆,陈圆圆说:"我既然侍奉大王您,怎会不想和大王您一起走?只怕吴三桂因为我的缘故对您穷追不舍。大王您思考一下,要是能够敌得过对方,我就撩起裙子骑上战马和您走。"李自成于是认真思索。陈圆圆继续说:"我为大王您考虑,应该留下我来拖住吴三桂军队,我要说服他不要追赶您,以报答大王您的一番厚爱。"李自成同意了,于是抛下陈圆圆,带上军械物资,向西狼狈逃窜。在那个时候,李自成的胆子已经被吓破了,别人一鼓作气就可以消灭他。吴三桂回到京城,急忙寻找陈圆圆。找到她后,两人相互抱着,高兴地流出眼泪,没等陈圆圆为闯王说情,吴三桂自己就认为兵法禁止追赶败军,便听任李自成军队逃跑而不再过问。

　　旋受王封,建苏台、营郿邬于滇南①,而时命圆圆歌。圆圆每歌《大风》之章以媚之②。吴酒酣,恒拔剑起舞,作发扬蹈厉之容③,圆圆即捧觞为寿,以为其神武不可一世也。吴益爱之,故专房之宠④,数十年如一日。其蓄异志⑤,作谦恭,阴结天下士,相传曰多出于同梦之谋⑥。而世之不知者,以三桂能学申胥以复君父大仇⑦,忠孝人也。曷知其乞师之故⑧,盖在此而不在彼哉!厥后尊荣南面三十余年⑨,又复浪沸潢池⑩,致劳挞伐⑪,跋扈艳妻⑫,同归歼灭,何足以偿不子不臣之罪也哉⑬?

【注释】

①建苏台、营郿邬于滇南:在云南建造类似苏台、郿邬的宫殿城池、亭台楼榭,在那里享受声色之欢。苏台,姑苏台。又名胥台。在

苏州西南姑苏山上。相传为春秋时吴王阖闾所筑,夫差于台上立春宵宫,作长夜之饮。郿坞,故址在今陕西眉县东北渭水北岸。东汉初平三年(192)董卓筑坞于郿,在这座小型城堡中广聚金银珍宝,囤积粮谷。清顺治十四年(1657),吴三桂以平西大将军职南征云贵,至顺治十六年(1659),攻下云南,镇守于此,总管当地军民事务。他在云南大兴土木,修建金殿,用铜铸造城楼,一味享受奢华生活。如巫峡逸人《五藩梼杌》载:"昔明永历在滇,筑宫于五华,三桂益广其地,缭以重垣,俯以杰阁,极土木之盛。"

② 《大风》之章:指刘邦《大风歌》:"大风起兮云飞扬。威加海内兮归故乡。安得猛士兮守四方!"

③ 发扬蹈厉:本指舞蹈时动作的威武,手足舞动,踏地猛烈。《礼记·乐记》:"发扬蹈厉,太公之志也。"象征太公望辅佐武王伐纣时勇往直前的意志。后多用以形容奋发有为、意气昂扬的样子。蹈厉,用脚猛烈地踏地。

④ 专房之宠:专夜,专宠。

⑤ 异志:叛离之心。

⑥ 同梦之谋:同床共枕之人的主意。

⑦ 申胥:指伍子胥,春秋时吴国大夫,名员,楚伍奢之子。伍子胥的父亲在楚国被杀以后,伍子胥辗转逃到吴国。后来辅佐吴王阖闾攻楚,五战五胜,入楚都郢,掘平王墓,鞭尸三百,以报仇雪恨。因功封于申,故称申胥。以复君父大仇:指吴三桂效仿伍子胥报仇雪恨,讨伐杀死君主、父亲的李自成。

⑧ 乞师:请求出兵援助,指上文"乞王师以剿巨寇"。

⑨ 尊荣:尊贵荣显。南面:古代以坐北朝南为尊位,故帝王、诸侯见群臣,或卿大夫见僚属,皆面向南而坐,因用以指居帝王或诸侯、卿大夫之位。

⑩ 浪沸潢池:即潢池弄兵,比喻兴兵作乱。潢池,积水塘。蔑指起义

军在积水塘里玩弄兵器,兴风作浪,发动兵变。《汉书·龚遂传》:"海濒遐远,不沾圣化,其民困于饥寒而吏不恤,故使陛下赤子盗弄陛下之兵于潢池中耳。"

⑪挞伐:征讨,讨伐。

⑫跋扈艳妻:指嚣张跋扈的吴三桂和艳美绝世的陈圆圆。

⑬不子不臣:指吴三桂不遵人子之道、不守臣子之节,忤逆不道,叛逆不臣。

【译文】

不久,吴三桂被清廷封为平西王,他在云南建造宫殿城池、亭台楼榭,经常让陈圆圆在里面唱歌玩乐。陈圆圆则经常唱《大风歌》向他献媚。吴三桂酒喝得起兴的时候,总是拔剑起舞,做出意气昂扬的模样,陈圆圆就捧着酒杯向他祝福,认为吴三桂神勇英武,举世少有。吴三桂越发喜爱陈圆圆,因此她数十年如一日地专房独宠。吴三桂滋长了不臣之心,表面装出谦虚恭敬的样子,私下里结交天下英才,相传这多出自和他同床共枕的陈圆圆的谋划。当时世人不知道这些事,还以为吴三桂能效仿伍子胥报仇雪恨,讨伐杀死君主、父亲的李自成,其行为看着是个忠贞孝顺之人。哪里知道吴三桂请求出兵征伐李自成的原因不是为报仇雪恨,而是为夺取陈圆圆呢!后来,吴三桂在云南位居王爵,享受了三十年的尊贵荣显,却又兴兵造反,以至劳烦朝廷出兵征伐,嚣张跋扈的吴三桂和娇艳绝世的美妻,纵使一起被朝廷歼灭,又哪里能够偿还他不做人子、不守臣节的罪行啊!

陆次云曰:语云"无征不信"①,圆圆之说有征乎?曰:有。征诸吴梅村祭酒伟业之诗矣②。梅村效《琵琶》《长恨》体③,作《圆圆曲》以刺三桂曰"冲冠一怒为红颜",盖实录也④。三桂赍重币,求去此诗,吴勿许。当其盛时,祭酒能显斥其非,却其赂遗而不顾⑤,于甲寅之乱⑥,似早有以见其微者⑦。呜呼!梅村非诗史之董狐也哉⑧!

【注释】

①无征不信:没有验证的事不可相信。《礼记·中庸》:"上焉者虽善无征,无征不信,不信民弗从。"征,证明,证实。

②吴梅村:吴伟业,字骏公,号梅村,可参见卷二《柳敬亭传》注释。吴伟业曾作七言歌行《圆圆曲》记载吴三桂与陈圆圆之事,诗中有名句"恸哭六军俱缟素,冲冠一怒为红颜"。

③《琵琶》《长恨》:白居易曾作《琵琶行》《长恨歌》,皆是以诗歌形式来叙写人物故事、语言摇荡多姿、注重平仄转韵的七言长篇歌行。

④实录:如实记载,真实地记录。

⑤赂遗:赠送的财物,行贿的财物。

⑥甲寅之乱:指清康熙十三年(1674)吴三桂等人发起的三藩之乱。

⑦微:几微,预兆。

⑧董狐:春秋时晋国秉笔直书的史官。晋灵公无道,赵盾的族人赵穿弑灵公,史官董狐在史书上记:"赵盾弑其君。"孔子因称:"董狐,古之良史也,书法不隐。"

【译文】

陆次云说:古语说"没有证据的话不足以取信",陈圆圆的事有证据吗?答:有。取材于国子监祭酒吴伟业的诗歌。吴伟业效仿白居易《琵琶行》《长恨歌》的诗体,作《圆圆曲》来讽喻吴三桂,说他"冲冠一怒为红颜",大概是依照真实情况做的记录吧。吴三桂送来重金,请求吴伟业删掉这首诗,吴伟业没有同意。当吴三桂权势如日中天的时候,吴伟业能公开斥责吴三桂的过失,拒绝他的贿赂而不顾,似乎已看到了康熙十三年三藩之乱微小的征兆。哎!吴伟业莫非是以诗叙史中秉笔直书的董狐吗?

张山来曰：吴三桂未叛时，予读祭酒《圆圆曲》，不解所谓。甲寅后，友人因为予言其故，深服先生先见之明。今读此传，益知《圆圆曲》之妙也。

又曰：唐陈鸿作《长恨传》[1]，白居易因谱为歌。今云士乃因歌作传，详略之际，较之前人稍难，诚足辉映后先矣。

【注释】

①陈鸿：唐代小说家。他的传奇小说《长恨歌传》作于唐宪宗元和初，取材于唐玄宗与杨贵妃故事，而加以铺张渲染，寓有劝戒讽谕之意。同时，白居易作《长恨歌》，亦记其事。

【译文】

张潮说：吴三桂没有反叛的时候，我读吴伟业《圆圆曲》，不明白他写的深意。三藩之乱后，朋友对我说了其中的缘故，我才深深地佩服吴伟业先生的先见之明。今天读了这篇传记，更加明白《圆圆曲》的妙处。

又说：唐代陈鸿写了《长恨歌传》，白居易据此写成《长恨歌》。如今陆次云据《圆圆曲》撰写这篇传记，详略之处要比前人所作更为出色，确实足以辉映古今了。

啸翁传

陈鼎（定九）[1]

啸翁者，歙州长啸老人汪京[2]，字紫庭，善啸，而年又最高，故人皆呼为"啸翁"也。

【注释】

①陈鼎：参见卷九《毛女传》注释。本篇出自陈鼎小说集《留溪外传》卷九。

②歙州：即徽州，古称歙州、新安。隋开皇九年（589）置歙州，治所在海宁县（今安徽休宁东），隋末移治歙县（今安徽歙县）。后来反复置废，至北宋宣和三年（1121）改名徽州。明代徽州府属南直隶，清初属江南省，治歙县。长啸：撮口发出悠长清越的声音。古人常以此述志。

【译文】

啸翁，指徽州府能长啸的老人汪京，字紫庭，擅长长啸，又因为年龄很大，所以人们都称呼他"啸翁"。

啸翁尝于清夜独登高峰颠，豁然长啸①，山鸣谷应，林木震动。禽鸟惊飞，虎豹骇走，山中人已寐者，梦陡然醒；未寐者，心悚然惧，疑为山崩地震，皆徬徨罔敢寝②。达旦，群相惊问，乃知为啸翁发啸也。啸翁之啸，幼传自"啸仙"。能作鸾鹤凤凰鸣，每一发声，则百鸟回翔，鸡鹜皆舞③。又善作老龙吟，醉卧大江滨，长吟数声，鱼虾皆破浪来朝，鼋鼍多迎涛以拜④。

【注释】

①豁然：无所拘束，敞开心胸。

②罔敢：不敢。

③鸡鹜：鸡和鸭。

④鼋鼍（yuán tuó）：指巨鳖和猪婆龙（扬子鳄）。

【译文】

啸翁曾经在一个寂静的夜晚独自登上高山峰顶，无所拘束地发出长长的啸声，山峰幽谷发出回响，树木森林为之震动。夜宿的禽鸟受惊飞走，老虎豹子畏惧跑开，居住在山里面已经睡着的人，忽然从梦中惊醒；没有睡着的人，心中惊悚害怕，怀疑是山岩崩塌、大地震动，都彷徨不安、不敢睡觉。到了白天，人们吃惊地相互问询，才知道昨晚是啸翁发出的啸声。啸翁的啸声，幼时由"啸仙"传授。能够发出鸢鸟、白鹤、凤凰的叫声，每次发出声音，就会有百鸟来回飞翔，鸡鸭翩翩起舞。啸翁又擅长发出龙吟之声，他酒醉卧倒在长江岸边，长啸几声，鱼虾都劈波斩浪前来朝拜，很多巨鳖、扬子鳄也迎着波涛游来拜谒。

他日，与黄鹤山樵、天都瞎汉、潇湘渔父、虎头将军十数辈，登平山六一楼，拉啸翁啸。啸翁以齿落固辞，强而后可。初发声，如空山铁笛，音韵悠扬。既而如鹤唳长天①，声彻霄汉②。少顷，移声向东，则风从西来，蒿莱尽伏③，排闼击户，危楼欲动。再而移声向西，则风从东至，闿然荡然④，如千军万马，驰骤于前，又若两军相角，短兵长剑紧接之势。久之，则屋瓦欲飞，林木将拔也。于时炷香烬，而啸翁气竭，昏仆于地⑤。众客大惊，亟呼山僧，灌以沸水，半晌乃甦。归而月印前溪矣。啸翁能医，工画，善歌，垂八十，声犹绕梁云⑥。

【注释】

①长天：辽阔的天空。

②霄汉：天河。亦借指天空。

③蒿莱：野草，杂草。

④闿（yín）然：和悦的样子。荡然：无拘束，放纵。

⑤仆：倒下。

⑥绕梁：形容歌声高亢回旋，久久不息。

【译文】

有一天，啸翁和黄鹤山樵、天都瞎汉、潇湘渔父、虎头将军等十来个人登上平山六一楼，众人拉着啸翁，让他长啸。啸翁以牙齿脱落为由执意拒绝，经众人强求才同意。啸翁刚开始发出的啸声，如同空山中的铁笛，声音悠扬。一会儿像白鹤在辽阔的天空中鸣叫，声音响彻天宇。过了一小会儿，声音向东边移动，原来风从西边吹来，野草都倒伏在地，拍打着房门，高楼似乎都要被撼动。继而，声音又向西边移动，原来风从东方吹来，时而温和时而放荡，好像千军万马突然飞奔到面前，又像两军交斗，短兵长剑相互碰撞在一起。时间过了很久，房上瓦片都好像要被吹走，林中树木都将要被拔起。这时，一炷香的时间到了，啸翁耗尽气力，昏倒在地。众人大惊，立刻喊来山僧，喂下热水，啸翁过了好一会儿才醒过来。众人归去时，月光已经照在前溪了。啸翁擅长医术、绘画、歌唱，快到八十岁的时候，他声音依旧高亢回旋、经久不息。

外史氏曰：古善啸者称孙登①，嗣后寥寥，不见书传。迨至我朝，称善啸者，洛下王、昭阳李而已②。然予尝一闻之矣，第未知与苏门同一音响否③。昨闻啸翁之啸，则有变风云、动山岳之势，大非洛下者可几及也。岂啸翁之啸，直接苏门者耶？

【注释】

①孙登：字公和，号苏门先生。晋汲郡共县（今河南辉县东）人。长年隐居苏门山，博才多识，熟读《易经》《老子》《庄子》之书。孙登会弹一弦琴，尤善长啸，据《晋书·阮籍传》记载："至半岭，闻

有声若鸾凤之音,响乎岩谷,乃登之啸也。"

②洛下:指洛阳。昭阳:邵阳的古称。西汉曾设昭阳县,西晋改名邵
　阳县(今湖南邵东)。

③苏门:山名,在河南辉县西北,又名苏岭、百门山。晋孙登曾隐居
　于此,后因用以借指孙登。

【译文】

陈鼎说:古时善于长啸的人是孙登,孙登以后善啸者很少,没有记录在典籍中。到了我们清朝,能称得上善啸的人,只有洛阳王某、昭阳李某。虽然我曾听过一次他们啸咏,但是不知道他们和孙登发出的是否是同一种声音。过去听到啸翁的啸声,却有变幻风云、撼动山岳的气势,绝对不是洛阳王某、昭阳李某等可以比得上的。难道啸翁的啸声,直接传自孙登吗?

　　张山来曰:予遇啸翁,欲闻其啸,翁以齿豁辞,不意其在平山发如许高兴①。惜予不及知也!

【注释】

①不意:不料,没想到。高兴:高雅的兴致。

【译文】

　　张潮说:我遇到过啸翁,想听他的啸声,啸翁以牙齿脱落为由推辞,没想到他在平山抒发如此高雅的兴致。可惜我没有赶上啊!

客窗涉笔

失名①

康熙间,天津城外有旅店②,其后一室,夜多鬼,店主键

其门。时有优人至其家③，人无宿处，欲入此室。店主告以故。其扮净者云④："无惧，吾能服之。"众饮酒，半醉，各归寝。扮净者取笔涂赤面，着袍靴，装关公；丑涂墨面⑤，持刀装周仓⑥；小生白面⑦，持印作关平⑧，左右立。关正坐，点烛若看兵书状。顷之，炕后一少妇出，前跪呼冤。装关公者心慑不能言⑨。扮周仓者厉声问："有何冤？可诉上！"妇指炕者再。周又厉声云："汝且去，明日当伸若冤。"妇拜谢，忽隐去。至明日，三人启炕砖视之，下果有一尸。询店主，云："此屋本一富家者，前年迁去，某赁之。其邻右云，屋主向有一妾，后不复见，殆冤死耶？"众云："今夜必复至，当细询之。"至夜，三人仍装像于室，众伏户外伺之。初更⑩，妇人又自炕后出，怒指三人云："吾以汝为真关君，特与诉冤。汝辈何能了吾事？"乃披发吐舌灭灯而去。众大惊，三人不敢复入室。

【注释】

① 失名：《客窗涉笔》作者不详。褚人获《坚瓠集》、汪有典《史外》、王初桐《奁史》等皆引是书，内容多记明末清初鬼怪神异之事。据《虞初新志目录》，本篇三则辑自"《大有奇书》选本"。

② 天津：天津卫。明永乐二年（1404）筑城置戍，次年置天津卫，属北直隶。清雍正三年（1725）改为天津州，后又改为天津府，并设天津县（今天津市）为治所。此则天津旅店事又见褚人获《坚瓠集》秘集卷二"天津旅舍鬼"引《客窗涉笔》。

③ 优人：戏曲演员。

④ 净：传统戏剧角色，俗称"花脸"，扮演性格、品质或相貌上有特异

之处的男性人物。如张飞、关羽、鲁智深等。

⑤丑：传统戏剧角色，扮演滑稽人物，鼻梁上抹白粉，有文丑、武丑之分。

⑥周仓：参见卷四《神钺记》注释，多在关帝神庙中随侍关羽身边。

⑦小生：传统戏剧角色。多扮演青年男子。

⑧关平：东汉末年名将关羽之子。很多地方的关帝神庙中，供奉着他随侍关羽的塑像。

⑨心慑：心中恐惧。

⑩初更：旧时每夜分为五个更次，初更指晚七时至九时。

【译文】

清康熙年间，天津城外有一家旅店，旅店后面有一间房子，晚上经常闹鬼，旅店的店主就把门锁上了。当时有戏子到他家住店，没有可以住的客舍了，就想住进这间房子。店主告诉他们这间房不能住的原因。扮演花脸的人说："不用害怕，我能收服鬼。"戏子们饮酒半醉，各自回去睡觉。扮花脸的人拿笔把自己脸涂红，穿着袍服皂靴，装扮成关公；扮演丑角的人把脸涂黑，拿着刀装扮成周仓；扮演小生的人涂了白脸，拿着大印扮成关平，站在关羽身边。扮成关羽的人端坐屋内，点着蜡烛做出看兵书的样子。过了一会儿，土炕后面出来一位少妇，向前跪下喊冤。扮成关羽的人心里害怕地说不出话。扮周仓的人厉声问道："你有什么冤屈？可以上诉！"妇人多次指着炕。周仓又厉声说道："你暂且离去，明天会给你伸冤。"妇人拜谢，忽然消失了。到了第二天，三个人打开炕砖一看，下面果然有一具尸体。问店主，店主说："这间房子本来是一个有钱人家的，他前年搬走，我便把这里租了下来。原房主的邻居说，原房主本来有一个小妾，后来就没有再见到了，大概是含冤而死了吧？"众人说："今天晚上她肯定还会再来，应当仔细询问。"到了晚上，三个人在房间里仍然扮成关羽、周仓、关平，众人躲藏在窗户外面窥探。初更时分，妇人又从土炕后面出来，愤怒地指着三人说："我以为你是真关公，特意向你诉冤。你们这些人怎么能申雪我的冤屈?"于是披着头发,吐着舌头吹灭灯后离开。众人大惊,三个人不敢再住进那个房间了。

张山来曰:此鬼谬矣! 即非真关君,宁不可藉其力以鸣于官而究其冤耶?

【译文】

张潮说:这鬼错了! 即使不是真正的关羽,难道不能借他的力量报告官府以查明冤屈吗?

康小范言其伯父讳元积者①,顺治辛丑进士②,自幼能知前事。方诞生时,与同辈三人,皆沙门中道履坚粹者③。冥主赐以进贤冠④,绣紫衣⑤,礼而遣之。至一桥⑥,有以杯茗进⑦,同辈饮之,某独疑而置之,遂别去。某困诸生久,每思及此,曰:"吾既紫绣来,阎老非谲我者!"后登进士,谢恩之日⑧,班次中遇两同年,面目宛然当日两僧与偕来者。询之两君,则皆惘然,想即桥上杯茗为之蔽也。

【注释】

①康小范:康范生,字小范,吉安府安福县(今江西安福)人。明崇祯十二年(1639)举人。明亡,追随万元吉军队抗清,迁任南明户、兵部主事,兵败被囚四百日。永历三年(1649)被授予给事中,未及赴任就已经去世。事见《(康熙)江西通志》卷三六、《(康熙)安福县志》卷四。讳元积:名叫元积。康元积,字日空,号函三。明万历二十九年(1601)辛丑科进士,授太常博士。万历三十八年(1610)上《保泰疏》,侃侃数千言,深切时政。事见

《（乾隆）安福县志》卷十。本则康元积故事可见徐芳《悬榻编》卷三"康进士夙因纪"，事稍详。

②顺治辛丑：清顺治十八年（1661）。此处年号错误，据徐芳《悬榻编》卷三当作"万历辛丑（1601）"；又考《（乾隆）安福县志》《（康熙）衡州府志》《万历二十九年进士登科录》，康元积为万历二十九年（1601）辛丑科进士，故知《虞初新志》或《大有奇书》误记年号。

③道履坚粹：躬行佛法坚定纯粹。

④冥主：指阎罗王。进贤冠：古时朝见皇帝的一种礼帽，原为儒者所戴，唐时百官皆戴用。

⑤紫衣：紫色衣服。南北朝以后，紫衣为贵官公服。

⑥桥：即民间传说中的奈河桥，鬼魂投胎转世前需行经奈河桥。

⑦茗：茶，指阴间忘却前生之事的孟婆汤。清王有光《吴下谚联》卷三记："不觉一饮而尽……生前事一切不能记忆，一惊坠地，即是懵懂小孩矣。此茶即孟婆汤，一名泥浑汤，又名迷魂汤。"

⑧谢恩：殿试发榜后，新及第进士向皇帝答谢恩德。

【译文】

康范生讲他的伯父康元积，是明万历二十九年进士，自幼能记得前生的事。康元积将要出生之前，曾和同辈三人都是坚定躬行佛法的僧侣。他们到阴间时，阎罗王赐给他们进贤冠、绣紫衣，对他们礼遇有加，然后送走了他们。到了一座桥边，有人送上一杯茶，同辈二人喝了，只有康元积心生疑惑而放下茶没有喝，然后大家分别投胎而去。康元积科考时受困于考秀才很长时间，每次想到投胎时遇到的事情，就说："我可是穿着紫色绣衣投胎的，阎罗王是不会戏弄我的！"后来他考取进士，向皇上谢恩的那天，所站的队列中遇到两个同被录取的进士，他们的容貌很像当时和自己一起投胎的两个僧人。他向那两个人询问是否还记得往事，他们都一副迷惑的样子，想来应该是桥上那杯茶抹掉了他们的记忆。

崇祯末,张献忠屠戮楚中①。麻城人为贼所杀②,魂走川中,不自知其死也。急欲东归,每至途中,辄为风吹转。夜行三载,终不得归。于是闻风声,即伏地握草木根,乃不复回。将至故邑,城门尚闭,于岳庙后少憩③。见有一神,奉簿登殿④,向岳帝云:"与麻城梅某一子。"帝云:"此人孽重,不得有子。"神又云:"天曹所命⑤,不敢违。"判官持一簿向帝云⑥:"梅某于某日,见一冻人,买一草束烘之得活,是当得子。"帝云:"可将坐庙旁人与之。"四五人拽是人行。是人呼云:"我人也,何投胎之有?"众笑云:"汝是人,何畏风夜行耶?"是人始悟已为鬼。至殿上,又云:"某即投胎,不愿之梅某家,向识其人,何可为若儿?"判官云:"但往为若儿,有好处。"是人记所言,数人押至梅某家。梅某妇产一儿,即能言,家人以为怪,欲杀之。儿述前生,并托生事⑦。梅惊异,于是力行善,抚子成人,今尚在也。康熙丙辰二月⑧,施溥霖言之⑨。

【注释】

①张献忠屠戮楚中:事可参见《明史·流贼传》。明崇祯十六年(1643)张献忠攻陷湖广,大肆屠戮百姓:"入黄州,黄民尽逃,乃驱妇女铲城,寻杀之以填堑……(陷武昌)录男子二十以下、十五以上为兵,余皆杀之。由鹦鹉洲至道士洑,浮骴蔽江,逾月人脂厚累寸,鱼鳖不可食。"

②麻城:隋开皇十八年(598)改信安县置麻城县,治所在今湖北麻城东。此后反复废置,明、清麻城县属黄州府。

③岳庙:特指东岳庙,庙中供奉东岳大帝,掌管凡人生死。

④簿:公文,案卷,此处指天曹下发命令的文书。

⑤天曹:道家所称天上的官署。

⑥判官:这里指东岳大帝属下辅理事务的官员。簿:指东岳大帝府曹记载众生子嗣、功德情况的册籍或本子。

⑦托生:死后投胎,转生世间。

⑧康熙丙辰:清康熙十五年(1676)。

⑨施溥霖:施余泽,字溥霖,康熙间直隶顺天(今北京)人。善于绘画,所画山水秀逸多致,兼善画仕女图。事略见翁方纲《施溥霖山水小帧为金湘谷题》诗注(《复初斋外集》卷二二)。

【译文】

明崇祯末年,张献忠屠戮湖广地区。有一个麻城县人被张献忠军队杀死,他的灵魂跑到四川,不知道自己已经死了。他着急向东返回麻城,每次到了路上,就被风吹着掉转方向。赶了三年的夜路,始终没能回到家。因此一听到风声,他就趴在地上抓住草茎树根,才不会被风吹回。快到故乡麻城时,城门还关闭着,于是他就在东岳庙后稍作休息。他看见一位神灵,拿着文书走到殿中,向东岳大帝说:"赐给麻城梅某一个儿子。"东岳大帝说:"这个人罪孽深重,不能有儿子。"神灵又说:"是天上官署下的命令,不敢违背。"判官拿着一本簿册向东岳大帝回禀:"梅某在某一天遇见一个受冻的人,买了一束草给他烤火取暖,让他活了下来,所以应该得子。"东岳大帝说:"可以把坐在东岳庙旁的鬼魂给他当儿子。"便有四五个鬼卒来拽着这个麻城人上路。麻城人大喊:"我是活人,怎么要投胎转世呢?"众鬼卒笑着说:"你如果是活人,为什么害怕风,还要晚上赶路呢?"这个人才明白自己已经变成了鬼。到了神殿上,麻城人又说:"就算我投胎,也不愿意投往梅某家,以前我就认识梅某,怎么能给他做儿子?"判官说:"只管去做梅某的儿子,会有好处。"麻城人记住了判官的话,被几个鬼卒押送到了梅某家。梅某的妻子生下一个儿子,生下来就能说话,家里人觉得这是个怪物,想杀死他。婴儿讲述了前生

和投胎托生的事情。梅某听了很惊异，于是认真行善，抚养儿子长大成
人，至今依然健在。清康熙十五年二月，施余泽向我讲了这个故事。

　　张山来曰：方岳帝未奉天曹命时，梅某妇已有孕
矣，岂预知有投胎者耶？此与回生者胸前微温，同一不
可解也。

【译文】

　　张潮说：东岳大帝还没有奉行天上官署的命令时，梅某的妻子
已有身孕，难道预先就知道要有投胎的事情吗？这和复活的人胸前
尚有一点温热一样，同样没有合理的解释。

闻见厄言

顾琭美①

　　顺治甲午正月②，四明一士人金良者召仙③。仙大书乩
云"解元金良"。士人大喜，及开榜，解元乃锺朗也④。盖
"锺"字旁有"金"字，"朗"字旁有"良"字，神仙之游戏耳。
然金君于次科亦即中式。

【注释】

　　①顾琭美：应作祝琭美。祝文彦，字方文，号琭美，海宁（今属浙江）
　　　人。清康熙间秀才，游学于刘宗周，著述颇丰，曾著小说集《闻
　　　见厄言》，今存康熙间十卷本。其人事见清陶越《过庭纪余》卷中
　　　"石门祝琭美"、《（民国）海宁州志稿》卷十三。《闻见厄言》屡为褚
　　　人获《坚瓠集》、吴骞《尖阳丛笔》、王初桐《奁史》、法式善《槐厅载

笔》等著作转引，又有黄周星《闻见卮言序》（《九烟先生集》卷一）。而清康熙间亦有顾理美，字辉六，嘉善（今属浙江）人，然非《闻见卮言》之作者，其人事见《（雍正）续修嘉善县志》卷九。本篇四则《闻见卮言》之事，《虞初新志目录》注出"《大有奇书》选本"。

②顺治甲午：清顺治十一年（1654）。法式善《槐厅载笔》卷十一、桑灵直《字触补》卷一皆录此则"金良"之事。

③四明：宁波府的别称，以境内四明山得名，治鄞县（今浙江宁波鄞州区）。金良：《（康熙）鄞县志》卷十一记金良为顺治十四年（1657）丁酉科举人，卷十记其为顺治十五年（1658）戊戌科进士，《（乾隆）鄞县志》卷十记其曾任长汀知县。

④锺朗：字玉行，石门（今浙江桐乡）人，清顺治十一年（1654）甲午科乡试解元，顺治十六年（1659）己亥科进士，初授翰林院庶吉士。康熙九年（1670）任陕西提督学政，升布政司参议。事略见《（雍正）浙江通志》卷一六七、《（雍正）陕西通志》卷二三。

【译文】

清顺治十一年正月，宁波府儒生金良召请仙人，仙人通过扶乩大笔写下"解元金良"。金良大喜，等到发榜，解元却是锺朗。"锺"字偏旁有"金"字，"朗"字偏旁有"良"字，这是神仙在戏弄人罢了。但金良在下一科也中了举人。

晋时义兴善卷寺①，雷震其柱，题字凡三：一字"诗米汉"，一曰"射钩记"，一曰"谢君之"。皆大书，可径尺，非篆非隶，深入木理。正统间②，周文襄公命试削之③，字随削而入。乡人摹拓④，云佩之可以愈疟⑤。

【注释】

①义兴：义兴郡，西晋永兴元年（304）置，属扬州。治所在阳羡县

（今江苏宜兴）。善卷寺：在宜兴县西南离墨山下，因位于善卷洞后，故名。此则又见《大明一统名胜志·直隶名胜志》、《（万历）宜兴县志》卷一、施显卿《新编古今奇闻类纪》卷二"善权殿雷书三柱"、吴骞《桃溪客语》卷三引董实甫《碧里杂存》等。

②正统：明英宗朱祁镇的年号（1436—1449）。

③周文襄公：指周忱，字恂如，号双崖。吉水（今属江西）人，永乐二年（1404）进士。历任庶吉士、刑部员外郎、工部右侍郎、江南巡抚、工部尚书。卒谥文襄。

④摹拓（tà）：依样描制。

⑤疟：一种按时发冷发烧的急性传染病。

【译文】

晋朝时义兴郡善卷寺，雷打到寺中柱子上，写下三处字迹：一是"诗米汉"，一是"射钧记"，一是"谢君之"。都是大字，有一尺长，不是篆书不是隶书，深入到木头纹理之中。明正统年间，周忱命人试着把字削下来，字迹随着刀削深入到木头里面。当地人临摹文字，说佩戴摹本可以治疗疟疾。

宋祥符间①，岳州玉贞观②，雷书一柱曰"谢大仙人"。问乩仙③，曰："雷神之名也。"

【注释】

①宋祥符间：北宋真宗赵恒大中祥符年间（1008—1016）。考此则故事的本事，当出于宋人著作，今见于宋周密《齐东野语》卷十二、宋谢维新《事类备要》前集卷三天文门、宋祝穆《事文类聚》前集卷四。明清典籍传载较多，如施显卿《新编古今奇闻类纪》卷二"玉真观雷书一柱"引《国史》。

②岳州：隋开皇九年（589）改巴州置岳州，治所在巴陵县（今湖南

岳阳)。

③乩仙:扶乩时请托的神灵。

【译文】

宋朝祥符年间,岳州玉贞观,有天雷在观中的一根柱子上留下"谢大仙人"几个字。有人问扶乩时请的神灵,神灵说:"是雷神的名字。"

　　本朝顺治间,福州饥^①,昼锦坊有卖米者,雷震死其三人,有字大书尸上,其文曰"乂口月水辰口月灬査",无人识者。人题之于万寿塔壁。夜有蜘蛛垂丝于字之中,直贯而下^②,视之,乃"米中用水康中用木査"九字也^③。询知其人,平日果然,天诛不爽矣^④。

【注释】

①福州:唐开元十三年(725)改闽州置福州,治所在闽县(今福建福州)。本则福州昼锦坊卖米人事又见载于桑灵直《字触补》卷四引《虞初新志》。考其本事,当是宋末之事,屡见于明代《(弘治)八闽通志》卷八一、《(崇祯)闽书》卷一四八、《(正德)福州府志》卷三三、王圻《续文献通考》卷二二三等书。盖《闻见后言》等移花接木,将宋时事改窜作"本朝顺治间"。

②直贯:径直穿过。

③米中用水康中用木査:寓指米商在米中掺水加重分量,又在米糠中掺入木渣。

④不爽:没有差错。

【译文】

清顺治年间,福州发生饥荒,昼锦坊有卖米的商人,被雷打死了三个,他们尸体上写有大字,文字是"乂口月水辰口月灬査",没有人认识这些字。有人把字写在万寿塔的墙壁上。晚上有蜘蛛在字当中吐出蛛丝，蛛丝径直穿过这些字，人们一看，原来是"米中用水康中用木查"九个字。问了这三个人的行径，平日果然是这样做的，看来老天没有错杀他们。

张山来曰：予曩在鸠兹市上①，曾见破书一帙②，所记皆雷事。其中雷书甚多，以其近于荒唐，未之购也。由今思之，仍当以数十文买之，今亦不知在否矣。

【注释】

①鸠兹：明、清太平府芜湖县（今安徽芜湖）的古称。

②帙（zhì）：指书画外面包着的套子，书一套叫作一帙。

【译文】

张潮说：我以前在芜湖市集上曾经看到一套破旧的书籍，记载的都是关于雷的事。其中雷击后留下字的事情相当多，因为其记事近于荒诞不经，就没有买。今天想来，还是应当用几十文钱买下来，现在也不知道那套书还在不在。

樵书

来集之（元成）①

樵川吴生善请仙②。顺治丁酉③，督学岁试将及④，数子问场中题，书曰："尹字带儿孙，一旦不离心⑤。"复问："次题出经题否⑥？"曰："否否否！"比入试，首题是"得见君子者斯可矣"至"得见有恒者斯可矣"⑦，乃知"尹字儿孙"，"君子"也；"一旦心"，"恒"字也。次题"乐正子强乎"三段⑧，三"否"字也。同时有武学生⑨，亦问试题，书四语曰："二人并肩，不缺一边。立见其可，十字撇添。"及入试，论题乃"天下奇才"四字。始悟"二人并肩"，"天"也；"不缺一边"，"下"也；"立见其可"，"奇"也；"十字撇添"，才也。拆字巧妙如此⑩，非仙语不能到也。

【注释】

①来集之：初名伟才，又名镕，字元成，号倘湖，萧山长河（今浙江杭州萧山区）人。明崇祯十三年（1640）进士，授安庆府推官，迁兵部主事。所著甚多，有《读易隅通》《卦义一得》《易图亲见》《倘湖樵书》等。事见毛奇龄《故明中宪大夫太常寺少卿兵科给事中来君墓碑铭》（《西河集》卷八五）。来集之《倘湖樵书》即本篇所记《樵书》，十二卷，采撷唐、宋、元、明诸家之说，今存清康熙间倘湖小筑刻本。本篇三则《虞初新志目录》注出《大有奇书》选本"。此则故事今见来集之《倘湖樵书》卷五及《博学汇书》卷五"闱题定数"，又见桑灵直《字触补》卷一"请试题"。

②樵川：邵武（今福建邵武）的别称。邵武府境内有水名樵川，故邵武又有樵川、樵阳等称呼。吴生：来集之《倘湖樵书》卷五转引徐芳《悬榻编》作"樵川诸生吴君"，则知吴君请乩之事出于徐芳《悬榻编》，今见徐芳《悬榻编》卷六，原文稍详。

③顺治丁酉：清顺治十四年（1657）。

④督学：清代提督学政的别称。岁试：即岁考。明朝府、州、县学生每年举行的考试，由各省学政巡回所属州、县主持，凡府、州、县学之生员、增生、廪生均须应考。

⑤尹字带儿孙，一旦不离心：字谜。"尹"和"字"的上半部分相连近似"君"字，"儿孙"暗喻"子"字；"一旦"和"心"相连，是"恒"字。

⑥次题：第二道试题。经题：指从儒家五经中出题。

⑦"得见君子者斯可矣"至"得见有恒者斯可矣"：出自《论语·述
　而》："圣人，吾不得而见之矣；得见君子者，斯可矣。""善人，吾不
　得而见之矣；得见有恒者，斯可矣。亡而为有，虚而为盈，约而为
　泰，难乎有恒矣。"意即能见到君子也就可以了，能见到始终如一
　保持好的品德的人也就可以了。上述句中有"君子""恒"等字。

⑧乐正子强乎：出自《孟子·告子下》："公孙丑曰：'乐正子强乎？'
　曰：'否。''有知虑乎？'曰：'否。''多闻识乎？'曰：'否。'"上述
　句中有三个"否"字。而《孟子》也非五经之一。

⑨武学生：武科学生。武科院试、乡试、会试、殿试及童生、生员、举
　人、进士、状元等名目均与文科同，但加武字以别之。清代考试科
　目为马箭、步箭、弓、刀、石，均名外场，又以默写武经为内场。

⑩拆字：旧时的一种迷信活动。也称破字、相字、测字。以汉字加减
　笔画，拆开偏旁或打乱字体结构，加以附会，以推算吉凶。

【译文】

　　邵武府的吴生擅长请乩仙。清顺治十四年，快要到了提督学政举
行岁考的时候，有几个学生向他询问考试的题目，吴生扶乩请神仙写下：
"尹字带儿孙，一旦不离心。"学生又问："第二道题还出五经中的试题
吗？"乩仙写下："否，否，否！"等到考试，第一道试题是《论语》"得见君
子者斯可矣"到"得见有恒者斯可矣"，才知道乩仙说的"尹字儿孙"暗
寓"君子"，"一旦心"是"恒"字。第二道试题是《孟子》"乐正子强乎"
三段，里面恰好有三个"否"字。同时参加考试的有武科学生，也向吴生
问试题是什么，吴生扶乩请神仙写了四句话："二人并肩，不缺一边。立
见其可，十字撇添。"等到考试，试题是"天下奇才"四字。武科学生这
才明白"二""人"两字相加是"天"，"不"字缺一边是"下"，"立"字遇
见"可"字是"奇（竒）"，"十"字增添一撇是"才"。拆字巧妙到这种地
步，不是仙人之语是不能达到的。

康熙己酉科①，山阴袁显襄叩乩仙②，问场中题目。批云：“不可语。”曰：“然则终无一言耶？”曰：“题目即在‘不可语’上。”曰：“乞明示之。”批一“署”字。出题乃“知之者”一节③，有四“者”字，且在“不可语上”一章之上。袁遂获隽④。

【注释】

①康熙己酉：清康熙八年（1669）。

②山阴：秦置山阴县，属会稽郡，治所即今浙江绍兴，以在会稽山之北而得名。历代废置不定，至明、清山阴县与会稽县同为绍兴府治。袁显襄：据《（康熙）会稽县志》，袁显襄为康熙八年（1669）己酉科举人。袁显襄一事，见于来集之《倘湖樵书》卷五及《博学汇书》卷五“闱题定数”。又见吴陈琰《旷园杂志》、法式善《槐厅载笔》卷十一引《旷园杂志》、梁章钜《制义丛话》卷二二引《旷园杂志》、桑灵直《字触补》卷一“署字”引《新齐谐》、余金《熙朝新语》卷六。

③知之者：出于《论语·雍也》：“知之者，不如好之者；好之者，不如乐之者。”此章里面有四个“者”字，“四”“者”恰好组成“署”字。这一章的下章为“中人以上，可以语上也；中人以下，不可以语上也”，句中有“不可语上”。

④隽（juàn）：科举时代喻称考中。

【译文】

清康熙八年浙江乡试，山阴县袁显襄问乩仙科考的题目是什么。乩仙写道：“不可语。”袁显襄说：“可是真的没有一句话吗？”乩仙回复：“题目就在‘不可语’之上。”袁显襄说：“请求您讲明白些。”乩仙写了一个“署”字。后来，乡试考试题目是《论语》“知之者”一节，句中有四个

"者"字,而且在"不可语上"一章的上一章。袁显裹于是考中举人。

青州番民杂处^①,多闼术^②,能以木易人之足。有郡丞某过其地^③,记室二人从游其地^④,寓于客邸。一人与妇人淫,其夫怨之,易其一足。一人不与妇淫,其妻怨之,易其一足。明日,踯躅于庭^⑤。丞知,逮其人,始邀归作法,而足如故。

【注释】

①青州:据诒清堂本《虞初新志》及徐应秋《玉芝堂谈荟》卷九、冯梦龙《古今谭概》卷三二、王同轨《耳谈》卷四"地羊驿"、褚人获《坚瓠集》广集卷六"地羊驿幻术"引《耳谈》,当作"贵州"或"贵竹"。番:指少数民族。此则故事未见康熙间倘湖小筑刻本《倘湖樵书》传载,可见于上述明人典籍传载。

②闼(bì)术:秘密的方法或法术。

③郡丞:官名,秦汉所置,专司辅佐郡守,隋废除。明、清接近郡丞的官员是府同知,文人常以"丞"代指"同知"。

④记室:官名。汉朝郡府置记室,县府置记室史,是掌文书表报的佐吏。其后魏晋南北朝皆沿置。明初诸王府置记室,掌文书。

⑤踯躅(zhí zhú):徘徊不进貌。

【译文】

贵州少数民族和汉人混杂而居,他们多通秘术,能够用木头替换人的脚。有某位同知路过这个地方,两个属吏随行到此,借住在客店中。有一个属吏和店主的妻子淫乱,店主怨恨他,用木头换了他一只脚。另一个属吏不和店主的妻子淫乱,店主的妻子怨恨他,用木头换了他一只脚。第二天,两个属吏在庭中徘徊。同知知道这件事,抓住了店主夫妇,请他们回去做法,那两个人的脚才恢复正常。

张山来曰：淫其妇而仅易其足，可谓罪重而罚轻矣。

【译文】

张潮说：奸淫别人的妻子仅被换了一只脚，可以说是犯罪极重而处罚太轻了。

钱塘于生三世事记

陈玉璂（椒峰）①

钱塘于生某，忠肃公裔孙也②。笃行③，不妄言。虽盛暑不解衣带，每沐浴，必深自蔽匿④，人怪之。一日，浴昭庆寺僧寮⑤，同学蔡生者排户逼视⑥，见其两腋间，肌寸许，左豕右蛇，豕鬣而蜷⑦，蛇鳞鳞然⑧。

【注释】

①陈玉璂（qí）：字赓明，号椒峰，常州武进（今江苏常州武进区）人。清康熙六年（1667）进士，官内阁中书，康熙十八年（1679）试博学鸿儒科，罢归。事略见《国朝先正事略》卷三八《陈玉璂》、《（光绪）武进阳湖县志》卷二三。本篇选自陈玉璂诗文集《学文堂集·杂著二》"钱塘于生三世事"。

②忠肃：于谦的谥号。于谦，字廷益，号节庵，杭州府钱塘县（今浙江杭州）人。明朝名臣，民族英雄。土木之变后，于谦率二十二万军队列阵北京九门外，抵御瓦剌大军。天顺元年（1457），英宗复辟，于谦被诬含冤遇害。明孝宗追谥"肃愍"，明神宗改谥"忠肃"。事见《明史·于谦传》。

③笃行：行为淳厚，纯正踏实。

④蔽匿:隐藏,隐瞒。

⑤昭庆寺:杭州西湖边的寺院。五代后晋天福元年(936)建,初名
　菩提院。宋真宗时,皇帝赐额为"大昭庆律寺",常被称作"西湖
　昭庆寺"或"昭庆寺"。僧寮:僧舍。

⑥排户:推门。

⑦鬣:动物头、颈上长而硬的毛。蚴:一作"蚴(yǒu)",蛟龙行动的
　样子。

⑧鳞鳞:鳞集貌。

【译文】

　　钱塘书生于某,是明朝忠肃公于谦的后代。他品性纯正踏实,不信
口胡言。即使盛暑也不解开衣服,每次沐浴都会仔细地藏起来,这使人
们觉得很奇怪。一天,他在西湖昭庆寺的僧舍沐浴,同学蔡生推开门凑
近察看,看到他两个腋窝之间,各有一寸来长的皮肤,左边皮肤有猪形,
右边皮肤有蛇形,猪有鬣毛而爬动,蛇鳞密集。

　　生泣下,已乃曰:"此予三生业也①,于今犹不忘。予初
为豕,甚憎其生,既就死,极梃刃汤火②,神识终不去③。已
为蟒蛇,在岩穴下,自顾狞恶④,时掩藏则口苦饥。百虫啐
腥⑤,附于甲,立唼尽,已念业益重。间日食一大禽⑥,又念
杀生无已时,誓日饮水;又念毒涎入水杀鱼蚌,误饮人杀
人,慨然曰:'生而害生,曷不死?'遂引首于山⑦,曝烈日中
以死。见冥官,曰:'汝有人性,重生命,舍生。当拔汝为
人。'"言罢,生又泣曰:"予未尝以告妻子,今亦无用自匿
矣。"蔡闻言悚然,因语于李九来,笔之书。

【注释】

①业:佛教指善行、恶行的报应。

②梃刃汤火:指地狱中棍棒、刀山、热汤、烈火等刑罚。

③神识:神魂,精神意识。

④狞恶:狰狞,凶恶。

⑤啐:尝,小饮。

⑥间日:隔一天。

⑦引首:抬头,伸长脖子。

【译文】

于生痛哭落泪,哭完才说:"这是我三生所造的报应,到今天仍然忘不了。我第一世是只猪,非常憎恶以猪身苟活于世,便主动赴死,死后到地狱中受尽木棍、刀刃、沸水、烈火等刑罚的折磨,但神志魂识没有被消磨掉。后来第二世投胎成了蟒蛇,住在岩穴之中,看到自己长相狰狞凶恶,经常隐藏起来,但苦于饥渴。恰有很多虫子跑过来尝我身上的蛇腥,伏在我的鳞甲上,我就立刻吃掉它们,过后又感念自己的罪业越来越深重。隔了一天,吃了一只巨大的禽鸟,又感念杀害生灵会没有停止的时候,于是发誓每天只喝水;又感念有毒的口水落入水里会毒死游鱼水虫,误饮水的人也会被毒死,就感慨道:'活着的时候残害生灵,为什么不去死呢?'于是伸长脖颈游走于大山,在烈日中暴晒而死。死后,遇见冥府官员,对方说:'你有人性,重视别的生命,宁肯舍弃自己的生命。应当让你去做人。'"说完,于生又哭着说:"我从来没有把这件事告诉过妻儿,今天也没必要再隐藏了。"蔡生听了这话后感到惊悚,于是把这事情告诉了李九来,让他用笔记了下来。

陈子曰:轮回果报①,为浮屠家说②,予不乐道③。阅《太平广记》诸书④,载此类甚多,亦不之信。今九来亲得之其友,可无疑。嗟乎!物类以不嗜杀而得为人,人嗜杀将不得复为人，亦理有必然者。金坛某巨公死⑤，距百里许，农家适产牛，见腹下殊毛，若书某公姓名。众骇语，闻其子，鬻归，闭之别室，以终其年。予闻之巨公姻党，亦无足疑。夫天下之为乱臣贼子者多矣⑥，岂能尽执其人而刀锯鼎烹之？故往往有逃于法者。苟非有冥报⑦，使计穷力竭，贿赂无所施，干请无所用，人亦何惮而不为乱臣贼子？故冥报者，所以济国法之穷也。吾友魏冰叔作《地狱论》⑧，其说实有裨于世道人心，当书此文质之⑨。

【注释】

①轮回果报：指佛教轮回转世、因果报应之说。佛教认为前世种善因，轮回到今生就得善果；如果前世为恶，轮回到今生则得恶报。

②浮屠：梵语音译，指佛，佛教。

③乐道：乐于称道，喜欢谈论。

④《太平广记》：北宋李昉等人编纂的古代小说总集。因成书于宋太宗太平兴国年间，故名"太平"。该书五百卷，采录汉至宋初小说、笔记、稗史等四百七十五种，保存了不少六朝志怪、唐代传奇中的失传名篇。

⑤金坛：县名。唐武则天垂拱四年（688）置，治今江苏常州金坛区。明、清属镇江府。巨公：大人物。

⑥乱臣贼子：不守臣道、心怀异志的人。

⑦冥报：指死后在地府遭受的善恶报应，作善得善报好处，作恶受刑罚制裁。

⑧魏冰叔：魏禧，字冰叔。魏禧撰《地狱论》，论述地狱必有，"余笃信地狱为事理所必有，而诵经崇佛消灾灭罪之说，为事理所必无"。

⑨质：证实，验证。

【译文】

　　陈玉璂说：轮回转世、因果报应是佛家学说，我不喜欢谈论。我阅读《太平广记》等书，书中记载了很多这种类型的故事，我也不相信。现在李九来从朋友蔡生那里亲耳听来，可以不用怀疑了。哎！动物因为不嗜杀就可以投胎成为人，人嗜杀就不能再做人，这也是必然之理。金坛县某个大人物死去，离金坛百里外，有户农民家正好生小牛，发现小牛肚子底下有很奇特的毛，好像写了那个大人物的姓名。众人惊骇地议论，大人物的儿子得知后，便将牛买回家中，把它关到房中，让牛得尽天年。我从大人物的亲戚那里听说，也没有什么可以怀疑的。天下那些不守臣道、心怀异志的人太多了，哪里能够全部抓住他们而用刀砍锯割、鼎中烹煮等刑罚进行制裁呢？所以常有逃脱法律制裁的人。如果没有阴间的善恶报应，让他们使不出计谋和力气，也没有地方行贿索贿，找人帮忙也没有用处，那么百姓哪里还有什么畏惧之心而不想成为不守臣道、心怀异志的人呢？所以阴间的善恶报应，是用来弥补国家法律无法做到的地方。我的朋友魏禧写了《地狱论》，他的观点的确有助于引导世间道德风尚、百姓心性，所以我写这篇文章来证实他的言论。

　　张山来曰：余曾作《轮回说》，谓人为异类①，世苟不知，便不足以为戒，故必毛上成字方可耳。

【注释】

①人为异类：此指人变成禽兽之类的事情。

【译文】

　　张潮说：我曾经写过《轮回说》，认为人变成禽兽，如果世人不知道这事情，就不会引以为戒，所以必须在禽兽皮毛上留下文字痕迹才可以取信于人。

活死人传

陈鼎（定九）①

活死人，姓江，四川人，名本实。家素封②。明亡，散家财，弃妻子，入终南学仙。十年得其道，遂遨游四海。既而止妙高峰，从阎老人结庐炼金丹③。又十年，丹成。

【注释】

①陈鼎：参见卷九《毛女传》注释。本篇选自陈鼎小说集《留溪外传》卷十七。又见引于清徐鼒《小腆纪传》卷五九、陈铭珪《长春道教源流》卷七。

②素封：虽无官爵封邑却富比封君。

③结庐：修建房屋。

【译文】

活死人，姓江，是四川人，名字叫本实。家里虽无官爵封邑却富比封君。明亡后，他散尽家财，抛弃妻子儿女，到终南山中学习成仙之术。用了十年学得道术，于是云游四海。后来栖居在妙高峰，跟着阎老人建屋而居并炼制金丹。又过了十年，炼成了金丹。

座下弟子百余人，推荆溪陈留王为首①，能驾云往来，能水面上立，能峭壁间行。尝缚虎为骑，出入市中。活死人怒，呼而责之曰："所贵乎道者，清净无为也②。无为而至于无声，方臻众妙之门③。故曰：'有声之声，延及百里；无声之声，延及四海④。'今汝所行，皆有为也。有为则骇世惑俗，岂清净道哉？"于是陈留王乃尽弃其术，掩关息坐⑤。三年，然后请见。活死人大悦，曰："子可以授吾大道矣！"

【注释】

①荆溪：宜兴的别称。明、清宜兴县南有南溪，亦称荆溪。雍正时析宜兴县置荆溪县，与宜兴同城而治，属常州府。《（嘉庆）增修宜兴县旧志》卷末即录载陈留王学道术之事，内容同于本文所记。

②清净无为：道家的一种哲学思想和治术。提出天道自然无为，主张心灵虚寂，坚守清静，消极无为，复返自然。

③众妙之门：通向一切奥妙的大门。

④"有声之声"几句：语出韩婴《韩诗外传》："有声之声不过百里，无声之声延及四海。"意指能用耳朵听到的声音，至多不过能流传百里；不能用耳朵听到的声音，却可以传遍天下。

⑤掩关：闭关，关门。息坐：静坐悟道。

【译文】

活死人教授的弟子有一百多人，以宜兴陈留王最为优秀，他能够腾云驾雾往来奔走，能够站在水面上，能够在悬崖峭壁间行走。陈留王曾经捕捉老虎作为坐骑，骑着老虎进出市集。活死人大怒，喊他过来责备说："我们崇尚的道法是坚守清静、自然无为。顺应自然而无作为，便能达到大音希声的境界，才能到达通向一切奥妙的大门。所以说：'能用耳朵听到的声音，至多不过流传百里；不能用耳朵听到的声音，却可以传遍天下。'现在你的行为都是有意卖弄、热衷于施展法术。你有心作法便导致世俗之人惊骇迷惑，这怎么符合道法清净的旨意呢？"于是陈留王便不再使用任何道术，闭关静坐参悟道法。三年之后，陈留王再次请求拜见老师。活死人见到他后特别高兴，说："我可以向你传授我的仙术道法了！"

既授，乃集群弟子告曰："吾闻'成功者退'①。今吾道既已得人，吾将隐矣。"乃命掘一土穴山半，仅可容身。活死人入居之，命以土掩，"毋使有隙，但朝夕来呼吾可耳"。

既埋,群弟子如命,朝夕往呼之。活死人在土中,必大声应。三年,呼之不应矣。群弟子乃树以碣^②,曰"活死人之墓"。

【注释】

①成功者退:功成名就之后就退隐不出。《老子·九章》:"金玉满堂,莫之能守,富贵而骄,自遗其咎,功遂身退,天之道。"

②碣:石碑。

【译文】

活死人将道法传授给弟子之后,召集众弟子并告知大家说:"我听说'功成名就之后就应退隐不出'。现在我的道法既然已经有人传承了,我就要归隐了。"于是命令众弟子在半山腰挖开一个土洞,土洞只能够容身。活死人住进里面,命令他们用土盖上,说:"不要留有缝隙,只要早晚来喊我就好了。"掩埋之后,众弟子听从他的命令,早晚都去洞外呼喊他的名字。被埋在土里的活死人肯定会大声回应。三年后,弟子再喊他就没有回应了。众弟子于是树立了一块墓碑,上面写着"活死人之墓"。

外史氏曰:神仙多为骇世惑俗之事,活死人既怪其弟子骇世惑俗,何为活埋土穴,而使呼之应之三年之久耶?岂夫子所谓索隐行怪者^①,即世之所谓神仙耶?

【注释】

①索隐行怪:语见《汉书·艺文志》:"孔子曰:'索隐行怪,后世有述焉,吾不为之矣。'"指探索隐晦之事而行怪僻诡异之道。这与儒家理念相违,深受正统儒士排斥。

【译文】

陈鼎说:很多神仙都会做使世人惊骇、迷惑的事情,活死人既然责怪他的弟子惊骇世人、迷惑大众,自己为什么还要活埋在土穴里,然后让弟子喊他、自己再答应了三年之久呢？难道孔夫子说的探索隐晦之事而行怪僻诡异之道的人,就是世人所说的神仙吗？

张山来曰:活埋土穴中,令人呼之而应,此当是其弟子辈故为此言以骇世耳,未必果有其事也。

【译文】

张潮说:活埋在土里,让人喊他再予以回应,这应当是他的弟子故意编造这样的话来让世人吃惊的,未必真的有这样的事。

义牛传

陈鼎（定九）①

义牛者,宜兴桐棺山农人吴孝先家水牯牛也②。力而有德,日耕山田二十亩,虽饥甚,不食田中苗。吴宝之,令其十三岁子希年牧之。希年跨牛背,随牛所之。牛方食草涧边,忽一虎从牛后林中出,意欲攫希年。牛知之,即旋身转向虎,徐行啮草。希年惧,伏牛背不敢动。虎见牛来,且踞以俟,意相近即攫牛背儿也。牛将迫虎,即遽奔以前,猛力触虎。虎方垂涎牛背儿,不及避,蹼而仰偃隘涧中③,不能辗④。水壅浸虎首⑤,虎毙。希年驱牛返,白父,集众舁虎归,烹之。

【注释】

①陈鼎:参见卷九《毛女传》注释。本篇《虞初新志目录》注出陈鼎

小说集《留溪外传》，但未见康熙三十七年（1698）自刻本《留溪外传》传载，或出陈鼎他著。

②桐棺山：又作铜官山、铜冠山。位于宜兴西南。水牯（gǔ）牛：公水牛，水牛。

③蹼：同"扑"。

④辗：转，回转。

⑤壅浸：遮盖淹没。

【译文】

义牛是宜兴县桐棺山农夫吴孝先家的水牛。这头牛干活有力气，还像人一样有德行，每天在山间耕种二十亩田地，即使非常饥饿，也不会吃田里的禾苗。吴孝先把牛当成宝贝，让他十三岁的儿子吴希年去放牛。吴希年跨在牛背上，听任牛随意行走。牛在水沟边吃草时，忽然有一只老虎从牛身后的树林中跳出，想要抓走吴希年。牛察觉后，随即转身面对老虎，慢慢走着吃草。吴希年心中害怕，趴在牛背上不敢动。老虎看见牛走过来，蹲下身等着，想要等牛走近一点的时候就去抓牛背上的小孩。牛快要靠近老虎的时候，突然向前狂奔，猛然用力撞向老虎。老虎正垂涎牛背上的小孩，来不及避开，被仰面扑倒在狭窄的水沟里，没有办法翻身跳出水沟。水淹没老虎的脑袋，老虎就死了。吴希年赶着牛回家，将此事告诉了父亲，吴孝先召集众人将老虎抬了回来，煮了吃。

他日孝先与邻人王佛生争水。佛生富而暴，素为乡里所怨，皆不直之，而袒孝先。佛生益怒，率其子殴死孝先。希年讼于官。佛生重赂邑令①，反杖希年。希年毙杖下，无他昆季可白冤者②。孝先妻周氏，日号哭于牛之前，且告牛曰："曩幸藉汝，吾儿得免果虎腹。今且父子俱死于仇人矣！皇天后土③，谁为我雪恨耶？"牛闻之，大怒，抖搜长鸣④，飞奔至佛生家。佛生父子三人,方延客欢饮,牛直登其堂,竟抵佛生,佛生毙;复抵二子,二子毙。客有持杆与牛斗者,皆伤。邻里趋白令,令闻之,怖死。

【注释】

①邑令:指宜兴县知县。

②昆季:兄弟。

③皇天后土:指天神地祇。皇天,指天或天神。后土,指土神或地神。

④抖擞:抖擞,振作。

【译文】

　　一天,吴孝先和邻居王佛生争夺水源。王佛生家里富裕,性格暴躁,向来被乡里人怨恨,大家都不支持他,而袒护吴孝先。王佛生见此情形愈发生气,带着自己的儿子打死了吴孝先。吴希年便向官府状告王佛生。王佛生用重金贿赂了宜兴县知县,反而使官府对吴希年施了杖刑。吴希年被打死在杖下,没有其他弟兄可以帮他申诉冤屈。吴孝先的妻子周氏天天在牛面前哭号,并告诉牛说:"过去幸亏有你的帮助,使我的儿子免于被老虎吃掉。今天他们父子二人都被仇人杀死了! 天地神灵,谁来为我报仇呢?"牛听了这话,大怒,抖擞精神,长声鸣叫,飞奔到王佛生家。王佛生父子三人,正在家中和客人畅饮狂欢,牛径直跑进堂中,用角撞王佛生,将王佛生撞死;然后又撞王佛生的两个儿子,又将他的两个儿子撞死了。王家客人们拿着杆子和牛争斗,也都受伤了。邻里跑去告诉县令,县令听到这事后被吓死了。

　　外史氏曰:世之人子不肖①,父仇不能报者比比矣。乃是牛竟能为吴氏报两世杀身仇。噫! 牛亦勇矣哉! 宜乎令闻之怖死也②。

【注释】

①不肖：不成材，没有出息。

②宜乎：当然。

【译文】

陈鼎说：世上不成器的儿子，不能给父亲报仇的人比比皆是。这只牛竟能为吴氏两代人报杀身之仇。哎呀！牛也真是勇猛啊！县令听到牛的勇猛当然要被吓死了。

　　　张山来曰：牛之为物，虽巍然一躯，然观其状，大抵顽而不灵。今此牛独能为主报两世之仇，复怖死一贪墨吏①，殆所谓"犁牛之子骍且角"者也②。

【注释】

①贪墨：贪污。

②犁牛之子骍（xīng）且角：意为杂色的牛生出纯赤色、角周正的小牛。后来比喻劣父生出贤明的儿女。语出《论语·雍也》："犁牛之子骍且角，虽欲勿用，山川其舍诸？"犁牛，杂色牛。骍，赤色的马和牛。

【译文】

　　张潮说：牛作为动物，虽然身材高大，但看它的外表，大多冥顽不灵。现在这只牛竟单单能为主人报两代人的仇，又吓死了一个贪官污吏，大概就是所谓"犁牛之子骍且角"的牛吧！

中华经典名著全本全注全译丛书

全本全注全译丛书

邵颖涛　岳立松◎译注

虞初新志 下

中华书局

卷十二

【题解】

本卷选录了小说集《湖壖杂记》中的数则记载，以及七篇以传记命名的作品。张潮欣赏陆次云的文笔，曾多次选录他的文章，此卷中的《湖壖杂记》是陆氏袭仿田艺蘅《西湖志余》所作，记载杭州庆忌塔、夹城等轶事，其中异闻趣事极多，颇显小说家博采杂陈的风格。各篇并无联系，琐碎成篇，但每篇皆记杭州风土人情，形成以杭州为主的扇面式叙事模式。杭州净慈寺、高丽寺、三茅观、谁庵的渊源掌故，作者如数家珍，一一道来，至于紫阳山、珠宝巷、五云山、超山的奇谈趣事更是娓娓叙来。读者不需亲临杭州，便能知晓相关的史迹趣事，故不妨一读此书。王晫《看花述异记》堪称一篇奇文，文章词语华美绮丽，设想奇幻多姿，虚构主人公经历了一场离奇之极的赏"花"奇遇。王晫爱花成癖，曾著《戒折花文》而驰名文坛，他前往沈氏园赏花时被邀请到魏夫人处，相继遇到梅妃、绿丝、醉桃、卢女、杨太真、薛琼琼等美女幽魂。作者将史上才女、美女集于一室，融才华、真情、绮思为一炉，真如袁于令所评："其三十分才情，方能有此撰述。若有才无情，则不真；有情无才，则不畅。读竟始服其能。"文中的"花"已成为隐喻，从植物花卉上升到"解语花"似的佳人，既有趣，更含情，故张潮论云："以爱花之心爱美人，则领略定饶逸趣；以爱美人之心爱花，则护惜别有深情。"其余六篇作品亦有可观之处，《邵士梅传》讲述轮回转世异事,《彭望祖传》语及神仙幻术,《薛衣道人传》《刘医记》皆叙神乎其技的医术,《孝犬传》写的则是铭记养育之恩的孝犬奇事,《程弱文传》脱离神鬼虚幻而挟伤悼之情,刻画了一位早卒的才女。这六篇作品虚实相杂,人兽并叙,其事令人目不暇接,其情使人实难自抑,故读者心绪庶乎随文而起伏不平。

邵士梅传

陆鸣珂(次山)①

邵士梅②,号峄晖,山东济宁州人也。其前身为高小槐,本高家庄人,向充里正③,急公守法④,不苟索民间一钱。病革时⑤,见二青衣人⑥,如公差状,令谨闭其目,挟与俱行。行甚捷,惟闻耳边风涛声。少顷,至一室,青衣已去,目顿开,第见二妪侍房帏间,则已托生在邵门矣。口不能言,心辄自念,觉目中所见栋宇器物,骤然改观;即手足发肤,何似非故我也?至二三岁能言时,辄云"欲上高家庄、高家庄"云。父母怪而叱之曰:"儿妄矣!高家庄安在?"及出就外傅⑦,间以语傅。傅曰:"此子前身事,宜祕之。"遂不复言。

【注释】

① 陆鸣珂:字次山,江南华亭(今上海松江区)人。清顺治十二年(1655)乙未科进士,官山东提督学政。著有《使蜀诗草》。事略见《(乾隆)上海县志》卷十。本篇注出《古今文绘》。又见引于钱肃润《文瀚初编》卷十五。

② 邵士梅:号峄晖,兖州府济宁州(今山东济宁)人,清顺治十六年(1659)进士,康熙初年曾任吴江县知县。王士禛《池北偶谈》卷

二四"邵进士三世姻"、蒲松龄《聊斋志异·邵士梅》、钮琇《觚
剩》卷二"邵邑侯前生"、朱翊清《埋忧集》卷三"邵士梅"、魏方
泰《行年录》均载其生平及异事。

③充里正：担任里正。里正，古时乡官，也叫里长。春秋时，以里中
能治事者为里正。明代改名里长，后来也叫地保。

④急公：热心公益。

⑤革(jí)：通"亟"，危急。

⑥青衣：穿青色衣服的人，指役吏、差役，他们惯穿青衣。

⑦外傅：古代贵族子弟至一定年龄，出外就学，所从之师称外傅。与
内傅相对。

【译文】

邵士梅，号峄晖，是山东济宁州人。他前生叫高小槐，原是高家庄
人，曾担任里正，热心公益、遵守律法，不苛刻索取百姓的一文钱。高小
槐病重时，看见有两个穿青色衣服的人，像是公差的样子，他们让他好好
闭上双眼，带着他一起赶路。他们行走迅疾，只能听到耳边的风浪声。
过了一会儿，抵达一处房屋，穿青色衣服的差役已经离去，他顿时睁开眼
睛，只看见有两个老妇人侍奉在帷幕边，原来他已经托生在邵家了。他
嘴里说不了话，心中就寻思，发觉自己双眼看见的屋宇房舍、器物摆设，
一下子都发生了变化；即使双手双脚、头发皮肤，怎么就不像原来的自己
呢？到了两三岁能说话时，他就说"想要去高家庄、高家庄"这样的话。
父母感到奇怪，就斥责他说："儿子你说胡话啊！高家庄在哪里呢？"等
到他长大后出外向老师求学，私下向老师问询那些事。老师曰："这是你
前生的事情，最好不要外传。"他于是不再讲那些话了。

己亥成进士①，改授登州郡博②。适奉台檄③，署篆栖
霞④，道经高家庄，市井室庐⑤，宛然如昨。因集土人而问之
曰⑥："此地曾有高小槐乎？"曰："有之，去世已历年所矣⑦。"

及询其殁时月日,与士梅生辰无异。遂告之故。觅其子,一物故⑧,一他出,惟一女适人,相距里许。呼与语,语及少时膝下事,甚了了。并访里中诸故老,其一尚存,皤皤黄发⑨,年九十余矣。相见道故旧,欢若平生。士梅因恍然有得,半生疑案,从此冰消。乃赋诗云:"两世顿开生死路,一身会作古今人。"遂捐赀置产,厚恤其家。后俸满量移⑩,作令吴江⑪。吴中人士,盛传其事。

【注释】

① 己亥:指清顺治十六年(1659)。

② 登州:州、府名。武周如意元年(692)置登州,治牟平(今山东烟台牟平区),唐神龙中移治蓬莱(今山东蓬莱)。明洪武九年(1376)升为登州府。郡博:即郡博士,府学学官,邵士梅曾任登州府学教授。

③ 台檄:古代朝廷用于征召、晓谕、诘责等方面的文书。

④ 署篆:署印,因官印皆刻篆文,故名署篆。此指代理县教谕。栖霞:栖霞县。明、清时属登州府,治今山东栖霞。据清钮琇《觚剩》卷二记"适栖霞广文缺,往摄篆"。

⑤ 市井:街市。

⑥ 土人:世代居住本地的人。

⑦ 历年所:过去多年。年所,年数。

⑧ 物故:死亡。

⑨ 皤皤(pó):白发貌。形容年老。黄发:指年老,亦指老人。

⑩ 俸满:旧时官吏任职满一定年限后,得依例升调。量移:泛指迁职。

⑪ 作令吴江:担任苏州府吴江县(今江苏苏州吴江区)知县。《(乾隆)吴江县志》卷十九记邵士梅在康熙七年(1668)任吴江知县,

　　不久因病辞归。

【译文】

　　清顺治十六年邵士梅考中进士，另行授予登州府府学教授。后来，他奉朝廷谕令，代理栖霞县教谕，路经高家庄时，看到市集屋舍，宛如自己昔日所熟识的样子。因此召集当地人并问询他们："这里曾经有个人叫高小槐吗？"众人回复："有的，他已经辞世多年了。"询问高小槐去世的时间，发现和自己的生辰完全一样。于是告诉众人此中的缘故。寻访高小槐的儿子，得知一个儿子已经辞世，一个儿子外出不在，惟有一个女儿已经嫁人，她家距离此地有一里多地。邵士梅便把女儿叫来说话，谈及女儿年幼时嬉戏于自己膝下的事情，记得非常清楚。同时寻访乡里相识的那些老者，还有一位老者健在，白发苍苍，已经九十多岁了。两人相见时互诉往日交情，就像过去一样欢洽愉悦。邵士梅因此忽然有所感悟，半生以来未曾解决的疑问，自此全部消失不见了。他便赋诗道："两世顿开生死路，一身会作古今人。"他于是捐出资产给高家子女置办产业，优厚地抚恤高家。邵士梅后来任职到期改授职务，担任吴江知县。吴地人士，广泛流传着邵士梅两世为人的故事。

　　余初未之信也。适登州明经李曰白为余同年曰桂胞弟①，便道过访②。余偶言及，曰白曰："得非我登州邵峄晖先生乎③？其事甚真，余所稔闻④。"因述邵在登时，尝以语同官李簠⑤，簠以语曰白者，缕悉如此。余稍铨次其语⑥，为立小传⑦。夫高小槐一里正耳，片善之积，尚能死无宿孽⑧，生得成名，况其他哉？云间野史陆鸣珂撰⑨，时康熙七年五月晦日也。

【注释】

①明经：明、清对贡生的尊称，即挑选府、州、县的秀才送到国子监去读书的人，意谓以人才贡献给皇帝。李曰白：《(道光)荣成县志》卷七记顺治间拔贡有李曰白，字季玉，曰桂弟。曰桂：李曰桂，山东成山卫（今山东荣成）人。清顺治三年（1646）举人，他与陆鸣珂同为顺治十二年（1655）乙未科进士，故为同年。顺治十五年（1658）任福建沙县知县，事见《(光绪)增修登州府志》卷三九、《(乾隆)福建通志》卷二七。

②便道：顺路。

③得非：得无，莫非是。

④稔闻：素闻，得知甚早。

⑤李簠(fǔ)：字宗周，沂州府日照县（今山东日照）人。清顺治八年（1651）举人，顺治十六年（1659）任蓬莱县教谕（《(光绪)增修登州府志》卷二六），康熙五年（1666）迁安东卫教授（《(乾隆)沂州府志》卷十九）。

⑥铨次：编排次序。

⑦小传：略述人物生平事迹的传记。

⑧宿孽：前世的罪孽，旧有的罪孽。

⑨云间野史：作者自称。野史，旧指私人著述的史书。与"正史"相对而言。

【译文】

我起初不信这事。恰好登州府的贡士李曰白是我同科进士李曰桂的弟弟，他顺路拜访我。我偶然谈及邵士梅两世之事，李曰白说："莫非是我们登州府的邵峄晖先生吗？这件事情的确是真的，我很早就知晓这件事。"因此讲述邵士梅在登州府时，曾将前生的事情告知给同僚李簠，李簠又告知李曰白，李曰白详细分明地转述给我。我稍微编排整理了他的话语，为邵士梅撰写了这篇传记。那高小槐只是一个乡间里正，因为积累了一点善行,便可以死后不带任何罪孽,托生后又得以科榜成名,何况其他行善之人呢? 云间野史陆鸣珂撰写,时为清康熙七年五月三十日。

　　张山来曰:观里正之善者,其福报如此①。其恶者,来生从可知矣!

【注释】

①福报:福德报应。

【译文】

　　张潮说:看这个里正是行善之人,所以转世才得到这样的福报。作恶之人,他们的来生从这里就可以反推了!

彭望祖传

陈鼎(定九)①

　　彭望祖,名远,江西人。幼端方沉静②,寡言笑。弱冠举诸生,从师读书西山草庵中。冬月,有道士衣单麻衣,冒大雪来求宿,忽病足不能起。望祖怜之,日分饮食奉之。三年,道士足愈,起谢曰:"吾受郎君惠厚矣! 无以报。"出丹书三卷授之③,曰:"读之可证飞仙④。"遂去,不复见。

【注释】

①陈鼎:参见卷九《毛女传》注释。本篇选自陈鼎《留溪外传》卷十七。又见《(光绪)丹徒县志摭余》卷二一引《虞初新志》。

②端方:庄重正直。

③丹书:道教语。即丹书墨篆。指以墨书写符文的朱漆之简。也泛

指炼丹之书,道教经书。

④证飞仙:修道而成仙。

【译文】

彭望祖,名叫远,是江西人。他自幼性格端正,沉稳冷静,不苟言笑。二十岁时考取秀才,跟从老师到西山草庐中读书。冬季某日,有一个道士穿着单层麻布衣,冒着大雪上门请求借宿,却忽然犯了脚病而无法起身。彭望祖怜悯道士,每天把自己的饮食分给道士。三年后,道士的脚病好了,他起身感谢说:"我接受你的恩惠太多了!没有办法报答你的恩情。"于是拿出三卷道教经书传授给他,说:"学好这些书能修道成仙。"于是告辞离去,不再出现。

望祖得其书,熟读之。明亡,弃举子业①,来游江南。顺治中,京口明经张行贞延为孺子句读师②,宾主甚相欢。他日饮青梅下,行贞盛言闽粤鲜荔之美,恨不得啖。望祖曰:"是固无难致也。"行贞曰:"噫!先生何云不难哉?固无论山川险阻,第相去数千里,即使策骏马乘传③,日夜兼程,行至此,亦槁矣!"望祖唯唯。

【注释】

①举子业:举业,为应科举考试而准备的学业。

②京口:明、清镇江府(今江苏镇江)的古称。东汉末、三国吴时称为京城,后称京口。张行贞:陈鼎《留溪外传》卷十七作"张践公",生平未详。孺子句读师:教授儿童掌握文章句读的老师。句读,古人指文辞休止和停顿处。文辞语意已尽处为句,未尽而须停顿处为读,书面上用圈、点来标志。

③乘传:乘坐驿车。传,驿站的马车。

【译文】

彭望祖得到这些书，认真诵读。明朝灭亡后，他放弃科考，漫游江南。清顺治时，镇江的贡生张行贞延请彭望祖担任教导儿子学习句读的老师，主人、老师相处得十分欢洽。有一天，他们在青梅树下饮酒，张行贞极言福建、广东地区的新鲜荔枝鲜美可口，遗憾自己不能品尝。彭望祖曰："荔枝原本并不难得到。"张行贞曰："呀！彭先生怎能说荔枝不难得到呢？先不要说山高水远、道路阻碍，只说镇江与福建、广东地区相距数千里的路程，即使是驱驰骏马、乘坐驿车，日夜兼程赶路，把荔枝运送到这里，也已经干枯腐败了！"彭望祖只是答应着。

抵暮，行贞入。望祖命童子洒扫书舍①，庀香具法坛②，戒童子先寝。童子慧，怪之，假寐，窃起窥。望祖于箧中取草龙一具，祭于坛。须臾，龙忽蠕然，鳞甲爪牙皆动。望祖乘之腾去，不半夜归矣。龙两角挂累累，皆鲜荔也。乃撤坛，收草龙置箧中，而东方已白。呼童子起，进之。行贞大骇，诘童子，童子具以告。于是行贞知望祖有神术，谨事之。岁余，望祖忽于午夜出草龙，收行旅琴剑书箧挂于上③，乘之而去，不知所终。

【注释】

①童子：指童仆，书童。

②庀（pǐ）香：备办香料。法坛：道士做法事的场所。

③行旅：行李。

【译文】

到了傍晚，张行贞返回内室。彭望祖让童仆洒扫书房，备办香料，准备法坛，然后吩咐童仆先去睡觉。这个童仆很聪慧，对此心中疑惑，假装睡下,却偷偷地爬起来窥探彭望祖。彭望祖从箱子中取出一具草做的龙,放到法坛上开始祭祀。不一会儿,那具草做的龙忽然爬行蠕动,身上的鳞甲、爪子、牙齿都动了起来。彭望祖乘坐那条龙腾空而去,不到半个晚上就返回来了。龙的两只角上挂满东西,都是新鲜的荔枝。彭望祖便撤去法坛,收起草做的龙放到箱子中,这时东方已经发白。彭望祖呼喊童仆起床,把荔枝进献给张行贞。张行贞非常惊骇,诘问童仆,童仆把他昨夜所见都告诉给了张行贞。于是张行贞才知晓彭望祖有神术,对他恭谨相待。一年多后,彭望祖忽然在半夜时拿出草做的龙,收拾行李、琴、剑、书箱等物品挂在龙身之上,然后乘着龙离开,不知道去了何处。

外史氏曰:神仙固多幻术也,往往以幻术游戏人间^①,第无缘值之耳^②。或曰:"望祖特术士耳,非神仙也。"虽然,数千里不半夜而往还,即谓之神仙也亦宜。

【注释】

①游戏人间:在人间嬉戏玩乐。

②值:遇到。

【译文】

陈鼎说:神仙原本就有很多会法术的,他们常借助法术嬉戏于人间,只是众人没有缘分遇到他们罢了。有人说:"彭望祖只是一个会法术的人罢了,并非神仙之辈。"即使这说法正确,数千里的路程不到半晚上就能返回,就是说他是神仙也讲得通。

张山来曰:余尝羡左慈于盂中钓松江四腮鲈鱼^①,今望祖尚有藉于草龙,犹觉逊一筹也!

【注释】

①左慈:东汉庐江(今属安徽)人,字元放。少有神道。《搜神记》等
书记他曾在曹操宴上以铜盘贮水,钓得松江鲈鱼。后来曹操想要
杀他,他跑入羊群,终不可得。盂:盛汤浆或饭食的圆口器皿。

【译文】

　　张潮说:我曾经美慕左慈在盂中钓得松江的四腮鲈鱼,现在彭
望祖还要借草龙才能获得荔枝,仍然觉得他稍差一点!

程弱文传

罗坤(宏载)①

　　弱文程氏,名璋,歙人程某之女也,其母梦吞花叶而生。
幼极颖慧,九岁即好弄翰墨②,工诗文,日摹《曹娥》《麻姑》
诸帖③,书法尤称精楷④。性复喜植花,更爱花叶,能于如钱
莲叶,熨制为笺⑤,书《心经》一卷。

【注释】

①罗坤:字宏载,号萝村,清绍兴府会稽(今浙江绍兴)人。诸生。
康熙十八年(1679)举鸿博,未中。文章善纪游小品。精小学,
能篆刻,偶作竹木奇石,笔法似陈洪绶。著《萝村集》。事略见
《(乾隆)绍兴府志》卷五四。本篇选自《古今文绘》。又见《柳
亭诗话》卷二五。

②翰墨:笔墨。

③《曹娥》:即《曹娥碑》,又称《孝女曹娥碑》,本是东汉年间为颂扬
曹娥孝行美德所建的石碑。碑已不存,后世所传《曹娥碑帖》,一
为晋人墨迹摹刻的拓本,一为宋蔡卞重书,题作《后汉会稽上虞

孝女曹娥碑》。《麻姑》：即《麻姑仙坛记》，颜真卿楷书碑文代表
作，苍劲古朴，骨力挺拔，用笔时出"蚕头燕尾"，多有篆籀笔意。

④精楷：精美端正。

⑤笺：指小幅的纸张，可用来题咏、写书信。

【译文】

程弱文，名叫璋，是歙县人程某的女儿，她母亲梦到自己吞吃花叶
而生了她。她自幼十分聪慧，九岁便喜欢摆弄笔墨，擅长诗文，每天临摹
《曹娥》《麻姑》等书帖，书法尤其精美端正。她还很喜欢种植花卉，更
喜爱花叶，能把铜钱状的莲叶熨平制作成写字的纸张，在上面写了一卷
《心经》。

及笄，适里人方元白，伉俪甚欢。元白偕友人吴某，作
客广陵①。弱文忧形颜色，不能自已。尝作诗文，缄寄元白②，
元白开缄，辄闭户欷歔，怅惋累日③。一日平头复持缄至④。
友人伺其出，私启视之，乃制新柳叶二片，翠碧如生，各书绝
句一首。其一曰："杨柳叶青青，上有相思纹。与君隔千里，
因风犹见君。"其二曰："柳叶青复黄，君子重颜色。一朝风
露寒，弃捐安可测？"又有《染说》一篇、《原愁》一则寄元
白，文情绵恻⑤，媚楚动人。年二十一而卒，著有文集数卷，
歙人有传之者。元白伤悼过情，终不复娶，亦不复作客，遂
入天台山为名僧焉⑥。

【注释】

①作客：客居异地。

②缄（jiān）寄：封好后寄送。缄，为书信封口。下文指书信。

③怅惋：惆怅惋惜。

④平头：不戴冠巾的奴仆。

⑤文情绵恻：文章的情致缠绵悱恻。

⑥天台山：在今浙江天台北，东濒东海，多奇岩、飞瀑和云海胜景。山中多寺庙，为佛教天台宗发源地。

【译文】

　　程弱文十五岁时，嫁给了同乡的方元白，夫妻两人相处很融洽。方元白同友人吴某，前往扬州远游客居。程弱文脸上浮现出忧虑的样子，无法控制自己。她曾作诗文，封好后寄给方元白，方元白打开信封，就关上门独自唏嘘感慨，惆怅惋惜了多日。有一天，奴仆又带来了程弱文的信。他的朋友等他出去，偷偷地打开信件看，发现里面是两片新制的柳叶，如同树上新鲜的叶子一般青翠，每片叶子上书写着一首绝句。其中一首是："杨柳叶青青，上有相思纹。与君隔千里，因风犹见君。"其二是："柳叶青复黄，君子重颜色。一朝风露寒，弃捐安可测？"又撰写一篇《染说》、一则《原愁》寄给方元白，文章读来情感缠绵悱恻，文辞美好而情致苦楚，读之令人感动。程弱文二十一岁时就去世了，她曾撰写过数卷作品集，有歙县人传抄流传。方元白悼念她以至无法控制情感，于是终生不再娶妻，也不再出远门作客，后来到天台山出家，成为了一位著名的僧人。

　　张山来曰：吾邑有此闺秀，当访购其集而表章之①。

【注释】

①表章：同"表彰"。

【译文】

　　张潮说：我们歙县有这样的闺中才女，应该寻访并购买她的作品集，并表彰嘉赞。

薜衣道人传

陈鼎（定九）①

薜衣道人祝巢夫②，名尧民，洛阳诸生也③，少以文名。明亡，遂弃制艺④，为医，自号薜衣道人。得仙传疡医⑤，凡诸恶疮，傅其药少许，即愈。人或有断胫折臂者，请治之，无不完。若刳腹洗肠⑥，破脑濯髓，则如华陀之神⑦。

【注释】

①陈鼎：参见卷九《毛女传》注释。本篇选自陈鼎《留溪外传》卷九。又见魏之琇《续名医类案》卷三六引《虞初新志》、《（乾隆）河南府志》卷四八略引《虞初新志》。

②薜（bì）衣道人祝巢夫：其人号、字都暗寓隐士之意。薜衣，指用薜荔叶子制成的衣裳，原指神仙鬼怪所披的衣饰，后借以称隐士的服装。巢夫，尧时有隐士名巢父。

③洛阳：指洛阳县（今河南洛阳东北）。明、清洛阳县为河南府治。

④制艺：八股文。

⑤疡医：后世指治疮伤的外科医生。

⑥刳（kū）腹：剖开腹部。

⑦华陀：即华佗，汉末沛国谯（今安徽亳州）人。精通内、外、妇、儿、针灸各科，外科尤为擅长。他创制麻沸散，能破腹剪肠，施行外科手术。事见《后汉书·华佗传》《三国志·魏书·华佗传》。

【译文】

薜衣道人祝巢夫，名叫尧民，是洛阳县的秀才，年少时以擅长写文章而知名。明朝灭亡，便抛弃八股科考，做了医生，自号薜衣道人。他得到仙人传授的治疗痈疮的医术，大凡各种恶疮，在疮口上涂抹一些药，就能治愈。要是有人腿骨断裂、手臂折断,请他治疗,没有治不好的。至于剖开腹部、清洗肠子,破开头颅、濯洗脑髓,就如同华佗那般神奇。

里有被贼断头者,头已殊①,其子知其神,谓家人曰:"祝巢夫,仙人也,速为我请来。"家人曰:"郎君何妄也? 颈不连项矣②,彼即有返魂丹③,乌能合既离之形骸哉④?"其子固强之而后行。既至,尧民抚其胸曰:"头虽断,身尚有暖气。暖气者,生气也;有生气,则尚可以治。"急以银针纫其头于项,既合,涂以末药一刀圭⑤,熨以炭火⑥。少顷,煎人参汤,杂他药,启其齿灌之。须臾,则鼻微有息矣。复以热酒灌之,逾一昼夜,则出声矣。又一昼夜,则呼其子而语矣。乃进以糜粥,又一昼夜,则可举手足矣。七日而创合,半月而如故。举家拜谢,愿以产之半酬之,尧民不受。后入终南山修道⑦,不知所终。无子,其术不传。

【注释】

①殊:断绝,分开。

②颈不连项:指脖子不能相连。颈,头和躯干相连接的部分,亦称"脖子"。项,颈的后部,泛指脖子。

③返魂丹:传说中能起死回生的丹药。

④形骸:人的躯体。

⑤刀圭:古代量取药物的用具。

⑥熨:烫烙,烘烤。

⑦修道:指道家修炼以求成仙。

【译文】

同乡有人被贼人砍断了头颅,头已离开身体,这个人的儿子知道祝尧民手段很神异,便告诉家人说:"祝尧民是仙人,快点帮我把他请过来。"家人说:"郎君你说话太荒唐了,脖子都没有和头连在一起了,祝尧民就是有起死回生的丹药,怎么能把已经分离的身体复合在一起呢?"这个人的儿子硬要家人去请,家人才去请祝尧民。祝尧民来了后,抚摸着这个人的胸部说:"头虽然断了,身体还有热气。热气,就是活人的气息;既有活人的气息,那就还可以治疗。"他急忙用银针把头缝缀在脖子上,缝合之后,涂抹上了一刀圭药末,再用炭火烘烤。不一会儿,又煎煮人参汤,掺和了其他药物,掰开那个人的牙齿把药灌了进去。功夫不大,那个人的鼻下便有了微弱的气息。又给他灌进热酒,过了一天一夜,那个人就发出了声音。又过了一天一夜,便能呼喊他的儿子说话了。于是家人给他喂粥,又过了一天一夜,就能够抬起手脚了。七天后,那个人的伤口愈合,半个月后便恢复如初。全家人向祝尧民跪拜以表谢意,愿意拿出一半家产来酬谢祝尧民,祝尧民拒而不受。后来,祝尧民前往终南山修炼道法,就不知道此后的下落了。他没有儿子,所怀异术就此失传了。

外史氏曰:世称华陀为神医,能破脑剒臂,然未闻其能活既杀之人也。乃尧民能之,不几远过于陀耶?孰谓后世无畸人哉[①]!

【注释】

① 畸人:神奇的人,仙人。

【译文】

陈鼎说:世人称赞华佗是神医,能剖开人脑、挖削手臂,但没有听说他能使已经被杀的人复活。祝尧民居然能使被杀之人复活,这不是远远超过了华佗吗?谁说后世就没有奇人呀!

　　张山来曰：理之所必无，事之所或有。存此以广异闻可耳。

　　又曰：使我得遇此公，便当以师事之。

【译文】

　　张潮说：从道理上讲肯定没有这样的事情，在实际情况中或许存在这样的事情。我收录这篇文章使读者增广见闻也是可以的。

　　又说：假使我能够遇到祝尧民，便要拜他为师。

刘医记

陈玉璂（椒峰）[①]

　　刘云山[②]，万历间医也，然当时其术未行[③]，身死三十七年，而名始著。陈子闻之曰："异哉！理可信哉？"客曰："杭州巨室某者，子患恶疾[④]，垂毙，其家已环而哭之。有一医突至，曰：'我刘云山也。'视毕而病者愈。赠以金，不受去，曰：'他日晤我于毗陵城之司徒庙巷[⑤]。'逾月，巨室子果至，觅云山。巷之老人曰：'子谬矣！云山死且三十七年矣。然云山生时信鬼神，曾梦授斯庙之神，募钱尚书地以广其祠宇[⑥]，因自为像于神旁，其形容尚可识也[⑦]。'巨室子跃入，惊顾骇愕，抱其像哭泣而去。由是吾郡之人，观者，拜者，祭祷者，奔走无虚日[⑧]，亦复有验。"

【注释】

　　①陈玉璂：参见卷十一《钱塘于生三世事记》注释。本篇目录注出

　　陈玉璂诗文集《学文堂集》,未见清康熙刻本传载。

②刘云山:刘朝宇,字济宇,号云山,湖广江陵(今湖北江陵)人,明万历间流寓常州武进县。其事见陆继辂《刘云山画象记》(《崇百药斋集》卷十五)、钱维乔《书刘先生事》(《竹初文钞》卷四)、赵怀玉《重装刘云山画像记》(《亦有生斋集》文卷六)。王士禛《池北偶谈》卷二十"刘云山"记刘云山治杭州子事在康熙五年(1666)。

③未行:未能流行于世。

④恶疾:难以医治的疾病。

⑤毗陵城之司徒庙巷:常州府城的司徒庙巷。毗陵城,指常州府城,可参见卷三《冒姬董小宛传》注释。司徒庙巷,据《(万历)常州府志》卷二记常州府城正素坊南有石皮巷,俗名总司徒庙巷。

⑥钱尚书:指武进人钱春,字若木,明崇祯时曾任户部尚书。事见《(乾隆)江南通志》卷一四二、《(光绪)武进阳湖县志》卷二一。钱维乔《书刘先生事》记"所谓钱尚书,即予五世祖讳春者也"。(《竹初文钞》卷四)

⑦形容:外貌,模样。

⑧虚日:空闲的日子,间断的日子。

【译文】

　　刘云山,是明万历时的医生,但是他活着时医术并没有流行于世,辞世三十七年后,他的声名才传扬开来。陈玉璂听说后说:"奇怪啊!按道理来讲这能让人相信吗?"有客人讲:"杭州有家豪门大户,这家的儿子身患重病,奄奄一息,他家人已经围在他身边嚎啕大哭了。有一个医生忽然登门,说:'我是刘云山。'诊病之后,病人就被治好了。这家用钱财酬谢他,刘云山没有接受便离开了,临走时还对病人说:'改日到常州府城的司徒庙巷来见我。'过了一个月,大户家的儿子果然到了司徒庙巷,寻访刘云山。巷中的老人说:'你弄错了! 刘云山已辞世三十七年了。但是刘云山活着时信奉鬼神,曾梦到司徒庙中的神灵授予他医术,他便慕求钱尚书的土地而拓宽了司徒庙,还在司徒庙神像旁造了自己的塑像,他的容貌至今还可以借塑像辨识。'大户家的儿子忙进入司徒庙,惊慌地张望到塑像后惶惧错愕,抱着刘云山的塑像哭泣不止,然后离去。自此,我们常州前往游观的、拜神的、祭祀祷告的人,往来行走于司徒庙从未间断,而且还很灵验。"

陈子闻之曰:异哉! 理可信哉! 虽然,使云山之术,得展于生时,吾固知云山之志可毕也。乃负其术而不遇其时,此云山之所以至死而犹不肯泯没者乎[①]? 虽其事近于荒唐怪异,君子亦当悯其志而姑信之也。康熙四年三月某日记。

【注释】

①泯没:淹没,掩盖。

【译文】

陈玉璂听闻后说:奇怪啊! 按理来说这是能相信的呀! 虽然如此,假如刘云山的医术在他活着时便得以施展,我想刘云山的志向肯定能实现了。刘云山身怀医术却不被时人赏识,这就是刘云山纵使辞世也不愿意就此埋没的原因吧? 尽管这事情接近于荒诞不经,奇异怪僻,士人们也应当怜悯刘云山的志向而姑且相信。清康熙四年三月某日记。

张山来曰:艺术果精[①],其为神也固宜。

【注释】

①艺术:技艺,指医术。

【译文】

张潮说:技艺果真高超精妙,他成为神灵也理所应当。

湖壖杂记

陆次云（云士）^①

净慈寺罗汉^②，其始止十八尊，吴越王梦十八巨人^③，而范其像^④。南宋时，僧道容增塑至五百尊，覆之以田字殿^⑤，殊容异态，无一雷同。焚香者按己年齿^⑥，随意数之^⑦，遇愁者愁，遇喜者喜。按罗汉之异，不止一端。烟霞洞后石壁^⑧，有石罗汉六尊，亦见梦于吴越王，乞完聚同气^⑨。王为补刻其一十二。又愿云《现果录》载^⑩：明时休宁赵贾^⑪，出海病疽^⑫，同舟者弃之穷岛。赵甦，匍匐至一大寺，见有异僧，问彼沙弥^⑬，知为罗汉。贾向一僧求其送归，僧曰："可入袖中。"即越海掷贾室中，飘然竟去。贾还，捐资造建初寺，画神僧之事于壁，以彰佛力^⑭。又明季太仓有一巨姓，老年无子，斋十万八千僧讫^⑮，有十八异僧，复来求食，家僮拒之^⑯。一僧竟入堂中，以指濡唾作行书，书其几曰："十八高人特地来，谓言斋罢莫徘徊。善根虽种无余泽^⑰，连理枝头花未开^⑱。"随书随成金字。家僮惊报，主人急出，僧已逝矣。巨姓顶礼诗几^⑲，积诚一载，忽见"未"字转动，自下而上，竟成"半"字，遂得一女。

【注释】

①陆次云：参见卷七《纪周侍御事》注释。本篇数则故事选自陆次云《湖壖杂记》。《湖壖杂记》一卷，此书续田艺蘅《西湖志余》而作，所记杭州之事多有考辨，如庆忌塔、夹城之类。但也有小说家的风格，颇多异闻。

②净慈寺：在今浙江杭州西湖南之南屏山北麓慧日峰下。五代后周显德元年（954）吴越国建，原名慧日永明院。寺内有罗汉堂，供奉小乘佛教的最高果位，即已断烦恼、超出三界轮回而受人天供养的罗汉尊者。

③吴越王：指吴越忠懿王钱俶，初名钱弘俶。张岱《西湖梦寻》卷四记："净慈寺，周显德元年钱王俶建，号慧日永明院，迎衢州道潜禅师居之。潜尝欲向王求金铸十八阿罗汉，未白也。王忽夜梦十八巨人随行，翊日，道潜以请，王异而许之，始作罗汉堂。"

④范：用模子浇铸。

⑤田字殿：西湖净慈寺罗汉堂中的一种罗汉排列模式与建筑模式，环楹回旋，状如田字，故俗呼"田字殿"。

⑥年齿：年纪，年龄。

⑦随意数之：任意挑一个罗汉，然后向下数数，等数到自己的岁数时便停下来，可依据遇到的这个罗汉的神态和功德占卜吉凶，预测运气。此即数罗汉的习俗，在民间较为盛行。

⑧烟霞洞：在今浙江杭州西南南高峰下。

⑨乞完聚同气：乞求修完所有的罗汉，让罗汉们聚集在一起。完聚，团聚，团圆。同气，气类相同者。这里指所有罗汉。

⑩愿云《现果录》：即戒显《现果录》。愿云，即戒显禅师，字愿云，别号晦山。俗姓王。吴伟业诗歌《赠愿云师》序记："师名戒显，字愿云，姓王氏，少为州诸生，乱后弃儒冠入道，先大夫同学友也。"戒显住杭州灵隐寺，撰《现果录》，又名《现果随录》，今存九十一则，其事皆陈善恶之报，旨在劝恶扬善，周亮工为之撰序。今见清康熙间说铃本。

⑪休宁：隋开皇十八年（598）置，属歙州。至明、清，休宁县属徽州府，今属安徽黄山市。赵贾：《现果录》记主人公为赵朝奉，朝奉为明、清当铺管事、店铺老板的雅称，接近商贾之意，故本文称作

赵贾。

⑫疽:毒疮。

⑬沙弥:梵语音译的略称。指初出家已受十戒、未受具足戒的男佛
　　教徒。

⑭佛力:指佛法所具有的救济众生的功力。

⑮斋:舍饭给僧人吃。太仓巨姓斋僧事见褚人获《坚瓠集》秘集卷二
　　"罗汉题诗"引《现果录》,然未见康熙间说铃本《现果录》。

⑯家僮:亦作"家童"。旧时对私家奴仆的统称。

⑰无余泽:没有遗留给后人的德泽。此处暗喻主人公没有子嗣。

⑱连理枝:两树枝条相连,常比喻恩爱的夫妻。花未开:暗寓主人公夫
　　妇没有女儿,此处以花喻指女儿。下文"花半开",暗喻有一女儿。

⑲顶礼诗几:双膝下跪,两手伏地,以头礼拜写着诗句的案几。

【译文】

　　杭州净慈寺的罗汉像,最初只有十八尊,乃是吴越王钱俶梦到了十
八位巨人,便在寺院中塑造了十八尊罗汉像。南宋时,僧道容增塑到五
百尊罗汉像,还在塑像外面覆盖着田字殿,五百尊罗汉容貌迥然,形态各
异,全然不同。到罗汉堂中焚香的人依照个人的岁数,随意选择一尊罗
汉向下数数,数完岁数后,遇到面貌愁苦的罗汉就代表愁闷,遇到外形喜
乐的罗汉就象征喜悦。考察罗汉的神异,不仅仅只有这一个例子。烟霞
洞后面的石壁上,原有六尊石罗汉,他们也出现于吴越王的梦中,乞求吴
越王能够让罗汉们团聚在一起。吴越王便在石壁上补刻了十二尊罗汉。
此外,戒显《现果录》记载:明代休宁县赵商人,航行出海时长了毒疮,
同船的乘客将他抛弃在一座荒岛上。他苏醒之后,爬到了一座大的寺院
里,看见有非同寻常的僧人,向沙弥询问,才得知是罗汉。他请求一位僧
人把他送回去,僧人便说:"你可以进入我的衣袖中。"僧人便渡过大海将
赵商人扔到家中,然后飘然而去。赵商人回到家,捐献资产修造建初寺,
在寺院墙壁上画上神僧的事迹,借以彰显佛教救济众生的功力。又记

载：明末太仓有一豪族，年纪大了却没有子嗣，给十万八千个僧侣舍饭完毕后，有十八位不同寻常的僧侣又来索要食物，家僮予以拒绝。一位僧人竟然进入堂中，用指头蘸着唾液写行书，在案几上写道："十八高人特地来，谓言斋罢莫徘徊。善根虽种无余泽，连理枝头花未开。"僧人一边写，案几上的字一边变成了金色字。家僮惊慌地禀报给主人，主人急忙跑出来，僧人却已经消失不见了。豪族向写着诗句的案几膜拜行礼，满怀虔诚地礼拜了一年，忽然发现诗句中的"未"字发生转动，上下颠倒掉转，竟然变成了"半"字，于是生了一个女儿。

　　明末，净寺一僧尝昼寝[1]，梦伽蓝语之曰[2]："有张姓新贵人至矣[3]，急迎之！"僧惊寤，旋往山门物色，见一书生倚松太息[4]。僧询之曰："君得无张姓某名乎？"书生曰："然！"僧急拉之曰："新贵人盍过我？"书生急谢曰："公勿误，我乃不取科举秀士也[5]。今八月初六日矣，诸试俱毕[6]，无计观场[7]，过此排闷，安得为新贵人耶？"僧曰："君之为新贵人，神告之矣。未录科[8]，易事耳，吾为尔续取[9]！"书生曰："续取须金。"僧曰："吾为若输金。"书生曰："吾观场无费，不如休也。"僧曰："吾为若措费，第得科名后无相忘足矣。"书生曰："斯何敢？"僧续名，为投卷、市参、授餐、僦寓[10]。场事毕[11]，又为卜筊于伽蓝[12]，得大吉，益喜跃。榜将发，拉书生曰："君候发榜，当必在我舍[13]。"书生曰："公无虑，我舍公，将安归？"于是轰饮彻夜[14]。将旦，僧先入城观揭榜[15]，果见姓名高列矣。驰归拉生赴宴[16]。至则再视，视上名虽是而籍则非，相顾错愕。生甚惭而僧甚悔，各不复顾，分道叹息而去。

【注释】

① 净寺：指净慈寺。

② 伽蓝：即伽蓝神。佛教寺院中的护法神。

③ 新贵人：指新近登科的举人。此处是在乡试举行之前预言张某即将成为举人。古代中了举人意味着踏入仕途，日后即使会试不中也有做学官、当知县的机会，故称新贵人。

④ 太息：大声长叹，深深地叹息。

⑤ 不取科举：意指不能参加乡试。秀士：秀才。

⑥ 诸试俱毕：指秀才参加乡试前的资格考试已经结束。明、清时期，提督学政每年要对省、府、州秀才进行资格考试，即科考、科试。凡科考一二等及三等小省前五名、大省前十名，允许参加乡试；其他考三等者和因故未参加科考的，以及有过失而罢黜的官吏、街头艺人、妓院之人、父母丧事未满三年的，均不准应试。通常在乡试之年的七月，还要在省城集中举行一次科试的补考，凡因故未能在各府参加科试的人，可乘此时来补考，通过补考后便可以参加乡试。

⑦ 观场：赴乡试。

⑧ 录科：指秀才通过提督学政举行的资格考试，即科试，准许参加更高一级的乡试。

⑨ 续取：即录遗。为他谋取科试补考的资格，以便他能有资格去参加乡试。

⑩ 投卷：将举子的文学作品择优编成长卷，投献给达官显贵或文坛名人以求得他们赏识，借以提高举子的知名度和及第概率。市参：未详。疑似参市，指抬高声名。授餐：提供饮食。僦（jiù）寓：赁屋寓居。

⑪ 场事：指科举考试。

⑫ 卜筊（jiào）：又作"卜珓"。占卜术的一种，用杯形器物，投掷于

地,视其仰覆以占吉凶。筊,占卜的用具。

⑬必在我舍:一定会放弃我,肯定不在乎我。

⑭轰饮:狂饮。

⑮揭榜:张贴考试录取名单。

⑯赴宴:指参加乡试发榜次日,宴请新科举人和内外帘官的鹿鸣宴。

【译文】

明朝末年,净慈寺的一个僧人白日睡觉,梦到伽蓝神对他说:"有个姓张的新晋举子到了,快去迎接!"僧人受惊醒来,立刻前往寺院山门去寻找,只见一个书生正靠在松树上大声叹息。僧人询问他:"你莫非是张某某吗?"书生回答:"是的!"僧人急忙拉着他说:"新晋举子怎么来我寺院了?"书生匆忙辞绝说:"您莫要弄错了,我是一个不能参加乡试的秀才。今天是八月初六,各种资格考试都已经结束,我却没有办法去参加乡试,便跑到这里排遣烦闷,如何能成为新晋举子呢?"僧人说:"你能成为新晋举子,这是伽蓝神告知我的啊。你没有通过科试而获取参加乡试的资格,这事很容易,我设法帮你取得参加科试补考的资格!"书生说:"补录需要钱财。"僧人说:"我给你捐献钱财。"书生说:"我没有参加乡试的费用,不如算了吧。"僧人说:"我给你筹集费用,只要你获得科举功名后不忘了我就可以了。"书生说:"这让我如何敢接受?"僧人帮助书生补录报名,又为他投送文卷、市中誉扬、提供饮食、租赁寓所。乡试考试结束后,又帮他向伽蓝神投筊占卜,卜得大吉大利的卦象,两人更加欢喜踊跃。将要公布科榜时,僧人拉住书生说:"等你看到公布的科榜后,肯定会不在乎我了。"书生说:"您不要忧虑,我不在乎您,又能去关注什么呢?"两个人便彻夜狂饮。天将黎明,僧人先跑到城中观看官府张贴乡试录取名单,果然看见张某某名列科榜了。他急速赶回,拉着书生进城等着去参加鹿鸣宴。两人到了张贴科榜的地方再仔细观看,发现上面的名字虽然是张某某但籍贯却不是他的,两人相互看着惊愕不已。书生非常惭愧,僧人则极为悔恨,两个人再也没看对方一眼,叹息着选择不同的道路离去了。

张山来曰:此当是寺僧平时势利炎凉①,故伽蓝恶
而戏之耳。

【注释】

①势利炎凉:喻人情势利,反复无常。

【译文】

张潮说:这应当是寺中的僧人平时趋炎附势、反复无常,所以伽
蓝神厌恶他,故意戏弄他罢了。

高丽寺者①,高丽国王为某世子所建也②。宋神宗时③,
国王尝祈嗣于佛,得一子,昼夜啼,惟闻木鱼声则暂止④。有
声自空中来,或远或迩,王命寻声所自起。愈寻愈遥,渡海
而南,倾耳清听,得之于武林镜湖之畔⑤。一僧端坐招提⑥,
静宣贝叶⑦,击鱼按节,梵韵清扬⑧。使者敬礼僧前,请涉朝
鲜以疗世子⑨。僧曰:"世子云何?"使告以故,且曰:"其臂
间湛然有'佛无灵'字,佛之所赐,而题识谓之无灵⑩,此何
说钦?"僧曰:"异哉!为尔往视。"渡海见王。王出世子,
僧合掌作礼⑪,世子笑而颔之。王异之,问何故。僧曰:"王
之世子,吾师也。吾师曾为比丘矣⑫,其先盖舆夫也。肩舆
得金,自给之外,每以余资投井底,积既久,金益多,出金建
刹于湖上⑬,遂为释⑭。吾钦其德为之徒。乃师一年跛,明
年盲,三年为雷击以死。吾深不平,因濡笔题'佛无灵'字
于其臂。孰意其生于此钦?"王曰:"审如是乎⑮? 佛有灵

矣！彼种种者,安知非夙生之孽？并报一世,而后偿其善果乎⑯?”因为建寺于其旧地,颜曰“高丽”⑰,且进金塔以表奇。因志失载,碑不存矣,余纪其略以贻主僧⑱。今寺惟无殿梁尚在⑲,人比之鲁灵光云⑳。

【注释】

①高丽寺:本名慧因寺,位于浙江杭州西湖西南岸之赤山埠附近,今称慧因高丽寺。后唐天成二年(927),吴越王钱镠始建。宋神宗时,高丽国的王子义天(大觉国师)前来杭州,在慧因寺中追随净源法师学习佛法。义天归国时,捐赠给寺院青纸金书《华严经》,并施金修建华严大阁藏塔以供奉佛经,此寺遂有慧因高丽寺之称。事见《佛祖统纪》卷十四、《释氏稽古略》卷四等。

②高丽:指王氏高丽,是朝鲜半岛古代国家之一。公元918年,王建成为高丽国王,他合并新罗、吞灭百济,实现了“三韩一统”。都城为开京(今朝鲜开城),1392年,李成桂废黜高丽恭让王自立,建立了李氏朝鲜。世子:此指高丽王的嫡子。和高丽寺有关的义天是高丽文宗王徽第四子,母为仁睿顺德王后。

③宋神宗:即赵顼。北宋英宗长子。宋治平四年(1067)即位。熙宁二年(1069)任王安石为参知政事,主持变法,以图富国强兵。元丰时,改革官制。屡遣将进攻西夏,灵州、永乐城之战皆大败,遂采守势。

④木鱼:佛教法器。相传佛家谓鱼昼夜不合目,故刻木像鱼形,用以警戒僧众应昼夜忘寐而思道。

⑤镜湖:指西湖。清郑光祖《一斑录》“西湖”条记:“镜湖广可十里,三面皆山,南与北犹无迭嶂,西则云林,天竺已在山中,虎跑、理安更在崇山峻岭之内。”

⑥招提：寺院的别称。

⑦贝叶：古代印度人用来写经的树叶，后借指佛经。

⑧梵韵：指诵读梵经之声。

⑨朝鲜：指高丽。

⑩题识：标记。

⑪合掌作礼：佛教徒合两掌于胸前行礼，表示虔诚和恭敬。

⑫比丘：梵语的译音，意译为"乞士"，指上向诸佛乞法，下从俗人乞食，是佛教出家"五众"之一。后来指已受具足戒的男性，俗称和尚。

⑬刹：梵语"刹多罗"的简称，佛教寺庙。

⑭释：指佛教徒，释迦牟尼的信徒。

⑮审：果然，真实。

⑯善果：好的果报。

⑰颜：指堂上或门楣上的匾额。

⑱主僧：寺院的住持。

⑲无殿梁：据《湖埉杂记》当作"无梁殿"。

⑳鲁灵光：鲁国的灵光殿。汉代鲁恭王建有灵光殿，屡经战乱而岿然独存。后来用"鲁殿灵光"称硕果仅存的人或事物。

【译文】

高丽寺，是高丽国王为某个嫡子修建的。宋神宗时，高丽国王曾向佛祖祈求赐子，得到了一个儿子，这孩子白天黑夜啼哭不止，只有听到木鱼的敲击声时才会暂时停止啼哭。忽然有个声音从空中传来，仿佛极为遥远，又仿佛近在耳边，高丽王命人顺着声音所传来的地方去寻找。高丽使者越是寻找，越是感觉声音的来处极其遥远，他渡过大海，来到大宋国的南方，侧着耳朵仔细听，发现声音来自杭州西湖畔。只见有一个僧人端坐寺中，平静地诵读佛经，他敲击木鱼合乎节拍，诵经的声音清亮高扬。高丽使者来到僧人面前礼拜致敬，请他前往高丽去治疗高丽国的王子。僧人说:"高丽王子是什么病症?"高丽使者告诉僧人王子啼哭不止的事情,还说:"王子的手臂上清晰地写有'佛无灵'三个字,这是佛祖赐予的孩子,但是他身上的标记却说佛祖没有灵验,这是什么缘故呢?"僧人说:"奇怪啊!我为你去诊视一下。"僧人渡过大海,拜见高丽国王。高丽国王抱出儿子,僧人向他合掌行礼问好,而高丽王子笑着点头。高丽国王觉得很奇怪,向僧人询问这是什么缘故。僧人说:"国王的儿子,前生是我的师傅。我的师傅曾经是比丘,他出家前是个轿夫。抬轿子挣到银两,除了养活自己之外,常把剩下的钱财投到井中,过了很长时间,井中的钱财越来越多,他便取出钱财在湖边修建了一座寺庙,然后出家为僧。我钦佩他的德行而成为他的徒弟。我刚拜师一年,师傅脚跛;此后一年,师傅眼睛失明;再到第三年,师傅被雷击中而死。我心中感到极为不平,便蘸墨用笔在他胳膊上写下'佛无灵'三个字。哪里会想到他投生到高丽国了呢?"高丽王说:"果真是这样吗?佛祖真是灵验啊!你师傅遭遇的种种事情,怎么知道不是他前生所作恶事的报应呢?已经报应了上一世,这一世就会得到好的果报了吧?"高丽国王因此在他原来居住的地方重新修建寺院,匾额题曰"高丽",还呈送金塔以彰显这座寺院的奇异。因为寺院的历史缺少记载,原有的碑文也已经不在了,所以我简略记载这些事情,并赠送给这座寺院的住持。如今这座寺院只剩下了无梁殿,人们把它比作汉代鲁国屹立不倒的宫殿灵光殿。

　　张山来曰:使其徒不于臂间书"佛无灵"三字,则佛竟无灵矣。

【译文】

　　张潮说:假若他的徒弟没有在他手臂上书写"佛无灵"三字,世人不知道他得以转世,那么佛终究是没有灵验了。

三茅观①，踞吴山之最胜②。按《茅山志》记茅君示现③，以云气为衣服，而不辨眉目。一道士曾于观前见一幻影④，与此说符，是灵奇不独茅山矣⑤。观中张三丰曾来寄迹⑥，故于其左肖三丰像⑦，建三仙阁⑧。中坐仙，平平耳；左立仙，首戴笠，玉质亭亭⑨，扶杖欲出；右睡仙，侧卧覆衾，曲肱加枕⑩，如得五龙蛰法⑪，而呼吸有声也。其境不凡，故仙踪恒集。万历时，有凌姓医者，事仙最虔，每以针术施人⑫，而不孳孳于利者⑬。过观中，见群乞儿席地会饮⑭。候值隆冬⑮，同云欲雪⑯，丐者且袒臂裸襟，握拳射覆⑰。凌异而视之。丐者授以一肴⑱。凌曰："吾不茹。"酌以一盏⑲。凌曰："吾不饮。"问何故，曰："以奉仙故。"一丐曰："勿强之。我辈醉，宜归矣！"飘然而散。所遗在地数荷叶，鲜翠如盘，似倾露珠而新出水者。凌思："木叶尽脱时焉得有此？丐者殆真仙，而以此贻我也？"拜而收之，珍藏什袭⑳。每行针㉑，先以针针叶上，疗疾即愈。人拟之徐秋夫㉒。至今其裔以针名世。

【注释】

①三茅观：位于杭州西湖东南的吴山。建于南宋高宗绍兴二十年（1150），始名宁寿观。元时遭毁，明初复建。此则三茅山诸事未见康熙二十二年（1683）宛羽斋刻本《湖壖杂记》传载，然见于光绪钱塘丁氏嘉惠堂《武林掌故丛书》本、《龙威秘书》本《湖壖杂记》"三茅观"。

②吴山：古称胥山，位于今杭州西湖东南。春秋时期，这里是吴国的南界，由紫阳、云居、金地、清平、宝莲、七宝、石佛、宝月、骆驼、峨

眉等十几个山头形成西南至东北走向的弧形丘冈,总称吴山。吴
山上修有三茅观,张岱《西湖梦寻》记:"三茅观,在吴山西南……
宋绍兴二十年,因东京旧名,赐额曰宁寿观。元至元间毁,明洪武
初重建。"

③《茅山志》:道教典籍,记录了历代在茅山修炼的诸位道教名流。
元代刘大彬撰。茅君:指传说中在句容句曲山修道成仙的茅盈、
茅衷、茅固兄弟。

④幻影:虚幻的景象。

⑤茅山:山名。在今江苏句容东南。原名句曲山。相传汉茅盈与弟
茅衷、茅固在此山采药修道,因此得名茅山。

⑥张三丰:名全一,一名君宝,号三丰。又号张邋遢。元末明初道士,
读书过目不忘,或言能日行千里。曾游武当,居宝鸡金台观,历襄、
汉,踪迹不定。明英宗赐号通微显化真人。

⑦肖三丰像:雕刻或塑造而成的张三丰像。

⑧三仙阁:在三茅观内。内有三尊张三丰塑像,一立、一卧、一坐。
后建筑遭到毁坏,被改建成天妃庙,庙内仍然塑有三仙像。

⑨玉质亭亭:姿态高洁美好,修长挺拔。

⑩曲肱加枕:弯着胳膊作枕头。

⑪五龙蛰法:即陈抟的华山睡功,道教内丹家的一种气功。陈抟撰
《华山十二睡功总诀》,创建抟聚真气的高级卧功。据明程百二
《方舆胜略》卷六记:"或云希夷之睡,乃五龙蛰法,龙所授也。"

⑫针术:中医针刺治病之术。施人:施救于人。

⑬孳孳:勤勉,努力不懈。孳,通"孜"。

⑭会饮:聚集饮酒。

⑮候:时节。

⑯同云:下雪前浓云密布,同天一色。典出《诗经·小雅·信南
山》:"上天同云,雨雪氛氛。"朱熹《诗集传》解释说:"同云,云一

色也。将雪之候如此。"

⑰射覆：古代一种猜物游戏，也往往用来占卜。《汉书·东方朔传》："上尝使诸数家射覆，置守宫盂下，射之，皆不能中。"颜师古注："数家，术数之家也。于覆器之下而置诸物，令暗射之，故云射覆。"射，猜度。

⑱一脔（luán）：一块肉。

⑲酌：斟酒。盏：小酒杯。

⑳什袭：重重包裹，指郑重珍藏。什，十，形容多。袭，重叠，把东西一层又一层地包裹起来。

㉑行针：用针疗疾。

㉒徐秋夫：南朝宋人。名医徐熙之子。他随父习医，尤其擅长针灸，他的儿子徐道度、徐叔向皆有医名。事见《南史》卷三二。

【译文】

三茅观，踞守杭州吴山最优美的山水之地。考《茅山志》记茅神君显现化身，他用云彩雾气制成衣服，让人无法辨识出他的眉眼容貌。有一个道士曾在三茅观前见到了一个虚幻的影子，这和《茅山志》的记载相符合，看来灵异神奇不仅仅是茅山才有啊。三茅观中曾有张三丰前来借居，因此在三茅观的左边有张三丰的塑像，还建有三仙阁。阁中有张三丰的三尊神像，中间的坐像，平常无奇；左边的立像，头上戴着斗笠，仪态高洁，身材挺拔，扶着手杖，逼真地仿佛就要动起来；右边的睡像，侧身躺在铺开的衾被上，弯着胳膊作枕头，好像学得了五龙蛰法，而他的呼吸声恍惚就在耳边。三茅观所在的地方非同寻常，因此总是出现仙人活动的踪迹。明神宗万历年间，有个姓凌的医生，侍奉仙人极其虔诚，常凭借自己的针刺之术施救于人，却不汲汲于谋取利益。凌医生有一次经过三茅观，看见观中有一群乞丐席地而坐，相聚饮酒。正值隆冬时节，浓云密布，大雪将至，乞丐们还袒露着手臂、敞开衣襟，握住拳头猜物嬉戏。凌医生感到很奇怪，便凑近察看。有个乞丐递给他一块肉。凌医生说："我不吃肉。"那个乞丐又给他斟了一杯酒。凌医生说："我不饮酒。"那个乞丐询问他不吃肉、不喝酒的原因，凌医生说："因为虔诚侍奉仙人的缘故。"又有一个乞丐说："不要勉强他。我们喝醉了，应该回去了！"那群乞丐便飘然散去。他们在地上留下了几片荷叶，荷叶鲜嫩翠绿如同玉盘，仿佛含着露珠、刚刚出水的样子。凌医生寻思："恰是草木之叶完全凋落的时候，哪里能够得到这新鲜的荷叶呢？或许乞丐是真正的仙人，想把这些荷叶赠送给我吗？"凌医生行礼拜谢后，拿起荷叶，十分珍重地收藏好。此后，他每次用针治病时，先把针扎在荷叶上，再用针治病时便能很快治愈病人。人们将他比作古代擅长针灸的名医徐秋夫。至今，凌医生的后人还以针术扬名于世。

一亩田，在武林门内。有谁庵者①，僧静然主之。静然晨夕焚修②，诵经不息。于顺治戊子元旦③，方宣梵呗④，有鼠窥于梁。嗣后每叩鱼声，其鼠即至；渐乃由梁及户，由户及几。僧呼："鼠子，尔来听经耶？"鼠即点首，蹲伏金经之右⑤，经止，乃徐徐去。率以为常，如是逾年。一日者，复来听经。经毕，向僧如作礼状，礼毕，寂然不动。僧抚之曰："尔圆寂耶⑥？"已涅槃矣。越数日，体坚如石，有栴檀香⑦。僧为制一小龛⑧，塔而瘗之⑨，如浮屠礼。

【注释】

①谁庵：在杭州城安国坊，据《（康熙）仁和县志》卷二三记吉祥寺"即今谁庵，在安国坊。宋乾德三年，睦州刺史薛温舍地为寺，立今额。治平二年改曰广福。高宗南渡复名吉祥，后废久。明万历间，僧静然即其旧址重建，更名谁庵"。

②焚修：焚香修行。

③顺治戊子：清顺治五年（1648）。

④梵呗（bài）：指以曲调诵读佛经，赞咏、歌颂佛德。

⑤金经：指佛经。

⑥圆寂：佛教语。梵语的意译，音译作"般涅槃""涅槃"。指诸德圆满、诸恶寂灭，以此为佛教修行理想的最终目的。故后称僧尼死为圆寂。

⑦栴（zhān）檀：即檀香。

⑧龛（kān）：供奉佛像、神位等的小阁子。

⑨塔而瘗之：即塔葬。僧侣去世后，修建砖塔，将遗体火化后埋葬在砖塔里，或把骨灰盒或部分尸骸放在被称为"灵塔"的"塔瓶"内。

【译文】

一亩田，在杭州城武林门内。这里有座谁庵，由僧静然主掌庵内事务。静然早晚焚香修行，诵读经文从不懈怠。清顺治五年正月初一，静然正诵读佛经时，发现有只老鼠在房梁上窥伺。此后，静然每次敲响木鱼，那只老鼠就会过来；它渐渐从房梁来到门户，又由门户来到放经的案几。僧人对它说："老鼠，你来听我诵经吗？"老鼠便点头称是，它蹲在佛经的右边，等诵经结束，便缓缓离去。从此老鼠听经成为常事，就这样过了一年多。有一天，老鼠又来听僧人诵经。诵经结束后，老鼠向僧人做出了行礼的样子，行礼结束后，便蹲在地上安静不动。僧人轻抚着老鼠说："你死了吗？"原来老鼠已经死了。过了几天，老鼠的遗骸如石头般坚硬，还散发出檀香的香味。僧人给它制作了一个小龛，并修建一座小塔将它安葬其中，依照佛家的丧礼仪式。

张山来曰：余亦曾于讲院听经①，竟不解所谓。而妇人女子，见其作点首会意状，殊不可解。然异类往往能之，则妇人女子听经会意，又不足奇矣。

【注释】

①讲院：讲经的寺院。

【译文】

　　张潮说：我也曾经在寺院中聆听僧人诵经，竟然不能明白是什么意思。但是听经的老妇少女，常看见她们做出点头领悟的样子，这实在是让我难以理解。然而动物常能听明白僧人的诵经，那么老妇少女聆听诵经时能有所领悟，也就不值得奇怪了。

　　吴山之最胜者①，曰紫阳山。径曲奥②，石玲珑，洞幽闳③，水潺湲④，岩秀刻⑤，故米芾书其石曰"吴山第一峰"⑥。仙境也，真仙出焉。宋嘉定间⑦，有丁野鹤者全真其处⑧。山麓有善姓，恒斋丁。一日丁受斋，不即去。忽有无赖子数辈⑨，掖一垂毙乞儿，投其家，众急走。无何，乞儿毙矣。善姓遑急，丁曰："无恐，盍闭我于静室⑩，闻弹指声，方出。"俄而，无赖之众复轰然集矣，声以毙命，裂眦攘臂。正欲劫其资，而毙者倏然自地起，趋出户。众呼之不应，拉之不止，追之不可及也。归于无赖之家，复告毙。众错愕，急散去。而丁弹指出室中，谢善姓，不复至矣。人由是知丁之奇。未几，召其妻王守素，付偈与别曰⑪："懒散六十年，妙用无人识。顺逆两俱忘⑫，虚空镇长寂⑬。"抱膝而逝。守素遂漆其尸⑭，遗蜕尚在⑮，不异生平。其妻后亦证道云⑯。

【注释】

①吴山之最胜者：此则吴山丁野鹤事未见康熙二十二年宛羽斋刻本《湖壖杂记》传载，然见于光绪钱塘丁氏嘉惠堂《武林掌故丛书》

本、《龙威秘书》本《湖壖杂记》"丁仙亭"。

②曲奥：曲折幽深。

③幽阒（qù）：同"幽闃"，幽静寂然。

④潺湲：水流动的样子。

⑤秀刻：形容山峰秀丽陡峭。

⑥米芾：北宋书画家。初名黻，字元章，号襄阳漫士、海岳外史等，祖籍太原（今山西太原），定居润州（今江苏镇江）。举止怪异，人称"米颠"。书法用笔爽劲豪迈，善画山水。

⑦嘉定：南宋宁宗赵扩年号（1208—1224）。

⑧丁野鹤：元杭州路钱塘（今浙江杭州）人。弃俗为道士，拜徐洞阳为师，居住在吴山紫阳庵。一日召妻子王守素入山，交给她自己写的四句诗，然后抱一膝坐逝，终年六十三。事见《（成化）杭州府志》卷四八"紫阳庵"。全真：此指出家为道士。

⑨无赖子：刁顽耍奸、为非作歹的人。

⑩静室：清静的屋子。

⑪偈：类似佛家偈颂的诗作。

⑫顺逆：人生的顺坦与艰难。

⑬虚空：天空，空中。暗指遨游天宇，升仙而去。

⑭漆其尸：以漆涂尸。是出家人保存尸体的方法之一。

⑮遗蜕：僧、道认为死亡是人遗其形骸而化去，故称其尸体为"遗蜕"。

⑯证道：悟道，领悟宗教的义理。

【译文】

杭州吴山群山中最美的地方，是紫阳山。小径曲折幽深，山石玲珑精巧，洞穴清幽寂静，泉水潺潺流动，岩壑秀丽陡峭，所以米芾曾在山石上题写"吴山第一峰"。这里是神仙的居所，仙人常出没于此。南宋嘉定年间，丁野鹤在紫阳山出家为道士。紫阳山脚下有户良善百姓，一直供饭给丁野鹤。有一天，丁野鹤在这户人家接受斋饭后，没有立刻离开。忽然有几个无赖恶棍,扶着一个快要咽气的乞丐,将他扔到良善人家,然后迅速逃走。没过一会儿,乞丐就死了。这家人惊慌焦急,丁野鹤说:"不用担心,何不将我关到一间静室,你听到我的弹指声后,再放我出来。"不久,众无赖再次嘈杂地聚集到这家,声称这家致人丧命,他们眼睛圆瞪几乎眼眶要裂开,捋起衣袖,十分激愤。正打算抢劫这家钱财时,那个已死的乞丐猛然从地上爬了起来,跑出门外。众无赖呼喊乞丐,乞丐也不回应;用手拉乞丐,乞丐也不停止脚步;追赶乞丐,却没办法追上。那乞丐跑到无赖家,再次倒地死去。众无赖惊慌失措,急忙跑开。丁野鹤在静室中弹指,便被放了出来,他向这家人道谢,此后再没有来过这里。人们自此才知道丁野鹤的神奇。不久,丁野鹤叫来他的妻子王守素,赠给她一首诗道别,诗云:"懒散六十年,妙用无人识。顺逆两俱忘,虚空镇长寂。"他便抱着膝盖辞世了。王守素便将他的尸体涂上漆加以保存,丁野鹤的遗骸至今尚存,看上去和活着时没有什么差别。丁野鹤的妻子后来也领悟了道法。

张山来曰:此日假人命最多,安得丁仙遍满人间也?

【译文】

张潮说:现在虚假的人命案子非常多,如何能得到丁野鹤这样的仙人去游遍人间来惩治造假者呢?

崇祯末年①,有江右客,寓珠宝巷。携一朱盒,中藏碧草一本②,上有生就小龙,其大如指,长逾三寸,光似淡金,鳞角爪牙,无一不备,循枝盘绕,气色如新。博物者不知其所从出③。时潞王播越在浙④,售其府中。按潞王名敬一⑤,精通释典,名潞佛子⑥。工书善画,尤精于兰,至今有石刻留虎跑寺⑦。制为"潞琴",前委两角⑧,材最精良。其府中颇蓄异物:有沸水石⑨;有竹节盆,其大如轮;有纯阳像⑩,乃仙笔也,风右则须飘而左,风左则须飘而右;有舍利一颗⑪,晦夜放光,视其燥湿,可占晴雨;有四面观音一尊,得之大鳖腹中者,王之绣佛长斋⑫,从剖鳖得佛像始。而后陵谷变迁⑬,不知其乌有矣。

【注释】

①崇祯末年:此则崇祯末年珠宝巷江右客事未见康熙二十二年宛羽斋刻本《湖壖杂记》传载,然见于光绪钱塘丁氏嘉惠堂《武林掌故丛书》本、《龙威秘书》本《湖壖杂记》"珠宝巷"。

②本:草木的根或靠根的茎干。

③博物:通晓众物。

④潞王:明朝的藩王潞王。此处指潞王朱常淓,字敬一,潞简王朱翊镠之子,明万历四十六年(1618)袭封潞王。明亡之年逃难到杭州,在南明弘光帝被清兵俘虏后自称监国,后来开城降清,清顺治三年(1646)被斩杀于燕京。事略见《小腆纪传》卷九《潞王常淓》。播越:流亡,流离失所。

⑤名:此指字。清丁丙《善本书室藏书志》卷十七《潞藩新刻述古书法纂》注:"是书为明潞王朱常淓撰,常淓字敬一,穆宗之后。"

⑥佛子:称慈善的人。清梁绍壬《两般秋雨庵随笔》卷一:"本朝定两浙,潞王首先投诚,救免一城生灵,杭人德之,呼为潞佛子。"

⑦石刻:指石头刻的兰花。潞王善画兰花,据清叶廷琯《明潞王画兰石刻拓本》序记:"虎丘云岩寺、西湖虎跑寺皆有石刻。虎丘本款题'庚辰秋仲,写于万卷书斋',后署'敬一'二字。起首长印曰'潞王敬一主人中和父宝'。西湖本亦题庚辰年作,惟多诗二十

字。"虎跑寺：即虎跑定慧寺，位于杭州西南大慈山。唐宪宗元和十四年（819），寰中禅师结庵于此。唐宪宗赐号曰广福院。唐宣宗大中八年（854）改称大慈寺，唐僖宗乾符三年（876）加'定慧'二字。历代屡毁屡建，明嘉靖二十四年（1545），山西僧永果重修寺院，后来皆以寺内虎跑泉而称作虎跑寺。

⑧前委两角：琴的前端有两个弯曲的木角。委，弯曲。俞樾《茶香室丛钞》卷二二："国朝张道临《安旬制记》云潞王好鼓琴，其所制前委两角，材特精良。崇祯年愍帝尝出宫中古琴赐之，后流落人间，并称潞琴。"

⑨沸水石：据清卢秉钧《红杏山房闻见随笔》卷二十所略引，"沸水石"后有"贮水中，水自沸"。

⑩纯阳：指吕岩，字洞宾，道号纯阳子，道教全真派祖师。俗传为八仙之一。相传唐懿宗咸通中，登进士第。后游京师，遇钟离权，授以丹诀。喜戴华阳巾，衣黄白襕衫，系大皂绦。后移居终南山修道，成为道教全真北五祖之一。

⑪舍利：原指释迦牟尼佛遗体火化后结成的坚硬珠状物。后泛指佛教徒火化后的遗骸。

⑫长斋：长期素食。

⑬陵谷变迁：比喻自然界或世事巨变。这里指明室沦亡，江山易鼎。

【译文】

明崇祯末年，有个江西人，客居在杭州的珠宝巷。他携带着一个朱红色盒子，盒中藏着一根绿草茎干，上面生长着一条小龙，大小如同手指，长度超过三寸，发出淡金色光芒，龙的鳞角爪牙等特征全部具备，绿草枝干盘绕回旋，姿态颜色好似鲜活。通晓万物的人也不知道这根绿草的来历。当时，潞王朱常淓逃亡到浙江一带，江西人便将它卖给了潞王府。我考索潞王字敬一，精通佛教经典，人称潞佛子。潞王通书法、精绘画，尤其擅长画兰花，至今还有刻在石头上的兰花留在杭州虎跑寺。他制作了"潞琴",琴的前端有两个弯曲的角,材质极为精良。潞王府中储藏了很多奇珍异宝:有沸水石;有竹节盆,大如车轮;有吕洞宾像,如同仙家手笔,风从右边吹来吕洞宾的胡须便飘向左边,风从左边吹来吕洞宾的胡须便飘向右边;有一颗舍利,能在暗夜中散发光芒,观察舍利的干燥与湿润,能推断天气是晴是雨;有一尊四面观音,得自大鳖的腹中,潞王在佛像前吃斋修行,就是从大鳖腹中剖出佛像开始的。此后,社会动乱,江山易鼎,不知道那些奇物都到了哪里。

　　藩司治前有百狮池①,甚深广。顺治八年季冬②,群儿绕栏嬉戏,忽见赤蟹浮于池上。共讶严寒焉得有此?遂钩取之。有囊吞钩而起,举之甚重,视之,一肢解人也。急报藩伯③,藩伯陈姓,曰:"蟹具八足,此间岂有行八之人,与名八之地乎?"一卒曰:"去司不远,八足子巷中有丁八。"藩伯曰:"速捕之!"至则遁矣。廉得巷中有皮匠妇④,与丁八有私,而匠复数日不见,邻人疑而举之。捕匠妇,一讯而伏:诚与丁八成谋,以皮刀磔匠而沉之池⑤,将偕奔而未遑也。狱成⑥,究不得八。藩伯旋开府粤西⑦,偶至一山寺,寺僧具迎。随开府者一童子,忽执一僧曰:"杀人丁八在是矣!"僧失色。开府曰:"若安识之?"童子曰:"余邻也,虽变服而貌不可变。"童子盖浙人,而挈之以适粤者也。既得八,械送之浙⑧,同伏法⑨。穷凶冤债⑩,虽髡发万里之外⑪,其能避乎?

【注释】

①藩司治:指承宣布政使司衙门,布政使办公的地方。据《(民国)杭州府志》卷二十记浙江承宣布政使司衙门在杭州清河坊内。

　　布政使司大门前有百狮池,西通西湖,池周围有九十只石狮,池正中修有石桥。此则藩司治前百狮池事未见康熙二十二年宛羽斋刻本《湖壖杂记》传载,然见于光绪钱塘丁氏嘉惠堂《武林掌故丛书》本、《龙威秘书》本《湖壖杂记》"百狮池"。

②季冬:冬季的最后一个月,农历十二月。

③藩伯:明、清时指布政使。按《(雍正)浙江通志》卷一二一记辽东人陈维新在清顺治五年(1648)任浙江布政使,应即文中的藩伯。又《东华录·顺治九》记顺治四年(1647)冬十月"甲申,以陈维新为浙江左布政使",十月授命,约在翌年初上任。陈维新,号灿宇,辽东人,其事略见《(乾隆)盛京通志》卷三四。

④廉:通"覝",考察,查访。

⑤磔(zhé):分裂人的肢体。

⑥狱:罪案,官司。

⑦开府粤西:在广西担任巡抚,成立府署。开府,清代指出任外省的督抚。粤西,指广西,因位于古百越(粤)地西部而得名。

⑧械送:加刑具押送。

⑨伏法:依法处以死刑。

⑩穷凶:极端凶恶。

⑪髡发:指剃发为僧。

【译文】

　　浙江布政使司衙门前有个百狮池,池子深邃广阔。清顺治八年十二月,一群小孩绕着水池栏杆嬉戏玩乐,忽然看见有红色螃蟹浮出水面。小孩们都惊讶严寒天气怎么会有螃蟹呢?于是用钩子钓取螃蟹。钩子钓起了一个布囊,向上拉的时候非常重,拉上来一看,是一具被肢解的尸骸。小孩们赶紧禀报给布政使,布政使姓陈,说:"螃蟹有八条腿,这里难道有排行第八的人,以及名叫八的地方吗?"一个衙役说:"距离布政使司不远的地方,八足子巷中有个人叫丁八。"布政使说:"火速抓捕他!"

衙役到的时候，丁八已经逃跑了。衙役们查得八足子巷中有个皮匠的妻子，和丁八私通，而皮匠已经失踪多日了，邻居们得知官府抓捕丁八，心生怀疑便检举了此事。衙役抓捕了皮匠妻子，经陈布政使审讯后认罪：她的确与丁八谋杀皮匠，用皮匠的刀具肢解了皮匠尸体并将碎尸沉到百狮池中，两人打算一起私奔但还没来得及。案情审明，却未能追查到丁八的下落。陈布政使很快调任广西巡抚，他偶然来到一座山寺，寺中的僧人全都出来迎接他。跟随陈巡抚的一个童仆，忽然拉住一个僧人大喊："杀人犯丁八在这里啊！"僧人脸色大变。陈巡抚问童子："你怎么认识丁八？"童仆回答："我是丁八的邻居，即使丁八换装易服，他的容貌也不可能改变。"童仆是浙江人，跟随陈巡抚到广西赴任。陈巡抚抓捕到丁八后，便给他戴上刑具押送到浙江，让他和皮匠妻子一起依法被处死。极端凶恶的杀人罪孽，即使跑到万里外剃发出家，难道能逃避惩罚吗？

武林山之最高者①，独推五云②。惟高斯寒，故宋时山僧，每在腊前进雪。崇祯癸未③，时当重九，有数书生约登此山，以作龙山之会④。贾勇而上⑤，休息庙中，为时正早。庙祀五通之神⑥。一生戏拈神筶卜曰⑦："我辈今日得入城否？"筶语答以"不能"。书生睨视阶辈⑧，大笑曰："何神之有灵？刻尚未午⑨，而云我辈不得归家耶？"随步下⑩，至一溪头，见双鲫游泳，迥异凡鱼，书生共下捕之。或远或近，或潜或跃，或入手中，泼剌又去⑪。书生以必得为期，脱衣作网，濡手沾足，良久得之。贯以柳枝，携出山麓，至南屏酒家⑫，而月上东山，禁门扃钥矣⑬。因命童子烹鱼取醉，遣此良夜。童子谓："鱼游釜中，久之不熟。"命童子添薪益火，而其游如故，又加踊跃，有碎釜声。书生急往视之，俨然鱼也,取出乃木笼耳。因共惊悔。翌日归筊庙中,以牲醴祷神而去⑭。

【注释】

①武林山:即今浙江杭州西灵隐、天竺诸山的总称。南宋周密《武林旧事》卷五"武林山"记"又名灵隐山,又曰灵苑山,又曰仙居山,有五峰"。此则故事又见《坚瓠集》秘集卷一引《北墅手述》;又清景星杓《山斋客谭》卷六"钵盂潭五通神"条所记五通祠木笅化鱼事与此则相似,其时记为清康熙中。

②五云:五云山,是杭州西群山中的一座山峰。明田汝成《西湖游览志》卷二四记:"五云山,去城南二十里,高数百丈,周十五里。五峰森列,驾轶云霞,盘曲而上,凡七十二湾。俯视南北两峰若双锥,朋立长江,带绕西湖,鉴开帆樯,扰扰烟雾间,若鸥凫出没。"

③崇祯癸未:明崇祯十六年(1643)。

④龙山之会:龙山会,指重阳登高聚会。典出《晋书·孟嘉传》,桓温曾在九月九日大聚僚佐于龙山。

⑤贾勇:鼓足勇气。贾,卖,指自己尚有余勇,可以出卖。

⑥五通之神:旧时江南民间供奉的邪神。传说为兄弟五人。其别称甚多,有"五通""五圣""五显灵公""五郎神"等。《西湖游览志》卷二六:"杭人最信五通神,亦曰五圣,姓氏源委俱无可考。但传其神好矮屋,高广不逾三四尺,而五神共处之,或配以五妇。凡委巷若空园及大树下多建祀之,而西泠桥尤盛。"

⑦笅(yào):用同"珓"。占卜用具。

⑧晷:按照日影测定时刻的仪器。

⑨刻:日晷上的计时刻度,泛指时间。午:午时,上午十一点到下午一点。

⑩随步:信步。

⑪泼剌：象声词。

⑫南屏：山名。为西湖胜景之一。

⑬禁门扃（jiōng）钥：指杭州城门已经关闭。扃钥，关闭，锁闭。

⑭牲醴：指祭祀用的牺牲和甜酒。

【译文】

　　杭州武林群山最高的山峰，独推五云山。只有五云山最为高耸寒冷，因此宋代的五云山僧人，每年都在腊月前向朝廷供奉山上的白雪。明崇祯十六年，正值九月九日，有数位书生相约攀登五云山，来举办登高宴会。大家鼓足勇气向上攀登，在山上的神庙中休息，这时时间还早。这座庙祭祀五通神。有一个书生开玩笑地拿起庙中的木菟占卜问询："我们今天能进城回家吗？"木菟呈现的卦象是"不能"。书生斜视阶前的日暑，大笑说："神有什么灵验的？时间还没有到午时，为何说我们今天没法回家呀？"众人信步下山，到了一条小溪边，看见水中有两条鲫鱼在游动，它们和普通的鱼差别很大，书生们都下水捕捉。鲫鱼时而遥远时而凑近，时而潜水时而跳跃，有时到了手中，泼剌一下又逃脱了。书生们期盼着一定捉到鱼儿，就脱下衣服结成鱼网，手脚都被水沾湿，过了很久才捕获鱼儿。书生们用柳枝将鱼穿了起来，带着鱼儿来到山脚，前往西湖南屏山的酒家，此时月亮已经爬上东山，城门也已经关闭。因此，众书生便让童仆烹饪鱼儿，买酒图醉，消遣这美好的夜晚。过了会儿，童仆回禀说："鱼在锅中游动，煮了很久都没熟。"书生们便让童仆添加柴薪增加火势，但鱼儿依然像刚才一样游动，还跳跃起来，并传来锅碎的声音。众书生急忙去查看，看着好似是鱼，从碎锅中取出时发现鱼儿居然是木菟。众书生都惊讶悔恨。第二天，他们将木菟送回到五云山的庙中，用牺牲和甜酒祭祀五通神以祈祷，然后离开了。

　　超山在皋亭山北①，山不深而穴虎。顺治十八年冬月，有僧闻虎啸，欲拽杖往伏之②，竟为所噬③。其徒延虎师捕虎。师江右人,捕虎有年矣。初造阱,即知当获七虎。每获一虎,乡人赠之以金。其法以羊置阱中,鸣以相诱,煮青螺斗许,遍撒山隅。虎至,伥鬼导之④。伥见螺,贪剔螺肉,忘为虎护。虎遂孤行,即误入阱,虎师遂束之以归。盖僧之徒,隔山遥望,所见如此。越月,师云:"今日当获第七虎矣!"乡人益以金为赠。师怀金纵步往视⑤。虎在阱中大吼一声,猛如霹雳。忽阱外二伏虎,自草中起,各衔师一足,中裂其体而去。夫擒虎乃祛害也,虎宜不能与师仇。而卒为之害者,意者有祛害之心⑥,而因之以为利欤?吁嗟! 虎师知虎之死于阱中,不知己亦殉于阱外也!

【注释】

①超山:在今浙江杭州北,是临平与塘栖间最高的山。皋亭山:在今浙江杭州。高百余丈,出云则雨。山上有华严寺、崇善灵慧王祠。历代为防守杭州的要隘。此则超山虎事未见康熙二十二年宛羽斋刻本《湖壖杂记》传载,然见于光绪钱塘丁氏嘉惠堂《武林掌故丛书》本、《龙威秘书》本《湖壖杂记》"超山"。

②杖:僧人外出游行或日常居住时,常会携带锡杖,以驱遣蛇虫,保卫自己,也是僧人身份的标志。

③噬:咬,吞。

④伥鬼:旧时迷信传说,谓人死于虎,其鬼魂受虎役使者为"伥鬼"。

⑤纵步:漫步。

⑥意者:表示测度,大概,或许,恐怕。

【译文】

超山位于皋亭山的北边,山不深邃,但山洞中藏有老虎。清顺治十八年冬天,有个僧人听到虎啸声,想带着锡杖去降伏老虎,竟然被老虎给吃掉了。僧人的徒弟请擅长捕捉老虎的人来捕虎。捕虎人是江西人，捕捉老虎已经多年了。他起初挖陷阱时，便知道应当能捕获七只老虎。每当捕获到一只老虎，当地人便酬赠钱财。他的捕虎方法是把羊放到陷阱中，让羊叫来诱惑老虎，还煮了一斗多的青螺，撒满山中的角落。老虎来的时候，前面有伥鬼引导。伥鬼见到青螺，贪婪地挖出青螺肉来吃，忘记护卫老虎。老虎就独自行走，不慎落到陷阱中，捕虎人便捆绑住老虎，把它带了回来。这是僧人的徒弟隔着超山远远眺望，所看到的大致情形。过了一个来月，捕虎人说："今天应当捕获第七只老虎了！"当地人拿出更多的钱财作为馈赠。捕虎人怀揣钱财漫步去察看陷阱。老虎在陷阱中大声吼叫，如同霹雳般威猛震耳。忽然，从陷阱外的草丛中跳出两只潜藏的老虎，每只老虎咬住捕虎人一只脚，从中间撕开捕虎人的身体，然后离去。擒捕老虎是为民除害，老虎也应该不能对捕虎人产生仇恨。但捕虎人最终被老虎所杀，恐怕是因为他虽然有为民除害的心思，却想着通过捕虎来谋取利益吧？哎呀！捕虎人知道老虎会死在陷阱中，却不知道自己也会陪着老虎死在陷阱之外吧！

　　张山来曰：人为虎所食，其鬼为伥，理应仇虎；乃不惟不仇之而已，而反为之用，何耶？吾乡素多虎，猎师亦必以饵诱伥，然未闻其为虎所害也。

【译文】

　　张潮说：人被老虎吃掉后，他的鬼魂变成了伥，按理来说他应当仇恨老虎；可他不仅不仇恨老虎，还反而为老虎所驱使，这是为什么呢？我故乡向来有很多老虎，猎人也必会用饵食诱惑伥鬼，但未曾听说猎人被老虎杀害的事。

看花述异记

王晫（丹麓）^①

　　湖墅西偏^②，有沈氏园，茂才衡玉之别业也^③。茂才性爱花，自号"花遁"。园故多植古桂、老梅、玉兰、海棠、木芙蓉之属，而牡丹尤盛。叠石为山，高下互映，开时荧荧如列星^④，又如日中张五色锦，光彩夺目。远近士女游观者，日以百数。

【注释】

①王晫：参见卷九《纪陆子容事》注释。本篇选自王晫《霞举堂集》。又见《丹麓杂著十种·看花述异记》，本篇亦收入《香艳丛书》。

②湖墅：位于今杭州市北的湖墅路沿途地区，又名北墅，可参考卷十《沈孚中传》注释。湖墅地区毗邻京杭大运河，是杭州的要津口岸与著名的商业区，商贾云集，有"十里银湖墅"之称。明代即有江桥暮雨、夹城夜月、陡门春涨、西山晚翠、花圃啼莺、皋亭积雪、白荡烟村、半道春红等"湖墅八景"。偏：侧。

③茂才：秀才。明、清时入府、州、县学的生员叫秀才，也沿用东汉的叫法称作茂才。衡玉之别业：沈衡玉的沈氏园。今见清吴衡照《莲子居词话》卷四"吾杭……又城北沈氏园古桂"，当指此沈氏园。别业，别墅。

④荧荧：光亮艳丽的样子。

【译文】

　　杭州湖墅的西边，有座沈氏园，是秀才沈衡玉的别墅。沈秀才生性爱花，自己取号作"花遁"。沈氏园中本来种植了古桂、老梅、玉兰、海棠、木芙蓉等花卉，而牡丹尤为繁盛。园中堆叠岩石而成假山，种植在高处、地下的花卉相互映衬,花开时节明亮艳美得如同天上罗布的星辰,又如同太阳下铺开的五彩锦缎,光彩夺目。远方近处前来游玩观赏的士人、女子,每天都有上百人。

三月十八日,予亦往观,徘徊其下,日暮不忍归。主人留饮,饮竟,月已上东墙矣。主人别去,予就宿廊侧,静夜独坐。清风徐来,起步阶前,花影零乱,芳香袭人衣裾①,几不复知身在人世。俄见女子自石畔出,年可十五六,衣服娟楚②。予惊问,女曰:"妾乃魏夫人弟子黄令徵③,以善种花,谓之花姑。夫人雅重君④,特遣相迓⑤。"予随问:"夫人隶何事⑥?"曰:"隶春工⑦,凡天下草木花片数之多寡,色之青白红紫,莫不于此赋形焉⑧。""然则何为见重也?"曰:"君至当自知。"因促予行。予不得已,随之去。

【注释】

①衣裾:衣襟。

②娟楚:形容衣服华美鲜丽。

③魏夫人:晋代司徒魏舒的女儿,名华存。幼时好道慕仙,嫁人后生育二子,得到仙人授予的《黄庭经》及丹药,后来托剑化形而去,被封为紫虚元君,世称南岳夫人。后代又把她视作花神之首。

④雅重:很器重,甚敬重。

⑤相迓(yà):相迎。

⑥隶:执掌。

⑦春工:春季造化万物之工。

⑧赋形:指赋予人或物以某种形体。

【译文】

　　三月十八日，我也前往沈氏园观赏花卉，在花下徘徊流连，傍晚时候还舍不得离去。主人便挽留我一起宴饮，饮完酒后，月亮已经爬上东边的墙头了。主人告别而去，我就借宿在长廊旁边的屋子，在这个寂静的夜晚独自坐在园中。此时清风缓缓吹来，我起身来到台阶前，风吹得花影零乱，花的芳香侵袭到我的衣襟，我几乎都忘记自己还在人世之中了。忽然间，我看见一位女子从石头旁边走出来，大约十五六岁，衣服华美鲜丽。我惊讶地问她是何人，那个女子说："我是魏夫人的弟子黄令徽，因为擅长种植花卉，被人称作花姑。魏夫人非常敬重先生，特意派遣我来迎接先生。"我随口问："魏夫人执掌什么事务？"她回答说："魏夫人执掌春季造化万物的事情，大凡天下草木花瓣片数的多少，颜色的青白红紫，没有不在魏夫人这里被赋予雏形的。""然而魏夫人为何敬重我呢？"女子回答说："你到了后自己就知道了。"便催促我出发。我无可奈何，便跟随她走了。

　　移步从太湖石后，便非复向路①。清溪夹岸②，茂林蓊郁③。沿溪行里许，但觉烟雾溟濛④，芳菲满目，人间四季花，同时开放略尽⑤。稍前一树，高丈余，花极烂熳⑥。有三女子，红裳艳丽，偕游树下，见客亦不避。予叹息良久。花姑曰："此鹤林寺杜鹃也⑦，自殷七七催开后⑧，即移植此。"又行数里，一望皆梅，红白相间，绿萼倍之。当盛处有一亭，榜曰"梅亭"，亭内有一美人，淡妆雅度⑨，徙倚花侧⑩。予流盼移时⑪，几不能举步。花姑曰："奈何尔？此是梅妃⑫。'梅亭'二字，犹是上皇手书⑬。幸妃性柔缓⑭，不尔，恐获罪！"予笑谢乃已。

【注释】

①向路：原来的路。

②夹岸：水流的两岸。

③蓊郁：草木茂盛的样子。

④溟濛：朦胧，模糊不清。

⑤略尽：将尽，指花的种类极多，各类花卉几乎都具备了。

⑥烂熳：同"烂漫"，色彩绚丽，杂乱繁多。

⑦鹤林寺：位于今江苏镇江黄鹤山下。旧名竹林寺，晋大兴四年（321）创建，南朝刘宋时改称鹤林律院。唐开元、天宝年间，有玄素禅师主持此寺，始改为鹤林禅寺。明永乐、弘治、万历三朝都曾重建。寺内有杜鹃花，极为有名，故清周亮工《因树屋书影》卷二记："京口鹤林寺杜鹃花，春开最盛。"

⑧殷七七：参见卷四《卖花老人传》注释。五代沈汾《续仙传》载唐代道士殷七七曾到镇江鹤林寺，催使寺内的杜鹃花在九月份盛放。

⑨雅度：高雅的风度。

⑩徙倚：徘徊，逡巡。

⑪流盼：流转目光观看。

⑫梅妃：唐玄宗的妃子。姓江，名采苹，敏慧能文，颇得宠。性爱梅，居所均植梅花，因名"梅妃"。后为杨贵妃所妒，失宠，死于安史之乱。

⑬上皇：指唐玄宗李隆基。唐玄宗在安史之乱后逃往西川，太子李亨即位，遥尊他为太上皇。

⑭柔缓：温和宽厚。

【译文】

我跟着她走到园中的太湖石后，走着走着便发觉已经不再是原来走的路径了。清澈的溪水两岸，茂盛的树林浓密葱茏。沿着溪水走了一里多路，只觉得烟雾朦胧迷离，满眼都是艳美鲜花，世间四季盛开的各类花朵，几乎都在这里同时开放。稍走一会儿，前面有一棵树，高有丈余，树上的花色彩十分绚丽。有三位女子，身穿艳丽的红衣，一同在树下游玩，见到客人来了也不回避。我在树下感慨了很久。花姑说："这是鹤林寺的杜鹃，自从道士殷七七催开杜鹃花之后，便从寺中移植到了这里。"又走了几里路，一眼望去都是梅花，红花白花相间，绿萼梅的数量更为繁多。梅花怒放之处有一座亭子，上面题曰"梅亭"，亭内有一位美女，妆饰素淡，风度高雅，在梅花树下徘徊。我流转目光看了她很久，几乎没有举步前行。花姑说："你怎么了？这是梅妃。'梅亭'二字，还是唐玄宗李隆基亲手题写的。幸亏梅妃性格温和宽厚，如果不是这样，恐怕你要得罪她了！"我笑着道歉才了结这件事。

　　行至一山，岩壑争秀，花卉殆与常异。听枝上鸟语，如鼓笙簧①。渐见朱甍碧瓦②，殿阁参差，两度石桥，乃抵其处。相厥栋宇③，侈于王者。傍有二司如官署，右曰"太医院"④。予大惊讶，问花姑曰："此处亦须太医耶⑤？"花姑笑曰："乃苏直耳。善治花，瘵者能腴，病者能安，故命为花太医。""其左曰'太师府'何？"曰："此洛人宋仲儒所居也⑥。名单父，善吟诗，亦能种植。艺牡丹，术凡变易千种，人不能测。上皇尝召至骊山，植花万本，色样各不同，赐金千两，内人皆呼'花师'，故至今仍其称⑦。"入门，由西街行百步余，侧有小苑，画槛雕栏。予遽欲进内，花姑虑夫人待久，不令入。予再三强之，方许。及阶，见一花合蒂⑧，浓艳芬馥，染襟袖不散。庭中有美女，时复取嗅之，腰肢纤惰⑨，多憨态。予不敢熟视。花姑曰："君识是花否？"予曰："不识也。"曰："此产嵩山坞中⑩，人不知名，采者异之，以贡炀帝⑪。会车驾适至,爰赐名迎辇花。嗅之能令人清酒⑫,兼能忘睡。"予曰:"然则所见美女,其司花女袁宝儿耶⑬?"花姑曰:"然!"遂出。

【注释】

①笙簧:笙的乐音。簧,笙中的簧片。

②朱甍(méng):朱红色的屋顶,往往是帝王宫室和道院、庙宇等建筑的颜色。碧瓦:青绿色的琉璃瓦。

③相厥栋宇:审视那屋檐和栋梁。厥,其,那里的。

④太医院:官署名。汉朝以来,太常寺设太医署或太医局。金始称太医院。元代太医院成为独立机构。明、清时太医院分大方脉、小方脉、伤寒、妇人、针灸等科,主要为宫廷服务。

⑤太医:古代宫廷中掌管医药的官员。

⑥宋仲儒:宋单父,字仲儒,唐代洛阳(今属河南)人。据柳宗元《龙城录》记载,他精通园艺,曾植千种牡丹,红白斗艳。又在骊山华清宫帮助李隆基种植万花,色态各不相同,人呼为花师。

⑦仍:因袭,沿袭。

⑧合蒂:即并蒂花,指两朵花并排地长在同一个茎上。

⑨纤惰:纤柔无力貌。

⑩嵩山:山名。在河南登封北,为五岳之中岳。古称外方、太室。坞:指山坞,山坳。

⑪炀帝:隋炀帝杨广。

⑫清酒:指由酒醉而清醒。

⑬袁宝儿:隋炀帝的宫女。曾有洛阳人献并蒂迎辇花,隋炀帝让袁宝儿护持此花,人称司花女。此事见《大业拾遗记》:"长安贡御车女袁宝儿,年十五,腰肢纤堕,骏憨多态,帝宠爱之特厚。时洛阳进合蒂迎辇花,云得之嵩山坞中。人不知名,采者异而贡之。

　　会帝驾适至，因以迎辇名之。"

【译文】

　　我们走到一座山下，山峦溪谷争艳竞秀，山上的花卉几乎都异于平常所见。只听枝上的鸟鸣之声，如同吹奏笙的乐音。随着脚步挪移，渐渐能看见红色的屋顶、青绿色的琉璃瓦，宫殿楼阁参差错落，过了两座石桥，才抵达魏夫人住的宫殿。观察那房屋建制，比王侯宅第还要奢华。魏夫人宫殿的旁边有两个像朝廷官署一样的地方，右边的名为"太医院"。我非常惊讶，问花姑："这里也需要太医吗？"花姑笑着说："这是苏直的住处罢了。他精通管理花卉，能使枯瘦干瘠的花变得肥硕茂盛，可让萎蔫病态的花变得生机盎然，因此被称作花太医。"我又问："左边的为何叫'太师府'？"花姑说："这是洛阳人宋仲儒的居所。他名叫单父，善于吟诗，也懂得种植花卉。他培植牡丹，其技术总计能养育出一千多种花卉，让常人难以料想。唐玄宗李隆基曾经召请他到骊山，让他种植了万种花卉，那些花的颜色、形态各不相同，还赏赐给他千两金子，宫内的人都称呼他为'花师'，因此至今还沿袭着这种称呼。"我们进入大门，从西街向前走了百余步，旁边有一座小花园，栏杆雕花彩饰，奢华繁美。我急忙想要入园，花姑担心魏夫人等待太久，不让我进入。我反复强求，她才允许。我踏上台阶，只见有一枝并蒂花，浓艳美丽，芳香扑鼻，那香味染到襟袖间久久不散。只见庭中站着一位美女，不时拿花来嗅闻，她腰肢纤细，姿态娇憨。我不敢仔细观看。花姑说："你认识这花吗？"我说："我不认识。"花姑说："这花出产于嵩山的山坳里，人们都不知道它的名称，采摘花的人感觉很奇怪，把这花进贡给了隋炀帝。恰逢隋炀帝的车驾到来，于是赐名为迎辇花。闻这花能让人醒酒，还能让人释劳忘睡。"我说："那么刚看到的美女，莫非是司花女袁宝儿吗？"花姑说："是的！"我们便走了出来。

　　复由中道过大殿。殿角遇二少妇，皆靓妆，迎且笑曰：

"来何暮也①?"花姑亟问:"夫人何在?"曰:"在内殿观诸美人歌舞奏乐为乐。客既至,当入报夫人。"予遽止之曰:"姑少俟。诸美人可得窃窥乎?"二妇笑曰:"可。"谓花姑:"汝且陪君子,我二人候乐毕相延也。"去后,予乃问花姑:"二妇为谁?"曰:"二妇本李邺侯公子妾②,衣青者曰绿丝,衣绯者曰醉桃。花经两人手,无不活。夫人以是录入近侍。"遂引予至殿前帘外,见丝竹杂陈,声容备善,正洋洋盈耳③。忽有美人撩鬓举袂,直奏曼声,觉丝竹之音不能遏。既而广场寂寂,若无一人。予闻之,不胜惊叹。花姑曰:"此永新歌④,所谓'歌值千金',正斯人也。"语未毕,闻帘内宣"王生入"。

【注释】

①暮:晚。

②李邺侯:李泌,字长源,唐代京兆(今陕西西安)人。唐肃宗即位,拜银青光禄大夫,辅佐重要政务,权逾宰相。唐德宗朝位至宰相。他喜谈神仙道术,又好空言,多遭权贵忌嫉排挤。封邺县侯,史称李邺侯。公子妾:李泌之子的妾室。明陈继儒《李公子传》记李泌之子有妾室数百,"绿丝、醉桃善种花,花经两人手无不活"(《陈眉公集》卷十三)。

③洋洋:形容声音响亮。

④永新:唐玄宗时期宫廷的歌伎。本名许和子,吉州永新县(今江西永新)乐家女。被选入宜春院,成为宫中女伎,遂以其籍贯名。善歌,能变化新声。五代王仁裕《开元天宝遗事·歌直千金》记:"宫伎永新者,善歌,最受明皇宠爱,每对御奏歌,则丝竹之声莫能遏。帝尝谓左右曰:'此女歌值千金。'"

【译文】

　　我们又从中间的大道来到大殿。在大殿角落见到两位年轻妇人，都是妆饰华美，笑着迎接我们说："怎么来得这么晚呢？"花姑急忙问道："魏夫人在哪里呢？"妇人回答："魏夫人正在内殿观看诸位美女歌唱舞蹈、演奏乐器来取乐。客人既然到了，应当进内殿去禀告魏夫人。"我匆忙阻止说："暂且等候一会儿。能偷偷看看诸位美女吗？"两位妇人笑着说："可以。"她们对花姑说："你先陪同先生，我们二人等待乐舞结束后再来延请先生。"她们走了后，我便问花姑："这两个妇人是谁？"花姑说："这两个妇人本是李泌儿子的妾室，穿青衣的人叫绿丝，穿红衣的人叫醉桃。经过两人养护的花卉，没有不成活的。魏夫人因为这个缘故将她们选为近身侍从。"于是便引领我来到宫殿前的帘幕之外，透过帘幕，只见各种乐器错杂陈列，美女的声音、容貌都很出色，那响亮的声音正充盈在我的耳边。忽然有位美女用手撩起发髻，抬起衣袖，直接唱出了轻柔曼妙的歌声，我感觉乐器演奏的声音都不能阻挡她的声音。过了一会儿，广阔的殿堂安静下来，好像没有一个人了。我听闻之后，惊叹不已。花姑说："这是永新唱的歌曲，前人所说的'歌值千金'，就是形容这个人的。"话还没说完，听到帘中传唤"让王生进来"。

　　予敛容整衣而进①，望殿上夫人，丰仪绰约②，衣绛绡衣③，冠翠翘冠④，珠珰玉佩，如后妃状。侍女数十辈，亦皆妖丽绝人。予再拜。命予起，曰："汝见诸美女乎？"予谢不敢。夫人曰："美人是花真身，花是美人小影⑤。以汝惜花，故得见此，缘殊不浅。向汝作《戒折花文》⑥，已命卫夫人楷书一通⑦，置诸座右。"予益逊谢。

【注释】

①敛容：正容。显出端庄的脸色。整衣：整理衣裳。表示态度庄重。

②丰仪绰约：风度仪表柔婉美好。

③绛绡衣：深红色生丝织成的衣服。

④翠翘冠：饰有状似翠鸟尾上的长羽的发冠。

⑤小影：此指表现或显示在外面的影像。

⑥《戒折花文》：王晫撰写的骈文，叙惜花、护花之意，"愿除风雨之炉，天下之美当为天下惜之，眼前之春，愿向眼前留却"（录于李渔《四六初征》卷十）。

⑦卫夫人：卫铄，字茂漪，东晋河东安邑（今山西夏县西北）人。汝阴太守李矩的妻子。精通书法，师法锺繇，尤擅隶书。王羲之曾跟她学习书法。通：量词，遍，番。

【译文】

我神情恭谨地整理衣裳，走进内殿，望见殿上的魏夫人，她风度柔婉仪态美好，身穿深红色的绡衣，头戴绿色翠羽冠，还佩戴着缀珠的耳饰和玉佩，如同宫廷后妃的装扮。身边的几十个侍女，也都是妖艳美丽，容颜绝世。我拜了又拜。魏夫人让我起身，说："你看见诸位美女了吧？"我道歉说愧不敢当。魏夫人说："美女是花的本体，花是美女的影像。因为你爱惜花木，所以能够看到它们的本体，这种缘分真是不浅。以前你曾作《戒折花文》，我已让卫夫人用楷书抄写了一遍，放在我的桌案右边。"我更加谦逊地道谢。

　　旋命坐，进百花膏。夫人顾左右曰："王生远至，汝辈何以乐嘉宾之心？"有一女亭亭玉立，抱琴请曰："妾愿抚琴。"一声才动，四座无言。泠泠然，抚遍七弦，直令万木澄幽，江月为白①。夫人称善，曰："昔于颐尝令客弹琴②，其嫂审声③，叹曰：'三分中，一分筝，二分琵琶，绝无琴韵。'今听卢女弹④，一弦能清一心，不数秀奴、七七矣⑤。"因呼太真奏琵琶⑥。予闻呼太真，私意当日称为"解语花"⑦，又曰"海棠睡未醒"⑧，不料邂逅于此。乃见一人，纤腰修眸⑨，衣黄衣，冠玉冠，年三十许，容色绝丽，抱琵琶奏之，音韵凄清⑩，飘出云外。

【注释】

① "泠泠然"几句：化用常建诗歌《江上琴兴》："江上调玉琴，一弦清一心。泠泠七弦遍，万木澄幽阴。能使江月白，又令江水深。"描写空明澄澈、宁静清空的弹琴境界。泠泠，形容声音清越、悠扬。澄幽，形容林木深邃幽静的样子。

② 于頔（dí）：唐代河南府（今河南洛阳）人。曾任湖、苏二州刺史，颇有政绩。累加检校左仆射、同中书门下平章事。后来坐事贬恩王傅，以太子宾客致仕。曾封燕国公。文中所引于頔听琴之事，出自唐李肇《国史补》："于頔司空尝令客弹琴，其嫂知音，听于帘下曰：'三分中一分筝声，二分琵琶声，绝无琴韵。'"

③ 审声：通晓音乐，能辨别音调。

④ 卢女：魏武帝时的宫人，善弹琴。隋杜公瞻《编珠》卷二引《古今注》："魏武闻有卢女者，年七岁，善琴，能为新声，帝乃召焉。"

⑤ 不数：不亚于。秀奴、七七：据唐赵璘《因话录》、宋王谠《唐语林》记李勉有两个宠奴，号秀奴、七七。两人皆擅弹琴，《因话录》云："惟二宠妓曰秀奴、七七，皆聪慧善琴，兼筝与歌。"

⑥ 太真：唐代杨贵妃的号。《旧唐书·后妃传》："时妃衣道士服，号曰'太真'。"

⑦ 解语花：会说话的花。唐玄宗曾称杨玉环是自己的解语花，语见

《开元天宝遗事·解语花》:"明皇秋八月,太液池有千叶白莲数枝盛开,帝与贵戚宴赏焉。左右皆叹羡,久之,帝指贵妃示于左右曰:'争如我解语花?'"

⑧海棠睡未醒:形容像海棠花一样娇美的睡觉姿态,亦指杨贵妃。语见宋释惠洪《冷斋夜话》:"上皇登沉香亭,诏太真妃子,妃子时卯醉未醒。命高力士从侍儿扶掖而至。妃子醉颜残妆,鬓乱钗横,不能再拜。上皇笑曰:'岂是妃子醉,真海棠睡未足尔。'"

⑨修眸:漂亮的眼睛。

⑩凄清:凄凉冷清。

【译文】

魏夫人旋即让我坐下,进奉百花膏。魏夫人回视两旁的侍从说:"王生远道而来,你们用什么技艺取悦嘉宾的心呢?"有一个女子身材修长挺拔,抱着琴请求说:"我愿意抚琴一曲。"她的琴声刚刚响起,在座的人就都安静无言了。那声音清越悠扬,弹遍七根琴弦,竟然让无数草木密林变得更为深邃幽静,江中的月影显得更加皎洁澄明。魏夫人称赞琴声,说:"昔日于頔曾经让客人弹琴,他的嫂子能辨别音声,叹息道:'把这演奏分成三分的话,其中一分是筝的声音,其余二分是琵琶的声音,里面绝没有琴的韵致。'现在听卢女弹琴,一根弦声响起能使人的心灵空明清澈一次,这不亚于秀奴、七七的技艺了。"又让杨玉环弹奏琵琶。我听到传唤杨玉环,私下想着杨玉环当初被称作"解语花",又叫作"海棠睡未醒",没想到今天在这里和她不期而遇。就看见有一个人,腰肢纤细,眼眸明亮,身穿黄色衣服,头戴玉冠,有三十多岁,容颜十分美丽,她抱着琵琶演奏,琵琶声凄凉冷清,仿佛飘荡到了云霄之外。

予复请拨筝①。夫人笑曰:"近来惟此乐传得美人情。君独请此,情见乎辞矣②!"顾诸女辈曰:"谁擅此技?"皆曰:"第一筝手,无如薛琼琼③。"寻有一女,着淡红衫子④,系研罗裙⑤，手捧一器，上圆，下平，中空，弦柱十二⑥，予不辨何物。夫人曰："此即筝也。"顷乃调宫商于促柱⑦，转妙音于繁弦⑧，始忆崔怀宝诗，良非虚语。

【注释】

①抽（chōu）：弹拨。

②情见乎辞：情感流露于言辞之间。

③薛琼琼：唐玄宗时的弹筝高手，被誉为教坊第一筝手。有狂生崔怀宝，作词赠薛琼琼曰："平生无所愿，愿作乐中筝。得近玉人纤手子，砑罗裙上放娇声，便死也为荣。"薛琼琼随其私奔，事发后被收赴阙，因杨贵妃求情，得唐玄宗恩赦而赐给崔怀宝为妻。事见宋曾慥《类说》卷二九、宋陈元靓《岁时广记》卷十七引张君房《丽情集》等。

④衫子：古代妇女穿的袖子宽大的上衣。

⑤砑（yà）罗裙：用砑罗制的裙。砑罗，一种用光石碾磨得紧密光亮的丝织品。

⑥弦柱：乐器绾丝之柱。

⑦调宫商：调试宫商音律，以定准音调。促柱：移动筝上的柱码，使弦更紧，以变音律。刚开始弹筝时，需要按压筝弦，移动筝上的柱码，调节音律。《艺文类聚》卷四四引汉侯瑾《筝赋》："急弦促柱，变调改曲。"

⑧繁弦：繁杂细碎的弦乐声。

【译文】

我又请求让人弹筝。魏夫人笑着说："近来只有筝的乐音能够传递美人的情意。你偏偏请求弹奏这个乐器，看来你的情感都溢于言辞了！"魏夫人回头看着诸位美女说："谁擅长弹筝呢？"众人说："弹筝排名第一的，非薛琼琼莫属。"一会儿，有一个女子，穿着淡红色衣衫，腰系砑罗裙,手中捧着一个乐器,上面圆,底下平,中间空,有十二根弦柱,我认不出是什么乐器。魏夫人说:"这就是筝。"片刻,那女子便移动筝上的柱码、调试宫商以定准音律,借助繁杂的弦乐声弹奏出美妙的乐音,我这才回想起崔怀宝写的赞誉薛琼琼的词作,看来崔怀宝所赞的确没有虚夸。

曲才终,又有一女,抱一器,似琵琶而圆者,其形象月,弹之,其声合琴,音韵清朗。予又不辨何物,但微顾是女,手纹隐处如红线。夫人察余意,指示予曰:"此名阮咸①,一名月琴,惟红线雅善此②。"予方知是女即红线也。夫人忽指一女曰:"浑忘却汝。汝有绝技,何不令嘉客得闻?"予起视,见一美人,含情不语,娇倚屏间,闻夫人语,微笑。予遂问夫人:"是女云谁?"夫人曰:"此魏高阳王雍美人徐月华也③。能弹卧箜篌④,为《明妃出塞》之歌,哀声入云,闻者莫不动容。"已持一器,体曲而长,二十三弦,抱于怀中。两齐奏之,果如夫人言。

【注释】

①阮咸:古乐器名,简称"阮"。拨弦乐器。形状略像月琴,柄长而直,四弦有柱。相传晋阮咸创制并善弹此乐器,因而得名。

②红线:唐代袁郊小说《红线》中的主人公,女侠客。才智超人,通晓音律,善弹阮咸。听到有人敲羯鼓,根据音调悲伤判断击鼓人必有心事。其文记:"唐潞州节度使薛嵩家青衣红线者善弹阮咸……红线谓嵩曰:'羯鼓之声,颇甚悲切,其击者必有事也。'"

③徐月华:北魏高阳王拓跋雍的美人。擅长弹卧箜篌,尤精《明妃出塞》,即表现王昭君出塞的乐曲。北魏杨衒之《洛阳伽蓝记》卷三:

"美人徐月华善弹箜篌,能为《明妃出塞》之曲歌,闻者莫不动容。"

④卧箜篌:拨弦乐器名。箜篌的一种。

【译文】

乐曲刚结束,又有一个女子,怀抱一件乐器,像琵琶却很圆,外形像圆月,弹奏起来,声音近乎琴音,乐音清新响亮。我也不认识这是什么乐器,只是稍微看了一眼这个女子,她手掌纹路深处好像有一道红线。魏夫人察觉到我的意思,指着乐器对我说:"这乐器名叫阮咸,又叫月琴,只有红线平常善于弹奏。"我才知道这个女子是红线。魏夫人忽然指着一个女子说:"我完全忘掉了你。你身怀绝技,为何不让嘉宾听一下呢?"我抬起目光,只见一位美女,含情脉脉,也不说话,娇柔地倚靠在屏风间,听到魏夫人的话语,微微一笑。我便问魏夫人:"这个女子是谁?"魏夫人说:"这是北魏高阳王拓跋雍的美人徐月华。她善弹卧箜篌,奏《明妃出塞》曲,那悲哀凄凉的乐声响彻云霄,听到的人没有不动情的。"她手持一件乐器,乐器形体弯曲而长,上有二十三根弦,抱在怀中。红线、徐月华两人一起演奏,果真如同魏夫人所说的那样高超精湛。

俄有一女跨丹凤至,诸女辈咸曰:"吹箫女来矣[①]!"女谓夫人曰:"闻夫人延客,弄玉愿献新声[②]。"夫人请使吹之。一声而清风生,再吹而彩云起,三吹而凤凰翔,便冉冉乘云而去。耳畔犹闻呜呜声,细察之,已非箫矣。别一女子,短发丽服,貌甚美而媚,横吹玉笛,极要眇可听[③]。夫人曰:"谁人私弄笛?"诸女辈报曰:"石家儿绿珠[④]。"夫人命妪出见客。女伴数促不肯前,中一女亦具国色,乃曰:"儿亦善笛[⑤],何必尔也?"绿珠闻之,怒曰:"阿纪敢与我较长短耶[⑥]?我终身事季伦,不似汝谢仁祖殁[⑦],遂嫁郗昙。不以汗颜,翻逞微技?"是女羞愤无一言。夫人不怿[⑧],命止乐。

【注释】

① 吹箫女：即弄玉。相传为春秋时秦穆公女，爱吹箫，嫁给了善吹箫的萧史，每天和萧史吹箫作凤鸣之音。后来，夫妻乘凤飞天仙去。事见刘向《列仙传》。

② 新声：新作的乐曲。

③ 要眇：美好，美妙。

④ 绿珠：晋代石崇（字季伦）的爱妾，善于吹笛。《晋书·石崇传》："崇有妓曰绿珠，美而艳，善吹笛。"

⑤ 儿：古代年轻女子的自称。

⑥ 阿纪：晋代谢尚之妾，也擅长吹笛。《太平御览》卷五八〇引《世说新语》佚文记："谢仁祖妾阿纪有国色，善吹笛。仁祖死，阿纪誓死不嫁。郗昙时为北中郎，设权计，遂得阿纪为妾。阿纪终身不与昙言。"

⑦ 谢仁祖：谢尚，字仁祖，曾官尚书仆射等职，以精通音乐著称。《世说新语·容止》记桓温评价他的演奏有飘飘欲仙的情意，"仁祖企脚北窗下弹琵琶，故自有天际真人想"。

⑧ 不怿（yì）：不开心，不欢喜。

【译文】

不一会儿，有一个女子骑着红色的凤凰来了，众女子都说："吹箫的姑娘来了！"吹箫姑娘对魏夫人说："听闻魏夫人延请宾客，弄玉愿意献上一首新曲。"魏夫人请她吹奏。箫声刚一响，清微的风悄然而生；再吹的时候，天空飘起彩云朵朵；继而吹奏，凤凰飞翔，弄玉便缓缓地乘着云彩离去了。我的耳边还能听到呜呜的声音，仔细分辨，已经不是箫声了。又有一女子，头发较短，身穿华丽服饰，容貌美丽妩媚，将玉笛横放到嘴边吹奏，那声音非常美妙动听。魏夫人说："是谁暗自吹笛？"众美女回禀说："石家的美女绿珠。"魏夫人让她快点出来接待来宾。她的同伴催促了几次她都不肯上前，其中有一个也具有绝世容颜的女子，于是说道：

"我也善于吹笛,何需你呢?"绿珠听了,生气地说:"阿纪敢和我比试高下吗? 我终身侍奉石崇,不像你在谢尚辞世后,就嫁给了郗昙。你不因此感到羞愧,反倒卖弄自己那微小的技艺吗?"阿纪羞愧恼怒却哑口无言。魏夫人也不高兴,便不让她们演奏了。

　　忽有啭喉一歌①,声出于朝霞之上,执板当席②,顾盼撩人。夫人喜曰:"久不闻念奴歌③,今益足畅人怀!"念奴曰:"妾何足言? 使丽娟发声④,妾成伧父矣⑤!"夫人指曰:"丽娟体弱不胜衣,恐不耐歌。"予见其年仅十四五,玉肤柔软,吹气胜兰⑥,举步珊珊⑦,疑骨节自鸣。乃曰:"对嘉宾,岂能辞丑?"因唱《回风曲》,庭叶翻落如秋,予但唤奈何而已。丽娟曰:"君尚未见绛树也⑧。绛树一声能歌两曲,二人细听,各闻一曲,一字不乱。每欲效之,竟不测其术。"夫人曰:"绛树术虽异,恐无能胜子。吾且欲与王生观绛树舞。"乃见飞舞回旋⑨,有凌云态,信妙舞莫巧于绛树也。绛树谓丽娟曰:"汝欲效吾歌不得,吾欲学汝舞亦不能。"夫人大悟曰:"有是哉! 汉武尝以吸花丝锦赐丽娟作舞衣⑩,春暮宴于花下,舞时故以袖拂落花,满身都着,谓之百花舞。今日奈何不为王生演之?"丽娟复起舞,舞态愈媚,第恐临风吹去。忽闻鸡鸣,予起别。夫人曰:"后会尚有期,慎自爱⑪。"仍命花姑送予行。视诸美人,皆有恋恋不忍别之色,予亦不知涕之何从也。

【注释】

①啭喉一歌:婉转动听地歌唱。

②板：指檀板，乐器名。檀木制的拍板。

③念奴：唐天宝间的著名歌女，唱歌声调高亢。《开元天宝遗事·眼
　色媚人》记："每啭声歌喉，则声出于朝霞之上，虽钟鼓笙竽嘈杂
　而莫能遏。"后人曾以她的名字作一词牌名，即《念奴娇》。

④丽娟：汉武帝时的宫中歌女，玉肤柔软，吹气如兰，曾"于芝生殿
　唱《回风》之曲，庭中花皆翻落"（汉郭宪《洞冥记》）。

⑤妾成伧父：我被比成粗野的人。伧父，古时南人讥北人粗鄙，蔑称
　之为"伧父"。

⑥吹气胜兰：谓美女气息之香胜于兰花。

⑦珊珊：缓慢移动貌，常用以形容女子步态。

⑧绛树：古代美人，善歌舞，魏文帝曹丕《与繁钦书》言"今之妙舞，
　莫巧于绛树"。

⑨飞舞回旋：飞翔飘舞，盘旋回环。

⑩汉武：汉武帝刘彻。隋杜公瞻《编珠》引《南史》曰："武帝尝以吸
　花丝锦赐丽娟命作舞衣，春暮宴于花下，舞时故以袖拂落花，满身
　都着，舞态愈媚，谓之百花舞。"吸花丝锦：用来自越巂国所产的
　吸花丝织成的锦，据说吸花丝接触到花能吸住花而不坠落。

⑪自爱：自己爱护自己，自重。

【译文】

　　忽然间，有人婉转地歌唱起来，那声音传到了朝阳映照的云霞之上，
唱歌的人拿着檀板站在席间，眉目转动，撩拨人心。魏夫人喜悦地说：
"很久没有听到念奴的歌唱了，今天真令人心怀畅快！"念奴说："我哪里
值得提及？如果让丽娟发声歌唱，我恐怕就被她比成粗鄙之人了！"魏
夫人指着丽娟说："丽娟身体娇弱得连衣服都承受不起，恐怕不能歌唱。"
我看见丽娟仅有十四五岁，白润如玉的肌肤看着非常柔软，呼吸的气息
香胜兰花，走起路来步态缓慢，让人怀疑她的骨头会发出响声。丽娟说：
"嘉宾在座，哪里能因我唱得鄙陋便推辞呢？"于是唱了《回风曲》，庭中

的树叶像到了秋天那样翻动落下，我只能喊着"怎么如此奇妙"。丽娟说："你还没有看绛树表演呢。绛树一个人的歌喉能同时唱出两首歌曲，让两个人仔细分辨，每个人只听其中的一首歌曲，会发现她同时唱的两首歌曲一个字都不会混乱。旁人常想模仿她，却难以窥测她的演唱之术。"魏夫人说："绛树的歌唱之术虽然奇异，只怕也无法超过你。我和王生打算先观看绛树的舞蹈。"于是看到绛树飞翔飘舞，盘旋回环，如有直上云霄的姿态，的确是像曹丕所说，世间美妙的舞蹈没有谁能比绛树跳得更好了。绛树对丽娟说："你想要模仿我的歌唱却无法做到，我想要学习你的舞蹈也是无能为力。"魏夫人恍然大悟说："的确有这样的事情啊！汉武帝曾把吸花丝锦赐给丽娟制作舞衣，在春天傍晚的花下举办宴会，丽娟舞蹈时有意用衣袖轻拂落花，满身都沾着花瓣，被称作百花舞。你今天怎么不给王生表演百花舞呢？"丽娟再次翩翩起舞，她的舞态更加妩媚，让人只担心她会被风吹走。忽然听到雄鸡鸣叫，天色将亮，我便起身告别。魏夫人说："日后还会有再次相逢的时候，请你小心珍重。"仍然让花姑送我返回。我看那些美女，都有些恋恋不舍、不愿分别的表情，我也不知道怎么就潸然落泪了。

　　花姑引予从间道出，路颇崎岖。回首忽失花姑所在，但见晓星欲落，斜月横窗①，花影翻阶，翻然若顾予而笑②。露坐石上③，忆所见闻，恍如隔世。因慨天下事大率类是④，故记之，时康熙戊申三月⑤。

【注释】

①斜月：西斜的落月。

②翻然：指花影浮动的样子。

③露坐：露天闲坐。

④大率：大抵，大致。

⑤康熙戊申:清康熙七年(1668)。

【译文】

花姑带我从小路走出来,道路崎岖不平。忽然回头一看,花姑已经不知道哪里去了,只见黎明前的星辰摇摇欲落,西落的月亮横斜在窗户之上,花木的影子返照在台阶上,花影浮动好像正笑着看我。我露天地坐在石头上,回想自己的所见所闻,恍然如同已经相隔一世。因而感慨天下的事情大抵都是如斯梦幻,故而写了这篇文章,时间是清康熙七年的三月。

　　袁箨庵曰①:具三十分才情,方能有此撰述②。若有才无情,则不真;有情无才,则不畅。读竟始服其能。

　　李湘北曰③:此丹麓《戒折花文》绝妙注疏也。将千古艳魂和盘托出④,笑语如生⑤,不数文成将军之于李夫人⑥、临邛道士之于杨玉环矣⑦。

　　徐竹逸曰⑧:逸兴如落花依草⑨,可补《虞初志》《艳异编》之所未备。文心九曲⑩,几欲占尽风流⑪。

【注释】

①袁箨(tuò)庵:袁于令,一名晋,字令昭,号箨庵。明末清初江南吴县(今江苏苏州)人。清初官湖北荆州知府。署中惟有弈棋声、唱曲声、骰子声。工隶书,精词曲、音律。有《西楼记》《金锁记》《长生乐》等传奇。《吴诗集览》卷十四《赠荆州守袁大韫玉》注略述其事迹。

②撰述:著述,指《看花述异记》。

③李湘北:李天馥,字湘北,号容斋。科举寄籍归德府永城县(今河南永城)。清初文臣。顺治十五年(1658)进士,选庶吉士,授检讨。历官少詹事、工部尚书、吏部尚书。康熙三十一年(1692),

拜武英殿大学士。著有《容斋千首诗》《容斋诗余》等。事见韩
菼《李文定公墓志铭》(《有怀堂文稿》卷十六)、《李文定公事略》
(李元度《国朝先正事略》卷六)。

④艳魂:指已经去世的美女,美女魂灵。

⑤笑语如生:欢声笑语恍如鲜活。

⑥文成将军之于李夫人:指方士少翁为汉武帝宠妃王夫人招魂之
事。少翁,西汉方士。曾为汉武帝招王夫人魂灵,被汉武帝拜为
文成将军。后来被汉武帝诛杀。事见《史记·孝武本纪》。

⑦临邛道士之于杨玉环:指临邛道士为唐玄宗贵妃杨玉环招魂之
事。白居易《长恨歌》:"临邛道士鸿都客,能以精诚致魂魄。"贵
妃杨玉环死后,唐玄宗思慕不已,便请临邛道士招致贵妃魂魄。

⑧徐竹逸:徐喈凤,字鸣岐,更字竹逸,号荆南山人。江南宜兴(今江
苏宜兴)人。清顺治十五年(1658)进士。授云南永昌府推官,受
江南"奏销案"牵连降调,辞官归里。后曾两获荐举,力辞不就。
事见王晫《今世说》卷二、《(嘉庆)增修宜兴县旧志》卷八。

⑨逸兴:超逸的意兴。落花依草:花瓣落地,依附于草间,有点缀之
意。锺嵘《诗品》:"丘诗点缀映媚,似落花依草。"此句指作者的
超逸意兴如同落花点缀绿草,与文中的故事相映成趣。

⑩文心:撰写文章的用心,文思。

⑪风流:形容文学作品超逸佳妙。

【译文】

袁于令说:具有三十分的才华情思,才能有这样的著述。如果
只有才华却没有情思,写得就会不真实;有情思却没有才华,写得就
会不顺畅。读完这篇文章才开始钦佩作者的才能。

李天馥说:这篇文章是对王晫《戒折花文》最精彩的注释了。
将历史上已逝的美女事迹一一道尽,那些女子的欢声笑语鲜活如
生,不亚于少翁招魂李夫人、临邛道士招魂杨玉环了。

　　徐喈凤说：文中超逸的意兴如同落花依恋青草般点缀成美，可以弥补《虞初志》《艳异编》未曾记载的部分。作者的文思迂回曲折，几乎要占尽文坛的超逸佳妙。

　　张山来曰：予尝谓"以爱花之心爱美人，则领略定饶逸趣①；以爱美人之心爱花，则护惜别有深情"。丹麓惜花如命，固应有此奇遇。

　　又曰：向读《艳异》诸书，见花妖月姊②，往往于文士有缘，心窃慕之，恨生平未之遇也。今读此记，益令我神往矣！

【注释】

①逸趣：超逸不俗的情趣。

②月姊：指传说中的月中仙子、月宫嫦娥。

【译文】

　　张潮说：我曾经说"用爱花的心意去怜爱美女，那么一定会领略到很多超逸不俗的情趣；以爱美女的心思去爱惜花木，那么这份护持怜惜另有一种深厚的情意"。王晖爱花如命，本来就该有这样的奇遇。

　　又说：我过去读《艳异编》等书，看到里面写的花妖、月中仙子常和文士大有缘分，我心中对此暗暗地羡慕，遗憾自己有生以来没有过这样的艳遇。如今读了这篇传记，更加令我心驰神往了！

孝犬传

陈鼎（定九）①

孝犬，广东东莞县隐士陈恭隐家牝犬也②，色白而尾骍③，四足皆黑。恭隐痛父死国难，矢志不进取，隐居山中，以吟饮自纵，不与时人通。此犬随恭隐，未尝须臾离。每出，则犬先行数百步，若以为导者。遇豺狼蛇虎，则亟返，啮恭隐衣袂，曳之还，若不使前者。恭隐悟，即旋。犬又随后，离数十步，作大声噑，若以为卫者，以是为常。夜则于庐舍前后巡且吠④，达旦不少休。

【注释】

①陈鼎：参见卷九《毛女传》注释。本篇《虞初新志目录》注出《留溪外传》，然未见清康熙三十七年刻本《留溪外传》传载。

②东莞县：唐至德二年（757）改宝安县置东莞县，治今广东深圳西，北宋时移治今广东东莞。明、清属广州府。陈恭隐：据《（民国）东莞县志》卷九七引《虞初新志》，有小字注"陈恭隐当陈象明子，诸生，应光别号"。按：陈象明曾任湖南道副使，到广西征饷时，遭遇清兵，战死于梧州，事见清万斯同《明史》卷三七二《陈象明传》。其子陈应光，"字实尚，诸生，痛父死，杜门终日，瞪目无语。每读父书，辄感愤椎心恸哭，后遂成狂，卒年四十"（《（民国）东莞县志》卷六二）。牝（pìn）犬：母狗。

③骍（xīng）：赤色。

④庐舍：房屋，住宅。

【译文】

孝犬，是广东东莞县的隐士陈恭隐家的母狗，白身体，红尾巴，黑足蹄。陈恭隐悲痛父亲死于明末国难，发誓不再追求功名利禄，便隐居在深山之中，借吟诗饮酒来放纵自我，不和世人交际往来。这只狗追随陈恭隐，从来不片刻离开他身边。陈恭隐每次外出，都是狗先跑到他前面数百步远，好像替陈恭隐引路。路上遇到豺、狼、蛇、虎，就急忙跑回来，咬着陈恭隐的衣袖,把他拉回来,好像不想让他向前走。陈恭隐就明白了,即刻回转。狗又走在他的身后,距离数十步远,还大声嗥叫,好像是陈恭隐的保护者,像这样都成了常态。狗夜晚就在房屋前后巡逻、吠叫,直到第二天早晨也不稍作歇息。

数年,犬一乳五子[①],皆牡[②]。既长,恭隐分赠前后左右邻家畜,皆能司门户不息。初分之岁余,母犬日往各家,视乳犬一周[③],若训之勤者。有食,乳犬辄让母犬食。乳犬既壮,母犬即不往视,而乳犬每早辄齐来恭隐家视母犬。又数年,母犬病癞[④],瘦将死。乳犬日齐来,争与母犬舐癞,遂愈。每至元旦,五乳犬辄齐来,绕母犬摇尾,若为母犬贺岁状。后母犬死,五乳犬皆哀号不止。恭隐悯之,瘗之后山。五乳犬每早辄齐往瘗处号,如是者数年不辍。

【注释】

①乳:生子,分娩。

②牡:雄性。

③一周:一圈,指把每只小狗都探望一遍。

④病癞:患了癣疥等皮肤病,毛秃皮厚。

【译文】

过了几年,狗生了五只小狗,都是公狗。等小狗长大了点,陈恭隐把狗分别送给左邻右舍去养,它们都能看守门户毫不懈怠。刚把狗分送给邻居的一年多时间内,母狗每天都去各家,跑一圈去探望每只小狗,好像在训诫它们要勤于事务。有了食物,小狗便让母狗先吃。小狗长大后,母狗就不去探视它们了,而小狗每天早上都一起跑到陈恭隐家探望母狗。又过了几年,母狗患了顽癣,干瘦得将要死了。小狗每天一起过来,争着给母狗舔着顽癣，于是母狗就痊愈了。每年到了正月初一，五只小狗就一起过来，绕着母狗摇尾巴，好像给母狗拜年的样子。后来，母狗死了，五只小狗都悲伤得呼号不停。陈恭隐哀怜它们，将母狗埋到后山上。五只小狗每天早上就一起跑到埋葬母狗的地方哀号，像这样做了好几年都没停止。

外史氏曰：世之人，能以酒食养父母，辄自诩曰"孝"，且有德色①。子曰："至于犬马，皆能有养，其难者敬耳②！"睹兹五犬之殷殷其母③，敬矣哉！呜呼，世之人不若者众矣！

【注释】

①德色：自以为对人有恩德而表现出来的神色。

②"至于犬马"句：出自《论语·为政》："子曰：'今之孝者，是谓能养。至于犬马，皆能有养。不敬，何以别乎？'"

③殷殷：情意深厚貌。

【译文】

陈鼎说：世上的人，能够用酒和饭食来赡养父母，就自诩说是"孝"，而且脸上还浮现出自以为对父母很孝顺的神色。孔子说："就连狗与马，都能得到人的喂养，难做到的是尊敬！"看着这五只狗对它们的母亲情意深厚的样子，可算是做到尊敬啦！哎呀，世上不如这五只狗的人太多了！

张山来曰：义犬事甚多，不胜其载。今此犬独以孝闻，故特存之。

【译文】

张潮说：义犬的事情很多，无法一一记载。如今这五只狗单独因为孝顺而扬名，因此我特意把这篇描写孝犬的作品录于《虞初新志》。

卷十三

【题解】

本卷的六篇作品,《陈老莲别传》叙述画家逸事,《桑山人传》所记道士事迹篇幅虽短却显奇幻,《记缢鬼》则颇类拉拉杂杂的琐语异闻。毛奇龄《曼殊别志书螗》形式殊奇,虽是人物传记,却夹杂着大量文士的诗词作品,诗文相互辉映,令人目不暇接,美不胜收。甫一介绍曼殊的来历,便汇录了陈维崧、汪懋麟、汪楫、张英的诗词,如汪楫诗云:"春到长安芍药开,寻花曾一到丰台。自从解语归金谷,不是花时客也来。"这些诗词以补叙的形式交代了曼殊的事迹,全方面地展开有关丰台美女的人物画卷,既有诗情画意,又增加了婉约含蓄性,像任辰旦的悼诗"垂帘无力倚阑干,怕见庭花易早残。偏怪瓦棺将掩处,海棠犹作睡时看"则赋予文章无限风情,情思袅袅,余音不尽。这篇文章让读者看到文士们极广泛的交际网络,由毛奇龄一人而勾连起诸多文士,他们组成了一个文学互动圈,对美女佳人等题材反复讴歌唱和。文中的曼殊聪慧好学,娇羞多情,可惜命薄如花,这类才子佳人的故事模式更能引发文士们的关注。《补张灵崔莹合传》也是在讲才子佳人的爱情故事,张灵、崔莹互生情愫,可惜有情无缘,两人最终只能以魂灵的形式相遇地府,怎不让人扼腕长叹!《李姬传》所记的李姬与侯方域同样有情有爱,可在南明衰亡的复杂国情中只能彼此辜负,故事虽不及《桃花扇》备叙委婉,却同样引人兴发感慨!

曼殊别志书䑸

毛奇龄（大可）①

曼殊，丰台卖花翁女②。陈检讨维崧序云③："疏篱织处，青门种树之翁④；纤笼携来，缟袂卖花之姬⑤。"汪主事懋麟诗云⑥："荒村侍婢卖花回，补屋牵萝晓镜开⑦。怪底红颜如芍药⑧，妾家生小住丰台⑨。"汪春坊楫诗云⑩："春到长安芍药开，寻花曾一到丰台。自从解语归金谷⑪，不是花时客也来。"张学士英诗云⑫："闻说丰台住小姑⑬，百环新髻世应无⑭。又添一段游人话，芍药开时说曼殊。"生时，母梦邻姬以白花一当一根也寄使卖。其前邻奶奶庙也，后邻钱氏，疑昔者乃钱氏姬，因名阿钱。周赞善清原《续长恨歌》云⑮："张家小女名阿钱，种花家住丰台侧。生成骨格一枝香⑯，斟酌衣裳百花色。"

【注释】

①毛奇龄：字大可，又名毛甡，号西河、河右。郡望西河，人称西河先生，浙江萧山（今浙江杭州萧山区）人。明末诸生。康熙十八年（1679）举博学鸿儒，授翰林院检讨，充《明史》纂修官。他学识渊博，所著极多，在翰林院修史时与汪琬、尤侗、乔莱、潘耒、张鸿烈、方象瑛等诗歌唱和。其事见《清史稿·毛奇龄传》、施闰章《毛子传》（《学余堂集》卷十七）、陆邦烈《毛奇龄传》（阮元《儒林传稿》卷二）等。本篇《虞初新志目录》注出毛奇龄作品集《西河合集》）。

②丰台：今北京丰台。元代始为京城养花之处，因花盛多亭台而得名。清于敏中《日下旧闻考》卷九十："考丰台为京师养花之所，

元人园亭多在其地。丰盖取蕃庑之义,台则指亭台而言。"

③陈检讨维崧:陈维崧,字其年,号迦陵,宜兴(今属江苏)人。清康熙十八年(1679),召试鸿词科,由诸生授检讨,纂修《明史》。检讨,职官名。明、清时隶属翰林院,位次于编修,与修撰、编修同称为"史官"。事见徐乾学《陈检讨志铭》(《憺园文集》卷二九)、章藻功《陈其年先生事略》(李元度《国朝先正事略》卷三九)。序:指陈维崧《毛大可新纳姬人序》(《陈检讨四六》卷十二)。

④青门:原指汉长安城东南门,因其门色青,故俗呼为"青门"。秦东陵侯召平秦亡后曾在青门外种瓜,后来泛指退隐之处。

⑤缟袂:白衣。姬:此指卖花妇人。

⑥汪主事懋麟:汪懋麟,字季甪,号蛟门,江都(今江苏扬州)人。清康熙六年(1667)进士,官刑部主事。有《百尺梧桐阁集》。事见徐乾学《刑部主事季甪汪君墓志铭》(《憺园文集》卷二九)、王士禛《汪比部传》(《带经堂集》卷六六)。

⑦补屋牵萝:把藤萝的枝蔓拖到屋顶上,遮挡屋顶的缝隙。形容生活贫困,居家破陋,挪东补西。杜甫《佳人》:"侍婢卖珠回,牵萝补茅屋。"晓镜:明镜。

⑧怪底:惊怪,难怪。

⑨生小:自小。

⑩汪春坊楫:汪楫,字舟次,徽州府休宁(今安徽休宁)人,寄籍江都。初以岁贡生署赣榆训导。清康熙十八年(1679)举博学鸿词科,授翰林院检讨,供职史馆。充册封琉球正使,撰《使琉球录》及《中山沿革志》。出任河南知府,累至福建布政使。擅作诗,有《悔斋集》《观海集》。事见朱彝尊《通奉大夫福建布政司使内升汪公墓表》(《曝书亭集》卷七三)。春坊,太子宫所属官署,有左春坊、右春坊。

⑪解语:解语花,代指如解语花般的佳人曼殊。金谷:晋代富豪石崇

的别馆金谷园,代指曼殊居住的丰台花卉园林。

⑫张学士英:张英,字敦复,江南桐城(今安徽桐城)人。清康熙初进士,历官侍读学士、工部尚书兼翰林院掌院学士、文华殿大学士兼礼部尚书。学问渊博,先后充日讲起居注官、经筵讲官。事见《清史稿·张英传》、张廷玉《先考予告光禄大夫文华殿大学士兼礼部尚书谥文端敦复府君行述》(《澄怀园文存》卷十五)。

⑬小姑:少女。

⑭新髻:新样式的发髻。

⑮周赞善清原:周清原,字浣初,一字雅楫,号蓉湖,武进(今江苏常州武进区)人。由监生举博学鸿词,授检讨,官工部侍郎。事见《(乾隆)江南通志》卷一四二。赞善,职官名。为太子官的属官,掌侍从翊赞事。

⑯生成:生就,生来。骨格:气质,风韵。

【译文】

曼殊,是京城丰台卖花老翁的女儿。翰林院检讨陈维崧《毛大可新纳姬人序》记:"有稀疏篱笆的地方,住着隐退种树的老翁;提着纤巧花笼来的人,是白衣飘飘的卖花妇人。"刑部主事汪懋麟诗云:"荒村侍婢卖花回,补屋牵萝晓镜开。怪底红颜如芍药,妾家生小住丰台。"太子春坊汪楫诗云:"春到长安芍药开,寻花曾一到丰台。自从解语归金谷,不是花时客也来。"大学士张英诗云:"闻说丰台住小姑,百环新髻世应无。又添一段游人话,芍药开时说曼殊。"曼殊出生时,她母亲梦见邻居一个老妇人把白花一当一根托付给她去卖。曼殊屋舍的前面靠近奶奶庙,屋舍后面邻近钱家,所以曼殊母亲推测自己生女儿时梦到的妇人是钱家老妇,所以给孩子取名阿钱。赞善周清原《续长恨歌》云:"张家小女名阿钱,种花家住丰台侧。生成骨格一枝香,斟酌衣裳百花色。"

阿钱慧甚,能效百鸟音。京城贩儿推货车行叫卖,嘤嘟不可辨①,阿钱遥闻便知之。十岁,前村学针线,把彄即能刻花种人兽,不构谱,俨熟习者。客有以千钱购蓄绣幡灯于前村家②,阿钱方学绣,立应之去。既长,色白,目有曼光,十指类削玉,鬒发委地可鉴③。《续长恨歌》云:"十枝春笋扶钗出,一寸横波入鬓流④。银蒜双双垂彩索⑤,晓日疃昽射妆阁⑥。"张编修廷瓒诗云⑦:"子夜清歌醉不醒,曾看宝髻倚银屏⑧。菱花掩后香云散⑨,肠断春山一样青⑩。"才拢头,作十种名。最上以发弗绾作连环百结⑪,蟠顶前,名"百环髻"。《留视图》自序云⑫:"饰予生平所梳百环髻。"王舍人嗣槐诗云⑬:"东风吹罗衣,空园自摇曳。采将千种花,拢作百环髻。"《续长恨歌》云:"八幅湘裙初拂地⑭,百环云髻早宜春。"方编修象瑛诗云⑮:"自制新妆号百环,春风摇漾画图间。无端梦逐空王去⑯,凄绝丰台旧日山。"张中书睿诗云⑰:"百结云鬟别样妆,曼殊花放下巫阳⑱。只今《留视图》犹在,减却生时一段香。"乔侍读诗云⑲:"百环髻就玉为神,别有秋华领好春⑳。斜傍青山长不扫㉑,有谁堪作画眉人?"顾性贞静,十二,从庙归,路人观者啧啧称好,姑则大愠,归不再出。

【注释】

①哑唔(yāo yù):形容语声含糊,不清晰。

②幡灯:悬于旗杆的灯笼。

③委地:拖垂于地。

④横波:比喻女子如水横流转动的美目。

⑤银蒜:银质蒜头形帘坠,用以压帘幕。

⑥疃昽(tóng lóng):日初出渐明貌。妆阁:妇女的居室。

⑦张编修廷瓒:张廷瓒,字卣臣。桐城人。张英之子。清康熙十八年(1679)进士,任翰林院编修,至詹事府少詹事兼翰林院侍讲学

士。有《传恭堂诗集》存世。事见张英《子廷瓒行略》(《文端集》卷四三)。

⑧宝髻:古代妇女发髻的一种,此处代指女子。银屏:镶银的屏风。

⑨菱花:菱花镜。香云:比喻年轻女子的头发。

⑩肠断春山一样青:悲痛欲断的肝肠,春日的山中景色,情景相映而成了一片青色。

⑪弗(chǎn)绾:借用花枝长条把头发盘绕起来打成结。

⑫《留视图》:曼殊的画像。褚人获《坚瓠集》补集卷六记曼殊:"施平生所梳百环髻,被以绣衣,手捧一花,侍奶奶旁流涕而送之。又乞画师画己像,名《留视图》,题诗云:'为送还家去,双螺绾百鬟。且将妆镜影,留视在人间。'"

⑬王舍人嗣槐:王嗣槐,字仲昭,号桂山,清浙江仁和(今浙江杭州)人,诸生。康熙十八年(1679)举鸿博,以年老不与试,授内阁中书舍人。性简脱,工骈文。有《桂山堂偶存》《啸石斋词》。事略见《(民国)杭州府志》卷一四五。

⑭湘裙:湘地丝织品制成的女裙。

⑮方编修象瑛:方象瑛,字渭仁,浙江遂安(今浙江淳安)人。康熙初进士,试鸿博,授翰林院编修,主持四川乡试。著有《健松斋集》《封长白山记》《松窗笔乘》。事略见王晫《今世说》卷三。

⑯无端:无奈,没有办法。空王:佛教语。佛的尊称。佛说世界一切皆空,故称"空王"。

⑰张中书睿:疑指康熙年间的张睿,字涵白,号劬斋,江南山阳(今江苏淮安)人。清康熙十八年(1679)进士,授司经局正字,任礼部主事、工科给事中。

⑱巫阳:巫山,借巫山神女遇楚王的典故隐指男女幽会。

⑲乔侍读:可能指翰林院侍读乔莱,他与毛奇龄、王嗣槐、方象瑛、汪楫等常在京城交游,可参考胡春丽《汪懋麟年谱》。

⑳秾华：指女子青春美貌。

㉑斜傍青山长不扫：暗喻曼殊死后，坟墓依傍青山，屋舍无复打扫。

【译文】

阿钱十分聪慧，能模仿百鸟的叫声。京城商贩推着货车边走边叫卖，声音含混不清难以分辨，但阿钱远远听到就能分辨清楚。阿钱十岁的时候，到前村学针线活，拿起剪刀就能剪出各类花卉和人、兽等形状，不需要借助图谱，俨然像个熟练的巧匠。有个客商在前村某家花一千钱购买蓄绣幡灯，阿钱才刚开始学刺绣，立刻前去应征。阿钱长大后肤色白皙，眉目间柔美含情，十指莹莹好像美玉削成，拖垂于地的头发乌黑光亮，可以照人。《续长恨歌》云："十枝春笋扶钗出，一寸横波入鬓流。银蒜双双垂彩索，晓日瞳昽射妆阁。"翰林院编修张廷瓒诗云："子夜清歌醉不醒，曾看宝髻倚银屏。菱花掩后香云散，肠断春山一样青。"阿钱刚刚开始束发，便梳作十种发式。其中最出色的是用花枝将头发盘绕成很多环、结，然后盘曲在额前，名叫"百环髻"。曼殊《留视图》自序记："装扮我平日梳的百环髻。"内阁中书舍人王嗣槐诗云："东风吹罗衣，空国自摇曳。采将千种花，挽作百环髻。"《续长恨歌》记："八幅湘裙初拂地，百环云髻早宜春。"翰林院编修方象瑛诗云："自制新妆号百环，春风摇漾画图间。无端梦逐空王去，凄绝丰台旧日山。"中书张睿诗云："百结云髻别样妆，曼殊花放下巫阳。只今《留视图》犹在，减却生时一段香。"乔侍读诗云："百环髻就玉为神，别有秾华领好春。斜傍青山长不扫，有谁堪作画眉人？"但阿钱的品性端庄娴静，十二岁从寺庙回来时，看到她的路人不停地啧啧称赞，她很生气，回家后便不再出门。

予来京师，益都夫子为予谋买妾①，有以阿钱言者，豫遣二世兄往视②，不许。吴文学阐思诗云③："争似丰台解语花，脸波春色衬朝霞④。盈盈碧玉年娇小⑤，不爱青齐宰相家⑥。"乔侍读诗云："村庄无复往东墙，但对名花引兴长。莫道小家刘碧玉，一生不

嫁汝南王。"先是,阿钱病,西山尼师过其门⑦,咨嗟曰:"阿钱
不年⑧,不宜为人妻。"或曰:"为小妻即免⑨。"遂决计作妾。
然往请者率骄贵⑩,深不自愿。及二世兄往,谓犹是相公家
也⑪。越数日,予亲往,询余甚喜,且有谬誉予善文者⑫。李
检讨澄中《曼殊诗》云⑬:"守身坚择对⑭,偃蹇已数夫⑮。不惜充下
陈⑯,但愿嫁通儒。毛郎富文史,作赋迈《三都》⑰。"《续长恨歌》云:
"纷纭梁肉皆尘土⑱,不愿将身入朱户⑲。兰生空谷人自知,啧啧张
家有贤女。毛君一赋奏凌云,柱下才名天下闻⑳。"龙检讨燮诗云㉑:
"湘湖词客毛先生㉒,日昨捧檄来燕京㉓。《子虚赋》献官侍从㉔,闺中
儿女皆知名。"李中允锴诗云㉕:"毛子銮坡彦㉖,文笔五色鲜。造访
出花下,惊鸿何翩翩㉗。岂有十斛珠,乃订三生缘。盈盈赋丽情㉘,慕
义良独难。"

【注释】

①益都夫子:冯溥,字孔博,号易斋,青州府益都(今山东青州)人,
　故被尊称为"益都夫子"。清顺治三年(1646)进士,初授翰林院编
　修,后擢吏部侍郎。康熙年间为刑部尚书,拜文华殿大学士,加太
　子太傅。事见毛奇龄《易斋冯公年谱》(《西河集》卷一一四)。

②世兄:世交。

③吴文学阐思:儒生吴阐思,字道贤,武进人。弱冠,善画能诗,画山
　水宗北宋。著《卧云堂诗集》。

④脸波:眼波。形容女子目光清澈,流转如波。

⑤碧玉:借指年轻貌美的婢妾或小家女。

⑥青齐宰相:指冯溥。冯溥曾任大学士,故云青齐宰相。

⑦尼师:对尼姑的敬称。

⑧不年：不长寿。

⑨小妻：妾，小老婆。

⑩骄贵：骄横贵显。

⑪相公：旧时对宰相的敬称，此指阿钱以为冯溥派人探问是为自家谋求妾室。

⑫谬誉：谬赞，常用于自谦的表述语，一般表"过奖"的意思。

⑬李检讨澄中：李澄中，字渭清，号渔村，诸城（今属山东）人。康熙十八年（1679）举博学鸿儒，授翰林院检讨，官至侍读。有《卧象山房集》《滇程日记》。事见李澄中《自为墓志铭》（《白云村文集》卷三）、安致远《翰林院侍读李公墓志铭》（《玉砲集》卷四）、李绂《侍读李公传》（《穆堂类稿》别稿卷二九）。

⑭择对：择配。选择婚姻对象。

⑮偃蹇：骄傲，傲慢。指阿钱傲然推拒权贵的婚事。

⑯下陈：古代殿堂下陈放礼品、站列婢妾的地方。借指姬妾。

⑰《三都》：指晋左思所著《三都赋》。左思构思十年始成《三都赋》，出色的作品受人关注，吸引豪贵之家竞相传抄，洛阳纸价因此昂贵。

⑱纷纭：盛多的样子。粱肉：以粱为饭，以肉为肴，原指精美的膳食，此处代指食用精美膳食的权贵。

⑲朱户：古代帝王赏赐诸侯或有功大臣的朱红色的大门，指富贵人家。

⑳柱下：指藏书之所。此处指翰林院，毛奇龄及本篇赋诗唱和的文人多为翰林院官员。

㉑龙检讨爕：龙爕，字理侯，号石楼。安庆府望江（今安徽望江）人。康熙中举鸿博，授检讨，官至中允。工词曲，有《琼华梦》《芙蓉城》等传奇。事略见《（乾隆）望江县志》卷七。

㉒湘湖：在今杭州钱塘江南岸、萧山区西南。《（嘉泰）会稽志》卷十："（萧山县）湘湖，在县西二里，周八十里，溉田数千顷，湖生莼

丝最美。"毛奇龄是萧山人,临近湘湖,故以湘湖词客指代他。词客:擅长文词的人。

㉓捧檄:接到委任官职的通知,此指毛奇龄应康熙帝招纳天下博学鸿儒的旨意来到京城。

㉔《子虚赋》:西汉司马相如的赋作。赋中假设子虚、乌有先生和亡是公三个寓言人物,前二人分别夸说诸侯国楚、齐宫苑之壮丽,亡是公继而铺叙皇帝的游猎盛况(《文选》将前一部分题作《子虚赋》,后一部分题作《上林赋》)。全篇结构宏大,辞采富丽,是汉大赋的代表作。

㉕李中允铠:李铠,字公凯。江苏山阳(今江苏淮安)人。清顺治十八年(1661)进士,充奉天盖平知县(《国朝先正事略》卷三二)。应康熙十八年(1679)博学鸿儒科,授翰林院编修,升内阁学士兼礼部侍郎,参与修撰《明史》。著有《读书杂述》《史断》。

㉖銮坡:唐德宗时,尝移学士院于金銮殿旁的金銮坡上,后遂以銮坡为翰林院的别称。

㉗惊鸿:借指体态轻盈的美女。

㉘丽情:绮丽的情思。

【译文】

我到了京城后,益都夫子冯溥帮我筹划买妾,有人向他提到阿钱,于是预先请了两位世交前往探视,但阿钱未答应婚事。儒生吴阗思诗云:"争似丰台解语花,脸波春色衬朝霞。盈盈碧玉年娇小,不爱青齐宰相家。"乔侍读诗云:"村庄无复往东墙,但对名花引兴长。莫道小家刘碧玉,一生不嫁汝南王。"在此之前,阿钱生病时,西山尼姑路经她家,叹息说:"阿钱难享长寿,不宜嫁作人妻。"有人说:"做侧室就能免除夭寿的困厄。"于是阿钱决定给人作妾。但前往求亲的都是骄横显贵之人,阿钱十分不情愿。等到这两位世交前去探问她心意时,阿钱以为说亲的仍是权贵宰相家。过了几天,我亲自前去,阿钱询问后得知纳妾的是我,便非常欢喜,还盛言夸赞我善于

写诗作文。翰林院检讨李澄中《曼殊诗》云："守身坚择对，偃蹇已数夫。不惜充下陈，但愿嫁通儒。毛郎富文史，作赋迈《三都》。"周清原《续长恨歌》记："纷纭梁肉皆尘土，不愿将身入朱户。兰生空谷人自知，啧啧张家有贤女。毛君一赋奏凌云，柱下才名天下闻。"翰林院检讨龙燮诗云："湘湖词客毛先生，日昨捧檄来燕京。《子虚赋》献官侍从，闺中儿女皆知名。"中允李铠诗云："毛子蛮坡彦，文笔五色鲜。造访出花下，惊鸿何翩翩。岂有十斛珠，乃订三生缘。盈盈赋丽情，慕义良独难。"

　　是夜，予梦大士①**，取益中花手授予。次日插戴**②。北方以下定为"插戴"。《续长恨歌》云："疏篱野径多闲暇，落花无人碧窗夜。天然芳洁不由人，优钵昙花是化身③。"胡文学渭生诗云④："媒氏新传玉帐音⑤，定情何用百黄金？帘前一见如相识，为插莲花玳瑁簪。"丘学士象升诗云⑥："昨夜优昙带露开，簪花迤逦到丰台。湘帘一控春如海⑦，万朵花光入座来。"**其母兄与其母，疑予年大又贫，且相传妇妒，欲悔之，阿钱不然**。陈序云⑧："原思入仕，仍然环堵之家⑨；仲路居官，不离缊袍之色⑩。况乎桓家郡主，性极矜严⑪；吴国夫人，理多贵倨⑫。王茂弘将膺九锡，时来悠谬之谈⑬；刘孝标永憾三同，属有纷纭之论⑭。而乃情坚一诺，面许三生。"《续长恨歌》云："相国冯公重古风，为访名姝到韦曲⑮。韦曲春花烂熳生，求婚三唱《踏莎行》。忽传妇妒几中止，官贫复恐离乡里。阿钱却喜嫁才人，委身情愿同生死。"刘文学锡旦诗云："梦授一枝和露种，肯教连理被云遮⑯？"

【注释】

①大士：菩萨。

②插戴：特指旧时订婚时男方送给女方的定礼。

③优钵昙花：也叫作"优昙钵罗"或"乌昙跋罗"，简作"优昙钵""优昙花""昙花"。多在夜间开放，时间很短。

④胡文学渭生：胡渭生，后来改名胡渭，字朏明，号东樵，德清（今属浙江）人。清经学家、地理学家。事见《清史稿·胡渭传》、阮元《儒林传稿》卷二《胡渭传》。

⑤玉帐：玉饰之帐，代指阿钱居住的闺阁。

⑥丘学士象升：丘象升，字曙戒，号南斋，山阳（今江苏淮安）人。清顺治十二年（1655）进士，授翰林院编修，顺治十六年（1659）任翰林院侍读学士。外补广东琼州通判，官至大理寺左寺副，平反冤狱颇多。事见王士禛《丘公墓志铭》（《带经堂集》卷六九）。

⑦湘帘：用湘妃竹做的帘子。春如海：原指春天美丽的景色像大海一样深广，形容大地充满了明媚的春光，此处似有男女帘下相逢时春情荡漾之意。

⑧陈序：指陈维崧《毛大可新纳姬人序》。

⑨原思入仕，仍然环堵之家：指原宪做官后依然一贫如洗，家徒四壁。原思，原宪，字子思。孔子弟子。《庄子·让王》："原宪居鲁，环堵之室，茨以生草；蓬户不完，桑以为枢；而瓮牖二室，褐以为塞；上漏下湿，匡坐而弦。"

⑩仲路居官，不离缊袍之色：指仲由做官后仍然身穿贫者的袍子。陈维崧《毛大可新纳姬人序》原作"季路"，孔子弟子仲由，字子路，一字季路。《论语·子罕》："衣敝缊袍，与衣狐貉者立，而不耻者，其由也与？"缊袍，以乱麻为絮的贫者所穿的袍子。

⑪桓家郡主，性极矜严：桓温的妻子南郡主（后封为南康公主）生性矜持严肃。《艺文类聚》卷十八引《妒记》记："桓大司马以李势女为妾，桓妻南郡主，拔刀率数十婢往李所，因欲斫之。"

⑫吴国夫人，理多贵倨：刘备的妻子东吴孙氏夫人尊贵倨傲。刘备娶东吴孙权的妹妹孙氏为妻，人称孙夫人。据陈维崧《毛大可新

纳姬人序》小字注："《汉纪》：'昭烈妻孙夫人，每出入，心未尝不凛凛。'"

⑬王茂弘将膺九锡，时来悠谬之谈：指王导要被加授九锡，还常因善妒的夫人而闹出荒谬的笑话。王茂弘，王导字茂弘，东晋政权的奠基人之一，历晋元帝、明帝、成帝三朝，皆居显位辅佐朝政，时称"王与马共天下"。陈维崧《毛大可新纳姬人序》小字注引《妒记》所记王导夫人曹氏事，曹氏善妒，听闻王导在外畜养众妾，驱车讨伐，王导仓促追赶，以左手攀车栏，右手捉麈尾驱牛，狼狈奔驰。蔡司徒闻之讥笑曰："朝廷欲加公九锡，有短辕犊车、长柄麈尾？"九锡，古代天子赐给诸侯、大臣的九种器物，是一种最高礼遇。悠谬，荒谬。

⑭刘孝标永憾三同，属有纷纭之论：刘峻遗憾家有悍妇，不断引发纷杂的议论。刘峻，字孝标，南朝文学家，曾注《世说新语》。他曾在《自序》中说自己与冯敬通有三个相同之处，即志气刚强，不被重用，以及家有悍妻，"敬通有忌妻，至于身操井臼；余有悍室，亦令家道辘轲"（《梁书·刘峻传》）。

⑮名姝：知名美女。韦曲：地名，唐代长安城南郊有韦曲，因韦氏世居于此得名。风景秀丽，为唐时游览胜地。此处代指京城南的丰台。

⑯梦授一枝和露种，肯教连理被云遮：大意指毛奇龄得到一位似含露花朵般的娇羞女子，恐怕会让他和正妻的情感因此出现裂痕。

【译文】

那天晚上，我梦见菩萨，取出盎中的花亲手赠予我。第二天就下聘定亲。北方把下聘定亲称为"插戴"。《续长恨歌》云："疏篱野径多闲暇，落花无人碧窗夜。天然芳洁不由人，优钵昙花是化身。"儒生胡渭生诗云："媒氏新传玉帐音，定情何用百黄金？帘前一见如相识，为插莲花玳瑁簪。"翰林侍读学士丘象升诗云："昨夜优昙带露开，簪花迤逦到丰台。湘帘一控春如海，万朵花光入座来。"她的哥哥和母亲，怀疑我年纪老迈、家境贫穷，又有传言说我家中正妻善妒，便想要悔亲，阿钱却不同意。陈维崧《毛大可新纳姬人序》记："原宪做官后，依然家徒四壁生活贫寒；仲由做官后，仍然身穿贫者的袍子。何况桓温妻子南郡主，生性矜持严肃；刘备妻子孙氏夫人，本就尊贵倨傲。王导要被加授九锡，还常因善妒的夫人而闹出荒谬的笑话；刘峻一直遗憾家有悍妇，为此不断引发纷杂的议论。然而，毛奇龄和阿钱彼此情感深厚，许下诺言，当面约定了缘定三生的婚姻。"《续长恨歌》云："相国冯公重古风，为访名姝到韦曲。韦曲春花烂熳生，求婚三唱《踏莎行》。忽传妇妒几中止，官贫复恐离乡里。阿钱却喜嫁才人，委身情愿同生死。"儒生刘锡旦诗云："梦授一枝和露种，肯教连理被云遮？"

及娶，检讨陈君就予饮，更名曼殊①。曼殊者，佛花也。汪主事诗云："昨宵梦乞杨枝露②，从此更名号曼殊。"陈序云："仆于阮妇之新婚③，曾学刘桢之平视④。屏前乍见，遽讶天人；烛下潜窥，已惊绝世。值此同官之被酒，屡为爱妾以征名。以姬夙悟静因⑤，亲耽禅喜⑥，遂傍稽夫梵夹⑦，肇锡之以曼殊⑧。"姜州丞启诗云："曼陀花散到人间⑩，色相端然菩萨鬟⑪。"蔡修撰升元"月上纱窗"《夜乌啼》词云⑫："檀心蕙质玉亭亭⑬，解语识迦陵⑭。慈云一滴杨枝露⑮，订三生，却向天花落处认前身⑯。"《续长恨歌》云："同官往往停驺御⑰，欲拜青娥不能去⑱。迦陵太史为征名⑲，曼殊本在西来处。"

【注释】

①曼殊：曼殊沙华，佛经中描绘的天界之花。其花鲜白柔软，诸天可随意降落此花，见之者可断离恶业。

②杨枝露：杨枝甘露，杨枝净水，能使万物复苏的甘露。

③阮妇：指丽质之女。

④刘桢：东汉文学家，"建安七子"之一。刘桢曾在宴会上见到曹丕的夫人甄氏，众人皆低头，独有他平视甄氏，因此被判以不敬罪而

服劳役。

⑤静因：佛缘。《毛大可新纳姬人序》作"净因"，小字注："《净名经》：'清净之因，归清净之果。'"

⑥禅喜：禅悦，法喜。指进入佛教"禅定"境界中，身心所获得的安然愉悦。

⑦傍稽：同"旁稽"，多方参证。梵夹：佛书。佛书以贝叶作书，贝叶重叠，用板木夹两端，以绳穿结，故称。

⑧肇：始。锡：赐。

⑨州丞：官名，汉置，为州尹之副。明、清州府设同知，接近州丞。

⑩曼陀：即曼陀罗花，意译为适意、悦意，在印度被当作是天界的花。

⑪色相端然：指形貌庄重整肃。菩萨鬘：也作菩萨蛮，菩萨秀美的头发。唐苏鹗《杜阳杂编》卷下："危髻金冠，璎珞被体，故谓之'菩萨蛮'。"

⑫蔡修撰升元：蔡升元，字徵元，号方麓。德清（今属浙江）人。清康熙二十一年（1682）壬戌科状元，授翰林院修撰。历任中允、少詹事、詹事、内阁学士、礼部尚书等。事见《（嘉庆）德清县续志》卷八。月上纱窗：应该是该篇词作的题目，此处先述题目，再述词牌。《夜乌啼》：据《西河集》卷九六当作"《乌夜啼》"，词牌名。

⑬檀心蕙质玉亭亭：比喻女子具有淑美善良的心灵气质，仪态修美。蕙质，女子美好的仪态和秉性。

⑭迦陵：指陈维崧，号迦陵。

⑮慈云：比喻佛的慈悲心怀如云之广被世界、众生。结合上文汪懋麟诗句"昨宵梦乞杨枝露"，或是指菩萨慈悲赐下杨枝露水。

⑯天花：佛教语，天界仙花。

⑰驺（zōu）御：指车马、随从。

⑱青娥：美丽的少女，此指阿钱。

⑲迦陵太史：陈维崧时任翰林院检讨，为史官，故称太史。

【译文】

等到娶了阿钱，翰林院检讨陈维崧找我饮酒，为阿钱更名为曼殊。曼殊是佛经中的吉花。刑部主事汪懋麟诗云："昨宵梦乞杨枝露，从此更名号曼殊。"陈维崧《毛大可新纳姬人序》云："我在新娶美女之时，也曾效仿刘桢正视佳人。在屏风前初次看见她，就吃惊地以为她是天上仙女；在灯烛下悄悄窥视她，又被她的绝世容颜所惊骇。遇到同僚陈维崧酒醉微醺，我屡屡向他为爱妾征求新名。因为阿钱素来能领悟佛缘，坐禅获得身心的安然愉悦，陈维崧便多方考索那佛教经典，这才给她赐名'曼殊'。"同知姜启诗云："曼陀花散到人间，色相端然菩萨鬘。"翰林院修撰蔡升元《乌夜啼·月上纱窗》词云："檀心蕙质玉亭亭，解语识迦陵。慈云一滴杨枝露，订三生，却向天花落处认前身。"《续长恨歌》记："同官往往停骖御，欲拜青娥不能去。迦陵太史为征名，曼殊本在西来处。"

曼殊既归，执挚①即贽，愿从学。取书观，有悟；才把笔，即能画字。其字每类予，见者辄谓予假为之。任黄门辰旦传云②："检讨善诗文，能书晓音律。曼殊心习焉，辄似检讨。"方编修诗云："夫子江东早擅名，学书学字尽聪明。"吴文学陈琰诗云③："学书不学卫夫人，别有簪花体格新④。争怪拈毫似夫婿，燕钗作贽仿来真⑤。"施侍读闰章诗云："夫人才把笔，便作逸少字⑥。如此好夫婿，何处不可似？"朱供奉《叶儿乐府》云⑦："檀板能歌绝妙词，银钩学写相思字⑧。"尝为予书刺，早起呵冻⑨，连作十余刺，心痛遽罢。陈序云："于是杂弄简编⑩，闲亲文史。画眉楼畔，即是书林⑪；傅粉房中，便成家塾。学新声于弦上，询难字于枕间。硬黄纸滑⑫，窃书夫子之衔；缥碧钗轻⑬，戏作门生之贽。"张检讨鸿烈诗云⑭："瞥见仙姝漫七年⑮，每闻素腕写鸾笺⑯。"潘检讨耒诗云⑰："学得簪花字体新，蛮笺十幅簇芳茵⑱。修成外传多情思，为有灯前拥髻人⑲。"予有《曼殊病》诗云:"黛椀谁书刺[20],银床想挈壶[21]。曼陀花一朵,看向日边枯。"

【注释】

①挚:同"贽",古代礼制,谒见人时携礼物相赠。

②任黄门辰旦:任辰旦,字千之。浙江萧山(今浙江杭州萧山区)人。顺治进士。康熙初年,充上海知县,善理讼案,治豪猾。后任给事中、大理寺丞。黄门,此处指给事中。事略见《(乾隆)绍兴府志》卷五四。

③吴文学陈琰:吴陈琰,字宝崖,号芋町,浙江钱塘(今浙江杭州)人。文名冠一时。清康熙四十二年(1703)以制科御试第一授内廷纂修,康熙五十二年(1713)授山东茌平县知县。曾著《旷园杂志》。

④簪花:古代书体的一种,娟秀工整。

⑤燕钗:旧时妇女别在发髻上的一种燕子形的钗。

⑥逸少:王羲之的字,此处喻指毛奇龄。

⑦朱供奉:指朱彝尊。朱彝尊在康熙十八年(1679)应博学鸿词科,授翰林院检讨,召入南书房供奉,故称朱供奉。

⑧银钩:比喻遒媚刚劲的书法。

⑨呵冻:谓嘘气使砚中凝结的墨汁融解。

⑩简编:指书籍。

⑪书林:藏书处。

⑫硬黄:纸名。以黄檗和蜡涂染,质坚韧而莹彻透明,便于法帖墨迹的响拓双钩。又因色黄利于久藏而多用以抄写佛经。

⑬缥碧:浅青色。

⑭张检讨鸿烈:张鸿烈,字毅文,号泾原,一号岸斋,山阳(今江苏淮安)人。清康熙时由廪生被推应博学鸿词试,授检讨。历官大理

寺副。工诗词。事见《（乾隆）淮安府志》卷二二。

⑮仙姝：仙女。亦常指美貌的女子。

⑯鸾笺：彩笺。

⑰潘检讨耒：潘耒，字次耕。吴江（今江苏苏州）人。先后从学于徐枋、顾炎武。通经史、音韵、历算诸学。康熙中，试博学鸿词科，授翰林院检讨。纂修《明史》，负责《食货志》。充日讲起居注官，修撰《实录》《圣训》。著有《遂初堂集》。事见《检讨潘先生传》（钱仪吉《碑传集》卷四五）。

⑱蛮笺：指蜀地所产名贵的彩色笺纸。

⑲拥髻：谓捧持发髻。

⑳黛椀：即黛碗，喻指砚台。

㉑挈壶：挈壶氏或挈壶正的略称。掌知漏刻。

【译文】

曼殊嫁给我之后，手捧礼物，要跟随我学习。我取出书法作品让她观看，她总是有所领悟；刚执笔，就能写字。她写的字每每和我的字很像，见到的人总说是我代她写的。给事中任辰旦给她作传记道："毛奇龄善作诗文，擅长书法，通晓音乐。曼殊用心向他学习，风格便很像毛奇龄。"翰林院编修方象瑛诗云："夫子江东早擅名，学书学字尽聪明。"儒生吴陈琰诗云："学书不学卫夫人，别有簪花体格新。争怪拈毫似夫婿，燕钗作赘仿来真。"侍读学士施闰章诗云："夫人才把笔，便作逸少字。如此好夫婿，何处不可似？"朱彝尊《叶儿乐府》云："檀板能歌绝妙词，银钩学写相思字。"曼殊曾经为我书写名帖，早晨起来嘘气融解砚中凝结的墨汁，一连写了十余张名帖，直到犯了心痛病才罢手。陈维崧《毛大可新纳姬人序》记："于是随意整理书简典籍，闲暇时接触文史知识。描饰眉毛的楼边，就是藏书的阁楼；敷抹脂粉的房中，成了授课的学堂。抚管弦学习新作的乐曲，在枕边询问生僻难字。硬黄纸质地光滑，自顶书法老师的头衔；浅青色发钗轻巧，戏言是弟子的拜师礼物。"翰林院检讨张鸿烈诗云："瞥见仙姝漫七年，每闻素腕写鸾笺。"翰林院检讨潘耒诗云："学得簪花字体新，蛮笺十幅簇芳茵。修成外传多情思，为有灯前拥髻人。"我写《曼殊病》诗云："黛椀谁书刺，银床想挈壶。曼陀花一朵，看向日边枯。"

　　予生平好歌，至是酒后歌，每歌必请予复之，三复则已能矣。按刌度节①，丝黍不得爽。尤喜歌真定夫子《祝家园》词②。梁司农夫子《桂枝香》曲开句："赏心乐事，祝家园里③。"冯太傅夫子长歌云④："从来绣阁惜娉婷⑤，红牙欲按声转停⑥。闻君雅擅周郎顾⑦，妾若歌时君细听。"《续长恨歌》云："学书便仿簪花格，偷曲初成按拍时⑧。"又云："拙宦中年何草草⑨，但看曼殊愁顿扫。酒阑一唱《祝家词》，温柔乡里真堪老⑩。冰弦檀板两怡然⑪，花底征歌月底眠。"田编修需诗云⑫："百绾云鬟巧样成，淡黄裙子称身轻。清歌按板偏能会，不数红红记豆名⑬。"胡文学诗云："新翻《子夜》与《前溪》⑭，顾曲周郎总不迷⑮。一唱黄鸡娇欲绝⑯，箫声同彻凤楼西⑰。"王光禄三杰诗云："歌残《金缕》不胜悲⑱，记得南园卧病时。夜起与郎花下坐，含颦一唱《祝家词》。"曼殊自为诗云："阶草衔虚槛⑲，亭榴接断垣。酒阑携锦瑟，请唱《祝家园》。"第苦无弹者，不可已，呼盲女街前琵琶，听数曲，谛视其拢撚刮拨⑳，遂能弹。朱供奉《洞庭秋色》词云："想暗通心曲㉑，朱丝弦里㉒；尽携书卷，玉镜台前㉓。"尤检讨侗《新样四时花》曲云："罗敷赵瑟侬家占㉔，《子夜》吴歌近日谙㉕。"袁编修佑诗云㉖："郎自艳吴曲，侬自缓秦筝㉗。双栖梁上燕，解语弄春声㉘。"冯检讨勔诗云㉙："细抛红豆谱相思，肠断金槽一缕丝㉚。谁道梁尘惊散后㉛，酒阑犹唱《祝家词》。"吴别驾融诗云："渌水春来艳㉜，金槽夜自弹。市楼盲女在㉝，莫作段师看㉞。"

【注释】

①按刌（cǔn）度节：依照歌曲的停顿、节拍而歌唱。

②真定夫子：指梁清标，字玉立，一字苍岩，号棠村。直隶真定（今
　河北正定）人，故称真定夫子。明崇祯十六年（1643）进士，清顺
　治元年（1644）补翰林院庶吉士，授编修。历任弘文院编修、户部
　尚书、保和殿大学士等职。著有《蕉林诗集》《棠村词》等。户部
　尚书别称司农，故下文称曾任户部尚书的梁清标为梁司农夫子。
　事见李澄中《保和殿大学士梁公墓志铭》（《白云村集》卷三）。

③祝家园：在清京城安定门西，本是左都御史祝氏别业。清康熙间
　文人常聚集此处宴饮，梁清标曾在这里写下《桂枝香》。

④冯太傅夫子：指太子太傅冯溥。

⑤绣阁：犹绣房。女子的居室装饰华丽如绣，故称。娉（pīng）婷：姿
　态美好。

⑥红牙：乐器名。檀木制的拍板，用以调节乐曲的节拍。

⑦周郎顾：语出《三国志·吴书·周瑜传》："瑜少精意于音乐，虽三
　爵之后，其有阙误，瑜必知之，知之必顾，故时人谣曰：'曲有误，
　周郎顾。'"后用为精于音乐者善辨音律的典故。

⑧偷曲：指学习乐曲。按拍：击节，打拍子。

⑨拙宦：谓不善为官，仕途不顺。多用以自谦。

⑩温柔乡：喻美色迷人之境。

⑪冰弦：琴弦的美称。传说中有用冰蚕丝做的琴弦，故称。

⑫田编修需：田需，字雨来，号鹿关，德州（今属山东）人。清康熙十
　八年（1679）进士，改庶吉士，授编修。有《水东草堂诗》。事略
　见《（道光）济南府志》卷五六。

⑬红红：唐代著名歌姬。唐段安节《乐府杂录》记载，歌姬张红红善
　于歌唱，声音嘹亮。曾有乐工撰古曲《长命西河女》，红红听其演
　奏时用小豆记下歌曲的节拍，乐工唱完，她便能随口歌唱。后来

召入宜春院,被称为记曲娘子。

⑭《子夜》:即《子夜歌》,乐府诗歌名。《前溪》:即《前溪曲》,古乐府吴声舞曲。《宋书·乐志》:"《前溪歌》者,晋车骑将军沈充所制。"

⑮顾曲:欣赏音乐。周郎:此处指像周郎一样善辨音律的毛奇龄。

⑯一唱黄鸡:金黄色的公鸡唱出了清脆的报晓曲。

⑰箫声同彻凤楼西:暗喻毛奇龄、曼殊像萧史、弄玉一样,醉心音乐,琴瑟和鸣。凤楼,即凤台,秦穆公曾筑凤台,让萧史夫妇居住凤台,管箫娱乐。

⑱《金缕》:曲调《金缕曲》《金缕衣》。

⑲虚槛:栏杆。

⑳拢撚(niǎn)刮(bāi)拨:弹奏弦乐器的指法。

㉑心曲:心事,心意。

㉒朱丝弦:用熟丝制的琴弦。

㉓玉镜台:玉制的镜台。

㉔罗敷:美女名。乐府诗《陌上桑》中有采桑女子罗敷。赵瑟:指瑟。因这种乐器战国时流行于赵国,渑池会上秦王又要赵王鼓瑟,故称。

㉕吴歌:吴地的民歌,具有温柔敦厚、含蓄缠绵、隐喻曲折、吟诵性强的特点。宋代郭茂倩编《乐府诗集》时,将搜集到的吴歌编入《清商曲辞》的《吴声歌曲》中,五言句式,多数是情歌,以《子夜歌》最具当时民歌的特点。

㉖袁编修佑:袁佑,字杜少,号霁轩,清直隶东明(今山东东明)人。康熙十一年(1672)拔贡,官内阁中书。康熙十八年(1679),召试博学鸿儒,授翰林院编修。迁中允。今存门人所刻《霁轩诗钞》。

㉗秦筝:古秦地(今陕西一带)的一种弦乐器。似瑟,传为秦蒙恬所造,故名。

㉘春声:春天的声响。如春水流响、春芽坼裂和禽鸟鸣啭等。

㉙冯检讨勔：冯勔，字方寅，号勉曾，吴县（今江苏苏州）人。康熙十八年（1679）举博学鸿儒，授检讨，纂修《明史》。事见《（乾隆）江南通志》卷一五七、《（乾隆）长洲县志》卷二五。

㉚金槽：指饰金的琵琶槽。琵琶槽，琵琶上架弦的格子，也代指琵琶。

㉛梁尘：比喻嘹亮动听的歌声。《太平御览》卷五七二引汉刘向《别录》："汉兴以来，善歌者鲁人虞公，发声清哀，盖动梁尘。"

㉜渌水：清澈的水。

㉝市楼：市中楼房，又称旗亭。

㉞段师：唐代善弹琵琶的段善本，借指琵琶高手。段成式《酉阳杂俎》前集卷六记："开元中，段师能弹琵琶。"《太平御览》卷五八三引《乐府杂录》记唐贞元年间，庄严寺僧人段善本在京城中弹琵琶，击败了宫廷琵琶"第一手"康昆仑。

【译文】

我生平喜好歌咏，自此每逢酒后歌咏，曼殊都请我重复咏唱，重复三次她便也能成诵了。依照歌咏的停顿、节拍，丝毫不会出错。尤其喜欢唱梁清标先生《祝家园》词。户部尚书梁清标先生《桂枝香》曲首句："心意欢乐之事，就在祝家园里。"太子太傅冯溥先生撰写长歌云："从来绣阁惜娉婷，红牙欲按声转停。闻君雅擅周郎顾，妾若歌时君细听。"《续长恨歌》云："学书便仿簪花格，偷曲初成按拍时。"又云："拙宦中年何草草，但看曼殊愁顿扫。酒阑一唱《祝家词》，温柔乡里真堪老。冰弦檀板两怡然，花底征歌月底眠。"翰林院编修田需诗云："百绾云鬟巧样成，淡黄裙子称身轻。清歌按板偏能会，不数红红记豆名。"胡书生诗云："新翻《子夜》与《前溪》，顾曲周郎总不迷。一唱黄鸡娇欲绝，箫声同彻凤楼西。"光禄王三杰诗云："歌残《金缕》不胜悲，记得南园卧病时。夜起与郎花下坐，含颦一唱《祝家词》。"曼殊自己写诗云："阶草衔虚槛，亭榴接断垣。酒阑携锦瑟，请唱《祝家园》。"只苦于府中没有弹奏丝弦之人，又不想就此放弃，便唤来一个盲女在街前弹琵琶，曼殊听她弹了几曲，仔细观察她拢弦弹拨的指法，于是便能够弹奏了。朱彝尊《洞庭秋色》词云："想暗通心曲，朱丝弦里，尽携书卷，玉镜台前。"翰林院检讨尤侗《新样四时花》曲云:"罗敷赵瑟侬家占,《子夜》吴歌近日谙。"翰林院编修袁佑诗云:"郎自艳吴曲,侬自缓秦筝。双栖梁上燕,解语弄春声。"翰林院检讨冯勖诗云:"细抛红豆谱相思,肠断金槽一缕丝。谁道梁尘惊散后,酒阑犹唱《祝家词》。"通判吴融诗云:"渌水春来艳,金槽夜自弹。市楼盲女在,莫作段师看。"

顾得奇疾,初书刺心痛,谓脘寒也①。既谓伤肝②,输东风木扬,春作而秋止③。又既谓中癀④,有瘕癖⑤,在胃傍,气积不行。历数载,审候终不得其要领⑥。每疾作,遍体若煿⑦。使婢按摩之,不足;以帗作兜⑧,负之行,又不足;绾筐而坐之,东西推挽⑨,若秋千然。任黄门传云:"然有奇疾。疾剧,则必约彩为兜⑩,有若花篮,坐其中,悬诸空际,左旋右转,乃少可,特终不可治。尝遍搜方术,不治,遂立愿舍身作佛弟子⑪。不治,乃召绘者图之,名曰《留视图》云。已而竟不可治。"陆文学弘定诗云⑫:"病倚篮舆挹翠霞⑬,后庭编径曲栏斜。彩兜行遍虽无迹,犹长金莲处处花。"

【注释】

① 脘(wǎn)寒:胃脘寒,胃寒。《黄帝内经·灵枢·大惑论》:"胃气逆上,则胃脘寒,故不嗜食也。"

② 伤肝:中医指因为怒气、风邪等原因导致肝部伤损。如长期郁愤,肝气郁结造成伤肝,《黄帝内经·素问·阴阳应象大论》:"怒伤肝,悲胜怒。"

③ 输东风木扬,春作而秋止:中医以五行对应五脏、四季,肝属木,木主生发,春日东风输入则木气上扬,如《黄帝内经·素问·金匮真言论》"东风生于春"、《阴阳应象大论》"在天为风,在地为木",此时万物生长,因而说"春作而秋止"。但如果落到人体,

风气通于肝，木气过于张扬，则会伤损肝气，故《阴阳应象大论》：
"东方生风，风生木，木生酸，酸生肝，肝生筋，筋生心，肝主目。"

④中懑：内心烦闷。

⑤瘕癖（jiǎ pǐ）：腹中结块的病。癖，古同"痞"，痞块。

⑥审候：判定症候，诊断症状。

⑦煿（bó）：烘烤。

⑧帔（pèi）：古代妇女披在肩上的衣饰。

⑨推挽：前牵后推。

⑩约彩：缠束彩色的绸子。

⑪舍身：指自作苦行，出家为僧。

⑫陆文学弘定：陆弘定，字紫度，号纶山。明末清初海宁（今属浙
　江）人。入清后不事科举，以布衣遗民终其身。有《爱始楼诗
　删》。事略见况周颐《蕙风词话》卷五。

⑬挹翠霞：汲取青色的烟霞。

【译文】

但曼殊得了怪病，开始是写名帖时会犯心痛，以为是胃寒。又以为
是伤肝，东风入侵，木气上扬，春天发作而秋天就会停止。后来又说是心
中烦闷，胃旁边有结块，气血瘀滞而不通。过了好几年，诊断症状却始终
没能找到症结所在。每当疾病发作，浑身上下如在火中烘烤，让婢女替
她按摩，也没有办法缓解；便把帔做成兜子，背着她走，仍旧不能缓解；便
用绳子拴住筐子再让她坐在里面，让人像荡秋千一样前牵后推。给事中
任辰旦写的传记记载："然而曼殊患了怪病。病得厉害时，必须缠束彩布做成状若花
篮的布兜，让她坐在里面，再把布兜悬吊在空中，然后左右旋转推动坐在布兜里的曼
殊，才能稍微缓解疼痛，只是终究无法治愈。曾经遍寻治疗的方法，一直无法治好，于
是她发愿舍身佛门，成为佛门弟子。病无法治好，于是她召集画工为自己画像，叫
作《留视图》。不久，曼殊竟然不治而亡。"儒生陆弘定诗云："病倚篮舆挹翠霞，后庭
编径曲栏斜。彩兜行遍虽无迹，犹长金莲处处花。"

尝梦邻庙奶奶唤归去，一日携儿至，曰："汝本吾家物，我挤眼，汝当随我行。"其儿曰："家去罢！不去，奶奶么喝①。"醒乃刻桃木为偶人，饰之衣，被以生平所梳百环髻，流涕送庙间。赵编修执信诗云②："淡红香白好容颜，宝髻堆云作百鬟③。唤作佛花元自误④，如今争肯住人间？"吴文学陈琰诗云："阿钱生小态婵娟⑤，多病皈依绣佛前。不信曼陀花一朵，忍教憔悴夕阳天⑥。"又云："妖梦频随阿母回⑦，香檀分影礼莲台⑧。百鬟巧髻亲留视⑨，画里真真唤不来。"沈文学季友诗云⑩："雕香分送泪模糊⑪，六尺生绡便作图⑫。认取白衣龛外立⑬，前身应是小龙姑⑭。"予《送偶人》诗云："且送青娥去，言随阿母归。荷花开作面，菊叶剪为衣。泪尽中途别，魂离何处依？他时香案下，相待莫相违⑮。"曼殊自为诗云："百计延医病转深，暂回阿母案傍身。此身久已魂离壳，莫道含颦又一人。"

【注释】

①么喝：叫喊。么，同"幺"。

②赵编修执信：赵执信，字仲符，号秋谷。益都（今山东青州）人。康熙初进士，授编修。主持山西乡试，升右赞善。与朱彝尊、陈维崧、毛奇龄相友。所著诗文有《饴山堂集》。事见汪由敦《赵先生执信墓志铭》（钱仪吉《碑传集》卷四五）、吴雯等《赵秋谷先生事略》（李元度《国朝先正事略》卷三八）。

③堆云：形容密集而盛多。

④自误：妨害自身，贻误自身。

⑤婵娟：姿态美好。

⑥憔悴：凋零，枯萎。

⑦妖梦:反常之梦,妖妄之梦。阿母:指奶奶庙里的奶奶神。

⑧香檀分影:用香檀木刻成的人像,指曼殊刻造的木偶像。莲台:原指佛座"莲花台",此指奶奶庙的神台。

⑨留视:指曼殊的画像《留视图》。

⑩沈文学季友:沈季友,字客子,平湖(今属浙江)人。清康熙二十六年(1687)副贡生。与汪琬、毛奇龄以诗相唱和,被毛奇龄称为才子。有《槜李诗系》《学古堂诗集》。事见《(光绪)平湖县志》卷十七。

⑪雕香:此指雕刻的木像。

⑫生绡:未漂煮过的丝织品。古时多用以作画,因亦指画卷。

⑬龛:供奉奶奶神的神阁。

⑭小龙姑:民间传说中龙姑奶奶庙里的小龙姑。

⑮相违:互相避开。

【译文】

曼殊曾经梦见隔壁奶奶庙的奶奶神呼唤她回去,某一天奶奶神带着一个小孩来到她家,说:"你本来是我家的人,我朝你挤眼,你就随我一同离开吧。"小孩说:"回家去吧!你不去,奶奶神要喊你的。"曼殊醒来后,便用桃木刻了个木偶,给木偶穿上衣服,覆盖上她平日里梳的百环髻,流着泪将木偶送到奶奶庙里。翰林院编修赵执信诗云:"淡红香白好容颜,宝髻堆云作百鬟。唤作佛花元自误,如今争肯住人间?"儒生吴陈琰诗云:"阿钱生小态婵娟,多病皈依绣佛前。不信曼陀花一朵,忍教憔悴夕阳天。"又云:"妖梦频随阿母回,香檀分影礼莲台。百鬟巧髻亲留视,画里真真唤不来。"儒生沈季友诗云:"雕香分送泪模糊,六尺生绡便作图。认取白衣龛外立,前身应是小龙姑。"我的《送偶人》诗云:"且送青娥去,言随阿母归。荷花开作面,菊叶蘜为衣。泪尽中途别,魂离何处依?他时香案下,相待莫相违。"曼殊自己作诗云:"百计延医病转深,暂回阿母案傍身。此身久已魂离壳,莫道含鬟又一人。"

　　乃复图其形，名《留视图》，而题诗焉。梁司农夫子诗云："百朵云光绾鬌斜①，焚香小坐澹铅华②。画图展向春风里，好护丰台第一花。"任黄门诗云："舍身现在礼慈云，月月纤腰减半分。何事画工还染色，澹红衣褶藕丝纹。"沈明府皡日诗云③："弹窝石畔冷如冰④，消得春风数尺绫⑤。一自檀雕分影去，夜深只坐佛前灯。"阮庶常尔询诗云⑥："新镂香檀旧梦频，碧绡留供佛前身。由来仙骨原无二⑦，不信双毫写玉人。"汪春坊霦诗云⑧："宝篆依微绣佛前⑨，香台欹坐鬌鬟偏⑩。梦魂缥缈知何处⑪，只在莲花秋水边。"高征士兆诗云⑫："百结云鬟委陌尘，一函玉骨瘗江滨⑬。可怜遗落春风影，挂向花前还妒人。"郑骠骑勋诗云："细雨难滋天上花，春光杳渺白云赊。可怜粉黛空留视⑭，肠断当时油壁车⑮。"

【注释】

①云光：指美女头发的光泽。

②澹铅华：不施铅粉。

③沈明府皡日：沈皡日，字融谷，号柘西，平湖（今属浙江）人。清康熙时贡生，康熙二十三年（1684）授广西来宾县知县，康熙二十八年（1689）调任广西天河县知县，后任湖南辰州府同知。工诗词，有《柘西精舍词》等。事略见《（光绪）平湖县志》卷十六。明府，县令，知县。

④弹窝石：即弹子窝，岩石表面经水浪长期冲激形成的圆孔。

⑤消得：值得，配得。数尺绫：指在数尺绫上画的画像。

⑥阮庶常尔询：阮尔询，字于岳，宣城（今属安徽）人。清康熙二十一年（1682）进士，改庶吉士，以科道补御史，官至工部左侍郎卒。事见《（乾隆）江南通志》卷一四八、《（嘉庆）宣城县志》卷十五。庶常，即庶吉士。

⑦仙骨：比喻超凡拔俗的气质。

⑧汪春坊霦（bīn）：汪霦，字朝采，号东川，浙江钱塘（今浙江杭州）人。清康熙十五年（1676）进士，官行人。康熙十八年（1679）举鸿博，授编修。官至户部侍郎。有《西泠唱和集》。事略见《（乾隆）江南通志》卷一四八。

⑨宝篆：熏香的美称。焚时烟如篆状，故称。

⑩髻鬟：古时妇女发式。将头发环曲束于顶。

⑪梦魂缥缈：灵魂随风飘荡。梦魂，古人认为人的灵魂在睡梦中会离开肉体。缥缈，随风飘扬。

⑫高征士兆：高兆，字云客，号固斋，明末清初福建侯官（今福建福州）人。明诸生。工书法，尤工小楷，亦善行书。与朱彝尊友善。工诗，有《端溪砚石考》《续高士传》《固斋集》。事见《（民国）闽侯县志》卷七二。

⑬一函玉骨：一盒白骨，一匣死者的骸骨。

⑭粉黛：美女。指曼殊。

⑮油壁车：古人乘坐的一种车子。因车壁用油涂饰，故名。

【译文】

于是又画了她的形貌，命名为《留视图》，并题写诗句。户部尚书梁清标诗云："百朵云光绾髻斜，焚香小坐澹铅华。画图展向春风里，好护丰台第一花。"给事中任辰旦诗云："舍身现在礼慈云，月月纤腰减半分。何事画工还染色，澹红衣褶藕丝纹。"知县沈皞日诗云："弹窝石畔冷如冰，消得春风数尺绫。一自檀雕分影去，夜深只坐佛前灯。"庶吉士阮尔询诗云："新镂香檀旧梦频，碧绡留供佛前身。由来仙骨原无二，不信双毫写玉人。"春坊汪霦诗云："宝篆依微绣佛前，香台欹坐髻鬟偏。梦魂缥缈知何处，只在莲花秋水边。"隐士高兆诗云："百结云鬟委陌尘，一函玉骨瘗江滨。可怜遗落春风影，挂向花前还炉人。"骠骑郑勋诗云："细雨难滋天上花，春光杳渺白云赊。可怜粉黛空留视，肠断当时油壁车。"

初，予妇将至，徙居南西门坟园①，虑不容也。益都夫子怜其穷，强予开阁，而曼殊难之。其后有假予意逼遣之者②，曼殊死复活。《曼殊回生记》云③："曼殊以壬戌十月十一日死④，越三日，高邮葛先生治之⑤，复甦⑥。"李检讨《曼殊诗》云："食贫二三载⑦，两情如斯须。何意南来者，事变出不虞⑧！举家色惨凄⑨，丞相谓曼殊：'毛郎生迟暮⑩，官贫徒区区。改图便尔为，作计莫太迂。'曼殊一无语，泪落红罗襦⑪。"又云："始至相逼迫，既乃复揶揄。郎意久异同⑫，计事一何愚！曼殊大悲摧⑬，天乎我何辜！郎今负义信⑭，恸哭声呜呜。气结肠欲断⑮，死生在须臾。仓皇觅良医，强起事跰𨂂⑯。药饵徐徐下⑰，数日魂始苏。"李中允诗云："踟蹰贮别馆⑱，咫尺明河悬⑲。脉脉但相望，郎言遂浪传⑳。谓当羽翼乖㉑，听续鸳鸯弦㉒。闻言一悲愤，气绝如丝联㉓。已乃泣吞声，仰首呼苍天。"《续长恨歌》云："食贫三岁恩情重，恩情只道长相共。桓家郡主蓦地来，惊散鸳鸯夜深梦。深情无赖金门客㉔，愁煞飘风荡魂魄㉕。仓卒坟园贮阿娇㉖，将使犊车无处觅㉗。那料流光迅如电㉘，好信不来飞语遍㉙。野花村落白杨郊，安得仙郎日相见㉚？含情一恸倒玉山㉛，杳杳冥冥去世间。葛翁投药虽扶起㉜，那得桃花还结子。画图试展旧时容，玉貌花姿全不是㉝。"孟监州远记云㉞："其初归也，则不以迟暮为非匹，而惟以得偶乎才子为幸。其濒危也，群言纷构㉟，犹矢若金石㊱，惟愿得死于才子之手。"彭侍讲孙遹诗云㊲："优钵从来不染尘㊳，无端号作断肠春㊴。凭谁地下三弹指，唤起迦文坐畔人㊵。"张文学闻然诗云："曾说南园卧病时，金槽犹拨《祝家词》。新声不向丰台度，付与啼莺恋旧枝。"曹学士禾诗云㊶："芍药初开骤委泥㊷，丰台犹见草萋萋。甘心远葬西施里㊸，苦恋贫官与忌妻。"杨文学卧《续张夫人拜新月》词云^㊹："拜新月,拜月在前墀^㊺。死魂回生后,残眉未扫时。"

【注释】

①南西门:即清京城外城南面的右安门。因在永定门的右侧(坐北朝南,西为右),所以称右安门,与永定门左侧的左安门相对称。俗称南西门,也就是南面城西边的门。出了南西门,可以到达丰台。

②逼遣:驱逐,赶走。

③《曼殊回生记》:毛奇龄记载曼殊得病、死而复生之事的文章,见《西河集》卷六七。

④壬戌:清康熙二十一年(1682)。

⑤高邮葛先生:高邮的葛天荫大夫。据毛奇龄《曼殊回生记》与《(康熙)高邮州志》卷十,葛先生名天荫,字淑承。父葛方覃,被誉称医仙。葛天荫继承父学,医名甚盛。高邮,西汉置高邮县,治盂城(今江苏高邮),属广陵国。北宋高邮军治高邮县,元高邮府治高邮县。明、清为高邮州,属扬州府。先生,指行医为业的人。

⑥甦(sū):苏醒。

⑦食贫:谓过贫苦的生活。

⑧不虞:难以预料,意料不到。

⑨惨凄:悲惨凄凉。

⑩迟暮:比喻晚年。

⑪红罗襦:红色的绸制短衣。

⑫郎意久异同:据李澄中《曼殊诗》(《卧象山房诗集》卷二二),有"贞妾何名义,此事古所无",推测其意为毛奇龄赞同冯溥提议,反对曼殊留在毛家,而曼殊矢志不渝。异同,反对,提出异议。

⑬悲摧:悲痛。

⑭义信:持义守信。

⑮气结：中医学名词，指郁气留滞不行。

⑯跏趺（jiā fū）：结跏趺坐，佛教中修禅者的坐法。两足交叉置于左右股上，称"全跏坐"。或单以左足押在右股上，或单以右足押在左股上，叫"半跏坐"。据佛经说，跏趺可以减少妄念，集中思想。

⑰药饵：药物。

⑱踟蹰：犹豫，迟疑。别馆：别墅。

⑲咫尺：形容距离近。明河：银河，天河。

⑳浪传：随意传布，任意流传。

㉑羽翼乖：喻指男女关系不和谐。羽翼，比翼，喻夫妇相伴不离。

㉒听续鸳鸯弦：喻指重续男女恩爱关系。

㉓气绝如丝联：气若游丝，形容只有很微弱的生命迹象。

㉔深情无赖金门客：情深似海的曼殊无法依赖那官宦贵客毛奇龄。金门客，代指官宦贵客。

㉕愁煞飘风荡魂魄：悲痛哀伤下气绝而亡，魂魄随风飘荡。

㉖阿娇：汉武帝皇后。借指宠妾，即曼殊。"坟园贮阿娇"巧妙仿用"金屋藏娇"典故。

㉗犊车：牛车。汉诸侯贫者乘之，后转为贵者乘用。

㉘流光：指如流水般逝去的时光。

㉙飞语：流言。

㉚仙郎：借称男子，此指毛奇龄。

㉛含情一恸倒玉山：曼殊满怀深情，在悲痛之中辞世。倒玉山，《世说新语·容止》："嵇叔夜之为人也，岩岩若孤松之独立；其醉也，傀俄若玉山之将崩。"原指酒醉欲倒之态，此指曼殊倒下而亡。

㉜葛翁投药：指医生葛天荫给曼殊开药服用，治疗疾病。

㉝玉貌花姿：指美丽秀逸的姿容。

㉞监州：通判的别称。

㉟纷构：纷纷构陷。

㊱矢若金石：发誓她的感情如同金石一样坚固。矢，发誓。

㊲彭侍讲孙遹（yù）：彭孙遹，字骏孙，号羡门，海盐（今属浙江）人。清顺治十六年（1659）进士。康熙间举博学鸿词科，考列第一，授编修。历吏部侍郎兼翰林院掌院学士。为《明史》总裁。以才学富赡、词采清华有名于时。事见《清史稿·彭孙遹传》。

㊳优钵：佛花优钵昙花，因曼殊得名于佛花，所以此处暗喻曼殊。

㊴无端号作断肠春：无穷无尽的悲号让春天陷入极度悲痛中。

㊵迦文：释迦牟尼亦称释迦文佛，省称迦文。

㊶曹学士禾：曹禾，参见卷三《顾玉川传》注释，他曾任翰林院侍讲学士，"江苏士大夫作《德政新编》，侍讲学士曹禾作启"（《（同治）长宁县志》卷八）。

㊷委泥：委身泥土。指去世，死后埋于地下。

㊸西施里：毛奇龄故乡萧山有西施里，曼殊死后可能迁葬到毛奇龄的故乡。

㊹张夫人拜新月：唐户部侍郎吉中孚的妻子张夫人曾写诗作《拜新月》，描写女子礼拜初出的弯形月亮时的心理活动，诗中的新月成了有情有意之物。

㊺墀（chí）：台阶上的空地，亦指台阶。

【译文】

　　此前，我的妻子将要来京，我担心她不能接纳曼殊，于是让曼殊移居到京城南西门的坟园。益都夫子冯溥哀怜她处境窘迫，硬要我开门迎她入户，这却让曼殊更加为难。那以后，妻子假借我的意思强行将她打发走，以致曼殊昏死而又复苏。我在《曼殊回生记》中写道："曼殊在清康熙二十一年十月十一日昏厥而死，过了三天，请高邮葛天荫先生治疗，才使她苏醒过来。"翰林院检讨李澄中《曼殊诗》云："食贫二三载，两情如斯须。何意南来者，事变出不虞！举家色惨凄，丞相谓曼殊：'毛郎生迟暮，官贫徒区区。改图便尔为，作计莫太迂。'曼殊一无语，泪落红罗襦。"又记："始至相逼迫，既乃复揶揄。郎意久异同，计事一何愚！曼殊大悲摧，天乎我何辜！郎今负义信，恸哭声呜呜。气结肠欲断，死生在须臾。仓皇觅良医，强起事跏趺。药饵徐徐下，数日魂始苏。”中允李铠诗云：“踟蹰贮别馆，咫尺明河悬。脉脉但相望，郎言遂浪传。谓当羽翼乖，听续鸳鸯弦。闻言一悲愤，气绝如丝联。已乃泣吞声，仰首呼苍天。”《续长恨歌》云：“食贫三岁恩情重，恩情只道长相共。桓家郡主蓦地来，惊散鸳鸯夜深梦。深情无赖金门客，愁煞飘风荡魂魄。仓卒坟园贮阿娇，将使犊车无处觅。那料流光迅如电，好信不来飞语遍。野花村落白杨郊，安得仙郎日相见？含情一恸倒玉山，杳杳冥冥去世间。葛翁投药虽扶起，那得桃花还结子。画图试展旧时容，玉貌花姿全不是。”通判孟远记载：“曼殊刚嫁给毛奇龄时，并不因毛郎年纪老迈就认为彼此不是良配，反而以能够嫁给才子为幸事。等到她病危之时，流言蜚语纷然构陷，但曼殊依然发誓她的感情如同金石一样坚固，只希望能死在毛奇龄的身边。”翰林院侍讲彭孙遹作诗云：“优钵从来不染尘，无端号作断肠春。凭谁地下三弹指，唤起迦文坐畔人。”儒生张闻然诗云：“曾说南园卧病时，金槽犹拨《祝家词》。新声不向丰台度，付与啼莺恋旧枝。”侍讲学士曹禾诗云：“芍药初开骤委泥，丰台犹见草萋萋。甘心远葬西施里，苦恋贫官与忌妻。”儒生杨卧《续张夫人拜新月》词云：“拜新月，拜月在前墀。死魂回生后，残眉未扫时。”

　　至是病转剧，尝曰：“令吾小可者[①]，吾当为尼忏除之[②]。”李中允诗云：“古今伤心人，慷慨以永叹[③]。庶几法王力[④]，遣此长恨端[⑤]。灼灼青莲花[⑥]，阿母梦所搴[⑦]。因之绮罗中[⑧]，爱参清静禅[⑨]。”《续长恨歌》云：“从此香奁日日扃[⑩]，长斋顶礼愿难成。彩兜虚约香尘满[⑪]，伏枕空房小胆惊[⑫]。”既而谓予曰：“向阿三病时予从子阿三死京师，予藉其园居，邀君日来以为幸。今君将南行，而予以病残留尼寺中，其能来乎？”泣曰：“他日君归者，吾请以尼随君行，惟君置之。”既而病发死。曼殊之死，京朝争作挽吊，自梁司农夫子，暨张、曹诸学士下，诗词文赋，不可胜纪。

又有作鼓子词^⑬，同韵唱和成帙，如云间李秾、李榛、顾士元、马左^⑭，西泠何源长^⑮，魏里周珂^⑯，同郡成肇璋、达志、金振甲、马会嘉、王麟游、陶簠、刘义林诸君^⑰，至同馆生^⑱。有托碧虚仙史，作《盎中花》杂剧者，皆汇载别集。**死时羸甚，及敛，面有生色，坐而衣，骨节缓泽如平时。** 任黄门诗云："垂帘无力倚阑干，怕见庭花易早残。偏怪瓦棺将掩处^⑲，海棠犹作睡时看。"

【注释】

①小可：疾病稍愈。

②忏除：忏悔以去除恶业。

③慷慨：情绪激动。

④庶几：希望，但愿。法王：佛教对释迦牟尼的尊称。

⑤遣：排解，发泄。

⑥青莲花：佛教以为莲花清净无染。故常用以指称和佛教有关的事物。

⑦搴（qiān）：采取，拿起。

⑧绮罗：指穿着绮罗的人。多为贵妇、美女的代称。

⑨爱参清静禅：喜欢参究心境恬静没有烦恼的禅理。清静，清净，外在的行为没有过失，内在的心境没有烦恼。

⑩香奁：借指闺阁。

⑪彩兜：指上文所述曼殊坐在彩兜中以稍缓病痛之事。但曼殊因为病情恶化，无法再像往日那样坐在彩兜中，故这里说不能实现以前的约定，徒为"虚约"。

⑫伏枕：伏卧在枕上养病。

⑬鼓子词：宋代兴起的一种曲艺说唱文学，用同一曲调反复演唱，并夹有说白，用以叙事写景，说唱以鼓合之。徐珂《清稗类钞·鼓词》："唱鼓词者，小鼓一具，配以三弦。二人唱书，谓之鼓儿词。亦

有仅一人者,京津有之。大家妇女无事,辄召之使唱,以遣岑寂。"

⑭云间:松江府的别称。

⑮西泠:桥名。原是杭州西湖名景,可借指杭州。如清代杭州人丁敬、蒋仁、黄易、奚冈并称"西泠四家"。

⑯魏里:在嘉善县(今浙江嘉善)内,隶嘉兴府。周珂:据《(雍正)续修嘉善县志》卷七记,周珂为康熙十七年(1678)贡生,振瑗弟,字越石。有兄周振璜、周振瑗。

⑰同郡:指毛奇龄同郡,即绍兴府。金振甲:清康熙十五年(1676)府学恩贡(《(乾隆)绍兴府志》卷三四),康熙三十三年(1694)任武义训导(《(嘉庆)武义县志》卷六)。陶簠(fǔ):字小羞,又字达夫。清康熙四十八年(1709)任江南和州同知,又任河南五和知县。事见《(道光)会稽县志稿》卷二二。刘义林:字晓堂。曾撰《汴灾纪略》一卷,记崇祯间李、曹二贼寇汴事。参见《(嘉庆)山阴县志》卷二六。

⑱同馆:指同在翰林院任职。馆,馆阁。

⑲瓦棺:陶制的葬具。

【译文】

至此,曼殊病情恶化,她曾说:"如果能让我病稍好一点,我要削发为尼,向佛祖忏悔以去除恶业。"中允李铠诗云:"古今伤心人,慷慨以永叹。庶几法王力,遣此长恨端。灼灼青莲花,阿母梦所搴。因之绮罗中,爱参清静禅。"《续长恨歌》云:"从此香奁日日扃,长斋顶礼愿难成。彩兜虚约香尘满,伏枕空房小胆惊。"此后,她对我说:"以前阿三生病时我的侄子阿三病逝于京城,我曾借住在他的园子里,把每天邀请你登门当作我的幸事。如今你将要前往南方,而我因为生病被留在尼寺之中,你还能再来吗?"又落泪而言:"他日你回来时,我会请求女尼师傅让我随你离去,此后的事情就听任你来安排。"不久,曼殊病发去世。她死后,京城文人争相作文凭吊,从户部尚书梁清标,到张英、曹禾等学士以下,众人悼念她的诗词文赋不可胜数。又有人撰写鼓子词,其他文人同韵唱和的作品被汇集成册，如松江府的李秾、李榛、顾士元、马左，杭州的何源长，魏里的周珂，绍兴的成肇璋、达志、金振甲、马会嘉、王麟游、陶簠、刘义林等人，以及同在翰林院任职的诸人。有人托名碧虚仙史，创作杂剧《盆中花》，都汇载于别集之中。曼殊死的时候，身体极为瘦弱，等到她入殓时，脸上还有活着时候的神色，让她坐着穿上殓衣，她的骨节柔软、富有光泽，宛如平时。给事中任辰旦诗云："垂帘无力倚阑干，怕见庭花易早残。偏怪瓦棺将掩处，海棠犹作睡时看。"

初，陈检讨孺人死[①]，索予为墓铭，而贻予以绢。绢浅黄色，为制裙而喜，嘱曰："假使贻绢有桃晕红者，当复制一裙。"越四年，无有贻者；既敛，乃卖金槽，裁一裙纳柳棺中。《续长恨歌》云："去路茫茫在何处？矫首空濛隔烟雾[②]。金槽卖却剪红裙，大叫曼殊将不去。"高征士诗云："罗裙浅澹剪鹅黄，一束纤腰白玉床[③]。长恨无人十洲外[④]，飞行为觅返魂香[⑤]。"吴文学诗云[⑥]："减尽纤腰胜小蛮[⑦]，淡黄裙子带围宽。可怜红绢空裁剪，不付金箱付玉棺[⑧]。"

【注释】

①陈检讨孺人：指陈维崧的妻子。孺人，明、清时指七品官的母亲或妻子的封号。

②矫首：抬头。空濛：迷茫貌，缥缈貌。

③白玉床：白色玉制或饰玉的床。

④十洲：道教称大海中神仙居住的十处名山胜境。亦泛指仙境。

⑤返魂香：返生香，使死人复活的香。

⑥吴文学：文中提及"吴文学阐思""吴文学陈琰"，未知此指两人中的哪一个。

⑦小蛮：唐白居易的舞妓名，腰肢纤细。唐孟棨《本事诗·事感》：

"白尚书姬人樊素善歌,妓人小蛮善舞。尝为诗曰:'樱桃樊素口,
杨柳小蛮腰。'"

⑧金箱:金制的箱。用以珍藏宝物。

【译文】

起初,陈维崧的妻子去世,请我为她撰写墓志铭之后,回赠给我一块
丝绢。丝绢浅黄色,我让人给曼殊裁成裙子,她很欢喜,嘱咐我说:"如果
有人赠送给你桃晕红色的丝绢,要再做一件裙子。"过了四年,没有人送
给我这样颜色的丝绢;等到她入殓时,才典卖了饰金的琵琶,裁制了一件
裙子,然后放进棺材中。《续长恨歌》云:"去路茫茫在何处?娇首空濛隔烟雾。
金槽卖却剪红裙,大叫曼殊将不去。"隐士高兆诗云:"罗裙浅澹剪鹅黄,一束纤腰白
玉床。长恨无人十洲外,飞行为觅返魂香。"吴儒生诗云:"减尽纤腰胜小蛮,淡黄裙
子带围宽。可怜红绢空裁剪,不付金箱付玉棺。"

张山来曰:予亦复有长恨①,间为诗五十首,名《清
泪痕》②,同人皆有赠挽诗歌。今读此,不觉触予旧恨也。

【注释】

①长恨:指张潮之妾去世的怅恨。

②《清泪痕》:张潮所撰悼念亡妾的五十首诗歌,据清人先著《琐
窗寒》序记"张山来辑《清泪痕》,撰《七疗》,皆为悼亡姬作也"
(《劝影堂词》卷中)。陈鼎《心斋居士传》也记:"其少妇死,作《清
泪痕》五十律以哀之,属而和者通国。"文辞哀伤,故吴肃公评曰:
"山老《清泪痕》一书,细看皆是血泪。"(《幽梦影》第一五九则)

【译文】

张潮说:我也有小妾去世的怅恨,曾断断续续作了五十首诗,命
名为《清泪痕》,同道中人都赠送了吊挽的诗歌。如今读这篇文章,
不觉触动了我昔日的怅恨。

补张灵崔莹合传

黄周星（九烟）^①

余少时阅唐解元《六如集》^②，有云："六如尝与祝枝山、张梦晋^③，大雪中效乞儿唱《莲花》^④，得钱沽酒，痛饮野寺中，曰：'此乐惜不令太白见之^⑤！'"心窃异焉，然不知梦晋为何许人也。顷阅稗乘中^⑥，有一编曰《十美图》，乃详载张梦晋、崔素琼事，不觉惊喜叫跳，已而潸然雨泣。此真古今来才子佳人之轶事也，不可以不传，遂为之传。

【注释】

①黄周星：参见卷六《箫洞虚小传》注释。本篇选自黄周星《夏为堂别集》。又见黄周星《九烟先生遗集》卷二。

②唐解元：唐寅，字伯虎，一字子畏，号六如居士、桃花庵主等，苏州府吴县（今江苏苏州）人，明代著名画家、诗人。明弘治十一年（1498），考中应天府乡试第一（解元），故称唐解元。

③祝枝山：祝允明，字希哲，号枝山、枝指生。长洲（今江苏苏州）人。以乡举授广东兴宁知县，迁应天通判，谢病归。才思敏捷，有文才，尤擅长书法。善新声，好酒色六博。事见陆粲《祝先生墓志铭》（《陆子余集》卷三）。张梦晋：张灵，字梦晋，苏州府吴县（今江苏苏州）人。家本贫窭，佻达自恣，不为乡党所礼。善画工诗。祝允明赏其才，收为弟子。与唐寅最善。好交游，使酒作狂。事略见《（崇祯）吴县志》卷四七、明阎秀卿《吴郡二科志》、明刘凤《续吴先贤赞》卷十一。

④《莲花》：即莲花落、莲华乐。民间曲艺的一种。旧时本为乞丐所

唱。后出现专业演员，演唱者一二人，仅用竹板按拍。

⑤太白：李白，字太白。李白作品常有及时行乐的观念，如《春夜宴从弟桃花园序》："夫天地者，万物之逆旅也；光阴者，百代之过客也。而浮生若梦，为欢几何？"

⑥稗乘：犹稗史，记载民间轶闻琐事的书。

【译文】

　　我年少时读唐寅的《六如集》，其中有一段写道："我曾与祝允明、张灵，在大雪中效仿乞丐唱《莲花落》，用乞讨得来的钱去买了酒，在野外的寺庙中痛饮，并放言说：'如此欢乐可惜不能让李白亲眼目睹啊！'"我心中甚为惊异，只是不知道张灵是什么人。不久前我在野史中读到一本名为《十美图》的书，详细记载了张灵与崔莹的故事，不禁惊喜得又叫又跳，旋即潸然泪下。这真是古往今来不为世人所知的才子佳人事迹啊，不能不让它流传下来，于是为他们的事迹写下这篇传记。

　　张梦晋，名灵，盖正德时吴县人也。生而姿容俊奕①，才调无双②，工诗善画，性风流豪放，不可一世。家故赤贫，而灵独夙慧③。当舞勺时④，父命灵出应童子试⑤，辄以冠军补弟子员。灵心顾不乐，以为才人何苦为章缝束缚⑥，遂绝意不欲复应试。日纵酒高吟，不肯妄交人，人亦不敢轻交与。惟与唐解元六如作忘年友⑦。灵既年长，不娶。六如试叩之，灵笑曰："君岂有中意人，足当吾耦者耶⑧？"六如曰："无之。但自古才子宜配佳人，吾聊以此探君耳。"灵曰："固然，今岂有其人哉！求之数千年中，可当才子佳人者，惟李太白与崔莺莺耳⑨！吾唯不才，然自谪仙而外，似不敢多让。若双文⑩，惜下嫁郑恒⑪，正未知果识张君瑞否⑫？"六如曰："谨受教^⑬。吾自今请为君访之。期得双文以报命,可乎?"遂大笑别去。

【注释】

①俊奕:俊秀清朗。

②才调:犹才气。多指文才。

③蚤:通"早"。

④舞勺:谓古代儿童学文舞,大约十三岁至十五岁时。

⑤童子试:亦称童试,包括县试、府试和院试三个阶段的考试。院试合格后称弟子员,即生员或秀才,方可进入府、州、县官学读书,以及正式参加科举考试。

⑥章缝:即章甫缝掖,指儒者的服饰、儒家学说。此处指参加八股文科考以谋取仕宦之类。章甫,礼冠。缝掖,袖子宽大的儒士衣服。

⑦忘年友:因才德相契,不拘年龄、行辈而结成的知交。

⑧耦:配偶。

⑨崔莺莺:元稹《莺莺传》中女主人公。姿色灵秀、善诗能琴,鼓起勇气与张生相爱并托付终身,但她和张生的爱情却最终成了一场悲剧。

⑩双文:指崔莺莺,"莺莺"二字重叠,故称双文。元稹《杂忆》诗提及双文:"忆得双文通内里,玉枕深处暗闻香。"赵令畤《侯鲭录》卷五:"仆家有微之作《元氏古艳诗》百余篇,中有《春词》二首……其诗中多言双文,意谓二莺字为双文也。"

⑪郑恒:元杂剧《西厢记》中的虚拟人物,郑尚书的长子,崔莺莺的表哥及未婚夫。

⑫正:只,仅。张君瑞:原型是《莺莺传》中的主人公张生。宋王楙《野客丛谈》卷二九已提及"案唐有张君瑞遇崔氏女于蒲",金董解元《西厢记》已确定"这个书生姓张名珙,字君瑞"。

虞初新志

⑬谨受教：敬遵教诲。

【译文】

张梦晋，名灵，是明朝正德年间苏州府吴县人。生来姿容俊美，文才无双，工诗善画，生性风流豪放，自视极高，对天下人极少赞许推重。家中本来穷得一无所有，而张灵年少时便特别聪明出众。少年时，父亲命张灵去应考童子试，他就以第一名而被录为秀才。张灵心中却不快乐，认为有才学的人何苦要被科考仕宦所束缚，于是断绝了科考出仕的念头，不准备再去应试。平日开怀畅饮，高声吟咏，不肯随便与人相交，旁人也不敢轻易与他交往。唯独与唐寅成为忘年之交。张灵壮年后，尚未婚娶。唐寅试探着询问，张灵笑着说："你难道有合意的人选，足以做我的妻子吗？"唐寅说："没有人选。但是自古以来才子应该配佳人，我只是以此来试探你而已。"张灵说："本来就是如此，如今岂会有佳人啊！翻找数千年的历史，可称得上才子佳人的，只有李白和崔莺莺两人而已！我虽然没有什么才能，然而除李白之外，似乎并不比他人逊色。像崔莺莺这样的女子，可惜下嫁给了郑恒，只是不知她是否真的结识过张君瑞呢？"唐寅回答："谨遵教诲。我从今天开始帮你访求佳人。希望能找到崔莺莺这样的美女来复命，可以吗？"于是大笑着告别而去。

一日，灵独坐读《刘伶传》①，命童子进酒，屡读屡叫绝，辄拍案浮一大白。久之，童子跽进曰②："酒罄矣③！今日唐解元与祝京兆宴集虎丘④，公何不挟此编一往索醉耶？"灵大喜，即行。然不欲为不速客，乃屏弃衣冠，科跣双髻⑤，衣鹑结⑥，左持《刘伶传》，右持木杖，讴吟道情词⑦，行乞而前。抵虎丘，见贵游蚁聚⑧，绮席喧阗⑨。灵每过一处，辄执书向客曰："刘伶告饮。"客见其美丈夫，不类丐者，竞以酒馔贻之。有数贾人，方酌酒赋诗，灵至前，请属和⑩，贾人笑之。

其诗中有"苍官""青十""扑握""伊尼"四事⑪，因指以问灵。灵曰："松、竹、兔、鹿，谁不知耶？"贾人始骇，令赓诗⑫，灵即立挥百绝而去。遥见六如及祝京兆枝山数辈，共集可中亭⑬，亦趋前执书告饮。六如早已知为灵，见其佯狂游戏，戒座客阳为不识者以观之。语灵曰："尔丐子持书行乞，想能赋诗。试题悟石轩一绝句⑭，如佳，即赐尔卮酒，否则当叩尔胫。"灵曰："易耳！"童子遂进毫楮⑮。灵即书云："胜迹天成说虎丘，可中亭畔足酣游。吟诗岂让生公法⑯，顽石如何不点头？"遂并毫楮掷地曰："佳哉！掷地金声也！"六如览之，大笑，因呼与共饮。时观者如堵，莫不相顾惊怪。灵既醉，即拂衣起，仍执书向悟石轩长揖曰："刘伶谢饮。"遂不别座客径去。六如谓枝山曰："今日我辈此举，不减晋人风流⑰。宜写一帧，为《张灵行乞图》，吾任绘事而公题跋之⑱，亦千秋佳话也。"即舐笔伸纸⑲，俄顷图成。枝山题数语其后，座客争传玩叹赏。

【注释】

①刘伶：字伯伦，魏晋名士。曾出仕为建威将军参军。性情放荡不羁，喜酒，终日沉醉，与王戎、嵇康等人交游，为"竹林七贤"之一。著有《酒德颂》。其事见《晋书·刘伶传》。

②跽(jì)：两膝着地，上身挺直。

③罄：尽。

④祝京兆：明嘉靖元年(1522)，祝允明任应天府通判。应天府(今南京)为明朝留都，被喻指为唐代都城京兆府，应天府通判接近京兆府少尹，因此祝允明被称为祝京兆。宴集：聚饮。

⑤科跣：露头光脚。

⑥鹑结：形容衣服破烂不堪。

⑦道情词：曲艺的一种，用渔鼓和简板伴奏。原为道士演唱的道教故事的曲子，后来用一般民间故事做题材。

⑧贵游：指无官职的王公贵族。亦泛指显贵者。

⑨绮席：盛美的筵席。喧阗（tián）：喧闹，喧哗拥挤。

⑩属（zhǔ）和：指和别人的诗。

⑪苍官：松、柏的别称。青十：竹的别称。扑握：兔的别称。伊尼：梵文的鹿名。

⑫赓诗：和诗。

⑬可中亭：位于苏州城西的虎丘山上。亭名可能取自唐代诗人刘禹锡《生公讲堂》诗"高座寂寥尘漠漠，一方明月可中庭"。"可中"有"正好"之意。该亭地处半山腰，可放目远眺四周开阔的景致。

⑭悟石轩：在虎丘正中的高地。因竺道生说佛法使顽石点头而得名。

⑮毫楮（chǔ）：指毛笔和纸。

⑯生公：竺道生，亦称生公。南朝宋僧。幼从竺法汰出家，随师姓竺。后游长安，从鸠摩罗什受业关中，罗什门下有"四圣""十哲"，道生都预其列。主张"顿悟成佛""一阐提人皆有佛性"等，不为时众接受，于是南下虎丘山。传说曾聚石为徒，讲《涅槃经》，石皆点头。

⑰晋人风流：指晋代"竹林七贤"等不拘礼法、纵酒游乐、漠视功名富贵、追求具有魅力和影响力的人格美的行为举动。

⑱绘事：绘画。题跋：书籍、字画、碑帖等的题识之辞。书于前者为题，书于后者为跋。

⑲舐笔伸纸：以笔浸染墨汁，铺开纸张。

【译文】

一天，张灵独自坐着读《刘伶传》，让童子斟酒，边读边称赞叫好，随即拍案满饮一大杯酒,如此反复。过了很久,童子跪着进言说:"酒缸已经空了! 今天唐解元与祝京兆在虎丘聚饮,您何不带着这本书去讨酒吃呢?"张灵大喜,立即出发。但他不想做个不速之客,于是脱下衣冠,露头光脚,梳成双髻,穿上破烂不堪的衣服,左手持《刘伶传》,右手持木杖,口中吟咏道情词,一路行乞向虎丘去了。到达虎丘,看见众多王公贵族聚集在这里,盛美的筵席喧闹无比。张灵每经过一处,便拿着《刘伶传》对客人说:"刘伶请求饮酒。"客人见他是个英俊男子,不像是乞讨之人,争相送给他酒食。有几个商人,正在酌酒赋诗,张灵上前,请求和诗,商人们都讥笑他。他们诗中有"苍官""青士""扑握""伊尼"四物,于是指着诗问张灵是何物。张灵答道:"松、竹、兔、鹿,谁不知道呢?"商人大为惊骇,让他和诗,张灵立刻挥笔写就百首绝句,扬长而去。他远远看见唐寅和祝允明等人在可中亭集会,于是也拿着书上前讨酒喝。唐寅早知是张灵,见他装疯嬉戏,便告诫在座的客人都假装不认识他,看他玩乐。他对张灵说:"你这个乞丐拿着书行乞,想必能赋诗。尝试写一首悟石轩的绝句,如果作得不错,就赐你一杯酒,否则要打你的腿。"张灵说:"简单得很!"童仆于是奉上纸笔。张灵当即写道:"胜迹天成说虎丘,可中亭畔足酣游。吟诗岂让生公法,顽石如何不点头?"于是把纸、笔都扔到地上说:"妙啊! 扔到地上都能有金石的铿锵响声啊!"唐寅看了诗后大笑,于是叫他一起喝酒。一时间观者蜂拥围堵,全都相互看着,感到惊讶奇怪。张灵喝醉之后,立即挥动衣襟站了起来,仍旧拿着书向悟石轩一揖到底,说:"刘伶感谢赐酒。"于是也不向在座的客人们告别,便径自离去。唐寅对祝允明说:"今天我们的举动,不输晋人的酒脱放逸。应该画一幅《张灵行乞图》,我来画,你来题写跋文,也算是千古传诵的美谈。"当即将笔蘸上墨汁,铺开纸张,很快就画完了。祝允明在画作后面题写了几句话,在座的客人们争相传看,赞叹称赏。

忽一翁缟衣素冠①,前揖曰:"二公即唐解元、祝京兆耶？仆企慕有年，何幸识韩②！"六如逊谢，徐叩之，则南昌明经崔文博，以海虞广文告归者也③。翁得图谛观，不忍释手，因讯适行乞者为谁。六如曰："敝里才子张灵也。"翁曰："诚然，此固非真才子不能。"即向六如乞此图归。将返舟，见舟已移泊他所，呼之始至。盖翁有女素琼者，名莹，才貌俱绝世，以新丧母，随翁扶梓归④。先舣舟岸侧时⑤，闻人声喧沸，乍启槛窥之⑥，则见一丐者，状貌殊不俗。丐者亦熟视槛中，忽登舟长跪，自陈"张灵求见"，屡遣不去。良久，有一童子入舟，强挽之，始去。故莹命移舟避之。崔翁乃出图示莹，且备述其故。莹始知行乞者为张灵，叹曰："此乃真风流才子也⑦！"取图藏笥中。翁拟以明日往谒唐、祝二君，因访灵。忽抱疴⑧，数日不起，为榜人所促⑨，遽返豫章⑩。

【注释】

①缟衣素冠：身穿白衣，戴白帽，用作丧服。缟、素，都是白色生绢。

②识韩：又作识荆，初次见面时表示尊敬的话。典出李白《与韩荆州书》："白闻天下谈士相聚而言曰：'生不用封万户侯，但愿一识韩荆州。'何令人之景慕，一至于此耶！"

③海虞：常熟县（今江苏常熟）的古称。广文：明、清泛指清苦闲散的儒学教官。海虞广文，即常熟县学教官，应置有教谕、训导等职务。

④扶梓（chèn）：犹扶柩，护送灵柩。

⑤舣（yǐ）舟：把船停靠在岸边。

⑥启槛：推开遮挡船舱窗户的木板。

⑦风流才子：风度潇洒、才学出众的人。

⑧抱疴（kē）：抱病。

⑨榜人：船夫，舟子。

⑩豫章：西汉高祖六年（前201）分九江郡置豫章郡，治南昌县（今江西南昌）。隋开皇九年（589）改为洪州。大业初及唐天宝、至德间，又曾改洪州为豫章郡。明、清为南昌府的别称、古称。

【译文】

忽然有一位穿戴着白色衣冠的老翁上前作揖道："二位就是唐解元和祝京兆吗？老朽仰慕你们多年，能够相识真是三生有幸！"唐寅谦让不敢当，慢慢询问他，原来他是南昌的贡生崔文博，从常熟儒学教官任上告老归乡。崔老翁拿着《张灵行乞图》仔细观看，不忍心放下，于是询问刚才行乞的人是谁。唐寅回答："那是我故乡的才子张灵。"崔老翁说："的确是才子，如果不是真才子，肯定是做不到这些的。"当即向唐寅讨要了这幅画，带着画离开。正要返回船上，看到船已停泊到别处，他呼喊了半天船才靠过来。崔老翁的女儿素琼，名莹，才学、容貌都十分出色，因为母亲刚去世，和父亲护持母亲的棺木准备返回故乡。此前，船停泊在岸边时，听见岸上人声喧闹沸腾，崔莹刚推开船舱的窗户向外探看，就看见一个乞丐，容貌非常与众不同。乞丐也注目窗中，忽而登上船直身而跪，嘴里说着"张灵求见"，多次打发他都没有走。过了很久，一个童仆上船，强行拉他，他才离去。因此崔莹让船夫移船避让。崔老翁于是拿出那幅画给崔莹看，并且详细叙说了其中的缘故。崔莹这才知道刚刚那个乞丐叫张灵，感叹道："这是真正的风流才子啊！"便拿了那幅画藏在竹箱中。崔老翁打算第二天去拜访唐寅、祝允明两人，趁机拜访张灵。结果忽然得了病，连日卧床不起，又被舟子催促，于是匆忙返回南昌。

灵既于舟次见莹①，以为绝代佳人，世难再得，遂日走虎丘侦之，久之杳然。属靳人方志来校士②，志既深恶古文词，而又闻灵跅弛不羁③，竟褫其诸生④。灵闻乃大喜曰："吾正苦章缝束缚，今幸免矣！顾一褫何虑再褫？且彼能褫吾诸生之名,亦能褫吾才子之名乎?"遂往过六如家,见车骑填门,胥尉盈座⑤,则江右宁藩宸濠遣使来迎者也⑥。六如拟赴其招。灵曰:"甚善!吾正有厚望于君。吾曩者虎丘所遇之佳人,即豫章人也,乞君为我多方访之,冀得当以报我。此开天辟地第一吃紧事也,幸无忽忘!"六如曰:"诺。"即偕藩使过豫章。

【注释】

①舟次:船停泊之所,码头。

②靳人:《九烟先生遗集》作"鄞人",当是。方志:字信之,宁波府鄞县(今浙江宁波鄞州区)人。明成化二十二年(1486)进士,弘治间任御史提督南直隶学校(即提学御史,见《(乾隆)江南通志》卷一〇三、《(康熙)徽州府志》卷三)。校士:考评士子。

③跅(tuò)弛:放荡不循规矩。

④褫(chǐ):革除。

⑤胥尉:文书、校尉等文武小官。

⑥宁藩宸濠:明朝的藩王宁王朱宸濠。明正德十四年(1519)六月,朱宸濠诡称奉太后密旨,自南昌起兵,攻南康、九江、安庆,谋取南京。提督南赣军务都御史王守仁俟其出兵,进攻南昌,宸濠回救,兵败被擒。事变前后仅月余,被诛于通州。

【译文】

张灵在船停泊处看见崔莹,觉得她是绝世美女,世上很难再有这样漂亮的女子了,于是每天前往虎丘寻访察看,但找了很久仍是音讯杳然。正值鄞县人提学御史方志到苏州来考校学子,方志本来对散体文厌恶极深,又听说张灵放荡不羁,竟然革除了他的秀才资格。张灵得知后却非常高兴,说:"我正苦恼被功名仕宦所束缚,如今能侥幸避免啦!只是被革除一次后，哪里还会担心再次被革除？况且他能革除我秀才的名号，还能夺去我才子的名号吗？"于是前去拜访唐寅，看见唐家车骑满门，官员满座，原来是江西的宁王朱宸濠派遣使者来征召他。唐寅打算前往南昌接受宁王的征召。张灵说："甚好！我正好对你寄予厚望。我当初在虎丘邂逅的佳人就是南昌人氏，还请你帮我多方寻访，希望你访得信息并告知我。这是有史以来第一要紧的事，希望你千万不要忘记！"唐寅说："好。"当即和宁王使者一起赶往南昌。

　　时宸濠久蓄异谋①，其招致六如，一博好贤虚誉，一慕六如诗画兼长，欲倩其作《十美图》，献之九重②。其时宫中已觅得九人，尚虚其一。六如请先写之，遂为写九美，而各缀七绝一章于后③。九美者，广陵汤之谒字雨君，善画、姑苏木桂文舟，善琴、嘉禾朱家淑文孺，善书、金陵钱韶凤生，善歌、江陵熊御小冯，善舞、荆溪杜若芳洲，善筝、洛阳花萼未芳，善笙、钱唐柳春阳絮才，善瑟、公安薛幼端端清，善箫也④。图咏既成，进之濠。濠大悦，乃盛设特宴六如，而别一殿僚季生副之。季生者，恲人也⑤。酒次，请观《九美图》，因进曰："十美歉一，殊属缺陷，某愿举一人以充其数。诘朝请持图来献⑥。"比持图以献，即崔莹也。濠见之曰："此真国色矣！"即属季生往说之。

【注释】

①异谋：反叛的图谋。

②九重：指宫禁，天子居住的地方，此处代指皇帝。

③一章：歌曲诗文的一段，亦指诗文的一篇。

④嘉禾：嘉兴府（今浙江嘉兴）的别称。江陵：荆州府（今湖北荆州）
　的古称。荆溪：宜兴县（今江苏宜兴）的别称。公安：明公安县
　（今湖北公安），属荆州府。

⑤恔（xiān）人：小人，奸佞的人。

⑥诘朝：诘旦，明晨。

【译文】

当时宁王朱宸濠早就图谋反叛，他召来唐寅，一方面是为博取爱好
贤才的虚名，一方面是钦慕唐寅兼通诗画，想请他作《十美图》，进献给
皇帝。那时宁王宫中已觅得九位美女，还差一位美女。唐寅请求先摹画
已有的九位美人，并在每幅画像后附题一首七言绝句。九位美女分别是
扬州汤之谒字雨君，善绘画、苏州木桂字文舟，善鼓琴、嘉兴朱家淑字文孺，善
书法、南京钱韶字凤生，善歌唱、荆州熊御字小冯，善跳舞、宜兴杜若字芳洲，善
弹筝、洛阳花萼字未芳，善吹笙、杭州柳春阳字絮才，善鼓瑟、公安薛幼端字端
清，善吹箫。诗、画完成之后，唐寅将它进献给朱宸濠。朱宸濠大喜，于是
专门摆设丰盛的宴席以款待唐寅，另外让自己的幕僚季生作陪。季生是
一个小人。宴饮间，季生请求观赏《九美图》，趁机向宁王进言说："十位
美女还缺一位，实在是一个缺憾，我愿推荐一人来凑足十美之数。请允
许我明天持图进献给您。"等到季生将画像献上来，正是崔莹。朱宸濠
看后赞叹："这位美人真是倾国之色啊！"当即委托季生前往崔家去说合。

先是，崔翁家居时，莹才名噪甚，求姻者踵至。翁度非
莹匹，悉拒不纳。既从虎丘得张灵，遂雅属意灵①，不意疾作
遽归。思复往吴中，托六如主其事。适季生旋里丧耦②，熟
闻莹名③，预遣女画师潜绘其容，而求姻于翁。翁谋诸莹，
莹固不许。于是季生衔之，因假手于濠以泄私忿。时濠威
殊张甚④，翁再三力辞，不得。莹窘激欲自裁⑤，翁复多方

护之。莹叹曰："命也！已矣，夫复何言！"乃取箧中《行乞图》，自题诗其上云："才子风流第一人，愿随行乞乐清贫。入宫只恐无红叶⑥，临别题诗当会真⑦。"举以授翁曰："愿持此复张郎，俾知世间有情痴女子如崔素琼者，亦不虚其为一生才子也。"遂恸哭入宫。

【注释】

①属（zhǔ）意：中意，归心。

②旋里：返回故乡。

③熟闻：经常听到。

④张甚：盛大，嚣张。

⑤自裁：自杀。

⑥红叶：唐代流传很多"红叶题诗"的佳话，情节略同而人事各异，如范摅《云溪友议》卷十记唐宣宗时，舍人卢渥偶到御河，从水中得到一片红叶，上题绝句云："流水何太急，深宫尽日闲，殷勤谢红叶，好去到人间。"后来宫中放出宫女择配婚嫁，没想到卢渥娶到的人竟是当初在红叶题诗的宫女。后来便把"红叶"当作男女传情的媒介。

⑦会真：《莺莺传》的别称。因该传奇中有"张生赋《会真诗》三十韵"，故又称为《会真记》。《莺莺传》记崔莺莺曾寄书信给张生，以表达忠贞和思念之情。这里崔莹自比《会真记》中的崔莺莺，题诗以寄意自己的意中人张灵。

【译文】

此前，崔老翁辞官闲居在家时，崔莹的才名众口传扬，求亲之人接踵而来。崔老翁认为求亲者不是女儿的良配，都拒不接受。他在虎丘得知张灵这个人后，便很是钟意于张灵，不料自己疾病发作而匆忙返回南昌。但心里还盘算着再次前往苏州，托唐寅操持这件事。恰逢季生丧偶返回故乡，经常听闻崔莹的才名，就预先派女画师暗中绘制了她的肖像，并向崔老翁求亲。崔老翁与崔莹商议，崔莹坚决不同意。于是季生怀恨在心，趁机借朱宸濠之手来宣泄自己的忿恨。当时朱宸濠的势力极为强盛，崔老翁再三极力推辞，都没能成功。崔莹急怒之下几欲自杀，老翁多方维护。崔莹叹息道："这是命啊！罢了，还有什么好说的呢！"她于是取出箱中的《行乞图》，在上面题诗云："才子风流第一人，愿随行乞乐清贫。入宫只恐无红叶，临别题诗当会真。"她拿给崔老翁说："希望您拿着这幅画告知张灵，让他知道世间有像崔莹这般痴情的女子，也不让他这个才子虚活一世。"于是大声痛哭着进了宁王王宫。

　　濠得之喜甚，复倩六如图咏，以为十美之冠。而六如先已取季生所献者摹得一纸藏之。莹既知六如在宫中，乘间密致一缄，以述己意。六如得缄，乃大惊惋，始知此女即灵所托访者。今事既不谐，复为绘图进献，岂非千古罪人？将来何面目见良友？因急诣崔翁，索得《行乞图》返宫，将相机维挽①。不意十美已即日就道，六如悔恨无已。又见濠逆迹渐著②，急欲辞归。苦为濠羁縻③，乃发狂，号呼颠掷④，溲秽狼籍⑤。濠久之不能堪，仍遣使送归。杜门月余乃起。过张灵时，灵已颓然卧病矣。

【注释】

①维挽：挽救。

②逆迹：谋逆的行迹。

③羁縻：束缚，拘禁。

④颠掷：蹦跳。

⑤溲秽：大小便等污秽之物。

【译文】

朱宸濠得到崔莹十分欢喜，又请唐寅为之作画题诗，把她列为十位美女之首。而唐寅先前已拿到季生献的画，临摹了一张收藏着。崔莹知道唐寅在宁王宫中，趁机秘密给他写了一封书信，以表达自己的心意。唐寅看了信后，大为惊叹惋惜，这才知道崔莹就是张灵托他寻访的女子。眼下已经无法帮张灵谋划亲事，再把她的画像进献给皇帝，自己岂不是成了千古的罪人？将来有什么脸面去见好友张灵呢？于是他火速拜访崔老翁，讨要了《行乞图》并带回王宫，打算找机会挽救此事。不料十位美女当日已经奔赴京城，唐寅悔恨不已。他又发现朱宸濠谋逆的迹象逐渐明显，急切地想要辞别而去。但苦于被朱宸濠所限制，于是表现得精神失常，大声呼喊，四处蹦跳，身上沾满粪便污秽。时间长了，朱宸濠也不能忍受，就派使者送他返回苏州。唐寅闭门谢客，一个多月后才开始活动。他去拜访张灵时，张灵早已萎靡不振地卧病在床。

盖灵自别六如后，邑邑亡憀①，日纵酒狂呼，或歌或哭。一日中秋，独走虎丘千人石畔②，见优伶演剧。灵伫视良久，忽大叫曰："尔等所演不佳，待吾演王子晋吹笙跨鹤③。"遂控一童子于地，而跨其背，攫伶人笙吹之，命童子作鹤飞，捶之不起。童子怒，掀灵于地。灵起曰："鹤不肯飞，吾今既不得为天仙，惟当作水仙耳④！"遂跃入剑池中⑤。众急救之出，则面额俱损，且伤股，不能行。人送归其家。自此委顿枕席⑥，日日在醉梦中。

【注释】

①邑邑：忧郁不乐貌。亡憀（liáo）：了无情趣。

②千人石:在虎丘山剑池旁。相传竺道生曾在此说法。

③王子晋:又叫王子乔,神话中的仙人。据《列仙传》载,他本为周
　　灵王太子,名晋,好吹笙,被浮丘生接上嵩山修炼,后来乘鹤登仙
　　飞去。

④水仙:传说中的水中神仙。

⑤剑池:在苏州虎丘山上。唐陆广微《吴地记》:"秦始皇东巡至虎
　　丘,求吴王宝剑,其虎当坟而踞,始皇以剑击之,不及,误中于石。
　　其虎西走二十五里忽失……剑无复获,乃陷成池,故号剑池。"

⑥委顿:衰弱,病困。

【译文】

　　原来张灵自从与唐寅分别后,忧郁不乐,了无情趣,终日纵酒狂呼,
时而歌咏,时而痛哭。中秋那天,他独自前往虎丘山千人石畔,看见伶
人正在表演戏剧。张灵伫立观看了很久,忽然大叫:"你们演得不好,等
我来演王子晋吹笙跨鹤飞升的故事。"于是把一个童子按在地上,骑在
他背上,抓起伶人的笙管吹奏,命令童子像鹤一样飞翔,他敲打着童子,
却飞不起来。童子愤怒地把张灵掀翻在地。张灵爬起来说:"白鹤不肯
飞,我如今既然不能当天仙,只有当水仙了!"于是跳入剑池中。众人急
忙将他从水中救出,他的脸和额头都已受伤,大腿也受了伤而不能行走。
人们便将他送回家。自此,他便衰弱地躺在床榻上,终日在醉梦中度过。

　　至是忽闻六如至,乃从榻间跃起,急叩豫章佳人状。六
如出所摹《素琼图》示之。灵一见,诧为天人,急捧置案间,
顶礼跪拜,自陈"才子张灵拜谒"云云。已闻莹已入宫,乃
抚图痛哭。六如复出莹所题《行乞图》示之。灵读罢,益痛
哭,大呼:"佳人崔素琼!"随蹖地呕血不止①。家人拥至榻
间,病愈甚。三日后,邀六如与诀曰:"已矣,唐君! 吾今真

死矣！死后，乞以此图殉葬。"索笔书片纸云："张灵，字梦晋，风流放诞人也②，以情死。"遂掷笔而逝。六如哭之恸，乃葬灵于玄墓山之麓③，而以图殉焉。检其生平文章，先已自焚，惟收其诗草及《行乞图》以归④。

【注释】

①踣（bó）：向前仆倒，跌倒。

②风流放诞：风雅潇洒，放纵不羁。

③玄墓山：在苏州吴县（今江苏苏州）西南。明王鏊《姑苏志》卷八记"相传郁泰玄葬此，故名"。

④诗草：诗的草稿，诗作。

【译文】

此时，忽然听说唐寅来了，张灵便从榻上跳起，急切地询问南昌崔莹的情况。唐寅拿出自己临摹的《素琼图》给他看。张灵一见，惊呼她为神仙中人，急忙捧着画放到桌案上，双膝跪下，双手伏地行礼下拜，自言"才子张灵拜谒"之类。又听说崔莹已经被送入皇宫，于是抚摸着画作痛哭。唐寅又拿出崔莹题诗的《行乞图》给他看。张灵读罢，更是痛哭不已，大声呼喊："佳人崔素琼！"随即仆倒在地，呕血不止。家人把他扶到榻上，从此病得愈加严重了。三天后，他邀请唐寅来家中与他诀别，说："罢了，唐寅先生！我如今真的要死了！我死后，请拿这幅画为我殉葬。"要来笔在一张纸上写下："张灵，字梦晋，乃是风雅潇洒、放纵不羁之人，如今因为爱情而死。"他扔下笔，便辞世而去。唐寅噭啕痛哭，把张灵埋葬在玄墓山下，用《素琼图》为之殉葬。唐寅翻检张灵生平文章，发现早已被张灵自行烧掉了，只收集到一些诗稿和《行乞图》，带着它们回去了。

时莹已率"十美"抵都，因驾幸榆林①，久之未得进御②。而宸濠已举兵反，为王守仁所败③，旋即就擒。驾还时，以"十美"为逆藩所献，悉遣归母家，听其适人。于是莹仍得返豫章。值崔翁已捐馆舍④，有老仆崔恩殡之。莹哀痛至甚，然茕孑无依⑤，葬父已毕，遂挈装径抵吴门⑥，命崔恩邀六如相见于舟次。莹首讯张灵近状，六如怆然收涕曰："辱姊钟情远顾⑦，奈此君福薄，今已为情鬼矣！"莹闻之，呜咽失声。询知灵葬于玄墓，约明日同往祭之。六如明日果携灵诗草及《行乞图》至，与莹各拏舟抵灵墓所⑧。莹衣缞经⑨，伏地拜哭甚哀。已乃悬《行乞图》于墓前，陈设祭仪⑩，坐石台上，徐取灵诗草读之。每读一章，辄酹酒一卮⑪，大呼："张灵才子！"一呼一哭，哭罢又读，往复不休。六如不忍闻，掩泪归舟。而崔恩伫立已久，劝慰无从，亦起去，徘徊丘垄间⑫。及返，则莹已自经于台畔⑬。恩大惊，走告六如。六如趋视，见莹已死，叹息跪拜曰："大难大难！我唐寅今日得见奇人奇事矣！"遂具棺衾⑭，将易服敛之。而莹通体衫襦⑮，皆细缀严密无少隙，知其矢死已久⑯。六如因取诗草及《行乞图》并置棺中为殉，启灵圹与莹同穴⑰，而植碑题其上云"明才子张梦晋佳人崔素琼合葬之墓"。时倾城士人哄传感叹⑱，无贵贱贤愚，争来吊诔⑲，络绎喧豗⑳，云蒸雨集㉑，哀声动地，殆莫知其由也。六如既合葬灵、莹，检莹所遗橐中装㉒，为置墓田㉓，营丙舍㉔，命崔恩居之，以供春秋奠扫之役。呜呼！才子佳人，一旦至此。庶乎灵、莹之事毕，而六如之事亦毕矣。

【注释】

①幸：专指天子到某地去。

②进御：进呈。

③王守仁：字伯安，号阳明，余姚（今属浙江）人。明正德初，因救言官戴铣等而违刘瑾意，被贬贵州龙场驿。后来累升右佥都御史，巡抚南赣。正德十四年（1519）平定宁王朱宸濠之乱。明世宗时封新建伯，任两广总督。王守仁是明代心学集大成者，其学说以良知良能为主，认为格物致知当求诸心，不当求诸事物。曾筑室阳明洞中，学者称"阳明先生"。其人事见《明史·王守仁传》。平定宁藩之乱事可详见王守仁《擒获宸濠捷音疏》（《王文成公全书》卷十二）。

④捐馆舍：抛弃馆舍。死亡的婉辞。

⑤茕孑：孤单。

⑥挈装：带着行装，携带财物。

⑦辱：谦辞，表示承蒙。姊：称呼崔莹。钟情：指爱情专注。

⑧拏（ná）舟：撑船。

⑨缞绖（cuī dié）：丧服。

⑩祭仪：祭祀用的供品。

⑪酹（lèi）酒：以酒浇地，表示祭奠。

⑫丘垄：丘陇，指坟墓。

⑬自经：上吊自杀。

⑭棺衾：棺材和衾被。泛指殓尸之具。

⑮衫襦：上衣和短衣，泛指衣服。

⑯矢死：誓死。谓下定决心，宁可死去。

⑰圹（kuàng）：墓穴，坟墓。

⑱哄传：众口传扬，纷纷传说。

⑲吊诔（lěi）：吊丧哀悼。

⑳喧豗(huī)：纷纭，纷扰。

㉑云蒸雨集：如云雨之蒸腾会集，形容众多的人聚集在一起。

㉒橐(tuó)中装：行囊中的财物。

㉓墓田：坟地。

㉔丙舍：指在墓地的房屋。

【译文】

当时崔莹等十位美人已抵达京城，因为皇帝御驾前往榆林，等了很久也没能进献给皇帝。而朱宸濠已经举兵造反，后来被王守仁击败，很快就被俘虏了。皇帝车驾回京时，因为十位美人是叛逆的藩王所献，便全部将她们送回娘家，任由她们自行婚配。于是崔莹仍旧得以返回南昌。此时崔老翁已经去世，老仆崔恩将主人装棺收殓。崔莹非常哀伤悲痛，又孤单无所依靠，安葬完父亲后，便携带行装径直来到苏州，命老仆崔恩邀约唐寅在码头相见。崔莹先向唐寅询问张灵的近况，唐寅悲伤地止住泪水说："承蒙姑娘一片痴情远道前来寻找张灵，无奈张灵福气浅薄，如今已为情而死啦！"崔莹听闻，痛哭失声。询问得知张灵葬在玄墓山，便和唐寅约定第二天一同前往坟前祭奠。第二天，唐寅果然带着张灵的诗稿和《行乞图》前来，与崔莹各自撑船到了张灵的坟墓。崔莹穿着丧服，跪在地上祭拜张灵，哭得非常哀伤。随即便将《行乞图》悬挂在墓前，摆放了祭奠的供品，跪坐在坟前的石台上，缓缓取出张灵的诗稿来读。每读一篇诗作，就在地上浇一杯酒祭奠他，大喊："才子张灵！"喊完便哭，哭罢继续读诗，如此重复地读歌、倒酒祭奠。唐寅不忍心继续听，掩面流泪回到船上。崔恩在坟前伫立了很久，没有办法劝解崔莹，也起身离开，在坟墓周围徘徊。等他返回时，崔莹已在石台边上吊自杀了。崔恩大惊，跑去告知唐寅。唐寅赶去看时，看见崔莹已经去世，叹息着跪下行礼说："真是艰难，真是艰难！我唐寅今日见到奇人奇事啦！"于是为崔莹备办装殓物品，准备换衣服收殓。而崔莹全身穿的衣服，都密密缝合在一起而没有一点缝隙，这才知道她早已抱定自杀的决心。唐寅于是取来诗稿和《行乞图》，把它们放到棺中殉葬，打开张灵的墓穴，将崔莹和张灵合葬在一起，树立墓碑并在碑上题写"明才子张梦晋佳人崔素琼合葬之墓"。一时，满城士人众口传颂，感叹不已，无论贫穷富贵、聪明愚笨之人，都争相前来祭奠哀悼，络绎不绝，很多人都聚集在这里，悲哀悼念的声音震动大地，但几乎没有人能知道其中的缘由。唐寅将张灵、崔莹合葬之后，整理她留下的行囊中的财物，为他们置办坟地，在墓地旁营建房屋，让崔恩住在这里，以处理春秋两季祭奠扫墓的事情。哎呀！才子佳人，一下子到了如此地步。差不多办完张灵、崔莹的后事，唐寅的事也就做完了。

　　而六如于明年仲春，躬诣墓所拜奠①，夜宿丙舍傍，辗转不寐。启窗纵目，则万树梅花，一天明月，不知身在人世。六如怅然叹曰："梦晋一生狂放，沦落不偶②，今得与崔美人合葬此间，消受香光③，亦差可不负矣④！但将来未知谁葬我唐寅耳！"不觉欷歔泣下。忽遥闻有人朗吟云⑤："花满山中高士卧⑥，月明林下美人来。"六如急起入林迎揖，则张灵也。六如讶曰："君死已久，安得来此吟高季迪诗⑦？"灵笑曰："君以我为真死耶？死者形，不死者性。吾既为一世才子，死后岂若他人泯没耶？今乘此花满山中、高士偃卧时，来造访耳。"复举手前指曰："此非'月明林下美人来'乎？"六如回顾，有美人姗姗来前⑧，则崔莹也。于是两人携手整襟，向六如拜谢合葬之德。六如方扶掖之，忽又闻有人大呼曰："我高季迪《梅花》诗乃千古绝唱，何物张灵，妄称才子，改'雪'为'花'？定须饱我老拳⑨！"六如转瞬之间，灵、莹俱失所在。其人直前呼曰："当捶此改诗之贼才子⑩！"挥六如欲殴之⑪。六如惊寤，则半窗明月，阒其无人⑫。六如怃然⑬，始信真才子与真佳人，盖死而不死也。因匡坐梅窗下⑭，作《张灵崔莹合传》，以纪其事。然今日《六如集》中，固未尝见此传也，余又安得而不亟补之哉？

【注释】

①躬诣：亲自造访。

②沦落不偶：落魄不遇，潦倒失意。

③消受：享受。香光：指馥郁的梅花花香和明净皎洁的月光。

④差可：尚可，勉强可以。

⑤朗吟：高声吟诵。

⑥高士：志行高洁之士。

⑦高季迪：高启，字季迪，元末明初长洲（今江苏苏州）人。博学善诗，此处所引诗句化用高启《梅花》九首之一，原诗句为"雪满山中高士卧，月明林下美人来"（《高太史集》卷十五）。

⑧姗姗：形容女子走路缓慢从容的姿态。

⑨老拳：结实有力的拳头。

⑩贼：詈词，骂人的字眼。

⑪捽（zuó）：揪，抓。

⑫阒（qù）：空。

⑬怃（wǔ）然：怅然失意貌。

⑭匡坐：正坐。

【译文】

第二年仲春，唐寅亲自到张灵墓前祭拜，夜晚住在守墓的房屋旁，翻来覆去睡不着。唐寅打开窗户放眼望去，但见万树梅花绽放，映照天上一轮明月，竟不知自己是否真的还在人世。唐寅怅然地感叹："张灵这一生任性放荡,潦倒失意,如今能和美人崔莹合葬在这里,享受着梅花的花香与皎洁的月光,也勉强可算没有辜负他吧! 只是不知,将来会是谁来埋葬我唐寅啊!"他不禁叹息着落下泪来。忽然远远地听见有人朗声吟诵:"花满山中高士卧,月明林下美人来。"唐寅赶紧起身进入梅花林,作揖迎接来人,原来是张灵。唐寅惊讶道:"你去世已久,怎么还能来这里吟诵高启的诗呢?"张灵笑着说:"你以为我果真死去了吗? 死去的是形体,不死的是灵性。我既然是一代才子,死后怎么会像普通人一样消失呢? 如今趁此梅花满山、高士睡卧的时候,前来拜访你而已。"又举手指向前方说:"这不是'月明林下美人来'了吗?"唐寅回头去看,看到有一位美人缓缓地走上前来,正是崔莹。于是两人携手整衣,向唐寅拜谢合葬他们的恩德。唐寅正要搀扶他们,又忽然听到有人大喊道:"我高启的《梅花》是千古传诵的诗歌,张灵是何方小卒,冒称才子,怎么把我诗中的'雪'字改为'花'字呢? 一定要让他好好尝尝我的拳头!"唐寅转眼之间,张灵、崔莹都消失不见了。那来人径直上前喊道:"我要捶打这个妄改诗句的贼才子!"揪住唐寅就要打。唐寅猛然间惊醒,只见明月照在一半的窗户上,四下空无一人。唐寅怅然若失,这才相信真才子与真佳人,原来是身死而神魂不死。他于是端坐在梅花盛放的窗户下,撰写《张灵崔莹合传》,来记录他们的故事。但今天流传的唐寅《六如集》中,却不曾见到这篇传记,我又怎么能不赶紧补写他们的传记呢?

畸史氏曰[①]:嗟乎! 盖吾阅《十美图》编,而后知世间真有才子佳人也。从来稗官家言,大抵真赝参半[②]。若梦晋之名,既章章于《六如集》中[③],但素琼之事,无从考证。虽然,有其事何必无其人? 且安知非作者有为而发乎? 独怪梦晋之才,目空千古,而其尚论才子佳人,则专以太白与莺莺当之。夫太白诚天上仙才,不可有二;若千古佳人,自当以文君为第一^④。而梦晋顾舍彼取此，厥后果遇素琼，毋乃思崔得崔，适符其谶耶？至于张以情死，崔以情殉，初非有一词半缕之成约^⑤，而慷慨从容，等泰山于鸿毛^⑥，徒以才色相怜之故。推此志也，凛凛生气^⑦，日月争光^⑧，又远出琴心犊鼻之上矣^⑨！而或者犹追恨于梦晋之蚤死，以为梦晋若不死，则素琼遣归之日，正崔、张好合之年^⑩，后此或白头唱和^⑪，兰玉盈阶^⑫，未可知也。噫！此固庸庸蚩蚩者之厚福也^⑬，何有于才子佳人哉！

【注释】

①畸史氏曰：此指作者的评论。是摹仿《史记》的"太史公曰"体例，总结全篇，加以评论。《庄子·大宗师》有不同于世俗的"畸人"，"畸史氏"即取义于此。

②真赝：真伪。

③章章：昭著貌。

④文君：卓文君，西汉临邛（今四川邛崃）富商卓王孙的女儿，貌美，喜爱音乐。司马相如经过其家，以琴曲挑逗卓文君，文君连夜和司马相如私奔到成都。

⑤成约：男女已有的定情约定。

⑥等泰山于鸿毛：反用司马迁《报任少卿书》"人固有一死，或重于泰山，或轻于鸿毛"之意，指张灵、崔莹视死如归，把死看得很轻。

⑦凛凛生气：形容令人敬畏而又充满活力。多指崇高的人格或业绩永远流传。

⑧日月争光：指人的精神或事业可以同日月比光辉。

⑨琴心：琴声表达的情意，指司马相如以琴曲挑逗卓文君。《史记·司马相如列传》："是时，卓王孙有女文君新寡，好音，故相如

缪与令相重，而以琴心挑之。"犊鼻：一种有裆的短裤，因其形似
犊鼻，故名。指司马相如和卓文君私奔到成都后，为了维持生计，
身穿短裤卖酒。《史记·司马相如列传》："相如身自著犊鼻裈，与
保庸杂作，涤器于市中。"

⑩好合：男女结合。

⑪白头唱和：借指夫妻终生恩爱相处。

⑫兰玉盈阶：比喻有很多能光耀门庭的优秀子弟。兰玉，即芝兰玉
树，喻优秀的后代子弟。《艺文类聚》卷八一引晋裴启《语林》记
谢氏子弟："譬如芝兰玉树，欲使生于阶庭。"

⑬庸庸茧茧：指无知的或不高明的人。

【译文】

黄周星说：哎呀！我翻阅那本《十美图》，而后才知道世上真的有才
子佳人啊。从来野史小说等作品，其记载大多真假参半。像张灵的名
字，已经在唐寅《六如集》中记载分明，但崔莹的事迹则无从查证。即是
如此，有这个故事又怎会没有这样的人呢？况且又怎知不是作者有意撰
写而抒发情感呢？只是奇怪，以张灵的才气，把什么都不放在眼里，而他
主张才子佳人之论，只把李白和崔莺莺当作才子佳人。那李白的确具有
天上仙人的才学，举世无双；至于千古以来的佳人，自然应当是卓文君名
列第一。而张灵却舍弃卓文君而推扬崔莺莺，此后果然遇到崔莹，难道
是想着崔氏便遇到了崔氏，恰好应验了他带有预兆的话语吗？至于张灵
因为爱情而死，崔莹又因为爱情舍弃生命，当初他们并没有只言片语的
约定，却能够慷慨从容地赴死，他们把重若泰山的死亡视作鸿毛一样轻，
不过是因为怜惜对方才学、容貌的缘故。推想他们的这种心志，令人敬
畏而又充满活力，可以和日月争辉竞光，又远远超过了司马相如与卓文
君的故事啊！而有的人还在遗憾张灵早死，认为他如果不死的话，那么
崔莹被朝廷释放回家之日，正是他们两人琴瑟好合之时，此后他们这对
才子佳人可能终生恩爱相处，会生下很多优秀的子孙，这也是不能预知

的事情。哎！这本来就是平庸无知者想的福泽气运之事，才子佳人何曾在乎过这些呢！

　　张山来曰：梦晋若不蚤死，无以成素琼殉死之奇。此正崔、张得意处也。

【译文】

　　张潮说：如果张灵去世得没有那么早，便无法成就崔莹舍弃生命的奇举。这正是崔莹、张灵故事的旨趣所在。

陈老莲别传

毛奇龄（大可）[1]

　　洪绶[2]，好画莲，自称老莲。数岁，见李公麟画《孔门弟子》勒本[3]，能指其误处。十四岁，悬其画市中，立致金钱。初法传染时[4]，钱塘蓝瑛工写生[5]，莲请瑛法传染，已而轻瑛。瑛亦自以不逮莲，终其身不写生，曰："此天授也！"

【注释】

①毛奇龄：参见本卷《曼殊别志书罇》注释。本篇选自《西河文选》，该书为汪霦等编选，今存康熙三十五年刊本。此篇又见于毛奇龄《西河集》卷七九，又见引于《（光绪）诸暨县志》卷五四。

②洪绶：陈洪绶，字章侯，号老莲，绍兴府诸暨县（今浙江诸暨）人。明末清初画家。工人物，得李公麟法。明亡时为清军俘获，虽胁以死，亦不肯为之作画。曾入绍兴云门寺为僧。名作有《西厢记》插图及《水浒叶子》《博古叶子》等。又工诗善书，有《宝纶

堂集》。事见《清史稿·陈洪绶传》。

③李公麟：北宋著名画家。字伯时，号龙眠居士。凡人物、释道、鞍马、山水、花鸟，无所不精。勒本：雕刻在石头上的画。据《清史稿·陈洪绶传》记"摹府学石刻李公麟《七十二贤像》"。

④传染：指工笔人物画的描绘渲染。

⑤蓝瑛：字田叔，号蜨叟、石头陀，明末清初钱塘（今浙江杭州）人。擅画山水，早年师法宋元诸家，笔墨秀润。后漫游南北，风格变为苍老坚劲。兼工人物、花鸟、兰竹。为武林画派创始人。写生：写照，人物画。

【译文】

陈洪绶爱好画莲花，自号老莲。才几岁时，看见李公麟画的《孔门弟子》石刻本，便能指出画作中的谬误之处。十四岁时，他把画作挂在街市之中，立刻就能挣取钱财。他刚开始学习描绘渲染时，钱塘人蓝瑛善于画人物，陈洪绶请求跟随蓝瑛学习，很快就看不上蓝瑛了。蓝瑛也自认为赶不上老莲，终身不再画人物画，说："他这是天授的禀赋啊！"

莲游于酒人①，所致金钱随手尽。尤喜为婺儒画②，婺儒藉莲画给空③。豪家索之，千缗勿得也。尝为诸生，督学使索之，亦勿得。顾生平好妇人，非妇人在坐不饮，夕寝非妇人不得寐；有携妇人乞画，辄应云。崇祯末，愍皇帝命供奉④，不拜，寻以兵罢；监国中⑤，待诏⑥。王师下浙东⑦，大将军抚军固山从围城中搜得莲⑧，大喜，急令画，不画；刃迫之，不画；以酒与妇人诱之画。久之，请汇所为画署名，且有粉本⑨。渲染已⑩，大饮，夜抱画寝。及伺之，遁矣。

【注释】

①酒人：好酒的人。

②窭（jù）儒：穷书生。

③给空：供给贫乏，补给贫困。

④愍皇帝：即庄烈愍皇帝，清廷给崇祯帝朱由检的谥号。供奉：内廷供奉，以某种技艺侍奉帝王。

⑤监国：南明弘光元年（1645），在浙江余姚、会稽、鄞县等地抗清义军及官吏缙绅的扶持下，鲁王朱以海监国于绍兴。徐鼐《小腆纪传》卷五八记陈洪绶"鲁监国时，以画待诏"。

⑥待诏：指应皇帝征召随时待命，以备咨询顾问。明朝为翰林院属官，掌校对文史，凡遇皇帝宣问文义，以备召呼。

⑦浙东：地区名。指浙江钱塘江（古称浙江）东南地区。包括今杭州市萧山区，以及绍兴、宁波、台州三市所辖各区县。清杨陆荣《三藩纪事本末》卷二"王师平闽"记清顺治"三年丙戌六月，王师平浙东"。

⑧固山：即固山额真，满清的旗主。固山为满语，汉语译为旗。额真亦满语，为一旗长官，管理全旗户口、生产、教养、训练等事。

⑨粉本：画稿。古人作画，先施粉上样，然后依样落笔，故称画稿为粉本。

⑩渲染：中国画技法的一种。用水墨或淡彩涂染画面，以烘染物像，增强艺术效果。

【译文】

陈洪绶终日游荡在好酒之人中间，所得到的金钱随手便花光了。尤其喜欢为贫困的儒生作画，这些书生借助陈洪绶的画作来补给贫困的生活。豪富人家向他索画，给再多的钱也得不到。陈洪绶曾经是秀才，提督学政派人向他索求画作，也没有得到。但是他平生好女色，没有美女陪坐就不饮酒，晚上没有美女陪伴就睡不着觉；如果有人带着美女来求画,他便会答应。明崇祯末年,皇帝召他任内廷供奉,他没有接受任命,这事很快就因为战乱而作罢;鲁王朱以海监国时,陈洪绶被授予翰林待诏。清军攻克浙东地区,大将军抚军固山从被围的城中搜捕到陈洪绶,非常高兴,急忙让他作画,陈洪绶拒绝;大将军用刀威胁他,他仍旧不画;大将军又用酒和美女引诱他,他才肯作画。时间久了,他请求汇集自己的画作和画稿来署上姓名。他给画作渲染完后,便畅快饮酒,夜里也抱着画作就寝。等士兵来探察时,他已经逃走了。

　　朝鲜、兀良哈、日本、撒马儿罕、乌思藏购莲画[①],重其直。海内传模为生者数千家[②]。甬东袁鹍贫[③],为洋船典簿记[④],藏莲画两幅截竹中,将归,贻日本主。主大喜,重予宴,酬以囊珠[⑤],亦传模笔也。

【注释】

①兀良哈:明代对东部蒙古的称呼,又称朵颜三卫,或兀良哈三卫。清代译作"乌梁海"。撒马儿罕:即寻思干(今乌兹别克斯坦撒马尔罕),古城名。乌思藏:一作乌斯藏。元、明两代对西藏前后藏的称谓。

②传模:以画、写、拓等方式临摹原件。

③甬东:古地名,即甬句东。春秋越地,在今浙江东部的舟山岛。

④洋船:海上航行的大船。

⑤囊珠:一袋珠宝。

【译文】

　　朝鲜、兀良哈、日本、撒马儿罕、乌思藏等地派人购买陈洪绶的画,这提升了他画作的价值。天下靠摹写陈洪绶画作为生的有数千家。甬东人袁鹍家境贫穷,在远航大船上主管账目簿册,在竹筒中收藏了陈洪绶的两幅画,将要归乡时,将画作赠送给日本国主。国主大喜,为他安排丰盛的宴席,酬赠给他一袋珠宝,这两幅画也是他人的临摹之作。

莲尝模周长史画①,至再三,犹不欲已。人指所模画谓之曰:"此画已过周,而犹嗛嗛②,何也?"曰:"此所以不及者也。吾画易见好,则能事未尽也。长史本至能,而若无能,此难能也。吾试以为文言之:今夫为文者,非持论,即摭事耳。以议属文,以文属事,虽备经营,亦安容有作者之意存其中耶?自作家者出,而作法秩然③。每一文至,必衔毫吮墨,一若有作者之意先于行间④。舍夫论与事而就我之法,曰如是则当,如是则不当,而文亡矣!故夫画,气韵兼力⑤,沨沨容容⑥,周、秦之文也。勾绰捉勒⑦,随境堑错⑧,汉、魏文也。驱遣于法度之中,钉前燕后⑨,陵轹矜轶⑩,抟裂顿斫⑪,作气满前,八家也⑫。故画有入神家,有名家,有当家⑬,有作家,有匠者家,吾惟不离乎作家,以负此嗛也。"其论如此。

【注释】

①周长史:周昉,字仲朗,京兆(今陕西西安)人,唐代著名画家。曾任越州、宣州长史,故称周长史。擅长画人物、佛像,尤其擅长画贵族妇女。传世作品有《簪花仕女图》《挥扇仕女图》《调琴啜茗图》等。

②嗛嗛(qiān):谦逊貌。嗛,通"谦"。

③秩然:秩序井然,规则分明。

④一若:仿佛,很像。

⑤气韵：指文章、书画的风格、意境或韵味。

⑥沨沨（féng）容容：飞扬飘动貌，形容画作、文章宛转自如、生动飞扬的样子。

⑦勾绰：中国画用笔的方法。勾是用线勾勒，绰是分析。捉勒：中国画术语。专指花鸟画中以猛禽猎食为题材。如南唐郭乾晖《苍鹰捕狸图》，北宋崔白《俊禽逐兔图》。

⑧随境堑错：根据画作的具体内容作相应的修订增饰。堑，挖掘，这里指修改。错，涂饰。

⑨钉前燕后：补充前人所无，傲视后世趋从。燕，轻慢。

⑩陵轹（lì）：凌驾，超越。形容画作傲然独立，超越其他作品。矜轶：自矜超越。

⑪抟裂顿斫：绘画时笔墨的汇聚、分开、停顿、砍削等技法。斫，砍削，指以笔触间的自然撞击、砍削等形成的凹凸刻痕及块面的交织错落的表现层次。

⑫八家：指唐、宋两代八个散文作家，韩愈、柳宗元、欧阳修、苏洵、苏轼、苏辙、王安石、曾巩。

⑬当家：行家，内行。这里指精通绘画技艺的人。

【译文】

陈洪绶曾经临摹周昉的画，反复多次临摹，还不准备停止。有人指着他临摹的画说："你临摹的画已经超过周昉了，你还这么谦逊地反复临摹，这是什么缘故呢？"陈洪绶回答："这就是我比不上他的原因。我的画很容易显示出妙处来，但是我对画的绘制技艺及艺术真谛还没有完全掌握。周昉在绘画上本已达到极为高超的艺术境界，而他表面看上去好像没有什么艺术才能，这才是画家最难具备的艺术才能。我试着用写文章来说明这个道理：如今写文章的人，不是提出主张，就是征采典故。以议论来构成文章，以文章来联缀典故，即便用心地构思谋划，又哪里容得下作者个人的想法蕴含在文章之中呢？出自掌握写作技法的作家之手的作品,其文章的创作法度早已规则分明。这些作家每当构思好一篇文章,一定要蘸墨挥毫以写作,仿佛早在行文之前便已有了作者的想法。如果舍弃当下文章创作中的个人论点与征采典故等模式,而遵循个人的创作手法,说这样写就很合适,那样写会不合适,那写出的文章就废了!所以作画,兼具神气、韵味,宛转自如、飘飞浮动,就像周、秦之时的文章。勾勒描画物体的轮廓,依据画作情境与内容随机进行修改增饰,仿佛是汉、魏时的文章。在绘画的既定模式中使用笔墨,补充前人所无、傲视后世趋从,傲然独立而超越他人,注意绘画时笔墨的汇聚、分开、停顿、砍削,有意创作的气息遍布眼前,如同是唐宋八大家的文章。所以绘画有臻于精妙化境的画家,有专长一技的画家,有精通画技的画家,有专门从事绘画的画家,有工匠习气的画家,我只具备专门从事绘画的画家的水准,因为想到这些事情才心感不足,一直临摹。"他的画论大致是这样。

莲画以天胜,然各有法:骨法法吴生[1],用笔法郑法士[2],墨法荆浩[3],疏渲传染法管仲姬[4],古皇圣贤、孔门弟子法李公麟,观音疏笔法吴生[5],细公麟[6],诸天、罗汉、菩萨、神馗、鬼魃法张骠骑[7],衣冠士法阎右相[8],士女法周长史昉[9],几幛、尊卣、瓶罍、什器、戎衣、穹庐、番马、骆驼、羊犬法赵承旨[10],钩勒竹法刘泾[11],折枝桃、牡丹、梅、水仙、草花法黄检校、钱选[12],鸟睛、花须、点漆、凸厚法宣和[13],蜂蝉、蛱蝶、蛴螬、螳螂、蛛蝥法宣和[14],亦杂法崔、徐、黄父子[15],莲法於莲[16]。於青年以莲称。

【注释】

①骨法:中国画中绘制外物的形体特征时运用适当的风骨和笔法,要求笔画的点、线有力,轮廓充满力量。吴生:指唐代画家吴道

子。吴道子绘画重视用笔的遒劲有力，段成式《酉阳杂俎》续集卷五记吴道子在赵景公寺画《地狱变》壁画"笔力劲怒"，另一幅壁画的龙和天王须也"笔迹如铁"。

②用笔：画画、写字的技法或特色。郑法士：北周末隋初的画家。初仕北周为大都督，封长社县子。入隋授中散大夫。工画，师法张僧繇。尤擅长人物，气韵标举，风格遒劲。

③墨：绘画用墨的技法，墨的浓淡与光彩皆能呈现不同的艺术效果。荆浩：字浩然，号洪谷子，五代后梁画家，北方山水画派之祖。

④管仲姬：管道昇，字仲姬。元赵孟頫妻。画墨竹兰梅，笔意清绝，亦善书。

⑤疏笔：指吴道子绘画所用焦墨勾线、略施淡彩等技法，笔法洗练流畅，点划之间，时见缺落，有笔不周而意周的妙处。

⑥细：密法、密体，劲紧联绵的笔法。

⑦诸天：佛教语。指护法众天神。佛经认为欲界有六天，色界的四禅有十八天，无色界的四处有四天，其他尚有日天、月天、韦驮天等诸天神，总称为诸天。神魌：锺馗，传说中能除邪驱祟的神灵。魖（chě）：丑恶的鬼。张骠骑：张孝师，唐代画家。曾任骠骑尉，故称张骠骑。善画释道人物，尤善描绘地狱变相。

⑧阎右相：阎立本，唐代画家。雍州万年（今陕西西安）人。唐高宗时任工部尚书，后任右相，改中书令。工人物、车马、台阁，尤擅写真，善于刻画性格神情。

⑨士女：仕女，以美女为题材的国画。

⑩卣（yǒu）：古代一种盛酒的器具，口小腹大，有盖和提梁。穹庐：古代游牧民族居住的毡帐。赵承旨：赵孟頫，字子昂。宋太祖赵匡胤十一世孙。宋亡家居，自力于学。元至元二十三年（1286）程钜夫于江南搜访遗逸，被引见给忽必烈。延祐间官至翰林学士承旨。善书法，善画山水、木石、花竹、人马。

⑪钩勒：国画的一种技法。用笔顺势为钩，逆势为勒；也有以单笔为钩、复笔为勒的。一般不分笔势顺、逆或单、复，凡以线条勾画物象轮廓，统称钩勒。刘泾：宋简州阳安（今四川简阳）人，字巨济，一字济震，号前溪。宋神宗熙宁六年（1073）进士。除国子监丞，知处、虢、真、坊四州。善属文，工画墨竹，以圆笔作叶，极有奇思。

⑫黄检校：黄筌。宋初，隶图画院。画作多描绘宫廷中的异卉珍禽。善画花竹翎毛，兼工佛道人物、山水。与南唐徐熙并号“黄徐”。钱选：宋元间吴兴（今浙江湖州）人，字舜举，号玉潭。南宋景定间乡贡进士。入元不仕。工书，善画人物、花木。尤善作折枝，其得意者，自赋诗题之。

⑬点漆：谓小而圆的物体，黑而有光。凸厚：指作画过程中调色时用水较少，覆盖时用色较厚，用色量较大。宣和：即《宣和画谱》。“宣和”是宋徽宗赵佶的年号（1119—1125），《宣和画谱》是我国艺术史上一部重要的绘画著作，记宋徽宗时内府所藏诸画，共收录历代二百余位画家的作品共六千余件。

⑭蜾蝺：蟋蟀。

⑮崔：崔白，字子西。宋神宗熙宁初补图画院艺学。工画花竹翎毛。以败荷凫雁得名，于佛道鬼神、山林人兽，亦无不精绝。尤长写生，极工于鹅。徐：徐熙，五代南唐画家。工花木、蔬果、禽鸟、虫鱼。与黄筌并称，为五代花鸟画的主要流派。黄父子：指黄筌与其子黄居寀、黄居宝。

⑯於（yū）莲：於青年，一作於青言，南宋时期画家，善画荷花。据明朱谋垔《画史会要》卷三记：“於青年，毗陵人，嘉定间专画荷花、草虫，世号於荷。”

【译文】

陈洪绶的画作以个人天赋异禀取胜，但每种技艺各有师承：风骨之法学习吴道子，用笔效法郑法士，用墨模仿荆浩，淡彩涂染效法管道昇，古代帝王、圣贤、孔门弟子等人物师法李公麟,画观音的疏笔技巧效法吴道子,细密的画法承袭李公麟,诸天、罗汉、菩萨、神祇、鬼魅等人物效仿张孝师,衣冠士人等效法阎立本,仕女画师法周昉,几幛、尊卣、瓶罂、日用器物、战衣、穹庐、番马、骆驼、羊犬等借鉴赵孟頫,钩勒竹子仿照刘泾,折枝桃、牡丹、梅、水仙、草花等画法仿效黄筌、钱选,乌睛、花须、点漆、凸厚等模拟《宣和画谱》,蜂蝉、蛱蝶、蛴螬、螳螂、蟋蟀等虫类师法《宣和画谱》,还兼习崔白、徐熙以及黄筌、黄居寀、黄居宝父子的画作,画莲学习於青年。於青年以画莲著称。

·

章侯《博古牌》①,为新安黄子立摩刻②,其人能手也。章侯死后,子立昼见章侯至,遂命妻子办衣敛,曰:"陈公画《地狱变相》成③,呼我摩刻。"然则莲画之贵,岂独人间耶? 原评。

【注释】

①《博古牌》:即陈洪绶《博古叶子》,是一种饮酒行令的酒牌,它以历史人物故事为内容,一叶一事,从陶朱公至白圭,共四十八叶。如陈洪绶在注明"一文钱"的一叶酒牌上,画杜甫手举一文钱,坐在石上观看,右侧题字"囊空恐羞涩,留得一钱看"。

②黄子立:名建中,以字行。明徽州府歙县(今安徽歙县)人,版刻工人。

③地狱变相:又称地狱图、地狱变。为劝善惩恶而描绘的各种地狱苦状的图相。

【译文】

陈洪绶的画作《博古牌》,被徽州黄子立临摹刻写,黄子立是版刻的能手。陈洪绶死后,黄子立在白天看到陈洪绶前来找他,于是让妻子备办装殓的衣服,说:"陈洪绶先生在地府画成《地狱变相》,让我去临摹刻写。"既然陈洪绶的画作出色,哪里只会在人间才受到追捧呢? 原评。

张山来曰:陈章侯《水浒牌》①,近年如画灯,如席上小屏风,皆取为稿本。其为益于世者甚多,则其食报于将来者,所必然耳。

【注释】

①《水浒牌》:即《水浒叶子》。陈洪绶所绘的四十幅版画精品,塑造了四十名梁山泊英雄形象。

【译文】

张潮说:陈洪绶的《水浒牌》,近年来像灯上的画、席上的小屏风,都选取《水浒牌》为底本。他给世人带来了很多好处,那么他来生受到的恩报,必然是很多的了。

桑山人传

毛奇龄（大可）①

山人许氏②,汴人③,少举茂才。崇祯中,尝献《剿贼三策》于阁部督师杨君④,不用。既而为东平侯刘泽清幕客⑤。与泽清语不合,辞去。乡人怨家发其隐事于王师之镇汴者,走匿桑下⑥,因姓桑,号桑山人。山人乃与嵩阳曹道士游。夜坐耳鸣,丝竹徐发,若有物拔其顶,耸身丈余,骨节皆通。尝卖药嵩山庙市⑦,以水酌喑者⑧,能言。许州小男为狐所苦^⑨，呼狐斩之。既还汴，怨家见曰："此许澄茂才也。"帅捕十许人迹至，山人乃独身指挥，尽缚诸捕者，揖怨家去谢之，而身游衡阳不返云^⑩。

【注释】

①毛奇龄：参见本卷《曼殊别志书缚》注释。本篇选自《西河文选》，又见于毛奇龄《西河集》卷七九，又见徐鼒《小腆纪传》卷五九《桑山人》。

②山人：常指隐居在山中的士人，据张潮评语此处似指道士。

③汴：开封府（今河南开封）简称。

④杨君：杨嗣昌，字文弱，湖广武陵（今湖南常德）人。明万历三十八年（1610）进士，崇祯十年（1637）出任兵部尚书，翌年任内阁大臣（即阁部），崇祯十二年（1639）以"督师辅臣"（明末置督师，以阁臣或兵部尚书等充任，赐上方剑，于重要军事去处全权督理军务）的身份前往湖广围剿张献忠农民军。崇祯十四年（1641）张献忠破襄阳，杀襄王朱翊铭，已患重病的杨嗣昌闻讯自杀。事见陈盟《崇祯阁臣行略·杨嗣昌》及《明史·杨嗣昌传》。

⑤刘泽清：字鹤洲，明末清初曹县（今属山东）人。明末从守备累擢至右都督，镇守山东。南明弘光时，与黄得功、高杰、刘良佐为四镇，封东平伯，辖淮、海十一州县。清兵南下时迎降，导清兵追弘光帝至芜湖。后以谋反被杀。事见《小腆纪传》卷六四《刘泽清传》。

⑥桑下：桑树下。或指古地名桑中、桑间，距开封不远。

⑦庙市：设在寺庙内或其附近的集市。

⑧喑（yīn）：哑。

⑨许州：北周大定元年（581）改郑州置许州，治所在长社县（今河南许昌）。隋改为颍川郡，唐武德四年（621）复为许州。明、清皆称许州，即今河南许昌。

⑩衡阳：隋改临烝县置衡阳县，为衡州治，治所即今湖南衡阳。明、清

　　时皆为衡州府治。

【译文】

　　桑山人姓许，是开封人，少年时考取秀才。明崇祯年间，他曾经向内阁大臣督师杨嗣昌进献《剿贼三策》，但杨嗣昌并没有采用。后来，他做了南明东平侯刘泽清的幕僚。因与刘泽清言语不合，便告辞离去了。同乡的仇人向镇守开封的清军告发了他曾做过刘泽清幕僚的隐秘之事，他于是逃跑，藏匿于桑下，便改姓桑，号桑山人。桑山人和嵩山之南的曹道士交往。有天晚上，他打坐时耳中嗡鸣，缓缓传出了音乐之声，仿佛有东西拔着他的头顶，将他的身体向上拉到一丈多长，他的骨头关节都被打通了。他曾经在嵩山寺庙附近的集市卖药，让哑巴用水冲服，哑巴就能说话。许州一个小男孩被狐狸所折磨，桑山人便召来狐狸并将其斩杀。后来回到开封，仇人见到之后说："这就是许澄秀才。"带着十几个缉捕的差役循着行迹而来，桑山人独自指挥，将前来缉捕自己的差役全部绑缚，向仇人拱手行礼致意，然后扬长而去，于是云游衡阳再也没有回来。

　　张山来曰：此等道士，我恨不得遇之。

【译文】

　　张潮说：这样的道士，我很遗憾没有遇到。

李姬传

侯方域（朝宗）①

　　李姬者，名香，母曰贞丽。贞丽有侠气，尝一夜博，输千金立尽；所交接皆当世豪杰，尤与阳羡陈贞慧善也②。姬为

其养女,亦侠而慧,略知书,能辨别士大夫贤否。张学士溥、夏吏部允彝亟称之③。少风调皎爽不群④。十三岁,从吴人周如松受歌"玉茗堂四传奇"⑤,皆能尽其音节,尤工《琵琶词》⑥,然不轻发也。雪苑侯生己卯来金陵⑦,与相识。姬尝邀侯生为诗,而自歌以偿之。

【注释】

①侯方域:参见卷三《马伶传》注释。此篇文章选自《壮悔堂集》卷五。又见吴肃公《阐义》卷十九。侯方域与李香之事,又可参见余怀《板桥杂记》卷下、孔尚任《桃花扇》。

②陈贞慧:字定生,常州府宜兴县(古称阳羡)人,明太子少保陈于廷之子,文学家陈维崧之父。富有侠义气概,重然诺,所交皆为豪杰。复社成员,曾声讨阮大铖。明亡后隐归故里。事见《(康熙)重修宜兴县志》卷八、《清史稿·陈贞慧传》。

③张学士溥:张溥,字天如,南直隶苏州府太仓州(今江苏太仓)人。明崇祯四年(1631)进士,改庶吉士。结复社,评议时政,声讨阉党。诗文敏捷,名高一时。曾为翰林院庶吉士,故本文尊为"学士",并非实职。事见《明史·张溥传》。夏吏部允彝:夏允彝,字彝仲,明松江府华亭(今上海松江区)人。与陈子龙等结几社,与复社相应和。崇祯十年(1637)登进士,授福建长乐知县,善决疑狱。南明弘光时,官吏部考功司主事,未就职。清军进攻江南,与陈子龙等在江南起兵抗清,兵败后投水殉节。事见《明史·夏允彝传》、《皇明四朝成仁录》卷六《嵩江起义传》。

④风调:品格情调。皎爽:高洁豪爽。

⑤玉茗堂四传奇:指明代汤显祖创作的"玉茗堂四梦",又叫"临川四梦",即传奇剧本《紫钗记》《还魂记》《南柯记》《邯郸记》的合

称。"玉茗堂"是汤显祖的书斋名。

⑥《琵琶词》：指高明的南戏《琵琶记》，写蔡伯喈、赵五娘夫妇悲欢
　离合之事。

⑦雪苑侯生：侯方域的自称。侯方域为商丘人，商丘城东北有梁孝
　王所筑台，相传谢惠连赋雪于此，又名雪苑，侯方域遂号雪苑（参
　见《（康熙）商丘县志》卷三）。己卯：明崇祯十二年（1639）。

【译文】

　　李姬名叫李香，养母唤作李贞丽。李贞丽很有侠义气概，曾经与他
人赌博了一夜，很快就输掉了很多钱财；她所结交的都是当世的英雄豪
杰，尤其和宜兴的陈贞慧交好。李姬是李贞丽的养女，也具有侠义气概，
而且聪慧出众，略微知晓一些诗书，能辨别士大夫是否贤明。张溥、夏
允彝屡次称赞她。李姬年少时品格情调便高洁豪爽，极为不凡。十三岁
时，她跟随吴人周如松学唱汤显祖"玉茗堂四传奇"，乐声节奏她都唱得
很准确，尤其精熟《琵琶词》，但是并不轻易演唱。侯方域在崇祯十二年
来到南京，结识李姬。李姬曾请侯方域写诗，自己歌唱作为答谢。

　　初，皖人阮大铖者①，以阿附魏忠贤论城旦②，屏居金陵，
为清议所斥③。阳羡陈贞慧、贵池吴应箕实首其事④，持之
力。大铖不得已，欲侯生为解之，乃假所善王将军，日载酒
食与侯生游。姬曰："王将军贫，非结客者。公子盍叩之？"
侯生三问，将军乃屏人述大铖意⑤。姬私语侯生曰："妾少从
假母识阳羡君⑥，其人有高义，闻吴君尤铮铮⑦。今皆与公子
善，奈何以阮公负至交乎？且以公子之世望⑧，安事阮公？
公子读万卷书，所见岂后于贱妾耶？"侯生大呼称善，醉而
卧。王将军者殊怏怏，因辞去，不复通。

【注释】

①皖：安徽的简称。阮大铖为怀宁（今安徽安庆）人。

②城旦：古代刑罚名，一种筑城四年的劳役。后以指流放或徒刑。阮大铖在崇祯初被列入阉党逆案而罢官，却"论赎徒为民"（《明史·奸臣传》），即交纳钱物而减免徒刑，后来避居南京。

③清议：指知识分子对时政的评议。

④贵池吴应箕：吴应箕，字次尾，池州府贵池（今安徽池州）人。善文，有正气。阮大铖侨居南京，作恶多端。崇祯十一年（1638），吴应箕等人起草《留都防乱公揭》，与陈贞慧等声讨阮大铖。后来阮大铖得势，遣骑追捕，他连夜逃走。南京失守，他起兵反清，败走山中，被俘而慷慨就义。事见汪有典《明忠义别传》卷二十《吴副榜传》、屈大均《皇明四朝成仁录》卷八《贵池起义传》。

⑤屏人：屏退左右之人。

⑥假母：养母。

⑦铮铮：比喻坚贞、刚强。

⑧世望：社会上的名望。

【译文】

当初，皖人阮大铖，因为依附魏忠贤而被判徒刑，后来避居南京，为士林舆论所排斥。宜兴的陈贞慧、贵池的吴应箕主持声讨阮大铖之事，态度坚决强硬。阮大铖没有办法，想让侯方域为他斡旋此事，于是托与侯方域交好的王将军，每日带着酒水美食去结交侯方域。李姬说："王将军生活贫困，并非有能力广泛结交宾客的人。公子你为何不询问他频频造访的用意呢？"侯方域再三询问，王将军才屏退闲杂人等转述了阮大铖的意思。李姬私下对侯方域说："我少时跟随养母认识宜兴的陈贞慧先生，其人行为高尚合于正义，还听说吴应箕的人品尤其坚贞刚毅。他们如今都与公子你交好，你为何要因为阮大铖而辜负至交好友呢？况且凭公子在社会上的名望，又何必去侍奉阮大铖呢？公子读书万卷，见识怎会比我一个小女子短浅呢?"侯方域大声称赞,酒醉后便躺下了。王将军很是闷闷不乐,于是告辞离开,不再同侯方域交往。

　　未几,侯生下第^①,姬置酒桃叶渡,歌《琵琶词》以送之,曰:"公子才名文藻,雅不减中郎^②。中郎学不补行,今《琵琶》所传词固妄,然尝昵董卓,不可掩也。公子豪迈不羁,又失意,此去相见未期,愿终自爱,无忘妾所歌《琵琶词》也。妾亦不复歌矣!"侯生去后,而故开府田仰者^③,以金三百锾邀姬一见^④。姬固却之。开府惭且怒,且有以中伤姬。姬叹曰:"田公宁异于阮公乎? 吾向之所赞于侯公子者谓何? 今乃利其金而赴之,是妾卖公子矣!"卒不往。

【注释】

①侯生下第:明崇祯十二年(1639),侯方域在南京参加乡试,"举南省第三人,以策语触讳黜"(贾开宗《侯方域传》,见清顺治刻增修本《壮悔堂集》)。

②中郎:指《琵琶记》中的主人公蔡伯喈。蔡邕,字伯喈,陈留圉(今河南杞县)人。汉灵帝时为议郎,董卓专权时任左中郎将,故称蔡中郎。董卓被诛,以附逆而被司徒王允所捕,死于狱中。

③开府:清代指出任外省的总督、巡抚。田仰:字百源,思南府(今贵州思南)人,明万历四十二年(1614)进士,崇祯元年(1628)任佥都御史,巡抚四川。南明时,任兵部右侍郎、副都御史,总督漕运,巡抚淮扬。不久擢升兵部尚书。南明永历元年(1647),降清被杀。

④锾(huán):货币单位。标准不一,一说为六两,一说为六两半。

【译文】

不久,侯方域科考落第,李姬在南京桃叶渡置办酒席,为他唱《琵琶词》送别,说:"公子的才华名望与文章辞采,素来不输于蔡邕。蔡邕的学问虽然出色,但难以弥补他品行上的不足,如今《琵琶词》里所描写的蔡邕故事固然虚妄,但蔡邕曾经亲附董卓,却是他抹不掉的污点。公子你性格豪迈,放荡不羁,如今科场不得志,此次分别,不知何时才能相见,愿你始终自重,别忘了我所唱的《琵琶词》。以后我也不会再唱它了!"侯方域离开后,前巡抚田仰,拿着三百镒金子约李姬见一面。李姬坚决拒绝了。田仰恼羞成怒,转而污蔑李姬。李姬感叹道:"田仰和阮大铖难道有什么不同吗?我曾经称赞侯公子的地方是什么呢?如果因为贪图田仰的钱财而去赴约,就是我背叛了侯公子啊!"始终没有前去赴约。

　　张山来曰:吾友岸堂主人作《桃花扇》传奇①,谱此事,惜未及《琵琶词》。岂以其词不雅驯②,故略之耶?

【注释】

①岸堂主人:孔尚任的别号。孔尚任,字聘之,又字季重,号东塘、岸堂,别号云亭山人,曲阜(今属山东)人。清康熙二十四年(1685)被召入京,授国子监博士,后官至户部员外郎。博学工诗文,通音律。以戏曲《桃花扇》负盛名,书凡三易稿而成。《桃花扇》:凡四十四出,以南明朝廷兴亡为背景,写明末复社文人侯方域与秦淮名妓李香君的爱情悲剧,将男女爱情与重大历史事件结合起来,抒发明末亡国之痛。传奇:指明、清以唱南曲为主的长篇戏曲,以别于北杂剧,是宋元南戏的进一步发展。盛于明嘉靖到清乾隆年间。昆腔、弋阳腔、青阳腔等剧种,都以演唱传奇剧本为主。

②雅驯:典雅纯正,文雅不俗。《琵琶词》的语言颇多俚俗口语,曲辞上也用浅近的口语描摹出人物复杂的思想感情,因此张潮认为它

不雅驯。

【译文】

　　张潮说:我的朋友孔尚任撰写戏曲《桃花扇》,谱写侯方域与李姬的故事,遗憾的是《桃花扇》未曾写到《琵琶词》。难道是因为《琵琶词》用词不够典雅纯正,所以才省略了吗?

记缢鬼

王明德(今樵)①

　　凡系有人缢死②,其宅内及缢死之处,往往有相从而缢,及缢之非一人者,俗谓之"讨替身"③,谓已死之鬼,求以自代。此种渺茫幻妄、惑世诬民之谈,岂君子所乐闻?然书谓"子不语怪"④,夫于怪仅曰"不语",则是怪亦世所尝有,非云世绝无怪也。

【注释】

①王明德:字金樵(一作今樵),一说字亮士,清扬州府高邮州(今江苏高邮)人。几次科考落榜,后以荫监生资格出仕,曾任刑部陕西司郎中。康熙十五年(1676)转任湖广汉阳府知府,以平谭洪之乱督粮入川,不幸被捕,宁死不附,遂削发为僧。事见《(雍正)高邮州志》卷九、《四库全书总目》卷一〇一。本篇选自王明德律学著作《读律佩觿》卷八。

②缢死:亦称"吊死",用绳索上吊而死。

③讨替身:旧时迷信,谓含冤负屈凶死者的鬼魂沉沦苦海,为求超生,往往诱使他人上吊、投河,以求自代,叫作"讨替身"。

④子不语怪:出《论语·述而》:"子不语怪、力、乱、神。"

【译文】

只要是有人上吊而死,那人的住宅和上吊的地方,常有跟着他上吊的人,随他上吊的并非一个人,民间称作"讨替身",这是说人死后的鬼魂,求别人来替代自己。这种飘渺无据、虚幻不实、迷惑世人、欺蒙百姓的说法,哪里是士大夫们喜闻乐道的事情呢?但是《论语》记载孔子不谈论怪异之事,孔子对怪异之事仅仅是不谈论,那么意谓这些怪事也是世间曾经存在的,并非是说全然没有怪异之事。

吾乡有张姓者,其家仅足自食。夫先卧,妇则仍工女红①。偷儿乘夜逾垣往窃②,未敢竟入,伺于窗外。见床侧一鬼妇,向本妇先嬉后泣,拜跪再三。本妇睨视数次,忽长叹,潸然泪下。偷儿心惊,专心伺之。妇即自理绢帛,仍有不忍即行之状。鬼妇更复再拜祈求,本妇方行自缢。偷儿急甚,大声疾呼,其夫鼾呼若不闻。偷儿无法以救,适檐下有竹竿,取从窗棂中撺击鬼妇③,其夫方觉。偷儿呼令急为开门,相助解救。在此妇固不自解觅死为何事,其夫亦不问呼门为何人,而偷儿亦自忘乎其为偷儿矣。事后,各道其详,因发床侧之壁视之,其中梁畔实有先年自缢绳头尚存④,虽云朽烂非真,而其形其迹,则仍宛然。由此以观,则凡世俗所传,亦未尽属无根之谈、荒唐之论矣。

【注释】

①女红(gōng):指女子纺织、刺绣、缝补等工作。红,通"工"。

②逾垣:翻越墙头。

③撺击:击打。

④中梁:屋的正梁。

【译文】

我家乡高邮有个姓张的人，他家仅能自食其力。有一晚，丈夫先睡了，妇人仍在做针线活。小偷乘夜色翻墙行窃，没敢直接进屋，先在窗外窥伺。看见床边有一个女鬼，对着妇人先是嬉笑又是哭泣，反复向她跪拜行礼。妇人斜着眼多次看着鬼，忽然长叹一声，潸然泪下。小偷心中大惊，聚精会神地窥探。妇人便整理绢帛，仍然有不忍心立刻行动的样子。女鬼又反复向她拜跪祈求，妇人才准备上吊自杀。小偷十分着急，急忙大声呼喊，而丈夫熟睡打呼仿佛没有听到。小偷没有办法相救，恰好看到屋檐下有根竹竿，于是取了竹竿从窗框中去打女鬼，妇人的丈夫这才惊醒。小偷喊着让丈夫急忙开门，帮助他解救妇人。这时，妇人并不明白自己为何要寻死，她的丈夫也不询问喊门的人是谁，而小偷也忘了自己是个贼。事后，他们各自叙述自己知道的详情，于是挖开床边的墙壁去查探，在房屋正梁的旁边确实有以前自缢者用过的绳头，虽然已经朽烂而没有了实物，但它的外形、痕迹，仍然清晰可辨。通过这件事情来看，民间所传之事，也并非全是没有根据的话、荒诞无稽的事了。

据故老所示辟除祕法①，不知出自何典，颇有行之而验者。法于自缢之人，尚在悬挂未解时，即于所悬身下，暗为记明。于方行解下时，或即用铁器，或即用大石，镇而压之。然后于所镇四面，深为挖取，将所镇土中层层拨视，或三五寸，或尺许，或二三尺，于中定有如鸡骨及如各骨之物在内，取而或弃或焚，则可辟除将来，不致有再缢之事。实为屡试屡验，其理殊不可解。但及时即挖则得之浅而易，迟则深而难，然亦不出八九尺外也。虽云幻妄无稽，不知何以行之实有可据。得毋如圣哲所云"天地之大，何所不有？""心知理之所必无，安知非情之所必有②？"其殆是欤？愚故从而笔之。即或行之未验，聊以解愚夫愚妇之疑，亦未必非拯救自缢之一预道也。

【注释】

①故老：年高而见识多的人。辟除：祛除灾殃，禳除不祥。祕法：秘法。

②心知理之所必无，安知非情之所必有：前人记载此语较多，如汤显祖《牡丹亭记题词》云："理之所必无，安知情之所必有邪？"

【译文】

根据年高多识的长者所传示的禳除灾祸的秘法，不知道这些秘法出自什么典籍，施行起来却很灵验。对上吊自杀的人施以秘法，在这个人悬挂于高处还没有解开时，就在他悬挂的身体下面，秘密地做上标记。在刚刚解下上吊者的尸体时，或者用铁器，或者用大石镇压住做标记的地方。然后在被镇压处的四面，深深地挖坑取土，将被镇压地方的土一层一层地拨开检视，有时是挖三五寸深，有时是挖一尺左右，有时是挖二三尺，土坑里面肯定能找到像鸡骨或者其他骨头的东西，把骨头取出扔掉或者焚烧，就可以祛除将来可能会发生的灾祸，不至于再发生有人上吊的事了。这样做真的是屡次尝试都很灵验，但其中的道理十分难以解释。只要抓紧时间去挖坑，就挖得浅且很容易找到骨头；如果拖延时间，就得深挖，而且很费力才能找到骨头，但挖的坑也不会超过八九尺深。虽然说这事情虚妄不实，但不知道为何实行起来却能找到事实依据。莫非正像圣贤哲人所说的"世界广阔无垠，何等怪事没有？""心中知晓从道理上来讲肯定没有虚妄之事，但又如何知晓这事情从人情上来讲不是的确存在呢？"大概是这样的吧？我因此照实记录下来。即使施行起来未有应验，也姑且可以用来解答世间愚昧无知之辈的疑惑，况且未必不是拯救上吊自杀者的一个预备办法。

张山来曰：世间自尽之鬼，如投河、自缢、自刎之类,俗谓其必讨替身。予素不之信。审若此,则此等鬼必有定额,不容增减耶? 真不可解。

【译文】

　　张潮说:世间自尽的亡魂,如投河、上吊、自刎之类,民间传言他们必定会找人代替他们。我向来不相信这种说法。细察这样的事情,此类的鬼魂肯定有限定的数量,不允许数量增加或削减吗? 真是让人费解。

卷十四

　　本卷六篇作品，前两篇讲述关公显圣之事，后有三篇介绍男女情爱之事，还有《瘗水盏子志石铭》一篇旁涉乐器，由帝灵神迹而及凡人故事，自鬼神奇遇而至男欢女爱，让读者沉浮于虚幻或现实之中，心情时而敬畏，时而沉迷，时而崇慕，时而悲酸。明清时期，关帝神信仰极为普遍，武圣被视为拯救黎民百姓的救世神，尤其是在战乱时期，其地位更趋重要。若非关帝显灵，城步县城势必沦陷于叛贼手中；如有老儒胆敢随意亵渎神灵，肯定会遭到关帝惩戒。因为在当时这种信仰已经渗透到民众潜意识中，故而体现在《平苗神异记》《纪老生妄讼》中。《会仙记》认为真正的爱情能穿越历史的长空，纵使今生有人、狐间的森严界限，也无法彻底阻绝男女主人公前生缔结鸳盟时播撒的爱情火种。可惜有情者终成眷属的例子依然有限，《太恨生传》实实令人怅然生恨，由衷感慨有情男女为何会因诸种原因而生死相隔。《姗姗传》同样讲述女子无缘与意中人长相厮守的悲剧，原来弱女子只求做才子的一个妾室，却也是如此艰难，时耶？命耶？读者或许会由此想到古代的女子实足可怜，她们凭借秀美容貌去博取男子的宠爱，大多却只能依附于男权体系之下，无法主宰自我，而是听凭命运的操纵，这种菟丝花式的人生又怎么可能会顺遂如意呢！

平苗神异记

王谦（扐斋）①

城步②，非邑也，故属湖广宝庆之武冈州③，设官城步巡检司④。苗民杂处，民不及什一⑤。数岁辄窃发⑥，守土将吏不能胜⑦，恒被害。有明弘治甲子⑧，峒苗李再万倡乱⑨，巡抚阎公讨平之⑩，疏请建县治，用资弹压；爰割武冈之绥宁二里半隶焉⑪。城于巫水之上⑫，凡五峒十八寨环其外。为宰者闻父老谈旧事⑬，目瞪股慄，若不终日⑭。城雉不盈百⑮，东、西、南列三门。北门故有汉前将军关帝祠岿然踞城上⑯。邑人敬事之，祷求必应，然未尝现身示异也。

【注释】

①王谦：字扐斋，直隶永年（今河北邯郸永年区）人。清康熙六年（1667）进士，康熙三十一年（1692）任江西提学道（《（雍正）江西通志》卷四八），康熙四十一年（1702）任淮扬道参议，与河道总督张鹏翮督修高邮滚坝（《治河全书》卷十八）。本篇注出"邮寄钞本"。《（道光）宝庆府志》卷六引《（康熙）宝庆志》、《（同治）城步县志》卷十皆录此文，题为《平妖记》或《平妖传》。

②城步：明弘治十七年（1504）置城步县，属宝庆府。《（同治）城步县志》卷一记："步者水陆凑会之名，城者言有故城也。"今为城步苗族自治县，隶属于湖南省邵阳市。

③湖广：即湖广布政使司，明洪武九年（1376）改湖广行省置，治武昌府（今湖北武汉武昌区）。辖境约相当于今湖北、湖南二省。宝庆：南宋宝庆元年（1225）升邵州置宝庆府，治所在邵阳县（今湖南邵阳）。武冈州：明洪武九年（1376）改武冈府置，属宝庆

府。治所即今湖南武冈。

④巡检司：明、清时官署名，凡关隘要害处俱设巡检司，掌管地方巡逻缉捕。

⑤民：指汉族百姓。什一：十分之一。

⑥窃发：暗中酝酿发动暴乱。

⑦守土：守卫疆土。亦指地方官掌治其所辖区域。

⑧有明弘治甲子：明孝宗朱祐樘弘治十七年（1504）。

⑨峒：古时候对西南部分地区少数民族聚居地的泛称。李再万：苗族，明武冈莫宜峒人。明弘治十四年（1501）春，李再万聚众数万，自称"天王"，攻城略地，戮杀官军，迅速控制城步南境五峒四十八寨和广西义宁、兴安等地。明廷急遣湖广巡抚阎仲宇、总兵徐琦进剿。翌年二月，李再万藏匿吊丝洞中，因饥冻死于洞内。

⑩阎公：阎仲宇，字参甫。明成化十一年（1475）进士，任都察院右副都御史、湖广巡抚，曾镇压苗族李再万叛乱。明武宗时，任兵部右侍郎、兵部尚书。事见《太子太保兵部尚书阎仲宇传》（焦竑《国朝献征录》卷三八）。

⑪绥宁：北宋崇宁五年（1106）置绥宁县，属武冈军。明、清时绥宁县属靖州。

⑫巫水：发源于湖南城步苗族自治县南境。沅江的支流。

⑬为宰者：担任地方官吏的人，地方官。宰，官吏通称。

⑭若不终日：好像一天也过不下去。形容局势危急或心中惶恐。

⑮雉：古代计算城墙面积的单位。长三丈、高一丈为一雉。

⑯前将军：官名。汉朝时位在大将军、骠骑将军之下，位次上卿。此处指关羽，他为蜀汉前将军。《三国志·蜀书·费诗传》："先主为汉中王，遣诗拜关羽为前将军。"

【译文】

城步，起初并不是县，这个地方原本属于湖广布政使司宝庆府的武冈州，设有城步巡检司。苗族和汉族百姓杂居于此，汉族百姓的人数不到十分之一。每过几年这里就会暗中酝酿暴乱，守卫疆土的将领官吏无法制止暴乱，经常会被乱民杀死。明朝弘治十七年，苗族的李再万率众造反，湖广巡抚阎仲宇率军讨平了叛乱，向朝廷上疏请求在这里建立城步县，以帮助控制这一地区；朝廷于是划割武冈州到绥宁之间两里半的地域归属于原城步巡检司。在巫水的上游新建县城，总共有五个苗峒和十八个苗寨环绕在县城的外面。地方官员听到有老人谈论以前的事，都睁大眼睛、两腿战栗，心中惶恐不安。城步县城城墙的长度不到三百丈，在城墙的东面、西面、南面修了三个城门。城北门原来有蜀汉前将军关羽的祠庙高高挺立在城墙之上。县城的百姓恭敬事奉关帝神，向他祷告祈求肯定会应验，然而关帝神从未现出真身显现异象。

余以康熙庚申谒选①，得是邑宰②。亲故饯别者，为余危。余笑谢之。初莅治③，苗不敢猖獗。迨癸亥七月朔④，粤西全州西延峒苗杨应龙⑤，啸聚苗猺一千七百余党⑥，将侵城步。杀人祭旗，誓以七夕决胜，谓"孤城无备，可谈笑取"。先是余逆揣变作⑦，阴募敢死士三百人，练习有法。及侦得实，单骑相地势，祕授计。阅七日，贼直薄城下，望见旌旗刀戟皆严整，相顾错愕，如出神算，不复有斗志。余属典史徐士奇、把总王明守北面⑧，练总杨应和守南城⑨，抚苗陈天武守西城。余独当东面，扼其冲，率精锐出城，乘贼暮气，深入其阻。应龙仓猝失措，有左道用符演咒法⑩，无一效，皆手戮之。余党胆落奔溃，不二里，伏兵四起，除被刀箭中火器死者，生擒五百余人。渠魁应龙⑪，故马宝部下裨将⑫。助贼为妖者，黄羊山道士周大圣也。

【注释】

①康熙庚申：清康熙十九年（1680）。谒选：官吏赴吏部应选。

②邑宰：旧时对县令的尊称。

③莅治：到任治理。

④癸亥：清康熙二十二年（1683）。

⑤全州：五代后晋天福四年（939）马楚分永州置全州，治所在清湘县（今广西全州西）。明初曾短暂升为府，不久降为州。全州和城步县相距较近。

⑥傜：同"瑶"，瑶族。

⑦逆揣：预测。

⑧典史：官名。元始置，明、清沿置，是知县下面掌管缉捕、监狱的属官。把总：明、清时的低级武官，位在千总下。

⑨练总：团练组织的主事人员。

⑩左道：邪门旁道。多指非正统的巫蛊、方术等。

⑪渠魁：盗寇中的首脑。

⑫马宝：原为明末农民军将领，后降附明桂王朱由榔抗清，再降归吴三桂。吴三桂起兵反清，任先锋。以骁勇善战著称。率部连克贵州至湖广南部诸州县，又转战广西、四川诸省。后兵败身死，一说归隐贵州乡野间。

【译文】

我在康熙十九年赴吏部应选，被任命为城步县的知县。为我饯行的亲朋好友认为我处境危险。我微笑着感谢了他们。我刚刚上任知县治理政务时，苗民不敢狂妄放肆。等到康熙二十二年七月初一，广西全州西延峒的苗民杨应龙，聚集一千七百多个苗族、瑶族叛党，图谋侵犯城步县。杨应龙杀人祭旗，誓言要在七夕时一决胜负，还说："这座孤城没有防备，可在谈笑之间夺取。"在此之前，我预料到将会发生变乱，暗地里招募了三百个敢于决死的精兵，将他们训练得颇有法度。待侦查得知实情后，我独自骑马查看地势，悄悄地向士兵们授予计谋。过了七天，杨应龙的军队径直逼近到城步城下，叛军远远看到城中旌旗、武器都严明整饬，互相看着彼此，惊慌失措，就像我奇准的推测那样，他们丧失了斗志。我嘱托典史徐士奇、把总王明驻守县城北面，练总杨应和驻守县城南面，苗官陈天武驻守县城西边。我独自防守县城东边，把守重要的地方，率领精锐力量出城，趁着叛军远路奔波疲惫衰颓，深入他们的险阻地带。杨应龙仓皇失措，有邪道之人用符箓施法诅咒，但都没有发挥效果，都被我军亲手杀死。杨应龙的残军吓破了胆，溃败而逃，还没逃出两里的距离，事先埋伏的士兵从四面发起攻击，除了被刀箭火器杀死的人之外，还有五百多人被活捉。叛军的首领杨应龙，原本是马宝麾下的副将。帮助叛军施行妖术的人，是黄羊山的道士周大圣。

　　及讯贼："曷不奔窜，而屈首受擒？"佥曰："方将遁，恍惚有赤面长髯大将，乘白马自天而下，指挥神兵①，八面旋绕不得脱②。"余始惊异，旋问我军，所见无异辞。日既晡，振旅归，亟登城谒帝，仰见帝面汗浃如雨，如甫释甲状，益加悚惕③，叩首谢。自惟凉德④，何敢辱帝力？或者正可胜邪，诚可回天？今兹平苗斩妖，不请一兵，不伤一民者，真神助，非人力也！余何人斯，敢妄据天功哉？爰是新庙貌，肃几筵⑤，远近奔走者日盛。邑人士作《平妖传》及诗歌传奇纪事，谓百年来所未有，苗患遂不复作。今又二十余稔矣⑥，每岁七夕，余必斋肃祀帝，无忘厥功。独怪帝乘马故赤色，此独白。或疑马援尝伏五溪蛮⑦，得毋伏波将军来耶？余谓不然，神像既汗浃示灵爽矣⑧。余非疑乘马者非帝也，疑帝之马何以白也。姑阙疑以俟考。

【注释】

①神兵：天兵。

②旋绕：环绕，包围。

③悚惕：恐惧，惶恐。

④凉德：自谦之词，薄德，缺少仁义。

⑤几筵：几席，祭祀的席位，后亦称灵座。

⑥稔（rěn）：原指庄稼成熟。五谷成熟为一年，故引申为"年"。

⑦马援：字文渊，东汉扶风茂陵（今陕西兴平东北）人。曾为光武帝
刘秀平定陇右出谋献策，平定、安抚凉州诸羌。后拜伏波将军。建
武二十四年（48），率军击五溪蛮夷。五溪蛮：东汉至宋对分布在
今湘西及黔、渝、鄂交界地区沅水上游若干少数民族的总称。因其
地有五溪（说法不一，有雄溪、樠溪、酉溪、沅溪、辰溪），故称。

⑧灵爽：指神灵、神明。

【译文】

等到我审讯贼寇："你们为什么不趁机逃窜，却甘愿低下头被擒拿呢？"被擒的叛军都说："我们刚要逃遁时，恍惚间看到有一位红脸长胡子的大将军，乘着白马从天而降，他指挥天兵围困我们，我们四面八方都被包围而无法逃脱。"我听了后才感到惊讶，立刻询问我方将士，他们看见的情况和叛军所见没有差别。过了申时，整顿军队回营，我急切地登上北城去礼拜关帝神，仰头只见关帝神像的脸上汗流如雨，好像刚刚脱下铠甲的样子，我更加惊惶恐惧，向关帝神磕头拜谢。思量自己德行浅薄，哪里敢劳烦关帝神助力呢？也许是正义能够战胜邪恶，神灵的确能扭转局势？如今平定苗族叛乱、斩杀妖道，没请一个援兵，没伤害一个百姓，的确是因为有神明的帮助，并非人的功劳啊！我是什么人物，哪里敢随便占据神灵的功劳呢？于是翻修关帝庙，整肃神位，远近来这里的人祭拜日益增多。城步县有士人创作了《平妖传》以及诗歌、戏曲来记录这件事，可以说这是百年来没有过的事情，苗族作乱的祸患自此便没有

发生了。现在已经过了二十多年,每年的七夕,我必定要虔诚斋戒祭祀关帝,不敢忘记他的功劳。只是奇怪关帝以前骑的马是红色的,贼寇招供却说他们见到的马是白色的。有人怀疑是因为马援曾经平定五溪蛮,莫非是伏波将军马援前来相助了吗? 我认为不是这样的,因为关帝神像已经汗流如雨来显示神灵之力了。我不是怀疑骑马的人不是关帝,而是疑惑关帝的坐骑为什么是白马。姑且存疑,来等待后人考证吧。

　　(附)吴宝崖曰[①]:按明初某勋戚家畜一白马[②],肥且健。一夕关帝梦示云:"某省寇乱,欲假而马助兵[③]。"旦起视厩中马,僵卧不起,盖摄其神往矣。迨奏凯[④],勋戚益敬服。京师人异之,因建白马庙奉帝。自是帝现身显灵,捍倭破贼,辄骑白马以为常。今大司马遂宁张公尝云尔[⑤]。则城步平苗神异,信哉为帝无疑也。特旧传帝驭赤兔马,一日千里,岂一蹶不复振耶? 抑久用而瘏[⑥],用人间马协力耶? 附识以资传闻之异云。

【注释】

①吴宝崖:吴陈琰,字宝崖,参见卷十三《曼殊别志书缚》注释。此篇附记亦见《(道光)宝庆府志》卷六、《(同治)城步县志》卷十。

②勋戚:有功勋的皇亲国戚。

③假:借。

④奏凯:取得胜利。

⑤大司马遂宁张公:指张鹏翮,字运青,四川潼川州遂宁县(今四川遂宁)人。清代名臣,治河专家。康熙九年(1670)进士及第,身仕康熙、雍正二朝。大司马,明、清时称兵部尚书。张鹏翮康熙年间曾任兵部侍郎,未详何时任尚书。事见彭端淑《张文端公传》(《国朝文录·白鹤堂文录》)、张廷玉《大学士谥文端张公传》

《《澄怀园文存》卷十一）。

⑥瘏（tú）：疲劳致病。

【译文】

（附记）吴陈琰说：考索典籍所记明初某位有功勋的贵戚家畜养了一匹白马，肥壮健硕。一天晚上，关帝神给这位贵戚托梦示意说："某省贼寇作乱，想要借你的白马帮助作战。"贵戚早上起来去马厩中看马，发现马僵卧在地上不能起来，原来关帝神带走它的神魂去作战了。等到战争胜利的消息传来，贵戚对关帝神更加敬重佩服。京城的人认为这件事很神异，因此建了白马庙来供奉关帝。自此关帝现身显灵，抵御倭寇、攻破叛军，就经常骑白马。当今的兵部尚书遂宁人张鹏翮曾经讲述过这些事。那么城步县平定苗族叛乱的神异事件，是关帝神确定无疑了。只是以前传闻关帝神驾驭赤兔马，一日千里，难道赤兔马一蹶不振了吗？抑或是长久地用马，马疲劳生病，便用人间的白马来协助自己吗？附带记述这些以证明传闻的奇异。

附：纪香木作像

吴陈琰（宝崖）

观察永年王公①，初仕城步，平峒苗之乱，感关帝神兵之助，将特立帝像以祀。一日，巫水暴涨，浮一香木于张家冲殊胜庵前。僧法彻见而异之，谓若有神运，当留镇山门。士民请于公，作像奉之，公为碑文以纪。愚按先辈黄贞父云②："江南文德桥③，有香楠木一株，长五丈许，浮秦淮而下。诸生徐嘉宾梦神告曰：'是乃聚宝门外关庙物也④。'于是收而斫之，作三义像⑤。"二事何后先合符也？大抵神物不世出，有主则灵。巫水之木，安知非感王公正气，为弹压溪蛮百世不复萌乱之兆耶？江南之木感于梦，则一介不可妄取，天下事类然矣！矧倚恃权要，窃据神物，如周宣王鼎为严嵩崇者⑥，可胜道哉？

【注释】

①观察：唐、宋设观察使，清代称各道道员为观察。永年王公：指王谦。康熙三十一年（1692）任江西提学道，可称作观察。

②黄贞父：黄汝亨，字贞父，仁和（今浙江杭州）人。明万历二十六年（1598）进士，官至江西布政司参议。事见《黄副使传》（邹漪《启祯野乘》卷七）。

③文德桥：在今江苏南京夫子庙泮池西侧的秦淮河上。《大清一统志·江宁府》记，文德桥"在武定桥之东，县学之右，其东为利涉桥"。

④聚宝门：即今江苏南京旧城正南门中华门。明初改南门为聚宝门，因正对聚宝山而得名。

⑤三义像：指关羽、张飞、刘备桃园三义的神像。

⑥周宣王鼎为严嵩崇者：周宣王的无专鼎被严嵩暗中窃取。清宝廷《焦山歌》小字注："周无专鼎、汉陶陵鼎今皆在焦山，周鼎曾入严嵩家。"（《偶斋诗草》外集卷三）

【译文】

江西提学道王谦，起初在城步县做官，平定了苗民的叛乱，他感念关帝神兵的帮助，将要设立关帝神像来祭祀。有一天，巫水暴涨，在张家冲殊胜庵前面漂浮着一根香木。僧人法彻看到后觉得很神异，认为好像是神灵运送而来，应该将香木留下来镇守殊胜庵的山门。士人、平民向王谦请求用香木制作关帝神像来供奉，王谦便写了碑文来记载这件事。我考索前辈黄汝亨曾讲："某一天，南京文德桥有一根五丈多长的香楠木,顺着秦淮河漂浮而下。秀才徐嘉宾梦见神明告诉他说:'这是南京聚宝门外关帝庙的物品。'于是徐嘉宾将香楠木收藏起来,并雕刻成了三义像。"这两件前后之事怎么如此相契合?大概神物很难出现,如果有了归属就会显灵。巫水上的香木,如何知道不是神灵感应到王谦身上的正气,成为镇压溪蛮,使之世世代代不再发生动乱的征兆呢?南京秦淮河的香楠木被徐嘉宾在梦中感应到来历,即使微小的事物没经过允许就不能擅自取用,天下的事情都是像这样!况且依仗权势显位,偷占神物,就像周宣王鼎被严嵩暗中占据,类似这样的事情哪能说得完呢?

　　张山来曰:今壬午岁①,苗民投诚薙发②,慑伏于圣天子之威灵③,直当与虞帝之舞干羽而格有苗者辉映后先④。读此记而益信。

【注释】

①壬午岁:清康熙四十一年(1702)。《清史稿·圣祖纪三》:"(康熙四十一年)六月壬子,贵州葛彝寨苗人为乱,官军讨平之。"

②薙(tì):同"剃"。

③威灵:显赫的声威。

④虞帝:指舜帝,传说为有虞氏。舞干羽:原指舞者舞动所执的舞具,文舞执羽,武舞执干。后来指以文德教化世人。格有苗:指使有苗边民归顺臣服。舜曾以文德感化苗民,《尚书·大禹谟》:"帝乃诞敷文德,舞干羽于两阶,七旬,有苗格。"格,来,至。有苗,古国名。亦称三苗。尧、舜时代我国南方较强大的部族,传说舜时,有苗被迁到三危。

【译文】

　　张潮说:康熙四十一年,苗民剃发归顺我朝,被圣明天子的显赫声威所慑服,这应当和舜帝用文德感化苗民使其前来归顺的事情前后辉映于史。读了这篇传记我更加信服神明之力了。

纪老生妄讼

吴陈琰（宝崖）[①]

永年马兆煌[②],中崇祯庚辰进士[③],癸未殿试[④],本朝由行人考选[⑤],巡按湖北。有郧阳老生某投牒云[⑥]:"运将鼎革[⑦],不闻汉寿关公扶我国祚[⑧],请下令讯之。"马可其请,遽发郧阳司理某亲鞫[⑨]。司理奉令惟谨,委胥役往招之。役亦莫知所从,谒关庙叩首谢过。起,见香炉侧白镪一锭[⑩],始未尝见也,乃悟神亦如人世赏劳然者。旋复司理,悬牌某日听鞫。届期,老生果至。空际忽有旋风自城南来,突现帝像,衣冠皆与今世同,隐示气数难回,帝亦从时制也。现身未久,驾空而去。司理及胥吏惊怖欲绝,老生已昏仆,七窍流血死。

【注释】

①吴陈琰:见卷十三《曼殊别志书镝》注释。此篇注出吴陈琰"手授钞本"。

②马兆煌:直隶永年(今河北邯郸永年区)人,崇祯十三年(1640)庚辰科进士(《(崇祯)永年县志》卷三)。清顺治二年(1645),由中书科中书考选陕西道御史,巡按湖北(即任湖北巡按御史,见黄叔璥《国朝御史题名》)。

③崇祯庚辰:明崇祯十三年(1640)。

④癸未殿试：此处或有脱文。按：据《（崇祯）永年县志存》卷三及本文所记，马兆煐为崇祯十三年（1640）庚辰科三甲进士，不可能参加崇祯十六年（1643）癸未殿试，此处可能指担任此年殿试的某种官职。

⑤由行人考选：由行人一职通过考察。行人，官名，行人司的官员，掌传旨、册封等事。据《国朝御史题名》，顺治二年（1645），马兆煐由中书科中书考选陕西道御史。此处记由行人考选，未知孰是。

⑥郧阳：明成化十二年（1476）置郧阳府，属湖广布政司。治所在郧县（今湖北十堰郧阳区）。清属湖北省。投牒：呈递文书，呈递诉状。

⑦鼎革：指朝政变革，破旧立新。

⑧汉寿关公：即关羽，此指民间的关帝神。白马之战中，关羽一举斩杀大将颜良，被封为汉寿亭侯。国祚：国运。

⑨司理：推官的别称，掌刑狱。鞫（jū）：审问犯人。

⑩白镪：白银的别称。

【译文】

永年县的马兆煐，明崇祯十三年考中进士，崇祯十六年任殿试某官，到了清朝，由行人司官员而通过朝廷考察，转任湖北巡按御史。郧阳府有一个老书生向马兆煐呈递诉状说："清朝国运即将被革新，没有听到汉寿亭侯关羽来扶持我们清朝国运的事，请您下令审讯这件事。"马兆煐同意了他的请求，于是安排郧阳府的推官亲自审理此事。推官很恭谨地遵奉命令，委派胥吏去召请关羽。但胥吏也不知道应该去哪里召请关羽，于是前往关帝庙磕头以表歉意。行完礼站起来的时候，看见关帝庙香炉旁边有一锭银子，开始行礼时分明是没有的，这才领悟到神明也像世人一般犒赏奔波劳累的人。胥吏立即返回并禀报给推官，推官挂上牌子说将要在某一天审理此案。到了预定的日期，老书生果然来到。天空中从城南忽然刮来一阵旋风，突然显现出关帝像，衣服和帽子都和当时人的穿着相同，关帝神暗示国家的气数是自己难以扭转的，他也要顺应时势来决断。关帝神现身不久,就凌空而去。推官和胥吏都非常惊惶害怕,老书生已经昏倒在地,七窍流血而死了。

愚哉老生! 懵天运而咎神,神其能宥乎①? 若巡方贸然许②,司理贸然行,胥役贸然往,皆愚之愚者。而帝必现身说法,所以儆愚者至矣哉! 冒渎者可鉴矣! 马氏尚存案卷,永年王观察公犹及见之。

【注释】

①宥:宽恕。

②巡方:巡察四方的官员,指任巡按御史的马兆煃。

【译文】

老书生真是愚蠢啊! 妄言天命,还怪罪神明,神明能宽恕他吗? 至于那巡查地方的马兆煃轻率地受理老书生的诉请,郧阳府推官轻率地审理案件,胥吏轻率地前往诘问关帝神,都是愚蠢至极的人。而关帝神现身说法,就是要来警醒愚蠢至极的人啊! 冒犯亵渎神明之人应引以为戒! 马兆煃还保存着记载此事的案卷,永年人江西提学道王谦还看到了这份案卷。

张山来曰:若巡方不贸然许,司理不贸然行,胥役不贸然往,亦不能显此灵异。

【译文】

张潮说:假如巡查地方的马兆煃不轻率地受理老书生的诉请,推官不轻率地审理此事,胥吏不轻率地前往诘问关帝神,也就不会出现这灵异事件了。

会仙记

徐喈凤（竹逸）[①]

会仙者，非真仙也，有似乎仙则仙之矣；非会其面也，闻其言如会其面矣。曷言乎有似乎仙也？知人心中之事，知人未来之祸福，非仙而能之乎？曷言乎如会其面也？不见其形，得闻其声，有问必答，语皆切中，非如会其面乎？

【注释】

①徐喈凤：参见卷十二《看花述异记》注释。本篇选自徐喈凤《愿息斋文集》。《愿息斋文集》，今存清康熙九年（1670）荫绿轩刻本。许丹遇胡淑贞之事，今见吴骞《扶风传信录》、王士禛《许生》（《居易录》卷三十）、钮琇《蛟桥幻遇》（《觚剩》卷二）、金捧阊《狐女》（《客窗偶笔》）、《（康熙）重修宜兴县志》卷十、王初桐《奁史》卷九五引《居易录》等。

【译文】

遇仙，这里的"仙"并不是指真正的仙人，有类似仙人的地方所以就称作"仙"；也并非指真正遇见，而是指听闻其话语就像遇见一样。为什么说类似仙人呢？知道世人心中想的事情，知道世人未来的吉凶祸福，不是仙人的话怎么能做到呢？为什么说好像遇见一样呢？没有见到仙人的形貌，但能够听闻仙人的声音，有所问必有所答，仙人说的话都与事情确切相符，不就像见到了仙人的面吗？

壬戌春正月[①]，扶风桥许生[②]，名丹，字若夔，同其父玉卿入城探亲。去城二里许，遇两美女视之而笑。许生素谨朴，不动念。是夕宿亲袁氏家，卧小楼上。灯灭，忽闻剥啄声③，问之，则称"奴家"④。许生父子怪之，急叩主人门，大呼有鬼。主人率僮婢秉烛出，一无所见。坐逾时许，辞主人。主人退，复作声，述许家平日事详而确。且说："奴与生有夫妇缘，故来相访。"许益疑而畏之，假寐不与言。遂倚楼唱时曲数阕，达旦而去。

【注释】

①壬戌：根据作者徐喈凤生平判断，当指清康熙二十一年（1682）。钮琇《蛟桥幻遇》记作"康熙二十年间"。

②扶风桥：指徐喈凤故乡常州府宜兴县东北的扶风桥。传说该地的窦姓人氏为纪念原籍陕西扶风而取桥名为扶风桥，后成为集镇名。

③剥啄声：敲门声。

④奴家：旧时女子自称。

【译文】

清康熙二十一年春之正月，宜兴扶风桥的许生，名丹，字若蔼，和他的父亲许玉卿一起进宜兴县城探亲。走到距离县城两里多的时候，遇见两位美女看着他微笑。许丹向来谨慎淳朴，没有产生其他的想法。这天晚上，父子俩住在亲戚袁氏的家里，睡在袁家的小楼上。熄灭灯后，忽然听到敲门声，许丹询问是谁，敲门人就回答"是小女子我"。许丹父子觉得很奇怪，急忙去敲主人的门，大声呼喊有鬼。主人带领童仆婢女拿着蜡烛出来寻找，什么都没有找到。坐了一个多时辰，主人告辞。主人一离开，敲门声再次响起，敲门的女子讲述许家平日的事情，详细而准确。又说："我和许丹有夫妻的缘分，因此前来拜访。"许丹更加怀疑并且感到害怕，假装睡觉不和她说话。于是那女子就倚着小楼唱了几首当时流行的乐曲，到了早上才离开。

　　阅十日，生自外入卧室，见前途遇美女，艳服坐其床，旁一美婢侍。许生怪之，细询其来历，自言：“姓胡，字淑贞。五百年前，在宋真宗宫①，生寺人②，奴采女③，意甚相悦，订来世为夫妇。不意奴堕狐胎，生转数世不相值。今奴修炼将成，乘生娘子归宁④，了此夙缘。毋疑我也。”生以告其祖汉昭。汉昭故明秀才，年已七十余，闻而怪之。急入室，无所见，但闻妇人声，以“太公”呼之⑤：“请坐，受奴家拜。”汉昭心知是妖，而无法祛之，夜伴生寝。淑贞执妇道甚谨⑥。与汉昭叙谈，引经据古，无一俚语。以汉昭在，未尝与生狎。比晓，里人知之，竞来讯诘。淑贞因人而语，与子言孝，与弟言悌⑦，与姑言慈⑧，与妇言顺⑨，一如大儒之言。间有以故事相难者，淑贞悉其原委，出人意表，往往难者反为所穷。于是汉昭信其妖而不邪，故出以成其夫妇缘。

【注释】

　①宋真宗：赵恒，宋太宗子。在位期间曾率军亲征，抵御辽国入侵，与辽国订立“澶渊之盟”。

　②寺人：古称宫内供使令的小臣。多用宦官充任。

　③采女：原为汉代六官的一种称号，因其选自民家，故曰“采女”。后用作宫女的通称。

　④娘子：指许丹的妻子。归宁：已嫁女子回娘家看望父母。

　⑤太公：尊称祖父。

　⑥妇道：为妇之道。旧多指贞节、孝敬、卑顺、勤谨而言。

　⑦悌（tì）：敬爱哥哥，引申为顺从长上。

　⑧慈：父母对子女的慈爱。

⑨顺：妇女顺从、孝敬的美德。

【译文】

　　过了十天，许丹从外面回到卧室，看见之前在路上遇见的美女身着艳丽的衣服坐在他的床上，身旁还有一个美丽的婢女侍奉着。许丹觉得怪异，详细地询问她的来历，女子说："我姓胡，字淑贞。五百年前，在宋真宗宫中，你是宫中的宦官，我是宫中的宫女，我们两情相悦，约定来世结为夫妇。没想到我投胎成为狐狸，你数次转世也没有遇见我。现在我修炼快要成功，趁着你的妻子回家看望父母，我才来此了结前世的这段姻缘。你不用怀疑我。"许丹把这件事告诉了祖父许汉昭。许汉昭原是明朝的秀才，当时已经七十多岁了，听说这件事之后觉得很奇怪。急忙进入卧室，没有看到女子，只听到有女子的声音称呼许汉昭为"太公"，说："请您坐下，接受我的拜见。"许汉昭心里知道这女子是妖怪，却没有办法除掉她，只好留下陪伴孙子睡觉。胡淑贞十分恭谨地遵循妇人的道德规范。她和许汉昭交谈，引经据典，没有一句粗鄙之语。因为许汉昭在卧室，她并没有与许丹亲密接触。等到天亮，邻里知道了这件事，竟相前来询问。她对不同的人说不同的话，和儿子讲孝道，和弟弟讲友爱，和婆婆讲慈爱，和妇人讲恭顺，就好像学问渊博的大学者说的话。时不时有人用典故旧事来诘难她，她全部知悉事情的出处原委，出乎人的意料，常反让刁难她的人理屈词穷。于是许汉昭相信她虽是妖怪却不邪恶，因此走出卧室以成全他们夫妇的缘分。

　　其初至也有诗，定情也有词，风流芳艳，允为情种。乃许氏戚族，咸为生虑，或叱之，或怒詈之，甚或持刀向空挥之，或掩生匿避之。淑贞曰："吾为情来，诸人不以情待我，盍去诸？"吟怨别诗而去，去遂不复来。然侍女素娥时通音问①，取履式制履②，精致胜于常妇。口诵淑贞《相思曲》③，情甚殷。一日，生涎其美，以手戏之，素娥严辞拒，不似人间婢子之易挑者。自后素娥来，必偕秋鸿。有时偕数婢来，曰春燕，曰一枝红，曰青青柳，皆古美人之名，使人闻之而魄动。

【注释】

①通音问：互相往来。

②履式：鞋子的图样。

③《相思曲》：古乐府曲名，此处指胡淑贞所作的乐府诗。据郭茂倩《乐府诗集·清商曲辞三·懊侬歌》，《相思曲》原名《懊侬歌》，晋石崇、绿珠所作，梁武帝时改为《相思曲》。

【译文】

她刚刚来的时候也作有诗歌，定情时也作词，作品风流艳丽，实在是一个多情之人。可是许氏的亲戚族人，都为许丹感到忧虑，有的人大声呵斥她，有的人生气地骂她，甚至有的人拿着刀向空中挥动，有的人扶着许丹躲避她。胡淑贞说："我因为情意而来，各位对待我却不讲情意，我为什么不离开这里呢？"吟诵着哀怨的离别诗离去，离开之后，就不再回来了。然而胡淑珍的侍女素娥时常和许丹相往来，素娥拿鞋子的图样来做鞋子，做出的鞋子精致得超过平常的妇人。口中诵读着胡淑贞作的《相思曲》，情意十分深厚。有一天，许丹垂涎素娥的美貌，伸手戏弄她，素娥严厉地拒绝，不像世间婢女那样轻易接受挑逗。自从那以后，素娥来的时候，一定带着秋鸿。有时候带着几位婢女一起来，那些婢女叫春燕、一枝红、青青柳，都是古代美女的名字，让人听了名字就感到心神摇荡。

癸亥五月①，淑贞遣秋鸿迎生去，生难之。秋鸿曰："闭目附吾肩，可顷刻至。"生如其言，耳闻风浪声，目不敢开。少顷，秋鸿曰："至矣！"生开眼视，石壁削立。秋鸿以扇拂壁,豁大门②,肃生入③。内皆精舍,女乐两行,鼓吹音,妙不可状。淑贞一姊一妹,俱出见,分主客坐。素娥抱一女孩,曰:"此小姐所产,十阅月矣。以其生绿阴下④,因名绿阴。"生接置膝上,女即以爹呼之。留生宿,其供具鲜华,都非尘世所有。淑贞随其姊若妹⑤,早暮焚香诵佛,与生并坐而不与同寝。留四日,淑贞曰:"官人宜归矣⑥。家中娘子欲投河,倘不测,奈何?"即遣秋鸿送生归。归而妇已泣河干矣。临别,手制葛衣葛裤赠生,归而视之,颇与闽葛类。是年冬,又遣婢迎去,其路较前略近。生问何地,素娥曰:"前黄山,今铜峰也。"素娥、秋鸿辈时到生家,为之理家事,虽琐屑必当。

【注释】

①癸亥:清康熙二十二年(1683)。

②豁:裂开。

③肃:躬身作揖,迎揖引进。

④绿阴:树荫。

⑤若:连词,和,及。

⑥官人:妻子称呼丈夫。

【译文】

清康熙二十二年五月,胡淑贞派秋鸿去迎请许丹,许丹发愁路途艰难。秋鸿说:"闭上眼睛,趴在我的肩上,一会儿便到了。"许丹按照她说的做了,耳朵只听到风浪之声,眼睛都不敢睁开。不一会儿,秋鸿说:"到了!"许丹睁开眼睛,只见山岩陡峭林立。秋鸿用扇子轻拂石壁,便裂开了一道大门,然后躬身迎请许丹进入。只见石门内都是精致的房间,有两排吹奏乐曲的侍女,演奏的音乐妙不可言。胡淑贞一姐一妹,都出来见许丹,众人按照主、客的身份一一就座。素娥抱着一个小女孩说:"这是小姐生的孩子，已经十个月大了。因为她在绿树荫下出生，因此起名为绿阴。"许丹接过孩子放在膝上，小孩就向他张口喊爹。许丹被留宿在这里，这里的用具鲜艳华美，都不是尘世中有的。胡淑贞随着她的姐姐和妹妹，早晚焚香诵念佛经，和许丹一起坐着却不和他一起就寝。在这里停留了四天，胡淑贞说："官人应该回去了。你家中的妻子想要投河自尽，倘若有什么不测，怎么办呢？"随即派遣秋鸿送许丹回去。回来的时候看到妻子已经在河边哭泣了。分别的时候，胡淑贞亲手做了葛布制成的衣裤送给许丹，回到家看见这些衣服，很像福建地区的葛布衣服。这一年冬天，胡淑贞又派婢女迎请许丹，这次路途较上次略微近些。许丹问这是哪里，素娥说："以前是黄山，现今是铜峰山。"素娥、秋鸿等人时常到许丹家中，为他打理家中事务，即使是琐碎的事务也一定处理得非常妥当。

　　许生，余之内甥也①，向余述其详。余疑之而亦羡之，属生致素娥，求一会以问休咎②。生果以余意致之，素娥曰："诺。当以甲子正月十二日为期③。"届期，余放小舠往④。生设酒馔。畅饮毕，余曰："仙莫爽约乎？"汉昭曰："必不爽，请安枕以待之。"漏未二下⑤，忽榻前呼曰："老相公⑥，丫鬟来矣！""老相公"称汉昭也。余披衣起，问之曰："来者素娥姐乎？"应曰："是。徐相公请安卧，不消起来。我小姐有诗赠徐相公、周夫人⑦。"诵诗云云。初闻不尽晓，问之。又诵一遍，曰："小姐更有诗，专赠徐相公的。"诵诗云云。余曰："亦未尽晓。"又诵一遍，尚有未晓处，问之，一一说明。既而曰："相公寿有九旬，晚景都佳。"余问曰："我前世是何等人？"曰："相公前世是医生，误用药伤人之子。夫人前世是堪舆⑧,误看地,绝人之嗣。是以今世生而不育⑨。然相公忠厚正直,暮年必得一子,只是积德要紧!"时同候会者,周子云槎、仇子长文、陆子求声,各有所问,皆就事直答,不作影响语⑩。语久辞去,濒行,曰:"吾妹秋鸿,即送香水来饮⑪。"顷之,空中忽报曰:"秋鸿送香水在此!"移灯照之,果有一壶在几。手抚壶,壶热如新瀹茶⑫。秋鸿自言:"须请许二官来斟⑬。"呼许生出,取香水分酌之,气馨味甘,仙家所谓琼浆者非乎?闻有步屧声⑭,推门入,口唱曲,袅袅不绝,出即告去。余留之曰:"秋鸿姐何不歌一曲,使吾辈共听好音乎?"秋鸿应声而唱,虽不辨其为何曲,而曼声缥缈,闻者莫不神飞。曲终,飘然去。余录其诗示同人,同人属而和,得诗词若干首,汇录之,颜曰《仙音集》。

【注释】

①内甥:指妻子的姊妹的儿子。

②休咎:吉凶祸福。

③甲子:清康熙二十三年(1684)。

④舠(dāo):小船。

⑤漏未二下:时间还没有到二更。

⑥老相公:对老年男子的敬称。

⑦周夫人:指徐喈凤的妻子周氏。

⑧堪舆:风水,指住宅或墓地的形势。这里指风水先生。

⑨生而不育:生子后无法养育成人。徐喈凤曾有子夭折,据王晫《今世说》卷二记徐喈凤之事:"徐竹逸丧子,客有议之者曰:'徐君必有隐恶,故罚及其子。'竹逸闻之曰:'昔仲尼有何隐恶而伯

鱼天乎?'客闻而谢之。"

⑩影响:谓传闻不实或空泛无据。

⑪香水:据文意是仙家带有芳香气味的水。

⑫瀹(yuè):煮。

⑬许二官:指许丹,金捧阊《狐女》作"宜兴许姓,行三,人称许三官"。

⑭步屟(xiè):脚步。

【译文】

许丹,是我妻子的外甥,向我详细地叙述了这件事。我对他的话心生怀疑,却又有羡慕之意,便叮嘱许丹代我向素娥致意,请求约见一面以询问自己的吉凶祸福。许丹果真把我的想法传达给了她,素娥说:"可以。就约在康熙二十三年正月十二日。"到了约定的日期,我乘小船前往。许丹准备了美酒佳肴。等畅快地饮酒后,我说:"仙子莫不是爽约了吧?"许汉昭说:"一定不会爽约的,你先睡一会儿等着她来。"时间尚未到二更,忽然床前有人叫:"老人家,丫环来了!""老人家"是称呼许汉昭。我披着衣服起来,问道:"来的人是素娥姐吗?"回答说:"是的。徐先生你就躺着吧,不需要起来。我家小姐有一首诗送给徐先生和周夫人。"素娥读了诗。我起初听了却没有全部明白诗意,向素娥问询。于是素娥又诵读了一遍,说:"小姐还有一首诗,是特意赠送给徐相公的。"接着读了第二首诗。我说:"也没有完全明白诗的意思。"素娥又读了一遍,我还有些地方没有弄明白,就向素娥问询,素娥便一一为我讲解。然后说:"徐先生您享寿九十,晚年的生活很好。"我又问:"我前世是什么样的人?"素娥回答说:"您前世是医生,用药失误而害了别人的儿子。您的夫人前世是风水先生,看错了风水,断绝了别人的子嗣。因此你们今世生子后无法养育成人。但是徐先生您忠厚正直,晚年一定能有一个孩子,但最为紧要的是要积德行善!"当时一同等着见素娥的还有周云槎、仇长文、陆求声,每个人都有要问的事情,素娥都根据所问的事情直接给

予回复,不说空泛不实的话。说了很久,她告辞离开,临行时说:"我妹妹
秋鸿,即刻会送香水过来供大家饮用。"不一会儿,空中忽然通报说:"秋
鸿送香水到此!"我拿灯向发话处照看,果然看到一把水壶放在几案上。
手摸水壶,水壶里热得就像刚煮好的茶。秋鸿自己说:"必须要请许丹来
斟水。"喊许丹进来,倒香水分给各位,水的气味芳香、味道甘甜,这不就
是仙家所说的琼浆玉露吗?我听到有脚步声传来,推门进入,口中唱着
曲子,乐声悠扬不绝,又出去打算离开。我挽留说:"秋鸿姐,为什么不
歌唱一曲,让我们这些人一起听听美妙的音乐?"秋鸿随即唱了起来,虽
然不知道这是什么曲子,但歌声曼妙缥缈,听到的人没有不神思飘飞的。
唱完曲子,她便飘然而去。我记录了她的诗歌给朋友们看,朋友们写诗
唱和,得到了若干首诗词,将它们汇总抄录,题为《仙音集》。

　　噫嘻!子不语怪,恐惑人也。若淑贞之事,怪耶?非
耶?其形但与许生见,他人未有见者。来也无影,去也无
迹,窗户不启,倏而坐人之床。以为怪,则真怪也。然始以
情,继以义,所言者中庸之道,所习者人事之常;投以诗词,
辄次韵和答①。以为非怪,则真非怪也。盖胡者,狐也;美姿
容,笃因缘者,淑也②;匿其貌,不与他人见者,贞也。狐而
近于仙也!夫古人登岳涉海以求仙,而仙未易得会,今余于
咫尺间亲为问答,饮香水,聆妙曲,直以为会仙可矣。第其
女绿阴,许生所生,非狐矣,后必有出世之时。余果寿,尚得
见之否乎?

【注释】

　　①次韵:指按原诗的韵和用韵的次序来和诗,也称步韵。

②淑：胡淑贞的"淑"暗指妇女贞静柔善，下文的"贞"暗指女子有
　　忠贞节操。

【译文】

　　哎呀！孔子不谈论怪异之事，唯恐怪异之事会迷惑人。就像胡淑
贞的事，是奇怪呢？还是不奇怪呢？她的形貌只有许丹才能看到，其他
人都没有见过。她来时没有影子，去时没有踪迹，未开窗户，忽然就能坐
在别人的床上。如果觉得这是一件怪事，也确实奇怪。但是她起初以情
意而与许丹结交，又有感道义而继续往来，讲的都是儒家中庸之道，通晓
的都是人间常事；她投送诗词，总是依照韵律来唱和诗作。如果觉得这
不是一件怪事，那么真的就不奇怪。大概姓"胡"，就是狐；姿容美丽，深
信前生的因缘，这是"淑"；隐藏她的美貌，不让其他人看见，这是"贞"。
是狐狸而近似于仙人！古人登山渡海去访求仙人，却没有那么容易能见
到仙人，现在我能在咫尺之间亲自向她们询问，又饮用香水，聆听曼妙的
乐曲，我简直认为遇到的就是仙人了。但是胡淑贞的女儿绿阴，是许丹
的孩子，不是狐仙，日后一定会有来人世的时候。如果我真的长寿，不知
道能否见到她呢？

　　　张山来曰：狐而贞且淑者，其性也；淹博而知礼义
者①，则其学也。吾不知其以谁氏为师。

【注释】

①淹博：渊博。

【译文】

　　张潮说：狐仙有"贞"有"淑"，是指她有贞洁和美善的品性；知
识渊博并且知道礼义，是指她有学识。我不知道她师从何人。

太恨生传

徐瑶（天璧）①

太恨生，东海佳公子也②。与余形影周旋，神魂冥合③，因熟悉生情事。生父司李公，望重一世。生承家学，折节读书④，当代名流，咸倾其才调。丰神俊迈⑤，性孤洁寡欲，未尝渔非礼色⑥。

【注释】

①徐瑶：字天璧，荆溪（今江苏宜兴）人。徐喈凤之子。与堂弟徐玑皆有诗名。清康熙间贡生，工词。有《端斋漫稿》《爱古堂俪体》等。事略见《（嘉庆）增修宜兴县旧志》卷八。

②东海：海州（今江苏连云港）的古称。东魏武定七年（549）置海州，隋大业初改为东海郡。唐武德四年（621）复称海州。明、清时海州属淮安府。

③神魂冥合：形容两个人的灵魂暗合、心灵沟通、交情深厚。

④折节：改变平时的志趣行为，向好的方面发展。

⑤丰神俊迈：形容太恨生风貌神情优异卓越。

⑥渔：谋取，猎取。

【译文】

太恨生，是海州才华出众的贵家子弟。他和我形影不离，相交默契，因此我熟悉他的情感之事。他的父亲司李公，名望在当世很高。太恨生继承家学，立志发奋读书，当时有名的士人，都倾慕他的才华学识与人品格调。他的风貌神情优异卓越，洁身自好而私欲极少，未曾猎取不符合礼义的美色。

　　娶元女夫人，婉嫕贞淑①，生相敬如宾。夫人尝谓生曰："吾夙耽清净，苦厌凡缘。膝下芝兰②，幸蕃林立，生平志愿已足。当觅一窈窕，备君小星③，吾即守木叉戒④，绣佛长斋，不复烦君画眉矣。"生曰："自卿为余家妇，门庭雍睦⑤。方期百年偕老，岂忍令卿诵《白头吟》耶⑥？虽然，卿业有命，余宁矫情？第选妾须德才色皆备乃善。正恐书生命薄，难获奇缘，有辜卿意耳。"

【注释】

①婉嫕（yì）：温顺娴静。贞淑：贞洁贤淑。多指女子德行之美。

②芝兰：比喻优秀的子弟。

③小星：小妾的代称。

④木叉戒：即波罗提木叉戒，泛指佛教戒律。凡是罗列戒律项目内容的律典，皆称为"波罗提木叉"，诵读这些律典，能使僧侣自省或讨论是否犯戒、是否应忏悔。

⑤雍睦：和睦。

⑥《白头吟》：喻指被男子抛弃的哀怨诗作。典出《西京杂记》，司马相如曾欲聘茂陵女为妾，卓文君便写了《白头吟》以表达自己的怨情。今存乐府诗歌《白头吟》，有"愿得一心人，白头不相离"句，该诗颂扬爱情的真挚专一，贬斥喜新厌旧、半途相弃的行为。

【译文】

　　太恨生娶了元女夫人，夫人生性柔顺娴静、贞洁贤淑，太恨生十分尊敬夫人，相处得如同对待宾客。夫人曾对他说："我一向喜欢清明洁净的心境，厌烦这尘世的缘分。幸亏早早生下众多优异出色的儿女，这一生的愿望已经实现了。如今应当寻觅一位窈窕淑女，以作为你的小妾，那么我就遵行佛教戒律，在佛像前吃斋修行，不再烦请你来为我画眉了。"

太恨生说："自从你成为我的妻子，我们家庭和睦。正期望能和你白头到老，岂能忍心让你吟诵被人抛弃的哀怨诗作呢？虽然如此，你的报应都是前生注定的，我难道还能违反常情执意挽留你吗？只是挑选的小妾需要德行、才情、容貌都具备才可以。只是担心自己缺少福分，难有奇妙的缘分，会辜负你的心意。"

先是太原某，世为洞庭山人①，以贫故，赁其妻为生子保媪②。未几，某死，遗一女无依，寄养豪右某家③。某家妇悍，名曰养女，实婢畜之。女受困百端，无生理。媪恚甚，往争曰："向固以吾女为若女，而女困辱至此，于义已绝，吾挈女去矣！"某家咸憎女，听媪挈归生家。年十六矣，女虽支离憔悴④，而柔婉之态，楚楚动人。夫人一见绝怜之，亲为薰沐⑤。教以女红，无不精致。时戊辰冬⑥，生自茂苑归⑦，问所从来。夫人语之故，因谓生曰："曩欲为君置妾，而难其选。今此女明慧端懿⑧，乃天赐也。亦有意乎？"生昵而笑曰："惟卿所命。"生母亦见女贤，密谕媪，欲为生成之。会生仍往茂苑，寻丁外艰⑨，事遂寝。

【注释】

①洞庭山：指苏州太湖的洞庭山，有东、西二山。

②赁其妻为生子保媪：指典妻、租妻的陋习，出租妻子给别人生儿育女。

③豪右：富豪家族，世家大户。

④支离：憔悴，衰疲。

⑤薰沐：熏香沐浴。引申指梳妆打扮。

⑥戊辰：根据徐瑶为康熙间贡生来判断，当指清康熙二十七年（1688）。

⑦茂苑：又名长洲苑。故址在今江苏苏州。后也作苏州的代称。

⑧端懿：端庄纯正。

⑨丁外艰：即丁父忧，遭遇父亲司李公去世。

【译文】

先前，太原某氏，世代都是洞庭山人，因为贫穷的缘故，把妻子租给别人生育和抚养子女。没过多久，这个人就死了，留下了一个女儿无依无靠，便寄养在豪门大户人家。这家的主妇很凶悍，名义上说是养女，实际上像对待婢女一样畜养那个女子。女子受到百般困厄，没有活下去的希望。她的母亲十分生气，前去与那家人争论说："以前我认为你把我的女儿当成自己的女儿，但是我女儿遭受了如此的困窘侮辱，我们的情义至此已经断绝，我带着我的女儿离开吧！"这家人都憎恶这个女子，听任她母亲带着女子离开而去了太恨生家。那个女子十六岁了，虽然憔悴不堪，但是柔婉的神态却楚楚动人。元女夫人一看见她就甚是怜惜，亲自为她梳妆打扮。教她做针织活，她做出来的东西没有不精致的。到了清康熙二十七年冬天，太恨生从苏州回来，问这个女子从哪里来。夫人告诉了他事情的原委，并对太恨生说："此前我想要给你纳妾，却难以挑到合适的人选。如今这个女子端庄纯正，真是上天所赐。你也对她有意吗？"太恨生亲昵地笑着说："惟命是从。"太恨生的母亲也看到这个女子很贤惠，悄悄地告知女子的母亲，想要替太恨生促成这件事。恰逢太恨生又前往苏州，不久父亲去世，这件事就被搁置了。

居半载，夫人乘间谓女曰："吾视汝德性贞醇①，体度庄雅，虽名闺淑媛②，无以过之，岂宜为庸人妇？吾郎君才品风流，真堪婿汝，当以赤绳系汝两人③。幸事获济，即妹视汝，汝盍早自决计？"女沉吟未答，既而泣拜曰："妾茕茕母子④，困苦伶仃，来托宇下。夫人遇妾，谊逾所生，常恨碎骨粉身，不足为报。生死祸福，敢不惟命？今所以不轻一诺者，诚虑人心叵测，事变难知，三生缘浅，好事多磨折耳。幸辱夫人与郎君约，郎君家世清华⑤，先业未竟，当勉图光大，努力青云，慎无以儿女情长，令英雄气短。且太夫人春秋高⑥，承欢养志⑦，端在郎君。讵可牵惹闲情，致乖色养⑧？一也。郎君与夫人，鸡鸣戒旦⑨，鸿案相庄⑩，万一割爱分宠，遗刺《绿衣》⑪，妾罪大矣！二也。郎君外服未阕⑫，大节攸关，妾当珍此女儿身，俟除服后，上启高堂，明成嘉礼⑬。倘稍逞情缘，冒嫌涉疑，妾不足惜，人其谓郎君何？三也。诚如妾言，妾无悔矣。"夫人笑曰："固知汝有心人也，好自爱。"因具以告生。生惊喜曰："安得此大学问语！谨受教。"自是生必欲得女，女一意以身委生。而夫人亦惟恐不得当也。

【注释】

①贞醇：纯正厚道。

②名闺淑媛：名门闺秀。

③赤绳：典出唐李复言《续玄怪录·定婚店》，传说月下老人用赤色绳子系男女之足，使成夫妇。此处喻指夫人愿学月老来促成太恨生与女孩的婚事。

④茕茕（qióng）：孤苦无依。

⑤清华：门第清高显贵。

⑥春秋：年龄，年岁。

⑦承欢：侍奉父母。养志：谓奉养父母能顺从其意志。汉桓宽《盐铁论·孝养》："上孝养志，其次养色，其次养体。"

⑧色养：语出《论语·为政》："子游问孝。子曰：'今之孝者，是谓能养。至于犬马，皆能有养。不敬，何以别乎？子夏问孝。子曰：'色难。'"后因称人子和颜悦色奉养父母或承顺父母颜色为"色

养"。

⑨鸡鸣戒旦：怕不知天晓而耽误正事，天没亮就起身。语本《诗经·齐风·鸡鸣》毛序："《鸡鸣》，思贤妃也。哀公荒淫怠慢，故陈贤妃贞女夙夜警戒相成之道焉。"

⑩鸿案相庄：据《后汉书·逸民传》载，梁鸿家贫而有节操，妻子孟光贤德，每次吃饭时对梁鸿举案齐眉，以示敬重。后因以"鸿案相庄"比喻夫妻相敬如宾。

⑪遗刺《绿衣》：指出现像《绿衣》一样以婉言隐语讥刺正妻地位发生变化的现象。《诗经·邶风·绿衣》："绿兮衣兮，绿衣黄裳。"相传此系卫庄姜伤己之诗。古人以黄为正色，绿为杂色，杂色为衣，黄色为里，比喻尊卑倒置，贵贱失所。后因以"绿衣"为正室失位的典故。

⑫外服未阕：指还没除去丧服，结束守丧期。

⑬嘉礼：婚礼。

【译文】

这个女子在太恨生家住了半年，夫人找机会问女子："我看你德行贞洁、品性醇厚，风度端庄典雅，即使是名门闺秀也不如你，难道你甘愿做庸俗之人的妻子吗？我的夫君才能品性风流儒雅，足以配得上做你的夫婿，我要促成你们的姻缘。如果这件事得以成功，我就会像对待妹妹一样对待你，你何不早早地决断此事呢？"女孩沉吟半天没有回答，不久便哭泣着拜谢说："我们母女两人孤苦无依，困窘无助，前来寄住在夫人家。夫人对待我的情意胜过对自己亲生的孩子，我常常遗憾自己粉身碎骨都不足以报答您的恩情。不管生存死亡或吉凶祸福，怎么敢不听从您的命令？如今不敢轻易允诺的原因，实在是忧虑人心叵测，世事变迁而难以预料，世世为夫妇的缘分浅薄，男女婚配之事多有挫折罢了。承蒙夫人和郎君想让我做妾室，郎君的家世清高显贵，还没有完成先人的事业，应当勤勉奋发以光耀家门，努力在仕途上青云直上，千万不能因为儿女情长而使英雄丧失志气。况且您家太夫人年事已高,侍奉母亲以顺从她的意志,这些责任都在郎君的身上。如何能牵动男女之情,致使郎君不能和颜悦色地奉养母亲呢? 这是第一点。郎君和夫人情感深厚,夜晚警戒鸡鸣以甘心辅佐,白日举案齐眉以相敬如宾,万一让我分割走郎君的情意与宠爱,出现您正妻地位发生变化的现象,我的罪过就大了! 这是第二点。郎君三年守父丧之期未满,这关系到士人的高尚节操,而我也应该自珍自爱女儿之身,等到郎君服丧期满以后,再向母亲禀告,公开地举办婚礼。如果稍微放任男女之情,既讨人厌弃又涉嫌违背守孝之礼,虽然我不值得怜惜,但是别人将怎么评价郎君呢? 这是第三点。如果我说的这些都不用顾虑了,我将会义无反顾地应承此事。"夫人笑着说:"我原本就知道你是个有情意的人,一向洁身自好。"于是夫人把这些话详细地告诉了太恨生。太恨生惊喜地说:"怎么能听到如此大有学问的话语! 我接受教诲了。"这件事之后,太恨生想着一定要得到这个女子,女子也一心一意地想要嫁给太恨生。夫人也唯恐自己有做得不合适的地方。

　　大率女之为人,性殊灵警^①,而严于举止;情极肫恻^②,而简于言笑。居常女伴相征逐,女独靓妆凝神,萧然自远^③。终日坐阁中,专理刺绣,影匿形藏,非姆呼,不入中堂。间遇生,辄遥引^④,以故终岁同处室中,绝未通一言。生情不自禁,欲得女一晤语,倩夫人为介。女难之。夫人固请曰:"郎君无他意,第欲共汝作良友相酬对耳。"至则俨容端坐,双目瞪视而已。然生亦以远嫌^⑤,不敢数请相见。即女见生,必邀夫人与俱,乍语乍默,若近若远。间或并坐月中,偕行花下,各陈慰勉之辞,半吐愁思之句。虽情好愈挚,而燕昵俱忘^⑥,历三年不及于乱。夫人每从旁戏曰:"汝两人内密外疏^⑦,何乃无风月情^⑧?"

【注释】

①灵警：灵敏机警。

②肫（zhūn）恻：谓诚恳而富于同情之心。

③萧然：悠闲。

④遥引：远远地退却、避让。

⑤远嫌：远避嫌疑。

⑥燕昵：亲近，亲热。

⑦内密外疏：形容两人内心情感深厚，表面却极为疏远。

⑧风月：指男女间情爱之事。

【译文】

　　大抵这个女子的为人，性格非常灵敏机警，言行举止十分庄重；情感极其诚挚且富有同情之心，也不随便说笑。平时女伴们相互追逐玩乐，她一个人装扮华美地凝神思索，悠闲地远离喧闹的人群。她每天都坐在闺阁中，认真地忙于刺绣，将自己的身影深藏在闺阁之中，母亲要是不呼唤她，她就不进入正堂。偶尔遇到太恨生，总会远远地就避开了，因此虽然两人同住在家中一年多了，却没有说过一句话。太恨生情不自禁，想要见她一面和她说说话，请求夫人代为通传。女子很为难。夫人坚持请求她说："郎君没有其他的意思，只是想和你作为朋友相互交谈罢了。"女子到了后，脸色庄重地端坐着，瞪眼直视郎君而已。然而太恨生也要远避嫌疑，不敢多次邀请她来相会。女子即使见太恨生时，肯定会邀请夫人和她一起去，忽而说话，忽而沉默，仿佛遥远，仿佛亲近。有时候一起坐在月下，在花丛中一起散步，相互说一些安慰勉励的话，吞吞吐吐地说几句愁思之语。两人即使情感越来越真挚，也完全忘了去亲近对方，这样过了三年都没有淫乱的行为。夫人每每在旁边戏弄道："你们两个内里亲密表面上却很疏远，怎么就没有什么男女风月之情欲呢？"

　　生卧室与女妆阁虽隔绝，而室密迩。生中夜朗吟，与女刀尺声,时相答也。女尝谓生:"郎君惊才逸韵,妾如获侍巾帻①,永伴文人,素愿已惬②。第自恨未娴翰墨,他日香奁中,弗克供捧砚役③,奈何?"生笑曰:"以汝凤慧,奚患不识字耶?结缡之后④,汝备弟子礼奉余为师,灯前月下,授汝《女论语》《孝经》及古诗词⑤,何如?"女点首曰:"尚须教我《法华》《多心》诸经也⑥。"随口授《关雎》数章,并解说意义。女微笑覆之,不失一字。生出外,女随夫人过书斋,视几砚上尘,拂拭之;图籍纵横者,整齐之;庭花色悴,则汲水灌之。性爱焚香,竟体芬郁袭人。雅好淡素妆,荆钗裙布⑦,必整必洁,泊如也⑧。生每遗以香钿诸物⑨,必坚却之,或以夫人命始受。又常倩制一锦囊⑩,不可。强之,则云:"俟两年后为郎制之。"其谨慎识大体如此。

【注释】

①侍巾帻:侍奉太恨生戴头巾,借指为妻妾。

②惬:满足,畅快。

③捧砚役:借指陪侍书房以伴读等文雅之事。

④结缡(lí):原是古代嫁女的一种仪式。女子临嫁,母为之系结佩巾,以示至男家后奉事舅姑,操持家务。此处代指男女结婚。

⑤《女论语》:古代女子的教育课本。据《旧唐书·后妃传》,唐代宋若莘仿《论语》作《女论语》十篇,采用问答形式。妹妹宋若昭注解。《孝经》:儒家经典之一。作者说法不一,以孔门后学所作一说较为合理。论述封建孝道,宣传宗法思想。

⑥《法华》:《法华经》,全称《妙法莲华经》。因用莲华比喻佛所说教法的清净微妙,故名。《多心》:指《心经》,全称《般若波罗蜜多

心经》，亦称《多心经》。

⑦荆钗：荆枝制作的髻钗。古代贫家妇女常用之。裙布：粗布衣裙。
　贫家妇女的装束。

⑧泊如：恬淡无欲的样子。

⑨香钿：古时妇女贴在额上、鬓颊的饰物的美称。

⑩锦囊：用锦制成的袋子。古人多用以藏诗稿或机密文件。

【译文】

　　太恨生的卧室和那个女子的闺阁虽然被隔断，但是房间的距离却很近。太恨生夜里吟诵诗歌，女子拿起剪刀尺子裁制衣服，两种声音不时地相互应和。女子曾经对太恨生说："郎君才华惊人、风韵高逸，如果我能获得侍奉您的机会，永远陪伴在文人身边，那么平素的愿望也就满足了。只是遗憾自己不懂得文章书画之事，以后在闺阁中，不能给你提供红袖添香、研墨伴读等服务，那该怎么办呢？"太恨生笑着说："凭借你天生的聪慧，哪里用得着担心不认识字呢？等到成婚之后，你准备好弟子的礼物来拜我为师，夜灯之前、明月之下，我会教授你《女论语》《孝经》和古代的诗词，怎么样？"女子点头说："还需要教我《法华经》《心经》等经书。"太恨生随口教她《诗经·关雎》数章，并解释诗句的意思。女子微笑着复述了一遍，没有错一个字。太恨生外出时，女子跟随夫人去书房，看见桌上的砚台上有灰尘，就去擦拭尘埃；发现有散乱的书籍，就把它们摆放整齐；看到庭院中的花憔悴了，就去打水浇灌。女子天性喜欢焚香，全身芬香袭人。平素喜好淡雅素洁的妆容，头戴荆钗、身穿布裙，装扮一定是整齐干净，表现出恬淡无欲的样子。太恨生每次送她香钿发饰等物品，女子一定会坚决地推却，有时候太恨生借用夫人的命令才能迫使她接受。太恨生又曾经请求她做一个锦囊，可她不答应。太恨生勉强她，她就说："等到两年之后再替你制作。"她大致像这样行事谨慎、能识事理。

始女寄养某家时，嫉女殊甚，至是闻女美且贤，乃大悔。遂改养女为养媳，诱媪兄及侄，坐侄主婚，而以媒氏属媪甥，更为流言以捍生曰："女固某家妇也，而生实图之。"生有忤奴利其金①，因挟为奇货②，于媪前作楚歌③，而阴告某家，且授之计。生素以名义自持，又见肘腋间多媒孽之者④，犹豫未决。会以事远出，某家闻之，疾令媪甥持五十金为聘，给媪兄劫媪使受，约某日来娶。生归，益错愕，不知所为，夜同夫人谓女曰："吾向以汝为囊中物，今变起不测，势难复挽，奈何？"女曰："妾计决矣！倘事势穷促，以死继之；否则祝发空门耳⑤。外此非妾所知。"生曰："汝奈何轻言死哉？余与汝缠绵情境，三载于兹，居恒晤对，俨若宾师⑥，情固难抛，义则可判⑦。今奸人逐影寻声，将甘心于汝。万一以余故轻生，外间耳食⑧，其以汝为何如人？杀身不足以雪恨，只增余悲耳！且汝纵弗自惜，独不念汝母乎？惟向空王乞命，于计较可，瓣香供佛⑨，余当一以资汝。然汝凄凉禅榻⑩，断送青春，余又不忍令汝出此也。"女欷歔久之，曰："嗟乎郎君！今生已矣！"面壁长号。生频呼之，不复应。时壬申正月十二夜也⑪。

【注释】

①忤奴：逆奴，背叛的奴仆。

②奇货：比喻依仗太恨生的私事来谋取钱财。

③楚歌：悲歌，装可怜博取同情。

④媒孽：比喻借端诬罔构陷，酿成其罪。

⑤祝发空门：意指削发出家为尼。

⑥宾师：指像宾客、老师一样受到尊重。

⑦义则可判：指通过两人的接触很容易能判断出遵循着道义礼法。

⑧耳食：以耳代口，辨察食物。比喻见识浅，轻易相信传闻，不求真相。

⑨瓣香：佛教语。犹言一瓣香，一炷香。

⑩禅榻：僧侣修行坐禅的床榻。

⑪壬申：清康熙三十一年（1692）。

【译文】

　　当初这个女子寄养在那户人家时，他们家里的人十分忌恨她，等到听闻她美丽贤惠，才非常后悔。于是改称当初收养的养女是童养媳，诱惑她母亲的哥哥和侄子，让她母亲的侄子主持婚约，让她母亲的外甥作为说合婚姻的媒人，更是传播流言来攻击太恨生说："这女子本来就是我们家的媳妇，实际上是被太恨生图谋抢走了。"太恨生有一个背叛的仆人贪图他们的钱财而背叛主人，趁机靠着这件事来谋取钱财，在女子的母亲面前细说她亲戚的凄惨境况，同时暗中给那户人家通风报信，还给他们教授计谋。太恨生一向爱护名誉、维系自尊，又见到自己的身边有很多诬告构陷的人，所以犹豫不决。恰逢他因为有事外出远行，那户人家听说后，火速让女子母亲的外甥拿着五十两银子作为聘礼，让女子母亲的哥哥劫持女子母亲以强迫她接受聘金，还约定某一天会来迎娶女子。太恨生回来后，愈发地惊愕不已，不知道该怎么办，他夜里和夫人对女子说："我一向认为你是属于我的，如今发生难以预测的变故，情势难以再挽回，怎么办？"女子说："我已经决定了！假如情势窘迫，我就自杀；否则，我就削发为尼遁入佛门。其余的事情，就不是我能知道的了。"太恨生说："你为什么轻易地就说死呢？我和你缘分纠缠，你在这里住了三年，平常会面交谈，好像宾客、老师一般遵循礼法，情意固然难以抛却，道义却分明可见。如今奸险之辈捕风捉影、趁机构陷，想要让你心甘情愿答应他们。万一你因为我的缘故而放弃生命，外面的人轻信了流言蜚语，他们会认为你是怎样的人呢？自杀不能够洗雪仇恨，只是徒增我的悲伤罢了！况且纵使你不爱惜自身，难道就不考虑你的母亲吗？只有向佛祖祈求保佑，这方法还算可行，燃香供奉佛祖，我会全力资助你。只是你要孤单凄凉地坐在修禅的床榻上，就此葬送自己的青春年华，我又不忍心让你落到这个地步。"女子叹气了很久，说："唉，郎君啊！今生就这样吧！"说完面对墙壁大声痛哭。太恨生一直呼唤她，她也不再回应。这是康熙三十一年正月十二的晚上。

　　先是女密藏鸩与剪于衽①，为女伴所觉，搜去之。至是乃手制女僧冠服，促媪于试灯夕②，偕入尼庵。临行，夫人持女痛哭，不忍舍。左右皆掩泣，莫能仰视。生但目送而已，虞辞楚帐③，嫱离汉庭④，不足喻其悲也。庵内老尼诘其事，不肯为女剃度⑤；哀恳再三，终不许。而某家侦知之，惧有变，急倩媪妯娌趋庵中，防护甚严。女自度不免，中夜起，呼媪哭曰："母乎！儿至此命也夫！为传语……"语未毕，气结不能出声。媪急抱持之曰："儿欲何言？"女欲言，复大哭晕绝，如是者三。良久始曰："儿与郎君，迹若路人，分逾知己，生平志念，皎如日星。本期办一死以报郎君，今流离转辗，计无复之。求死不得，求为尼又不得，命之穷也，一至于斯！天实为之，其又何尤？儿为郎君，涩眼全枯，惊魂久散，顾念死出无名，徒令枉死城中增一业案耳⑥。今与郎君恩断义绝矣！天荒地老，永无见期！好谢夫人，善慰郎君，勿复以儿为念，即视儿作已死观可耳。"言讫，母子相抱大恸，仆佛前。而某家人舟适至，蜂拥入庵，挟女而去。

【注释】

①鸩：毒酒。

②试灯：旧俗农历正月十五日元宵节晚上张灯，以祈丰稔，未到元宵节而张灯预赏谓之试灯。

③虞辞楚帐：指虞姬在楚军营帐中辞别西楚霸王项羽，自杀而亡。

④嫱离汉庭：汉元帝时期宫女王嫱（字昭君）离开汉室，远嫁匈奴呼韩邪单于。

⑤剃度：落发出家而得超度。

⑥枉死城：旧谓阴间受冤屈而死的鬼所住的地方。

【译文】

起先，这个女子秘密地在衣袖里藏了毒酒和剪刀，被女伴发觉后，给搜走了。于是她就亲手制作了女尼的帽子和衣服，在正月十五前的晚上催促她母亲，陪着她一起去了尼姑庵。临行前，夫人抱着女子痛哭，不忍心让她离去。旁边的人都哭了，没有人忍心抬头来看。太恨生只是目送她离开罢了，虞姬辞别项羽，王嫱离开汉朝，她们的哀痛都不足以形容他的悲伤。尼姑庵的老尼诘问她们事情的经过，不肯为她剃度；女子再三恳切哀求，老尼最终也没有答应。而那家人探知了这件事，害怕事情有变，就急忙请求女子母亲的嫂子们赶去尼姑庵，严密地看管她们。女子估计难以脱身，夜里起来，哭着呼喊母亲："母亲啊！我到了这种地步，这是我的命运吧！请替我传话……"话还没说完，呼吸不畅而无法发出声音。母亲急忙抱住她说："你想要说什么？"女子想要说话，又痛哭晕厥了，像这样子昏了多次。很久之后才说："我和郎君，行迹上就像陌生人相处，情分上超过了知己相交，这一生的心意想法，皎洁得就像太阳和星星。本来想着用死亡来回报郎君，如今流离落魄，辗转尼庵，再没有其他的办法了。求死不成，想要成为尼姑也不可以，我的命运太坎坷了，以至于到了如今的地步！实在是天命所为，又能怎么办呢？我为了郎君，干涩的眼睛把眼泪都哭干了，惊惧的神魂久久不能平复，只是想着没有理由去死，徒然让地府又多了一个无辜死亡的案例罢了。如今我和郎君已经恩断义绝了！天荒地老，永无再见的机会！为我好好向夫人致歉，好好安慰郎君，不要再想念我，就当作我已经死了吧。"说完，母女两人抱头痛哭，倒在了佛像前面。而那家人正好乘船来到，众人像蜂群般拥挤进了尼庵中，挟持着那个女子离开了。

生自与女诀别后，心摇意乱，忽忽如有失。及媪归，述女言，益狂惑失志，触目神伤。夫人忧之，且慰且让曰："吾本欲为君缔此良因，不图变出非常，累君至是。虽然，君自与女无缘耳。君向不早为之所，因循蹉跌，坐失事机。迨奸人计赚时，以君之力，犹足与争，挺身而前，未必无济。乃袖手任其鼓弄。今大事已去，悔恨何及？且天下岂少良女子，而独沾沾于是为①！"生仰天太息曰："夫人休矣！余非登徒子②，誓不效杂情奴态③，暮翠朝红④。自见女后，毕世悃忱⑤，无端倾倒。试问遇合之奇⑥，有如此女者乎？我见犹怜，有如此女者乎？两心相得，有如此女者乎？乃婉娈一室之中⑦，荏苒三年之久⑧，余亦非鲁男子也⑨。所以禁欲窒私、坐怀不乱者⑩，亦冀正始要终⑪，各明本怀耳⑫。事幸垂成，一朝云散，若以丹诚所感，虽灭顶捐躯⑬，亦复奚恤！顾乃咽泪吞声，甘为奸人所卖，诚欲以礼相终始也。鼠牙雀角⑭，适足增羞，抑岂令卖菜佣持我短长乎？今而后，余终当以情死耳！血殷肠裂，骨化形销⑮，此恨绵绵，宁有穷极！卿勿复生别念，纵使贤如络秀⑯，丽若绿珠，不能易此恨矣！"自是益不自聊赖，或竟日枯坐，或彻夜悲歌，积久遂成心疾。

【注释】

①沾沾：执着，拘执。

②登徒子：传说中的好色之徒。登徒，复姓。战国楚宋玉《登徒子好色赋》："其妻蓬头挛耳，龀唇历齿，旁行踽偻，又疥且痔，登徒子悦之，使有五子。"后世因称好色而不择美丑者为"登徒子"。

③杂情奴：用情不专的人。

④暮翠朝红：晚上爱好穿绿衣的，早上又喜欢穿红衣的。形容爱情不专一。

⑤悃忱：忠诚。

⑥遇合：谓相遇而彼此投合。

⑦婉娈：缠绵。

⑧荏苒：时间渐渐过去。常形容时光易逝。

⑨鲁男子：据《诗经·小雅·巷伯》毛传，鲁国有一男子，独住一屋，一夜暴风雨，邻居寡妇的房舍坏了，便前往鲁男子住处，欲借宿一夜，鲁男子毅然拒绝她。后因称拒近女色的人为"鲁男子"。

⑩坐怀不乱：春秋时鲁国柳下惠夜宿城门，遇一无家女子，恐其冻伤，而使坐于己怀，以衣裹之，竟宿而无淫乱行为。后因以"坐怀不乱"形容男子正派，虽与女子同处而无惑乱。

⑪正始：开始时合乎礼仪、法则。要终：求得最后的结局。

⑫本怀：自己的心迹，自己的心愿。

⑬灭顶：没顶，水漫过头顶。后多喻指灾祸严重，致人死亡。

⑭鼠牙雀角：语出《诗经·召南·行露》："谁谓雀无角，何以穿我屋？谁谓女无家，何以速我狱……谁谓鼠无牙，何以穿我墉？谁谓女无家，何以速我讼？"原谓强暴侵凌引起争讼，后因以"鼠牙雀角"比喻强暴势力。

⑮骨化形销：化为骨头、形体消亡，谓死亡。

⑯络秀：指有才识之女子。典出《世说新语·贤媛》，晋周顗的母亲李

络秀,遇到周颛的父亲周浚后,便求作周浚的妾室,父兄不许。络秀认为此举将来或许会有益家族。后来她的儿子周颛、周嵩、周谟并列显位。李氏家族因此亦得正当礼遇。

【译文】

太恨生自从和女子诀别之后,心神摇荡意识混乱,恍然间心中若有所失。等到女子母亲回来转述她的话语,太恨生更加精神错乱以致心志失常,眼前看到的事物都让他为之伤神。夫人很担忧他,一边安慰一边责备他说:"我本来想要给你缔结这良缘,没想到发生意料之外的事情,连累郎君到了这个地步。纵然如此,郎君与那女子就是没有缘分罢了。郎君先前不早早地为她安排打算,因循礼法而迟延拖拉,导致白白错过时机。等到奸人设计骗取时,凭借郎君的力量,还可以与之相争,挺身而出,未必不能成功。你却袖手旁观,任凭他们摆弄那女子。如今大势已去,悔恨又怎么来得及呢?何况天下难道缺少美好的女子,你却偏偏执着于她呢!"太恨生仰天叹息说:"夫人不要再说了!我不是好色的登徒子,绝不效法用情不专的小人情态,不会做那种晚喜绿衣、晨好红衣的轻薄之事。自从见了这个女子之后,一生的诚挚情愫,毫无理由地为她而倾倒。试问相遇而彼此投合的巧妙缘分,有比得上这个女子的吗?见了便心生怜念的女子,有比得上这个女子的吗?两情相悦,有比得上这个女子的吗?在一个房间中缠绵相处,时光流逝三年之久,我也不是不好女色的男子。我抑制欲望、排除私念、坐怀不乱的原因,就是希望能够合乎礼仪地开始,然后求得好的结果,各自明白对方的心意罢了。事情有幸即将成功,可一日间烟消云散,如果赤诚的心能感化天地神灵,那么我即使舍去生命,又有什么可顾念的呢?反而掩面落泪、忍气吞声,甘愿被奸人所出卖,真的是想要自始至终以礼相待罢了。如果使用强权威势来解决此事,只能是增加我的羞耻之心,难道让卖菜的佣仆们抓住我的是非短长来评说吗?从今以后,我最终会因为爱情而死去!哪怕是自己鲜血殷红、肝肠断裂,化成白骨、形体消亡,这份遗憾也绵绵无尽,哪里会有穷尽之处呢！你也别滋生其他的想法，纵使有女子像李络秀一样贤惠，像绿珠一样美丽，也不能改变我的怅恨！"从此以后，太恨生的心神愈加没有寄托，有时终日干坐着，有时整夜悲伤地歌唱，郁闷积聚久了就生了心疾。

余见且伤之，为作《咄咄吟》一卷、《情忏词》一卷，以广其意。且生与女相爱怜若此，而卒不相遇，真堪遗恨千古，乌容祕而不传？而不知者，反以女为生口实①。因详述之，以告天上人间，千秋万世之情痴有如生者。

【注释】

①口实：话柄。谈话、批评的内容或依据。

【译文】

我看见这种情况，为他感伤，替他写了一卷《咄咄吟》、一卷《情忏词》，来广传他的情意。太恨生和这个女子像这样相爱相惜，但最终却不能在一起，真是千古以来让人悔恨不已的事情，哪里能够将事情保密而不流传下来呢？而不了解这件事的人，反而把这个女子当成太恨生的话柄。我因此详细地记述这件事，来告知天地神灵与人间百姓，悠悠岁月中也有像太恨生这样的痴情之人。

幻史氏曰①：余观生与女，发乎情，止乎礼义，岂寻常儿女子所得拟乎？当其适然相遭②，理既允当，于势又便，况有阃内以作之合③，如此而不遇，岂人生快意之事，造物者故厄之④，使弗克有终耶？不然，生与女命实不犹耶⑤！然迹其后先言行，女非有意负生者，形禁势格⑥，变至无如何耳。而生也宁守经⑦，毋达权⑧，事固弗易为流俗道⑨。悲夫！语云：

"未免有情，谁能遣此^⑩？"余又感夫以礼相闲者之情^⑪，尤不能已已也^⑫。

【注释】

①幻史氏：徐瑶的自称。

②适然：偶然。

③阃内：妻室。

④造物者：特指创造万物的神。

⑤不犹：指不同平常，比平常坏。

⑥形禁势格：谓受形势的阻碍或限制。

⑦守经：固守经义或常法。

⑧达权：通晓权宜，随机应变。

⑨流俗：指世间平庸之辈。

⑩未免有情，谁能遣此：如果不是怀有情意，有谁能排遣这种哀伤的情感呢？语出《世说新语·言语》："见此芒芒，不觉百端交集，苟未免有情，亦复谁能遣此！"

⑪闲者之情：前文提及"牵惹闲情"，疑"闲情"即"闲者之情"，指男女的情感。

⑫已已：已，休止。迭用以加重语气。

【译文】

徐瑶说：我观察太恨生和这位女子，产生了男女情感，却又遵循礼法的约束，哪里是寻常儿女可以比拟的呢？当他们偶然相遇，本来就合乎事理，情势上也很便利，何况还有妻子成全他们的事情，像这样他们都不能够在一起，难道是上天故意阻挠人生中称心如意的事情，使这件事不能有好的结果吗？如果不是这样的话，太恨生和女子的命运实在比平常人还要糟糕！然而考察他们前后的言语行为，女子并不是故意辜负太恨生，而是受到当时形势的阻碍和逼迫，以致事情发生变故，到了无计可施的地步罢了。太恨生宁愿固守经义的教导而不通晓权宜之变，事情本来就无法被世俗平庸之人称道。悲伤啊！前人有话说："不是怀有情意，有谁能排遣这种哀伤的情感呢？"我又感慨如果用礼法来对待男女之情，这种感慨真是让人无法停止啊。

张山来曰：吾不知太恨生守经之心为何心，不惟有负此女，抑且负元女夫人矣！

【译文】

张潮说：我不知道太恨生固守经义的心思是什么想法，不只辜负了那位女子，也辜负了元女夫人啊！

瘗水盏子志石铭

毛奇龄（大可）[①]

水盏子者[②]，越器也，其器不知造于何代，亦莫按其制。相传隋万宝常析钟律[③]，能叩食器应弦[④]，后人即以水盏入乐。或曰：古有编磬[⑤]，与水盏同。古金以钟，不以钲[⑥]；今以钲易金，云钲即编钟也。编钟一变而为方响[⑦]，再变为钲。水盏子虽不必以瓦，然由变而推，则易石以瓦，或亦非无然者与？《陈诗》云"坎其击缶"[⑧]，《史记》秦王为赵王击瓦缶[⑨]，而庄周子乃鼓盆而歌[⑩]。虽或以节音，非以倚音，专声赴奏有如柷然[⑪]，然而犹瓦为之。

【注释】

① 毛奇龄：参见卷十三《曼殊别志书缣》注释。本篇今见毛奇龄
《西河集》卷一百。

② 水盏子：因盏中可盛水而得名。古称缶、铜瓯、响盏。是一种打击
乐器。

③ 万宝常：隋代音乐家。因父获罪被杀而罚配为乐户。能演奏多种
乐器，并撰《乐谱》六十四卷，论述"八音旋相为宫之法，改弦移
柱之变"的理论。被宫廷乐师及权贵所排斥，终身潦倒，贫病饿
死，其著作亦未得传世。事见《隋书·艺术传》。析钟律：辨析音
律。钟律，原指编钟十二律，后泛指音律。

④ 应弦：应合琴音。

⑤ 编磬：中国古代的打击乐器，多为玉、石、铜制，磬身雕镂虎、鱼、凤
鸟等花纹为饰，小磬十六枚同悬，是先民乐舞活动及祭祀典礼中
不可或缺的礼器。

⑥ 钲：古代的一种乐器，铜制，形似钟而狭长，有长柄可执，口向上以
物击之而鸣，在行军时敲打。

⑦ 方响：古磬类打击乐器。由十六枚大小相同、厚薄不一的长方铁
片组成，分两排悬于架上。用小槌击奏，声音清浊不等。创始于
南朝梁，为隋唐燕乐中常用乐器。

⑧《陈诗》云"坎其击缶"：见《诗经·陈风·宛丘》。所引诗句意为
击缶发出坎坎的声音。

⑨《史记》秦王为赵王击瓦缶：《史记·廉颇蔺相如列传》载，蔺相
如逼迫秦王"为赵王击缶"。

⑩ 鼓盆而歌：《庄子·至乐》："庄子妻死，惠子吊之。庄子则方箕踞
鼓盆而歌。"后来常以此表示对生死的乐观态度。此处仅引用敲
击瓦罐歌唱之事。

⑪ 柷（zhù）：一种木制的打击乐器，形如方斗。演奏时，以椎敲击内

壁,表示音乐开始。

【译文】

水盏子,是越地出产的乐器,这种乐器不知道是什么年代制造出来的,也无法考察它的制法。相传隋朝的万宝常辨析音律,能敲打盛食物的器具应和琴声,后人就用盛水的容器来应入乐。有人说:古代有编磬,就和水盏子一样。古代的金属乐器是钟,不用钲来演奏;现在用钲替换了古代的金属乐器,认为钲就是编钟。编钟先变成了方响,接着就变成了钲。水盏子虽然不一定是用瓦制成,然而根据这些变化而推想,那么水盏子是由石头而换成瓦制的,或许也并非不是这样子的吧?《诗经·陈风·宛丘》说"敲击缶器发出坎坎之声",《史记》记秦王为赵王演奏瓦缶,而庄周敲击瓦盆歌唱。虽然有时按照音节来独自演奏,并非应和其他乐器之音,就像柷一样专门演奏,然而还是由瓦制成的。

明兴平伯从子高通①,蓄婢住子,能叩食器为《幽州歌》②。筝师捣筝在傍③,能曲折倚其声④。姑苏乐工谋易以铁,不成。乃购食器之能声者,得内府监制成化法器若干⑤,则水浅深分下上清浊,叩以犀匙⑥,凡器八而音周⑦,强名曰"水盏子"。顺治乙酉,王师陷安平,江都随破,家人之在文楼者皆散去,住子投射陂死⑧。康熙甲辰,予遇通于淮阴城⑨,托镇淮将军食。食顷,怀二盏出,供奉器也⑩。中抟水级⑪,叩之泠泠然,语其事而三叹。镇淮将军命瘞之淮城东唐程将军咬金墓侧,如瘞住子者,而使予志于石。其文曰:

【注释】

①兴平伯:高杰,字英吾。原为李自成部将,后投降明廷,升任总兵官。南明时,被封为兴平伯,镇守长江之北。后被许定国诱杀。事见

《明季南略》《明史·高杰传》。

②食器：此指瓷质或瓦制的盛食物的器具。

③抽（chōu）筝：弹筝。

④曲折：指曲调的高低上下。

⑤内府监制：由皇家内廷监督制造。法器：僧、道举行宗教仪式所用的钟、鼓、铙、钹、引磬、木鱼等乐器及瓶、钵、杖、麈等器物。

⑥犀匙：犀角制的汤匙。

⑦凡器八而音周：共有八件乐器而具备音乐的所有音阶。

⑧射陂：即今射阳湖。在今江苏淮安、宝应、建湖三市县间。

⑨淮阴城：指淮安府城，隋为淮阴郡，此处袭用古称。治山阳县（今江苏淮安）。

⑩供奉：特指贡献给帝王。

⑪㪷（dòu）：同"豆"，盛水的容量。《孔丛子》记："一手之盛谓之溢，两手谓之掬……掬二谓之豆，豆四谓之区。"水级：依据盛水量而划分的级别。

【译文】

南明兴平伯高杰的侄子高通，家养的一个婢女叫住子，能敲击盛食物的器具演奏《幽州歌》。筝师在旁边弹筝，住子便能根据曲调的高低上下应和筝音。苏州的乐工想要用铁制器具来交换住子奏乐的瓷质食器，却没有成功。于是就购买能敲击出声的食器，得到内府监督制作的一些成化年间的法器，根据盛水的深浅来区分音色的高低清浊，用犀角制的汤匙敲击食器，总共有八件乐器而音色完备，勉强称作"水盏子"。清顺治二年，清军攻陷安平，扬州随即被攻破，高通在文楼的家人都流离失散，住子跳入射阳湖而死。康熙三年，我在淮安府城遇见高通，托镇守淮安的将军邀请他吃饭。不一会儿，高通怀揣着两个水盏子来了，是宫廷供奉的器具。水盏子中盛着不同容量的水，敲打它发出的声音清脆激越，他谈及家事时叹了好多次气。镇守淮安的将军下令将水盏子埋葬在淮安府城东面唐代程咬金将军的坟墓旁边，如同埋葬住子一样，让我就此事撰写碑文。碑文记：

编竹为箫①，编石成磬②。方响不传，水盏可听。破十六叶③，更为八瓷。中流深浅，高下因之。玉邸渐安④，犀槌自撚⑤。戛即函胡⑥，挑将宛转⑦。试斟渌酒⑧，遥倚素曲。半袖䌐锦⑨，五指琢玉。既越菉板⑩，亦迈徵弄⑪。中曲擗扑⑫，能使神动。吹角出阵，鸣笳在疆⑬。北鄙好杀⑭，南风不扬。乌啼失林，雹裂震地。官渡战亡⑮，安西军溃⑯。已夺都尉，将邀昭妃⑰。锦车翠幕，驱驰何为？昔者杞梁，妻赴淄水⑱。朝鲜有妇，堕河而死⑲。或援箜篌，或形操畅⑳。彼美善怀㉑，与之相向。身同波澄，技乃响绝。残金断丝，方寸不灭。爰归黄土，仍歌青台㉒。英雄粉黛，千秋同埋。昭华之琯㉓，藏于幽陇㉔。元康阮咸㉕，乃闵古冢。鼓缶无路，招魂有词。彼美而在，尚其依斯。

【注释】

①箫：即排箫。古代管乐器。编竹而成，大者二十三管，小者十六管，按律排列于木椟中，上端平齐，下端两端长而中部短，参差不齐。

②磬：通"磬"，打击乐器。此处指上文所说的编磬。

③十六叶：古代编磬、排箫、编钟等多有十六枚，各应律吕并依着大小顺序排列。

④玉邸：富丽的住宅。

⑤犀槌：古代打击乐器方响中的犀角制小槌。

⑥戛：敲打。函胡：犹含混。声音重浊而含混。

⑦挑:形容敲击水盏子的方法,类似反手回拨。

⑧渌酒:美酒。

⑨半袖萦锦:形容敲击水盏子时衣袖挥舞,好像锦绣在翻动回绕。

⑩蕤(ruí):疑近似"蕤宾",中国古代音乐十二律中的第七律。

⑪徵(zhǐ):古代五音之一。弄:奏乐或乐曲的一段、一章。

⑫中曲:乐曲演奏到中段。擗(pǐ)扑:连续拍打。

⑬鸣笳:吹奏笳笛。古代贵官出行,前导鸣笳以启路。亦作进军之号。

⑭北鄙:北方边境地区。

⑮官渡战亡:形容用音乐描绘官渡大战中军士战死的景象。汉末曹操与袁绍曾在官渡(今河南中牟东北)展开大战,进而消灭了袁军主力。

⑯安西军溃:指音乐描绘的安西军溃败的景象。安西,指唐安西都护府。

⑰昭妃:即王昭君,形容音乐描绘王昭君出塞远嫁匈奴的景象。

⑱昔者杞梁,妻赴淄水:杞梁,春秋时齐国大夫。齐庄公四年(前550),他与华还率甲士夜出作战,战死。死后,他的妻子倚着城墙哭泣,城墙为之崩塌。埋葬丈夫后,遂投淄水而死。

⑲朝鲜有妇,堕河而死:乐府诗歌有《公无渡河》,据《艺文类聚》卷四四引《琴操》记载,朝鲜津卒霍子高晨起撑船摆渡,看到有狂夫被发提壶渡河,被水淹死。其妻仰天感慨,鼓箜篌而歌。曲终,投河而死。霍子高援琴作歌,名为《箜篌引》,又作《公无渡河》。

⑳操畅:张琴。

㉑善怀:多忧思。

㉒青台:泉台,黄泉。

㉓昭华之琯(guǎn):古代管乐器。《西京杂记》卷三:"玉管长二尺三寸,二十六孔,吹之则见车马山林,隐辚相次,吹息亦不复见,铭曰'昭华之琯'。"琯,古乐器,用玉制成,像笛,六孔。

㉔幽陇：指坟墓。

㉕元康阮咸：西晋惠帝元康年间，阮咸任达不拘，长于音律，擅长弹

　　奏直项琵琶，故这种乐器亦得名"阮咸"。

【译文】

　　编次竹管制成排箫，排列石片制成编磬。方响已经不传于世，水盏至今犹可听闻。突破了十六枚乐器，更改成了八件瓷器。器中之水或深或浅，随之出现高声低音。富丽屋宅渐渐安静，手中捻动犀角小槌。敲击起来声音重浊，反手回拨声音宛转。尝试斟满一杯美酒，遥遥应和质朴曲调。衣袖之间锦绣萦绕，五根手指美如玉质。超越檀板奏出蕤宾，超过弹奏出的徵音。演奏中段连续拍打，使人神思为之触动。吹起号角上阵出战，吹奏笳笛恍在边疆。北方边境杀气阵阵，南方风调未曾发起。乌鸦啼鸣迷失树林，冰雹坠落震动大地。官渡大战将士阵亡，安西大军一路溃败。已经战胜都尉将军，将要迎请昭君出塞。锦饰之车翠色帷幕，驱车奔驰不知何故？昔日有人名叫杞梁，妻子举身跳入淄水。还曾听说朝鲜妇人，丈夫去世坠河而死。或者手执箜篌弹奏，或者拿来古琴弹奏。那美妙乐器多忧思，面对音乐心生感慨。身姿如同澄澈清波，乐技乃是高妙之响。金器残破丝弦断裂，心中思绪永难遗忘。于是归葬黄土之中，仍在黄泉之下歌唱。英雄男儿艳妆佳人，岁月悠悠同埋泥土。古时乐器昭华之琯，深藏在那幽深坟茔。晋朝元康阮咸乐器，深闭千年古墓之中。敲奏瓦缶无法可循，招请魂灵仍留文辞。美妙音乐依然在耳，可依此文思慕水盏。

　　张山来曰：八音中惟土无新制①，予尝欲以磁器补之②。今读此，乃知素有其器也。

【注释】

①八音：我国古代统称乐器为八音，通常为金（钟、镈）、石（磬）、丝

（琴、瑟）、竹（管、箫）、匏（笙）、土（埙）、革（鼓、鼗）、木（柷、敔）八种不同材质所制。

②磁器：泛指瓷器。

【译文】

　　张潮说：古代八音中只有"土"没有新制的乐器，我曾想要用瓷器来弥补。如今读到这篇文章，才知道原本就有这种乐器了。

姗姗传

黄永（云孙）①

　　姗姗者，字小姗，周姓，戴溪黄夫人侍儿也②。母梦吞素珠一粒，觉而娠③，群辈卜之，宜男④。及姗姗生，咸贺之曰："是虽女也，当有福慧⑤。"数岁戏于庭，适夫人敕银工制钗⑥，曰："如一封书式。"姗姗应声曰："一封书到便兴师。"夫人为之发粲⑦。自是极怜爱之，亲为剪发裹足⑧，令从女塾学，得近笔墨。稍长，课之绣⑨，金针鸳谱⑩，一见精绝。禀性婉媚⑪，善伺夫人意，先事即得。夫人每曰："此吾如意珠也。"幼有洁癖，薰香浣衣，惟恐弗及。凡其服食器用，卒不令诸同伴近之。昼则旁习女红，夜则随夫人合掌海南大士⑫。既退，但闭阁寝坐，终不闻语声。其静心类如此。

【注释】

①黄永：字云孙，号艾庵，江南武进（今江苏常州武进区）人。顺治十二年（1655）进士，官刑部员外郎。罹"奏销案"开革。家居后，读书终老。事迹散见陈维崧、董以宁等诗文集及《（乾隆）武

进县志》卷十。黄永工诗文,早年与董以宁、邹祇谟、陈维崧合称"毗陵四子",名噪一时。著有《溪南词》《艾庵存稿》等。《奁史》卷十九略引"周姗姗"事,注出《艾庵存稿》。

②戴溪:在常州东南。

③娠(shēn):怀孕。

④宜男:应该生男胎。

⑤福慧:福德与智慧。

⑥敕银工:告诫制作银器的工匠。

⑦发粲:发笑,露齿而笑。

⑧裹足:缠足,古时女子以布帛紧束双足,使足骨变形,脚形尖小成弓状,以此为美。

⑨课之绣:从事刺绣。

⑩金针鸳谱:刺绣的鸳鸯图。

⑪婉媚:柔美。

⑫海南大士:指观世音菩萨。

【译文】

　　姗姗,字小姗,姓周,是戴溪黄夫人的婢女。周姗姗的母亲做梦吞下了一颗白色珠子,醒来就怀孕了,朋辈占卜说怀的应该是个男孩。等到姗姗出生的时候,众人都来祝贺她说:"这个孩子虽然是个女儿,应当也是有福德和智慧的。"她几岁大的时候在庭院中嬉戏,恰逢黄夫人命令银工制作发钗,说:"就像一封信的样式。"姗姗应声回答说:"一封信到了就出兵。"黄夫人听后露齿发笑。从此之后黄夫人极其怜爱她,亲自为她剪发缠足,让她去招收女子的私塾中学习,得以学到知识。稍微长大一点后,学习刺绣,她用针绣的鸳鸯图案,一看就知道是精妙绝伦的绣品。周姗姗天性柔美,擅长洞悉黄夫人的想法,常在事前就已经做好了准备。黄夫人每每说:"你就是我有求必应的如意珠。"周姗姗小的时候有洁癖,常要焚香洗衣,只怕不够洁净。凡是黄夫人的衣着饮食和日用器具，始终不让同伴们插手。白天的时候在黄夫人身旁修习针织活，夜里就跟随黄夫人向观世音菩萨合掌行礼。回房之后，径直关闭房门坐卧就寝，自始至终都听不到她的声音。她保持心灵安定宁静到了如此地步。

　　丁亥①，姗姗年十五，夫人将为之字②。而孝廉黄永云孙者，时以下第归里。云孙故倦游，然门外多长者车辙③，问奇屦满④，劈笺调墨⑤，日不暇给，思得丽姝为记室⑥。厥配湘夫人⑦，才而贤，相与谋之曰："是欲副余，天下岂有樊素、朝云其人者乎⑧？即有之，当以礼聘。"而云孙负相如之渴⑨，所好又特异，每曰："丰肌肥婢，佣奴配耳。昭阳第一安在⑩？吾宁筑避风台俟之⑪。"以故薄游于广陵、姑苏之间⑫，几于红粉成阵⑬，而卒无所遇。

【注释】

①丁亥：据下文"顺治戊子"，当指清顺治四年（1647）。

②为之字：为她筹划出嫁之事。字，旧时称女子出嫁。

③长者车辙：显贵者所乘车辆之行迹，形容有很多官宦富豪乘车前来拜访。语出《史记·陈丞相世家》："（陈平）家乃负郭穷巷，以弊席为门，然门外多有长者车辙。"

④问奇屦满：形容询问他的人接连不断。屦，同"屡"，接连。

⑤劈笺：裁纸。

⑥丽姝：美女。记室：此指充任秘书以记录文案。

⑦厥配：他的配偶，即黄永的妻子。湘夫人：徐世昌《晚晴簃诗汇》卷一八四《浦映绿》："浦映绿，字湘青，无锡人。武进黄永室。"

⑧樊素：唐代白居易家的歌妓。白居易《不能忘情吟》序云："妓有樊素者年二十余，绰绰有歌舞态，善唱《杨枝》，人多以曲名名之，

由是名闻洛下。"朝云：宋代苏轼之妾。本为杭州妓女，姓王，苏轼任职杭州时纳为妾。初不识字，后来随苏轼学习，并略通佛理。苏轼贬官惠州，数妾散去，独有朝云相随。

⑨相如之渴：司马相如患消渴病（糖尿病）的典故。《史记·司马相如列传》："相如口吃而善著书。常有消渴疾。"

⑩昭阳第一：汉昭阳殿里排名第一的美女赵飞燕。杜甫《哀江头》诗云："昭阳殿里第一人，同辇随君侍君侧。"

⑪避风台：相传赵飞燕身轻不胜风，成帝为筑七宝避风台。宋乐史《杨太真外传》引《汉成帝内传》云："汉成帝获飞燕，身轻欲不胜风。恐其飘翥，帝为造水晶盘，令宫人掌之而歌舞。又制七宝避风台，间以诸香，安于上，恐其四肢不禁也。"

⑫薄游：漫游。

⑬红粉：妇女化妆用的胭脂和铅粉，借指美女。

【译文】

清顺治四年，周姗姗十五岁了，黄夫人将要替她安排婚嫁之事。举人黄永字云孙，当时因为科考落第回到家乡。黄永本来就厌倦交游，但是家门外有很多官宦豪强乘车前来拜访，向他商讨求教的人络绎不绝，他剪裁纸张、调墨写字，每天都忙得没有空闲，想要求娶一位美女为他处理文案事务。他的配偶湘夫人，很有才华并且贤惠，黄永和夫人商量说："想要找个和我相配的，可天下哪有樊素、朝云这样的人呢？如果有这样的人，就应当用彩礼聘娶她。"而黄永患有消渴病，喜好的东西又特殊奇异，每每说："身体丰腴的婢女，只适合配给佣人罢了。昭阳殿中最美丽的女子在哪里？我宁愿修筑避风台来等待她。"因此跑到扬州、苏州一带漫游，虽然遇见了成群结队的美丽女子，但最终没有遇见真正喜欢的人。

一日为黄夫人六袠初度①，云孙以族之犹子②，从而捧筯焉。姗姗侍夫人出，常妆便服，迟迟来前。鬒云肤雪③，柔若无骨,而姿态闲逸④,娟娟楚楚⑤,如不胜衣,立而望之,殆神仙中人也!云孙瞥见心荡,私自念曰:"其道在迩,求之则远⑥。彼美人者,真国色无双矣!"时亲族毕集,群进而寿。姗姗延伫既久⑦,云孙得数数目之⑧。姗姗面颊发赤,为一流盼而已。礼毕,遽随夫人入。云孙怅然别去,赋《浣溪纱》一阕。于是呼媒者告之故,使通殷勤⑨。而夫人重惜之,不欲以备小星之选,固拒不许。云孙书空无聊,计无所出。乃夫人之长君来玉、次君雪茵固善云孙⑩,力为之请。夫人曰:"吾以掌上抚之,极不忍使为人作妾。必欲为云孙请者,有姗姗在。"命家姬以其私询之,姗姗不言。姬曰:"是前称寿者恂恂少年,吾闻其才名冠江南,捧砚司花⑪,犹胜党将军羔酒⑫。且私心慕子,惟恐不得当也。唯夫人命,可乎?"姗姗首肯。先是,里中贵子弟,为夫人内姻者,咸愿以金屋贮姗姗⑬。姗姗闻之,辄大恚。至是闻姬言,为一破颜⑭,以是知其心许云孙矣。即报可,云孙大喜过望,湘夫人出私资聘之。

【注释】

①六袠(zhì):六十。袠,通"秩"。十年为一袠。

②犹子:指侄子。

③鬒(zhěn)云:谓女子头发稠黑如乌云状。

④姿态闲逸:形容神情闲静、举止安逸。

⑤娟娟楚楚:姿态柔美娇好。

⑥其道在迩,求之则远:语出《孟子·离娄上》:"道在迩,而求诸远。"道就在近处,却到远方去寻找。

⑦延伫:逗留,停留。

⑧数数：屡次。

⑨殷勤：深厚情意，衷情。

⑩雪茵：指清初武进文人黄瑑。考清陶煊、张璨《国朝诗的》卷八、清邓汉仪《诗观三集》卷十一录黄瑑诗词，小字注黄瑑字雪茵，《诗观三集》记黄瑑"雪茵，江南武进人，《苏庵稿》""苏庵风期高迈好洁，嗜茶，遨游遍南北。以疏财仗义闻朋党间，同里所善惟薛堆山、巢兼山、许青屿、毛卓人及君家云孙诸君子，为诗清迥幽丽。令嗣文岩旅食江淮，能捐赀刻其遗稿，时称其孝"。文中的"君家云孙"即指黄家云孙，即黄永；又《诗观三集》录其诗《游问政山步艾庵弟韵》，"艾庵弟"亦即黄永。故知本篇的黄雪茵即黄瑑，有子名黄文岩，有诗文集《苏庵稿》。

⑪捧砚司花：意指做侍奉笔墨、司掌花卉的事情。捧砚，《唐才子传》记李白在长安时，"曾令龙巾拭吐，御手调羹，贵妃捧砚，力士脱靴"，杨贵妃亲自为他捧砚。司花，参见卷十二《看花述异记》注释"袁宝儿"。

⑫党将军羔酒：在党进将军帐中制作羊羔美酒，参见卷一《小青传》注释。

⑬金屋：化用汉武帝用金屋接纳阿娇作妇的典故，后常用以形容娶妻或纳妾。

⑭破颜：露出笑容。

【译文】

有一天，是黄夫人六十岁生日，黄永以族中侄子的身份，前来向她敬酒祝寿。周姗姗侍奉着黄夫人出来迎客，装扮平常，衣着普通，缓缓地走到客人面前。只见她头发像云般茂密，皮肤胜过白雪，身体娇弱，轻盈柔软，神情安闲，举止飘逸，容貌姣好，体态柔美，娇弱得好像都承担不起衣服，站在远处望着她，觉得大概是神仙中人吧！黄永看第一眼就觉得心神摇荡，暗中想："原来美女离我这么近，我却跑到远方去寻觅。这样的美女，真是天姿国色，举世无双了！"当时亲戚族人全部聚集，一起上前祝寿。周姗姗停留了很久，黄永因此能够屡屡注视她。周姗姗被看得面色发红，只是扫视了他一眼。祝寿结束，就急忙跟随黄夫人走进内室了。黄永怅然若失地告别离开，写了一首《浣溪纱》。就唤来媒人并告知原委，让媒人传达自己的深厚情意。黄夫人非常怜爱周姗姗，不想要让她给人做小妾，坚决拒绝而不答应。黄永用手指在空中虚划字形，精神没有了寄托，无计可施。黄夫人的长子黄来玉、次子黄雪茵平素和黄永交好，积极替他谋求周姗姗。黄夫人说："我把她放在手上怜爱，极不忍心让她给别人做小妾。一定想要替黄永谋求的话，还得问周姗姗的意思。"黄夫人让家中老女仆私下里询问周姗姗这件事，周姗姗默然不语。老女仆说："之前来祝寿的那个温和少年，我听说他的才华名声冠绝江南，就是给他伺候笔墨、司掌花卉，也胜过给党将军去做羊羔酒的粗鄙之事。况且他私下爱慕你，只担心自己做得不合适。你听从黄夫人的吩咐，可以吗？"周姗姗点头答应。此前，乡中有个富贵子弟，本是黄夫人娘家的亲戚，愿意求娶周姗姗。周姗姗听说后，非常生气。等到听了老女仆的话就笑了，由此知道她已芳心暗许黄永了。黄夫人回信说周姗姗答应了，黄永得知后非常高兴，他家的湘夫人拿出自己的钱财为他聘娶周姗姗。

是时适当顺治戊子十月，诸应春官试者悉北上①。云孙将诹吉娶之偕往②，以父命不果，且促之驾，不得已，治装将去。而闻姗姗忽遘疾③，云孙为留竟月，延医治之，意殊怏怏不欲行。使者传夫人语曰："儿疾在我，云孙岂以一女子病而辍试事？"越夕，仆夫趣行，其友许圣本等饯之郊外。云孙赋《减字木兰花》一阕志别曰④："东君有意，知许梅花花也未。小漏春光，怎禁西风一夜霜？　　凄然相对，花底温存花欲泪。残月如弓，几剪灯花又晓钟。"遂去。而姗姗病益剧,医来,犹强起栉沐⑤,然已骨立不支,似犹举首盼泥金也⑥。既又闻云孙被放,愁容憔悴,捧心而泣。夫人再三慰谕曰:"若何所言,但告我!"姗姗曰:"妾命薄,辱夫人膝下,十六年于兹。无禄早世⑦,不得长侍阿母⑧,夫复何言?"夫人固问之曰:"岂有思于云孙耶?"姗姗长吁瞪目,顾左右曰:"扶我!扶我!"起而顿首曰:"郎君天下才,眷我厚。今试北⑨,非战之罪,乃以妾故也。且妾夜者梦持檄召我,冉冉登云而去,意者在瑶池紫府之间⑩。为我谢郎君!生死异路,从此辞矣!"抚枕泪落如雨,自后不复进药,数日竟死。

【注释】

①春官试:即礼部试,由礼部官员主持的会试考试。春官,礼部的别称。

②诹(zōu)吉:选择吉日。

③遘(gòu)疾:生病。

④《减字木兰花》:清周铭《林下词选》卷十三录周姗姗《减字木兰花·和别》:"梅花何意,开落从君君曰未。收拾韶光,消得天公几度霜。　　心魂安在,花欲诉人人似醉。月底惺忪,忍听明朝马上钟。"当是应和黄永此词之作。

⑤栉沐:梳洗。

⑥泥金:即泥金帖子,用泥金涂饰的笺帖。唐以来用作报新进士登科之喜。

⑦无禄早世:不幸过早地死去。

⑧阿母:对年老妇女的亲近称呼,指黄夫人。

⑨试北:考试失利,科考败北。

⑩瑶池紫府:泛指仙人居住的地方。此句指自己要登仙而去,即人

　　死的婉辞。

【译文】

　　这时恰逢顺治五年十月，参加会试考试的举人们都北上京城。黄永想要选取吉日求娶周姗姗，带着她一同前往京城，却因为父亲的严命而未能落实。他父亲还催促他赶快出发，没有办法，只得收拾行装准备离开。听闻周姗姗忽然生病了，黄永为她滞留了一个月，请医生来诊治，他心中闷闷不乐，不想出行。黄夫人派人传话说："周姗姗生病了有我在，你怎么能因为姗姗生病就错过考试呢？"过了一晚，仆人催促他出发，黄永的好友许圣本等人在郊外给他饯行。黄永写了一首《减字木兰花》来送别，词曰："东君有意，知许梅花花也未。小漏春光，怎禁西风一夜霜？　　凄然相对，花底温存花欲泪。残月如弓，几剪灯花又晓钟。"于是就离开了。周姗姗病得更加严重，医生来的时候，她还想勉强起身梳洗，虽然已经极度消瘦到不能站立的地步，却好像还在抬头期盼着黄永科榜高中的喜信。不久，又听说黄永会试失利，她愁容满面，憔悴不堪，捂着胸口哭泣。黄夫人反复劝慰说："你要是有什么话，就告诉我！"周姗姗说："我命薄福浅，承蒙夫人您抚养膝下，已经十六岁了。不幸早早地要去世，不能够长久地侍奉您，还有什么可说的呢？"夫人坚持问她："你是不是想念黄永呢？"周姗姗长叹，睁大眼睛，环顾左右说："扶我起身！扶我起身！"爬起来磕头说："郎君是天下才华杰出之人，对我一片深情。如今他会试考试失利，不是他考试能力的问题，而是我的原因啊。况且我在夜里梦见有人拿着文书迎请我，然后又慢慢地驾云离开，想来我也要前往天上瑶池、紫府等仙家之地了。请您替我向郎君致歉！如今要生死分隔，就这样别过吧！"她抚摸着枕头泪如雨下，从此之后不再吃药，过了几天就去世了。

　　死之三日，云孙抵家，湘夫人泪光莹莹然犹在目也。云孙曰："将无妾面羞郎，来时未晚耶[①]？"湘夫人曰："不然。

坐定,吾语若。"叹曰:"吁!姗姗死矣!"云孙既内伤姗姗,居平忽忽不乐,幽思隐恸,时结于怀。尝以一杯临风告于灵曰:"吾将入海,乞不死药、返魂香以起之,则三神山有大风②,引舟不能到。欲得少君方士之术③,上天入地求之遍,而七夕夜半,未及比肩,无誓可忆④。佳人难再得,当复奈何!"然其后姗姗亦数入梦,是耶?非耶?不可向迩。于鳞《李夫人歌》云⑤:"纷被被其徘徊,包红颜其弗明。"两语俱神似。或云:"姗姗从夫人虔修彼法,先以净体化去⑥,不效梁玉清累太白⑦。"理或有之。大要使白骨可起,则月下风前,呼之或出。《牡丹亭》一书,不得尽谓汤若士寓言也⑧。姗姗既死三阅月,同里墨庄书史为之传。

【注释】

①将无妄面羞郎,来时未晚耶:妻子在丈夫落榜后心有怨语的典故。典出《玉泉子》,杜羔累试不第,他的妻子刘氏寄诗给他说:"良人的的有奇才,何事年年被放回。如今妾面羞君面,君到来时近夜来。"

②三神山:传说大海上有蓬莱、方丈、瀛洲三座神山。

③少君:西汉的方士李少君。以祠灶致福、辟谷不食之道、却老之术见信于汉武帝。在他的劝说下,汉武帝派遣方士入海求仙。方士:方术之士。古代自称能访仙炼丹以求长生不老的人。

④"七夕夜半"几句:化用李隆基与杨玉环的典故。陈鸿《长恨歌传》记杨玉环回忆天宝十载(751)七夕节时,李隆基"凭肩而立,因仰天感牛女事,密相誓心,愿世世为夫妇";白居易《长恨歌》:"临别殷勤重寄词,词中有誓两心知。七月七日长生殿,夜半无人私语时。"

⑤于鳞：李攀龙的字。李攀龙《李夫人歌》："去邪？来邪？就而视之，纷何被被其徘徊。寤邪？梦邪？就而视之，包红颜其弗明。"

⑥净体化去：指保持未成婚前纯洁干净的身体登仙而去。化去，死亡的婉称，道教称作升天成仙。

⑦梁玉清：被太白星玷污清白而怀孕生子的女仙。太白星曾偷走织女的两个小侍女梁玉清和卫承庄。天帝发怒，命令五岳神四处搜寻。太白星无奈回归天庭，卫承庄逃走，而梁玉清生子，取名休，被贬谪到北斗星下，常年被罚舂米。事见唐李亢《独异志》。

⑧《牡丹亭》一书，不得尽谓汤若士寓言也：汤显祖（号若士）《牡丹亭》记，柳梦梅捡到杜丽娘的画像，在明月之下，晚风之中，徘徊于后花园，只觉"丹青小画，又把一幅肝肠挂。小姐小姐，则被你想杀俺也"。感动得杜丽娘的魂灵前来相会，效夫妻之礼，尽鱼水之欢。后来，杜丽娘得以复活。汤显祖的《牡丹亭》用虚幻假托的故事来说明自己的至情论，认为一往情深者能为情而生、为情而死、又为情而复生。

【译文】

　　周姗姗死后三天，黄永抵达家中，湘夫人晶莹的泪水还溢满眼中。黄永说："你落泪莫非是因为羞愧我科考落榜，怨我没在晚上回来吗？"湘夫人说："不是这样的。你先坐，我告诉你。"然后长叹说："唉！周姗姗去世了！"黄永得知噩耗后，心中伤悼周姗姗的辞世，平日里郁郁不乐，深切思念而隐藏伤痛，郁情时常蕴结在心中。他曾经拿着一杯酒，迎风祈告神灵说："我想要前往大海，祈求传说中的不死药、返魂香来使周姗姗起死回生，然而海上的三座神山常有狂风，恐怕乘船也不能到达。我想要拥有方士李少君那样的神奇本领，上觅天庭、下搜地府以寻找她，但是我们没有机会在七夕的夜里并肩而立，也无从立下誓言来回忆。绝世佳人难以再次遇到，我又能怎么办呢！"然而此后周姗姗多次进入黄永的梦中，是她呢？还是不是她呢？无法靠近察看。李攀龙《李夫人歌》

有诗句云:"如此翩翩飘扬徘徊不定,遮掩美丽容颜而难以辨识。"这两句和我的梦境何其相似。有人说:"姗姗跟随黄夫人虔诚地修习佛法,以未婚洁净之体先行登仙而去,不像梁玉清那样被太白星所拖累。"或许是这样的道理吧。大概想要使已朽的白骨能重新起来,就要在月光下、微风前,呼喊她的名字,或许她才会出现。出现类似情形的《牡丹亭》这本书,不能说全都是汤显祖假托的故事。周姗姗去世三个月后,同乡人墨庄书史为她写了传记。

　　论曰:余闻姗姗遗事甚详,其吴娃、紫玉之流与①? 或曰:"天下多美妇人,何必是?"此负情侬之言②,不足为云孙道也。云孙登堂乍近,未得再顾,而钟情特甚,岂冶色是溺③,盖亦叹为才难者乎④? 史称阮嗣宗醉眠邻女垆侧⑤,及其既死,又往哭之⑥,可谓好色不淫⑦。云孙近之矣。

【注释】

①吴娃:战国时期赵武灵王王后,赵惠文王的生母。她是赵国大臣吴广之女,故称吴娃。后来也常用吴娃代指美女。紫玉:传说中春秋时吴王夫差的小女。据干宝《搜神记》记载,吴王夫差小女紫玉,喜欢童子韩重,欲嫁而被父亲阻止,遂气结而死。

②负情侬:背弃情谊的人,移情别恋的人。侬,人。

③冶色:容颜美好。

④才难:人才难得,佳人难以遇到。

⑤阮嗣宗醉眠邻女垆侧:阮籍(字嗣宗)酒醉后睡在邻家妇人酒垆旁边。典出《世说新语·任诞》:"阮公邻家妇有美色,当垆酤酒。阮与王安丰常从妇饮酒。阮醉,便眠其妇侧。夫始殊疑之,伺察,终无他意。"

⑥及其既死，又往哭之：阮籍哭吊之人并非邻家卖酒妇人，实为另
　一女子，黄永误记。据《晋书·阮籍传》："兵家女有才色，未嫁而
　死。籍不识其父兄，径往哭之，尽哀而还。"

⑦好色不淫：喜欢女色而不放荡，指有节制、不过分。

【译文】

评论说：我对周姗姗的事迹了解甚详，她是吴娃、紫玉这一类的美女
吧？有人说："天下有很多美人，何必要惦念她呢？"这是辜负情谊之人
的话语，不值得我关注。我到黄夫人家突然邂逅周姗姗，还没有再次相
逢，便已十分钟情于她了，哪里是沉迷于周姗姗的美丽容颜，大概是有感
佳人难得的原因吧？历史上的阮籍喝醉后会在邻家妇人酒台旁边入眠，
等到美女死后，又前往吊唁哭丧，可以说是喜好美色却不过分。我也差
不多吧。

张山来曰：才媛遭妒妇①，吾甚恨之。今黄夫人贤
德如是，而姗姗不克永年，岂彼苍亦妒之耶？

【注释】

①才媛：有才华的女子。

【译文】

张潮说：有才华的女子遇见善妒的正妻，我对这些事十分痛恨。
如今黄家的湘夫人如此贤惠仁德，然而周姗姗却早早去世，难道是
上苍也嫉妒她吗？

卷十五

【题解】

卷十五凡有十一篇，所录作品或记夫妇读书乐事，或叙文士醉心扶乩之事，或述饮茶取水雅趣，或写造刻图章的爱好，也有如《述怪记》《哑孝子传》《孝丐传》《李丐传》等述及怪异、孝行的篇目，亦有写英雄豪杰的《髯参军传》。自古以来，文人骚客钟情雅事，举凡阅读典籍、饮酒品茗、把玩古玩、弹琴下棋、寄情书画、佩玉赏石，都被他们视作风雅而富情趣的精神生活。《记同梦》中的闺秀钱宜与丈夫吴仪一志趣相投，他们在欣赏《牡丹亭》时获得精神默契，夫妇共评书籍，两人又同时入梦会晤杜丽娘，这种缘分足令文士艳羡不已。明清文士将扶乩视为沟通神仙灵鬼的途径，对此表现出极大的兴趣，往往深信不疑，所以纪晓岚在《阅微草堂笔记》中曾说："大抵幻术多手法捷巧，惟扶乩一事，则确有所凭附。然皆灵鬼之能文者耳。所称某神某仙，固属假托。"《乩仙记》就记载了洪若皋所遇的乩仙，他最善赋诗，喜与读书子言科场事，读者在此文中看不到鬼神阴森之气，反觉得乩仙极其符合文士的情怀与志趣。借《中泠泉记》可以窥见文士耽乐茶茗的高雅风范，为求一壶泉水，不惜涉险汲水，但品那一杯中泠泉烹制的茶水，只觉得一片清香从齿颊间沁入心胃，香气荡胸，瞬时涤净尘襟，心胸豁然，真是高士情怀，令人心生云霞。本卷所选周亮工的三篇文章都出自《印人传》，专述明、清篆刻家的事略，其中也包含作者个人的印学见解和刻印观念,三篇文章妙趣偶成,读者览后不仅不会轻视印刻,反倒能从微技小道而窥大道宏旨,品味文士情怀渗透的精神品格。

记同梦

（闺秀）钱宜（在中）①

甲戌冬暮②,刻《牡丹亭还魂记》成③,儿子校雠讹字④,献岁毕业⑤。元夜月上⑥,置净几于庭,装褫一册⑦,供之上方,设杜小姐位,折红梅一枝,贮胆瓶中⑧,然灯陈酒果为奠。夫子听然笑曰⑨:"无乃大痴! 观若士自题,则丽娘其假托之名也,且无其人,奚以奠为?"予曰:"虽然,大块之气寄于灵者⑩,一石也,物或冯之⑪,一木也,神或依之。屈歌湘君⑫,宋赋巫女⑬,其初未必非假托也,后成丛词⑭。丽娘之有无,吾与子又安能定乎?"夫子曰:"汝言是也,吾过矣。"

【注释】

①钱宜:字在中,钱塘(今浙江杭州)人。西溪望族古荡钱氏闺秀,家族中多有才士,她与嫂、妹皆为西溪蕉园诗社的成员。丈夫吴仪一,又名逸,字舒凫、璨符,号吴山,别号吴人,别署芝坞居士。清康熙二十七年(1688),十八岁时嫁给吴仪一,为吴氏的第三任妻子,她与吴仪一的前两任妻子(第一任陈同、第二任谈则)相继批注《牡丹亭》,最终刻成《吴吴山三妇合评〈牡丹亭〉》。本篇据文末张潮评语,来源于吴仪一所赠的《吴吴山三妇合评〈牡丹亭〉》。今录于钱宜《吴吴山三妇合评〈牡丹亭〉·跋》。

②甲戌:清康熙三十三年(1694)。

③《牡丹亭还魂记》：此指《吴吴山三妇合评〈牡丹亭〉》。汤显祖（号若士）《牡丹亭》，又作《还魂记》，定稿于明万历戊戌年（1598），万历丁巳年（1617）刻板问世，万历原板题为《牡丹亭还魂记》，上下两卷，程子美刻，各卷之下题"明临川汤显祖若士编"。清康熙三十二年（1693），钱宜将她与吴仪一前两任妻子批注的《牡丹亭》抄录成副本，谋划刊刻此书，她请林以宁作序，典卖金钏以刻成《吴吴山三妇合评〈牡丹亭〉》，今存清康熙三十三年（1694）吴氏梦园刻本。康熙三十四年（1695）春，冯娴、李淑、顾姒、洪之则等撰写跋文，随之装订行世。

④儿子：指钱宜丈夫吴仪一之子，钱宜的继子。吴氏第一位妻子未婚而殁，此子可能是吴仪一与第二任妻子谈则（康熙十四年辞世）所生。

⑤献岁：指进入新的一年，岁首正月。

⑥元夜：即农历正月十五元宵夜。

⑦装䙝（chǐ）：装裱古籍或书画。

⑧胆瓶：长颈大腹的花瓶，因形如悬胆而得名。

⑨夫子：称丈夫，指钱宜的丈夫吴仪一。吴仪一事迹可参见秦华生《金元清戏曲论稿·吴舒凫生平考》。

⑩大块：即大自然，大地。

⑪冯：凭借，依托。

⑫屈歌湘君：屈原《湘君》歌咏湘水水神湘君。《湘君》以湘夫人的口吻写出，写她久盼湘君不来而产生的思念和怨伤之情。

⑬宋赋巫女：宋玉《神女赋》描写巫山神女拒绝楚襄王示爱之事。

⑭丛词：据钱宜《吴吴山三妇合评〈牡丹亭〉·跋》作"丛祠"，指建在荒野丛林中的神庙。

【译文】

清康熙三十三年的冬末，我刻成了《吴吴山三妇合评〈牡丹亭〉》，又让我的儿子校雠其中的错字，他直到第二年正月才完成了校雠工作。康熙三十四年正月十五日，圆月高悬夜空，我将整洁干净的桌子放置在庭院中，又将装裱好的一本《吴吴山三妇合评〈牡丹亭〉》供奉在桌上，还摆设好杜丽娘小姐的灵位，折下了一枝红梅，插入胆瓶中，燃起灯烛，陈列美酒、水果以祭奠杜丽娘小姐。我的丈夫吴仪一笑着说道："你未免有些太过愚痴！阅读汤显祖的序跋，杜丽娘乃是汤显祖假托之人罢了，既然并没有这个人，又有什么好祭奠的呢？"我回答："即使如此，天地间的气寄托在有灵之物上，一块石头也许有物体依托，一块木头也许有神魂依藉。屈原笔下的湘君，宋玉赋作中的巫山神女，起初大概都是假托，之后却有祭祀湘君、巫山神女的乡野祠宇。杜丽娘其人究竟是否存在，我和你又岂能判定呢？"吴仪一说："你说得对，我说错了。"

夜分就寝，未几，夫子闻予叹息声，披衣起，肘予曰："醒醒，适梦与尔同至一园，彷佛如所谓红梅观者[1]，亭前牡丹盛开，五色间错，无非异种。俄而一美人从亭后出，艳色眩人，花光尽为之夺[2]。意中私揣，是得非杜丽娘乎？汝叩其名氏居处，皆不应，回身摘青梅一丸撚之[3]。尔又问'若果杜丽娘乎？'亦不应，衔笑而已。须臾大风起，吹牡丹花满空飞搅，余无所见。汝浩叹不已，予遂惊寤。"所述梦盖与予梦同，因共诧为奇异。夫子曰："昔阮瞻论无鬼而鬼见[4]，然则丽娘之果有其人也，应汝言矣！"

【注释】

①红梅观：《牡丹亭》中柳梦梅与杜丽娘神魂幽会的地方。杜丽娘死后，杜府分割后园，建了座红梅观，安置杜丽娘的神位，并派石道姑看守。

②花光尽为之夺：形容美女容颜让牡丹花黯然失色。

③撚（niǎn）：揉搓，搓捻。

④阮瞻：字千里，西晋人。晋干宝《搜神记》记载，阮瞻坚持无鬼论。忽然有一个客人前来拜见他，与他辩论鬼神之事是否存在。客人理屈词穷，勃然变色说："鬼神，古今圣贤所共传，君何得独言无？即仆便是鬼。"于是改变形状，须臾消失不见，果真是鬼也。

【译文】

夜晚就寝时，没多久，吴仪一听到了我的叹息之声，披上衣服起身，用手肘触动我，说道："醒醒，刚才我梦到与你一同来到一座庭院中，似乎就是所谓的红梅观，园亭前面的牡丹盛开，五彩斑斓，都是珍异品种。不多时，有一位美女便从亭子后面出来，艳丽的容颜炫人眼目，仿佛夺走了牡丹花的光泽。我偷偷地揣想，这莫非是杜丽娘吗？此时你上前询问她的姓名与住处，她皆不回应，而是回身摘下一颗青梅，放在手里细细捏玩。你又问道：'你果真是杜丽娘吗？'她还是不回应，只是微笑而已。过了一会儿，大风扬起，吹得牡丹花漫天飞舞，什么都看不到了。你不停地为之嗟叹，我于是便醒来了。"吴仪一所讲述的梦，恰好与我刚做的梦是一样的，因此我们都十分惊诧，感到奇异。吴仪一说："从前阮瞻谈论世间无鬼，但却出现了鬼，那么果真有杜丽娘其人啊，你说的话应验了！"

听丽谯纮纮如打五鼓①，向壁停灯未灭②。予亦起，呼小婢篝火瀹茗③，梳扫讫④，亟索楮笔纪其事⑤。时灯影微红，朝暾已射东牖⑥。夫子曰："与汝同梦，是非无因。丽娘故见此貌，得无欲流传人世邪？汝从李小姑学⑦，尤求白描法⑧，盍想像图之？"予谓："恐不神似，奈何？"夫子乃强促握管，写成，并次《记》中韵系以诗。诗云："暂遇天姿岂偶然⑨？濡毫摹写当留仙。从今解识春风面⑩，肠断罗浮晓梦边⑪。"

以示夫子。夫子曰："似矣！"遂和诗云："白描真色亦天然，欲问飞来何处仙。闲弄青梅无一语，恼人残梦落花边。"将属同志者咸和焉。

【注释】

①听丽谯纮如打五鼓：听到华丽的谯楼上敲起了五更的鼓声。丽谯，华丽的谯楼，城门上华丽的瞭望楼。纮（dǎn）如，击鼓之声。五鼓，古代将夜晚分为五个时段，用鼓打更报时，鼓响五下便是五更天，即凌晨三点至五点。

②停灯：留灯不熄。

③瀹（yuè）茗：煮茶。

④梳扫：犹梳妆。扫，扫眉，画眉。

⑤楮（chǔ）：一种落叶乔木，通称构树，树皮可造纸，后为纸的代称。

⑥朝暾（tūn）：即朝阳。东牖（yǒu）：东边的窗户。

⑦李小姑：指李淑。钱宜起初仅识毛诗字，不太通晓文义，出嫁后随吴仪一的昆山表妹李淑学习，学诸典籍，三年而卒业。李淑《吴吴山三妇合评〈牡丹亭〉·序》提及"尝与予共事笔砚"。

⑧白描法：国画技法的一种。用墨勾勒轮廓，用水墨渲染，不设色。多用于人物、花卉。

⑨暂：猝然。

⑩春风面：比喻美丽的容貌。

⑪罗浮晓梦：柳宗元《龙城录》载，隋人赵师雄游广东罗浮山，傍晚时遇一美人，遂饮酒交谈。赵师雄酒醉醒来时，发现自己卧于梅花树下。后以"罗浮梦"喻好景不长，人生如梦。

【译文】

耳听华丽的谯楼上传来五更天的鼓声，放在墙壁上的灯火仍未熄灭。我于是便也起床，叫来小婵女生火煮茶，梳妆完毕之后，急忙找来纸笔记录梦中之事。此时,灯光微红,初升的朝阳已照射到东窗之上。吴仪一说:"我与你做同样的梦,并非没有原因。杜丽娘故意将自己的容貌展现给我们,莫非想要让她的容貌流传于人世吗? 你师从我表妹李淑学习绘画,尤其讲求白描之法,何不回想她的面貌而绘成画像呢?"我说:"恐怕很难画到神似的地步,怎么办?"吴仪一便催促我拿起画笔,画成以后,我又以《牡丹亭还魂记》中的韵来作诗。诗云:"暂遇天姿岂偶然? 濡毫摹写当留仙。从今解识春风面,肠断罗浮晓梦边。"我将画像呈给吴仪一。吴仪一看后,说:"像啊!"于是他和诗一首,云:"白描真色亦天然,欲问飞来何处仙。闲弄青梅无一语,恼人残梦落花边。"我将要嘱咐同道之人一同唱和此事。

    张山来曰:闺秀顾启姬评云①:"丽娘见形于梦,疑是作者化身。"此语可云妙悟②。至二人同梦,则尤奇之奇也。吴山吴子以三妇合评《牡丹亭》见寄于予。予爱其三评,无一不佳,直可与若士并传。姑录其《记同梦》以志异。

【注释】

①顾启姬:顾姒,字启姬,浙江杭州人,嫁给鄂生某。清康熙十九年(1680),跟随丈夫到京师,著《静御堂集》。事见王士禛《池北偶谈》卷十六《蟹字韵诗》。下文所引出自顾姒《吴吴山三妇合评〈牡丹亭〉·序》:"今观刻成,而丽娘见形于梦,我故疑是作者化身矣。"

②妙悟:犹言神悟。谓理解力高超出奇,超越寻常的领悟。

【译文】

    张潮说:闺秀顾启姬评价说:"杜丽娘在钱宜梦中显现形貌,我怀疑这是作者钱宜自己的化身。"这话可谓是高超出奇的领悟。至于钱宜、吴仪一两人同做一梦,则真是极其稀奇古怪的事情。吴仪一将《吴吴山三妇合评〈牡丹亭〉》寄给我。我欣赏吴家三位妇人的评论,发现其中没有一处不好的,简直可以与汤显祖的作品一同传世。我姑且在《虞初新志》中收录《记同梦》一文,以留存这件异事。

述怪记

缪彤(歌起)①

予同官蒋扶三言②:工部郎中郑司直③,寓中有物怪凭戾④,居多不宁。司直始居之,不信。一日,从者病,司直亦不之信。又一日,其亲者病矣,司直不信如故。不数日,司直病作,倏见一物,头大如斗,在壁间。司直以手击之,随手入壁,亦随手出。司直曰:"吾目眩也!"犹不之信。

【注释】

①缪彤:字歌起,号念斋,吴县(今江苏苏州)人。明天启七年(1627)生,清顺治十四年(1657)举人,康熙六年(1667)殿试状元,授翰林院修撰,迁翰林院侍讲。厌倦官场,借父病情乞假回乡,自此不出。出资创立三畏书院,刊印曹月川《家规》、蔡虚斋《密箴》、刘念台《人谱》等书,用以教授学人,培育学子较多。康熙三十六年(1697)辞世(见钱椒《补疑年录》卷四),有康熙二十四年(1685)《双泉堂文集》四十二卷存世。事略见《(同治)苏州府志》卷八二、李元度《国朝先正事略》卷三八《马章民先生事略》附。

②蒋扶三:蒋弘道,字扶三,又字裕庵,平阳临汾(今山西临汾)人,

随父游学京城,隶籍大兴。清顺治十四年(1657)顺天乡试中举,顺治十六年(1659)进士,选庶吉士,授翰林院编修,任翰林院侍读学士等,居馆阁二十余年,故被缪彤称作"同官"。至康熙二十四年(1685)迁礼部右侍郎,调户部侍郎,迁左都御史。事见王士禛《裕庵蒋公墓志铭》(《带经堂集》卷八四)。

③郑司直:郑端,字司直,一字德信,直隶枣强(今河北枣强)人。清顺治十六年(1659)进士,选庶吉士,康熙六年(1667)任工部员外郎,康熙七年(1668)任户部山东清吏司郎中,康熙八年(1669)任贵州提学道(《清秘述闻》卷十二),后任湖南按察使、安徽布政使、江南巡抚衔兵部侍郎、都察院右副都御史等,康熙三十一年(1692)卒于江宁官署。事见方宗诚《郑司直中丞事略》(《(同治)枣强县志补正》卷五)、《(乾隆)枣强县志》卷六。按:缪彤在康熙六年进士及第入翰林院,遇翰林院馆臣蒋弘道,此时郑端见任工部员外郎或户部郎中,故疑此处"工部郎中"或有误,也可能短期转任而典籍未载。

④凭戾:很暴戾。凭,大,盛。

【译文】

我在翰林院的同僚蒋弘道告诉我:工部郎中郑端的寓邸有精怪肆虐,居住的人身体多不安宁。郑端刚刚住进去时,并不相信。有一天,他的仆从生病了,郑端还不相信。又一天,他的亲人生病了,郑端依然像之前一样不相信。没几天,郑端生病了,突然看见一个怪物,它的头大如斗,出现在墙壁之间。郑端用手去击打,它随着手击打没入墙壁,又随着手停止击打而出现。郑端说:"我眼花了吧!"仍然不相信。

夜既半,司直呻吟不得卧。忽有两青衣登司直床曰①:"王将至。"未几,闻户外传呼甚厉,云故御史某来,人马齐拥而入。二青衣始若惧,继作馈送状,某御史者倏然去。少顷，王至。司直伏枕上，见男女大小出迎驾，旌旗闪烁，骑从呼拥②，从外而入。壁上若有阶级③，人马层累而登。王金冠紫袍，轩轩而至。歌童舞女数十辈，次第奏乐，珍馐罗列，宾客酬酢，王亲自灌洗举觞。座中大半皆司直同官，既欲邀司直赴宴。司直正辞让间，忽传玉帝旨，敕王入临武闱④。王受旨，拜跪如仪。左右拥王去。

【注释】

①青衣：指地府穿青衣的鬼卒、鬼差。

②骑从：贵族显宦出行时的随从。

③阶级：台阶。

④武闱：古代的武举科考。

【译文】

到了深夜，郑端呻吟不绝，无法安然入睡。忽然，有两个穿青衣的鬼差登上郑端的床铺，说道："阎罗王要来了。"没多久，便听到户外响起非常威严的传唤声，通报前御史某某来了，人马一齐涌入屋内。两个青衣鬼差起初似乎很畏惧，继而便做出馈送物品的动作，某御史就很快地离去。过了一会儿，阎罗王便来了。郑端躺在枕上，看见男男女女、老老少少都出门迎接阎罗王的车驾，车驾扈从队伍中的旌旗光亮闪耀，侍从前呼后拥，从外面走了进来。墙壁上似乎有台阶，人马皆自台阶上逐层而登。阎罗王头戴金冠，身穿紫袍，仪态轩昂地到来。有数十个歌童与舞女，按照次序奏乐，桌上摆放着各种美味佳肴，宾客间互相杯酒酬酢，阎罗王亲自灌洗酒杯，举觞邀客痛饮。座中之人，大半都是郑端的同僚，便想要邀请郑端一同赴宴。郑端正推辞时，外面忽然传来玉皇大帝的旨意，敕令阎罗王主持武举考试。阎罗王领受圣旨，按照礼节跪拜谢恩。左右侍从便簇拥着阎罗王离开了。

　　留二青衣，以二币馈司直曰：“吾王且去，以公长者^①，特以奉公。”司直欲受之，青衣跪而请曰：“愿拜君赐^②！”司直曰：“王之惠也^③，何故赐汝？”青衣请之再，又曰：“吾等居此已久，公何实逼处此？愿公早移他所。”司直曰：“诺。”又问曰：“汝王入武闱，我当为武闱同考^④，汝知否？”青衣曰：“君不得与。”遂谢去。司直大呼，左右皆熟睡。不数日，司直病愈。兵部题同考官，列司直名，竟不得与。

【注释】

①长者：此处是预言他日后仕途显贵，乃显贵之人。据方宗诚《郑司直中丞事略》“壬申五月薨于位，距生于明崇祯乙卯年五十有四”，则郑端生于明崇祯十二年（1639），卒于康熙三十一年（1692），在康熙初时并非德高望重的长者。

②愿拜君赐：希望拜受您的赐赠，即希望郑端将钱币赠送给自己。

③惠：敬辞，用于对方对待自己的行动。

④同考：同考官，明、清科举考试中协同阅卷的官员。清代同考官，位在正副主考官之下，负责分房阅卷，多由翰林院编修、检讨与进士出身的京官担任。缪彤是在康熙六年（1667）进士及第后得知郑端事，据此最近的乡试为清康熙八年（1669）己酉科乡试。考《清秘述闻》卷二记此年乡试：“江西考官，户部郎中郑端，字司直，直隶枣强人，己亥进士。”

【译文】

　　那两个鬼差留下来，把两枚钱币赠送给郑端，说道：“我们阎罗王要离开时，因为您是显贵之人，特意将这钱币送给您。”郑端想要领受，鬼差跪下请求说：“希望您能将钱财赐予我们！”郑端说：“这是阎罗王的惠赠，为何要赐给你们？”鬼差再次请求，又说道：“我们在这里居住了很久，您为何非要靠近这里？希望您早点迁移到他处。"郑端说："好的。"又问道："你们的阎罗王主持武举考试，我也将要做武举考试的同考官，你们知道吗？"鬼差说："您不会参与武举考试的。"于是拜谢离去。郑端大声呼喊，仆从都还在熟睡。没几天，郑端的病便好了。兵部下发武举考试同考官的名单，虽然列入了郑端之名，但他最终却因故未能参与。

司直名端，己亥进士[1]，北直枣强人，今为黔中学使者[2]。予闻扶三言如此。异日质之司直，曰："良然。"故记之。

【注释】

①己亥：指清顺治十六年（1659）。

②黔中学使：指贵州提督学道。据《（乾隆）贵州通志·秩官》卷十八、法式善《清秘述闻》卷十二，郑端在康熙八年（1669）升任贵州按察使佥事兼提督学道，督理贵州学校教育及各种文化学术之事，至第二年丁父忧辞官。黔中，贵州的别称。

【译文】

郑端字司直，清顺治十六年中进士，是北直隶枣强人，现在担任贵州提督学道。我是听蒋弘道讲述的此事。后来我向郑端询问，他说："确有此事。"因此我将此事记录下来。

张山来曰：王以二币奉司直，而青衣索之。岂鬼神亦不能禁需索陋规也耶[1]？

【注释】

①需索：敲诈勒索。

【译文】

　　张潮说:阎罗王将两枚钱币赠送给郑端,但鬼差却向他索要。难道鬼神也不能禁绝勒索的陋习吗?

哑孝子传

王洁(汲公)①

　　崔长生②,邠州人,生而喑③,性至孝,人呼为"哑孝子"云。孝子既哑,手复挛④,傭工养其父母,出入必面。岁己亥⑤,淮徐大祲⑥,孝子出,行丐于市。人怜之,予以糟糠糁糈⑦,受而纳诸箪⑧。自掘野草,剥木皮以食。归则扶其跛父病母于茅檐,尽倾箪中物,欢然进。箪日不空,父母竟赖以不死。途见字迹必拾,朔望拜毁于先圣棂星门下⑨,而敛其烬于黄河。一日,于故纸中得遗金,守待失者不得。匝月⑩,乃易母粦饲之⑪,苗壮蕃息⑫,遂为父母治衣棺。先是,知州事孙侯贤⑬,卒于官,归葬,交游一无至。孝子独拜灵輀⑭,徒跣送百里乃返⑮。及其父母殁,哭之恸,三日不食,舁柩葬于中野,遂不知所终。

【注释】

　①王洁:字汲公,号洧盘,顺天大兴(今北京)人。清初思想家王源之兄。王洁受业于梁以樟,潜心理学,穷究经史,有《三经际考》《学易经济编》《洧盘子集》。事见王源《先公汲公处士行略》(《居业堂文集》卷十八)。

　②崔长生:其人事见《清史稿·孝义传一》,与此文所记相似。崔长

生之事,魏礼、魏世俶、魏世僵同作《书王汲公〈哑孝子传〉后》(见《魏季子文集》卷十一、《魏昭士文集》卷四、《魏敬士文集》卷五)有论及。而《(同治)徐州府志》卷二二、《(咸丰)邳州志》卷十五等皆转载此文。

③喑:嗓子哑而不能出声。

④挛:蜷曲而不能伸展。

⑤己亥:清顺治十六年(1659)。

⑥大祲(jìn):即大侵,严重的大饥荒,严重歉收。据《(乾隆)徐州府志》卷三十记载,顺治十六年邳州"夏秋霪雨三月余,麦烂,秋禾亦伤,冬春民饥"。

⑦糟糠:酒滓、谷皮等粗劣食物,贫者以之充饥。糁(sǎn):谷类磨成的碎粒。糈(xǔ):泛指粮食。

⑧箪(dān):竹制的盛饭用具。

⑨棂星门:学宫孔庙的外门。原名灵星门,后因门形如窗棂,而改为棂星门。

⑩匝月:满一个月。

⑪彘(zhì):猪。

⑫蕃息:繁衍。

⑬知州事:主管一州政事的长官。明、清称为知州,属官有州同知、州通判。孙侯:未详其人。侯或为对士大夫的尊称,类似邑侯。检《(康熙)邳州志》卷六、《(民国)邳志补》卷十二未见清顺治十六年(1659)前担任邳州知州的孙姓官员,若本篇姓氏所记无误,疑孙侯去世之事当在清顺治十六年后。考清康熙七年(1668)孙文灿任邳州知州、康熙九年(1670)孙家栋任邳州知州。孙文灿事不详,《(乾隆)泾阳县志》卷六记他顺治乙酉(1645)科举人,"江南邳州知州"可能是他最后一任官职。孙家栋病卒于任,据《(康熙)续安邱县志》卷十八记孙家栋"孙家栋,字隆吉,顺治戊

戌进士,授义乌令……守邳州,病卒"。故疑此处孙侯指孙文灿或孙家栋。

⑭灵轜(ér):丧车,运棺材的车。

⑮徒跣:赤足。送丧之礼。《礼记·问丧》:"亲始死,鸡斯(笄缬)徒跣。"《南史·严植之传》:"徒跣送丧墓所。"

【译文】

崔长生,邳州人,出生时便口不能言,生性非常孝顺,人们称呼他为"哑孝子"。崔长生本就是个哑巴,手又蜷曲不能伸展,替人做工来养活父母,出门与归家都要面禀父母。清顺治十六年,淮安、徐州一带发生大饥荒,崔长生离开家,到市集行乞。人们可怜他,给他糟糠糁糒,他收下后装进饭桶里。他自己去挖野草,剥下树皮来吃。回家之后,便扶着自己的瘸腿父亲、病弱母亲到房檐之下,将饭桶中的食物全部倒出,再欢欣地进呈给父母。他每日都会把乞讨得来的食物装到饭桶,他的父母最终赖此存活。他在路途中看到有字迹的纸张,必捡起来,等到每月的初一、十五,到孔庙的棂星门前行礼后再予以焚毁,然后把灰烬收起来,撒到黄河中。有一天,他在旧纸堆中捡到别人遗失的银两,便守在那里等待失主,却最终没有等到失主。等了一个月后,他才用这些银两去购买母猪来饲养,等猪苗壮成长后繁衍生子,他便有了财力为父母置备衣服、棺材。之前,邳州知州孙侯贤明,死于官任上,归乡安葬时,他生平交游之人,无人前往送别。只有崔长生独自祭拜丧车,光着脚送葬到百里之外才返回家中。等到他父母去世的时候,他哭得十分悲伤,连着三天不吃饭,抬着父母灵柩,将他们埋葬在旷野之中,此后便不知所终了。

洧盘外史曰①:予闻诸幔坡老圃曰:"孝子之生也,母梦舆盖者至门②。"而孝子终贫贱,瘸复挛,人疑之,余固信其天爵之至贵而无复加矣③。今士大夫日诵诗书,称说仁义,而晨昏内省④,不知于哑孝子何如也! 呜呼,可胜叹哉!

【注释】

①洧盘外史：王洁自称，他号洧盘。

②舆盖：车舆与车盖。代指车。

③天爵：指高尚的道德修养。因德高则受人尊敬，胜于有爵位，故称。《孟子·告子上》："仁义忠信，乐善不倦，此天爵也；公卿大夫，此人爵也。"

④晨昏内省：朝夕反省自己的言行思想。又，疑或为晨昏定省，朝夕慰问侍奉父母。

【译文】

洧盘外史说：我听慢坡老圃说："崔长生出生时，他的母亲梦到有豪华车马来到家门口。"然而崔长生却终身贫贱，口不能言，手不能展，人们对他母亲做过的梦很是怀疑，而我坚定地相信崔长生高尚品德所获的高贵声望，是别人无法超越的。如今的士大夫每日诵读书籍，口中宣扬仁义之道，朝夕反省自己言行思想，不知道他们与崔长生比起来如何呢？唉，真是令人慨叹啊！

张山来曰：一赞深得史公遗法。

【译文】

张潮说：赞叹这篇文章真是深得太史公司马迁的传记手法。

孝丐传

王晫（丹麓）①

丐不知其邑里，明孝宗时②，尝行乞于吴市③。凡丐所得食，多不食，每分贮之筒筐中④。见者以为异，久之，诘其

故，曰："吾有母在，将以遗之耳。"好事者欲穷其说，迹之
行。行里许，至岸傍，竹树扶疏⑤，一敝舟系柳阴下。舟故
敝，颇洁，有老媪坐其中。丐坐地，出所贮饮食整理之，捧以
登舟，陈食倾酒，跽奉母前。伺母举杯，乃起唱歌，为儿戏以
娱母。观其母意，殊安之也。母食尽，然后他求。一日，乞
道上，无所得，怠甚。有沈隐君孟渊者⑥，哀而与之食，且少
周之⑦。丐宁忍饿，终不先母食也。如是者数年，母死，丐遂
不知所终。丐自言沈姓，年可三十许，长洲祝允明纪其事⑧。

【注释】

①王晫：参见卷九《纪陆子容事》注释。本篇所述明孝宗时苏州沈
　　丐事，在明代所传甚广，明蔡保祯《孝纪》卷三、明侯甸《西樵野
　　纪》卷三、明李诩《戒庵漫笔》卷四等皆记丐姓沈，吴县（或作长
　　洲）相城人。清王钺《读书蕞残》卷中述此事出自祝允明《枝山
　　前闻》，蔡保祯《孝纪》卷三亦记："此祝允明《前闻纪》中所载，得
　　之沈隐君孟渊所述也。"今见于王晫《墙东杂钞》。

②明孝宗：朱祐樘，明宪宗之子。成化二十三年（1487）即皇帝位，
　　次年改元弘治（1488—1505）。

③吴市：指苏州街市。

④筐（fěi）：古时盛物的一种竹器。

⑤扶疏：枝叶繁茂分披貌。

⑥沈隐君孟渊：沈孟渊，长洲（今江苏苏州）人，据《（正德）姑苏志》
　　卷六记明孝宗弘治间他为府学贡士。被荐，不受官，终身遁处，常
　　着道服，逍遥林馆，每日设宴款待宾客。事见明杨循吉《吴中故
　　实记》卷一。

⑦周：周济，救济。

⑧长洲：县名，明、清隶属苏州府，明为苏州府治。

【译文】

　　孝丐不知道家乡在何处，明孝宗时，他曾在苏州街市行乞。凡是他乞讨的食物，大多并不食用，而是分别贮存在竹筒竹筐里。看到的人很惊异，时间久了，便有人问他这样做的缘故，他回答说："我母亲尚在，将要把这些食物赠送给她。"好事的人想要弄清楚他说的话，便跟随着他。走了大概一里路，到了岸边，翠竹密树枝叶繁茂，只见有一叶破舟系在柳树之下。小舟确实很破败，但却十分清洁，有一位老妇人坐在舟中。那个乞丐坐在地上，拿出自己收来的食物整理好，捧着食物，登上破舟，然后在舟中摆放食物，倾倒酒水，长跪着奉于母亲的身前。等到母亲举杯时，他便站起来唱歌，做儿童玩乐之事来取悦母亲。观察他母亲，对此非常安然。母亲吃完之后，乞丐便又到他处行乞。有一天，乞丐在路边行乞，没有得到食物，非常疲惫。有隐士沈孟渊，哀怜他便给予他食物，并且稍微周济了他。乞丐宁愿忍饥挨饿，也始终不肯在母亲吃饭之前进食。这样子过了几年，母亲去世，乞丐便不知所终。乞丐自称姓沈，年纪大概有三十岁，长洲的祝允明记录下了这件事。

　　论曰：世衰道微①，人于所昵爱，宴饮务极华侈。尊贵在前，斗酒为寿，伛偻磬折②，每伺其颜色以为喜惧。至于父母，则泊然也。间有自谓能养，或亦等于犬马，且多不顾父母之养者，以视斯丐何如耶？

【注释】

①世衰道微：指太平之世和仁义之道逐渐衰微。

②磬折：即曲躬如磬，指谦恭、屈从。磬，通"罄"，古代乐器，形如曲尺。

【译文】

　　评论：世风浇薄，道德衰微，世人对于自己所昵喜爱的人，在宴饮时务求奢华豪侈。面前有地位尊贵的人，就豪饮以祝福，弯腰低头，谦卑屈从，每每察言观色，以此来表现自己的快乐或畏惧。对于自己的父母，却漠然不问。偶尔有自称能赡养父母的人，也许是将赡养父母等同于养犬养马，而且还有很多不愿意赡养父母的人，他们和这位乞丐相比如何呢？

　　张山来曰：古之老莱子①，以戏彩娱其亲。今观孝丐所为，知古今人不甚相远。

【注释】

①老莱子：春秋时楚国隐士，七十岁时还在父母面前身着彩衣，效小儿啼哭，以此讨父母欢心。

【译文】

　　张潮说：古时候的老莱子，以身穿彩衣作儿戏来讨父母的开心。现在看这位孝顺乞丐的行为，可以知晓古今之人的孝行相去并不很远。

乩仙记

洪若皋（虞邻）①

　　"乩"或作"卟"，与"稽"同，卜以问疑也。后人以仙降为批乩，名之曰"乩仙"，亦谓"箕仙"，又谓之"扶鸾"云。凡乩仙多自称吕祖②。按吕祖名岩，字洞宾，沔州人③，唐礼部侍郎渭之孙。会昌中④，两举进士不第，去游庐山，遇异人，得长生诀，遂仙去。故乩仙最善赋诗，喜与读书子言科场事，甚验。

【注释】

①洪若皋:字叔叙,一字虞邻,台州府临海县(今浙江临海)人。清顺治五年(1648)举人,顺治十二年(1655)进士。授户部贵州司主事,历湖广司郎中,出为福建分巡福宁道按察司佥事。丁艰后杜门不出,潜心著述。有《南沙文集》八卷、《文选越裁》十一卷,编《(康熙)临海县志》等。家世参见洪若皋《先考礼三府君行状》(《南沙文集》卷七)、洪颐煊《先府君行状》(《筠轩文钞》卷六),事略见《(雍正)浙江通志》卷一八一。本篇今见《南沙文集》卷五。

②吕祖:民间对纯阳子吕洞宾的尊称。

③沔州:唐武德四年(621)置,治所在汉阳县(今湖北武汉汉阳区)。唐代反复废置,至宝历二年(826)废入鄂州。吕洞宾籍贯存有多种说法,若据吕渭籍贯判断,当为河东蒲州河中府(今山西芮城)人。

④会昌:唐武宗李炎的年号(841—846)。

【译文】

“乩”有时又作“卟”,与“稽”相同,占卜以询问疑惑。后人将通过扶乩请来批答疑问的仙人,称作“乩仙”,也叫“箕仙”,又叫作“扶鸾”。大凡乩仙多自称吕祖。吕祖名岩,字洞宾,沔州人,唐代礼部侍郎吕渭的孙子。唐武宗会昌年间,他两次考进士失败,便前往庐山游玩,遇到了异人,从而得到长生秘诀,最后羽化成仙。因此乩仙最善于赋诗,喜欢和读书人谈科场之事,十分灵验。

予邑有诸生,姓张名报韩,字元振,善请吕祖,云传自金坛贵游子①,而咒乃吕祖亲授。持咒极熟,随意写符请之②,无不立应。同时有庠生朱日昌、董万宪、王人玉暨予兄涞③,咸传符咒,称大仙弟子。凡仙降,先赋诗,喜饮酒行令索句④，输者罚巨觥，或罚跪。月三八⑤，命题作文。郡城有白云山⑥，文毕，仙命送置山中某岩穴处。次日往携，咸仙亲笔所评者。凡有所遗赠，悉批示"取于某岩某穴中"。仙弟子各赠以自写吕纯阳小像一幅，悬奉于家。一日，于白云山书院楼中⑦，批既久，咸未食。仙曰："汝辈饿乎？"群曰："然。"曰："予为汝辈乞之。"停乩数刻，复批曰："可于窗前取而分啖之。"视之，盖竹箸盘贮松花饼数十枚也⑧。叩其由来，曰："予适向天台国清寺僧处乞与之耳⑨。"群食之，腹殊饱畅。复一日，各予以葫芦一，仙桃数枚。其葫芦皆五色彩绉拈成者⑩，内衔赤城山硃砂数粒⑪。桃亦不甚大，味与凡桃等。

【注释】

①贵游：指无官职的王公贵族。亦泛指显贵者。

②写符：画符箓以焚烧。扶乩时，需要先焚烧符箓，神灵才会降临，清徐珂《清稗类抄》曾详细记载过程："术士以朱盘承沙，上置形如丁字之架，悬锥其端，左右以两人扶之，焚符，神降，以决休咎。即书字于沙中，曰扶乩，与古俗卜紫姑相类。一曰扶箕，则以箕代盘也。"

③庠（xiáng）生：古时的学校称庠，故称学生为庠生，即府、州、县学的生员，也是秀才的别称。王人玉：王万镒，字人玉，临海（今属浙江）人。清顺治时岁贡，曾任江西万年知县。康熙十四年（1675）五月，耿精忠攻陷饶州，王万镒与饶州知府郭万国殉难，赠参政。事见《（民国）台州府志》卷一一三、《（康熙）江西通志》卷二六（王万镒亦作王万鉴，钱塘人，如《（康熙）钱塘县志》卷二十）。涞：洪涞，字叔畴，号潢水。据《（康熙）临海县志》卷六记他为康熙间贡生。洪若皋《先考礼三府君行状》记清康熙六年（1667）

"（洪）涞,廪生,娶高氏"。

④行令:行酒令。酒令是宴会中助酒兴的一种游戏。推一人为令官,违令或依令该饮的人都要饮酒。

⑤三八:指每月初八、十八、二十八日。

⑥郡城有白云山:台州府城东北有白云山。郡城,指台州府的治所临海县城,县城东北有白云山。

⑦白云山书院:据《（雍正）浙江通志》卷二七记台州府城东北的白云山下有赤城书院,乃明台州知府周志伟、同知朱世忠、王建（廷）乾建。《（民国）台州府志》卷九十"赤城书院记",明嘉靖二十一年（1542）台州同知王廷乾建赤城书院并立碑为记,石碑后被置于台州府城正学书院中。书院,宋至清私人或官府设立的供人读书、讲学的处所。

⑧箬:竹的一种,竹叶片大,可用来编制器物、包裹东西。松花饼:以松花粉和蜜做的饼。明韩奕《易牙遗意》卷下"新松花细末、白沙糖和匀筛过,搜其性润来随意作、脱脱之,或入香头少许尤妙"。

⑨国清寺:在今浙江天台北的天台山麓。初名天台寺。隋代天台宗创始人智颛建天台寺,因他曾示谶"寺若成,国即清",遂改名国清寺。国清寺为中国佛教天台宗源地和日本天台宗祖庭。李白有诗《普照寺》赞曰:"天台国清寺,天下为四绝。"今殿宇系清雍正十二年（1734）重修。

⑩彩绸（chóu）:彩色之绸缎。绸,同"绸",绸缎。

⑪赤城山:在今浙江天台西北。《太平寰宇记》卷九八记赤城山"在（天台）县北六里。孔灵符《会稽记》云:赤城山,土色皆赤,状如云霞,悬溜千仞"。硃砂:即朱砂,道教徒常用来炼丹、书写、画符。下文乩仙所写评语,为朱砂颜色。

【译文】

我的家乡有位秀才,姓张,名报韩,字元振,擅长请吕祖,自称他的请仙之法传自金坛县的显贵子弟，而咒语则是吕祖亲自传授。他持念咒语非常熟练，随意画符焚烧就能请来吕祖，没有不立刻应验的。同时有秀才朱日昌、董万宪、王人玉和我的兄长洪涞，他们都传承了符咒，自称乩仙的弟子。凡是乩仙降临之时，先是赋诗，喜欢饮酒行令，索取诗句，输的人会罚饮大杯酒，或者罚跪。每月初八、十八、二十八日，乩仙便会出题目让众人写文章。我们台州府城东北有座白云山，写完文章后，乩仙命令众人将文章放到白云山的某个岩洞中。第二天前往白云山取回时，文章都经过了乩仙的亲笔品评。如果有所遗赠，乩仙会在乩盘上批示说："去某岩某洞中拿取。"乩仙的弟子都各自被赠送了乩仙自画的纯阳真君吕洞宾小幅画像，悬挂在家中。有一天，众人在白云山书院楼里，乩仙批答了很久，大家都没有吃饭。乩仙说："你们饿不饿？"大家说："确实饿。"乩仙说："我来为你们要点食物。"停下扶乩，过了会儿，再次在乩盘上批示说："你们可以在窗户前取食物，分着吃吧。"大家一看，竹做的盘子上放着数十个松花饼。众人问乩仙这些松花饼是从哪里来的，乩仙在乩盘上写下："我刚才从天台国清寺僧人那里要来的。"大家食用后，感觉肚子非常饱，舒心畅意。又一天，乩仙给大家一人一个葫芦，还有数枚仙桃。这些葫芦都是用五彩的绸缎编成，里面还镶嵌了赤城山的几粒朱砂。仙桃也不是很大，味道和普通桃子一样。

　　久之，请于予家楼上。凡请仙，必须楼，所谓"仙人好楼居"者也[①]。予年方舞勺，登楼礼谒，批云："此子可教。"随命予名若皋。凡为仙弟子者，其名咸仙所命云。因令予同会文[②]，题"不忮不求"至"何足以臧"[③]。艺完，命送置于白云山土地香炉下[④]。次早往领，独取予文圈点叠加[⑤]，备极褒美。其砵紫色，其笔如悬针倒薤[⑥]，字法绝似螳螂张膝、蜻蜓点水，不类人间所为。末注"三千六百九十日，予言始验"。予绝不之信。

【注释】

①仙人好楼居:语见《史记·孝武本纪》,汉代方士公孙卿说:"置脯枣,神人宜可致,且仙人好楼居。""仙人好楼居",认为仙人都是住在高楼之上。

②会文:指文人相聚谈艺,观摩而又含有竞赛、考试意义的文章写作集会。

③题"不忮(zhì)不求"至"何足以臧":《诗经·邶风·雄雉》有句"不忮不求,何用不臧",而《论语·子罕》亦记:"子曰:'衣敝缊袍,与衣狐貉者立,而不耻者,其由也与! 不忮不求,何用不臧?'子路终身诵之。子曰:'是道也,何足以臧?'"意指不嫉妒,不贪求,什么行为能不好呢? 忮,嫉妒。

④土地:土地庙。供奉掌管、守护某个地方的土地神的庙宇。

⑤圈点:用圆圈或点表示文章的句读。圈点也常加在字句的旁边,表示精彩或重要。

⑥悬针:书法中称竖画的名词之一。凡竖画下端出锋的,其锋如针之悬,故称"悬针"。宋张表臣《珊瑚钩诗话》卷一:"有悬针者,汉曹喜所作,象针锋纤抽之势,以书五经篇目,取贯穿经指之义。"倒薤(xiè):一种篆书书体名。张表臣《珊瑚钩诗话》卷一:"有倒薤者,世传务光辞汤之禅,居清泠之陂,植薤而食,清风时至,见叶交偃,像为此书以写道经。"

【译文】

过了很久,众人把乩仙请到了我家楼上。大抵请乩仙降临,必须在高楼之上,就是前人所说"仙人喜好住在高楼"的话语。我在十三岁时,登楼以礼谒见乩仙,乩仙在乩盘批示:"这个孩子可以造就。"随即给我赐名作若皋。凡是乩仙的弟子,他们的名字都由乩仙命名。乩仙便让我参与众文士的写作集会,拟定《论语》中"不忮不求"至"何足以臧"为创作题目。竞艺结束后,命众人把文章送到白云山土地庙的香炉下。第二天早上去领取文章,发现乩仙只在我的文章上面加了很多点评的圈点,给予了高度嘉奖赞美。乩仙点评的字体颜色是朱紫色,乩仙的书法如悬针倒薤,字形非常像螳螂伸膝、蜻蜓点水,不像普通人写的。后面还批注"等到三千六百九十日后,我说的话便应验了"。我对此毫不相信。

先君极敬重之①。每仙降,先君必登楼礼四拜,饮酒必令尽欢而散。是时先君年望六②。次年偶往乡,染时疫归③,发热三日,不汗。六日热甚,发谵④,医人咸却走,计无所施。或言祈之仙,符方发,扶乩,乩跃入地⑤。再持起,纵横乱击,持者手破流血,沙盘皆碎裂。予辈俯伏哀求,方大批云:"尔父病亟⑥,何不早请我?"予辈复俯伏谢过,随批云:"急取梯来,向楼檐某行瓦中,取予药方下。"即如言取下黄纸一卷,药方一道,灵符三道,皆紫硃所书,与前批评文章笔迹无异。其药件皆人所常服者,随令抄誊⑦,赴坊取药,原方焚之。复命取水一碗,用桃仁七枚⑧,捣碎和之,焚三灵符于其内,饮父。嘱饮后,手持木杵⑨,向床中四旁击之。予辈捧水至床前,父素信仙,一吸而尽。复如言持杵左右前后击。仙停乩以待,曰:"汗乎?"视之,果大汗如雨。随命服汤药。既服,复停乩以待,曰:"睡乎?"视之,果睡。即命取白米煮粥以俟。少顷,举乩曰:"睡觉乎?"视之,复曰:"睡已觉。"曰:"急进粥,尔父病瘳矣。予退,命碧桃子守尔家,因供碧桃仙于家。碧桃嗜水,朝夕奉水一大碗,无他供也。"未三日,而父服食如平时,一似未尝病者。他日设酒食酬谢仙，父伏地，感而且泣。未几，仙赠父小像，墨迹甚淡，视之如影，然酷肖父状，上书"九天紫府纯阳道人赠[⑩]。"其词曰："灵雨飘衣[⑪]，清歌满谷。鹤之餐云，鹿之咽月。先生一蓬莱客，为人间谪仙耶？今少炙其貌[⑫]，深测其衷。若难以形容，只谱片词，为君售也[⑬]。赞曰：脸曜而衷腴，所举又若拘。其语言落华而务实，至接物宏以宽。温温安安，浑浑漫漫[⑭]。继繁兰桂[⑮]，鸿渐于磐[⑯]。近天子之龙飞，庆上国光辉。其容舒舒[⑰]，其象如愚。是武城墨士，弦歌片隅[⑱]；抑西河先生，课古诗书[⑲]。称泗杏之通儒[⑳]，盛哉猗与[㉑]！"父什袭之不轻亵[㉒]。

【注释】

① 先君：洪若皋的父亲洪日庆。据洪如皋《先考礼三府君行状》(《南沙文集》卷七)和《(康熙)临海县志》卷八记载，洪日庆，字初明，号监兹。生于明万历九年(1581)，明秀才，博学能文。洪若皋及第后，洪日庆于清顺治十八年(1661)覃恩封奉政大夫、户部湖广清吏司郎中，卒于康熙六年(1667)，名列临海乡贤祠。

② 望六：即将六十岁。据洪日庆的生卒年判断，其"望六"当在明崇祯十三年(1640)前。

③ 时疫：流行的传染病。

④ 发谵(zhān)：病中说胡话。

⑤ 乩：此处指乩笔，即扶乩时在沙盘上写字的木锥。

⑥ 亟：危急。

⑦ 抄誊：抄写。

⑧ 桃仁：桃核里的仁儿。可制食品，可入中药，有活血祛瘀、止咳平喘的功效。

⑨ 木杵：舂米或捣物的木棒。

⑩九天紫府纯阳道人：指天上的仙人吕洞宾。九天，天空最高处。紫府，仙人居所。纯阳道人，吕洞宾又号纯阳道人。

⑪灵雨：好雨。

⑫炙：喻受到熏陶，此处形容绘制画像时如同受到熏陶。

⑬售：施展，表达。

⑭浑浑：浑厚质朴的样子。漫漫：淳朴敦厚的样子。

⑮继繁兰桂：形容后继子孙像兰桂一样优秀出色，具有美才盛德。

⑯鸿渐：谓鸿鹄飞翔从低到高，循序渐进。于磐：盘桓，逗留。磐，通"盘"。回旋，盘曲。

⑰舒舒：安适貌。

⑱是武城墨士，弦歌片隅：典出《论语·阳货》："子之武城，闻弦歌之声。夫子莞尔而笑，曰：'割鸡焉用牛刀？'"墨士即文人。

⑲抑西河先生，课古诗书：语见《太平御览》卷四八九引《吕氏春秋》曰："吴起行，魏武侯自送之西河，而与起辞。武侯曰：'先生将何以治西河？'对曰：'以忠，以信，以仁，以义。'"

⑳泗杏：洙泗杏坛，孔子聚徒讲学的地方，此处代指讲学的孔门儒士。洙泗，孔子曾在曲阜北的洙水和泗水间聚徒讲学，后世代称孔子及儒家。杏坛，相传为孔子聚徒授业讲学处。《庄子·渔父》："孔子游乎缁帷之林，休坐乎杏坛之上。弟子读书，孔子弦歌鼓琴。"

㉑猗与：叹词。表示赞美。

㉒父什袭之不轻亵：郑重收藏而不敢轻慢。

【译文】

先父洪日庆生前非常敬重乩仙。每次乩仙降临，先父肯定要登楼礼拜四次，一定要让乩仙尽情畅意饮酒才离开。当时先父年近六十。第二年偶尔前往乡里，染上了流行的瘟疫，回家后发了三天烧，却不出汗。第六天的时候，身体温度上升，口说胡话，医生纷纷退避，毫无办法。有人说可以向乩仙祈求,刚刚画好符咒,开始扶乩,扶乩的笔便一下子跳到地上。扶乩之人再次捡起乩笔,乩笔却肆意四处击打,持乩笔的人手被打得皮破血流,沙盘也都碎裂。我们跪在地上哀求乩仙,乩仙才在乩盘上批示说:"你父亲病重,为何不早点请我呢?"我们再次跪着道歉,乩仙又在乩盘上写下:"快去拿梯子,在楼上房檐某一行的瓦中,去取我的药方。"我们便听从乩仙的话,从房瓦上取下一卷黄纸、一道药方、三道符篆,字色都是紫朱色,与之前品评文章的文字笔迹一致。药方上都是世人日常服用的药物,便让人誊抄下来,前往药店抓药,并焚烧掉原来的药方。乩仙又命取来一碗水,将七枚桃仁捣碎后和入水中,在其中焚烧了三道符篆,给我父亲喝下。乩仙嘱咐,喝下后,让人手持木杵,击打床的四周。我们捧着水到了床前,我父亲一向相信乩仙,将水一饮而尽。我们又听从乩仙嘱咐,手持木杵击向床的前后左右。乩仙停下笔等待,过了会儿才写:"出汗没?"我们一看,我父亲果然大汗如雨。乩仙便让我父亲喝下汤药。喝完以后,乩仙又停下笔,过了会儿写:"睡了没?"我们一看,我父亲果然睡着。乩仙便让取来白米熬粥以等着我父亲服用。过了会儿,乩仙举笔写道:"睡醒没?"我们一看,回复说:"睡醒了。"乩仙写道:"快给他喝粥,你父亲的病就好了。我会离开,让碧桃仙子守护你家,你们便将碧桃仙子供奉在家。碧桃仙子喜欢水,每天早晚给她供奉一大碗水,不需要其他供奉。"不到三天,我父亲的饮食便恢复如常,如同他未生病时。后来,准备酒食来酬谢乩仙,我父亲趴在地上,感动得哭泣不已。没多久,乩仙赠送给我父亲一小幅画像,画像的墨迹很淡,看着就像影子,然而却很像我父亲的样貌,上面写道:"九天紫府纯阳道人赠。"画像题词说:"好雨飘落衣服,清歌响满山谷。仙鹤餐云,山鹿食月。先生是仙岛蓬莱的客人,是贬谪人间的仙人吗? 现在大致画下你的容貌,仔细推测你的内心衷情。好像难以形容深意,只好写下一些词句,向你表达我的看法。赞记:面容清瘦,内心丰富,言行举止,拘束谨慎。语言质实,洗去铅华,待人接物,宽宏大量。温润安乐,浑厚质朴。诸多子孙如同兰桂,好似飞鸿振翅高翔。如今天子飞龙在天,庆贺我国光耀古今。容貌安适,外貌愚笨。武城文士,传布弦歌;西河先生,讲授古义。可谓孔门博学儒士,真是伟大!"父亲将此珍重地收藏起来,不敢亵渎。

迨沧桑之会①,张生既物故,王生、董生亦相继亡,仙久不请。顺治戊子②,予登贤书③。壬辰会试,予兄复请,问予捷南宫与否④。仙亦降,但不似向者之灵显也⑤,但批"中阿"二字。再叩,并不答。是科予落第,予邻何公纮度、陈公璜中式⑥,盖析何与陈姓之半,而成"阿"字也。乙未会试,复问如前,批诗云:"大固崔巍正展旗⑦,春光逗发远为期。君家福分非轻浅,先报琼林第一枝⑧。"是科,予果隽南宫⑨。兄辈又请问予殿试某甲,则批一"里"字。再问,则云:"二十二十又二里⑩。"及闻报,则二甲四十二名也。盖"里"字移两画于上成二甲。更逆数是年三月某日揭晓之期⑪,以验仙之所云"三千六百九十日者",殆晷刻不爽云⑫。诚足奇哉!

【注释】

①迨沧桑之会:等到朝代更迭,明亡清兴。沧桑,指朝代更迭。

②顺治戊子:清世宗顺治五年(1648)。下文"壬辰"指顺治九年(1652),"乙未"指顺治十二年(1655)。

③登贤书:指乡试中式,此年洪若皋中举,可参见《(康熙)临海县志》卷五《选举上》。

④捷南宫:会试告捷,即考中贡士。南宫即礼部会试。

⑤灵显:灵应,灵验。

⑥何公纮度：何纮度，字迹潘，号石湖高士，台州临海栅浦（今浙江台州椒江区）人。明何舜龄之孙。八岁习五经。十二岁考秀才。县试、府试、院试皆第一。清顺治五年（1648）举人，顺治九年（1652）进士。任山西临晋知县时被革职，遂不以功名为意，遁迹林泉五十余年，学者尊为心斋先生，卒年七十有七。著有《客言》《醉石稿》等。事见《（民国）台州府志》卷一一零。陈公璜：陈璜，字符卿，号琪园，台州临海（今浙江临海）人。顺治九年进士，官寿张知县。著有《旅书》。事见《（民国）台州府志》卷一一九。

⑦大固：大固山，临海（今属浙江）北的山峰。《舆地纪胜》卷十二记大固山"在州城内，州廨宇在其下。晋隆安末孙恩为寇，刺史章景休率士庶于此山，凿山为堑守之，贼不敢犯，因得名"。

⑧琼林：树木的美称。北宋京师四大御花园之一，天子在琼林苑赐宴新进士。

⑨隽：中式，中选。

⑩二十二十又二里：预示洪若皋会考中乙未科二甲第四十二名进士。二十加二十再加二，其和为四十二；从"里"字下面挪两笔，即把"里"字下面的"二"字移到这个字的前面，可组成"二甲"两字。可参见《（民国）台州府志》卷二三《选举表三》及《顺治十二年乙未科殿试金榜》进士名录。

⑪逆数：预测，推算。

⑫晷刻：日晷与刻漏。古代的计时仪器。

【译文】

等到朝代更迭，张报韩已经去世，王人玉、董万宪后来也相继亡故，便很久没有请乩仙了。清顺治五年，我参加乡试中举。顺治九年我参加会试，我的兄长洪涞再次请乩仙，询问我会试是否能够高中。乩仙再次降临，但却不像之前那么灵验了，只批示了"中阿"二字。再向他问询，却并不回答。这年我科考落第，我的邻居何纮度、陈璜中举，原来乩仙的答案是将他们两人姓氏"陈""何"的偏旁各取一半，重组成了"阿"字。清顺治十二年我参加会试，再次像以前那样询问，乩仙批复了一首诗："大固崔巍正展旗，春光逗发远为期。君家福分非轻浅，先报琼林第一枝。"这一年，我果然考中。兄长们又向乩仙问我能考中殿试第几甲，乩仙批示了一个"里"字。再问，又写道："二十二十又二里。"等到捷报传来，则是二甲第四十二名。原来是将"里"字下面的部分"二"移动到上面，组成"二甲"。又预测这年的三月某日是揭晓殿试名次的时间，正好验证了乩仙昔日所说的"三千六百九十日"，大概如同时钟一样分秒不差。确实令人惊奇啊！

予思乩仙灵验者亦多矣，未有亲能以物相授受者也。夫葫芦、仙桃、小像之类，藏之岩穴中，无论已。若窗前松饼，檐上药方，有人挟之而至乎？抑凌空而飞至乎？且评阅文章，其笔墨奚自而来也？岂天上亦有文房乎①？或曰："笔仙墨仙②，类工于笔墨，有资于文章之用。其人咸仙去，则天上安得无笔墨？况吕祖游湘潭、鄂岳间③，多卖纸墨于市以混迹④，纸墨有，则他物可概知矣。"予曰："然则诚仙乎？"或曰："以子之大人病且踣⑤，呼吸之间，能令立起，非仙而能若是乎？"或之言虽如此，然予闻食仙桃者，可百岁而上之，张生、王生、董生，咸食桃者也，均不能周甲子⑥，则仙不仙又未可必也。是予终不能辨，姑记之以俟后之辨之者。

【注释】

①文房：书写所用的笔墨纸砚之类。

②笔仙：后晋时，有不知名高士，善制笔，人称"笔仙"。宋代曾慥《类说》卷五九引苏易简《文房四谱·笔仙》："石晋末，汝州高士

每夜作笔十管,至晓卖之,后徙居,不知所终,数十年,人复见,颜色如故,谓之'笔仙'。墨仙:潘谷精于制墨,醉饮郊外,跌死枯井中。世称"墨仙"。见宋代何薳《春渚纪闻•潘谷墨仙揣囊知墨》。

③湘潭、鄂岳:指唐代的湘潭、鄂岳,泛指湖南、湖北一带。如宋范致明《岳阳风土记》记吕洞宾"得长生不死之诀,多游湘潭鄂岳间,或卖纸墨于市,以混俗人,莫之识也"。湘潭,唐天宝八年(749)改衡山县置湘潭县,属衡阳郡。鄂岳,唐方镇名。乾元二年(759)置鄂、岳、沔三州都团练守捉使,大历八年(773)后改设鄂岳观察使,治所在鄂州(今湖北武昌区)。

④混迹:谓使行踪混杂在大众间。常有隐身不露的意思。

⑤踣(bó):泛指死亡。

⑥甲子:古时以天干地支纪年,十天干之首为甲,十二地支之首为子,其六十年一循环,故甲子即为六十年。

【译文】

我想有灵验的扶乩也很多,却没有能够亲自接受、赠送物品的。那葫芦、仙桃、小像等物,都藏在山洞中,且不用说。至于窗前的松饼、屋檐上的药方,难道是有人拿着放在那里吗?或者是凌空飞到那里吗?况且品评文章,乩仙的笔墨是从何而来呢?难道天上也有文房四宝吗?有人说:"昔日的笔仙、墨仙,都擅长制笔制墨,可用来写作文章。他们都已成仙飞升,天上怎会没有笔墨呢?何况吕祖游历湘潭、鄂岳之间,多次在市场上贩卖纸墨,混迹世俗大众之中,既有纸墨,其他的东西大概也是有的吧。"我说:"那么真的是仙人吗?"有人说:"你的父亲感染重病,将一病不起,乩仙让他在呼吸之间便能站起,如果不是仙人,岂能做到如此呢?"他们虽然这样说,但我听说食用仙桃之人,可以年过百岁,张报韩、王人玉、董万宪都吃了仙桃,却没能活到六十岁,那么是仙人或不是仙人,真不好下定论了。我终究不能决断,姑且记载下来,以等待后人辨识吧。

张山来曰:吕祖能诗,能书,能饮,能行觞政①,皆所优为②。独是"八股"一道③,不识何以亦能评阅?岂一能则无所不能耶?

【注释】

①觞政:古时民间饮酒时的一种娱乐游戏。刘向《说苑·善说》:"魏文侯与大夫饮酒,使公乘不仁为觞政。"

②优为:谓任事绰有余力。

③八股:即八股文,明、清科举考试的一种文体,由破题、承题、起讲、入题、起股、中股、后股、束股八部分组成,故有此名。

【译文】

张潮说:吕祖能写诗,擅书法,能喝酒,能行觞政,这都是他所擅长的。唯独八股文这一门技艺,不知道他为何也能评阅?难道会一种技艺就能通晓所有技艺吗?

中泠泉记

潘介(幼石)①

中泠②,伯刍所谓"第一泉"也③。昔人游金山,吸中泠,胸腋皆有仙气,其知味者乎?庚辰春正月④,予将有澄江之行⑤。初四日,自真州抵润州⑥。舟中望金山,波心一峰,突兀云表,飞阁流丹⑦,夕阳映紫,踌躇不肯舣岸。但不知中泠一勺,清澈何所耳?

【注释】

①潘介:字幼石,安庆府怀宁县(今安徽怀宁)人。清康熙四十七年

（1708）怀宁县岁贡生，以文著称，深得方苞赞许。著作丰富，但秘其藏稿而不刊刻行世。事见《（民国）怀宁县志》卷二十。与鲁之裕（《与潘幼石》）、任端书（《奉赠潘幼石先生并题小照》）等人有交往。本篇又见引于《（光绪）丹徒县志》卷五六。

②中泠：中泠泉，又名中濡泉、南泠泉，有"天下第一泉"之称，位于今江苏镇江金山的金山寺外，泉水清冽，烹茶煮茗，其味尤美。此泉原在江水之中，由于河道变迁，泉口处已变为陆地。《金山志》："中泠泉在金山之西，石弹山下，当波涛最险处。"

③伯刍：即唐代名士刘伯刍。他遍尝天下之水，而将诸水分为七等，列中泠泉水为第一等。

④庚辰：清康熙三十九年（1700）。清初方苞《潘幼石序》记"潘先生幼石，余童子时以师友之礼交，而先生常弟畜余。先生文行重江表，方其壮盛未尝一至京师。老而来游，闭一室"（《望溪集》卷七）。据此知，潘介比方苞（生于清康熙七年，1668）年长。又知他曾与任端书（生于康熙四十一年，1702）交往（《奉赠潘幼石先生并题小照》，见任端书《南屏山人集》诗集卷五），故推断此处的庚辰当指康熙年间。

⑤澄江：江阴（今属江苏）的别称。

⑥润州：镇江的古称。隋开皇十五年（595）置润州，治所在延陵县（今江苏镇江）。后被废置，至明、清时改为镇江府。

⑦流丹：流动着红色。形容色彩飞动。

【译文】

中泠泉，就是唐代刘伯刍所说的"第一泉"。前人去镇江金山游玩时，喝了中泠泉水，便觉得胸腔间弥漫着仙家气息，他们真的明白中泠之味吗？清康熙三十九年的春天正月，我将前往江阴县。正月初四，从仪征县抵达镇江。在舟中远望金山，江波中央有一座山峰，高耸入云，高阁上流光溢彩，夕阳下掩映着一抹紫色，如此美景，让我不禁心生徘徊，不肯泊船登岸。只是不知道中泠泉的一勺水，清澈到了哪种程度呢？

次日觅小舟，破浪登山。周石廊一匝，听涛声噌吰^①，激石哮吼。迤逦从石磴陟第二层^②，穿茶肆中数圻^③，得见世所谓中泠者。瓦亭覆井，石龙蟠井阑，鳞甲飞动。寺僧争汲井水入肆^④。是日也，吴人谓钱神诞^⑤，争诣寺中为寿。摩肩连袂^⑥，不下数万人，茶坊满，不纳客。凡三往，得伺便饮数瓯^⑦。细啜之，味与江水无异。予心窃疑之，默然起，履巉陟险^⑧，穷尽金山之胜。力疲小憩，仰观石上，苍苔剥蚀中依稀数行^⑨。磨刷认之，乃知古人所品，别在郭璞墓间^⑩。其法于子午二辰^⑪，用铜瓶长绠入石窟中^⑫，寻若干尺，始得真泉。若浅深先后少不如法^⑬，即非中泠正味。不禁爽然^⑭，汗下浃背，然亦无从得铜瓶长绠如古人法，而吸之而饮之也。郭公爪发^⑮，故在山足西南隅。洪涛巨浪中，乱石嶙峋，森森若奇鬼异兽^⑯，去金山数武，而徘徊踯躅，空复望洋^⑰，盖杳乎不可即矣！日暮归舟，悒怏若有所失^⑱，自恨不逮古人。佛印谈禅，坡公解带^⑲，尔时酒瓮茶铛，皆挟中泠香气，奈何不获亲见之也！

【注释】

①噌吰（cēng hóng）：壮阔的钟鼓之音，此处用以形容波涛轰隆之声。

②迤逦（yǐ lǐ）：曲折连绵貌。

③圻（qí）：通"碕"，岸。

④寺僧：金山寺僧人。金山寺位于江苏镇江西北的金山上，始建于东晋，经历代修葺。寺内原有创建齐、梁时代的金山宝塔，至清代

咸丰年间毁于战火，今存光绪年间重修的塔。

⑤钱神诞：相传正月初五或正月初四是财神的诞辰。《（民国）吴县志》卷第五十二上记正月：“五日祀财神，俗谓五路神诞。或四日夜半，陈蔬果牲醴，然烛焚香，列炉火，画纸为神祭。毕，商家爆竹，开市以求利达。”又《（民国）嘉定县续志》卷五：“财神诞，正月初四夜。商店皆祀财神，悬店号灯于门前，送神时燃爆竹以敬之，谓之接财神。”

⑥连袿：连袂，衣袖相联。

⑦瓯（ōu）：杯，小碗。

⑧履巉（chán）陟险：攀登险峻的山路。履巉，涉足高峻的山峰。陟险，攀登险峻的山岩。

⑨剥蚀：物体受侵蚀而损坏脱落。

⑩郭璞：字景纯，晋代著名文学家、风水学者，著《葬书》，其人多有神异传说。金山寺旁，有郭璞衣冠冢。《水浒传》第九十一回有诗句“郭璞墓中龙吐浪，金山寺里鬼移灯”。

⑪子午二辰：夜间23时至次日1时，中午11时至13时。

⑫长绠：汲水的长绳。

⑬少不如法：稍微不如法。

⑭爽然：茫然。

⑮爪发：指甲、头发，指遗骨。

⑯森森：威严可畏貌。

⑰望洋：望洋兴叹。无法到达取水的地方而慨叹力量不足。

⑱悒怏：忧郁之貌。

⑲佛印谈禅，坡公解带：佛印禅师在宋神宗元丰时主镇江金山寺，常与苏轼、黄庭坚谈禅说法，后人编《东坡居士佛印禅师语录问答》。据宋释志盘《佛祖统纪》卷四六等记载，苏东坡曾对佛印禅师表示想要借他四大五蕴之身为座，佛印禅师说自己“四大本

空、五蕴非有,内翰欲于何处坐?"苏东坡不能回答,只好输掉一条玉带给佛印,佛印"收取玉带,永镇山门"。

【译文】

第二天,我找到一叶小舟,穿波破浪而登临金山。只见金山周围有一圈石廊,听到涛声轰隆似钟鼓之音,急湍中的石头咆哮嘶吼。沿着弯弯曲曲的路,循石阶登上第二层,穿过好几个岸边的茶肆,终于见到了世人所说的中泠泉。只见瓦作的亭子覆盖在井上,井边栏杆盘着石龙,石龙的鳞甲恍如飞动。金山寺中的僧人争抢着汲取井水,将水提进茶肆。这一天,吴地人说是财神的诞辰,争相到寺中祝寿祈福。游人摩肩接踵,衣袂相连,不下数万人,茶肆人满为患,已不接待新客。我接连去了三次,乘隙喝了几杯茶水。仔细品尝,觉得水的味道与江水毫无区别。我心下起疑,默默起来,爬上金山的巉岩险峻之处,遍览金山优美景致。精疲力竭时,便小憩了一会儿,抬头仰望山石,在石上斑驳的青苔之中依稀可见数行文字。我将青苔磨去,仔细辨认,才知道古人所品的中泠泉水,另在郭璞墓的附近。其方法是,在子时与午时的时候,用长绳系着铜瓶,坠入石窟之中,向下探入若干尺,才能得到真正的泉水。如果取水的深浅、时间的先后稍有一点不遵照规则,便不是中泠泉水的真正滋味。我不禁心生茫然,汗流浃背,但无法得到铜瓶和长绳以遵照古人的方法去汲水饮用。郭璞遗骨埋葬的地方在金山山脚西南边。在洪涛巨浪之中,乱石突兀高耸,阴森可畏如同奇异的鬼怪猛兽,虽然距离金山有几步之遥,但我徘徊不前,徒然望洋兴叹,因为那取水的地方远不可及啊!傍晚时分,我乘舟归去,心怀忧愁怅然若失,遗憾自己不能像古人一般,品尝真正的泉水。宋代的佛印禅师在金山寺谈禅说法,赢得苏东坡解下玉带,那时候酒缸与煎茶器具之中,都蕴含着中泠泉水的香气,可惜我终究不能亲见那泉水了!

越数日,舟自澄江还,同舟憨道人者,有物藏破衲中,琅

琅有声^①。索视之，则水葫芦也：朱中黄外，径五寸许，高不
盈尺；傍三耳^②，铜纽连环，亘丈余^③，三分入环，耳中一缕，
勾盖上铜圈，上下随缏机转动；铜丸一枚，系葫芦傍，其一绾
盖上^④。怪问之，祕不告人。良久，谓余曰："能从我乎？愿
分中泠一斛。"予跃然起，拱手敬谢。遂别诸子，从道人上
夜行船。

【注释】

①琅琅：形容清朗、响亮的声音。

②耳：像耳朵一样分列两旁的提手。

③亘：绵长，绵延。

④绾（wǎn）：旋绕系结。

【译文】

过了几天，我乘舟从江阴县返回，同船有位憨道人，他的破道服中
藏着东西，发出响亮的喤啷声。我向他索要来看看，原来是个盛水的葫
芦：葫芦里面是红色，外面是黄色，直径有五寸左右，高不满一尺；旁边有
三只提手，上面系有铜制的纽绊、成串的铜环，连环长丈余，有十分之三
穿入环中，提手上有一缕系绳勾连着上面的铜圈，随着绳子、机关上下转
动；葫芦上还系有一枚铜丸，一头系在盖子上。我感到奇怪，便询问憨道
人，但他保密不愿告诉我。很久之后，他对我说："你能跟我去不？我愿
分一斛中泠泉水给你。"我一跃而起，拱手致谢。于是便拜别众人，跟着
道人上了夜晚航行的船。

两日抵润州，则谯鼓鸣矣^①。是夕上元节^②，雨后迟月
出不见，然天光初霁^③，不甚晦冥。鼓三下，小舟直向郭墓。
石峻水怒，舟不得泊，携手彳亍^④，蹑江心石五六步，石窍洞

洞然⑤。道人曰："此中泠泉窟也。"取葫芦沉石窟中，铜丸傍镇，葫芦横侧，下约丈许。道人发绠上机，则铜丸中镇，葫芦仰盛。又发第二机，则盖下覆之，笋阖若胶漆不可解⑥。乃徐徐收铜绠，启视之，水盎然满⑦。亟旋舟就岸，烹以瓦铛⑧，须臾沸起，就道人瘿瓢微吸之⑨，但觉清香一片，从齿颊间沁入心胃。二三盏后，则薰风满两腋⑩，顿觉尘襟涤净⑪。乃喟然曰："水哉！水哉！古人诚不我欺也！嗟乎，天地之灵秀，有所聚必有所藏，乃至拔而为山，穴而为泉。山不徒山，而峙于江心；泉不徒泉，而巽乎江水层叠之下⑫。而顾令屠狗卖浆、菜佣伧父，皆得领兹山、味兹泉，则人人皆有仙气矣！今古以来，真才埋没，赝鼎争传⑬，独中泠泉也乎哉？"

【注释】

①谯鼓：古时城门谯楼的打更之鼓。

②上元节：即农历正月十五元宵节。

③初霁（jì）：雨后初晴。

④彳亍（chì chù）：小步走，走走停停貌。

⑤洞洞然：贯通貌。

⑥笋：通"榫"，榫头。比喻盖子盖住葫芦就像榫头嵌入木缝一样紧密。

⑦盎然：充溢貌。

⑧瓦铛：陶制炊器。

⑨瘿瓢：瘿瘤木制的瓢。

⑩薰风：和暖的风。

⑪尘襟：世俗的胸襟。

⑫巽：卑顺，引申为下藏。

⑬赝鼎：形容仿造或伪托之物。

【译文】

两天后到达镇江，城楼上的谯鼓已经敲响。这天晚上是上元节，雨后的月亮迟迟不见，但天色初晴，并不很幽暗。三更鼓响，子时已到，我们乘着小舟便径直驶向郭璞墓。乱石丛立，水势湍急，小舟不能停泊，我们便携手慢行，踏着江心石头走了五六步，发现有石洞贯通于下。道人说："这便是中泠泉的洞窟。"他取来葫芦，沉入石窟之中，将铜丸在一旁压着，葫芦便倾斜下来，往下坠落了一丈左右。道人拉动绳子，启动机关，铜丸便压到葫芦中间，葫芦便仰面朝上开始盛水。道人又打开第二个机关，葫芦的盖子便盖上了，盖得就像榫头嵌入木缝一样紧密，如同胶漆般牢固不能打开。于是慢慢收起铜绳，拉上来打开一看，水已充盈灌满。我们赶紧回舟登岸，以瓦铛来烹煮泉水，须臾之间，水便沸腾，我拿着道人的瓢慢慢喝着水，只觉得一片清香从唇齿之间流入，沁人心脾。喝了两三杯后，觉得暖风充满两腋之间，顿觉胸中尘俗之气全部涤荡一空。我于是慨叹道："水啊！水啊！古人真没有骗我啊！啊，天地间的灵秀之气，有所聚敛，必有藏匿，以至于挺拔为山岳，下陷地穴为深泉。山不仅是山，而屹立于江水中央；泉不仅是泉，而下藏于层层江水之下。却让屠狗之辈、卖水之流、卖菜佣人、粗鄙之徒也都能领略此山，品味此泉，使人人胸中皆能感受仙气弥漫啊！自古以来，货真价实之物多被埋没，伪托假冒之物反受追捧，又岂是只有中泠泉而已吗？"

次日辰刻①，道人别去，予亦发棹渡江②。而邻舟一贵介③，方狐裘箕踞④，命俊童敲火⑤，煮井上中泠未熟也。道人姓张，其先盖闽人云。

【注释】

①辰刻：早上7时至9时。
②发棹：划船行舟。

③贵介：地位尊贵之人。

④箕踞：伸足而坐，不拘礼节、傲慢不羁的坐法。

⑤敲火：用火石敲石取火。

【译文】

第二天辰时，道人告辞而去，我也行船渡江。而邻舟的一位贵公子，正穿着狐裘，伸足而坐，令俊美的侍童生火，烹煮井中的中泠水，此时尚未煮沸。道人姓张，其先祖应是福建地区的人。

张山来曰：吾乡赵桓夫先生①，谓金山江心水与郭璞墓无异。因以两巨舟相并，中离二尺许，以大木横绁其上②，中亦空二尺许，如井状。以有盖锡罂一③，上系大长绳，别一小长绳系其盖。绳之长，凡若干丈，缒于井。绳尽，先曳小绳起其盖，而水已满罂，徐曳大绳，则所汲皆江心水矣。想以郭璞墓不得其汲之之法耳。若遇此道人，效其制，当更佳也。

【注释】

①赵桓夫：未详。疑为赵恒夫，即赵吉士，字天羽，号恒夫，徽州休宁（今安徽休宁）人，入籍杭州。清顺治八年（1651）举人，官终国子监学正，清康熙四十五年（1706）去世。事见朱彝尊《朝议大夫尸科给事中降补国子监学正赵君墓志铭》（《曝书亭集》卷第七十七）。张潮所引之语，近于赵吉士《寄园寄所寄》卷一所记："金山郭墓下江心泉为天下第一，然有龙窝洄流甚急，相传泉为龙所禁不敢汲。康熙己巳六月，余避暑山之七峰阁，命寺僧挈四舟相连若井，抵洄流，用绳沉锡桶，桶上关五眼，线系木屑塞之，无令浊水入，下沉十数丈到底，方拔线，提起木屑，则真泉入矣。三沉其

桶,江波大作,予急回岸,烹泉与僧共饮,清香透骨非复人间味。"
②横緪:接连,贯通。
③罂(yīng):古时的一种酒器,腹大而口小。

【译文】

　　张潮说:我家乡的赵桓夫先生,说金山的江心之水,与郭璞墓旁之水没有区别。因而将两艘船并在一起,两船间相距二尺左右,在两船上面用长木板相连接,木板间也相距二尺左右,构成了"井"的形状。拿一个有盖子的锡罂,上面系着大长绳,另外用一条小长绳系着盖子。绳子有若干丈长,向下垂坠入"井"中。放尽绳子时,先拽起小绳子,打开盖子,水便装满锡罂,再慢慢拽起大绳子,那么汲取的水全部都是江心之水。想来他在郭璞墓前没有学得汲水的方法。如果遇到那位道人,效仿他的方法,应当会取得更好的水。

髯参军传

徐瑶(天璧)①

　　蒋翁性好酒,家贫无所得酒,辄过余索饮。闲说少时所见闻事,多新奇可喜,而髯参军尤奇。作《髯参军传》。

【注释】

①徐瑶:参见卷十四《太恨生传》注释。

【译文】

　　蒋翁生性好饮酒,家中贫困无力备酒,总到我这儿来讨酒喝。他闲谈少年时所听闻的事情,多有新奇有趣之处,而所讲髯参军的事情尤其奇特。我便写了《髯参军传》。

明思宗时^①，公子某，不著其姓氏云。公子之子，与蒋翁友，因悉公子遇髯参军事。先是公子奔走某相国门^②，从京师持三千金归，道遇一僧，状狰狞，所肩行李铁扁拐^③，光黑甚重。伺公子信宿^④。公子初弗介意也。会抵一旅舍，公子先驱入，止右厢^⑤。僧继至，就右厢炕上卧。旅舍主人密呼公子告曰："客必从京师来，囊中必有金，不则，若奚俱至？"公子始心动，仓皇失措。主人劝公子勿恋金饮酒。

【注释】

①明思宗：即明朝末代皇帝崇祯，南明时赠庙号思宗，后又改为毅宗。

②奔走：趋附。

③铁扁拐：铁制的拐杖状武器。

④信宿：连宿两夜。

⑤右厢：正房右边的房屋。

【译文】

明崇祯帝时，某公子，不写其姓氏。某公子的儿子，与蒋翁是朋友，因而知悉某公子遇到髯参军的事。此前，某公子趋附某位相国的门下，从京城带着三千两银子回乡，在路上遇到一位僧人，外貌狰狞，他用来担行李的铁扁拐，乌黑锃亮，非常沉重。僧人跟着某公子连宿两夜。公子刚开始也没有介意。到了一间旅舍，公子先走了进去，在右厢房休息。那位僧人便也跟着进来，直接上到右厢房的炕上躺着。旅舍主人悄悄告诉公子："您必是自京城来的，口袋里必有钱财，否则的话，那个僧人为何总是与你一路？"公子此时方心有领悟，仓皇失措。旅舍主人劝公子不要贪恋钱财，以少饮酒为妙。

坐甫定，忽一虬髯^①，身长八尺余，腰大十围^②，须尽赤，激张如猬。即座上掷弓刀，呼酒食甚急，叱叱作雷声③。公子益惊怖，股栗欲仆。髯微顾曰："君神色俱殊，度有急，盍言之?"公子屏息若瘖。主人乃为述持金遇僧状。髯曰："僧今安在?"则指右厢卧炕上者。顾公子无动，直提刀排闼入，骂曰："钝贼！胡不拾粪道上，而行劫耶?"因弄其铁扁拐，屈之成环，掷炕上曰："若直此，听若取客金！不直，则亟引项就刃！"僧僵卧不动，良久，始匍匐下地，请死。顾视扁拐成环，泣下，请益哀。髯笑曰："故料若不能直此，聊为若直之。去！无污乃公刃④!"公子、主人皆咋舌，从门外观，已复趋前罗拜，请姓名。髯笑不答，令俱就寝。

【注释】

①虬髯：卷曲的连鬓胡须。

②围：两手拇指和食指合拢的长度。围的长度说法有异，一围有三寸、五寸等说。腰大十围，常用来形容腰肢粗大。

③叱叱：大声叱责之声。

④乃公：傲慢的自称语。犹今言你老子。

【译文】

公子刚刚坐下，忽然来了一位蓄有虬髯的客人，他身高八尺多，腰粗有十围，胡须都是红色，如刺猬身上的刺一样张开。他将随身携带的弓箭、大刀扔在座位上，急忙大声呼喊索要酒食，呵责之声震如雷霆。公子更加害怕，两股战战，几乎要倒下。虬髯客略微看了看他，说道："你神情、面色都失常，我想也许是遇到什么事了，何不告诉我呢?"公子屏住呼吸，犹如哑巴。旅舍主人便向这位虬髯客讲述公子携带银两却遇到僧人的事情。虬髯客说："那和尚现在在哪?"主人指了指右厢房炕上躺着的人。虬髯客见公子毫无动静，便径直提着刀，踹开门进去，骂道："蠢贼！你怎么不在路边捡大粪呢,还要劫道吗?"便拿起僧人的铁扁拐,将其弯曲成环,往炕上一扔,说道:"你如果把这扁拐拐直了,我就任你取公子的银两！如果你拐不直,就赶快在我刀下受死!"那僧人僵卧不动,过了很久,他才匍匐在地上,请求虬髯客杀了他。看着铁扁拐已被扭为环,他便开始哭泣,更加哀伤地请求。虬髯客笑着说:"我就知道你拐不直,我来为你弄直吧。快滚！别玷污了我的刀!"公子和旅舍主人从门外观看时都害怕地不敢说话,然后又向前恭敬地围着他行礼,叩问虬髯客的姓名。虬髯客笑而不答,让大家都回去就寝。

　　旦日,请护公子行,公子大喜。至扬州,谓公子曰:"君今但去无患,吾行矣。"公子叩头谢曰:"某受客大恩,无以报,愿进三百金为寿。且从此抵某家,计四日耳,盍俱渡江而南?"髯笑曰:"吾起家行阵^①,今只身来,为幕府标官^②。设贪金,岂止三百哉?吾凭限迫^③,不能从。或缘公事过江,则访君,幸为我具面十五斤,生彘二口,酒一石。"公子不得已与别。

【注释】

①起家:兴家立业,成名发迹。行(háng)阵:行伍,指军队。

②幕府标官:将军辖下的军官,下文称作参军。

③凭限:注明有限期限的上任文书。

【译文】

　　第二天,虬髯客请求护送公子赶路,公子闻听大喜。到了扬州,虬髯客告诉公子:"您现在可以安心回家,没有什么祸患了,我也要离开了。"公子叩头致谢道:"承蒙您的大恩,无以为报,愿意赠送三百两银子为您祝寿。况且从此地到我家,只需要四日,为何不与我一同渡江南下呢?"

虬髯客笑着说:"我自从军发迹,现在只身到此,是要去担任将军辖下武官。如果我真的贪求银两,又岂是区区三百两银子就可以满足的?我上任文书的期限快要到了,不能与你同行。如果以后因公事过江,就去拜访你,希望你能为我准备十五斤面粉,两口活猪,一石酒。"公子没有办法,便与他就此作别。

居数月而髯果至,呼公子曰:"饥甚!"公子亟进面、生彘、酒,如前约。髯立饮酒至尽,即所佩刀,刺杀生彘,而手自揉面作饼,且炙且啖,尽其半。公子曰:"参军力可拔山,度举几百钧①?"髯曰:"吾亦不自料举几百钧。虽然,请试之。"乃站庭槛上,而令数十人撞之,屹立不少动。曰:"未尽也!"复竖二指,中开一寸,以绳绕一匜,数健儿迸力曳两头,倔强如铁,不能动半分。于是公子进曰:"今天下盗贼蜂起,朝廷亟用兵,以参军威武,杀贼中原,如拉朽耳!今首相某,吾师也,吾驰一纸书,旦夕且挂大将军印,乌用隶人麾下为?"髯仰天大笑,徐谓公子曰:"君顾某相国门下士耶②?吾行矣!"

【注释】

①钧:三十斤为一钧。

②顾:看。门下士:与上文"吾师"相对,指学生、弟子。

【译文】

数月后,虬髯客果然登门而来,对公子大声呼喊道:"饿得很!"公子遵照此前约定,急忙呈上面粉、活猪、酒。虬髯客将酒一饮而尽,便用所佩之刀杀死猪,自己亲自揉面做饼,边烤边吃,吃掉了一半。公子说:"参军您力拔山岳,估计能举几百钧啊?"虬髯客说:"我也不知道我有多少力量。既然如此,那就试试吧。"便站在庭前门槛上,让数十人撞击他,却始终屹立不动。说:"我还没尽全力!"又竖起两根指头,两指分开一寸宽,用绳子缠了一圈指头,令数位壮士拽着绳子的两头使劲向外拉,但他依然刚强如铁,手指不能被拉动分毫。于是公子上前说:"如今天下盗贼蜂拥而起,正是朝廷用兵之时,以参军您的威武雄壮,前往中原杀贼,简直就如摧枯拉朽一般啊! 现在的某相国,是我的老师,我写一封书信给他,您旦夕之间便能挂大将军的印,哪里用得着隶属于他人的麾下呢?"虬髯客仰天大笑,缓缓对某公子说道:"你看我是能做相国门客的人吗? 我走了!"

论曰:蒋翁所称髯参军,殆真奇杰非常之士矣乎[1]? 当思宗时,如参军者,自不乏人。诚得十数辈为大将,建义旗[2],进止自如,贼固不足平[3]。乃当日握重兵者,率皆选软凡庸[4],退荼不前[5],何无一人类参军也? 即有一二摧锋陷阵之士[6],而朝廷之上,顾束缚之,不克以功名终,坐使天下流离,辗转以至于亡。呜呼! 是谁之过欤? 是谁之过欤?

【注释】

①奇杰:杰出。

②义旗:为正义而战的旗帜。

③不足平:不难平定,容易平定。《北史·李弼传》:"公与吾同心,天下不足平也。"

④选软:怯懦不前。

⑤荼(nié):精神萎靡不振。

⑥摧锋:挫败敌军的锐气。陷阵:攻入敌人的营垒或阵地。

【译文】

评论：蒋翁所说的髯参军，或许真是杰出的非同寻常之人吧？明崇祯帝时，像参军这样的勇武之士，自然是不缺的。如果真能得到数十个这样的人才，将他们拜为大将，竖起正义之旗，行军进退都应付自如，贼人当然不难平定了。只是当时手握重兵之人，都是些怯懦不前的凡人庸才，萎靡不振而不敢上前，怎么没有一个像参军那样的人呢？即便有一两个能冲锋陷阵的勇士，但朝廷上的重臣们，只去束缚他们，使他们最终无法建功立业，致使江山社稷陷入离散，飘摇不定而最终沦亡。唉！这是谁的过错呢？是谁的过错呢？

张山来曰：唐铸万先生评云[1]：“句句为髯写生，而着眼全在公子、相国，此绝顶识力也。”此评已尽此文之胜，予不必再措一辞矣。

【注释】

①唐铸万：唐甄，字铸万，号圃亭，达州（今属四川）人。清顺治十四年（1657）举人，曾任山西长子县知县。因与上司不合罢官，流寓苏州，一度经商，尽丧其资，乃设馆授徒。萧然四壁，炊烟尝绝，而著书不辍。所撰《潜书》抨击君权，倡“众为邦本”之说。另有《圃亭集》。事见王闻远《西蜀唐圃亭先生行略》（闵尔昌《碑传集补》卷二一）。

【译文】

张潮说：唐甄先生评论说：“句句都是描绘髯参军的形象，但着眼点却全在公子、相国，这是非常高明的识见啊。”此评论已经说尽了这篇文章的独到之处，我什么都不必再说了。

李丐传

毛际可（鹤舫）^①

　　李丐，江西人，邑里名字无可考。往来江汉三十载^②，常如五十许人。随身一瓢，外无长物。每乞牛肉彘膏^③，并捕鼠生啖之，余纳诸败袄中，盛暑色味不变。遇纸笔即书，语无伦次，或杂一二字如符箓。余间以意测之，始成诗。人与之语，皆不答。某郡丞使人渡江^④，强邀之署中，留数日，辞出。郡丞与以轻葛文舄。插花满头，徜徉过市^⑤。儿童竞夺之，辄抱头匿笑，不予。未几，葛敝，缕缕风雪中自若。或曰："李丐向为诸生，有声，屡试不第，有所托而逃。"然读其诗，似深山高衲^⑥，不与阳狂玩世者比，终不测其何如人也。余于友人邸舍中，物色得之，为余书扇，相对竟日，卒无他语。

【注释】

①毛际可：字会侯，号鹤舫，清浙江遂安（今浙江淳安）人。清顺治十五年（1658）进士，授彰德府推官，历城固、祥符等知县，兴水利，禁横暴，所至有善政。在浙江与毛奇龄齐名，学问不及奇龄之博，文章则在奇龄之上。有《春秋三传考异》《安序堂文钞》《松皋诗选》《拾余诗稿》《浣雪词钞》。事见毛奇龄《封奉政大夫毛鹤舫传》（《（民国）遂安县志》卷十）、吕履恒《毛鹤舫先生志铭》（《冶古堂文集》卷四）。此文今见毛际可《安序堂文钞》卷十二、《会侯文钞》卷十九。又见吴陈琰《旷园杂志》卷上，又见《坚瓠集》补集卷一摘引本文所附诗歌。

②江汉：指长江与汉水之间及其附近的一些地区。

③膏：肥肉。

④郡丞：辅佐郡守的官员，清人常用来代指同知。

⑤徜徉：安闲自得貌。

⑥高衲：即高僧。衲，即碎布补缀而成的僧衣，后以此指代僧人。

【译文】

有位姓李的乞丐，江西人，籍贯与姓名皆不可考。他往来长江、汉水之间已有三十余年，时常看上去像五十岁左右的人。除了随身带的一把瓢以外，身上别无他物。他每每乞讨牛肉或猪肉，还捕捉老鼠来生吃，把吃剩下的肉放在破袄之中，即便是盛夏时节，肉的颜色、味道都不会变。他看到纸笔就举笔疾书，写的东西语无伦次，偶尔夹杂着一两个像符篆般的字。我乘隙推测其中的意思，才发现写成的原来是诗。人们与他说话，他也绝不回答。某位同知派人渡过长江，强行邀请他到官署之中，居住了几日之后，便告辞离去。同知赠送给他轻薄的葛衣和有文饰的鞋子。他将花插得满头都是，然后悠闲自在地走过街市。市中儿童竞相争夺他头上的花，他便笑着抱头藏起花来，不给他们。没过多久，葛衣便破败了，一缕一缕地飘摇于风雪中，他也泰然自若。有人说："这个李乞丐从前是秀才，很有名气，但屡次考试都不中，将重要的事情托付给别人后，便逃离了。"然而读他的诗，有如深山之中的高僧，并不像那些佯狂玩世之人，最终也不知道他究竟是什么人。我在朋友家中找到他，想请他为我的扇子题字，与他相对终日，却没有说什么话。

诗附录

瀑泉今古说庐台①，顿向云居绝顶来②。潭逼五龙时怒吼③，势摧三峡更喧豗④。横奔月窟千堆雪⑤，倒泻银河万道雷。锁断鸥峰悬白练⑥，遥看珠网挂层台。

激滟湖光数顷浮,谁知曲涌万峰头。豁开古殿当前月⑦,散作空山不尽流。金璧影摇冰镜里⑧,鱼龙深在广寒秋⑨。一轮直接曹溪路⑩,白浪家风遍大洲⑪。

何年鞭石架长虹⑫,碧落无门却许通⑬。曾是御风人去后⑭,故留鸟道碍虚空⑮。

银台金殿影交加⑯,处处晴光映宝华⑰。家业现成归便得,才生疑虑隔天涯。

披云坐月太奢华,旋汲清泉吃苦茶。无事山行空眼底⑱,草鞋跟断又归家。

罗列香花百宝台⑲,台中泥塑佛如来⑳。重重妙影随机现,都在众生心地开㉑。

千崖雨湿松添老,一味秋声菊转新。莫谓山中无甲子,素珠粒粒纪时辰㉒。

峻嶒高石寺门横㉓,面面波光一派清㉔。鳌背凿开罗汉寺㉕,龙鳞幻出梵天城㉖。

【注释】

①庐台:庐山的高台。

②云居:云居山,位于江西永修西南部。山势险峻,峡谷幽深,瀑布飞泻。

③五龙:五龙潭,位于云居山主峰五老峰西北侧的峡谷之中。峡谷中溪水汇集,跌宕冲击,冲出五个深潭。其中的第五潭深不可测,潭下数十步有一急流冲击而成的悬崖陡壁,形成落差八十多米的瀑布,人称"五龙瀑布"。此瀑布平素宛如白练飘逸,雨后则倒海翻江,水声轰然,飞雪喷珠,极为壮观。

④喧豗:形容瀑布的轰隆响声。

⑤月窟:月亮。

⑥鸥峰:"鸥"或作"欧",指欧山,云居山的古称。白练:比喻如白色熟绢的瀑布。

⑦豁开古殿当前月:月亮顿时升起,明亮的月光照射在古寺殿堂之前,与寺前的湖水交相辉映。

⑧金璧影摇冰镜里:形容月亮中仿佛有黄金、璧玉般灿烂夺目的光影在晃动。

⑨鱼龙深在广寒秋:指鱼龙潜藏在月光映照的湖水之中。广寒秋,秋天的月光。

⑩一轮直接曹溪路:喻指通过皎澈的明月能感悟禅宗的义理。禅宗南宗六祖慧能曾在曹溪宝林寺演法,故曹溪路有暗指禅宗修习法门之意,"天下禅宗出乎曹溪之源,目曰曹溪路也"(普度《庐山莲宗宝鉴》),常见于僧人语录之中,如永嘉玄觉有诗偈"自从认得曹溪路,了知生死不相关"。

⑪白浪家风遍大洲:指随着雪白波涛的流动,禅门宗风传播到各大洲。家风,宗风,喻禅家各宗的风貌、风仪。大洲,佛教认为大海中须弥山的四方有南瞻部洲、东胜神洲、西牛贺洲、北俱卢洲四大陆,称作四大洲。

⑫鞭石:神助的典故。典出《艺文类聚》卷七九引晋伏琛《三齐略记》:"始皇作石桥,欲过海观日出处。于时有神人,能驱石下海,城阳一山石,尽起立。巍巍东倾,状似相随而去。云石去不速,神人辄鞭之,尽流血,石莫不悉赤,至今犹尔。"

⑬碧落:青天,天空。

⑭御风人:乘风飞行的仙家。

⑮鸟道:险峻狭窄的山路。

⑯银台金殿:指仙人居住的宫殿。

⑰宝华：至宝妙花，常指佛国或佛寺的花。

⑱山行：在山中行走。

⑲香花：香与花，用来供奉佛祖。

⑳佛如来：即如来佛。如来，释迦牟尼的十种法号之一。如来，梵语的意译，指从如实之道而来，开示真理的人。

㉑众生：佛教语，指人和一切有情识的动物。心地：佛教语。即思想、意念等。佛教认为三界唯心，心如滋生万物的大地，能随缘生一切诸法，故称。

㉒素珠：佛教徒念佛号或经咒时用以计数的佛珠。又称念珠或数珠。一般由一百零八颗珠子组成一串，故又名百八丸。

㉓峻嶒：高耸突兀。

㉔一派：一片。

㉕鳌背：形容山石如巨鳌之背。

㉖梵天城：佛教护法天神居住的城池。

【译文】

瀑泉今古说庐台，顿向云居绝顶来。潭逼五龙时怒吼，势摧三峡更喧虺。横奔月窟千堆雪，倒泻银河万道雷。锁断鸥峰悬白练，遥看珠网挂层台。

激滟湖光数顷浮，谁知曲涌万峰头。豁开古殿当前月，散作空山不尽流。金壁影摇冰镜里，鱼龙深在广寒秋。一轮直接曹溪路，白浪家风遍大洲。

何年鞭石架长虹，碧落无门却许通。曾是御风人去后，故留鸟道碍虚空。

银台金殿影交加，处处晴光映宝华。家业现成归便得，才生疑虑隔天涯。

披云坐月太奢华，旋汲清泉吃苦茶。无事山行空眼底，草鞋跟断又归家。

罗列香花百宝台，台中泥塑佛如来。重重妙影随机现，都在众生心地开。

千崖雨湿松添老，一味秋声菊转新。莫谓山中无甲子，素珠粒粒纪时辰。

峻嶒高石寺门横，面面波光一派清。鳌背凿开罗汉寺，龙鳞幻出梵天城。

张山来曰：昔之异人，隐于屠钓；今之异人，隐于乞丐。自后遇若辈中有稍异者，便当物色之。李丐诗不止于此，今姑择其尤者录之。

【译文】

张潮说：昔日非比寻常的人，常隐藏于屠夫、钓者之间；如今怀有异才的人，常隐藏于乞丐之中。自此之后，我遇到这些人中稍有异行的人，便要仔细访求。李乞丐的诗不只有这些，现在姑且选择其中的特异之作而录入《虞初新志》。

书钿阁女子图章前

周亮工（减斋）①

钿阁韩约素②，梁千秋之侍姬③，慧心女子也。初归千秋，即能识字，能擘阮度曲④，兼知琴。尝见千秋作图章⑤，初为治石，石经其手，辄莹如玉。次学篆，已遂能镌，颇得梁氏传。然自怜弱腕，不恒为人作，一章非历岁月，不能得。性惟喜镌佳冻⑥。以石之小逊于冻者往，辄曰："欲侬凿山骨耶⑦？ 生幸不顽，奈何作此恶谑？"又不喜作巨章。以巨者往，又曰："百八珠尚嫌压腕[8]，儿家讵胜此耶[9]！无已，有家公在[10]。"然得钿阁小小章，觉它巨锓[11]，徒障人双眸耳。

【注释】

①周亮工：参见卷一《盛此公传》注释。本篇今见周亮工《印人传》卷一。

②韩约素：自号钿阁女士，初为歌妓，后归为梁褒之侍姬。从梁氏学习篆刻，受南北名流熏陶，传世印作极少，今存"翡翠兰苕"牙章。清吴骞《论印绝句》评"梁家小妇最知音，方寸虫鱼竭巧心。他日封侯祝夫婿，不须斗大羡黄金"。

③梁千秋：梁褒（zhì），字千秋。明末篆刻家，篆刻师法何震。明万历三十八年（1610）曾辑印谱《印隽》四卷行世。周亮工《印人传》说梁褒："千秋自远，颇有佳章，独其摹何氏'努力加餐'。"

④擘阮：即弹阮。阮，一种弦乐器，抱于怀中，双手齐奏。

⑤图章：印章。

⑥佳冻：上好的冻石。冻石，一种可作印章和工艺品的石料。俗称蜡石。其质地细密滑润，透明如冻，故称。

⑦山骨：山中岩石。

⑧百八珠：佛家念珠每串共一百零八颗，故以此指称念珠、佛珠。

⑨儿家：古代年轻女子对其家的自称。犹言我家。

⑩家公：一家之男主人。多指丈夫。

⑪巨锓（qǐn）：指大块印章。锓，雕刻。

【译文】

韩约素，字钿阁，是梁褒的侍女，是个兰心蕙质的聪慧女子。她刚刚嫁给梁褒的时候，便能识文断字，并会弹阮、依谱歌唱，还懂得弹琴。她曾经见到梁褒制作印章，便开始制作印石，但凡经过她手的石头，便变得莹润如玉。之后，又学习篆书，不久便能镌刻印章，颇得梁氏的真传。但她怜惜自己手腕娇弱，不经常给人制作，一块印章，不经过很长时间就没法得到。她素来只喜欢上好的冻石。若有人拿着略次于冻石的石头前去找她刻印，她便说道："你是想让我开凿这种像山中岩石的东西吗？天幸我生得还不蠢笨，奈何你要如此捉弄我？"也不喜欢制作大的印章。有人拿着大石头前去找她，她又说道："我都嫌手腕上的念珠压着我了，我怎能受得了这么重的石头！不过没关系，有我家梁袠在。"然而，只要得到了她小小的一块印章，便觉得其他的大印章，都成了眼中的障碍。

　　余倩大年得其三数章①，粉影脂香，犹缭绕小篆间，颇珍祕之。何次德得其一章②。杜茶村曾应千秋命③，为钿阁题小照，钿阁喜，以一章报之。今并入谱④，然终不满十也。优钵罗花⑤，偶一示现足矣，夫何憾？与钿阁同时者，为王修微、杨宛叔、柳如是⑥，皆以诗称，然实倚所归名流巨公，以取声闻。钿阁弱女子耳，仅工图章，所归又老寒士⑦，无足为重。而得钿阁小小图章者，至今尚宝如散金碎璧，则钿阁亦竟以此传矣。嗟夫！一技之微，亦足传人如此哉！

【注释】

①大年：梁年，字大年，广陵（今江苏扬州）人。明篆刻家，梁袠弟。久寓白门（今江苏南京）。好制印，每刻一印，必精思，以墨书之纸。周亮工《印人传》卷一《书梁大年印谱前》称："大年能运己意，千秋（梁袠）仅守何（震）氏法，凛不敢变，不足贵也。"所刻印辑成《梁大年印谱》。

②何次德：何亮功，字次德，号辨斋。著有《长安道集》。周亮工与何亮功交好，曾作《与何次德书》。事略见《（康熙）安庆府志》卷十五。

③杜茶村：杜濬，号茶村，参见卷四《陈小怜传》注释。

④谱：指周亮工所撰明、清间名家印谱录《赖古堂印谱》。

⑤优钵罗花：佛教语汇，又译为乌钵罗、沤钵罗、优钵剌。即青莲花。多产于天竺，其花香洁。

⑥王修微：王微，字修微，号草衣道人，南直扬州府江都（今江苏扬州）人。江南名妓，所交游皆胜流名士。杨宛叔：杨宛，字宛叔。明末金陵秦淮名妓。能诗词、娴南曲，又善书画，其草书尤为人所称道。

⑦老寒士：年迈贫寒的士人。

【译文】

我请托梁裹的弟弟梁年，才得到了几块韩约素刻的印章，那印章上的脂粉香气仍然缭绕在篆书之间，我对此非常珍惜，将其秘藏起来。何亮功也得到了一块她刻的印章。杜濬曾经应梁裹所请，为韩约素题写画像，韩约素得到后很开心，便刻了一块印章来报答他。我现在一并将这些印章录入《赖古堂印谱》中，但她所刻印章终究不足十块。就像佛教的名花优钵罗花，偶然出现在世间，便已足够了，又有什么遗憾的呢？与韩约素同时的王微、杨宛、柳如是，她们都以诗名世，但后三人其实倚仗着她们所嫁的名士贵宦，以此来取得声名。韩约素只是一位弱女子而已，仅仅擅长制作印章，所嫁之人又是一位老迈的寒士，本来微不足道。然而，凡是得到韩约素一枚小印章的人，至今都视若珍宝，有如零零碎碎的黄金璧玉，而韩约素也最终以此闻名于世。哎呀！一门小小的技艺，也足以使人如此扬名于世啊！

　　予旧藏晶、玉、犀、冻诸章，恒满数十函，时时翻动。惟亡姬某能一一归原所，命他人，竟日参差矣①。后尽归之他氏。在长安作《忆图章》诗②："得款频相就③，低崇愜所宜。微名空覆斗④，小篆忆盘螭⑤。冻老甜留雪，冰奇腻筑脂。红儿参错好⑥，慧意足人思。"见钿阁诸章，痛亡姬如初没也。

【注释】

①参差：纷杂凌乱。

②《忆图章》：周亮工在京城写《长安旧传十卖诗，仆卖不止十，然皆非所忆，忆惟四，作四忆》（《赖古堂集》卷五），此处选录其中的第二首。

③款：指镌刻文字的印章。相就：主动亲近。

④空覆斗：指覆斗钮的印章。古有覆斗钮，即印章的鼻作成覆斗形，四边向中心收束，整个像是倒扣的斗。

⑤盘螭：指印章上刻的盘卷无角龙。

⑥红儿：红颜，指美女。参错：指摆放参差错乱的印章。

【译文】

我过去收藏了水晶、玉石、犀角、冻石等各种材料的印章，装满了几十个匣子，时时翻出来把玩。只有一位去世的侍妾能够将它们一一放回原处，如果让其他人来整理，则一整天还是纷杂凌乱的。这些印章后来都归属别人了。我在京城时曾作《忆图章》诗："得款频相就，低崇惬所宜。微名空覆斗，小篆忆盘螭。冻老甜留雪，冰奇腻筑脂。红儿参错好，慧意足人思。"现在见到韩约素制作的印章，便伤悼那个侍妾，好像她刚刚去世一样。

　　张山来曰：我若为梁千秋，止令钿阁镌"颠倒鸳鸯"，不复为他篆矣。

【译文】

　　张潮说：如果我是梁裘的话，就只让韩约素镌刻"颠倒鸳鸯"，不再制任何其他的印章。

书王安节、王宓草印谱前

周亮工（减斋）①

王安节概②，其先醉李人③，久占籍白下④。与弟宓草
蓍⑤，同受教于尊公左车先生⑥。左车好奇，以"勾"名之，
字曰东郭；以"尸"名其弟，字曰弟为。久之，乃改今名，字
安节。幼癯弱，壮乃须眉如戟。负颖异质⑦，诗古文词及制
举业，皆能孤行己意。避人居西郭外莫愁湖畔⑧，罕与人接。
然四方文酒跌宕之士至金陵者⑨，无不多方就见之。

【注释】

①周亮工：参见卷一《盛此公传》注释。本篇今见周亮工《印人传》
卷二。

②王安节概：王概，初名勾，字东郭，一字安节，先祖为浙江秀水（今
浙江嘉兴西北）人。能诗，善山水。精刻印，兼精刻竹。后久居
南京，以卖画为生。曾编《芥子园画传》，又与弟王著、王臬合编
《芥子园画传二集》《芥子园画传三集》。岳父为方文。事略见王
士禛《池北偶谈》卷十八等。

③醉李：即檇李，嘉兴的别称。早在春秋时，已有檇李之称，《春秋》
记鲁定公十四年（前496）"五月，于越败吴于檇李，吴子光卒"。
其地在今浙江嘉兴南。

④占籍：上报户口，入籍定居。白下：南京的别称。南京北金川门
外，东晋、南朝时名叫白石陂，又称白下。唐初移金陵县治此，改
名白下县。因此又以白下为南京别称。

⑤宓草著：王著，原名尸，字宓草。居南京。工诗，善画花卉翎毛，兼
工书法、篆刻，与兄王概皆有名于时。

⑥尊公左车：指王概的父亲王之辅，字左车。其父曾任麻城知县，后举家迁居南京莫愁湖畔。王之辅，明末秀才，博通书籍，明亡后放浪山水之间，三子王概、王蓍、王臬皆名闻当世。事见《（康熙）江宁县志》卷二二、清盛枫《嘉禾征献录》卷七五。尊公，对人父亲的敬称。

⑦异质：特异的资质、禀赋。比喻才能出众。

⑧莫愁湖：南京名湖。在南京水西门外。《太平寰宇记》卷九十记莫愁湖在江宁县"三山门外。昔有妓卢莫愁家此，故名"。明初为中山王徐达花园。

⑨文酒：谓饮酒赋诗。跌宕之士：指风流潇洒之人。

【译文】

王概，字安节，他的祖先是嘉兴人，长久居住在南京。他的弟弟王蓍，字宓草，兄弟一同跟着父亲王之辅先生学习。王之辅为人标新立异，给王概取名"匄"，字东郭；为其弟弟王蓍取名"尸"，字弟为。很久之后，王概才改为现在的名字，字安节。王概幼年的时候清癯瘦弱，成年之后须眉如同戟矛。他天生颖悟，异于常人，创作的诗歌、散文和科举时文，都能自出机杼。他为了避开人群，居住在南京城西的莫愁湖畔，很少与人交往。然而四方爱好赋诗、饮酒的潇洒之士来到南京，都多方设法结交他。

安节以其诗文之余，旁及绘事，水石、人物、花草、羽毛之属，动笔辄有味外之味①。曾为余两作《礼塔图》，两作《浴佛图》，状貌皆奇古②，略无近人秀媚之态，真足嘉赏。画成，辄自题识。予每谓人："安节甫二十余，分其才艺，便可了数辈。使更十年，世人不说徐青藤矣③。"图章直追秦汉人，亦肯为予作，今铨次于后。予友方尔止④，一女，不轻字人^⑤，觅婿于江南。久之，奇安节，遂以女妻之。尔止负一代名，不妄许可，至一见安节，即以女妻之，安节可知矣。

【注释】

①味外之味：指画作蕴含着深远情思和无穷意味。

②奇古：奇特古怪。

③徐青藤：即明代著名文学家、书画家徐渭，号青藤道士，故称徐青藤，画作出色，开创了一代画风。

④方尔止：方文，字尔止，号嵞山，又名一耒，字明农，别号淮西、忍冬，安庆府桐城（今安徽桐城）人。方大铉长子，左光斗女婿，方以智的堂叔。明末诸生，入清不仕，隐居金陵。与复社、几社诸君子相厚善，以气节自励。著有《嵞山集》。事见《方氏三诗人传》（马其昶《桐城耆旧传》卷七）。

⑤字：许配。

【译文】

　　王概在创作诗文之余，还涉猎绘画，山水、人物、花草、禽鸟之类，一旦动笔，便有深远悠沉的韵味。他曾经为我两次绘制《礼塔图》，两次绘制《浴佛图》，画中人物的样貌都奇特非凡，一点儿也没有时人的娟秀妩媚之态，真是值得赞赏。每次画作完成，便自己题写跋文。我经常对人说："王概刚刚二十多岁，将他的才艺分一分，便可以成就好几个人。假若再过十年，世人便不会再提及徐渭了。"他制作的印章也直追秦汉时人，也肯为我刻制，现在编排整理在文后。我的朋友方文，有一个女儿，不轻易许配给人，在江南一带寻找女婿。过了很久，他觉得王概非常奇异，便将女儿嫁给了他。方文一生颇有声名，从来不随便称许人，一见到王概便将女儿嫁给他，由此可知王概的为人。

　　宓草亦作印章，古逸无近今余习，亦次于后。宓草不亚安节,绘事遂欲与兄并驱。同人咸曰:"元方、季方,难为兄弟也①。"安节王母与两尊人及安节②,皆落地不任荤③,独宓草微能食干鲝④,人称其为"一门佛子"云。

【注释】

①元方、季方,难为兄弟:指兄弟二人才德相当,难分伯仲。《世说新语·德行》记东汉陈寔有子陈纪字元方、陈谌字季方,两人皆以才德见称于世。陈元方之子长文与陈季方之子孝先各论其父功德,争论难以决断,便向陈寔问询,陈寔说:"元方难为兄,季方难为弟。"

②王母:祖母。两尊人:敬称王概的父母。

③落地:指出生。

④鲝(zhǎ):腌鱼。

【译文】

王蓍也制作印章,古朴超逸而无当下习气,也一并编列于文后。王蓍并不输于王概,他的绘画水平也可与其兄王概并驾齐驱。朋友们都说:"这就像元方、季方二人一样,难分伯仲。"王概的祖母、父亲、母亲及王概,都是自出生便不食荤腥,只有王蓍稍微吃一点点咸鱼干,人们都称呼他们是"一家的佛门弟子"。

张山来曰:安节兄弟三人,皆高士也。予仅识宓草,然阿兄阿弟,亦莫非神交,当不让端复专得之耳①。

【注释】

①端复:未详,疑为周亮工别号。

【译文】

　　张潮说：王概兄弟三人，都是志行高洁之士。我只认识王蓍，然而他的兄长王概与弟弟王臬，也都是神交已久之人，不应当让端复一人与他们相识。

书姜次生印章前

周亮工（减斋）①

　　姜次生正学，浙兰溪人②。性孤介，然于物无所忤，食饩于邑③。甲申后弃去④，一纵于酒，酒外惟寄意图章。得酒辄醉，醉辄呜呜歌元人《会稽太守词》。又好于长桥上鼓腹歌，众环听，生目不见，向人声乃益高。每醉辄歌，歌文必《会稽太守词》，不屑他调也。

【注释】

①周亮工：参见卷一《盛此公传》注释。本篇今见周亮工《印人传》卷三，又见引于《（嘉庆）兰溪县志》卷十三、《（光绪）兰溪县志》卷五中。

②兰溪：唐咸亨五年（674）分金华县置兰溪县，属婺州，治所在今浙江兰溪。以县内的钱塘江支流兰溪而得名。元属婺州路，元贞元年（1295）改名兰溪州。明、清称兰溪县，属金华府。

③食饩（xì）：指明、清时经考试取得廪生资格的生员享受廪膳补贴。亦即成为廪生。

④甲申：即明崇祯十七年（1644），时为崇祯自缢，明朝灭亡之年。

【译文】

　　姜正学，字次生，浙江兰溪人。性格耿直不群，但待人接物并无乖违背离之处，是兰溪的廪生。明崇祯十七年，姜正学弃世而去，放浪饮酒，除了饮酒只钟意于印章。喝酒便醉，醉后便放声高歌元代人的《会稽太守词》。又喜好在长桥上拍着肚子应节唱歌，众人围了一圈听他歌唱，他也视若不见，对着众人，声音越发高昂。他每次喝醉就唱歌，但凡歌唱就是《会稽太守词》的文辞，不屑唱其他的曲调。

方邵村侍御为丽水令①。生来见，谓侍御曰："公嗜图章，我制固佳，愿为公制数章。正学生平不知干谒②，但嗜饮耳。公醉我，我为公制印。公意得，正学意得矣。"侍御乃与饮，醉即歌《会稽太守词》。于是侍御得生印最多，侍御署中酿亦为生罄矣。一夕，漏下数十刻③，署中尽熟寐，忽剥啄甚。侍御惊起，以为寇且发，不则御史台霹雳符也④。惊起询，则报曰："姜生见。"侍御遣人谢曰："夜分矣⑤，请以昧爽⑥。"生匑匑曰⑦："事甚急！"侍御以生得他传闻意外也，急趋迎之，执手问故。曰："我适为公成一印，殊自满志⑧，不及旦，急欲令公见也。事孰有急于此者乎？"遂出掌中握视之，侍御乃大笑。复曰："如此印，不直一醉耶？"于是痛饮，辨明而去⑨。去又于桥上歌《会稽太守词》。桥侧饼师、腐家起独早⑩，竞来听之，谓"此君起乃更早，遂已醉耶？"生意乃快甚。

【注释】

①方邵村：方亨咸，字吉偶，号邵村，翰林学士方拱乾之子，参见卷二《武风子传》注释。清顺治四年（1647）进士，顺治五年（1648）至顺治九年（1652），方亨咸任丽水知县（《（道光）丽水县志》卷

八），转任刑部主事而离开丽水。侍御，此处指监察御史，又称监察侍御史，地方上的监察官员，方亨咸官终陕西道监察御史（《国朝御史题名》记顺治十五年任），因顺治十四年（1657）江南科场案而结束仕途生涯。丽水，唐代置丽水县，属括州，治所在今浙江丽水东南七里，明、清为处州府治。

②干谒：对人有所求而请见。

③漏下数十刻：古代计时漏壶的箭尺上刻有刻度，大约有100个刻度（汉代有120刻度），一刻度约为14多分钟，100刻度的总时长合计1400多分钟，即12时辰、24小时。如果从晚上七点漏下，数十刻当指深夜。

④御史台霹雳符：御史台为中央监察机构，明、清常称作都察院。霹雳符，比喻急如霹雳般的紧急文书或命令。清张澍《养素堂文集》卷三十五《泸溪县志总目序述》记"古人有言诏书挂壁、州县之符急如霹雳"，而俗语言"州郡诏，如霹雳；得诏书，但挂壁"（《初学记》卷二四）。

⑤夜分：夜半。

⑥昧爽：黎明，拂晓。

⑦匉訇（pēng hōng）：同"砰訇"，象声词，用力敲门之声。

⑧满志：满意。姜正学夜半叩门，其自得之情令人艳羡，清人倪首善有诗赞："饮酣晋白意纵横，雅韵终输姜次生。夜半打门门真快事，一枚印换酒千罂。"（吴骞《论印绝句》）

⑨辨明：平明，天刚亮。

⑩腐家：卖豆腐的店家。

【译文】

监察御史方亨咸时任丽水县知县。姜正学便来拜见他，对方亨咸说："您嗜好印章，我做得很好，愿意为您制作几块印章。我生平不晓得干谒他人，只是喜爱喝酒而已。您让我喝酒图醉，我为您制作印章。您遂了心愿,我也遂了心愿。"方亨咸便让他饮酒,他喝醉后便歌唱《会稽太守词》。于是,方亨咸得到他的印章最多,方亨咸官署中的酒也被他喝光了。一天傍晚,漏壶刻度已经下去了几十刻,官署中人皆熟睡,忽然传来匆匆的敲门声。方亨咸惊慌而起,以为寇贼将袭,否则便是御史台传来加急公文。方亨咸惊忙地起床询问,下人报告说:"是姜正学要见您。"方亨咸派人推辞说:"夜深了,请明天早上再来。"姜正学仍用力敲门,喊道:"事情很紧急啊!"方亨咸以为姜正学得到了什么意外的传闻,急忙迎接他,拉他的手,询问缘故。姜正学说:"我刚刚为您做好一块印章,感到特别满意,等不到天亮,很想让您马上见到。有什么事能比这还紧急的呢?"便拿出手掌中握着的印章让方亨咸看,方亨咸便大笑。姜正学又说:"这样的一块印,怎不值得一场大醉呢?"于是开怀痛饮,到天亮才离去。姜正学离去后,又在桥上歌唱《会稽太守词》。桥边卖饼的、卖豆腐的人家起来最早,竞相过来听他唱歌,说:"这人起来得这么早,便已经喝醉了吗?"姜正学感到非常快意。

　　生无妻,无子女,常自言曰:"曲糵吾乡里^①。吾印必传,吾之嗣续也^②,吾何忧?"别侍御返里。年八十,卒。辛亥秋^③,侍御以生所为印示余,予入之谱,复檃括楼冈太史述生事^④,录之于前。侍御曰:"每展玩生印,觉酒气拂拂从石间出^⑤。生歌《会稽太守词》声,犹恍惚吾耳根目际也!"

【注释】

①曲糵:本意指酒母,后为酒之代称。

②嗣续:后嗣,后代。

③辛亥:清康熙十年(1671)。据《赖古堂集》附录《年谱》,此年周亮工"游于吴越间",遇到方亨咸。

④隐（yǐn）括：剪裁，改写。楼冈太史：方孝标，本名玄成，避康熙帝名讳，以字行，字楼冈，号楼江。方拱乾之子，方亨咸之兄。清顺治六年（1649）进士，累官侍读学士。以江南科场案牵连戍宁古塔。所著《钝斋文集》《滇黔纪闻》，部分内容为戴名世采入《南山集》。康熙间《南山集》案发，被剖棺戮尸，亲属亦多受株连。事见《（民国）安徽通志稿·列传稿》。明、清编写史书任务属翰林院，方孝标任翰林院侍读学士，或以此而被称作太史。

⑤拂拂：散布貌。

【译文】

姜正学没有妻子儿女，经常自言自语道："酒就是我的家乡。我的印必然传世，这便是我的后嗣，我有何忧愁呢？"他后来辞别方亨咸，返回兰溪故里。八十岁时，辞别人世。康熙十年的秋天，方亨咸将姜正学所做的印章拿给我看，我将其收入《赖古堂印谱》，又将方孝标讲述的姜正学事迹予以剪裁改写，记录在前。方亨咸说："每次拿出姜正学做的印章把玩，都感觉到酒气从印石上缓缓散逸。姜正学歌唱《会稽太守词》的声音，恍惚间浮现在我的耳畔眼前！"

张山来曰：仆不识姜君，然读此传时，亦觉耳中如听歌《会稽太守词》，酒气拂拂从歌声中出也。

【译文】

张潮说：我不认识姜正学，但读这篇传记之时，也感觉耳中好像响起《会稽太守词》的歌声，酒气似乎从歌声中缓缓流泻而出。

卷十六

【题解】

卷十六列有十篇，所选周亮工作品篇数最多，大抵选自周氏《因树屋书影》，其余他人篇什，《记桃核念珠》《核工记》《记古铁条》事涉奇物，余外多叙人物逸事。周亮工与张潮的父亲张习孔相交莫逆，其人品文风深为张潮所推崇，故张潮多次选录周亮工的文章，本卷《因树屋书影》即从周氏作品集中撷选数则。《因树屋书影》，简称《书影》，是周亮工撰写的读书札记，取"老人读书只存影子"之意，所以起名"书影"。这部书籍记述范围广而杂，作者知悉的古代奇闻异事，都被收录其中，光怪陆离，莫可窥测。本卷所选的恩县祁村冰山、奇士献技、麻城忠所见鹦鹉、剑侠事、张可大所遇道士事、亳州孙骨碌、优人金凤之类，内容五花八门，并无明确的选取界限，的确新人耳目。至于《刘酒传》《唐仲言传》《李公起传》三篇，虽未明言出自周亮工《因树屋书影》，却可见于是书，其内容专门记载人物事略，像目盲的唐汝询、聋哑的李峻都身残志坚，学识淹博，令人心生敬佩。《张南邨先生传》《书郑仰田事》二篇所记人物风采神情令人瞩目。钮琇《记吴六奇将军事》也记人物事迹，所叙的吴六奇逸事流传极广，如王士禛《香祖笔记》、蒲松龄《聊斋志异》、蒋士铨《铁丐传》、郑昌时《韩江闻见录》等都有记载。吴六奇落拓不羁，潇洒自若，侠肝义胆，凭一己之力而步步青云，其形象本身就具有吸引人的要素。他与查继佐的交往引起士林关注并不断得到附会增衍,其原因在于这个故事满足了文士寄望知己援引的人生期盼,并且吴六奇不忘一饭之恩的行为契合民众的义理观,其义气干云的精神品行符合士庶的心理需求。

因树屋书影

周亮工（减斋）①

德州程正夫言②:顺治癸巳正月十八日,夜风厉甚。恩县祁村陂中冰③,卓立成山,广四丈,高二丈许,峰峦秀拔,谿壑回环,一磴委蛇相通。观者远近裹粮,至日千余人,祷祠焉。遍考诸书,古无此异,不知何祥也? 余按正德中,文安县水忽僵立④,是日天大寒⑤,忽冻为冰柱,高五丈,围亦如之,中空而旁有穴。数日后,流贼过文安⑥,民避入冰穴,赖以全活者甚众。正如此类。

【注释】

①周亮工:参见卷一《盛此公传》注释。本篇所录数则故事系节选自《因树屋书影》,本则故事今见于周亮工《因树屋书影》卷一。《因树屋书影》,又名《书影》,十卷,是周亮工所做读书札记,取"老人读书只存影子"之意,名为"书影"。该书记述范围广而杂,"凡古今来未闻未见,可法可传者,靡不博稽而幽讨。陆离光怪,莫可端倪"(见康熙六年本姜承烈序)。此书初刻于清康熙六年(1667)冬,曾两次被禁毁于清"文字狱"之火中。

②德州:地名,今山东德州。隋开皇九年(589)置,治所在安德县(今山东陵县)。至明洪武七年(1374)移治陵县(今山东德州),明、清属济南府。程正夫:程先贞,字正夫,明末清初德州(今属

山东）人。侍郎程绍之孙（王士禛《渔洋诗话》卷下）。入清，官
工部员外郎，顺治三年（1646）告终养归。与钱谦益、顾炎武、周
亮工均有过从，顾炎武至德州，即寓其家。有《海右陈人集》。事
见《（乾隆）德州志》卷九。

③恩县：明洪武二年（1369）改恩州置恩县，属高唐州。治所即今山
东武城，后移治许官店（今山东平原）。

④文安县：西汉置文安县，属勃海郡。治所在今河北文安东北。明、
清时，文安县属顺天府，今属河北廊坊。周亮工所查阅的文安县
冰柱一事，明人传载较多，首载于杨慎《丹铅总录》卷二，胡应麟
《少室山房笔丛》"巳部二酉缀遗上"、李贽《读升庵集》卷十五、
王世贞《弇州四部稿》卷一七九、谢肇淛《五杂俎》卷四等皆转引
杨氏之文。

⑤大寒：据《明史·陆完传》等所载正德五年（1510）十月文安县爆
发农民起义，至第二年春农民起义军攻入山东，则疑此处"大寒"
指天气酷寒，非指"大寒"节气。

⑥流贼：对农民起义军的蔑称。明正德五年十月，文安县人刘六、刘
七在霸州率众起义。京畿以南的固安、永清、文安等县"诸穷民响
应之，旬日有众数千人，屡败官兵"（高岱《鸿猷录》卷十二《平河
北寇》）。正德七年（1512），起义军南下至南通战败，被朝廷剿灭。

【译文】

德州程先贞说：顺治十年正月十八日，夜风非常凌厉。恩县祁村的
山坡被冻成冰，卓然高立，成为一座小山，宽四丈，高二丈左右，冰峰挺拔
秀丽，溪水山谷相环绕，有一条石磴，蜿蜒通往小山上。远近之人带着干
粮皆来观看，每日有千余人之多，人们在此地祈祷祭祀。翻遍群书，也没
有见到古代存在类似的奇异之事，不知有何祥瑞？我翻书考察到，明武
宗正德年间，文安县的水忽然僵立，这天天气酷寒，水忽然冻成冰柱，高
五丈，周长也有五丈，冰柱中间空虚，旁边有洞穴。几天后，有农民起义

军路过文安,百姓躲避到冰穴之中,赖此活命的人有很多。这事正类似
恩县冰山一事。

　　小品中载有荐艺士于显贵者①。其人固平易,显贵虽礼
之,然未尝问其所长。濒行,其人曰:"辱公爱,有小技,愿
献于公。"乃索素纸,为围棋盘,信手界画②,无毫发谬,显贵
惊叹。正统间,周伯器年九十③,修《杭州志》,灯下书蝇头
字④,界画乌阑⑤,不折纸为范,毫发不爽。章友直伯益⑥,以
篆名,官翰林待诏⑦。同人闻其名,心未之服,咸求愿见笔
法。伯益命粘纸各数张,作二图,其一纸纵横各作十九画,
成一棋局;其一作十圆圈,成一射帖⑧。其笔之粗细,间架疏
密⑨,无毫发之失。诸人叹服,再拜而去。古今绝技,亦有相
同者如此。

【注释】

①小品:散文的一种形式。篇幅较短,多以深入浅出的手法,夹叙
　夹议地说明一些道理,或生动活泼地记述事实,抒发情怀。我国
　古代即有此种文学样式,明、清更为盛行。艺士:有才能、技艺的
　人。本则"小品"所记荐艺士、周伯器事,今见于周亮工《因树屋
　书影》卷一。

②界画:划分界线。

③周伯器:周鼎,字伯器,号苹川、疑舫,明嘉禾(今浙江嘉兴)人。
　明王锜《寓圃杂记》卷五记:"嘉禾周先生鼎,字伯器。庚子岁,
　留余家者三月,时年八十,精神不衰。作诗文三十余篇……先生
　平昔作文不起草,顷刻千言,屡出奇怪,颇以文自负。"年九十:据
　《(正德)嘉兴志补》卷一记周鼎"年八十余,卒于家"。

④蝇头字:如蝇头大小的细字。

⑤乌阑:即乌丝栏。指上下以乌丝织成栏,其间用朱墨界行的绢素。后亦指有墨线格子的笺纸。

⑥章友直:字伯益,宋建州浦城(今福建浦城)人。性自放,不屑应举。族人章得象为相,欲以恩补官,辞之。遍游江淮岭海间,博通经史,精音乐,工篆书。能以篆笔作画,善绘龟蛇。宋仁宗嘉祐时,诏篆《石经》于太学,授将作监主簿,固辞不就。此则所记章友直之事,不见于康熙六年(1667)刻本《因树屋书影》,今见于宋张邦基《墨庄漫录》卷八,疑为张潮所添加。

⑦翰林待诏:《墨庄漫录》卷八记作"翰林院篆字待诏",以篆字一技之长而待诏翰林院,以备咨询顾问者。

⑧射帖:即箭靶。

⑨间架:指图画的结构布局。

【译文】

　　小品文中记载有人推荐才士给朝中显宦。此人本就性格温和谦逊,显贵之人虽然礼敬他,却没有询问他的长处是什么。临走之际,他说:"承蒙您的抬爱,我有微不足道的技艺,甘愿献给您。"便要来一张白纸,画围棋的棋盘,信手而画,毫无纰缪,让显贵者非常惊叹。明英宗正统年间,周伯器年近九十,修撰《杭州志》,在灯下书写蝇头小楷,所画墨线格子,不用折纸为定格,丝毫不差。章友直,字伯益,有善写篆书之名,官至翰林院篆字待诏。书法同行听闻其名,心中不服气,都请求见识他的笔法。章友直让人粘了几张纸,画了两张图,其中一张纸纵横各画了十九下,成了一张棋局;其中一张纸画了十个圆圈,成为一个箭靶。笔的粗细,结构的稀疏稠密,毫发不差。众人叹服不已,拜了又拜,离开了。古今的绝技,也有如此相同的。

　　张山来曰:皖城石天外曾为余言①:有某大僚,荐

一人于某有司②,数日未献一技。忽一日,辞去,主人
饯之。此人曰:"某有薄技,愿献于公。望公悉召幕中
客共观之,可乎?"主人始惊愕,随邀众宾客至③。询客
何技,客曰:"吾善吃烟④。"众大笑,因询"能吃几何?"
曰:"多多益善!"于是置烟一斤,客吸之尽,初无所吐,
众已奇之矣。又问:"仍可益乎?"曰:"可。"又益以烟
若干,客又吸之尽。"请众客观吾技!"徐徐自口中喷前
所吸烟,或为山水楼阁,或为人物,或为花木禽兽,如蜃
楼海市,莫可名状。众客咸以为得未曾有,劝主人厚赠
之。由此观之,诚未可轻量天下士也⑤。

【注释】

①皖城:原是潜山县别称,此处实指太湖县。东汉时,太湖县地域属
　皖县,至南朝宋时其地置太湖左县,县名后省去"左"字,明、清
　时太湖县属安庆府。太湖、潜山两县相邻,其地可泛称皖城。石
　天外:石庞,字天外,又字晦村,清初太湖(今属安徽)人。事见
　《(同治)太湖县志》卷二二。著《晦村初集》(康熙丙子余象乾
　序)、《天外谈》(康熙丁卯姚文燮序)。

②某有司:某位官员。

③宾客:门客,策士。

④烟:指烟草。清俞正燮《癸巳存稿·吃烟事述》:"烟草出于吕宋,
　其地名曰'淡巴姑',明时由闽海达中国,故今犹称'建烟'。"张
　潮所记某人善吃烟事见引于清陈琮《烟草谱》卷三。

⑤轻量:轻视,不屑。

【译文】

　　张潮说:皖城石庞曾经告诉我:有位大官,将一个人推荐给某

官，这个人好多天都没有献上一个技艺。忽然有一天，他辞行要走，某官为其饯别。此人说："我有小技，愿献给您。希望您将幕府中的门客都召集起来，一同观赏，可以吗？"某官起初感到惊愕，随后便邀请众门客都来观看。询问那人拥有何种技艺，那人说："我善于吃烟。"众人大笑，便询问他："你能吃多少烟？"回答说："多多益善啊！"于是准备了一斤烟草，那人一吸而尽，起初并没吐出烟，众人已经感到惊奇了。又问："还能吸烟吗？"回答说："可以。"又给他增加了一些烟草，那人又吸尽了。然后说："请大家看我的技艺！"他慢慢地从口中喷吐之前所吸的烟，烟雾有的形成山水楼阁，有的呈现为人物，有的变幻成花木禽兽，如同海市蜃楼，不可名状。众人都认为这技艺前所未有，劝某官厚赏于他。由此看来，确实不能轻视天下才士啊。

　　荆南居客麻城忠①，淳间②，有一鹦鹉，见长老寿普来③，忽鸣曰："望慈悲！"长老曰："小畜，谁教尔能言？"鹦鹉自后不复声。麻纵之，径赴僧侧，啾唧致谢④。僧曰："宜高飞，免再堕。"又求指示，僧令诵佛经。八年⑤，僧至桃源⑥，一小儿来谢曰："吾麻氏鹦鹉也，荷方便⑦，今在萧家作男子矣。"验之，胁下尚有翅毛。

【注释】

①荆南：指荆南府，南宋建炎四年（1130）改江陵府置荆南府，治所在江陵县（今湖北荆州荆州区），湖北路治所。淳熙中又复改为江陵府。麻城忠：麻城忠之事不见康熙六年（1667）刻本《因树屋书影》，疑为张潮所加。明沈宏正《虫天志》卷六引出《夷坚志》事稍详，可见于南宋洪迈《夷坚志补》卷四，文作"麻成忠"，

事在淳熙十五年（1188）。然据其文字揣测，本则故事或出自明陈继儒《白石樵真稿》卷十八、陈继儒《古文品外录》卷十六，明董德锈《可如》卷一、明潘基庆《古逸书》卷二七、清释唐时《如来香》卷十三等书皆转引陈氏之书。

②淳间：据前列诸书所记当作"淳熙间"，乃南宋孝宗赵昚淳熙（1174—1189）之时。唯明陈继儒《白石樵真稿》卷十八与此同，皆作"淳间"，则本则故事源自《白石樵真稿》明矣。

③长老：用为僧人的尊称，常指年齿长、法腊高，且智德殊胜的大和尚。

④啾唧：鸟叫声。

⑤八年：《夷坚志补》卷四作"经八年余，庆元二年（1196）十二月"。

⑥桃源：地名，今湖南桃源。北宋乾德元年（963）分武陵县置桃源县，属朗州。

⑦荷：承蒙，承受。方便：佛教术语，梵语意译，犹言善巧、权宜，以灵活方式因人施教，使人领悟佛法真义，亦是利益他人、化度众生的智慧和方式。

【译文】

南宋淳熙年间，麻城忠客居在荆南，养有一只鹦鹉，鹦鹉看见寿普长老到来，忽然鸣叫道："恳请长老施以慈悲！"长老说："小鹦鹉，谁教你说话的？"鹦鹉此后便不再说话。麻城忠将其放归，鹦鹉径直飞到长老的旁边，鸣叫着致谢。长老说："你应该飞高一些，免得再坠落地上。"鹦鹉又请求给予指示，长老便让它诵读佛经。八年后，寿普长老来到桃源县，有一个小孩子前来致谢，说："我是麻氏的那只鹦鹉，承蒙您施以方便，我如今是萧家的男孩子。"长老验证了一下，发现他的肋骨之下尚有羽毛。

有宦闽者①，携双鹦鹉归江右，两禽晨夕相依如昆季②。宦者以一赠陈子右鬴，韩子人毂亦得其一③。陈、韩固亲串④,过从无间,鹦鹉时互相问"哥哥好"。未几,陈子斋中有异物搏鹦鹉死,陈子痛之甚,既除地以瘞之,又语人穀,赋诗吊之。诗成,人穀持告其家羽⑤,辄腾踯架上曰:"哥哥死! 哥哥死!"伤惋不胜,遂不食,越日亦蜕去⑥。二子广乞名词,为之志述。江右、三吴诸词人皆有作⑦,因汇为一集,颜曰《羽声合刻》。邓子左之为之序⑧,序亦凄恻肆动⑨。物固多情如此! 又吾梁山货店市肆⑩,养鹦鹉甚慧;东关口市肆,有料哥亦能言⑪。两店携二鸟相较。鹦鹉歌一诗,料哥随和,音清越不相下。料哥再挑与言⑫,不答一字。人问其故,曰:"彼音劣我而黠胜我,开口便为所窃矣。"臬司有爱子病笃⑬,购以娱之。贾人笼之以献,鹦鹉悲愁不食,自歌曰:"我本山货店中鸟,不识台司衙内尊⑭。最是伤心怀旧主,难将巧语博新恩。"留之五日,苦口求归,乃返之山货店,垂颈气尽。万历年间事也。

【注释】

①有宦闽者:本则故事见于周亮工《因树屋书影》卷一。又见引于张怡《玉光剑气集》。

②昆季:兄弟。长为昆,幼为季。

③韩子人穀:韩曾驹,字人穀,后更名显德,乌程(浙江湖州)人。明末秀才,明亡隐居。著有《悟雪斋集》。事略见《(乾隆)乌程县志》卷六"韩绎祖"附。《(同治)湖州府志》卷五九记韩曾驹撰《悟雪斋诗集》,"年五十将岁贡,适国亡,匿影山中",则其入清已入暮年。

④亲串:亲戚。

⑤家羽：家养的鸟，指鹦鹉。

⑥蜕：死亡。

⑦三吴：古人称吴郡、吴兴、会稽三地为"三吴"，后泛指长江下游一带。

⑧邓子左之：邓履中，字左之，新建（今江西南昌）人。明崇祯十五年（1642）举人，崇祯十六年（1643）落第，病卒于白沟驿，年四十三。事见《（康熙）江西通志》卷三十。

⑨凄恻肆动：凄凉悲伤，很能感动人心。

⑩吾梁：陶楚生《鹦鹉诗序》作"大梁"，原指战国魏国都城，此处指周亮工故乡，即今河南开封。"吾梁山货店市肆"一则故事，或出自明末金陵名姬陶楚生《鹦鹉诗序》（《列朝诗集》闰集第六）。清吴肃公《阐义》卷二一、清姚之骃《元明事类钞》卷三七、张怡《玉光剑气集》亦记其事。

⑪料哥：鸟名，慧巧似鹦鹉。疑即鹩哥。

⑫挑：挑引，挑逗。

⑬臬司：官名，即按察使，专管一地之司法、监察。

⑭台司衙内：指按察使之子。衙内，唐末宋初藩镇以亲子弟领衙内之职，后来俗称贵家子弟为"衙内"。

【译文】

有一个在福建做官的人，带着两只鹦鹉回到江西一带，两只禽鸟朝夕依偎，如同兄弟。这位官员将其中的一只鹦鹉赠予陈右蔺，韩曾驹也得到了一只。陈、韩二人本就是亲戚，关系亲密，两只鹦鹉也时常互相问候"哥哥好"。没多久，陈家出现莫名动物将鹦鹉逮住咬死，陈氏非常悲痛，便整理出一块地方，将鹦鹉予以埋葬，又将此事告诉了韩曾驹，韩曾驹赋诗以凭吊。诗写成之后，韩曾驹特意告诉了他家中的鹦鹉，那只鹦鹉得知后便在架子上飞腾跳跃，说："哥哥死了！哥哥死了！"哀伤不已，便不再吃东西，第二天也便死掉了。陈、韩二人四处乞求好词，写下它们的事情。江西、江南的诗人们都有作品,便汇录成一部集子,题名为《羽声合刻》。邓暊中为《羽声合刻》作序,序文也写得凄凉悲伤,感动人心。动物也如此多情啊! 又有我们开封的山货店里,养了一只非常聪慧的鹦鹉;东关口的店铺里,也有料哥可以说话。两家店主带着两只鸟儿来较量。鹦鹉歌唱一首诗,料哥便随声唱和,声音清脆悠扬,高下难分。料哥又与鹦鹉说话,鹦鹉却不答一字。有人向鹦鹉询问缘故,它回答说:"它们的声音比我差,但却比我狡黠,我若开口说话,便会被它乘机窃取。"某按察使的爱子生重病,便买来这只鹦鹉取乐。商人将鹦鹉用笼子装起来,献给按察使,鹦鹉悲伤不已,不吃东西,自顾自地歌唱起来:"我本是山货店的鸟儿,不识尊贵的臬司公子。心怀旧主最是伤心事,难说巧话以博新主欢。"五天后,鹦鹉仍苦苦哀求放它回去,按察使便将它送回山货店,它垂下脑袋,气绝而死。这是明神宗万历年间的事。

　　张山来曰:向闻有人供一高僧[1],其庭中鹦鹉,于无人时,向僧曰:"西来意[2],你教我个出笼计。"僧应之云:"出笼计,除非是两脚笔直,双眼紧闭!"少顷,鹦鹉足直目闭而死。主人悼惋,命解绦瘗之[3]。解后,鹦鹉忽飞去。向僧谢曰:"西来意,多谢你个出笼计!"附记于此。

【注释】

①向闻有人供一高僧:张潮所引之事出于明释道盛《天界觉浪盛禅师全录》卷三一。

②西来意:禅宗常用的机锋,即"祖师西来意",又称西来祖师意、祖意,以此叩问佛法大意,表示佛法之奥义、禅理之真髓。此处似有代指僧侣之意。

③绦（tāo）：丝绳，绑缚鹦鹉双足的绳子。

【译文】

　　张潮说：从前听说有人供奉了一位高僧，这家庭院中的鹦鹉，趁着无人察觉之时，向僧人说："西来意，你教我一个能飞出笼子的计策。"僧人回答道："飞出笼子的计策，除非是你伸直两脚，紧闭双眼！"过了会儿，鹦鹉便伸直了脚，闭目而死。主人哀悼惋惜，命人解开绳子，将其掩埋。可解开绳子后，鹦鹉却忽然振翅飞走。它向僧人道谢说："西来意，多谢你这个飞出笼子的计策！"我顺便将此事附记于此。

　　剑侠见于古传纪中甚夥①，近不但无其人，且未闻其事。惟闻宋辕文尊公幼清孝廉②，素好奇术，曾遇异人于淮上。席间谭剑术，其人曰："世人胆怯，见鬼神辄惊悸欲死。魂魄尚不能定，安望授鬼神术？"宋曰："特未见耳，乌足畏？"其人忽指坐后曰："如此人，公那不畏？"回首顾之，座后辄有神，靛面赤髭③，狰狞怪异，如世所塑灵官像④。宋惊惧仆地，其人曰："得云不畏耶？"⑤又予姻陈州宋镜予光禄⑥，尊人圃田公讳一韩⑦。神庙时在兵垣⑧，劾李宁远⑨，疏至一二十上。宁远百计解之，卒不从。一夕，公独卧书室中，晨起，见室内几案盘盂，巾舄衣带，下至虎子之属⑩，无不中分为二，痕无偏缺，有若生成。而户扃如故，夜中亦无少声息。公知宁远所为，即移疾归⑪。光禄时侍养京邸，盖亲见之。乃知世不乏异术，特未之逢耳。蜀许寂好剑术⑫，有二僧语之曰："此侠也，愿公无学。神仙清净，事异于此。诸侠皆鬼，为阴物，妇人僧尼皆学之。"此言近理，世之好异者当知之。

【注释】

① 甚夥（huǒ）：极多。本则"宋懋澄""陈一韩""许寂"事见于周亮工《因树屋书影》卷四。

② 宋辕文：宋征舆，字直方，一字辕文，松江华亭（今上海松江区）人。明万历四十五年（1617）生，清顺治四年（1647）进士，官至副都御史，康熙六年（1667）卒。早期曾与陈子龙、李雯等创办几社，研究古文。著有《林屋诗文稿》。尊公幼清：指宋征舆的父亲宋懋澄，字幼清，著《九籥集》。父子生平可参考吴永忠《宋征舆生年辨正及宋懋澄生卒年考》。

③ 靛（diàn）面：深蓝色的面庞。

④ 灵官：道教的护法神，有五百灵官之说。

⑤ 得：岂，怎，难道。

⑥ 宋镜予：待考，据本篇他为明末清初陈州（今河南周口淮阳区）人，镜予或为其字，曾任光禄寺卿或少卿，父为宋一韩。

⑦ 尊人圃田公讳一韩：指宋镜予的父亲宋一韩。宋一韩，字闻远。父宋桂，以子封刑科给事中（《（乾隆）陈州府志》卷十六）。明万历二十年（1592）进士，任汉中推官、兵科都给事中，万历四十年（1612）因建言而降为南京大理寺评事，万历四十二年（1614）卒。事见《皇明经世文编·凡例》和《（乾隆）陈州府志》卷十六。尊人，对宋镜予父亲的尊称，圃田或为其号。

⑧ 神庙时：即明万历皇帝朱翊钧在位时（1573—1620），庙号神宗。兵垣：原指六部中的兵部，此指兵科都给事中。

⑨ 李宁远：明代辽东名将李成梁，以军功封宁远伯，故称李宁远。他曾任辽东总兵，位望益隆，奢侈无度，甚至虚报战功，故为言官所劾。《明史·李成梁传》记明万历三十四年（1606）弹劾李成梁。

⑩虎子：便壶。因形似伏虎，故有此名。

⑪移疾：移病，旧时官员上书称病。多为居官者求退的婉辞。

⑫蜀许寂好剑术："蜀许寂"事文字同于明谢肇淛《五杂俎》卷六所记，许寂之事或出于宋孙光宪《北梦琐言》。

【译文】

剑侠在古代传记中的记载很多，现在不但没有这样的人，就连其事迹也听不到了。只听说宋征舆的父亲宋懋澄举人，历来喜好奇术，曾经在淮水之北遇到异人。酒席间与他谈论剑术，异人说道："世上的人大都胆怯，见到鬼神便惊悸得要死。他们的魂魄尚且不能安定，又怎能期望得授鬼神之术？"宋懋澄说："我只是没见过鬼神，有什么好怕的？"那异人忽然指着座位后边说："像这样的人，你怎会不怕？"宋懋澄回头一望，发现座位后面有个神灵，他长着蓝色的面庞、赤红的胡须，面貌狰狞，长相怪异，就像民间所塑的灵官神像。宋懋澄惊惧不已，跌倒在地，那异人说："难道这就是你说的不害怕吗？"又有我的姻亲陈州宋镜予，任光禄寺官员，其父亲圃田公名叫宋一韩。明神宗朱翊钧在位时，宋一韩任兵科都给事中，上书弹劾李成梁，上疏多达一二十份。李成梁想方设法令其妥协，但他始终不愿顺从。一天傍晚，他独卧于书房中，早晨起来，发现房间里的几案、盘盂、头巾、鞋子、衣带，以至便壶等物，全部被从中间一分为二，痕迹毫无偏缺，就像天然生成的一样。而门窗关闭如故，晚上也毫无声响。他知道这是李成梁所为，便告病辞官返乡。宋镜予当时在京城府邸中侍奉父亲，亲眼目睹此事。方知世间不乏异术，只是未曾遇到而已。蜀地的许寂喜好剑术，有二位僧人告诉他："这是侠客所为，希望您不要学这个。神仙喜好清净，所喜之事与此不同。那些侠客行事阴险，如同暗中之人，只有妇人和僧尼学这个。"这话有些道理，世上喜好异事之人应当知晓。

张山来曰：若我遇其人，当即恳靛面赤髭者为我泄愤矣,尚何所畏耶?

【译文】

张潮说:如果是我遇到这位异人,当即便恳求蓝脸赤须的神帮我宣泄内心愤恨,这有什么可畏惧的呢?

张瑶星语予①:辛未秋②,予觐先大夫于东牟③,遇道人马绣头者,亦异人也。道人修髯伟干④,黄发覆顶,舒之可长丈许,不栉不沐,而略无垢秽。自言生于正统甲子⑤,至是约百八十余岁矣。行素女术⑥,所至淫妪鸨姐⑦,多从之游。时孙公元化开府于登⑧,闻而恶之,呼至,将加责焉。道人曰:"公秉钺一方⑨,选士如林⑩,乃不能容一野道人耶?"公厉声曰:"予选士以备用耳,若拥肿何所用⑪?"道人曰:"万有一备指使,可乎?"时方大旱,公曰:"若能致雨乎?"曰:"易易耳!"问所须,曰:"须桌数百张,结坛于郊⑫,公等竭诚,惟我命是从。稍龃龉者,不效矣。"公曰:"姑试之。不效,乃公不尔恕也!"命治坛如其式。凌晨,率僚吏往。道人至,则索烧酒一斗⑬,并犬一器,啖之尽,乃登坛。命公等长跪坛下。时方溽暑⑭,万里无纤云,道人东向而嘘⑮,则有片云从其嘘处起;复东向而呼,则微风应之。少焉,浓云四布,雷电交作,雨下如注。道人高卧坛上,齁声与雷声响答互应。地上水可二尺,诸公长跪泥淖中不敢动。历三时许,道人乃寤,曰:"雨足乎?"众欢呼曰:"足矣!"道人挥手一喝,而雨止云散,烈日如故。孙公踉跄起,扶掖而下,以所乘八座乘之⑯,而骑从以归,归即送入先大夫署中。

【注释】

①张瑶星：张怡，一名遗，初名鹿徵，字瑶星，江苏上元（今江苏南京）人。父亲为明登莱总兵张可大。明亡，遁迹故里，筑室摄山（即栖霞山）白云峰，人称白云先生。清康熙三十四年（1695）卒，终年八十八，有《玉光剑气集》。事见方苞《白云先生传》（方苞《望溪集》卷八、姚鼐《古文辞类纂》卷三八）、陈鼎《白云山人传》（《留溪外传》卷五）。此则马绣头道人事见于《因树屋书影》卷九，又可见于张怡《玉光剑气集》，然道人见刘兴治、预言张怡短寿事则不见于张书。

②辛未：指明崇祯四年（1631）。

③先大夫：犹先父，过世的父亲。张怡父亲，即明末将军张可大。张可大，字观甫，万历二十九年（1601）武进士，授浙江都司，先后升为游击、参将。崇祯元年（1628）升为总兵，驻防山东。崇祯二年（1629），在莱阳击破白莲教，因功升右军都督府都督同知，崇祯四年（1631）升为南京右都督，未及赴任，因"吴桥兵变"而败于叛军，于崇祯五年（1632）初自尽。朝廷追赠太子少傅，谥壮节。事见陈济生《张壮节》（《启祯遗诗》卷二）、邹漪《张壮节传》（《启祯野乘》卷九）。东牟：指东牟郡，登州的古称。唐天宝元年（742）改登州置东牟郡，治所在今山东蓬莱。至乾元元年（758）复改登州。

④伟干：魁梧的身躯。

⑤正统甲子：指明英宗朱祁镇正统九年（1444）。

⑥素女术：道教的阴阳采补驭女之术，或养生术。

⑦淫姬鸨姊：泛指青楼卖笑之人。鸨姊，老妓。

⑧孙公元化：孙元化，字初阳，号火东，嘉定（今上海嘉定区）人。明代官员、军事家、数学家。天启间举人。善西洋炮法。明崇祯三年（1630）以右佥都御史巡抚登莱，驻登州。崇祯五年（1632）

孔有德攻陷登州,孙元化被朝廷治罪处死。登:即登州。

⑨秉钺:拿着斧头,指手握兵权。

⑩选士:泛指选拔人才。

⑪拥肿:臃肿不平,引申为无用的人或物。

⑫结坛:指设置坛场,举行法事、祭祀等。

⑬烧酒:白酒,用蒸馏法制成的酒,透明无色,酒精含量较高,引火能燃烧。明李时珍《本草纲目·谷四·烧酒》:"烧酒非古法也。自元时始创其法……近时惟以糯米或粳米或黍或秫或大麦蒸熟,和曲酿瓮中七日,以甑蒸取。其清如水,味极浓烈,盖酒露也。"

⑭溽暑:指盛夏气候潮湿闷热。

⑮嘘(xū):慢慢地吐气,呵气。

⑯八座:指八抬轿。清钱泳《履园丛话·杂记上·红白盛事》:"先生(阮元)乘八座,行亲迎礼。"

【译文】

张怡对我讲述:崇祯四年的秋天,我去登州探望先父张可大,遇到一位道人骑着马头有绘绣装饰的马,这是一位非比寻常之人。道人留着长髯,身材魁伟,满头黄发,舒展开来大概有一丈多长,不梳不洗,却毫无污秽之处。他自称生于正统九年,至今已一百八十多岁了。道人长习驭女之术,无论到哪,青楼妓女之流多与他狎游。当时,孙元化在登州成立府署以选置僚属,听说之后非常嫌恶他,唤他来后,想要斥责。道人说:"您任一方大僚,简拔之士人如林木般众多,却不能宽容我一介山野之人吗?"孙元化厉声说:"我选拔士人,乃是为了以备重用,像你这样的废物,又有何用处?"道人说:"万一有一点儿用,可以得到您选用吗?"当时正是大旱之年,孙元化说:"你能请来雨吗?"道人回答道:"求雨太简单了!"孙元化问道人需要什么,道人说道:"需要数百张桌子,在郊外筑坛,你们要诚心实意,听从我的话语。如果稍有违背不从,那就不灵验了。"孙元化说:"姑且让你试试。如果不灵验,你家大人我可不会饶恕你！"孙元化便下令照道人所说的那样筑坛。凌晨，孙元化带着僚属前往郊外的祭坛。道人到后，便索要一斗烧酒，以及一器具的狗肉，吃完之后才登坛。他让孙元化等人长跪在坛下。当时正是暑热时节，万里无云，道人向着东方张口呵气，则有一片云朵从其吹气的地方升腾而起；又向东用力吹气，则有微风随之吹动。过了会儿，浓云四布，雷电交加，大雨倾盆。道人则高卧于坛上，他的鼾声与雷声互相应和。地上的积水大概有二尺深，众人长跪在泥潭之中，不敢稍有动作。三个时辰左右，道人才睡醒，问道："雨水够了没有？"众人欢呼道："足够了！"道人挥手高喊，瞬时雨水停止，阴云散去，烈日当空照耀如故。孙元化跟跄而起，扶着道人从坛场上走下来，用所乘的八抬大轿抬着道人，自己骑马跟随着归去，回来之后，便将道人送进先父张可大的官署中。

　　先大夫故好士，署中客约廿余人，每夕必列席共饮，饮必招道人与俱。道人言笑不倦，而多不食。或劝之食，则命取大罍，尽投诸肴核其中[1]，以水沃之，一举而尽。复劝之食，则命取他席上肴核投罍中，尽之如初。乃至尽庖厨中数十人之馔，悉投悉尽。或戏曰："能复食乎？"曰："可！"则取席上诸桮盂盌盎之类[2]，十五累之，举而大嚼，如嚼冰雪，齿声楚楚可听也[3]。先大夫治兵庙岛[4]，拉与俱，宿署楼上。楼滨海，时严冬，海上无日不雪，雪即数尺。人争塞向墐户[5]，以避寒威，而道人夜必敞北窗，以首枕窗而卧。早起，雪覆身上如堆絮，道人拂袖而起，额上汗犹津津然[6]。或投身海中，盘薄游泳[7]，如弄潮儿[8]。及登岸，遍身热气如蒸，而衣不少濡湿也[9]。

【注释】

①肴核：肉类和果类食品。

②柈（pán）：盘子。

③楚楚：清晰。

④庙岛：古称沙门岛，今属山东烟台长岛。《（光绪）登州府志》卷三："凡海舟渡辽者必泊此以避风。上有龙女庙，俗呼庙岛。"

⑤塞向墐（jìn）户：堵住窗户大门的缝隙，以抵御寒冷。《诗经·豳风·七月》："穹窒熏鼠，塞向墐户。"

⑥津津：水流动貌，液汁渗出貌。

⑦盘薄：引申为不拘形迹，旷放自适。

⑧弄潮儿：指朝夕与潮水周旋的水手或在潮中戏水的少年人。

⑨不少：毫无。

【译文】

先父张可大本就喜好延纳才士，官署中大概有二十余位门客，每天傍晚必定列席共饮，饮酒时必定招来道人一起饮酒。道人一直笑语晏晏，却不太吃东西。有人劝他进食，便命人取来大酒杯，将各种佳肴果品都投进去，加水泡着，一饮而尽。又有人劝他进食，则又命人取来他座席上的佳肴果品，投入杯中，如先前一般一饮而尽。以至于吃光了厨房里数十人的饭菜，投入酒杯多少，就能吃光多少。有人开玩笑说："你还能吃不？"道人回答道："可以！"便取来席上各位的盘子碟子之类，十个五个地垒起来，举起大嚼，如同嚼着冰雪一般，牙齿咬动的声音清晰可闻。先父在庙岛操练军队，拉着道人一同住在办理公务的楼上。小楼毗邻大海，当时正值严冬，海上每天都是大雪纷飞，积雪深有数尺。人们都争相堵塞门窗的缝隙，以躲避寒气侵袭，而道人每晚睡觉时必敞开北窗，头枕着窗户睡觉。早上起来，覆盖在他身上的雪花如同棉絮堆积，道人拂袖而起，额头上汗水涔然。有时，他投身于大海之中，在海中旷放自适地游泳，如同弄潮儿一般。登岸之时，满身热气蒸腾，而衣服却一点也没弄湿。

既而往游东江①，东江帅为刘兴治②。道人至，则聚诸淫妪，如在登时。兴治闻之怒，呼而责之，将绳以法③。道人曰："公尸居余气④，乃相吓耶？公何能杀我，人将杀公耳！"兴治益怒，道人指其左右曰："此皆杀公者也！俟城石转身，则其时矣。"兴治命责之，鞭扑交下⑤，道人鼾睡自若，兴治无如何也。道人出，语其徒曰："辱我甚，不可居矣。"乃往海中浴，浴竟，见有一木，大数围，知是土人物，从求得之。自持斧，略加刳凿⑥，才可容足⑦，辄坐其中，乱流浮海而去，不知所终。其后兴治以贪残失士心，改筑岛城，城石尽转，而兴治为其下所刺。

【注释】

①既而：不久。此处所记刘兴治遇道人之事的时间并不准确，并非"既而"，其事当在张怡遇道人的"辛未（1631）秋"之前，因为此年的春天刘兴治便已被部下杀死。东江：即皮岛。明廷在皮岛（今朝鲜椵岛一带）设置东江镇，任命毛文龙为副总兵，辖区拥有渤海各岛，旅顺堡、宽奠堡，以及朝鲜境内的铁山、昌城等据点。以皮岛为中心的东江军镇，由毛文龙于天启二年（1622）始创，至崇祯十年（1637）被清军攻破，历时十六年。

②刘兴治：明末辽东人。明万历三十三年（1605）随兄刘兴祚投奔努尔哈赤，崇祯元年（1628）又决意归明，隶属东江镇总兵毛文龙麾下。毛文龙死后，刘兴治兄弟留守东江，驻地皮岛，遂控制了该岛。崇祯四年（1631）三月，皮岛爆发兵变，刘兴治及其兄弟均被杀死。

③绳以法：谓以法律为准绳来加以惩治。指对违法者执行法律制裁。

④尸居余气：形容人即将死亡。

⑤鞭扑：亦作"鞭朴"。用作刑具的鞭子和棍棒。亦指用鞭子或棍

棒抽打。

⑥刳(kū)凿：将木头剖开刻凿。

⑦容足：仅能立足，形容所处之地极狭小。

【译文】

此后，他又前往东江游历，东江的主将是刘兴治。道人到了东江，便聚集各种淫娃荡妇，如同在登州时一样。刘兴治听说后很生气，把他叫来责罚，将要依法制裁。道人说："您已有将死之气，还想吓我吗？您怎么能杀掉我呢，有人将要杀您啊！"刘兴治更加愤怒，道人指着他的左右侍从说："这些都是杀您的人啊！等到城中的石头都被转移，那便是您被杀之日。"刘兴治命人责罚他，鞭子棍棒纷纷落下，道人却酣睡自若，刘兴治最终无可奈何。道人走出官衙，对他的仆从说："太侮辱我了，这里不能待了。"便前往大海沐浴，沐浴完之后，见到一根大木头，粗有数围，知晓是当地人的东西，便求得这根木头。道人自己拿着斧头，将木头稍加劈凿而成小舟，刚刚可以容纳自身，便坐在木舟里面，趁着乱流漂浮于大海而离去，不知所终。之后，刘兴治因为贪婪残暴，失去士兵的拥戴，他另外建筑岛城，将城中石头尽皆转移，最终被部下刺杀。

　　方道人之在署中也，每酒后，辄抚膺痛哭。先大夫叩其故，则指予曰："郎君有仙才①，而年不永。使从我游，不死可致也。"先大夫曰："年几何？"曰："尽明岁之正月。"次年壬申，春王四日②，道人方与岛中诸将士轰饮次③，忽西向而恸曰："可惜张公，今日死矣！"盖登州城陷之日也。乃知向日酒后之言，盖托讽耳④。

【注释】

①仙才：超凡越俗的才华。

②春王：指正月。按《春秋》体例，鲁国十二公之元年均应书"春王
　　正月公即位"，有些地方因故不书"正月"二字，后遂以"春王"指
　　代正月。

③轰饮：狂饮，纵酒。

④托讽：寄托讽喻。

【译文】

　　当道人还在我父亲张可大的衙署时，他每次饮酒，便抚着胸口痛哭。
先父询问他悲伤的缘故，道人便指着我说："你的孩子才华超凡出众，可
是无法长寿。让他和我一同游历，可以免除一死。"先父说："小儿年寿
多少？"道人回答："明年正月便寿尽。"第二年为崇祯五年，正月初四日，
道人正和庙岛上的各位将士豪饮，忽然向着西方哀恸不已，说："可惜张
可大先生，今日要死了！"原来这一天正是登州城被攻陷的时候。众人
才知道道人过去的酒后之言，原来暗有所指。

　　予尝谓道人啸命风雷如反掌①，预识休咎如列眉②，傲
慢公卿如观变场③，绝寒暑饥饱如化人④，而独不避秽行，与
淫妪游，且比及顽童⑤，曰"中有真阴⑥，可采补也⑦"。此大
悖谬！岂世上自有此一种，如《楞严》所称"十种仙"⑧，或
唐人所称"通天狐"属耶⑨？抑天上群仙，亦如人间显宦，不
尽皆立品行、纫荪荃者耶⑩？吾又安得叩九阍而问之⑪？

【注释】

①啸命：高声命令。

②列眉：两眉对列，比喻很真切，毫无疑问。

③变场：唐代表演变文（说唱故事）的场所，此处比喻见到达官显贵
　　好像观看戏台上的表演一般淡然。

④化人：仙人。

⑤顽童：指娈童，被当作女性玩弄的美男。

⑥真阴：中医学名词。亦称"肾水""元阴"，肾中所藏的阴精，人体阴液之根本，对人体各脏腑有滋养润泽的作用。与"真阳"相对而言。

⑦采补：谓汲取他人元气、精血以补益己身。

⑧十种仙：佛教经典《楞严经》记有十类由外道入山行道之人，称作十种仙。其中的"精行仙"修习采阴补阳之术，吸补对方的精气，来滋养自身。

⑨通天狐：即狐仙，生性好淫。《太平广记》卷四五四引《传记》"姚坤"篇记有老狐自称"我狐之通天者"，能窥探星河之妙，有通晓天地之能。后来，通天狐成为好淫重欲者之代称。

⑩纫荪荃：纫，裁剪缝纫。荪、荃皆为香草。意为裁剪香草以配饰，比喻修养德行。

⑪九阍（hūn）：九天之门。

【译文】

我曾觉得道人号令风雷易如反掌，预测他人吉凶真切无疑，傲视公卿如同观看表演，不畏寒暑、断绝饥饱如同仙人，却唯独没避开淫秽的行为，与淫妇游玩，还与娈童狎戏，说："他们身体中有真阴，可用来采补自身。"这真是荒谬！难道世界上本来就有这么一种人，如同《楞严经》所称的"十种仙"，或者是唐人所称的"通天狐"之类吗？或者天上众位仙人，也和人间的达官贵人一样，不全是品德优良、修养德行之辈？我又如何能叩开天门，向天上仙人询问一下此事呢？

曲周陈公令桐①，言其邑富翁子妇自父家还②，明日偕卧不复起。家人呼之不应，抉户而入③，烟扑鼻如硫黄。就床视之，衾半焦，火烁之，有孔，二体俱焚，惟一足在。火之焚人，理殊不可解。王虚舟曰[④]："焚砂石为龙火，焚金铁为佛火，焚人之火是为欲火。佛言淫习交接，发于相磨，研磨不休，如是故有大猛火光[⑤]，于中发动。意其研磨之极，欲火炽煽，煽而忽焰，遂以自焚。其不焚床笫庐舍者[⑥]，火生于欲，异于常火，亦如龙火止焚砂石，佛火止焚金铁耳。"陈公讳于阶。

【注释】

①曲周：地名。汉武帝建元四年（前137）置曲周县，属广平国，治所在今河北曲周东北四十里。历代多有废置，至明、清属广平府。陈公令桐：据文末"陈公讳于阶"知陈公指陈于阶，曾任桐城县令。陈于阶，字子升，曲周人，陈玉陛之弟。明万历二年（1574）进士，任桐城知县，修筑县城以御流寇，事见《（康熙）桐城县志》卷三。此则陈于阶所述之事，见于《因树屋书影》卷九，又见于张怡《玉光剑气集》、徐树丕《识小录》卷二"欲火"。

②父家：指女子的娘家。张怡《玉光剑气集》作"母家"。

③抉户：打开门户。

④王虚舟：王澍，字若霖，又字箬林，号虚舟。江南金坛（今江苏常州金坛区）人。清康熙五十一年（1712）进士，官至吏部员外郎。工文，尤精书法，名扬海内。

⑤"佛言淫习交接"几句：出于《首楞严经》卷八："一者淫习交接，发于相磨，研磨不休，如是故有大猛火光于中发动。"

⑥床笫：泛指床铺。

【译文】

曲周县的陈于阶任桐城知县，说他家乡有个富翁儿子之妻，从娘家回来，第二天夫妻二人都躺着不起来。家人呼唤也不回应，便打开门进去,发现有如硫黄般的扑鼻浓烟。凑近床边一看,被子已经变得大半焦黄,是火烧的,上面有洞,两个人的身体都被烧光了,只剩下一只脚。身上的火焰烧人,在道理上实在难以解释。王澍说:"焚烧砂石的是龙火,焚烧金铁的是佛火,焚烧人的是欲火。佛家说男女的淫乱交媾,开始时肢体互相摩擦,摩擦不休,如此便有猛火从身体中产生。推测他们摩擦到了极致,心中欲火炽盛,炽盛到了极致便忽然产生火焰,于是便自焚如此。之所以不焚烧床铺、房屋,因为此火生于欲念,与寻常的火不同,也就像龙火只焚烧砂石,佛火只焚烧金铁一样。"陈先生名叫于阶。

　　张山来曰:旧小说中,已有吞绣鞋、焚祆庙事矣[①]。

　　某道人坐功久,忽然火发,焚其须及帷。主人救之始熄。可见火无邪正,皆足为害也。此道人余曾见之。

【注释】

①吞绣鞋:把酒杯放在女子绣鞋中行酒。是旧时风流场中的放荡行为。焚祆(xiān)庙:焚烧祆教供奉的庙宇。祆教,即琐罗亚斯德教,俗称拜火教。相传为公元前六世纪琐罗亚斯德创。《渊鉴类函》引《蜀志》记有陈氏子与蜀公主在祆庙私通,后陈氏子误会公主不至而焚烧祆庙,冯梦龙《情史》"化火"篇等历代笔记小说多传载此事,元人李直夫作杂剧《火烧祆庙》。

【译文】

　　张潮说:在过去的小说中,已经有了吞绣鞋、焚祆庙的风流之事。

　　有位道人打坐很久,忽然有火出现,焚烧了他的胡须和帷帐。主人仓促救火,才熄灭了火焰。可见火是没有正邪之分的,都是有害的。这位道人我还曾经见过。

　　亳州孙骨碌者[①],人像其形,故以"骨碌"称[②]。生时有首有身，身上具肩，无臂手；身下具尻③，无腿足，如截瓜然。其父无子，以其男体，姑育之。长而家益富，坐卧启处④，饮食男女，一切需人为用。见宾客，皆人抱以出。立则竖而倚之门屏间，失倚则仆地。衣具袖为观美，领不绲缬⑤，则前后转徙无定在。裙、袜、履，生平未尝设。生三子，长公登进士，次幼为诸生，今且豳封矣⑥。此等世虽生不育，育亦贫且贱，而孙君独富贵，造化固不可测欤！

【注释】

①亳州：地名。北周末改南兖州置亳州，治所在谯县（今安徽亳州）。隋、唐时曾改为谯郡。明洪武时降亳州为亳县，弘治九年（1496）复升为亳州，属凤阳府。清属安徽颍州府。此则亳州孙骨碌事，见于《因树屋书影》卷九，又见于张怡《玉光剑气集》，事稍略。

②骨碌：滚动的圆形物体。

③尻（kāo）：臀部。

④启处：安居。

⑤缬（xié）：有花纹的丝织品。

⑥豳（yí）封：官员以己之封诰，请求改授给直系亲属。

【译文】

亳州的孙骨碌，他长得就像个骨碌，所以用"骨碌"来称呼他。他出生时有头有身体，身体上有肩膀，没有胳膊和手掌；身体下面有屁股，没有腿脚，如同截断的瓜一样。他的父亲没有儿子，因为他是男子，便姑且予以抚养。他长大之后，家里越来越富裕，他行住坐卧，饮食和男女之事，都需要人来帮忙。他会见宾客时，都由人将其抱出。站立的时候便将其竖起来，倚靠在门或屏风上，失去倚靠便会倒在地上。他衣服有袖子,只是为了美观,领子上没有花纹,前后转动不定。裙、袜、鞋等物,他生平从未用过。他后来生下三个孩子,长子登进士,次子、幼子都为秀才,他如今也因为儿子而得到朝廷的封赠。这等人即便生于世间,一般也不会得到抚育,即便得到抚育,也是贫穷卑贱,而孙骨碌却唯独能享有富贵,造化本来就难以预测啊!

　　张山来曰:此君之父,因无子而育之,可也。但不识何等女子居然肯嫁之乎?

【译文】

　　张潮说:此人的父亲,因为没有儿子而抚育他,这也是可以的。只是不知道是怎样的女子,竟然肯嫁给这样的人?

　　海盐有优者金凤①,少以色幸于严东楼②。东楼昼非金不食,夜非金不寝也。严败,金亦衰老,食贫里中。比有所谓《鸣凤记》,金复涂粉墨,身扮东楼矣。近阮怀宁自为剧③,命家优演之。怀宁死,优儿散于他室。李优者,但有客命为怀宁所撰诸剧,辄辞不能,复约其同辈勿复演。询其故,曰:“阿翁姓字④,不触起,尚免不得人说。每一演其撰剧,座客笑骂百端,使人懊恼竟日,不如辞以不能为善也。”此优胜金优远矣!不知怀宁地下何以见此优?

【注释】

①海盐:地名,今属浙江。秦置海盐县,属会稽郡。史上曾多次改名,至明洪武二年(1369)复为海盐县,仍属嘉兴府。海盐金凤事见于《因树屋书影》卷九,又见于《坚瓠集》广集卷三、焦循《剧说》

卷六、赵翼《陔余丛考》卷二十等，又见于王士禛《香祖笔记》卷二注出姚叔祥（姚士粦，参见卷十七《名捕传》注释）所述，事略。

②严东楼：严世蕃，别号东楼。明朝嘉靖年间首辅严嵩之子，世人以奸臣目之。

③阮怀宁：指阮大铖，其为怀宁（今安徽安庆）人，故称阮怀宁。

④阿翁：对年长者的敬称，此指阮大铖。

【译文】

海盐县有个倡优叫金凤，年少时依仗美貌而被严世蕃宠幸。严世蕃白天没有金凤就吃不下饭，夜里没有金凤就睡不着觉。严世蕃事败，金凤也年老色衰，回到家乡贫穷度日。当时有所谓的《鸣凤记》，金凤又涂脂抹粉，扮演严世蕃。近人阮大铖自己创作戏剧，命家中倡优扮演。阮大铖死后，这些倡优也散落到其他人家里。有个李姓倡优，凡是有客人让其表演阮大铖创作的戏剧，便推辞说不会，又与同辈约定都不出演。有人寻问缘故，回答说："阮老先生的姓名字号不提起，尚且免不得被人说起。每次一演他写的戏剧，满座的客人都百般笑骂，令人整日懊恼，还不如推辞说自己不会，这样比较好。"这个倡优，远胜过金凤了！不知阮大铖在九泉之下，当以何面目再见这个倡优呢？

闽人李春明者①，为人长厚②，闻有谈人暧昧事，辄塞耳走，人以"李塞耳"呼之。一日耳内奇痒，召工取之，内黄金二分，易银一钱四分，市谷一斛。内有大珠二颗，最圆美，市诸富室，得六百金。其年谷甚贱，夜就寝，梦有人提其耳曰："邦有道，谷③。"寤而省曰："神意得无使我积谷乎？"乃出金市谷，入三千石。次年，谷价腾贵，发粜得四千余金④。家日起，至十数万，人以为厚德之报。大抵谈人闺阃⑤，原非盛德事⑥。使其事诚有之，与我何与？无而言之，则为诬善矣！斯事有无不必论，后生固当以为法矣。

【注释】

①闽人李春明者：李春明事见于《因树屋书影》卷十。

②长厚：恭谨宽厚。

③邦有道，谷：出自《论语·宪问》："宪问耻，子曰：'邦有道，谷；邦无道，谷，耻也。'"意思是国家政治清明，便做官领俸；国家政治昏昧无道，还只是做官领俸，不求改变局面，这是很耻辱的。文章只是借用此话，暗示储谷，与《论语》原意无关。

④粜（tiào）：卖粮食。

⑤闺阃（kǔn）：借指闺房隐私。

⑥盛德：品德高尚。

【译文】

福建人李春明，为人仁厚守礼，每次听到有人谈论暧昧的私事，便塞住耳朵离开，人们都以"李塞耳"来称呼他。有一天，他的耳中奇痒无比，便召人掏耳朵，从耳中掏出二分黄金，换成了一钱四分的银子，买了一斛谷子。他的耳中又掏出两颗大珠子，非常圆润华美，卖给富人，得到了六百两银子。这一年谷子的价钱很便宜，他晚上就寝，梦见有人提着他的耳朵，说："邦有道，谷。"醒来后，他心内领悟："神灵的意思难道是让我多积蓄谷子吗？"便拿出银两购买谷子，买入了三千石的谷子。第二年，谷价飞涨，他便卖出谷子，得到了四千两银子。他家越来越富裕，乃至积蓄了十几万银两，人们都认为这是他品性忠厚的回报。大抵谈论人的闺房私事，本就不是什么品德高尚的好事。假使这些事确实有，那与我何干呢？假使没有这些事，那么就是诬陷好人了！这些事究竟有没有，不值得深论，后世之人应当效法此举。

汀州黎愧曾为余言①：广州民有以善射声名者，常挟毒矢入山中。值雷雨卒至,惊避入野祠。雷随人,礛碏绕身者三匝②,然终不为害。民跪而祈曰:"民诚罪,遽击何所逃?奈何格格悸人耶③?"雷声渐引去,已复至,复出,如是者再,若将导之去者,终不害民。民忽悟曰:"神将用我矣,遂不霆。"逐雷声行,抵山下,见雷方吐火施鞭,奋击巨树。一朱衣女子,突从树中出,雷遽远树数舍④。红衣下,雷复至;红衣出,则雷又远去。格斗久之,终不成击。民乃引毒矢伺红衣出,贯之,霹雳大作,遽拔其树。民归,入其室,家人竞言:"雷方入屋,震人几死,幸家无恙,惟釜翻,露砾书数字于底,不可识。"有黄冠通雷文者⑤,云是"助神威力,延寿一纪"八字也⑥。山中人言,树平时无他异,亦终不知女子为何妖。按唐小说中⑦,亦有神追朱衣女子,自树中出,久之渐上,有数点绯雨飞下,云是帝命诛飞天夜叉⑧。此女子得非其类耶?

【注释】

①黎愧曾:黎士宏(弘),字愧曾,汀州长汀(今福建长汀)人。少游李元仲门,称为入室弟子。清顺治十一年(1654)举人,康熙六年(1667)授江西广信府推官兼理玉山县政,任陕西甘州同知、江南常州知府,官至布政司参政。见《清史稿·黎士弘传》。著有《托素斋集》《仁恕堂笔记》等。此则汀州黎愧曾所述事,见于《因树屋书影》卷七,又见于张怡《玉光剑气集》。

②礛碏(xiàn dī):疑同"礛碏",电光。

③格格:形容因害怕而心跳的声音。

④数舍:形容跑出很远。古代行军以三十里为一舍。

⑤黄冠:道士之冠色黄,故以黄冠称呼道士。

⑥一纪：即十二年。《国语·晋语》："文公在狄十二年，狐偃曰：'蓄力一纪，可以远矣。'"

⑦按唐小说中：指唐朝谷神子传奇集《博异志》"薛淙"篇。该篇记一位僧人曾见神人追赶衣绯裙的女子，"见木上一绯点走出，人马逐之，去七八丈许，渐入霄汉，没于空碧中。久之，雨三数十点血，意已为中矢矣"。

⑧飞天夜叉：佛经中谓能在空中飞行的夜叉神。后来也指民间传说中的恶鬼。

【译文】

汀州黎士宏告诉我：广州有人以善射出名，经常带着毒箭进入山里。有一天，遇到雷雨突发，他惊骇不已，躲入乡间野祠中。雷电随即也跟着进去，绕其身三圈，却始终没有伤害他。他跪着祈祷说："我确实有罪，雷电突然击我，能逃到哪里？可是为何要让人心惊胆战呢？"雷声渐渐离去，过了会儿又进来，又出去，这样反复了好几次，好像要引导他向前去似的，始终没有伤害他。这个人忽然醒悟到："神灵要用我啊，所以才不击打我。"便跟着雷声出去，抵达山下，见雷电正喷吐着火焰、挥动鞭子，用力抽打着一棵大树。有一位红衣女子突然从树中出来，雷电便一下子离开树好远。红衣女子进入树中，雷电便又近前；红衣女子出来，雷电则又远去。格斗了好久，雷电始终不能击打到那女子。这个人便张弓搭弦，挽引毒箭，趁着红衣女子出来的时候，一箭将其射穿，此时霹雳声大作，一下子便将此树连根拔起。这个人回到家，家人争着告诉他："刚才雷电进入屋里，几乎把人震死，幸好家人都安然无恙，只有锅翻了，在锅下面露出几个朱砂所写的字，难以解读。"有位道士认识雷电所写的文字，说上面写的是："你为神明助威出力，给你延长十二年寿命。"山里的人说，这棵树平时没有什么奇特的地方，也始终不知晓那位女子究竟是何方妖物。考察唐代小说，也有神明追逐红衣女子，逼迫红衣女子从树中出来，很久以后，雷电渐渐上树，有几点红雨落下，说是天帝下令诛杀飞天夜叉。那位女子大概也是小说中的这一类妖物吧?

　　张山来曰:减斋先生与先君子为莫逆交,予少时获睹《书影》,甲寅之变①,书皆不存。今燕客先生来扬佐郡②,余复恳得是书,不啻与父执相对也③。

【注释】

① 甲寅之变:指清康熙十三年(1674)吴三桂、耿精忠、尚可喜三藩叛乱,天下陷入混乱。徽州首当其冲,不久陷落于耿精忠军队之手,张潮离开徽州故乡,仓皇避难,其七律《甲寅感兴》记"无心何事厄孤穷,避地纷纷西复东"(《幽梦影》),后寓居扬州。

② 燕客先生:指周亮工之子周在都,字燕客。周在都,清康熙二十二年(1683)赴济南任通判,康熙四十年(1701)任扬州府同知,康熙四十四年参与放赈救水灾(参宋荦《赈毕题报疏》,见《西陂类稿》卷三七),康熙四十五年尚在任(《古今图书集成》经济汇编祥刑典卷七八、律令部汇考六十四之二记"再查四十五年十一月内江南扬州府同知周在都失察私盐题参一案")。晚年到北京,多与当世名士酬唱。佐郡:协理州郡政务,此处指担任扬州府同知。

③ 不啻:如同,不异于。父执:父亲的朋友。

【译文】

　　张潮说:周亮工先生与先父张习孔是莫逆之交,我小时候看过周亮工《因树屋书影》,康熙十三年三藩叛乱,导致我收藏的书散佚丢失。现在周在都先生来扬州担任同知,我向他恳请索要,再次得到此书,见到它真如同再次相逢父亲的朋友。

记桃核念珠

高士奇（澹人）①

得念珠一百八枚，以山桃核为之，圆如小樱桃。一枚之中，刻罗汉三四尊，或五六尊，立者、坐者、课经者、荷杖者、入定于龛中者、荫树跌坐而说法者、环坐指画论议者、袒跣曲拳和南而前趋而后侍者②，合计之，为数五百。蒲团、竹笠、茶匜、荷策、瓶钵、经卷毕具③。又有云龙风虎、狮象鸟兽、狻猊猿猱错杂其间④。初视之，不甚了了。明窗净几，息心谛观⑤，所刻罗汉，仅如一粟，梵相奇古⑥，或衣文织绮绣⑦，或衣袈裟水田绨褐⑧，而神情风致，各萧散于松柏岩石，可谓艺之至矣！

【注释】

①高士奇：字澹人，号江村，钱塘（今浙江杭州）人。监生，善书法、文章，被明珠推荐供奉内廷。甚受康熙帝倚重。屡被参劾，罢官再起。清康熙二十八年（1689），左都御史郭琇参劾其四大罪状，罢官归乡。康熙四十二年（1703）卒。谥文恪。见《清史稿·高士奇传》。此篇今见于高士奇《经进文稿》卷五（收于康熙刻本《高士奇集》）。

②入定：佛教语。指佛教徒闭目静坐，不起杂念，使心定于一处。跌（fū）坐：盘腿端坐。袒跣：赤足。曲拳：鞠躬行礼。和南：佛教语，稽首，敬礼。

③经卷：佛教经书。

④狻猊（suān ní）：狮子。猿猱（náo）：泛指猿猴。

⑤息心：静坐入禅，排除俗念。谛观：仔细观察。

⑥梵相：佛菩萨等清净庄严之相，也泛指佛像。

⑦文织绮绣：有彩色花纹的丝织品。

⑧水田：即水田衣，袈裟、百衲衣的别名。因用多块长方形布片连缀而成，宛如水稻田之界画，故名。绤褐（chī hè）：麻布短衣。

【译文】

我得到了一百零八枚念珠，是用山核桃做成的，圆圆的如同小樱桃。每一枚念珠上，刻着三四尊，或五六尊罗汉，有立着的、坐着的、诵经的、执杖的、坐定在佛龛中的、跌坐在树荫下宣讲佛法的、围绕而坐比画议论的、光着脚弯身稽首敬礼且有前后侍从的，总计有五百尊。蒲团、竹笠、茶盒、拄杖、瓶钵、经卷等物件都有。又有云龙凤虎、狮象鸟兽、狮子猿猴之类，杂错其间。开始观察的时候，觉得没什么。等到处于窗明几净之中，安心静坐审视之时，只觉那雕刻的罗汉仅如一粒粟米一般大，面目奇特古异，有的穿着彩色花纹的锦绣衣物，有的穿着由各色布块拼合而成的麻布袈裟，罗汉们各具神情风韵，各自在松柏岩石之间潇洒自在，这些念珠达到了艺术的极致啊！

　　向见崔铣郎中有《王氏笔管记》云①：唐德州刺史王倚家②，有笔一管，稍粗于常用，中刻《从军行》一铺，人马毛发，亭台远水，无不精绝。每事复刻《从军行》诗二句，如"庭前琪树已堪攀③，塞外征人殊未还"之语。又《辍耕录》载④：宋高宗朝⑤，巧匠詹成雕刻精妙，所造鸟笼四面花版⑥，皆于竹片上刻成宫室人物、山水花木禽鸟，其细若缕，而且玲珑活动。求之二百余年，无复此一人。今余所见念珠，雕镂之巧，若更胜于二物也。惜其姓名不可得而知。

【注释】

①崔铣：当作崔铤（或作铤）。崔铤，唐朝末年大臣。《太平广记》卷二一四引《卢氏杂说》记："云用鼠牙刻，故崔郎中铤文有《王氏笔管记》是也，类韩文公《画记》。"宋郭若虚《图画见闻志》卷五记："云用鼠牙雕刻，故崔铤郎中文集有《王氏笔管记》，体类韩退之《记画》。"

②德州：隋开皇九年（589）置，治所在安德县（今山东德州陵城区）。大业初改为平原郡。唐武德四年（621）复为德州。天宝元年（742）又改平原郡，乾元元年（758）复名德州。辖境相当今山东德州及河北景县、吴桥等地。

③琪树：仙境中的玉树。

④《辍耕录》：即《南村辍耕录》。元末明初陶宗仪撰，三十卷。作者杂采前人笔记所载及本人闻见之事编录成书，共有三百八十二条，为现存元人笔记中内容最丰富的一种。

⑤宋高宗：即赵构。宋徽宗第九子。初封广平郡王，改封康王。靖康之变时，即帝位于南京（今河南商丘），改元建炎，史称南宋。

⑥花版：花板，指在家具门板、栏杆等处镂空或雕刻的花纹图案。

【译文】

从前看到崔铤郎中的文集《王氏笔管记》记载：唐代德州刺史王倚家中有一支笔，比常用的笔稍微粗一些，笔杆上雕刻着一幅《从军行》，人马毛发，亭台远水，都精妙绝伦。又在每种图画上再雕刻《从军行》中的两句诗，如"庭前琪树已堪攀，塞外征人殊未还"等语。又陶宗仪《南村辍耕录》记载：宋高宗时，巧匠詹成雕刻之术十分精妙，他所制作的鸟笼四面都有花板，在竹片上刻成宫室人物、山水花木禽鸟，雕刻得纤细如缕，还玲珑精致，仿佛能够活动。考求二百多年以来，已经再也没有这样的巧匠了。现在我所见到的念珠，雕刻精巧，似乎更胜于以上两种物品。可惜制作人的姓名已经无从得知。

　　长洲周汝瑚言："吴中人业此者,研思殚精^①,积八九年。及其成,仅能易半岁之粟,八口之家,不可以饱。故习兹艺者亦渐少矣。"噫!世之拙者,如荷担负锄、舆人御夫之流,惷然无知^②,惟以其力日役于人,既足养其父母妻子,复有余钱,夜聚徒侣,饮酒呼卢以为笑乐^③。今子所云巧者,尽其心神目力,历寒暑岁月,犹未免于饥馁。是其巧为甚拙,而拙者似反胜于巧也!因以珊瑚、木难饰而囊诸古锦^④,更书答汝瑚之语,以戒后之恃其巧者。

【注释】

①研思殚精:深思竭虑,反复思考。

②惷(chōng):愚笨。

③呼卢:一种赌博游戏。共五子,掷出全黑则为"卢",得胜。大声喊叫,以求得"卢",即为呼卢。

④木难:古代宝珠之名。曹植《美女篇》:"明珠交玉体,珊瑚间木难。"古锦:即古锦囊,用年代久远的锦缎制成的袋。

【译文】

长洲县人周汝瑚说:"苏州以雕刻为业的人,殚精竭虑,前后八九年才能做成一件作品。做成之后,仅能换来半年的粟米,八口之家,却不能靠这个手艺来解决温饱问题。因此学习雕刻技艺的人越来越少。"啊!世上笨拙的人,像挑着扁担、背着锄头、抬着轿子、驾驶马车的人,愚昧无知,每日只能靠卖力气而被人所驱使,既足以养活父母妻子儿女,又能挣取余钱,可以在晚上招朋引伴,喝酒赌博以娱乐。如今所说的那些巧匠,耗尽其心神视力,经历漫长的寒冬暑夏,尚且难以免除饥饿。这些巧匠其实很愚笨,而世上愚笨之人过得反而胜过巧匠!便将珊瑚、木难等雕饰品装进古锦囊中,又写下回应周汝瑚的话语,以此来告诫后来的恃巧之人。

张山来曰：末段议论，足醒巧人之梦。特恐此论一出，巧物不复可得见矣，奈何！

【译文】

张潮说：末段的议论，足以让巧匠从幻梦中醒来。只怕此番议论一出，便再也见不到精巧之物了，怎么办呢！

核工记

宋起凤（紫庭）①

季弟获桃坠一枚，五分许，横广四分。全核向背皆山，山坳插一城雉②，历历可数。城颠具层楼，楼门洞敞，中有人，类司更卒③，执桴鼓④，若寒冻不胜者。枕山麓一寺，老松隐蔽三章⑤，松下凿双户，可开阖；户内一僧，侧首倾听。户虚掩如应门，洞开如延纳状⑥。左右度之，无不宜。松外东来一衲，负卷帙，踉跄行，若为佛事夜归者。对林一小陀⑦，似闻足音仆仆前⑧。核侧出浮屠七级⑨，距滩半黍⑩。近滩维一舟⑪，蓬窗短舷间，有客凭几假寐，形若渐寤然。舟尾一小童，拥炉嘘火，盖供客茗饮也。舣舟处，当寺阴，高阜钟阁踞焉⑫。叩钟者貌爽爽自得⑬，睡足徐兴乃尔。山顶月晦半规⑭，杂疏星数点。下则波纹涨起，作潮来候，取诗"姑苏城外寒山寺，夜半钟声到客船"之句⑮。计人凡七：僧四，客一，童一，卒一。宫室器具凡九：城一，楼一，招提一⑯，浮屠一，舟一，阁一，炉灶一，钟鼓各一。景凡七：山、水、林木、滩石四，星、月、灯火三。而人事如传更、报晓、候门、夜归、隐几、煎茶,统为六。各殊致殊意,且并其愁苦、寒惧、疑思诸态,俱一一肖之。语云:"纳须弥于芥子。"⑰殆谓是与?然闻之尺绡绣经而唐微,水戏荐酒而隋替⑱。器之淫也,吾滋惧矣! 先王著《考工》⑲,盖早辨之焉。

【注释】

①宋起凤:字来仪,号紫庭,又号觉庵、弇山、兰渚,祖籍余姚(今属浙江),迁居沧州(今属河北)。清顺治八年(1651)副贡生,历官灵丘、乐阳知县。康熙元年(1662),擢升广东罗定州知州,丁忧归乡。在金陵与林茂之、萧尺木等名士为友。有《大茂山房合稿》《稗说》。妻张氏,有子德润。见《(乾隆)沧州志》卷九。此篇今见于《大茂山房合稿》卷五。

②城雉:城上短墙。亦泛指城墙。

③司更卒:打更的更夫。

④桴(fú)鼓:鼓槌与鼓。

⑤章:计量大树的量词。

⑥延纳:接纳,接待。

⑦小陀:小头陀,小僧人。

⑧仆仆:奔走劳顿貌。

⑨浮屠:指佛塔。

⑩黍:古时度量衡定制的基本依据。长度即取黍的中等子粒,以一个纵黍为一分。

⑪维:系,连接。

⑫高阜:高的土山。

⑬爽爽:形容怡然,喜悦。

⑭月晦半规:月色昏暗,月亮呈半圆状。

⑮姑苏城外寒山寺,夜半钟声到客船:出自唐代诗人张继《枫桥夜泊》,意为苏州城外有座寒山古寺,半夜里敲钟的声音传到了客船。

⑯招提:梵语音译,指寺院。

⑰纳须弥于芥子:广大的须弥山,被容纳于微小的芥子之中,如《维摩诘经·不思议品》记:"以须弥之高广内芥子中,无所增减。"此处言小小的桃坠上,雕刻着一个丰富的世界。

⑱水戏:即水嬉。

⑲《考工》:即《考工记》,记录手工业技术的官书。西汉河间献王刘德将其补入《周礼》之中。内容分木工、金工、皮工、设色工、刮摩工、抟埴工六部分,分别记载各种生产工具、车舆、宫室、兵器、饮食用器及礼乐诸器的制作,是先秦的一部科学技术著作。

【译文】

我的小弟弟得到了一枚桃核坠,长五分左右,横长四分。整个桃核正面、背面都刻着山,山坳处插着一段城墙,城垛历历可数。城上有高楼,楼门大开,其中有人,像是打更的差役,手拿着鼓槌与鼓,好像冻得不行。靠近山麓有一座寺庙,被三棵老松树所遮掩,树下凿开两扇门,可以开合。门中有一个和尚,正侧耳倾听。门半掩着,像是有人正应声开门;把门打开,好像在延纳客人。反复思索门户掩、开的两种状态,觉得没有不合适的。松树东边来了一个和尚,他背着书卷,踉跄前行,好像刚刚做完佛事而夜晚归返。对面的树林里有一个小和尚,似乎听到了脚步声,便匆忙地奔步上前。桃核的侧面雕出七级宝塔,距离河滩有半分远。靠近河滩处系着一叶小舟,在蓬窗船舷间,有一个船客靠着案几小睡,似乎要渐渐睡醒了。船尾有一个小童,抱着火炉在吹火,应该是在烧水以供客人喝茶。停船的地方正对着寺庙背面,小山上盘踞着钟楼。敲钟的僧人怡然自得,他睡足后兴致悠远以致如此。山顶月色昏暗,月亮呈现半圆形状,还夹杂着稀疏的几点星辰。山下水流波纹涨起,显出大潮将至之兆,此桃坠取意于"姑苏城外的寒山寺,夜半钟声到客船"的诗句。桃坠上总计有七个人:四个和尚,一个船客,一个小童,一个更卒。宫室器物用具共九种:一段城,一座谯楼,一座寺院,一座宝塔,一叶小舟,一座钟阁,一个炉灶,钟和鼓各一个。景物共七处:山、水、林木、河滩的石头四处,星辰、月亮、灯火三处。而人的活动如敲打更鼓、敲钟报时、看护门户、夜晚返归、倚靠茶几、烧火煮茶,总共六种。各自的风致意蕴都不同,并且其愁眉苦脸、畏惧严寒、疑虑思索等神态,都一一酷肖真容。佛家语说:"须弥山纳于小小的芥子之中。"大概说的就是这样吧? 但我听说在一尺绢绡上刺绣经书,而大唐随之衰微;以水上的各种戏乐来助酒兴,隋代终被更替。过分浸淫器物,使我产生了恐惧之心啊! 前代君王作《考工记》,早已辨明此理。

张山来曰:宋人以象为楮叶[①],杂之真叶中,不能辨审。若是,则曷不摘真楮叶玩之乎? 今之鬼工桃核,精巧绝伦,人皆以其核也而宝之,庶不虚负此巧耳!

【注释】

①以象为楮叶:将象牙雕刻成楮叶的样子。《韩非子·喻老》:"宋人有为其君以象为楮叶者,三年而成,丰杀茎柯,毫芒繁泽,乱之楮叶之中而不可别也,此人遂以功食禄于宋邦。"

【译文】

张潮说:宋代有人将象牙雕刻为楮叶,间杂进真树叶中,让人无法辨别真假。若是如此,何不摘下真楮树叶来赏玩呢? 现在如鬼斧神工般的桃核,精巧绝伦,人们都因为这是桃核而加以珍视,应不会辜负这精巧的技艺!

张南邨先生传

先著（迁甫）[1]

张南邨，名惣，字僧持。父兴公先生琪[2]，以名宿教授里中[3]，多达材弟子。南邨幼为诗，出语每不犹人。父友纪竺远一见其诗[4]，称之曰"气清"，再则曰"骨清"，曰"神清"，已而目属之曰："子必将以诗名江左矣[5]！"入应天学[6]，用才名交游贤俊，治古文辞，专力于诗。

【注释】

①先著：字迁甫，一字迁夫，清代泸州（今属四川）人，迁居江宁（今江苏南京）。博览多闻，工诗词，曾撰《词林纪事》，搜采甚博。另有《之溪老生集》《劝影堂词》。见《（乾隆）江都县志》卷二六。与洪嘉植、张惣、李澄中、周斯盛等交好。

②兴公先生琪：指张琪，字兴公，明末江宁秀才。宿学清才，器识过人，有《翠微庵诗存》一卷。见《（乾隆）江宁新志》卷二一。

③名宿：素有名望的儒士。

④纪竺远：纪青，字竺远，明末清初应天府上元（今江苏南京）人。工诗古文。诸生。入天台国清寺为僧。久之还俗，归江东，以诗酒放游山水间。年六十余卒。子纪映钟，女纪映淮，皆善吟咏，有文名。见王士禛《池北偶谈》卷十一《纪映淮》、《（同治）上江两县志》卷二四下。

⑤江左：此处偏指长江下游的南岸地区，泛指江苏南部。

⑥应天学：应天府（今江苏南京）设立的官学。

【译文】

张南邨，名惣，字僧持。他的父亲张琪先生，字兴公，以宿儒的身份在乡里教授学问，门下多是才气纵横的弟子。张惣幼年时写诗，用语每每与人不同。他父亲的朋友纪青一见到他写的诗，便称之为"文气清俊"，之后又说"风骨凛然"，后来说"神韵脱俗"，然后注视着他说："你肯定会以作诗而闻名江左啊！"他进入应天府学学习，凭借才士之名结交贤士俊才，钻研古文创作，致力于作诗。

　　家世奉佛，南邨胎性不纳荤血^①，初犹食蟹。年八岁，父将携之见博山禅师^②，前一夕，南邨方持蟹，父见之，警曰："儿将见博师，可食此乎？"南邨闻言，即置不食。自是蟹胥悉断除^③。杖人在天界^④，南邨亲近最久，东南古锥宿德^⑤，礼谒殆遍。以故生平多方外交^⑥，藋盂粥钵^⑦，宛然头陀^⑧。踪迹恒在僧寺中，或经年累月不返。少学《易》于中丞集生余公^⑨，余公成武林，从之武林。西泠其所熟游，故吴越往来尤数。而苕霅间故人闻其至^⑩，每争延之。

【注释】

①胎性：犹本性。荤血：犹荤腥。张惣素不茹荤，先著《张僧持六十》称张惣"幼却羶肥"（《劝影堂词》卷上），又《挽张南村》"性不茹荤惟饮酒"（《之溪老生集》卷三）。

②博山禅师：指明末禅宗曹洞宗的高僧释元来，安徽人，俗姓沙，字无异，因隐于信州博山（在今江西上饶广丰区）能仁寺，故世称博山禅师。明万历三十年（1602）居信州博山能仁寺，学侣云集，蔚成丛林，后住建州董岩寺、大仰宝林寺、鼓山涌泉寺、南京天界寺。明崇祯三年（1630）示寂。有《无异元来禅师广录》三十五卷、《博山无异大师语录集要》六卷。见明刘日杲《博山和尚传》（《无异元来禅师广录》卷三五）、明费隐通容《五灯严统》卷十六等。

③蟹胥:亦作"蟹蜡",蟹酱。

④杖人在天界:指觉浪道盛禅师在天界寺。杖人,道盛的别号。释道盛,俗姓张,号觉浪,别号杖人,浦城(今属福建)人,明末清初曹洞宗僧人。明万历四十七年(1619),弘法于福州莲山国观寺。至清顺治三年(1646),住南京天界寺,大振禅风。顺治十六年(1659)示寂。有《天界觉浪盛禅师全录》。见南岳大成《传洞上正宗二十八世摄山栖霞觉浪大禅师塔铭(并序)》(《天界觉浪盛禅师全录》卷十七)。天界,即天界寺。元代始建,元顺帝至正十七年(1357),敕改寺名为"大天界寺"。后屡改寺名,明洪武十五年(1382)改名"善世院"。洪武二十一年(1388)罹火灾,重建后改称为天界善世禅院。崇祯年中,博山禅师于本寺开法,觉浪道盛禅师继其后,大振宗风。

⑤古锥宿德:素有才德、学识渊博的高僧大德。古锥,用来钻物,佛教有"老古锥"之语,喻指年老识广的僧侣,形容他们谈禅说法如锥般机锋峭峻。

⑥方外交:方外之交。指舍世之人,后世专指佛教徒或道教徒之出家者。张惣亲近释家,先著《挽张南村》称其"僧家常有经年住,俗子曾无半面亲"(《之溪老生集》卷三)。

⑦齑(jī):同"斋",捣碎的姜、蒜、韭菜等。

⑧头陀:梵文的译音,意为"抖擞",即去掉尘垢烦恼。因用以称僧人。亦专指行脚乞食的僧人。

⑨中丞集生余公:指巡抚余大成。余大成,字集生,可参见卷六《孙文正黄石斋两逸事》注释,他与博山禅师交往较多,故《无异元来禅师广录》多次提及他。

⑩苕霅(tiáo zhá):苕溪、霅溪二水的并称。两溪常用来代指湖州。

【译文】

他家世代奉佛,张惣生性不吃荤腥,开始时尚且吃蟹。八岁时,父亲要带他去见博山禅师，前一天晚上，张惣正拿着螃蟹要吃，父亲看到，警示他说："儿子你将要面见博山禅师，能吃这个吗？"张惣闻言，便放下不再吃了。从此之后，连蟹酱也断绝不食。道盛禅师驻锡南京天界寺时，张惣与他亲近了很长时间，东南地区的大德高僧，他也全都恭敬地拜访过。因此他生平所结交的朋友多是方外人士，他也多托钵盂食用粥菜，宛然一位行脚头陀。他长期留在寺庙中，有时经年累月不回家。张惣年少时跟随中丞余大成学习《易经》，余大成驻守杭州时，张惣亦随之来到杭州。西湖边的西泠是他常游之地，因而频繁往来江苏、浙江一带。而湖州的故交听说他来了，常争相邀请他。

　　癖好山水，不惮险远，必往游。其游有章程要领：或独游，或携一童子，涂遇樵人禅客①，即为伴侣。穷幽造深，饮泉摘果，即忘饥渴。于五岳则陟嵩、岱，犹以不能遍历衡、华为恨。若武夷、匡庐、九子、黄山、天台、厢荡诸山②，所至削木柿为记③，采树叶题诗，以为常。

【注释】

①涂：道路。樵人：樵夫，打柴的人。

②九子：指九华山，古称陵阳山、九子山，位于安徽青阳境内。

③木柿：砍削下来的碎木片、木皮。

【译文】

　　张惣爱好山水，不怕山险路远，一定前往游玩。他外出游玩时大致有如下程序：要么独自游玩，要么带着一个童子，在路途上遇到樵夫、禅僧，便结为同伴。他穷尽幽邃之地，寻访深静之处，饮用山泉，摘食山果，便能忘却饥渴。五岳之中，他登上嵩山与泰山，仍遗憾不能游遍衡山、华山。至于游历武夷、庐山、九华、黄山、天台、雁荡等山峰时，所到之处便砍削木片以写游记，采摘树叶以题诗，以此为常。

南邨为人，坦夷近情^①，不为矫激之言^②，不为崖异之行^③。取受从心，否塞任运^④，尤不以礼数恩义责望人。与人处，尤能寡怨忘隙。乍见或轻忽之，稍久必亲而敬焉。有屋数椽，不蔽风雨，家人恒至乏食。垢衣敝襆，游士大夫间，举止迂野可爱。形体短小，虽老，精神可敌壮夫。遇良觌会，能通夜不眠，啸咏达旦。不择地而处，不择食而食，不择榻而寝。投足之所，即甚湫隘嚣杂^⑤，他人扫除未竟，视南邨已展卷矣。口腹之奉，不过盐豉菽乳^⑥；就枕即熟睡，无辗转不寐之时。盖胸无机事^⑦，不以美恶撄心^⑧，能致然耳。尝远游，遇肤箧者再^⑨，中途几不能成归。人或怪其无恨色，曰："失者偿之义也，又何问焉？"除夕自外返，去其家不远，止宿逆旅主人。次日日晡，始缓步而归，其性情安雅如此。

【注释】

①坦夷：坦率平易。

②矫激：犹诡激。奇异偏激，违逆常情。

③崖异：指人性情、言行与众不同。

④否塞：困厄。

⑤湫隘：低下狭小。嚣杂：喧闹嘈杂。

⑥菽乳：豆腐。

⑦机事：机巧功利之事。

⑧撄（yīng）心：扰乱心神。

⑨肤（qū）箧：撬开箱子，泛指偷窃。

【译文】

张惣为人平易近人，和蔼可亲，不说过激的言论，不做特立独行的事情。索取与接受都遵从自己的本心，困厄坎坷也听任命运安排，尤其不以礼法或恩义来要求人。与人相处，也能不计嫌隙，忘记仇怨。旁人初见他的时候，或许还会轻视他；相处时间稍长，必然会亲近且敬爱他。他有几间屋子，难以遮蔽风雨，家人也常陷入食用不足的地步。他穿着脏旧衣服，背着破烂行囊，交游于士大夫之间，举止拙朴可爱。身材短小，虽然年老，精神却可胜过壮年男子。遇到好的宴会，他能彻夜不眠，通宵达旦地吟诗啸歌。栖宿不择地方，进食不择食物，睡眠不择床榻。投宿的地方，即便非常窄小且喧闹嘈杂，别人还没打扫干净，转头一看张惣却已舒展身体躺下了。吃的东西，不过是咸豆豉、豆腐之类。挨着枕头便能熟睡，没有辗转反侧的时候。大概是他胸中不会想着机巧功利之事，不会以物之好坏来烦扰身心，因此可以做到这样。他远游时，多次遇到盗窃财物的小偷，中途几乎不能回家。有人奇怪他为何毫无愤懑之色，他说："丢失就是偿还的意思，又有什么好问的呢？"除夕时从外面返家，离家不远时，却住宿在旅舍中。第二天下午，才缓缓地走回家，他的性情就是如此安然温雅。

群居未尝与人争，至论诗辄相持不下。宋诗行①，虽贵卿巨子前，亦厉词折之。其论诗，不逞才，不使事，不染叫号，不涉怨诽，其宗旨也。自以襄阳、摩诘为师②，于古歌行换韵大篇③，暨古体千数百言④，铺陈开阖、局力宏富者，乃不谓善。自少至老，主此论不变。虽所见未尽然，亦可谓笃于自守者矣。南邨称诗五十年，远近之人，亦以诗归之。生乡名人王穆如、顾与治之后⑤，与同时诸人并立，可指数，终竟如纪叟之言。

【注释】

①宋诗行：晚明时候，文坛有学习宋诗的风尚，如明谢肇淛《小草斋诗话》记："今日介甫，明日欧公，今日东坡，明日山谷，议论繁多，遂成不可救药之症，悲夫！"天启、崇祯时，主要学习苏轼、陆游，明末清初的贺裳《载酒园诗话》记："天启、崇祯中，忽崇尚宋诗，迄今未已。究未知宋人三百年间本末也，仅见陆务观一人耳。"

②襄阳、摩诘：指唐代诗人孟浩然、王维。孟浩然为襄阳人，称孟襄阳。王维，字摩诘。

③古歌行：指初唐时期在汉魏六朝乐府诗的基础上建立起来的歌行体，如刘希夷《代悲白头吟》、张若虚《春江花月夜》等七言体为主的歌行体。换韵：指创作歌行体时每隔若干句换韵，换韵一般比较自由，歌行体可转换韵脚，如《茅屋为秋风所破歌》二十四句就换了好几个韵脚。

④古体：相对近体诗而言，近体诗产生以前除楚辞以外的各种诗歌的统称。形式有四言、五言、七言、杂言等，不要求对仗，平仄与用韵比较自由。

⑤王穆如：王亦临，字穆如，上元（今江苏南京）人。明崇祯十二年（1639）举人。萧疏淡远，尝结寻求社。有《虎鼠庵稿》。见《（同治）上元县志》卷十。顾与治：顾梦游，字与治，江宁（今江苏南京）人。明崇祯十五年（1642）岁贡生。入清后，以遗民终老，卒于清顺治十七年（1660）。与方文交好。有《顾与治诗集》八卷。见施闰章《顾与治传》（《学余堂文集》卷十七）。

【译文】

他与人相处时从不争论，只有在谈论诗歌时，总与人互不相让。当时宋诗流行，即便是在高贵的公卿显宦面前，他也会严厉地批评。他论诗，不逞才使学，不用典使事，不沾染粗豪的喊叫，不涉及怨恨的言语，这是他的诗学宗旨。他以唐代孟浩然、王维为师，对于自由换韵的长篇古歌行体，以及千百字的古体诗，像铺张扬厉而收合自如、格局宏伟而才学富赡的诗歌，却不认为是好的。他自年少到暮年，始终坚持此观点。虽然他的见解未必正确，却也算是忠于内心的坚守了。张惣以诗成名五十年，远近之人都敬仰他的诗名。他故乡的名人王穆如、顾与治之后，当时可与他相提并论的人，屈指可数，最终真如纪青老先生所言其诗名传遍江左。

　　岁甲戌①，年七十有六，夏得脾疾，治之寻愈。至冬复作，遂不起。子二：元子筠②，正子淳。元子亦受诗，可不坠其声。予自傲居郭南，望衡密迩③，相得甚欢。酒阑灯烬，每有知己之言，欲以身后为托，今不可作矣。世复安得和易素心、风雅不倦如斯人者乎！

【注释】

①甲戌：指清康熙三十三年（1694）。据此推算，张惣出生于明万历四十七年（1619），明天启六年（1626）虚龄八岁时拜见博山禅师，清顺治三年（1646）之后交游道盛禅师，清康熙三十三年辞世，终年七十六。

②元子：长子。

③望衡：衡为门上的横木，可以互相望见此横木，指住处接近。

【译文】

　　康熙三十三年，张惣七十六岁，夏天得了脾病，治疗后不久便痊愈了。到了冬天又复发，于是便一病不起。他有两个儿子：长子张筠，次子张淳。长子也接受诗歌教导，能不辱没其父亲的诗名。我自从寓居南京城南，与张惣的居所相距很近，我们两人相处甚欢。欢饮美酒后，灯烛将尽，常说一些情深真心之言，想将身后事托付于我，现在却再也没有这样的情形了。这世上怎样才能遇到像他一样的,温和平易、内心纯朴、始终风流儒雅的人呢?

赞曰:策杖而去,裹粮而游,遇少倦而且休,至佳处而辄留。把酒而歌,执卷而吟,悠悠乎王、孟之音,有形神而无古今。不忤于世,不剟于天①,可独可群,亦儒亦禅。束身止一棺,而遗文乃有千数百篇,称之为诗人,奚愧焉?

【注释】

①不剟于天:形容不随意向自然索求,即前文所言"取受从心"。

【译文】

赞记:拄着拐杖离去,带着粮食游玩,感到稍有疲倦之意便停下休息,走到风景秀丽之处便停留观赏。手执酒杯高歌,手持书卷吟诵,悠然效王维、孟浩然之风韵,其诗有王孟的诗风神韵,却无古今时间之隔。不与世龃龉,不向天妄求,可以独处,可以群居,既是儒者,也是禅客。他只要一张棺材便能安置身体,但遗留的文章却有数百成千篇,他被称为诗人,哪里有什么惭愧之处呢?

张山来曰:予慕南邨久,一旦迁甫为介,得以把臂入林。今读此,不胜人琴之感①!

【注释】

①人琴之感:指对过世亲人朋友的深切悼念。典出《世说新语·伤逝》:"王子猷、子敬俱病笃,而子敬先亡。子猷问左右:'何以都不闻消息?此已丧矣。'语时了不悲。便索舆来奔丧,都不哭。子敬素好琴,便径入坐灵床上,取子敬琴弹,弦既不调,掷地云:

'子敬子敬，人琴俱亡。'因恸绝良久，月余亦卒。"

【译文】

　　张潮说：我仰慕张憨已经很长时间了，有一天先著帮我介绍，我得以和他握臂游林。现在读到先著的这篇文章，不由让我产生了深切的悼念之意。

刘酒传

周亮工（减斋）①

　　刘酒，汴人②，无名字，自呼曰"酒"，人称曰刘酒云。画人物，有清劲之致，酒后运笔，尤觉神来。人以为张平山后一人③，酒不屑也。凡作画，皆书一"酒"字款，其似行书者次，似篆籀者④，其得意笔也。尝为上雒郡王作画⑤，王善之，曰："张平山后一人！"酒意嗔，急索画曰："尚未款。"乃卷入傍室，纵笔书百十大"酒"字于上下左右。王怒甚，裂其幅，驱之出，酒固怡然。酒于醉睡之外，惟解画，他一无所知。坡公云："予奉使西邸，见书此数句，爱而录之，云：'人间有漏仙，兀兀三杯醉。世上无眼禅，昏昏一枕睡。虽然没交涉，其奈略相似。相似尚如此，何况真个是⑥。'"酒索予颜其草堂，予书曰"略似庵"，以坡公所录前四句，去"醉""睡"字为联⑦。酒得之，欣然意足也。酒与余交最久，无妻子，每谓予曰："死以累君。"一日方持杯大饮，忽然脱去⑧，开口而笑，杯犹在手。余感其宿昔之言，为买棺殓之。

【注释】

①周亮工:参见卷一《盛此公传》注释。本篇今见于周亮工《因树屋书影》卷六、《读画录》卷四。周亮工《读画录》四卷,为明末清初画家传记,今见清康熙十二年(1673)周氏烟云过眼堂刻本。

②汴人:即汴州人,汴州治今河南开封。

③张平山:即明代著名画家张路,字天驰,号平山。工画人物山水花鸟。在学吴伟人物画诸家中,最为知名。兼画山水,有戴进风致。亦工花竹、鸟兽。

④篆籀(zhuàn zhòu):篆文和籀文。

⑤上雒郡王:明代周藩王的支藩,共传五代五王,根据周亮工与刘酒的生平推断,这里的上雒郡王应指朱朝瞎,明万历六年(1578)封长子,万历三十二年(1604)袭封上雒郡王。

⑥"坡公云"几句:见苏轼《记西邸诗》(《东坡题跋》卷三)。西邸,官舍之名。有漏,佛家语,指有烦恼。漏是烦恼之意。兀兀,形容酒醉昏沉的样子。

⑦去"醉""睡"字为联:将苏诗去掉"醉""睡"字所成对联即"人间有漏仙兀兀三杯,世上无眼禅昏昏一枕"。

⑧脱去:指死去。

【译文】

　　刘酒,开封府人,无名无字,自呼曰"酒",人称刘酒。他画人物,有清秀劲拔的韵致,酒后运笔作画,更能显得神妙奇绝。人们都认为他是张路之后的第一画家,刘酒对此却很是不屑。凡是作画,都书写一个"酒"字作落款,其似行书的略差一些,似篆书的,乃是其得意之笔。他曾经为上雒郡王作画,上雒郡王非常赏识他,说:"真是张路之后的第一人啊!"刘酒有些生气,急忙索来画作,说:"尚未落款。"于是卷起画作,走入旁边的屋子,在画作的上下左右处,纵笔书写下了数十成百个大大的"酒"字。上雒郡王非常生气,撕掉他的画,将其驱逐出府,刘酒却依然得意快乐。刘酒除了醉酒、睡眠之外，只懂作画，其他一无所知。苏轼曾说："我出使时宿于西邸，见有人写下这几句诗，因为喜爱便记录下来，即'人间有漏仙，兀兀三杯醉。世上无眼禅，昏昏一枕睡。虽然没交涉，其奈略相似。相似尚如此，何况真个是。'"刘酒请我给他的草堂题名，我写下"略似庵"，将苏轼记录的前四句诗，去掉了"醉""睡"字，组成一联。刘酒得到此联，欢欣喜悦、志得意满。刘酒与我交往最久，他没有妻子儿女，常对我说："我死之后，后事就麻烦您了。"一天，他正拿着酒杯豪饮，忽然去世，尚开口含笑，手持酒杯。我有感于他昔日所嘱咐的话，便为他买来棺木，将他收殓安葬。

　　张山来曰：刘酒自画之外，无非酒者，其名酒，其款酒，其死亦酒，吾知其所画必醉仙也。

【译文】

　　张潮说：刘酒除绘画以外，所好之事无非都是酒，他的名字是酒，画作落款是酒，死去也是因为酒，我知道他所绘的画作肯定是醉仙。

记古铁条

詹锺玉（去矜）①

　　京师穷市上②，有古铁条，垂三尺许，阔二寸有奇③，形若革带之半，中虚而外绣涩④，两面鼓钉隐起⑤，不甚可辨。持此欲易钱数十文，人皆不顾去。积年余，有高丽使客三四人⑥，旁睨良久，问："此铁价几何？"鬻铁者谬云："钱五百。"使客立解五百文授之。其人疑不决，即诡对曰："此固吾邻人物，俟吾询主者。"顷之，使客复来。鬻者曰："向几误，主者言非五金不可!"使客即割五金,无难色。其人则又为大言曰:"公等误矣,吾曹市语,举大数以为言,五金盖五十金云。"使客曰:"吾诚不惜五十金,但不得更悔。"鬻铁者私念:"一废铁夹条,增价五十金,藉令失此售主⑦,并乞数十文钱亦不可得。"因曰:"吾以此博公多金,保无后言。公幸告我,此为何名?"使客请:"先定要约⑧,而后告子。"

【注释】

①詹锺玉:字去矜,杭州人,府学儒生。明崇祯十年(1637)曾往山东邹县(今山东邹城)峄山,见大禹时孤桐已不存(谈迁《枣林杂俎》中集)。与谈迁交好,故谈迁《北游录》多次提及他。曾著《秋怀赋》(见王修玉《历朝赋楷》卷七),著《张中丞传》(见《(乾隆)河南府志》卷四一)。本篇詹锺玉作品,见引于周亮工《因树屋书影》卷二、谈迁《北游录》卷四、查嗣瑮《查浦辑闻》卷下。

②穷市:旧货市场。谈迁《北游录》卷四记穷市在京城正阳门外。

③有奇:有余。

④绣涩:据《因树屋书影》《北游录》《查浦辑闻》等作"锈涩",生锈。

⑤隐起:凸起,高起。

⑥高丽使客:指朝鲜李朝的使者。

⑦藉令:假如。

⑧要约:契约。

【译文】

在京城的旧货市场上,有一根古时候的铁条,长三尺左右,宽二寸多,样子如同皮带的一半,内部虚空,外部生锈,两面有钉子隐隐鼓起,难以辨识是何物。摊主拿着这个东西去交易,要价数十文钱,人们都不屑一顾。一年多后,有三四位高丽使者,在一旁斜眼端详很久,问:"这块铁怎么卖?"卖铁的人骗他们说:"五百钱。"使者立刻拿出五百文给他。此人犹疑不决,便说谎道:"这本是我邻居的东西,等我再问问主人。"过了会儿,高丽使者又来了。卖家说:"刚才说错了,主人说必须五两银子才行!"使者便分出五两银子,毫无为难的神色。此人又胡吹道:"你们搞错了,我们在市场上做生意的时候,只说高位数,五两其实指五十两。"高丽使者说:"我确实不吝惜这五十两,但你不得再反悔。"卖铁之人私下忖念:"一块废铁条,增加价格到五十两,假使失去了这位买家,我就是要别人用数十文钱买下它,都不可能。"便说道:"我这样做是想多挣您点钱,保证之后再无加价之言。希望您能告诉我,这铁条究竟叫什么?"高丽使者请求说:"要先立下契约,然后才能告诉你。"

时观者渐众,使客乃举五十金畀鬻铁者①,而以若带者付其徒乘马疾驰去。度其去远,始告众曰:"此名定水带,昔神禹治水时,得此带九,以定九区②,平水土,此乃九之一。若携归吾国,价累钜万③,岂止五十金而已哉?"又问:"得此何所用?"使客曰:"吾国航海,每苦海水咸不可饮。一投水带其中,虽咸卤立化甘泉④,可无病汲⑤,是以足珍耳。"市有好事随至高丽馆,请试验之。遂命汲苦水数石⑥,杂盐搅之,投以水带,水沸作鱼眼数十⑦。少顷,掬水饮之,甘洌乃胜山泉⑧。遂各叹服而去。

【注释】

①畀(bì):给与。

②九区:九州。

③钜万:极言数目之多。

④咸卤:指咸苦的盐碱水。

⑤可无病汲：可以不用担忧汲水饮用。

⑥苦水：因含过量硫酸钠、硫酸镁等矿物质而致味道苦涩的水。

⑦鱼眼：指水烧开时冒出的状如鱼眼大小的气泡。旧时常据以说明
　水沸滚的程度。

⑧甘列：甘美清澄。

【译文】

　　当时聚拢观看的人越来越多，高丽使者便拿五十两给卖铁条的人，而将带状的铁条交给随从，让他乘马疾驰而去。估计随从走远了，才告诉众人说："这铁条名作定水带，昔日大禹治水之时，得到九条这样的带子，以此划定九州，平定水土，这根铁条就是九根水带之一。如果带着它回到我的国家，其售价会升至很高的数目，又何止是五十两而已？"又有人问："得到此物之后，有何用处？"高丽使者说："我国多外出航海，每每苦于海水太咸，不能饮用。如果将此水带投到海水中，即便再咸的水，都能立刻化为甘泉，可以不用担忧饮水，因此值得珍视。"市集上有好事之人随着他们到高丽使馆，请求试验一下。高丽使者便让人汲取了数石苦水，混着盐搅拌，再将水带投入其中，水便沸腾起来，呈现出数十个鱼眼状的水泡。过了会儿，众人捧起水喝下，觉得它甘美清澄胜过山泉。众人便各自叹服而去。

　　鬻铁者言："闯陷京师时①，得自老中贵②，盖先朝大内物也③。"嗟嗟！自经变故以来，凡天府奇珍异宝④，流散人间、泯泯无闻者⑤，何可胜数？独是带为高丽使所赏识，顿增声价百倍，不胫而走海外。物之显晦，固自有时哉！

【注释】

①闯陷京师时：指明崇祯十七年（1644），闯王李自成攻陷北京，崇

祯帝自缢，明朝灭亡。

②中贵：有权势的宫中太监。

③大内：皇宫内廷。

④天府：指朝廷内库。《周礼·春官·天府》：“天府，掌祖庙之守藏与其禁令。”原为周官名，掌祖庙之守藏，后因称朝廷藏物之府库为天府。

⑤泯泯（mǐn）：同“泯泯”，消失，灭绝。

【译文】

　　卖铁条的人说：“当年闯王攻陷京城时，我从一位年老的宫中太监处得到这条定水带，这应当是明朝的宫廷之物。”哎呀！自从经过江山更替的巨变，朝廷内库的奇珍异宝，流散到民间，就此消失而不为人知的，哪里能数得清？唯独这根定水带被高丽使者所赏识，其名誉身价顿时增加百倍，很快被远送到海外。万物的发现或隐没，本来就有其时机啊！

　　张山来曰：既是神禹时物，不识高丽使人何以知之？殆不可解。

【译文】

　　张潮说：既然是大禹时候的东西，不知道高丽使者如何得知？实在想不明白。

唐仲言传

周亮工（减斋）①

　　唐仲言②，名汝询，华亭人，世业儒。仲言生五岁而瞽，未瞽即能识字，读《孝经》成诵。及瞽，但默坐，听诸兄咕哗而暗识之③，积久遂淹贯④。婚冠既毕⑤，益令昆弟辈取六经子史⑥，以及稗官野乘⑦，皆以耳授。颠末原委，默自诠次⑧，纯颣瑜瑕⑨，剖别精核⑩。盖从章句之粗⑪，以冥搜微妙⑫，心画心通，罔有遗堕矣⑬。于是遂善属文，尤工于诗。海内人士，踵门造谒⑭。仲言每一晋接⑮，历久不忘，与之商榷今古，继以篇什⑯，千言百首，成之俄顷。而音吐铿然，使听者忘疲。子侄门徒辈，从旁抄录，一字亥豕⑰，辄自觉察，不可欺也。貌甚寝而心极灵⑱，常解唐诗，其所掇拾古文以为笺注者⑲，自习见以及祕异⑳，溯流从源，搜罗略尽，然必先经后史，不少紊淆㉑。虽诗赋之属，所援引亦从年代次序之。如某字某句，秦、汉并用，则必博采秦人，不以汉先。详赡致精，有若此也。所著有《编蓬集》《姑篾集》及《唐诗解》㉒，共若干卷，行于世。钱虞山云㉓："唐较杜诗㉔，时有新义。如解'沟壑疏放'句㉕，云出于向秀赋'嵇志远而疏，吕心放而旷'㉖，亦前人所未及也。"

【注释】

①周亮工：参见卷一《盛此公传》注释。本篇今见于周亮工《因树屋书影》卷三。此文亦见载于黄宗羲《明文海》卷四零四《唐仲言李公起传》，作者署为"陈衍"，事稍详，疑周亮工选录陈文。

②唐仲言：唐汝询，字仲言，号酉阳山人。南直松江府华亭（今上海松江区）人。兄长唐汝谔，亦以才学闻名。《明诗综》卷七十介绍唐汝询后的李峻时记"侯官曹能始合华亭唐仲言作《二异人传》"，今未见曹学佺（字能始）《二异人传》，仅见前述陈衍《唐仲言李公起传》。陈衍《唐仲言李公起传》末记"万历戊午（1618），仲

言年四十余矣",但《酉阳山人编蓬集》后集卷二《钟陵七歌》序云"辛亥（1611）岁,余春秋四十有七",据后者所载推算,唐汝询当出生于明嘉靖四十四年（1565）。

③呫哗（chān bì）:即诵读。

④淹贯:深通广博。

⑤婚冠:婚礼和冠礼,意味到了成年。

⑥六经子史:指儒家经典、诸子著作、史学书籍等。

⑦野乘:即野史。

⑧诠次:选择和编排。

⑨颣（lèi）:疵病,毛病。瑜瑕:比喻优劣好坏。

⑩剖别:剖析分辨。精核:详细考核。

⑪章句:剖章析句。经学家解说经义的一种方式。亦泛指书籍注释。

⑫冥搜:深思苦想。

⑬遗堕:遗落,丢失。

⑭踵门造谒:登门拜访进见。

⑮晋接:接见,进见。

⑯篇什:《诗经》的"雅"和"颂"以十篇为一什,所以诗章又称作"篇什"。

⑰亥豕:把亥写成豕,因形近而写错字。《吕氏春秋·察传》:"有读史记者曰:'晋师三豕涉河。'子夏曰:'非也,是己亥也。夫己与三相近,豕与亥相似。'"

⑱貌甚寝:即容貌丑陋。

⑲掇拾:搜集,拾取。笺注:注释文义。

⑳祕异:谓秘藏奇异少见的书籍。

㉑紊淆:犹紊乱。

㉒《编蓬集》:即唐汝询《酉阳山人编蓬集》,有《前集》十卷、《后集》十五卷,开卷即拟古十九首,次以拟古百篇,感怀四十六首,后集

则附杂文数十篇。今有万历刻本。《唐诗解》：五十卷，有明万历
四十三年（1615）杨鹤刻本。是书取高廷礼《唐诗正声》、李于鳞
《唐诗选》二书，稍为订正，附以己意，为之笺释。书中共选唐代
诗人一百八十四家，诗千余首。

㉓钱虞山云：语见钱谦益《列朝诗集小传》丁集第十"唐瞽者汝
　询"。

㉔较：用同"校"。校勘，校订。

㉕沟壑疏放：指杜甫诗歌《狂夫》"欲填沟壑唯疏放"一句。钱谦益
　《钱注杜诗》卷十一注杜甫《狂夫》诗："向秀《思旧赋》'嵇志远
　而疏，吕心旷而放'，瞽者唐仲曰：'杜诗每云疏放盖本于此。'"

㉖嵇志远而疏，吕心放而旷：出自向秀《思旧赋》"嵇志远而疏，吕心
　旷而放"。意为嵇康志向高远但疏于人事，吕安心性旷达而游离
　于世俗。

【译文】

　　唐仲言，名汝询，华亭人，家中世代以儒学为业。唐汝询五岁时便已
目盲，在未盲前已经识字，可以流畅地诵读《孝经》。目盲之后，他只是
默然坐着，听着诸位兄弟诵读诗书而默默记在心中，时间久了，所记下的
知识便变得广博精深。他成年之后，更让兄弟辈取来儒经、诸子作品、史
籍等，以及稗官野史，通过耳朵听闻来学习知识。他将自己所听到知识
的本末顺序，默默在心中加以编排整理，那些纯杂优劣的学识，也一一予
以仔细考核甄择。从粗略地剖章析句开始，来探求诗文的微妙之处，在
心中谋划思量并理解领悟，毫无遗漏。于是便能精通撰写文章，尤其善
作诗歌。海内知名士人，纷纷登门拜访。唐汝询每次接见他人，历久都
不忘记，他与来人讨论古今之事，继而诗歌酬唱，千言之文与百首诗作，
都能在顷刻之间完成。他吐音发语响亮铿锵，让听到的人忘却疲惫。他
的子侄与徒弟们在一旁跟着抄录，如果记录中有一点错误，唐汝询事后
听闻时便能立刻察觉，无法欺瞒。他样貌丑陋，心灵却极为聪慧，时常解

读唐诗,能搜集古代典籍来注释诗义,从常见的文献到稀见的材料,追根究底,搜集完备,但必定是先据儒家经典,然后再到史书,毫不紊乱混淆。即便是诗赋之类,他所援引的材料也按照年代进行排序。例如某字某句,秦代、汉代人都使用,那么肯定采纳秦代人的说法,不先用汉代人的说法。详细丰赡、精益求精,大概便像如此。唐汝询的作品有《编蓬集》《姑篾集》及《唐诗解》,一共若干卷,流行于世。钱谦益说:"唐汝询校订杜诗时,时常能有新解。比如他解读杜甫'欲填沟壑唯疏放'一句,说这句出自向秀《思旧赋》中的'嵇康志向高远但疏于人事,吕安心性旷达而游离世俗',这也是前人所未曾涉及的。"

　　张山来曰:古之瞽者,如师旷之徒①,类多神解②。或以为瞀于目故专于心,想亦理当然耳。

　　予向旅寓京师,居停主人双眸炯炯③,同寓两人,其一为瞽者,其一眇一目,因号独眼龙。苟询以京师中昨日有何事,今日有何事,瞽者无不知,独眼龙知十之六七,居停主人仅识十之四五而已。附记于此,以供谈柄。

【注释】

①师旷:春秋时著名的盲人乐师。

②神解:悟性过人,对音乐、诗歌等能有精深领会。

③居停:寄居之处。

【译文】

　　张潮说:古时候的盲人,如师旷等人,大多心思聪慧,善于领悟。有人认为他们双目失明,故而用心专注,我想也理当如此。

　　我之前在京师旅馆居时住,旅馆主人双目炯炯有神,同宿于此的有两个人,其中一个是盲人,另一人则只盲了一只眼睛,因而被称为独眼龙。如果向他们询问京城中昨天发生了何事，今天发生何事，盲人无所不知，独眼龙则知道十之六七，旅馆主人仅能知晓十之四五罢了。我附记于此，以供诸君谈笑之资。

李公起传

周亮工（减斋）①

李公起，名峻，鄞县人②。父子静③，官侍御，出按辽阳④，卒于任。公起堕地而聋，虽聋，岐嶷孝弟⑤。发及额，侍御公讣至，号恸无昼夜，咽枯而嘶，凡五日，水浆不入口，乃更哑。免丧，始尽取先世藏书纵读之，手自校雠，虽凌寒溽暑，弗倦也。既聋而问难辨证之路永绝⑥，凡有疑义，俱于经史中嘿自剖析⑦，无有罔殆。性好客，邮筒走天下⑧，四方学士大夫亦乐趋之。宾主以案，相通以笔。有问奇者，则载纸往。粗及农桑，微如佛老⑨，迨国家所有旗常典故、户口边疆⑩，叩之必应，咸尽精核。或既书与客，又自寻绎⑪，幽奇毕呈，而终无遗佚，转更遒畅矣。晚年尤好种植，奇花异卉，常满阶庭。舍旁有斐园、竹波轩、青罗阁诸胜，咸与客游处。性既宁澹，好学之外，嗜欲益清，反觉口耳为烦也。行世有《盟鸥集》《郢雪编》《永誉录》《研史》，凡若干卷。

【注释】

①周亮工：参见卷一《盛此公传》注释。本篇今见于周亮工《因树屋书影》卷三。此文亦见载于黄宗羲《明文海》卷四百四《唐仲言李公起传》，作者署为"陈衍"，事稍详，疑周亮工选录陈文。

②鄞(yín)县:五代梁开平二年(908)吴越改鄮县置鄞县,属明州。治所即今浙江宁波。至明初为明州府治,洪武十四年(1381)后为宁波府治,清沿之。

③子静:李尚默,字子静。生有异才,明隆庆二年(1568)戊辰科三甲进士,任河南确山县知县,隆庆六年(1572)十二月调任安徽桐城,征入御史台任监察御史,出行部辽东,卒于官。见清胡文学《甬上耆旧诗》卷二十七、《(康熙)鄞县志》卷十五。

④出按辽阳:外出巡行察访辽东镇。据《明神宗显皇帝实录》卷六十三记明万历五年(1577)六月"命御史李尚默巡按辽东"。辽阳,辽阳城(今辽宁辽阳),是明辽东镇的治所。

⑤岐嶷(nì):形容幼年聪慧。《诗经·大雅·生民》:"诞实匍匐,克岐克嶷。"孝弟:孝顺父母,敬爱兄长。

⑥问难:诘问驳辩。辨证:辨析考证。

⑦嘿(mò):同"默"。

⑧邮筒:指书信。

⑨佛老:佛家和道家的并称。

⑩旗常:两种旗帜,旗画交龙,常画日月,本是王侯的旗帜。此处指代国家礼仪。典故:典制和成例。

⑪寻绎:抽引推求。

【译文】

李公起,名峻,鄞县人。父亲李尚默字子静,官至监察御史,外出巡行察访辽阳,卒于任上。李峻自呱呱坠地便耳聋,即便耳聋,却聪慧异常,孝顺父母,敬爱兄长。他头发刚长至额头上时,传来了父亲去世的讣告,他没日没夜地号哭悲恸,以至咽喉干枯,声音嘶哑,连着五天,不喝一口水,于是嗓子便哑了。父亲丧事过后,他取来祖上的藏书而遍读,亲手予以校雠,即使是在严寒酷暑,也毫无倦怠。他耳聋之后,向人询问诘难并互相辩论析疑的路就永远断绝了,凡有疑虑之处,都在经史书籍中默默地自行剖析理解，这样便没有任何疑惑了。他生性好客，通过信件联络天下之人，四方学人士大夫也乐于与他交往。来客与李峻两人对坐书案，以笔墨来相互交流。如果有人向他询问心中的疑问，他便带着纸笔前往。粗俗质野如农事桑业，微妙精深像佛老之学，至于国家的礼仪典制、户籍人口、边疆战事等，向他问询便必然能得到回应，他的回答都非常精深切实。有时已经给人寄送书信，又自己探索推求，将幽深奇妙之处一一呈现，而始终没有遗漏，对于其理解反而更加深入畅达。李峻晚年时，尤其喜欢栽种植物，他家的阶前庭中时常充盈奇花异卉。屋舍旁有斐园、竹波轩、青罗阁等名胜，这些他都与客人游玩过。他性格宁静淡泊，除了好学之外，嗜好与欲望也越发清淡，反而觉得口耳成了烦扰之物。他传世的作品有《盟鸥集》《郢雪编》《永誉录》《研史》，共若干卷。

> 张山来曰：以一人而兼聋哑二病，乃能淹博贯穿如此，那得不令人敬服？
>
> 使此君与唐仲言相遇，则两无所见其奇矣。

【译文】

张潮说：在一个人身上，兼有耳聋、口哑两病，却能如此知识广博且融会贯通，这怎么不令人敬服呢？

假若让李峻与唐汝询相遇，那么两人便都难以看到对方的奇异之处了。

书郑仰田事

钱谦益（牧斋）[①]

郑仰田者，泉之惠安人[②]，忘其名。少椎鲁[③]，不解治生④，其父母贱恶之，逃之岭南⑤，为寺僧种菜。寺僧饭僧及作务人，仰田面黧黑，补衣百结，居下坐，自顾踧踖无所容⑥。有老僧长眉皓发，目光如水，呼仰田使上，指寺僧曰："汝等皆不及也!"寺僧怒，噪而逐仰田。旬日无所归，号哭于野外。老僧迎谓曰："吾迟子久矣!"偕入深山中，授以"拆字歌诀"。月余，遂能识字，因授以青囊、袖中、壬遁、射覆诸家之术⑦，无所不通晓。其行于世，以观梅拆字为端⑧，久而与之游，能知人心曲隐微，及人事世运之伏匿，亦不言其所以然也。

【注释】

①钱谦益：参见卷一《徐霞客传》注释。本篇未见于康熙序刻本《虞初新志》。今见钱谦益《牧斋初学集》卷二五。计六奇《明季北略》卷十五《术士郑仰田》、邹漪《启祯野乘》卷十四《郑术士传》、揆叙《隙光亭杂识》卷二或出于钱文。另，《字觕》卷二载郑仰田六事，又《坚瓠集》广集卷一《郑仰田拆字》引《字觕》倪元璐问字事。

②惠安：今属福建。北宋太平兴国六年（981）析晋江县东乡十六里地置惠安县，属泉州。明、清惠安县，属泉州府。郑仰田为泉州惠安县人，故《（乾隆）泉州府志》卷六三引魏阉问"囚"字事，《（嘉庆）惠安县志》卷三十亦述其事迹，不同本篇所记。

③椎鲁：愚钝，驽钝。

④治生：经营家业，谋生计。

⑤岭南：亦谓岭外、岭表。指五岭以南地区。即广东、广西一带。

⑥踧踖（cù jí）：恭敬而不安之貌。

⑦青囊：古代术数家盛书和卜具之囊，后借指卜筮之术。袖中：指卜

算之术。易学卜算中《六壬袖中金》,"大六壬金口诀"被称作"袖中金",而《六壬大全》亦多次提及"袖中金"。壬遁:"六壬"与"遁甲"的并称。六壬动用阴阳五行进行占卜凶吉,遁甲则以十干的乙、丙、丁为三奇,以戊、己、庚、辛、壬、癸为六仪,将三奇六仪分置九宫,而以甲统之,视其加临吉凶,以为趋避。射覆:通过猜物来占卜。

⑧观梅:古占法。指宋代邵雍所作的梅花数。其法任取一字划数,以八减之,余数得卦;再取一字,以六减之,余数得爻。然后依《易》理,附会人事,以断吉凶。

【译文】

郑仰田,泉州府惠安县人,忘了他的名字。他年少时愚鲁拙笨,不懂谋生之术,父母轻视嫌恶他,他便逃到岭南,为寺院的僧人种菜。僧人给寺中的僧侣和做工的人准备饮食时,郑仰田面目黧黑,穿着打满补丁的破烂衣服,坐在下座,东张西望,局促不安,似乎无所安身。有位老僧,长眉白须,目光清澄如水,叫郑仰田坐到前面,他指着郑仰田对寺院僧人说:"你们都比不上他!"寺中僧人心怀怨怒,鼓噪着驱逐他。一连十天,他都无处依归,便到野外号哭。老僧找到他,说:"我等你很久了!"便带着他一同进入深山之中,传授给他"拆字歌诀"。一个多月以后,他逐渐可以识字,老僧便传授给他青囊、袖中、壬遁、射覆等诸家秘术,他对此无不精通掌握。他行走于世间时,以观梅拆字为开始,随着游学历练的时间长了,他便能知晓他人心中的秘事隐私,以及隐藏的人生命数及时代气运,也不说其中的缘故。

天启初,将卜相①,南乐指"全"字为占②。仰田曰:"全字从人从王,四画,当相四人。"问其姓名,曰:"全字省三画为土,当有姓带土者;省四画为丁,当有姓丁者;省两画纵横为木,当有名属木者;以所省之文全归之,当有名全者!"南乐曰："木非林尚书乎？"曰："独木不成林，名也，非姓也。"已而，拜莆田、贵池、元城、涿州四相③，一如其言。晋江李焜与奄党吴淳夫有郤④，指"吞"字以问。仰田曰："彼势能吞汝，非小敌也。从天从口，非其人吴姓乎？""然则何如？"曰："吴以口为头，彼头已落地矣，汝何忧？"逾年而吴伏法。魏奄召仰田问数⑤，仰田蓬头突鬓⑥，踉跄而往，长揖就坐。奄指"囚"字以问，群奄列侍，皆愕眙失色⑦。仰田徐应曰："囚字国中一人也！"奄大喜。出谓人曰："囚则诚囚也，吾诡词以逃死耳。"之白门。奄势益炽，俞少卿密扣之⑧。仰田昼奄卧屋梁下⑨，梁上有断绠下垂，仰田指之曰："如此矣"！未几，奄果自缢。其射决奇中⑩，不可悉数，宋谢石不足道也⑪。

【注释】

①卜相：即占卜谁将授任大学士之事。

②南乐：即魏广微。字显伯，号道冲，河南大名府开州南乐县（今河南南乐）人，故称南乐。与魏忠贤结交，在天启年间拜礼部尚书兼东阁大学士，参预机务，旋擢至建极殿大学士、吏部尚书。

③莆田、贵池、元城、涿州：指天启五年（1625）升任内阁大学士的周如磐（"周"字中有"土"）、丁绍轼（姓有"丁"）、黄立极（名"极"字中有"木"）、冯铨（名"铨"中有"全"）四人。周如磐，字圣倍，号镇庵，莆田连江里（今福建莆田黄石镇）人，天启五年任礼部尚书，后为东阁大学士。丁绍轼，字文远，池州贵池县（今安徽池州）人，天启五年任礼部尚书兼东阁大学士。黄立极，直隶元城（今河北大名）人，天启五年擢礼部尚书兼东阁大学士。冯铨，字

伯衡,又字振鹭,号鹿庵,顺天涿州(今河北涿州)人,天启五年以礼部侍郎兼东阁大学士入内阁。

④晋江:今属福建。元为泉州路治。明、清为泉州府治。李煊:字洪图。明崇祯七年(1634)殿试二甲第一名,授礼部祭司主事,崇祯九年(1636)典试粤东,擢兵科给事中,崇祯十一年(1638)督饷江西,卒于任上。事见《(乾隆)晋江县志》卷九。吴淳夫:明福建晋江人。万历三十八年(1610)进士。历官陕西金事,以京察罢。天启中起官兵部郎中,由崔呈秀进,为魏忠贤义子,为魏门"五虎"之一。一年六迁,官至工部尚书。崇祯帝即位,逮治论死。郗:据钱谦益《牧斋初学集》卷二五作"郄",嫌隙。

⑤魏奄:指大宦官魏忠贤。

⑥突鬓:鬓毛突出。《庄子·说剑》:"然吾王所见剑士,皆蓬头突鬓。"郑仰田不修边幅,钱谦益《郑仰田高士真赞》记其:"其为人也,蓬头突鬓,垢面跣足。"(《牧斋初学集》卷八二)

⑦愕眙:惊视。

⑧俞少卿:未详其人,大理、太常、光禄、太仆、鸿胪诸寺皆置少卿。

⑨奄卧:《牧斋初学集》卷二五、《明季北略》卷十五、《启祯野乘》卷十四皆作"卧",查继佐《罪惟录·郑仰田传》卷二七作"仰卧",故疑"奄"为衍字。

⑩射决:占候卜筮。

⑪谢石:北宋著名测字方士。洪迈《夷坚志再补》"谢石拆字",记谢石拆字极有灵验,名闻京师。

【译文】

天启初年,将要占卜谁人拜为内阁大学士,魏广微指着"全"字来占卜。郑仰田说:"'全'字包括'人'和'王'两部分,'王'有四画,意谓应当有四个人要拜内阁大学士。"魏广微问那四个人的姓名,他说:"'全'字减去三画是'土',应当指姓氏中带'土'的人;'全'字减去四画是

'丁'，应当指有姓'丁'的人；'全'字减去两画，再一纵一横交错而成'木'，应当指名中有'木'的人；将所省的笔画全部归在一起，当有名字中带'全'的人！"魏广微说："木是不是指林尚书呢？"回答说："独木难以成林，这里的'木'是名，而不是姓。"之后，朝廷拜周如磐、丁绍轼、黄立极、冯铨四位任内阁大学士，全都符合郑仰田的测字推断。晋江人李煜与阉党吴淳夫有嫌隙，指着"吞"字来卜问。郑仰田说："他的权势可以吞下你，这不是微不足道的敌人。'吞'字包括'天''口'两部分，此人莫非是姓'吴'吗？"李煜又问："那应该怎么办呢？"郑仰田说："'吴'字的头部是'口'，现在的'吞'字暗示他的头要落地了，你又有什么忧虑呢？"第二年，吴淳夫便伏法了。魏忠贤召来郑仰田，询问命数，郑仰田头发蓬乱，双鬓突出，踉跄着前去，长长地作了一揖，便坐下来。魏忠贤指着"囚"字问他，一群太监排列两旁侍奉，都惊慌失色。郑仰田慢慢说道："'囚'字，就是国中第一人啊！"魏忠贤大喜。出门之后，郑仰田对人说："'囚'字确实就是指囚犯，我乱说一气，以此免死罢了。"之后他便去了南京。魏忠贤的权势更加强盛，俞少卿暗地里向他询问魏忠贤的事。郑仰田白天躺在屋梁下，梁上垂下一根断绳，他指着绳子说："就是这样啊！"没多久，魏忠贤便自缢身亡。郑仰田拆字占卜极其灵验，事情不可胜数，宋代的谢石也比不上他。

　　丙子冬[①]，前知余有急征之难[②]，自闽来视余，自清江浦徒步入长安[③]，为余刺探狱缓急。余抵德州[④]，复自长安徒步来报。年八十二矣，行及奔马[⑤]，两壮士尾之不能及。至郑州[⑥]，风霾大作，脱鞋袜系之两臂，赤脚走百里。上程氏东壁楼[⑦]，日未下春[⑧]，神色闲暇，鼻息呴呴然[⑨]，谈笑大噱[⑩]，至分夜而后寝[⑪]。临行谓余："七月彼当去位[⑫]，公之狱解矣。然必明年而后出，吾当以残腊过虞山[⑬]，为太夫人庀窀穸之事⑭，公毋忧也。"余归，数往招之，己卯春，将禊被访余。忽谓家人曰："明日有群僧扣门乞食，具数人餐以待，吾亦相随往矣。"质明，沐浴更衣，若有所须。群僧至，饮毕，入室端坐，奄然而逝。

【注释】

①丙子：指明崇祯九年（1636）。

②急征之难：急诏赴狱的灾难。明崇祯十年（1637）三月，钱谦益因张汉儒上疏诬告，被捕入京，下刑部狱。钱谦益《牧斋初学集》卷二五《丁丑狱志》记："邑子陈履谦，负罪逃入长安，召奸人张汉儒、王藩与谋曰：'杀钱以应乌程之募，富贵可立致也。'汉儒遂上书告余，并及瞿给事式耜。乌程奋笔票严旨逮问。"

③清江浦：今江苏淮安清江浦区。郑仰田得知钱谦益遭难，往来奔走告慰，钱谦益《牧斋初学集》卷十二有诗《赠别郑仰田高士》："徒步追寻万里余，飘然南下似投虚。赍持仙草当干糇，捆挡空箱出塞驴。闲代天符分雨滴，狂随竖子掉雷车。幔亭云鹤时相过，定有空中寄我书。"

④余抵德州：明崇祯十年（1637）闰四月，钱谦益被捕途经山东德州，曾作《谢德州张太守送酒》等诗。

⑤行及奔马：钱谦益《牧斋初学集》卷八二《郑仰田高士真赞》记郑仰田"行及奔马，健如黄犊"。

⑥郑州：据《牧斋初学集》卷二五当作"鄚州"，据文中的行程路线判断当是。鄚州是唐州名，治所在鄚县（今河北任丘北鄚州镇）。

⑦程氏东壁楼：又作"东壁楼"（钱谦益《东壁楼怀德水》），据清葛万里《牧斋先生年谱》记明崇祯十年春钱谦益抵达德州，"居程氏东壁楼"，程氏即程泰也，东壁楼乃德州程泰别业，故《（乾隆）德州志》卷十一记此楼为"程别贺泰别业"，而钱谦益《病榻消寒杂

咏四十六首》第十首自注"东壁楼,在德州城南,卢德水为余假馆"
(《牧斋有学集》卷十三)。程泰,见《(乾隆)德州志》卷九,字仲
来,工部右侍郎程绍次子。明天启时恩贡生,崇祯时入中书修《熹
宗实录》,崇祯十六年(1643)授建昌府通判,因国变而未任返乡。

⑧下春:日落之时。

⑨呴呴(xǔ):缓慢的呼吸之声。

⑩大噱:大笑。

⑪分夜:半夜。

⑫彼当去位:指温体仁辞职。钱谦益被诬入狱,系首辅温体仁指使
之故,崇祯十年六月(《明史·温体仁传》记为六月,本文记为七
月)温体仁称病辞官,钱谦益得以削籍归乡。

⑬残腊:指农历年底。虞山:又称海虞山、海隅山、海禺山,位于钱谦
益的故乡江苏常熟,是钱谦益母亲埋葬之处。

⑭太夫人:称钱谦益的母亲顾氏。据钱谦益《先太淑人述》记钱母
顾氏生于明嘉靖三十三年(1554)十一月,崇祯六年(1633)正
月去世。崇祯十年(1637)底,郑仰田前往常熟,筹备翌年正月的
五周年祭奠之事。庀窀穸(pǐ zhūn xī):指在钱母坟墓前备办五
周年祭奠之事。庀,备办。窀穸,即墓穴。

【译文】

崇祯九年冬天,郑仰田预知我将有急诏赴狱的祸事,从福建前来探
望我,又从清江浦徒步前往京城,为我刺探案情的缓急。等我被押解到
德州时,他又从京城徒步向我报告。他时年已经八十二了,走路可赶上
马跑,两个壮士也追不上他。到了郑州,风吹尘飞,他脱下鞋袜,系在双
臂之上,赤脚行走了百里。等到他来到德州,登上程泰东壁楼,还未到日
落之时,神色安闲,鼻息徐缓,谈话时放声大笑,到了夜半才就寝。他临
行时对我说:"七月的时候,温体仁将要离任,您也就没有狱讼之事了。
但必须明年才能从狱中出来,我会在年底的时候前往虞山,在您家太夫

人坟墓前备办五周年祭奠之事,您无须为此忧虑。"我出狱回家之后,多次招他前来,崇祯十二年春天他曾带着行装前来拜访我。忽有一天,他对家人说:"明天会有一群僧人敲门乞食,你们做好几个人的饭等着,我也跟他们一同走了。"天亮后,他沐浴更衣,似乎有所等待。果有一群僧人登门,饮食结束后,他进入房间端坐,溘然长逝。

　　仰田遇人,无贤愚贵贱,一揖之外,箕踞啸傲^①,终日不知有人。人遗之钱帛即受,否亦不计。每见人深中多傲岸自好者,辄微言刺其隐^②,人亦不敢怨,惧其尽也。余尝谓仰田:"公非术士^③,古之异人也。"仰田笑曰:"吾行天下大矣,莫知我为异人,然则公亦异人也。"又尝语曰:"吾重茧狂走^④,为公急难,侯嬴有言:'七十老翁,何所求哉?'士为知己者死,纵令斫吾头去,颈上只一穴耳。"临终,谓其子曰:"三年后,往告虞山,更数年,寻我于虎丘寺之东^⑤。"仰田信人也,其言当不妄,书其语以俟之。

【注释】

①箕踞:一种轻慢、不拘礼节的坐姿。即随意张开两腿坐着,形似簸箕。啸傲:放歌长啸,傲然自得。郑仰田放旷不受礼法拘束,钱谦益《牧斋初学集》卷八二《郑仰田高士真赞》记郑仰田"藐王公如僮儿,视礼法如桎梏"。

②微言:隐微不显、委婉讽谏的言辞。刺:指责,揭发。

③术士:指以占卜、星相等为职业的人。

④重茧:亦作"重趼"。手脚上的厚茧。借指辛苦劳累。

⑤虎丘寺:苏州的虎丘寺。

【译文】

　　郑仰田待人，不管贤明愚笨、富贵贫贱，除作揖之外，便傲然而坐，放旷不羁，终日不去理会他人的存在。有人赠给他钱帛财物，他便收下，别人不给也不会计较。每次见到极矜持自傲的人，便以委婉的言辞揭发他的隐秘之事，人们也不敢怨恨郑仰田，害怕郑仰田把自己的隐事全部说出。我曾经和郑仰田说："您不只是一个占卜之士，堪比古时怀有异术之人。"郑仰田笑着说："我游历了大半个天下，没有人知道我是身怀异术之人，看来您也是非比寻常的人啊。"他又曾说："我胼手胝足，四方奔走，为您解决急难之事，侯嬴有话说：'七十岁的老头了，又有什么可求的呢？'士人为知己而死，即便要砍我的头，也不过是脖子上的一个洞罢了。"他临终时，对儿子说："我死去三年之后，你去告诉虞山先生钱谦益，再过几年，让他到虎丘寺的东边找我。"郑仰田是个诚实的人，他说的话应当不是妄语，写下他的话以察待后事吧。

　　　　张山来曰：仰田以异人自负，惟牧斋知之，彼即有
　　知己之感，然则异人亦好名乎？

【译文】

　　张潮说：郑仰田自负是身怀异术之人，只有钱谦益了解他，他便有了找到知己的想法，难道那些身怀异术的人也追求虚名吗？

记吴六奇将军事

钮琇（玉樵）①

　　海宁查孝廉培继②，字伊璜，才华丰艳，而风情潇洒，常谓："满眼悠悠③，不堪酬对，海内奇杰，非从尘埃中物色，未

可得也。"家居岁暮,命酒独酌。顷之,愁云四合④,雪大如掌,因缓步至门,冀有乘兴佳客,相与赏玩。见一丐者,避雪庑下,强直而立。孝廉熟视良久,心窃异之,因呼之入,坐而问曰:"我闻街市间,有手不曳杖,口若衔枚⑤,敝衣枵腹⑥,而无饥寒之色,人皆称为'铁丐'者,是汝耶?"曰:"是也。"问:"能饮乎?"曰:"能。"因令侍童以壶中余酒,倾瓯与饮。丐者举瓯立尽。孝廉大喜,复炽炭发醅⑦,与之约曰:"汝以瓯饮,我以卮酬⑧,竭此醅乃止。"丐尽三十余瓯,无醉容。而孝廉颓卧胡床矣。侍童扶掖入内,丐逡巡出,仍宿庑下。达旦雪霁,孝廉酒醒,谓其家人曰:"我昨与铁丐对饮甚欢,观其衣极蓝缕,何以御此严寒?亟以我絮袍与之!"丐披袍而去,亦不求见致谢。

【注释】

①钮琇:初名泌,字书城,号玉樵,江苏吴江(今江苏苏州吴江区)人。清康熙十一年(1672)拔贡。由教习考任知县,历任河南项城、陕西白水、广东高明县知县。有政绩,卒于官。博雅工诗文,有《临野堂集》。清康熙三十九年(1700)在广东高明县任知县(《(光绪)高明县志》卷十一记康熙三十七年始任)时博采遗闻逸事,撰《觚剩》一书,流传尤广。康熙四十三年(1704)卒。见《(乾隆)震泽县志》卷十六引"张尚瑗撰墓志"。本篇出自钮琇《觚剩》卷七《雪遘》。又见引于清傅以礼《庄氏史案本末》卷下、《(雍正)广东通志》卷六四、《(乾隆)海宁州志》卷十六等。本篇所记"吴六奇"之事所传较广,王士禛《香祖笔记》卷三、焦循《剧说》卷四引《觚剩》、蒲松龄《聊斋志异》卷六"大力将军"、蒋士

铨《铁丐传》、郑昌时《韩江闻见录》等皆有相似记载，又被蒋士铨改写成戏曲《雪中人》。吴六奇，字鉴伯，号葛如。明末聚乡勇捍卫闾里，清顺治初降清廷，授副总兵官，平定潮州一带，特授挂印总兵官。又从攻闽粤沿海郑成功部，加太子太保。清康熙四年（1665）去世。见《（光绪）海阳县志》卷三九、《（道光）广东通志》卷二九五。

②查孝廉培继：查培继，误，系《虞初新志》妄改。实指查继佐，可参《觚剩·雪遘》作"查孝廉字伊璜"，《香祖笔记》作"孝廉查伊璜继佐"。查继佐，字伊璜，号舆斋，晚号钓叟，浙江海宁人。明崇祯六年（1633）举人，南明鲁王授以兵部职方主事，后回里讲学，有《罪惟录》《国寿录》《东山国语》等。见清李聿求《查继佐》（《鲁之春秋》卷二十）、清沈起《查东山先生年谱》。而本文所言"查培继"系查继佐的族弟，字王望，号勉斋，是清顺治八年（1651）辛卯科举人，顺治九年（1652）壬辰科进士（见《（乾隆）海宁州志》卷十）。其人信息并不符合本文的"孝廉""字伊璜"。因查继佐曾率军抗清，又于清康熙元年（1662）列名参校庄廷铽《明史》案而被下狱论死，后得获救，这样敏感的人物或不适合出现在康乾文字狱兴盛之时，故此《虞初新志》有意移花接木，改换名字。

③悠悠：众多貌。

④愁云四合：乌云从四面围拢，布满天宇。

⑤衔枚：古代行军时横衔枚于口中，以防出声而被人发觉，此处指缄默不言。

⑥枵（xiāo）腹：即空腹，饥饿。枵，空虚之意。

⑦发醅：打开酒坛。

⑧卮（zhī）：小酒杯。

【译文】

海宁的举人查继佐，字伊璜，才华横溢，而风致潇洒，常说："满眼众多之人，无人可供对答，天下非常之士，不从尘俗中寻找，难以得到啊。"有一年年末，他在家中，命人拿酒独自饮用。过了会儿，乌云四起，天上飘起大如手掌的雪花，他便缓缓走到门口，期待有乘兴而来的贵客，可以与他一同赏玩雪景。只见一个乞丐在屋檐下避雪，勉力站在寒风之中。查举人端详他很久，心中暗自惊异，便叫他入屋，坐下后问他："我听说在街市之间，有个手中不拄杖，缄默不语，身穿破衣，腹常饥饿，却面无饥寒之色的人，被世人称作'铁丐'，那'铁丐'莫非是你吗？"乞丐回答说："是。"查举人问他："你能喝酒吗？"乞丐回答："能。"查举人便让侍童将壶中的余酒都倒入碗中，让他喝。乞丐拿起酒碗，一饮而尽。查举人大喜，又燃烧炭火，打开酒坛，与他约定说："你用酒碗喝酒，我用杯子与你对饮，今日且喝干这坛酒。"乞丐一口气喝完三十多碗，毫无醉态。而查举人已经醉倒在胡床上。侍童扶着他进屋，乞丐慢慢走出门，仍然歇在屋檐下。天亮后，大雪已停，查举人酒醒，对家人说："我昨天和铁丐对饮时很开心，看他衣服极其破烂，如何抵御这样的严寒？赶紧把我的棉袍送给他！"乞丐披上袍子便离开了，也不求见他以致谢意。

明年，孝廉寄寓杭之长明寺①。暮春之初，偕侣携觞，薄游湖上②。忽遇前丐于放鹤亭侧③，露肘跣足，昂首独行。复挈之归寺，询以旧袍何在，曰："时当春杪④，安用此为？已质钱付酒家矣⑤！"孝廉奇其言，因问："曾读书识字否？"丐曰："不读书识字，不至为丐也。"孝廉悚然心动，薰沐而衣履之。徐谂其姓氏里居⑥。丐曰："仆系出延陵⑦，心仪曲逆⑧，家居粤海⑨，名曰六奇。只以早失父兄，姓好博奕⑩，遂致落拓江湖，流转至此。因念叩门乞食，昔贤不免，仆何人斯，敢以为污？不谓获遘明公⑪，赏于风尘之外⑫，加以推解之恩⑬。仆虽非淮阴少年⑭，然一饭之惠，其敢忘乎？"孝廉亟起捉其臂曰："吴生固海内奇杰也！我以酒友目吴生，失吴生矣！"仍命寺僧沽梨花春一石^⑮，相与日夕痛饮。盘桓累月^⑯，赠以扉屦之资^⑰，遣归粤东。

【注释】

①长明寺：杭州古城门螺蛳门（即清泰门）内的寺院。据明吴之鲸《武林梵志》卷一记该寺始建于五代，吴越忠懿王钱弘俶改为法灯寺，宋英宗治平二年（1065）改作长明寺，佛印曾在此讲法。元代毁于战火，明孝宗弘治十五年（1502）重建寺院，明神宗万历三十八年（1610）又予重修。

②薄游：漫游。

③放鹤亭：位于杭州西湖孤山之北，初建于元代，为郡人陈子安为纪念林和靖而建。

④春杪：春末。

⑤质钱：犹典钱。

⑥谂（shěn）：审察。

⑦系出延陵：指出自延陵吴氏。延陵（今江苏常州）是春秋吴邑，公子季札因让国避居（一说受封）于此。《史记·吴太伯世家》记："季札封于延陵。"吴国被越国灭后，王族子孙以国为姓，是为"吴"姓。后世天下吴姓推崇"延陵"，多言系出延陵。

⑧曲逆：汉代陈平受封曲逆侯，此处即指代陈平。陈平素有奇谋，有"陈平六奇"典故。如《史记·陈丞相世家》记："凡六出奇计，辄益邑，凡六益封。奇计或颇祕，世莫能闻也。"

⑨粤海：广东的代称。

⑩博奕：同"博弈"，指赌博。

⑪获觏（gòu）明公：得以遇到您。觏，遇见，看见。

⑫风尘之外：指跳出尘世之人的认识或看法。

⑬推解：关心，爱护。

⑭淮阴少年：指韩信，淮阴（今江苏淮安淮阴区南）人，始封齐王，又转楚王，贬为淮阴侯。他少年落魄时，有漂母分食给他，等到韩信当楚王后，知恩图报，以一千金报答她。事见《史记·淮阴侯列传》。

⑮梨花春：酒名。因以梨花开时酿成，故名。

⑯盘桓：徘徊，滞留。

⑰扉屦（fèi jù）：草鞋，常泛指旅行用品。

【译文】

第二年，查举人寄寓在杭州的长明寺。暮春之初，他带着同伴，手持酒杯，漫游在西湖边。忽然在孤山的放鹤亭边遇到此前见过的那个乞丐，他赤着双脚，露出双肘，仰首向天，独自行走。查举人再次拉着乞丐回到寺院，问他那件旧袍子在哪里，乞丐回答说："正是暮春之时，要那袍子干什么？我已典当袍子换钱，用来买酒喝了！"查举人对他的话感到惊奇，便问："你可曾读书识字？"乞丐说："我如果没有读书识字，也不至于做乞丐啊。"查举人听了后有些惊异，心有感触，让他沐浴熏香，并赠予衣服鞋子。查举人慢慢查问他的姓氏与家乡。乞丐说："我出自延陵吴氏，家住在广东，很崇拜'六出奇计'的陈平，故名叫六奇。只因为早年父兄去世，天性爱好赌博，以致落魄四方，流浪到此。因此想着敲门向人讨要饭食，连昔日的贤人尚且不免有此举，我又算什么人物，怎么敢认为乞讨就会玷污自己呢？没想到我得以遇到您，您能跳出世俗之人的认知而赏识我这个乞丐，又对我施以关心爱护之恩。我虽然不是淮阴少年韩信，怎么敢忘却一饭之恩呢？"查举人赶忙站起，抓着他的手臂说："吴生你原是天下的奇士啊！我仅把你看作酒友，险些失去了你啊！"查举人于是让长明寺的僧人买来一石梨花春，与他昼夜痛饮。周旋了一个多月，赠给他一些旅费，让他返回广东。

六奇世居潮州①，为吴观察道夫之后②，略涉诗书，耽游卢雉[3]，失业荡产，寄身邮卒[4]。故于关河孔道[5]，险阻形胜，无不谙熟。维时天下初定，王师由浙入广，舳舻相衔[6]，旗旌钲鼓[7]，喧耀数百里不绝。凡所过都邑，人民避匿村谷间，路无行者。六奇独贸贸然来[8]，逻兵执送麾下[9]，因请见主帅，备陈："粤中形势，传檄可定[10]。奇有义结兄弟三十人，素号雄武，只以四海无主，拥众据土，弄兵潢池[11]。方今九五当阳[12]，天旅南下[13]，正蒸庶徯苏之会[14]，豪杰效用之秋。苟假奇以游劄三十道[15]，先往驰谕，散给群豪，近者迎降，远者响应，不逾月而破竹之形成矣。"如其言行之，粤地悉平。由是六奇运箸之谋[16]，所投必合；扛鼎之勇[17]，无坚不破。征闽讨蜀，屡立奇功。数年之间，位至通省水陆提督[18]。当六奇流落不偶时[19]，自分以污贱终[20]。一遇查孝廉，解袍衡门[21]，赠金萧寺[22]，且有海内奇杰之誉，遂心喜自负，获以奋迹行伍[23]，进秩元戎[24]，尝言："天下有一人知己，无若查孝廉者。"

【注释】

①潮州：隋开皇十一年（591）分循州置潮州，治所在海阳县（今广东潮州）。大业初改为义安郡。唐复为潮州，天宝初改为潮阳郡，乾元初复为潮州。元改为潮州路。明、清称潮州府。

②吴观察道夫：指江西按察使吴一贯，字道夫，海阳县（今广东潮州）人。明成化十七年（1481）进士，任江西上高县知县、大理寺少卿，正德时任江西按察副使、按察使，行部至奉新（今江西奉新），病卒。事略见《（嘉靖）广东通志》卷十二。

③卢雉：即掷骰赌博。

④邮卒：邮驿中传递公文书信的差役。

⑤关河：关山河川。孔道：必经之道，四通八达之地。

⑥舳舻（zhú lú）：船头和船尾的并称。多泛指前后首尾相接的船。

⑦钲鼓：钲和鼓。古代行军或歌舞时用以指挥进退、动静的两种乐器。

⑧贸贸然：轻率冒失，考虑不周。

⑨逻兵：巡逻的士兵。

⑩传檄可定：不待出兵，只要用一纸文书，就可以降服敌方。指不战而使对方归顺。

⑪弄兵潢池：即在水塘中玩弄兵器，指不成气候的民间起义。

⑫九五：指帝王。当阳：古称天子南面向阳而治，即指帝王登位。

⑬天旅：和上文王师相似，指天子的军队或国家的军队。

⑭蒸庶：黎民百姓。徯苏：期待苏息、恢复。

⑮游刺：游说的书信。

⑯运箸：即运筹帷幄。典出《史记·留侯世家》："汉王方食，曰：'子房前！客有为我计桡楚权者。'具以郦生语告，曰：'于子房何如？'……张良对曰：'臣请藉前箸为大王筹之。'"裴骃集解引张晏曰："求借所食之箸用指画也。"后以"运箸"指运筹计谋。

⑰扛鼎：举鼎。

⑱水陆提督：清朝在江南、湖南、浙江等地置水陆提督。提督，为"提督军务总兵官"的简称。又别称"提台""军门"。绿营军的最高长官。从一品。分设于内地各省，掌一省之军政，并节制各镇总兵。沿江、沿海地区，专设水师提督。

⑲流落不偶：漂泊穷困而无人相知。形容潦倒失意。偶，遇。

⑳自分：自料，自以为。

㉑衡门：简陋房屋，指查举人所居屋舍。

㉒萧寺：唐朝李肇《唐国史补》卷中："梁武帝造寺，令萧子云飞白大书'萧'字，至今一'萧'字存焉。"后因称佛寺为萧寺。

㉓奋迹：谓奋起投身从事某活动。

㉔进秩：进升官职，增加俸禄。元戎：主将，统帅。

【译文】

吴六奇家世代居住在潮州，是明江西按察使吴一贯的后人，他略微读了些诗书，耽溺于赌博，以至倾家荡产，托身于传递书信的差役。因此对于关山河川、四方道路，地势险要之地，没有不熟悉的。当时天下刚刚平定，清师由浙江进入广东，战船首尾相接，旗帜张扬，战鼓轰隆，喧哗之声、闪耀之光数百里不绝。凡是清师经过的城市，百姓便躲避在村落山谷中，没有人敢在路上行走。吴六奇独自贸然前去，被巡逻兵逮住后送到了军营中，便趁此请求面见清军主帅，详细地说道："广东的形势，只需一纸檄文便能平定。我有三十个结义兄弟，素来号称雄健勇武，只是因为四海之内没有明主，便聚众割据一方，在民间难成气候地兴兵起义。如今皇帝登基在位，清军挥师南下，正是黎民百姓期待恢复安定之际，天下豪杰报效朝廷的时候。您如果给我三十封游说的书信，让我先去晓谕他们，将此书信分给群豪，近处的豪杰便会前来归降清师，远处的豪杰也必然有所响应，不出一月，归顺清师之势如破竹般顺利。"清军主帅按照他的话做了，便平定了整个广东。自此，吴六奇运筹帷幄，所献计谋必有效验；还具有举鼎的勇武，能够攻破任何坚固的难关。他征讨福建、四川，屡次立下奇功。数年之间，便位至全省的水陆提督。当吴六奇流浪四海，不遇赏识之时，自以为要以卑贱之身而终老。自从遇到查举人，查举人便在自家屋中解袍相赠，又在寺院里赠送钱财，且赞誉他是天下的奇士豪杰，于是吴六奇心中大喜，以此愈加自重，得以在军营中发迹，官职升至主帅，他曾说："天下间如有一个人赏识我，大概就是查举人了。"

康熙初，开府循州①，即遣牙将持三千金存其家②，另奉书币，邀致孝廉来粤，供帐舟舆③，俱极腆备④。将度梅岭⑤，吴公子已迎候道左⑥，执礼甚恭。楼船箫鼓，由胥江顺流而南，凡辖下文武僚属，无不愿见查先生，争先馈赠，箧绮囊珠,不可胜纪。去州城二十里,吴躬自出迎,八骑前驰,千兵后拥,导从仪卫,上拟侯王。既迎孝廉至府,则蒲伏泥首⑦,自称:"昔年贱丐,非遇先生,何有今日? 幸先生辱临⑧,糜丐之身,未足酬德!"居一载,军事旁午⑨,凡得查先生一言,无不立应。义取之赀,几至巨万。其归也,复以三千金赠行,曰:"非敢云报,聊以志淮阴少年之感耳。"

【注释】

①循州:惠州的古称。隋开皇十年(590)置循州,以境内循江为名。治归善县(今广东惠州东)。宋属广南东路。元至元十三年(1276)升为循州路,二十三年(1286)复降为州,属江西行省。明洪武二年(1369)省入惠州府。

②牙将:官名。为低级武职,偏裨之将。

③供帐:陈设供宴会用的帷帐、用具、饮食等物。

④腆(tiǎn):丰厚。

⑤梅岭:山名。即大庾岭。五岭之一。在江西、广东交界处。古时岭上多植梅,故名。

⑥吴公子:指吴六奇的儿子。俞樾《茶香室丛钞》三钞卷九《吴六奇谥》记吴六奇"子十三,长启晋,顺治丁酉举人;启丰嗣职,调贵州安笼镇总兵;启镇以荫官至黄冈副总兵;启爵年十八,入为头等侍卫,历任太原、琼州、天津总兵;启相官虎门副总兵。"

⑦泥首:以泥涂首,表示自辱服罪。后指顿首至地。

⑧辱临:敬称他人的来临。

⑨旁午:交错,纷繁。

【译文】

康熙初年,吴六奇在惠州一带成立府署,便派遣牙将将三千两银两送到查举人家中，另外奉上书信和钱财，邀请查举人前来广东，为之提供的帷帐舟车，极为完备。查举人将翻越梅岭时，吴六奇的儿子早已在道旁迎接，施礼很是恭敬。他们乘坐楼船，箫鼓伴奏，由胥江顺流南下，凡是吴六奇麾下的文武僚属，没有不愿意拜见查举人的，他们争先恐后地馈赠礼品，查举人所得之物绮罗满箱、珠玉满囊，不可胜数。在惠州城外二十里处，吴六奇亲自出迎，前有导引的八匹马，后有护卫的上千士兵，前导后卫的仪仗队，规格之高可与王侯相比。吴六奇迎接查举人到府中后，便匍匐在地，叩头而拜，自称："我昔日是卑贱的乞丐，如果不是遇到先生您，岂有今日的荣华富贵？承蒙先生屈尊来此，我这破乞丐之身，无论如何也难以报答您的恩德！"查举人在此居住了一年，不管军事怎么纷繁杂多，凡是听到查举人的一句吩咐，吴六奇无不立刻应允。查举人在这里通过正当途径挣取的钱财，极其丰厚。等到查举人回家时，吴六奇又以三千两银子相赠饯别，说："不敢说什么用钱来报答您，权且表达我昔日所言淮阴少年韩信不忘一饭之恩的感喟吧。"

先是苕中有富人庄廷鑨者①，购得朱相国《史概》②，博求三吴名士，增益修饰，刊行于世③。前列参阅姓氏十余人④，以孝廉夙负重名，亦借列焉。未几，私史祸发，凡有事于是书者，论置极典⑤。吴力为孝廉奏辩得免⑥。孝廉嗣后益放情诗酒，尽出其囊中装，买美鬟十二，教之歌舞。每于良宵开宴，垂帘张灯，珠声花貌，艳彻帘外，观者醉心。孝廉夫人亦妙解音律⑦，亲为家伎拍板，正其曲误。以此查氏女乐，遂为浙中名部。

【注释】

①苕中：代指浙江湖州，境内有苕溪。庄廷鑨：字子襄，又字子美，明

末清初湖州府乌程县（今属浙江湖州吴兴区）人。家巨富，与父、
叔、弟等俱以才名著，有"南浔庄氏九龙"之称。因病用药致双目
失明。清顺治间购得明末朱国桢所撰《皇明史概》，广聘名士修
辑，并增补天启、崇祯两朝及南明史事，辑成《明书辑略》，其中亦
有指斥清朝词句。清康熙元年（1662）被知县吴之荣告发，遂成
大狱。庄廷鑨被剖棺碎骨，凡与该书有一字之连、一词之及者，无
一幸免，先后死者七十余人，妇女皆流放边疆，株连得罪共达七百
家。查继佐亦因此得到牵连，后因告发有功而无罪开释。事见清
杨凤苞《秋室集》卷五《记庄廷鑨史案本末》。

② 朱相国《史概》：指明首辅、内阁大学士朱国桢所撰《皇明史
概》。此书凡《皇明大政记》三十六卷，上起洪武，下讫隆庆六
年（1572）；《皇明大事记》五十卷，上起明太祖御制祖训序，下至
宣德九年（1434）；《皇明开国臣传》十三卷，《皇明逊国臣传》五
卷。内容未及崇祯朝事，主要来自明实录、邸抄，但由于实录曾经
阉宦篡改，所以光、熹两朝事及贞、哲二帝本纪反赖此书保存。朱
国桢修史，"顺治十八年辛丑十二月，湖城逆书案起。乌程南浔相
国朱文肃，名国桢，博学多著述，有良史才，作《明书大事记》《大
政记》《大训记》，俱系天启时所刻，又有《明书》一部仿史记廿一
史例，未刊。然其论赞，大抵俱称朱史氏，其未刻之《明史》亦然。
相国没后，其诸孙贫，因以其稿出售于人。浔中有贡生庄允城者，
字君维，家富，长子子襄，名廷鑨，有才而瞽，欲以瞽史自居，购得
此书稿，乃聘诸名士茅元铭、吴炎、吴楚、吴之铭、吴之镕、张隽、
唐元楼、严云起、韦金祐、蒋麟征、潘柽章约十六七人，群为删润论
断，又以史中未备者，采乡先达茅瑞征《五芝纪事》及明末启、祯
遗事，名曰《明史辑略》"（傅以礼《庄氏史案本末》卷上）。

③ 刊行于世：庄廷鑨于清顺治十二年（1655）去世，其父庄允诚于顺
治十七年（1660）冬将书刊刻行世，定名《明史辑略》。据清傅以

礼《庄氏史案本末》卷上："名曰《明史辑略》，求庚辰进士李令晢为之序，刊成于庚子冬。"

④参阅：参与校阅编辑。《明书辑略》刊刻时，请前礼部官员李令晢写序，还附列江南名士茅元锡、吴之铭、陆圻、查继佐等十八人的名字，声称他们参与编辑此书。

⑤极典：极刑。指死刑。

⑥吴力为孝廉奏辩得免：吴六奇上疏搭救查继佐一事可见于此文所记，蒋士铨《铁丐传》亦记"六奇力为奏辨，得免"，傅以礼《庄氏史案本末》卷上记"当时，查伊璜看守锁禁在营，无计可施，只得飞差人到广中总兵吴六奇处求救，得免于难"。然清沈起《查东山先生年谱》载查继佐否认此事，记："葛如（六奇字）方布衣野走，世传余有一饭之恩，怀之而思报。其实无是也。是则公在时已传其事，故公为之辨。"又记"长安人皆哄传先生曲护得全，而四方讹传吴潮阳（葛如），非也"。乾隆时诗论家吴骞在《拜经楼诗话》中也认为此传闻事不可靠。而《郎潜纪闻二笔》卷八亦记："惟海宁查继佐、仁和陆圻，当狱初起先首告：谓廷铋慕其名列之参校中。得脱罪。按：小说、传奇咸谓继佐由吴六奇得脱，《渔洋文集》亦云，然非也。"

⑦孝廉夫人：据沈起《查东山先生年谱》记查继佐妻子孙氏，孙怀泉之女，两人成婚于明万历四十七年（1619），查继佐时年十九岁。

【译文】

此前，湖州乌程县有个富人庄廷铋，购买了明首辅朱国桢所撰《皇明史概》，他四处请求江南名士，帮忙增补修改以编写成明代史书，后来这部书得以刊行于世。书前罗列了校阅此书的十多位名士姓名，因为查举人素来享具声名，便也被借重声誉而列名于书前。没过多久，庄廷铋私自撰史的祸事便爆发了，凡是与此书相关的人，都被处以极刑。吴六奇上疏极力为查举人辩解，使他得以免于治罪。查举人此后更加放情诗酒,花尽囊中金银,买下了十二个貌美的婢女,教授她们歌舞。每遇良宵佳辰便摆设酒宴,垂下帘幕,张灯结彩,宴席前那如珠玉般的美妙之声、花容月貌的翩翩女子,都华美地荡漾于帘外,令观看的人为之心醉。查举人的妻子也妙解音律,亲自为家中歌女打着节拍,纠正其曲调的错误。因此,查家的女乐,便成为浙中有名的乐队。

　　昔孝廉之在幕府也,园林极胜,中有英石峰一座[①],高可二丈许,嵌空玲珑,若出鬼制。孝廉极所心赏,题曰"绉云"。阅旬往视,忽失此石,则已命载巨舰,送至孝廉家矣。涉江逾岭,费亦千缗。今孝廉既没[②],青蛾老去[③],林荒池涸,而英石峰岿然尚存[④]。

【注释】

①英石:明、清英德(今属广东)出产的石头,又称英德石,具有"皱、瘦、漏、透"的特点,玲珑剔透,千姿百态,是中国四大园林名石之一。查继佐家有一座英石峰,清人曹宗载有诗《查伊璜先生英石峰歌》。

②孝廉既没:据沈起《查东山先生年谱》,查继佐去世于清康熙十五年(1676)。

③青蛾:借指少女、美人。

④英石峰岿然尚存:查继佐家的英石峰,先归顾氏,在嘉庆十三年(1808)归于海昌(今浙江海宁盐官镇)马氏(《(民国)海宁州志稿》卷十五)。"查伊璜孝廉朴园中石,即吴六奇自粤东运至者。事详孝廉所撰《朴园记》及钮琇《觚剩》。石旧在海盐民家,梅史在都门劝余以八十千得之,未果。今归海昌马氏"(陈文述《颐道堂集》卷二五《绉云石歌》)。海昌马氏,即海宁马容海,此石即

为他所得。"国初吴将军六奇赠盐官查伊璜先生绉云石,向属顾氏,今为马容海光禄所得"(杨夔生《真松阁词》卷三《百字令》序)。马容海即马汶,马钰从子,字文澜,号容海,候选光禄寺署正(《(民国)海宁州志稿》卷十五)。清江标《黄荛圃先生年谱》卷下记嘉庆二十二年(1817)"马容海光禄汶,招集云石山房,各为赋诗。又为笙谷题碧萝仙馆图,为容海题绉云石,即吴将军赠查伊璜孝廉继佐故物。标按:今在石门湾东之福严寺"。

【译文】

昔日查举人在吴六奇的幕府时,吴家的园林景色极为优美精致,其中有一座英石假山,高约二丈,凹陷精巧,好似鬼斧神工。查举人极为喜爱,题名曰"绉云"。十来天后再去看时,忽然发现那块石头不见了,原来是吴六奇已经命人将其载上巨船,送到查举人家里了。将假山渡江越岭地运送到海宁查家,路途上花费也有上千贯吧。现在查举人已经去世,府中美人也已老去,林木荒芜,泉池干涸,而英石假山巍然尚存。

张山来曰:闻吴将军乞食时,好以获苇于地上判某日及草"封"字,英雄失意而志不馁如此。至其不忘查君之德,尤可谓跫然足音矣[1]!

【注释】

[1]跫(qióng)然足音:原指长期住在荒凉寂寞的地方,对别人的突然来访感到欣悦。后常比喻难得的来客。跫,脚步声。

【译文】

张潮说:听说吴六奇将军讨饭的时候,喜欢用获苇在地上写下日期,还写下一个"封"字,英雄虽然失意,但志气却可以这样不颓废。至于他不忘却查举人的恩德,可以说是难得之人了!

卷十七

【题解】

本卷《人觚》《事觚》《物觚》采自钮琇的笔记小说集《觚剩·续编》，《纪袁枢遇仙始末》《闵孝子传》《名捕传》三篇大致归为人物故事之类，唯有《南游记》乃是一篇记游述行的奇文。觚为用来书写的木简，引申为史事，"觚剩"即为余史之意，可补正史的遗漏，而钮琇《觚剩》则是一部颇能补正史疏漏的文言小说集。本卷自《觚剩》中的《人觚》《事觚》《物觚》三类中选录了十六则记载，就本卷所选内容而论，《人觚》多写人物事迹，如熊廷弼义助冯梦龙，熊公捧酒执剑，每读佳篇佐以美酒，每遇荒谬舞以宝剑，其潇洒磊落之行径真令千古读者歆慕。《事觚》以奇事为本，如会稽平水大蛇化龙，荆州黄嗣姑由女变男，蒲州于孝廉苦寻爱妾，李蟠损阴德，徐纬真遇猿公，黄宾臣被雷击死，诸篇记载事迹都非常人所能遇到。《物觚》主要记奇物，像千月生成的麟草、姑苏金老雕刻的核舟、山东文登海怪、溺器中藏的小黑人、英德所见巨蛇、白银变蛤蟆等基本以物为主，偶尔夹杂的渭南人不孝之事也偏重于老虎替天行道的情节。孙嘉淦《南游记》是《虞初新志》中字数最长的文章，足有一万三千余字。这篇长文写孙嘉淦的南游经历，真可谓一篇文笔、性情、哲思俱佳的游记。孙嘉淦悲痛于母逝、妻亡、子夭，遂携友南下，游经今山西、河北、山东、江苏、浙江、江西、湖南、广西、湖北等地，他笔下的游览景色优美如画,令人心驰神往。难能可贵的是,作者的满腹悲恸逐渐被游览历程中的绝美景观所冲散,他在永恒宇宙与短暂人生的矛盾中获得心境明悟,进而求得心理安慰,人心有多广阔,所见的世界便有多璀璨,"生风云于胸臆,呈海岳于窗几,不必耳接之而后闻,目触之而后见也"。

纪袁枢遇仙始末

毛际可（会侯）①

康熙庚辰正月廿六②,钱塘庠生袁枢③,字惠中,梦一长髯颁白者④,自称崆峒道人,邀以入山,修炼三载,可证仙籍,且戒其弗泄。既寤,即与同人言及之。次夕复入梦云:"再泄吾言,当令汝哑。"晨起,若有人促之行,至一亩田⑤,果见所梦道人,拉之同往,倏忽已至关外⑥。枢以亲老固辞。道人投药一丸,恍然入腹,遂不能言。遇友引归,举家惶怖。

【注释】

①毛际可:参见卷十五《李丐传》注释。此篇今见毛际可《会侯文钞》卷十九。

②康熙庚辰:清康熙三十九年（1700）。

③钱塘庠生袁枢:杭州府钱塘县的生员袁枢。袁枢事又略见毛奇龄《方示神应记》（《西河集》卷七十）,记为"仁和学诸学袁枢"。

④颁:通"斑",须发半白。

⑤一亩田:地名。在杭州城北面的武林门内,天水桥北。可参见卷十二《湖壖杂记》。

⑥关外:指山海关以外地区,包括今辽宁、吉林、黑龙江三省。

【译文】

清康熙三十九年正月二十六日，钱塘县秀才袁枢，字惠中，梦见一个留着长须、头发花白的老人，老人自称崆峒道人，邀请他隐居山里修炼三年，就能得道成仙，还告诫他不能泄露这件事。等到袁枢醒来，就和朋友说到了这件事。第二天晚上，又梦到老人说："再敢泄露我说的话，就让你不能说话。"早上起来，好像有人催促他出行，到了一亩田，果然看见了梦中所见的道人，道人拉他一起走，倏忽之间，便已经到了关外。袁枢以父母年老为由坚决推辞。道人向他扔来一枚药丸，药丸恍惚间就滚入他的肚子里，于是他便不能说话了。碰到朋友带他返回家，全家人见此都惊恐不安。

中丞张公廉得之^①，知为观风所拔士^②，询其始末，枢具以笔对。怜其贫，捐俸十金与之。遂下有司捕获，大索十日不得^③。其父具呈^④，乞移咨江西天师府^⑤。七月十七日，方得天师移覆^⑥，外给治哑符二道，并仰浙江杭州府城隍司公文^⑦。中丞公亟传枢，亲赍公文诣庙焚之。归即先吞一符，觉遍体烦惫，骨节有声。夜梦一人，手持城隍谕单^⑧，上书"廿六日子堂传袁生员面谕"^⑨。至期，复梦其引入神署。烛光中，见神冠服危坐^⑩，曰："已遣金甲神往请真人矣^⑪。"少顷，见道人偕金甲神至，城隍延之宾坐。道人向枢曰："因汝有厄，故罚哑一年。"城隍曰："天师文内令其能言，若仍哑，何以复命？"道人曰："既天师传命，不满一年，亦宜半载为期。然此后仍当慎言耳。"遂命之归。至廿八日，又吞一符，以天师符内嘱间七日再服故也。八月初一子时，梦人令其发声，即语言如常；屈指果及半载^⑫。赴戟门谢中丞^⑬，公曰："天师来札云,为汝建坛作法,炼一金甲神来,三日有验,今信然矣。"

【注释】

①中丞张公:指浙江巡抚张敏。据清丁丙《武林坊巷志》卷十四记康熙三十七年(1698)四月至康熙三十九年(1700)十一月,张敏以都察院右副都御史出任浙江巡抚,当即文中的中丞张公。毛奇龄《方示神应记》(《西河集》卷七十)作"仁和令君"。

②知为观风所拔士:知道他是本次奉旨出巡、观风问俗所选拔出的人才。观风,谓观察民情,了解施政得失。

③大索:四处搜寻。

④具呈:备办呈文。呈,呈文。旧时公文的一种,下对上用。

⑤乞移咨江西天师府:请求移送咨文到江西天师府。咨文,旧时公文的一种,多用于同级官署或同级官阶之间。天师府,全称"嗣汉天师府",为道教正一派祖庭,历代道教正一派天师起居之处。在今江西贵溪上清镇龙虎山下。

⑥方得天师移覆:才得到天师回复的公文。天师,指道教创始人张道陵及其衣钵弟子,被视为道教的首领。天师世袭罔替,依据时间来看此处是指正一天师道第五十四代天师张继宗。据张天旭《补天师世家》载,张继宗康熙二十年(1681)袭爵,授正一嗣教大真人,康熙五十四年(1715)羽化,享年四十八。移覆,移文回复。

⑦并仰浙江杭州府城隍司公文:和交给浙江省杭州府城隍司的公文。仰,旧时公文用语。上行文中用在"请、祈、恳"等字之前,表示恭敬;下行文中表示命令。城隍司,城隍所在的官署。城隍,守护城池的神。

⑧谕单:旧指上级给下级的手令或告诫的文书。

⑨面谕:当面训示。

⑩见神冠服危坐：看见城隍身着官服，戴着官帽，正襟危坐。冠服，帽子和衣服。古代服制，官吏的冠服因官爵不同而有别。危坐，古人以两膝着地，耸起上身为"危坐"，即正身而跪，表示严肃恭敬。

⑪已遣金甲神往请真人矣：已经派遣金甲神去请真人了。真人，本文指崆峒道人。

⑫屈指：弯着指头计数。常用于形容计算过去年月的神态。

⑬戟门：立戟为门，谓之戟门。古代帝王外出，在止宿处插戟为门，后引申指显贵之家或显赫的官署。

【译文】

浙江巡抚张勄察访得闻此事，知道袁枢是本次奉旨出巡、观风问俗所选拔出的人才，就向他询问事情始末，袁枢全程用笔作答。张勄怜惜袁枢家境贫寒，就捐助了十两俸银给他。于是命令官府逮捕那个道人，四处搜寻了十天也没有抓到。袁枢的父亲备办公文，请求移送咨文到江西天师府。七月十七日，才得到张天师回复的公文，并附上两道治哑的符箓，以及仰请浙江杭州府城隍司主持此事的公文。张勄急忙召见袁枢，让他带着公文，前往城隍庙去焚烧。袁枢回家先吞服了一道治哑符，觉得浑身疲惫，骨头间发出响声。晚上梦到一个人，拿着城隍神的手令，上面写着"二十六日杭州府城隍庙分署，传袁秀才当面训示"。到了日期，袁枢又梦到自己被接引到了城隍庙中。烛光摇曳之中，袁枢看见城隍神身着官服，戴着官帽，正襟危坐，说："已派金甲神去请崆峒道人了。"没过一会儿，就见崆峒道人和金甲神一起到达，城隍神请他们上座。崆峒道人对袁枢说："因为你命遭灾厄，所以惩罚你哑了一年。"城隍神说："张天师公文里说让袁枢恢复说话，如果他还是哑巴，我怎么向张天师回复呢？"崆峒道人说："既然张天师下达了命令，本应让你恢复如初，不过如今惩罚未满一年，还是最好限定为半年吧。然而以后，你出言应当谨慎。"于是让袁枢回家。到了七月二十八日那天，袁枢又吞下了一道治哑符，这是因为天师符纸里嘱咐过隔七天再吞服。八月初一的子时，袁枢梦到有人命令他说话，他就能正常开口了；掰着指头计算时间，果然已满半年。袁枢到巡抚衙门里感谢张勃，张勃说："张天师来信说，为你立坛作法，炼化了一个金甲神前来助你，三天内就有灵验，如今来看，事情果然是这样。"

　　其事颇涉怪，为儒者所不道。然昔人谓城隍之神，与山川、社稷坛等①，岁时致祀，以示国家怀柔百神之意②，不必实有其人也。乃袍服酬对③，与人世达官无异；又世外仙人，惝恍难信④，而枢亲见之于城市中。城隍目为真人，必非妖魅可托。至天师爵秩相承⑤，数千年来，自洙泗外⑥，鲜与比盛。今以其移覆中丞公书观之，则封号亦不为倖致也⑦。然非中丞公重士恤灾⑧，委曲救拔⑨，亦安能使天师建醮遣神若是哉⑩？

【注释】

①社稷坛：旧时帝王祭土神谷神之所。

②怀柔：以温和的手段使远方的人来归附。

③酬对：应对，对答。

④惝（chǎng）恍：模糊，恍惚。形容神灵缥缈模糊。

⑤爵秩：授予爵位、官职和俸禄，此指天师世袭相承。

⑥洙泗：洙水和泗水，二水自今山东泗水县北合流而下，至曲阜北，又分为二水，洙水在北，泗水在南。春秋时，孔子在洙泗之间聚徒讲学，故以此代指孔子或儒家。

⑦倖（xìng）致：侥幸得到。

⑧重士恤灾：看重有才能的贤士，同情他所受的灾祸。恤，同情，怜悯，救济。

⑨委曲救拔：从中周旋调和，救人水火。委曲，周全，调和。救拔，拯
　　救，解救。

⑩建醮（jiào）：道士设法坛做法事。

【译文】

　　这件事涉及过多怪力乱神，不被儒家学者所接受。然而前人说城隍
神和山川、社稷坛的神灵是相同的，每年按时祭祀，来展现国家对诸位神
灵的安抚之意，不需要真有其人。城隍神穿着打扮、沟通应对和人世间
的官员没有区别；同时他又是世俗之外的仙人，缥缈模糊让人难以相信，
但袁枢在城中亲眼见到了他。城隍神被视作修道之类的人，肯定不是妖
魅精怪托身变化而成。至于历代天师的爵秩封号延承至今，几千年来，
除了儒家以外，很少有能与之相提并论的。如今通过张天师的公文和其
给巡抚张勄的书信来看，可见天师的封号也不是侥幸得来的。然而要不
是张勄看重有才能的贤士，同情他遭受的灾祸，从中周旋调和，救人于水
火，哪里能够让天师这样建法坛、派金甲神呢？

　　又枢语余云："方哑时，友人母病，意中欲有所叩，忽信笔
书云：'丁丑丁丑，二人相守①。玉兔东升②，大家撒手③。'其母
至丁丑日丑时而殁④，至今不知其所以然也。尤足诧异云。"

【注释】

①二人：前文"丁丑丁丑"出现两个"丁"字，丁指成年男子，故云
　　二人。

②玉兔东升：月亮升起的时候。玉兔，中国民间传说月中有玉兔，故
　　称月亮为玉兔。

③大家撒手：家里的女性长辈将要死亡。

④丁丑日：袁枢在康熙三十九年正月二十八日成为哑巴，则此丁丑
　　日当在正月二十八日之后，实为此年的二月十三日。丑时：指夜

里一点钟到三点钟。

【译文】

袁枢对我说:"我刚刚无法说话的时候,朋友的母亲病了,脑子里灵光一闪,忽然信笔写道:'丁丑啊丁丑啊,两个人来相守。月亮东升之时,女长辈要过世。'朋友的母亲在丁丑日丑时去世,到现在也不知道原因。让人感到非常诧异。"

张山来曰:天师有如此法力,其世袭也固宜。

【译文】

张潮说:张天师有这样的法力,那么天师一脉世代相袭也是理所当然的事。

闵孝子传

吴晋(介兹)①

闵孝子者②,湖州之南镇人,年四十余,种田为业。少未尝读书,性粗戆③,不惬于族里。屋数间,阡陌相望,晨夕率妻子奉若父唯谨。父为老诸生,年七十又二,寻病,医药不效,日益笃。孝子忧之。族里咸劝孝子急治具④,不听;妻亦劝,不听。一日,父病霍然⑤,又数日,受杖履矣⑥!慰问者欲得其故,孝子作谩语笑谢之。人以孝子粗戆,莫之毕究⑦。其妻亦谓得祕药活之耳。

【注释】

①吴晋:字介兹,又字介受、受兹,号一硕斋,江南江宁(今江苏南京)

人。祖父为吴国贤,字一所。他与屈大均有交往,屈大均曾作《题吴氏一砚斋》。尝从周亮工游,对篆刻有着独特见解。周亮工《因树屋书影》卷十亦引吴晋《闵孝子传》,疑张潮所选本篇即抄录于周著。此文又见引于《国朝先正事略》卷五五《赵孝子事略》附,事略。

② 闵孝子:闵孝子或为闵茂元。如卢文弨《抱经堂文集》卷二五《记乌程袁孝子剐肝事(乙卯)》提及:"乌程一邑耳,百余年间剐肝者有三人焉:康熙初年有闵茂元,越四十二年有陆国荣,又三十三年而袁君复继之,是皆不漓其赤子之性者也。"《(同治)湖州府志》卷七七引吴晋《闵孝子传》作"闵茂元",又见陈鼎《留溪外传》卷三《孙孝子列传》"闵茂元"事。闵孝子之事,又见吴晋有诗《闵孝子咏(并引)》叙闵孝子之事(潘衍桐《两浙輶轩续录》卷十三)。

③ 粗戆(gàng):粗莽戆愚。

④ 治具:指准备丧礼所用器物。

⑤ 霍然:指病突然痊愈。

⑥ 受杖履:使用老者所用的手杖和鞋子,谓疾病好转,可以扶杖漫步。

⑦ 毕究:穷究,深入研究。

【译文】

闵孝子是湖州府南镇人,四十多岁,以种田为生。年少时没有读过书,性格粗率憨直,同族里关系处得不甚融洽。家里有几间房,能够看见不远处的田野,每天早晨、傍晚都带着妻子恭谨地侍奉自己的父亲。他的父亲是个老秀才,有七十二岁,不久就病了,请医服药都不见效,反而日益严重。闵孝子十分担忧。同族人都劝他赶快备办葬礼用具,孝子不听;妻子也劝他,也不听。一天,父亲的病突然好了,又过了几天,竟能扶杖漫步!前来慰问的人想知道其中的缘故,孝子只是随口敷衍,笑着应付过去。人们认为他性格粗憨,没有谁穷根究底。他的妻子也以为是他得到秘药治好了老人。

旬日，孝子如罹重疾，卧床第，呻吟不止，状甚苦。妻曰："若何为者？翁前病，诚当忧，今病且起，忧何为者？"孝子唯唯，呻吟不止如故。妻复曰："若亦病耶？呻吟何为者？"孝子唯唯，复呻吟不止如故。妻以为真得疾，祕不以示，亦以乃翁病新愈，惧贻乃翁忧①。一日晨起，猝见其扪心难堪状。妻益疑，因伺其寐，发所扪处视之，见创，大惊，促之曰："若何为者？"孝子不能隐，徐曰："予人子，不忍父病之不可救也。常闻人言，亲不可药救者，得子心片许，杂馆粥噉之②，可救。某日因祷土神前③，愿剖心活吾父。夜半，吾父呼饮时，予引刀刺胸，出心，割若许，纳饮中以进，不意吾父果霍然也。当刺胸时，不甚楚，割毕，创即敛好，如未刺时。今始不复忍。宜秘，若勿语。"其妻哀，且闻伤心，恐死，亟白之医。医错愕曰："吁！是顾安所得药？"妻长跽泣请④，医不可却，妄出药涂之去，言必死。妻亦以为必死，泣相向。诘朝，药忽进落，创痕俱失所在矣。妻喜出望外，促孝子诣医报谢。医复错愕曰："吁！是顾安所得活？殆有异！"

【注释】

①惧贻乃翁忧：害怕给他的父亲增加烦恼。乃翁，他的父亲。

②馆（zhān）粥：稠粥。

③土神：土地神。

④妻长跽（jì）泣请：妻子长跪不起，哭着请求。跽，长跪，挺直上身，两膝着地。

【译文】

十天后，闵孝子好像身患重病一样，卧在床上呻吟不止，看上去十分痛苦。他的妻子说:"你怎么了? 公公不久前生病,的确令人忧愁,现在他病好了都能走路了,你为什么担忧成这样?"闵孝子唯唯应诺,仍像之前那样呻吟不止。妻子又说:"你是生病了吗? 为何呻吟不止呢?"闵孝子唯唯应诺,还是像之前那样呻吟不止。妻子以为他真生病了,他只是保守秘密不愿意告诉别人,又因为父亲的病刚刚治好,害怕让父亲知道后徒增烦恼。一天早上起床时,妻子突然看见闵孝子抚摸着胸口,一副痛苦不堪的样子。妻子愈加疑惑,于是等到闵孝子睡着,揭开闵孝子抚摸的地方一看,发现有一处伤口,妻子大惊失色,催促闵孝子坦白,她说:"你的伤口是怎么回事?"闵孝子见无法隐藏下去,就慢慢地说:"我是父亲的儿子,不忍心父亲病到不可救药的地步。经常听人说,得了不治之症的双亲,如果能得到孩子的一块心脏,和着稠粥吃下去,就能有救。某天,我在土地神前祈祷,愿意剖开心脏救活自己的父亲。到了半夜,父亲喊着要喝水的时候,我拿着刀刺进胸膛,拿出心脏,割了一点,放进水里给父亲喝,没想到父亲果然痊愈了。刚开始刺进胸膛时,不怎么痛,割完后伤口立刻收敛好了,就像没有刺进去一样。现在才无法忍受痛苦。你最好保密,不要把事情告诉给别人。"他的妻子十分哀痛,而且听到孝子伤了心脏,害怕他死掉,立刻告诉医生。医生错愕地说道:"哎! 这种情况能用什么药治呢?"妻子长跪不起,哭着请求,医生推却不了,随便拿了药给他涂抹,说孝子肯定会死。妻子也以为孝子必死无疑,对着孝子哭泣。等到第二天早上,抹的药忽然迸裂开来,掉在地上,孝子身上的伤疤都不见了。妻子喜出望外,催促孝子到医生那里表示感谢。医生也十分错愕地说:"哎! 你这样是怎么活下来的? 其中肯定有异常!"

　　医即里中人,为遍闻之里中。里中人美其里有孝子也,具闻之郡邑大夫。郡邑大夫上其事大中丞,且为孝子旌门焉①。旌门日,惟其父拱立间左②。郡邑大夫让孝子出,云先二日已逸去。或曰:"孝子终粗戆人也,顾安从知接见郡邑大夫礼?"甲辰春③,予游姑苏,同舟人有从南镇来者,为予言若此,惜未详其名。

【注释】

①旌门:旌表门闾。旧时朝廷对所谓忠孝节义的人,赐给匾额,挂于门廷之上,称为"旌门"。

②闾左:闾巷的大门左侧。

③甲辰:据作者生活时代,此处甲辰应为清康熙三年(1664)。

【译文】

医生是闵孝子的同乡,于是把闵孝子的事传遍乡里。乡里人为自己家乡出现孝子而自豪,把事情经过都禀报给州县官员。州县官员把事情上报给巡抚,还要给闵孝子旌表门闾。旌表门闾那天,只有他父亲恭敬地等候在门闾旁边。州县官员让闵孝子出来,他父亲回复说闵孝子前两天就避开了。有人说:"闵孝子终归只是一个粗率憨直之人,哪里知道接见州县官员的礼节呢?"康熙三年春天,我游历苏州时,有个同船的人来自南镇,向我讲述了闵孝子的故事,可惜不知道他的名字。

外史氏曰①:割股疗亲②,古不深许,矧割心者哉?然孝子故粗戆,能笃所亲,至不计其生。又旌门日,先期逸去,不欲以孝名,尚得谓粗戆哉?今世之不粗戆者,大率全躯保妻子,精于自为者也,拔一毛以利君亲,有所不为。若孝子者,可以风矣③!

【注释】

①外史氏:指野史、杂史和以描写人物为主的旧小说之类的作者自称,此为吴晋自称。

②割股疗亲：旧指孝子割舍自己腿上的肉来治疗父母的疾病。股，
　　大腿。

③风：教化，感化。

【译文】

　　吴晋说：割下大腿肉给父母治病，自古以来都无法得到人们的认可，何况是割心呢？然而闵孝子虽然粗率憨直，但能真诚地对待父母，甚至不顾自己的生死。又在旌表门闾那一天，先行避开，不想因为孝顺而扬名，这样还能说他粗率憨直吗？当今世上不粗率憨直的人，大多全力以赴保全妻子儿女，精于考量自身利益，哪怕只要拔一根毛发就能对国君双亲有益，他们也不会去做。像闵孝子这样的人，可以感化世人啊！

　　张山来曰：割肝割股，世多有之，今割心，尤奇孝也！子夏有言①："虽曰未学，吾必谓之学矣。"其闵孝子之谓耶？

【注释】

①子夏：卜商，一说晋国温人，字子夏。孔子弟子，以文学见称。下
　　文所引子夏之言出自《论语·学而》："贤贤易色，事父母能竭其
　　力，事君能致其身，与朋友交言而有信。虽曰未学，吾必谓之学
　　矣。"大意指这样的人，尽管他自己说没有学习过，我一定说他已
　　经学习过了。

【译文】

　　张潮说：割下肝脏和大腿肉，当世有很多人这样做，如今的闵孝子割下心脏，尤为孝顺！子夏有句话说："虽然自称没有接受教导，但我也认为他是学过的。"说得不正是闵孝子这样的人吗？

人觚

钮琇（玉樵）^①

熊公廷弼^②，当督学江南时^③，试卷皆亲自批阅。阅则连长几于中堂，鳞摊诸卷于上，左右置酒一坛，剑一口，手操不律^④，一目数行。每得佳篇，辄浮大白，用志赏心之快；遇荒缪者，则舞剑一回，以抒其郁。凡有隽才宿学，甄拔无遗^⑤。吾吴冯梦龙^⑥，亦其门下士也。梦龙文多游戏，《挂枝儿》小曲与《叶子新斗谱》^⑦，皆其所撰。浮薄子弟，靡然倾动^⑧，至有覆家破产者。其父兄群起讦之，事不可解。适熊公在告^⑨，梦龙泛舟西江^⑩，求解于熊。

【注释】

①钮琇：参见卷十六《记吴六奇将军事》注释。本篇两则故事选自钮琇笔记小说集《觚剩·续编》中的《人觚》。《觚剩》有正编八卷、续编四卷，其"续编"包括《言觚》《人觚》《事觚》《物觚》四卷，钮琇《觚剩·续编自序》记其作于清康熙四十一年（1702）壬午岁闰六月。觚为用来书写的木简，引申为史事，"觚剩"即为余史之意，可补正史之遗。

②熊公廷弼：熊廷弼，字飞百，湖广江夏（今湖北武昌）人。明万历二十六年（1598）进士。由推官擢御史，巡按辽东。明熹宗初，为御史诬劾去职。天启元年（1621），后金兵破沈阳、辽阳，再起为辽东经略，驻山海关。天启五年（1625），因王化贞兵败论死，传首九边。事见《明史·熊廷弼传》。

③督学江南：明万历三十九年（1611）六月熊廷弼调任南直隶提学御史。《神宗实录》卷四八四记万历三十九年六月"熊廷弼提督

南直隶学政"。《熊襄愍集》卷八《性气先生传》记熊廷弼"四十三（1615）改差南直隶提督学校，四十五（1617）听勘回籍"。督学，督导视察教育行政及主持考试。

④不律：笔的别称。《尔雅·释器》："不律谓之笔。"郭璞注："蜀人呼笔为不律也，语之变转。"

⑤甄拔：甄别选拔。

⑥冯梦龙：字犹龙，又字耳犹，号翔甫、龙子犹、姑苏词奴、墨憨斋主人，南直隶苏州府吴县（今江苏苏州）人。生于明万历二年（1574），出身名门世家，与兄冯梦桂、弟冯梦熊并称"吴下三冯"。一生科举不顺，明崇祯三年（1630）以贡生授丹徒训导，崇祯七年（1634）迁任福建寿宁知县。善诗文，工经学。辑有《喻世明言》《警世通言》《醒世恒言》《古今谭概》《智囊》《挂枝儿》《山歌》及《墨憨斋定本传奇》等。其生平可参见徐朔方《冯梦龙年谱》。

⑦《挂枝儿》：明末民间小调集，由冯梦龙收集整理、点评，其中亦有冯梦龙自己及其友人创作作品。共十卷，分"私、欢、想、别、隙、怨、感、咏、谑、杂"十部。内容多写爱情生活，冯梦龙评价其"最浅、最俚、亦最真"，是"天地间自然之文"。《叶子新斗谱》：牌谱，冯梦龙著。叶子戏，一种纸牌游戏，因牌面大小如同叶子得名。

⑧靡然：草木顺风而倒貌。喻望风响应，闻风而动。

⑨在告：官吏在休假期中。告，古时官吏休假。据明周念祖《万历辛亥京察记事》卷七、清陈鼎《东林列传》卷十九记，万历四十一年（1613），熊廷弼任南直隶提学御史时，陷入党争，因与巡按御史荆养乔生隙，两人相互在奏章中攻击，荆养乔递上奏章弃职而去，熊廷弼被解职勘问，返回家乡。

⑩西江：长江中下游地区，此指熊廷弼故乡湖广江夏县。

【译文】

熊廷弼督学江南时，考生试卷都是亲手批阅。批阅试卷时，他在厅堂中把几张桌案拼接起来，将试卷像鱼鳞一样摊放在桌案上，边上放上一坛酒，一把剑，手里拿着毛笔，一目十行地阅读试卷。每次读到好文章，就开怀畅饮，来表达心中的快意；遇到荒谬不通的文章，就舞一回剑，来纾解心中的抑郁。只要遇到才华横溢和学识渊博之士，都一概予以选拔，毫无遗漏。我们吴地的冯梦龙，就是他门下的士子。冯梦龙多写游戏之文，小曲《挂枝儿》和《叶子新斗谱》，都是他写的。轻浮薄行之人，闻风而动，大受文章的影响，甚至有因此家破人亡的。这些人的父老兄长群起攻击冯梦龙，事情到了不可调解的地步。正值熊廷弼休假在家，冯梦龙坐船到了湖广江夏县，向他求教解决事情的方法。

　　相见之顷，熊忽问曰："海内盛传冯生《挂枝儿》曲，曾携一二册以惠老夫乎？"冯跼蹐不敢置对，唯唯引咎，因致千里求援之意。熊曰："此易事，毋足虑也。我且饭子，徐为子筹之。"须臾，供枯鱼、焦腐二簋[①]，粟饭一盂[②]。冯下箸有难色。熊曰："晨选嘉肴，夕谋精粲[③]，吴下书生[④]，大抵皆然。似此草具[⑤]，当非所以待子。然丈夫处世，不应于饮食求工，能饱餐粗粝者，真英雄耳！"熊遂大恣咀哜。冯啜饭匕余而已[⑥]。熊起入内，良久始出，曰："我有书一缄，便道可致我故人，毋忘也。"求援之事，并无所答，而手挟一冬瓜为赠。瓜重数十斤，冯伛偻祗受[⑦]。然意甚怏怏，且力不能胜，未及舟，即委瓜于地，鼓棹而去[⑧]。

【注释】

①供枯鱼、焦腐二簋（guǐ）：供给一盆鱼干、一盆焦烂的豆腐。枯鱼，干鱼。焦腐，煎得焦烂的豆腐。簋，古代盛食物器具，圆口，双耳。

②粟（sù）饭一盂：一碗粗糙的粟饭。粟饭，糙米饭。盂，盛汤浆或饭食的圆口器皿。

③精粲（càn）：精米。

④吴下：泛指吴地。

⑤草具：粗劣的饭食。

⑥匕：古代的一种取食器具，长柄浅斗，形状像汤勺。

⑦冯伛偻祗（zhī）受：冯梦龙弯下腰，恭敬地接受了冬瓜。伛偻，腰背弯曲，形容恭敬从命的样子。祗，恭敬。

⑧鼓棹而去：坐船离开。鼓棹，划桨。

【译文】

　　会面的时候，熊廷弼忽然问道："举国盛传你冯梦龙作了《挂枝儿》曲，不知你有没有带上两本惠赠给我呢？"冯梦龙局促不安，不敢答话，只是唯唯点头，说是自己的错误，借此表达自己跨越千里求助的意思。熊廷弼说："这件事好办，不足为虑。我先为你准备饭食，慢慢地替你筹划。"一会儿，端上来一盆鱼干、一盆焦烂豆腐，和一碗糙米饭。冯梦龙拿着筷子面带难色。熊廷弼说："早上挑选美味佳肴，晚上筹划精馔细米，吴地的书生，大多数都是这样。像这样草草准备的粗劣食物，不应该拿来款待你。然而大丈夫处于世间，不应该追求精致的饮食，能够大口咽下粗茶淡饭的，才是真正的英雄！"熊廷弼便大口大口吃饭。冯梦龙只吃了一勺而已。熊廷弼起身走进内室，很久才出来，说："我有一封书信，你回去的时候可以送给我的故友，切勿忘记这件事。"对于冯梦龙请求帮助的事，一句未提，只是手里拿着一个冬瓜作为赠礼。冬瓜有几十斤重，冯梦龙弯着腰，恭敬地接受了。但他的神情怏怏不乐，力气也不足以拿动冬瓜，还没到船边，就把瓜放到地上，乘船离开了。

　　行数日，泊一巨镇，熊故人之居在焉。书投未几，主人即躬谒冯，延至其家，华筵奇戬^①，妙妓清歌，咄嗟而办^②。

席罢，主人揖冯曰："先生文章霞焕^③，才辨珠流^④，天下之士，莫不延颈企踵^⑤，愿言觏止^⑥。今幸亲降玉趾^⑦，是天假鄙人以纳履之缘也^⑧。但念吴头楚尾^⑨，云树为遥^⑩，荆柴陋宇^⑪，岂足羁长者车辙哉？敬备不腆^⑫，以犒从者，先生其毋辞！"冯不解其故，婉谢以别，则白金三百，蚤昇致舟中矣。抵家后，熊飞书当路^⑬，而被讦之事已释。盖熊公固心爱犹龙子，惜其露才炫名，故示菲薄^⑭。而行李之穷，则假途以厚济之；怨谤之集，则移书以潜消之。英豪举动，其不令人易测如此^⑮。

【注释】

①截（zì）：切成大块的肉。

②咄嗟（duō jiè）而办：主人一吩咐，仆人立刻就办好。后指马上就办到。咄嗟，犹呼吸之间，谓时间仓促，迅速。

③霞焕：指文采斐然。

④才辨珠流：才智机辩流转自如。珠流，如珍珠一样流转自如，喻文辞流利。

⑤延颈企踵：伸长头颈，踮起脚跟。形容仰慕或企望之切。

⑥愿言觏（gòu）止：殷切地盼望着能够和您相遇。愿言，思念殷切貌。觏止，相遇，相见。

⑦玉趾：对人脚步的敬称。

⑧纳履之缘：光临寒舍的机会。纳履，比喻来临，光临。

⑨吴头楚尾：指冯梦龙住在吴地，而熊延弼故友住在楚地，两人分处长江两头。

⑩云树为遥：形容两地相隔遥远。杜甫《春日忆李白》诗："渭北春天树，江东日暮云。"后用"云树"比喻朋友阔别远隔。

⑪荆柴：荆室柴门。谓贫者之居。

⑫敬备不腆：恭敬地准备了微薄的礼物。不腆，不丰厚。通常为赠人礼物的谦辞。

⑬熊飞书当路：熊廷弼给苏州府执政官员寄出的紧急书函。飞书，急速递送书函。当路，掌握政权的人。

⑭菲薄：指熊廷弼用微薄之物招待冯梦龙。

⑮易测：推断料定。

【译文】

　　船走了几天，停在一个巨大的城镇，正是熊廷弼故友居住的地方。书信递过去没多久，主人就前来躬身拜谒，邀请冯梦龙来到他家里，奢华的宴会、满桌的肉食，美丽的妓子、清亮的歌声，须臾间就被主人置办妥当。宴席结束后，主人拜揖冯梦龙说："您的文章灿若云霞、光芒焕发，才智机辩像珍珠一样流转自如，天下的士人没有不伸长脖子、踮起脚尖，殷切地盼望着和您相遇的。今天有幸迎来您光临寒舍，是上天送给我接待您光临此地的缘分。只是念及我们俩分别住在吴地和楚地，分处长江两头，两处路途相隔遥远，我这简陋屋舍又怎么能够留下您的车驾呢？在此恭敬地准备了微薄的礼物，供您犒赏仆从，请您千万不要推辞！"冯梦龙不解其故，婉言谢绝，想要告别，但三百两白银早就被抬到了船中。到家之后，熊廷弼寄出的紧急书函已送给苏州府当政者，冯梦龙被众人控告的事情已经解决了。原来熊廷弼虽然爱惜冯梦龙，但惋惜他逞露才华，博取名声，故意以微薄之物接待他。他怕冯梦龙受旅途穷困之苦，就借着半路的故友来厚加接济；忧心冯梦龙所遭受的怨恨非议，就修书一份暗暗地替他解决此事。英雄豪杰的一举一动，竟让人难以预料到了这种地步。

　　张山来曰：使我为龙子犹①，则竟作求解《挂枝儿》矣。

【注释】

①龙子犹：冯梦龙的别号之一。

【译文】

张潮说：如果我是冯梦龙，那么肯定要作一曲求助的《挂枝儿》。

泉州府同安之厦门①，前朝中左所地也②。顺治初，为海寇郑锦所据③，壬辰，我师进剿④，郑寇大俘子女而还。有骑士挟一妇人于马上，过同安东关。妇见道旁有井，绐骑士下马小遗⑤，即跃入井。骑士窥井大怒，连发三矢，中妇肩而去。越十日，有村民薛姓者，由村入城，行至半途，天甫向晓，忽于烟雾中见一妇人，韶年丽容⑥，身衣碧色短襦⑦，腰系淡黄裙，双趾纤细，文履高屐⑧，迎前泣告曰："妾乃厦门难妇王氏也。夫死于兵，而妾被掠，矢志不辱，投身东关道傍之井。闻君夙有高义，幸出我于井，拔箭敛尸，埋棺井侧。妾当随事默祐⑨，以报君德。"薛应曰："诺！"妇忽不见。是日，薛适有事于县，如意而出，因于东关往求井，妇宛然在焉。偶遇博场，薛欲验妇语，遂入场下采⑩，复获大胜。囊钱还家，与子弟话其事，即以钱买棺，约子弟同至井所。出妇尸，颜貌如生，为之拔箭，整衣履，殡而埋之。其地去井丈余，前临大道。又月余，薛梦妇拜谢而言曰："妾荷君之义⑪，幸获安葬。妾身虽朽，而妾心之感君者不朽也！阴府悯妾之节⑫，命妾香火于此⑬。君若为妾立尺五之庙，则妾之报君，当不止曩昔矣。惟君终始之。"薛觉而惊异。次日，舁运砖土，筑成小庙，并以瓣香酬赛⑭。自后举家安顺，事事获济。远近竞相传说。不数年，绅士商民，各致钱镪，大起

神宇,丹碧轮焕⑮,而肖像于中⑯,题其额曰:"王义娘庙。"入
庙庄诚,有祷辄应;遇衣冠不洁,或出秽亵语者,立致谴责。
以是土人及往来之客益加敬畏,焚叩骈集⑰,至今不衰。

【注释】

①同安:同安县,西晋太康三年(282)置,属晋安郡。治所即今福建
　厦门同安区。明、清属泉州府。厦门:指同安县的嘉禾屿(今福
　建厦门思明区、湖里区)。该岛在今福建东南部沿海、金门岛西
　北侧,明代洪武二十年(1387)曾在岛上筑厦门城。

②中左所:亦称中左守御千户所城、厦门城。明洪武二十年(1387)
　江夏侯周德兴在同安县嘉禾屿(今厦门岛西南部)上建筑城堡,
　号厦门城,设永宁卫中左千户所。

③郑锦:又名郑经。郑成功长子。康熙元年(1662)继其父为延平
　王,踞台湾继续抗清。三藩之乱起,乘机进兵福建、广东沿海地
　区。康熙十九年(1680)退回台湾。次年病卒。

④壬辰,我师进剿:清顺治九年(1652)壬辰岁初,郑成功攻下长泰,
　集结大军进攻漳州府城。清朝为解漳州之围,募集百艘船舰进犯
　厦门,攻郑成功所必救。郑成功派军于崇武大败清军,取得崇武
　战役的胜利。同年九月,清军将领固山额真金砺率领了万人大军
　开抵福建,进入泉州府,郑军交战失利,只能撤退以确保海澄、厦
　门的安全。清军乘胜收复南靖、漳浦、平和、诏安四县。

⑤小遗:小便。

⑥韶年:正值青春年华。

⑦短襦(rú):短衣,短袄。

⑧文履高屐:穿着饰以纹绣的鞋子,鞋底为高底木屐。文履,饰以文
　彩的鞋子。高屐,高底木屐。

⑨随事:在左右侍奉。

⑩下采：下赌注。

⑪荷：承受，承蒙。

⑫阴府：阴间，冥府。

⑬香火：指供奉神佛之事。

⑭瓣香酬赛：供奉香火，用来酬神。瓣香，一瓣香，一炷香。酬赛，酬
　　神还愿，祭祀酬神。

⑮丹碧：泛指涂饰在建筑物或器物上的色彩。轮焕：同"轮奂"，高
　　大华美。

⑯肖像：图画或雕塑人像。

⑰焚叩骈集：一起焚香叩首。骈集，凑集，聚会。

【译文】

　　泉州府同安县的厦门岛，是前朝设立的中左所所在地。清世祖顺治初年，被海盗郑锦所占据，顺治九年，清师派兵进剿郑军，郑锦旗下的贼兵俘虏了大量女人、小孩回去。有名骑士在马上挟持一位妇人，路过同安县东关。妇人看见路边有口井，欺骗骑士说要下马小解，随即跃入井内。骑士伸头看向井里，大发雷霆，连续放出三箭，射中妇人肩膀后才离开。过了十天，有个薛姓村民从村里进城，走到半路，天刚微微亮，他忽然在烟雾中看见一个妇人，正值青春年华，容貌美丽，身穿碧绿的短袄，腰系着淡黄色的长裙，双脚纤细，脚踏饰以纹绣的高底木屐，走上前哭诉道："我是厦门遭难的妇人王氏。丈夫死于战乱，我也被贼兵掳走，我下定决心绝不受辱，便跳进东关路边的井里。听说您向来品行高洁，希望您能将我从井里拉出来，拔下箭矢，收敛入棺，并把棺材埋在井边。我会侍奉在您左右，默默保护您，以报答您的恩德。"薛某回答说："好！"妇人忽然就不见了。当天，男子恰好在县里办事，如妇人所愿出行，于是在东关附近寻找井，果然在井中找到那个妇人的尸体。男子偶然遇到一家赌场，想要验证妇人的话，于是进入赌场下了赌注，又赢了很多钱。他把钱装在包里，回家后和兄弟后辈说了这件事，马上用这笔钱买来棺材，邀

请他们一起去井边。他们从井中抬出了妇人尸体,妇人的样貌同生前一样,薛某替她拔下箭头,整理衣服鞋帽,举行葬礼后埋葬了她。墓地离井一丈多远,前方对着大路。又过了一个多月,薛某梦见妇人向他行礼表示感谢说:"我承蒙您的高义,有幸获得安葬。我的肉体虽然腐朽了,但我对您的感激之心不会朽烂!冥府怜悯我的节义,让我在这里接受香火的供奉。如果您为我修建一座小小的庙宇,那么我对您的报答,将远远不是过去所能够比拟的。希望您能有始有终。"薛某醒来后感到惊异。第二天,他搬运砖石泥土建成小庙,并燃起香火,用来酬神。从这以后,全家都平安顺遂,事事如意。远近之人竞相传说这事。没过几年,贵族平民、商人旅客都各自准备银钱,大规模地修建庙宇,朱梁画栋,高大华美,庙中图画了妇人的肖像,牌匾上写着"王义娘庙"几个大字。如果进入庙舍时心怀诚敬,凡有祈祷都能应验;如果衣冠不整,或是口出污言秽语,就会立刻招致惩罚申斥。因此当地人和来往之人更加心怀敬畏,纷纷焚香叩首,这间庙宇到今天依然香火不衰。

　　张山来曰:节烈止为一家之事耳,阴府犹重之若此,矧为臣而殉国者乎?

【译文】

　　张潮说:节烈只是一家之事而已,冥府就如此重视,何况是为国殉难的臣子呢?

事觚

钮琇(玉樵)[①]

会稽东南有山曰平水[②]。康熙初,樵人经其下,见一大蛇如蟒,蜿蜒涧泥内,久之,涂附其身。樵人释担而观,涧旁有洞,蛇曳泥而入。樵以泥封洞口而归,遂不能言,与人酬对,唯张手作状而已。如是者三年,复过前遇蛇处,阴云乍合,雷雨骤至,霹雳一声,有龙从洞中出,腾空而去。樵人不禁大呼曰:"向我卷舌不能出声者③,正此物为之也!"于是能言如初。

【注释】

①钮琇:参见卷十六《记吴六奇将军事》注释。本篇八则故事选自钮琇笔记小说集《觚剩·续编》中的《事觚》。

②会稽:会稽县,南朝陈分山阴县置,与山阴县同为会稽郡治。治所即今浙江绍兴。隋开皇九年(589)为吴州治。唐为越州治。南宋为绍兴府治。元为绍兴路治。明、清为绍兴府治。

③卷舌:不开口,闭口不言。

【译文】

会稽县东南有座山叫平水山。康熙初年,有个樵夫经过平水山下,看见一条像蟒那样的大蛇,蜿蜒着爬进山涧泥水中,在里面待了很长时间,还把泥水涂附在身上。樵夫放下担子观看,山涧旁有个洞穴,大蛇带着一身泥水爬进了洞穴。樵夫用泥巴封住洞口,然后回家,从那以后就无法说话,和人应对,只能张开手掌做出动作比画罢了。这样过了三年,樵夫又经过之前遇到蛇的地方,只见阴沉的浓云突然密集起来,雷霆大雨骤然来临,一声雷鸣,有条龙从洞中飞出,腾空离开。樵夫禁不住大声呼喊道:"之前让我无法发声,就是这个东西做的啊!"他便像之前一样能够开口说话了。

张山来曰:白龙鱼服①,自当致困。今此龙乃咎樵而哑之^②，殊非理也。

【注释】

①白龙鱼服：白龙化为鱼在渊中游。比喻帝王或大官吏隐藏身份，改装出行。汉刘向《说苑·正谏》："昔白龙下清泠之渊，化为鱼，渔者豫且射中其目。"

②咎：责怪，追究罪责。

【译文】

张潮说：龙变成蛇的样子，是自己招致的困境。现在这条龙怪罪樵夫，使他哑口难言，实在无理至极。

荆州马洋潭有黄姓者^①，朴老而鳏独^②，为乡塾师。一女名嗣姑，生有慧质，幼在塾，随父读书。年十四，自绣白衣大士^③，悬之室中，礼供甚虔。一夕，忽梦大士呼而语之曰："汝父固乡里善人，数宜有子，其奈年老何？我欲以汝子之。"因遍抚其体，啖以红丸。甫下咽，觉有热气如火，从胸臆下达两股间。迷眩者七日，欻然而起，则已化为男子矣。先是翁以嗣姑许字同里谭姓^④，因往告以此异，谭怒诧其妄，鸣于官。质验果真，乃解婚。四方观者云集。康熙丙辰初夏^⑤，渭川孙静庵适过其地^⑥，亦造门请见。嗣姑冠履出迎，黛粉之痕未消，瑱犹在耳也^⑦。孙有句云："梦中变化真奇创，红颜忽作男儿相。卸却罗衫蝴蝶裙^⑧，博带宽衣相揖让^⑨。见人低首尚含羞，珠环小髻乌蛮样^⑩。"

【注释】

①荆州：荆州府。元至正二十四年（1364）朱元璋改中兴路置荆州府，属湖广行省。治所在江陵（今属湖北）。清属湖北省。荆州马洋潭黄老翁事又见清东轩主人《述异记》卷三。

②朴老而鳏独：年龄老迈而又丧妻无子。鳏，无妻或丧妻的男人。《孟子·梁惠王下》："老而无妻曰鳏，老而无夫曰寡，老而无子曰独，幼而无父曰孤。此四者，天下之穷民而无告者。"

③白衣大士：亦作"白衣仙人""白衣观音"，穿着白衣的观音菩萨。

④许字：许配。

⑤康熙丙辰：清康熙十五年（1676）。《述异记》作"丙寅（康熙二十五年，1686）"。

⑥渭川孙静庵：据《述异记》作"渭川孙元芳静庵"。孙元芳，字静庵，应活动于清初康熙时。又据毛际可《孙静庵字说》（《会侯先生文钞》卷十五）记孙元芳，初字铁庵，后字静庵，武林（今浙江杭州）人。今存徐长龄《清怀词草》有康熙三十八年（1699）孙元芳等序文，据此文知孙元芳为徐长龄姻弟，康熙三十七年（1698）他们同在端州（今广东肇庆高要区）制军幕府，刊刻《清怀词草》。

⑦瑱（tiàn）：耳饰。

⑧罗衫：丝织衣衫。蝴蝶裙：即百褶裙，用一块整料折密褶，并以丝线将褶与褶隔针连接，伸展后似鱼鳞，形如蝴蝶。

⑨博带宽衣：借指儒士之服。博带，宽大的衣带，用于礼服。宽衣，肥大的衣服。

⑩乌蛮：古代西南少数民族名，亦指其居住地。

【译文】

　　荆州马洋潭有个姓黄的人，朴实老迈又丧妻无子，是乡塾里的老师。他有个女儿叫嗣姑，生来就聪慧无比，从小就在乡塾里随着父亲读书。十四岁的时候，自己绣了白衣大士，挂在房中，虔诚地依礼供奉。一天晚上,她忽然梦见白衣大士呼喊她,对她说道:"你父亲本来就是乡里的善人,按命数应当有个儿子,但他的年纪太过老迈,又能怎么办呢?我想让你作他的儿子。"于是抚摸她全身上下,给她吃下一枚红色的药丸。药丸刚刚下咽,她就觉得有股像火焰一样的热气,从胸膛向下流到两条大腿间。她昏迷了七天后,才突然惊醒,那时已经变成男人了。此前,黄老翁把嗣姑许配给同里一户谭姓人家,于是前往他家告诉对方这桩怪事,谭家人对他的胡言乱语惊怒交加,就向官府控告此事。官府派人验看,发现黄老翁的话果然属实,两家才解除了婚约。各地来观看的人聚集于此。康熙十五年初夏,渭川孙元芳刚好经过这个地方,也登门拜访,请求会面。黄嗣姑穿上士冠男鞋出来迎接,只是脸上涂抹粉黛的痕迹还未消尽,美玉做的耳坠还垂挂在耳边。孙元芳作诗道:"梦中变化真奇创,红颜忽作男儿相。卸却罗衫蝴蝶裙,博带宽衣相揖让。见人低首尚含羞,珠环小髻乌蛮样。"

　　张山来曰:男女幻化,史家谓之人妖①。今观此,则正所以奖善也。

【注释】
①人妖:旧称与正常人不同的怪异的人。
【译文】
　　张潮说:男女变成另一种性别,在史家眼里是异类妖妄。现在一读此篇文章,却正是神灵对行善者的嘉奖。

　　蒲州于孝廉①,有爱姬曰红桃,美容止②,善谈谑③,尤擅名琵琶。北地闺闱多娴此技,而红桃纤指娇喉,拢弦叶曲④,其调与众绝异,故才一发声,闻者即知为于家琵琶也。崇祯

末,闯寇所至蹂躏,河汾间罹祸尤酷⑤。孝廉被执,闯帅将杀
之,牛金星见其年韶质秀⑥,且已登科,丐为子师而免⑦。红
桃亦于此散失,不知所往。孝廉从金星于军,数月后,馆之
晋王府中⑧。晋府初经兵燹⑨,虽重楼叠阁,而栋折垣颓,金
粉凋落,沼荒林败,竹柏倾欹⑩。孝廉于最后之宫,置一榻
焉,妖狐昼啸于庭,奇鬼宵窥于牖,诡形怪响,百态千声。孝
廉斯时虽偷息人间⑪,实同冥域⑫,而心念红桃,如醉如痴,
一切可憎可怖之境,翻置度外矣。又逾一载,闯兵进逼京
师,列营保定城北⑬。序届残冬,云同霰集⑭,孝廉与牛子共
一行帐⑮。薄暮,雪下愈密,二鼓初报⑯,孝廉启帐小遗,四
望皎然,隐隐闻琵琶声,触其夙好⑰。遂跣足踏雪,潜行求
之。越数十行帐,独一帐有灯,声从帐出,俯而谛听,是耳所
素熟者,大恸一声,身仆深雪不能起。帐中人疑其奸细,捆
缚入帐,识为金星西席⑱,乃释而询其故。孝廉曰:"家有小
姬,素善琵琶。兵间散去,已逾二载,愿见之私,虽寐不忘。
今宵万籁俱寂,清调远闻,恍出吾姬之手,不胜悲痛。干触
麾下⑲,疏狂之咎,尚期宥之。"帐中人亦豪者,慨焉出姬相
见,果红桃也。乃复行酒列炙,俾孝廉与姬欢饮达旦。明
日,言于金星,以红桃归孝廉,仍遣二骑送回蒲州。孝廉入
本朝,以扬州通判终⑳。

【注释】

①蒲州:北周明帝二年(558)改泰州置蒲州,治蒲坂(今山西蒲州)。
　　唐代曾升为河中府。金天会六年(1128)改为蒲州,天德元年
　　(1149)复为河中府。明洪武二年(1369)复为蒲州,清雍正六年

（1728）升蒲州府。当晋、陕间交通咽喉，历为军事重地。

②容止：仪容举止。

③谈谑：谈笑戏谑。

④拢弦叶（xié）曲：拨弄琴弦合奏曲子。叶，和洽，相合。

⑤河汾：黄河与汾水的并称。亦指山西西南部地区。

⑥牛金星：明天启七年（1627）举人。崇祯十三年（1640）底或十四
年入李自成军为谋士，为自成所信用。大顺永昌元年（1644）为
大顺国天佑殿大学士，为自成创官爵名号。义军攻占北京后，以
宰相自居，传言曾谗杀李岩。后降清。事见清赵翼《檐曝杂记》
卷六"牛金星"。

⑦丐：乞求。

⑧晋王府：明藩王晋王的王府，在今山西太原。崇祯末的晋王为朱
审烜，晋裕王朱求桂之子，崇祯八年（1635）袭封晋王。崇祯十七
年（1644）二月李自成占领太原，晋王归降李自成，其王府落入李
军之手。

⑨兵燹（xiǎn）：因战乱而造成的焚烧破坏等灾害。

⑩倾攲：倾斜，歪斜。

⑪偷息：偷生，苟安。

⑫冥域：地府。

⑬保定：明洪武元年（1368）改保定路置保定府，属北平行中书省，
后直隶京师。治所在清苑县（今河北保定）。

⑭云同霰（xiàn）集：阴云和冰晶汇集在一起。霰，高空中的水蒸气
遇到冷空气凝结成的小冰粒，多在下雪前或下雪时出现。

⑮牛子：牛金星之子。牛金星之子可知者有牛佺。清赵翼《檐曝杂
记》卷六"牛金星"："卢氏县举人牛金星以磨勘被斥，投降李自
成。……金星子佺为其襄阳府尹，金星随自成自陕南奔，其同党
宋献策等皆道亡，金星乃依其子佺于襄阳。"

⑯二鼓：又称"二更"，指晚上九时至十一时。

⑰夙好：素所喜好，早年的喜好。

⑱西席：尊称受业之师或幕友为"西席"。古人席次尚右，右为宾师之位，居西而面东。据清梁章钜《称谓录》卷八载："汉明帝尊桓荣以师礼，上幸太常府，令荣坐东面，设几。故师曰西席。"

⑲干触：触犯。

⑳通判：清朝设于各府，为知府之佐贰官。与府同知分掌粮盐、督捕、河工、水利、军事等。

【译文】

蒲州的于举人，有个宠爱的姬妾名叫红桃，仪容举止无可挑剔，擅长戏谑谈笑，弹奏琵琶尤其享有盛名。北方的闺秀们大多擅长弹奏琵琶，但红桃的纤纤素指加上甜美的歌喉，拨弄琴弦、合奏曲子时的声调与众不同，所以刚奏出声音，听众就知道这是于家琵琶。崇祯末年，闯王李自成率领部众侵扰各地，黄河与汾水之间的山西一带遭到的祸事尤其残酷。于举人被抓住，闯王士兵将要杀掉他时，军师牛金星看到他年少灵秀，且中了科举，请求让他教导自己的儿子，才让他免于一死。红桃也在兵祸中与于举人失散，不知去向。于举人跟着牛金星住在起义军中，几个月后，住宿在晋王的王府中。晋王府刚刚经历了战乱，虽然有重楼叠阁，但房梁折断，垣墙倾颓，建筑涂抹的颜料纷纷脱落，池沼业已荒芜，园林日渐衰败，翠竹松柏尽数倾倒。于举人住在王府最后面的屋子里，屋内放置了一张床榻，白天，妖魅狐狸在庭中发出尖啸，夜晚，奇异的鬼神魂灵从窗外暗暗窥视，奇诡的形状，怪异的响声，千姿百态，层出不穷。于举人虽然苟活于人世，实则等同置身冥府，他心中挂念着红桃，以至如痴如醉，一切可憎可怖的情境，都被他置之度外。又过了一年，李自成的军队进逼京师，驻扎在保定城北。当时正值寒冬腊月，阴云密布、雪霰集聚，于举人与牛金星之子共住一个行帐。到了傍晚，雪下得越发密了，更鼓刚刚报过二更，于举人掀开营帐出去小解，抬眼四望，只见周围一片雪白，隐约间听到琵琶弹奏的响声，这触及他平日的喜好。于是便赤着脚，踏着雪地，暗地寻找声音来源。穿过几十个行军营帐之后，只有一个营帐里面灯光闪现，乐声从这个营帐中传出，于举人低身细听，正是以前听惯了的琵琶声，于是痛哭一声，身体扑在雪地里无法起身。营帐里的人听到动静，怀疑他是奸细，就把他绑进营帐，认出他是牛金星请来教导儿子的老师，便把他放开，询问他前来此处的原因。于举人说："我家曾经有个歌姬，向来擅长弹奏琵琶。我和她在战乱中失散了，如今已经过去了两年有余，心里期盼能再见她，即使睡梦里也难以忘记这个念头。今天晚上万籁俱寂，远远听到琵琶弹奏的曲调，仿佛就是出自我的歌姬之手，我心中难以承受悲痛。循声过来而冒犯到您，犯下疏狂的过错，希望您能谅解。"帐中人也是个豪爽之人，慷慨地让歌姬出来和于举人见面，果然是红桃。于是再度摆上酒肉，让他能够和红桃开怀畅饮直到夜尽天明。第二天，营帐中的人便将此事告诉牛金星，把红桃送还给了于举人，还派了两个骑兵护送他们返回蒲州。于举人进入本朝做官，一直做到了扬州通判。

　　张山来曰：孝廉之念旧，帐中人之还姬，均足千古。

【译文】

　　张潮说：于举人眷念旧情，帐中人慨然归还姬妾，两个人的事都足以千古流传。

　　徐州李蟠[1]，以文望雄于乡[2]，跌宕自喜[3]。其家去州城一二里。有赵翁者，所居之村与李村相望，晨夕往来无间也。赵翁颇饶于赀，小筑数十楹[4]，外周以垣，中分两院，而空其半，栏槛曲折，花木幽深。忽一日，有美髯老人，从空屋中曳杖而出，自号豹仙，颜如童孺⑤，衣冠甚古。长揖赵翁，偕入其室，则屏帏之丽⑥，几案之精，皆非素有。翁顾视骇愕。豹仙曰："老夫生无氏族，居无井里⑦，所至之地，安即为乡。昨从天目、天台渡江而北⑧，遍访幽栖⑨，曾无惬意。适见君有闲馆，绝远嚣尘，暂顿妾婢于此。当图留珠之报，用酬割宅之恩，幸无讶也。"言未既，美姬渐次出见，焚香于炉，瀹茗于碗⑩，更侍递进，光艳照座。豹仙笑指诸姬曰："此皆老夫养生之具矣。"赵翁告退，念其礼意既殷，谈论复雅，顿忘怪异，转与亲昵，暇则辄相过从。豹仙自言："得道汉时，市朝屡变，转瞬间不觉千有余岁。赖有狐氏八仙，从侍巾栉⑪，红粉四班⑫，命曰'阴猎'。逾月则遣一班于三百里外，媚人取精，挹彼注兹⑬，合同而化⑭，运之以气，葆之以神⑮。延生之术，实由于此。"赵翁度其心能前知，因叩以吉凶祸福，无不奇中。

【注释】

①徐州：南朝宋永初二年（421）改北徐州为徐州，治所在彭城县（今江苏徐州）。明初徐州曾属凤阳府，直隶京师，后属南直隶。清初，徐州先后为江南省和江苏省所属直隶州，雍正十一年（1733）升为徐州府，治所在铜山县（今江苏徐州）。李蟠：字仙李，又字根庵，号莱溪。祖父举人李向阳，父贡生李弇。生于清顺治十二年（1655）五月二十九日，卒于雍正六年（1728）四月初一日（《徐州状元碑园·李蟠年表》）。出身于书香门第，诗礼世家，康熙三十六年（1697）钦点状元。著有《偶然集》。见《（道光）铜山县志》卷十五、《（民国）铜山县志》卷十七、孙运锦《根庵公传》。

②文望:善为文的声望。

③跌宕自喜:放荡不羁,随兴而行。跌宕,亦作"跌荡",放荡不拘。

④小筑:指规模小而比较雅致的住宅,多筑于幽静之处。

⑤童孺:儿童,幼年。

⑥屏帏:屏帐,引申为内室。

⑦井里:乡里。古代同井而成里,故称。

⑧昨从天目、天台渡江而北:昨天游历天目、天台二山后渡江北上。天目山,在今浙江杭州临安区境内,浙皖两省交界处。天台山,位于中国浙江天台北。两山皆在东南地区的浙江,从此向北渡过长江,再向北行,凡行经千里方到徐州。

⑨幽栖:幽僻的栖止之处。

⑩瀹(yuè)茗:煮茶。

⑪巾栉:巾和梳篦。泛指盥洗用具,引申为盥洗。栉,梳子、篦子等梳发用具。

⑫红粉四班:将美人分为四队。红粉,妇女化妆用的胭脂和铅粉,文中借指美女。

⑬挹彼注兹:将彼器的液体倾注于此器。比喻取一方以补另一方。

⑭合同而化:汇合齐同,化为己用。

⑮葆之以神:保存精神,将精神蕴养于体内。

【译文】

徐州的李蟠,以擅长文章扬名乡里,放荡不羁,率性而为。他家离徐州城有一二里距离。有个姓赵的老翁,居住的村落和李蟠的村落距离很近,李蟠早晚皆来赵老翁家,两人过从甚密。赵老翁家中颇有资产,住宅有几十间,外面环绕着围墙,从中间分成两个院落,有一半空置着,里面回廊曲折,花木茂密。忽然有一天,有个长着美髯的老人,从空房中拄杖而出,自称豹仙,容貌如同儿童,穿衣打扮像是古代样式。他向赵老翁作揖问好,又携着赵老翁一起进了房间,只见华丽的屏风帷幕,精美的桌子几案,都不是世间所见。赵老翁探视四周,感到十分惊愕。豹仙说:"老夫生下来就没有家族,居住的地方没有乡里乡亲,去哪里,哪里就是故乡。昨天我从天目山、天台山渡江北上,四处探访幽僻的栖止之处,没有一处能让我感到惬意。恰好见到您家有空闲的屋子,远离尘嚣,便把姬妾奴婢暂时安顿在这个地方。我将会用明珠作为报答,来酬谢您割舍宅邸的恩情,请您千万不要惊惧。"话一说完,美丽的姬妾次第出现,有的在炉中焚香,有的在碗里煮茶,她们轮流进入,艳光四射,惊照四座。豹仙笑着指着诸位美姬说:"这些都是老夫我养生炼气所用的女子。"赵老翁告退后,念及豹仙礼数周到、情义殷切、谈吐雅致,顿时忘记了他的怪异之处,慢慢地和他变得亲昵起来,有空的时候就和他相互往来。豹仙自称:"我在汉代得道成仙,历经朝代变迁,转瞬间不知不觉已过了一千多年。多亏了有八名狐仙,服侍我穿戴装扮,我把这些红粉佳人分为四队,让她们去'阴猎'。每过一个月就派一队美人去三百里外的地方,魅惑他人,吸取男子精气,她们再把吸取的精气贯注给我,我则把精气吸收贯通以化为己用,使精气运行于自身,将精神蕴养于体内。我延长寿命的方法,就在于此。"赵老翁猜测豹仙能预知未来,于是向他询问吉凶祸福之事,没有不被准确说中的。

　　惊传乡曲,咸以真仙奉之。蟠独不信。一夕,痛饮极醉,直造豹所,大呼"妖兽",数其惑众之罪。豹则蚤已避去,其室阒如①,而蟠仍毒詈不止也。赵翁隔院闻其声,亟往谆劝,令仆夫乘月扶归。明日,豹仙复见。赵翁曰:"吾友无状②,深获罪于老仙。醉人当恕,幸无较焉!"豹仙曰:"此君天禄甚高,老夫辈法当退逊③。计其年满三十,当魁天下;四十六岁,位至三公④。但其生平有二隐事,实伤隐德⑤,致干天罚⑥。且性近鬼躁⑦,功名虽显,不免淹阻⑧,或至迁谪。若老夫则迹本萍浮^⑨,呼当马应^⑩,既被谴驱^⑪,无庸留滞矣。"辞别出门。有顷,过觇其居^⑫,鸟语在檐,落红满地,依然一空院也。他日,赵以二隐事询李,李嘿而不悦,似有悔咎之色^⑬。康熙丁丑^⑭,蟠果状元及第,寻以事去官^⑮。

【注释】

①阒(qù)如:寂静貌。阒,同"阒"。

②无状:谓行为失检,没有礼貌。

③退逊:退让,谦逊。

④三公:古代中央三种最高官衔的合称。明、清沿周制,以太师、太傅、太保为三公,只用作大臣的最高荣衔。

⑤隐德:施德于人而不为人所知,谓之"隐德"。

⑥致干天罚:以至于招致上天的诛罚。天罚,上天的诛罚。旧时帝王自谓禀承天意行事,其诛罚不臣常以此为名。

⑦鬼躁:阴险急躁。

⑧淹阻:因受阻遏而停留。

⑨迹本萍浮:行迹如浮萍般漂泊不定。萍浮,犹漂泊。

⑩呼当马应:呼牛应牛,呼马应马,喻对方说什么就是什么。

⑪谴驱:谴责驱赶。

⑫觇(chān):看,偷偷地察看。

⑬悔咎:追悔前非。

⑭康熙丁丑:清康熙三十六年(1697)。李蟠《报母家书》:"康熙三十六年七月十三日殿试,七月十七日胪传……十七日果胪传首唱矣……遂御笔亲书第一甲第一名。"(政协铜山县文史委员会《李蟠诗文集注》)

⑮以事去官:李蟠中状元后,授官翰林院修撰,至康熙三十八年(1699)

任顺天府乡试主考官，因遭到蜚语中伤纵恣行私之，被革职充军。三年后赐归故里，从此闭门著书，直至善终。《东华录·康熙六十四》康熙三十八年："十一月丁酉御史鹿祐奏参顺天乡试正副考官修撰李蟠、编修姜宸英等，以宾兴论秀之典，为纵恣行私之地，实为有玷清班，请立赐罢斥。上谕大学士等：顺天乡试中式者，童稚甚多，物论腾沸，大殊往昔。考试系国家大典，所当严饬以示儆戒，御史鹿祐奏参可嘉。著九卿詹事、科道会同，将李蟠等严加议处。"

【译文】

豹仙的事情被吃惊的众人传遍乡里，乡里人都像侍奉神仙一样对待他。唯独李蟠不信。一天晚上，他开怀痛饮以致大醉，直接跑到豹仙的住所，大声呼喊他为"妖兽"，一一数落他迷惑众人的罪状。豹仙早早地避之而去，房间里寂静无声，但李蟠依旧毒骂不停。赵老翁隔着院子听到骂声，立刻前来谆谆劝诫，让仆从乘着月色送他回家。第二天，豹仙再度出现。赵老翁说："我的朋友行为失检，严重地得罪了您。希望您能原谅他醉酒胡言，千万不要计较！"豹仙说："这个人天赐的福禄相当好，老夫我应当退让。预计他年满三十岁的时候，应当高中状元；四十六岁的时候，位至三公。但他生平做过两件不为人知的事，实在有损德行，以致招引上天的惩罚。况且他个性阴险急躁，虽然功名显耀，但过程难免受到阻碍，甚至落到贬谪的境地。至于老夫的行迹本来就像浮萍一样漂浮不定，他说什么老夫就听着，既然被他斥责驱逐，就不必再滞留此地了。"于是告辞而去。一会儿，赵老翁过去察看豹仙的住处，只见飞鸟在屋檐上鸣唱，落花铺满地面，依然还是个空置的院落。某一天，赵老翁向李蟠询问豹仙提及的两件隐晦之事，李蟠默然不语，表情不悦，似乎有追悔过错的神色。康熙三十六年，李蟠果然状元及第，不久就因事而被免除官职。

　　张山来曰：八狐媚人取精，则豹仙非豹，直老龟耳[①]。

李公有如许胆识，其大魁也固宜[2]。

【注释】

①老龟：龟公。指蓄妓卖淫的男人。

②大魁：科举考试殿试第一名称“大魁”，即状元。

【译文】

张潮说：八只狐狸媚惑男子以取其精气，那么豹仙本体不是豹，类似老龟罢了。李蟠有这样的胆识，状元及第也是理所当然的。

天津徐纬真，素嗜方技[1]，纵酒落魄。康熙初，偶有江淮之行，道经山东古庙，忽闻庙中大呼“徐纬真救我！”乃解鞍小憇[2]。又闻呼之如前，入庙遍视，并无一人，唯有一大铁钟覆地，语出钟内。徐问曰：“汝是何怪？而作人语，且呼我望救耶？”钟内语曰：“上古猿公[3]，黄石老曾从学剑[4]，我即其裔也。以剑术之疏，误伤良善，蒙上帝谴责，囚此钟已百有余年。今限满当出，幸君开之。”徐曰：“我无千钧之力[5]，岂能独发此钟？”钟内语曰：“不劳君手发也，君但去钟上十二字，我即出矣。”钟体泥封，篆文苔绣[6]，取石敲磨，有顷立尽。钟内语曰：“可矣。然须速走，稍迟半刻，不无与君有害！”徐遂跨驴疾行二三里，回望来处，云霾风暴[7]，响若山崩，遥见大白猿，从空飞坠，叩首驴前，倏忽不见。

【注释】

①方技：亦作“方伎”，泛指医、卜、星、相等术。

②小憇（qì）：稍作休息。憇，同“憩”，休息。

③猿公：汉赵晔《吴越春秋·勾践阴谋外传》记有一位擅长剑术的猿公。"越有处女出于南林，国人称善……越王乃使使聘之，问以剑戟之术。处女将北见于王，道逢一翁，自称曰袁公，问于处女：'吾闻子善剑，愿一见之。'女曰：'妾不敢有所隐，唯公试之。'于是袁公即杖箖箊竹，竹枝上颉桥，末堕地，女即捷末，袁公则飞上树，变为白猿。"

④黄石老：即黄石公，别称圯上老人、下邳神人。秦末隐士，失其姓名。传张良刺秦始皇失败后，游下邳，遇老父于圯上，遗以《太公兵法》，谓"十三年后见穀城山下黄石即我矣"。良读其书，佐刘邦取天下。过济北穀城，果见黄石，取而祠之。后代流传兵书《黄石公三略》。

⑤千钧之力：举起千钧之物的勇力。千钧，三十斤为一钧，千钧即三万斤。常用来形容器物之重或力量之大。

⑥篆文苔绣：钟上的篆文字迹被锈蚀，好像片片青苔。

⑦云霾风暴：云雾兴起，狂风暴烈。云霾，浓云。

【译文】

天津徐纬真，素来嗜好卜筮方术之术，纵情喝酒，落魄不堪。康熙初年，他偶然间游历长江、淮河一带，路经山东的一所古庙，忽然听到庙里大声喊道"徐纬真救我！"于是下马解鞍，稍作休息。他又听到和之前一样的喊声，走到庙里四处察看，也没有发现一个人，只见一座大铁钟放在地上，声音就是从钟里传来的。徐纬真问道："你是什么精怪？能够像人一样说话，还喊我的名字让我救你？"钟里发出声音说："上古时有位猿公，黄石公曾经师从它学习剑术，我就是这位猿公的后代。因为自己剑术粗疏，误伤良善之人，遭到天帝的惩罚，被囚禁在这座钟里已经有一百多年了。如今到了期限应该被放出，希望您能为我打开钟。"徐纬真说："我没有举起千钧重物的力道，怎么能一个人撬开这座钟呢？"铁钟里发出声音说："不需要您用手撬开，只要您除去钟上的十二个字，我就能出来了。"钟的本体被泥封住,钟上的篆文字迹有着片片青苔般的锈蚀,徐纬真拿了块石头敲击磨平钟面,一会儿就除去了十二个篆体字。钟里发出声音说:"好了。但你需要赶快离开,稍迟片刻,就会伤害到你!"于是徐纬真跨上毛驴赶紧走了二三里路,回望来的地方,阴云兴起,狂风暴烈,传出好像山崩地裂的巨响,远远看见一只大白猿,从天空飞过,落在地上,在徐纬真毛驴前磕头致谢,忽然间便消失不见了。

徐生南游半载,仍还都下[①]。天街夜静[②],明月满户,闻剥啄声甚急。启户纳之,则年少书生,仪容妍雅[③],再拜称谢而曰:"余济南之钟囚也,赖君拯拔之恩,得超沉沦之厄。上帝赦其夙愆[④],仍还仙秩[⑤]。感君厚德,没齿弗谖[⑥]。念君志切鼎炉[⑦],学求图纬[⑧],今于天府琼笈[⑨],窃得道书三卷授君,以申环珠之报[⑩]。必于一夕篝灯毕抄[⑪],慎毋缓也!"出书置几,匆匆辞别。徐生展阅第一卷,其文如《论语》《孝经》,曰:"平平无奇耳。"展阅第二卷,其文如《阴符》《鸿烈》[⑫],曰:"此亦不足习也。"展阅第三卷,其文皆言吐火吞刀之祕[⑬],征风召雨之奇[⑭],乃大喜曰:"我所求者,正在于是!"遂亟录之。天甫向晓,而少年已至,窥徐意在末帙[⑮],色若不怿者[⑯],叹曰:"我所以报公者,岂谓是乎?第一卷具帝王之略,第二卷成将相之才,第三卷术数之书耳。用之而善,仅以修业[⑰];用而不善,适以戕生[⑱]。然缘止于此,当可奈何?"言未既,人与书俱失矣。徐原籍山阴[⑲],自获书后,尝以其术试于故乡,或捉月于怀,悬之暗室;或捏雷于掌,放之晴霄。以法为戏,取薄酬而资旅食。一日,饮酒大醉,时值炎暑,袒而坐于门,适凉飙骤起,向空书符[⑳],招之入袖,良久不放。

怒触风伯^㉑,于袖中大吼,破袖而出,雷火继之,肤发焦枯^㉒,
随以致毙。

【注释】

①都下:京都。

②天街:京城中的街道。

③妍雅:美丽高雅。

④夙愆:往日的罪过。夙,素有的,旧有的。愆,罪过,过失。

⑤仙秩:仙官。秩,俸禄或品级。

⑥没齿弗谖(xuān):没齿不忘。没齿,指老年,引申为终身之意。
　谖,通"萱",忘记。

⑦志切鼎炉:志在炼丹之术。鼎炉,道士炼丹的鼎和炉,指道术。

⑧学求图纬:想要学习谶纬之术。图纬,图谶和纬书。图谶,巫师或
　方士制作的一种隐语或预言,作为吉凶的符验或征兆。纬书,汉
　代依托儒家经义宣扬符箓瑞应占验之书。

⑨天府琼笈:天庭藏书室里的道书。天府,天庭藏物之府库。琼笈,
　玉饰的书箱,多指道书。

⑩环珠之报:古多有以玉环、明珠报答恩情的故事,如结草衔环、隋
　侯珠等,此处泛指报恩。

⑪篝灯毕抄:点燃灯烛,全部抄完。篝灯,置灯于笼中。篝,竹笼。

⑫《阴符》:指《太公阴符》。传说为姜太公所作之兵书。《鸿烈》:指
　《淮南鸿烈》,即《淮南子》。西汉淮南王刘安及其门客苏非、李尚
　等所著,属于杂家著作,以道家思想为主,吸收掺柔儒、法、阴阳五
　行各家思想。现流传下来的二十一篇,内篇论道,外篇杂说。

⑬吐火吞刀:传统杂技和戏法之一。吐火,发出火光。吞刀,吞下刀
　剑。此处同下句具指具体道术技巧。

⑭征风召雨:呼唤风雨。形容神通广大,具有支配自然神灵的法力。

⑮帙（zhì）：卷册，函册。

⑯色若不怿（yì）：面部似有不愉之色。怿，欢喜。

⑰修业：建立功业。

⑱适以戕生：将会伤害自身。

⑲山阴：明清时有绍兴府山阴县、山西大同府山阴县，未审孰是。

⑳书符：画符。符，道士画的驱使鬼神的图形或线条。

㉑风伯：神话中的风神。

㉒肤发焦枯：皮肤头发都被雷鸣闪电打得焦黄干枯。焦枯，枯黄，干枯。

【译文】

　　徐纬真在南方游历了半年时间，又回到了京城。京城的街道晚上静悄悄的，明月照亮了整个房间，忽然他听到了急促的敲门声。打开门让对方进来，只看见一个年少的书生，仪容美丽姿态高雅，他拜了两拜感谢道："我是济南铁钟里的囚徒，多亏了您的拯救之恩，让我得以跳出被囚钟中的困境。天帝宽恕了我过去的罪行，仍然授予我仙官职位。我感激您深厚的恩德，没齿不忘。考虑到您的志向在于炼丹修行，希望学习谶纬之术，如今我从天界的府库书籍中偷到了三卷道书交给您，来回报您的恩情。您必须在一晚上的时间内点灯抄完，千万不要拖延！"说完拿出书放在几案上，急匆匆地告辞离开了。徐纬真展开书卷阅读第一卷，里面的内容类似《论语》《孝经》，他评论："平平无奇罢了。"打开第二卷，内容类似《太公阴符》《淮南鸿烈》，他评论："这也不值得我学习。"打开第三卷，内容都是吐火吞刀的秘术，招风引雨的奇术，于是大喜，说道："我要找的就是它！"于是急忙抄写。天色刚刚变亮，少年就已经到了，看到徐纬真挑选了最后一卷，面色不怿，叹息道："我要拿来回报您的，难道是它吗？第一卷具备帝王使用的宏韬大略，第二卷能让人成为将相之才，第三卷不过是术数之书罢了。如果好好用它，只能建立功业；如果用之不善，只会伤害自身。然而你的缘分只到这里，又能怎么办呢？"话还没说完，人和书卷都不见了。徐纬真祖籍山阴县，自从得到这本书，曾经在故乡试用里面的术法，有时捉住月亮，把它抱在怀里，然后悬挂到黑暗的室内；有时捏取雷霆放在手心，把它投放到晴朗的天空。他把术法当成儿戏，换取微薄的酬劳来抵充旅行食宿的费用。有一天，徐纬真喝得酩酊大醉，当时正值盛夏酷暑，便袒胸露乳地坐在门前，正好突然刮来一阵凉风，他就向天空画符，把风装进袖子里，过了很久都不放出来。这种行为触怒了风伯，在徐纬真的袖子中大声吼叫，冲破袖子逃了出来，雷鸣闪电紧随其后，把徐纬真的皮肤头发打得焦黄干枯，不多时人就死了。

又康熙庚申①，高州大旱②。有琼山诸生黄宾臣者③，自言得奇门真传④。有司往请之，宾臣结坛观山寺⑤，披发杖剑⑥，以目视日，竟晷不下一睫⑦，天果微雨。诘朝，烈日如故，有司诮其左道无验⑧，宾臣于是由观山迁坛于发祥寺⑨，登浮图第四层⑩，上下左右，悉封以符。谓观者曰："明午必雨。但从东南来则吉，否则当有性命之忧。"因作书与家人诀。明日未时⑪，烈日中狂风大作，宾臣谓其仆曰："雨从西北来，不祥，尔当速去！"其仆甫下塔，霹雳一声，雨如注。有老人见一麻鹰，口含火丸，从塔顶飞入。霹雳再震，宾臣颠仆塔外⑫，右臂一孔如针，血渗渗流不已而死⑬。此皆素无修道之真⑭，妄习亵天之术，宜其干神怒、遭冥诛也⑮。

【注释】

①康熙庚申：清康熙十九年（1680）。

②高州：南朝梁大通中置高州，治所在高凉郡高凉县（今广东阳江西）。明洪武元年（1368）设立高州府，为广东下四府之首。清代沿明制，此时高州府辖有化州、茂名、信宜、电白、吴川、廉江（时称石城）等一州五县，府治茂名县（今广东高州）。

③黄宾臣：屈大均《广东新语》卷二十八亦记黄宾臣求雨事，记其字
敬而。又见《（道光）广东通志》卷三二九引《粤中见闻》。《（康
熙）琼山县志》卷九、《（乾隆）琼山县志》卷九、《（乾隆）琼州府
志》卷十、《（乾隆）高州府志》卷十二、《（咸丰）琼山县志》卷二
二等记作"王宾臣"事，王宾臣为岁贡生，他死后由督学陈公作文
祭之。陈公，据《（乾隆）高州府志》卷十二记"是年，督学道陈肇
昌临高考校，闻之，遣官致祭，还额贡以慰之"。

④奇门真传：奇门遁甲之术的真传。奇门，奇门遁甲之术。以十干
中的"乙、丙、丁"为"三奇"，以八卦的变相"休、生、伤、杜、景、
死、惊、开"为"八门"，故名"奇门"；十干中"甲"最尊贵而不显
露，"六甲"常隐藏于"戊、己、庚、辛、壬、癸"所谓"六仪"之内，
三奇、六仪分布九宫，而"甲"不独占一宫，故名"遁甲"。迷信者
认为根据奇门遁甲，可推算吉凶祸福。

⑤结坛观山寺：在高州观山寺设立求雨的祭坛。观山寺，道教寺观，
位于广州高州之西的观山上。明万历年间高州知府张邦伊创建。

⑥披发杖剑：披散着头发，手拿宝剑。杖，握，执持。

⑦竟晷不下一睫：全程都没有眨一下眼睛。竟晷，所有时间，整个过程。

⑧左道无验：旁门左道，没有灵验。左道，邪门旁道。多指非正统的
巫蛊、方术等。无验，不灵，没有效果。

⑨发祥寺：位于高州城外西南（今广东高州西南部的鉴江河畔），寺
内有八角九层楼阁式的宝光塔，寺建于明万历间。

⑩浮图：亦作"浮屠"。指佛塔。

⑪未时：十二时辰之一。指十三时至十五时。

⑫颠仆：跌倒，跌落。

⑬涔涔（cén）：形容泪、血、汗等液体不断流出或渗出貌。

⑭修道之真：真诚的修道态度。

⑮遭冥诛：遭到阴间的处罚。冥诛，谓在阴间受到惩治。

【译文】

康熙十九年，广东高州府发生大旱。琼山县有位秀才叫黄宾臣，自称学到奇门遁甲之术的真传。官府过去请他祈雨，黄宾臣就在观山寺设坛做法，他披散着头发，手拿宝剑，用眼睛直视太阳，全程都没有眨一下眼睛，天上果然降下小雨。等到第二天早上，还是烈日当空，官府之人讽刺黄宾臣是旁门左道毫无应验，于是黄宾臣便把法坛从观山寺移到发祥寺，登上了寺内佛塔的第四层，他将塔内的上下左右都用符纸封住了。黄宾臣对观看的人说："明天午时肯定下雨。如果是从东南方向来就吉利，否则我会有性命之忧。"于是写下书信和家里人告别。第二天未时，烈日当空，忽然一阵狂风大作，黄宾臣对他的仆从说："雨从西北方向来，不吉利，你要赶快离开！"仆从刚刚下塔，空中突然一声霹雳，大雨倾盆如注。有个老人看见一只麻鹰，嘴里含着火丸，从塔顶飞了进去。雷霆再度震动，黄宾臣从塔里摔了出来，右臂有个针眼大的小孔，血淢淢地流个不停，于是便死了。这都是因为平时没有真诚的修道态度，却妄图修习亵渎天地的法术，触犯神灵的怒火、遭到阴间的处罚自是理所当然的事。

　　张山来曰：猿公既言"用而不善，适以戕生"，何徐君之不谨耶[①]？

【注释】

①"张山来曰"几句：《觚剩·事觚》将"徐纬真""黄宾臣"两事并为一则，题为《猿风鹰火》，《虞初新志》选录时亦将两则故事合为一则，故"黄宾臣"一则文末有张潮评议徐纬真之语。今为读者阅读方便，谨将二事拆分，张潮评语的位置保持不动。

【译文】

　　张潮说：既然猿公已经说了"使用不当，将会残害生命"，为什么徐纬真还是那么不慎重呢？

顺治十年三月①，龙溪老农黄中②，与其子小三，操一小船，往漳州东门买粪。泊船浦头③，浦傍厕粪，黄所买也。父子饭毕，入厕担粪，见遗有腰袱一具④，携以回船。解袱而观，内有白金六封⑤。黄谓其子曰："此必上厕人所失者。富贵之人，必不亲自腰缠；若贫困之人，则此银即性命所系，安可妄取？我当待其人而还之！"小三大以为迂，争之不听，悻悻径回龙溪。黄以袱藏船尾，约篙坐待。良久，遥见一人狂奔而来，入厕周视，彷徨号恸⑥，情状惨迫。黄呼问故，其人曰："我父为山贼妄指，现系州狱⑦。昨造谒贵绅，达情州守⑧，许以百二十金为酬。今鬻田宅，丐亲友，止得其半。待州守许父保释⑨，然后拮据全馈⑩，事乃得解。故以银袱缠腰入州。因急欲如厕，解袱置板。心焦意乱，结衣而出⑪，竟失此银。我死不足惜，何以救我父之死乎？"言讫，泪如雨下。黄细询银数与袱色俱符，慰之曰："银固在也，我待子久矣！"挈而授之，封完如故。其人惊喜过望，留一封谢黄。黄曰："使我有贪心，宁肯辞六受一？"挥手使去。是时船粪将满，而子久不至，遂独自刺船归⑫。行至中途，风雨骤作，舣棹荒村之侧。村岸为雨所冲洗，轰然而崩，露见一瓮，锡灌其口。黄亦不知中有何物，但念取此可为储米器，然重不能胜，力举乃得至船。须臾，雨霁风和，月悬柳外，数声欸乃⑬，夜半抵家。小三以前事告母，两相怨詈。黄归扣户，皆不肯应。黄因诳云："我有宝瓮在船，汝可出共举之。"子母惊起趋船，月光射瓮头如雪，手昇而上，凿锡倾瓮，果皆白镪，约有千金。黄愕然，悟蕉鹿之非梦矣⑭。黄之邻，止隔苇墙，卧听黄夫妇切切私语甚悉。明日,以擅发私藏首于官⑮。龙溪宰执黄庭讯⑯,黄一无所讳,直陈还银获银之由。宰曰:"为善者食其报,此天赐也,岂他人所得而问乎?"笞邻释黄。由是迁家入城,遂终享焉⑰。

【注释】

①顺治十年:1653年。

②龙溪:龙溪县。南朝梁置,属南安郡。治所即今福建漳州九龙江南。明、清为漳州府治。

③浦头:水边。

④腰袱:系于腰部的包袱。多用以藏钱。

⑤白金六封:六包银子。白金,古指银子。封,量词。

⑥彷徨号恸:来回徘徊,号哭哀痛。

⑦现系州狱:现在被拘禁在漳州府衙大狱中。

⑧达情州守:向漳州知府传达实情。达,传达。州守,州太守,明、清时专指知府。据《(康熙)漳州府志》卷十,房星烨(《(光绪)漳州府志》卷十二作"房星煜")在顺治九年(1652)至十一年(1654)任漳州知府。

⑨保释:请求释放被拘押者,并担保其随时接受传讯或不再重新犯罪。

⑩拮据全馈(kuì):艰难窘迫地支付酬劳。馈,通"馈",赠送。

⑪结衣:系好衣服。

⑫刺船:撑船。撑船时需以船篙刺入水中泥土前行,故名。

⑬欸乃:象声词。摇橹声。

⑭蕉(qiáo)鹿之非梦:用柴薪覆盖野鹿的事情并不是一场梦幻,指所遭遇的事情并非虚幻梦境。蕉鹿,覆鹿寻蕉,出自《列子·周穆王》:"郑人有薪于野者,遇骇鹿,御而击之,毙之。恐人见之也,遽而藏诸隍中,覆之以蕉,不胜其喜。俄而遗其所藏之处,遂

以为梦焉。"蕉，通"樵"，柴薪。

⑮以擅发私藏首于官：用擅自发掘别人私蓄的罪名向官府告发黄中。私藏，犹私蓄。指私有的财产。首，出头告发。

⑯龙溪宰执黄庭讯：龙溪县知县逮捕了黄中并当庭审讯。据《（康熙）漳州府志》卷十、《（乾隆）龙溪县志》卷十二，进士祝喻在顺治六年（1649）至十一年（1654）任龙溪知县，其人事迹可见《（道光）城武县志》卷九。

⑰终享：终享天年。

【译文】

顺治十年三月，龙溪县的老农黄中，和他的儿子黄小三，撑着一艘小船，到漳州城的东门买粪。他们把船停在河岸，岸边厕所里的粪便，就是黄中买的。父子两人吃完饭后进厕所担粪，发现有人落下一只腰袱，便把它带回了船。打开腰袱一看，里面有六包白银。黄中对儿子说："这肯定是上厕所的人丢失的。富贵的人，肯定不会随身携带钱财；如果是贫困的人，这笔钱肯定关系着身家性命，怎么能随意妄取呢？我要等着丢钱的人回来还给他！"黄小三认为父亲十分迂腐，和父亲争辩也未被采纳，就悻悻然直接回到了龙溪。黄中把腰袱藏在船尾，收起长篙坐着等人。过了很久，远远看见一个人狂奔而来，进了厕所找了一圈，来回走来走去，悲痛号哭，样子十分凄惨。黄中喊来他询问原因，那个人说："我父亲被山贼随意栽赃，现在被拘禁在漳州府大狱中。我昨天拜见某位显贵官员，通过他向漳州知府禀明情况，承诺酬赠一百二十两白银。现在我卖了农田房舍，求助亲朋好友，只得到一半的钱。等到漳州知府答应保释我的父亲后，再艰难地支付另一半的酬金，事情才能解决。于是我就把银钱放进腰袱里带进州城。因为着急上厕所，所以把腰袱放在木板上。心急意乱之下，穿上衣服就出了厕所，最终丢失了那些钱。我自己死不足惜，但该用什么来救活父亲，让他免于死难呢？"说完后，泪如雨下。黄中详细地询问他银钱的数目和腰袱的颜色，都能对得上，便安慰他说："银钱还在，我等你已经很久了！"于是提着腰袱递送给他，白银的封纸还完好如故。这个人惊喜过望，留下一包白银以答谢黄中。黄中说："如果我有贪婪之心，怎么会不要六包银子而接受一包银子呢？"挥手让他离去。这时船里的粪便将要装满，但儿子过了很久都没有回来，黄中便独自一人撑着船回家了。行船到了半路，突然风雨大作，黄中便将船停在一个荒芜的村庄旁边。村里的河岸被雨水冲洗，轰然崩塌，露出一只瓮，瓮口被锡封着。黄中不知道里面有什么，只是想着这只瓮可以作为储放米粮的容器，然而瓮太重很难搬动，他用尽全力才把它搬到船上。不一会儿，云消雨霁，微风和畅，月亮高悬在垂柳之外，只听到几声摇橹声，直到半夜，黄中才抵达家中。黄小三把前面的事告诉给母亲，两人一起怨恨咒骂黄中。黄中回家敲门，两人都不肯回应。黄中于是骗他们说："我有一只宝瓮放在船里，你们俩可以一起帮忙搬回家。"母子二人惊讶地站起来，跑到船边，此时月光射到瓮的顶部，发出像白雪一样的光芒，他们手抬着瓮往上提，随后凿开瓮口的封锡，将瓮倾倒，里面果然都是白银，大概有一千两。黄中愕然，才醒悟到自己的遭遇并非一场虚幻的梦境。黄中的邻居，与黄家只隔着芦苇做的墙，躺在床上清楚地听到了黄中夫妇的窃窃私语。第二天，邻居便以擅自发掘别人私蓄的罪名向官府告发了他们。龙溪知县逮捕了黄中并当庭审讯，黄中没有丝毫隐瞒，径直讲了归还白银后又获得新白银的整个过程。知县说："行善事得到报答，这些白银是上天赐给的，岂能用这是其他人的财产为由来质疑行善者呢？"于是鞭打黄家的邻人，释放黄中。自此，黄中把家搬到城里，后来终享天年。

张山来曰：先王父亦有还金事[①]，事载《江南通志》中[②]。先君亦阴行善事[③]，愧我辈不能继述，日趋贫困，唯有义命自安而已[④]。

【注释】

①先王父：已去世的祖父，指张潮祖父张正茂，字松如，号元晨，有《元晨集》。

②《江南通志》：据《虞初新志》成书时间推断，此处的《江南通志》当指清康熙二十三年（1684）于成龙等纂修本。清康熙二十二年，总督于成龙与江苏巡抚余国柱、安徽巡抚徐国相等，奉部檄创修《江南通志》，聘张九征、陈焯任编纂，集江南通儒采辑文献，历时半年而成稿，随即付刻。此部《江南通志》共七十六卷，是现存江南地区最早的一部通志，有清康熙二十三年江南通志局刻本。张潮祖父张正茂事迹载于该书卷五三《孝义传》，文记张正茂"尝买婢，询知其父无他息，即还之不责值"，此事又被后世方志传载，如《（乾隆）江南通志》卷一六零即传抄张正茂之事。

③先君亦阴行善事：我已故的父亲张习孔也暗行善事。

④义命自安：本分做人，不愧于心。义命，泛指本分。自安，自安其心，自以为安定。

【译文】

　　张潮说：我已逝的祖父张正茂也有还人银钱的事迹，此事被记载在《江南通志》中。我已故的父亲张习孔也暗行善事，惭愧的是到我这一辈未能继承这一点，反而日益贫困，只是本分做人，不愧于心罢了。

物觚

钮琇（玉樵）①

　　岁当夏秋之交，上尝巡幸口外②。康熙四十年七月③，驾至索尔哈济，有喇里达番头人④，进彩鹞一架⑤，青翅蝴蝶一双。上问："此二物产于何地？"头人回奏："生穹谷山中。鹞能擒虎，蝶能捕鸟。"天颜大喜，赐以金而遣之。又驻跸郭哈密图七立⑥，有索和诺蛇哈密，献麟草一方⑦，奏云："此草产于鸣鹿山雷风岭。自利用元年至今⑧，止结数枚，必俟千月乃成。非遇圣朝，不易呈瑞。"

【注释】

①钮琇：参见卷十六《记吴六奇将军事》注释。本篇七则故事选自钮琇笔记小说集《觚剩·续编》中的《物觚》。

②上尝巡幸口外：皇帝经常到长城以北地区巡游驾幸。尝，通"常"。口外，称长城以北城区。

③康熙四十年：1701年。据《清史稿·圣祖纪》记，此年七月清圣祖康熙帝巡幸塞外，八月至齐老图。

④头人：首领。喇里达番头人献物事见清余金《熙朝新语》卷六、清陈康祺《郎潜纪闻》卷五。又徐珂《清稗类钞·朝贡类》记清圣祖于康熙四十年幸索尔哈济，喇里达头人所献之物同于本篇。

⑤鹞（yào）：一种凶猛的鸟，样子像鹰，比鹰小，捕食小鸟，通常称"鹞鹰""鹞子"。

⑥驻跸（bì）：帝王出行，途中停留暂住。跸，泛指帝王出行的车驾。

⑦献麟草一方：献麟草事见清余金《熙朝新语》卷二、清王士禛《香祖笔记》卷四。

⑧利用元年：未详。清孟麟《泉布统志》卷六引《物觚》"麟草"事，注云："此利用乃正隆三年改元之利用，载在《金·食货志》内，非吴三桂之利用也。"然考之《金史·食货志三》，仅记金海陵王正隆三年（1158）京兆置钱监曰利用，此"利用"非年号，且不合"千月乃成"之载。

【译文】

每年夏秋之交，皇帝经常到长城以北地区巡游驾幸。康熙四十年七月，清圣祖御驾到达索尔哈济，有个喇里达番首领，敬献了一架身披彩色羽毛的鹘鹰，一双长有青色翅膀的蝴蝶。清圣祖问："这两件东西产于哪里？"首领回禀道："生于穹谷山里。鹘鹰能够捉住猛虎，蝴蝶能够捕捉飞鸟。"清圣祖龙颜大悦，赐给他赏钱，打发他回去。又有一次，清圣祖御驾驻扎在郭哈密图七立，索和诺蛇哈密献上一种麟草，上奏说："这株草产于鸣鹿山雷风岭。自从利用元年到今天，只结了几枚，要等上一千个月才能长成。如果不是遇上本朝天子圣明，我不会轻易地呈上祥瑞。"

姑苏金老，貌甚朴，而有刻棘镂尘之功①。其最异者，用桃核一枚，雕为东坡游舫②。舫之形，上穹下坦③，前舒后奋④，中则方仓⑤，四围左右各有花纹。短窗二，可能开阖。启窗而观，一几，三椅。巾袍而多髯者为东坡，坐而倚窗外望。禅衣冠⑥，坐对东坡而俯于几者为佛印师。几上纵横列三十二牌，若欲搜抹者然⑦。少年隅坐⑧，横洞箫而吹者，则相从之客也⑨。舫首童子一，旁置茶铛。童子平头短襦⑩，右手执扇，伛而飓火⑪。舫尾老翁，椎髻芒鞋⑫，邪立摇橹⑬。外而柂篙篷缆之属⑭，无不具也。舷槛檐幕之形⑮，无不周也。细测其体，大不过两指甲耳。康熙三十七年春，江南巡抚宋公家藏一器⑯，左侧窗败，无有能修治者。闻金老名，赠银十饼，使完之。金老曰："此亦我手制也。世间同我目力，同我心思，然思巧而气不静⑰，气静而神不完⑱，与无巧同。我有四子，唯行三者稍传我法，而未得其精，况他人乎！"

【注释】

①刻棘镂尘之功：具有在荆棘顶端、尘土表面雕刻的高超技巧。棘，酸枣树，茎上多刺。泛指有刺的苗木。镂尘，雕刻灰尘。《关尹子·一宇》："言之如吹影，思之如镂尘，圣智造迷，鬼神不识。"

②雕为东坡游舫：雕刻以苏轼乘船游玩为主题的作品。

③上穹下坦：上方隆起，下方平坦。穹，隆起。

④前舒后奋：船前身舒展，后部略微翘起。舒，展开，伸展。奋，提起，举起。

⑤方仓：方形的船舱。

⑥禅衣冠：穿着僧人的服饰。

⑦搜抹：寻找触摸，形容打牌的样子。

⑧隅坐：坐于席角旁。古无椅，布席共坐于地，尊者正席，卑者坐于旁位。

⑨相从之客：和他们在一起的客人。相从，跟随，在一起。

⑩平头：不戴冠巾。古代奴仆不戴冠巾，又称作平头奴子。

⑪伛而飏（yáng）火：弯着腰鼓风扇火。伛，驼背。飏火，使火炽盛。

⑫椎髻芒鞋：梳着椎髻，踏着草鞋。椎髻，亦作"椎结"。一撮之髻，其形如椎。芒鞋，用芒茎外皮编织成的鞋。亦泛指草鞋。

⑬邪：偏斜。

⑭柁（duò）篙篷缆之属：舵把、船篙、船篷、缆绳之类的物品。柁，即舵。篙，用竹竿或杉木等制成的撑船工具。篷，遮蔽风雨和阳光的东西，用竹篾、苇席、布等做成。缆，系船用的粗绳或铁索。

⑮舷槛檐幕之形：船舷、栏杆、屋檐、帐幕的形状。

⑯江南巡抚：此指江苏巡抚。江南，清顺治二年（1645）改南直隶置江南省，治所在江宁府（今江苏南京）。康熙六年（1667）江南省分置江苏、安徽二省。此后仍习惯合称这两省为江南省，但本文实指江苏省。宋公：指宋荦，宋荦在康熙三十一年（1692）由江西巡

抚转任江苏巡抚，直到康熙四十四年（1705）转任吏部尚书。见《清史稿·宋荦传》及《（乾隆）江南通志》卷一零五"江苏巡抚"。

⑰然思巧而气不静：然而心思灵巧的人意气不够平和。

⑱气静而神不完：意气平和的人精神不够饱满。

【译文】

苏州府的金老，相貌古朴，但有能够在微小如荆棘顶端、尘土表面雕刻的精巧本事。他作品中最奇异的，是用一枚桃核，雕出东坡游船图。游船的外形，上方隆起，下方平坦，前身舒展，后部略微翘起，中间则是方形的船舱，左右四围都雕刻着花纹。有两扇小窗，能够打开关上。开窗一看，里面有一张桌案，三把椅子。戴着头巾、穿着袍子且胡须茂密的是苏轼，坐在椅子上，靠着窗子朝外望。穿着僧人服饰，坐在苏轼对面，却俯身在几案上的是佛印法师。几案上横竖交错地码放着三十二张牌，佛印伸手做出打牌的样子。有一个少年坐在角落，横着吹奏洞箫，是和苏轼一起游玩的客人。船首有个童子，边上放着煎茶用的锅。童子未戴头巾，穿着短襦，右手拿着扇子，弯腰扇火。船尾有个老翁，梳着椎髻、脚踏草鞋，斜立着摇橹。另外，舵把、船篙、顶篷、缆绳之类的物品，没有不齐备的。船舷、栏杆、屋檐、帐幕的形状，没有不周全的。仔细测量船体，不过两个指甲盖那么大罢了。康熙三十七年春，江苏巡抚宋荦家收藏了一件雕刻品，左边窗户坏了，没有人能够修复。听闻金老的名声，送来十块银饼，让他把东西修好。金老说："这也是我亲手制成的。天下和我一样有目力、有巧思的人，就算心思灵巧，意气却不够平和，即使意气平和，精神却不够饱满，这和不够心灵手巧的人是一样的。我有四个儿子，只有排行第三的儿子略微得了我的真传，他都没领会到精髓，何况是其他人呢！"

张山来曰：气静而神完，非深于《庄子》者不能道。

【译文】

　　张潮说:意气平和且精神饱满,不熟悉《庄子》的人说不出这样的话。

　　山东文登县僻在海隅①。其濒海之地,于康熙二十二年秋,有怪物出入其间,居民互相惊告,以为鬼至。每日向夕,辄闭门墐户。如是两月,不得已而闻于县。县宰之仆高忠②,勇敢有大力,告其主曰:"海怪扰民,家不贴席③,此吾主之事,而亦即忠之事也。愿赐良马一匹,铦枪一枝④,忠能除之。"宰如所请,忠即跨马挟枪,独至海滨。新月初升,平沙如雪,比至二鼓,见一蓝面鬼,身长一丈有余,耸角枝牙⑤,毛肱鳞背⑥,坐于沙上,列置熟鸡五只,浊酒十瓶,举觥独酌,运掌若扇。忠驰马直前,以枪拟其肉角⑦。鬼惊窜入海,忠遂据其坐,裂鸡酾酒⑧,神气益壮。少顷,海水涌立,前鬼骑一怪兽,随波而出,舞刀迎斗。相持久之,忠乘间枪刺其腹,鬼遗刀而遁。忠拾刀还县,其上有"雁翎刀"三字。宰命收贮县库。于是濒海之怪遂绝。

【注释】

①文登县:北齐天统四年(568)置,属长广郡。治所即今山东威海文登区。明洪武初属莱州,九年(1376)改属登州府,清属登州府。

②县宰:据《(光绪)文登县志》卷五,康熙二十二年(1683)王郇任文登县知县,此文所记县宰或即此人。

③家不贴席:家家户户都鸡犬不宁。贴席,安卧于席,喻安稳。

④铦(xiān)枪:一种古代专门用于捕杀鲸鱼的刺击武器。

⑤耸角枝牙：尖角高耸，牙齿锋利。

⑥毛肱鳞背：胳膊上长有毛发，背上覆盖着鳞片。

⑦拟：指向。

⑧裂鸡酾（shī）酒：掰开鸡肉，给自己斟上酒。酾，斟。

【译文】

山东文登县地处偏僻，位于大海边。县里临海的地方，在康熙二十二年秋天，有怪物出没，当地居民惊走相告，以为是鬼来了。每天到了傍晚，就紧闭门户。这样过了两个月，不得已才把情况上告到县里。文登知县的仆从高忠，生性勇敢，力大无比，禀告主人说："海怪惊扰百姓，搅得家家户户都鸡犬不宁，这是主人您的事，那么也就是我的事。希望您能赐下一匹良马，一杆钂枪，我能为您除掉这个怪物。"知县应允，提供给高忠需要的东西，高忠便跨上骏马，挟着钂枪，独自一人来到海边。当时月亮刚刚升起，照得平坦的海滩像覆盖着白雪一样发出白光，等到二更时分，高忠看见一个面容蓝色的鬼怪，身高一丈多长，尖角高耸，牙齿锋利，胳膊上长有毛发，背上覆盖着鳞片，坐在沙滩上，面前放着五只烤熟的鸡，十瓶浊酒，举着酒杯，自斟自饮，张开手掌，有蒲扇那么大。高忠纵马奔驰，跑到怪物面前，用枪去刺它的肉角。怪物大惊之下蹿进海里，于是高忠就占了怪物原来的位置，掰开鸡肉，给自己斟上浊酒，神气胆色越发壮大。一会儿，海水翻涌立起，之前的怪物骑着一匹怪兽随着波浪现身，挥舞着大刀同高忠比斗。双方相持不下很长时间，高忠趁机将枪刺进怪物的腹部，怪物丢下刀逃遁了。高忠捡起刀，回到县里，之后发现刀上有"雁翎刀"三个字。知县命令把刀收进县衙府库里。从这以后，临海地区发生的怪事就绝迹了。

东粤省城甜水巷旗人丁姓者①，入市买一溺器②，命童携归，置于卧床之侧。夜起小遗，而壶口闭塞③，且举之颇重，就月视之，口内外皆黄蜡封固④。丁以石碎之，忽见三寸小黑人跳跃而出,顷刻间长八九尺,身衣墨色布袍,手持利刃,入室登床,将杀丁妇。丁随于床头拔剑格斗,至鸡鸣时⑤,黑人倏然而隐。次夕更余,复见灯下,丁仍挥剑逐去。越十余日,其邻余秀士之妻告丁妇曰:"我闻五仙庙法师善治妖,盍往求焉?"是夜,黑人竟奔秀士家,大声詈曰:"我与丁妇有三世夙仇,愬之冥界。其父母兄弟死亡无遗⑥,唯此女在耳,将尽杀以雪我冤!何与汝事,而令遣妖道驱我为?"悉碎其日用器物,愤愤出门,遂不复见。丁妇自是无恙。

【注释】

①东粤:指广东省。

②溺器:盛小便的器物。

③闭塞:堵塞。

④黄蜡:即蜂蜡,色黄,故称。

⑤鸡鸣:常指天明之前。

⑥死亡无遗:死亡殆尽。无遗,没有脱漏或余留。

【译文】

广东省城甜水巷里有个姓丁的满族人,到市集买了一个便壶,让仆童带回家,放在床边。晚上起来小便,却发现便壶壶口被堵住了,而且提起来相当沉重,就着月光一看,只见壶口里外都被黄蜡紧紧地封上了。丁某用石头打碎黄蜡,忽然看到一个三寸大小的黑人从壶里一跃而出,顷刻之间就长到八九尺高,他身上穿着黑色布袍,手里拿着利刃,进入内室爬到床上,要杀死丁某的妻子。丁某便从床头拔出剑和他格斗,天快要亮时,黑人忽然间消失了。第二天晚上,打更过后,那个人又出现在油灯下,丁某仍旧挥舞宝剑把黑人赶走了。过了十来天,邻居余秀才的妻子告诉丁某的妻子说:"我听说五仙庙的法师擅长收服妖怪,为什么不去那里求求看呢?"当天夜里,黑人竟然跑到余秀才家,大声骂道:"我和丁某之妻有三世之仇,曾向地府控告。她的父母兄弟已经死亡殆尽,只剩下这个女人还活着,我要杀光他们来昭雪我的冤屈!这件事情和你有什么关系,竟然要让她派妖道把我驱走?"于是打碎了余秀才家的日常用具,愤愤出门,不再现身。丁某妻子从这以后便安然无恙了。

　　张山来曰:报仇而隐于溺器中,亦可谓破釜沉舟①。而卒不能报,徒迁怒于其邻,何也?

【注释】

①破釜沉舟:典出《史记·项羽本纪》:"项羽乃悉引兵渡河,皆沈船,破釜甑,烧庐舍,持三日粮,以示士卒必死,无一还心。"后遂以之表示下定必死决心,有进无退,坚持到底。

【译文】

　　张潮说:隐藏在便壶中以报仇,也可以称得上是破釜沉舟。最终无法报仇,徒然迁怒于邻居,这是为什么呢?

　　康熙壬申、癸酉两岁①,西安洊饥②,斗米千钱,道殣相望③。渭南县民赵午鬻其子女已尽④,家有一母一妻,无所得食,担其釜甑⑤,就粟湖广⑥。赵以其母老而善饭⑦,常生厌弃之意。其妇王氏事姑至孝,随侍益谨。癸酉四月,行至商州山中⑧,午谓妇曰:"老母步履艰难,汝负担先行,俟我挟之徐走。"妇是其言,遂于前途息肩以待⑨。午狂奔追及,妇问姑何在,午曰:"少顷即至矣。"妇怒曰:"龙钟老人⑩,何以令其独走!"以担授午,仍回旧路觅姑。午掌掴其妇数十⑪,携担竟去。妇回至一僻所,见其姑面缚于树⑫,以土塞口,气将绝矣。妇亟解姑缚,挶口出土^⑬,捧泉水灌之,乃甦。伛偻负姑行二里许,其夫已为虎噬,投担委衣^⑭,残骴狼藉^⑮。妇视而啼曰:"天乎! 赵午大逆^⑯,遭此虎暴。非死于虎,死于神也!"道傍闻者,无不叹息,称妇之贤而快午之毙。是时商州守戴良佐散赈龙驹寨^⑰,妇负姑行久,色状馁疲^⑱。适经寨下,戴守召询,得其详,厚赐以金,令妇还渭南养姑。感泣而归。

【注释】

①康熙壬申、癸酉两岁:清康熙三十一年(1692)、三十二年(1693)两年。

②西安:西安府,明洪武二年(1369)改奉元路置,治所在长安、咸宁二县(今陕西西安)。明、清两代为陕西省省会。洊(jiàn)饥:连年饥荒。《康熙朝实录》康熙三十一年四月记"西安、凤翔所属州县因遇饥馑,已全蠲一岁钱粮。今动支户部库银一百万两速送至陕西,以备散给军需、赈济饥民,庶于地方大有裨益"。

③道殣(jìn)相望:道路上饿死的尸体接连不断。殣,指饿死的人。

④渭南县:十六国前秦甘露二年(360)置,治今陕西渭南北。明、清属西安府。

⑤釜甑(zèng):釜和甑,此处指炊具。釜,古炊器。甑,蒸食炊器。

⑥就粟湖广:到湖北、湖南两省寻找粮食。湖广,原是明代湖广行省,清康熙六年(1667)改置湖北、湖南二省。

⑦善饭:犹健饭,饭量大。

⑧商州:北周宣政元年(578)改洛州置,治上洛县(今陕西商洛商州区)。明洪武年间降为商县,成化时复升商州。

⑨息肩以待:卸去担子等待他们。息肩,卸去负担。

⑩龙钟老人：年迈衰朽之人。龙钟，身体衰老，行动不灵便者。

⑪掌掴：打耳光。

⑫面缚：双手反绑于背而面向前。

⑬揠：拔，取出。

⑭投担委衣：扔下担子，舍弃衣服。投，抛，扔。委，抛弃，舍弃。

⑮残胔（zì）狼藉：剩下来的尸骨一片狼藉。

⑯大逆：此指忤逆不孝，古代刑律大罪有"不孝"，与危害君父、宗庙、宫阙等罪行的"大逆"同列"十恶"。

⑰戴良佐：据《（乾隆）直隶商州志》卷九记戴良佐为正红旗人，康熙二十七年（1688）任商州知州。散赈龙驹寨：在龙驹寨散粮赈灾。龙驹寨，即今陕西丹凤。清乾隆二十二年（1757）曾设商州同知驻此。

⑱色状馁疲：面有饥饿疲劳之色。

【译文】

康熙三十一、三十二两年之间，西安府发生连年饥荒，一斗米价值上升到一千钱，路上饿殍随处可见。渭南县百姓赵午卖光了自己的儿女，家里只剩下母亲和妻子，没有办法获得食物，于是担着炊具，到湖广去寻找粮食。赵午因为母亲老迈又食量很大，经常产生厌恶嫌弃的念头。他的妻子王氏对待婆婆十分孝顺，跟在婆婆身边侍候地越发谨慎。康熙三十二年四月，他们走到了商州山中，赵午对王氏说："母亲年老走路艰难，你担着担子先走，等我带着她慢慢跟上来。"王氏听从了他的话，于是在前面放下担子等他。赵午一路狂奔追上了王氏，王氏问他婆婆在哪里，赵午说："一会儿就到。"王氏生气地说："母亲年迈衰朽、行动不便，你为什么要让她一个人走！"于是把担子交给赵午，仍然回到原路寻找婆婆。赵午掌掴了王氏几十下，竟然挑起担子离开了。王氏往回走到一个偏僻的地方，看见她的婆婆被反绑在树上，嘴里被塞进土，气息将绝。王氏急忙解开婆婆身上的束缚，掏出她嘴里的土，捧来泉水给她漱口，婆婆这才苏醒过来。王氏伛偻着身躯背着婆婆走了两里多路，发现丈夫赵午已经被老虎吃掉了，担子被扔在一边，衣服掉在地上，剩下的尸骨一片狼藉。王氏看见后哭泣道："老天爷！赵午忤逆不孝，招致老虎咬死。他不是死在老虎嘴里，而是死在神灵手中！"路边听到的人，没有不叹息的，纷纷称赞妇人的贤德，对赵午的死亡拍手称快。当时商州知州戴良佐在龙驹寨散粮赈灾，王氏背着婆婆走了很久，脸上都是饥饿疲劳之色。到了龙驹寨后，戴良佐召见她询问原因，得知事情的详细经过，给了她丰厚的赏赐，让她回渭南县赡养婆婆。王氏感激涕零地返回故乡。

　　英德县含洸司①，有猎人负弓弩射于山。适雷雨骤至，隐身蓊翳②。遥见数武外老树上盘绕巨蛇，长十余丈，首大如瓮。迅雷轰轰，将迫蛇，蛇仰首吐火上冲，红光如彗③，雷渐引去④。少顷，雷声甚怒，复迫蛇，蛇复吐火敌雷。猎人恶其猛毒，彀弓发弩⑤，中其尾，蛇首顿缩。霹雳大震，蛇遂击死，而猎人亦惊仆矣⑥。闻空中有语之者曰："无恐，当即甦也。"良久，清醒还家。家人见其背有朱书"代天除暴，延寿二纪"八字⑦，浣之不去⑧。此康熙辛酉四月间事⑨，今距射蛇时已二十余载，英德人言其雄健犹昔，盖天锡之龄⑩，固未艾也⑪。

【注释】

①英德县含洸司：英德县的含洸司。英德县，明洪武二年（1369）降英德州为县，治今广东英德。明、清属韶州府。含洸司，即今广东英德西北洸洸镇，明正德九年（1514）置巡司于此。

②蓊翳（wěng yì）：指茂密的林木。

③红光如彗：火焰红光的形状如同拖着长尾的彗星。彗，彗星，拖有

长尾,俗称"扫帚星"。

④雷渐引去:雷电渐渐消退。

⑤彀(gòu)弓发弩:张满长弓,放出箭矢。彀弓,张满弓。弩,一种
　用机械力量射箭的弓,泛指弓,此处指箭矢。

⑥惊仆:受惊吓而跌倒。

⑦延寿二纪:寿命延长二十四年。纪,古代记年的方式,一纪为十二年。

⑧浣之不去:无法洗去。浣,洗。

⑨康熙辛酉:康熙二十年(1681)。

⑩锡:赐予。

⑪固未艾也:还没有用完。艾,止,绝。

【译文】

英德县的含洸司,有个猎人背着弓弩上山打猎。突然遭遇雷雨,他
便藏身在茂密的林木中躲雨。他看见几步外的老树上盘绕着一条巨蛇,
身长十多丈,头颅比瓮还大。迅疾的雷霆发出轰隆的震动声,即将接近
巨蛇,巨蛇仰头吐出火焰,火焰向上冲去,带着彗星尾巴一样的红色光
芒,雷电渐渐消退。没过多久,雷声带着怒意再次接近巨蛇,巨蛇再次吐
出火焰迎击雷霆。猎人厌恶巨蛇的凶暴毒性,弯弓射箭,箭枝射中毒蛇
的尾部,蛇头顿时一缩。雷霆大震,于是巨蛇便被雷电击中而死,猎人也
惊倒在地。只听到空中有声音对猎人说道:"不用惊恐,你很快就会醒
来。"过了很久,猎人醒过来回到家里。家里人看到他的背上写着"代天
除暴,延寿二纪"八个红字,无法洗掉。这是清康熙二十年四月的事了,
现在距离猎人射蛇的时间已经过去了二十多年,英德县人说那位猎人还
是像过去一样健壮雄武,大概是上天赐给他的寿元还没有用完吧!

　　余同学友王仔衡言:其亲某,以红纸作筒,封银三钱,
致贺婚家。婚家返银,拆筒展视,忽变小虾蟆一头,眼若点
砵①,通体白如水精②,莹洁空明,骨脏俱见。趯然从纸窝跃

出③，捕而藏之箧，晨夕玩弄，阅三日失去。广州陈弘泰④，贷钱于人而征其息，其人将鬻虾蟆万头以偿，弘泰睹而心恻，命悉放之江中，遂与焚券。数月后，骑行夜归，路间有物，光焰闪烁，惊马不前。视之，乃尺许金虾蟆也。取以还家，自此益致饶裕⑤。夫金银本无定质⑥，变易不常⑦，故其聚散，每因人心以为去留。天下之溺于富贵者，取之既非以义，守之又无其道，而欲据为子孙百世之业，不亦偾乎⑧？

【注释】

①眼若点硃：眼睛像点了朱砂一样红。硃，朱砂。

②水精：水晶。

③趯（yuè）然：跳跃貌。

④陈弘泰：陈弘泰乃是五代时蜀地广都县（今四川成都双流区）人，其放蛤蟆事见《太平广记》卷一一八引《儆戒录》，明仁孝皇后《劝善书》卷十四、明颜茂猷《迪吉录》卷八、明朱棣《为善阴骘》卷四、明陈其力《芸心识余》卷七等皆传抄其事。后代传抄此事时误将"广都"引作"广州"，如《（万历）广东通志》卷七一、《（康熙）广东通志》卷三十皆将此事归入广州，《觚剩》即沿袭讹误，将"广都"易作"广州"。

⑤饶裕：富饶丰裕。

⑥定质：固定不变的性质。

⑦变易不常：变化无常。

⑧偾：同"颠"。颠倒，错乱。

【译文】

　　我的同窗好友王仔衡说：他家的亲戚某人，用红纸做了个纸筒，装了三钱银子，送给成婚的人家。对方回礼时，打开纸筒一看，只见白银忽然变成一只小蛤蟆，眼睛好像点上了朱砂，全身像水晶一样洁白，晶莹透亮，可以清晰地看见里面的骨骼内脏。蛤蟆迅速地从纸堆里跳出，被人捉住，放进箱子里，一天到晚都拿来逗弄，过了三天却不见了。广都的陈弘泰，借钱给别人以收取利息，有人要卖万头蛤蟆来偿还欠款，陈弘泰看到后生出恻隐之心，让人把它们都放进江里，然后烧了债券。几个月后，陈弘泰骑马乘着夜色回家，路上有个东西光芒闪闪，吓得马匹不敢上前。走过去一看，原来是个一尺来长的金蛤蟆。陈弘泰把它带回家，从这以后家里越发富有。金银的本质本来就不是固定不变的，形态变化无常，所以它的汇聚离开，每每都是因为人心决定去留。天下沉迷富贵的人，取得钱财时既没有合乎道义，持守钱财又没有遵循道义，却想着据有钱财以作为子孙后代无数代的家业，这样做不正是本末倒置吗？

张山来曰：若虾蟆不复化去，则尤胜阿堵物也^①。

【注释】

①阿堵物：钱的别称。典出南朝宋刘义庆《世说新语·规箴》："王夷甫雅尚玄远，常嫉其妇贪浊，口未尝言钱字。妇欲试之，令婢以钱绕床不得行。夷甫晨起，见钱阂行，呼婢曰：'举却阿堵物。'"

【译文】

张潮说：如果蛤蟆不曾变化离开，那么它比钱财的价值更高。

名捕传

姚□□（伯祥）^①

金坛王伯弢孝廉^②，自言丙午偕计至德州^③，见道旁有捕贼勾当^④，与州解相噪^⑤。问之，云："放马贼昼劫上供银若干⑥，追之则死贼手，不追则死坐累⑦。"各相向呼天，泣数行下。然贼马尘起处，犹目力可望也。忽有夫妇两骑从他道来。诸捕咸惊相庆曰："保定名捕至矣⑧！当无忧也。"诸捕控名捕马，问何从来。言夫妇泰山进香耳。然名捕病甚，俯首鞍上。其妻亦短小好妇人，以皂罗覆面⑨，手抱一婴儿。诸捕告之故，哀乞相助。名捕曰："贼几人？"曰："五人。"曰："余病甚，吾妇往足矣。"妇摇手："我不耐烦⑩！"名捕嗔骂曰："懒媳妇！今日不出手，只会火坑上搏老公乎⑪？"妇面发红，便下马抱儿与夫，更束马肚⑫，结缚裙靴⑬，攘臂，袖一刀，长三尺许，光若镜也。夫言："将我箭去。"妻曰："吾弹固自胜。"言未讫，身已在马上，绝尘而去。诸捕皆奔马随之。

【注释】

①姚□□：此篇当引自周亮工《因树屋书影》卷八，彼篇文末记"姚伯祥曰：此皆伯敳口授于予，予为之记，所谓舌端有写生手也"，疑张潮未详姚伯祥为何人，故将其名付之阙如，乃作"姚□□（伯祥）"。考本篇实出明人姚叔祥《见只编》卷中，亦被褚人获《坚瓠集》广集卷三"保定名捕"所引。《见只编》的作者姚士粦（一作姚士麟），字叔祥，号瑞宇，明海盐人。他与陈继儒、曹学佺、胡震亨以奥博相尚，以秀才终老，以博学扬名，事见盛枫《嘉禾征献录》卷四六。姚士粦《见只编》三卷，屡为明、清士人所引，如周亮工《因树屋书影》四引其文（王伯敳、姚叔祥自云、南唐李后主、罗隐）、王士禛《香祖笔记》四引其文（赵松雪、海盐金凤、兰溪魏某、陈水南）、褚人获《坚瓠集》四引其文（朱雪、保定名捕、儒生对句、奴解客愠）。周亮工《因树屋书影》卷八本篇所言"姚

伯祥"之"伯"乃是讹字，或因混淆后文"伯羖"而生讹，周书在此则故事之后又记"姚叔祥自云"，可证上文"伯"字确系讹误矣，然张潮以讹传讹，却作"姚□□（伯祥）"，谬之甚矣。

②王伯羖：王懋锟，字伯羖，镇江府金坛县（今江苏常州金坛区）人。据明冯梦祯《涉县知县栗庵王公墓志铭》（《快雪堂集》卷十二）记其父王某（启疆）字宇定，号栗庵，王懋锟万历三十一年（1603）中举，娶妻姜氏。

③自言丙午偕计至德州：王伯羖亲口讲述万历三十四年（1606）带着计吏到达山东德州。丙午，据《见只编》成书年代及《坚瓠集》引作"万历丙午计偕至德州"，当指万历丙午，即万历三十四年。计，计吏，又称"上计吏"。地方政府派赴中央呈递计簿的官员。

④捕贼勾当：州县官署中从事缉捕盗贼的差役，即捕快、捕役。勾当，此指职衔名，主管办理某种公务的官员。

⑤州解：解差，押解赋税银两的差役。

⑥上供银：指贡银。地方向中央缴纳的赋税。

⑦坐累：受牵连。

⑧保定：明洪武元年（1368）改保定路置保定府，治所在清苑县（今河北保定）。名捕：有名的捕快。

⑨皂罗：一种色黑质薄的丝织品。亦指以皂罗制的头巾。

⑩耐烦：忍受烦闷，忍耐麻烦。

⑪火坑：《见只编》《坚瓠集》皆作"火炕"，"火坑""火炕"同，指北方人用土坯或砖头砌成的一种床，底下有洞，可以生火取暖。

⑫更束马肚：重新束紧马肚带。马肚，马肚带。围绕马骡的肚子，把鞍子等紧系在背上的皮带。

⑬结缚裙靴：捆扎好裙子靴子。

【译文】

镇江府金坛县的举人王懋锟，亲口讲述说万历三十四年他带着计吏到达山东德州，看见路旁有几个捉拿盗贼的捕快，正同德州解差大声吵嚷。王懋锟问他们发生了什么事，他们回答说："骑马打劫的盗贼大白天抢劫了上交给朝廷的一些银子，如果去追捕会死在盗贼手上，不追捕又会受牵连被朝廷处死。"他们面对面地呼天抢地，直淌眼泪。那些盗贼的马匹扬起尘土的地方，还可以凭肉眼看到。这时，忽然有一对夫妇骑着两匹马从另一条路上奔来。众捕快都惊异地相互庆幸说："保定名捕到了！应当不必忧心了。"众捕快拦住名捕骑的马，问他从哪里来。名捕说他们夫妻俩到泰山进香。可是名捕病得很厉害，低头趴在马鞍上。他的妻子不过是个小巧玲珑的貌美妇人，用黑纱巾遮着脸，手里抱着一个婴儿。众捕快告诉名捕事情的经过，哀求名捕帮助他们。名捕问道："强盗有几个人？"众人说："五个人。"名捕说："我病得很重，我妻子前去就行了。"名捕妻子推辞摆手说："我不耐烦做这件事！"名捕生气地骂道："懒婆娘！如今怎么不出手，只会在火炕上戏逗你丈夫吗？"妻子脸上一红，就从马上下来把婴儿交给丈夫，再束紧马肚带，捆扎好裙子靴子，捋起袖子，带上一把刀，刀有三尺多长，像镜子一样亮闪闪。名捕说："带上我的箭去吧。"妻子说："我用弹弓就足以取胜了。"话还没说完，她已经跨上马，飞快地离开了。众捕快也都紧跟着她骑马飞奔。

　　须臾，追及贼骑。妇人发声清亮，顺风呼贼曰："我保定名捕某妻，为此官钱，故来相索。宜急置①，毋尝我丸也！"贼言："丈夫平平，牝猪敢尔②！"贼发五弓射妇。妇从马上以弹弓拨箭，箭悉落地。急发一弹，杀一人。四人拔刀拟妇，妇接战，挥斥如意③，复研杀一人。三人惧，少却。妇更言曰："急置银，舁两尸去。俱死无益也！"三人下马乞命，置银，以二尸缚马上而逸。未几，诸捕至，舁银而还。此妇犹旖旎寻常④，善刀藏之⑤，下马遍拜诸捕曰："妮子着力不健⑥，纵此三寇，要是裙襦伎俩耳⑦。"州守为治酒宴劳⑧，五日而去。

【注释】

①急置：赶快把东西放下。

②牝猪敢尔：母猪你敢，詈骂语。敢尔，尔敢。

③挥斥如意：随心所欲地舞动砍杀。挥斥，舞动砍杀。如意，符合心意。

④旖旎寻常：一如寻常般的温存柔媚。旖旎，温存柔媚。

⑤善刀藏之：擦拭好佩刀后把刀藏了起来。善刀，拭刀。

⑥着力不健：劲力不足。着力，尽力，用力。

⑦裙襦：裙子与短袄，借指妇女。

⑧宴劳：设宴慰劳。

【译文】

不一会儿，名捕妻子就追上了骑马的盗贼。她发出清脆嘹亮的声音，顺着风向强盗大喊道："我是保定名捕某某的妻子，为了这笔官家银钱，特地前来索要。赶快放下银钱，省得吃我的弹丸！"盗贼说："你的丈夫本事寻常，你这母猪怎么还敢这样逞能！"五个盗贼拉开弓射向名捕妻子。名捕妻子在马上用弹弓拨打箭枝，箭都落到地上。她飞速发出一个弹丸，打死一个盗贼。其他四个盗贼拔出刀来挥向名捕妻子，名捕妻子拔刀应战，攻防自如，又砍死了一个盗贼。其余三个盗贼害怕了，向后稍稍退却。名捕妻子再次喊话说："赶快放下银钱，把两具尸体抬走。你们全都死掉并没有什么好处！"三个强盗下马哀求饶命，放下银子，把两具尸首捆在马上逃跑了。没过多久，众捕快赶到，抬着银子返回。名捕妻子还是平常那副温存柔媚的样子，把刀擦干净收起来，然后下马逐一拜见众捕快，说道："小女子劲力不足，放走了这三个盗贼，大概是妇道人家的手段罢了。"德州知府特地摆设酒席，宴请犒劳名捕夫妇，名捕夫妇待了五天才离开。

　　姚伯祥曰[①]：此皆伯弢口授于予，予为之记，所谓舌端有写生手也[②]。

【注释】

①姚伯祥：参见前文注释考述，此处"伯"字讹，当作"叔"，即姚士粦。

②写生手：原指绘画妙手，此喻指口才高超能还原当时场景的人。

【译文】

　　姚士粦说：这事情都是王懋锟亲口讲给我的，我替他记下来，王懋锟就是人们所说的舌灿莲花，能够活灵活现地展现当时情景的人啊。

　　　张山来曰：名捕捕贼，尚不足奇。妙在名捕之妇有
　　　此手段，真可敬也！想见此妇火炕上搏老公时，必有异
　　　乎人者，一笑。

【译文】

　　　张潮说：名捕捉贼，还不值得引以为奇。妙处在于，名捕的妻子也有这样的本事，真是值得敬佩！想来这个妇人在炕上戏逗丈夫时，肯定也有异于常人的地方吧，不觉会心一笑。

南游记

孙嘉淦（锡公）[①]

　　游亦多术矣。昔禹乘四载[②]，刊山通道以治水[③]；孔子、孟子周流列国[④]，以行其道；太史公览四海名山大川[⑤]，以奇其文。他如好大之君[⑥]，东封西狩以荡心[⑦]；山人羽客[⑧]，穷幽极远以行怪[⑨]；士人京宦之贫而无事者，投刺四方以射

财⑩。此游之大较也⑪,余皆无当焉⑫。盖余之少也,澹于名利,而中无所得,不能自适⑬,每寄情于山水。既登第,授馆职,匏系都门⑭,非所好也。

【注释】

①孙嘉淦:字锡公,号懿斋,兴县(今属山西)人。生于康熙二十二年(1683)二月十七日(《孙文定公奏疏》卷十二),幼年家贫,打柴为生。清康熙五十二年(1713)进士,授翰林院庶吉士、检讨。乾隆间官至吏部尚书,协办大学士。历事三朝,直谏有声,屡踬屡起。乾隆十八年(1753)十二月初六辞世,终年七十一岁,卒谥文定,其生平见《清史稿·孙嘉淦传》、清彭绍升《孙文定公事状》(《二林居集》卷十七)、清陈兆仑《文定孙公别传》《文定孙公神道碑铭》(《紫竹山房诗文集》卷十三、卷十八)、卢文弨《孙文定公家传》(《抱经堂文集》卷二七)等。此篇《南游记》收入多种丛书(有山右丛书初编本、古今游记丛钞本、申报馆丛书本、小方壶斋舆地丛钞本等),又见引于清李祖陶辑《国朝文录》之《孙文定公文录》卷二、清贺长龄《清经世文编》卷六、《(光绪)兴县续志》卷下等。

②禹乘四载:大禹出行时乘坐四种交通工具。四载,传说大禹治水时用的四种交通工具,即水行乘舟,陆行乘车,山行乘樏,泥行乘辑。樏(léi),登山用具。辑(chūn),古代用于泥泞路上的交通工具。

③刊山通道以治水:砍伐山林、开辟道路来治理洪水。

④孔子、孟子周游列国:孔子、孟子周游各个国家。孔子因政治抱负难以施展,从鲁国出发,带领颜回、子路、子贡、冉求等十余弟子周游列国,时间长达十四年之久。孟子曾带领弟子周游齐国、宋国、滕国、魏国、鲁国等国。

⑤太史公览四海名山大川:太史公司马迁遍览四海名山大川。司马迁二十岁时曾游历全国各地,考察风俗,采集历史遗闻。周游天

下影响了司马迁的文风,故苏辙《上枢密韩太尉书》:"太史公行天下,周览四海名山大川,与燕、赵间豪俊交游,故其文疏荡,颇有奇气。"

⑥好大之君:此处指好大喜功的汉武帝。明何景明《大复集·功实篇》:"汉武之才,过于文景,承三世之富厚,不易纪而虚耗者,好大无厌也。"

⑦东封西狩以荡心:汉武帝东封泰山、西狩获麟来放纵自己。东封,司马相如临终前作《封禅文》,盛颂汉德宏大,请汉武帝东幸封泰山、禅梁父,以彰功业。司马相如卒后八年,汉武帝从其言,东至泰山行封禅事,事见《史记·司马相如列传》。西狩,相传汉武帝西狩至雍,获麟,遂改年号为元狩,故裴骃《史记集解》引张晏语"武帝获麟,迁以为述事之端"。荡心,惑乱心志,放浪恣纵之心。

⑧山人羽客:隐居之人,神仙方士。山人,隐居在山中的士人。一指仙家、道士之流。羽客,指神仙或方士。

⑨行怪:故作怪异的行为。《礼记·中庸》:"素隐行怪,后世有述焉,吾弗为之矣。"朱熹集注:"素,按《汉书》当作索,盖字之误也。'索隐行怪',言深求隐僻之理,而过为诡异之行也。"

⑩投刺四方以射财:解职告退而漫游天下四方,以追逐财利。投刺,留下名帖,表示解职告退。射,追逐,追求。

⑪大较:大略,大致。

⑫余皆无当焉:我都不符合这些情况。无当,不符合。

⑬自适:悠然闲适而自得其乐。

⑭匏(páo)系都门:羁留在京城一地。匏系,谓羁滞。《论语·阳货》:"吾岂匏瓜也哉!焉能系而不食?"刘宝楠正义:"匏瓜以不食,得系滞一处。"

【译文】

游历也有很多方式。昔日大禹出行时乘坐四种交通工具,砍伐山林、开辟道路来治理洪水;孔子和孟子周游列国来推行自己的主张;太史公司马迁遍览天下名山大川,让自己的文章奇气纵横。其他的人,如好大喜功的汉武帝,东封泰山、西狩获麟来放纵自己的欲望和野心;隐居之人、神仙方士,穷尽天下幽深遥远的地方,故作怪异的行为;在京做官却清贫无事的士人,解职告退以交游天下,以便能追财逐利。这是游历的大概情况,我的情况不符合这里面的任何一种。我年少的时候淡泊名利,中年的时候尚一无所获,不能做到悠然闲适、自得其乐,每每寄情山水之中。三十一岁进士及第后,被授予翰林院检讨的职务,羁留在京城之中,觉得这实在不合心中所求。

己亥之夏①,以母病告假归省②。其秋,遂丁母艰③。罔极未报④,风木余悲⑤。加以荆妻溘逝⑥,稚子夭残⑦,不能鼓缶⑧,几致丧明⑨。学不贞遇⑩,为境所困,欲复寄踪山水之间⑪,聊以不永怀而不永伤焉⑫。《诗》云"驾言出游,以写我忧"⑬,此之谓也。

【注释】

①己亥之夏:清康熙五十八年(1719)夏天。孙嘉淦时年三十七岁,遭遇母亡、妻逝、子夭之痛。

②告假归省:请假回家探望父母。据孙嘉淦之子孙孝愉、孙孝则所撰行述:"戊戌春,闻先祖母原太夫人在籍遘病,遽乞假。时未及理,府君曰:'吾岂以微职缓视吾母耶?'即日就道抵家,侍奉汤药,衣不解带者五阅月。而先祖母卒,逾年先母又卒。"(《孙文定公奏疏》卷十二)

③丁母艰:遭遇母亲去世。

④罔极未报:母亲恩情未曾报答就先行离去,给我留下了无尽的哀

思。罔极，指人子对于父母的无穷哀思。

⑤风木余悲：母亲去世，让我悲痛不已。风木，比喻父母亡故，不及奉养。余悲，悲伤无已，无尽的悲痛。

⑥荆妻溘（kè）逝：我的妻子突然逝世。荆妻，对人称己妻的谦辞。孙嘉淦之子孙孝愉、孙孝则所撰行述记"元配显妣原太君赠一品夫人，继配张太夫人诰封一品夫人"（《孙文定公奏疏》卷十二），又陈世倌《光禄大夫经筵讲官太子少保吏部尚书协办大学士孙文定公嘉淦墓表》记"元配原氏赠一品夫人，继配张氏封一品夫人"（《碑传集》卷二六），则此处荆妻指孙嘉淦元配原氏夫人。

⑦稚子夭残：幼子夭折早亡。据卢文弨《孙文定公家传》孙嘉淦有三子，"子男三：孝懿，太学生前卒；孝愉，荫授刑部浙江司员外郎，擢直隶按察司使；孝则，天津府河捕通判。女四人，郭冠恂、原宗湣、李念祖、陈箴其婿也"（《抱经堂文集》卷二七）。孙嘉淦卒后仅存二子，故陈世倌《光禄大夫经筵讲官太子少保吏部尚书协办大学士孙文定公嘉淦墓表》仅记孙嘉淦有"男二"。然孙孝懿为太学生而卒，当非"夭残"，故疑此处夭折之子非指孙孝懿，据陈兆仑《光禄大夫吏部尚书协办大学士谥文定孙公神道碑铭》记孙嘉淦"子多殇，长子太学生孝懿前卒，次即孝愉，又次孝则"（《紫竹山房诗文集》卷十六、王昶《湖海文传》卷四九），此处"稚子"当指"多殇"者之一。

⑧不能鼓缶：不能像庄周鼓缶那样把死亡看作淡然的事。鼓缶，敲奏一种瓦质乐器，也指丧妻。《庄子·至乐》："庄子妻死，惠子吊之，庄子则方箕踞鼓盆而歌。惠子曰：'与人居，长子老身，死不哭亦足矣，又鼓盆而歌，不亦甚乎！'"

⑨几致丧明：几乎哭到眼睛失明。

⑩学不贞遇：平生所学无法预测到今天的境遇。贞，占、卜。

⑪寄踪：犹寄迹，托身。

⑫聊以不永怀而不永伤焉：姑且通过什么都不想的方式来避免长久的忧思。永怀，长久思念。永伤，长久忧思，长久哀伤。

⑬驾言出游，以写我忧：语出《诗经·卫风·竹竿》《诗经·邶风·泉水》。大意为驾着马车去出游，借此排解我忧愁。写，倾诉，抒发。

【译文】

康熙五十八年夏天，我因为母亲生病请假回家探望。当年秋天，母亲就去世了。我还未曾报答母亲的恩情，她就先行离去，给我留下了无尽的哀思，令我悲痛不已。加上妻子突然逝世，最小的孩子夭折早亡，我又不能像庄周鼓盆那样把死亡看作淡然的事，几乎哭到眼睛失明的地步。平生所学无法预测到今天的境遇，被诸种困境难住，想要再投身山水之间，姑且通过什么都不想的方法来避免陷入长久的忧思。《诗经》中说"驾着马车去出游，借此排解我忧愁"，说的就是我这种情况。

庚子秋①，束装策蹇②，东抵晋阳③。系舟石室之山④，悬瓮难老之泉⑤，柳溪、汾晋之水⑥，圆通、白云之观，浮沉其中者累月⑦。东出故关⑧，道井陉⑨，过真定⑩，历清苑⑪。观背水于获鹿⑫，食麦饭于滹沱⑬，望恒岳于曲阳⑭，访金台于易水⑮，仰伊祁于庆都⑯，思轩辕于涿郡⑰。已而北走军都⑱，临居庸⑲，登天寿⑳，东浴汤泉㉑。遂至渔阳㉒，上崆峒㉓，下玉田㉔，涉卢龙㉕，怀孤竹㉖，浮沉其中者又累月。家世塞北㉗，今到辽西㉘，三过风景，约略相同。时值冬暮，层冰峨峨㉙，飞雪千里，丛林如束㉚，阴风怒号㉛，不自知其悲从中来也。因而决计南行㉜，返都中治装㉝。适吾友李子景莲不得志于礼闱㉞，遂与之偕。

【注释】

① 庚子秋:清康熙五十九年(1720)秋天。

② 束装策蹇:收拾行装,乘着跛足的驴。束装,收拾行装。策蹇,又称"策蹇驴",乘跛足驴,喻交通工具不利,行动迟慢。

③ 晋阳:古地名。春秋时晋国有晋阳邑,秦庄襄王二年(前248)取赵晋阳邑置晋阳县,秦为太原郡治,治所在今山西太原。东汉后兼为并州治所。五代晋及北汉都此。北宋太平兴国四年(979)废。此处代指太原。

④ 石室之山:石室山。在今山西太原晋源区西北。据《(嘉靖)太原县志》卷一记"山有石室,方丈四尺,旁有古字,人莫之识,今无"。

⑤ 悬瓮:晋祠背后的山叫悬瓮山,难老泉水出自悬瓮山,故《水经注》卷六引《山海经》记:"悬瓮之山,晋水出焉"。难老之泉:难老泉。山西太原晋祠的三绝之一。

⑥ 柳溪、汾晋之水:柳溪和汾河。柳溪,宋代天圣年间,陈尧佐曾在汾河引水积聚成湖泊,种上数万株柳树,并在堤上兴建了"彤霞阁",将其统称为"柳溪"。汾晋之水,汾水,黄河支流。源出山西宁武管涔山,经太原南流到新绛折向西,在河津西入黄河。

⑦ 浮沉:流连,沉浸。

⑧ 故关:亦作"固关"。即今山西平定东九十里旧关,为古井陉口。唐杜佑《通典》卷一七九太原府广阳县记:"县东有故关,甚险固。"明置巡司于此。

⑨ 井陉:井陉县,秦置,历史上属恒山郡、恒州、广平路等,至明属真定府,清雍正间属正定府。治所在今河北井陉。

⑩ 真定:此指真定县。西汉高祖十一年(前196)改东垣县置真定县,属常山郡,治今河北石家庄东。五代后唐置真定府,治所在真定县(今河北正定)。明、清时真定县为真定府治,清雍正元年(1723)因避帝讳改名正定县、正定府。孙嘉淦游历太原难老泉、汾水、白云

观等地,东出故关,进入今河北境地,漫游真定府井陉县、真定县。

⑪清苑:北魏太和元年(477)置清苑县,因县内清苑河而得名,属高
　　阳郡。治所在今河北保定东北七里。明、清属保定府。

⑫观背水于获鹿:在获鹿县游览韩信背水一战的地方。背水,背水
　　阵。韩信曾摆背水阵以破赵军,《史记·淮阴侯列传》:"信乃使万
　　人先行,出,背水陈。赵军望见而大笑。"古人认为,韩信摆阵之
　　地在获鹿县,如唐杜佑《通典》卷一七八"鹿泉":"井陉口在此,
　　今谓之土门,汉韩信破赵军杀陈余于此。"获鹿,古县名。唐天宝
　　十五载(756)改鹿泉县为获鹿县,治今河北获鹿,属恒州。明、清
　　属真定府、正定府。

⑬食麦饭于滹沱(hū tuó):在滹沱河边吃着光武帝刘秀曾吃过的麦
　　饭。麦饭,磨碎的麦煮成的饭。滹沱,水名,即滹沱河,在河北西
　　部。滹沱河出山西繁峙东之泰戏山,穿割太行山,东流入河北平
　　原,在河北献县和滏阳河汇合为子牙河。至天津,会北运河入海。
　　《后汉书·冯异传》载:刘秀称帝前,自蓟东南驰至今河北南宫
　　县,得冯异进献麦饭,刘秀称帝后,厚赠冯异,说:"仓卒无蒌亭豆
　　粥,呼沱河麦饭,厚意久不报。"

⑭望恒岳于曲阳:在曲阳眺望北岳恒山。恒岳,即北岳恒山。曲阳,
　　秦置曲阳县,属恒山郡。治所在今河北保定曲阳西。明、清属定
　　州。恒山在曲阳西北。

⑮访金台于易水:在易水边探访燕昭王黄金台的遗迹。金台,又称
　　黄金台、燕台。故址在今河北易县东南三十里。相传战国燕昭王
　　筑,置千金于台上,延请天下贤士,故名。易水,一名中易水,源出
　　河北易县西,东流至定兴西南合拒马河。

⑯仰伊祁于庆都:在庆都县仰望着伊祁山。伊祁,伊祁山,祁水发源
　　地。在今河北顺平。庆都,古县名。金改望都县置,治今河北望
　　都。明属保定府。清乾隆十一年(1746),改为望都县。

⑰思轩辕于涿郡：在涿郡追思轩辕黄帝。轩辕，传说姓公孙，居于轩辕之丘，故名曰轩辕。他曾于阪泉战胜炎帝，于涿鹿战胜蚩尤。阪泉、涿鹿均属古涿郡。涿郡，今河北涿州。

⑱军都：军都山，又名居庸山，在今北京昌平区西北。层峦叠嶂，奇险天开。

⑲居庸：居庸关，在今北京昌平区西北三十里。《新唐书·地理志》幽州昌平县："西北三十五里有纳款关，即居庸故关，亦谓之军都关。"

⑳天寿：本名黄土山，在今北京昌平区北十八里。《日下旧闻考》卷一三七引《大政记》："永乐七年五月，营寿陵于北京昌平县东黄土山，封曰天寿山。"明十三个帝陵皆营建于此。

㉑汤泉：即汤山之温泉。在今北京昌平区东南三十里。顾炎武《昌平山水记》卷上："汤山在州东南三十里，有温泉可浴。《水经注》'㶟水又东温泉水注之'，疑即此也。"

㉒渔阳：隋大业初改玄州置渔阳郡，治所在无终县（今天津蓟州区）。大业末改无终县为渔阳县。明洪武初省入蓟州。

㉓崆峒：崆峒山。在今天津蓟州区东北。《明史·地理志》蓟州："东北有崆峒山。"又《读史方舆纪要》卷十一记蓟州崆峒山"相传黄帝问道处"。

㉔玉田：古县名。唐万岁通天元年（696）改无终县置，属幽州。治今河北玉田。明永乐间属顺天府蓟州，清雍正三年（1725）改属永平府。

㉕卢龙：隋开皇十八年（598）改新昌县置，属平州。治所即今河北卢龙。明、清为永平府治。

㉖孤竹：商周时国名。在今河北卢龙。伯夷、叔齐居于此地，故《庄子·让王》记："昔周之兴，有士二人，处于孤竹，曰伯夷、叔齐。"后遂用"孤竹"借指伯夷、叔齐。

㉗家世塞北:家里世代居住在塞外之地。孙嘉淦家在山西西北部的
  兴县,故称塞北之地。

㉘辽西:泛指辽河以西的地区,今辽宁的西部以及河北山海关以北。

㉙层冰峨峨:层层寒冰高高地堆积着。峨峨,高貌。

㉚丛林如束:寒风中凋零的丛林如同被捆扎过的薪柴般挺立。

㉛阴风:朔风,阴冷之风。

㉜决计:拿定主意。

㉝返都中治装:返回京城整理行装。都中,京都,京城。

㉞李子景莲:李梦庚,字景莲,号东观,兴县(今属山西)人。清康熙
  五十年(1711)乡试中举,随后累试不第,同孙嘉淦南游名山大
  川。后以母老营求薄禄。乾隆十五年(1750)任福建莆田县知
  县。其外甥为乾隆二十二年(1757)进士孙辉曾,曾为他撰写墓
  志铭。事见《(乾隆)兴县志》卷十一、《(光绪)兴县续志》卷上。
  礼闱:指古代科举考试之会试,因其为礼部主办,故称礼闱。

【译文】

康熙五十九年秋天,我收拾行装,乘着驴子,从故乡兴县向东抵达太
原。在石室山停船靠岸,欣赏悬瓮山前的难老泉,行走柳溪、汾水,游览
圆通、白云观,接连数月都沉浸其中。然后向东出了故关,取道井陉,路
经真定,走过清苑。在获鹿游览韩信背水一战的地方,在滹沱河边吃着
麦饭,在曲阳眺望北岳恒山,在易水边探访黄金台的遗迹,在庆都仰望伊
祁山,在涿郡追思轩辕黄帝。不久,向北走到军都山,来到居庸关,登上
天寿山,到东边的汤山温泉中沐浴洗澡。又到了古渔阳地,爬上崆峒山,
进入玉田,经过卢龙,在这里缅怀孤竹国的伯夷、叔齐,又接连数月都流
连其中。我家世代住在塞北,现在到了辽西一带,反复游览此地,觉得风
景大致相同。正值冬末,层层寒冰高高地堆积,飘飞的大雪覆盖了上千
里的土地,无叶的丛林如木柴般高耸挺立,朔风愤怒地呼号,都没有意识
到自己竟然因这些景色感到悲从中来。我因此拿定主意向南走,返回京

城整理行装。正好我的朋友李梦庚会试失利，于是一起准备动身南下。

　　辛丑二月二十四日出都，此则吾南游之始也。都中攘攘^①，缁尘如雾^②。出春明门^③，觉日白而天青。过卢沟桥，至琉璃河^④。卢沟者，桑干也^⑤；琉璃河者，圣水也^⑥。南有昭烈故居^⑦，又有郦道元宅^⑧，注《水经》之所也^⑨。南至白沟^⑩，昔宋、辽分界之处。南至雄县^⑪，有湖，一望烟水弥漫^⑫，极浦桅帆^⑬，云中隐现，亦河北巨观也。过任邱^⑭，有颛顼氏之故城^⑮。南至于河间^⑯，九河故道^⑰，漫灭不辨。滹沱、易、清、衡漳、潞、卫、高、交、淇、濡^⑱，皆经其境以入海。府南曰献县^⑲，昔河间献王之都^⑳。南出阜城^㉑，至景州^㉒。景州，古条地^㉓，周亚夫封于此^㉔。有董家里，仲舒下帷之所也^㉕。

【注释】

①攘攘：指京城喧嚣纷乱。

②缁尘：黑色灰尘。常喻世俗污垢。

③春明门：古长安城门名，为城东三门之中门，这里代指京城城门。据下文过卢沟桥来看，孙嘉淦应从京城外城唯一的西门广安门出城，行经二十多里到卢沟桥。

④琉璃河：发源于今北京房山区西北之黑龙潭，入良乡界始曰琉璃河。《（万历）顺天府志·山川》卷一："琉璃河，良乡县南四十里，即古圣水，自房山县龙泉峪流至入拒马河。"

⑤桑干：桑干河。今永定河之上游。相传每年桑葚成熟时河水干涸，故名。

⑥圣水：琉璃河的古称。《日下旧闻考》卷一百二十记"琉璃河即古圣水"。

⑦昭烈故居：刘备的故居。刘备，字玄德，号汉昭烈帝，涿郡涿县（今河北涿州）人。孙嘉淦行经其故居。

⑧郦道元宅：郦道元故居。郦道元，北魏地理学家、散文家。范阳涿县（今河北涿州）人。撰《水经注》一书，以古书《水经》为纲，阐述了1000多条水道的源流及沿岸风土景物，并订正《水经》中的谬误。

⑨《水经》：中国第一部记述河道水系的专著。此书所载水道，据《唐六典·注》称"百三十七"条，每水各成一篇，并附《禹贡山水泽地所在》凡六十条。自唐以后，郭璞注本失传，此书遂专附郦道元《水经注》流传。

⑩白沟：拒马河支流。自拒马河分出，历今河北涿州、高碑店等地，复与拒马河合流。即古之督亢沟水。宋、辽以此为界，又称界河。

⑪雄县：明洪武七年（1374）改雄州为县，属保定府。治所即今河北雄县。清属保定府。

⑫烟水弥（mí）漫：烟波浩渺，水流满溢。烟水，雾霭迷蒙的水面。弥漫，水满貌。

⑬极浦桅帆：遥远的水滨和往来的船只。极浦，遥远的水滨。桅帆，桅杆和船帆，借指船只。

⑭任邱：古县名。北齐置，治今河北任丘南，属河间郡。明、清属河间府。

⑮颛顼氏：颛顼，上古帝王。"五帝"之一，号高阳氏，相传为黄帝之孙、昌意之子。初国于高阳，建都于高阳古城（今河北高阳）。故城：指颛顼城，在今河北任丘。相传为颛顼所筑，据《（乾隆）河间府新志》卷四记载颛顼城："在任丘县，人呼为古州。"

⑯河间：河间府。北宋大观二年（1108）改瀛州置，治所在河间县（今河北河间）。元至元二年（1265）改为河间路。明、清河间府治在河间县。清辖今河北任丘以南，肃宁、献县以东，故城以北，

东光及山东宁津等县以西地。

⑰九河故道：《尚书·禹贡》导河："又北播为九河。"据《尔雅·释水》即指徒骇、太史、马颊、覆釜、胡苏、简、絜、钩盘、鬲津等九河，当在今华北平原东部近海一带，其具体流经地今已不能确指。近人多主张九河为古代黄河下游众多支派的合称，不一定是指九条河。又，下文提及十条河流，实有九条（卫、淇二河名异实同）。

⑱滹沱、易、清、衡漳、潞、卫、高、交、淇、濡：滹沱河、易水、清河，漳水、潞河，卫河，高河，交洄水、淇水、濡水。上述河流大多流注滹沱河，流经河间府（今河北沧州一带）。清，清河，以此为名者极多，据《读史方舆纪要》卷十三河北交河县（今河北泊头）西二十五里处有清河，泽河支流，与本文所写其他河流位置较近。衡漳，即古漳水。黄河自南而北，流经今河北南部，漳水自西而来东流注之，故称衡漳。潞，据《（嘉靖）河间府志》卷一记"今静海北有潞河驿，南至于流河，俱名潞河"。卫，卫河，在今河北灵寿东。《汉书·地理志》常山郡灵寿县："《禹贡》卫水出东北，东入滹沱。"高，高河，在今河北高阳东二十五里。《读史方舆纪要》卷十二高阳县高河"《志》云：高河旧流，自县境东南入，至河间县界，下流注于滹沱，此非故流矣"。交，交河，滹沱、高河二水交流处，有交河县（今河北泊头交河镇）。淇，或即卫河，《读史方舆纪要》卷十三记"开元中刺史卢晖，自东城引滹沱东入淇水，通漕溉田五百余顷，是也。淇水，即今卫河"。濡，濡水。据《（万历）河间府志》卷一记任丘县（今河北任丘）西北二十里有濡水，东流入易水。

⑲献县：明洪武八年（1375）改献州置。治所即今河北献县。

⑳昔河间献王之都：过去是河间献王的都城。《（乾隆）河间府新志》："金天德中，以其为汉河间献王封国，献陵在焉，故特名其州为献。"献王即汉武帝刘彻之兄刘德，献县以此为名。

㉑阜城：西汉置县，属勃海郡。治所在今河北阜城古城镇。明、清属河间府。

㉒景州：唐贞元二年（786）置，治所在弓高县（今河北东光西北）。元至元二年（1265）移治蓚县（今河北景县）。

㉓条地：条。春秋晋邑。景州在春秋时，为晋之条地，西汉时曾设蓚县。

㉔周亚夫：西汉大将。沛县（今属江苏）人。周勃子。初封条侯。文帝时，匈奴进犯，他防守细柳（今陕西咸阳西南），军令严整。景帝时，任太尉，参与平定吴楚七国之乱。后任丞相。因其子犯法，受牵连入狱，绝食而死。

㉕仲舒下帷之所也：董仲舒读书的地方。仲舒，汉哲学家、今文经学家董仲舒。专治《春秋公羊传》，强调"天人之际，合而为一"之说。他为广川（今属河北）人，曾在家著书写作。下帷，放下室内悬挂的帷幕，引申为闭门苦读。

【译文】

康熙六十年二月二十四日，我们离开京城，自此开始了我的南游之行。京城里喧嚣纷攘，灰尘像雾气一样遍布其中。出了京城的西门，顿时觉得日明天青。过了卢沟桥，到达琉璃河。卢沟河，发源于桑干河；琉璃河，即是古圣河。向南走有刘备故居，还有郦道元故宅，是他注《水经》的地方。再向南到了白沟，这是过去宋、辽两国的分界线。再向南到了雄县，有个湖泊，放眼望去烟波浩渺，遥远的水滨和往来的船只，在云雾中若隐若现，也算是河北一处宏伟壮阔的景象。到了任丘，路逢颛顼故城。向南到了河间府，有九条河流的故道，但已经踪迹磨灭、无法辨别了。滹沱河、易水、清河、衡漳、潞河、卫河、高河、交水、淇水、濡水，都经过河间府境内后注入海洋。河间府南边的献县，是过去河间献王的都城。向南出了阜城，到达景州。景州，是古代的条地，曾经被封给周亚夫。这里有个董家里，是董仲舒下帷读书的地方。

　　东至德州，入山东境。州城临运河^①，船桅如麻。南至平原^②，昔博徒卖浆毛公、薛公^③，以及东方生、管公明^④，皆奇士，今得毋有存焉者乎？平原君庙内有颜鲁公碑^⑤，惜匆匆过，未见也。东南至齐河^⑥。自涿州背西山而南，七日走九百里，极目平畴^⑦，至齐河始见山。齐河水清，抱县城如碧玉环，石桥跨之。两岸桃柳，新绿嫣红，临水映发，为徘徊桥上者移时。

【注释】

①运河：指京杭大运河。京杭大运河是南北的交通大动脉，南起杭州，北到北京，途经今浙江、江苏、山东、河北四省及天津、北京两市，恰好流经山东德州。

②平原：秦置县，属济北郡。治所在今山东平原西南。

③博徒卖浆毛公、薛公：毛公隐于赌博之徒，薛公隐于贩卖浆水的小贩。两人皆操持微贱的职业，后为魏公子信陵君所用，力劝其归救被秦国攻打的魏国。

④东方生：指东方朔，字曼倩，平原厌次（今山东惠民）人。汉武帝时为太中大夫，性格诙谐滑稽，善辞赋，名篇有《答客难》。管公明：指管辂，字公明，平原（今属山东）人。三国魏术士。幼年好天文，及长，精通《周易》与占卜。

⑤平原君：战国赵武灵王子，惠文王弟，名胜，封于平原，故号平原君。颜鲁公：即"颜真卿"。唐代书法家，楷书雄浑，人称"颜体"，与柳公权并称"颜柳"。曾任平原刺史。

⑥齐河：古县名。金大定八年（1168）以耿济镇置，属济南府。治所在今山东齐河县东南。

⑦平畴（chóu）：平坦的田野。

【译文】

向东到达德州，进入山东境内。德州州城毗邻京杭大运河，河边船帆密集如麻。向南到达平原，昔日这里的赌博之徒毛公、贩卖浆水的薛公，和东方朔、管辂，都是奇异之士，如今不知道此地还有这样的人存在吗？平原君庙里有颜鲁公碑，可惜我们匆匆而过，未曾游览。向着东南方向走到济南府齐河县。我们从涿州背对西山一直向南走，七天走了九百里路程，放眼望去都是一望无尽的原野，到齐河县才开始看见山。齐河县河水清澈，好像一块碧色玉环环绕着县城，上面横跨着一座石拱桥。两岸种植着桃树和柳树，树叶青绿、桃花嫣红，红绿之色与清水相互映照，我们因此在桥上徘徊流连，久久不愿离开。

南四十里曰开山，遂入山。途中矫首欲望东岳①，而适微雨，云山历乱②，时于云外见高峰，以为是矣。曾不数里，又有高者。午后见一峰甚高，怪古突起③，烟岚拥护，谓必是矣。已而川势东开，山形北转，远而望之，更有高者。盖余从泰山之北来，午前见背，午后见臂，至泰安州始当其面④，而又值云封⑤，故终日望而未之见也。

【注释】

①途中矫首欲望东岳：路上抬头想远望泰山。矫首，昂首，抬头。东岳，指泰山，又名岱宗、岱岳。

②云山历乱：云层和山峦混在一起，无法分清。历乱，纷乱，杂乱。

③古：《南游记》《国朝文录》《（光绪）兴县续志》《山右丛书》等作"石"，当是。

④泰安州：金大定二十二年（1182）升泰安军置泰安州，属山东西路，治所在奉符县（今山东泰安），辖境相当今山东泰安、新泰、莱

芜等地。明初属济南府,清雍正二年(1724)升为直隶州,雍正十三年(1735)改为泰安府。

⑤云封:云雾阻碍视线。

【译文】

　　齐河县南面四十里有座开山,我们于是走进山中。半途中抬起头想远眺东岳泰山,正好碰上了蒙蒙细雨,云雾和山岗交杂在一起,令人无法分清,不时从云层之外看到高耸的山峰,还以为是泰山。还没走几里地,又看见其他的高峰。午后看见一座山峰相当高大,上面怪石突起,周围云烟雾岚环绕,便想着这一定就是泰山了。不久,河流汇聚向东,山峰向北转折,远远望去,看到的山峰竟然比以前见的更加高耸。大概我们从泰山北边过来,上午看见泰山背面,下午看见泰山旁边,到了泰安州才看到泰山的真面目,但又遇到云雾掩映,所以终日相望却未尝见到。

　　次早欲上,土人云:"不可。山顶有娘娘庙,领官票而后得入①。票银人二钱②,曰口税③。"夫东岳自有神,所谓"娘娘"者,始于何代?功德何等?愚民引夫妇奔走求福,为民上者既不能禁,又因以为利!不得已,亦领票,得票欲上,人又云:"不可。山之高四十里,穷日乃至其巅④。兹向午已迟⑤,且天阴。下晴上犹阴,下阴上必雨,雨湿风冷,请以异日。"

【注释】

①官票:官府签发的文书牌票,此处类似今旅游景点的门票。

②人二钱:每人两个铜钱。

③口税:又称口钱、口赋、人头税。古代的一种人口税。

④穷日乃至其巅:一整天时间才能爬到山顶。

⑤兹向午已迟:现在时间快到中午了,已经迟了。兹,现在。向午,

临近中午。

【译文】

　　第二天早上想要攀登泰山，当地人说："不行。山顶有座娘娘庙，领了官票才能进去。官票的价格是每人两个铜钱，说是人口税。"泰山本来就有山神，所谓的"娘娘"，是从哪朝哪代开始？做了什么功德？愚昧无知之辈诱惑男女老少去娘娘庙里祈求福祉，管理百姓的官员不但不禁止，反而从中牟利！不得已，我们也买了官票，拿了官票想要上山，当地人又说："不行。泰山高有四十里，要一整天才能爬到山顶。现在时间快到中午了，已经迟了，何况现在天气阴沉。山下晴朗时山上还会是阴天，山下阴沉时山上肯定在下雨，雨水湿滑，冷风袭骨，请你们还是改换一天上山吧。"

　　因而观城中之庙，庙去城之南门二百步许，而以北城为后垣①；一城之中，庙居大半焉。阶墀多古柏②，云汉武东封时所植。阶墀有碑，其文曰："磅礴东海之西，中国之东，参穹灵秀③，生同天地，形势巍然。古者帝王登之观沧海④，察地利，以安民生。祝曰：'泰山于敬则致，于礼则宜。自唐加神之封号⑤，历代相沿至今。曩者元君失驭⑥，海内鼎沸⑦，生民涂炭。予起布衣⑧，承上天后土之命⑨，百神阴祐，削平暴乱，正位称职⑩。奉天地，享鬼神，以依时统一人民，法当式古⑪。今寰宇既清⑫，特修祀仪⑬。因神有历代之封号，予起寒微，畏不敢效。盖神与穹昊同始⑭，灵镇一方，其来不知岁月几何，神之所以灵，人莫能测。其职受命于上天后土，为人君者何敢与焉？惧不敢加号，特以"东岳之神"名其名，依时祭神，惟神鉴之。洪武三年六月二十日⑮。'"可谓

辞严义正矣⑯。庙中望山顶如屏风，中挂白练⑰。问之，人
曰："南天门也⑱。"因与景莲约，起二更⑲，奋力急趋，鸡鸣至
其巅，可观沧海日出也。

【注释】

①后垣（yuán）：后墙。

②阶墀（chí）：台阶。

③参穹：高耸天穹。

④沧海：大海。

⑤自唐加神之封号：自从唐代开始给泰山加封神号。唐玄宗在"开
　元十三年封泰山神为齐天王，礼秩加三公一等"（王溥《唐会要》
　卷四七）。

⑥曩者元君失驭：过去元朝皇帝统治失政。元君，元朝末代君主。
　失驭，又称失御，缺乏统御天下的能力，丧失统治能力。

⑦海内鼎沸：整个国家陷入一片混乱之中。海内，国境之内，全国。
　古谓我国疆土四面临海，故称。鼎沸，水涌流翻腾的样子。喻形
　势纷扰动乱。

⑧予起布衣：我出身于平民百姓。予，自称，本处为明太祖朱元璋。

⑨上天后土：泛指天命。上天，古人观念中的万物主宰者，能降祸福
　于人。后土，对大地的尊称。

⑩正位称职：正式登基，被称为天子。正位，谓正式登位、就职。

⑪法当式古：统治国家的方法应当遵循古代的法度规范。

⑫寰宇既清：天下太平。寰宇，犹天下。旧指国家全境。清，太平，
　不乱。

⑬特修祀仪：特地在此重新恢复祭祀的仪式。修，整治，恢复完美。
　祀仪，祭祀的程序。

⑭穹昊：犹穹苍，上天。

⑮洪武：明太祖朱元璋年号（1368—1398）。

⑯辞严义正：措辞严肃，道理正当。

⑰白练：白色熟绢。

⑱南天门：山东泰山、山西五台山、陕西华山、浙江雁荡山、湖南衡山
　　等山都以此来命名山口的门户，其中以泰山南天门最为著名。

⑲二更：指晚上九时至十一时。又称二鼓。

【译文】

　　于是我们便游览城中的庙宇，这座庙宇距离泰安城南门有二百多步，将北城当作后墙；庙宇几乎占据了大半个城市。台阶两侧大多种着参天古柏，说是汉武帝东封泰山时种的。台阶下有碑文，上面写道："气势磅礴的东海之西，华夏大地的版图之东，高耸天穹钟灵毓秀，孕育生长天地之始，山形走势高峻雄伟。古代帝王登上泰山，观览沧海，视察土地，好让百姓安于生活。祝文记：'对泰山表达敬意就能传递给神灵，依礼祭祀也很是合乎时宜。自从唐代给泰山加封神号，历朝历代沿用至今。过去元朝君主统治失政，整个国家都陷入一片混乱之中，百姓处于极端困苦的境地。我出身于平民百姓，秉承天命，得到众多神灵暗中庇佑，平定了天下的暴乱，正式登基，被称为天子。敬奉天地，祭祀鬼神，来顺应天时统一百姓，因循前代法度规范以统治国家。现在天下已经太平，特地在此重新恢复祭祀泰山神的仪式。因为泰山神本来就有历朝赐予的封号，我出身寒微，心中畏惧，怎敢不效仿前人去祭祀泰山神。泰山神本来就和上天一起诞生，具有灵异以镇守一方，从诞生到现在不知经过了多少岁月，泰山神能有如此灵异，让凡人无法揣测。他的神职受之天命，作为凡人的君主怎么敢授予呢？心中恐惧，不敢赐予封号，特意用"东岳之神"来称呼他，按照时令祭祀神灵，希望神灵可以明鉴。明太祖朱元璋洪武三年六月二十日。'"这段记载可称得上义正词严了。从庙里眺望泰山山顶好像一道道展开的屏风，中间仿佛挂着一条白绢。向人询问，对方说："这是南天门。"我于是和李梦庚约好，二更起床，迅速往

上攀爬,在天将亮时爬到山顶,这样就能看到云海日出了。

如约起,遥见火光明灭,高与星乱。至则皆贫民,男女数千,宿止道旁①,然炬以丐钱②。教养失而民鲜耻③,可慨已!山足曰红门④,红门以后,路皆石阶,时闻阶旁潺潺有水声。四更至回马岭⑤,阶级愈峻,如行壁上。鸡鸣至玉皇庙⑥,谓至顶矣,导者笑曰:"甫半耳!"因少憩。黎明,缘涧水,度石桥,见两峰对立,中有瀑布。时宿雨初晴,朝光澄澈⑦,山岚护石⑧,松翠浮空⑨,瀑流飞响,清心韵耳。磴道从西峰上⑩,有碑,题曰"五大夫松"⑪。碑下仰望,见两峰之顶,高插烟霄,心中窃拟谓此山巅也。攀登久之,回首遐眺⑫,见松山顶在我足下⑬;昨所望见诸峰,在松山下;齐鲁数千里之山,又在诸峰下。盖已飘飘凌云矣,不意峰回路转,更见高峰。

【注释】

①宿止:住宿,过夜。

②炬以丐钱:点燃火把以向人乞讨银钱。

③教养失而民鲜耻:教化缺失所以百姓不知道羞耻。教养,教育培养。鲜,少。

④山足:山脚。红门:位于岱宗坊北,在泰山脚下,是中线登山的起点。因岭南崖有红石如门而名。创建时间无考,明、清时重修。

⑤四更:指晨一时至三时。回马岭:位于泰山登山中路的中段,壶天阁之上,中天门之下,海拔800米,现有石坊一座,额刻"回马岭"三字。

⑥玉皇庙：又名太清宫、玉帝观。在泰山主峰玉皇顶上，始建年代无考，明成化年间重修。门前有一座无字碑。

⑦朝光澄澈：早晨的阳光清亮明洁。澄澈，清亮明洁。

⑧山岚护石：山中的雾气掩映着峰石。山岚，山中的雾气。

⑨松翠浮空：悬崖峭壁上的苍翠松木仿佛隐没在云雾缭绕的半空。

⑩磴（dèng）道：登山的石径。

⑪五大夫松：秦始皇二十八年（前219）封禅泰山，风雨暴至，避于树下，因此树护驾有功，按秦官爵封为五大夫。事见《史记·秦始皇本纪》。后世有人不明"五大夫"为秦官，而附会为五株松。

⑫回首遐眺：回头远望。遐眺，远望。

⑬松山：根据下文所记地点判断，当是五松亭、朝阳洞东北方向的对松山，也叫万松山。此处的盘道两峰夹路对峙，峰上有古松万株，千姿百态，十分壮观。唐代李白有"长松入云汉，远望不盈尺"的诗句。

【译文】

我们按照约定好的时间出发，远远看见火光明明灭灭，高处的火光与天山的星辰混在一起。走到火光所处的位置，才发现有几千个贫穷的百姓，有男有女，睡在路边，燃着火把以乞讨钱财。教化缺失，所以百姓才不知道羞耻以致讨要钱财，实在令人感慨！泰山山脚有红门，红门之后，道路都由石质台阶铺制而成，不时能够听到台阶边潺潺的流水声。四更的时候，我们到了回马岭，台阶越发陡峻，好像行走在石壁上。鸡鸣叫时，到了玉皇庙，以为到了最高处，领路的人笑着说："只走了一半路而已！"于是稍作休息。黎明时分，顺着山涧流水，走过石桥，看见两峰相对而出，中间夹着一条瀑布。此时雨刚停，早晨的阳光清亮明洁，山中的雾气掩映着峰石，苍翠的松木仿佛隐没在半空中，飞悬的瀑布发出哗哗的响声，实在是能够涤荡心神的韵响。顺着登山的石径爬上西峰，有块石碑，上面写着"五大夫松"。从石碑下向上仰望，只见两座山峰的顶端高耸入云，我心中暗自忖度这就是山顶了。攀登了很长时间，回头远望，只见松山已经在我的脚下；昨天所见的诸座山峰，都在松山之下；齐鲁大地数千里地的山峰，又都在昨天所见的诸座山峰之下。原来已觉得飘然身处高高的云霄间，没想到峰回路转之间，又见到更高的山峰。

　　天门之峰，无点土，亦无寸草，石脉长而廉隅四出①，骈植叠累②，皱若莲菊。磴道直上十里，乃城中所望若白练者。盖吾从碑下望松山，似高于城中望天门；今于此地望天门，实高于碑下望松山。道旁石上刻四大字，曰"仰之弥高"③，其信然矣④！磴列铁柱⑤，中贯铁索，授索而登，抱柱而息。比磴道尽，反无所见。盖下望天门，乃其绝顶；既至其上，又有高峰拥蔽焉⑥。纡回攀跻⑦，见所谓"娘娘庙"者在秦观峰下。正殿五间，而三门皆有铜栅，门内金钱，积深二三尺。堂上有三铜碑，明末大珰所铸。余无可观。东庑檐下⑧，石柱中断，余坐其上而休焉。俯视有字，拂拭辨之，则李斯篆也⑨。其文曰⑩："盛德。丞相臣斯、臣去疾、御史大夫臣德昧死言⑪：'臣请具刻诏书金石刻⑫，因明白矣。臣昧死请。'制曰⑬：'可。'"笔法高古秀劲⑭，非汉、晋人所能及。庙后石壁高十余丈，唐摩崖碑在焉⑮。崖西洞中，有泉甘冽。崖后上里许，登秦观峰⑯，乃泰山之巅也。

【注释】

①石脉长而廉隅四出：山石纹理绵长且棱角突出。石脉，山石的脉络纹理。廉隅，棱角。

②骈植叠累：万石并立，层层叠叠。骈植，并立。叠累，积聚，累积。

③仰之弥高：仰看觉得更高。出于《论语·子罕》："仰之弥高，钻之弥坚。瞻之在前，忽焉在后。"

④信然：确实如此。

⑤磴列铁柱：石阶边排列着铁质柱子。

⑥高峰拥蔽：又被高耸的山峰所阻碍。拥蔽，阻塞，遮掩。

⑦纡回攀跻（jī）：曲折回旋地攀登上山。攀跻，犹攀登。

⑧东庑（wǔ）：正房东边的廊屋。古代以东为上首，位尊。

⑨李斯：战国末期楚国上蔡（今河南上蔡西南）人。秦代著名的政治家、文学家和书法家。李斯传世的书法作品全部为刻石，主要有《泰山刻石》《琅琊刻石》《峄山刻石》等。

⑩其文：本文碑文为《泰山刻石》中秦二世诏书后半部分。泰山刻石经历多次自然、人为损毁，内容残缺不全。

⑪去疾：冯去疾。秦二世时任丞相。曾随二世出巡郡县，后因谏止二世修阿房宫、征发徭役，被下狱治罪，最终自杀。御史大夫臣德昧死言：御史大夫德冒死进言。御史大夫，秦始皇始置，位仅次于左、右丞相，辅佐丞相处理全国政务，权重而秩尊。德，姓氏不详。

⑫金石刻：指古代镌刻文字、颂功纪事的钟鼎碑碣之属。

⑬制：古代帝王的命令。

⑭高古秀劲：高雅古朴，秀美有力。

⑮唐摩崖碑：在泰山玉皇顶盘路东侧，有峰峦绝壁如削，峰上刻唐玄宗御制《纪泰山铭》，俗称唐摩崖碑，高13.3米，摩崖碑上刻序言、铭文及额款共1008个字。摩崖碑，在山崖石壁上所刻的碑文。

⑯秦观峰：位于玉皇顶东南，相传在峰巅西可望秦，南可望越，故又称越观峰。

【译文】

　　天门峰上没有半点土壤，寸草不生，山石纹理绵长且棱角突出，万石并立，层层叠叠，褶皱众多，犹如莲瓣和菊花。石径往上有十里路，这条山路就是我之前在山下看到的像白绢的东西。我从"五大夫松"石碑下遥看松山，觉得这里似乎比在城里仰望的天门峰位置更高；现在在这里看着天门峰，的确比在石碑下远望的松山位置要高。路边的石头上刻着四个大字"仰之弥高"，登山一事确实如此！石阶边排列着铁质柱子，柱子上连接着铁索，拉着铁索攀登，抱着柱子休息。等到走完了这段石阶，反而一无所见。大概从下面仰望天门峰，就是最高峰了；等到爬到山顶，又被高耸的山峰所遮掩。曲折回旋地攀登上山，看到所谓的"娘娘庙"就在秦观峰下。"娘娘庙"有五间正殿，三扇门都有铜制栏栅，门里面的银钱积聚了二三尺那么深。堂上立着三块铜碑，是明末太监铸造的。其他没有什么可观之处。正房东边的廊屋屋檐下方，有根中间折断的石柱，我就坐在上面休息。俯视石柱，发现上面刻有文字，把它擦干净辨认，发现是李斯的篆体字。上面的文字说："品德高尚。丞相李斯、丞相冯去疾、御史大夫德冒死进言：'臣请求陛下把诏书都刻在石碑上，这样事实就不会混淆。臣冒死请求。'皇帝诏曰：'可以。'"碑文书法高雅古朴，秀美有力，不是两汉、魏晋的人能够比得上的。庙后面的石壁有十多丈高，唐代摩崖石刻还保留在那里。悬崖西边的洞里，泉水甘洌。悬崖后面再往上爬一里多，登上秦观峰，就是泰山的最高处了。

　　举头天外，俯视寰中，浩浩茫茫，四无涯际。东见青、营①，负山阻海；北顾塞垣②，横亘万里，河朔诸州③，星罗棋布。循大行而西④，中州之沃衍⑤，咸阳之阻隘⑥，皆可指数。黄河由华阴走兖、徐⑦，湾环若衣带。嵩山二室⑧，如两卷石⑨。淮扬之间⑩，一望平芜⑪。"登泰山而小天下"⑫，果不诬也⑬！峰巅有殿，庭中石崛起，意古者金泥玉检文皆封于此⑭。门前石表⑮，始皇所建，高二丈余而无字。日观在东，月观在西，高皆与秦观等。古迹名胜，不可遍睹。薄暮遂下，至松山而少憩。回思三观，如在天上。又下见朝阳洞^⑯，石穴幽邃。又下见水帘洞，流水蔽岩。下至山麓，见一巨人，与之并立，翘足伸手，而不能摹其顶。古者长狄在齐鲁之间^⑰，岂其遗种与？

【注释】

①青、营：青州和营州，指山东一带。青州，古九州之一，古青州即今渤海至泰山之间的山东北部地区。营州，古九州之一。《尔雅·释地》："齐曰营州。"齐指齐国，在今山东半岛。

②塞垣：本指汉代为抵御鲜卑所设的边塞，后指北方边境地带。

③河朔诸州：河朔境内各个州府。河朔，古代泛指黄河以北的地区。

④大行：即太行山。

⑤中州之沃衍：中原土地之肥沃。中州，指今河南一带。沃衍，一作"衍沃"，土地肥美平坦。

⑥咸阳之阻隘：咸阳地势之险要。咸阳，都邑名。在今陕西咸阳东北。阻隘，险要之处。

⑦黄河由华阴走兖、徐：黄河从华阴县流向兖州、徐州。华阴，古地名。今陕西华阴东南。兖、徐，皆是古九州之一，辖境包括今山东、河南、江苏的部分地区。

⑧嵩山二室：嵩山的太室山和少室山。太室山为嵩山东部，少室山为嵩山西部，两山相距约10千米。

⑨卷石：如拳大之石。

⑩淮扬之间：指淮安府、扬州府之间。孙嘉淦自泰山眺望四方，向南遥望淮安、扬州一带。

⑪平芜：草木丛生的平旷原野。

⑫登泰山而小天下：登上泰山觉得整个天下都变小了。出自《孟

子·尽心上》:"孔子登东山而小鲁,登泰山而小天下。"

⑬不诬:不妄,不假。

⑭意古者金泥玉检文皆封于此:推想古代封禅用的告天书函都被封在这个地方。金泥玉检,以水银和金为泥作饰、用玉制成的检,指封禅所用的告天书函。检,封缄古书以竹木简为之,书成,穿以皮条或丝绳,于绳结处封泥,在泥上钤印,谓之检。《太平御览》卷五三六引晋司马彪《续汉书·祭志》:"有玉牒十枚列于方石旁,东西南北各三,皆长三尺,广一尺,厚七寸。检中刻三处,深四寸,方五寸,有盖;检用金缕五周,以水银和金为泥。"

⑮石表:泰山无字碑的别名。

⑯朝阳洞:位于泰山五松亭西北侧。为一天然石洞,洞门向阳,故名。

⑰长狄:亦作"长翟"。春秋时狄族的一支,传说其人身材较高,故称。

【译文】

从秦观峰往下看,好像从天外伸出头来俯视寰宇,广阔无涯,四面都看不到边界。向东能看到青州和营州地域,背负泰山,东隔海洋;回望北方边塞关口,绵延万里,黄河以北各个州府,有如星罗棋布般散落着。循着太行山向西望去,中原地区土地肥沃,咸阳一带地势险要,都能屈指可数。黄河从华阴流向兖州、徐州,弯曲成环,好像一条衣带。嵩山的太室山和少室山,好像两块拳头大小的石头。向南遥望淮安、扬州之间,放眼望去,一马平川。古人说"登泰山而小天下",果然是所言不虚!秦观峰峰顶有间殿宇,庭中有块石头高耸突起,猜想古代封禅用的告天书函都被封在这个地方了吧。门前有块石碑,相传为秦始皇所建,有两丈多高,上面没有刻画任何文字。日观峰在东方,月观峰在西方,高度和秦观峰相等。名胜古迹,无法一一遍览。傍晚时下山,到了松山稍作休息。回看日观峰、月观峰和秦观峰,好像矗立在天上。又往下走看到朝阳洞,石穴幽深。再往下走看见水帘洞,流水遮住了岩石。往下走到山脚,见到一个巨人,我同他站在一起,踮起脚,伸出手臂,还是够不到巨人的头顶。

古代有长狄人生活在齐鲁一带,难道他是长狄人的后代吗?

次早,由泰安趋曲阜①。曩在山上,视泰安城如掌大;汶水一线②,环于城外;徂徕若堵③,蹲于汶上。出泰安城,不见水与山也。行五十里,见大河广阔,乃汶水也。又五十里,见崇山巍峨,乃徂徕也。相去百里,而俯视不过数武,其高可想矣。徂徕之西曰梁父④,对峙若门。从门南出,平畴沃衍,泗水西流⑤。孔林在泗水南⑥,洙水在孔林南⑦,曲阜在洙水南⑧,沂水在曲阜南⑨。孔林方千余里⑩,其树蔽天,其草蔽地。至圣墓,有红墙环立,墙中草树愈密,修干丛薄⑪,侧不容人,而景色开明,初无幽阴之气。至圣墓,产蓍草⑫,碑曰"大成至圣文宣王墓"⑬。西偏小屋三间,颜曰"子贡庐墓处"⑭。东南有泗水侯墓⑮,正南有沂国公墓⑯。墙东南有枯木,石栏护之,"子贡手植楷"也⑰,旁有楷亭。其北有驻跸亭⑱,人君谒墓更衣之所。门外有洙水桥,桥南高阜一带⑲,辟其东南为门。门距曲阜城可二里,道傍植柏,行列甚整,蔽日参天,皆数千年物也。

【注释】

①曲阜:周武王封弟周公旦于曲阜,为鲁国都。以城中有阜,委曲长七八里,故名。为孔子故里。有鲁国故城、孔庙、孔府、孔林等古迹。故城在今山东曲阜西北。

②汶水:今大汶河。源出山东莱芜北,至梁山东南入济水。

③徂徕若堵:徂徕山像一面墙。徂徕,徂徕山,本文中所记的"徂徕山"在汶水之南五十里,泰安城南一百里,梁父山之东,依据其距

离判断当另有所指,并非今山东泰安东南徂徕山,因为今徂徕山属泰山支脉,距离泰山相距三十多里,临近汶水,远离梁父山,与本文所记乖违甚多。

④祖徕之西曰梁父:徂徕山西边的梁父山。梁父,梁父山,又名梁甫山,古代帝王常封泰山,禅梁父,其山所在地点众说纷纭。据《(康熙)泰安府志》卷一记梁父山"在州南一百里,秦始皇禅于此",清聂钦《泰山道里记》记"大汶口东南三十里为梁父山,平衍突出。《封禅书》古者封泰山,禅梁父者"。又据本文孙嘉淦行旅路线,徂徕、梁父当在泰安南,相距泰安百里多地,故今人所说梁父山在今泰安南梁父村境较妥。他地多远离孙嘉淦行旅路线,甚至偏向其路线东边数十里外。如今人据《大清一统志》卷一四二载梁父山"在泰安县南一百十里,新泰县西四十里",以为梁父山在今新泰谷里镇驻地南四公里处,与本文所载位置相距甚远矣。

⑤泗水:又名泗河。源出山东泗水县陪尾山,分四源,因而得名。

⑥孔林:孔子及其后裔的墓园。

⑦洙水:据《水经注》,洙水源出今山东新泰东北,西流至泰安东南,折西南至泗水县北与泗水合流。后水道有变迁,今为小汶河上游,已与泗水隔绝。

⑧曲阜:古邑名。西周至战国鲁国建都于此。隋开皇十六年(596)改汶阳县置曲阜县,属兖州。治所在今山东曲阜东北二里古城村。明正德七年(1512)徙今治,明、清属兖州府。

⑨沂水:又名西沂水。即今山东曲阜南之沂河。《论语·先进》所言"浴乎沂",即此。

⑩孔林方千余里:"千"字讹。《(光绪)兴县续志》《国朝文录》《清经世文编》作"孔林方十余里",当是。

⑪修干丛薄:枝干修长,草丛茂密。丛薄,茂密的草丛。

⑫蓍(shī)草:古代用以占卜的草。

⑬大成至圣文宣王墓:孔子的墓碑。元大德十一年(1307)元武宗海山加称孔子为"大成至圣文宣王"。

⑭子贡:端木氏,名赐。孔子学生。春秋末卫国人。善于辞令,经商曹、鲁间,富至千金。并参与政治活动,历仕鲁、卫。孔子死后,众弟子结庐守墓三年而去,唯有子贡又守墓三年,后人便在孔子墓边立碑,题作"子贡庐墓处"。

⑮泗水侯:孔鲤,字伯鱼,孔子唯一的儿子。因其诞时鲁昭公赐孔子一尾鲤鱼而得名。后被宋徽宗封为"泗水侯"。

⑯沂国公:孔伋,字子思。孔子之孙,受学于曾子,传孔门心法,作《中庸》,后世称为"述圣"。南宋咸淳三年(1267)加封为"沂国公"。

⑰子贡手植楷:子贡亲手种的楷树。孔子死后,弟子们带来各自家乡的树种栽植在孔子墓周围。子贡所植楷树在明代枯死仅存树桩,后人立碑建亭以示纪念。

⑱驻跸亭:位于孔林楷亭北、孔子墓道东侧,今有宋真宗驻跸亭、清康熙驻跸亭、清乾隆驻跸亭三座古亭。"跸"是帝王出行的车驾,驻跸亭即帝王祭祀驻车之处。孙嘉淦所见的驻跸亭应是宋真宗驻跸亭(清代重修)、清康熙驻跸亭(始建于康熙二十三年)。

⑲高阜:高的土山。

【译文】

第二天早上,我们从泰安前往曲阜。之前在山上,看泰安城只有手掌那么大;汶水只有一条线那么细,围绕在泰安城外面;徂徕山像一面墙,雄踞在汶水上。出了泰安城,看不到河流、山峰。走了五十里路,看到一条广阔的大河,就是汶水了。又走了五十里路,看见崇山峻岭巍峨高竿,就是徂徕山了。泰安城距离徂徕山有一百里,在泰山上俯视这里只隔几步距离,可以想见泰山之高。徂徕山西边有座梁父山,两座山峰互相对峙,好像一座大门。穿过"大门"向南走,只见平坦的原野土地肥沃,泗水向西流走。孔林位于泗水的南面,洙水又在孔林南面,曲阜位于洙水南面，沂水又在曲阜南面。孔林占地方圆十余里，里面大树遮蔽天空，绿草覆盖大地。到了孔子墓，四面有红墙环绕，红墙中芳草树木越发繁密，枝干修长，草丛茂密，中间的空隙无法容人通过，但景色开阔明亮，毫无半点幽深阴暗的气息。走到孔子墓，四周生长着蓍草，有座石碑上写有"大成至圣文宣王墓"八字。孔子墓西边有三间小屋，题写"子贡庐墓处"五字。孔子墓东南方有泗水侯孔鲤的墓，正南方有沂国公孔伋的墓。孔子墓的红墙东南方有一截枯木，有石栏围护，是"子贡手植楷"，旁边建有楷亭。"子贡手植楷"北边有座驻跸亭，是皇帝拜访孔子墓时更衣的地方。孔林门外有座洙水桥，洙水桥南边有一圈高坡，高坡东南边开辟出一道大门。大门距离曲阜城大约有二里路，路边种着柏树，柏树排列整齐，树木参天蔽日，都是活了几千年的古树。

入曲阜之北门，路东有复圣庙[1]，庙前有陋巷[2]。巷南折而西，则孔庙之东华门也。庙制如内廷宫殿[3]，而柱以石为之，蛟龙盘旋，乃内廷所无。至圣与诸贤皆塑像，石刻至圣像有三。车服礼器[4]，藏于衍圣公家，圣公入觐[5]，不可得观。殿南有亭，颜曰"杏坛"[6]，古杏数株，时值三月，杏花正开。坛南有"先师手植桧"[7]，高三丈而无枝，文皆左纽[8]。子贡之楷，虽不腐而色枯，此则生气勃发焉。大门内外丰碑无数[9]。南有高楼曰奎文阁[10]。阁南门下，汉、魏之碑十余，皆额尖而有圆孔。门外有水，上作五桥。桥南有门，门外有栅。自殿庭至栅内[11]，苍松古柏，虬龙蟠屈，不可名状。泰安汉柏，又不足道矣。

【注释】

①复圣庙：又称颜庙，位于山东曲阜旧城北门内，陋巷街北首，与孔

府后花园隔街遥对,是祭祀孔子弟子颜回的祠庙。

②陋巷:狭窄的街巷,但常用指颜回居住的街道。《论语·雍也》:"贤哉,回也! 一箪食,一瓢饮,在陋巷,人不堪其忧,回也不改其乐。"据明吕兆祥《陋巷志》记载,后人在颜子住过的陋巷故址建立庙宇,依时供奉香火。

③内廷:皇帝召见臣下、处理政务之所。

④车服礼器:车舆礼服,祭祀仪器。

⑤圣公入觐:指衍圣公入朝进见帝王。衍圣公为孔子后裔封号,根据时间判断,这里的衍圣公指孔子第六十七代嫡长孙孔毓圻。

⑥杏坛:此指孔庙中的建筑,位于孔庙大成殿前。相传为孔子聚徒授业讲学处。

⑦先师手植桧:孔子亲手所植的桧树。位于孔庙大成门内东侧,有石栏围护。今存桧树为清雍正十年(1732)于古树桩下复生的新枝长成的。相传孔子手植桧原有三棵,后枯死两棵,唯有此桧生生死死,几经荣枯留存至今,树高十余米,粗可合抱。

⑧文皆左纽:树干的纹路都向左旋转。

⑨大门:此处应指孔庙"先师手植桧"南的大成门。丰碑:高大石碑。

⑩奎文阁:始名藏书楼,孔庙三大主体建筑之一。始建于宋天禧二年(1018)。收藏后代帝王的赐书、墨迹。

⑪殿庭:宫殿阶前平地。

【译文】

进入曲阜城北门,路的东边有祭祀颜回的复圣庙,庙宇前面有条陋巷。陋巷南面转向西方,就是孔庙的东华门。孔庙庙制一如皇宫内院,柱子用石材制成,上面盘旋着的蛟龙,是皇宫里所没有的。孔庙内有孔子与诸位先贤的塑像,有三座石刻的孔子像。车舆礼服、祭祀仪器,都收藏在衍圣公府,衍圣公入朝觐见皇帝,我没有机会去观看。孔庙大成殿南边有座亭子,上面题写"杏坛"二字,种有几棵古杏,此时已到三月,正是杏花盛开的时候。杏坛南面有"先师手植桧",树高三丈,上无枝条,树干的纹路都向左旋转。子贡手执楷树,虽然未曾腐朽却色泽枯槁,而这里的孔子手植桧树则生机盎然。大成门里外立着无数座高大的石碑。再南面有座高楼叫作奎文阁。奎文阁南门下有十几座汉魏时候的石碑,都是尖额圆孔。奎文阁大门外有条小河,上面架着五座桥。桥南有扇大门,门外面立着栏栅。从大成殿前庭直到栏栅,种有苍松古柏,都盘屈成虬龙形状,无法形容其形状。泰安城中的汉柏与之相比,又不值得提及了。

　　吾于是奋然兴也①。夫孔子者,天所独生以教后世者也。考其生平,三岁丧父,七岁丧母,中年出妻②,晚年丧子③。夫哀死而伤离,宁独异于人哉?今观"志学"一章④,七十年内⑤,日进月益,不以遇之穷而少辍其功⑥。盖其自待厚⑦,而所见有大焉者矣!余乃戚戚欲以身殉⑧,何其陋也⑨!《诗》有之曰:"高山仰止,景行行止⑩。"虽不能至,然心向往之。

【注释】

①奋然兴:心中激奋,感情涌动。
②中年出妻:传说孔子中年时休弃妻子亓官氏。
③晚年丧子:晚年失去了唯一的儿子。孔鲤先孔子而亡。
④今观"志学"一章:如今读《论语·为政》中"志学"这一章。"志学",出自《论语·为政》,"吾十有五而志于学,三十而立,四十而不惑,五十而知天命,六十而耳顺,七十而从心所欲,不逾矩"。
⑤七十年内:指"志学"章中所概括的孔子七十年人生历程。
⑥不以遇之穷而少辍其功:没有因为遇到困境就放弃努力。
⑦自待厚:对自己要求严格。

⑧余乃戚戚欲以身殉：我忧伤地想要追随已逝的家人。戚戚，忧惧
　　貌，忧伤貌。

⑨陋：见识小，浅陋。

⑩高山仰止，景行行止：表示对崇高事物的仰慕之情。原出于《诗
　　经·小雅·车辖》。司马迁《史记·孔子世家》专门引此赞美孔
　　子："《诗》有之：'高山仰止，景行行止。'虽不能至，然心向往之。"

【译文】

　　于是我心中激奋，感情涌动。孔子，是上天安排孤独生活以教导后世的人。考察他的生平，他三岁时就失去了父亲，七岁时失去了母亲，中年时休弃了妻子，晚年时失去了儿子。哀悼死亡而感伤分离，在这点上孔子和其他人又有什么区别呢？如今阅读《论语·为政》中"志学"这一章，能看到他七十年的人生中每时每刻都在进步，没有因为遇到困境就放弃努力。大概是他对自己要求严格，而他的眼中有更广阔的世界吧！我在母亡、妻逝、子夭后，忧伤地想要亲身追随亲人而去，这种想法是何其鄙陋啊！《诗经》有句话说："高山崔嵬我仰望，大道平坦任我行。"我虽然不能达到先贤的程度，可是心里却向往着。

　　曲阜东南有九龙山①，其南曰马鞍山②。两山之间，松楸茂密者③，孟林也④。林南为邹县⑤。县南有孟庙⑥，庙左有宣献夫人祠⑦。夫人者，孟母也。滕县在邹南⑧，地平旷，可以行井田⑨。滕南有峄山⑩，始皇刻石其上。峄东有陶河⑪，过陶河至邳州⑫。下邳乃子房击秦后潜匿之所⑬。又项籍者，下相人也⑭，下相在邳州。昔曹操决水灌吕布于下邳⑮。今其城在山，不可灌。予尝徘徊其地，求下邳、下相之故城，及圯桥进履之所⑯，而土人皆无知者。邳南落马湖⑰，黄河所溢也。湖南曰宿迁⑱，宋人迁宿于此。又南曰桃

源[19]，黄河之北岸也[20]。

【注释】

①九龙山：在今山东曲阜、邹城两地交界处。西汉诸鲁王陵墓位于
　此处。

②马鞍山：在今山东曲阜南，位于九龙山正南。

③松楸（qiū）：松树与楸树。楸，落叶乔木，干高叶大，木材质地细
　密，耐湿，可造船，亦可做器具。

④孟林：在今山东邹城东北四基山西麓，是孟子及其后裔的墓地。

⑤邹县：秦置，属薛郡。治所在今山东邹城东南二十六里。因邹山
　为名。后迁治今邹城。明、清属兖州府。

⑥孟庙：在今山东邹城。为历代祭祀孟子的祠庙。北宋景祐四年
　（1037）始于四基山孟子坟旁建庙，宣和三年（1121）迁到今址。

⑦宣献夫人：指孟母。元仁宗延祐三年（1316）秋七月，封亚圣孟轲
　父为邾国公、母仉氏为邾国宣献夫人。《元史·仁宗纪》卷二五：
　“六月乙亥，制封孟轲父为邾国公，母为邾国宣献夫人。”

⑧滕县：隋开皇十六年（596）改蕃县置，属徐州，治所即今山东滕
　州。明、清属兖州府。

⑨井田：相传古代的一种土地制度。以方九百亩为一里，划为九区，
　形如“井”字，故名。其中为公田，外八区为私田，八家均私百亩，
　同养公田。公事毕，然后治私事。从春秋时起，井田制日趋崩溃，
　逐渐被封建生产关系所取代。

⑩滕南有峄山：滕县向南走有座峄山。峄山，又名邹山、邹峄山、邾
　峄山。秦始皇曾登此山刻石记功，由李斯书《峄山刻石》。峄山
　具体位置，有说法认为峄山在今山东邹城东南，滕州北，这与此
　处所记“滕南”稍有出入。也有说法认为峄山在今山东枣庄峄
　城区，如清人王昶《金石萃编》卷四记“按峄山在今峄县东南十

里"，这种说法和孙嘉淦的行旅路线较为吻合。

⑪陶河：据文中所记，此条陶河当在今山东枣庄峄山之东。

⑫邳州：北周改东徐州置，治所在下邳县（今江苏睢宁西北古邳镇东）。明洪武初省下邳县入州，后属淮安府。清康熙二十八年（1689）移治今邳州北艾山南邳城镇，不辖县。雍正三年（1725）升为直隶州，十一年（1733）改属徐州府。

⑬下邳：指下邳县。秦置，属东海郡。治所在今江苏睢宁西北古邳镇东三里。东汉为下邳国治。南朝宋为下邳郡治。唐武德四年（621）为邳州治，贞观元年（627）改属泗州，元和四年（809）改属徐州。至明洪武初省入邳州。子房击秦：指张良安排大力士在博浪沙（今河南原阳）用铁椎狙击秦始皇一事。失败后，仓皇逃窜到下邳。事见《史记·留侯世家》。

⑭下相：古县名。秦置，治今江苏宿迁西南，属泗水郡。西汉属临淮郡。东汉属下邳国。晋仍属临淮郡。南朝宋省。北魏复置，孝昌三年（527）为盱眙郡治。东魏武定八年（550）改为临清郡治。北齐废。项羽为本县人。

⑮曹操决水灌吕布于下邳：曹操攻打吕布，曾掘开泗水、沂水灌入下邳城。

⑯圯桥进履：张良在圯桥将鞋递还给黄石公。《史记·留侯世家》记张良因谋刺秦始皇不果，亡匿下邳。于下邳桥上遇到黄石公。黄石公故意将鞋子掉到桥下，命张良为他取鞋、穿鞋，张良见他年老，取鞋跪着为他穿上。老父又经再三考验，将《太公兵法》传授给张良。

⑰落马湖：即骆马湖。在今江苏宿迁西北。本是洼田，明代黄河夺淮后成为沂河等河流泄洪区，后漫溢成湖泊，长六十里。

⑱宿迁：唐宝应元年（762）为避代宗李豫讳，改宿预县置宿迁县，属泗州。治所在今江苏泗阳西北。同年改属徐州。明万历四年（1576）

　　因城圮于河,徙治今宿迁。清属徐州府。

⑲桃源:桃源县(今江苏泗阳)在宿迁县东南,孙嘉淦由滕县向东南
　　方向行进,经邳州、宿迁到桃源县,再向东南行至淮安。

⑳黄河:今泗阳(即文中的桃源县)境内有一条63公里的黄河故道,
　　是宋代黄河夺淮入泗时留下的。

【译文】

　　曲阜东南方向有座九龙山,九龙山南方有座山叫马鞍山。两座山之间,松树与楸树茂盛之处,就是孟林。孟林南面是邹县。邹县县南有座孟庙,孟庙左边有座宣献夫人祠堂。宣献夫人,就是孟母。滕县在邹县南方,地势平旷,可以推行井田制。滕县向南有座峄山,秦始皇曾在峄山上刻石记功。峄山东方有条陶河,过了陶河可以到达邳州。邳州的下邳县就是张良行刺始皇帝未遂后逃亡隐匿的地方。项籍,是下相人,下相属于邳州。过去曹操攻打吕布时,曾掘开泗水、沂水灌入下邳城。如今的下邳城建在山上,不可能再被水淹没。我曾经在这个地方左右走动,寻找下邳、下相的故城遗址,还有张良将鞋递还给黄石公的圯桥之位置,但当地人都不知道它们的具体位置。下邳南面的落马湖,是黄河支流溢流留下的。落马湖南面是宿迁,宋人迁徙住到了这个地方。再南面的地方是桃源,在黄河的北岸。

　　河自出天门①,走平陆②,无高下阻激之所③;而驰波跳沫,汹涌澎湃,其猛鸷迅疾④,天性然也。南至清江浦⑤,黄河南曲,运河北曲,两河之间,不能一里,而运低于黄数十丈。河性冲突⑥,设有不虞,淮阳其为鱼矣⑦!淮安城西有"韩侯钓台"⑧。当淮阴未遇时⑨,忍饥钓鱼城下,谁过而问之?及其云蒸龙变⑩,向之落魄,皆为美谈。英雄成败有时,若此类湮没而不称者⑪,可胜道哉⑫?

【注释】

①河自出天门：河水自天门流出之后。河，指运河。依照孙嘉淦行旅路线来看，他由陆路离开泰安、曲阜、滕县，自峄县陶河走水路，沿京杭大运河中运河段而行，行经邳州、宿迁、桃源、淮安等地，故此处的河指运河。天门，未详。

②平陆：平原，陆地。

③无高下阻激之所：没有高地、深谷这些阻碍激流的地方。

④猛鸷迅疾：迅猛急速地奔流。猛鸷，原指猛禽，引申为凶猛、勇猛之意。

⑤清江浦：今江苏淮安北京杭大运河之里运河段的前身，参见卷七《纪周侍御事》注释。黄河自宋代多次夺泗夺淮入海，清初黄河自徐州流向东南方向，与京杭大运河的中运河段在宿迁境内相距极近，运河在北弯曲流过，黄河在南蜿蜒而流，两条河流至淮安府清江浦交汇，旋即又分流成二，黄河向东北宛转流向大海，运河向南流向扬州、杭州。

⑥河性冲突：指黄河、大运河水流奔涌，冲击堤岸，容易泛滥成灾。

⑦淮阳其为鱼矣：整个淮阳郡的百姓都会沦为鱼鳖。为鱼，遭遇水灾的委婉说法。

⑧淮安城：一名山阳县（今江苏淮安），淮安府的治所。元至正二十六年（1366）朱元璋改淮安路置淮安府，治所在山阳县。清属江苏省，辖境缩小。韩侯钓台：韩信钓鱼处，在今江苏淮安漂母祠旁。韩侯，韩信初被封为齐王，后徙封楚王，降封淮阴侯，故称韩侯。

⑨淮阴：指淮阴侯韩信。

⑩云蒸龙变：云气兴起，神龙飞动。比喻英雄豪杰遇时奋起。

⑪若此类湮没而不称者：像这样湮没不闻的。湮没，埋没。不称，不显扬。

⑫可胜道哉：哪里能说得尽呢？胜，尽。

【译文】

　　运河自天门流出之后，流淌在平坦的土地上，没有高岗、深谷这些阻碍激流的地方；波涛飞驰，水沫跳跃，汹涌澎湃，迅猛快速地奔流而下，这是河流的天性。向南走到淮安府清江浦，黄河在南边弯曲流过，运河在北边弯曲流动，两河之间的距离，不到一里，但运河比黄河低几十丈。河流本性横冲奔驰，如果发生不测，整个淮阳的百姓都会沦为鱼鳖！淮安城西边有座"韩侯钓台"。在淮阴侯韩信没有发迹的时候，他忍饥受饿而在城下钓鱼，有谁过路时关心过他呢？等到他风云际会，得到赏识重用，以前的落魄，反而都成为美谈。英雄有成功的时候，也有失败的时候，像这样湮没不闻的人，哪能说得尽呢？

　　淮安南曰宝应①，宝应南曰高邮，地多湖，四望皆水。高邮以南，始见田畴②。江北暮春③，似河北之盛夏④。草长成茵⑤，麦秀成浪⑥，花剩余红，树凝浓绿，风景固殊焉。南至于扬州，扬州自古繁华地，当南北水陆之冲⑦，舟车辐辏，士女游冶⑧，兼以盐商聚处⑨，僭拟无度⑩，流俗相效⑪，竞以奢靡，此其弊也。城内无可观，隋宫、迷楼、二十四桥之胜迹⑫，今皆不存。琼花观内⑬，止余故址⑭。城北有天宁寺⑮，谢东山之别业也⑯。其西偏曰杏园。余尝寓杏园之僧舍，竹树蓊郁，池台清幽⑰，想见王谢风流⑱。杏园东曰虹桥⑲，园亭罗列水次⑳，游人棹酒船于其中㉑。虹桥之北，则蜀岗也㉒，欧阳文忠公建平山堂于其上㉓。堂右有大明寺井㉔，昔张又新作《煎茶水记》㉕，谓扬子江中泠泉第一㉖，惠山石泉第二㉗，虎邱石井第三㉘，丹阳寺井第四㉙，扬州大明寺井第五，即此是也。

【注释】

①宝应:唐肃宗上元三年(762)改安宜县置,属楚州。治所即今江苏宝应。明属扬州府高邮州。清属扬州府。

②田畴:泛指田地。

③江北:泛指长江以北。

④河北:泛指今黄河下游以北,阴山、燕山山脉以南,太行山以东地区。约相当今华北平原。

⑤草长成茵:绿油油的草好像地上铺的褥毯。

⑥麦秀:指麦子开花。

⑦冲:通行的大路,重要的地方。扬州当运河交通冲要,为明、清两淮盐运中心。

⑧士女游冶:青年男女外出游乐。游冶,出游寻乐。

⑨盐商:经营食盐买卖的商人。旧时盐商须纳税于官,官给票引,其引地需用之盐,即由其专卖。

⑩僭拟无度:不加节制地越分攀比。僭拟,越分妄比。僭,超越本分,古代指地位在下的冒用在上的名义、礼仪、器物。无度,不依法度,不加节制。

⑪流俗相效:普通人争相效仿。流俗,指世间平庸的人。

⑫隋宫:指隋炀帝下扬州时兴建的离宫行苑。又称江都宫。迷楼:隋炀帝所建楼名。隋炀帝觉得此楼能使仙人沉迷,故得以名。故址在今江苏扬州西北郊。二十四桥:扬州名桥。宋朝祝穆《方舆胜览》卷四记隋代已有二十四桥,并以城门坊市为名。宋沈括《梦溪补笔谈》卷三"杂志":"扬州在唐时最为富盛。旧城南北十五里一百一十步,东西七里三十步,可纪者有二十四桥。"

⑬琼花观:扬州道观。参见卷四《卖花老人传》注释。

⑭止余故址:只剩下遗址。

⑮天宁寺:一名天安寺。在今江苏扬州北。原为东晋太傅谢安别

墅,后尼泊尔高僧佛驮跋陀罗在此译华严经,建兴严寺。北宋政
和中改名。清康熙年间,两淮巡盐御使曹寅受命于寺内设书
局,刊刻《全唐诗》,纂修《佩文韵府》。乾隆南巡,多次来此,并
于寺西兴建行宫、御花园等。御花园文汇阁内藏有《古今图书集
成》一部。清咸丰三年(1853)寺毁,同治、光绪间重建。

⑯谢东山:指谢安。谢安少以清谈知名,屡辞辟命,隐居会稽郡山阴
县之东山,与王羲之、许询等游山玩水,并教育谢家子弟。

⑰池台:池苑楼台。

⑱想见王谢风流:可以推想而知王、谢名士的风雅盛事。王谢,代指
六朝时王、谢等名门望族。

⑲虹桥:拱曲如虹的长桥。

⑳园亭罗列水次:带绿荫的亭子排列在水边。

㉑酒船:供客人饮酒游乐的船。

㉒蜀岗:高地名。今江苏扬州西北高地。《读史方舆纪要》卷二十
三:"蜀冈,(扬州)府城西北四里。绵亘四十余里,西接仪真、六
合县界,东北抵茱萸湾,隔江与金陵相对。上有蜀井,相传地脉通
蜀也。"

㉓欧阳文忠公建平山堂于其上:欧阳修在蜀岗上修建平山堂。欧阳
文忠公,宋代欧阳修死后谥号为"文忠",故名。平山堂,在今江
苏扬州西北瘦西湖北蜀冈上,欧阳修所建。因登堂可以望见江南
诸山,故称为"平山堂"。

㉔大明寺:在今扬州西北蜀冈中峰上,东邻观音山。建于南朝宋大
明年间,故名。曾是唐高僧鉴真居住和讲学之处。现寺为清同治
年间重建。

㉕张又新:又名张荐子。唐代深州陆泽(今河北深州)人,字孔昭。
宪宗元和中举进士,状元及第,后应宏辞科第一。工诗。嗜茶,著
《煎茶水记》。

㉖中泠泉：参见卷十五《中泠泉记》注释。

㉗惠山石泉第二：无锡惠山寺石泉水天下第二。惠山石泉，在无锡
　　惠山寺。茶圣陆羽详品天下泉水二十种，把它列为第二，"天下第
　　二泉"由此得知名。

㉘虎邱石井第三：苏州虎丘寺石泉水位列第三。虎丘石井，因泉水
　　清甘味美，被唐代品泉家刘伯刍评为"天下第三泉"。后虎丘石
　　井泉以"天下第三泉"名传于世。

㉙丹阳寺井第四：丹阳观音寺井水位列第四。丹阳，丹阳县，亦作丹
　　杨县。秦置，属鄣郡。治所在今安徽当涂东北五十里与江苏江宁
　　相连的丹阳镇。

【译文】

　　淮安城南边的地界叫宝应，宝应南边是高邮，高邮有很多湖泊，放
眼四望都是水域。高邮以南，才开始看见平地原野。长江以北的暮春时
节，就像黄河以北的盛夏时分。青青小草好似绿色的毯子，开花的小麦
像浪花一样翻滚，花朵还剩下一些残红，树木浓绿茂盛，风景本来就各不
相同。向南到达扬州，扬州自古就是繁华盛地，位于南北水陆交通的要
道，舟船车马聚集在一起，青年男女外出游乐，加上盐商会集此处，毫不
节制地妄加攀比，普通人争相效仿，竞相攀比奢华，这是这个城市的弊病
所在。城内没有可观之处，隋宫、迷楼、二十四桥之类的古迹，现在都荡
然无存。琼花观里，也只剩下旧址。城北有座天宁寺，曾是谢安的别墅。
天宁寺偏西有杏园。我曾经住在杏园的僧舍之中，里面翠竹绿树郁郁葱
葱，池苑楼台清净幽深，可以推想六朝望族王氏、谢氏的风雅盛况。杏园
东边有座虹桥，园荫遮蔽的凉亭排列在水边，游客在水上划着饮酒游乐
的船只。虹桥的北边，就是蜀岗，欧阳修在蜀岗上修建有平山堂。平山
堂右边有口大明寺井，过去张又新撰写的《煎茶水记》记载长江中泠泉
位列第一，惠山石泉排第二，虎丘石井排第三，丹阳观音寺井排第四，扬
州大明寺井排第五，排名第五的就在这里。

东至于泰州^①,昔韩魏公知泰州^②,梦以手捧日者再^③,今其州堂犹颜曰"捧日"。南至于瓜州^④,遂渡江。扬子江阔而清,含虚混碧^⑤,上下澄鲜^⑥,金、焦在中^⑦,如踞镜面。金山四面皆楼阁,环绕层累,靓妆刻节^⑧。远望焦山,林木青苍。土人云:"焦山山里寺,金山寺里山^⑨。"惜余未上,于焦止见山,于金止见寺而已。

【注释】

①泰州:五代南唐昇元初置,治海陵(今江苏泰州)。明洪武初省海陵县入州,属扬州府。清不辖县。

②韩魏公知泰州:韩琦任泰州知州。韩魏公,指韩琦。字稚圭,相州安阳(今河南安阳)人。北宋仁宗庆历五年(1045)以范仲淹等罢政,自请出外,知扬州,改知定州、并州。嘉祐年间复入朝,迭任枢密使、宰相,经英宗至神宗,执政三朝。王安石变法,他屡次上疏反对,与司马光、富弼等同为保守派首脑。封魏国公。

③捧日:手捧太阳,常用来比喻忠心辅佐帝王。捧日,宋人多记作韩琦"捧天",如宋孔平仲《谈苑》卷四记"韩魏公知泰州,卧疾数日,忽曰:'适梦以手捧天者再。'其后援英宗于藩邸,翼神庙于春官。"

④瓜州:即瓜洲,古津渡,即今江苏扬州邗江区瓜洲镇。位于扬州古运河下游与长江交汇处,孙嘉淦由此渡过长江。

⑤含虚混碧:江水映接天宇,水天碧绿混融。含虚,犹涵虚,水映天空。

⑥澄鲜:清新。

⑦金、焦在中:金山与焦山屹立水中。金山与焦山都在今江苏镇江,从瓜洲渡过长江,可抵达长江南岸的金、焦二山。

⑧靓妆刻节:好像将山体一节节地予以精心打扮。刻节,一节一节地雕刻装饰。

⑨焦山山里寺，金山寺里山：王根林校本作"焦山山裹寺，金山寺裹
　　山"，宋人林景熙《霁山集》卷五、楼钥《攻媿集》卷八一所引谚语
　　同。《（光绪）兴县续志》《国朝文录》与此处同。

【译文】

　　向东到达泰州，昔日韩琦曾任泰州知州，梦到多次用手捧着太阳，今天泰州府衙大堂里仍然写着"捧日"二字。向南到达瓜洲渡口，于是渡过长江。扬子江江面广阔，清澈透亮，江水映接天宇，水天碧绿混融，上下之间清美新鲜，金山与焦山屹立水中，好像盘踞在平整的镜面之上。金山四周都建造着亭台楼阁，一层层地环绕累积在一起，好像将山体一节节地精心装扮。远远眺望焦山，树木苍翠。当地人说："焦山山里藏着寺庙，金山寺里藏着山峰。"可惜我没有登山，看焦山只看到了山，看金山只看到了寺庙罢了。

　　过江，由小河入山，至镇江府①。镇江古京口，四面阻山，形格势禁②，以临天堑③，实南北必争之地。孙仲谋始都此④，筑城名曰"铁瓮"，府城其遗也。南至于丹阳⑤，闻有练湖而未见⑥。东南至常州，古延陵地⑦，吴季子之所居⑧，俗在三吴为淳朴。至丹阳西，见山绵亘百余里，至无锡曰九龙山⑨。其南峰曰惠山，惠山之东曰锡山，峰峦皆秀丽。登惠山，饮石泉，清冽而甘且厚。下视无锡，群山拱峙，众水环流，名酒、嘉鱼、菱藕之薮⑩，乐土也，昔泰伯择居于此⑪。惠山之南曰夫椒⑫，夫差败越之所也⑬。夫椒之南曰阳山⑭，越败夫差之地也。阳山以南，群峰列峙，巍然而葱郁者，灵岩、穹隆、支硎、玄墓、上方诸山也⑮。灵岩之东，树林阴翳⑯，有秀出于树中者，虎邱也。虎邱南六七里，苏州城也⑰。姑苏

控三江、跨五湖而通海[18]。阊门内外,居货山积,行人水流,列肆招牌[19],灿若云锦。语其繁华,都门不逮。然俗浮靡、人夸诈[20],百工士庶[21],殚智竭力以为奇技淫巧[22],所谓作无益以害有益者与[23]? 虎邱小而奇,外望一土阜[24],而中有洞壑。路旁岩下,有泉曰憨泉[25]。泉侧有石,中裂若劈,"试剑石"也[26]。曲折而上,一大磐石[27],平铺数百步,"千人坐"也[28]。四围奇峰,峭拔若削。北辟一壑,中有清池,"剑池"也[29]。剑池之西,又辟一壑,窈窕幽奇[30],而亦有池,虎邱石井也。剑池之东有亭,可中亭也。亭下池上,大刻"虎邱剑池",颜鲁公书也。又刻"生公讲堂"[31],李阳冰篆也[32]。登虎邱而四望,竹树拥村,菱荷覆水[33],浓阴沉绿,天地皆青。然赋税重,民不堪命焉[34]。灵岩秀而高,上有西施洞[35],山巅有寺,馆娃宫之故址也[36]。门据横石,内辟清池。殿西有岩,流泉四出,回廊曲槛,周于岩上。又有二池焉,其清爽幽奇,令人乐而忘反。绝顶石上,刻曰"琴台"。登琴台,临太湖,太湖周八百里,包众山于其中,水清色白,长风一吹,波与山同。七十二峰,乍隐乍现于银涛雪浪中,滴翠浮青,宇内奇观也。

【注释】

①镇江府:北宋政和三年(1113)升润州置,治丹徒县(今江苏镇江)。属两浙路。元至元十三年(1276)改镇江路。至正十六年(1356)朱元璋改为江淮府,同年又改江淮府为镇江府,直隶南京。清属江苏省。

②形格势禁:亦作"形禁势格""形劫势禁"。谓受形势的阻碍或限制。

③以临天堑:与长江天堑相邻。镇江当长江与大运河水运交通要

冲,地理位置重要。

④孙仲谋始都此:汉建安十三年(208),孙权由吴郡迁徙治所到京城(今江苏镇江)。

⑤丹阳:丹阳县,唐天宝元年(742)改曲阿县置,属润州。治所即今江苏丹阳。宋属镇江府。元属镇江路。明、清属镇江府。

⑥练湖:古称曲阿后湖。又名练塘后湖、开家湖。在今江苏丹阳西北。

⑦延陵:春秋吴邑。《史记·吴太伯世家》:"季札封于延陵,故号曰延陵季子。"西汉改置毗陵县。延陵地域,明、清属常州府,即今江苏常州。

⑧吴季子:吴国的季札。季札,姬姓,名札,春秋时期政治家、外交家,吴太伯十九世孙,吴王寿梦第四子,史称延陵季子、州来季子。季札品德高尚,远见卓识。三次让国,广交贤士。周游列国,提倡礼乐,宣扬儒家思想,故下文称其地民风淳朴。

⑨无锡:古县名。西汉置无锡县,属会稽郡,治今江苏无锡。三国吴废。西晋太康元年(280)复置,属毗陵郡。唐、宋属常州。元元贞元年(1295)升为州,属平江路。明洪武二年(1369)复为县,属常州府。九龙山:即今江苏无锡西郊惠山。唐陆羽《游慧山寺记》云:"其山有九陇,俗谓之九龙山,或云斗龙山。九龙者,言山陇之形,若苍虬缥螭之合沓然。"

⑩薮:人或物聚集的地方。

⑪泰伯:吴泰伯,亦称吴太伯、吴大伯。周古公亶父(太王)长子,仲雍、季历之兄。古公亶父欲传位季历及其子昌(即周文王),泰伯便与仲雍出逃至荆蛮。从当地习俗,传耕作筑城之术,众归之,建立吴国。

⑫夫椒:古山名。《左传·哀公元年》记:"吴王夫差败越于夫椒。"杜预注:"太湖中椒山。"本文夫椒山指太湖西北部的马迹山。一般说法认为夫椒山在太湖洞庭西山,但洞庭西山的东北是阳山,

并不符合本文所记"夫椒之南曰阳山",故从方位判断此处的夫椒山并非指洞庭西山。

⑬夫差:春秋末期吴国国君。吴王阖闾之子。即位后先在夫椒打败越兵,乘胜攻破越都,迫使越王勾践屈服。又开凿邗沟,以图北进,在艾陵(今山东莱芜东北)大败齐兵。公元前482年,在黄池(今河南封丘西南)会盟诸侯,与晋争霸,越军乘虚攻入吴都。后来越国再次兴兵攻吴,他兵败自杀,吴亡。

⑭阳山:又名秦余杭山、万安山、白磉山。在今江苏苏州吴中区西北,绵延二十里。南宋范成大《吴郡志》卷三引胡舜申《吴门忠告》曰:"吴城以乾亥山为主,阳山是也。山在城西北,屹然独高,为众山祖,杰立三十里之外。其余冈阜累累,如群马南驰,皆其支陇。"其地为越王礼葬吴王夫差之地。

⑮灵岩:又名研石山、砚石山、石鼓山。在今江苏苏州吴中区西北。相传春秋时吴王夫差曾在此山广筑宫室。南宋范成大《吴郡志》卷十五记灵岩山"上有吴馆娃宫、琴台、响屧廊。山上有西施洞、砚池、玩月池"。穹窿:穹窿山,又名穷隆山、穹崇山。位于苏州吴中区西北部,为太湖东岸群山之冠,苏州最高峰。支硎(xíng):支硎山,又称报恩山、观音山。在今苏州吴中区西。《太平寰宇记》卷九一记支硎山"晋高士支道林遁迹,游憩其上,故有此名"。玄墓:即邓尉山。在今苏州吴中区西。明王鏊《姑苏志》卷八记玄墓山"相传郁泰玄葬此,故名"。上方:上方山,又名楞伽山。在今苏州吴中区西南。明王鏊《姑苏志》卷八记楞伽山"一名上方山"。

⑯阴翳:指树木繁茂,枝叶成荫。

⑰苏州城:苏州府城。春秋为吴国都城。秦置吴县,为会稽郡治。东汉置吴郡,南朝梁为吴州治。隋为苏州治,明、清为苏州府治。以姑苏山得名,亦称姑苏城。

⑱姑苏控三江、跨五湖而通海：苏州横跨三江五湖，连通大海。三
　　江，指松江（吴淞江）、娄江、东江（上江）三条江。五湖，古代吴
　　越地区湖泊，说法不一。

⑲列肆招牌：成行的店铺挂出的招牌。列肆，谓成列的商铺。

⑳夸诈：虚伪欺诈。

㉑百工士庶：工匠百姓。

㉒奇技淫巧：谓过于奇巧而无益的技艺与制品。

㉓作无益以害有益：制作无益的东西以妨害有益的事。

㉔土阜：犹土丘。

㉕憨泉：一名憨憨泉。在今江苏苏州西北虎丘山上。宋范成大《吴
　　郡志》卷二九记憨憨泉"在宝华山寺东山半，极清冽。相传为得
　　道僧名憨憨和尚者卓锡所出"。

㉖试剑石：石名。在今江苏苏州虎丘。传说秦王或吴王试剑于此。

㉗磐石：厚而大的石头。

㉘千人坐：指千人石。宋范成大《吴郡志·虎丘》卷十六："千人坐，
　　生公讲经处也。大石盘陀数亩。"

㉙剑池：参见卷十三《补张灵崔莹合传》注释。

㉚窈窕幽奇：岩谷深远，幽雅奇妙。窈窕，深远貌，秘奥貌。

㉛生公讲堂：竺道生讲法的地方。生公，竺道生，可参见卷十三《补
　　张灵崔莹合传》注释。

㉜李阳冰：唐书法家。字少温，赵郡（今河北赵县）人。唐乾元时为
　　缙云县令，官至将作监。工篆书，得法于秦《峄山刻石》，变化开
　　合，自成风格，后来学篆者多宗之。

㉝菱荷覆水：菱角、荷花浮在水面上。

㉞民不堪命：人民疲于奔命，不堪忍受。

㉟西施洞：在今江苏苏州灵岩山半山腰，石壁上有个一人多高的石
　　洞，是吴王夫差拘禁越王勾践的地方，原本叫勾践洞，后来改名叫

西施洞。

㊱馆娃宫：古代吴宫名。春秋吴王夫差为西施所造，吴俗称美女为娃，故名。在今江苏苏州西南灵岩山上，灵岩寺即其旧址。

【译文】

过了长江，顺着一条小河进入山中，到达镇江府。镇江古称京口，四面环山，被群山地形所阻隔，又与长江天堑相邻，实在是南北必争之地。三国时孙权最开始在这里建都，修筑了"铁瓮城"，镇江府城就建在它的遗址之上。向南行走到了丹阳，听说有个湖泊叫练湖，但是我没有见到。顺着东南方向走到常州，这里在古代被称作延陵，是吴国季札居住的地方，这里的风俗在吴地中很是淳朴。到了丹阳西面，只见有山峰连绵上百里，山脉蔓延到无锡后的这段称作九龙山。九龙山南峰是惠山，惠山东面是锡山，山峦都很秀丽。登上惠山，饮用山中的泉水，觉得清冽、甘甜且味道醇厚。俯瞰无锡，群山环卫，众水围绕，是名酒、好鱼、菱角、莲藕的盛产地，实在是人间乐土，昔日泰伯就选择居住在这里。惠山南面的山叫夫椒山，是吴王夫差击败越国的地方。夫椒山南面的山叫阳山，是越王勾践击败吴王夫差的地方。阳山以南，群峰排列峙立，巍峨高耸、葱葱郁郁，有灵岩山、穹隆山、支硎山、玄墓山、上方山等山峰。灵岩山的东面，树木繁茂，枝叶成荫，在密林中有座山峰秀丽突出，就是虎丘。虎丘南边六七里，是苏州城。苏州横跨三江五湖，连通大海。苏州的西城门阊门，货物堆积如山，行人络绎不绝，成行的店铺挂出的招牌，耀眼好似朝霞彩云。说到苏州的繁华，即使是京城也比不上。然而苏州风俗浮华奢靡，百姓虚伪欺诈，上至士族，下至平民百姓，殚精竭虑地制造过于奇巧而无益的事物，这难道不是所谓的做了无益的东西以妨害有益的事吗？虎丘小巧奇特，从外看只是个土丘，里面却别有洞天。路边岩石下方，有道泉水名叫憨泉。憨泉边有块石头，中间分裂，好像被人劈开似的，就是"试剑石"了。顺着曲折的路往上走，有一块大磐石，平铺在地，有数百步宽，就是"千人坐"了。周围环绕着奇丽的山峰，挺峭高拔好像被自然削开。北边有一道裂开的深谷，中间有个清澈的水池，就是"剑池"。剑池的西边也有一道深谷，岩谷深远，幽僻奇异，也有个水池，就是虎丘石井了。剑池东边有个亭子，名叫可中亭。亭子下方，池水上方，刻着"虎丘剑池"几个大字，是颜真卿的书法。又刻着"生公讲堂"几个字，是唐代李阳冰写的篆体字。登上虎丘放眼四望，翠竹绿树环绕着村庄，菱角荷花覆盖着水面，苍翠的树木投下深重的影子，天地间都是一片青色。然而此地赋税沉重，百姓疲于奔命，不堪忍受。灵岩山秀丽高耸，上面有个西施洞，山顶有间寺庙，是馆娃宫的故址。灵岩寺门前放着块横石，门里开辟了一汪清池。寺庙大殿西边有块岩石，流动的泉水潺潺流淌，周回的走廊，曲折的栏杆，环绕在岩石上。还有两个水池，池水净澈清凉、幽静奇妙，让人乐不知返。最高处的石头上面，刻着"琴台"二字。登上琴台，面向太湖，太湖周长八百里，中间包罗着众多小山，水色清净透白，远方的微风吹拂而过，绿波、青山似乎融为一体。其中的七十二峰，在银涛雪浪中乍隐乍现，好像一滴翠色漂浮在青色的水面上，实在是天下一大奇观。

　　南出吴江^①，由蓝溪至浙东^②。嘉、杭之间^③，其俗善蚕，地皆种桑，家有塘以养鱼，村有港以通舟，麦禾蔚然^④，茂于桑下，静女提笼^⑤，儿童晒网。风致清幽^⑥，与三吴之繁华又别矣。出蓝溪至塘栖^⑦，夹河左右，远望皆山，西南一带，尤高大而青苍者，则西湖上之诸峰也。南至武林门^⑧，棹舟竟入城内。出候潮门^⑨，至江口，一望浩渺，大不减扬子，而色与黄河同，则钱塘江也。钱塘、西湖之胜，自幼耳熟，既见江，急欲至湖上。居人曰："游西湖者，陆轿而水船。"余曰："不然，江山之观，一入轿船，则不能见其大。且异境多在人踪罕至之处，轿与船不能到也。"因步行，登万松山而望西湖⑩，一片空明，千峰紫翠，冠山为寺，架木作亭，楼台烟雨，绮丽清幽。向观画图，恐西湖不如画，今乃知画不足以尽西湖也。过松岭⑪，渡长桥，至南屏⑫。南屏之山，怪石攒列⑬，下有古寺，所谓"南屏晚钟"也。北曰雷峰⑭，有塔高而色紫，所谓"雷峰夕照"也。西曰苏堤，从南抵北，作六桥以通舟，植梅柳于其上，所谓"苏堤春晓"也⑮。堤西有园亭，引湖为沼以蓄鱼，所谓"花港观鱼"也。堤东有洲，旁有三塔，影入洲中，所谓"三潭印月"也⑯。潭北有亭，翼然水面者⑰，湖心亭也⑱。亭北突起而韶秀者，孤山也⑲。山有紫垣缭绕者，行宫也⑳。其东直抵杭城者，白堤也。苏堤纵而白堤横，孤山介两堤之间焉。其西有岳武穆庙㉑，庙外铁铸秦桧夫妇，而其首为人击碎。尝读史至国家兴亡之际，不能无疑于天也。当武穆提兵北伐，山东、河朔豪杰响应，韩常内附㉒，兀术外奔㉓，使其予秦桧以暴疾，假武穆以遐年㉔，复神州而返二圣㉕，至易易耳㉖！而顾不然，待其人之云亡，邦国殄瘁㉗，易代而后，乃复祀武穆而击桧，岂天心悔过，而假手于人以盖前愆耶㉘？抑天终不悔，而人奋其力与天争耶？人之言曰："善恶之报，不于其身，必于其子孙㉙。"今闻秦氏盛而岳氏式微㉚，此又何说焉？使天下好善而恶恶，人之好恶之心，何由而生也？天之好恶，既与人同，胡为误于其身，复误于其子孙，而终不悔耶？呜呼！此其故圣人知之矣！昔者圣人之作《易》也，君子长而小人消曰"泰"㉛，小人长而君子消曰"否"㉜。运之有否泰，数也，天之所不能违也。非小人得志而害君子，则运不成。故万世之人心，好君子而恶小人者,天之理之常;一时之气运,福小人而祸君子者,天之数之变。万物之于天,犹子之于父,臣之于君也。龙逢、比干,其君不以为忠^㉝;申生、伯奇^㉞,其父不以为孝。孝子不敢非其亲,忠臣不敢怼其君,而于天又何怨焉?

【注释】

①吴江:指吴江县(今江苏苏州吴江区)。孙嘉淦离开苏州虎丘,向南经过吴江县,乘船走江南运河,继续向南。

②由蓝溪至浙东:乘船从蓝溪到了浙东。蓝溪,未详,据孙嘉淦行旅路线来看,他沿京杭大运河之江南运河段航行,经过镇江、丹阳、常州、无锡、苏州、嘉兴、杭州等地,则此处的蓝溪当指苏州吴江县至嘉兴这一段的运河,可能指嘉兴北的秀水(又名绣水)。浙东,指浙江钱塘江东南地区。包括杭州萧山区,以及绍兴、宁波、台州三市所辖各区县。

③嘉、杭之间:嘉兴、杭州之间。

④蔚然:草木茂密貌。

⑤静女提笼:娴静的少女提着采桑养蚕用的笼。笼,用竹篾、木条编成的盛物器或罩物器。

⑥风致清幽:风景秀丽而幽静。

⑦塘栖:地名。位于今杭州临平区西北部,与湖州的德清接壤,京杭大运河之江南运河段穿塘栖而过,为杭州的水上门户。

⑧武林门:古杭州城的十城门之一,是杭州北面的门户。以门南旧有武林山得名。

⑨候潮门:古杭州城的十城门之一,是杭州南面的门户。候潮门始建于五代吴越,名竹车门。因筑城时以竹笼石,车运之定城基,故名。南宋绍兴二十八年(1158)在竹车门旧基重建,改称候潮门。

因城门濒临钱塘江,每日两次可以候潮,故名。

⑩万松山:又名万松岭,在今杭州南。《(淳祐)临安志》卷九记万松岭"岭上夹道栽松",故名。

⑪松岭:指万松山。

⑫南屏:山名。在今浙江杭州,为西湖胜景之一。

⑬攒列:簇聚成列。

⑭雷峰:山峰名,即今杭州夕照山。

⑮苏堤春晓:南宋时,将苏堤春晓列为西湖十景之首,元代又称之为"六桥烟柳"而列入钱塘十景。"苏堤春晓"景观是指寒冬过后,苏堤报春的美妙景色。

⑯三潭印月:为西湖十景之一。明田汝成《西湖游览志》卷二"孤山三堤胜迹":"相传湖中有三潭,深不可测,西湖十景所谓'三潭印月'者是也。故建三塔以镇之。"西湖最大的岛屿三潭印月岛,岛南湖面中有三座石塔,塔腹中空,球面体上排列着五个等距离圆洞,若在月明之夜,洞口糊上薄纸,塔中点燃灯光,洞形映入湖面,呈现许多月亮,真月和假月其影确实难分,夜景十分迷人,故得名"三潭印月"。

⑰翼然:鸟展翅貌。用以形容亭台等建筑物高耸开张之状。

⑱湖心亭:在今浙江杭州西湖中。明田汝成《西湖游览志》卷二记湖心亭"旧为湖心寺,鹄立湖中"。明弘治时寺毁,万历四年(1576)重建,始称湖心亭。

⑲孤山:西湖最大的岛屿,岛上山高38米,孤峰独耸,秀丽清幽。孤山北麓有放鹤亭和梅林。

⑳行宫:古代京城以外供帝王出行时居住的宫室。孤山岛屿上有南宋理宗皇帝和清康熙帝的行宫。

㉑岳武穆庙:即岳王庙,在今浙江杭州栖霞岭下。南宋绍兴三十二年(1162),孝宗即位,岳飞之冤昭雪,改葬遗骸于此。嘉定十四

年（1221），改北山智果院为祠庙，即今之岳王庙。明景泰年间改称"忠烈庙"，历代屡毁屡建，现存建筑为清代以后陆续重建。武穆，岳飞谥号。

㉒韩常内附：金国将领韩常从金兀术征战北方，屡破宋军。后从金兀术南侵河南，率军战郾城、颍昌、顺昌，俱败。战后遭兀术鞭打，欲以五万众内附宋军，未遂。

㉓兀术外奔：金熙宗天眷二年（1139）金、宋签订和议。次年，金兀术杀金朝主和派大臣完颜昌等，撕毁和约，再次大举南侵，但在顺昌、颍昌、柘皋等地大败，被迫退守开封。兀术，又名完颜宗弼、斡啜等，太祖完颜阿骨打第四子，金朝名将、开国功臣。

㉔遐年：高龄，长寿。

㉕复神州而返二圣：收复神州土地，迎回宋徽宗、宋钦宗两位皇帝。二圣，靖康之变中金军南下攻取北宋首都东京，掳走宋徽宗、宋钦宗二帝。

㉖易易：简易，容易。

㉗邦国殄瘁：形容国家病困，陷于绝境。殄瘁，亦作"殄悴"。

㉘前愆（qiān）：以前的过失。

㉙"善恶之报"几句：善恶报应，没有应在自己身上，也会应在子孙身上。《太上感应篇》："故阴报不于其身，必于其子孙，殆不爽也。"苏轼《三槐堂铭》："善恶之报，至于子孙，则其定也久矣。"

㉚式微：衰微，衰败。

㉛泰：《易经》卦名。泰卦《彖传》："内阳而外阴，内健而外顺，内君子而外小人。君子道长，小人道消也。"

㉜否：《易经》卦名。否卦《象》："内阴而外阳，内柔而外刚，内小人而外君子。小人道长，君子道消也。"

㉝龙逄（páng）：又名龙逢、关龙逢。夏之贤人，因谏而被桀所杀。比干：商纣王的叔父，官少师。因屡次劝谏纣王，被剖心而死。

㉞申生：春秋时晋献公太子。其父晋献公宠爱骊姬，遭骊姬谗毁，被迫自杀。伯奇：古代孝子。相传为周宣王时重臣尹吉甫的长子。伯奇的母亲死后，其后母谗毁伯奇，其父尹吉甫大怒之下便将儿子予以放逐。

【译文】

向南出了吴江县，从蓝溪航行到浙东。嘉兴、杭州之间，民间善于养蚕，土地都种了桑树，家家都有池塘来养鱼，村村都有港口来通船，小麦禾苗长得一片繁盛，在桑树下十分茂密，娴静的少女提着采桑用的笼子，儿童在阳光下晾晒渔网。风景秀丽而幽静，同吴地的繁华又有很大的区别。出了蓝溪来到塘栖，河流两岸，远远望去一片青山，西南方向的山脉特别高大青翠，就是西湖边的群峰了。向南走到杭州城的北门武林门，划着船随后进入城内。出了南门候潮门，到达江边，放眼望去，水波浩渺，水域大小不下于扬子江，但颜色和黄河相同，这就是钱塘江了。钱塘、西湖的盛景，我自幼耳熟能详，既然看见钱塘江，我就急着想去西湖。当地人说："游览西湖，陆路坐轿，水路坐船。"我说："不是这样的，游览山水，一进了轿子、游船，受视野限制就无法领会风景辽阔。何况奇异的风景大多在人迹罕至的地方，轿子、游船是到不了的。"于是步行，登上万松山眺望西湖，西湖湖水一片澄澈明净，周围环绕着众多青翠欲滴的山峰，山顶上修建了寺庙，架上木料作为亭子，无数亭台楼阁，掩映在蒙蒙细雨中，风光绮丽，清静幽美。之前看绘画作品，觉得西湖恐怕没有图画美丽，今天才知道图画无法完全描绘出西湖的美。过了松岭，渡过长桥，到达南屏山。南屏山，山上怪石簇聚成列，山下有座古寺净慈寺，古寺傍晚的钟声就是所谓的"南屏晚钟"。北面有座雷峰，雷峰上有座紫色的高塔，就是所谓的"雷峰夕照"。西边有座苏堤，苏堤从南向北，上面建了六座桥来通船，在堤上种植了梅树与柳树，苏堤初春的景色就是所谓的"苏堤春晓"。苏堤西面有座亭子，此地引湖水形成池沼来养鱼，就是所谓的"花港观鱼"。苏堤东面有个小岛，旁边有三座塔，塔影倒入水中，就是所谓的"三潭印月"。潭水北边有座亭子，亭角高耸开张立于水面之上，就是湖心亭。湖心亭北边突起且秀丽无比的，就是孤山。孤山上环绕着紫墙，就是供皇帝所住的行宫。行宫东边直抵杭州城的，就是白堤。苏堤纵向，白堤横向，孤山就介于两堤之间。孤山西边有岳王庙，庙外用铁铸成秦桧夫妇像，铁像头颅已被人击碎。我曾经读史书读到国家灭亡的时候，不能不对上天的存在产生怀疑。在岳飞带领军队北伐之时，山东、黄河以北之地的豪杰纷纷响应，韩常欲以五万人归顺，金兀术奔逃而走，如果上天让秦桧突发重病，给岳飞更多的寿命，那么恢复神州大地，请回被掳走的宋徽宗、宋钦宗两位皇帝，实在是再容易不过的事了！然而历史的走向却并非如此，等到岳飞死亡，国家处在危在旦夕的境地，改朝换代之后，又重新祭祀岳飞、批判秦桧，难道是上天诚心悔过，却借人的手弥补以前的罪过吗？或者上天终是不悔其意，只是后人奋力想与天抗争吗？有人说："善恶报应，没有应在自己身上，肯定应在后世子孙身上。"现在听说秦氏家族繁盛而岳氏家族式微，这又要怎么解释呢？假使天下人喜好良善，厌恶丑恶，人的好恶之心，又是从哪里产生的呢？上天的好恶之情既然和人一样，为什么没有给秦桧报应，也没有给他的后世子孙报应，且始终不悔呢？哎！这个缘故只有孔子这样的圣贤才能知道吧！过去圣贤撰写《周易》，认为君子之道增长、小人之道减弱就是"泰"，小人之道增长、君子之道减弱就是"否"。天道运行有否有泰，都是命数决定的，上天也不能违背。没有小人得志陷害君子，天地就无法运行到既定的轨道。所以万世百代的人心都是喜好君子、厌恶小人，这是天地间的常理；短时间的气运，小人得志为祸君子，这是上天运数的变化。万物对上天来说，就像子女对于父亲，臣子对于君主。龙逢、比干等人，他们的君主不认为他们忠诚；申生、伯奇等人，他们的父亲不认为他们孝顺。孝子不敢指责亲人，忠臣不敢反驳君主，对上天又有什么可怨恨的呢？

　　庙西有坟，内有二冢，武穆王与其子云也①。坟南亭台，临湖结构，朱栏碧槛，与绿水红莲相掩映，所谓"曲院风荷"也。初在南屏望湖，路人指曰："高而顶有塔者，南高峰也②；其遥与高同者，北高峰也③。"兹由岳坟而西，道出北高峰下，路旁皆山，苍松翠柏，蔽岫连云。林中徐步，忽见清溪，白石磷磷④，落花沉涧，鸟语如簧。心中恍惚，冀有所遇。沿山深入，见一村落，酒帘树间⑤，茶棚竹下，路西有坊，题曰"飞来峰"⑥。过坊而西，乃见奇峰特峙，流水环周，洞在山腹，桥当洞口。度桥入洞，岩壑空幻，石骨玲珑⑦，乳泉滴沥，积而成池。洞顶怪石，如古树倒垂，云霞横出。孔穴贯串⑧，八达四通，或巨或细，或暗或明。出洞西行，溪边岩下，石皆奇秀，卓立林间者，往往与松竹争长。山侧有放生池，池上有冷泉亭，高峰插天，修篁蔽日，流泉清池，环亭左右，盛夏正午，冷落深秋。亭北有寺，扁曰"云林"⑨，未暇入也。

【注释】

①武穆王与其子云也：岳飞和他的长子岳云。岳云，字应祥，号会卿，相州汤阴（今河南汤阴）人，南宋抗金名将岳飞长子，历任武翼郎、左武大夫、忠州防御使等职。南宋绍兴十一年（1141）除夕，同岳飞、张宪一起惨遭宋高宗赵构和奸臣秦桧诬陷而死，时年23岁，死后葬于杭州栖霞岭。

②南高峰：西湖十景"双峰插云"中的山峰，在杭州西湖西南的烟霞洞、水乐洞旁，与北高峰遥遥对峙。

③北高峰：同南高峰构成西湖十景"双峰插云"。位于杭州灵隐寺后。

④磷磷：形容玉石色彩鲜明。

⑤酒帘：酒店所用的幌子。以布缀竿，悬于门首，作招徕酒客之用。

⑥飞来峰：也称灵鹫峰。在今浙江杭州西湖西北，与灵隐寺隔溪相对，高二百多米。峭壁岩洞中有五代至元代的造像三百多尊。

⑦石骨玲珑：坚硬的岩石精巧玲珑。

⑧孔穴贯串：洞穴相互连通。孔穴，洞孔，穴洞。

⑨扁曰"云林"：寺庙牌匾上写着"云林"二字。云林寺，又名灵隐寺。在今杭州西湖西北之北高峰下，面朝飞来峰。晋咸和元年（326）印度僧人慧理创建寺院，慧理以为"佛在世日，多为仙灵之所隐"（楼枎《重修灵鹫兴圣寺记》）。

【译文】

岳王庙西边有个坟，里面有两个坟墓，里面分别安葬着岳飞和他的长子岳云。坟墓南面有座亭子，临湖而建，漆朱涂碧的围栏，与碧绿的清水、妖娆的红莲相互映衬，就是所谓的"曲院风荷"。起初在南屏山眺望西湖，路人指着说："比较高且顶端有塔的那座山就是南高峰；与南高峰路途、高度一样的，就是北高峰了。"于是从岳飞坟墓向西走，有条小路从北高峰山下延伸而出，路边都是山，青苍翠绿的松树和柏树，遮蔽远方的山峰，上接天上的白云。在林中徐步慢走，忽然看见一条清澈的小溪，溪中的白石色彩鲜明，落花沉到水流深处，清脆的鸟语婉转如簧。我的心中一片恍惚，冥冥中希望能在前面遇到什么。沿着山继续深入，看到一个村落，酒家所用的酒旗挂在树间，茶棚建在竹林之下，路西边有个街市，上面题着"飞来峰"三字。过了街市向西走，能看到一座奇异的山峰孤独地耸立着，周围环绕着潺潺流水，山腹处有个山洞，洞口横亘着一座桥。过了桥进入山洞，里面的岩石山壑空蒙迷幻，坚硬的岩石精巧玲珑，滴水从钟乳石上滴沥到地上，积成水洼。山洞顶端的怪石，像倒垂的古树，横出的云霞。洞穴相互连通在一起，四通八达，有大有小，或暗或明。出了洞向西走，溪边岩石下的石头都奇特秀丽，卓然立在山林间，经常和松树翠竹争比长短。山边有个放生池，池水之上有座冷泉亭，高耸的山峰直插云霄，修长的竹林遮天蔽日，流动的泉水、清澈的池塘，环绕在冷泉亭四周，即使是盛夏的正午时分，冷泉亭边也冷得好像深秋时节。冷泉亭北面有座寺庙，匾额上写着"云林"二字，没来得及进去游览。

　　过寺而西，小园别墅，布置佳胜，纵目流览，忘其路之远近。幽林密箐[1]，曲折其中，有时仰望，不见天日。心中惊疑，不知误入何境，欲一借问，而深山无人。林间企望[2]，见一僧度岭而去。因亦至其岭上，天风南来[3]，微闻鼓乐之声，寻声觅路，忽见一片瓦砾，屋坏墙存，土焦石黑。路闻人语云："天竺新遭回禄[4]。"见此乃悟身在天竺峰也。当是时，日将暮，予见天竺寺既已烧残，又四围幽壑深林，不类人境，惧其为虎豹之窟穴，山魈木魅所往来[5]，因返。复至飞来峰下，寻前所见村落而歇焉。

【注释】

①幽林密箐（qìng）：幽静的树丛，浓密的竹林。箐，山间大竹林。

②企望：踮着脚看。

③天风：风。风行天空，故称。

④天竺新遭回禄：天竺寺刚发生火灾。天竺，寺名，在天竺峰上。位于今浙江杭州灵隐山飞来峰之南。回禄，传说中的火神。后用以指火灾。

⑤山魈木魅：泛指山林中的精怪。山魈，山怪。木魅，旧指老树变成的妖魅。

【译文】

过了寺庙向西走，小巧的园林别墅，布置得优美绝伦，放眼四望，一一欣赏，让人忘了路途的远近。幽静的树丛，浓密的竹林，随着山径弯曲折绕，有时抬头望天，都看不见天上的太阳。心中惊疑不定，不知道到了哪里，想要找人问路，但深山中无人可问。我在林中踮起脚尖，看见一个僧人翻过山岭离开了。我便也爬到山岭，风从南方吹来，略微听到风中夹着一些鼓乐的声音，循着声音寻找出路，忽然看见一片瓦砾，屋宇破败，只剩下残垣断壁和被烧焦的土石。路上听到有人说道："天竺寺刚刚发生火灾。"直到这时我才知道自己到了天竺峰。这个时候，太阳即将落山，我看见天竺寺既然已经烧残致毁，四周又都是幽深的沟壑和茂密的山林，不像是人类居住的地方，害怕这里是豺狼虎豹的巢穴、山精木魅往来的场所，于是折返。我们又来到飞来峰下，找到之前看见的村落而歇息下来。

次早，复至飞来峰，不入洞而登其巅，远望旭日出海，江潮涌金，晓雾成霞，山岚抹黛，景色变幻，林密怪奇，自疑此身或恐飞去。昔韩世忠忤秦桧①，解官携酒②，日游西湖，建翠微亭于飞来峰上③。惟斯人也，而后称斯山也。下飞来峰，复至冷泉亭，问所谓灵隐，乃知扁"云林"者即是也。时值四月八日，寺于此日斋僧④，远近僧来者甚众。本寺住持，披法衣上堂讲经⑤。其大和尚曰帝辉⑥，年可九十余矣，巍然据高座。首座二人⑦，侍者八人⑧，其下行列而拜跪者，可三百众。比邱与比邱尼咸在，其威仪俯仰皆娴谨⑨，独惜所讲无所发明⑩，即成书而诵之。其下不必尽闻，闻者不必尽解，徒听侍者拜云则拜，起云则起而已。呜呼！佛法入中国，千余年矣，愚民绝其父子之天性、饮食男女之大欲而为僧⑪，自宜求成佛，而佛又必不可成。不成佛而徒自苦，奚取于为僧？且此堂上堂下说法听法诸众，非不自知照本讽诵、随人跪起之不可以成佛⑫，然而必为此者，盖有所不得已也。贫无所养，不能力作，因削发而为僧。而天下之愚夫愚妇，非为殿宇庄严、戒律威仪以耸动之⑬，不能发其信心而得其布施⑭。故此济济而楚楚者⑮，名为学佛，实为救饥计也。井田久废，学校不兴，彼既无田可耕，又不闻圣人之道以为依归，穷而无所复入，其为僧，无足怪也。欧阳子曰⑯："佛法入中国，乘吾道之废缺而来。"韩子曰："明先王之道以道之，鳏寡孤独废疾者有养也，则亦庶乎其可也⑰。"

【注释】

①韩世忠：南宋抗金名将。行伍出身，御西夏有功。曾参加镇压方腊起义。后在河北力抗金军。宋高宗建炎三年（1129），金将兀术渡江南进。次年，他率八千人乘海船到镇江，断绝兀术归路，在黄天荡（今江苏南京附近）相持四十八天，迫使金军退出江南。他多次上书反对议和。后被召至临安解除兵权。

②解官：解免官职。

③翠微亭：岳飞含冤而死后，韩世忠夫妇为纪念岳飞而建。因岳飞曾在游览池州翠微亭时写下同名诗篇，故韩世忠将此亭命名为翠微亭。

④斋僧：谓以斋食施给僧人。四月八日是佛诞日，此日各寺院的住持上堂说法，称为佛诞上堂，又给群僧舍斋饭。

⑤法衣：僧道穿的衣服。

⑥大和尚：对高僧的尊称。

⑦首座：指位居上座的僧人。

⑧侍者：僧职名称之一。指随侍长老左右，为长老办理杂务者。

⑨其威仪俯仰皆娴谨：他们的言行举止都娴静谨慎。威仪，佛教语，谓行、坐、住、卧为四威仪。泛指举止动作的种种律仪规范。俯仰，一举一动。

⑩无所发明：没有新的佛理阐发。发明，犹发现。看到或找到别人不知道的事物和规律。

⑪饮食男女之大欲：指对吃喝和性的需要。

⑫讽诵：背诵。

⑬殿宇庄严：寺院殿堂端庄壮盛。戒律威仪：律仪规范威严庄重。

⑭布施：把财物等施舍给别人。

⑮济济楚楚：众多貌。

⑯欧阳子：疑指欧阳修，然所引话语出处待考。

⑰"明先王之道以道之"几句：出自韩愈《原道》。大意为：发扬先王之道作为治理天下的标准，使鳏寡孤独、残疾而不能做事的人得到照料，这样做大约就可以了。

【译文】

第二天早上，又来到飞来峰，没进山洞而是直接登上山顶，远眺旭日东升，爬出云海，江中的潮水涌动着金光，早晨的雾气映照着彩霞，山间岚霞弥漫于黛绿的林梢上，景色变换不停，树木茂密怪奇，怀疑自身恐怕会随风飞去。昔日韩世忠忤逆秦桧，被解免官职，带着酒壶，每天游览西湖，他在飞来峰上修建翠微亭。就是因为他，后人才会对这座山称赏不已。下了飞来峰，再次来到冷泉亭，向人询问灵隐寺在哪里，才知道挂"云林"匾额的寺院就是。正是四月八日，灵隐寺在这一天把斋食施给僧人，远近前来的僧众很多。灵隐寺住持披着法衣上堂讲经。里面有个高僧叫帝辉，年龄大概九十多岁了，巍然高坐于席。居上位的有两位高僧，还有八个侍者，底下排成行列跪拜的，大概有三百余人。和尚、尼姑都有，他们的言行举止都娴静谨慎，只可惜主持讲述佛法时没有发明创见，不过是照着整部书诵读罢了。底下的人不一定都听，听的人不一定都懂，只是听到侍列的人说下拜就下拜，说起立就起立。哎！佛法传入中国，已经有一千多年的时间了，愚蠢的民众弃绝父子之间的天性、饮食男女的本能欲望而出家为僧，想要自己能够成佛，但又必定无法成佛。不能成佛却徒然折磨自己，做僧人能够获得什么呢？而且这间寺庙里堂上宣扬佛法、堂下聆听佛法的那么多人，不是不知道住持照本宣科地读着佛经，随着其他人下跪起立不可能成佛，然而一定要这样做，大概有不得已的地方吧。贫苦到无力养活自己，无法参加体力劳动，便削去头发出家为僧。但天下愚昧无知之民，不用端庄壮盛的寺院殿堂、威严庄重的律仪规范来感化他们，就不能让他们诚心信仰佛教以使僧众获取布施。所以这里济济一堂的众人，说是为了学佛，实际只是为了填饱肚子罢了。井田制度早已荒废，学校教育没有兴盛，平民既没有田地可供耕种，也无处听闻孔孟圣贤之道以作为倚靠，穷途末路下没有什么收入，出家为僧，也就不足为奇了。欧阳子说："佛法传到中国，是乘着儒道的衰微而来的。"韩愈说："发扬先王之道作为治理天下的标准，使鳏寡孤独、残疾而不能做事的人得到照料，这样做或许就可以了。"

飞来峰之东南，有三天竺^①，再入有中天竺，再入有上天竺，乃昨所睹烧残者，男女杂糅，犹在瓦砾场中烧香也。出天竺而南，至于忠肃公之坟^②。阳明先生题其门曰^③："赤手挽银河，君自大名垂宇宙；青山埋白骨，我来何处哭英雄？"于坟之南，南高峰也。峰南度一岭而西，石壁嵯峨，下有岩洞，陶复陶穴^④，曰"石屋"，西上里许，有水乐洞。两洞并列，一有水而一无，从无水者入，与有水者通。其水塞洞，硑磅訇礚^⑤，而至洞口即入地，从不流出洞外，亦一奇也。又西上烟霞岭^⑥，极目皆山，幽深奇伟，更过于灵隐、天竺之间。问之，人云："此中名山古刹甚多，屈指不能数其名，累月不能穷其境。"吾始知吾之足力不能遍至也,而遂还。

【注释】

①三天竺:《小方壶斋舆地丛钞》本《南游记》作"下天竺",疑是。
　天竺:杭州灵隐寺南有上天竺、中天竺、下天竺三座寺院。下天竺
　寺在飞来峰南,隋开皇中在晋慧理翻经院基础上改建;中天竺寺
　在稽留峰北,宋太平兴国元年吴越王建,号崇寿院;上天竺寺在北
　高峰麓,五代后晋天福间建,吴越钱俶改建,号天竺观音看经院。

②忠肃公:指于谦。字廷益,浙江钱塘(今浙江杭州)人。明永乐进
　士。为官清廉耿直,土木之变后,任兵部尚书,拥立明景帝,反对
　南迁,并调集大军在北京城外击退瓦剌军。次年,瓦剌首领也先
　释放明英宗,他仍努力整顿军队,加强训练以防备瓦剌。1457年,
　明英宗发动政变,重登帝位,于谦被诬陷,惨遭杀害。万历年间被
　平反昭雪,谥忠肃。

③阳明先生:指王守仁。王守仁号阳明,世称阳明先生。参见卷十
　三《补张灵崔莹合传》注释"王守仁"。

④陶复陶穴:形容挖掘洞穴。陶,通"掏",掏挖。复,土窟。语出
　《诗经·大雅·绵》:"古公亶父,陶复陶穴,未有家室。"

⑤砰(pēng)磅(pāng)訇(hōng)磕(kē):水流激荡,发出巨响。
　砰磅,象声词。形容水流激荡等声。訇磕,亦作訇礚,形容大声。

⑥烟霞岭:位于今浙江杭州西湖南高峰之南,有"烟霞三洞",即石
　屋洞、水乐洞、烟霞洞。

【译文】

　　飞来峰的东南方向,有下天竺,再往前走一点有中天竺,再往前走
一点还有上天竺,就是昨天看见的被火烧成废墟的地方,善男信女混杂
在一起,还在废墟中烧香。出了天竺寺向南走,到了忠肃公于谦的坟墓。
王守仁在大门题写:"空手挽起天河,您的名声享誉宇宙;青山埋葬尸骨,

我到何处哀悼英雄?"于谦坟墓的南方,是南高峰。从南高峰向南翻过一道山岭再往西走,石壁高峻,下面有个岩洞,挖穴似屋,名叫"石屋洞",往西上爬一里左右,有个"水乐洞"。两个洞穴并列在一起,一个有水,一个没水,从没水的洞穴进去,里面和有水的洞穴相连通。水流填满洞口,砰然激荡,发出巨响,但到了洞口就流入地下,没流出洞穴之外,也是一道奇景。再向西登上烟霞岭,放眼望去都是山峦,幽深奇伟之处,要超过灵隐峰和天竺山。找人一问,回答说:"这里面有很多名山古刹,用尽指头也数不完,几个月也游不完。"我才知道以自己的脚力不能走遍每个地方,于是就回去了。

次日,同年苏耕余载酒船相邀①,予以湖上之景未遍观也,与之出清波门②。城下多柳,而白堤多桥,所谓"柳浪闻莺""断桥残雪"也。循白堤,复至孤山,入行宫。行宫之制甚奇,复阁重廊,周回相通,凿石为基,削岩成壁,引水成池,植花成幄③。桥水磴山,至于后宫。殿在山上,含岩石于殿中,注清泉于座下,一室之中而山水之观毕具。左右高楼,近挹湖光④,远吞山色,如登玉霄金阙⑤,而望十洲三岛之仙踪也⑥。放鹤亭在行宫东北⑦,古梅巨石,清雅不群,惜亭殊巨丽,不似当日处士风流⑧。下亭,复登舟,绕孤山之背,至昭庆寺而还⑨。于湖中之景,不能十一,而已暮矣。予益信轿与船之不能远到,而游西湖者未尽见西湖也。

【注释】

①苏耕余:苏滋恢,字耕余,又字茂宏,余姚(今属浙江)人。苏和鸾之子。与孙嘉淦同为清康熙五十二年(1713)癸巳科进士,官杭州府教授十多年,事见清阮元《两浙輶轩录补遗》卷三、《(光绪)

余姚县志》卷二三。袁枚《随园诗话》卷一二:"苏耕余广文为之
先容。苏故癸巳进士,长于月旦,吾乡名士,多出其门。"

②清波门:杭州十大古城门之一。南宋绍兴二十八年(1158)增筑
杭城,为门十三,清波门是西城门之一,门濒湖之东南,取"清波"
之意名门,历代沿用。

③植花成幄:种植的花卉密集得像帷幕一样。

④近挹(yì)湖光:近得仿佛能舀到波光粼粼的湖水。挹,舀,把液
体盛出来。

⑤玉霄金阙:泛指天界。玉霄,天界。传说中天帝、神仙的居处。金
阙,道家谓天上有黄金阙,为仙人或天帝所居。

⑥十洲三岛:传说中神仙居住的地方。十洲,道教称大海中神仙居
住的十处名山胜境。亦泛指仙境。《海内十洲记》:"汉武帝既闻
王母说八方巨海之中有祖洲、瀛洲、玄洲、炎洲、长洲、元洲、流
洲、生洲、凤麟洲、聚窟洲。有此十洲,乃人迹所稀绝处。"三岛,
传说中的蓬莱、方丈、瀛洲三座海上仙山。亦泛指仙境。

⑦放鹤亭:位于杭州西湖孤山之北。初建于元代,为杭州人陈子安
为纪念宋代隐士林逋而建。放鹤亭旁有林逋墓,墓畔曾有林逋生
前所养"鹤皋"的鹤冢。这里曾被誉为"梅林归鹤",系清代"西
湖十八景"之一。今亭为1915年重建,亭中有一块《舞鹤赋》刻
石,字迹系清康熙帝临摹明代书法家董其昌所书。

⑧处士:指隐士林逋。

⑨昭庆寺:在杭州西湖东北。参见卷十一《钱塘于生三世事记》注释。

【译文】

第二天,同榜进士苏滋恢乘着游船邀请我上船相聚,我因为没有看
遍西湖上的景色,便和他一起出了杭州西城门清波门。杭州城外面有很
多柳树,白堤上有很多桥,就是所谓的"柳浪闻莺""断桥残雪"。沿着白
堤,又来到孤山,进入行宫之中。行宫的形制相当奇特,回廊重阁,环绕

相通,凿开石头作为地基,削平岩石成为墙壁,引来水流成为池塘,种上花木形成一道道帷幕。循着水上桥梁、山上石阶,来到行宫的后宫。宫殿建在山上,大殿中还留存着岩石,座位下流注着清泉,一座房屋中就具备了所有的山水景色。左右的高楼,在近处似乎能分享湖水的波光粼粼,向远处又能涵容山峰的秀美景色,此时好像登上天界,可以看到十洲、三岛的仙家踪迹。放鹤亭在行宫的东北方向,附近有古梅、巨石,清幽雅静,卓尔不群,可惜亭子本身过于华丽,和当年隐士林逋淡清雅的风韵相去太远。走下放鹤亭,再登上船,绕到孤山的背面,到了昭庆寺便返回宿处了。湖中的景色,还没有看到十分之一,就已经快到傍晚了。我越发确信乘轿、坐船无法到达人迹罕至之处,游览西湖的人无法游尽西湖。

　　留数日,遂渡江而东。钱塘江中,亦有两山,彷佛金、焦,遥望海门,屹然对峙。惜时非八月,不能观大潮。渡江至萧山①,萧山有湘湖②,产莼丝嘉鱼③。旱则引湖水以溉田,潦泄于海④,风景似西湖,而有用过之。萧山东则山阴道上矣⑤,千岩万壑,大者奇伟,小者佳丽。山下皆水,大溪小港,经纬绣错⑥。东至白鹤浦⑦,有小山,舟人指曰:"禹戮防风氏之所也⑧。"泛舟入山阴城⑨,登卧龙山⑩。出城至于鉴湖⑪,昔明皇赐贺知章鉴湖一曲⑫,后遂指此一曲为鉴湖,其实萧山、会稽、山阴三县之水⑬,皆鉴湖也。尝登山而望之,三县桑田,其平如砥⑭,想皆沧海所变。水在其中,渟满不流⑮,而色清若镜,故曰鉴湖也。

【注释】

①萧山:古县名。唐天宝元年(742)改永兴县置,属会稽郡。治所

即今浙江杭州萧山区。乾元元年（758）属越州。南宋属绍兴府。元属绍兴路。明、清时复属绍兴府。

②湘湖：在今杭州萧山区西。北宋政和二年（1112）杨时围塘筑湖。《（嘉泰）会稽志》卷十"湘湖"记"周八十里，溉田数千顷，湖生莼丝最美"。明嘉靖中于湖中筑堤，遂成上、下两湖。

③莼（chún）丝：莼菜。

④潦（lào）泄于海：洪涝灾害发生时，则把水排进大海。潦，积水成灾，水淹。

⑤山阴道：今浙江绍兴附近的古代官道。

⑥经纬绣错：纵横交织，颜色鲜亮，如同精美的刺绣。绣错，色彩错杂如绣。

⑦白鹤浦：据《（乾隆）绍兴府志》卷八，白鹤浦在萧山县（今杭州萧山区）东三十五里，毗邻绍兴。

⑧禹戮防风氏之所也：大禹杀死防风氏的地方。传说禹年百岁，卒于会稽，今绍兴有禹陵。防风氏，夏代人。禹平天下，大会诸侯于会稽。防风氏违命而后至，禹杀之。

⑨山阴城：今浙江绍兴。汉至南朝山阴县为会稽郡治，明、清为绍兴府治。

⑩卧龙山：即今浙江绍兴西隅的府山。《读史方舆纪要》卷九二记绍兴府卧龙山，"今府治踞其东麓，山阴县治踞其南麓"。

⑪鉴湖：又称长湖、大湖、庆湖、镜湖。在今绍兴西。东汉永和五年（140），会稽太守马臻总纳山阴、会稽两县三十六源之水为湖。唐中叶以后逐渐淤积。北宋大中祥符年间起，豪家在湖中建筑堤堰，盗湖为田，湖面大蹙。贺知章、陆游都爱此"湖山奇丽"而终老此乡。

⑫明皇赐贺知章鉴湖一曲：贺知章在京为官五十多年，八十多岁时告老还乡。唐玄宗赐他"镜湖剡川一曲"。贺知章官至秘书监，

故"镜湖"亦名"贺监湖"。《(嘉庆)山阴县志》载:"唐明皇赐贺
知章'鉴湖一曲',故亦名贺监湖。"曲,量词。用于水湾处。

⑬会稽:郡县名,此指会稽县。南朝陈分山阴县置会稽县,与山阴县
同为会稽郡治,治所即今浙江绍兴。隋开皇九年(589)为吴州治。
唐为越州治。南宋为绍兴府治。元为绍兴路治。明、清与山阴县
同为绍兴府治。

⑭砥(dǐ):质地很细的磨刀石。

⑮渟(tíng)满不流:水流积满,不再流动。渟,水积聚而不流动。

【译文】

停留了几日,就渡钱塘江向东走。钱塘江中,也有两座山,类似镇
江的金山和焦山,两山遥望着入海口,屹立高竿,两相对峙。可惜这时候
不是八月,看不到钱塘江大潮。渡过钱塘江后到了萧山县,县里有个湘
湖,湖里出产莼菜和鲜鱼。气候干旱的时候就引湖水来灌溉田地,洪涝
灾害发生时则把水排进大海,这个湖泊的风景类似西湖,但比西湖更有
用。萧山东边就是山阴古道,道上千岩万壑,大的奇伟壮丽,小的秀丽清
新。山下都有水流,大大小小的溪流港口,纵横交织,颜色鲜亮错杂。向
东到达白鹤浦,有座小山,船夫指着说:"这就是过去大禹杀死防风氏的
地方。"乘船进入山阴城,登上了卧龙山。出城到达鉴湖,唐玄宗赐给贺
知章一曲鉴湖,后人把这一曲称为鉴湖,其实萧山、会稽、山阴三个县的
湖泊都是鉴湖的一部分。我曾登山远望,三县的田地都像砥石一样平
坦,猜想这里大概是由海洋衍化而来。鉴湖的水,盈满之后就不再流动,
但颜色清亮,有如镜面,所以被称为鉴湖。

自鉴湖欲游吼山①,鉴湖之水无波,故舟多夜行。梦中
不知泊于何处,但闻雨声彻夜不绝。天明起视,初无雨,舟
在巨潭,四围皆山,并无来路,不知舟何以得至潭中。潭南
岩上,乳泉乱滴如檐溜②。东峰有洞,水满其中。西峰怪石

超出,长垂下注,若巨象舒鼻以饮潭水。其北竹林茂密,楼
阁清幽,晓梦初醒,疑非尘世。舟人语曰:"此所谓曹溪[③]。
东有洞者狮山,西如鼻者象山,有楼阁者,石匮先生之书院
也[④]。"登楼四望,见楼后之山尤高峻,怪石森列,有如台者,
如柱者,如首戴笠者,如巨人立者,所谓吼山也。下楼棹舟,
由狮山之洞中,曲折行数百步而后出,如渔郎自桃源归也。
吼山有空明庵,门前流水,门内清池,朱楼碧瓦,倒影池中,高
岩峭壁,卓立楼后,瀑泉飞洒,常如骤雨,其奇不减曹溪也。

【注释】

①吼山:又名犬亭山,在今浙江绍兴东南三十里。相传春秋时越国
　大夫范蠡,为复兴社稷,于此山养狗猎鹿以献吴王,因名狗山,日
　久讹为吼山。可参见《(乾隆)绍兴府志》卷三。

②檐溜:屋檐檐沟流水。

③曹溪:本文所记的曹溪当指今浙江绍兴东南的曹山附近的水潭,
　在吼山的北面,与吼山隔河相望。据《(乾隆)绍兴府志》卷三记
　载,曹山是犬亭山北岸的小山,又名曹家山。曹山上有石匮山房,
　屋前有潭叫作水石宕,水深十余米,明代陶望龄曾在此读书,即本
　文所记石匮先生书院。考清李慈铭诗歌《春日雨后晓湖校亭兄
　弟招同季弟彦侨游曹溪水石宕,访陶文简书楼,步憩空明庵登吼
　山绝顶,观棋枰石试云石泉,返泊绕门山作七首》(《白华绛柎阁
　诗集》卷壬),据诗题提及的曹溪水、陶文简书楼、吼山等信息,可
　知曹溪水确在吼山附近。而下文的狮山、象山,皆是曹山、犬亭山
　附近的山峰。此处当在萧曹运河边,而其西南十五六里处,即下
　文所记的禹陵。

④石匮先生:指陶望龄。陶望龄,字周望,号石篑(匮,同"篑"),会

稽（今浙江绍兴）人。明万历十七年（1589），他以会试第一、廷试第三的成绩，任翰林院编修，参与编纂国史。曾升待讲，主管考试，后被诏为国子监祭酒。事见明黄汝亨《祭酒陶先生传》（《寓林集》卷十一）、陶奭龄《先兄周望先生行略》（《歇庵集》附）。

【译文】

我们从鉴湖出发想要游览吼山，鉴湖的水平静无波，所以船多在夜间行走。随着夜梦不知道船停到哪个地方，只听到落雨之声彻夜不绝。天亮起来一看，刚雨霁天晴，船停在一个巨大的水潭中，四周都环绕着青山，看不到来的方向，不知道船怎么划到这个水潭中。水潭南边的岩石上，钟乳石上的水随意流落，好像屋檐下的流水一样。东面山峰有个山洞，里面都是水。西边的山峰怪石突出，长长地垂落到水里，好像巨象伸展鼻子以吸饮巨潭里的水。北面竹林十分茂密，亭台楼阁清净幽寂，早上我大梦初醒，怀疑自己到了仙境。船夫说："这就是所谓的曹溪。东边那个有洞的山峰叫狮山，西边像鼻子的山峰叫象山，北面有高楼的地方是石篑先生陶望龄的书院。"登上高楼，四下张望，看见高楼后面的山峰尤其高大峻峭，怪石森然罗列，有的像高台，有的像柱子，有的像戴着斗笠的头颅，有的像站立的巨人，这就是所谓的吼山了。下楼划船离开，从狮山的洞穴中，弯弯曲曲走了几百步后才出来，好像渔夫从桃源里回到凡间。吼山上有座空明庵，门前有流动的溪流，门内有清澈的池塘，朱红的楼阁，碧绿的瓦片，倒映在池塘之中，高耸的岩石，陡峭的山壁，卓然立在屋后，飞瀑流泉激溅四处，像骤雨倾泻而下，这里的奇丽并不输于曹溪。

吼山返棹①，乃谒禹陵②。禹陵之山，高圆若冢，众峰环拱，有如侍卫。陵侧有菲泉，泉东有庙，庙旁有窆石亭，相传葬禹时所用。石高五六尺，圆如柱，端有圆孔，似孔庙之汉碑。记曰："公室视丰碑，三家视桓楹③。"窆石似楹④，盖葬碑也。由禹陵至南镇⑤,南镇者,会稽山也。其最高者曰庐峰⑥,其下有庙,为历代祭告之所。自南镇回舟,夜泊山阴城外,月几望矣⑦。气霁云敛,月白江清,天水相涵,空明一片。人在舟中,身心朗彻⑧,如琉璃合⑨,恍然若有所悟。

【注释】

①返棹:乘船返回。泛指还归。

②禹陵:一称大禹陵。在浙江绍兴东南八里,属会稽山脉古迹之一。相传为夏禹的陵墓。《史记·夏本纪》太史公言:"或言禹会诸侯江南,计功而崩,因葬焉,命曰会稽。"

③公室视丰碑,三家视桓楹:出自《礼记·檀弓》,指鲁国公室成员及孟孙氏、叔孙氏、季孙氏三家卿大夫僭越礼制。公室,王室,此处为鲁国公室成员。丰碑,最早是殡葬天子时用以下棺的工具,由大木制成,形如石碑,立于椁前后四角,附以辘轳,来帮助棺材下于墓穴中。三家,指春秋鲁大夫孟孙氏、叔孙氏、季孙氏。桓楹,古代天子、诸侯葬时下棺所立的大柱子。柱上有孔,穿索悬棺以入墓穴。

④窆(biǎn)石:圹旁的石碑,此指大禹陵窆石。古代窆石有孔,用以穿绳引棺下穴。清钱泳《履园丛话·古迹·窆石》:"会稽禹庙,后坐镜湖,前对宛委山,地甚宏敞,而无唐宋旧碑,惟窆石为最古。"

⑤南镇:会稽山的古称。

⑥庐峰:指今绍兴东南隅会稽山的最高峰香炉峰。

⑦几望:称农历月之十四日。几,近。望,农历每月的十五日。

⑧朗彻:明净,爽朗通脱。

⑨琉璃合:指合于琉璃,与琉璃合而为一。琉璃,琉璃晶莹剔透,佛教常用琉璃喻人心境澄明。

【译文】

从吼山乘船返回，拜谒了大禹陵。大禹陵所在的山峰，像坟墓一样又高又圆，众多山峰如同侍卫般环绕在侧。大禹陵旁边有个菲泉，泉水东边有禹庙，禹庙旁有座窆石亭，相传是安葬大禹时用的。亭中的窆石有五六尺高，形状像圆柱，顶端有圆孔，像孔庙的汉碑。上面写道："鲁国国君葬礼使用了丰碑，鲁国三家卿大夫葬礼使用了桓楹，均僭越礼制。"这块窆石形状像桓楹，大概是下葬用的碑。从大禹陵来到南镇，南镇，就是会稽山。会稽山最高的山峰叫香炉峰，香炉峰下有座庙，是历代祭祀祷告的地方。从南镇回到船中，晚上停泊在山阴城外，已经是农历十四日了。雾气消散阴云收敛，月色皎洁，江水澄清，水天交织在一起，上下一片空明。人坐在船中，只觉得身心爽朗通脱，好像与晶莹碧透的琉璃合而为一，恍然间若有所悟。

　　黎明至于兰亭①。今之兰亭，非昔之兰亭矣。择平地而建亭，中立大碑，御书右军序于其上②。亭前为石成渠，以为曲水，崎岖踯躅③，初无远致④，且不可以流觞⑤。左右各凿一池，以为是"鹅池"与"墨池"也⑥。亭西里许，曰天章寺⑦，而亦非旧矣。然此皆人为之者，故有废兴，若所谓"崇山峻岭""清流激湍"，则依然在。盖山阴之水不流，惟兰渚湍急⑧，潺潺于茂林修竹之间，风致又别也。返城中，登蕺山⑨。下有寺，乃右军之旧第，其南有题扇桥⑩。山上有书院，刘念台讲学于此⑪。

【注释】

①兰亭：亭名。在今浙江绍兴西南的兰渚山上。
②右军序：指王羲之《兰亭集序》。王羲之曾任右军将军。东晋穆

帝永和九年（353）三月三日，王羲之与谢安、孙绰等四十一位军政高官，在兰亭"修禊"，会上各人作诗，王羲之为他们的诗撰写序文《兰亭集序》。

③崎岖蹦踖（jú jí）：地势高低不平，狭小逼仄。崎岖，形容地势或道路高低不平。蹦踖，狭仄，狭隘。

④远致：高远的情致。

⑤流觞：古代习俗，每逢夏历三月上旬的巳日（三国魏以后定为夏历三月初三日），人们于水边相聚宴饮，认为可祓除不祥。后人仿行，于环曲的水流旁宴集，在水的上流放置酒杯，任其顺流而下，杯停在谁的面前，谁就取饮，称为"流觞曲水"。

⑥以为是"鹅池"与"墨池"也：把它们当作王羲之的"鹅池"和"墨池"。鹅池，相传为晋王羲之养鹅处。墨池，王羲之洗笔砚的池子。

⑦天章寺：在兰渚山兰亭右后方。始建于北宋至道二年（996），明永乐六年（1408）僧智谦重修，1940年被侵华日军焚毁。

⑧兰渚：渚名。在今浙江绍兴西南。《明一统志》谓，兰渚在绍兴府南二十五里，即晋王羲之曲水赋诗处。渚，水中的小块陆地。

⑨蕺（jí）山：山名。位于今绍兴卧龙山东北。以出产蕺菜而得名。晋王羲之宅居于此，后舍宅为戒珠寺，故或称为"戒珠山"。

⑩题扇桥：在今绍兴越城区蕺山街东河上。《舆地纪胜》卷十记绍兴府题扇桥"在戒珠寺南百步，盖右军所题卖扇姥所居处"。

⑪刘念台：即刘宗周，字起东，号念台，晚改号克念子。刘宗周治学以慎独为宗，力倡诚敬之说。曾筑证人书院，讲学于绍兴蕺山，人称蕺山先生。参见卷一《姜贞毅先生传》注释。

【译文】

黎明时分到了兰亭。如今的兰亭，已经不是晋朝修建的兰亭了。兰亭建造于平地之上，亭中立了块大石碑，石碑上是康熙帝御笔刻写的《兰亭集序》。兰亭前用石头砌成水渠，形成环曲的流水，地势高低不平，狭小逼仄，非但无法产生高远的情致，而且也不能流动酒杯。兰亭左右两侧各自凿开一个水池，被当作"鹅池"与"墨池"。兰亭西边一里多地，有个天章寺，也不是宋代的古建筑。然而这些都是由人建造而成的，所以会有荒废兴替，像《兰亭集序》中所谓的"崇山峻岭""清流激湍"，依然还能在此地看到。大概山阴之地的水不流动，只有兰渚水流湍急，在茂林修竹之间潺潺流过，风韵情致与众不同。回到城中，登上戒山。戒山下有座寺庙，这个地方是王羲之的故居，寺庙南方有座题扇桥。山上有间书院，明末刘宗周曾经在此讲学。

　　予棹舟在山阴道上三日夜，有山皆秀，无水不清，回环往复，不辨西东。登戒山乃瞭然^①：盖绍兴之西南皆山，而东北近海，吼山在东，兰亭在西，禹陵、南镇在其南，北有梅山^②，下有梅市，梅福之所居也^③。远望南镇之西，有高于南镇者，曰秦望^④，始皇帝刻石于此。又禹穴非禹陵也，禹藏书于宛委之山^⑤，曰禹穴。又会稽有阳明洞^⑥，道书云第十一洞天^⑦，而余皆未至。游人惮于登陟，舟所可至者至之，若高远幽深、神圣仙灵之遗迹，则惧而不果去。抑吾在绍兴凡三望海，登下方山望海^⑧，登禹穴，登戒山皆望海，第见茫茫沙草而已，实未尝见水，吾犹怅然以山海之奇未尽探也。

【注释】

① 瞭然：明白，清楚。

② 梅山：位于今绍兴北的镜湖公园内。

③ 梅福：西汉九江寿春（今安徽寿县）人。少学于长安，治《尚书》《榖梁春秋》。汉平帝元始中，王莽专政，梅福离别妻子，前往会稽。

④ 秦望：山名。在今绍兴平水镇平江村，属于会稽山脉。相传秦始

皇南巡时登临此地,远望南海,因以得名。

⑤宛委之山:宛委山,又名玉笥山、天柱山。在今浙江绍兴东南会稽山脉中,禹陵东边。《吴越春秋》卷六记大禹"登宛委山,发金简之书",即此。有禹穴、阳明洞、龙瑞宫、阳明大佛、阳明书屋、铁壁居等古迹。禹穴是大禹藏书处,相传大禹在这里得黄帝"金简玉字书",识山河体势,穷百川之理,终于治平洪水,治水完毕,大禹将书藏于洞中,仅留一线缝隙。《史记·太史公自序》:"游江淮,上会稽,探禹穴。"

⑥阳明洞:在今绍兴东南的宛委山上,属会稽山脉。"阳明洞天",又称"会稽山洞",虽名为洞,实为一群山回抱的山谷。有人认为"禹穴",就是"阳明洞"。相传黄帝曾建侯神馆于此,后被道教列为三十六小洞天中的第十洞天。唐贺知章《龙瑞宫记》云:"洞天第十,名天帝阳明紫府,真仙会处,黄帝藏书。"宋陈鹄《耆旧续闻》卷四记:"禹庙十余里名曰阳明洞天,即稽山之麓,有石径丈余,中裂为一罅,阔不盈尺,相传指此为禹穴。"唐宋文人多在诗文中吟诵阳明洞天,如宋代王十朋《会稽风俗赋序》写道:"洞曰阳明,群仙所栖。"

⑦道书:道家典籍。此处所云"第十一洞天",也有典籍如《掌中宇宙》卷三、《西洋记》卷十六、《记纂渊海》卷八十六等作"第十洞天"。

⑧下方山:据《(万历)绍兴府志》卷四记此山在绍兴府城西北四十里,与上方山相连,有下方寺。

【译文】

我乘船在山阴道上航行了三天三夜,凡是看到的山都秀丽美好,看到的水都清澈明净,循环往复于山水中,分不清东南西北。登上戢山才一目了然:绍兴的西南方向都是山,东北方向靠近海洋,吼山在东边,兰亭在西侧,大禹陵、南镇在南方,梅山在北方,梅山下方有梅市,是西汉梅福当初居住过的地方。远望南镇的西面,有座比南镇更高的山,叫秦望山，秦始皇曾经在这里刻石。还有禹穴，不是大禹陵，乃是大禹在宛委山藏书的地方，名叫"禹穴"。还有会稽山脉的阳明洞，道书上说这是道教第十一洞天，这些我都没有去成。我这个游人畏惧登高，只乘船抵达能够去的地方，至于高远幽深、神灵仙人的遗迹，就因为害怕不敢前去。在绍兴，我总共三次远望大海，登下方山眺望大海，登上禹穴和戢山也遥观大海，但都只看到一片茫茫的莎草罢了，实际并没有看到海水，我仍然因为没有探尽山海的奇妙而感到惆怅不已。

　　由绍兴复返杭州，登凤凰山^①，一名紫阳山，昔高宗南渡^②，广杭城，包此山于苑内，以为游观之所。左江右湖，登临彷徨，致足乐也。自杭州溯浙江^③，至于富阳^④。富阳之山，雄壮似燕秦诸塞，而青翠过之。富阳以南，川势渐窄，两山对峙，一水中流，群山倒影，上下皆青。出橦梓关^⑤，势渐开，远近布列，山皆妍媚。桐君山陡立江岸^⑥，其南内拓开一平原，石壁环峙，如天生城阙，则桐庐也^⑦。阻山临水，居民在山水之间，瓦青墙白，纤尘不染，其清华朗润，令人神恬。南至鸬鹚原，山势怪特^⑧，峰峦垒涌^⑨，密峙骈植，束江流如一线。入原口转而西，则富春也^⑩。南北皆山，其中皆水，不余寸土。两"钓台"在北山下^⑪，石峰直起而顶方，旁有子陵祠^⑫。凡钓台左右之山，其巅皆有流泉，锦峰缥缈，上入高青，怪石峥嵘，下临沉碧。瀑流喷薄，堕玉飞珠，涧水层波，调笙鼓瑟，高山流水之观止矣^⑬！尝忆陶隐君语云^⑭："高峰入云，清流见底。两峰石壁，五色交辉。青林翠竹，四时具备。晓雾将歇，猿鸟乱啼；夕日欲颓，沉鳞竞跃。实欲界之仙都^⑮。"惟此地足以当之。西至于严州^⑯，高山四塞，大水环周,可称天险。南入横溪⑰,至于兰溪⑱。自杭州至兰溪,四百余里,冈峦绵亘,雄于富阳,清于桐庐,奇于富春,秀于兰溪。人在舟中,高视远眺,不能坐卧。偶值偃仰⑲,两岸之山,次第从船窗中过,如画图徐展,舟行之乐,无逾于此!

【注释】

①凤凰山:位于今浙江杭州东南。主峰海拔178米,北近西湖,南接江滨,形若飞凤,故名。

②高宗南渡:又称"建炎南渡"。两宋交替时期,康王赵构为了躲避女真人的追击,南逃至江南。

③浙江:今浙江西北部的水流名。亦名浙江水、渐水、之江。一般将浙江富阳段称为富春江,浙江下游杭州段称为钱塘江。浙江源出安徽休宁西南六股尖。

④富阳:古县名。东晋太元中改富春县置,治今浙江杭州富阳区。五代属吴越国,复改名富春县。北宋太平兴国三年(978)又改富阳县,属杭州府,南宋属临安府,元属杭州路,明、清属杭州府。

⑤橦梓关:《(光绪)兴县续志》引作"潼梓关",《国朝文录》倒作"梓潼关",《(光绪)富阳县志》卷二四引作"东梓关","橦梓关""潼梓关"应为"东梓关"异名。东梓关在今杭州富阳区西南,南濒富春江,西接桐庐。又汪绂《戊笈谈兵》"卷六下"记富阳县"西四十五里橦梓关,又五十里至桐庐县"。

⑥桐君山:在今浙江桐庐东北分水江入富春江处北岸。《舆地纪胜》卷八记严州桐君山"在桐庐。有人采药结庐桐木下,人问其姓,指木示之,因名山曰桐君山"。

⑦桐庐:县名。三国吴黄武五年(226)分富春县置桐庐县,属东安郡。治所在今浙江桐庐西二十五里。《元和郡县志》卷二五记桐

庐"以居桐溪地,因名"。明、清属严州府。

⑧怪特:奇怪特别。

⑨坌(bèn)涌:涌出,涌现。

⑩富春:指富春山,一名严陵山。在今浙江桐庐西南的富春江镇。《后汉书·严光传》记严光(字子陵)南归,"耕于富春山",即此。山上有严子陵钓台,临江有严子陵祠。

⑪两"钓台":富春山半山腰有两个巨大的磐石,东西相望。东台是东汉严光远避尘嚣隐居垂纶的钓台,西台是南宋末年谢翱击石作歌泣拜文天祥的哭台。

⑫子陵祠:严光的祠庙。严光,字子陵,少有高名,与东汉光武帝刘秀同学,亦为好友。刘秀即位后,多次延聘严光,但他隐姓埋名,退居富春山。

⑬高山流水:指调笙鼓瑟以弹奏符契山水景致的高妙乐曲。此处借用俞伯牙"高山流水"典故,弹奏表达巍峨高山、浩荡江河之意的乐曲。

⑭尝忆陶隐君语云:曾记得陶弘景说过。陶隐君,指陶弘景,字通明,南朝梁时丹阳秣陵(今江苏南京)人,号华阳隐居。著名的医药家、炼丹家、文学家,人称"山中宰相"。下文见陶隐君《答谢中书书》。

⑮欲界:佛教语。三界之一。包括地狱、人间和六欲天等,以贪欲炽盛为其特征。后用以指尘世,人世。

⑯严州:唐武德四年(621)于桐庐置严州,七年废。宋宣和三年(1121)又改睦州为严州,治建德县(今浙江建德东北)。咸淳初升为建德府,元改为路,明初改建安府,洪武八年(1375)又改严州府,明、清严州府皆治建德县。

⑰横溪:据上下文来看,"横溪"当在严州府建德县与金华府兰溪县(今浙江兰溪)之间。

⑱兰溪：此指兰溪县，治今浙江兰溪，明、清属金华府，县内有钱塘江
　　支流兰溪。

⑲偃仰：俯仰。

【译文】

从绍兴再度折返杭州，登上杭州凤凰山，凤凰山又名紫阳山，昔日宋高宗南渡长江，扩建杭州城，把这座山包含在内，当作游玩观赏的场所。左边是钱塘江，右边是西湖，登上山顶来回走动，就足够快乐。从杭州乘船逆浙江而上，来到富阳。富阳的山，和燕地、秦地等边塞地区的山峰一样雄壮，但却更加青翠。富阳的南方，河流越发窄小，河岸两边的山峰相互对峙，一道绿水从中流出，群山倒影影映其中，山上水中一片青色。出了桐梓关，山势渐渐开阔，远近排列都鲜妍明媚。桐君山陡峭地立在长江岸边，山南开辟出一片平原，周围环绕着耸立的岩壁，犹如天地生成的城池，这就是桐庐了。桐庐被山峰阻隔，紧临水边，百姓居住在山水之间，青色的瓦片，白色的墙壁，都纤尘不染，这里风景清秀美韶、明亮润泽，让人精神安然恬静。向南到达鸬鹚原，山势奇怪特异，峰峦涌现，密集地并列在一起，将富春江束成一条线。进入鸬鹚原入口向西走，就是富春山了。富春山的南北都是山峰，山间都是水，没有一寸多余的土壤。两座"钓台"位于北山峰下，山峰向上直起，顶部方形，旁边有严子陵的祠庙。凡是钓台左右的山峰，顶端都有流动的泉水，秀美的山峰云雾缥缈，向上插进高高的青空，奇异的山石高耸峭拔，山下对着碧绿的流水。飞流的瀑布喷薄而下，激起的水花有如下坠的玉石、喷溅的珍珠，落入山涧中荡漾出层层波浪，此时调笙鼓瑟，弹奏与山水景致相契合的"高山流水"乐曲会妙到极点吧！我曾经回想陶弘景所说之语："巍峨的峰峦直入云宵，澄明的流水清澈见底。两岸的岩壁光彩夺目，与水流交相辉映。葱茏的密林和翠绿的竹子，一年四季都能见到。晨雾将要消散的时候，传来猿、鸟凌乱混杂的鸣叫声；夕阳即将落山的时候，潜游在水中的鱼儿竞相跃出水面。这里实在是人间的仙境啊。"只有此处才能符合这

番描述。向西到达严州，府城四周隔绝着高大山川，周围被巨大的水流相环绕，可以称得上是天险了。向南进入横溪，到达兰溪县。从杭州到兰溪，有四百多里路，山冈峰峦连绵不绝，富阳的山雄伟壮阔，桐庐的山清秀美韶，富春山奇伟峭拔，兰溪的山清新秀丽。人站在船中，或者朝上仰视，或者眺望远处，不愿意再坐卧休息。偶尔躺在船中，两岸青山次第从船窗中划过，好像徐徐展开的图画，行船的乐趣，没有超越这里的。

　　兰溪南曰金华，川势大开，极目平畴，远望崇山，烟云缭绕，摩天碍日①。传闻其上有朝真、冰壶、双龙之洞②，乃王方平叱石成羊之所也③。西过龙游④，至于衢州⑤，凡西安道上之山⑥，冈峦华簇⑦，而滑瘦如削，烟岚高洁，刻露清秀⑧。西南至常山⑨，多枫桂，云眠树间，山横云上，高薄深林，令人有小山招隐之思⑩。

【注释】

①摩天碍日：迫近蓝天，阻隔太阳。形容山峰极高。

②朝真、冰壶、双龙之洞：指金华三洞"朝真洞""冰壶洞"和"双龙洞"。三洞俱位于金华县（今浙江金华）北三十里的金华山西北麓。朝真洞，海拔888米，相传古代有得道真人栖居于此，故名朝真洞。冰壶洞，海拔580米。洞口朝天，口小、肚大、身长，形式冰壶，故名。双龙洞，系石灰岩溶洞。有钟乳分悬洞口两侧，状若龙头，故名。

③乃王方平叱石成羊之所也：是王方平当时呵斥石头变成羊的地方。金华北山真人洞洞顶白石累累，形状像羊，相传有仙人曾在此叱石为羊。王方平，东汉人。弃官入山习道，后蝉蜕仙去。叱石成羊的人物存有异说，或作黄初平（又作皇初平），如《艺文类

聚》卷九四引晋葛洪《神仙传》记皇初平在金华山叱石成羊之事。

④龙游:县名。五代唐长兴二年(931)吴越钱镠改龙丘县置龙游县,属衢州。治所即今浙江龙游。北宋宣和三年(1121)更名盈川,南宋绍兴元年(1131)复名龙游县。元属衢州路。明、清属衢州府。

⑤衢州:衢州府。元至正二十六年(1366)朱元璋改龙游府置,属浙江行省。治所在西安县(今浙江衢州)。

⑥西安:西安县。唐咸通中改信安县置,为衢州治。治所即今浙江衢州。元为衢州路治。明、清为衢州府治。

⑦华簇:繁盛聚集。

⑧刻露:犹毕露。

⑨常山:县名。唐咸亨五年(674)分信安县置,属婺州。治所在今浙江常山县招贤镇。县南有常山,故得名。垂拱二年(686)改属衢州。广德二年(764)徙治今常山县。南宋咸淳三年(1267)改为信安县。元至元十三年(1276)复名常山,属衢州路。明、清属衢州府。

⑩小山招隐之思:指隐逸山林之思。淮南小山曾作《招隐士》,其主要内容为陈说山中的艰苦险恶,劝告所招的隐士(王孙)归来,"王孙兮归来,山中兮不可久留"。

【译文】

兰溪南面的地方叫金华,河流在此极为开阔,放眼望去是一片平坦的原野,眺望远处的高山,萦绕着烟雾云气,山峰迫近蓝天,遮蔽太阳。传说金华山上有朝真洞、冰壶洞和双龙洞,这座山是仙人王方平呵斥石头变幻成羊的地方。向西经过龙游,到达衢州,前往西安道上的山峰丛凑云集,平滑瘦硬,好像被刀锋削过,烟气云岚高华皓洁,尽显清新秀丽。向着西南方向走到常山县,山上多有枫树和桂树,白云仿佛栖息在树木枝丫之间,山岭横卧在云层之上,茂密的树林接近天宇,让人想到淮南小山的隐逸山林之思。

西至玉山[1]，复登舟，至于广信[2]，为江西界。山形粗猛突兀，横亘直竖，缘河罗列者，皆一石特起，方圆平直，各自为象。西至弋阳[3]，有龟峰山[4]，众峰直起如笋，有青山头，峰顶皆圆，有如人首：或冠或冕，或蟆或颅[5]，或光如僧，或鬟如妓。寺隐丛篁，泉出古洞，棕榈芭蕉，延满岩谷，奇险幽秀，兼而有之。西北至贵溪[6]，见"天然桥"，一石横两峰之巅，下空若洞，亦奇境也。闻贵溪有鬼谷山[7]，鬼谷子之所居[8]。又有象山[9]，陆子静读书其上[10]，尝曰："云山谷石之奇，目所未睹。"问之人而不知，知有龙虎山张真人而已[11]。西至安仁[12]，地平旷。南至瑞洪[13]，遂入鄱阳[14]。自安仁以西，四望不见山；至瑞洪以南，四望并不见树，短草黄沙，烟水云天而已。湖水甚浊，波涛皆红。

【注释】

①玉山：玉山县。唐武后证圣二年（695）析常山、须江、弋阳等县置，属衢州。治所在今江西玉山县东津桥村，后徙今玉山县。乾元元年（758）属信州。元属信州路。明属广信府。玉山县境东北有怀玉山，与浙江西部相接，又有信江。孙嘉淦自玉山县乘舟，沿信江而行，经广信、弋阳、贵溪、安仁、瑞洪、南昌等地。

②广信：府名。元至正二十年（1360）朱元璋改信州路置广信府，治所在上饶县（今江西上饶西北）。明洪武三年（1370）徙治今上饶。

③弋阳：县名。在江西东北部、信江中游。今属上饶。明、清属广信府。《太平寰宇记》卷一零七记信州弋阳县"以地居弋江之北为名"。

④龟峰山：又称圭峰，在今江西弋阳南二十里。《读史方舆纪要》卷八五记广信府弋阳县龟峰山"弋阳江经其下。山连峰接岫，参差错落，其得名者三十有二峰，皆笋植笏立，峭不可攀。中一峰形如龟。又有蜃楼，能吐纳云气，以验晴雨"。

⑤或蠕（qín）或顾（qí）：有的如蠕广额，有的峰体修长。蠕，方头广额的蝉，常用来比喻额广的美女。《诗经·卫风·硕人》："硕人其颀，衣锦褧衣……齿如瓠犀，蠕首蛾眉。"

⑥贵溪：县名。唐永泰元年（765）分余干、弋阳二县地置，属信州。治所在今江西贵溪市西一里。元属信州路，移治今贵溪市。明、清属广信府。

⑦鬼谷山：又称云梦山。位于今江西贵溪市南一百里。因道教仙师鬼谷子曾修真、讲学于此而得名，被道教称之为第十五洞天。据元元明善《龙虎山志》卷中载："有信州鬼谷山者，在贵溪县南八十里，第十五洞天，号'贵元思真洞天'。是山周回七十里，峰峦郁峻，溪壑幽深，迥出人寰，实为仙府。按《洞天记》：即鬼谷先生修真之所。"

⑧鬼谷子：战国时齐国人，为纵横家之祖，苏秦、张仪之师，隐居于鬼谷，故称为"鬼谷先生"。今本《鬼谷子》十二篇，出于后人伪托。

⑨象山：在今江西贵溪市西南，原名应天山，因山形如象而得名。陆九渊曾在此读书，因此自号象山翁，学者称为象山先生。

⑩陆子静：指陆九渊，字子静，人称象山先生，抚州金溪（今江西金溪县）人。南宋哲学家。为"心学"创始人。以"心"为构成宇宙万物的本源。认为宇宙便是吾心，吾心即是宇宙。其学说由明代王守仁继承发展，世称"陆王心学"。下文所述陆九渊之语见引于《潜确居类书》卷二十一、《广舆记》卷十二等，然诸书所引陆子渊语及《国朝文录》《兴县续志》所引《南游记》皆作"云山泉石之奇，目所未睹"，故知本文"谷"字讹矣。

⑪知有龙虎山张真人而已：只知道龙虎山的张天师罢了。龙虎山，即今江西贵溪市西南龙虎山。《太平御览》卷四八引《信州图经》记龙虎山"在贵溪县。二山相对，溪流其间，乃张天师得道之山"。张真人，指张天师，东汉五斗米道的创立者张道陵被道教徒尊为"天师"，其后裔皆世袭"天师"。

⑫安仁：古县名。南朝陈时置，属鄱阳郡。治所在今江西鹰潭余江区。明、清属江西饶州府。

⑬瑞洪：即今江西上饶余干西的瑞洪镇。《（嘉庆）大清一统志》卷三一二记饶州府瑞洪镇"在余干县西北七十里鄱阳湖滨，为湖南往来要会。有县丞及鄱湖营把总驻此"。瑞洪在安仁县的西北方向，但孙嘉淦走信江水路，故他从安仁县顺信江航道向南走，然后再拐弯向西北航行，最终来到鄱阳湖边的瑞洪镇。

⑭鄱阳：指鄱阳湖。古称彭蠡泽、彭泽，为赣江、修水、鄱江、信江等河的总汇。是我国最大的淡水湖。鄱阳湖位于饶州府鄱阳县（今江西鄱阳）的西侧，瑞洪镇的北侧。孙嘉淦沿信江而下，自安仁向西北方向航行至瑞洪镇，抵鄱阳湖边，再向西行到南昌。

【译文】

向西走到玉山县，再次登上船只，到达广信府，进入了江西地界。广信的山石形状粗猛、兀然挺立，或是绵延横陈，或是直直竖立，靠着信江边排列，都是一块石头特意突起，或方或圆，或平或直，呈现不同的形状。顺信江向西抵达弋阳，有座龟峰山，山上有许多如同春笋一样直立竖起的山峰，山头青绿，峰顶都是圆的，好像人的头颅：有的头上戴着冠冕，有的如螓广额，有的修长挺立，有的像僧侣的头一样光洁，有的像妓子的头一样梳着鬟髻。有座寺庙掩映在竹林丛中，泉水从古洞中潺潺流出，棕榈芭蕉蔓延整个山谷，奇特险怪，幽静秀丽，兼而有之。向着西北航行到贵溪县，看见一座"天然桥"，只见一块石头横亘在两峰之巅，下端虚空，也算是奇异的景色。听说贵溪县有座鬼谷山，是鬼谷子隐居的地方。又有座象山，陆九渊曾在山上读书，他曾经说："云雾缭绕的山峰与泉水萦绕的山谷奇妙无比，真是见所未见。"向人询问陆九渊所言的地方，却无人知晓，众人只知道龙虎山的张真人罢了。向西抵达安仁，这里地势平旷。顺信江向南航行，就到了瑞洪，便走到鄱阳湖边。从安仁的西面放眼四望，看不见山；到了瑞洪向南放眼四望，看不见树，能看到的不过是矮草、黄沙，还有雾霭迷蒙的水面和云气弥漫的天空罢了。鄱阳湖的湖水相当混浊，连波涛都是红色的。

　　出湖入章江①，至南昌，登滕王阁②。章江南来，渺弥极目③；彭蠡北汇④，烟波万顷。东望平畴，天垂野阔。连峰千里，西列屏障。所谓"西山暮雨，南浦朝云"⑤"霞鹜齐飞，水天一色⑥"，盖实录也！南昌阻风⑦，泊舟于生米渡⑧。次蚤渡江，几至不测。语曰："安不忘危⑨。"又曰："千金之子，坐不垂堂。"⑩余自维扬登舟，过扬子，泛吴淞⑪，涉钱塘，溯桐溪⑫，经鄱阳，在舟数月，侥倖无恙，习而安焉。设非遭此，遂安其危而忘垂堂之戒也，岂可哉？

【注释】

①章江：据文意，此处的章江指鄱阳湖至南昌的河流，应为赣江支流，乃在南昌府东北。非指南昌府西南方向的章水，因章水在赣州即与贡水汇入赣江，距此六百余里。因此，此处章江指赣江，而赣江又名豫章江，故"章江"当为"豫章江"之省称。

②滕王阁：在今江西南昌。始建于唐永徽四年（653），高祖子滕王李元婴为洪州（今江西南昌）都督时建。王勃经过此地时曾作《滕王阁序》。

③渺弥极目：纵目远望，水流邈远。渺弥，水流旷远貌。极目，纵目，

用尽目力远望。

④彭蠡：鄱阳湖的古称，又称彭泽。

⑤西山暮雨，南浦朝云：日暮时分西山落下了雨水，清晨之时南浦飞来了轻云。化自唐代王勃《滕王阁诗》："画栋朝飞南浦云，珠帘暮卷西山雨。"

⑥霞鹜齐飞，水天一色：傍晚的彩霞与孤独的野鸭一齐飞翔，秋天的江水和辽阔的天空连成一片。化自唐代王勃的《滕王阁序》："落霞与孤鹜齐飞，秋水共长天一色。"

⑦阻风：被风所阻。

⑧生米渡：又名生米市。在今江西南昌新建区南，是赣江古渡口，清代曾在此设生米渡巡司。

⑨安不忘危：在安全的时候不忘记危难。语见《周易·系辞下》："是故君子安而不忘危，存而不忘亡，治而不忘乱，是以身安而国家可保也。"

⑩千金之子，坐不垂堂：家中积累千金的富人不在屋檐下停留。形容富贵人家非常看中自己的身体。出自《史记·袁盎晁错列传》："臣闻千金之子，坐不垂堂；百金之子，不骑衡。"垂堂，靠近屋檐的地方。

⑪吴淞：又名松江、笠泽、南江、松陵江、吴江，太湖"三江"之一。源出太湖瓜泾口，经江苏吴江、苏州、昆山等地入上海，经上海嘉定、青浦等区，至上海市区外白渡桥入黄浦江。孙嘉淦在苏州时泛舟吴淞江，横渡吴淞江而向南行。

⑫桐溪：又名桐庐江、天目溪。即今浙江桐庐西北分水江。《水经注·浙江水》："紫溪东南流，径桐庐县东为桐溪……桐溪又东北，径新城县入浙江。"

【译文】

出了鄱阳湖进入赣江，到达南昌，登上了滕王阁。赣江从南方奔驰而来,纵目远望,水流邈远;鄱阳湖在北方汇通水流,烟波浩渺,水域万顷。向东眺望平坦的原野,远处的天际一片开阔。连绵的山峰横亘千里,好似一道道屏障般排列在西方。所谓的"日暮时分西山落下雨水,清晨之时南浦飞来轻云""傍晚的彩霞与孤独的野鸭一齐飞翔,秋天的江水和辽阔的天空连成一片",都是真实的记录!在南昌被风所阻,于是在生米渡泊船暂歇。第二天早上渡赣江,险些遭遇不测。古语说:"处在安定的环境中也不能忘记危险的存在。"又说:"家有千金的富贵子弟,不在屋檐下停留。"我从扬州登船,经过扬子江,泛舟吴淞江,渡过钱塘江,溯流桐溪,经过鄱阳湖,在船中度过数月时间,侥幸没有遇到危险,习以为常后觉得坐船很安全。如果没有遇到这次危险,就安然地处身于危险之中,忘记了"坐不垂堂"的训诫,怎么能够这样呢?

　　南至于丰城①,观剑池②。西入清江③,至临江府④。城东有阁皂山⑤,昔张道陵、丁令威、葛孝先皆居此⑥。西过新喻⑦,山尤多,分宜之山清而秀⑧,袁州之山奇而雄⑨。

【注释】

①丰城:即今江西丰城。西晋太康元年(280)改富城县置丰城县,属豫章郡。治所在今江西丰城荣塘镇。后一度改名为广丰县、吴皋县、富州。明洪武二年(1369)复为丰城县,明、清属南昌府。

②剑池:在今江西丰城西南三十里,相传是西晋时丰城县令雷焕挖掘龙泉、太阿(一说干将、莫邪)二剑的地方。《太平寰宇记》卷一零六记洪州丰城县剑池"即晋雷焕掘得二剑处"。

③清江:此指水名,即临江府清江县(今江西樟树西南)内的赣江。《读史方舆纪要》卷八七记临江府清江县清江"在府城南,即赣、袁二江之合流也。赣水自吉安府吉水县流经峡江、新淦二县,而北至府南十里万石洲南,西会于袁水"。孙嘉淦顺赣江而行,经

过丰城县后，进入赣江之清江段，然后到达临江府治所清江县，即下文所言府城。

④临江府：元至正二十三年（1363）朱元璋改临江路置，治所在清江县。

⑤阁皂山：即合皂山，位于今江西樟树东南。以山形如合，山色如皂而得名。历史上曾为道教圣地。

⑥丁令威：西汉辽东人。相传在灵墟山学道，成仙后化为仙鹤，飞回故里。葛孝先：葛玄，字孝先。三国吴丹阳句容（今江苏句容）人。葛洪从祖父。从左慈受太清、九鼎、金液等丹经，尝入天台赤城山学道，常隐马迹山修炼，自称葛仙翁。

⑦新喻：古县名。唐天宝时改新渝县为新喻县，属宜春郡。治所在今江西新余南三里。明洪武初复为新喻县，属临江府。

⑧分宜：古县名。北宋雍熙元年（984）析宜春县置分宜县，属袁州。治所在今江西分宜。《舆地纪胜》卷二八记袁州分宜县"以其地分自宜春，故曰分宜"。元属袁州路，明、清属宜春府。

⑨袁州：州府名。隋开皇十一年（591）置，治所即今江西宜春。大业初改为宜春郡。元至正二十年（1360）朱元璋改袁州路为府，治所、辖境同袁州路。明、清袁州府治宜春县。

【译文】

向南到达丰城，游历了剑池。向西驶入清江，抵达临江府。临江府城之东有座阁皂山，张道陵、丁令威、葛玄等人昔日都在此地居住过。向西过了新喻后，山峰特别多，分宜的山清新秀丽，袁州的山奇丽雄壮。

　　至芦溪乃陆走①，过萍乡复登舟②，经醴陵③，出渌口④，至湘江⑤，入湖南境⑥。右江风俗⑦，胜于三吴、两浙⑧：男事耕耘，兼以商贾；女皆纺织。所出麻枲、绵葛、松杉、鱼虾、米麦⑨，不为奇技淫巧。其勤俭习事⑩，有唐、魏之风。独好诈而健讼^⑪,则楚俗也。

【注释】

①芦溪:北宋置,属萍乡县,即今江西萍乡芦溪镇。清时在此设芦溪
　市巡司。孙嘉淦顺赣江航行,至临江府清江县,则改由袁河而行,
　顺袁河逆流而上行经新喻县、分宜县、袁州、芦溪,至袁河的源头,
　则改走陆路。

②萍乡:古县名。三国吴宝鼎二年(267)析宜春县置,治今江西芦
　溪县芦溪镇。属安成郡。唐武德二年(619)迁治到今江西萍乡。
　《元和郡县志》卷二八记萍乡县"以地多生萍草,因以为名"。明
　复为县,属袁州府,清因之。萍乡境内有萍水河,孙嘉淦在此地又
　走水路,循萍水河向西航行。

③醴(lǐ)陵:县名。东汉置醴陵县,属长沙郡。治所即今湖南醴陵。
　《太平寰宇记》卷一一四记醴陵"县北有陵,陵上有井,涌泉如醴,
　因以名县"。唐、宋属潭州,元属天临路,明、清属长沙府。

④渌口:位于明、清时的长沙府湘潭县(今湖南株洲渌口区),因渌江
　自东向西流入湘江交汇于此,故名渌口。孙嘉淦经萍乡之萍水河,
　至醴陵循渌江而行到达渌口,渌江水汇入湘江,遂又沿湘江而行。

⑤湘江:湖南最大河流。源出广西灵川县东、海洋山西麓,东北流贯
　湖南东部,合潇水、蒸水等北流,经永州、衡阳、湘潭、长沙等地,
　至湘阴芦林潭入洞庭湖。

⑥湖南:清康熙三年(1664)由湖广省分为左右两布政使司,六年
　(1667)右司改为湖南省。省会在长沙府(今湖南长沙)。

⑦右江:据文意指江西、湖南地区,相别于吴、浙之地,故下文言"自
　右江至衡阳,数千里间"。唐代设江南西道,治洪州,辖宣、饶、抚、
　虔、鄂、江、洪、袁、吉、澧、朗、岳、潭、衡、郴、邵、永、道、连诸州,多
　为孙嘉淦所行之地,故疑右江指长江之右,即长江之西地区。

⑧两浙：浙东、浙西的合称。泛指今浙江全省及江苏南部一带。

⑨所出麻枲（xǐ）、绵葛、松杉、鱼虾、米麦：所产出的麻布、丝绵、葛布等布料，松杉一类的木材，鱼虾等水产品，米麦之类的粮食。麻枲，即麻。绵葛，即丝绵和葛布。鱼虾，泛指鱼类水产。米麦，泛指米麦之类的粮食。

⑩勤俭习事：勤劳节俭，熟谙事务。

⑪健讼：好与人打官司。

【译文】

到了芦溪后改走陆路，过了萍乡后再度乘船，经过醴陵，出了渌口，驶入湘江，进入湖南境内。右江的风俗比江苏、浙江要好：男人耕种土地，兼做商贾；女子都会纺绩织布。此地盛产麻布、丝绵、葛布等布料，松杉一类的木材，鱼虾等水产品，米麦之类的粮食，不做奇巧无用的工艺制品。此地百姓勤劳节俭，熟谙事务，有魏、唐时的遗风。只是生性狡黠善骗，好打官司，这是楚地风俗使然。

　　湘江之水清而文，两岸之山秀而雅，草多茅菅①，扶疏猗靡②，皆有蕙薄丛兰之致③。每当五岭朝霞④，三湘夜雨⑤，或光风转蕙⑥，皓月临枫，吟《离骚》《九歌》《招魂》之句⑦，如睹泽畔之憔悴也⑧，如逢茝衣荷裳之芳泽也⑨，如闻湘灵山鬼之吟啸悲啼也⑩。南至衡州⑪，谒南岳⑫。凡岳镇⑬，非独形伟，其气盛也。向登泰山，郁郁葱葱，灵光焕发。渡江以来，名山无数，神采少减焉。兹见南岳，乃复如睹泰山，连峰争出，高不可止；复岭互藏⑭，厚不可穷⑮。石壁插青，流泉界白⑯，气勃如蒸，岚深似黛。顶在云中，有若神龙，其首不见，而爪舒鳞跃，光怪陆离。"火维地荒，天假神柄"⑰，应不诬也。衡山七十二峰，其最大者五：芙蓉、紫盖、石廪、天柱、祝融⑱。南岳庙在祝融峰下,谒庙后,望五峰,其顶皆在云中。登舟南行数日,无时不矫首。古语云:"帆随湘转,望衡九面⑲。"予九面望而卒未尝见其顶,始叹衡山之云之难开也!

【注释】

①茅菅(jiān):亦作"茆菅"。茅、菅二草,形相似,多并用以指野生杂草。

②扶疏猗靡:枝叶披散,随风飘拂。扶疏,枝叶繁茂分披貌。猗靡,随风飘拂貌。

③蕙薄丛兰:丛生的兰蕙。薄,草木丛生处。

④五岭:越城、都庞、萌渚、骑田、大庾等五岭在湘、赣和粤、桂等省区边境,此处偏指湖南之地。

⑤三湘:泛指湖南地区。一说湘水发源与漓水合流后称漓湘,中游与潇水合流后称潇湘,下游与蒸水合流后称蒸湘,总称"三湘";一说湖南湘乡为下湘,湘潭为中湘,湘阴为上湘,合称"三湘"。

⑥光风转蕙:阳光中微风摇动着蕙草。语出屈原《招魂》:"光风转蕙,氾崇兰些。"

⑦吟《离骚》《九歌》《招魂》之句:吟诵《离骚》《九歌》《招魂》中的句子。《离骚》《九歌》《招魂》俱为屈原作品。

⑧如睹泽畔之憔悴也:好像看见了湖水边屈原憔悴的容颜。屈原《渔父》:"屈原既放,游于江潭,行吟泽畔,颜色憔悴,形容枯槁。"

⑨如逢芰衣荷裳之芳泽也:好像在长满芳草的水边遇到了身穿芰荷所制衣裳的屈原。屈原《离骚》:"制芰荷以为衣兮,集芙蓉以为裳。"

⑩如闻湘灵山鬼之吟啸悲啼也:好像听到了湘水之神和山鬼的吟唱悲啼。湘灵,古代传说中的湘水之神。山鬼,泛指山中鬼魅。屈原《九歌》中有《湘君》《湘夫人》《山鬼》等篇。

⑪衡州:府名。元至正二十四年(1364)朱元璋改衡州路置衡州府,

属湖广行省（后改湖广布政使司）。治所在衡阳县（今湖南衡阳）。清代将桂阳、嘉禾、蓝山、临武等县划出设立桂阳州，辖境缩小。

⑫南岳：即衡山。

⑬岳镇：指高大的山。此处指五岳一类的名山。

⑭复岭互藏：重叠的山岭相互遮蔽。复岭，重叠的山岭。

⑮厚不可穷：山岭众多，难以穷尽。厚，多。

⑯流泉界白：流动的泉水隔着白色的石头。

⑰火维地荒，天假神柄：衡山地处荒远，上天将权力授予南岳之神。语见韩愈《谒衡岳庙遂宿岳寺题门楼》："火维地荒足妖怪，天假神柄专其雄。"火维，南方属火，因以"火维"指南方。亦特指五岳中的南岳衡山。

⑱芙蓉：山峰名。在今湖南衡阳南岳区西北部，衡山祝融峰东。为衡山七十二峰之一。《水经注·湘水》：衡山"芙蓉峰最为竦杰，自远望之，苍苍隐天"。紫盖：在今湖南衡阳南岳区东部，为衡山七十二峰之一。《舆地纪胜》卷五五记衡州紫盖峰"在南岳。有紫霞笼罩之状，其形如盖"。石廪：在今湖南衡阳南岳区北部，祝融峰东南。为衡山七十二峰之一。《舆地纪胜》卷五五记衡州石廪峰"在南岳。其峰耸峙如仓廪"。天柱：在今湖南衡阳南岳区西北部，祝融峰西南。为南岳七十二峰之一。《舆地纪胜》卷五五记衡州天柱峰"在南岳。其形如双柱，两头耸"。祝融：在今湖南衡阳南岳区西北部。为南岳衡山最高峰。海拔1290米。传说上古祝融曾游息于此，故名。

⑲帆随湘转，望衡九面：船只随着湘江不停转向，能从各个角度看到衡山。《水经注》卷三十八："自长沙至此，江湘七百里，中有九向九背，故渔者歌曰：帆随湘转，望衡九面。"

【译文】

湘江的江水清澈平静，两岸的山川秀丽雅致，野草多为茅菅，草叶披散,随风飘拂,都有兰花、蕙草的雅致。每当五岭披上了朝霞,三湘迎来了夜雨,或者阳光中微风摇动着蕙草,月亮的皎光照到枫树上,吟诵着《离骚》《九歌》《招魂》中的诗句,仿佛看到了水泽边屈原憔悴的容颜,好像在长满芳草的水边遇到了身穿荇荷衣裳的诗人,似乎听到了湘水之神和山鬼的吟唱悲啼。向南到达衡州,拜访南岳。只要是五岳这样的名山,不仅山形壮美,而且气势壮伟。之前攀登泰山,山上一片郁郁葱葱,灵动神异的光彩四射。渡过长江之后,虽有无数名山,但神韵光彩略输一筹。现在见到南岳,好像又看到泰山,连绵的山峰争相涌出,高不可攀;重叠的山岭相互遮蔽,难以穷尽。石壁上生长着碧绿的草木,流动的泉水间隔着白色石头,勃勃的云气像蒸腾的水汽,深碧色的山峦有如眉黛。山顶掩映在云层之中,好像神龙,看不见头颅,但舒展着爪牙,鳞片闪烁,一片光怪陆离之姿。“衡山地处荒远,上天将权力授予南岳之神”,应该不是信口谣传。衡山有七十二峰,其中最大的五座分别是:芙蓉峰、紫盖峰、石廪峰、天柱峰、祝融峰。南岳庙建在祝融峰下,拜访庙宇后,仰望五座山峰,峰顶都隐没在白云之中。登船向南行驶了几天,无时无刻不在抬头仰视它们。古语有云:“船只随着湘江不停转弯,能从各个角度看到衡山。”我从各个方向看向衡山都没有看到衡山的山顶,忍不住感慨衡山上的云层太难散开了!

　　西次祁阳①,见唐亭②,元次山之所建③。西至于永州,自右江至衡阳,数千里间,土石多赤,一望红原绿草,碧树丹屋,烂若绘绚。至零陵④,山黑而石白,天地之气一变。城下潇江⑤,北合于湘。潇西之山皆幽奇,柳子厚多记之⑥。西入湘口⑦,水愈清,两岸之石,玲珑奇峭,不可指数,所谓少人而多石,其信然与!

【注释】

① 祁阳:县名。三国吴析泉陵县置祁阳县,属零陵郡。治所在今湖南祁东县东南。据《舆地纪胜》卷五六引《零陵志》云:"县在祁山之南,故曰祁阳。"明属永州府,景泰三年(1452)治所移今祁阳。

② 唐亭:元结所建的亭,位于今湖南祁阳西南的浯溪、湘江南岸。唐元结《唐亭记》:"浯溪之口,有异石焉。高六十余丈,周回四十余步。面在江口,东望峿台,北临大渊,南枕浯溪。唐亭当乎石上。"

③ 元次山:元结,字次山。唐天宝进士。拜右金吾兵曹参军,抗击史思明叛军,以功进水部员外郎。唐代宗广德元年(763)授道州(今湖南道县西)刺史,辞官后寓居浯溪。

④ 零陵:古县名。隋开皇九年(589)改泉陵县置零陵县,为永州治。治所即今湖南永州零陵区。大业初为零陵郡治。唐复为永州治。天宝元年(742)为零陵郡治,乾元元年(758)复为永州治。元为永州路治。明、清为永州府治。

⑤ 潇江:一名泥江、潇水。源出今湖南宁远南九嶷山,即古泠水,北流经道县东北会沲水,又北至永州西北入湘水。

⑥ 柳子厚:柳宗元,字子厚。唐贞元年间进士。参加王叔文革新集团,任礼部员外郎。革新失败后,贬永州司马。他在永州撰写山水游记《永州八记》。

⑦ 湘口:指湘江、潇江二水合流处,在今湖南永州西北十里,古代曾在此设湘口驿。

【译文】

向西停泊在祁阳,看见唐亭,是唐代元结修建的。向西到达永州,从右江至衡阳,几千里地之间,土地石头大多是红色,放眼望去红色的原野映着青色的野草,碧绿的树木映着红色的屋舍,绚丽多彩得像图画一样。到了零陵,峰峦乌黑,岩石洁白,天地之间的气氛为之一变。零陵城下的潇江,向北流去,同湘江汇和。潇江西岸的山川都幽静奇妙,柳宗元写了很多山水游记来记录它们。向西进入湘口，江水越发清澈，两岸的岩石精巧玲珑，奇特峻峭，不可一一历数，所谓的人少石多，确实如此！

西至于全州①，为粤西形胜之地。湘山崔嵬②，高踞俯视，众山环拱，诸水会同。山下有光孝寺③，无量寿佛示寂之所④，云肉身在塔内⑤。予入而谛观之，不似也。南至于兴安⑥，有阳海山⑦。半山有分水岭，山脊流水，可以泛舟；至岭而分，其北流者为湘江，南流者为漓江⑧，一水而相离，故曰湘、漓也。志云："临贺、始安、桂阳、揭阳、大庾为五岭⑨。"《水经注》云："湘水出零陵始安县⑩。"然则兴安者，始安也⑪。予自长沙溯湘江至永、全，挽舟直上，如登峻坂⑫；山腰回舟，转入漓江，下桂林如建瓴⑬。源泉混混⑭，咫尺分流⑮，而北入北海⑯，南入南海，其岭之高可知矣。

【注释】

①全州：州府名。五代晋天福四年（939）分永州置全州，治所在清湘县（今广西全州西）。宋辖境相当今广西全州、灌阳二地。元至元十四年（1277）改为全州路。明洪武元年（1368）改全州府，洪武九年（1376）复降为全州，属湖广永州府，洪武十七年（1384）改属广西桂林府，清因之。

②湘山崔嵬：湘山山势巍峨高耸。湘山，在今广西全州西。《读史方舆纪要》卷一零七记全州湘山"峰峦蓊郁，岩洞幽深，泉石秀异，登其巅，尽一州之胜"。

③光孝寺：即湘山寺，俗称寿佛寺。位于今广西全州西。唐咸通二年（861），全真宗慧禅师修建此寺。南宋绍兴十三年（1143），宋高宗赐湘山寺为"报恩光孝寺"。寺中有无量寿佛塔，然古代建筑早

已颓圮,今存建筑为近代重建。

④无量寿佛示寂之所:被誉称为"无量寿佛"的全真宗慧禅师圆寂的地方。无量寿佛,此处指唐代全真宗慧禅师,他示寂前说偈云:"无量寿身无生死,出入娑婆如梦里。报体成坏性常存,分身普应诸天地。"后人认为他暗示自己是西方无量寿佛之法身,故尊称全真禅师为"无量寿佛"。示寂,佛教语。称佛菩萨及高僧身死。寂即梵语"涅槃"的意译。言其寂灭乃是一种示现,并非真灭。

⑤肉身:又称全身舍利、真身,指修行人经久不朽的色身。僧人死后,其尸体被特殊处理,涂以金漆,以资供奉,被称作肉身、真身。光孝寺(湘山寺)无量寿佛塔内有全真宗慧禅师的肉身,《徐霞客游记·粤西游日记》小字注记湘山寺无量寿佛塔"无量寿佛成果于唐咸通间,《传灯录》未载,号全真,故州以全名。肉身自万历初毁,丙戌又毁,后又毁"。徐霞客记全真肉身已被毁,故后世之人多疑寺中肉身为伪造物,如清黄宗起《知止盒笔记》记寿佛寺(光孝寺)无量寿佛肉身:"方面大耳,是寿者相,颌下一瘤肉,长存许,下垂,面色深黑,当是烟煤薰染所致。余谓僧曰:'当是香樟所刻,殆非肉身。'"

⑥兴安:县名。治今广西兴安。唐武德四年(621)析始安县置临源县。大历三年(768)改临源县为全义县,属桂州。北宋太平兴国二年(977)由全义县改为兴安县。元属静江路,明、清属桂林府。

⑦阳海山:即海阳山、海洋山。分布在广西灌阳、全州、兴安、灵川、恭城和阳朔等地。呈东北至西南走向,长约97公里。阳海山(海洋山)是湘江发源地,如《汉书·地理志》记:"零陵阳海山,湘水所出。"发源此地的湘江与漓江间有灵渠相通。

⑧漓江:一作离水,又名桂江。在今广西东部,为西江支流。古人认为漓江与湘江同出阳海山,今人认为漓江发源于兴安猫儿山。漓江向南流经广西兴安、灵川、桂林、阳朔、平乐、昭平、苍梧等地,

至梧州注入西江。

⑨临贺：临贺岭，即萌渚岭，又名桂岭、渚岭，五岭之一。在今广西富川瑶族自治县东南、贺县西北、湖南江华瑶族自治县西南。《明史·地理志》富川县："东北有盯渚岭，即临贺岭。"始安：始安岭，即越城岭，五岭之一。在今广西全州、资源二县间。长200公里。桂阳：桂阳岭，又作骑田岭、客岭山、黄箱山、腊岭、桂阳岭、黄岑山、摺岭，五岭之一。在今湖南东南部郴县、宜章县间。《水经注·耒水》："（黄岑）山则骑田之峤，五岭之第二岭也。"揭阳：揭阳岭，又作揭杨、都庞岭、永明岭。今广东揭东、揭西县北莲花山东支。《元丰九域志》卷九记循州兴宁县"有揭阳山"。裴渊《广州记》作"揭杨"，列为五岭之一。大庾：五岭之一。古名塞上、台岭，又名东峤山、梅岭、凉热山。在今江西大余、广东南雄二地交界处。《元和郡县志》卷三四记韶州始兴县大庾岭"一名东峤山，即汉塞上也，在县东北一百七十二里……本名塞上，汉伐南越，有监军姓庾，城于此地，众军皆受节度，故名大庾"。

⑩湘水出零陵始安县：语出《水经注·湘水》卷三八"湘水出零陵始安县阳海山"。零陵，指零陵郡。西汉元鼎六年（前111），分桂阳郡置，治所在零陵县（今广西全州西南）。东汉移治泉陵县（今湖南永州北）。至唐乾元元年（758）改作永州。始安县，西汉元鼎六年（前111）置，属零陵郡。治所即今广西桂林。东汉为始安侯国。三国吴为始安郡治。南朝梁为桂州治。唐贞观八年（634）改为临桂县。

⑪兴安者，始安也：孙嘉淦由湘水出兴安县及《水经注》所记"湘水出零陵始安县"，就此推断始安即兴安，可能在《水经注》成书的时代两县地域相近。但明、清时兴安县在今桂林北百里外，而临桂县（始安县）在今桂林临桂区，两县并非为一地。

⑫峻坂：同"峻阪"，陡坡。

⑬桂林:指桂林府。明洪武五年(1372)改静江府置桂林府,后为广西布政使司治。治所在临桂县(今广西桂林)。清为广西省会。

　建瓴:即"建瓴水"之省,谓倾倒瓶中之水,形容居高临下,难以阻挡的形势。语本《史记·高祖本纪》:"譬犹居高屋之上建瓴水也。"

⑭源泉混混:水的源头相互混杂。混混,混杂貌。

⑮咫尺分流:距离极近的水分道而流。分流,水分道而流。

⑯北海:泛指北方海洋,据文意湘江汇入洞庭湖,洞庭湖可注入长江,长江东流东海,则实指东海。

【译文】

　　向西到达全州,这是广西地势险要之处。湘山巍峨高耸,高高在上而俯视山下万物,底下的众多山峰相环绕,众多水流相汇合。湘山下有座光孝寺,是被誉称为"无量寿佛"的全真禅师圆寂的地方,据说全真禅师肉身保留在无量寿佛塔内。我进去佛塔仔细观察,觉得这不像真的肉身。向南到达兴安,县内有座阳海山。阳海山半山腰处有座分水岭,山脊上有道水流经过,可以在水上乘船泛舟;过了分水岭后水流分开,向北流的是湘江,向南流的是漓江,二江源出一脉却相互分离,所以被命名为"湘""漓"。方志记:"临贺、始安、桂阳、揭阳、大庾这五座山峰组成了五岭。"《水经注》云:"湘水出自零陵始安县。"那么兴安就是始安了。我从长沙溯湘江而上到了永州、全州,乘船向上游走,像登陡坡那么难;在阳海山半山腰处掉头,转进漓江,乘船往下走到桂林好像倾倒瓶中之水一样轻松。水的源头混在一起,又在很短距离间分道而流,湘江向北的注入北边的东海,漓江向南的注入南方的南海,山岭之高可以想见。

　　漓江初分,屈曲山间,别凿一渠以通舟。秦伐南越①,史录凿此②。汉戈船将军出零陵、下漓水③,于此置陡④,陡犹关也。诸葛武侯续修之。渠上有武侯祠⑤,祠后有伏龙山⑥，山石多怪，玲珑槎枒⑦，连峰叠嶂，皆如米颠袖中之物⑧。伏龙以西，群峰乱峙，四布罗列，如平沙万幕⑨，八门五花⑩，江如游骑纵横其中。前有高峰曰马头山，卓立俯视，如大将秉巨纛以出令也⑪。

【注释】

①南越：此处泛指湖南南部、两广及越南北部一带的五岭地区。秦始皇二十八年（前219），秦始皇命屠睢率五十万大军分五路攻打百越，一路攻取东瓯和闽越（浙江、福建），两路攻南越（广东），其余两路攻西瓯（广西）。秦始皇派人督率士兵、民夫在兴安境内湘江与漓江之间修建人工运河灵渠，运载粮饷，灵渠凿成后，迅速统一岭南，并在岭南地区设桂林、象、南海三郡。

②史录：即史禄，秦始皇派史禄主持开凿灵渠。

③戈船将军：西汉将军名号，因率戈船征南越而得名。《汉书·武帝纪》：元鼎五年（前112）以"归义越侯严为戈船将军，出零陵，下离水"。

④阧（dǒu）：指水闸之类设施。

⑤武侯祠：祭祀三国蜀丞相诸葛亮的祠庙。据《（嘉靖）广西通志》卷三五记"桂林郡城北隅，今按察厅事之后，有山其势起伏若燔龙之状，遂即山之巅建诸葛武侯祠，岁久废坏"。

⑥伏龙山：即桂岭，又作卧龙山、宝积山，形似卧龙，山上修建武侯祠，有明正德年间摩崖题镌"宝积山"，为桂林古八景之一。

⑦槎枒（chá yā）：指错落不齐之状。

⑧皆如米颠袖中之物：都像米芾从袖子里拿出来的石头一样。米颠，北宋书画家米芾的别号。米芾字元章，以其行止违世脱俗，倜傥不羁，人称"米颠"。嗜好奇石，曾从袖中拿出三块奇石同杨杰

赏玩。

⑨平沙万幕:就像在平坦的沙滩上支起了的营帐。平沙,指广阔的
　　沙原。

⑩八门五花:比喻变化多端或花样繁多。八门,八门阵。五花,五行
　　阵。俱为古代战术变化很多的阵势。

⑪纛(dào):古代军队里的大旗。

【译文】

　　漓江刚分出来的时候,在山间曲折行进,前人还挖凿了一条灵渠来
通船。秦国征讨南越地区的时候,派史禄开凿灵渠。汉时的戈船将军从
零陵郡出发,进入漓水,在这里设置了"阧",阧就是关口。诸葛亮继续
修建了灵渠。水渠上有座武侯祠,祠堂背后有座伏龙山,山石大多奇特
怪异、精巧玲珑、错杂不齐,看上去层峰叠嶂,就像是米芾衣袖中的奇石。
伏龙山西边,群峰随意地耸立着,随意罗列在四面,就像在平坦的沙滩上
支起了各式营帐,五花八门,各不相同,而江水像骑兵般纵横奔腾。前面
有座高峰叫马头山,卓然耸立,俯视着山下,就像一员手持军中大旗来颁
布命令的大将。

　　南过灵川①,至于桂林。粤西高大中丞②,予业师也,留
署中过夏。时时跨马出游郊坰③,负郭山水之胜皆见之④。
城中屹立者曰独秀山⑤,高数百丈,下有石室,顶通光耀⑥。
其东北曰伏波山⑦,高峭与独秀等⑧,岩中悬石,下垂如柱。
其西有叠彩岩⑨,石纹华丽,岩腹有洞,冷风日夜不休,曰风
洞。迎风而入,曲折崎岖,渐觉光明。忽然高敞,身入楼阁,
户牖轩豁⑩,栏槛回环;开户一望,水天无际,山林窈冥⑪。
盖漓江从城北来,两岸之山,怪怪奇奇,向在舟中,未尽见
也。兹入洞内,黑走山腹,忽睹世界,皆成异境。舟泛银河,

人至天台⑫,亦若是矣。城南有刘仙崖,石洞如屋,内刻张平叔《赠桂林白龙洞刘真人歌》⑬,道铅汞术甚详⑭。城西有七星岩⑮,上有栖霞洞。石阶直下数百级,顶上水纹如波,中有鲤鱼,长丈余,头目鳞尾皆具。洞后深黑,秉炬进数百步,冷气迫人,同行者惧,遂偕出。闻土人道其中之景甚怪。王荆公云⑯:"世之奇伟瑰怪非常之观,常在于险远,而为人之所罕至,故非有志者不能至也。有志矣不随以止也,然力不足者,亦不能至也。有志与力而又不随以怠,至于幽暗昏忽,而无物以相之⑰,亦不能至也。然力足以至焉,于人为可讥,而在己为有悔。尽吾志也而不能至者,可以无悔矣。吾甚悔吾之未尽吾志而随人以止也!"其东有龙隐洞⑱,清流从洞中出而入江。江中有山,轮囷若象鼻舒江中⑲,舟行鼻内。江岸山上有洞,直透山背,以通天光,望之圆明如满月。志称"滨江三洞,水月最佳"者是也⑳。

【注释】

①灵川:县名。唐龙朔二年(662)置灵川县,属桂州。治所在今广西灵川东北。以灵渠水为名。北宋属静江府。元属静江路。明、清属桂林府。

②粤西高大中丞:指广西巡抚高其倬。大中丞,明、清巡抚的别称,常以副都御史或佥都御史出任巡抚。高其倬,字章之,号芙沼、种筠,隶汉军镶黄旗,指头画创始人高其佩堂弟。清康熙三十三年(1694)进士,迁内阁学士。康熙五十九年(1720),出任广西巡抚。雍正时,历云贵、闽浙、两江总督。乾隆时,官至工部尚书,卒谥文良。事见袁枚《户部尚书两江总督高文良公神道碑》(《小

仓山房文集》卷二)、《清史稿·高其倬传》。清康熙四十八年
(1709),高其倬任山西提督学政(见《山西通志》卷八十),孙嘉
淦身为山西学子,两人或始有交集,故孙嘉淦称高其倬为业师。

③郊坰(jiōng):泛指郊外。坰,远郊,野外。

④负郭:亦作"负廓"。谓靠近城郭。

⑤独秀山:又名紫金山,即今广西桂林独秀峰。唐莫休符《桂林风
土记》:"独秀山在郭中,居子城正北百余步,高耸直立,周回一里
余,迥出郭中,下有岩洞。"

⑥顶通光耀:石室顶部连通外界,可以照进天光。光耀,光亮,光辉。

⑦伏波山:又名岩山、洑波岩。即今广西桂林东北漓江西岸伏波山。
南宋范成大《桂林虞衡志》:"伏波岩,在漓江之滨,突然而起,且
千丈。下有洞,可容二十榻,穿凿通透,户牖傍出,有悬石如柱,去
地一线不合,俗名马伏波试剑石。前浸江滨,波浪汹涌,日夜漱啮
之。"

⑧高峭:高耸峭拔。

⑨叠彩岩:又名桂山、北山、越王山、四望山、风洞山。即今广西桂林
东北漓江西岸叠彩山。唐元晦《叠彩山记》云:"山之石纹横布,
彩翠相同,若叠彩然,故以为名。"

⑩轩豁:高大开阔。

⑪窈冥:一作"杳冥"。幽暗深邃的样子。

⑫人至天台:南朝宋刘义庆《幽明录》记汉明帝永平五年(62),会稽
郡剡县刘晨、阮肇共入天台山采药,遇两丽质仙女,被邀至家中。

⑬张平叔:张伯端。北宋道士。一名用成,字平叔,号紫阳。相传宋
神宗熙宁中游蜀,遇异人传授丹法。尝著《悟真篇》。元丰中卒,
年九十九。张伯端《赠桂林白龙洞刘真人歌》见录于《临桂金石
志》卷四等。

⑭铅汞术:道家炼丹之术。铅和汞是道家炼丹的两种原料。

⑮七星岩:指七星山,位于今广西桂林东。七星山上有栖霞洞,岩洞全长约三里,雄伟深邃,钟乳凝结,瑰丽多彩,是桂林最大最奇的岩洞。

⑯王荆公云:以下引文大致出自宋代文学家王安石《游褒禅山记》。

⑰相:相助。

⑱龙隐洞:在广西桂林七星山瑶光峰山脚。洞西南通透,洞的一壁插入小东江中。洞顶有一条石槽,像神龙飞去后留下的痕迹,故称。

⑲轮囷(qūn):盘曲貌。囷,回旋,围绕。

⑳滨江三洞,水月最佳:临江的三个洞穴,水月洞风景最好。水月洞在今广西桂林南的象鼻山。南宋范成大《桂海虞衡志》:"水月洞在宜山之麓,其半枕江。天然刓刻作大洞门,透彻山背。顶高数十丈,其形正圆,望之端整如大月轮。漓江别派,流贯洞中,踞石弄水,如坐卷蓬大桥下。"

【译文】

向南经过灵川,到达桂林。广西巡抚高其倬,是我的授业恩师,他留我在官衙中避暑。我经常骑着马到郊区游玩,靠近城市的山水胜景都游览过了。城里屹立的山峰叫独秀山,有几百丈高,山下有个石室,石室顶端连通外界,可以照进天光。独秀山东北有座伏波山,高耸陡峭和独秀山相似,悬崖上悬挂着石头,像柱子一样下垂着。西边有个叠彩岩,岩石纹路华丽光彩,山腹中有个岩洞,里面日夜不休地刮着冷风,名叫"风洞"。迎着风进入风洞,经过一段曲折崎岖的路程后,慢慢看到光线。山洞也变得忽然高大宽敞起来,随后进入一座楼阁之中,里面的窗户门扉高大开阔,栏杆曲折回旋;打开窗户放眼四望,水天之间无边无际,山上的树林幽暗深邃。大概漓江从城北流来,两岸的山峰奇形怪状,之前在船中,没有全部看到。如今进入洞穴,在山腹中摸黑行走,忽然看到外面的世界,好像都成了仙境异界一般。张骞泛舟至天河遇织女,刘晨、阮肇到天台山遇仙女,也都像这种情况吧。城南有座刘仙崖,上面的石洞如同屋舍,洞里刻着张伯端写的《赠桂林白龙洞刘真人歌》,对炼丹术作了相当详细的介绍。桂林城西有座七星山,山上有个栖霞洞。从石阶直直往下走了几百个台阶,看到洞穴顶端有波浪状的水纹,里面有条石鲤鱼,有一丈多长,头颅、眼睛、鱼鳞、尾巴都有。洞穴后端一片漆黑,手持火烛走了几百步,越发觉得冷气逼人,一起走的人感到恐惧,于是都出了洞穴。我听当地人说里面的景色相当奇异。王安石《游褒禅山记》说:"世上奇特雄伟、珍贵怪异且非比寻常的景观,常常处于艰险偏僻的地方,很少有人能够到达,所以不是有意志的人是无法到达的。即使有了意志,也不跟随别人而半途停止,但是体力不足的,也不能到达。有了意志与体力,也不跟随别人半途松懈,但到达那幽深昏暗的地方,却没有必要的外物来帮助,也不能到达。然而,力量足以达到目的而未能达到,对别人来说值得讥笑,对自己来说也是有所遗憾的。倾尽自己的主观努力而未能达到,便可以无所悔恨。我十分后悔没有尽自己的主观努力,跟着别人停下了!"栖霞洞的东边有龙隐洞,清澈的水流从洞里流出后进入漓江。漓江中有座山,盘曲着如同垂到江中舒展着的大象鼻子,船正是从象鼻山中通过。漓江岸边的山上有个洞,可以直通到山的背面,能承到外界的天光,看上去圆润明亮如同满月。方志上说"靠着江的三个洞穴,水月洞是风景最佳的那个",说得很有道理。

兹行也,在桂林之日为久。猺、苗、土、獞[①],蚖蛇[②],山羊,锦鸡,孔雀,黑白之猿,荔枝、佛手之树[③],黄皮、白蜡之林[④],芭蕉之心,长大如椽[⑤],天雨之花,其红射日。可谓见所未见。独其俗凶悍褊小[⑥],嗜利好杀。天地之灵,钟于物而不钟于人,何哉?予以六月初旬至桂林,七月暑退,登舟返棹。曩之至也,云峰吐火,稻穗涌波,荷蕊绽红,江流涨绿,署中偃仰[⑦]。曾几何时,而稻禾全刈,木叶半黄,云白天晶,凉风萧瑟。回思江南暮春,莺飞草长,西湖梅雨[8],花落鸟啼,有如隔世! 王右军云:"向之所欣,俯仰之间,已为陈迹[9]。"亶其然矣[10]!

【注释】

①猺、苗、土、獞(zhuàng):瑶族、苗族、土家族、壮族。俱为中国少数民族,主要分布于广西、湖南、云南、贵州等省。

②蚒(tóng):王根林校本作"蚒","蚺"的异体字,它书多作"蚺"。蟒蛇。

③佛手:佛手柑。为枸橼之变种。系常绿小乔木,高丈余。叶呈长圆形,花白色。果实色黄而香,下端有裂纹,状如半握之手,中医以之入药。

④黄皮:黄皮果,产于广东。清李调元《南越笔记·广东诸果》:"黄皮果,状如金弹,六月熟,其浆酸甘似葡萄,可消食,顺气除暑热,与荔支并进。荔支餍饫,以黄皮解之。谚曰:'饥食荔支,饱食黄皮。'"白蜡:白蜡树。亦称"桍"。木樨科。中国各地都有分布。

⑤椽(chuán):放在檩上架着屋顶的木条。

⑥凶悍褊小:凶暴强悍,气量狭隘。褊小,指气量狭窄。

⑦偃仰:安居,游乐。

⑧梅雨:指初夏产生在江淮流域持续较长的阴雨天气。因时值梅子黄熟,故亦称黄梅天。此季节空气长期潮湿,器物易霉,故又称霉雨。

⑨"向之所欣"几句:过去所喜欢的东西,转瞬间已经成为荒废的遗迹。语出王羲之《兰亭集序》。

⑩亶(dǎn):诚然,信然。

【译文】

这次出行,在桂林待的时间最久。瑶族、苗族、土家族、壮族,蚺蛇,山羊、锦鸡,孔雀,黑猿与白猿,荔枝,佛手柑,黄皮果,白蜡林,能长到屋橡那么粗大的芭蕉树心,比太阳还要红艳的天雨花。这些可以说从来没见过。只是当地风俗凶暴强悍、气量狭隘,贪求利益、喜好杀戮。天地之间的灵气,在这里钟情于物而不钟情于人,这是为什么呢?我在六月初旬到桂林,七月份暑气退却的时候,登船返回。之前来的时候,白云笼罩的山峰像点燃火焰那样灼热,稻穗像波浪一样涌动,荷花露蕊、张开红艳的花瓣,江水上涨、碧水涌动,我在巡抚官署之中优游玩乐。不知道什么时候,水稻禾苗被收割殆尽,树叶半黄将要凋零,白云朵朵、天空清明,凉风中带来一片萧瑟之意。回想江南暮春时节,草长莺飞,西湖正值梅雨季节,花朵凋零、鸟儿啼啭,仿若隔世!王羲之说:"过去所喜欢的东西,转瞬间已经成为遗迹。"所言果然分毫不差!

　　过全州,复入湘山寺,有匾曰"再来人",予嗒然而笑①。夫佛再出世,犹吾再入寺也,而何怪焉?过衡州,登合江亭②,湘水南来,蒸水北至③,两江合处,一峰特起,曰石鼓山④,上有武侯祠。向读韩诗注云"合江亭旁有朱陵洞"⑤,登其上而不见。返舟问榜人⑥,云:"洞在亭下,当事者封其路,游人往往不得至焉。"在舟又望南岳,雾隐云封,终不能见其顶。江山之于人如友,或不期而遇,或千里相访而不值,何哉!北至于湘潭⑦,有昭山⑧,昭王南征至此⑨。

【注释】

①嗒(tà)然:形容身心俱遣、物我两忘的神态。

②合江亭:在今湖南衡阳的石鼓山。清陈沆《重修合江亭记》(《(乾隆)衡阳县志》卷十二)记"衡治合江亭,在石鼓山前,以其会蒸、湘二水而亭临其上,因以名亭"。

③蒸水:又作承水或烝水。源出今湖南邵东大云山。

④石鼓山：在今湖南衡阳北湘江与蒸水汇口南侧。以山上有巨石如
　　鼓而得名。《水经注·湘水》："有石鼓高六尺，湘水所径，鼓鸣则
　　土有兵革之事。罗君章云，扣之声闻数十里。此鼓今无复声。"
⑤韩诗注：指注解韩愈诗歌的书籍。今见南宋魏仲举《五百家注昌
　　黎文集》等注韩愈《题合江亭寄刺史邹君》："亭在衡州负郭，今
　　之石鼓头，即其地也。地形特异，岿然崛起于二水之间，旁有朱陵
　　洞，亦谓之朱陵仙府，唐人题刻散满岩上。"
⑥榜人：船夫，舟子。
⑦湘潭：古县名。治今湖南衡山县东。明、清湘潭县，属长沙府。
⑧昭山：一名马山。在今湖南湘潭东北，湘江东岸。《水经注·湘水》：
　　"湘水又北径昭山西，山下有旋泉，深不可测，故言昭潭无底也。"
⑨昭王：周昭王。周康王子。即位后，周朝统治开始衰落，多次南伐
　　荆蛮，最后死于南征途中。

【译文】

　　路过全州，再次游览湘山寺，有块匾额题写"再来人"三个字，我会
心一笑。佛教说的再度入世之人，就像我再次进入寺庙，这有什么值得
奇怪的呢？路过衡州，登上合江亭，湘水从南涌来，蒸水从北流来，两条
河交汇的地方，有座山峰孤峰耸立，名字叫石鼓山，上面建了武侯祠。过
去读注解韩愈诗文的书籍，书中记录"合江亭边有朱陵洞"，登上山却找
不到朱陵洞。回到船上问船夫，船夫说："朱陵洞在合江亭的下方，官府
封了路，游人一般去不了。"在船上再次眺望南岳衡山，衡山被云雾笼罩，
始终看不到山顶。山水对人来说就像是朋友，或者不期而遇，或者千里
来访却碰不到面，这是为什么啊！向北到达湘潭，有座昭山，当初周昭王
南征曾来到此处。

　　北至于长沙①，城东有云母山②，《列仙传》云"星沙云
母，服之长生"者也③。城北曰罗洋山④，城南曰妙高峰⑤。

湘江在城西，水西有岳麓山⑥。志曰"衡山七十二峰，回雁为首，岳麓为足"是也⑦。其颠有道乡台，昔邹志完谪长沙⑧，守臣温益逐之⑨，雨夜渡湘宿于此。后张敬夫为之筑台⑩，朱子题曰"道乡"⑪。道乡者，志完之别号也。闻志完初谪时，涕泣，其友怒曰："使志完居京师，得寒疾不汗，五日死矣！独岭南能死人哉？"由今观之，向与志完同时在京师者，皆已湮没，而志完以谪特传，亦可以知所处矣。道乡台下有《岳麓寺碑》⑫，李北海所书也⑬。凡地之美恶，视乎其人，不择地而安之，皆可安也。予过五岭，泛三湘，望九嶷⑭，历百越⑮，皆古迁客骚人痛哭流涕之所⑯。入而游焉，瘴花善红，蛮鸟能语，水清石怪，皆有会心⑰。比及长沙，山林雅旷，水土平良，已如更始余民⑱，复睹司隶雍容⑲。贾太傅乃不自克⑳，而抑郁以死。语云"少不更事"，太傅有焉。北过橘州㉑，昔范质夫南谪㉒，夫人每骂章惇㉓。过橘州舟覆，公自负夫人以出，徐曰："此亦章惇为之耶？"予性褊，服膺范公以自广㉔。今过其地，想见其为人。

【注释】

①长沙：指长沙府城。明清长沙府治长沙、善化两县。

②云母山：又名谷山、铜官山。在今湖南长沙北，毗邻湘江。山上土紫色，内含云母矿石。

③《列仙传》：东晋葛洪《抱朴子》及《隋书·经籍志》等均谓西汉刘向撰，宋以后学者则多疑为出于东汉人伪托。该书记赤松子等神仙故事七十则。星沙：长沙的别名。

④罗洋山：一名大富山。在今湖南长沙北。《读史方舆纪要》卷八十

记长沙府大富山"在府北七里。一名罗洋山。峰峦峭拔,流水萦带,为一郡之胜"。

⑤妙高峰:在今湖南长沙。《(康熙)长沙府志》卷七记:"妙高峰即高峰寺,高耸云表,江流环带,诸山屏列,此城南第一奇观。"

⑥岳麓山:又称麓山、灵麓峰。在长沙湘江西岸。山体由石英砂岩构成。山上有岳麓书院,是古代著名的"四大书院"之一。

⑦回雁为首,岳麓为足:指衡山诸峰回雁峰为首,岳麓山为末。宋陈田夫《南岳总胜记》卷上记:"回雁为首,岳麓为足。"回雁,山峰名。在今湖南衡阳南,为衡山七十二峰之首。《方舆胜览》卷二三记衡州回雁峰"在衡阳之南。雁至此不过,遇春而回,故名。或曰,峰势如雁之回"。

⑧邹志完:邹浩,字志完,号道乡居士,常州晋陵(今江苏常州)人。北宋元丰五年(1082)进士。因谏阻立刘后,削官。宋徽宗时,蔡京用事,又以旧日谏立刘后事被贬衡州别驾。

⑨守臣:镇守一方的地方长官,宋时称知州。温益:字禹弼。北宋哲宗时任工部员外郎、知潭州、太常少卿、吏部尚书等。建中靖国元年(1101),拜尚书右丞。附蔡京而抑曾布,升中书侍郎。温益曾任潭州知州,潭州即明、清之长沙府。潭州知州温益驱逐邹浩之事,见《宋史·温益传》记:"邹浩南迁过潭,暮投宿村寺,益即遣州都监将数卒夜出城,逼使登舟,竟凌风绝江而去。"

⑩张敬夫:张栻,字敬夫,南宋丞相张浚长子。以荫得官,除直秘阁。金兵来犯,朝廷主和议,奏请誓不与金议和。始师事于胡宏,与朱熹友善。曾撰《邹道乡祠堂碑记》。

⑪朱子:朱熹。字元晦,号晦庵,南宋哲学家、教育家。在哲学上发展了二程(颢、颐)关于理气关系的学说,集理学之大成,建立了一个完整的唯心主义的理学体系,世称程朱学派。

⑫《岳麓寺碑》:亦称《麓山寺碑》,唐开元十八年(730)李邕撰文并

书。原刻在古麓山寺中，后移至今湖南长沙岳麓书院右侧。

⑬李北海：李邕，字泰和，鄂州江夏（今湖北武汉江夏区）人。唐朝大臣、书法家，文选学士李善之子。曾任北海刺史，史称"李北海"。

⑭九嶷：又名苍梧山、九疑山。在今湖南宁远南六十里。《方舆胜览》卷二四记道州九疑山"亦名苍梧山。九峰相似，望而疑之，谓之九疑山"。

⑮百越：亦作"百粤"。我国古代南方越人的总称。分布在今浙、闽、粤、桂等地，因部落众多，故总称百越。亦指百越居住的地方。

⑯迁客骚人：指被贬谪流放的官吏和失意的诗人。

⑰会心：心动。

⑱更始：指汉更始帝刘玄。刘玄，长沙定王刘发之后。王莽篡权，刘玄被绿林军拥立为皇帝，年号更始，史称更始帝。新朝灭亡，刘玄入主长安，成为天下之主。公元25年，在赤眉军和刘秀大军两路夹击下，刘玄被杀，更始政权灭亡。

⑲司隶：司隶章，指传统旧制。比喻帝室中兴，国土重光。典出《后汉书·光武帝纪上》，刘玄起兵时，以族弟刘秀兼代司隶校尉。刘秀执政，一切皆恢复汉旧章。百姓及见司隶僚属，皆欢喜不自胜。老吏或垂涕曰："不图今日复见汉官威仪！"后以"汉官仪""司隶章"指汉朝官吏的服饰、典礼制度。亦泛指华夏传统的礼仪制度。

⑳贾太傅乃不自克：贾谊不能克制自我情感。贾太傅，贾谊，西汉名臣，曾受周勃、灌婴等排挤，被贬为长沙王太傅。后任梁怀王太傅，梁怀王坠马而死，他自伤为傅失职，常悲泣，岁余亦死，年三十三岁。

㉑橘州：又称橘洲、长岛、水陆洲、橘子洲。在今湖南长沙。为一列狭长沙洲，由牛头洲、水陆洲等部分组成，长达4.75千米。

㉒范质夫：当作范尧夫，范仲淹之子范纯仁的字，他曾因忤章惇意，被贬"武安军节度副使，永州安置"（事见《宋史·范纯仁传》）。

橘子洲头翻船之事,见《上柱国高平郡公赠太师许国公谥忠宣尧夫公传》(《范忠宣集补编》)所记范纯仁之事:"闻诸子怨章惇公,必怒止之。江行赴贬所,舟覆。扶公出,衣尽湿,顾诸子曰:'此岂章惇为之哉?'"

㉓章惇:北宋官员。宋神宗熙宁初王安石秉政,擢为编修三司条例官。宋哲宗即位,除知枢密院事,任尚书左仆射兼门下侍郎,引用蔡卞、蔡京等,排挤元祐党人,报复仇怨,株连甚众。

㉔服膺范公以自广:对范公这样安慰自己的做法衷心佩服。服膺,铭记在心,衷心信奉。自广,犹自宽。自我安慰。

【译文】

向北到达长沙,城东有座云母山,《列仙传》提到"长沙城的云母,服食它就会长生不老",说的就是这里。城北有座罗洋山,城南有座妙高峰。湘江位于长沙城西,湘江西边有座岳麓山。地方志记"衡山七十二座山峰中,以回雁峰为首,岳麓山为末",说的就是它。岳麓山顶有座道乡台,北宋邹浩被贬经过长沙,被潭州知州温益所驱逐,他在雨夜里渡过湘江时就住在这里。南宋时张栻修筑高台以纪念他,朱熹题名叫"道乡"。道乡,就是邹浩的号。听说邹浩刚被贬谪时流下眼泪,他的朋友大怒道:"如果让你住在京城,不幸得了寒症而不发汗,五天之内必死无疑!难道只有岭南才会死人吗?"如今来看,之前与邹浩同时留在京城的人,都已经湮没不闻,而邹浩凭着贬谪经历而被特意记录,还可以知道他所遭遇的处境。道乡台下有座《岳麓寺碑》,是唐代李邕题的字。大抵一个地方的好坏美恶,取决于人,不必特意选择地方以安家居住,随意都可以安居下来。我经过五岭,泛舟三湘,远望九嶷山,游历百越地区,这些地方都是自古以来让贬官、文士痛哭流涕的地方。去了游历后发现,瘴疠之地的花朵特别红艳,蛮夷之地的鸟雀鸣声动人,水流清澈,山石怪异,都有让人心动的地方。等到了长沙,山川树林雅致平旷,水泽土地平坦肥沃,昔日更始帝刘玄的遗民,在此地能够重现中原的传统旧制。西汉的贾谊把控不好自己被贬此地的心态，最后抑郁而死。俗语说"年轻时阅历少，不懂世事"，贾谊也是这种情况。向北经过橘子洲，当年范纯仁被贬南方，范夫人常怒骂章惇。他们过橘子洲时船翻了，范纯仁背着夫人游出江水，缓缓地说道："这也是章惇做的吗？"我心性狭隘，对范纯仁这样安慰自己的做法衷心佩服。今天路过这块地方，自然想到范纯仁的为人处世。

　　北至于湘阴①，有黄陵庙②，二妃之所溺也③。其东有汨罗江，屈子之所沉也④。过广陵⑤，入洞庭，浩浩荡荡，四无涯涘。晚见红日落于水内，次早见炬火然灼水面，渐望渐高，乃明星也⑥。吾游行天下，山吾皆以为卑，水吾皆以为狭，非果卑果狭也，目能穷其所至，则小之矣。物何大何小，因其所大而大之，则莫不大；因其所小而小之，则莫不小。苏子瞻曰⑦："覆杯水于地，芥浮于水，蚁附于芥，茫然不知其所济。少焉，水涸，蚁即径去，见其类，出涕曰：'几不复与子相见！'岂知俯仰之间，有方轨八达之路乎⑧？"计四海之在天地之间也，犹杯水也，舟犹芥也，人犹蚁也。吾乌知蚁之附芥，不以为是乘桴浮海耶？ 其水涸而去，不以为是海变桑田耶？ 四海虽广，应亦有涯，目力不至，则望洋而叹，因所大而大之耳。今在洞庭，吾目力穷焉，即以洞庭为吾之海可也。

【注释】

①湘阴：县名。在今湖南湘阴一带。南朝宋元徽二年（474）置，属湘东郡。治所在今湖南湘阴西北五十里。唐属岳州。五代周广顺三年（953）移治今湘阴县。北宋属潭州。南宋绍兴五年（1135）还

治今湘阴县。元元贞元年（1295）升为湘阴州。明洪武初复改湘
阴县，属长沙府。

②黄陵庙：在今湖南湘阴北四十里。《水经注·湘水》："湘水又北径
黄陵亭西，右合黄陵水口，其水上承大湖，湖水西流径二妃庙南，
世谓之黄陵庙也。言大舜之陟方也，二妃从征，溺于湘江……故
民为立祠于水侧焉。"韩愈有《黄陵庙记》。

③二妃：娥皇和女英。

④屈子：屈原，名平，字原，后世称作屈子。战国楚诗人。初任左徒、
三闾大夫，主张推行"美政"，改革政治。后遭旧贵族谗言攻击，
被迫去官。楚顷襄王时，被放逐沅湘流域，终因理想无从实现，遂
投汨罗江自杀。

⑤广陵：《兴县续志》《清经世文编》作"黄陵"，《国朝文录》作
"江"，据上文"黄陵庙"知此处确作"黄陵"，此处的"广"（繁体
作"廣"）为"黄"之形讹。黄陵，山名，位于今湖南湘阴北。

⑥明星：启明星。

⑦苏子瞻曰：以下引文出于宋元符元年（1098）苏轼《在儋耳书》
（又作《试笔自书》）。

⑧方轨：指平坦的大道。

【译文】

　　向北到达湘阴县，有座黄陵庙，是娥皇、女英二妃溺死的地方。东
边是汨罗江，是屈原投水的地方。过了黄陵庙，进入洞庭湖，湖水浩浩荡
荡，无边无际。傍晚看到一轮落日沉入水中，第二天早上看到一道火炬
灼烧着水面，在视线中越升越高，原来是启明星。我游历天下，看到山都
觉得低矮，看到水泽都觉得狭小，这并非是山水真的低矮、狭小，而是眼
睛看到了更广阔无垠的地方，就觉得山水变小了。事物是大是小，因为
它相对而言显得大就认为它大，那么没有不是大的；因为它相对而言显
得小就认为它小，那么没有不是小的。苏轼说："在地上倾倒一杯水，水

上浮着一根草芥，蚂蚁附着在草芥上，茫然不知道如何渡水。过了一会儿水干了，它便直接离去，看到自己的同类，流下眼泪说：'我几乎不能与你们再见面了！'哪里知道转瞬间，又有地势平坦而四通八达的道路呢？"假设把四海放到广阔无垠的天地之间，四海就像一杯水，小船就像草芥，人就像蚂蚁。我怎么知道蚂蚁附着在草芥上，不是认为自己在乘船渡海呢？水干涸后而蚂蚁离开，不认为是沧海变成桑田呢？四海虽然广阔，应该也有边界，眼睛看不到边界就会望洋而叹，因为其广阔无边便认为它极其大。如今在洞庭湖，我穷尽了目力也望不到它的边际，便觉得洞庭湖对我来说就像海洋般广大。

　　自湘阴泊于磊石①，又泊于鹿角②，又泊于井冈，皆在湖中。时近中秋，天朗气清，所谓"长烟一空，皓月千里，浮光耀金，静影沉璧"者③，吾见之焉。北至巴陵④，岳阳楼在巴城上⑤，而今不存矣。予登其址而望焉，见君山秀出⑥，其东曰扁山⑦，又东曰九龟山⑧，皆在湖中。城南曰白鹤山⑨，其侧有天岳岭⑩，上有吕仙亭，亭前有岳武穆庙。昔武穆克期八日⑪，平杨幺于洞庭⑫，居人德而祀之。庙貌巍然，据湖山之胜。夫岳阳为纯阳三过之所⑬，宋滕子京重修之⑭，范文正公作记⑮，苏子美书⑯，邵𫗧篆额⑰。当其盛时，仙灵之所往来，贤士大夫所歌咏，今皆为荒榛蔓草颓垣⑱。文墨之士无论矣，纯阳有仙术，亦不能留其所爱。武穆蹇蹇⑲，雉罹于罗⑳，徒以忠义之性，结于人心，而遗迹独存。然则人之不死，固自有道矣！

【注释】

① 磊石：山名。亦作累石山、万岁山、五木山。在今湖南汨罗西北、岳阳西南。

② 鹿角：山名。在今湖南岳阳鹿角镇，毗邻洞庭湖。

③ "长烟一空"几句：洞庭湖上烟消云散，皎洁的月光挥洒在千里的水面之上，浮动的月光与水波闪烁着金色的光芒，倒映水底的明月像一块玉璧。语出范仲淹《岳阳楼记》："而或长烟一空，皓月千里，浮光跃金，静影沉璧，渔歌互答，此乐何极！"

④ 巴陵：南朝宋元嘉十六年（439）分长沙郡置巴陵郡，属湘州（后属郢州）。至唐武德六年（623）改为岳州。北宋称岳州，明清称岳州府，皆治巴陵县（今湖南岳阳）。孙嘉淦所到之处，当称作岳州府巴陵县，其县城即岳州府城，即下文所言巴城。

⑤ 岳阳楼：在今湖南岳阳西北的巴丘山下。正对洞庭湖，遥望君山，风景颇胜。宋范致明《岳阳风土记》："岳阳楼，城西门楼也。下瞰洞庭，景物宽阔。唐开元四年，中书令张说除守此州，每与才士登楼赋诗，自尔名著。"

⑥ 君山：又名湘山、洞庭山。在今湖南岳阳西南的洞庭湖中。《水经注·湘水》：洞庭湖中有君山，"君山有石穴，潜通吴之包山，郭景纯所谓巴陵地道者也。是山湘君之所游处，故曰君山矣"。

⑦ 扁山：即艑山。在今湖南岳阳南。亦即《水经注》所记之编山。宋范致明《岳阳风土记》："湘人以吴船为艑，山形类之，故以名山。上有塔，曰哑女塔。"

⑧ 九龟山：在今湖南岳阳南。《大清一统志·岳州府一》"白鹤山"条下记九龟山"九山相连，形如龟，滨洞庭。以形似名"。

⑨ 白鹤山：在今湖南岳阳东南，与巴丘山对峙。

⑩ 天岳岭：又名天岳山、巴丘山。在今湖南岳阳西南。

⑪ 克期：约定时间。

⑫杨幺：南宋农民起义军领袖。南宋高宗建炎四年（1130）从钟相起事，因年最少，故被呼"杨幺"。绍兴三年（1133），众推为首，呼"大圣天王"。聚众二十万结寨于洞庭湖一带，恃其险，屡挫官军。岳飞率部招捕，部下黄佐、杨钦降，杨幺负固不服，为牛皋擒杀。

⑬纯阳：亦称"纯阳子"，传说中神仙吕洞宾的别号。相传他曾漫游岳州，三登岳阳楼，故元杂剧有《吕洞宾三醉岳阳楼》。

⑭滕子京：滕宗谅，字子京。宋真宗大中祥符八年（1015）进士，任殿中丞、天章阁待制、庆州知州等职。他与范仲淹交好，曾被贬岳州知州，重修岳阳楼，范仲淹为之作记。

⑮范文正公作记：范仲淹作《岳阳楼记》。范仲淹，北宋政治家、文学家。字希文，苏州吴县（今江苏苏州）人。曾任陕州经略副使，防御西夏进攻。1043年任参知政事，推行新政。后遭保守派反对，被罢去执政。谥号文正，世称范文正公。

⑯苏子美书：苏舜钦书《岳阳楼记》碑。苏舜钦，字子美，绵州盐泉（今四川绵阳东南）人。北宋景祐年间进士，任集贤殿校理，监进奏院，被诬革职，隐居苏州沧浪亭以终。

⑰邵𣗊篆额：邵𣗊用篆字书写《岳阳楼记》石碑碑额。邵𣗊，字溪斋，宋代润州丹阳（今江苏丹阳）人，史称他素有节行。

⑱荒榛蔓草：杂乱丛生的草木。

⑲武穆塞塞：岳飞精忠报国。塞塞，忠直貌。

⑳雉罹于罗：野鸡被罗网捕捉。语出《诗经·王风·兔爰》："有兔爰爰，雉离于罗"。

【译文】

从湘阴离开，把船停在磊石山，又停到鹿角山，又停到井冈，都在洞庭湖中。时间接近中秋，天气晴朗，古人说"洞庭湖上烟消云散，皎洁的月光挥洒在千里的水面之上，浮动的月光与水波闪烁着金色的光芒，倒映水底的明月好像一块玉璧"，这样的景色，我如今见到了。向北到达巴陵,岳阳楼建在巴陵城上,古代的建筑已经不复存在了。我登上岳阳楼旧址眺望远处,只见君山秀丽出众,君山东边的山叫扁山,再东边的山叫九龟山,都在洞庭湖中。城南有座白鹤山,边上有座天岳岭,上面有座吕仙亭,吕仙亭前面有座岳飞庙。昔日岳飞约定八天时间,在洞庭湖平定了杨幺叛乱,当地人感激岳飞于是修建庙宇以祭祀。岳飞庙十分高大,占据了湖泊和山川的险要之处。岳阳楼是吕洞宾来过三次的地方,宋代滕子京重新修建了它,范仲淹为之作《岳阳楼记》,苏舜钦题写《岳阳楼记》碑文,邵竦用篆字书写《岳阳楼记》石碑的碑首题目。岳阳楼繁盛的时候,仙人多次往来,贤士官员为之歌颂传唱,现在都成了杂乱丛生的草木和一片断壁颓垣。且不说舞文弄墨的人,连拥有仙法的吕洞宾,也不能留住心头所爱。岳飞精忠报国,却像被罗网捕捉的野鸡一样遭受不幸,他只凭忠义的本性,就被人们铭记在内心,所以岳飞庙得以独自保存。然而人的声名得以留存,本来就有某种道理!

　　在巴陵阻风五日,所谓"阴风怒号,浊浪排空""薄暮冥冥,虎啸猿啼"者①,吾又见之焉。北出泾河口②,入岷江③。西北一望,荆襄汉沔④,沃野千里,似燕赵两河之间⑤,洋洋乎大国之风也。江南岸为临湘、嘉鱼、蒲圻之境⑥,连延皆山。赤壁在嘉鱼⑦,雄峙江浒,其上有"祭风台"⑧。昔苏子瞻赋赤壁于黄州⑨,武昌之下游也⑩。考之史云⑪:"刘备居樊口⑫,进兵逆操⑬,遇于赤壁。"则当在武昌上游。又操败后走华容⑭,今嘉鱼与华容近,而黄州绝远,然则周郎赤壁,断在嘉鱼无疑也。

【注释】

①"阴风怒号"几句:语出范仲淹《岳阳楼记》:"若夫淫雨霏霏,连月

不开，阴风怒号，浊浪排空；日星隐曜，山岳潜形；商旅不行，樯倾楫
摧；薄暮冥冥，虎啸猿啼。"薄暮冥冥，日暮转黑。冥冥，昏暗貌。

②泾河口：据下文当指荆江口，又名西江口、三江口，在今湖南岳阳
北，为洞庭湖入长江处。

③岷江：此处指长江的荆江段，即长江流经古荆州地区段，具体包括
今湖北枝江市至湖南岳阳洞庭湖城陵矶段的长江。因源自四川
的岷江是长江水量最大的支流，故此处以岷江代指长江的荆江
段。《（乾隆）岳州府志》卷四记岳州巴陵县："三江在城下，岷江
为西江，澧江为中江，湘江为南江，会而东流，又名三江口。"

④荆襄汉沔：泛指汉水流域。荆，荆州，在今湖北江陵一带。洪武九
年（1376）属湖广布政司，清属湖北省。襄，襄阳，在今湖北襄阳
一带。荆州、襄阳两地俱在汉水流域。汉，汉水，长江的支流，发
源陕西宁强，流经陕西、湖北，在武汉汇入长江。沔，沔水，源出陕
西宁强，流经陕西勉县后与汉水合流，故常通称汉水。

⑤燕赵两河之间：泛指燕赵所在地区，即今河北北部及山西西部一
带。燕赵，指战国时燕赵二国。两河，黄河与辽河。

⑥临湘：古县名。北宋至道二年（996）改王朝县置，属岳州。治所
在今湖南岳阳东北。元属岳州路。明、清属岳州府。嘉鱼：县名。
五代南唐保大十一年（953）置，属鄂州。治所在鲇渎镇（今湖北
嘉鱼）。元属武昌路。明、清属武昌府。蒲圻：县名。三国吴黄
武二年（223）析沙羡县置，属长沙郡。治所在蒲圻江口（今湖北赤
壁东北）。唐属鄂州。元属武昌路。明、清属武昌府。

⑦赤壁：东汉建安十三年（208）孙权与刘备联军大败曹操于赤壁，
赤壁之地历来说法不一，迄无定论。主要有二说：一为今湖北武
汉武昌区西赤矶山，与纱帽山隔江相对；二为今湖北赤壁镇北赤
壁山，北对洪湖市东北乌林矶。本文则提出嘉鱼说，嘉鱼境临近
今赤壁镇。

⑧祭风台：相传诸葛亮曾在赤壁祭风，借东风火攻曹营。

⑨黄州：州府名。隋开皇五年（585）置黄州，历代多有废置，明清时称黄州府，治所在黄冈县（今湖北黄冈黄州区）。

⑩武昌之下游：此处指武昌府的长江下游。明清时，武昌府治所在江夏县（今湖北武汉武昌区），是明湖广省、清湖北省省会。

⑪考之史云：考索史籍资料所记。以下三句内容可见于宋王象之《舆地纪胜》卷六六、宋朱熹《通鉴纲目》卷十三、明曹学佺《大明一统名胜志》卷九等。

⑫刘备居樊口：刘备驻军樊口。樊口，在今湖北鄂州西北樊港入江处，江北岸就是黄州。《读史方舆纪要》卷七十六记："樊港在樊山西南麓。寒溪之水，注为樊溪，亦曰袁溪，北注大江，谓之樊口。《志》云：在县西北五里。建安十三年，刘备败于当阳，用鲁肃计，自夏口进屯鄂县之樊口，是也。"

⑬进兵逆操：派兵迎战曹操。逆，迎，迎接。《读史方舆纪要》卷七十六记："时刘备据樊口，进兵逆操，遇于赤壁，则赤壁当在樊口之上。"

⑭操败后走华容：曹操战败后从华容道逃跑。华容，古县名。西汉置，治今湖北监利北。南朝陈废。《读史方舆纪要》卷七十六记："《武昌志》：操自江陵追备，至巴丘，遂至赤壁，遇周瑜兵，大败，取华容道归。"

【译文】

在巴陵被大风阻拦了五日，所谓的"阴冷的寒风震耳怒吼，浑浊的波浪冲向天空""傍晚天色昏暗，传来虎啸、猿啼之声"，这样的场景我也见到了。向北出了泾口，进入岷江。朝西北望去，汉水、沔水流域间的荆州、襄阳之地，千里皆是肥沃田野，如同两河之间的燕赵之地，气势盛大而有强国之风范。长江的南岸是临湘、嘉鱼、蒲圻的辖境，两岸山峰连绵不断。赤壁位于嘉鱼境，昂然屹立在长江边，上面有"祭风台"。昔日苏轼在黄州写《赤壁赋》，黄州位于武昌的下游，与樊口隔江相对。考索史料可知："刘备驻军樊口，派兵迎战曹操，两军在赤壁相遇。"那么赤壁应该在武昌的上游。而且曹操兵败后取道武昌上游的华容逃走，现在的嘉鱼与华容二地相距较近，但距离黄州非常遥远，那么周郎作战的赤壁，肯定在嘉鱼无疑了。

　　北至荆口①，两山对峙，东曰惊矶②，西曰大军③。惊矶有达摩亭④，乃折苇渡江之所。北曰沔口⑤，沔水又名沧浪，灵均遇渔父于此⑥。沔口之北，西曰汉口⑦，汉阳府也⑧；东曰夏口⑨，武昌府也。墉山为城⑩，堑江为池⑪。武昌城内包三山，汉阳城内有两湖。黄鹤楼与晴川阁⑫，距两城之上，相望也。汉阳城外有大别山⑬，下有锁穴⑭，乃孙吴锁江之处。予尝登大别之巅以望三楚⑮，荆衡连镇，江汉朝宗⑯，远水动蜀⑰，高树浮秦⑱。水陆之冲，舟车辐辏，百货所聚，商贾云屯⑲。其山川之雄壮，民物之繁华，南北两京而外，无过于此。然沱、潜、汉、沔之间⑳，潇、湘、沅、澧之际㉑，江漂湖汇，民多水患，盗贼乘之。楚俗慓轻㉒，鲜思积聚，山薮水浉㉓，流民鸠处㉔。其人率岩㠱㉕，庞杂而难治，亦可虑也。

【注释】

①荆口：据下文当在惊矶、大军两山间，即今湖北武汉江夏区的金口附近，应指金水河入长江口处。

②惊矶：山名，又称槐山、淮山、大槐山。在今湖北武汉江夏区金口街槐山西麓长江边，今称槐山矶石驳岸，山上有达摩亭。《太平寰宇记》卷一一二记江夏县惊矶山"在县东九十里，西南俯临大江，下有石矶，波涛迅急，商旅惊骇，故以为名"。

③大军:山名,在今湖北武汉蔡甸区,与惊矶山(江夏区槐山)隔江对峙。

④达摩亭:位于惊矶山(今武汉江夏区槐山顶部)。相传唐代修建达摩亭,明代重修后改作留云亭。达摩,菩提达摩的省称,天竺高僧,本名菩提多罗。于南朝梁普通元年(520)入中国,后乘一根芦苇渡过长江前往北魏,住嵩山少林寺,在寺里面壁九年。

⑤沔口:又称汉口、鲁口。即今湖北武汉汉水入长江之口。此处的"沔",即汉水,汉水在今武汉汉阳区南岸嘴附近注入长江,孙嘉淦所言沔口当在此处附近。

⑥灵均遇渔父于此:屈原在这里遇到了渔父。灵均,屈原的字。屈原《渔父》:"屈原既放,游于江潭,行吟泽畔,颜色憔悴,形容枯槁。渔父见而问之曰:'子非三闾大夫与?何故至于斯?'……渔父莞尔而笑,鼓枻而去,乃歌曰:'沧浪之水清兮,可以濯吾缨;沧浪之水浊兮,可以濯吾足。'遂去,不复与言。"

⑦汉口:指汉口镇,汉阳府汉阳县属地,包括今武汉江岸、江汉、硚口三区。明嘉靖中渐成聚落,遂置巡司于此。清咸丰八年(1858年)辟为商埠。工商云集,街市蔓延,与朱仙、景德、佛山并称为四大名镇。

⑧汉阳府:元至元十四年(1277)改汉阳军置,属湖广等处行中书省。治所在汉阳县(今湖北武汉汉阳区)。明洪武九年(1376)降为汉阳州,十三年(1380)复为汉阳府,属湖广布政使司。清康熙三年(1664)属湖北省。

⑨夏口:其名始见于东汉末,公元223年孙权最先在今武汉蛇山北侧筑城,因隔江面对夏水(汉水)入江口而取名夏口城,至明朝在夏口城基础上扩建而成武昌府。

⑩壖山为城:以高山作为城墙。壖,城墙。

⑪堑江为池:以长江作为护城河。堑,防御用的壕沟,护城河。

⑫黄鹤楼：在今湖北武汉武昌区蛇山西部山巅。三国吴黄武二年
（223）建。为夏口城防御之瞭望楼。《南齐书·州郡志》："夏口
城据黄鹄矶。世传仙人子安乘黄鹤过此上也。边江峻险，楼橹高
危，瞰临沔、汉。"晴川阁：在今湖北武汉汉阳区龟山东麓。《大清
一统志·汉阳府》记晴川阁"在汉阳县东北五里。明知府范之箴
建"。取唐人崔颢《黄鹤楼》"晴川历历汉阳树"诗句为名。

⑬大别山：一名鲁山。即今湖北武汉汉阳区东北之龟山。《元和郡
县志》卷二七记汉阳县鲁山"一名大别山，在汉阳县东北一百步。
其山前枕蜀江，北带汉水"。

⑭锁穴：在今湖北武汉汉阳区北。《舆地纪胜》卷七九记汉阳军锁穴
"在大别山之阴……即孙皓时以铁锁断江处"。

⑮三楚：秦汉时将战国楚地分为西楚、东楚、南楚，合称为三楚。《史
记·货殖列传》："夫自淮北沛、陈、汝南、南郡，此西楚也……彭
城以东，东海、吴、广陵，此东楚也……衡山、九江、江南、豫章、长
沙，是南楚也。"相当今长江中下游地区及淮河流域。

⑯江汉朝宗：汉水贯注进长江。朝宗，比喻小水流注大水。

⑰远水动蜀：江河之远能够撼动川蜀。

⑱高树浮秦：树木之高浮动到了三秦。

⑲云屯：如云之聚集。形容盛多。

⑳然沱、潜、汉、沔之间：然而沱水、潜水、汉水、沔水之间。沱，沱
水，本处指荆州沱水。潜，荆州潜水。不见于古地志，《禹贡锥指》
以为即今湖北潜江市芦洑河。

㉑潇、湘、沅、澧之际：潇水、湘江、沅江、澧水之中。潇，潇水，一名
泥江。源出今湖南宁远南九嶷山，北流经道县东北会沱水，又北
至永州西北入湘水。湘，湘江。沅，即今湖南西北境沅江。澧，澧
水。在今湖南西北部。源出湖南桑植北，东流经张家界、慈利、澧
县等地，在澧县新洲流入洞庭湖。

㉒慓轻：剽悍轻捷。

㉓山薮水洳（rù）：山林草莽，池沼深处。山薮，山深林密的地方。水洳，水流低湿的地方。

㉔流民鸠处：流徙的人民像鸠鸟一样四散生存。

㉕呰窳（zǐ yǔ）：苟且懒惰。

【译文】

　　向北到达荆口，只见有两座山对峙耸立，东边的叫惊矶山，西边的叫大军山。惊矶山上有座达摩亭，乃是达摩折芦苇渡长江的地方。向北到沔口，沔水又叫沧浪，屈原就是在这里遇到渔父。沔口的北边，西面地界叫汉口，是汉阳府治所在地；东面地界叫夏口，是武昌府治所在地。以高山作为城墙，以长江作为护城河。武昌城内有三座山，汉阳城内有两个湖泊。黄鹤楼和晴川阁，高居两座城市之上，相互对望。汉阳城外有座大别山，山下有锁穴，是三国时孙吴用铁锁断江的地方。我曾经登上大别山的顶峰来眺望楚地，只见荆州、衡州两个军事重镇相连，汉水贯注进长江，远方的江河能够撼动川蜀，高耸的树木仿佛上浮三秦。这里是水陆交通的要地，船只车辆集中此处，各式货物聚集这里，众多商贾云集而来。山川的雄奇壮美，百姓物产的丰富繁华，除了北京和南京，没有其他地方可以比得上。然而沱水、潜水、汉水、沔水之间，潇水、湘江、沅江、澧水之中，江河湖泊汇聚流动到一起，百姓多受水灾之苦，盗贼乘机蜂拥而起。楚地风俗剽悍轻捷，很少有人愿意聚在一起生活，山林草莽，池沼深处，流徙的人民像鸠鸟一样四散生存。楚地人大多苟且懒惰，这里人员庞杂，难以管治，是一个治理起来令人烦恼的地方。

　　北入孝感应山①，山接九宗②，泽连云梦③，峰高野阔，气势沉雄。北出武胜关④，崇山峻岭，连延千里，右列方城⑤，左拥穆陵⑥，所谓"冥扼之塞"⑦。《淮南子》云"山有九塞"⑧，此其一也。北至于信阳⑨，信阳古申国⑩，东邻息⑪。

申、息者,楚之北门也⑫。又东邻蔡⑬,昔桓公侵蔡⑭,蔡溃,遂伐楚⑮,非上策也。由蔡至郢⑯,崇山大小不可胜计,所谓"方城为城,汉水为池,无所用众⑰",非虚语也。能伐楚者莫如秦,出武关⑱,下汉川⑲,则撤荆襄之藩篱⑳;出三峡㉑,下夷陵㉒,则扼鄂岳之要害㉓。故秦并六国,亦地势然也。

【注释】

①孝感:五代唐同光二年(924)改孝昌县置,属安州。治所即今湖北孝感。明洪武十年(1377)废,十三年(1380)复置,属德安府。清雍正七年(1729)属汉阳府。应山:隋开皇十八年(598)改永阳县置,为应州治。明清属德安府。治所即今湖北广水市。

②九宗:一名九嵕山。在今湖北孝昌东。山环阜叠嶂,九峰并峙,因名九宗山。

③云梦:古泽薮名。在今湖北江陵以东江、汉之间监利、潜江等一带。

④武胜关:位于今湖北广水市,是湖北与河南信阳的交界处,北屏中原,南锁鄂州,扼控南北交通咽喉。春秋时期称直辕、澧山,秦统一中国后改为武阳关,南宋时易名为武胜关。

⑤方城:古人对方城是山、关塞、城池、楚长城,存有异说。如楚国曾在北境豫南的平顶山、南阳、驻马店、信阳等地修建楚长城,大致分为北线、东线、西线三部分,整体轮廓略呈"∩"形,故称方城。

⑥穆陵:一作木陵关。在今河南新县南小潢河,鄂、豫两省交界处。《元和郡县志》卷二七记麻城县穆陵关"在县西北一百里"。

⑦冥扼之塞:亦作黾厄、冥厄、渑厄、黾隘、冥阨、黾塞,天下九塞之一。春秋时淮、汉之间重要隘道。即今河南信阳西南平靖关,位于武胜关西。《吕氏春秋·有始览》列为九塞之一。

⑧山有九塞:语出《淮南子》卷四"坠形训":"何谓九塞?曰太汾、

渑厄、荆阮、方城、殽阪、井陉、令疵、句注、居庸。"

⑨信阳:北宋太平兴国元年(976)改义阳县置信阳县,为信阳军治。治所即今河南信阳。明洪武元年(1368)置信阳州于此,洪武十年(1377)降为信阳县,属汝宁府。成化十一年(1475)复升为信阳州,清无辖县。

⑩申国:西周封国。姜姓。《史记·周本纪》:"申侯怒,与缯、西夷犬戎攻幽王。……于是诸侯乃即申侯而共立故幽王太子宜臼,是为平王,以奉周祀。"《左传》:庄公六年(前688)冬,"楚文王伐申"。为楚所灭。

⑪息:一作鄎。西周封国。在今河南息县西南。春秋时为楚所灭。《左传·庄公十四年》载:"楚子如息,以食入享,遂灭息。"

⑫楚:指楚国。芈姓。西周时国家名,周人称其为荆蛮。初都丹阳(今湖北秭归东南),后迁都郢。春秋时兼并小国,与晋争霸。疆域西北到武关(今陕西丹凤东南),东到昭关(今安徽含山县北),北到今河南南阳,南到洞庭湖南。战国时为七雄之一。前223年为秦所灭。

⑬蔡:西周封国。姬姓。周武王封弟叔度于蔡。春秋时屡受齐、楚侵伐。公元前447年为楚所灭。

⑭桓公侵蔡:齐桓公派兵入侵蔡国。周惠王二十一年(前656)正月,齐桓公带领齐、宋、陈、郑、鲁、许、曹等国军队攻打蔡国,蔡军溃败。

⑮遂伐楚:齐桓公在打败蔡国之后,又联合诸侯国军队大举进犯楚国。在大兵压境的情况下,楚成王先派使者到齐军中质问齐桓公为何要侵犯楚国,随后又派屈完到齐军中进行交涉,双方先后展开了两次针锋相对的外交斗争,最终达成妥协,订立盟约。事见《左传·僖公四年》。

⑯郢:春秋战国时楚国都城。在今湖北荆州市荆州区西北。楚文王

定都于此。

⑰ "方城为城"几句：以方城为城墙，以汉水为护城河，即使人数众多，也没有用武之地。语出《左传·僖公四年》："君若以德绥诸侯，谁敢不服？君若以力，楚国方城以为城，汉水以为池，虽众，无所用之。"

⑱ 武关：战国秦置，在今陕西商南西南丹江北岸。即秦之南关。《战国策·楚策一》：苏秦说楚威王曰：秦"一军出武关，一军下黔中，若此，则鄢郢动矣"。

⑲ 汉川：古地名。在今湖北汉川市一带。

⑳ 则撤荆襄之藩篱：就是撤除了荆州、襄阳的屏障。荆襄，荆州和襄阳，泛指楚国境内。藩篱，边界，屏障。

㉑ 三峡：四川、湖北两省境内，长江上游的瞿塘峡、巫峡和西陵峡的合称。

㉒ 夷陵：战国楚邑。在今湖北宜昌东南长江北岸。

㉓ 鄂岳：鄂州、岳州，泛指楚国境内。鄂，鄂州。隋开皇九年（589）改郢州置，治所在江夏县（今湖北武汉武昌区）。岳，岳州。隋开皇九年改巴州置，治所在巴陵县（今湖南岳阳）。

【译文】

向北进入孝感和应山县，山脉连着九宗山，水泽连接着云梦泽，山峰高耸，平原辽阔，气势深沉雄健。向北出了武胜关，高大险峻的山岭连绵千里，右边竖着方城，左边环绕着穆陵关，就是所谓的"冥扼关塞"。《淮南子》上说："高山中有九大关塞"，这里就是其中之一。向北到达信阳，信阳是古时申国所在地，东边邻近息国。申国和息国，是楚国的北大门。申国、息国的东边，邻近蔡国，昔日齐桓公入侵蔡国，蔡国溃败，于是齐国想进一步讨伐楚国，但这并非上策。从蔡国到楚国的国都郢，大大小小的高山不计其数，所谓的"以方城为城墙，以汉水为护城河，即使人数众多，也没有用武之地"之语并非虚言。能够攻下楚国的只有秦国，出了秦国的武关，直下汉川，就撤除了荆州、襄阳间的天然屏障；出了长江三峡，直下夷陵，就扼住了鄂州、岳州的地理要害。所以秦国能吞并六国，也是地势使然。

　　北过确山[1]，至遂平[2]。有楂枒山[3]，唐李观及吴元济战于此[4]。北至西平[5]，有滍水[6]，昔光武败王寻于昆阳[7]，多杀士卒，滍水不流，即此也。北至于叶县[8]，为沈诸梁之封邑[9]。其北有黄城山[10]，下有沮溺故里[11]，子路问津处也[12]。北渡汝水[13]，至襄城[14]。其南有首山[15]，汝、蔡、颍、许之际[16]，平畴沃衍，而首山雄峙其中。史称天下名山八，三在夷狄，五在中国，皆黄帝所尝游，首山其一也[17]。昔黄帝问道于崆峒[18]，遂游襄城，登具茨[19]，访大隗[20]。崆峒在郏鄏[21]，而具茨在新郑[22]，与首山相望也。襄城郑汜地[23]，周襄王出居于此[24]。

【注释】

①确山：县名。北宋大中祥符五年（1012）改朗山县置确山县，属蔡州。治所即今河南确山县。元属汝宁府。明洪武初省入汝阳县，十四年（1381）复置，清因之，皆属汝宁府。境内有确山，即浮石山，在今确山县东南。

②遂平：县名，今属河南驻马店。唐元和十二年（817）改吴房县置，属唐州。治所即今河南遂平。长庆元年（821）改属蔡州。元至元七年（1270）废入汝阳县。大德八年（1304）复置，属汝宁府。明、清因之。

③楂枒山：又名嵖岈山、嵯峨山、莲花山、玲珑山。在今河南遂平西。《新唐书·李愬传》记李愬讨吴元济，"拔道口栅，战嵖岈山"。

④唐李观及吴元济战于此：唐时李观和吴元济的部队曾在这里作

战。《（嘉靖）河南通志》卷六："唐节度使李观及吴元济战嵫岈。"然李观似谬，应为"李愬"。李愬，唐陇右临洮（今甘肃临潭）人，字元直。元和中兵讨吴元济，以卑弱之势，雪夜入蔡州，生擒吴元济。诏拜检校尚书左仆射，兼襄州刺史，封凉国公。吴元济，唐沧州清池（今河北沧州东南）人。唐宪宗元和九年（814）因袭位不遂，自领军务，纵兵屠舞阳，焚叶县，掠鲁山、襄城，威胁洛阳。后为裴度讨伐，将士多叛离。其割据地蔡州为唐将李愬袭破，吴元济被俘虏后送到长安处死。

⑤西平：县名。西汉置，属汝南郡。唐开元四年（716）再置西平县，并移治今河南西平，属蔡州。宋属淮康军，金属镇南军。元、明、清属汝宁府。

⑥滍（zhì）水：一名泜水。即今沙河。汝水支流。源出今河南鲁山县西，东流经叶县北，至舞阳西北入汝河。

⑦昔光武败王寻于昆阳：过去光武帝在昆阳击败了王寻。《后汉书·王霸传》："汉兵起，光武过颍阳，霸率宾客上谒，曰：'将军兴义兵，窃不自知量，贪慕威德，愿充行伍。'光武曰：'梦想贤士，共成功业，岂有二哉！'遂从击破王寻、王邑于昆阳，还休乡里。"昆阳，秦置昆阳县，属颍川郡。治所即今河南叶县。元代时废。

⑧叶县：西汉置，属南阳郡。治所在今河南叶县南。隋属颍川郡。唐属汝州。金改属裕州。元至元三年（1266）徙治昆阳（今叶县）。清改属南阳府。

⑨沈诸梁：春秋时楚国人，字子高。沈尹戌子。楚大夫，封于叶，为叶尹，称叶公。

⑩黄城山：又名苦菜山、长城山。在今河南叶县北。《读史方舆纪要》卷五一记叶县"《冢墓记》：黄城山，即长沮、桀溺耦耕处。下有东流水，子路问津于此"。

⑪沮溺：长沮、桀溺。春秋时的两位隐者。

⑫子路问津处也：子路问路的地方。《论语·微子》："长沮、桀溺耦
　　而耕，孔子过之，使子路问津焉。"

⑬汝水：指北汝河。发源于河南嵩县车村镇栗树街村北分水岭摞摞
　　沟，流经河南汝阳、汝州、郏县、宝丰、襄城、叶县六地，在襄城丁
　　营乡汇入沙河，沙河又汇入颍河，颍河为淮河支流。

⑭襄城：县名。秦置，属颍川郡。治所即今河南襄城。西晋为襄城
　　郡治。隋属颍川郡。唐属汝州。金改属许州。元明清因之。

⑮首山：在今河南襄城南。《读史方舆纪要》卷四七记襄城县："首山
　　者，县西诸山迤逦直接嵩、华，而实起于此，故名。山上有圣泉。"

⑯汝、蔡、颍、许之际：汝州、蔡州、颍川、许州之间，泛指河南中部的
　　汝州、许昌地区。汝，汝州。在今河南汝州一带。蔡，蔡州。在今
　　河南汝南一带。颍川，在今河南长葛一带。许，许州。在今河南
　　许昌一带。

⑰"史称天下名山八"几句：语出《史记·孝武本纪》："天下名山
　　八，而三在蛮夷，五在中国。中国华山、首山、太室、泰山、东莱。
　　此五山，黄帝之所常游。"

⑱崆峒：在今河南汝州西南。《庄子·在宥》："黄帝闻道广成子在于
　　空同之上，故往见之。"《大清一统志·汝州直隶州一》记崆峒山，
　　"唐《汝州刺史卢贞碑》：山名崆峒者有三：一在临洮，一在安定。
　　而庄子述黄帝问道崆峒，遂言游襄城，登具茨，访大隗，皆与此山
　　接壤，则此为近是"。

⑲具次：具茨山，下文即作"具茨"。一名大隗山。在今河南新密。
　　《庄子·徐无鬼》："黄帝将见大隗乎具茨之山。"《水经注·溎
　　水》："大隗即具茨山也。黄帝登具茨之山，升于洪堤上，受神芝图
　　于黄盖童子，即是山也。"

⑳大隗（wěi）：古山名。又作大騩（guī）山、具茨山。在今河南新密
　　东南。

㉑郏鄏（jiá rǔ）：古城名。为周成王时周公所筑王城所在。在今河
　　南洛阳王城公园一带。《左传》宣公三年（前606）："成王定鼎于
　　郏鄏。"即此。

㉒新郑：古邑名。即今河南新郑。春秋、战国初郑国建都于此。韩
　　灭郑，其地属韩。秦时始置新郑县，至明清时，新郑县属开封府。

㉓汜（sì）：古邑名。春秋郑邑。在今河南襄城南。

㉔周襄王：名郑。周惠王之子。前651年即位。周襄王三年（前649），
　　异母弟叔带联合戎、翟谋作乱，齐管仲率兵助周王室平定内乱。
　　周襄王十六年（前636），叔带又勾结翟人作乱，周襄王被迫逃到
　　郑国的汜（今河南襄城），求救于诸侯。次年，晋文公举兵平乱，
　　诛叔带，遂复位。

【译文】

　　向北经过确山县，到达遂平。遂平有座楂枒山，唐代的李愬和吴元
济曾经在此交战。向北到达西平，有条河叫瀙水，东汉光武帝在昆阳击
败王寻，杀了大量士卒，尸体将瀙水阻塞不流，说的就是这里。向北到达
叶县，是春秋时沈诸梁的封邑。叶县北方有座黄城山，山下是长沮、桀溺
两位隐士的故里，也是子路问路的地方。向北渡过汝水，到达襄城。襄
城南边有座首山，位于汝州、蔡州、颍川、许州之间，到处都是平坦的原
野、肥沃的土地，首山就气势雄壮地屹立在这片土地中间。史书上说天
下有八座名山，三座在蛮夷之地，五处在中原一带，都是黄帝曾经游览过
的地方，首山就是其中之一。过去，黄帝在崆峒山访求道术，于是游历襄
城，登上具茨山，探访大隗山。崆峒位于郏鄏，具茨山位于新郑，二山与
首山可以相互眺望。襄城是郑国的汜地，周襄王出逃时便居住在这里。

　　西至禹州①，大禹之封邑，北至告城②，古阳城地也③。
临颍水④，面箕山⑤，负嵩岳⑥，左成皋⑦，右伊阙⑧，崇山四塞，
清流潆洄。其高平处，有"周公测影台"⑨，巨石矹立，高可

七尺，下方五尺，上方三尺。《周礼·大司徒》以土圭之法测土深、正日影[10]，以求地中[11]，日南影短，日北影长[12]，日至之影，尺有五寸[13]，即此也。北至登封[14]，介嵩山太、少二室之间，太室之巅，栉比若城垣[15]；少室之峰，直起若台观[16]。虽无岱宗、衡、华之高奇[17]，而气象雍容，神彩秀朗，有如王者宅居中正，端冕垂绅[18]，以朝万国，不大声色[19]，而德意自远[20]。中岳庙在太室之南[21]，少林寺在少室之北[22]。群峰围绕，界隔尘寰[23]，水石清幽，灵区独辟[24]。时值深秋，白云红叶，翠柏黄花，点缀岩岫，天然图画。岳阳、黄鹤，极江湖之浩渺；灵隐、少林，尽山岳之奇丽。睡常入梦，醒犹在目，非笔舌所能传也！在寺中问达摩遗迹，僧云："寺西四五里深山之中，有古石洞，乃'九年面壁'之处[25]。至今洞中犹有'达摩影'[26]。"而予未之见也。

【注释】

①禹州：明万历三年（1575）改钧州置，属开封府。治所即今河南禹州。辖境相当今河南禹州、新密二地。清雍正十二年（1734）改属许州府，辖境仅有今河南禹州。乾隆六年（1741）属开封府。

②告城：又名告成。唐万岁登封元年（696）改阳城县置告成县，属洛州。治所在今河南登封东南告成镇。神龙元年（705）复为阳城县，二年（706）又改为告成县。开元初，属河南府。天祐二年（905）改为阳邑县。后其地属登封县（今河南登封）。

③阳城：传说为夏都。在今河南登封东南告成镇附近。《孟子·万章上》："禹避舜之子于阳城。"

④颍水：颍河，发源于河南登封嵩山，经河南周口、安徽阜阳，在安徽

寿县注入淮河，为淮河最大的支流。

⑤箕山：在今河南登封东南。《孟子·万章上》："益避禹之子于箕山之阴。"

⑥嵩岳：嵩山。在今河南登封北。《大清一统志·河南府一》引《旧志》曰："嵩山在登封县北十里。其山东跨密县，西跨洛阳，北跨巩县，延亘百五十里。太室中为峻极峰，左右列峰各十二，凡二十四峰。又西二十里为少室山。其峰三十有六。"

⑦成皋：关塞名，又名虎牢关。秦置关，在今河南荥阳西北。自古为黄河以南东西交通孔道和战争要塞。明洪武四年（1371）改为古崤关，清名虎牢关，今关存清雍正八年（1730）"虎牢关"石碑。

⑧伊阙：一名龙门。即春秋之阙塞。在今河南洛阳南龙门山。《水经注·伊水》："伊水又北入伊阙，昔大禹疏以通水，两山相对望之如阙，伊水历其间北流，故谓之伊阙矣。"

⑨周公测影台：位于今河南告成镇。周公旦认为阳城（今登封东南告成镇）为"天下之中"，遂在此立圭表测日影，建测量日影的高台。《元和郡县图志·河南道一》："测景台在县城内西北隅，高一丈。"

⑩《周礼·大司徒》以土圭之法测土深、正日景：《周礼·大司徒》中通过土圭测量大地的厚度和校正时间。语见《周礼·大司徒》："以土圭之法测土深，正日景，以求地中。日南则景短，多暑；日北则景长，多寒；日东则景夕，多风；日西则景朝，多阴。日至之景，尺有五寸，谓之地中。"土圭，《周礼·冬官考工记》云"土圭尺有五寸以致日"。土圭之法，一种古老的测量日影长短的方法。垂直于地面立一根杆，通过观察记录它正午时影子的长短变化来确定季节的变化。

⑪求地中：好找出大地正中的位置。唐贾公彦《周礼注疏》卷十："周公摄政四年，欲求土中而营王城，故以土圭度日景之法测度也。度土之深，深谓日景长短之深也。正日景者，夏日至，昼漏半，表北

得尺五寸景，正与土圭等，即地中，故云'正日景以求地中'也。"

⑫日南影短，日北影长：位于南方的土圭影子短，位于北方的土圭影子长。《周礼注疏》卷十："玄谓昼漏半而置土圭，表阴阳，审其南北。景短于土圭谓之日南，是地于日为近南也。景长于土圭谓之日北，是地于日为近北也。"

⑬日至之影，尺有五寸：夏至这一天，土圭和影子一样长，都是五寸。

⑭登封：县名。唐万岁登封元年（696）改嵩阳县置登封县，属洛州。治所即今河南登封。《元和郡县志》卷五："则天因封岳，改为登封。"明、清属河南府。

⑮栉比若城垣：鳞次栉比同城墙上的砖石。栉比，像梳篦齿那样密密地排列。

⑯直起若台观：挺直耸立好像楼台馆阁。台观，泛指楼台馆阁等高大建筑物。

⑰虽无岱宗、衡、华之高奇：虽然没有泰山、衡山、华山的高耸奇丽。

⑱端冕垂绅：身着玄衣、大冠和大带，指身穿礼服。端冕，玄衣和大冠，即赤黑色礼服与高冠。古代帝王、贵族的礼服。垂绅，大带下垂，大带是古代贵族礼服用带。

⑲不大声色：没有疾言厉色。语出《诗经·大雅·文王之什》："帝谓文王：予怀明德，不大声以色，不长夏以革。"

⑳德意自远：恩德之意能够自然地传达到偏远之地。德意，布施恩德的心意。

㉑中岳庙：在今河南登封嵩山黄盖峰下。北魏时将原太室祠改作中岳庙。唐宋时盛极一时，有"飞甍映日，杰阁联云"之称。现存为清代重修后的规模，为河南规模最大的寺庙建筑。

㉒少林寺：在今河南登封西北少室山北麓五乳峰下。建于北魏太和十九年（495）。孝昌三年（527）印度僧人菩提达摩在此首创禅宗，历史上称达摩为禅宗初祖。唐初，少林寺僧佐唐太宗开国有

功,从此僧徒常习拳术,禅宗和少林拳负有盛名。寺内有唐宋以来的石刻及千佛殿的"五百罗汉壁画"等珍贵文物。

㉓尘寰:亦作"尘阛"。人世间。

㉔灵区:奇美之地。

㉕九年面壁:南朝梁普通年间,天竺僧菩提达摩泛海来华,是为禅宗初祖。达摩渡江后,止于嵩山少林寺,面壁坐禅,默然无语,凡九年。

㉖达摩影:又称"达摩影石""达摩面壁石"。相传达摩面壁九年,精诚所至,以致影像透入石中。

【译文】

向西抵达禹州,是大禹的封地,向北抵达告城,属于古阳城的地界。临近颍水,面向箕山,背靠嵩山,左边是成皋关,右边是伊阙,四周是高峻的山岭相阻隔,清澈的河流相环绕。地势高平的地方,有座"周公测影台",像一块巨石耸立在那里,大概七尺高,下方五尺长,上方三尺长。《周礼·大司徒》中通过土圭测量大地的厚度和校正时间,好找出大地的正中位置,位于南方的土圭影子短,位于北方的土圭影子长,夏至这一天,土圭和影子一样长,都是五寸,说的就是眼前的"周公测影台"。向北抵达登封,登封介于嵩山太室山、少室山之间,眺望太室山顶,岩峰鳞次栉比如同城墙;遥看少室山巅,山峦挺立好像楼台馆阁。虽然嵩山没有泰山、衡山、华山的高雄奇丽,但气象雍容,神韵风采秀美俊朗,好像昂然高坐在殿堂正中的君王,身着玄衣、大冠和大带,来接受天下万国的朝拜,虽然没有疾言厉色,但其布施恩德之意能够自然地传达到远方。中岳庙在太室山南方,少林寺在少室山北方。周围群峰环绕,阻隔了远处的尘世繁杂,一水一石都清雅幽静,好像一块独自开辟出来的奇美之地。此时正值深秋,天上的白云,树上的红叶,翠绿的柏树,黄色的花朵,都点缀在山峦石室之间,好似一副天然绘就的图画。我站在岳阳楼、黄鹤楼上,眺望长江、洞庭的浩渺无垠;在杭州灵隐寺、嵩山少林寺,欣赏山岩峰峦的神奇秀丽。这些景色,在我睡觉时经常会进入我梦里,醒来时仍然历历在目，这不是笔墨、口舌能全部描述的！在少林寺中，我向僧人询问达摩的遗迹，僧人回答："少林寺西边四五里的深山之中，有个古代的石洞，是达摩'九年面壁'的地方。到现在洞里还有'达摩影'。"但我没有见到。

　　出嵩山，渡洛水①，至偃师②，道中见田横、许远之墓③。北有猴山④，子晋升仙之所也⑤。北上北邙⑥，望见洛阳，昔孟坚《两都》、平子《二京》诸赋⑦，道洛阳之形胜甚悉，而予未暇观，至今犹耿耿焉。由孟津渡河至孟县⑧。孟县者，河阳也⑨，周襄王狩于此。北渡沁水⑩，上太行，太行之上首起河内⑪，尾抵蓟辽⑫，碣石、恒山、析城、王屋⑬，皆太行也。修坂造云⑭，崇冈碍日，路皆青石，镜光油滑，实天下之至险。登太行而四望，九州之区，可以历指：秦、晋蔽山，吴、越阻水，青、齐负海，燕、赵沿边，中原平土，正在三河⑮。周、鲁、宋、卫、陈、郑、蔡、许、邓、宿、杞、郏、沈、虞、邢、虢，《春秋》所书诸国，以及夏、殷、东汉、北宋、五代梁、唐之故都，皆在于此。总挽九州，阃阈华夏⑯，土田肥美，物产茂实，所谓天下之中也，地之腹也，阴阳之所会、风雨之所和也。过太行而北，则吾山西境矣。

【注释】

①洛水：一作雒水。即今河南洛河，黄河支流。源出陕西洛南县西北，东南流经河南卢氏、洛宁、宜阳、洛阳、偃师等地，到巩义入黄河。孙嘉淦下嵩山，从嵩山北麓向北到达自西向东而流的洛水，再渡过洛水来到偃师。

②偃师:古县名。西汉置,属河南郡。治所即今河南偃师。《元和郡县志》卷五:"武王伐纣,于此筑城,息偃戎师,因以名焉。"明、清属河南府。

③田横:秦末狄县(今山东高青东南)人。秦末农民起义时,随其兄田儋起兵反秦,重建齐国。汉朝建立,率其部众五百余人逃亡海岛,汉高祖命他至洛阳,虽被迫前往,但不愿向汉称臣,于途中自杀。其留居海岛的部众闻讯,也全部自杀。许远:唐杭州盐官(今浙江海宁)人,字令威。许敬宗曾孙。安禄山反叛,唐玄宗召任睢阳太守,与张巡协力守城,被围数月,外援不至,粮尽,城陷被俘,械送洛阳,不屈而死。

④缑(gōu)山:古称缑氏山、覆釜堆、抚父堆。在河南偃师南。

⑤子晋:即王子晋,又作王子乔。神话中的仙人。

⑥北邙(máng):亦作北山、郏山、芒山。在今河南洛阳北。东汉及北魏之王侯公卿多葬于此。

⑦孟坚《两都》:班固的《两都赋》。班固,字孟坚,东汉史学家、文学家。扶风安陵(今陕西咸阳东北)人。父亲班彪也是史学家。他继承父业,续修《汉书》。又善于作赋,所写《两都赋》为汉赋名篇。《两都赋》分《西都赋》《东都赋》两篇,描述东汉西都长安和东都洛阳的繁华,歌颂汉朝国势,影响到后来张衡的《二京赋》和左思的《三都赋》。平子《二京》:张衡的《二京赋》。张衡,字平子,东汉科学家、文学家。精通天文历算,创制浑象、候风地动仪、指南车、自动记里鼓车、飞行木鸟。撰写《西京赋》《东京赋》,合称《二京赋》,铺写洛阳、长安繁盛富丽与民情风俗。

⑧孟津:古黄河津渡名,又名盟津、富平津、武济、陶河。为明、清孟津县(今河南洛阳孟津区东北)的治所。孟县:古县名。明洪武十年(1377)改孟州置,治今河南孟州城关镇。明、清属怀庆府。

⑨河阳:指黄河北岸。孙嘉淦由孟津渡口渡过黄河,来到黄河北岸

的孟县。

⑩沁水：一名少水，即今山西东南部之沁河。源出山西沁源北绵山二郎神沟，向南流经山西安泽、沁水、阳城诸地，入河南济源境，东流至武陟南入黄河。

⑪河内：古县名。明清时为怀庆府治，治所即今河南沁阳。

⑫蓟辽：泛指今河北秦皇岛山海关及辽宁辽河地区。

⑬析城：即今山西阳城西南析城山。《大清一统志·泽州府》引《山西通志》谓析城山"山峰四面如城，高大而峻，迥出诸山，幅圆四十里"。王屋：在今河南济源西北与山西阳城交界处。

⑭修坂造云：长长的山坡直抵云霄。修坂，长长的山坡。

⑮三河：汉称河内、河南、河东三郡为"三河"。

⑯阃阈（kǔn yù）：地域，疆界。

【译文】

下了嵩山，渡过洛水，到达偃师，路上看见田横、许远的坟墓。北面有缑山，是王子乔羽化登仙的地方。向北登上北邙山，远眺洛阳，昔日班固作《两都赋》，张衡作《二京赋》，都对洛阳的地理位置、风景名胜作了详细描绘，但我当时没有时间观赏，到今天还是耿耿于怀。从孟津渡河到达孟县。孟县在黄河之北，周襄王曾在此狩猎。向北渡过沁水，登上太行山，太行山从河内开始，延伸到蓟辽一带，碣石山、恒山、析城山、王屋山，都是太行山的一部分。长长的山坡直抵云霄，高耸的峰峦遮蔽太阳，道路都是青石铺就而成，一片镜光油滑，真是天下最为危险的地方。登上太行山放眼四望，九州的划分可以一一历数：秦、晋之地被山峦包围，吴、越之地被水泽环绕，青、齐之地背靠着大海，燕、赵紧邻着北方边境，中原一带地势平坦，就是河内、河南、河东三郡所在的地方。周国、鲁国、宋国、卫国、陈国、郑国、蔡国、许国、邓国、宿国、杞国、邾国、沈国、虞国、邢国、虢国，《春秋》中所提到的诸多国家，以及夏朝、殷朝、东汉、北宋、五代后梁、后唐的都城，都在这个地方。这里总揽九州，是古代华夏的地域,土壤肥沃,物产丰茂,是天下的中心,大地的腹部,也是阴阳交汇、风雨调和的地方。过了太行山向北,就进入我们山西地境了。

总而计之,天下大势,水归二漕^①,山分三干^②。河出昆仑,江源岷蜀^③,始于西极^④,入于东溟^⑤。大河以北,水皆南流;大江以南,水皆北注。汉南入江,淮北入河,虽名"四渎",犹之二也。太行九边^⑥,西接玉门,东抵朝鲜,是为北干;五岭、衡、巫^⑦,西接峨嵋,东抵会稽,是为南干;岷、嶓、华、嵩^⑧,是为中干。岱宗特起,不与嵩连,亦中干也。北方水位^⑨,故燕、秦、三晋之山^⑩,色黑而陂陀若波^⑪。东方木也,故齐、鲁、吴、越之山,色青而森秀若林。楚南、闽粤,峰尖而土赤;粤西、黔、蜀,石白而形方。天有五行,五方应之。江性宽缓,河流湍急,焦白鄱红^⑫,洞庭澄清,其大较也。

【注释】

①二漕:此处指黄河与长江。

②山分三干:天下的山主要分为三个主脉。下文述北干有太行,南干有五岭、衡山、巫山、峨眉山、会稽山等,中干有岷山、嶓山、华山、嵩山、泰山等。

③江源岷蜀:长江发源自蜀地的岷江。

④西极:指西方极远之处。

⑤东溟:东海。

⑥九边:本谓明代设在北方的九个边防重镇,后为边境的泛称。

⑦巫:巫山。在今重庆与湖北省交界处。

⑧岷:岷山。亦作嶓山。自甘肃西南部延伸至四川北部,是长江水系的岷江、涪江、白水河与黄河水系的黑水河的分水岭。嶓:即嶓

冢山。在今甘肃天水与礼县之间,嘉陵江的发源地。

⑨北方水位:古代阴阳家以木、金、火、水、土配属东、西、南、北、中五
　方,北方对应五行中的水位,水主黑色或蓝色。

⑩三晋:晋国的卿大夫韩、赵、魏三家瓜分晋国,是为战国时的韩、
　赵、魏三国,史称三晋。其辖境屡有变迁,战国晚期相当于山西,
　河南中部和北部,河北南部和中部。近代又用作山西的别称。

⑪陂陀:一作陂陁。倾斜不平貌。

⑫焦白鄱红:巢湖湖水色白,鄱阳湖水色红。焦,焦湖,一作濮湖,即
　今安徽中部之巢湖。鄱,指鄱阳湖,上文记鄱阳湖"湖水甚浊,波
　涛皆红"。

【译文】

　　概括而言,天下间大体的情况是,水流都汇聚到长江、黄河之中,山
脉可以分为三个主干。黄河源自昆仑山,长江源于蜀地的岷江,都是从
极西之地,流入东海。黄河以北,水都向南流;长江以南,水都向北流。
汉水向南注入长江,淮河向北注入黄河,虽然说是有长江、黄河、淮河、
汉水"四渎",但实际上依旧是黄河、长江二河。太行山临近北方边境,
西面接着玉门关,东面直抵朝鲜,是北方山脉的主干;五岭、衡山、巫山,
向西接着峨眉,向东直抵会稽山,是南方山脉的主干;岷山、嶓冢山、华
山、嵩山,是中央山脉的主干。泰山独立耸峙,虽然没有和嵩山相连,但
也是中央山脉的一部分。北方对应五行中的水位,所以河北、陕西、山西
等地的山脉,颜色发黑,山峰像波涛一样倾斜不平。东方对应木位,所以
山东、江苏、浙江等地的山脉,颜色翠绿,像树林一样茂盛秀丽。湖南、福
建、广东位于南方,山峰尖利,土壤发红;广西、贵州、四川等地位于西方,
岩石白色,呈现方形。上天有五行,地上有五方同五行相对应。长江江
面宽阔、水流缓和、黄河水流湍急、波涛汹涌,巢湖湖水发白,鄱阳湖水色
发红,洞庭湖水清澈透明,大致都是这样。

　　斯行也，四海滨其三，九州历其七，五岳睹其四，四渎见其全。帝王之所都；圣贤之所处；通都大邑，民物之所聚；山川险塞，英雄之所争；古迹名胜，文人学士之所歌咏，多见之焉。独所谓魁奇磊落、潜修独行之士①，或伏处山巅水湄②，溷迹渔樵负贩之中③，而予概未之见。岂造物者未之生耶？抑吾未之遇耶？抑虽遇之而不识耶？吾憾焉！然苟吾心之善取，则于山见仁者之静，于水见知者之动④。其突兀汹涌⑤，如睹勇士之叱咤；其沧涟娟秀⑥，如睹淑人君子之温文也。然则谓吾日遇其人焉，可也。

【注释】

①魁奇磊落：杰出特异，胸怀坦荡。魁奇，亦作"魁畸"。杰出，特异。磊落，形容胸怀坦荡。

②水湄（méi）：水边。

③溷（hùn）迹：混迹。

④则于山见仁者之静，于水见智者之动：语见《论语·雍也》："知者乐水，仁者乐山，知者动，仁者静，知者乐，仁者寿。"仁义的人喜欢山，如山般安然恬静，故言从山峰中窥视仁者之恬静安然。智慧的人喜欢水，思维如水般活跃好动，故言从水流中窥探智者的活跃灵动。

⑤突兀汹涌：高耸峙立，气势盛大。

⑥沧涟娟秀：水波起伏，清新秀丽。沧涟，水波起伏。

【译文】

　　这次出行，四海之地经过了北海、东海、南海三处，天下九州游历了冀、兖、青、徐、扬、荆、豫七州，五岳游览了恒、泰、衡、嵩四岳，江、河、淮、汉四条大河全都去了。帝王兴建的都城；圣贤生活的地方；四通八达的都市城池，百姓物产聚集之所；山川河流间的险要关塞，英雄必争之地；名胜古迹，文人学士咏唱的地方，这些地方我游览了很多。只是所谓的杰出特异、胸怀坦荡、潜修独行的隐士，或许隐居在山峦顶端、水泽岸边，混迹在渔夫、樵夫、商贩之中，而我没能见到一个。难道是造物主没有创造他们吗？还是我没有遇到他们呢？还是我虽然遇到了他们却无法识别呢？我为此感到遗憾！然而如果我有一颗善于发现的心灵，那么就能从高山中看到仁义之人所具有的安然恬静，从水流中看到智慧之人所具有的活跃灵动。山峦的高耸峙立，气势盛大，如同看见叱咤风云的勇士；水流的波纹荡漾，清新秀丽，像看见淑女、君子的温文尔雅。如此这样说的话，说我每天都遇到了隐士，也是可以的。

　　抑又思之，天地之化，阴阳而已，独阴不生，独阳不成[1]，故大漠之北不毛，而交、广以南多水[2]。文明发生，独此震旦之区而已[3]。北走胡而南走越，三月而可至；昆仑至东海，半年之程耳。由此言之，大块亦甚小也[4]。吾以二月出都，河北之地草芽未生，至吴而花开，至越而花落，入楚而栽秧，至粤而食稻。粤西返棹，秋老天高，至河南而木叶尽脱，归山右而雨雪载涂[5]。转盼之间[6]，四序还周[7]。由此言之，古今亦甚暂也！心不自得，而求适于外，故风景胜而生乐；性不自定，而寄生于形，故时物过而生悲。乐宁有几，而悲无穷期焉！吾疑吾之自立于天地者无具也。宋景濂曰[8]："古之人如曾参、原宪[9]，终身陋室，蓬蒿没户[10]，而志竟充然，有若囊括于天地者。何也？毋亦有得于山水之外者乎？"孟子曰："万物皆备于我矣。"老子曰："不出户，知天下[11]。"非虚言也。为地所囿，斯山川有畛域[12]；为形所拘，斯见闻有阻碍。果其心与物化，而性与天通，则天地之所以高深，人物之所以荣悴[13]，山河之所以流峙，有若烛照而数计焉[14]！生风云于胸臆，呈海岳于窗几，不必耳接之而后闻、目触之而后见也。然则自兹以往，吾可以不游矣。然而吾乃无时不游也已。

【注释】

①独阴不生，独阳不成：只有阴气，万物无法生长，只有阳气，万物无法长成。《春秋谷梁传·庄公三年》："独阴不生，独阳不生，独天不生，三合然后生。"

②交、广：交州、广州，泛指广西、广东等五岭以南地区。交，交州，东汉建安八年（203）改交州刺史部置交州，治所在广信县（今广西梧州）。辖境相当今广东、广西的大部，越南承天以北诸省。三国吴黄武五年（226）又分为交州、广州二州，交州治龙编县（今越南河北仙游东）。辖境相当今广西钦州地区、广东雷州半岛，越南北部、中部地区。隋代设交趾县，明代置交趾布政司，其地皆在越南河内市。

③震旦：古代印度称中国为震旦。

④大块：大自然。

⑤归山右而雨雪载涂：回到山西时，一路风霜雨雪。山右，山西旧时别称，因其在太行山之右（西）而得名。载涂，满路。

⑥转盼之间：犹转眼之间。喻时间短促。

⑦四序还周：走过了一整个四季。四序，指春、夏、秋、冬四季。

⑧宋景濂：宋濂，字景濂，号潜溪、玄真子。元末明初政治家、文学家，与高启、刘基并称为"明初诗文三大家"。被明太祖朱元璋誉为"开国文臣之首"，学者称其为太史公、宋龙门。有《宋学士文

集）。以下引文见宋濂《送陈庭学序》："古之贤士若颜回、原宪，皆坐守陋室，蓬蒿没户，而志意常充然，有若囊括于天地者。此其故何也？得无有出于山水之外者乎？"

⑨曾参：字子舆。春秋时鲁国南武城（今山东费县）人。曾点之子。孔子学生。在孔门中以孝著称。曾参安于贫穷，《庄子·让王》记"曾子居卫，缊袍无表，颜色肿哙，手足胼胝"。《说苑》记曾参"衣敝衣以耕"，却拒绝鲁国国君的招揽。原宪：字子思。又称原思、仲宪。孔子学生。原宪一生安贫乐道，隐居于茅屋瓦牖，终日粗茶淡饭。子贡任卫相时前来找他，他破衣敝帽会见子贡，坦然相待，毫无羞耻之意。《庄子·让王》："原宪居鲁，环堵之室，茨以生草，蓬户不完，桑以为枢；而瓮牖二室，褐以为塞，上漏下湿，匡坐而弦歌。"

⑩蓬蒿没户：蓬草和蒿草遮住了家门，形容家宅荒僻。

⑪不出户，知天下：足不出户，也能知道天下大事。语出《老子》："不出户，知天下；不窥牖，见天道。"

⑫畛（zhěn）域：界限，范围。

⑬荣悴：荣枯。喻人世的盛衰。

⑭数计：以数字来计算。

【译文】

我又想到，天地间万物的生成，只是阴阳二气的作用而已，只有阴气，万物无法生成，只有阳气，万物无法成长，所以北方沙漠是不毛之地，交州、广州以南的地域雨水众多。文教昌明的孕育，只有中国这片地区罢了。向北前往胡地，向南走到南越，三个月就能到达；从西边的昆仑山走到东边的东海，不过需要半年的路程罢了。从这里可以知道，大自然其实也很小。我从二月离开京城，当时的河北一带草芽都没有萌生；到了吴地，百花盛开；到了越地，已是一片落花缤纷；进入楚地，当地已经开始栽秧；到了广西，就赶上吃新收的水稻。从广西乘船返回时，已是深秋时节,天空高远明净;到了河南,树叶已经落尽;回到山西时,一路上都是风霜雨雪。转眼之间,就走过了一整个四季,要开始新的轮回。从这里可以知道,古代和今天之间的距离也十分短暂!心里不能自得其乐,就向外界寻求欢愉,所以美丽的风景能给我带来快乐;人的情感无法独自平定下来,需要寄托在外物之上,所以时过境迁外物变化让人心生悲凉。人的快乐是多么稀少,但悲伤却是无穷无尽的!我怀疑我独自生活在天地之间就没有快乐。宋濂说:"像曾参、原宪这样的古人,终生住在陋室之中,其家门被蓬蒿类杂草所遮蔽,但思想意志却是充沛的,好像包含了天下宇宙万物。这是为什么呢?莫非是在山水之外有独特的心得体会吗?"孟子说:"世间万物都为我所用。"老子说:"足不出户,也能知道天下大事。"这些都不是假话。被地势所限定,那么山川之间就有了界限;被形体所拘束,那么个人见闻就会受到阻碍。如果心灵与万物相通,化为一体,而情性与上天之意相通,那么天高地深的原因,人物命运荣辱变化的理由,山峦耸峙、河水流动的缘故,都能做到洞若烛火、心中有数了!如果胸臆中就生出风云变幻,窗户几案上就能显现出海岳形势,那么就不必用耳朵聆听才能知道,眼睛接触才能见到。那么从此以后,我就可以不再游历了。如果那样,我又无时无刻不在游历了。

　　张山来曰:浩浩落落,万有一千余言。就其登涉所至,随笔点染铺叙,绮丽芊绵①,亦复激昂慷慨,适足以囊括宇宙,开拓心胸。真千古奇文,至文妙文,不得仅赏其模山范水已也②!

【注释】

①芊绵:草木蔓衍丛生貌。

②模山范水:用文字或图画描绘山水景物。

【译文】

　　张潮说：气势充沛，洋洋洒洒，孙嘉淦的《南游记》有一万一千多字。就他自己登山涉水所到的地方，随意地点染铺叙，行文像草木蔓衍那样绮丽丰富，又有慷慨激昂之处，恰好能把天地宇宙囊括于文中，足以让人心胸开拓。真是千古奇文，写得极好极妙，读者不能仅仅停留在欣赏它所描绘的山川景物上啊！

卷十八

【题解】

　　本卷选录王言《圣师录》中的二十八种动物奇事及钮琇《海天行记》，前者是一部文言小说集，后者系《觚剩·续编》中的一篇奇文。《圣师录》分门别类记载动物事迹，类似一部汇录动物奇事的著作，它得名于《关尹子》"圣人师万物"之语，试图从万物中归纳义理以寻求思想提升。作者从禽兽行径中窥探到世间的真谛，如群蜂轮流守卫蜂王、唐明皇李隆基的大象不肯为安禄山跳舞、南宋少帝赵昺的白鹇在海中殉葬可以昭示君臣之道，黄莺哀伤它的孩子而肝肠寸断、猿猴抱着母亲的皮哀伤而死可以明悟为人父母子女之理，康里巎巎的鸽子为配偶殉情、汤焕的鹅与配偶相匹配等能知晓夫妇之道，诸如此类的故事无不联系着人情事理、伦理道德，所以物类就像用来教化世人的工具，不容小觑。《海天行记》讲的是海瑞孙子海述祖的奇遇。文章起笔便有奇意，海述祖模仿日月星辰而建造了一艘巨船，吸引读者予以关注；接着描写海述祖扬帆出海，被台风吹到一个奇异的地方，目力所及皆为殊特，此处的人状貌丑怪，皆鱼鳞银甲，拥巨螯剑，荷长须戟；随后作者展开奇思妙想，描写海船乘风穿云，上达天庭，让海述祖经历了一番天界之行。凡人踏入仙界原本并不稀奇，可作者设想乘船出使天庭，其间所见所闻详委备尽，恍如身临其境，令人啧啧称叹，流连忘返，长久沉浸于这种幻境中而难自拔。

圣师录

王言（慎斿）①

子舆氏言②：人之所以异于禽兽，以其存心③。而禽兽之中，乃有麒麟、凤凰不践生草、不食生虫，酋耳但食残暴之虎④，獬豸惟触不直之人⑤，乌能反哺，羊有跪乳，其存心皆可以为朝廷旌仁孝而扬德威。他如蟹至期而输稻⑥，蜂轮值而卫王⑦，唐明皇之象不肯为禄山作舞，昭宗之猿不肯为朱温起居，宋少帝之白鹇殉帝于海：是物知有君臣也。莺哀其子而肠断，猿抱母皮而死：是物知有父子也。平章之鸽，死殉其雄；郡佐之鹅，克和其配；汾水之旁有雁丘；盐城之湖有烈鸳：是物知有夫妇也。横空之鹤，代鹊杀蛇；北平王氏之猫，能哺他子：是物知有同类也。陇山之鹦鹉思上皇，襄阳之燕殉王女，孙中舍之犬负米，姚生之马鸣冤，陈州之鹤伴老，鹤州之骡逸归⑧：是物知忠于所事也。熊分果以饷堕坎之人；虎弭耳而舍抱哭之母；猓然性爱其类⑨，杀其一而致百亡；鱼伤觺触之儿，身亦触石而死：是物知有仁义也。翁媪之猴，日守待葬；侯家之鹿，断角以殉；至放生之鳖、释命之鸡，俱能图报救死之德：是物知感恩也。洪店奔牛，悲鸣而诉王臻之诬杀；夹道蝌蚪，昂首而诉商仆之戕生：是物知贤守令也。然则物何异于人哉？微独无异，抑恐世之不若者众矣！家公向欲汇集一帙，为《圣师录》，本诸杨子"圣人师万物"句⑩，因病不果。予小子闲阅往籍，窃取其义而识之。博物君子，得无责其不备耶。

【注释】

①王言：字慎旃，清初仁和（今浙江杭州）人。康熙三十六年（1697），他为儿子王绍融撰蒙学著作《连文释义》一卷。（见《连文释义》跋）。王言与张潮交好，张潮为其撰《连文释义题辞》及跋，又记"王子慎旃为吾友，丹麓令嗣"（张潮《连文释义题辞》），故知王言为王晫（字丹麓）之子，他曾编录父亲诗文集而成《墙东杂钞》。《圣师录》系王言所著，一卷，今存中国科学院图书馆藏本。

②子舆氏：指战国时期哲学家孟子，名轲，字子舆。

③人之所以异于禽兽，以其存心：出自《孟子·离娄下》："人之所以异于禽兽者几希；庶民去之，君子存之。舜明于庶物，察于人伦，由仁义行，非行仁义也。"

④酋耳：一种传说中的野兽，如同虎豹但尾巴很长。《逸周书·王会》记载："酋耳者，身若虎豹，尾长参其身，食虎豹。"

⑤獬豸：中国古代神话传说中的神兽，能辨别忠奸善恶，会用角把奸人触倒在地。《异物志》记载："见人斗，则触不直者；闻人论，则咋不正者。"

⑥蟹至期而输稻：螃蟹到了一定时期会向王者输送稻芒，据宋叶廷珪《海录碎事》卷二二《水族门》："蟹八月腹中有芒，芒真稻芒也，长寸许，东输海神，未输不可食。"清屠粹忠《三才藻异》卷八记"蟹输稻芒于蟹王，方可食"。

⑦蜂轮值而卫王：见下文《蜂》。此句之后提到的故事多于后文有详细记述，故此处暂不赘注。

⑧鹤州：下文《骡》作"鹤洲"。

⑨猓猻：也作猓然，长尾猿。

⑩圣人师万物：此语今见于《关尹子•三极篇》："众人师贤人，贤人师圣人，圣人师万物"，未审文中何故作"杨子"。

【译文】

孟子说：人之所以区别于禽兽，是因为心里怀有不同的想法。而在禽兽之中，有麒麟、凤凰不踩踏鲜草，不食用活虫，茵耳只吃残暴的老虎，狮豸只去触倒奸恶的人，乌鸦衔食喂养其母，羊羔能跪着吃奶，它们所怀的心思都可以被朝廷表扬仁爱孝顺、宣扬德行威势。其他的例子如螃蟹按时向蟹王输送稻芒，群蜂轮流守卫蜂王，唐明皇李隆基的大象不肯为安禄山跳舞，唐昭宗李晔的猿猴不愿向朱温请安问好，南宋少帝赵昺的白鹇在海中殉葬皇帝：这是生物知晓君臣之道啊。黄莺哀伤它的孩子而肝肠寸断，猿猴抱着母亲的皮哀伤而死：这是生物知晓为人父母子女之理啊。元代江浙行省平章政事康里巎巎的鸽子，为雄鸟甘心殉死；明代赣州同知汤焕的鹅，能和它的配偶相匹配；汾水旁边有埋葬殉情而死的大雁的雁丘；盐城的湖畔有投沸水殉情的烈性鸳鸯：这是生物知晓夫妇之道。横越天空的鹳鸟，帮助鹊鸟杀死赤蛇；唐代北平郡王马燧家的猫，能哺育其他猫的幼崽：这是生物知晓同类之义啊。陇山的鹦鹉思念宋高宗赵构，襄阳的燕子殉葬王氏女，五代孙中舍的狗为主人背米，明代姚生所见的马能替原主人陆某鸣冤，陈州的鹤相伴主人终老，清代张吾瑾的骡子逃回主人家：这是生物知道忠诚于所事之人啊。熊分果子给掉到坑穴里面的人吃；老虎贴着耳朵放弃捕食抱着母亲哭泣的人；长尾猿生性喜爱同类，其中一个被杀会导致很多猿猴因此而死；仁鱼感伤被自己鱼鳍碰死的小孩，自身也撞石头而死：这是生物知道仁义之道啊。老翁老媪的猴子，日夜守候主人尸体等待有人去埋葬；清初侯广成家的鹿，自断其角以殉主人；至于放生的鳖、免死的鸡，都能想着报答救命的恩德：这是生物知道感恩之理啊。明代齐河县洪店的奔牛，向齐河知县赵清哀鸣来申诉王臻被人诬陷杀人的冤屈;道路两旁的蝌蚪,昂头向金华知府张佐治申诉商人及仆从被谋害的事情:这是生物知晓长官贤明啊。因而生物哪里有别于人呢? 不仅没有区别,恐怕世上有很多人不如它们啊! 家父王晖曾经想要汇集这样的一本书籍,拟名《圣师录》,书名来自《关尹子》中"圣人师万物"之句,但因为生病而未能完成。我闲来阅览以前的书籍,私自借用家父之意而记录成书。希望博学多识的君子们不要责备这本书不完备啊。

白鹇

崖山之败[①],陆秀夫抱祥兴帝[②],与俱赴水。时御舟一白鹇[③],奋击哀鸣,与笼坠水中死。

【注释】

①崖山之败:指崖山战役中宋军失败。南宋祥兴二年(1279),南宋军队与蒙古军队在崖山(今广东江门崖门镇)进行大规模海战,宋朝军队战败,左丞相陆秀夫负宋幼帝广王赵昺投海而死,南宋流亡朝廷灭亡,故称崖山之败。

②陆秀夫:字君实,一字宴翁,别号东江,楚州盐城长建里(今江苏建湖)人。南宋左丞相,抗元名臣,与文天祥、张世杰并称为"宋末三杰"。有《陆忠烈集》。祥兴帝:赵昺,南宋最后一位皇帝。景炎三年(1278)在冈州(今广东湛江硇洲岛)即位,改元祥兴。其生平可见于《宋史·帝昺纪》。

③白鹇:鸟名,又称银雉。雄鸟的冠及下体纯蓝黑色,上体及两翼白色。春秋师旷《禽经》记载其"似山鸡而色白,行止闲暇"。

【译文】

南宋末崖山之役中宋军战败,陆秀夫怀抱祥兴帝赵昺,和他一同投水殉国。当时皇帝所乘的船上有一只白鹇,奋力击打翅膀发出哀伤的叫声，和笼子一起坠入水中而死。

鹤

陈州倅卢某[①]，蓄二鹤，甚驯。一创死，一哀鸣不食。卢勉饲之，乃就食。一旦，鸣绕卢侧，卢曰："尔欲去，不尔羁也！"鹤振翮云际，数四徊翔乃去。卢老病无子，后三年，归卧黄蒲溪上[②]。晚秋萧索，曳杖林间。忽有一鹤盘空，鸣声凄断。卢仰祝曰[③]："若非我陈州侣耶？果尔，即当下。"鹤竟投入怀中，以喙牵衣，旋舞不释。遂引之归。后卢殁，鹤亦不食死，家人瘗之墓左。

【注释】

①陈州倅（cuì）卢某：任陈州属官的卢某。倅，充任州郡的副职官员，辅助主官的副官，可能为通判、同知。《（乾隆）江南通志》卷一九五《杂类志》、《（乾隆）直隶通州志》卷二二，皆记有此鹤殉主人事，主人公记作"卢守常"，考卢守常为江南如皋（今江苏如皋）人，监生，明万历三年（1575）任陈州同知。此篇卢某蓄二鹤事，又见明王象晋《群芳谱·鹤鱼部》、明朱国祯《涌幢小品》卷三一、清来集之《倘湖樵书》卷六、清吴肃公《阐义》卷二一等。

②黄蒲溪：据上列诸书当作"黄浦溪"。黄浦溪，位于淮安府山阳县（今江苏淮安）南六十里（见《（万历）淮安府志》卷三），扬州府宝应县（今江苏宝应）北二十里（彭大翼《山堂肆考》卷二四"地理"）处，即今江苏宝应西北黄浦村。刘宝楠《（道光）宝应图经》卷三《河渠·黄浦》引《圣师录》此则事。

③祝：或同祝鸡，发出"祝祝"声呼鹤。

【译文】

　　陈州同知卢某，蓄养了两只鹤，都非常驯服。有一只鹤受创死了，另一只鹤哀鸣着不肯进食。卢某勉强让它食用，它才吃食物。一天，那只鹤鸣叫着飞旋在卢某身边，卢某说："你想走的话，我不会拘束你！"鹤振翅飞上云霄，徘徊数次后才飞走。卢某年纪老迈，也没有子嗣后人，过了三年，回乡后隐居于黄浦溪。晚秋时节万物萧索，他拄着拐杖在林间行走。忽然看到一只鹤盘旋在空中，叫声凄凉悲切。卢某仰天呼唤道："莫非是我在陈州时候的伴侣吗？如果是的话，请飞下来吧。"鹤竟然投入他的怀中，用鸟喙牵啄他的衣服，飞旋舞动而不松口。于是卢某引着它回到家中。后来，卢某去世，鹤也不食而死，家人把它埋葬在卢某的坟墓边。

雁

　　元裕之好问①，于金泰和乙丑②，赴试并州③。道逢捕雁者捕得二雁，一死，一脱网去。其脱网者，空中盘旋哀鸣，亦投地死。裕之遂以金赎得二雁，瘗汾水傍，垒石为识，号曰"雁丘"。

【注释】

　　①元裕之好问：元好问，字裕之，号遗山，世称遗山先生。金末至元朝文学家、历史学家。有《元遗山先生全集》《中州集》。元好问雁丘事见元好问《摸鱼儿·雁丘词》，词序记"乙丑岁赴试并州，道逢捕雁者云：'今旦获一雁，杀之矣。其脱网者悲鸣不能去，竟自投于地而死。'予因买得之，葬之汾水之上，累石为识，号曰'雁丘'。"

　　②金泰和乙丑：金章宗泰和五年（1205），这一年元好问赴试并州。

　　③并州：古州名，治所在今山西太原。相传大禹划分域内为九州，设并州，至宋嘉祐四年（1059）改名太原府，并州之名遂废。金兵南

下后,太原遂属金朝辖地。

【译文】

　　元好问在金朝泰和五年前往太原参加科考。行路途中遇见抓捕大雁的人捕获了两只大雁,一只大雁死了,另一只大雁逃离网罗。那只脱网的大雁在空中盘旋哀鸣,也撞向地面碰死。元好问用钱赎买了两只大雁,将它们埋葬在汾水旁,还堆起石头作为标识,称作"雁丘"。

　　顾敬亭稼圃傍①,有罗者得一雁,铄其羽②,絷其足③,立之汀畔以为媒。每见云中飞者,必昂首仰视。一日,其偶者见而下之,特然如土委地④,交颈哀鸣,血尽而死。

【注释】

①顾敬亭:生平未详。明张大复《闻雁斋笔谈》卷四"夫妇"篇、来集之《博学汇书》初编卷六与《倘湖樵书》卷六"贞鸟"载录顾敬亭讲述大雁之事。此则当出于《闻雁斋笔谈》。张大复《梅花草堂集笔谈》卷七《己卯初度》又记"某以癸巳(1593),四十方病目……是日,偶问先世长(弟张世长):顾敬亭家盆中山栀何以年年如雪?"据此,顾敬亭当为明末嘉靖、万历时人。又,明万历三十六年(1608)沈思梅居刻本《鹤滩集》附藏书姓氏有"顾氏敬亭""顾氏恒所"等,或系其人。待考。

②铄:摧残,伤残。

③絷:用绳子拴捆。

④如土委地:如同土一样散落在地上。出自《庄子·养生主》中有名的庖丁解牛故事,原文是"视为止,行为迟,动刀甚微,谋然已解,如土委地"。

【译文】

顾敬亭的稼圃旁边,有捕鸟的人捕获了一只大雁,拔掉大雁的羽毛,捆绑大雁的爪子，让它站在水畔来招引其他大雁。大雁每次看到云中飞翔的鸟，必昂首朝天眺望。一天，它的配偶见到它便飞落下来，就像泥土散落在地上，两只大雁脖颈相缠绕，悲哀地鸣叫，最后血尽而死。

正德间①，有张姓者获一雁，置于中庭。明年，有雁自天鸣，庭雁和之。久而天雁自下，彼此以头绞死于楼前。因名楼曰"双雁楼"。

【注释】

①正德间：正德，明武宗朱厚照的年号（1506—1521）。正德间张氏获雁事见明郎瑛《七修类稿》卷四五"义雁"、明王圻《稗史汇编》卷一五九"义雁"、明林喬《群书归正集》卷八、清来集之《博学汇书》初编卷六及《倘湖樵书》卷六"贞鸟"等。此则故事出于《七修类稿》，乃郎瑛好友王济（字天雨，又字伯雨）所述。

【译文】

明正德年间，有个姓张的人捕获了一只大雁，将它养在庭中。第二年，有只大雁在天上鸣叫，庭中的大雁与它的叫声相应和。过了很久，天上的那只大雁飞落下来，两只大雁在楼前彼此用头绞死对方。因此那座楼被称作"双雁楼"。

王一槐教谕铜陵①，有民舍除夜燎烟，辟除不祥。一雁偶为烟触而下，其家以为不祥也，烹之。明日，一雁飞鸣屋顶，数日，亦堕而死。

【注释】

①王一槐：字荫伯。与郎瑛交好，郎瑛《七修类稿》屡次提及他。明

嘉靖三年（1524）任安徽池州府铜陵县教谕，训诲所属生员，嘉靖九年（1530）任临淄县知县，嘉靖十五年（1536）任应城县知县。编撰《九华山志》六卷。有《玉唾壶》二卷存世。王一槐所言大雁事，又见明郎瑛《七修类稿》卷四五"义雁"、清来集之《博学汇书》初编卷六及《倘湖樵书》卷六"贞鸟"等。

【译文】

明朝王一槐在铜陵县担任教谕时，有百姓家在除夕晚上点燃烟火，以祛除不吉利。有一只大雁误触烟火而从空落下，那户人家认为这是不吉利的征兆，便将大雁烹煮了。第二天，有一只大雁在那户人家屋顶飞翔鸣叫，数天后，也坠落而死。

燕

襄阳卫敬瑜早丧①，其妻霸陵王整妹也②，年十六。父母舅姑咸欲嫁之，誓不许，截耳置盘中为誓，乃止。户有燕巢，常双来去，后忽孤飞。女感之，谓曰："能如我乎？"因以缕志其足。明年复来，孤飞如故，犹带前缕。女作诗曰："昔年无偶去，今春犹独归。故人恩既重，不忍复双飞。"自尔春来秋去，凡六七年。后复来，女已死，燕绕舍哀鸣。人告之葬处，即飞就墓，哀鸣不食而死。人因瘗之于旁，号曰"燕冢"。

【注释】

①卫敬瑜：卫敬瑜妻王氏事见于《南史·孝义传》，原文所记较详，如前半部分记："霸城王整之姊嫁为卫敬瑜妻，年十六而敬瑜亡，父母舅姑咸欲嫁之，誓而不许，乃截耳置盘中为誓乃止。遂手为亡婿种树数百株，墓前柏树忽成连理，一年许还复分散。女乃为

诗曰:'墓前一株柏,根连复并枝。妾心能感木,颓城何足奇。'"

②霸陵:据《南史·孝义传》作霸城。三国魏时改霸陵县置霸城县,

　　属京兆郡,治所在今陕西西安东北。北周建德二年(573)废。

　　妹:据《南史·孝义传》及《太平御览》卷九二二,当为"姊"之讹。

【译文】

　　襄阳人卫敬瑜英年早逝,他的妻子是霸陵王整的姐姐,年方十六。王氏女的父母公婆都想让她改嫁,她誓不相从,把自己的耳朵截下来放在盘中立誓,这件事才作罢。她家中有个燕巢,有一对燕子经常飞来飞去,后来忽然只剩下一只燕子独自飞行。王氏女感叹而言:"你能如同我一样独自生活吗?"于是用一缕线作为标记绑在它的脚上。第二年,燕子又飞了回来,依然独自飞行,还带着之前绑的那缕线。王氏女作诗说:"昔年无偶去,今春犹独归。故人恩既重,不忍复双飞。"自此,它春日飞来,秋日飞走,如此过了六七年。后来,燕子再飞来时,王氏女已经去世,燕子绕着王氏女的房舍悲哀地鸣叫。人们告诉燕子王氏女的埋葬之处,燕子就飞到王氏女坟墓,哀鸣不已,绝食而死。人们便将它埋葬在墓旁,称作"燕冢"。

　　元贞二年①,燕人柳汤佐家②,双燕巢梁。一夕,家人持火照蝎,其雄惊坠,猫食之。雌朝夕悲鸣,哺雏成翼而去。明年,雌独来。人视巢有二卵,疑其更偶,徐伺之,则二壳耳。春秋去来,凡六载皆然。

【注释】

①元贞二年:元成宗元贞二年(1296)。

②柳汤佐:元朝人,曾任怀孟总管。与赵孟頫、张野等诗人有来往,

　　如张野有词《贺新郎·九日同柳汤佐梁平章弟总管歌酒登》,薛

汉有诗《送柳汤佐》。柳汤佐双燕事见元王逢《梧溪集》卷四、元冯子振《贞燕记》、明陈耀文《天中记》卷五八、明黄瑜《双槐岁钞》卷八、清来集之《博学汇书》初编卷六及《倘湖樵书》卷六"贞鸟"等。

【译文】

元成宗元贞二年，燕地人柳汤佐的家中，有两只燕子在房梁上筑巢而居。一天晚上，家人持着火把照蝎子，雄燕受惊而坠落，被猫吃掉了。雌燕朝夕悲鸣，哺育雏燕直到它们长好翅膀才飞走。第二年，雌燕独自归来。人们看到巢中有两枚鸟蛋，怀疑它更换了配偶，后来慢慢地观察，才发现是两个蛋壳而已。春日飞来，秋日飞走，如此过了六年。

　　夏氏子见梁间双燕①，戏弹之，其雄死，雌者悲鸣逾时，自投于河，亦死。时人作《烈燕歌》。

【注释】

①夏氏子见梁间双燕：此事出于宋洪迈《夷坚支志》庚卷一《夏氏燕》，记主人公为"德兴土坑夏氏子某"，末附诗歌："燕燕于飞春欲暮，终日呢喃语如诉。但闻寄泪来潇湘，不闻有意如烈妇。夏氏狂儿好游猎，弹射飞禽类几绝。梁间双燕衔泥至，飞镞伤雄当儿戏。雌燕视之兀如痴，不能人言人不知。门前陂水清且泚，一飞径溺澄澜底。伤哉痛恨应未休，安得化作吕氏女，手刃其头报夫仇。"

【译文】

有个姓夏的人见到房梁间有两只燕子，玩闹地弹射燕子，弄死了雄燕，雌燕悲鸣了很长时间，自投于河中，也死了。当时的人作了《烈燕歌》。

　　郁七家有燕将雏①，巢久忽毁。邻燕成群衔泥，去来如织,顷刻巢复成。明日,遂育数雏巢中,乃知事急燕来助力者。

【注释】

①郁七家有燕将雏:此事见明陈良谟《见闻纪训》卷下、明董德锈《可如》卷一引《见闻纪训》、明张怡《玉光剑气集》,据三书知文中的郁七指嘉靖间栋塘(安吉州别称,今浙江安吉)人陈郁七,是陈良谟的从兄。又见引于明李长科等辑《广仁品·纪训存赏》、《(乾隆)安吉州志》卷十六。

【译文】

明朝陈郁七的家中有燕子将要孵化雏燕,搭建了很久的巢穴忽然毁坏。邻近的燕子们成群结队地衔来泥土,飞来飞去络绎不绝,顷刻间便重新建成了燕巢。第二天,巢中孵育出几只雏燕,人们才知道燕子们是在孵化的紧急关头赶来帮忙。

鹦鹉

宋高宗时①,陇山人进能言鹦鹉②,高宗养之宫中。一日问曰:"尔思乡否?"曰:"岂不思尔? 思之何益?"帝遣中贵送还陇山。数年之后,使过其地。鹦鹉问曰:"上皇安否③?"曰:"崩矣!"鹦鹉悲鸣不已。

【注释】

①宋高宗:宋高宗赵构,字德基。宋高宗鹦鹉事见明敖英《绿雪亭杂言》、明陈其力《芸心识余》卷一引《绿雪亭杂言》、明陈师《禅寄笔谈》卷九、明程达《警语类抄》卷八、明李诩《戒庵漫笔》卷七、明彭大翼《山堂肆考》卷二一三引《绿雪亭杂言》等。

②陇山:此处指今陕西、甘肃间的陇山,《(嘉靖)陕西通志》卷三五、

《(雍正)陕西通志》卷九八、《(乾隆)凤翔府志》卷十二等皆引此事。

③上皇:太上皇赵构。宋绍兴三十二年(1162)六月,宋高宗赵构以
休养为由,传位给养子赵眘,是为宋孝宗,而他自称太上皇。《宋
史·孝宗纪》记该年六月赵构:"降御札:'皇太子可即皇帝位,朕
称太上皇帝,退处德寿宫,皇后称太上皇后。'"

【译文】

宋高宗赵构时,陇山人进贡了一只会说话的鹦鹉,宋高宗把它养在
宫里。一天,他问鹦鹉说:"你思念家乡吗?"鹦鹉回答说:"怎能不想家
呢?想了又有什么用呢?"宋高宗派遣宦官将鹦鹉送还陇山。几年之后,
有使者路过那里。鹦鹉问:"太上皇身体安康吗?"使者答道:"已经驾崩
了啊!"鹦鹉听后,悲鸣不已。

　　关中商人^①,得能言鹦鹉于陇山,爱而食之甚勤。偶事
下狱,归时叹恨不已。鹦鹉曰:"郎在狱数日,已不堪;鹦鹉
遭闭累年,奈何?"商感而放之。后商同辈有过陇山者,鹦
鹉必于林间问曰:"郎无恙否?幸寄声,幸寄声!"

【注释】

①关中商人:关中商人得鹦鹉事见郎瑛《七修类稿》卷三六引《闻
见录》、明张鼎思《琅邪代醉编》卷三八引《闻见录》。关中,函谷
关以西的关中平原地区。

【译文】

关中地区的一个商人,在陇山得到了会说话的鹦鹉,他非常喜爱,
殷勤给它喂食。这个商人偶然因事入狱,出狱后怨恨不已。鹦鹉说:"你
在狱中才待了几天,已经感觉不堪忍受;我身遭禁闭好几年了,又能怎样
呢?"商人有所感触,便放归了鹦鹉。后来,但凡商人的同伴路过陇山,

鹦鹉一定会在林间问询:"先生身体无恙吧? 希望你能传话给他,希望你能传话给他!"

李迈庵自记[①]:自滇游回,有仆染瘴而死。仆携有二鹦鹉,流泪三日不休,亦死。

【注释】

①李迈庵:李迈庵所记之事见于清来集之《倘湖樵书》卷十与《博学汇书》二编卷十"禽兽灵异"。按,"李迈庵"又作"李蕒庵",盖"迈(邁)""蕒"形近易讹,《倘湖樵书》卷六引"李蕒庵《滇游记》云:滇中江川山茶",卷八引"李蕒庵《游记》云:小西天佛国屋宇以竹为之",卷十引"李蕒庵自记:自滇游回"皆作"李蕒庵"。又考清顾景星有诗《李蕒庵偕雪嵩问疾,蕒庵示所撰〈花间诗余〉》(《白茅堂集》卷二二)、清崔晃撰诗《李蕒庵招同朱宝臣饮江深阁》(《素吟集》卷五五)皆提及李蕒庵,据此知他是明末清初人,曾游云南,撰《滇游记》。考之方志,见《(光绪)沔阳州志》卷九记"李长康,字磐石,号过庵,扬州兴化人。明少师李春芳之孙,顺治辛丑从军云南,至木邦、车里、缅甸"。又见《(同治)攸县志》卷四九录李长康《蔡畴三诗序》记"辛丑(1661),入六诏故址,越诸异域,雪山积雪,垂手取飧;佛国老佛,并肩偶坐。身历崎岖,闲有歌行,皆恨句非奇句也。壬寅(1662),奉命走交趾国,依铜柱,岭号分茅,西洋江一苇而杭,火焰山扶筇而渡,此真穷境,奈山水浩渺,人力莫可形容"。李长康,号迈庵,又曾周游云南、缅甸,当即文中李迈庵也。

【译文】

李迈庵自记:我从云南游历回来,有个仆人感染瘴气而死。仆人携带着两只鹦鹉,鹦鹉连着流了三天眼泪,最终也死了。

鹡

高邮有鹡①，双栖于南楼之上。或弋其雄②，雌独孤栖。旬余，有鹡一班，偕一雄与共巢，若媒诱之者。然竟日弗偶，遂皆飞去。孤者哀鸣不已，忽钻嘴入巢隙，悬足而死。时游者群客见之，无不嗟讶，称为"烈鹡"，而竞为诗歌吊之，复有"烈鹡碑"。

【注释】

①高邮有鹡：事见明王圻《稗史汇编》卷一五九"烈鹡"、明王同轨《耳谈》卷九、《(乾隆)高邮州志》卷十二等，末记"吴贞甫谈"。吴贞甫未详，《耳谈》多次征引其语，当是明嘉靖、万历时人。

②弋：用带绳子的箭射鸟。

【译文】

高邮有一对鹡鸟栖息在南楼上。有人射杀了雄鹡，雌鹡独自栖息南楼。十多天后，飞来一群鹡鸟，让一只雄鹡和那只雌鹡同居一巢，逗引那只孤单的雌鹡。然而，那只雌鹡最终没有把它当作配偶，于是那群鹡鸟都飞走了。孤身的鹡鸟哀鸣不已，忽然把嘴钻进巢穴的缝隙，悬空双足而死。当时的游客们看到此景，没有不嗟叹惊讶的，将那只雌鹡称作"烈鹡"，竞相为它撰写凭吊的诗歌，又立有"烈鹡碑"。

卫衙梓巢①，鹡父死于弩。顷之，众拥一雄来，匹其母。母哀鸣百拒之。雄却尽啄杀其四雏。母益哀顿以死。群凶乃挟其雄逸去。

【注释】

①卫衙梓巢：事见明徐渭《徐文长文集》卷四、清来集之《倘湖樵书》

卷六与《博学汇书》初编卷六"贞鸟"引"徐天池（徐渭）"语。卫衙，即戟门、营门，领兵将帅止宿处插戟为门，故徐渭诗云"戟门巢梓者"。徐渭曾入浙直总督胡宗宪幕府，此处所言卫衙或指胡宗宪的驻军营门。

【译文】

在卫衙的梓树上有鹳鸟作巢，巢中的雄鹳被弓弩射死，留下母鹳和四只幼鹳。不久，众鹳簇拥着一只新雄鹳飞来，想匹配那只母鹳。母鹳百般哀鸣而拒斥之。新雄鹳竟然啄死了母鹳的四只幼鹳。母鹳非常哀伤，便死了。那群凶恶的鹳鸟便携着那只雄鹳飞走了。

某氏园亭中①，有古树，鹊巢其上，伏卵将雏。一日，二鹊徊翔屋上，悲鸣不已。顷之，有数鹊相向鸣，渐益近，百首皆向巢。忽数鹊对喙鸣，若相语状，飏去。少顷，一鹳横空来，阁阁有声，鹊亦尾其后。群鹊向而噪，若有所诉。鹳复作声，若允所请。瞥而上，捣巢，衔一赤蛇吞之。群鹊喧舞，若庆且谢者。盖鹊招鹳搏蛇相救也。

【注释】

①某氏园亭中：某氏园亭中群鹊招鹳事见明朱国祯《涌幢小品》卷三一《群鹊招鹳》。

【译文】

某人的园亭之中，有一棵古树，有鹊鸟在树上筑巢，趴在蛋上孵化雏鸟。一天，两只鹊鸟徘徊飞翔在屋子上，悲鸣不止。不久，有数只鹊鸟面对鹊巢鸣叫，越来越靠近巢穴，头都朝向那巢穴。忽然，数只鹊鸟对着鸟喙鸣叫，好像相互交谈的样子，又飞走了。不一会儿，有一只鹳鸟横空飞来，发出阁阁的声音，鹊鸟也尾随其后。群鹊向着它发出嘈杂的声音，像是在倾诉什么。鹳鸟又开始发声，好像是应允了群鹊的请求。鹳鸟瞥了一眼后，飞到上方，直捣鹊巢，从巢穴中衔出一条赤蛇并吞掉了它。群鹊喧闹着飞舞起来，好似庆贺并感谢一样。这大概是鹊鸟招引鹳鸟搏杀赤蛇来救助正在孵化的鹊鸟吧。

　　华亭董氏，庭前有虬松一株①，枝干扶疏，亭亭如盖，有双鹳结巢其颠。后雄被弹死，其雌孑然独处，日夕哀鸣，越数日亦死。

【注释】

①虬松：枝节盘绕的松树。

【译文】

　　华亭的董某，庭院前有一株枝节盘曲的松树，枝叶繁密，竦然挺立如车盖一样，有一对鹳鸟在树顶筑巢。后来，雄鹳被射死，雌鹳孑然一身，日夜悲哀地鸣叫，过了几天也死了。

　　泰州盐场僧寺①，楼窗外树上，有鹳巢焉，雌鹳伏卵其间。村民伺雄觅食，潜以鹅卵易之，鹳不知也。久之，雏破卵出，则鹅也，雄鹳讶其不类，谓雌与他禽合，怒而噪之。雌者亦鸣不已。既而雄者飞去。少顷，诸鹳群集，视其雏，咸向雌而噪。雌者无以自明，以喙钻墙隙死。吴嘉纪野人作诗纪其事②。

【注释】

①泰州盐场：泰州盐业兴盛，明正德十五年（1520），两淮都转盐运使署泰州分司分管盐运，驻东台场，至清代顺治年间，两淮盐运

使署泰州分司，管辖富安、安丰、梁垛、栟茶、角斜、东台、何垛、丁溪、草堰、小海等十盐场。

②吴嘉纪野人：吴嘉纪，字宾贤，号野人，明末清初江南泰州（今江苏泰州）人。以"盐场今乐府"诗闻名于世，著有《陋轩诗集》。事见蔡观明《吴嘉纪年谱》。今见清先著诗《烈鹳行》（《之溪老人集》卷三）、闵华《贞鹳行》（《澄秋阁集》卷二）、张四科《贞鹳行》（《宝闲堂集》卷四）、张世进《义鹳行》（《著老书堂集》卷六）、申颋《义鹳行》（《耐俗轩诗集》卷三），皆歌咏其事。

【译文】

泰州盐场有一个寺院，寺中楼房窗外的树上有鹳鸟筑了个巢，巢中有雌鹳在孵化。村民趁着雌鹳外出觅食的时候，悄悄用鹅蛋换了原来的鹳蛋，鹳鸟并不知情。过了许久，幼禽啄破了蛋壳出世，竟然是只幼鹅。雄鹳讶异它不是自己的同类，认为这是雌鹳和其他禽鸟交合而生的，发怒地叫噪。雌鹳也鸣叫不已。后来，雄鹳飞走了。不一会儿，飞来了很多鹳鸟，看向那只幼禽，都向雌鹳叫噪。雌鹳没办法证明自己的清白，便将鸟喙钻进墙缝之中，就此而死。吴嘉纪作诗记录了这件事。

黄莺

有人取黄莺雏养于竹笼中①，其雌雄接翼晓夜哀鸣于笼外②，则更来哺之③，人或在前，略无所畏。积数日不放出笼，其雄雌缭绕飞鸣，无从而入，一投火中，一触笼而死。剖腹视之，其肠寸断。

【注释】

①有人取黄莺雏养于竹笼中：事见五代王仁裕《玉堂闲话》、宋李昉《太平广记》卷四六三引《玉堂闲话》、宋潘自牧《记纂渊海》卷九

九引《玉堂闲话》、明陈耀文《天中记》卷五九引《玉堂闲话》、明董德铸《可如》卷二引《天中记》、明王圻《稗史汇编》卷一五九"莺护雏"引《玉堂闲话》、清来集之《倘湖樵书》卷六与《博学汇书》初编卷六"贞鸟"引《玉堂闲话》等。

②接翼：翅膀挨着翅膀。

③则更来哺之：明谈恺刻本《太平广记》、明抄本《玉堂闲话》《天中记》前有"绝不饮啄，乃取雏置于笼外"等字，意更胜。

【译文】

有人抓住黄莺雏鸟后，将它饲养在竹笼中，雌、雄黄莺翅膀挨着翅膀，日夜在笼子外面哀鸣，还轮流哺育雏鸟，即使有人在面前也毫不畏惧。过了好几天，那人还没把雏鸟放出笼子，雌、雄黄莺环绕笼子边飞边叫，却没有办法进去，后来一只投入火中，另一只撞笼而死。有人剖开了死掉的黄莺腹部去查看，发现它们的肠子断成了一寸一寸的。

鸳鸯

成化六年十月间①，盐城天纵湖渔父②，见鸳鸯甚多。一日，弋其雄者烹之，其雌者随棹飞鸣不去。渔父方启釜，即投沸汤中死。

【注释】

①成化：明宪宗朱见深的年号（1465—1487）。明成化六年（1470）鸳鸯事见明赵世显《客窗随笔》卷六、清来集之《倘湖樵书》卷六与《博学汇书》初编卷六"贞鸟"等。

②盐城：古县名，治所在今江苏盐城。历代多有废置，明代时属南直隶淮安府。天纵湖：据《客窗随笔》《倘湖樵书》《（万历）盐城县志》等所引此故事当作"大踪湖"，亦名大纵湖，在今江苏中部宝应、盐城和兴化三地之间。

【译文】

明成化六年十月时,盐城县大纵湖的渔翁见到湖中有很多鸳鸯。一天,渔翁用箭射杀了一只雄鸟,在船上烹煮,有只雌鸟跟着船飞翔鸣叫,不肯离开。渔翁刚刚揭开锅盖,雌鸟就投身到沸汤中死掉了。

鹊

大慈山之阳[①],有拱木[②],上有二鹊,各巢而生子。其母一为鸷鸟所搏[③],二子失母,其鸣啁啁[④]。其一方哺子,见而怜之,赴而救之,即衔置一处,哺之若其子然。

【注释】

①大慈山:一在今浙江杭州西南。一在今浙江宁波东钱湖东岸,南宋宰相史弥远葬慈母于此,故名"大慈山"。大慈山二鹊事见明王圻《稗史汇编》卷一五九"义鹊"。

②拱木:径围大如两臂合围的树。泛指大树。

③鸷(zhì)鸟:凶猛的鸟。

④啁啁(zhōu):象声词,指禽鸟鸣叫声。

【译文】

大慈山的南边有棵合围之木,上面栖息着两只母鹊,分别筑巢育子。其中一只母鹊被凶猛的鸟捕获,两只雏鸟失去了母亲,啁啁地鸣叫着。另一只母鹊正在哺育孩子,见到这般场景心生怜悯,便飞过去救那两只雏鸟,把它们衔到自己的巢穴,像哺育自己孩子那样哺育它们。

鸽

江浙平章峨峨家养二鸽[①]。其雄毙于狸奴[②],家人以他雄配之,遂斗而死。谢子兰作《义鸽诗》吊之[③]。

【注释】

①江浙平章巎巎（náo）：指担任江浙行省平章政事的康里巎巎，也作崾崾（náo），字子山，号正斋、恕叟，元代新疆康里部（西北游牧民族）人。元顺帝时任翰林学士承旨，曾任礼部尚书、江浙行省平章政事等，谥号文忠。其生平见《元史·巎巎传》。平章政事，官名，元时中书省、行中书省皆设此官，行中书省的平章政事为地方高级长官。巎巎家二鸽事见元谢应芳《义鸽诗·序》（《龟巢稿》卷二）。

②狸奴：猫的别称。

③谢子兰：谢应芳，字子兰，号龟巢，常州武进（今江苏常州）人。自幼钻研理学，隐白鹤溪上，名其室为"龟巢"，因以为号。授徒讲学，议论必关世教，导人为善。元末避地吴中，明兴始归，隐居芳茂山，素履高洁，为学者所宗。有《龟巢稿》。谢应芳《义鸽诗》见于《龟巢稿》卷二，诗题全名《浙江平章库库公家养二鸽，其雄毙于狸奴，人以他雄配之，遂斗死，作义鸽诗》，其诗云："翩翩两飞奴，其羽白如雪。鸟兽忽相残，雄死雌蹩躄。绝食累数日，悲鸣声不歇。苍头配他偶，捍斗项流血。血流气犹愤，血尽气力绝。嗟尔非鸳鸯，失配不再结。嗟尔非睢鸠，所性殊有别。于人拟共姜，之死同一辙。夫何宫闱内，往往少贞烈。夏姬更九夫，河间不可说。聊为义鸽行，永激妇女节。"

【译文】

元代江浙行省平章政事巎巎家里养了两只鸽子。雄鸽被猫咬死，家中的仆人用另一只雄鸽给雌鸽作配偶，雌鸽却与雄鸽争斗而死。谢应芳写了《义鸽诗》凭吊鸽子。

鹅

天宝末①，德清沈朝家有鹅②，育卵而肠出以死。其雏悲鸣不复食,啄败荐覆之③,又衔刍草母前,若祭奠状,长吁数声而死。沈氏异而埋之,后人呼为"孝鹅冢"云。

【注释】

①天宝:唐玄宗李隆基的年号(742—756)。天宝间鹅事见宋乐史《太平寰宇记》卷九四、宋谈钥《(嘉泰)吴兴志》卷二十引《统纪》、明陈懋学《事言要玄》集五引《太平寰宇记》、明陈耀文《天中记》卷五八、明董德镛《可如》卷二引《太平寰宇记》、清来集之《倘湖樵书》初编卷六及《博学汇编》初编卷六"诸墓"引《太平寰宇记》、褚人获《坚瓠集》余集卷二引《寰宇记》等。

②德清:唐天宝元年(742)改临溪县置德清县,治今浙江德清,明、清属湖州府。

③荐:草席。

【译文】

唐玄宗天宝末年,德清县的沈朝家里有只母鹅,孵化鹅蛋后肠子破烂而死。它的雏鹅悲伤鸣叫,不再进食,还啄来烂席覆盖母鹅,又衔来草料放在母鹅前,好似祭奠的样子,后来长叹几声而死。沈朝对此感到奇异便埋葬了它,后人将埋葬鹅的地方称作"孝鹅冢"。

汤邻初焕佐郡江右①,在任生女。及周,郡人馈以鹅,颈为盒担压折②,折成"之"字,怜而畜之。后罢郡归,亲党又馈以鹅,乃缺一掌者,亦怜而畜之。一雌一雄,遂成配偶。雄曰"乌郎",雌曰"苍女",呼其名,即应声至。行则让缺掌者先,食则让折颈者先。畜至三十余年,迨汤夫人殁,二鹅哀号数昼夜,绝食,偕死于枢下。

【注释】

①汤邻初焕：汤焕，字尧文，号邻初，明仁和（今浙江杭州）人。万历三年（1575）任江阴教谕（见《（崇祯）江阴县志》卷四），万历十五年（1587）任顺天府通判（见《（万历）顺天府志》卷四），万历二十年（1592）任赣州同知（见《（天启）赣州府志》卷九）。精于书法，曾被招为翰林待诏，有《汤邻初游西山诗墨迹》存世。佐郡江右：指汤焕任赣州同知。佐郡，协理州郡政务，即任州郡的司马、通判、同知等职。

②盒担：盒形盛物器，叠合为两组，用扁担挑起运输。

【译文】

明朝的汤焕，号邻初，任赣州同知时生了一个女儿。女儿周岁时，有个赣州人馈赠给他一只鹅，鹅颈被盒子压折，折成了"之"字，汤焕心生怜悯便畜养了那只鹅。后来，汤焕罢官回家，亲友又馈赠给他一只鹅，那只鹅缺了一只鹅掌，他也心生怜悯而畜养。两只鹅一雌一雄，便结成了配偶。雄鹅叫"乌郎"，雌鹅叫"苍女"，呼叫它们的名字，它们就应声而来。行动时，让那只缺鹅掌的鹅先走；进食时，则让那只折颈的鹅先吃。畜养了三十多年，汤焕的夫人去世时，两只鹅哀鸣号叫了好几个昼夜，后来一起绝食，死在了汤焕夫人的灵柩之下。

　　常州陈四畜黑白二鹅①，两窠相并，各哺数雏。一日黑者死，众雏失怙悲鸣②。白者每晨至其窠，呼雏与己雏同啄；晚必先领归窠，始引己雏入宿。人皆见而义之。

【注释】

①常州陈四畜黑白二鹅：事见明陈良谟《见闻纪训》卷下、明董德镛《可如》卷二引《见闻纪训》、明张怡《玉光剑气集》。常州陈四，据《见闻纪训》《可如》《玉光剑气集》当作陈怀四，是陈良谟的侄子，

应为浙江湖州安吉县人,原文未记州名,"常州"疑为后人误加。

②失怙:指失去母鹅的佑护。

【译文】

常州陈怀四畜养了黑白两只母鹅,两鹅的巢相连,各自哺育着数只幼鹅。一天,黑鹅死了,众幼鹅因为失去母亲而悲伤鸣叫。白鹅每天清晨跑到黑鹅的巢里,呼唤黑鹅留下的幼鹅与自己的幼鹅一起去啄食;晚上一定先领那些失母的幼鹅归巢,再带自己的幼鹅回到宿处。人们看到这种场景,都认为那只白鹅很有义气。

鸡

衢州里胥至贫民家督赋①,民只有一哺鸡②,拟烹之。胥恍忽见桑林间有黄衣女子乞命,里胥惊恻。少间,见民持刀取哺鸡,意疑之,止勿杀。后再至,见鸡率群雏,向前踊跃,有似相感之状。胥行百步遇虎,忽见鸡飞扑虎眼,胥因奔免。

【注释】

①衢州:唐武德四年(621)分婺州置衢州,治所在信安县(今浙江衢州)。明、清时,为衢州府,隶属浙江。里胥:即里长,管理乡里事务的公差。督赋:督查赋税。此则事见明李长科《广仁品》、明董德镂《可如》卷二引《广仁品》,事稍详。

②哺鸡:孵蛋的母鸡。

【译文】

衢州有个里长到贫苦的百姓家中督查赋税,那户人家只有一只孵蛋的母鸡,准备烹煮待客。里长恍惚间看到桑树林里有个穿黄衣服的女子向自己乞求保全性命,他惊讶下有了恻隐之心。一会儿,里长见到那户人家拿着刀要杀孵蛋的母鸡，里长心中生疑，制止那户人家不要杀鸡。后来，里长再次来到那户人家，看到有只母鸡率领着一群小鸡，踊跃向前，像是做出感激的样子。里长行走百步之后遇到老虎，忽然见到那只母鸡飞起来冲向老虎的眼睛，里长因此逃脱，得以免死。

象

　　唐明皇尝教象拜舞①。天宝之乱②，禄山大宴其曹③，出象给之曰："此象自南海奔来，知吾有天命，虽异类必拜舞。"左右命之拜，象皆努目昂首不肯拜④；命之舞，努目敛足不肯舞。禄山怒，尽杀之。

【注释】

①唐明皇：唐玄宗李隆基谥号为至道大圣大明孝皇帝，故称唐明皇。唐明皇时大象事出自唐刘恂《岭表录异》卷上、唐姚汝能《安禄山事迹》卷下，又见宋潘自牧《记纂渊海》卷九八、宋祝穆《事文类聚》后集卷三六、宋谢维新《事类备要》别集卷七六、宋曾慥《类说》卷四五、明彭大翼《山堂肆考》卷二一八引《南楚新闻》。又见明董德镛《可如》卷三引《无如》、明陈耀文《天中记》卷六十引《明皇杂录》、清来集之《倘湖樵书》卷十及《博学汇编》二编卷十"兽有节义"引《明皇杂录》等，文稍异。拜舞：跪拜与舞蹈，这是古代朝拜的一种礼节。

②天宝之乱：即安史之乱。唐玄宗天宝十四年（755）至代宗广德初年（763），唐朝将领安禄山与史思明背叛唐朝而发动战争，这场叛乱是唐由盛而衰的转折点。

③禄山：安禄山，本姓康，原名轧荦山，营州柳城（今辽宁朝阳）人，粟特族。唐朝时期藩镇割据将领，后背叛大唐，发起战争。自称

雄武皇帝,国号燕,建元圣武。后为其子庆绪所杀。曹:同党。《岭表录异》作"诸酋"。

④努目:犹怒目。把眼睛张大,使眼球突出。

【译文】

　　唐明皇曾经让人教授大象跪拜与舞蹈。天宝末年,安、史作乱,安禄山举行宴会款待叛党,请出大象来表演,哄骗大家说:"这些大象从南海跑来,知道我上承天命,它们虽然是异类也愿意向我跪拜舞蹈。"安禄山身边的人让大象跪拜,大象怒目相视,昂首而立,不肯跪拜;让大象舞蹈,大象怒目相视,停步不前,不肯舞蹈。安禄山很生气,就把大象都杀掉了。

　　上元中①,华容县有象入庄家中庭卧②。其足下有槎③,人为出之。象乃伏,令人骑入深山。以鼻掊土④,得象牙数十以报之。

【注释】

①上元:唐高宗李治年号(674—676)。上元时象事出自唐张鷟《朝野佥载》。

②华容县:隋开皇十八年(598)改南安县置华容县,属岳州,治所在今湖南华容东二里。唐属岳州,垂拱二年(686)改容城县。神龙元年(705)复名华容县,移治今华容县东南十五里檀子湾。北宋至和元年(1054)还治今华容县。元属岳州路。明、清属岳州府。

③槎(chá):树枝,原讹作"搓"。

④掊(póu)土:扒土。

【译文】

　　唐高宗上元年间,华容县有只大象跑到农家,躺卧在庭院中。它的脚上插有树枝,这家人帮它拔出树枝。大象便伏在地上以示感激,让人骑着它进入深山。大象用鼻子扒开泥土,挖出了数十个象牙来报答那人。

元有驾象,明太祖登极①,不肯拜跪,竟死殳下②。

【注释】

①明太祖登极:明洪武元年(1368)初,明太祖朱元璋在应天府称帝,国号大明。明太祖时大象事见明郎瑛《七修类稿》卷三五、明王圻《稗史汇编》卷一二零"义象白鹇"、清来集之《倘湖樵书》卷十及《博学汇编》二编卷十"兽有节义"引《七修类稿》等。

②殳(shū):古代的一种兵器。杖属。

【译文】

元代有供人骑乘的象,明太祖朱元璋登基时,大象不肯跪拜,竟然被人用兵器杀死。

明广西有象,封定南公。吴三桂入桂,欲将象解京①,象昂首直触。象奴百计劝勉,终不服。三桂大怒,刀矢不能伤,以火炮攻毙之。

【注释】

①解:押送。

【译文】

明朝广西有只大象,被封为定南公。吴三桂进入广西后,想要把大象押送到京城,大象昂首抵触。饲养象的奴仆想了很多办法劝勉它,可大象始终不肯听从。吴三桂大怒,用刀箭伤害不了大象,便用火炮把大象杀死了。

鹿

银台侯广成家①,放一鹿于尧峰②。且数年,侯死,鹿跳踯躅断角^③,累日不食,亦死。山僧怜而葬之,碣曰"义鹿冢"。

【注释】

①银台侯广成:通政使侯峒曾。银台,明、清通政使的别称。侯峒曾,
　字豫瞻,号广成,直隶嘉定县诸翟镇紫堤村(今上海闵行区)人。
　给事中侯震旸之子。明万历三十三(1605)与弟侯岷曾、侯岐曾
　考取秀才,同被誉为"江南三凤"。天启五年(1625)乙丑科进士,
　授南京兵部武选司主事。曾任浙江参政,守嘉兴、湖州。南明弘光
　朝授左通政使,推辞不就,故本文称其为银台。南京失陷后,避居
　嘉定。南明弘光元年(1645)闰六月十七日,与黄淳耀、董用圆、
　张锡眉等在嘉定抗清,后遭清军砍杀而亡。事见《明史·侯峒曾
　传》。此篇出自徐芳《悬榻编》卷六《七义赞》,又见清来集之《倘
　湖樵书》卷六及《博学汇编》初编卷六"诸墓"引《悬榻编》。《悬
　榻编》作"银茔"。

②尧峰:即尧峰山,位于今江苏苏州西南,是七子山的西南支脉。

③跳踯(zhí):上下跳跃。

【译文】

　左通政使侯峒曾家,曾把一头鹿放生到苏州尧峰山。过了好几年,
侯峒曾去世,鹿上下跳跃弄断了鹿角,好几天不吃东西,也死了。山上的
僧人心生怜悯,便将它安葬了,在墓碣上题写"义鹿冢"。

熊

　晋升平中^①,有人入山射鹿,忽堕一坎内,见熊子数头。
须臾,有大熊入,瞪视此人。人谓必害己。良久,大熊出果
分与诸子,末后作一分着此人。此人饥久,冒死取啖之。既
而转狎习^②。每旦,熊母觅食还,辄分果,此人赖以支命。后

熊子大,其母一一负将出。子既出尽,此人自分死坎中,乃
熊母复还,入坐人边。人解其意,便抱熊足,熊即跳出,遂得
不死。

【注释】

①升平:晋穆帝司马聃的年号(357—361)。晋升平间鹿事出自晋
　陶潜《搜神后记》卷九,见引于唐欧阳询《艺文类聚》卷九五、宋
　李昉《太平广记》卷四四二、宋李昉《太平御览》卷九零八,明、清
　典籍征引此事极多,如《可如》卷三、《事言要玄》玄集五、《山堂
　肆考》卷二一八、《群书类编故事》卷二四等。

②狎习:亲近熟悉。

【译文】

　　晋穆帝升平年间,有人进山里猎鹿,偶然掉进一个深坑,发现坑里有
几头小熊。过了一会儿,有只硕大的母熊进入坑中,瞪着这个人看。这
个人觉得熊一定会吃了自己。过了很久,母熊拿出果子分给了小熊,之
后又分出一份给这个人。这个人饿得久了,壮着胆子取来吃。后来,他
和母熊熟悉起来。每天早晨,母熊觅食回来,总是给这个人分果子,这个
人依靠果子得以维持生命。后来,小熊长大,母熊把它们一一背出坑里。
小熊都出去了,这人思量自己会死在坑内,而那只母熊再次回来,进入坑
中坐在这个人的旁边。这个人理解了它的意思,就抱着母熊的脚,熊便
纵身跳出坑,他于是得以免除一死。

虎

　　后汉人都区宝者①,居父丧②。邻人格虎,走趋其庐中③,
即以簑衣覆藏之。邻人寻迹问,宝曰:“虎岂可有念而藏之
乎④?”后此虎送禽兽至,若助祭然⑤。宝由是知名。

【注释】

①后汉：即东汉。都区宝：据《太平御览》卷八九二作"平都区宝"，《可如》作"平郡区宝"，主人公当为平都（今江西安福）人，姓名为区宝，明、清书籍征引时多有讹误。区宝之事出自《太平御览》卷八九二引《王孚安城记》，又见宋吴淑《事类赋》卷二十、《可如》卷三引《无如》、明董斯张《广博物志》卷四六、明焦竑《焦氏易林》卷七引《王孚安城记》、明彭大翼《山堂肆考》卷二一七引《王孚安城记》、明李贽《初潭记》卷一七等。

②居父丧：父亲去世后为其守丧。

③庐：为守丧而构筑在墓旁的小屋。

④念：可怜。

⑤助祭：以财物助人祭祀。

【译文】

东汉平都人区宝，为父守丧。邻居与老虎搏斗，老虎跑到区宝守丧的草庐中，区宝便用蓑衣覆盖住老虎，把老虎藏了起来。邻居寻着老虎的踪迹跑来询问，区宝回答："老虎难道有什么值得我怜念的地方，让我把它藏起来吗？"后来，这只老虎给区宝送来禽兽，好似帮助他祭奠父亲一样。区宝于是扬名天下。

上虞杨威①，少失父，事母至孝。常与母入山采薪，为虎所逼，自计不能御，于是抱母，且号且行。虎见其情，遂弭耳去。

【注释】

①上虞：上虞县，秦置，属会稽郡，治所在今浙江绍兴上虞区。杨威：其事出自《水经注》卷四十，后世典籍传载较多，如明陈耀文《天中记》卷六十引《水经注》、清潘衍桐《两浙輏轩续录》卷四十、清

来集之《倘湖樵书》卷一及《博学汇编》初编卷一"义虎"引《水经注》等。

【译文】

汉时上虞人杨威，年少时父亲去世，他侍奉母亲极为孝顺。经常和母亲进入山林中砍伐柴薪，有次被老虎追逐，杨威觉得自己无法抵御老虎，便抱起母亲，一边哭号一边行走。老虎见到这般情形，便安顺地离开了。

猿猴

唐昭宗有猿[①]，随班起居，赐以绯袍[②]。朱梁篡位[③]，取此猿令殿下起居。猿见全忠[④]，径趋其所，跳跃奋击。遂令杀之。

【注释】

①唐昭宗：唐昭宗李晔，888—904年在位。唐昭宗时猿猴事出自宋毕仲询《幕府燕闲录》，又见明陈仁锡《潜确居类书》卷一零九引《幕府燕闲录》、明焦竑《焦氏类林》卷七引《幕府燕闲录》、明李日华《时物典汇》卷下等。

②绯袍：即红袍。在南北朝时，不分贵贱都可穿着，如五代马缟《中华古今注》记："旧北齐则长帽短靴，合胯袄子，朱紫玄黄，各从所好。天子多着绯袍，百官士庶同服。"从唐代起，被定为四、五品官吏的公服，皇帝常赐给他人绯色的官服，以表恩宠。

③朱梁篡位：907年，梁王朱温篡唐称帝，国号梁，史称后梁，唐朝正式覆灭，中国历史进入五代十国时期。

④全忠：即梁太祖朱温，唐僖宗给他赐名"朱全忠"，即位后又改名朱晃。

【译文】

唐昭宗李晔有只猿猴，能随文武百官向皇帝请安，唐昭宗赏赐它穿绯袍。朱温篡夺大唐而建立后梁政权，抢得此猿猴，让它在殿下给自己请安。猿猴见到朱温，径直奔向他的坐处，跳跃起来奋力击打他。朱温于是让人杀了那只猿猴。

　　吉州有捕猿^①，杀其母，以皮并其子卖之龙泉萧氏^②。示以母皮，抱之跳踯，遂毙。萧氏子为作《孝猿传》。

【注释】

①吉州：隋开皇中改庐陵郡为吉州，治所在庐陵县（今江西吉水县北）。吉州猿猴事出宋范镇《东斋记事》卷五，系北宋时白子仪向范镇所讲之事。宋袁文《瓮牖闲评》卷七引《东斋记事》、宋曾慥《类说》卷二二、宋周密《齐东野语》卷十二引"范蜀公载"、明程达《警语类钞》卷八引"范蜀公言"、明董德锈《可如》卷三引《博闻类纂》、明窦文照《纪闻类编》卷四引"范蜀公载"、明王圻《稗史汇编》卷一五五引"范蜀公载"等。

②龙泉：据文意看，当指吉州龙泉县。五代南唐升龙泉场置龙泉县，属吉州，治所在今江西遂川县南二十里。北宋明道三年（1034）徙治今遂川县，宣和三年（1121）改名泉江县。

【译文】

　　北宋时吉州有人捕捉到一只小猿猴和它的母亲，后来杀了小猿猴的母亲，把母猿皮和小猿猴一起卖给了龙泉县人萧氏。萧氏把小猿母亲的毛皮给了小猿，小猿抱着母亲的毛皮悲痛跳跃，之后便死掉了。萧氏为它撰写《孝猿传》。

　　邓芝射中猿母^①，见猿子为拔箭，以木叶塞疮口，悲哀不已，为母吮血。芝遂投弩而叹曰："山兽犹哀母，人可不如猿？吾不猎矣！"

【注释】

①邓芝：字伯苗，义阳郡新野县（今河南新野）人。东汉名将邓禹之后，三国时期蜀汉重臣。邓芝射猿事出自晋常璩《华阳国志》卷一，与本则文字稍异，又见唐欧阳询《艺文类聚》卷六十、唐虞世南《北堂书钞》卷一二五、《太平御览》卷三四八、宋潘自牧《记纂渊海》卷五七、《舆地纪胜》卷一七四等并引《华阳国志》。又《太平广记》卷四四六"狨"引《玉堂闲话》、明陈耀文《天中记》卷六十引《五行志》、明董德镜《可如》卷三引《无如》。

【译文】

三国时邓芝射中了一只小猿猴的母亲，看到小猿猴为母亲拔出箭，还用树叶堵塞伤口，表情非常悲伤，为它的母亲吸吮鲜血。邓芝于是扔掉弓弩，感叹道："山中的野兽都能哀怜母亲，人怎么能不如猿猴呢？我不打猎了！"

咸熙中①，有翁媪弄猴于瑞昌门外。一日媪死，翁葬之。未几翁死，无人葬。猴守之日久，人怜而葬之，咸称为"义猴"。

【注释】

①咸熙：三国时期魏国魏元帝曹奂的年号（264—265）。咸熙二年（265）十二月，曹奂被迫禅位于司马炎，曹魏灭亡，晋朝建立。咸熙间义猴事见明彭大翼《山堂肆考》卷二一九、清吴宝芝《花木鸟兽集类》卷三、清屠粹忠《三才藻异》卷九。

【译文】

三国魏元帝咸熙年间，有老翁、老媪在瑞昌门外耍猴。一天，老媪去世，老翁埋葬了她。不久，老翁也死了，没有人安葬他。猴子守护着老翁的遗体，过了很长时间，旁人哀怜之便埋葬了老翁，人们都称这猴子是"义猴"。

　　正德辛巳①，有夫妇以弄猴为衣食者，十年矣，寓于嘉州之白塔山。主者死，葬于塔之左，猴日夜号。其妇更招一丐者为夫，猴举首揶揄之。妇弄猴使作技，猴伏地不为，鞭之辄奋叫。入夜，走主者之墓，抱土悲号，七日而死。

【注释】

①正德辛巳：明武宗朱厚照正德十六年（1521）。正德间猴事见明杜应芳《补续全蜀艺文志》卷五二、清陈祥裔《蜀都碎事》卷二、清彭遵泗《蜀故》卷十九、《（康熙）峨眉县志》卷十二。

【译文】

　　明武宗正德十六年，有对夫妇以耍猴为生，他们已经耍了十年了，住在嘉州的白塔山。猴子的男主人去世，被安葬在白塔山的左边，猴子日夜哭号不止。剩下的妇人又招来一个乞丐作丈夫，猴子见此抬头嘲笑他们。妇人耍猴时让猴子表演技艺，猴子趴在地上不动，用鞭子打它，它就奋力叫喊。到了晚上，猴子来到主人的坟墓旁，抱着坟上的土悲哀地号叫，七天后便死了。

　　汪学使可受①，初尹金华。有丐者行山中，见群儿缚一小猴而虐之。丐者买而教之戏，日乞于市，得钱甚多。他丐忌且羡，因酒醉丐者，诱至空窑，椎杀于窑中。异日绳其猴，复使作戏。而汪公呵导声遝至②，猴即啮断绳，突走公之前，作冤诉状。公遣人随而往，得尸窑中，亟捕他丐鞫问③，伏法。阖邑骇而悼之,买棺焚丐者尸。烈焰方发,猴哀叫跃入,死矣。

【注释】

①汪学使可受:汪可受,一名汪静峰,字以虚,号以峰。明万历八年(1580)进士,初任浙江金华知县,旋升礼部主事,后历任员外郎、郎中、江西吉安知府、山西提学副使、山东按察使、大同巡抚、兵部侍郎等职。总督蓟、辽宁、保定等处。事见《(乾隆)黄梅县志》卷九《宦绩传》。汪可受所见猴子事见明王圻《续文献通考》卷八三、明王同轨《耳谈》卷九、清吴肃公《阐义》卷二十。

②呵导:同"呵道",指封建时代官员外出时,引路差役喝令行人让路。亦泛指为权势者开路。

③鞫问:审讯。

【译文】

明代山西提学副使汪可受,初任浙江金华县知县。有个乞丐在山中行走,看见一群小孩绑着一个小猴子在施虐。乞丐买来猴子便教它玩戏法,每天到市场上乞讨,得到了很多钱。其他的乞丐很是羡慕嫉妒,便用酒灌醉那个乞丐,把他引诱到空窑洞中,然后击杀了他。之后他们用绳子拴住猴子,又让猴子玩戏法。恰好传来汪可受出行时差役喝令行人让路的声音,那只猴子就咬断绳子,跑到汪可受的面前,做出申冤的样子。汪可受派人跟着猴子,在窑洞中找到了乞丐的尸体,立即把其他乞丐抓来审讯,乞丐们依法被处死刑。整个金华县的人惊骇不已,纷纷悼念那个乞丐,还买来棺材打算装殓乞丐,便焚烧了乞丐的尸体。火焰刚刚燃起,那只猴子悲哀地叫着跳进火中,最终死掉了。

牛

齐河县洪店①,有盗杀人于王臻户前。众执臻,已诬服久矣^②。知县赵清过洪店^③，一牛奔清前，跪而悲鸣，若有所诉。清曰："谁氏之牛？"众曰："王臻牛也。"清曰："臻其有冤乎？"抵邑，即辩释臻父子。后鞫大盗王山，得其杀人状。齐河人称神明^④，作《义牛记》。

【注释】

①齐河县：金大定八年（1168）以耿济镇置齐河县，属济南府，治所在今山东齐河。元属德州，明属济南府。齐河县洪店牛事见明徐复祚《花当阁丛谈》卷六"屠牛之报"、明张怡《玉光剑气集》、明朱国祯《涌幢小品》卷三一"牛"、《（万历）太原府志》卷二十、清吴肃公《阐义》卷二十引《齐东野记》。

②诬服：无辜而服罪。

③赵清：山西代州（今山西代县）人，据《（雍正）齐河县志》记弘治十四（1501）年至正德元年（1506）任齐河县知县。其事见清石麟《山西通志》卷一二八。

④齐河人称神明：似指齐河百姓称赞知县明智如神，非指其牛有神明，故《（万历）太原府志》卷二十记齐河人所撰文章名为《清牛记》，记赵清、义牛之事。

【译文】

明成化时，济南府齐河县洪店，有盗贼在百姓王臻的家门口杀人。众人捕捉了王臻，将王臻无辜地下狱抵罪，这样过了很长时间。齐河县新任知县赵清路过洪店，有一头牛跑到赵清面前下跪，悲声鸣叫，好像有所申诉的样子。赵清问："这是谁家的牛？"众人说："这是王臻的牛。"赵清问："王臻莫非有冤屈吗？"赵清到达县城后，就为王臻父子辩解冤屈。后来，赵清审问了大盗王山，察知他在洪店杀人的事情。齐河人称赞赵清明智如神，有人为此写了一篇《义牛记》。

天长县民戴某①，朝出，其妻牧牛于野。平昔豢犬随之，俄入草芥不出。戴妻牵牛寻之，未百步，见虎据丛而食犬。虎见人至，弃犬趋人，戴已为虎搏矣②。牛见主有难，忿然而前，虎又释人而应牛。二物交加哮吼，虎张爪牙，牛以二角奔击。逾时，牛竟胜虎，戴乃得免。

【注释】

①天长县：唐天宝七年（748）改千秋县置天长县，属广陵郡，治所在今安徽天长。元至清属泗州。天长县民戴某妻遇虎事见朱元璋《明太祖文集》卷十五，为明太祖洪武时天水县群牧监奏本，事稍详。后世又见明陈继儒《虎荟》卷六引《高皇帝文集》、明郎瑛《七修类稿》卷四四引《高皇帝文集》、明刘仲达《刘氏鸿书》卷九十引《本集》、明王圻《稗史汇编》卷一五七"牛搏虎"引《高皇帝文集》、明佚名《秘阁元龟政要》卷十。

②戴已为虎搏矣：据上文，戴妻牵牛寻犬，故此句及文末"戴乃得免"二句中的"戴"指戴某之妻。此事《明太祖文集》《七修类稿》《虎荟》《刘氏鸿书》《（嘉靖）天长县志》等记载较明，如《明太祖文集》记"虎见人至，弃犬趋人，其戴氏之妻被虎所搏，搏而未伤。所牵之牛见主有难，忿然而前……人难消矣"。

【译文】

明洪武时，泗州天长县百姓戴某早晨外出，他的妻子到野外放牛。家中平时豢养的狗跟着戴某妻子去放牛，不一会儿却钻入草丛中，不见踪迹。戴某妻子牵着牛寻找狗，还没走到百步远，看到有一只老虎雄踞草丛中，正吞吃着狗。老虎见到有人过来，舍弃了狗而奔向人，便与戴某妻子搏斗了起来。牛见到主人遇险，愤怒地冲向老虎，于是老虎便舍弃了人而去对付牛。两只动物互相咆哮吼叫，老虎张开爪牙扑向牛，牛用两只角搏击老虎。过了一会儿，牛居然打败了老虎，戴某妻子因此幸免一死。

嘉靖乙卯[1]，胡抚镇贤统兵御倭[2]，至临山[3]，少憩树下。见屠儿将解一牛，一犊尚随乳，将利刃衔至车沟内，以蹄蹈没泥中，屠儿遍索不获。

【注释】

①嘉靖乙卯：明世宗朱厚熜嘉靖三十四年（1555）。嘉靖乙卯间虎事见明谢肇淛《尘余》卷二。

②胡抚镇贤：据谢肇淛《尘余》作"胡镇抚贤"，当是。胡贤，嘉靖十四年（1535）乙未科武进士，授临山卫镇抚，嘉靖三十三年（1554）领兵至淞江上海县剿倭，阵亡，子胡化袭临山卫百户，事见《（嘉靖）临山卫志》卷三。镇抚，即卫镇抚，明朝各卫镇抚司设卫镇抚二人，从五品，掌本卫军士之事。

③临山：临山卫，明洪武二十年（1387）置，治今浙江余姚西北。清顺治十二年（1655）裁。

【译文】

明嘉靖三十四年，临山卫镇抚胡贤统兵抵御倭寇，到达临山卫，在树下稍作休息。见到一个屠户要杀牛，那头牛的牛犊还没有断乳，牛犊衔着屠宰牛的锋利屠刀，将刀扔到车沟里面，还用蹄子把它踩进泥中，让屠夫怎么找也找不到。

犬

孙吴时，襄阳纪信纯[1]，一犬名乌龙，行住相随。一日，城外大醉，归家不及，卧草中。太守邓瑕出猎[2]，纵火爇草，犬以口衔纯衣,不动。有溪相去三五十步,犬入水湿身,来卧处周回,以身湿之。火至湿处即灭。犬困乏,致毙于侧。信纯获免,醒见犬死毛湿,观火踪迹,因而痛哭。闻于太守,命具棺衾葬之。今纪南有"义犬冢",高十余丈。

【注释】

①襄阳纪信纯:当有误,今仅见清来集之《倘湖樵书》卷六及《博学汇编》初编卷六"诸墓"引《搜神记》作"纪信纯",唐句道兴《搜神记》作纪南李纯,他书皆作纪南李信纯,如明稗海本、四库本《搜神记》卷二十,明陈懋学《事言要玄》集五、明陈耀文《天中记》卷五四、明陈耀文《学圃萱苏》卷四、明董斯张《广博物志》卷四、明冯应京《月令广义》卷二二、明孙丕显《文苑汇隽》卷二四、明王圻《稗史汇编》卷一五七、明赵世显《松亭唔语》卷五、清吴肃公《阐义》卷二十等引《搜神记》。然未见明前书籍引作《搜神记》,其本事非出晋干宝《搜神记》,实出唐句道兴《搜神记》,今见敦煌本句道兴《搜神记》。明代书籍征引的《搜神记》皆为句道兴《搜神记》,非晋代干氏同名之著。疑来集之征引时省略文字,故误将"李信纯,襄阳纪南人也"略作"襄阳纪信纯",王言《圣师录》亦径袭错讹。襄阳,东汉建安十三年(208)置襄阳郡,治所在襄阳县(今湖北襄阳)。辖境相当今湖北襄阳、宜城、远安等地。至明、清改作襄阳府。纪南,古城名,在今湖北荆州市荆州区。《后汉书·郡国志》江陵县注引《荆州记》:"县北十余里有纪南城,楚王所都。"

②邓瑕:《倘湖樵书》《博学汇编》亦作"邓瑕",唐句道兴《搜神记》作"刘遐",他书多作"郑瑕",而犬名作"黑龙"。

【译文】

三国东吴时候,襄阳郡纪南城有个人叫李信纯,他有一条狗叫乌龙,行动、栖宿都一直跟随着他。一天,李信纯在城外喝得大醉,赶不及回家,便醉卧在草丛里。襄阳太守邓瑕出外打猎,放火烧草,那只狗用嘴咬着李信纯的衣服,但李信纯寂然不动。有条小溪相距三五十步远,狗跳入水中沾湿身子,又到李信纯躺的地方来回跑动,用身子打湿主人四周。火烧到了湿润的地方就灭了。狗疲惫不堪,因此倒毙在李信纯的身侧。李信纯得以免于一死,他醒来后看到狗死掉了,狗身上的毛还是湿的,他察看火的踪迹才明白事情的原委,因而放声痛哭。太守邓瑕知道了此事,让人准备棺材和衾被收葬了狗。如今纪南城还有"义犬冢",高十余丈。

晋泰兴二年①,吴人华隆,好弋猎。畜一犬,号曰"的尾",每将自随。隆后至江边,被一大蛇围绕周身,犬遂咋蛇死焉②,而华隆僵仆无所知矣。犬彷徨嗥吠,往复路间。家人怪其如此,因随犬往,隆闷绝委地③,载归,二日乃苏。隆未苏之际,犬终不食。

【注释】

①泰兴:即太兴,"泰"通"太",亦作大兴,东晋皇帝晋元帝司马睿的年号(318—321)。晋泰兴二年华隆犬事出自南朝宋刘义庆《幽明录》,又见《太平广记》卷四三七、《太平御览》卷九零五、明陈耀文《天中记》卷五四、明陈懋学《事言要玄》玄集五、明董斯张《广博物志》卷四七、明徐常吉《事词类奇》卷二八、清陈元龙《格致镜原》卷八七等引《幽明录》。

②咋:咬住。

③委地:蜷伏于地。

【译文】

晋元帝太兴二年,吴地人华隆喜好打猎。他畜养了一条狗,叫作

"的尾",每次都把它带在身边。华隆后来到了江边,被一条大蛇缠绕全身,狗便把蛇咬死在那里,而华隆僵卧在地上没有了知觉。那条狗徘徊嚎叫,在路上来回跑动。华隆家里的人看到后,觉得狗的行为很奇怪,就跟着狗到了江边,发现华隆昏倒后蜷缩在地上,便把他带回家,两天后华隆才苏醒过来。在华隆还没有苏醒的时候,那条狗一直不吃饭。

太和中①,杨生养狗,甚爱之。后生醉酒,行大泽,草中眠。时冬月,野火起,风又猛。狗号呼,生不觉。前有一坑水,狗便走往水中,还以身洒生左右。草沾水得着地,火寻过去。他日又暗行,堕于空井中,狗呻吟彻晓。有人过,怪之,往视,见生在井。生曰:"君可出我,当厚报君!"人曰:"以此狗相与,便当相出。"生曰:"此狗曾活我于已死,不得相与。余即无惜②。"人曰:"若尔,便不相出。"狗因下头向井。生知其意,乃语人,以狗相与。人乃出之,系狗而去。后五日,狗夜走归。

【注释】

①太和:据下述征引此事诸书知其为晋废帝司马奕太和(366—371)间事。晋太和时杨生狗事出自陶潜《搜神后记》,又见唐欧阳询《艺文类聚》卷九四、《太平御览》卷九零五、宋谢维新《事类备要》别集卷八四、宋祝穆《事文类聚》后集卷四十、明陈仁锡《潜确居类书》卷一一三、明陈耀文《天中记》卷五四、明王蓥《群书类编》卷二四、明彭大翼《山堂肆考》卷二二二等引《续搜神记》。

②余:剩余。

【译文】

晋废帝司马奕太和时,杨生养了一条狗,他十分喜爱那条狗。后来,杨生喝醉酒,走到湖泽边,便在草丛里睡着了。正值冬天,野火烧了起来,风势又很猛烈。狗大声呼叫,可杨生熟睡不醒。前面有一个水坑,那条狗就跳进水中,跑回来用身子把水洒在杨生的周围。草沾上了水,沾湿了土地,烧过来的火就绕了过去。又有一天,杨生走夜路,掉到了空井之中,狗呜咽地叫到天亮。有人经过时感到奇怪,过去察看,发现了掉到井里面的杨生。杨生说:"你如果把我救出去,我会厚报你的!"那人说:"把这条狗送给我,我就把你救出来。"杨生说:"这条狗曾经把我从濒死的境地中救活,我不能把它送给你。其他的东西我则毫不顾惜。"那人说:"如果这样,我就不把你救出来。"狗于是探头望向井里。杨生明白了它的意思,就告诉那人会把狗送给他。那人便把他救了出来,牵着狗走了。过了五天,那条狗在夜里跑了回来。

　　袁粲值萧道成将革命①,自以身受顾托②,谋起义,遂遇害。有儿方数岁,乳母携投粲门生狄灵庆。庆曰:"吾闻出郎君者厚赏。"乳母号呼曰:"公昔有恩于汝,故冒难归汝。若杀郎君以求利,神明有知,行见汝族灭也!"儿竟死。儿存时,尝骑一大魋狗戏③。死后年余,忽有狗入庆家,遇庆入庭,啮杀之,并其妻。即向所骑狗也。

【注释】

①袁粲:原名愍孙,字景倩,陈郡阳夏(今河南太康)人,南朝宋宰相。宋明帝刘彧病危时,袁粲与褚渊、刘勔并受顾命辅佐太子刘昱。刘昱被杀后,其弟安成王刘准在萧道成的扶植下继承皇位,袁粲起兵反抗把持朝政的萧道成,事败后与其子一并被杀。萧道成:南朝齐高帝萧道成,字绍伯,东海郡兰陵县(今山东兰陵)人。南齐开国皇帝。昇明元年(477),废黜后废帝刘昱,拥立宋顺帝

刘准,自封齐王,总掌军国大权,诛灭司徒袁粲、荆州刺史沈攸之、镇北将军黄回等反对势力。昇明三年(479),建立南齐。革命:指改朝换代。古代认为王者受命于天,改朝换代是天命变更,因称"革命"。此则所记出自《南史·袁粲传》,又见《太平广记》卷一一九引《古今记》、明陈耀文《天中记》卷五四、明陈禹谟《骈志》卷七、明祝彦《祝氏事偶》卷十五、明王圻《稗史汇编》卷四四等,文稍异。又见清来集之《倘湖樵书》卷十及《博学汇编》二编卷十"兽有节义"引《南史》,文同。

②顾托:指袁粲接受宋明帝刘彧的顾命,辅佐当时的太子刘昱。

③氄(níng):犬多毛谓之氄。

【译文】

　　袁粲在萧道成将要改朝换代的时候,因为自身接受先帝的托付辅佐刘昱,谋划起义反抗萧道成,后来事败遇害。袁粲的孩子只有几岁大,乳母带着孩子去投奔袁粲的门生狄灵庆。狄灵庆说:"我听说告发袁粲孩子的人能得到厚重的赏赐。"乳母大声号叫:"袁粲以前有恩于你,所以我才冒险来投奔你。你如果想害死这孩子以谋求利益,神灵有知,将要使你灭族!"袁粲的孩子到底还是因此而死。孩子活着的时候,常骑着一条有很多毛的狗玩耍。孩子死后一年多,忽然有条狗跑入狄灵庆家,遇到狄灵庆走进庭院,便咬死了他和他妻子。这条狗正是袁粲孩子以前骑着的狗。

　　饶州乐平民章华①,元和初②,尝养一犬。每樵采入山,犬必随。三年冬,比舍有王华者③,同上山采柴,犬亦随之。忽有一虎榛中跃出④,搏王华,盘踞于地,然犹未伤。章华叫喝且走,虎遂舍王华,来趁章华⑤。既获,复坐之。时犬潜在深草,见章被衔,突出跃上虎头,咋虎之鼻。虎不意其来,惊惧而走。二人皆僵仆如沉醉者。其犬以鼻袭章口取气，即吐出涎水，如此数次，章稍苏。犬乃复以口袭王华之口，亦如前状。良久，王华能行，相引而起。犬惫，伏不能起，一夕而毙。

【注释】

①饶州：隋开皇九年（589）置饶州，治鄱阳（今属江西）。唐时饶州属江南西道。饶州章华犬事见《太平广记》卷四三七"章华"、明王圻《稗史汇编》卷四四"章华犬"等引《原化记》，其事当出于《原化记》。

②元和：唐宪宗李纯的年号（806—820）。

③比舍：邻舍，邻居。

④榛：丛杂的草木。

⑤趁：追逐。

【译文】

唐宪宗元和初年，饶州乐平县人章华曾经养了一只狗。每次他入山砍柴，那只狗一定跟随着他。元和三年冬天，邻居王华和章华一起上山砍柴，狗也跟随着他们。忽然有一只老虎从草丛中跃出，捕捉了王华，然后盘踞在地上，但是没继续伤害王华。章华叫喊着逃跑，老虎于是舍弃了王华，前来追赶章华。老虎捉到章华后，又盘踞在地上。当时，那条狗潜藏在草木茂盛处，看见章华被老虎衔在口中，它突然跃到老虎头上，咬住老虎的鼻子。老虎没有料到来了一只狗，惊恐地逃跑了。章华、王华都像喝醉了一样僵卧在地上。那条狗用鼻子接触章华的嘴来吸气，章华便吐出一些口水，如此几次之后，章华渐渐苏醒了。那条狗又用嘴接触王华的嘴，像之前一样吸气。许久之后，王华可以行动了，两人互相拉着对方站立起来。狗很疲惫，趴在地上无法起来，过了一夜就死了。

　　唐禁军大校齐琼①,家畜良犬四,常畋回广囿②,辄饲以梁肉。其一独填茹咽喉齿牙间,以出,如隐丛薄③,然后食,食已,则复至。齐窃异之。一日,令仆伺其所往,则北垣枯窦,有母存焉,老瘠疥矮,吐哺以饲。齐奇叹久之,乃命箧牝犬归,以败茵席之,余饼饵饱之。犬则摇尾俯首,若怀知感。尔后擒奸逐狡,指顾如飞将,扈猎驾前④,必获丰赏。逾年牝死,犬加勤效。后齐卒,犬日夜嗥吠。越月,将有事于丘陇⑤,则留犬以御奸盗。及悬棺之夕⑥,犬独来,足跑土成坳,首叩棺见血。掩土未毕,犬亦至毙。

【注释】

①禁军大校:保卫京城或宫廷的军官。禁军大校齐琼犬事见唐高彦休《唐阙史》(作齐瑛)、《太平广记》卷四三七"齐琼"、明王圻《稗史汇编》卷四四"齐琼"、清吴肃公《阐义》卷二十等引《述异记》,宋陈起《江湖小集》卷九五、宋陈思《两宋名贤小集》卷二三九、宋林同《孝诗》,事略。

②畋:古指种田或打猎。广囿:畜养禽兽的园林。

③丛薄:茂密的草丛。

④扈:随从。

⑤有事于丘陇:指营建坟墓。有事,《唐阙史》作"襄事"。

⑥悬棺:《唐阙史》《太平广记》等作"悬窆",当是。指丧葬。窆,窆石,古代用以引绳以下棺的石柱。

【译文】

　　唐朝禁军大校齐琼,家里养了四只好狗,经常带着它们到广阔的园林中打猎,总给它们喂食精美的食物。有一只狗把食物吞到咽喉、牙齿间,随后出去,藏匿到茂密的草丛之中,然后进食,进食完毕,又跑回来。

齐琼对此感到奇怪。一天,他命令仆人跟踪那只狗,便跟到了北边墙下的枯洞中,发现那里有这只狗的母亲,母狗衰老瘦弱,身长疥疮而污秽不堪,而那只狗便吐出食物来喂养母狗。齐琼得知后,惊讶地感叹了许久,于是命令人把那只母狗装在箱子里背了回来,用破败的褥子给它作席,用剩下的食物喂养它。那只狗便摇着尾巴,低下头颅,好像怀抱着感激之心。后来,这只狗擒拿坏人、追逐狡兔,挥爪目视间像是一名敏捷善战的将领,跟随齐琼陪伴皇帝狩猎,一定会获得丰厚的奖赏。过了一年,母狗死了,那只狗对齐琼更加勤恳忠诚。后来,齐琼去世,那只狗日夜悲声嗥叫。过了一个月,将要给齐琼营建坟墓,于是留下狗来防御奸人盗贼。等到了齐琼下葬的那天晚上,那只狗独自而来,用爪子在地上刨出一个坑,用头叩击棺材直到流出了血。人们还没有给齐琼的墓穴掩完土,那只狗就气绝而亡。

　　会稽张然滞役^①,有少妇无子,惟与一奴守舍,奴遂与妇通焉。然素养一犬,名"乌龙",常以自随。后归,奴欲谋杀然,盛作饮食。妇曰:"与君当大别离,君可强啖。"奴已张弓拔矢^②,须然食毕。然涕泣不能食,以肉及饭掷狗,祝曰:"养汝经年,吾当将死,汝能救我否?"犬得食,不啖,惟注眼视奴。然拍膝大呼曰:"乌龙!"犬应声伤奴。奴失刀遂倒,狗咋其阴。然因取刀杀奴,以妻付县杀之。

【注释】

①会稽张然滞役:本事出《搜神后记》(即《续搜神记》),或为晋或其前代之事,又见唐欧阳询《艺文类聚》卷九四、唐徐坚《初学记》卷二九、《太平广记》卷四三七"张然"、《太平御览》卷九零五、宋潘自牧《记纂渊海》卷九八等引《续搜神记》,明陈耀文《天

中记》卷五四引《搜神记》,又见唐冯贽《云仙杂记·乌龙》、明王圻《稗史汇编》卷一五七"奸妇狗报"。滞役,长期供职。

②张弓拔矢:比喻准备好武器以谋杀张然,据下文当是执刀杀人。

【译文】

会稽郡张然长期在外任职,他年轻的妻子未曾生育子女,独自和一个家奴留守家中,家奴便和妇人私通。张然平素养了一条狗,叫作"乌龙",经常跟随张然。后来,张然回家,家奴想要谋杀张然,准备了丰盛的饭菜。张然妻子说:"我和你要分离,请你临行前勉强用些餐饭。"家奴已经准备好了武器,等着张然吃完就要杀掉主人。张然涕泪交加,不能进食,把肉和饭扔给了狗,祈祷说:"我养了你很多年,我就要死了,你能救我吗?"狗得到食物,不吃,只是用眼睛注视着家奴。张然拍膝大喊道:"乌龙!"那条狗应声而动,咬伤家奴。家奴手中的刀掉落在地上,人也倒在地上,又被狗咬住了下体。张然于是取刀杀了家奴,把妻子交给县里依法处死。

　　五代南唐时①,江州陈氏②,族七百口,畜犬百余,共一牢而食③。一犬不至,诸犬不食。

【注释】

①五代南唐:五代十国时期李昇在江南建立的王朝,定都江宁(今江苏南京)。五代南唐犬事见宋孔传《白孔六帖》卷九八、宋祝穆《事文类聚》后集卷一、明陈仁锡《潜确居类》卷一一三、明陈耀文《天中记》卷十七、清张英《渊鉴类函》卷四三六等。

②江州:西晋惠帝元康元年(291)置江州,治所在南昌(今属江西)。史上多有废置,唐武德四年(621)复为江州,天宝元年(742)改为浔阳郡,乾元元年(758)复为江州。唐时辖境相当今江西九江、德安、彭泽、湖口、都昌等地。

③牢：关养牲畜的栏圈。

【译文】

五代南唐的时候，江州陈氏一族有七百多人，养了一百多只狗，它们全部住在一个圈里，一同进食。只要有一只狗没来，其他的狗都不吃东西。

上党人卢言①，常见一犬羸瘦将死，悯而收养。一日醉寝，而邻火发。犬忙迫，乃上床于言首嗥吠，又衔衣拽之。言惊起，火已爇其屋柱，突烟而出，始得免。

【注释】

①上党：古地名，战国韩国置。秦、汉治所在长子（今属山西），辖境相当今山西东南部。隋开皇初废，大业初复置上党郡，治所在上党县（今山西长治）。唐武德元年（618）改潞州，天宝初复为上党郡，乾元元年（758）又改潞州。此则事见《太平广记》卷四三七引《集异记》，本事稍详，应为唐代薛用弱《集异记》采录唐人之事。

【译文】

唐代上党郡人卢言，曾经看到一条狗瘦弱不堪，濒临死亡，便心生怜悯而收养了它。一天，卢言喝醉了睡觉，而邻居家着了火。那条狗焦急万分，便跳上床在卢言头边大叫，又衔着卢言的衣服拽他。卢言惊醒而起，发现火已经烧到了他家的梁柱，他冲破烟雾逃出屋子，才得以幸免于难。

扶风县西有大和寺①，在高冈之上，其下有龛②，豁若堂，中有贫者赵叟家焉。叟无妻儿，病足伛偻，常策杖行邑里中。人哀其老病，且穷无所归，率给以食。叟既得食，常先聚群犬以食之。后岁余，叟病寒，卧于龛中。时大雪无衣，裸形俯地，且战且呻。其群犬俱集于叟前，摇尾而噑。已而，环其衽席③，竞以身蔽叟体，由是寒少解。后旬余，竟以寒死其龛中。犬皆哀鸣，昼夜不歇，数日方去。

【注释】

①扶风县：唐贞观八年（634）始置，属岐州。治所即今陕西扶风。扶风县犬事见《太平广记》卷四三七引《宣室志》，应为其作者张读记载的唐代之事。

②龛（kān）：此指高岗下的小窟或小屋。

③衽：古代睡觉时用的席子。

【译文】

唐代扶风县西边有座大和寺，坐落在高岗之上，寺下方有个洞窟，像堂屋般开阔，其中住着个贫穷的赵老翁。赵老翁没有妻子儿女，脚上有病，身体伛偻，经常拄着拐杖行走在扶风县。人们哀怜他年老多病，还贫穷而无所依归，纷纷给他食物。赵老翁得到食物，经常先招集一群狗分给它们吃。过了一年多，赵老翁因寒邪入侵患病，躺卧在洞窟中。正值大雪纷飞，他没有御寒的衣服，裸身卧伏在地上，一边战栗一边呻吟。那群狗都聚集在他身边，摇着尾巴噑叫。继而，又围绕着他的席子，竞相用身体遮蔽赵老翁的身体，因此赵老翁的寒疾稍稍得以缓解。过了十几天，赵老翁终因寒冷冻死在洞窟中。那群狗昼夜哀叫不停，过了好几天才离开。

杨光远叛于青州①，有孙中舍居围城中②，族在西州别墅③。城闭久，食尽，举家愁叹。犬徬徨其侧，似有忧思。中舍因嘱曰："尔能为我至庄取米耶？"犬摇尾若应状。至夜，置一布囊，并简系犬背上。犬由水窦出，至庄鸣吠。居者开门，识其犬，取简视之，令负米还。如此数月，以至城开。孙氏阖门赖以不馁，愈爱畜此犬。后数年毙，葬于别墅。至其孙彭年，语龙图赵师民④，刻石表其墓，曰《灵犬志》。

【注释】

① 杨光远叛于青州：杨光远，五代沙陀部人，字德明，小名阿檀。后唐庄宗时，因战功任幽州马步军都指挥使。后晋时，历任宣武军节度使、魏博行府节度使，出镇青州，封东平王，向契丹称臣，举兵叛乱。后晋天福九年（944）召契丹军入中原，后为后晋将领李守贞所败，乞降被杀。

② 孙中舍：可能是担任中书舍人一职的孙姓人氏。孙中舍事出自宋王辟之《渑水燕谈录》卷十，又见宋江少虞《新雕皇朝类苑》卷六九、明陈懋学《事言要玄》集五、明陈耀文《天中记》卷五四、明叶向高《说类》卷六十、清来集之《倘湖樵书》卷六及《博学汇编》初编卷六"诸墓"引《渑水燕谈录》等。

③ 西州：据《渑水燕谈录》等作"州西"，当是。

④ 赵师民：字周翰，青州临淄（今山东淄博东北）人。宋仁宗时历国子监直讲、宗正寺主簿、崇政殿说书、宗正丞等职。累请补郡，除龙图阁直学士、耀州知州。为人淳静刚敏，举止凝重，学问精博，志尚清远。生平见《宋史·赵师民传》。

【译文】

五代时，杨光远在青州举兵反叛，孙中舍被围困在青州城里，他的族人住在青州西边的庄园别墅中。青州的城门关闭了很长时间，孙家的粮食也吃完了，全家人忧愁地唉声叹气。家里的狗徘徊在主人旁，好像也有忧虑之色。孙中舍便对狗说："你能为我到庄园里取米吗？"那只狗摇着尾巴好像答应的样子。到了晚上，他将一个布袋和书信绑在狗的背上。狗从流水的洞穴中钻出，到了庄园门口开始鸣叫。庄园里面的人打开门，认出这是孙中舍的狗，取出书信察看后，便让狗背着米回去。狗这样背了数月的米，直到城门打开。孙氏满门有赖于这只狗得以免除饥饿，便更加爱惜这只狗。过了几年，狗死了，被孙家埋葬在庄园别墅边。后来，孙中舍的孙子孙彭年将此事告诉给龙图阁直学士赵师民，赵师民在狗的墓上刻石记录，题作《灵犬志》。

　　淳熙中①，王日就，字成德，分水县人②，少负侠气。夜猎，从骑四出。有畜犬，呜呜衔衣，捶之不却③，且道且前。怪之，亟随以归。明日，复视其处，虎迹纵横，叹曰："犬，人畜也，犹知爱主。吾奉父母遗体，不自爱，可乎？"遂散其徒读书。

【注释】

① 淳熙：南宋孝宗赵昚的年号（1174—1189）。淳熙中王日就犬事出自宋吕祖谦《分水王君墓志铭》（见《东莱集》卷十一），事稍详。此篇文同明朱国祯《涌幢小品》卷三一，然朱文末记"淳熙元年，年六十五，正衣冠，泊然而逝"。据《分水王君墓志铭》"享年六十有六，实淳熙元年八月二十二日"，推算可知王日就出生于北宋徽宗大观元年（1107），辞世于南宋孝宗淳熙元年（1174），其"少"时夜猎或在北宋、南宋间，并非淳熙间，疑"淳熙中"系《圣师录》妄加。

② 分水：唐武德四年（621）分桐庐县置分水县，属严州，治所在今浙江桐庐西北。北宋宣和三年（1121）属严州。南宋咸淳元年（1265）属建德府。

③ 捶：《分水王君墓志铭》作"棰"，用棍、鞭打。

【译文】

南宋淳熙间,分水县人王日就,字成德,年少的时候颇有侠气。晚上打猎时,跟着徒众四方奔驰。他养的一条狗,呜呜叫着衔他的衣服,即使打那条狗,它也不退步,还引着主人向前走。王日就心生奇怪,便马上随着狗返回。第二天,王日就又去察看那个地方,发现有老虎纵横奔驰的痕迹,王日就感叹道:"狗,是人养的畜生,还知道爱它的主人。我奉有父母给我的身体,不去自爱其身,能行吗?"于是遣散了他的徒众,用功读书。

湖州颜氏[①],夫妇出佣,留五岁女守家,溺门前池内。家有畜犬,入水负至岸,复狂奔至佣主家作呼导状。颜惊骇归家,见女伏地,奄奄气息,急救乃甦。

【注释】

①湖州:隋仁寿二年(602)置湖州,治所在乌程县(今浙江湖州)。历代多有废置,明、清称作湖州府。湖州颜氏犬事见《(乾隆)乌青镇志》卷十二引《增补夷坚志》、清屠粹忠《三才藻异》卷九"援溺犬"。

【译文】

湖州人颜氏,夫妇两人外出去做佣工,留下五岁的女儿看守家门,女孩掉到门前池子里。家里有只狗,跳入水中将女孩驮到岸边,然后狂奔到佣主家里呼叫,并做出引导他们回家的样子。颜氏惊骇下赶回家,看到女儿倒在地上,气息奄奄,紧急抢救后,女孩才苏醒过来。

滁州一寺僧被盗杀死[①],徒往报官,畜犬尾其后。至一酒肆中,盗方群聚纵饮,犬忽奔噬盗足。众以为异,执之到官,讯服。

【注释】

①滁州：隋开皇初改南谯州置滁州，治所在新昌县（今安徽滁州）。
　　此后多有废置，明属直隶南京，清属安徽省。

【译文】

滁州一个寺院的僧人被盗贼杀死，他的徒弟前往衙门报官，僧人养的狗尾随其后。到了一个酒馆里，盗贼正跟人聚在一起饮酒，那只狗忽然跑去咬住盗贼的脚。众人觉得奇怪，押着盗贼到了官府，经过审讯，盗贼招认了自己的罪行。

　　沈处士恒吉①，尝畜一金丝犬②，长不过尺，甚驯。处士日宴客，犬必卧几下。后三载，处士病，犬即不食。数日，处士卒③，殓于正寝，犬盘旋而号，竟夕方罢。停枢者期年④，犬日夜卧其侧。将葬，遂一触而毙。

【注释】

①沈处士恒吉：沈恒，字恒吉，号同斋，明长洲（今江苏苏州）人。沈
　　恒隐居未仕，与兄沈贞吉、子沈周皆能诗善画，其生平见明吴宽
　　《隆池阡表》（《家藏集》卷七十）、明陈颀《同斋沈君墓志铭》（见钱
　　谷《吴都文粹续集》卷四十）。沈恒吉金丝犬事见明王圻《稗史汇
　　编》卷一五七"沈氏义犬"、明王圻《续文献通考》卷八三"义物"、
　　清吴肃《阐义》卷二十。据《稗史汇编》记"吾乡沈处士恒吉"，《续
　　文献通考》记"沈处士恒吉，吴郡人"，知为明代苏州人沈恒。
②金丝犬：即北京犬、京巴犬、中国狮子狗。宫廷中常养此犬，毛长
　　而直，下垂，不卷曲也不呈波浪形。
③处士卒：据陈颀《同斋沈君墓志铭》（《吴都文粹续集》卷四十），
　　沈恒卒于明成化十三年（1477），终年六十九岁。

④停柩：谓停放灵柩或灵柩在埋葬前暂时停放。期（jī）年：一年。

【译文】

明代隐士沈恒，曾经养了一条金丝犬，体长不过一尺，十分驯良。沈恒平日宴请宾客时，那条狗肯定卧在矮桌下。过了三年，沈恒生病了，狗就不吃东西。几天后，沈恒去世，在正屋里被装殓，那条狗在他的灵前徘徊号叫，直到晚上才停下来。沈恒停棺待葬一年，那条狗日夜卧在棺材旁。沈恒将要下葬的时候，狗便撞死在棺材上。

刘钊①，铁岭卫人②，畜一犬，出入必从。钊常以马负薪山中，犬亦从。一日，犬忽独归，向钊子国勋鸣跃不已。勋异之，随其所往，见钊为盗所杀，弃尸石间，取其马去。勋为营葬毕，人皆罢归。犬独守冢不去，日夜悲泣，泪湿草土。数日，抉土及棺，死棺旁。

【注释】

①刘钊：刘钊犬事出自明王同轨《耳谈》卷六"辽阳义犬义马"，又见明王圻《续文献通考》卷八三"义犬"、清来集之《倘湖樵书》卷十及《博学汇编》初编卷十"兽有节义"引"王行甫云"。

②铁岭卫：管辖今中国东北和朝鲜半岛东北部的一个卫所。明洪武二十一年（1388）置，属辽东都司。治所在铁岭城（今辽宁沈阳东南），洪武二十六年（1393）移治今辽宁铁岭。

【译文】

明朝刘钊，铁岭卫人，养了一条狗，出入一定跟随着主人。刘钊经常到山里用马运柴薪，那条狗也跟随着他。一天，那条狗忽然独自回来，对着刘钊的儿子刘国勋不停地蹦跳、号叫。刘国勋感到很奇怪，便跟着狗去察看，发现父亲被盗贼杀害，尸体被丢弃在石头间，父亲的马也被盗贼带走了。刘国勋将父亲安葬完毕，众人都离开了。那条狗独自守着坟墓，不肯离去，日夜悲泣，泪水打湿了坟前的野草、土地。几天后，那条狗用爪子挖刘钊坟前的土，一直挖到了刘钊的棺材，便死在棺木旁。

　　淮安城中民家①，有母犬，烹而食之。其三子犬，各衔母骨抱土埋之，伏地悲鸣不绝。里人见而异之，共传为孝犬。

【注释】

①淮安城：淮安府城，位于今江苏淮安市淮安区，古代和扬州城、苏州城、杭州城，并称于运河线。淮安城母犬事，近似《（万历）盐城县志》卷一所载："成化九年，城中酒家王隆有母犬乳三子，其主烹母犬，一玄色子犬绕灶号哮，蹲伏案下。俟众食母犬肉毕，尽口其骨，瘗灰土中旋回，灶傍触死。士大夫多咏之者。"

【译文】

　　淮安城中有一户人家，家中有一条母狗，被烹煮食用。那条母狗留下三条小狗，小狗分别衔着母亲的骨头，用土来埋葬母亲的尸骨，还趴在地上悲鸣不止。乡人见到这种场景觉得很奇异，都传颂它们是孝犬。

　　常州芮氏①，家贫，日饲犬以糠粃②。其邻为富室姚氏，犬多余食，所限仅一小竹篱。姚犬每向篱窦低声摇尾，若招呼状。芮犬蟠曲卧地，惟昂首相应，绝不过食其余粒。如是以为常。

【注释】

①常州：隋文帝开皇九年（589）废晋陵郡，置常州，至明、清时称作常州府，治今江苏常州。常州芮氏犬事出自明陈良谟《见闻纪训》

卷下，陈良谟记事为"余少时见对门芮家"，据陈良谟生平知其事当在明万历时。又见引明张怡《玉光剑气集》、明李长科《广仁品》、《(乾隆)安吉州志》卷十六。

②糠粃（kāng bǐ）：谷皮和瘪谷。

【译文】

明朝常州有一户芮姓人家，家中贫困，每天给狗喂糠粃劣食。他的邻居是富户姚姓人家，那家的狗多有吃不完的精美食物，两家只隔着一道竹篱笆。姚家的狗每每对着篱笆低声叫唤、摇动尾巴，像是招呼同类的样子。芮家的狗蜷缩着卧在地上，只是抬头应答，绝不肯过去吃姚家狗的剩食。如此便成了平常事。

<h2 align="center">马</h2>

秦叔宝所乘马^①，号"忽雷驳"，常饮以酒。每于月明中试，能竖越三领黑毡^②。及胡公卒，嘶鸣不食而死。

【注释】

①秦叔宝：秦琼，字叔宝，齐州历城（今山东济南历城区）人。隋末唐初名将。唐贞观十二年（638）病逝，追赠为徐州都督、胡国公，谥号为壮，凌烟阁二十四功臣之一。秦琼马事出自唐段成式《酉阳杂俎》卷十二，《太平广记》卷四三五、《白孔六帖》卷九六、宋叶廷珪《海录碎事》卷二十二、明陈耀文《天中记》卷五五、明陈禹谟《骈志》卷十八、清来集之《倘湖樵书》卷三及《博学汇编》初编卷三等引《酉阳杂俎》，又明陈仁锡《潜确居类书》卷一一一引《南部新书》，宋佚名《绀珠集》卷六、宋曾慥《类说》卷四二、《说郛》卷十七下等亦载其事。

②毡：毡房。北方少数民族居住的篷帐。

【译文】

唐代秦琼所乘的马,叫作"忽雷驳",经常要喝酒。秦琼常在月光明亮时测验它,马能够跨越三座黑色的毡房。等到秦琼去世,马嘶鸣着绝食而死。

伪蜀渠阳邻山①,有富民王行思,尝养一马,甚爱之,饲秣甚于他马②。一日,乘往本郡,遇夏潦暴涨③。舟子先渡马,回舟以迎行思,至中流,风起船覆。其马自岸奔入骇浪,接其主,苍茫之中,遽免沉溺。

【注释】

①伪蜀:指五代十国时期在四川的割据政权,前期由王建所建的称为"前蜀",后期由孟知祥所建的称为"后蜀",后蜀的第二任国君孟昶即蜀后主,为北宋俘虏而灭国。宋人统称这两个地方政权为"伪蜀"。伪蜀时马事见《太平广记》卷一一八、明曹学佺《蜀中广记》卷九十、明陈耀文《天中记》卷五五、明马大壮《天都载》卷四、清吴肃公《阐义》卷二十、清张英《渊鉴类函》卷四三三等引《徽诚录》。渠阳邻山:指渠州的渠江南面的邻山。渠江,在渠州(今四川渠县)北面,而邻山位于渠州的邻水县(今四川邻水县),在渠江之南。

②秣:牲口的饲料。

③潦(lǎo):雨水大貌。

【译文】

五代时蜀国渠江南面的邻山,有个富人叫王行思,曾经养了一匹马,他十分喜爱它,给它喂食的马料多于其他马。一天,他乘马前往渠州城,遇到夏天雨后河水暴涨。摆渡的船夫先把马渡过去,再回转船去接王行思,到了水流中间,风刮了起来,船也翻了。那匹马从岸上跳入大浪中,去接它的主人,在茫茫水域之中,王行思竟然免于溺亡水中。

毕再遇^①,兖州将家也。开禧中^②,用兵累有功,金人认其旗帜即避之。后居于霅^③,有战马,号“黑大虫”,骏驵异常^④,独主翁能御之。再遇死,其家以铁绠羁之圉中^⑤。适遇岳祠迎神^⑥,闻金鼓声,意谓赴敌。马嘶,奋迅断绠而出。其家虑伤人,命健卒十人挽之而归,因好言戒之云:“将军已死,汝莫生事累我家!”马耸耳以听,汪然出涕,暗哑长鸣数声而毙。

【注释】

①毕再遇:字德卿,祖籍兖州(今属山东)。南宋名将,武义大夫毕进之子。生平事见《宋史·毕再遇传》。毕再遇马事出自宋周密《齐东野语》卷七,又见元陈世隆《北轩笔记》、明陈耀文《天中记》卷五五、清来集之《倘湖樵书》卷三及《博学汇编》初编卷三“马殉主人”等引《齐东野语》,又见明陈懋学《事言要玄》集五引《癸辛杂志》)。

②开禧:南宋皇帝宋宁宗赵扩的年号(1205—1207)。

③后居于霅(shà):《齐东野语》记:“毕再遇以老病致仕,始居于霅。”霅,湖州霅溪。据《宋史·毕再遇传》记毕再遇于南宋宁宗嘉定十年(1217)致仕,归居湖州霅溪,约在此年逝世于此地,享年七十岁。

④骏驵(zǎng):高大强壮。驵,壮马,骏马。

⑤绠(gēng):粗绳索。圉(yǔ):养马的地方。

⑥岳祠:指建于各地的东岳庙,此处岳祠当在湖州。

【译文】

毕再遇,是兖州的将家子弟。南宋宁宗开禧年间,他屡屡带兵作战建立功业,金人见到他的旗帜就躲避。后来,他居住在湖州雪溪,有一匹战马叫作"黑大虫",马非常高大强壮,只有它的主人能够驾驭。毕再遇去世后,他的家人用铁索把马拴在马圈之中。正逢当地岳祠迎请神灵,马听到金鼓奏鸣之声,以为这是与敌作战的指令。马嘶鸣着,奋力振起扯断了铁索跑出马圈。毕家的人忧虑马会伤及他人,命令十个健儿将马拉回了家,还好言训诫马说:"毕将军已经去世了,你不要生事连累我们家!"马耸着耳朵听了这番话语后,流泪不止,喑哑长鸣了几声便死了。

龙泉县有白马墓①,即开国勋臣胡公深所乘之桃花马也②。公以征陈友定遇害③,其马驰归门外,悲嘶殒绝。夫人义之,因葬焉,号为"白马墓"。

【注释】

①龙泉县:唐乾元二年(759)置龙泉县,属括州(后改处州)。治所即今浙江龙泉。龙泉县胡深马事见明曹学佺《大明一统名胜志》卷九,清来集之《倘湖樵书》卷六及《博学汇编》初编卷六"诸墓"等引《名胜志》,又见明曹学佺《西峰字说》卷十八、明何镗《栝苍汇纪》卷七。

②开国勋臣胡公深:胡深,字仲渊,元末著名将领。早年拥龙泉、庆元、松阳、遂昌四县乡兵,对抗农民起义军。后归降朱元璋,镇守处州。元至正二十五年(1365)一月,征伐驻守福建的元将陈友定,陷伏兵包围圈,马失前蹄,被执杀。

③遇害:据《明史·胡深传》载:"德柔军力战,友定自以锐师夹击。日已暮,深突围走,马蹶被执,遂遇害,年五十二。追封缙云郡伯。"

【译文】

　　浙江龙泉县有座白马墓，就是明代开国勋臣胡深所乘的桃花马埋葬之地。胡深因为征讨陈友定而遇害，他的马奔驰回到家门外，悲痛嘶鸣而死。胡深妻子觉得这匹马很有义气，于是埋葬了它，将埋葬地称为"白马墓"。

　　天顺中吴之嘉定姚生①，素心险异，尝构怨于母弟陆某②。陆充粮长③，乘马自本都夜归④。姚候至中途无人，操刀伏于桥下。马亦觉之，至桥，踯躅不进。陆加鞭楚，马始进，而已杀桥下矣。是夜，月暗更幽，寂无知者。马逸归，对陆妻惊嘶不已，若有诉状。妻知夫必死非命，持灯尾马后，至一旷野，夫果死焉。妻又谓马曰："吾夫尸虽得，然正犯不得，何以雪冤？"马即前行，首撞姚门。见姚，啮之蹴之。其妻执以闻官，乃弃姚市⑤。

【注释】

①天顺：明朝皇帝明英宗朱祁镇经夺门之变后第二次登基使用的年
　　号（1457—1464）。嘉定：南宋嘉定十年（1217）置嘉定县，属平
　　江府。治所即今上海嘉定区。元元贞元年（1295）升为州。明洪
　　武二年（1369）复降为县，改隶苏州府，清雍正三年（1725）改属
　　太仓州。天顺间嘉定马事见明侯甸《西樵野纪》卷七、明陈其力
　　《续芸心识余》卷八引《西樵野记》、清来集之《倘湖樵书》卷三及
　　《博学汇编》初编卷三"马殉主人"等引《朝野记略》。

②母弟：同母之弟。

③粮长：明代征解田粮的基层半官职人员。《西樵野纪》等作"粮
　　翁"，粮长的别名。

④本都：指苏州府城。

⑤乃弃姚市：在人群集聚的闹市对犯人姚生执行死刑。

【译文】

　　明英宗天顺年间，吴地嘉定县的姚生，向来心思深沉阴险，曾经和他的同母异父弟弟陆某结下怨仇。陆某充任当地的粮长，晚上乘马从苏州府城回家。姚生等候在中途的无人之地，拿着武器埋伏在桥下。马察觉到桥下有人，到桥边踯躅不前。陆某鞭笞马向前走，马才往前走，而陆某便被桥下的姚生杀死了。那天晚上，月光暗淡，幽静空寂，无人知晓陆某被杀之事。陆某的马逃回家中，对陆某的妻子惊鸣嘶叫，好像有所倾诉的样子。陆某的妻子知道丈夫一定死于非命，带着灯尾随在马的后面，来到旷野之处，发现丈夫果然死了。陆某妻子又对马说："虽然找到了我丈夫的尸体，但是不知道杀人犯是谁，如何能昭雪冤屈呢？"马便向前走，用头撞姚生家的门。马见到姚生，便用牙齿咬他，用腿踢他。陆某的妻子便押着姚生去告官，后来姚生被斩首于闹市。

　　孙办事家有马生驹①，甚奇。令牡交其母以传种②，子母俱不肯，乃涂其身以泥而交焉。及洗出本色，母子皆跳躅以死，人号为"烈马"云。

【注释】

①办事：旧指处理具体事务的下级官吏。孙办事马事见明王圻《稗史汇编》卷一五五"禽兽有义"。又见清刘廷玑《在园杂志》卷四，所记稍异："乡人有马生驹，驹已长，可乘。母马又将受孕，乡人惜费，即欲以驹与交。百计道之，驹弗肯，虽畜类亦知伦理。其邻教以物蔽马与驹之目。驹不知，遂交。交毕，去其蔽物，驹见其母，咆哮奔跃，触树而死。"

②牡交：指让小马驹以雄性的身份交配。

【译文】

孙办事家里有匹母马生了小马驹，极为奇骏。孙办事让小马与这匹母马交配来传种，小马和母马都不愿意，于是便在马身上涂泥巴，遮蔽它们本来的颜色，再让它们交配。等到马洗出本来颜色后，母马和小马知道彼此的真实身份，都上下腾跳，恼怒而死，人们将它们称为"烈马"。

　　流寇破河内①，县尹丁运泰骂贼被磔②。所乘马，贼骑以入县，至堂下，大嘶人立③，狂逸不可制，竟触墙死。

【注释】

①河内：河内县。隋开皇十六年（596）置河内县，为怀州治，治所即今河南沁阳。唐为怀州治，元为怀庆路治，明为怀庆府治。河内马事出自徐芳《悬榻编》卷六《七义赞》，又见清来集之《倘湖樵书》卷三和卷十及《博学汇编》初编卷三和二编卷十等引《悬榻编》。《（乾隆）重修怀庆府志》卷三二、《（道光）河内县志》卷三五传抄《圣师录》。

②县尹丁运泰骂贼被磔（zhé）：据清陈鹤《明纪》卷五七《庄烈纪六》记崇祯十七年"河内知县丁运泰不屈死"。据《（康熙）永昌府志》卷十八、《（康熙）云南通志》卷十七：丁运泰，字天亨，云南永昌（今云南保山市）人，明崇祯九年（1636）丙子科中举，崇祯十三年（1640）会试不第，崇祯帝钦赐进士，授陕西潼关县知县，擢按察司佥事。未知永昌丁运泰是否为此篇所记丁运泰。磔，古代一种分裂肢体的酷刑。

③人立：如人之直立。

【译文】

流寇攻破河内县，知县丁运泰痛骂贼人而被处以磔刑。丁运泰所乘的马，被贼人骑着进入了河内县城，到了公堂之下，马大声嘶叫，像人一样直立起来，狂性大发而无法制服，最终撞墙而死。

　　和硕亲王有良马曰"克勒"①，犹汉言枣骝马也。高七尺，自首至尾长可丈有咫②，耳际肉角寸许，腹下旋毛若鳞甲然③，翘骏倍常，识者谓是龙种④。王甚爱之。王薨⑤，马踯躅哀鸣⑥，未几随毙。

【注释】

①和硕亲王：简称亲王，清朝宗室和蒙古外藩中的第一等爵。宗室唯皇子、皇兄弟可以获得此爵位。此处的和硕亲王指清和硕礼烈亲王代善。和硕亲王克勒马事见清汪琬《克勒马传》（《尧峰文钞》卷三五）、清翁方纲《礼烈亲王克勒马图歌》（《复初斋诗集》卷五三），后来被清陈康祺《郎潜纪闻》卷八、清吴庆坻《蕉廊脞录》卷七等转引。

②可丈有咫（zhǐ）：指长度约为一丈六寸。丈，长度单位，十尺为一丈。咫，周代指八寸，合现市尺六寸二分二厘。

③旋毛：聚生作旋涡状的毛。

④龙种：龙所传种。北周庾信《春赋》："马是天池之龙种，带乃荆山之玉梁。"

⑤王薨：代善辞世于清顺治五年（1648）。

⑥踯躅（zhí zhú）：徘徊不进貌。

【译文】

清和硕礼烈亲王代善有匹好马叫作"克勒"，如同汉语中所说的枣骝马。那匹马高七尺，从头到尾的长度约有一丈六寸，耳朵里长有寸许长的肉角，腹下的旋毛如同鳞甲的形状，这匹马奇骏异常，有见识的人说它是龙种。代善十分喜爱这匹马。代善去世时，这匹马徘徊哀鸣，不多久也追随代善离开人世。

骡

明末张贼破蜀城[1]，蜀藩率其子女宫人投井死[2]。王所乘白骡踯躅其旁，亦跳入殉焉。后樵苏者当阴雨暝晦时[3]，于蜀宫故址，往往见白骡出没蔓草间。

【注释】

①张贼：指明末农民起义军首领张献忠。

②蜀藩：明藩王蜀王。明崇祯十七年（1644），张献忠攻入成都，围攻蜀王府，蜀王朱至澍与妃嫔、宫女等投井自杀。

③樵苏者：采薪与取草的人。

【译文】

明末张献忠攻破蜀地城池，蜀地藩王率其子女宫人跳井而死。蜀王所乘的白骡在一旁徘徊，最后也跳井殉命了。后来，砍柴割草的人于雨天隐晦昏暗之时，在蜀王宫的旧址，常能看到白骡出没于蔓草中。

张行人鹤洲[1]，讼系西曹[2]，以常所乘骡抵逋于人。骡悲鸣不食。一日，堕其新主，自逸归。王西樵吏部与张同患难[3]，目击其事，感之，作《义骡行》[4]。

【注释】

①张行人鹤洲：张吾瑾，字石仙，号鹤洲。清顺治十二年（1655）进士，知山东夏津县，转行人司行人，以廉干称。致仕后请地方修三伯洞古埭，兴修家乡水利。生平见陈钧《张鹤洲先生传》（《（嘉庆）金堂县志》卷五）。张鹤洲骡事见清王士禄《义骡行·序》（《十笏草堂辛甲集》卷二），又见清王士禛《池北偶谈》卷二十。

②讼系西曹：被控告而监禁、下狱。西曹，此处是刑部的别称。《池

北偶谈》中对此事有较为详细的记载："康熙甲辰,鹤洲以科场事下刑部,饘粥不继,乃以骡抵逋于人。"

③王西樵吏部:王士禛的兄长王士禄,字子底,一字伯受,号西樵山人,山东新城(今山东桓台)人。清顺治十二年(1655)进士,选莱州府教授,迁国子监助教,擢吏部主事。康熙二年(1663),以员外郎典试河南,因事免官。

④《义骡行》:今见王士禄的《义骡行》,收入《十笏草堂辛甲集》卷二,诗记:"酒酣何所歌,听我歌义骡。讵被金络饰,讵秣玉山禾。谅缘得御主人久,一心宁复知其他?一朝辞主入华厩,所阙殊非刍与豆。伏家供奉恋旧恩,此意谁云间禽兽。新主闲且都,冠貂衣丰狐。虽然冠貂衣丰狐,故主恩义难为辜。酸嘶决衔勒,弃之如飞凫。却归故厩守饥饿,呜呼此骡天下无。"又见王士禛唱和之作《义骡行》(《带经堂集》卷十六)。

【译文】

清康熙时,行人司行人张吾瑾,被控告而下狱刑部,把他经常乘坐的骡子给别人来抵偿亏欠。骡子悲鸣不进食料。一天,骡子扔下它的新主人,逃了回去。吏部主事王士禄和张吾瑾一同入狱,亲眼目睹了这件事情,有感于此,撰写了《义骡行》。

羊

邠州屠者安姓家①,有牝羊并羔。一日欲刲其母②,缚上架之次,其羔忽向安前双跪前膝,两目涕零。安惊异良久,遂致刀于地,去呼童椎③,共事刲宰。及回,遂失刀,乃为羔子衔之,致墙根下,而卧其上。屠遍索方觉,遂并释之,放生焉。

【注释】

①邠州：唐开元十三年（725）改豳州置邠州，治所在新平县（今陕西彬州）。清雍正三年（1725）升为直隶州。邠州安家羊事见《太平广记》卷四三九引《玉堂闲话》，事详。

②刲（kuī）：割，割取。

③童椎：据《太平广记》作"童稚"，当是。

【译文】

唐代邠州的屠户安某家里，有只母羊和它的羊羔。一天，安某想要杀母羊，把母羊绑上屠宰的木架时，那只羊羔忽然在安某面前跪下双膝，两只眼睛中含着眼泪。安某惊讶许久，于是把刀扔在地上，去招呼小孩，来一起宰割母羊。等他回来，就找不到刀了，原来刀居然被羊羔衔着，扔到墙根下，羊羔还卧在刀的上面。安某四处寻找才找到刀，便释放了母羊，把它们母子都放生了。

猫

唐时北平王家猫①，有生子同日者。其一死焉，有二子饮于死母，母且死，其鸣咿咿。其一方乳己子，若闻之，起而听，走而救，衔其一置于其栖，又往如之，反而乳之，若己子然。

【注释】

①北平王：北平郡王马燧，字洵美，汝州郏城县（今河南郏县）人，祖籍扶风郡（今陕西兴平）。唐朝中期名将，岚州刺史马季龙之子。曾率军打败李怀光，平定河中，击退入侵的吐蕃，故于唐贞元三年（787）被封为北平郡王。北平王马燧家猫事出自韩愈《猫相乳》（《昌黎先生文集》卷十四），事详。又见宋祝穆《事文类聚》后集

卷四十一、宋潘自牧《记纂渊海》卷九八、明陈懋学《事言要玄》集五等。

【译文】

　　唐代北平郡王马燧家中有两只母猫,在同一天生小猫。其中一只母猫死了,留下两只小猫趴在死去的母猫身下喝奶,母猫已经死了,小猫凄恻地哀叫。另一只母猫正在喂养自己的孩子,好像听到了小猫的叫声,起身去听动静,又跑过去救小猫,衔着一只小猫放置到自己栖息的地方,又这样做了一次,回来后就哺乳它们,像对待自己的孩子一样对待它们。

　　姑苏齐门外陆墓①,一小民负官租出避②。家独一猫,催租者持去,卖之阊门铺商。忽小民过其地,跃入怀,为铺中所夺,辄悲鸣,顾视不已。至夜,衔一绫帨③,内有金五两余,投之而去。

【注释】

　　①姑苏齐门:城门名,又称望齐门,故址在今江苏苏州东北。陆墓:在今江苏苏州北,是唐宰相陆贽的墓。姑苏陆墓猫事见明王圻《续文献通考》卷八三"义物"、明朱国祯《涌幢小品》卷三一、清吴肃公《阐义》卷二十、清姚之骃《元明事类钞》卷三八引《涌幢小品》、清王初桐《猫乘》卷四引《续文献通考》、清张英《渊鉴类函》卷三六一"珍宝部一"引《续文献通考》等。

　　②官租:政府征收的租税。

　　③帨(shuì):古时的佩巾,像现在的手绢。

【译文】

　　苏州城齐门外的陆墓附近,有一个小百姓因欠下官府租税而出门逃避。家里只留下一只猫,被催租的人带走了,卖给了苏州阊门附近的店家。有一次那个人经过店铺,猫立刻跃进他的怀里,但又被店铺里的人夺走了，那只猫便发出悲鸣声，不住地看着主人。到了晚上，猫衔来一个绫做的佩巾，里面包着五两多银子，扔给主人便离开了。

仁鱼

海中有"仁鱼"①，尝负一小儿登岸，偶以鬐触伤儿②，儿死。鱼不胜悲痛，亦触石死。

【注释】

①仁鱼：仁鱼救儿事见明艾儒略《职方外纪》卷五引"西书"、明方以智《物理小识》卷十一、清方旭《虫荟》卷四、清李元《蠕范》卷八、清梁绍壬《两般秋雨盦随笔》卷一、清卢秉钧《红杏山房闻见随笔》卷二二引"西书"、清南怀仁《坤舆图说》卷下引"西书"、清王士禛《居易录》卷二六、清吴肃《阐义》卷二二、清印光任《澳门记略》卷下。

②鬐（qí）：即鳍，鱼类的运动器官。明杨思本《榴馆初函集选》卷八记"仁鱼其鬐甚利，不为物撄，触独能刺杀，中其要害"。

【译文】

大海里面有"仁鱼"，曾经背着一个小孩登上海岸，无意间鱼鳍触碰到小孩，导致小孩死了。鱼不胜悲痛，也撞石而死。

鳖

宋傅庆中家得一大鳖①，其婢不忍杀，放之沟中。年余，后婢有病，将卒。夜有大鳖被泥登婢胸冰之，遂愈。

【注释】

①傅庆中：傅庆中婢放鳖事见明彭大翼《山堂肆考》卷二二五、明

祝彦《祝氏事偶》卷十五、清张英《渊鉴类函》卷四四一"鳞介部五"、清屠粹忠《三才藻异》卷九等引《括异志》。又见明陈耀文《天中记》卷五七记事极略。

【译文】

宋朝傅庆中家得到了一个大鳖,家里的婢女不忍杀害它,便将它放到水沟里。一年多后,那个婢女患病,将要死了。晚上有只满身泥巴的大鳖爬到婢女胸前冰她,于是婢女的病好了。

黄德瓘家人烹鳖①,将箬笠覆其釜②,揭见鳖仰把其笠,背皆蒸烂,然头足犹能伸缩。家人愍之,潜放河泾间③。后因患热,将殪,德瓘徙于河边屋中将养。夜有一物,徐徐上身,觉甚冷。及曙,能视,胸臆悉涂淤泥。其鳖在土间,三曳三顾而去。即日病瘥。

【注释】

①黄德瓘:黄德瓘家鳖事出自宋陈纂《葆光录》,又见明陈仁锡《潜确居类书》卷一一六、明陈其力《芸心识余》卷七、明孙丕显《文苑汇隽》卷二四、明陶宗仪《说郛》卷一一七下、清张英《渊鉴类函》卷四四一"鳞介部五"等引《葆光录》。又见明陈耀文《天中记》卷五七引《韬光录》。

②箬笠:用箬竹的篾、叶编成的帽子。

③泾:沟渎。

【译文】

黄德瓘的家仆烹煮鳖,把箬笠覆盖在锅上,揭开盖子时只见鳖仰面向上顶起箬笠,它的背部都被蒸烂,但是头和足还能伸缩。家仆怜悯它,便将它放到河沟里面。后来,家仆因为患了热病,将要死了,黄德瓘将他迁到河边的屋里休养。夜里有一个东西慢慢爬到家仆的身上,他觉得很冷。到了白天能够看清时,家仆看到自己胸部涂满了淤泥。又看到那只鳖在淤泥上,三次摇晃尾巴、三次回头注视,然后才离开。当天,他的病就好了。

蟹

　　松江干山人沈宗正^①,每深秋,设簖于塘^②,取蟹入馔。一日,见二三蟹相附而起,近视之,一蟹八腕皆脱,不能行,二蟹舁以过簖。沈叹其义,遂命折簖,终身不复食蟹。

【注释】

①松江干山:松江府的干山,即今上海松江区西北的天马山。《舆纪纪胜》卷三引《旧经》云:“昔干氏居此,故名。”干山人沈宗正所见蟹事见明冯梦龙《古今谭概》卷三五、明静福《癸未夏钞》卷四、明陆容《菽园杂记》卷十三、明王圻《稗史汇编》卷一六一“蜂蟹有义”、明方岳贡《(崇祯)松江府志》卷五八引《菽园杂记》、清孙之騄《晴川蟹录》卷二、清吴肃公《阐义》卷二二。

②簖(duàn):插在河水里的竹栅栏,用来阻挡鱼、虾、螃蟹,以便捕捉。

【译文】

　　明代松江府干山人沈宗正,每到深秋,会在水塘中设立栅栏,来捕捞螃蟹吃。一天,沈宗正见到两三只螃蟹依附在一起行动,他走近了观察,看到有一只螃蟹的八只腿都已脱落,无法行动,便有两只螃蟹共同抬着它以越过栅栏。沈宗正感叹它们的仗义,于是让人折断了栅栏,终身不再吃螃蟹。

蝌蚪

绍兴郡丞张公佐治①，擢金华守②。去郡，至一处，见蝌蚪无数，夹道鸣噪，皆昂首若有诉。异之，下舆步视，而蝌蚪皆跳踯为前导。至田间，三尸叠焉。公有力，手挈二尸起，其下一尸微动，汤灌之③，逡巡间复活，曰："我商也，道见二人肩两筐适市，皆蝌蚪也。意伤之，购以放生。二人复曰：'此皆浅水，虽放，人必复获；前有清渊，乃放生池也。'我从之至此，不虞挥斧，遂被害。二仆随后尚远，有腰缠，必诱至此，并杀而夺金也。"丞命急捕之，人金皆得。以属其守石公昆玉④，一讯皆吐实抵死，腰缠归商。

【注释】

①绍兴：古称越州，南宋绍兴元年（1131）改越州置绍兴府，以年号得名，为南宋陪都。治所在山阴、会稽二县（今浙江绍兴）。元至元十三年（1276）改为绍兴路。明复改绍兴府，属浙江布政使司。清属浙江省。张公佐治：张佐治，字思谟，号寅所。明万历二年（1574）进士。任长兴、高明二县知县，后调任宝庆同知，万历十七年（1589）任绍兴同知，万历二十年（1592）任金华知府（《（万历）金华府志》卷十），又补宁波知府，官至天津兵备参政，生平见《张佐治墓志铭》（王文径《漳浦现代碑刻》）。张佐治遇蝌蚪事见明王圻《续文献通考》卷八三"节义考"、明王同轨《耳谈》卷六、明余懋学《仁狱类编》卷十六、褚人获《坚瓠集》余集卷四引《圣师录》、清吴肃公《阐义》卷二二等。

②擢金华守：升任金华府知府。此事见《张佐治墓志铭》《（乾隆）福建通志》卷四六等。《（乾隆）福建通志》记"历宰高淳、长兴、高明三邑，迁宝庆同知，擢金华守"。

③汤：热水。

④石公昆玉：石昆玉，字汝重，一字楚阳，明末黄梅（今湖北黄梅）
人。石昆玉为官有清誉，以清廉刚正著称天下，江浙史志多载其
吏事。事见《明史·石昆玉传》。据《（乾隆）绍兴府志》卷二六，
石昆玉在明万历二十年（1592）至万历二十五年（1597）任绍兴
知府。

【译文】

　　明绍兴府同知张佐治，升任金华知府。他前往金华府上任时，途经
一个地方，看到有无数蝌蚪在道路两旁鸣噪，都昂着头像是有所申诉。
张佐治感觉奇怪，下车步行察看，发现蝌蚪都跳跃着引导他前行。到了
田间，发现有三具尸体重叠在一起。张佐治力气很大，伸手提起两具尸
体，只见最下面的一具尸体尚微微颤动，便给那人灌下热水，一会儿那人
就苏醒了，说："我是个商人，在路上见到两个人扛着两个筐子去集市，筐
里都是蝌蚪。我可怜蝌蚪，便买下将它们放生。那两个人又说：'这里水
浅，虽然放生，别人一定又会抓住它们；前面有深渊，乃是放生池。'我跟
着他们来到这里，没有想到他们挥动斧头，将我砍伤了。我有两个仆人
在后面远远跟着我，仆人随身带有财物，那两个人一定是把我的仆人也
引诱到这里，杀了他们并抢走财物。"张佐治命人赶快抓捕那两人，找到
了两个凶手和财物。于是把这件事情告知绍兴知府石昆玉，一经审讯，
凶手供认不讳而被判处死罪，财物又归还给了商人。

蜂

　　正德间①，镇江北固山下，有群蜂拥王出游，遇鸷鸟攫
杀之，群蜂环守不去，数日俱死。杨邃庵相公一清②，令家伻
瘗焉③，表其上曰"义蜂"，亲作文祭之。

【注释】

①正德间：正德间蜂事见明宋羽皇《秋泾笔乘》、明万表《灼艾别集》卷上、明窦文照《纪闻类编》卷四"义蜂"引《灼艾集》、明王圻《续文献通考》卷八十三"节义考"、明邹善长《汇苑详注》卷三六《蜂·义蜂冢》、明张自烈《正字通》卷九《虫部·蜂》、明朱国祯《涌幢小品》卷三一"杂物"、明徐芳《悬榻编》卷六《七义赞》、明张怡《玉光剑气集》、清黄宗羲《明文海》卷一二三引徐芳《七义赞》、清来集之《倘湖樵书》卷六及《博学汇编》初编卷六"贞鸟"引《记略》、清张英《渊鉴类函》卷四四六"虫豸部二"引《泳化类编》、清姚之骃《元明事类钞》卷四十"虫豸门"引《泳化编》等，诸书多未记"正德间"，唯《倘湖樵书》《博学汇编》同于本文所记。考其本事出杨一清《义蜂记》，故明李豫亨《推篷寤语》卷七记"顷又见杨文贞公作《义蜂记》云"，杨一清遇蜂事流传极广，又见于明朱应奎《翼学编》卷一，与本则文异，记童子杀蜂。

②杨邃庵相公一清：杨一清，字应宁，号邃庵，别号石淙。明成化八年（1472）进士。任山西按察金事，以副使督学陕西。明武宗时，历任延绥、宁夏、甘肃三镇军务总制、华盖殿大学士，曾为内阁首辅。后遭张璁等诬陷，落职，明嘉靖九年（1530）八月十四日病死。谥文襄。事见明焦竑《熙朝名臣实录》卷十二《太保杨文襄公》、明雷跃龙《石淙杨文襄公传》（《（康熙）云南府志》卷二十）。

③伻（bēng）：使者，仆人。

【译文】

明武宗正德年间，镇江北固山下，有一群蜂簇拥着蜂王出行，遇到凶猛的禽鸟扑杀蜂王，群蜂环卫在蜂王附近不肯离开，过了几天纷纷死了。内阁大学士杨一清让家仆埋葬了它们，在坟上题写"义蜂"，并亲自作文祭奠它们。

太仓张用良①,素恶胡蜂螫人②,见即扑杀之。尝见一飞虫,投一蛛网,蛛束缚之甚急。忽一蜂来螫蛛,蛛避。蜂数含水湿虫,久之得脱去。因感蜂义,自是不复杀蜂。

【注释】

①张用良:据陆容《菽园杂记》卷十三所记,张用良,明太仓(今属江苏)人,为陆容的妻兄。张用良杀蜂事见明陆容《菽园杂记》卷十三、明静福《癸未夏钞》卷四、明王圻《稗史汇编》卷一六一"蜂蟹有义"。

②胡蜂:俗称马蜂。螫(shì):毒虫或蛇咬刺。

【译文】

明太仓人张用良,向来讨厌胡蜂螫人,见到胡蜂就去扑杀它们。曾经看到有一只飞虫,扑到一个蜘蛛网上,蜘蛛急忙用蛛丝束缚那只虫子。忽然有一只胡蜂来螫蜘蛛,蜘蛛闪身避开。胡蜂数次含着水打湿虫子身体,过了很久虫子终于脱网而去。张用良因为感念胡蜂的仁义,自此再不杀胡蜂了。

张山来曰:佛氏谓蠢动含灵①,皆有佛性②。今读此录,不其然欤?

【注释】

①蠢动含灵:泛指一切众生。蠢动,泛指动物。含灵,指具有灵性的人类。

②佛性:佛教名词。谓众生觉悟之性。

【译文】

张潮说:佛陀说众生都有觉悟的本性。今天读到《圣师录》,不正是像佛陀所说的吗？

海天行记

钮琇（玉樵）①

海忠介公之孙述祖②，倜傥负奇气，适逢中原多故，遂不屑事举子业，慨焉有乘桴之想③。斥其千金家产，治一大舶，其舶首尾长二十八丈，以象宿④；房分六十四口，以象卦⑤；篷张二十四叶，以象气⑥；桅高二十五丈，曰擎天柱，上为二斗，以象日月。治之三年乃成，自谓独出奇制，以此乘长风破万里浪，无难也。濒海贾客三十八人，赁其舟，载货互市海外诸国⑦，以述祖主之。

【注释】

①钮琇：参见卷十六《记吴六奇将军事》注释。钮琇《海天行记》，原名《海天行》，出自《觚剩·续编》卷三《事觚》，叙海瑞后代海述祖在海上所见奇异之事。

②海忠介公：海瑞，字汝贤，号刚峰，广东琼山（今海南海口）人。明朝著名清官，去世后，百姓为之罢市，哭吊者百里不绝。赠太子太保，谥忠介。事见《明史·海瑞传》、耿定向《海忠介公传》（《耿天台先生文集》卷十五）、王弘诲《海忠介公传》（《幽媚阁文娱二集》）、梁云龙《刚峰海公行状》（《备忘集》卷九）等。孙述祖：海瑞子嗣情况，据梁云龙《刚峰海公行状》（《备忘集》卷九）记："子男二，长中砥，次中亮，皆王恭人出，一十一岁，一九岁，以公在狱时殇逝。晚又生一子中期，丘侧室出，三岁而殇。从弟玥有仲子中适，伦序应继公，虽未立，而起官时属以家，则继者必此子也。"

则文中海述祖或为嗣子海中适之后。

③乘桴:乘坐竹木小筏。《论语·公冶长》:"道不行,乘桴浮于海。"后也用以指避世。

④宿:古人有二十八星宿的说法。我国古人在靠近黄道面的一带仰望星空,将黄道附近的星象划分成若干个区域,称之为二十八宿,又将这二十八宿按方位分为东、南、西、北四宫,每宫七宿,分别将各宫所属七宿连缀想象为一种动物,认为是"天之四灵,以正四方"。

⑤卦:《周易》里有六十四卦,术数家视卦象以测天理、人事。

⑥气:此处指二十四节气。我国古代历法根据太阳在黄道上的位置,将一年划分为二十四节气,以表明气候变化和农事季节。

⑦互市:指民族或国家之间的贸易活动。

【译文】

海瑞的孙子海述祖,豪爽洒脱,气概非凡,正逢明末中原危机四伏之时,便不屑于参加科举考试,激昂地产生了乘船航海的宏愿。他花费大量家产,建造了一艘大船,这艘船首尾长有二十八丈,象征着二十八星宿;船上的房间有六十四间,象征着六十四卦象;船篷有二十四叶,象征着二十四节气;桅杆高二十五丈,称为擎天柱,上面挂着两个斗形的器物,象征着日月。船建造了三年才完工,海述祖认为这艘船建制奇特,与众不同,用它来乘长风破万里浪,将没有任何阻碍。有三十八个临海的商人,租赁他的船,载运着货物前往海外诸国进行贸易,以海述祖为主事之人。

　　崇祯壬午二月①,扬帆出洋。行至薄暮,飓风陡作,雪浪粘天,蛟螭之属,腾绕左右,舵师失色。随风飘至一处,昏霾莫辨何地。须臾,云开风定,遥见六七官人,高冠大带②,拱立水次③。侍从百辈,状貌丑怪,皆鱼鳞银甲,拥巨鳌之剑,荷长须之戟,秉炬张灯,若有所伺。不觉舟忽抵岸,官人各喜,跃上舟环视曰:"是可用已。"即问船主为谁。述祖不解其意,匆遽声诺。

【注释】

①崇祯壬午:即崇祯十五年(1642)。

②大带:古代贵族礼服用带,有革带、大带之分。革带以系佩韨,大带加于革带之上,用素或练制成。

③拱立:肃立,恭敬地站着。

【译文】

明崇祯十五年二月,海述祖率众扬帆出海。航行到傍晚时分,海上突然刮起大风,雪白的海浪滔天卷起,水中的蛟龙类动物腾跃在大船左右,舵手吓得惊慌失色。船随飓风飘到了一个地方,四周昏暗不明,辨认不出来这是何地。一会儿,乌云散开,狂风停下,远远见着有六七个官员,戴着高冠、腰系大带,恭敬地站立在水边。有一百多个侍从,都状貌丑陋古怪,身披鱼鳞银饰铠甲,佩戴巨鳌剑,肩扛长须戟,手执火炬,高张灯笼,好像若有所待。不知不觉间,船忽然抵达岸边,官员们都很开心,跳上船,环顾着大船说:"这艘船可以一用啊。"于是就问船主是谁。海述祖不知道这些人的意思,匆忙地应声作答。

诘朝,呼述祖同入见王。约行三里许,夹道皎如玉山,无纤毫尘土。至一阙门,门有二黄龙守之,周遭垣墙,悉以水晶叠成,光明映彻,可鉴毛发。述祖私念曰:"此殆龙宫也!"又逾门三重,方及大殿。其制与人间帝王之居相似,而辉煌巍巍①,广设千人之馔,高容十丈之旗,不足言矣。王甫升殿,首以红巾围两肉角,衣黄绣袍,髯长垂腹。众官进奏曰："前文下所司取二舟,久不见至,今有自来一舟,敢以闻。"王曰："旧例二舟陈设贡物,今少一,奈何?"众曰："贡期已迫,臣等细阅此舟,制度暗合浑仪②,以达天衢③,允宜利涉④。且复宽大新洁,若将贡物摒挡⑤,俟到王宫,以次陈设,似无不可。"王允奏,曰："徙其凡货凡人,涤以符水,速行勿迟。"众唯唯下殿,仍回至舟,将人货尽押上岸,置之宫西琅玕池内。唯述祖不肯前,私问曰："贡将焉往?"众曰："贡上天耳。"述祖曰："述祖虽炎陬贱民⑥,而志切云霄,常恨羽翼未生,九阍难叩⑦。幸遘奇缘,亦愿随往。"众曰："汝浊世凡人也,去则恐犯天令,不可。"中有一官曰："汝可具所生年月日时来。"述祖亟书以进。官与众言："此人命有天禄,且系忠直之裔。姑许之。"

【注释】

①巀嶭(jié yè):高峻巍峨。

②浑仪:古代观测天体位置的仪器,此处指天象。

③天衢:天空广阔,任意通行,如世之广衢,故称天衢。

④允宜利涉:适宜顺利渡河。

⑤摒挡:收拾料理。

⑥炎陬(zōu):指南方炎热边远地区。

⑦九阍:九天之门。

【译文】

第二天清晨,有人传唤海述祖跟着来人去大殿拜见龙王。大约行走了三里路,道路两边都是如玉般皎洁的秀美山峰,没有丝毫尘土。到了一座宫殿门前,有两条黄龙把守门口,周围的垣墙都是用水晶砌成,光彩明亮,晶莹透彻,可以照见毛发。海述祖心里暗想:"这就是龙宫了吧!"

又走过三道大门，才到了龙宫大殿。大殿建制和人间帝王的居所相似，辉煌高峻，其宽广可以设千人的饮馔，其高度可以立下十丈的旗帜，其奢华难以形容。龙王刚升殿，头上用红巾包着两个肉角，身穿黄色绣袍，长须垂到腹部。众官员进奏说："此前给相关部门发下公文要支取两条船，一直没有找到船只，现在自行来了一条船，臣等冒昧将此事报告给大王您。"龙王说："惯例是用两条船摆放贡品，现在少了一条，怎么办？"众官员说："上贡的日子已经迫近了，我们细细察看过这条船，发现它的建制暗合天象，能抵达天宇，非常适宜航行。而且它内部宽敞，薪新洁净，如果在船上收拾整理贡品，到了天宫后再按照次序摆出，也应该没有不妥之处。"龙王准许了大臣的上奏，说："把船上的凡间货物、凡夫俗子迁移到其他地方，用符水洗涤船只，赶快出发，莫要延误。"众官员答应着下殿而去，仍然回到船上，把船上的人和货物都押送到海岸上，安置在龙宫西边的琅轩池内。只有海述祖不肯离去，私下里向官员们问道："众位要把贡品送去哪里？"众官员说："进贡给天上神灵。"海述祖说："我虽然是南方蛮夷之地的贱民，但向往云霄之上，常遗憾自己无法生有羽翼，难以敲扣天门。如今有幸遇到这样奇妙的机缘，也期望能跟着众位一同前往天庭。"众官员说："你是凡间的普通人，去了会触犯天庭律令，不能应允你。"其中有一个官员说："你可以说说你出生的年月日时。"海述祖马上写下自己的生辰八字，递交给他。那个官员对其他人说："这个人命中有天赐的福禄，还是忠正清官的后裔。姑且允许了他吧。"

俄顷，舁贡物者数百人，络绎而至。赍贡官先以符水遍洒舟中[①]，然后奉金叶表文[②]，供之中楼。次有押贡官二员，将诸宝物安顿。述祖私窥贡单，内开：赤珊瑚林一座，大小共五十株；黄珊瑚林一座，大小共七十株，高者俱一丈四五尺；夜光珠一百颗，火齐珠二百颗[③]，圆大一寸五分；鲛绡五百匹^④；灵梭锦五百匹；碧瑟瑟二十斛^⑤；红鞣鞨二十斛^⑥；玻璃镜一百具，圆广三尺，各重四十斤；玉屑一千斗；金浆一百器^⑦；五色石一万方^⑧。其他殊名异品，不能悉记。安顿已毕，大伐鼍鼓三通^⑨，乃始启行。逆风而上，两巨鱼夹舟若飞。白波摇漾，练静镜平，路无坦险，时无昼夜。中途石壁千仞，截流而立，其上金书"天人河海分界"六大字。众指示述祖曰："昔张骞乘槎^⑩，未能过此。今汝得远泛银潢^⑪，岂非盛事！"述祖俯首称谢。食顷之间，咸云："南天关在望矣^⑫。"

【注释】

①赍贡官：携带贡品的官员。

②金叶表文：以金箔作表文，用来记录贡品名目。

③火齐珠：宝珠的一种。一说，似珠的石。

④鲛绡：传说中鲛人织做的丝织品。

⑤碧瑟瑟：碧色的宝石。

⑥红鞣鞨（mò hé）：宝石名。即红玛瑙。相传产于鞣鞨国，故名。

⑦金浆：酒名，也是仙药名。

⑧方：量词，用于体积和面积。

⑨伐：敲击。鼍（tuó）鼓：用鼍皮蒙的鼓。其声亦如鼍鸣。鼍，扬子鳄。

⑩张骞乘槎：古人相传张骞乘槎至天河见织女，云出《荆楚岁时记》，然未见今本记载。据《太平御览》卷五十一引南朝梁宗懔《荆楚岁时记》曰："张骞寻河源，所得楮机石，示东方朔，朔曰：'此石是天上织女支机石，何至于此？'"明陈耀文《天中记》卷二引《荆楚岁时记》曰："汉武帝令张骞使大夏，寻河源，乘槎经月，而至一处，见城郭如州府，室内有一女织，又见一丈夫牵牛饮河。骞问曰：'此是何处？'答曰：'可问严君平。'织女取揍机石与骞而

还。后至蜀问君平,君平曰:'某年某月,客星犯牛女。'揣机石为
东方朔所识。"

⑪银潢:天河,银河。

⑫南天关:即南天门,神话传说中天官的门户之一。

【译文】

须史,数百个抬着贡品的人陆续到了。进贡贡品的官员先把符水洒在船上各处,然后将金叶表文供奉在船中的楼阁上。之后,又有两个押送贡品的官员,把各种宝物安放在船上。海述祖悄悄地窥视那份贡品单,里面写有:赤珊瑚林一座,大小一共五十株;黄珊瑚林一座,大小一共七十株,高的都有一丈四五尺;夜光珠一百颗,火齐珠二百颗,圆周长有一寸五分;鲛绡五百匹,灵梭锦五百匹,碧瑟瑟二十斛,红鞋鞊二十斛;玻璃镜一百个,圆周有三尺,每个重有四十斤;碎玉一千斗;金浆一百器;五色石一万方。其他的奇宝异物,不能全部记下。等摆放好贡品后,用力敲击鼍皮大鼓,连敲三段,才开始扬帆起航。船逆风而上,有两条巨大的鱼好像飞行一样跟在船旁。白色的波浪翻滚荡漾,像白绢一样净澈,像镜子一样平整,道路没有什么平坦险阻之分,时间没有白天夜晚之别。途中的道路上有一座千仞高的陡峭山岩,截断水流,巍然挺立,那上面书写着"天人河海分界"六个金色大字。众人指给海述祖说:"以前张骞乘着木筏到天上,没能到达这里。今天你得以远游银河,难道不是盛事吗!"海述祖低头致谢。一顿饭的时间,众人说:"就要看见南天关了。"

既而及关,赍贡官、押贡官各整朝服,异宝诸役,俱易赭色长衣①,亦令述祖衣之,登岸陈设。足之所履,皆软金地,间以瑶石嵌成异彩②。仰视琼阙璇堂③,绛楼碧阁,俱在飘渺之中,若近若远,不可测量。门下天卿四员,冕笏传旨④,令赍贡官入昊天门,于神霄殿前进表行礼。述祖及众役叩

首门外，惟闻乐音缭绕，香气氤氲，飘忽不断而已。随有星冠岳帔者二人⑤，为接贡官，察收贡物，引押贡官亦入，行礼毕，玉音宣问南方民事⑥、北方兵象⑦，语甚繁，不尽述。各赐宴于恬波馆，谢恩而出。于是集众登舟。

【注释】

①赭（zhě）：红褐色。

②瑶石：美石，次等的玉。

③璇（xuán）：美玉。

④冕笏：礼冠与手版，古代王公大官的服饰，因以指仕宦者。

⑤星冠岳帔：饰有星形的帽子和山岳形的帔。帔，古代披在肩背上的服饰。

⑥玉音：尊称帝王的言语。

⑦兵象：战争的征象。

【译文】

随后到了南天关，进贡贡品的官员、押运贡品的官员各自整理朝服，抬着宝物的诸杂役都更换了红褐色的长衣，也让海述祖穿上了红褐色的长衣，登上岸边以摆设贡品。只见脚下踩的都是软金地，瑶石间隔着嵌在地上，色彩鲜艳。抬头眺望琼宫玉堂，绛楼碧阁，都隐没在缥缈的云雾之中，若远若近，无法估量路程。宫门下有四个天庭官员，头戴礼冠、手持笏板以传旨，让奉持贡品的官员进入昊天门，在神霄殿前进上金叶表文并向天帝行礼。海述祖和众杂役在昊天门外叩首，只听到乐音缭绕，见到香气氤氲，声、香飘忽不断，弥漫天宇。接着来了两个穿戴着星冠岳帔的人，是接受贡品的官员，前来查收贡品，有人引着押送贡品的官员也进入神霄殿，行礼完毕，天帝发声询问南方的百姓之事、北方的战争之事，说的话很多，不一一记述。他们在恬波馆共享盛宴，宴饮之后，谢恩离开。便召集众人登船。

　　述祖假寐片时,恍忽不知几千万里,已还故处。因启领所押货物与同行诸人。王下令曰:"述祖之舟,曾入天界,不可复归人寰。众伴在池,宜令一见。"则三十八人,俱化为鱼,唯首未变。述祖大恸,前取舟官引至一室,慰谕之曰:"汝同行人,命应皆葬鱼腹,其得身为鱼,幸也。汝以假舟之故,贷汝一死^①。尚何悲哉?候有闽船过此,当俾汝归。"日给饮食如常。居久之,忽有报者曰:"闽船已到。"王召见,赐白黑珠一囊,曰:"以此偿造舟之价。"命小艇送附闽船,抵琼山还家^②。壬午之十二月也^③。

【注释】

①贷:宽恕,饶恕。

②琼山:县名。隋末置琼山县,属珠崖郡。治所在今海南海口琼山区东南。元为乾宁军民安抚司治,明初时为琼州府治。海瑞为琼山人,故其孙海述祖返回故乡琼山。

③壬午:崇祯十五年(1642)。

【译文】

　　海述祖打了一会儿盹,恍惚之间不知道已经过了几千万里,又回到之前的地方。于是他禀告众官员打算带走船上原来押送的货物和同行的众商人。龙王下令说:"海述祖的船曾经泛游天上,不能重新返回人间。他的那群侣伴都在琅玕池中,可以让他见侣伴一面。"那三十八个商人,全部变成了鱼,只有头没有变化。海述祖见到此景,极为悲痛,之前取船的官员将他引到一间房子,安慰他说:"和你同行的人,命中注定都应葬身鱼腹,他们能够化身成鱼,也算是幸运的。你因为借船给我们,故宽恕你一死。你又有什么可悲哀的呢?等到有福建的船经过这里,就会让你回去了。"每天正常给他提供饮食。海述祖住了很久,忽然有人告知他："福建的船只已经到了。"龙王召见海述祖，赐给他一袋白黑宝珠，说："用这些来抵偿你造船的钱。"便让人用小艇送他登上福建船只，之后他抵达琼山回到家。此时是明崇祯十五年十二月。

　　家人蚤闻覆溺之信，设主发丧①。乍见述祖，惊喜逾望。述祖亦不言所以，但云狂风败舟，倖凭"擎天柱"遇救得免。次年入广州，出囊中珠，鬻于番贾②，获赀无算，买田终老。康熙丙子③，粤僧方趾麟亲访述祖，具得其详。时述祖年已九十六，貌如五十岁人。

【注释】

①设主：设立所祭之神鬼的牌位。

②番商：外国商人。

③康熙丙子：清康熙三十五年（1696）。据此时间及下文"年已九十六"，推算海述祖出生于明万历二十九年（1601），此时距海瑞去世（1587）已十四年，明崇祯十五年（1642）出海航行，时年四十二岁。

【译文】

　　家里人早已听闻海述祖翻船溺死的信息，为他设立牌位，办理丧事。猛然见到海述祖，惊喜过望。海述祖也不向家人告知实情，只说是狂风打坏了船，侥幸凭借桅杆才得以逃脱一死。第二年，他前往广州，拿出囊中的宝珠，卖给番商，换了很多钱财，便买了田地以终老。清康熙三十五年，广东的僧人方趾麟亲自拜访海述祖，得知了这件事情的详细经过。当时海述祖已经九十六岁，容貌仍像是五十岁的人。

　　张山来曰：若非有年月姓名，便如读《太平广记》矣。

先君尝疑李贺《白玉楼记》^①，谓九州万国语言文字，各不相同。今观此，则上天果与中华同矣。余谓长吉事属荒唐，今读此文，则是实有其事。但不识所谓"天人河海分界"六大字，以及贡单所列，为篆乎？为楷乎？为中国文字乎？为各国文字乎？真不可晓。

【注释】

①《白玉楼记》：李商隐《李贺小传》和张读《宣室志》记载，天帝新修了一座白玉楼，派使者请李贺上天撰写《白玉楼记》。李贺婉拒未果，只好跟随使者上天，遂辞别人世。

【译文】

张潮说：假如不是记有真实的年月姓名，就好像在读《太平广记》中的虚幻故事一样。

我父亲张习孔曾经怀疑李贺撰写《白玉楼记》一事的真假，认为天下各国的语言文字，各不相同。从《海天行记》来看，那么天上和中华的语言文字果然相同啊。我原以为李贺撰写《白玉楼记》的说法荒诞不经，但如今阅读这篇作品，则知晓李贺所撰写的文章是真有其事。但不知道所谓"天人河海分界"六个大字，还有贡单上所列的文字，是篆书呢？还是楷书呢？是中国文字呢？还是他国文字呢？这些问题真是无从知晓。

卷十九

【题解】

本卷八篇篇目关涉五部小说集或作品集,摘选集中的多则记载。《七奇图说》出自南怀仁《坤舆图说》,后者乃是介绍五大洲人文地理的书籍,而本卷所选内容聚焦海外遗迹,先后介绍了巴比伦城、金字塔、宙斯神像等七大世界奇迹,读者毋庸出门,便能从这些记载中了解世界奇观。《讱庵偶笔》《柳轩丛谈》《啸虹笔记》皆是文言笔记小说集,《讱庵偶笔》多为述奇叙怪的作品,如雷神化鹰、疾雷毙猪、鳝鱼报恩、朱锦修文庙等类似志怪之流;《柳轩丛谈》《啸虹笔记》大多记载世间杂事趣闻,接近文士笔记之类。本卷其余篇目则出自钮琇笔记小说集《觚剩·正编》,《燕觚》《豫觚》《秦觚》《吴觚》诸篇得名于故事来源地或作者足迹所至的地方,如郑濂妇故事发生在京城,故归入《燕觚》;永城张生在芒砀山天齐寺读书,所以列入《豫觚》。作品篇幅虽不长,叙事却颇显用心,如"海内三髯"刻画陈维崧形象栩栩如生,陈维崧的词的确令人捧腹大笑。再如李通判的故事夹杂着民间信仰,虽非信史,却能反映当时百姓的心理,亦有一定的参考价值。另外本卷附有九张图,图注均依原文。

七奇图说

南怀仁^①

上古制造弘工,纪载有七,所谓"天下七奇"者是也^②:巴必鸾城,铜人巨像,尖形高台,茅索禄王茔墓,供月祠庙,木星人形,法罗海岛高台。公乐场_附,海舶_附。

【注释】

①南怀仁:字敦伯,一字勋卿,比利时人,清初来华的传教士。清康熙初,以治理历法,授钦天监监副,寻迁监正。卒谥勤敏。有《康熙永年历法》《坤舆图说》《西方要记》。事见《清史稿·南怀仁传》、阮元《南怀仁传》(《畴人传》卷四五)。此篇文章选自南怀仁《坤舆图说》卷下。

②七奇:即世界七大奇迹。

【译文】

远古时建造的宏伟工程,可记载的有七个,就是所谓的"天下七奇":巴比伦城,罗德岛铜人巨像,金字塔,摩索拉斯陵墓,阿尔忒弥斯神庙,宙斯神像,法罗斯岛灯塔。另外,附记古罗马斗兽场、海上船舶。

一、亚细亚洲巴必鸾城^①。瑟弥辣米德王后^②,创造京都城池。形势矩方,每方长五十里,周围计二百里。城门共一百处,门皆以净铜为之。城高十九丈,阔厚四丈八尺,以美石砌成。城楼上有园囿树木诸景^③,引接山水,涌流如小河然。造工者每日三十万人。

【注释】

①亚细亚洲巴必鸾城：亚洲的巴比伦城。位于今伊拉克巴格达以南，是古巴比伦王国的都城。

②瑟弥辣米德王后：塞米拉米斯（或译塞弥拉弥斯）王后，古亚述帝国的女王。其故事颇具传奇色彩，带有神话特征。相传她修筑堤坝，创建巴比伦城。

③园囿（yòu）：泛指庭园，花园。

【译文】

一、亚洲的巴比伦城。塞米

图一　亚细亚洲巴必鸾城

拉米斯王后，创建国都的城池建制。巴比伦城格局方正，每边长五十里，周长共计二百里。城门共有一百个，门都用纯铜制成。城墙高十九丈，厚四丈八尺，用精美的石头建成。城楼上有花园树木各种景观，连通着山上泉水，泉水像小河那样奔涌流淌。修筑城池时每天用三十万工匠。

二、铜人巨像。乐德海岛铜铸一人①，高三十丈，安置海口。其手指一人不能围抱，两足踏两石台，跨下高广②，能容大舶经过。左手持灯，夜则点照，引海舶认识港口，以便丛泊③。铜人内空，从足至手，有螺旋梯升上点灯。造工者每日千余人，凡十二年乃成。

图二　铜人巨像

【注释】

①乐德海岛：即罗德岛，地处爱琴海东南部，是爱琴地区文明的起源地之一。罗德岛上，于前282年建成一座希腊太阳神赫利俄斯的青铜铸像，高约33米。铸造完工后过了56年，其毁于前226年的一次地震中。

②跨下：两腿之间。

③丛泊：众船聚集停泊。

【译文】

二、铜人巨像。乐德海岛用铜铸造了一个人像，高有三十丈，放置在入海口。铜人的手指一个人不能抱圈，两只脚踩在两个石头高台上，两腿之间的空间高大宽广，可以容纳大船经过。铜人巨像左手拿着一盏灯，晚上就点燃用来照明，指引海上的船只确认港口的位置，以便于船只聚集停泊。铜人内部空心，从脚到手，有螺旋形的楼梯上升到点灯之处。每天用一千多个修筑的工人，一共花了十二年才建成。

三、利未亚洲厄日多国孟斐府尖形高台①。多禄茂王所建②。地基矩方，每方一里，周围四里。台高二百五十级，每级宽二丈八尺五寸，高二尺五寸，顶上宽容五十人。造工者每日三十六万人。

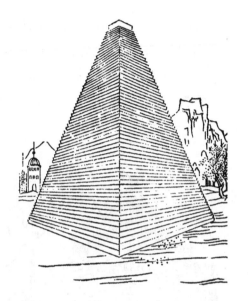

图三　利未亚洲厄日多国孟斐府尖形高台

【注释】

①利未亚洲：即非洲。厄日多国：即埃及。孟斐府尖形高台：孟斐斯
　金字塔。孟斐斯是古埃及的首都，位于今尼罗河三角洲南部，今
　埃及首都开罗南。孟斐斯有著名的阶梯状的金字塔。

②多禄茂王：托勒密王朝的国王。托勒密王国建立者托勒密一世在
　前305年自立为国王并宣称自己是埃及法老。

【译文】

　三、非洲埃及的孟斐斯金字塔。托勒密王朝的国王建造。地基呈正
方形，每边长一里，周长四里。金字塔共二百五十级，每级宽二丈八尺五
寸，高二尺五寸，顶上的宽度可以容纳五十人。每天用三十六万建筑工人。

　四、亚细亚洲嘉略省茅索禄王茔墓^①。亚尔德弥细亚王

后②,追念其夫王,建造茔墓。下层矩方,四面各有贵美石柱二十六株。穿廊圆拱③,各宽七丈余。内有石梯至顶,顶上铜辇一乘,铜马二匹,茅索禄王像一尊。其奇异:一制度,二崇高,三精工,四质料纯细,白石筑造。将毕,王后忆念其夫王,怅闷而殂④。

图四　亚细亚洲嘉略省茅索禄王茔墓

【注释】

①嘉略省茅索禄王茔墓:即哈利卡纳素斯的摩索拉斯陵墓,位于今土耳其的安纳托利亚高原西南部。

②亚尔德弥细亚王后:即摩索拉斯国王的妻子阿尔特米西娅二世。

③穿廊:将两座建筑物从中间联系起来的廊房。

④殂(cú):死亡。

【译文】

四、亚洲嘉略省摩索拉斯陵墓。阿尔特米西娅王后,追思她的夫君摩索拉斯国王,建造了这座陵墓。陵墓下层是正方形,四边各有二十六根贵重华美的石柱子。连接处的廊房是圆拱形,每个宽七丈多。里面有石梯通向顶部,顶上有铜车一辆,铜马二匹,摩索拉斯国王雕像一尊。它的奇异之处:一是形制,二是高大,三是做工精细,四是建造材料纯正细腻,用洁白的石头建成。将要建造完成时,王后因怀念她的亡夫,惆怅郁闷而死。

五、亚细亚洲厄佛俗府供月祠庙①。宏丽奇巧,基址建在湖中,以免地震摧倒。高四十四丈,宽二十一丈,内有细白石柱,凡一百五十七株,各高约七丈。庙内多细石绝巧人像。庙外四面各有桥,以通四门;桥最宽阔,以细白石为之。正门前,安置美石精工神像。筑工者至二百二十年乃成。

图五　亚细亚洲厄佛俗府供月祠庙

【注释】

①厄佛俗府供月祠庙:即以弗所阿尔忒弥斯神庙。位于今土耳其的爱奥尼亚海滨,《圣经》将这里称作以弗所,是月亮女神阿尔忒弥斯的神庙。

【译文】

五、亚洲以弗所城阿尔忒弥斯神庙。宏伟壮丽、奇异精巧,地基建在湖水里,以防地震时摧毁倒塌。高四十四丈,宽二十一丈,里面有细白石柱子,共一百五十七根,每根柱子高约七丈。庙里有很多细白石雕成的极其灵巧的人像。庙外面四边各有一座桥,以此连通四扇门;桥极为宽敞开阔,用细白石建造。正门前面,安放着用精美石头精雕细刻的神像。工人们修筑了二百二十年才建成。

六、欧逻巴洲亚嘉亚省供木星人形①。斐第亚②,天下名工,取山中一最坚大石,雕刻木星人形,身体弘大,工精细巧,安坐庙中。时有讥笑者语工师曰:"设此宏大之躯起立,宁不冲破庙宇乎?"工师答曰:"我已安置之,万不能起立。"

图六　欧逻巴洲亚嘉亚省供木星人形

【注释】

①欧逻巴洲：即欧洲。亚嘉亚省供木星人形：即希腊奥林匹亚的宙斯神像。木星，其名是朱庇特，而朱庇特是罗马世界的最高神，希腊人将其称为宙斯，因此西方相传木星是宙斯的化身。

②斐第亚：雕刻宙斯神像的雕刻家菲迪亚斯。

【译文】

六、欧洲希腊奥林匹亚宙斯神像。菲迪亚斯，是天下著名的工匠，他选取山里一块最坚固的大石头，雕刻成宙斯神像，神像身体宏伟高大，刻工精细灵巧，安稳地坐在神庙之中。当时有嘲笑的人对雕刻师说："假设这样宏伟高大的身躯站起来，难道不会冲破神庙吗？"雕刻师回答说："我已经安放好了神像，他绝对不会站起来。"

七、法罗海岛高台①。厄日多国多禄茂王建造，崇隆无际。高台基址，起自丘山，以细白石筑成。顶上多置火炬，夜照海艘，以便认识港涯丛泊。

图七　法罗海岛高台

【注释】

①法罗海岛高台：埃及法洛斯岛的亚历山大港的灯塔。前280至前247年，由古埃及托勒密二世修建。

【译文】

七、埃及亚历山大港的灯塔。埃及的托勒密国王建造，崇高无边。灯塔的地基，从山丘上建起来，用细白石建成。灯塔顶上放置了很多火炬，夜晚照耀着海上的航船，以便于船只确定海港位置而停泊。

古时七奇之外，欧逻巴洲意大理亚国罗玛府营建公乐场一埏①。体势椭圆，周围楼房异式四层，高二十二丈余，俱以美石筑成。空场之径，七十六丈。楼房下有畜养种种猛兽诸穴，于公乐之时，即出猛兽，在场相斗。观者坐，团圆台级，层层相接，高出数丈，能容八万七千人座位。其间各有行走道路，不相逼碍。此场自一千六百年来，至今现存。

图八　公乐场

【注释】

①公乐场：即位于意大利罗马的斗兽场。

【译文】

古时候的"天下七奇"建筑以外，还有欧洲意大利的罗马斗兽场。

这座剧场建制椭圆形,周围有四层不同形制的楼房,高二十二丈有余,都是用华美的石头建造而成。场地的直径有七十六丈。楼房下面有蓄养着各种凶猛野兽的巢穴,在大众取乐的时候,就放出猛兽,让它们在场中互相搏斗。观看的人坐着观看,观众席由圆形的台阶一层一层地相互连接,高出地面好几丈,可容纳八万七千个人的座位。座位之间各有行走的道路,不会互相阻碍。这个斗兽场自修建后一千六百年以来,至今仍然存在。

海舶百种不止[①],约有三等。小者仅容数十人,用以传书信,不以载物。其腹空虚,自上达下,惟留一孔,四围点水不漏。下镇以石,一遇风涛,不习水者,尽入舟腹,密闭其孔,涂以沥青,使水不进。操舟者,缚其身于樯桅,任水飘荡。其腹空虚,永不沉溺;船底有镇石,亦不翻覆。俟浪平,舟人自解缚,万无一失。一日可行千里。中者容数百人,自小西洋以达广东[②],则用此舶。其大者,上下八层,高约八丈。最下一层,镇以沙石千余石[③],使舶不倾侧震荡[④]。二三层载货与食用之物。海中得淡水最艰,须装千余大桶,以足千人一年之用,他物称是[⑤]。上近地平板一层,中下人居之,或装细软切用等物[⑥]。地平板外,则虚百步,为扬帆习武游戏之地。前后各建屋四层,为尊贵者之居。中有甬道,可通头尾。尾建水阁,可纳凉,以待贵者游息。舶两傍列大铳数十门,其铁弹有三十余斤重者。上下前后,有风帆十余道。桅之大者,二十丈,周一丈二尺;帆阔八丈,约需白布二千四百丈为之。铁猫重六千三百五十余斤,其缆绳周二尺五寸,重一万四千三百余斤。水手二三百人,将卒铳士三四百人,客商数百。有舶总管贵官一员,是西国国王所命,以掌一舶之事,有赏罚生杀之权。又有舶师三人,通天文二士。舶师专掌候风使帆⑦,整理器用,吹号头,指使夫役,探试浅水礁石,以定趋避。通天文士专掌窥测天文,昼测日,夜测星,用海图量取度数⑧,以识险易⑨,知里道。又有官医,主一舶疾病。有市肆贸易食物。大舶不畏风浪,独畏山礁浅沙;又畏火,舶上火禁极严,千人之命攸系。其起程但候风色⑩,不选择日时,亦未尝有大失。若多舶同走,大者先行引路,舶后尾楼⑪,夜点灯笼照视。灯笼周二丈四尺,高一丈二尺,皆玻璃板凑成。行海昼夜无停。有山岛可记者,指山岛行,至大洋中,万里无山岛,则用罗经以审方⑫。审方之法,全在海图量取度数,即知舶行至某处,离某处若干里,瞭如指掌。

图九　海舶

【注释】

①海舶:特指外国船。

②小西洋:有多种说法,如,指今南海西部、马六甲海峡以东地区,南亚、西亚及中亚地区和印度洋等。

③石:古代重量单位。

④震荡:摇荡之意。

⑤称是:与此相称或相当。

⑥细软:轻便而便于携带的贵重物品。切用:切实可用。

⑦候风:观测风向。

⑧海图:根据航海和开发海洋需要绘制的地图。度数:类似经度、纬度等方位刻度,以此测定地理方位。

⑨险易:险阻与平坦。

⑩风色:风势,风向。

⑪尾楼:船尾部分的上层建筑,其内部可用作舵机舱和船员舱室。

⑫罗经:罗盘,测定方向的仪器。由有方位刻度的圆盘和装在中间的指南针构成。

【译文】

外国船有不止一百种,大约分三个等级。小的仅仅容纳几十人,用来传递书信,不用来装载货物。它的腹部是空的,从上到下,只留一个孔洞,四边一滴水都不漏。下面镇着石头,一遇到大风波涛,不熟悉水性的人,都躲进船腹,密封住船上面的孔,涂上沥青,隔绝水渗进去。操纵船只的人,把自己的身体绑在桅杆上,随水飘荡。船的腹部是空的,永远不会沉船;船底有镇石,也不会倾覆。等到风平浪静时,驾驶船的人解开缚绳,绝对不会发生什么差错。这样的船一天可以行驶千里。中等的船容纳几百人,从小西洋到达广东,就用这种船。至于大船,上下有八层,高约八丈。最下面的一层,镇压着一千多石沙石,使船不会侧翻摇晃。第二三层装载货物和食物。大海中寻找淡水相当艰难,必须装上一千多大桶淡水，以满足一千人一年的用量，其他的东西也是这样的情形。上面靠近地平板的一层，供中等、下等人居住，或者装载便于携带的贵重物品和切实可用之物等。地平板的外面，则空着百来步长的空间，是升起船帆、练习武术、游戏玩耍的地方。前后各修建房屋四层，是身份尊贵之人的居处。中间有过道，可以连通船头、船尾。船尾修建有临水的楼阁，可以乘凉，以供身份尊贵的人游玩休息。船两边陈列几十门大炮，大炮的铁炮弹有三十多斤重。船的上下前后，有十多道风帆。桅杆高大，高有二十丈，粗一丈二尺；船帆宽有八丈，大约需要两千四百丈的白布来制作。船上的铁锚重六千三百五十多斤，它的缆绳粗二尺五寸，重一万四千三百多斤。船上有二三百个水手，三四百个将卒、炮兵，几百个客商。还有一个船舶总管官员，是由西方国家的国王任命的，来掌管整艘船的事务，拥有奖赏惩罚和决定他人生死的权力。还有三个船舶驾驶员，两个通晓天文地理的人。船舶驾驶员专门掌管观测风向和控制风帆，整理器物用具，吹奏号角，使唤仆役，侦查浅水和礁石，由此决定靠近还是避开危险地区。通晓天文地理的人专门掌管观测天象，白天观测太阳，晚上观测星星，根据航海地图以测量经度、纬度，由此了解航行危险还是安全，知道路程长短。又有医官，主要负责诊治船上人的疾病。船上还有市场商店买卖食物。大船不害怕风浪，只害怕礁石浅水；又害怕火，船上禁火非常严格，这关系着一千多人的性命安全。大船航行的时候只观测风向，不挑选日期时刻，也没有过大的差错。如果许多艘船一起出发，大船在前面带路，船后的尾楼，晚上会点亮灯笼以给后面的船只照明指路。灯笼周身长二丈四尺，高一丈二尺，都是用玻璃板拼接成的。大船行驶在海上，白天晚上都不停止。有山岛可以当作记号的，便根据山岛行驶；到了大海中，万里海域间没有山岛，就用罗盘来辨别方向。辨别方向的方法，全在于观察航海地图测量的经度、纬度，由此就知道船行驶到了哪里，距离某处还有多少里，人们对此能了解得非常清楚。

　　张山来曰：极西巧思独绝，然吾儒正以中庸为佳[1]，无事矜奇斗巧也。

【注释】

①中庸：儒家的政治、哲学思想。主张待人处事不偏不倚，无过无不及。

【译文】

　　张潮说：西方精巧的构思无与伦比，但是我们儒家只把中庸之道看作世间最好，不致力于炫耀新奇和争奇斗巧之术。

讱庵偶笔

新安　汪□□[1]

　　孝感县一妇[2]，不孝于姑，雷下击之。妇急以血裤蒙头，雷为所厌，欻然坠地，形如鹰而稍大。其家以香汤沐浴之[3]，奉于香火座上，雷仍自褫其翅羽[4]。其家又为作法事。一旦风雨飞腾而去。此妇自以为得计，每出入必挟血片自随。一日，河边漂衣，天无纤云，忽闻雷轰，妇已毙矣。

【注释】

①新安：古郡名，辖有明、清徽州地域，可参见卷三《马伶传》注释。汪□□：指康熙时的汪端。考《（乾隆）绩溪县志》卷十引"汪端《讱庵偶笔》云：国朝督兵张天禄入徽州"事，则《讱庵偶笔》为汪端之作（《（嘉庆）绩溪县志》卷十二亦传抄所引汪端《讱庵偶笔》之事）。汪端，事不详，待考。汪端《讱庵偶笔》屡为赵吉士《寄园寄所寄》征引，所引之事地域多在徽州、休宁，时间多在清顺治、康熙时，如本篇第二则与《寄园寄所寄》卷五上海县假银买猪

事记"康熙癸丑（1673）"、本篇第四则与《寄园寄所寄》卷十上海朱锦事记"康熙壬子（1672）"。赵吉士《寄园寄所寄》今存康熙三十五年（1696）刻本（有康熙三十四年汪光被、赵士麟序），那么汪端《讱庵偶笔》的成书时间当在朱锦事发生的康熙壬子后至《寄园寄所寄》成书前，即康熙十二年（1673）至康熙三十四年（1695）间。

②孝感县一妇：湖北德安府孝感县有一妇人，其事又见王初桐《奁史》卷六四"衣裳门三"、赵吉士《寄园寄所寄》卷五"雷"。

③香汤：调有香料的热水。

④褫（chǐ）：毁坏，脱落。

【译文】

孝感县有一个妇人，不孝敬自己的婆婆，天上降下雷来要击毙她。妇人急忙用带血的裤子蒙住头，雷被秽物所压制，突然掉到地上，化成的物体形状像鹰但稍微大一点。妇人家用调有香料的热水给雷化成的物体洗浴，还把它供奉在香火座上，它便自己褫去了翅膀上的羽毛。妇人家又为雷作了法事。一天早晨，雷呼风唤雨奋飞升腾而去。这个妇人自认为得到了避雷的计策，每次出入一定要随身带着血片。一天，妇人在河边洗衣服，天上没有一片云，忽然听到轰隆一声雷响，妇人便毙命了。

　　张山来曰：鬼神之属，类恶污秽，污秽之取恶固宜，但往往偶一相值①，即不能运其威灵，诚不可解。我若为雷神，则以柳下惠"尔焉浼我"之度量②，效皋陶"执之而已"之用法③，并行不悖，亦何不可？

【注释】

①相值：相遇。

②尔焉浼我：出自《孟子·公孙丑上》，原文引用春秋鲁大夫柳下惠

之语"尔为尔，我为我，虽袒裼裸裎于我侧，尔焉能浼我哉"。意
为"你如何能迷惑沾染我呢"。

③皋陶：上古传说中的人物，与尧、舜、大禹齐名的"上古四圣"之
一，主要功绩是制定刑法和教育，帮助尧和舜推行"五刑""五
教"，曾经被舜任命为掌管刑法的"士"，以正直闻名。执之而已：
出自《孟子·尽心上》："桃应问曰：'舜为天子，皋陶为士，瞽瞍杀
人，则如之何？'孟子曰：'执之而已矣。'"意为逮捕他就是了。

【译文】

　　张潮说：鬼神一类，大概厌恶污秽之物，污秽之物招来厌恶本就
是应当的，但鬼神往往偶然间遇到污秽之物，就不能运用神灵的威
力了，这实在是让人无法理解。我如果是雷神，就采用柳下惠"你
如何能迷惑沾染我"的态度来看待污秽之物，效仿皋陶"逮住他"
的做法来应对污秽之物，两种做法同时存在而没有冲突，又有什么
不可以的呢？

　　康熙癸丑，上海县有人以假银买猪三十六头①，又有他
人以钱四百托买一头，同载入舟。俄而，疾雷揭篷轰击，三
十六头一时皆毙，独一头无恙，则用钱所买者也。卖猪人以
假银买货，为人所执，讼之于县。县官诘之②，供云："实系
卖猪得来，非某假造。"官问："汝识其人乎？"曰："买猪人
虽识其貌，不识其住处。而载猪之船，现在郎家桥。"于是
押同舟子物色其人，果获之，县官痛责枷示焉③。

【注释】

①上海县：元至元二十八年（1291）析华亭县东北五乡置上海县，属
松江府，治今上海黄浦区。上海县人假银买猪事又见赵吉士《寄

园寄所寄》卷五。

②县官:指上海县知县。检《(乾隆)上海县志》卷八,康熙十一年
　(1672)至康熙十四年(1675),直隶河间府故城县人、进士陈之
　佐担任知县。

③枷示:带枷示众。

【译文】

　　清康熙十二年,上海县有个人用假银子买了三十六头猪,另外有一
人给他四百钱请他帮忙买了一头猪,这些猪一起被装上了船。不久,一
个急雷击破船篷劈在舱内,将三十六头猪都劈死了,只有一头猪完好如
初,就是买猪人用别人的真钱买的那头猪。卖猪人因为使用假钱买东
西,被人抓了起来,送到县里去打官司。上海知县审问卖猪人,他供述
说:"假钱确实是卖猪得到的,不是我自己造假。"知县又问:"你认识那
个用假钱的人吗?"他说:"我虽然认得出买猪人的相貌,但是不知道他
的住处。那艘载运猪的船,现在正停在郎家桥。"于是上海知县派人押
着卖猪人,让一个船夫载着他们去郎家桥寻找,果然抓获了用假银子买
猪的人,知县责罚用假钱的人带枷示众。

　　　张山来曰:雷所击者,不孝与用铜为多,而光棍不
　　与焉①,则何也? 吾非谓不孝与用铜不当击,只以光棍
　　为更当击耳。雷之不及光棍,殆亦畏之耶? 抑多而不
　　胜击耶?

【注释】

①光棍:没有产业的流氓、闲汉。

【译文】

　　张潮说:被雷劈的人,多是不孝之人和过度用铜之人,但是闲汉
却不被雷击劈,这是为什么呢? 我不是说不孝之人和过度用铜之人

不应该被雷击劈，只是认为闲汉更应该被雷击劈。雷之所以不劈闲汉，莫非是害怕他们吗？还是因为世间闲汉太多而劈不过来呢？

高怀中，业鳝面于扬州小东门①，日杀鳝数千。一婢悯之，每夜分，窃缸中鳝，从后窗抛入河，如是积年。一日，面店被焚，婢踉跄逃出，为火所伤，困卧河滨，夜深睡去。比醒而痛减，火疮尽愈。视之，有河中污泥堆于疮处，而地有鳝行迹，始知向者所放生来救之也。按医书：河底泥能涂汤火伤。高感其异，遂为罢业。及拆锅，下有洞穴，生鳝数石盘其中，尽举而纵之河。

【注释】

①鳝面：或为鳝丝。如《（正德）松江府志》卷五"其肉理可析为条，俗曰鳝丝，亦曰鳝面"。扬州小东门：元明清时扬州旧城的东城门之一，原址位于今江苏扬州广陵区的甘泉路。

【译文】

高怀中，在扬州小东门以卖鳝面为业，每天会杀数千条黄鳝。有个婢女怜悯那些黄鳝，每天到了半夜时，就偷取缸里的黄鳝，从后窗扔进河里，这样做了很多年。有一天，鳝面店被烧了，女婢跌跌撞撞地逃了出来，被火烧伤了，只好躺在河岸边，深夜时分就睡着了。等到醒来之后，女婢感觉疼痛减轻了，火烧的疮疤都痊愈了。婢女一看，疮疤的地方堆积着一些河里的污泥，而且地上有黄鳝爬行的痕迹，这才知道是自己先前放生的黄鳝来救她了。翻查医书：河底的泥可以涂在烫伤烧伤的地方。高怀中感到这件事十分神异，于是就不再开鳝面店了。等到他拆除锅的时候，发现锅下面有一个洞穴，有很多的活黄鳝盘踞在里面，他将它们全部拿出来并倒进了河里。

　　上海朱锦①，初投潘尚书为家人②，后其子游泮③，入谢
于公。潘曰："汝子已系朝廷士子，可以门生礼见，勿复作
主仆观也。"即检其靠身文书还之④。朱不胜感激，曰："荷
洪恩，须当报效，庶慊微心耳⑤。"潘曰："我富贵已足，何赖
于汝？"朱恳请不已，潘沉吟再四，乃曰："现今文庙圮坏⑥，
汝能修葺，贤于报我远矣！"朱即独力营缮，颇称华焕⑦。此
事已过百余年⑧，人亦无有忆及之者。顺治己亥科会元朱
锦⑨，亦上海人，官翰苑⑩，至康熙壬子殁⑪。临卒时，文庙正
梁年久朽坏⑫，亦以是刻崩殒。视其建造之姓名，即朱锦也，
始知会元乃其后身⑬。事详《上海志》⑭。又缙云郑赓唐⑮，
天启丁卯孝廉⑯，亦以儒学为兵火所毁，躬自督造，晨夕不
辍。其子惟飓、载飓⑰，相继登进士。今人惟知崇饰寺观，以
希冥福⑱，而于幼所诵法之圣人，反秦越视之⑲。抑知东家氏
之灵爽⑳，固若是其彰彰也乎㉑！

【注释】

①上海朱锦：事又见赵吉士《寄园寄所寄》卷十。

②潘尚书：据下文"此事已过百余年……康熙壬子（1672）"推算，
　潘尚书约为明万历时的上海县潘姓尚书，检《（崇祯）松江府志》
　《（乾隆）上海县志》等"选举志"，见有万历时刑部尚书潘恩。又
　《（嘉庆）上海县志》卷十四记："又据《讱庵偶笔》'锦初投潘恭定
　为家人。'"则此处的潘尚书为潘恭定，即潘恩。潘恩，字子仁，上
　海县（今上海）人。明嘉靖二年（1523）进士。历官河南巡抚、刑
　部尚书、左都御史。死于万历时。享年八十七。赠太子少保。谥
　恭定。

③游泮(pàn)：明清时，经州县考试录取为生员者就读于学官，称游泮。

④靠身文书：自愿投靠官宦人家充当奴仆而立的卖身文契。

⑤庶：表示希望发生或出现某事，但愿，或许。惬(qiè)：满足，满意。

⑥文庙：孔子庙。唐朝封孔子为文宣王，称其庙为文宣王庙。元明以后省称为文庙。

⑦华焕：光彩绚丽。

⑧此事已过百余年：指从朱锦去世的康熙壬子(1672)向前推算的一百余年，此年数并非实指，明朱锦修学官、清朱锦中举实相距六十余年，明朱锦修学官至清朱锦去世则八十余年。据《(乾隆)上海县志》卷七："(万历)十九年(1591)辛卯知县杨遇命义民朱锦重修学官。"又《(嘉庆)上海县志》卷十九"万历十九年辛卯义民朱锦重修学官"，至六十年后，即清顺治八年(1651)朱锦考中辛卯科举人，故《(乾隆)南汇县新志》卷十五、《(嘉庆)上海县志》卷十九记"六十年间有两朱锦，而修学、发科岁皆辛卯，其偶合欤？"

⑨顺治己亥科会元：清顺治十六年(1659)会试第一名。朱锦：字天襄，上海人。清顺治八年(1651)举人，清顺治十六年会试第一名，翰林院庶吉士。年五十四卒。事见《(乾隆)上海县志》卷十。

⑩翰苑：翰林院的别称。据《(乾隆)上海县志》卷十记朱锦"选翰林院庶吉士，益肆力于经史，服食不异，寒素晏如也。十八年同考礼闱，得人为多。旋以母老，乞归养，杜门却扫，与人无竞，无声色游冶之好"。朱锦官至翰林院庶吉士，故《(乾隆)上海县志》卷七记县境有"翰林院庶吉士朱锦墓"。

⑪康熙壬子殁：清康熙十一年(1672)去世。若依《(乾隆)上海县志》卷十所记其"年五十四卒"，则此朱锦当生于明万历四十七年(1619)。

⑫正梁：架在屋架或山墙上面最高的一根横木。

⑬后身：佛教有"三世"的说法，谓转世之身为"后身"。

⑭上海志：上海地方志。据《讱庵偶笔》《虞初新志》成书时间，作者所言的《上海志》当为康熙时修撰的《上海县志》。考史彩修、叶映榴纂《上海县志》，今存清康熙二十二年刻本，或即文中所言《上海志》，惜未见。

⑮缙云：县名。唐武德四年（621）分永康县置缙云县，属括州。明、清时，属处州府，治所即今浙江缙云。郑赓唐：明末清初浙江缙云人，字而名，号宝水。明天启七年（1627）举人，南明隆武帝时官吏部员外郎。入清，隐居不仕。著有《春秋引断》《古质疑》等。事见《参藩郑宝水先生传》（李来泰《莲龛集》卷十二）。

⑯天启丁卯：明天启七年（1627）。

⑰惟飑、载飏：当作惟飑、载飏。考《（康熙）处州府志》卷四记郑载飏为康熙六年（1667）丁未科进士、郑惟飑为康熙九年（1670）庚戌科进士，二人事见《（康熙）处州府志》卷九，有"与弟载飏相友爱"之语，则郑惟飑、郑载飏二人为兄弟。又按清张远《郑石蓼行略后》"石蓼先生讳惟飑，姓郑，缙云人也。父赓唐"（《梅庄文集》）。又《（光绪）缙云县志》卷八"郑赓唐传"引《黄虞稷集》中"公二子，长惟飑，次载飏，皆举进士，高第有文章名"，则郑赓唐二子名为郑惟飑、郑载飏。又考清孙治《郑觉斯先生传》（《孙宇台集》卷十四）："有孙惟飑、载飏皆成进士。"则其祖父为郑之训，字觉斯，曾任鄞县训导，明亡后隐居不仕。

⑱冥福：死者在阴间所享之福。

⑲秦越：春秋时两个国家，一南一北相距很远，不大往来。后比喻两方疏远。

⑳东家氏：指孔子。晋袁宏《后汉纪·孝灵皇帝纪》卷二三"鲁人谓孔子东家丘"，宋人方夔有诗《古意》云"鲁不识仲尼，妄谓东家氏"（《富山遗稿》卷一）。灵爽：神灵，神明。

㉑彰彰：昭著，明显。

【译文】

上海人朱锦，起初投靠在刑部尚书潘恩家里当仆人，后来他的儿子考中秀才，他去感谢潘尚书。潘尚书说："你儿子现在已经是朝廷取中的秀才，你可以用门客的礼仪和我相见了，不要再把我们的关系看作是主人和仆人了。"潘尚书就找到了朱锦的卖身契并还给了他。朱锦十分感激潘尚书，说："蒙您大恩，我应当尽力报答，但愿能有机会满足我的心意。"潘尚书说："我已经足够富贵了，还有什么需要依赖你的呢？"朱锦再三请求，潘尚书深思许久，才说："如今孔子庙坍塌破败，你能够修缮的话，比报答我更加有德行啊！"朱锦于是独自修缮好了孔庙，重修后能称得上光彩绚丽。这件事已经过去一百多年，也没有人能够再想起这件事了。清顺治十六年己亥科会试的第一名朱锦也是上海人，他后来在翰林院任职，直到清康熙十一年过世。他去世时，孔庙的正梁因年代久远腐朽损坏，也在同一时刻崩塌了。有人查看上面所留建造者的姓名，就是朱锦，这才醒悟会试第一名的朱锦是建造者的转世。这件事在《上海志》里面有详细记载。又有处州府缙云县人郑庆唐，他是明天启七年的举人，也因为孔子庙被战乱毁坏，亲自监督建造，从早到晚都不停歇。他的儿子郑惟飚、郑载飏先后中了进士。如今的人们只知道修饰佛寺道观，以此祈求能在阴间享福，但是把小时候所记诵的要效法儒家圣人之语，反而看作是很遥远的东西。难道不明白孔子的神明，本来就应像这样昭著啊！

张山来曰：此事若论功，当以潘为首，而朱次之，岂为潘已富贵耶？至于不报前之朱锦，而报于百余年后之同名者，则又何也？

【译文】

　　张潮说：这件事要是论起功劳来，应当是潘尚书第一，朱锦第二，怎么能因为潘尚书已经富贵就不予回报呢？至于不回报明代的那个朱锦，反而回报在一百多年后的同名者身上，这又是为什么呢？

　　仪真孔姓者①，于荒年购得《孔氏家谱》②，遂诣县冒陈圣裔③。时值变乱之余，圣胄散落④，县为申请，得补奉祀生⑤，遂于家安设圣位。然其人无行，淫人之妻，夫死，遂娶为妾。而己妻亦有淫行，乡里薄之。邻有塾师，夜梦一儒者乘车，上竖一旗，题曰"司马牛"⑥，弟子从者甚众，皆头带包角巾。罩于髻上，方顶有带者。语塾师曰："来日此处有事，汝当避之。"觉而骇甚，如言避去。至午后，火发，孔姓者从外奔归，见火势尚缓，亟入，欲攫其谱。甫进门内，火忽四合，遂夫妻焚死。

【注释】

①仪真：明洪武二年（1369）改真州及扬子县置，治今江苏仪征。

②《孔氏家谱》：孔子后人编修的族谱。在古代，常有非孔子后裔的孔姓者贪图朝廷对孔子后裔的优厚待遇而冒充圣裔。孔姓荒年购《孔氏家谱》事又见《寄园寄所寄》卷十。

③圣裔：圣人的后代，常专指孔子的子孙。

④圣胄：圣人的后代子孙。

⑤奉祀生：即香火秀才。先贤圣人的后人不经科举考试，赐予秀才功名，管理先祖祠庙的祭祀。

⑥司马牛：孔子七十二弟子之一司马耕，字子牛，亦称司马牛。向罗之子，司马桓魋之弟，春秋时期宋国人。宋真宗大中祥符二年（1009）

加封"楚丘侯",宋度宗咸淳三年(1267)以"睢阳侯"从祀孔子。

为人多言而躁,坚信儒家学说,反对犯上作乱。

【译文】

仪真县有一个姓孔的人,在庄稼歉收时买到了一本《孔氏家谱》,就到知县那里谎称自己是孔子后裔。当时刚刚经过战争,孔子后裔分散流落,县官为他向上级提出请求,他得以补为奉祀生,就在家里安置了孔夫子的牌位。但是这个人品行恶劣,奸淫别人的妻子,在被奸淫者的丈夫死后,就娶她为妾。而且他自己的妻子也有淫乱之举,被同乡人所鄙视。他的邻居中有一个私塾先生,晚上梦见有位儒者乘坐着车,车上竖着一杆旗,旗上写着"司马牛",有很多追随着他的弟子,头上都戴着包角巾。包裹在发髻上,方形顶,有垂带。儒者对私塾先生说:"明天这里会发生一些事,你应该避开。"私塾先生醒来后十分害怕,便按照儒者说的话避开了。到了下午,火烧了起来,姓孔的人从外面跑回来,看到火的势头还不猛,急忙跑进屋里,想要取出那本《孔氏家谱》。他刚一进门,火突然从四面烧过来,于是将夫妻二人烧死了。

张山来曰:此事予犹及见之,然亦此人不肖,故遭此报耳。

【译文】

张潮说:这件事我也曾看到,但也是这个人品行不好,所以遭到了这样的报应。

柳轩丛谈

婺源江君辅①,幼工奕②,称国手③。年十七,忽一人扣户,称江北某家延请角技,君辅襆被随之往④。月余,抵中州某宦宅⑤。其人先入内，见某宦，诈云："吾途穷，鬻吾子为归串⑥。"既得金，立契，复涕泗曰："父子情，不忍面别，请从后门去，免吾子牵衣惨状也。"宦信之。君辅方久坐堂上，讶无出肃客者⑦。忽一髯头婢肩水桶⑧，目江大声曰："尔新来仆，速出汲！"江惊异，厉声争之。宦从内出，持券示曰："尔父卖尔去，复何云？"江曰："异哉！君数千里遣使迎我手谈⑨，乃为此不经语乎？谁为吾父？"出所著《奕谱》呈宦证之。宦大惊曰："汝果能胜我，言即不谬。"甫对着⑩，君辅连胜数局，宦爽然⑪，深相礼貌。其地有国手，从无出其右，宦忽请对局，辅又连胜。宦大喜，待为上客。盘桓数月，作书叠荐好奕钜公处，获金数百归。

【注释】

①婺源：唐开元二十八年（740）置婺源县，属歙州，治所即今江西婺源西北。宋宣和后属徽州。元元贞元年（1295）升为婺源州。明、清，属徽州府。江君辅：据《（康熙）徽州府志》卷十七、《（光绪）重修安徽通志》卷二六二、《（民国）重修婺源县志》卷四九，江用卿，字君辅，善棋，行遍天下无敌。与大学士何如宠、周延儒下棋，"局中不知有相国，局外亦不自诧为相国客也"。婺源江君辅事出自《柳轩丛谈》，然其书作者失载，又见赵吉士《寄园寄所寄》卷十一。《柳轩丛谈》一书，赵吉士《寄园寄所寄》征引九则（江苏韩巡抚遗干、休宁汪耐庵、许定国、大老家门客、休宁吴虎文、汶上响马、休宁有贸易、张瞎子、婺源江君辅），又据徐鼒《小腆纪年附考》卷八"庚戌明命总兵许定国镇守开封宛雒挂镇北将军印"小注云"考日本某氏《柳轩丛谈》"，卷二"是月献贼陷明夔州"条记"考日本比略又某氏《柳轩丛语》云"，殆此书为日本游

历中国之人所作乎?

②奕:通"弈",下棋,这里指下围棋。

③国手:一国中某项技艺最为出众的人。

④襆被:用包袱裹束衣被,意为整理行装。

⑤中州:即中土,中原。狭义的中州指今河南一带。

⑥归串:路费。

⑦肃客:迎进客人。

⑧鬅(péng)头:头发散乱貌。

⑨手谈:下围棋。

⑩对着:过招,比试。

⑪爽然:豁然,了然。

【译文】

　　徽州府婺源县人江君辅,年幼时便善于下围棋,可以称得上是一流的水平。江君辅十七岁时,忽然有一个人上门,说江北某人请他前去比试棋艺,江君辅就整理行装和他一同前往。过了一个多月,到了河南一个官员的宅邸。那人先进去,见到官员后,撒谎说:"我实在是走投无路,将我的孩子卖给您以作为归家的盘缠。"拿到钱之后,写好了契约,又涕泗横流地说:"我们父子情深,不忍心当面别离,请求您让我从后门出去,免得出现我儿子拽住我的衣角不肯放手的凄惨场面。"官员相信了他的话。江君辅在大堂上坐了很久,正讶异怎么没有人出来迎客。忽然有一个头发散乱的女仆肩上挑着水桶,看着江君辅大声说:"你这个新来的仆人,赶快出去挑水!"江君辅感到十分诧异,大声和她争辩起来。官员从里面出来,拿着卖身契给江君辅看:"你父亲将你卖了后就离开了,还有什么好说的呢?"江君辅说:"怪了!您派人到数千里之外邀请我对弈,为什么要说这样的荒诞之言?谁是我的父亲?"拿出自己写的《弈谱》上呈给官员以作证。官员十分吃惊地说:"如果你真的能够赢了我,那么你说的就不是假话了。"二人刚一对弈,江君辅就连着赢了好几局,官员豁然醒悟，表现出尊敬的样子。当地有一个棋艺高超的人，从来没有人胜过他，官员突然请他和江君辅对弈，江君辅又连着赢了他很多局。官员十分高兴，把江君辅当作尊贵的客人来对待。江君辅在官员府上住几个月之后，官员写信把他推荐给了一位喜欢下围棋的大人物，江君辅获得了很多钱之后就还乡了。

　　张山来曰：此当是某宦故作此狡狯耳！不然，卖子为仆，岂不睹面而遽成交耶？

【译文】

　　张潮说：这应该是那位官员故意耍弄的狡猾之举！不然的话，将自己儿子卖给别人做仆人，怎么能不当面见过就匆忙成交呢？

啸虹笔记

　　篆学图书①，多出于新安，为他郡所不及。如汪梦龙，休宁西门人②，名涛，字山来，多膂力，人呼之"梦龙将军"。真草隶篆③，以及诸家书法，无所不精。每写一家，从不致杂入一笔。大则一字方丈④，小则径寸千言⑤。铁笔之妙⑥，包罗百家，前无古人。少时至楚中贩米，逆旅暇日，偶至一寺，见衣冠者十余辈⑦，在佛殿以沙聚地，成字径丈，曰"岳阳楼"。山来笑谓曰："是可以墨书也，何艰于八法乃尔耶⑧？"众惊愕，因白之郡守。延入署，煮墨一缸，山来以碎布蘸墨，书于匾上，顷刻成。守叹赏久之，因嘱山来落款于后，曰"海阳汪涛书⑨"。至今楼虽屡修，而此匾不能易也。其徒王言,字纶紫,北门人。纶紫篆书出宦光之上⑩,隶书直追中郎⑪,至于行楷,各尽其妙。

【注释】

① 篆学图书:此则故事王根林校本题目下作"丘炜菱（菽园）",然"邱炜菱（字菽园）"乃晚清福建海澄县举人,非为《啸虹笔记》作者。《啸虹笔记》今见赵吉士《寄园寄所寄》征引五十余则。考《（民国）沙市志略·征引书目》言"《啸虹日记》汪某撰",又《（乾隆）绩溪县志》卷十"胡梅林"事引"汪翰林灏《啸虹笔记》",此则"胡梅林"事又见于《寄园寄所寄》卷十一引《啸虹笔记》,则知《啸虹日记》为汪灏之作。汪灏,字紫沧,徽州休宁（安徽休宁）人,清康熙四十一年（1702）以献赋召入内廷,第二年赐进士,授翰林院编修。事见《（乾隆）江南通志》卷一六七。休宁汪涛事又见赵吉士《寄园寄所寄》卷十一,又见《（康熙）徽州府志》卷十七。

② 休宁西门:指徽州休宁县西城门。

③ 真:楷书。

④ 方丈:一丈见方。

⑤ 径寸:径长一寸,用以形容小。

⑥ 铁笔:刻印刀的别称,以其用刀代笔,故名。这里指书法。

⑦ 衣冠者:代指缙绅,士大夫。

⑧ 八法:汉字笔画有侧（点）、勒（横）、努（直）、趯（钩）、策（斜画向上）、掠（撇）、啄（右边短撇）、磔（捺）,谓之八法。多以指书法。

⑨ 海阳:休宁的古称。三国吴永安元年（258）改休阳县置海阳县,属新都郡。治所在万岁山（今安徽休宁东）。西晋太康元年（280）改为海宁县,至隋代改为休宁县。明、清休宁县属徽州府。

⑩ 宦光:赵宦光,字凡夫,又字水臣,号广人,晚明苏州吴县（今江苏苏州）人。长期隐居在寒山。精六书,工诗文,善书法,运用行草

笔势作小篆,创划篆体。其篆刻取法汉人,线条苍劲,结构谨严工
稳,对朱简有较大影响。

⑪中郎:东汉文学家、书法家蔡邕,官至左中郎将,故称蔡中郎。他
工书法,尤善隶书,熹平年间曾为太学石经书丹,让工匠刻在石碑
上,即《熹平石经》。

【译文】

篆学论著,大多出自新安,其他地方都比不上。比如汪梦龙,他是休
宁西门人,名涛,字山来,体力很好,人们称他为"梦龙将军"。楷书、草
书、隶书、篆书,以及每位大家的书法,没有他不精通的。每次写某位大
书法家的字,从来不会夹杂进去别人的一笔字迹。他的字大的话一个就
一丈见方,小的话一寸见方的地方就能写千余字。汪梦龙书法的妙处,
在于包含着各个名家的特点,之前从来没人能做到这点。他年少时去楚
地贩卖大米,住在旅店的闲暇日子,偶然到了一个寺庙,见到有十来位士
大夫,在佛殿中把沙堆在地上组成了一丈见方的字,是"岳阳楼"。汪梦
龙笑着对他们说:"这可以用墨写,写书法何至于艰难到这种地步呢?"
众人惊奇震愕,于是把这事告诉给知府。知府把他请到府衙,待煮好一
缸墨,汪梦龙用碎布条蘸了墨水,在匾上写字,很快就写好了。知府赞赏
了很久,就嘱咐汪梦龙在字后落款,写上"海阳汪涛书"。到今天岳阳楼
虽然多次修葺,但这块牌匾却没有更换。汪梦龙的徒弟王言,字纶紫,
是休宁北门人。王纶紫的篆书写得比赵宧光更好,隶书也几乎比得上蔡
邕,至于行书和楷书,也各有妙处。

张山来曰:仆与汪君同字山来,彼于书法精妙乃
尔,仆则十指如悬槌,深以为憾。岂灵秀之气,为彼所
独得耶?犹忆为童子时,得一图章,形扁而空其中,一
面刻"月色江声共一楼"七字①,一面刻"雪夜书千卷,

花时酒一瓢"二句②,俱朱文③,其傍一刻"辛酉秋日篆"五字,又"汪涛"二字,一刻"山来"二字。今此石尚存箧中,向亦不知山来为谁,由今观之,真足发一笑也。

【注释】

①月色江声共一楼:出自唐代诗人雍陶《宿嘉陵驿》,全诗为:"离思茫茫正值秋,每因风景却生愁。今宵难作刀州梦,月色江声共一楼。"

②雪夜书千卷,花时酒一瓢:出自唐代诗人许浑《新卜原上居寄袁校书》,全诗为:"贫居乐游此,江海思迢迢。雪夜书千卷,花时酒一瓢。独愁秦树老,孤梦楚山遥。有路应相念,风尘满黑貂。"

③朱文:从印章上印下来的白印红字。

【译文】

张潮说:我和汪梦龙的字都是"山来",他在书法方面达到了精妙的地步,我的十个指头却笨得像悬着的棒槌,我为此感到十分遗憾。难道天地间的灵秀之气,都被他一个人得到了吗? 还记得我小时候,得到了一个图章,形状是扁的而中间是空的,一面刻着"月色江声共一楼"七个字,一面刻着"雪夜书千卷,花时酒一瓢"两句,都是阳文,侧面一面刻着"辛酉秋日篆"五个字和"汪涛"两个字,一面刻着"山来"两个字。如今这个图章还保存在箱子里,我之前也不知道此图章的"山来"是谁,如今看到这篇文章,真是值得一笑啊。

燕觚

钮琇（玉樵）①

宣城高检讨遗山②,言其族兄某,于崇祯中训蒙村庙③,

暑夕散徒,纳凉庭间。忽见庙殿青灯影影[④],因从窗楞窥之,内有一人,危冠方袍[⑤],南面而坐,两傍童子以次侍立,约十余人。深目巨鼻,貌极狰狞。高拍窗惊呼,殿内人从容徐步出揖曰:"吾亦师也,所训诸徒,皆三十年后公侯将相。上帝悯其目不识丁,欲使稍习文字,略知仁义。天下将乱,孑遗之民[⑥],不至被其卤莽唊噬也[⑦]。吾身隐少微[⑧],适奉帝命来此,分方授业[⑨],暂假庙席,月余事毕矣。"语后入殿,息灯,寂无所见。

【注释】

①钮琇:参见卷十六《记吴六奇将军事》注释。本篇两则故事选自钮琇笔记小说集《觚剩》卷四,该卷题名《燕觚》,凡27则。此则故事见《觚剩》卷四《鬼徒》。

②高检讨遗山:高咏,字阮怀,一字怀远,号遗山,宁国府宣城(今安徽宣城)人。高维岳之孙,幼时称神童,家贫好学。年近六十始贡入太学,徐乾学奇其才,延入家塾。清康熙十八年(1679)举博学鸿词科,授翰林院检讨,与修《明史》。所撰史稿,皆详慎不苟。诗、书、画皆工,世称"三绝",与施闰章创"宣城体",著有《遗山堂集》《若岩堂集》。其人事略见《觚剩》卷四《晚遇》。

③训蒙:教育儿童,多指旧时学塾对儿童进行启蒙教育。

④青灯:光线青荧的油灯。影影:犹隐隐,模糊不清貌。

⑤方袍:僧人所穿的袈裟。因平摊为方形,故称。

⑥孑遗之民:亡国之民,前朝留下的老百姓。

⑦卤莽:粗疏,鲁莽。唊噬:啮食,吞食。

⑧身隐少微:无名而微贱。

⑨分方授业:传授当地学子学业。

【译文】

　　宣城县的翰林院检讨高咏，说他家族里的兄长高某，在明崇祯年间于村庙中对儿童进行启蒙教育，夏天傍晚遣散学童，在庭院间乘凉。忽然看见村庙的大殿上油灯闪烁，于是从窗格往里面偷看，只见里面有一个人，头戴高冠，身着方袍，朝南坐着，两旁有十来个童子按次序恭顺地站立在旁边伺候。那个人眼睛凹陷，鼻子高挺，面貌特别凶恶。高某拍着窗户惊叫呼喊，大殿里的人不慌不忙地走出来，行礼作揖道："我也是老师，我所教导的学生们，都是三十年后位尊权高的大人物。天帝怜悯他们没有学问，想让他们稍微学习一些文字，略微知道一些仁义道德。天下将要发生动乱，劫后遗留的百姓，不至于因为他们施政鲁莽而遭殃。我无名而微贱，刚刚奉了天帝的命令来到这里，传授此地学子学业，暂时借用庙里的地方，一个月左右事情就可以结束。"说完进了大殿，灭了灯，殿内就寂静得什么都见不到了。

　　张山来曰：公侯将相中，尽有"没字碑"在①，想未入村庙中读书耳。然皋、夔、稷、契②，所读何书？即不识字，未为不可，但徒为舞文辈地耳③！

【注释】

①没字碑：比喻虚有仪表而不通文墨的人。

②皋：皋陶，传说中的部落首领，舜时掌管刑法，以正直称。夔：传说中远古时人。尧时举用为乐正，舜时命其为典乐。能通五音，以诗歌声律舞蹈教导人民。稷：后稷，古代周族始祖。传说有邰氏女姜嫄踏巨人足迹怀孕而生，以为不祥，一度被弃，因名弃。好农耕，善于稼穑，尧、舜时曾任农官，教民耕种。契：传说中远古商代始祖，帝喾之子，其母简狄吞玄鸟卵怀孕而生。佐禹治水有功，舜乃命契为司徒，掌教化。赐姓子，封于商。一说居于蕃。

③舞文:玩弄个人智谋。

【译文】

　　张潮说:公侯将相等大人物之中,虚有仪表而不通文墨的大有人在,想来他们都没有进入村庙里读过书吧。然而皋、夔、稷、契四个人,读的是什么书呢?即使不认识字,也不是不可以,但只是落到玩弄智谋的地步罢了!

　　京城东偏①,有民家生一女,能言之岁,忽曰:"我工部郎中郑濂妇也②,何以在此? 我欲归我家矣。"迹郑之居,与女家相去二里许,某祕之,不以告。女甫能行,即出户觅郑居,或时趋出巷外,其家辄抱持之,防其逸。而女之求归益坚,不得已,以闻于郑。郑乃迎之,盖八龄矣。重堂邃室③,皆若素游,直入踞床,南面而为妇言曰:"我之子与媳安在,不速出见?"众方匿笑旁睨④,濂适自外来,起而曰:"我别夫子日久⑤,岂遂不相识耶?"笼箧之庋⑥,香履之存,靡不一一指点其处。郑郎中以事近怪,不逾宿而遣之。然闻者惊相传告,旋彻内庭⑦。今上召询濂⑧,濂不敢隐,因命续再世之婚。濂辞以"年齿甚悬⑨,且臣之子已生孙矣,居室名言⑩,恐有未顺"。上曰:"天命之也。待十三岁而婚,谁曰不宜?"濂奉旨届期成礼,伉俪如初。

【注释】

①东偏:东边。此则故事见《觚剩》卷四《再世婚》,又见引于王初桐《奁史》卷四、《(光绪)顺天府志》卷七一。

②工部郎中:官名,工部属司郎中的泛称。明置营缮、虞衡、都水、屯

田四清吏司,分置郎中。郑濂:未详,据文中"今上"可知是清康熙时人。

③重堂邃室:指重叠的楼阁,深邃的屋室。

④匿笑:窃笑,暗笑。

⑤夫子:丈夫。

⑥笼箧:竹箱。大的称笼,小的称箧。庋(guǐ):置放,收藏。

⑦内庭:官禁以内。

⑧今上:这里指清康熙帝,《觚剩》成书时在任的皇帝。

⑨年齿:年龄。悬:距离远,相差大。

⑩居室:居家过日子。名言:称说,描述。

【译文】

在京城东边,有一户百姓生了一个女儿,女孩到了能够说话的岁数,忽然说:"我是工部郎中郑濂的妻子,为什么会在这里? 我想要回我们郑家。"寻问郑濂的居处,得知和她家相距大约二里,这家人对女孩保密,没有把这件事告诉她。女孩刚刚能走的时候,就出门寻找郑濂的居处,有时走到了巷子外面,她的家人便抱起她来,防止她离开。但是女孩想要回郑家的想法更加坚定了,这家人没有办法,把这件事告诉给郑濂。郑濂就来接她,原来她才八岁而已。郑家的高楼秘阁,她都像以前常进出一样熟悉,一直走进去坐在床上,面朝南边像郑濂之妻一样说:"我的儿子和媳妇在哪里,还不快出来见我?"众人正在一旁暗笑着打量她,郑濂恰好从外面进来了,她站起来说:"我离别丈夫你很长时间了,难道就彼此不认识了吗?"大小竹箱的放置,香料、鞋子的存放,她都能一样一样指明其地。郑濂觉得这件事近乎怪异,没过一晚就把女孩送回了她家。但是听说这件事的人吃惊得互相转告,这事很快就传遍了皇宫。康熙帝召来郑濂询问,郑濂不敢隐瞒,据实以告,于是康熙帝命令郑濂再续这段来世姻缘。郑濂以"两人年纪差距悬殊,而且我的儿子已经给我生了孙子,居家过日子的事情,恐怕有不便的地方"而推辞。康熙帝说:"上天让你们再次相逢。等到她十三岁就成婚，谁能说不合适呢？"郑濂尊奉旨意按期完婚，夫妻仍像当初一样恩爱。

张山来曰：不识定情之夕，亦有所痛楚否？

【译文】

张潮说：不知道两人定情的时候，是否也有苦楚呢？

豫觚

钮琇（玉樵）①

永城有张生者②，屡就童子试，不遇。读书芒砀山天齐寺③，攻苦之暇，散步殿庑，见东帝座下判官④，像貌伟丽，戏拊其背曰："人间安得如公者，吾与论心订交乎⑤？"是夕，生篝灯禅堂⑥，披简孤坐⑦，忽闻扣门声，且曰："君所愿交者来矣。"启扃而迎⑧，则昼所见判官也。始颇疑惧，继稍款洽⑨。坐谈之顷，温语庄言，缅缅动听⑩。生且喜得佳友，由是定更辄来⑪，夜分乃去，率以为常。生久之与习，因自陈轗轲有年⑫，莫测荣枯所诣，乞其搜示冥册⑬。神颦蹙曰："君无显秩⑭，即一芹犹难撷也⑮，奈何？"生不觉愤恻，坚请为之回斡⑯。神徐曰："当为君图之。"阅数夕，至曰："已得之矣。山东某邑，有与君同姓者，应于明年入泮，吾互易其籍，可暂得志。然事久必露，君其慎之！"嗣后神不复见，生亦归里。试果获售⑰，悉如神言。浮沈黉宫十余载⑱，忽梦神仓皇前诉曰："吾因与君一日之契，潜窜衿录⑲，已蒙帝谴，法当远戍，兹行与君永别耳。"生觉而惘然。未几，亦以试劣被黜。

【注释】

①钮琇：参见卷十六《记吴六奇将军事》注释。本篇三则故事选自钮琇笔记小说集《觚賸》卷五，该卷题名《豫觚》。此则故事出自《觚賸》卷五《潜审衿录》。

②永城：县名。隋大业六年（610）置永城县，治今河南永城东北，传说因此城屡遭水击不破而得名。唐武德五年（622）永城县移治今地，属谯郡；贞观十七年（643）改属亳州。金兴定五年（1221）升永城县为永州。蒙古至元二年（1265）降永州为永城县，属归德府。明清因之。

③芒砀山：芒山、砀山的合称，在今河南永城北。据传汉高祖刘邦曾在此斩蛇起义。西汉梁孝王刘武建东苑，芒砀山为苑中之胜。宋、元、明、清以来，殿阁林立，陵墓众多。天齐寺：即天齐庙，供奉道教东岳大帝的庙宇，民间相传东岳大帝掌管人间贫富贵贱、生老病死。下文东帝即指东岳大帝。

④判官：指东岳大帝属下辅理事务的官员。

⑤论心订交：倾心交谈而结为朋友。

⑥篝灯：置灯于笼中。禅堂：即禅房，僧堂。佛徒打坐习静之所。

⑦披简：打开书籍。

⑧扃：从内关闭门户的门闩。

⑨款洽：亲密，亲切。

⑩缅缅（lí）：形容文章或言谈连绵不尽。

⑪定更：旧时晚上八时左右，打鼓报告初更开始，称为"定更"。

⑫轗（kǎn）轲（kē）有年：多年困顿，经年不得志。

⑬冥册：地府判官的簿子，记有人的生死、穷达等。

⑭显秩：显赫的官位。

⑮一芹：《列子·杨朱》有献芹于人，因味不中口而为人所怨事。后

因以"芹"为礼品微薄之典实。亦泛指微薄之物。

⑯回斡（wò）：周旋，调停。

⑰获售：犹得志。特指科举考试得中。

⑱黉（hóng）官：学官，古代学校。

⑲衿（jīn）录：秀才入泮的簿籍。

【译文】

归德府永城县有个张生，连着多年参加童子试，都没有考中。他在芒砀山的天齐寺读书，刻苦攻读之余，到大殿廊屋散步，看到东岳大帝座下的判官像，外貌伟岸壮丽，开玩笑地摸着他的背说："人间哪里可以找到像您这样的人，让我和他倾心交谈结为朋友呢？"当天晚上，张生在禅房里点起灯笼，翻着书独自坐着，忽然听到敲门声，还听到有人说："你想要结交的人来了。"张生打开门迎接，发现来人就是白天见到的判官。张生起初猜疑、畏惧，继而渐渐和他亲密起来。两人交谈的时候，判官的语言或温和或严肃，滔滔不绝，听起来让人很感兴趣。张生很高兴交到了好友，从此判官晚上八点左右就来，夜半时分才离开，这成了常事。张生和判官在一起的时间长了，于是陈述自己困顿多年，不知道自己的穷达会到什么地步，他乞求判官在冥册上帮自己查看。判官皱眉蹙额说："你命里没有显赫的官位，即使是一官半职也很难得到，怎么办呢？"张生不禁悲伤起来，坚持请求判官为他周旋。判官缓缓地说："我肯定会为你图谋。"过了好多个晚上，判官来说："已经办好了。山东某县有一个和你同姓的人，要在明年被录为秀才，我把你们的录取簿籍互换一下，你就可以暂时实现志愿。但是事情久了一定会败露，你一定要谨慎！"此后判官没来见过张生，张生也回到了故乡。张生果然考中了秀才，都像判官说的那样。在学宫中浮沉了十余年，忽然梦见判官慌忙跑到自己跟前说："我那天因为和你交情相投，偷偷地篡改了录取秀才的簿籍，已经被天帝贬谪，按照天条应当戍守边疆，这次来就和你永远作别吧。"张生醒来之后迷惘惆怅。不久，张生因为考试成绩差而被黜落。

张山来曰：神虽因生被谴，而爱才若此，殊足千古！

【译文】

　　张潮说：判官虽然因为张生而被贬谪，但是他如此爱惜人才，也很值得长久铭记了！

　　李通判者，山西汾州人①。其前世为乡学究②，年逾五旬，闲居昼卧，梦二卒持帖到门云："吾府延君教授，请速往。"挟之上马，不移时，至一府第，如达官家。青衣者引之入，重闼焕丽，曲槛纡回，最后书室三楹。坐顷，两公子出拜，锦衣玉貌，皆执弟子礼。日夕讲课不辍。书室外院，地逼厅事③，时闻传呼鞭笞之声，特不见主人为怪，且不晓是何官秩④。请于二子，二子曰："家君即出见先生矣。"未几，主人果出，冠带殊伟⑤，晤语间⑥，礼意款洽⑦。学究因言："晚辈承乏幕下⑧，久且阅岁，不无故园之思。"主人微哂曰："君至此，已不可归。然自后当有佳处，幸勿复多言⑨。"学究凄然不乐，竟不知身在冥府也。一日，主人开宴，邀学究共席，辞以寒素不宜与先辈抗礼⑩，强之乃行。厅事设有四筵，扫径良久⑪，一僧肩舆而至，极驺从之盛，曰"大和尚"。又一僧至，如前，曰"二和尚"。直据南面两筵，学究主人，依次列坐。主人与二僧语，学究皆不解。酒果亦并非人间物。酒半⑫，忽见一梯悬于堂檐⑬，二僧出，蹑之，冉冉而去。主人促学究从而上，攀援甚苦，倏然堕地⑭，则已托生本州李氏矣。襁褓中，能语如成人，但冥府有勿言之约，不敢道前世事。生四岁，握笔为制义，评骘其父文⑮，可否悉当⑯。后登崇祯乙榜⑰。顺治初,通判扬州。天兵南下⑱,出迎裕王⑲,王手掖之,如旧相识,曰:"当时事犹能记忆耶?"一笑驰去。潜窥裕王状貌,即所见"二和尚"也。而"大和尚"未知出世为何如人。

【注释】

①汾州:地名,在今山西临汾。北魏太和十二年(488)置汾州,治所在蒲子城(今山西隰县),辖境相当今山西汾阳、孝义、灵石、蒲县、乡宁、岚县、五寨等地以西。后几经沿革,明属山西省,万历二十三年(1595)升为汾州府。

②学究:私塾的教师。

③厅事:官署视事问案的厅堂。

④官秩:官吏的职位。

⑤冠带:帽子和腰带,指装束、打扮。

⑥晤语:见面交谈。

⑦礼意:恭谨接待,表示敬意。

⑧承乏:承继空缺的职位,后多用作任职的谦辞。

⑨幸:希望。

⑩寒素:门第寒微,地位卑下。抗礼:行对等之礼,以平等的礼节相待。

⑪扫径:清扫道路,指迎接客人的到来。

⑫酒半:犹酒次,指宴饮间酒至数巡的时刻。

⑬堂檐:厅堂之顶向旁伸出的边沿部分。

⑭倏(shū)然:忽然。

⑮评骘(zhì):评论,臧否。

⑯可否(pǐ):褒贬。

⑰乙榜:即乙科。明清称举人为乙科,进士为甲科。检《(乾隆)汾

州府志》卷十八，未见明崇祯时李姓汾州籍举人。检《扬州府志》，未见明末清初李姓通判。

⑱ 天兵南下：指清军兵进扬州。据王秀楚《扬州十日记》、计六奇《明季南略》卷八《史可法扬州殉节》、《清史稿·世祖纪》等，清顺治二年（1645）四月，多铎率清兵进逼扬州。

⑲ 裕王：疑作豫王。清顺治初无裕王，至清康熙六年（1667）正月才封顺治帝第二子爱新觉罗·福全为裕亲王。按《清史稿·世祖纪》记清顺治二年四月豫亲王多铎攻克扬州，"庚午，豫亲王多铎师至扬州，谕故明阁部史可法、翰林学士卫胤文等降。不从。……丁丑，拜尹图、图赖、阿山等克扬州，故明阁部史可法不屈，杀之"。

【译文】

李通判，是山西汾州人。他上辈子是乡里的私塾先生，已经五十多岁，白日里在家闲居时睡觉，梦到两个差役拿着请帖上门说："我们府上请您教授学子，请您快点起程吧。"带他上了马，不多时，到了一座宅第，好像是高官的家。穿青衣的差役带他进去，重重门阔华美艳丽，曲折栏杆回环往复，最里面有三间书房。坐了一会儿，高官家的两位公子出来拜见，他们衣饰华艳，貌美如玉，都向他行弟子之礼。随后，老先生朝夕讲课不止。书房外面的院子，靠近官署，经常可以听到里面的传声呼喊、鞭打杖击等声音，只是奇怪没见过主人，也不知道主人是什么官阶。他询问两位公子，两位公子说："家父就要出来接见先生了。"不久，主人果然出来了，通身装扮十分盛丽，和他交谈间，恭敬亲切。私塾先生于是说："晚辈在您府上供职，时间将近一年了，难免有思乡之情。"主人微笑说："你到了这里，已经不能回家了。但是以后自然有好地方去，希望不要再多说了。"私塾先生凄凉悲伤，竟然不知道自己身在阴间。一天，主人摆设酒宴，邀请私塾先生参加，私塾先生推辞说自己门第寒微，不适合与前辈平起平坐，主人强邀他，他才前去。官署中摆放着四张席位，久等客人，有一位僧人坐着轿子来了，跟随的侍从特别多，叫"大和尚"。又有一位僧人来了,像前一位僧人那样坐着轿子并且有很多随从,叫"二和尚"。他们径直坐到了南面的两个席位,私塾先生和主人也按次序入席了。主人和两位僧人说话,私塾先生都听不明白。席上的酒食水果也并不是人间的东西。酒过数巡,忽然看到有一架梯子出现在堂屋檐下,两位僧人出去,爬上梯子,慢慢离开了。主人催促私塾先生跟着他们爬上去,私塾先生攀爬地十分辛苦,突然掉到地上,就已经投胎在汾州的李家了。私塾先生投胎后尚在襁褓里时,就能像大人一样说话,但是阴间有不能泄露前事的约定,所以不敢说上辈子的事情。他四岁的时候,就能拿起笔来写八股文,评价他父亲的文章,将其优点缺点都说得恰当准确。后来到了明崇祯年间便考中了举人。清顺治初年,他任扬州通判。清兵南下,他出城迎接裕王,裕王亲手扶着他的胳膊让他起来,就像以前的老相识,说:"还能记起来当年的事吗?"微微一笑又飞驰而去。他偷偷观察裕王的容貌,正是以前见过的"二和尚"。但是不知道"大和尚"投胎成谁了。

　　窦四者,沈丘槐店窦生之佃也①。康熙庚午夏日②,四妇将逼娩期,梦黑丈夫顑而髯③,谓之曰:"我欲暂托汝家,幸勿加害,当有以报。"次日之晡④,产一龙,蜿蜒逾尺⑤,鳞角俱备,项间有黄鬣如马鬃⑥,拂拂而动⑦。妇极惊怖,意欲斫除。忽飞蟠屋梁⑧,因忆前梦,姑置豢焉⑨。不三日,骤长数丈,夭矫游行⑩,就乳则体仍缩小,如初生时。熟习日久,饲以鸡卵,亦能啖也。沈丘范令⑪,亲往其家视之。

【注释】

①沈丘:明弘治十年(1497)置沈丘县,属陈州,治所在今河南沈丘东南。清属陈州府。槐店:地名,在沈丘西北部、项城县(今河南

项城南)东北,《(民国)项城县志》卷十记"华佗冢"在"县东北六十里,槐店西南里许"。佃(diàn):向地主或官府租种土地的农民。

②康熙庚午:康熙二十九年(1690)。

③丈夫:指成年男子。

④晡(bū):申时,即午后三点至五点。

⑤蜿蜒:龙蛇等萦回屈曲貌。

⑥鬣(liè):马、狮子等颈上的长毛。

⑦拂拂:颤动貌。

⑧飞蟠(pán):飞动盘伏。

⑨豢(huàn):喂养。

⑩夭矫:纵恣貌,形容姿态的伸展屈曲而有气势。

⑪沈丘范令:指沈丘县知县范时瑞。据《(乾隆)陈州府志》卷十三、《(雍正)河南通志》卷三七,范时瑞于康熙二十七年(1688)至康熙三十七年(1698)任沈丘县知县。范时瑞为镶黄旗人,监生,余事不详。

【译文】

窦四,是沈丘县槐店窦生家的佃农。清康熙二十九年的夏天,窦四的妻子临盆的日子将近,梦见一个黝黑的男子,身材高大、留着胡子,对她说:"我想暂时安身在你家里,希望你不要伤害我,我肯定会报答你的恩情。"第二天申时,窦四的妻子生下一条龙,它盘曲回绕有一尺多长,龙鳞龙角都有,脖子上有像马鬃毛一样的黄色鬃毛,微微飘动。窦四的妻子非常惊恐,想要砍死龙。龙忽然飞起来盘伏在屋子的木梁上,窦四的妻子于是想起了之前的梦,就姑且放到家里喂养起来。不到三天,龙突然长到了好几丈长,伸展屈曲或迂回飞动,吃奶时则身体仍旧缩小,像刚生下来那样。渐渐相处熟悉后,喂给龙吃鸡蛋,它也能吃得下。沈丘县知县范时瑞,亲自去窦四家看过这条龙。

张山来曰：不知此龙何以报母？

【译文】

张潮说：不知道这条龙用什么报答母亲呢？

秦觚

钮琇（玉樵）①

崇祯末，蒲城人屈曼者②，为县隶，性嗜酒。一日，持檄下乡，中途醉卧，夜半乃醒。时朗月如昼，见古槐树间有年少书生，乌巾绒袍③，仰月呼吸。俄而口吐一珠，色赤于火，以手承弄。曼踉跄而前，遽向生手夺取吞咽。生怒争不已，既而曰："假汝经年，仍当归我耳。"随失所在。曼吞珠后，觉体甚飘忽，举念即至其所。旋有黠者，雇曼入省会投文④，距西安二百余里，食顷已到，并不见其跋涉之迹。试之他事皆然。众咸谓其得隐形术。适御史巡蒲，录诸讼牒⑤，怨家重赂曼，径入堂掣牒⑥，左右无见者。御史微觉阶前有半体人，案牒翻翻自动，心甚骇异，急以所佩印重按之，忽得人手，其全体亦遂现，立命棰毙⑦。曼埋逾夕，其地坟起⑧，成一小穴，若有物出入状，盖书生取珠为之。

【注释】

①钮琇：参见卷十六《记吴六奇将军事》注释。本篇故事选自钮琇笔记小说集《觚剩》卷六《屈曼》，该卷题名《秦觚》。又见引于《（雍正）陕西通志》卷一百"拾遗"。

②蒲城：西魏恭帝元年（554）始置蒲城县，治所即今陕西蒲城。隋属冯翊郡。唐开元四年（716）改为奉先县。北宋开宝四年（971）复名蒲城县，属同州。明属西安府，至雍正十三年（1735）改属同州府。

③乌巾：黑头巾，即乌角巾。古代多为隐居不仕者的帽子。绒袍：羊绒制造的袍子。明清时，陕西绒袍常供给朝廷，如乔祺《收成命以防易差后患疏》奏称："请差官往陕西织造羊绒袍袱。"（朱吾弼等辑《皇明留台奏议》卷三）

④省会：这里指陕西省会西安府。投文：投递文书。

⑤讼牒：诉状。

⑥掣：抽出。

⑦棰（chuí）：用棍子打，杖刑。

⑧坟起：凸起，高起。

【译文】

明崇祯末年，陕西蒲城县人屈曼，是县衙的衙役，生性爱喝酒。一天，他拿着县衙文书送往乡下，在半路上喝醉酒后睡着了，醒来时已是夜深之时。当时澄明的月光照得四下如同白天，他看见一棵老槐树下有一个年轻的书生，头戴乌角巾、身穿羊绒袍，仰面对月呼吸吐纳。那个人突然间从口中吐出一颗珠子，珠子颜色比火还要红，那个人用手拿着把玩。屈曼脚步不稳地走上前去，迅速从书生手里抢过珠子并吞进嘴里咽了下去。书生愤怒地争抢不停，后来说："借给你几年，仍旧要归还给我的。"随即从那里消失了。屈曼吞下珠子之后，感觉身体极为轻快，一念之间就能到要去的地方。不久，有狡黠的人便雇佣屈曼去省会西安府投递文书，蒲城县距离西安府有二百多里，只用一顿饭的时间就到了，也看不到他有长途跋涉的迹象。别人用其他的事情相试验，结果也是这样。众人都说屈曼学会了隐形术。恰逢御史巡视蒲城县，抄写各类诉状，有仇家用重金贿赂了屈曼，让他径直走进公堂抽走诉状，御史身旁的人都没有看见他。御史隐约觉得台阶前面有个半隐半现的人，发现书案上的诉状自己翻动，心里非常惊异，急忙用自己佩戴的官印重重按了下去，书案上忽然出现了一只人手，屈曼的整个身体也就随之显现了，御史立即下令将屈曼以杖刑处死。屈曼下葬后的第二天晚上，他的墓地凸起来，形成了一个小洞穴，好像有东西进出的样子，大概是那个书生取回珠子时弄的吧。

　　张山来曰：屈曼得珠，反以自毙，想亦书生启御史之衷耳。

【译文】

　　张潮说：屈曼得到了珠子，反而害死自己，想来也是书生启发御史的衷心了。

吴觚

钮琇（玉樵）①

嘉兴东门外，有史痴者，娶妇甚美，遣之别嫁，佯狂行乞于市。所乞之家，货必倍售，以是遇其来，辄施以钱；或有过门不入者，虽招与之，掉头不顾也。蓬首，发如乱丝。洹寒时②，身衣单衫，以破絮缠两足，日至河中濯之，曳冰而走，琤琮有声③，以为乐。乞钱沽酒，饮辄醉，余钱置道旁墙隙中，云："有缘者任得之。"间与人言祸福，多奇验。有老妪素相识，忽诣之曰："诘朝当有少钱助汝。"是夜，即于妪门端坐而逝。人闻其死，争致赙钱④，妪果大获。既举棺，轻若无人,盖尸解矣⑤。

【注释】

①钮琇:参见卷十六《记吴六奇将军事》注释。本篇前两则故事选自钮琇笔记小说集《觚剩》卷二,后一则选自《觚剩》卷三,该书前三卷题名《吴觚》。此则故事见《觚剩》卷二《史痴》,又见引于盛枫《嘉禾征献录·外纪一》,又见引于《(光绪)嘉兴府志》卷八七、《(光绪)嘉兴县志》卷三六。

②沍(hù)寒:寒气凝结,意为极寒冷之时。

③琤琮(chēng cóng):象声词。

④赙(fù)钱:为助办丧事而赠送给丧主的钱财。

⑤尸解:道徒遗其形骸而仙去。

【译文】

嘉兴府城东门外,有一个人叫史痴,娶的妻子非常漂亮,他将妻子打发出去嫁给别人,自己装疯在集市上乞讨。他乞讨过的店家,其店内货物一定会加倍卖出,因此店家遇到他来,就给他施舍钱;有时经过某家店铺却不进去乞讨,即使店家招呼他进去,他也转头离开不予理睬。他头发散乱,像杂乱的丝线。天气极寒的时候,身上穿着单衣,用破烂布絮缠裹着两只脚,每天去河里洗脚,引动冰块四下漂移,发出琮琮的声音,以此为乐。他讨到钱就买酒,喝了就醉,将剩余的钱塞到路旁墙壁的缝隙里,说:"有缘的人可任意取用。"有时向人说灾殃幸运之事,结果都非常灵验。他以前认识一位老妇人,忽然上门拜访她说:"明天早上应该会有人送一点钱来资助你。"当天晚上,他就安坐在老妇人门前去世了。人们听到他死了,争相送去办丧事的钱,老妇果然收到了很多钱。后来,人们抬起他的棺材,发觉他的棺材轻得好像没有人,他大概是遗形骸而仙去了。

余所交"海内三髯"①:一为慈溪姜西溟②,一为郃阳康孟谋③,其一则阳羡生陈其年也④。其年未遇时,游于广陵,冒巢民爱其才⑤,延致梅花别墅。有童名紫云者⑥,儇丽善歌⑦,令其执役书堂。生一见神移,赠以佳句,并图其像,装为卷帙,题曰"云郎小照"。适墅梅盛开,生偕紫云徘徊于暗香疏影间⑧。巢民偶登内阁⑨,遥望见之,忽佯怒,呼二健仆缚紫云去,将加以杖。生营救无策,意极徬徨,计唯得冒母片言,方解此厄。时已薄暮,乃趋赴母宅前,长跪门外,启门者曰:"陈某有急,求太夫人发一玉音⑩。非蒙许诺,某不起也。"因备言紫云事。顷之,青衣媪出曰:"先生休矣!巢民遵奉母命,已不罪云郎。然必得先生咏梅绝句百首,成于今夕,仍送云郎侍左右也。"生大喜,摄衣而回⑪,篝灯濡墨,苦吟达曙。百咏既就,亟书送巢民。巢民读之击节,笑遣云郎。其后紫云配妇,合卺有期矣⑫,生惘惘如失,赋《贺新郎》赠之云⑬:"小酌荼蘼酿⑭。喜今朝、钗光钿影,灯前滉漾。隔着屏风喧笑语,报道雀翘初上⑮。又悄把、檀奴偷相⑯。扑朔雌雄浑不辨⑰,但临风、私取春弓量⑱。送尔去,揭鸳帐。　　六年孤馆相依傍。最难忘、红蕤枕畔,泪花轻飏。了尔一生花烛事,宛转妇随夫唱。努力做、藁砧模样⑲。只我罗衾浑似铁,拥桃笙、难得纱窗亮⑳。休为我,再惆怅。"此词竟传人口,闻者为之绝倒。

【注释】

①余所交"海内三髯":此则故事见《觚剩》卷二《赋梅释云》。

②慈溪:唐开元二十六年(738)分郧县置慈溪县,治所在今浙江
宁波西北。宋代《宝庆四明志》:"(慈)溪因邑人董黯孝养其母
而得,又因以名县。"南宋属庆元府。元属庆元路。明、清属宁
波府。姜西溟:姜宸英,字西溟,学者称湛园先生,明太常卿姜
应麟之曾孙。工古文,兼工书法。清康熙间以荐入明史馆,分
撰《刑法志》,又继从徐乾学修《大清一统志》。清康熙三十六
年(1697)七十岁成进士,授翰林院编修。两年后充顺天乡试副
考官,以科场案牵连下狱,病死狱中。著有《湛园集》《苇间集》。
事见全祖望《翰林院编修湛园姜先生墓表》(《鲒埼亭集》卷十
五)。姜宸英多髯,钮琇《觚剩》卷四《晚遇》记:"西溟长身,多
髯,尤工书法。"又沈廷芳《纪梦并序》:"复有银髯幅巾来者,云是
姜西溟。"(《隐拙斋集》卷三一)

③郃阳:秦置合阳县。西汉改合阳县置郃阳县,属左冯翊,治所在今
陕西合阳东南。明属同州,清属同州府。康孟谋:康乃心,字孟
谋,一字太乙。清康熙三十八年(1699)举人。力学好古,与顾
炎武游。王士禛至关中,见慈恩塔上有他所题的秦襄王墓绝句,
深表赞誉,其诗名遂传遍长安。有《毛诗笺》《家祭私议》《莘野
集》,纂修《韩城县志》《平遥县志》。事见张大受《郃阳康君墓
表》(《匠门书屋文集》卷二七)。康乃心与钮琇交好,曾校订钮
琇《临野堂尺牍》,可能在钮琇任陕西白水知县(康熙二十七年
任,见《(乾隆)白水县志》卷三)时结识他,为钮琇著作撰写序
文《临野堂尺牍题辞》称"吴江钮明府湛深经术,负王佐才,屈首
斗大山城,为白水宰,素以慈惠闻。岁在辛、壬之交,关中大饥,邻
邑多盗起,蒲城尤炽。白书持弓矢相攻刲,适其令缺,府上公名于
中丞,檄往摄篆,公单骑入蒲城,督吏民捕其魁,杖杀十数人,阖境
以安。……余家距公署仅百余里,沐其波余获有宁宇,兼荷教泽,
因得数奉书。……癸酉(康熙三十二年,1693)小雪前七日郃阳

后学康乃心撰"(《临野堂文集·临野堂尺牍题辞》)。康乃心,多髯,钮琇《康孟谋梁山汉武帝登仙台诗跋》记"康子孟谋,体伟而髯,其才笔亦飘飘有凌云气"(《临野堂文集》卷八)。

④陈其年:陈维崧,字其年,号迦陵。可参见卷十三《曼殊别志书缚》注释。陈维崧美髭髯,时称"陈髯","陈其年(维崧)短而髯,不修边幅"(宋荦《筠廊偶笔》二笔卷下)。陈其年与云郎之事可参见冒鹤亭《云郎小史》(张次溪《清代燕都梨园史料》)。

⑤冒巢民:冒襄,字辟疆,号巢民,南直隶扬州府泰州如皋县(今江苏如皋)人。可参见卷三《冒姬董小宛传》注释。

⑥紫云:徐紫云,字九青,号曼殊,人称云郎,清江南扬州(今江苏扬州)人。冒辟疆歌童,演旦角。一时名流,多有题咏。

⑦儇(xuān)丽:敏慧美好。

⑧暗香疏影:指梅花。宋代林逋《山园小梅》诗之一:"疏影横斜水清浅,暗香浮动月黄昏。"后遂以"暗香疏影"代称梅花。

⑨内阁:贵族妇女的居室,内堂。这里指冒巢民梅花别墅中较高的楼阁。

⑩玉音:对别人言辞的敬称。

⑪摄衣:提起衣襟。

⑫合卺(jǐn):古代婚礼中的一种仪式。剖一瓠为两瓢,新婚夫妇各执一瓢,斟酒以饮。后多以"合卺"代指成婚。

⑬《贺新郎》:此首《贺新郎》见陈维崧《迦陵词全集》卷二六,题作《云郎合卺为赋此词》。

⑭荼蘼酿:酴醾酒。指用酴醾花薰香或浸渍的酒。宋朱翼中《北山酒经》记酴醾酒"七分开酴醾,摘取头子,去青萼,用沸汤绰过,纽干。浸法酒一升,经宿漉去花头,匀入九升酒内,此洛中法"。又说是一种经几次复酿而成的甜米酒,也称重酿酒。

⑮雀翘:疑指如雀翘般的月亮。

⑯檀奴：女子对丈夫或情郎的昵称。

⑰扑朔雌雄浑不辨：男女性别难以辨明。扑朔，指雄兔脚毛蓬松。此句化用《木兰辞》："雄兔脚扑朔，雌兔眼迷离；双兔傍地走，安能辨我是雄雌？"

⑱春弓：指缠足女子所着的弓鞋。

⑲藁砧（gǎo zhēn）：古代处死刑，罪人席藁伏于砧上，用铁（fū）斩之。"铁"与"夫"谐音，后因以"藁砧"为妇女称丈夫的隐语。

⑳桃笙：桃枝竹编的竹席。

【译文】

　　我所交往的"海内三舅"：一个是慈溪人姜宸英，一个是郃阳人康乃心，另一个则是宜兴人陈维崧。陈维崧尚未发迹时，到扬州游玩，冒襄欣赏他的才华，邀请他住在梅花别墅。冒襄有个叫紫云的童仆，敏慧美好善于唱歌，冒襄让他去陈维崧书房里服侍。陈维崧一见到他就神魂颠倒，赠给他诗句，并且画了他的图像，装帧成卷轴，题为"云郎小照"。恰逢梅花别墅里梅花盛开，陈维崧和紫云一起在梅花之间流连忘返。冒襄偶然登上高阁，远远看见了这番情形，忽然假装生气，叫来两个健壮的仆人绑走了紫云，将要杖责他。陈维崧没有办法救紫云，心神非常不宁，想着只有请冒襄母亲说几句话，才能化解这次困境。当时已经是傍晚了，他跑到冒襄母亲房前，在门外直身而跪，对守门的人说："陈某有急事，请求老夫人帮忙说两句好话。除非得到应允，否则我就不起来。"于是详细说了紫云的事。过了一会儿，一个穿着青色衣服的老妇人出来说："先生不要跪了！我家冒先生遵奉母亲的命令，已经不怪罪紫云了。但是必须要先生你写上一百首咏梅的绝句，今天晚上完成，就仍旧送紫云在你身旁服侍。"陈维崧非常高兴，提起衣襟回去了，点起灯笼，蘸墨书写，苦心推敲到第二天早上。一百首咏梅诗完成后，赶快誊写送给冒襄。冒襄读了那些诗后大加赞赏，笑着打发紫云回到陈维崧的书房。后来紫云娶了妻子，结婚的日子快到了，陈维崧伤感迷惘，若有所失，写了一首《贺新郎》赠给他:"小酌荼蘼酿。喜今朝、钗光钿影,灯前滉漾。隔着屏风喧笑语,报道雀翘初上。又悄把、檀奴偷相。扑朔雌雄浑不辨,但临风、私取春弓量。送尔去,揭鸳帐。　　六年孤馆相依傍。最难忘、红蕤枕畔,泪花轻飐。了尔一生花烛事,宛转妇随夫唱。努力做、蕙砧模样。只我罗衾浑似铁,拥桃笙、难得纱窗亮。休为我,再惆怅。"这首词在士人间竞相传送,听过的人都极为折服。

　　　张山来曰:闻髯在水绘园^①,每年索俸三百余金,辟疆讶其多,髯曰:"我不须金,但以某郎伴我,一夕一金可耳!"然不知为紫云、为杨枝也^②。

【注释】

①水绘园:在今江苏如皋东北。《大清一统志·通州》记水绘园,"县人冒襄栖隐于此。有寒碧堂、洗钵池、小浯溪、小三吾诸胜,一时海内巨公知名之士,咸觞咏其中"。后逐渐荒废。清康熙间于该园建雨香庵。乾隆年间汪之珩于雨香庵东洗钵池畔营造水明楼。楼内有三弯九曲回廊连接厅楼,其中琴几、琴台系当年董小宛遗物。

②杨枝:冒襄家歌童。龚鼎孳、陈维崧均有诗赠之。《觚剩》卷二《吴觚》记:"如皋冒辟疆家,有园亭声伎之胜。歌者杨枝,态极妍媚。知名之士,题赠盈卷,惟陈其年擅长。阅二十年而杨枝老矣,其子亦玉人也。因呼小杨枝。"

【译文】

　　张潮说:听说陈维崧在水绘园中,每年索要三百多两俸禄,冒襄惊讶俸禄之多,陈维崧说:"我不需要钱,但是因为有位儿郎陪伴我,一晚上要一两银子!"但是不知道这个儿郎是紫云,还是杨枝。

合肥宗伯所宠顾夫人①，名媚，性爱狸奴②。有字乌员者，日于花栏绣榻间徘徊抚玩，珍重之意，逾于掌珠③。饲以精粲嘉鱼④，过餍而毙⑤。夫人悁悁累日⑥，至为辍膳。宗伯特以沉香斫棺瘗之，延十二女僧，建道场三昼夜。

【注释】

①合肥宗伯：庐州府合肥县的礼部尚书，指龚鼎孳。顾夫人：顾媚。
　龚鼎孳、顾媚可参见卷三《冒姬董小宛传》注释。又见引王初桐《奁史》卷九五、王初桐《猫乘》卷三、黄汉《猫苑》卷下。

②狸奴：猫的别称。

③掌珠：比喻极受疼爱的人。后多指极受父母钟爱的儿女。

④精粲嘉鱼：精米好鱼。粲，上等的米。

⑤餍（yàn）：吃饱。

⑥悁悁：怅恨不安。

【译文】

合肥龚鼎孳所宠爱的顾夫人，名媚，生性喜爱猫。养了一只叫乌员的猫，顾夫人每天在雕花栏杆、锦绣床榻之间来来回回抚玩它，对它的爱惜程度超过了自己的儿女。顾夫人喂给它精米好鱼，结果猫吃得太饱撑死了。顾夫人惆怅难过了很多天，甚至到了为它不吃饭的地步。龚鼎孳特意用沉香木做成棺材埋葬了它，还请了十二位尼姑，给它做了三天三夜的法事。

　　张山来曰：此猫享用太过，但不识工于捕鼠否？

【译文】

　　张潮说：这只猫的享受超过限度了，只是不知道是否善于捉老鼠？

卷二十

【题解】

卷二十仅有两篇作品，然篇幅都较长。《三侬赘人广自序》是汪价记录个体人生轨迹与心路历程的自传作品，成为后世研究汪价生平、性情、思想的重要资料。汪价是明末清初江南嘉定人，幼年聪慧，博览群书，学问精深。清顺治末，他受河南巡抚贾汉复聘请修撰《河南通志》；康熙间，曾被举荐参加博学鸿儒科，推辞不就。阅读此文，读者心境或许会起伏不定，文中点滴式描写缀合而成汪价起起落落的人生，既有温馨幸福的生活片段，也有不忍回首的酸辛遭逢；既述个人善饮的喜好与精通音律的技能，又写及他得意的文学佳篇，这些片段化的记载共同呈现出一个鲜活饱满的人物形象。虽然其描写或许仅有只言片语，但同样能令人惊心动魄，如他随父亲路经彭泽时"江岸忽崩，樯桅尽折，舟压其下，料无生理。食顷，有声阗然，舟浮水面"，真是一波三折，让人称奇；他平生的藏书几次遭逢劫难，"一灾于火，二灾于兵，三灾于盗，四灾于皂隶"，这种情形也让读书人闻听后揪心不已，感叹典籍保存如斯艰难。本卷还从小品集《板桥杂记》中摘选大量文字，记载明末南京妓院盛景、名妓及相关人物轶事，具有浓郁的追忆色彩，勾勒出南京繁华境况下的世间百态，纵使作者余怀笔调平淡，貌似平实追叙，实际上也潜隐着易代之际遗民的悲愤，昔日的灯红酒绿、车水马龙对应的正是今日的萧条，"观此可以尽曲中之变矣，悲夫！"

三侬赘人广自序

汪价（三侬）①

余小时读书西圃，以林鸟为里舍②。每展卷，自首讫尾，方理他册。不抽阅，不中辍，坐必竟夜，不停晷③，不知寒饿，不栉发颒面④。一夕，正拈枯管作时论⑤，忽闻桉外呦呦鬼声⑥，自思不敢为孽，伯有、彭生断不我厉⑦，我岂畏俱头恶刹者耶⑧？燃火迹之，声出竹畦中，见一败叶为蛛丝所罥⑨，风入窍中鸣。余始悟曰："向以为鬼而嗥者，即此是也。"又一夕，疑耳室有偷儿在焉⑩，持杖逐之，见顾然而立者，人也。以杖横击⑪，偷之衣纷然而坠，但无声息。遽以灯照，乃老苍头浣其故衣，悬之室中。因思天下事原无实相⑫，皆是人以其意造之，嗣是无疑惧心。

【注释】

①汪价：字介人，一字三侬，号三侬外史，三侬赘人大概是其晚年自谦的别号。明末清初江南嘉定（今属上海）人，诸生。幼慧，九岁能诗，学问广博，儒家典籍以外，兼通佛道。以教读、卖文为生，足迹半天下。清顺治末，受河南巡抚贾汉复聘修《河南通志》。康熙间，曾被举荐参加博学鸿儒科，推辞不就。著《侬雅》《中州杂俎》《三侬啸旨》《半舫词》等。事略见《（光绪）嘉定县志》卷十九、《（民国）禹县志》卷二八。

②里舍：乡里。这里指以鸟为邻。

③停晷（guǐ）：停下。

④颒（huì）面：洗脸。

⑤枯管：笔管，毛笔。时论：即策论，就当时政治问题加以论说、提出对策的文章。宋代以来各朝常用作科举试士的项目之一。

⑥棂：旧式房屋的窗格。呦呦：象声词。哭泣声或口中发出的低微声音。

⑦伯有：良霄，字伯有，春秋时郑国大夫。主持国政时，和贵族驷带发生争执，被杀于羊肆。传说他死后变为厉鬼作祟，后用以代称受屈或含冤而死的人。彭生：春秋时齐国人，勇武有力。他为齐襄公杀死鲁桓公，又被齐襄公所杀以向鲁国谢罪。后来，齐襄公打猎发现一个野猪，侍从说这是彭生。齐襄公大怒，射了一箭后，野猪站起来嗥叫。

⑧倛（qī）头：古代驱除疫鬼时扮神的人所戴的面具，其状狰狞可怖。后亦以指凶神。恶刹：凶恶害人的鬼神。

⑨罥（juàn）：悬挂，缠绕。

⑩耳室：一般位于正屋两侧，恰如两耳在人脸的两侧，因而得名。

⑪横击：拦腰攻击。

⑫实相：佛教语。指宇宙事物的真相或本然状态。

【译文】

　　我小时候在西边的园子里读书，把林中的鸟儿当作邻居。每次打开一卷书，从头到尾读完后，才阅读其他的书。不会随意拿出一本书去阅读，也不在没读完时就中断，一旦坐下一定会读一整晚，一读起来就不停下来，不知道寒冷和饥饿，也不愿梳头洗脸。一天晚上，我正握着毛笔写策论，忽然听到窗外传来呦呦的鬼叫声，我思量自己向来不敢做坏事，伯有、彭生之类断断不会找我来作祟，我难道会害怕凶恶害人的鬼神吗？于是点起火去寻找叫声的来处，发现声音从竹园里传出，看到一片破败的叶子被蜘蛛网丝挂住，风吹进叶子上的孔里发出声响。我这才醒悟："刚才以为是鬼嚎叫的声音，原来就是这个。"又一天晚上，我怀疑耳房里有小偷，便拿着木棍去驱赶小偷，看到似乎有一个身材修长的人挺立在耳房里。我用木棍拦腰击打他,小偷的衣服飘飘忽忽掉到地上,但是没有发出其他声音。我忙用灯照着去看,原来是老仆人洗了他的旧衣服,挂在了屋子里。因此想到普天下这类事情原本没有真相,都是人臆测编造出来的,从那以后再没有怀疑和害怕的心理了。

　　余尝为牧猪奴戏①,凡宴集诩为豪举②,辄得大采③。又尝事狭斜游,每遇名姝,无乞介人缠头者④,或反以橐金佽助膏火⑤。二者皆有利焉,宜其溺矣。忽思轻侠亡赖⑥,非大雅所乐闻⑦,正当一尝恶趣,即解脱耳。一意敕断,更不复为。

【注释】

①牧猪奴戏:指赌博或弈棋。

②宴集:宴饮聚会。

③大采:运气好。

④缠头:赠送妓女财物。

⑤佽(cì)助:帮助。膏火:照明用的油火。亦指供学习用的津贴。

⑥轻侠:指轻生重义而勇于急人之难的人。亡赖:指不务正业的人。

⑦大雅:高尚雅正,称德高而有大才的人。

【译文】

　　我曾经赌钱,但凡与人聚饮时就炫耀地玩弄这些,常能获得好运气。又曾经去妓院里游玩,每每遇到名妓,她们不向我索要钱财,反而用她们的钱助我读书之用。这两件事都能让我获得好处,使我沉溺其中。但我忽然想到那些轻生重义和不务正业的人,并不会为德高才广之辈所接纳,应该在体验低级趣味后,就摆脱掉它们吧。于是我执意断绝,就再也不那么做了。

　　向应京兆试①，数见刖于有司②。友人同斥者，多惝恍悲惶③，泪籁籁雨下。余则廓落宴笑④，犹故吾也。甲申当国变⑤，天地崩裂，邑令修故事⑥，群士大夫临于县庭，口呼大行⑦，含辛以为泪。余独号踊⑧，几不欲生。平日泪不轻挥，谓其近于妇人也。自丧二亲以来，中心抽割⑨，惟此一恸。

【注释】

①京兆试：此指南京举办的乡试。

②刖（yuè）：原是古代砍掉脚的一种酷刑，此处喻指科考黜落，落榜。有司：此指主持乡试科考的考官。古代设官分职，各有专司，故称。

③惝（chǎng）恍：惆怅伤感。悲惶：悲伤惶恐。

④廓落：豁达。宴笑：欢笑。

⑤甲申当国变：指明崇祯十七年（1644）李自成攻破北京，明朝灭亡。

⑥故事：旧事。

⑦大行：刚死而尚未定谥号的皇帝、皇后。这里指崇祯帝。

⑧号踊：号哭顿足。

⑨抽割：谓心肠有如割裂。形容哀痛之极。

【译文】

　　从前我去南京参加乡试，多次遭到主考官的黜落。和我一起被斥落的朋友，大多惆怅而惶恐，眼泪像雨水一样落下来。我则豁达地欢笑，依然像没事一样。崇祯十七年国家巨变，山河破碎，知县让人修撰前朝旧事，一群士大夫聚集在县衙里，嘴里喊着崇祯帝，心中苦楚以至于流下泪来。我一个人号哭顿足，几乎不想再活下去。我平日里不轻易流泪，觉得那样做近似女子的行为。自从父亲母亲去世以后，心里哀痛至极的行为，就只有这一次大哭了。

　　余鲜兄弟，止仲子一人①，早游芹水，会逢世乱，乃隐于市，端木货殖②，亦何所讥？壶以内③，妻妾二人，雍容井臼④，各生二男，共保抱之，无异视。四子友爱，一如同产。二氏皆先我化去⑤，奉倩哀殒⑥，蒙庄鼓歌⑦，俱失物情之正⑧。余惟顺天委运⑨，礼以制哀而已。诸子善承吾教，亦喜诵古人书，亦竞为歌诗，亦嗜杯酌，亦精于弈，亦涉书林画苑，亦好作四方游。余尝戏语曰："诸如类我，不忝所生⑩。颓老不遇，幸无克肖⑪。"今皆得成遂⑫，皆有妻孥，皆服章缝为圣门弟子⑬，骎骎乎有进取之意⑭。得者自得，失者自失，不以萦老人之怀。

【注释】

①仲子：对兄弟中排行为第二者的尊称。

②端木：端木赐，名赐，字子贡，春秋时卫国人，孔子弟子。善辞令，列入孔门四科的言语科。经商曹、鲁之间，家累千金。货殖：经商营利。

③壶（kǔn）：泛指妇女居住的内室。

④雍容：形容仪态温文大方。井臼：汲水春米，泛指操持家务。

⑤化去：死亡的婉称。

⑥奉倩哀殒：三国魏荀粲，字奉倩。因妻病逝，痛悼不能已，每不哭而神伤，岁余亦死，年仅二十九岁。后成为悼亡的典故。

⑦蒙庄鼓歌：庄周，战国时宋国蒙人，故称蒙庄。庄周妻死，惠子前去吊唁，发现庄周正箕踞而坐，鼓盆而歌。后用以表示对生死的乐观态度。

⑧物情：物理人情，世情。

⑨顺天：遵循天道，顺从天的意旨。委运：随顺自然，听凭天命。

⑩不忝：不辱，不愧。

⑪克肖：相似。

⑫成遂：成功，达到目的。

⑬服章缝：身穿儒士的冠（章甫）、服（缝掖）。圣门：谓孔子的门下。亦泛指传孔子之道者。

⑭骎骎（qīn）：马疾速奔驰貌。

【译文】

我兄弟很少，只有一个弟弟，他年轻时游历芹水，恰逢世道动乱，就隐逸在都市之中，像子贡一样经商盈利，这又有什么值得讥讽的呢？我内宅里有一妻一妾两个人，仪态温文大方，一同操持家务，各生了两个男孩，一同抚养他们，没有差别对待。四个孩子友好亲爱，就像一母所生。妻妾二人都在我之前辞世了，荀粲在妻子去世后哀伤殒命，庄周在妻子去世后鼓盆而歌，都偏离了人之常情。我只是遵循天道、听凭天命，按照礼数表示哀悼罢了。儿子们能很好地接受我的教导，也喜欢诵读古人书籍，也竞相咏歌写诗，也嗜好小酌美酒，也善于下棋，也涉足书法绘画，也喜好四处游历。我曾经开玩笑说："每样都像我，不愧是我生的孩子。我已衰老却尚未发迹，幸好这一点儿子们不像我。"他们如今都小有成就，都有了妻子儿女，都身穿儒服而成为儒家学子，像骏马疾驰一样有努力上进之志。要得到的自然会得到，要失去的自然会失去，我这个老人胸中不会萦绕得失之念。

至若朋友，吾性命也。愿言结契①，莫非俊人②，率尔相遭③，便如夙昔，脱口披肝膈之言④，对面领诗书之气。有若志迹乖离、判若行路者⑤，即其人可知矣。鼎新以后⑥，同学吾友，仕粤东者死兵合浦令陈宝臣、大埔令蒋文若、化州守曹蜚孟⑦，粤西者死疾兴安令王非白⑧，宰崋者死罣误⑨崋县令吴丕能^⑩，帅河北者死颠连^⑪河北左营游击沈元培^⑫，贡大廷者死于鬼、于盗^⑬侯公羊病而死崇、张正起为盗劫杀^⑭，仕充、仕苕、仕汾者^⑮，皆以真朴不能突梯上官^⑯，并见黜落^⑰兖州通判项莘友、武康令吴定远、平遥令朱兼两^⑱。以进士为吏部选人，沉废数十年，不能沾一命者多有。

【注释】

①结契：结交投合。

②俊人：风度高雅的人，才德超卓的人。

③率尔：随便，轻率。

④肝膈：肺腑，比喻内心。

⑤乖离：背离。

⑥鼎新：更新，革新。这里指清朝取代明朝。

⑦合浦：县名。明、清合浦县为廉州府治。治今广西合浦。陈宝臣：陈琦徵，字宝臣，江南嘉定（今属上海）人。按《（乾隆）廉州府志》卷十一下"职官"所记明末清初合浦陈姓知县唯有陈琦徵。大埔：县名。明嘉靖五年（1526）置，属潮州府。治今广东大埔北。蒋文若：疑作陈文若，"蒋"字讹。按《（康熙）嘉定县志》卷十一记陈其文"字文若，六年恩贡授广东大埔县知县，卒于官"。《（康熙）埔阳志》卷四亦记陈其文事，同于本文所记。化州：州、府名。北宋太平兴国五年（980）改辩州置化州，治石龙县（今广东化州）。元至元十七年（1280）改为化州路。明洪武元年（1368）改为化州府，后降为化州，属高州府。

⑧兴安：县名。北宋太平兴国二年（977），为避宋太宗讳改全义县置兴安县，属桂州辖治。明、清属桂林府。治今广西兴安。

⑨峄：县名。明洪武二年（1369）降峄州为峄县，治今山东枣庄南峄

城镇,先后属济宁府、兖州府。清属兖州府。罣(guà)误:因过失或牵连而受到处分。

⑩吴丕能:应指吴翔。按《(光绪)峄县志》卷十九"职官考列传"、《(乾隆)兖州府志》卷十二"职官志"记,峄县明末清初的吴姓知县唯有吴翔,"吴翔,字振凫,嘉定人。顺治十七年以选贡任,有文名,居岁余被劾,逮至之日而卒"。"丕能"殆其别字。

⑪颠连:困顿不堪,困苦。

⑫河北左营游击:应指怀庆镇左营游击。清顺治三年(1646)河南设怀庆镇,又称河北镇,辖守备、游击等武职(《清文献通考·兵考》)。

⑬贡大廷:州郡向朝廷举荐选拔的人才。

⑭侯公羊:侯兑旸,字公羊,嘉定人。清顺治六年(1649)贡选桐城县训导,未任而卒(见《(康熙)嘉定县志》卷十一)。张正起:张谊思,字正起,清顺治十三年(1656)贡廷试,卒于盗(见《(康熙)嘉定县志》卷十一)。

⑮兖:兖州。明、清兖州府治所在滋阳县(今山东济宁兖州区)。苕(tiáo):指湖州府,以境内有苕溪而名。汾:汾州府。北魏太和十二年(488)置汾州,治蒲子城(今山西隰县),以境内汾水河而名。明万历中升为汾州府。

⑯突梯:圆滑貌。

⑰黜落:斥退,罢职。

⑱项莘友:项思尹,字莘友,江南嘉定人。清顺治五年(1648)贡生,任兖州泇河通判。后遭贬谪,归乡教授弟子。事略见《(康熙)嘉定县续志》卷二、《(光绪)宝山县志》卷九。武康:县名。西晋太康三年(282)改永康县置。明、清时属湖州府。治今浙江德清西。吴定远:吴康侯,字定远,又字得全,江南嘉定人。明崇祯十二年(1639)举人。清康熙元年(1662)吏部谒选,得授武康知

县，在任三年因牵连奏销案遭罢免。事略见《（嘉庆）直隶太仓州
志》卷三一、《（同治）湖州府志》卷六三。平遥：县名。北魏改平
陶县置平遥县，属太原郡，治所即今山西平遥。明、清属汾州府。
朱兼两：朱奇颖，字兼两，江南嘉定人。清顺治九年（1652）由贡
生廷试，授山西平遥知县。事略见《（嘉庆）直隶太仓州志》卷三
一、《（康熙）嘉定县续志》卷二。

【译文】

　　至于朋友，等同于我的身家性命。我愿意结交的，没有哪个不是风
度高雅的人，纵使是邂逅之人，也会像昔日相识的朋友，能率意说出发自
内心的话语，当面领略饱读诗书的气质。如果志向完全相背、差别如同
路人，那个人的人品也就可想而知了。江山易鼎之后，我的同窗故友们，
出仕广东的死于战事合浦知县陈琦徵、大埔知县陈文若、化州知州曹蚩孟，出仕
广西的死于疾病兴安知县王非台，在峄县当官的死于祸事牵连峄县知县吴
翔，统帅河北的死于困顿怀庆镇左营游击沈元培，在朝廷当官的死于鬼怪和
强盗侯兑旸生病后梦鬼而死、张谊思被强盗劫掠杀害，出仕兖州、湖州、汾州的
人都因为纯真朴实不会巴结上级，一起被革职了兖州通判项思尹、武康知县
吴康侯、平遥知县朱奇颖。以进士身份而成为吏部候补官员，却沉沦废弃数
十年，没有得到过朝廷任用的人也有很多。

　　嗟嗟①！士人著进贤冠②，为南面贵人，可谓荣矣。乃累
累遭挫辱③，终其身困踣不聊④，以至死。余虽不幸，犹得优
游林水⑤，泰然以韦布老⑥。酒国诗城，长为三侬汤沐邑⑦，此
非天纵之耆民哉⑧？余一生遭罹，大抵平乐，间有奇厄，冥冥
之中，默为提救。壬申⑨，随先君宦楚⑩，道经彭泽⑪，江岸忽
崩，樯柁尽折⑫，舟压其下，料无生理。食顷，有声閧然⑬，舟
浮水面。是岁家中不戒于火⑭，藏书数万卷悉成灰烬，归而

典衣赁屋，复集数千卷。乙酉城陷^⑮，为乱兵所掠，仅存零帙，遍从书肆配合，其粗有头讫者，又得数百卷。辛卯^⑯，被一穷戚肱窃殆尽^⑰。于三四年中，节汤糜之费^⑱，又聚得数十卷。丁酉遇祸^⑲，皂隶入吾室，枵然乌有也^⑳，见几上书，捆之以去。因忆往昔平阳书乘^㉑，珍护甚严，惟恐饱蟫鼠之腹^㉒。乃于二十余年之内，一灾于火，二灾于兵，三灾于盗，四灾于皂隶，可胜叹哉！乙酉，江左鼎沸，海上帅纵兵劫民舍，口呼缚儒冠者^㉓，破我闼而入，剿掠靡遗，余几被絷^㉔，越墙而仅免。已亥^㉕，入豫州^㉖，过老儿庄，群盗截劫^㉗。一魁曰："彼书生者，行李可怜，不足供东道^㉘。"大笑扬鞭而去。

【注释】

①嗟嗟：叹词。表示感慨。

②士人著进贤冠：儒生戴上官员的礼帽。

③累累：屡屡，多次。

④困踣：困顿潦倒。不聊：不乐。

⑤林水：山林与水流。借指环境幽静的隐居之处。

⑥韦布：韦带布衣，古指未仕者或平民的寒素服装。借指寒素之士，平民。

⑦汤沐邑：原指周代供诸侯朝见天子时住宿并沐浴斋戒的封地。此处将酒乡、诗城比作贵族拥有的封地。

⑧天纵：天所放任，意谓上天赋予。耇（gǒu）民：高寿的人。

⑩先君：指汪价已故的父亲汪允贞。《（康熙）嘉定县志》卷十六记汪允贞"子价，高才博学，以诗文名世，孙橻实、岱实、文懿，皆有异才"，则知汪价之父为汪允贞。

⑪彭泽：县名。西汉置彭泽县，属豫章郡。隋时移治今江西彭泽西，明、清彭泽县属九江府。

⑫樯柁：即樯舵，桅杆和船舵。

⑬阆（huò）然：开门声。

⑭不戒：不禁止，不警惕。

⑮乙酉城陷：清顺治二年（1645），嘉定城被清军攻破，发生了"嘉定三屠"事件。

⑯辛卯：清顺治八年（1651）。

⑰胠（qū）窃：胠箧，撬开箱箧，后亦用为盗窃的代称。

⑱汤糜：泛指饮食。

⑲丁酉：清顺治十四年（1657）。

⑳枵（xiāo）然：空虚貌。

㉑平阳书乘：未详。乘，春秋时晋国的史书称"乘"，后通称一般的史书。

㉒蟫（yín）：即"衣鱼"，一种昆虫，体长而扁，有银灰色细鳞，常在衣服和书里，吃上面的浆糊和胶质物。亦称"蠹鱼"。

㉓儒冠：古代儒生戴的帽子，借指儒生。

㉔絷（zhí）：捆缚。

㉕己亥：清顺治十六年（1659）。

㉖豫州：古九州之一，清指河南。

㉗截劫：拦截于路而抢劫。

㉘东道：指请客的宴席或馈赠的财物。

【译文】

　　哎！读书人戴上进贤冠，成为达官贵人，可以说很荣耀了。竟然屡屡遭受挫折和侮辱，终其一生困顿潦倒、沉郁不乐，以至郁郁而终。我虽然不够幸运，但尚且能够悠然居住在山林水泽间，安然地以平民身份老去。酒之国度、诗书之城，长久以来一直是我的领地，这难道不是上天赐予长寿之人的吗？我一生的遭际，大都平和安乐，间杂有一些出人意料的灾难，在无法掌控的命运里，又悄然回护救助于我。明崇祯五年，我跟随父亲汪允贞去楚地上任，乘船路过彭泽县，长江堤岸突然崩塌，桅杆和船舵都折断了，船身被压在下面，我料想这次一定没有生还的可能了。不一会儿，传来类似开门之声，船又浮上了水面。这一年，家里没有防备明火，收藏的数万卷书都被大火烧成了灰烬，我回乡之后典当衣服、出租房屋，重新收集了数千卷书。清顺治二年嘉定城被清兵攻破，家中藏书被战乱中的士兵所抢夺，只留下零星几卷，我找遍书店想匹配残卷，大概有头有尾的书籍，又聚集了数百卷。顺治八年，这些书籍被一个穷亲戚偷光了。在此后的三四年时间里，我节省下吃饭的钱，又收集到了数十卷书。顺治十四年我遭遇祸事，衙门的差役闯进我家，家中空空荡荡什么都没有了，他们看见几案上的书，就捆起来拿走了。于是我回忆起以前平阳书乘，特别慎重地珍护，只怕书进了蠹鱼和老鼠的肚子。我竟然在二十多年的时间里，第一次受灾于大火，第二次受灾于兵乱，第三次受灾于盗贼，第四次受灾于衙役，怎能哀叹得完啊！顺治二年，长江以东地区形势纷扰动乱，水师统帅放纵士兵打劫民舍，嘴里呼喊着捆绑儒生，破坏我家的门闯了进来，将家里抢劫得什么都没剩下，我几乎被逮住，翻墙逃走才幸免于难。顺治十六年，我来到河南，经过老儿庄，被一群盗贼拦截抢掠。一个强盗头子说："那是读书人，带的东西少得可怜，身上没什么能拿来招待客人的。"大笑着扬起马鞭离开了。

　　余于行路，凡三遇虎。壬申①，先君命余至荆州谒贺惠藩②，道经玉泉山③，有虎踞崖，仆夫骇走。虎跃入田，攫一鸡，掠余马尾越涧去。庚子④，游密之超化砦⑤，饮于张鉴空山斋⑥，红蕊侑酒⑦，不觉狂醉，扶置马上，𩔖然据鞍而行⑧。闻从人谨噪声⑨，次日始知有虎引二子饮涧中，都无动色。

甲辰[10]，游富春山，登子陵钓处[11]，因访桐君[12]，见山凹绝巘[13]，一白额虎坐晌溪流[14]。余与众客方侧行岩下，虎张爪竖尾，欲来扑人。众客嗫战俯地，余拱手语之曰："山君[15]，山君，闻声久矣，今日得瞻神采，幸无妨我去路。仆所携三寸弱管耳[16]，当挥斥成长律奉献[17]。"虎点首者三，一啸跳入丛莽。与众客越宿樵子之庐，燃灯疾书五排六十韵。天方曙，以诗焚故处，祝之曰："一言相赠，余不爽约。君有英神，能无印可乎[18]？"是夜，梦虎头人来谢教，持鹿酒共酌。兴正酣，为役夫催起，乃惊失之。

【注释】

①壬申：明崇祯五年（1632）。

②荆州：府名。明设荆州府，治所在江陵县（今湖北江陵），属湖广布政司。惠藩：指明惠王朱常润。明神宗朱翊钧第六子，明万历二十九年（1601）受封惠王。

③玉泉山：又名堆蓝山。在今湖北当阳西。

④庚子：清顺治十七年（1660）。

⑤游密之超化砦（zhài）：游历河南密县的超化砦。密，密县。西汉置密县，属河南郡。明属禹州，清属开封府，治今河南新密。超化砦，在密县南，即今河南新密超化镇附近。高岗险峻，山水环绕。

⑥张鉴空：张问明，字鉴空，密县廪生。明崇祯时，在超化砦修筑寨墙以防御土匪。后得授参将衔，镇守密县。事见《（嘉庆）密县志》卷十三。

⑦侑酒：在筵席旁助兴，劝人喝酒。

⑧据鞍：跨着马鞍。

⑨讙（xuān）嗓：喧闹。

⑩甲辰：清康熙三年（1664）。

⑪子陵钓处：即今浙江桐庐富春山严陵濑，东汉严光垂钓之处。可参见卷十七《南游记》注释。

⑫桐君：指今浙江桐庐桐君山。可参见卷十七《南游记》注释。

⑬巇（xī）：险。

⑭白额虎：猛虎。瞯（jiàn）：窥视，偷看。

⑮山君：老虎。旧时以虎为山兽之长，故称。

⑯三寸弱管：即三寸弱翰，指毛笔。

⑰挥斥：挥舞毛笔。长律：即排律，律诗的一种。就律诗定格加以铺排延长，故名。

⑱印可：佛家谓经印证而认可，禅宗多用之。亦泛指同意。

【译文】

我在旅途中，曾三次遇到老虎。明崇祯五年，父亲让我去荆州拜见惠王朱常润，我路上经过玉泉山，有一只老虎蹲踞在山崖边，仆人害怕得逃跑了。老虎跳进田地里，抓了一只鸡，擦过我的马尾巴越过溪涧而去。清顺治十七年，我游历密县的超化砦，在张问明的山斋中喝酒，红蕊在旁劝酒，不知不觉已经大醉，被搀扶着坐上马背，打着鼾跨坐在马鞍上前行。恍惚听到仆从呼叫喧哗的声音，第二天才知道原来有一只老虎带着两只小虎在溪涧间喝水，我的脸上却完全没有震惊的神色。清康熙三年，我游历富春山，登上严子陵钓鱼的地方，又游访桐君山，看到在山坳非常险要的地方，有一只猛虎在小溪旁蹲坐着虎视眈眈。我和众多游客正在岩石下方侧身而行，老虎突然张开爪子竖起尾巴，想要过来扑倒人。众游客咬紧牙关打着颤趴在地上，我向老虎拱手行礼说："山君，山君，久闻盛名，今天终于得以领略您的神韵风采，希望不要阻挡我前进的道路。我所带的只有毛笔，应当挥舞毛笔来写成排律进献给您。"虎点了三下头，呼啸一声跳进了草丛之中。我和众游客借宿在樵夫的房舍，点着灯挥笔快速书写了五首排律共押六十个韵。天刚刚破晓，把诗焚烧在遇见老虎的地方，祝祷说："答应送给您诗，我未违背约定。您有英武神识，能不认可我吗？"当晚，我梦见长着虎头的人前来感谢，拿着鹿肉、美酒一起享用。兴致正浓，便被仆人催促起床，虎头人就在我惊醒时消失了。

　　余短于目，穷睫之力，不及寻丈①，道途拱揖，不辨为谁。迨老而视不加眊②，昏暮能审文字点画③，灯下书红笺④，能作细楷，以光常内敛也。相传文人目多眚⑤，归咎读书，焚膏继晷，以致损明。此言近诬，殆由天分。宋学士作《咨目瞳文》⑥，罪其失职，冤矣！余诎于目，而耳倍聪，嘤嘤私语，虽远必闻，睡梦之中，有声即觉。四足者无羽翼，予之角者去其齿，殆是之谓乎？贱目眶大而睛露，有议其蜂目不祥、鹰目为暴者⑦，此世俗之惑也。古有兽其形而人其心者，羲、农之牛首而蛇身是也⑧；有人其形而兽其心者，桀、纣之长巨姣美而筋骨越劲是也⑨。而又何法相之足云乎⑩？

【注释】

①寻丈：泛指八尺到一丈之间的长度。

②眊（mào）：眼睛看不清楚。

③点画：文字之点、横、竖等笔画。

④红笺：红色笺纸。多用以题写诗词或作名片等。

⑤眚（shěng）：眼睛生翳，眼疾。

⑥宋学士作《咨目瞳文》：宋濂撰写《咨目童文》。宋濂，元末明初文学家，官至翰林院学士承旨、知制诰，有《宋学士文集》。他因眼睛患病，"视不及寻，简礼越度，速訾招刺，乃抽隐思，引物媲义"，乃撰《咨目童文》，告诫童子"我目之精，凝媾五神"，而又借童子之口予以作答。

⑦蜂目：眼睛像胡蜂。形容相貌凶悍。

⑧羲、农之牛首而蛇身：伏羲蛇身人首、神农人身牛首。羲，伏羲氏，传说中远古帝王。相传始作八卦，教民结网，从事渔猎畜牧。相传为蛇身人首。农，神农氏，传说中远古部落首领。相传始教民用木制耒、耜，从事农业生产。又传说尝百草，始有医药，治疗疾病。相传为人身牛首。

⑨桀、纣之长巨姣美而筋骨越劲：《荀子·非相》："桀、纣长巨姣美，天下之杰也；筋力越劲，百人之敌也。"桀，夏桀。夏末代君主，为政残暴，荒淫无度。纣，商末代君主。力过常人，能徒手与猛兽搏斗。好酒淫乐，暴敛重刑。

⑩法相：骨相，相貌。

【译文】

我视力不好，穷尽眼睛的力量，也看不到一丈的距离，路上遇到别人拱手作揖，也分辨不清是谁。等到老了视力却没有更加模糊，黄昏傍晚也能够看清文字的笔画，在灯下的红色笺纸上写字，能写小楷，因为光常常聚到眼睛里。据说文人的眼睛大多会患病，人们将此归罪于阅读书籍，夜以继日地勤奋学习，以至于损伤了视力。这种言论近于诬赖，眼睛好坏大概是天生注定的。宋濂写了《咎目童文》，怪罪眼睛未尽职责，这种说法真是冤枉眼睛了啊！我视力不好，但听觉极为灵敏，低声说的话，即使远也一定能听到，睡觉做梦的时候，听到声音就醒了。长四条腿的就没有翅膀，长角的就没有利齿，说的大概就是这种情况吧？我的眼眶很大而瞳孔露在外面，有的人议论说眼睛像胡蜂就不吉利、眼睛像老鹰就残暴，这是庸俗之辈的糊涂言论。古时候有长着野兽的外形却拥有人的心性的，蛇身的伏羲和牛首的神农就是这样；有长着人的外形却拥有禽兽的心性的，魁梧英俊、筋骨轻捷强壮的夏桀和商纣就是这样。那么相貌又有什么值得说的呢？

余足不健于行，然亦曾走百里，不见苦趌①。至如登山觅胜，扪萝跻险②，命且不惜。不能守"齿刚舌柔"之说③，好齮龁刚物④，未六十而龁然落其二⑤。时逞舌锋⑥，以言语抵忤人⑦，人以不堪。初时不省，后乃悔之。吾年既迈，有客相见，必减我以年数，誉我以红颜，则其为衰惫，亦可知也。

【注释】

①趌（guì）：疲困。

②扪萝：攀援葛藤。跻险：登上高险处。

③齿刚舌柔：刘向《说苑·敬慎》："老子曰：'夫舌之存也，岂非以其柔耶？齿之亡也，岂非以其刚耶？'"

④齮龁（yǐ hé）：咬。

⑤龁（yǔn）然：老人没有牙齿的样子。

⑥舌锋：言词犀利。

⑦抵忤：亦作抵牾、抵啎，用言语顶撞、冒犯。

【译文】

我的脚不善于走路，但是也曾经连着走过百里的路，没有苦痛和疲困。至于登上高山寻访美景，攀援葛藤登上高险处，连生命也暂时不珍惜了。我不能遵从"牙齿因坚硬而亡、舌头因柔软而存"的告诫，喜欢吃坚硬的东西，不到六十岁就像老人一样已经掉了两颗牙。有时炫耀犀利的言辞，用话语冲撞别人，别人因此很难堪。我起初没有察觉，后来才为此感到后悔。我年纪已经大了，有客人来会面，一定会说我的年龄不大，称赞我脸色红润，但实际上我容颜已经衰老，也可想而知了。

余在蓉江，受异人术，能炼臂为铁，听力士仡如虎者①，张拳击之，余臂无恙。至十数击，而彼拳痿苶②，不能举矣。

海昌查伊璜尝言有豪客者③,铁臂与余无二。客本武林窭人也④,伊璜宴客湖心亭,客舣破舟亭畔索酒,伊璜拉与同饮,酣叫尽欢⑤。饮毕,悉以余馔赠之。后客仗剑从军,底定闽粤⑥,以功帅于交广之间,锡有封爵。伊璜以《明史》事挂累⑦,客感酒食之惠,阴为营救,冤乃白。同一臂术耳,客以窭而侯,余特用之以戏,犹是屠书生也,可哂也!

【注释】

①仡(yì):勇猛雄壮的样子。

②痿苶(nié):萎靡,羸弱。苶,同"荼"。

③海昌:古地名,海宁县(今浙江海宁)的古称。东汉末曾置海昌屯田都尉。查伊璜:查继佐,字伊璜。豪客:勇士,这里指吴六奇。查伊璜与吴六奇事可参见卷十六《记吴六奇将军事》。

④窭(jù)人:穷苦人。

⑤酣叫:高声叫喊。

⑥底定:平定,安定。

⑦伊璜以《明史》事挂累:查继佐以曾列名参校南浔庄氏所修《明史辑略》,被捕下狱,可参见卷十六《记吴六奇将军事》。又张岱《快园道古》卷四记:"湖州庄廷鑨作《明史》,以查伊璜刻入校阅姓氏。伊璜知,即检举学道,发查存案。次年七月,归安知县吴之荣持书出首,累及伊璜。"

【译文】

我在蓉江的时候,获得异人奇术,可以把手臂炼得像铁一般坚硬,任凭像老虎一样勇猛雄壮的大力士伸出拳头击打,我的手臂也会毫无损伤。等到击打了十几下的时候,大力士的拳头就萎靡疲倦,无法举起来了。海宁县的查继佐曾经说勇士吴六奇的手臂似铁一般,和我的手臂没有两样。吴六奇本来是杭州的穷苦之人，查继佐在西湖湖心亭宴请宾客时，吴六奇把破船停在亭边要酒喝，查继佐便拉他过去一同喝酒，高声叫喊着尽情享乐。喝完酒之后，查继佐把剩下的酒菜都赠送给了他。后来吴六奇持剑从军，平定了福建、广东，凭借军功统帅广东地区，还被赐予爵位。查继佐因为庄廷鑨《明史辑略》案被牵连，吴六奇感激他赠予美酒佳肴的恩惠，暗中施以援手，才使得查继佐的冤情能够昭雪。相同的铁臂之术，吴六奇凭借它由穷人封爵显贵，我只是用它来玩耍作乐，依然是个卑微的书生，可笑啊！

　　庚子，擢得白发，为文以骂之。白发对以臆曰："鹿，仙畜也，千年而苍，又千年而白；龟，四灵之一也①，五百年而紫，又五百年而白。然则白也者，物老而圣，斯足以当之。"余由是得老而娱，得白而喜。吾愿天下学道人，共闻斯语。

【注释】
　　①四灵：麟、凤、龟、龙四种灵畜。
【译文】
　　清顺治十七年，我从头上拔下来一根白发，于是写文章来咒骂白发。在文章中臆想白发回复说："鹿，是仙人养的灵畜，长到一千年就变成深青色，再过一千年就变成白色；龟，是四种灵畜之一，长到五百年就变成紫色，再长五百年就变成白色。那么所谓白色，就是东西时间久了而形成的神圣之色，所以白发完全能称得上圣物了。"我自此变得衰老就快乐，头上长白发就开心。我希望世上的修学治道之人，都能知道这些话。

　　余南土弱夫，素倚舟楫，与鞍辔不相谋①。随李御史渡河②，撤舆而马，御史振策逐余马而驰，余身若纛霄堮之外③，目迷阴曀④，耳轰怒涛，始而惊，既而爽，终而安焉。后此群骑并出，余马必先骛。崇祯末，习射于石冈之汝南书墅，弓张矢落，同学者以为笑。余愤欲胜之，味射义"志正体直，持而审固"之语⑤，悬的者三匝月⑥，心柔手熟，忽焉大进。以是知人不贵自然，贵勉然，性不可恃，而习有可通，大抵然矣。

【注释】

①鞍辔：鞍子和驾驭牲口的缰绳。这里指马匹。

②李御史：指御史李森先。李森先，字琳枝，莱州掖县（今山东莱州）人。崇祯进士，官授国子监博士。曾仕李自成，入清再仕。清顺治十五年（1658）因上疏言事而被流放尚阳堡。后又赦免，任察荒监察御史，前往河南调查灾荒情形。事见《清史稿·李森先传》。

③骛（zhù）：鸟向上飞。霄堮：天边。

④阴曀（yì）：云气掩映日光，天气阴晦。

⑤志正体直，持而审固：《礼记·射义》："射者，进退周还必中礼。内志正，外体直，然后持弓矢审固，持弓矢审固，然后可以言中。"志正，内心端正。审固，稳定牢固。

⑥的：箭靶的中心。匝月：满一个月。

【译文】

　　我是南方的文弱之人，一向靠船只行路，未曾熟习骑马。跟着监察御史李森先渡过黄河后，撤掉轿子改为骑马，李森先扬起马鞭追着我的马奔驰，我的身体像飞到了天外，眼睛被阴云所迷惑，耳边轰鸣如汹涌的波涛，刚开始很受惊吓，接着变得爽快，最终就安然了。后来一群马一起出发的时候，我的马一定跑在前面。明崇祯末年，我在石冈的汝南书墅学习射箭，弓一张开，箭就掉了，一起学习的人都把这当作笑话。我发愤想要胜过他们，体味射箭真谛"心志端正，身体挺拔，拿着弓箭时就能稳定牢固"的话，悬挂箭靶整整三个多月，心志柔韧而手上熟练，箭术很快就有了很大的进步。由此知道人不应该过于重视天赋本性，而当以勤勉努力为重，人不能过分依赖天赋，学习才有可能通晓"道"，大概就是这样吧。

余善饮而不善啖，饭可二缶①，常食不能啖大脔②；客之饕者，喜并余餐。侨朔方者数年③，日食蒸饼、不托之属④，生酱、鲜葱有同嗜焉⑤，归而馔且兼人⑥，反觉稻粱之寡味。五岁时，私闯酒室，垂首盎面⑦，吸取浮醴，遂至沉顿。家人遍索，乃酣卧于瓶罍之侧⑧。长而僭称大户⑨，常时列宴，众客支离，狂花病叶⑩，独沛国朱抡生⑪，搴旗对垒⑫，终夕不言散，时有"朱鸡啼""汪天亮"之目。主人悦，间亦取憎侍者⑬。

【注释】

①缶：此指盛饭的瓦器。

②大脔（luán）：大块肉。

③侨：寄居在外地。朔方：北方。

④蒸饼：馒头。不托：即馎饦。汤饼，水煮的面食。

⑤生酱：王根林校本作"生姜"。

⑥兼人：胜过他人，能力倍于他人。

⑦盎：古代的一种盆，腹大口小。

⑧瓶罍：小口大腹的陶瓷容器，泛指酒器。

⑨僭称：妄称。用作谦辞。大户：酒量大的人。

⑩狂花病叶：饮酒者称醉后怒目忤视者为"狂花"，醉后昏然闭目而

睡者为"病叶"。

⑪沛国:古地名,辖境相当于今安徽淮河以北地区及江苏丰县、沛县
　等地。朱抡生:朱廷选,字汉臣,一字抡生,江南嘉定人。清顺治
　十六年(1659)贡生。博学多闻,曾与汪价等九人结九老社。

⑫搴旗对垒:高举旗帜,两军交战。这里指朱廷选与汪价拼酒对战。

⑬取憎:招致憎恶。

【译文】

　　我很能喝酒但是饭量不大,饭大约能吃两小碗,日常用餐不吃大块
的肉;宾客中的贪吃之人,喜欢和我一起吃饭。我寄居北方多年,每天吃
馒头、汤饼一类的东西,生酱、鲜葱也很喜欢吃,回乡之后食物胜过北方,
反倒觉得稻米寡淡无味。我五岁的时候,私自跑进藏酒的房间,低着头
把脸凑在盏上,喝上面的甜酒,直至喝到昏醉的地步。家里的人到处找
我,竟然发现我熟睡在酒瓶旁边。我长大之后妄称酒量大,经常出席宴
会,众多宾客喝醉之后,有的怒目忤视,有的昏然而睡,只有沛国的朱廷
选仍与我拼酒对战,彻夜不说散场,当时有"朱鸡啼""汪天亮"的称号。
虽然主人很高兴,但有时也会招致仆人的憎恶。

　　计余一生,曾有二醉。壬寅①,与合肥龚伯通饮于怀庆
之高台寺②。同饮者,王蜀隐、沈云门③;所饮者,五香柿酒,
此朔方烧醴之最俊者。四人篝灯细酌,自酉达卯④,倾二罍
无剩沥⑤。饮时但觉甜美可人,无茗荈意⑥。从者报曰:"日
高春矣⑦!"四人启户而视,触受风色,心目迷眩,一时俱倒。
余睡至日晡而复⑧,三公者,相对哕咯⑨,病不起者累日。是
年在邺之旅舍⑩,候李御史行旆,痴坐无憀⑪,闻西郊演剧,
观者甚众,趁步一往⑫。台之旁,列肆酤酒,士商聚饮,不觉
流涎。因选席而坐,傲然独酌。已而兴发,拉客中之豪者

并醮^⑬，拇战不已^⑭，遂蔓及他席。大众轰饮，余玉山颓矣^⑮。彼此造次^⑯，未及叙姓氏，亦未识余邸舍，群起而掖余，界之野庙神幔之前^⑰。迨晓，怪笑而回。"名教中自有乐地"^⑱，昔贤所云，时复戳之^⑲。

【注释】

①壬寅：清康熙元年（1662）。

②合肥：合肥县，明、清为庐州府治。龚伯通：龚士稹，字伯通，龚鼎孳之子。高台寺：又称兴隆寺，在河南怀庆府城（今河南沁阳）西北。参见《（乾隆）怀庆府志》卷二六。

③王蜀隐：王之桢，字以宁，桐城（今属安徽）人。诸生。与龚鼎孳交好。事见《桐城耆旧传》卷七。沈云门：据汪价《中州杂俎》卷二一《豫酒不甜》记"河内沈云门"，知沈云门为怀庆府河内县（今河南沁阳）人，余事不详。

④自酉达卯：从酉时（下午五点至七点）到卯时（早晨五点至七点）。

⑤剩沥：剩酒。沥，液体的点滴。

⑥茗艼（dǐng）：酩酊，大醉貌。

⑦高舂：日影西斜近黄昏时。

⑧日晡（bū）：指申时，即下午三点至五点。

⑨哕（yuě）：呕吐。咯（kǎ）：用力使东西从食道或气管里出来。

⑩邺：古地名。战国魏置邺县，魏文侯曾都于此。西门豹、史起先后在此引漳水溉田。此后多有更替，至北宋熙宁间废入临漳县（今河北临漳）。明、清时临漳县属彰德府。

⑪无憀（liáo）：空闲而烦闷的心情，闲而郁闷。

⑫趁步：信步，漫步。

⑬醮（jiào）：饮酒干杯。

⑭拇战：猜拳。酒令的一种，两人同时出一手，各猜两人所伸手指合

计的数目,以决胜负。

⑮玉山颓:玉山倒,形容人酒醉欲倒之态,可参见卷十三《曼殊别志书缚》注释"倒玉山"。

⑯造次:轻率,随便。

⑰畀:送。

⑱名教中自有乐地:在礼教范围内,自然有一片安乐的土地。古时勉人恪守名教之语。语出《世说新语·德行》:"王平子、胡毋彦国诸人皆以任放为达,或有裸体者。乐广笑曰:'名教中自有乐地,何为乃尔也?'"

⑲时复:时常。戢(jí):怀藏,铭记在心。

【译文】

算起来我这一生中,曾经有两次醉酒的经历。清康熙元年,我和合肥的龚士稹在怀庆府高台寺喝酒。一起喝酒的人,有王之桢、沈云门;所喝的,是五香柿酒,这是北方最好的烧酒。四个人点着灯细细品酒,从酉时直到卯时,喝尽了两缸酒,没剩下一滴。喝的时候只觉得甘美满意,没有醉意。仆从告知说:"太阳已经西斜了!"四个人打开门看,遭逢风吹,心神迷乱,眼睛模糊,一时间都倒下了。我睡到申时才苏醒,而其他三个人,相对着呕吐,连着很多天一病不起。那年在临漳的旅馆,我等待李森先的扈从队,呆坐着无所事事,听说西郊正上演戏曲,观看的人特别多,就漫步去观看了。戏台的旁边,成列的酒铺在卖酒,士子、商贾都聚集在一起喝酒,不觉间垂涎三尺。于是挑选座位坐了下来,傲然地独自喝酒。不久来了兴致,拉过一个豪爽的客人一起喝酒,不停地猜拳,于是蔓延到了其他座席。大家一起狂饮,我便酒醉倒地了。我和众人互相玩闹,来不及介绍姓名,他们也不知道我住的客店在哪里,大家就扶着我的胳膊,把我送到了野外庙里神殿的帐幕前。等到了天明,我醒后惊怪嗤笑着回到了旅社。"在礼教范围内,自然有一片乐土",先贤所说的这话,我时常铭记在心。

余不习铛杓①，而洞于茶理。友人戴惕庵②，为邑之陆羽③，余时过领日铸④，以消七碗之兴⑤。及至杞子国⑥，有马布庵者⑦，又卢野之后劲也⑧。一枪一旗⑨，居然独步。尝戏语之："若与吾乡惕庵共品泉源，正未知谁当北面⑩。"余于甲辰⑪，偶然禁酒，有句云："我当上奏天帝庭，酒星谪去补茶星。"此亦老侬谩言，非实尔也。性好食醋，失此则诸味不调。又好秋末蟹、夏初蚕豆，二物充庖⑫，不想他味。人以汪生所嗜，不殊屈到之芰、姬文之昌歜⑬。近日俗尚食烟，余每语人："奈何以火烧五脏？请观筒中垢腻，将何以堪？"其人猛省，誓不再食，少焉忆之，便渝戒矣。病酒之夫，狂饮不待明朝；难产之妇，好合何须满月？嗜烟之酷，乃至同于酒色，何惑溺也！

【注释】

①铛杓：这里用茶器代指饮茶。铛，温器。杓，同"勺"。

②戴惕庵：疑为戴亮，《（光绪）嘉定县志》卷二七著录戴亮"《惕庵文集》四卷"，小字注林大中云"余读是集，知出惕庵手，乃天地间大文也"，则惕庵或为戴亮的号，故其文集为《惕庵文集》。

③陆羽：一名疾，字季疵，又字鸿渐，唐复州竟陵（今湖北天门）人。嗜茶，精于茶道，被称为"茶圣"。有《茶经》。此处将戴惕庵喻作茶圣陆羽。

④日铸：指日铸茶。又名日注茶，因产于浙江绍兴会稽山日铸岭，故得此名。日铸茶的外形略微钩曲，状如鹰爪，乌绿油亮，素有"江南第一茶"的美誉。

⑤七碗：唐卢仝《走笔谢孟谏议寄新茶》诗："一碗喉吻润，两碗破孤

闷。三碗搜枯肠,唯有文字五千卷。四碗发轻汗,平生不平事,尽向毛孔散。五碗肌骨清,六碗通仙灵。七碗吃不得也,唯觉两腋习习清风生。"言饮茶不须七碗即"通仙灵",极赞茶之妙用。后即以"七碗茶"作为称颂饮茶的典实。

⑥杞子国:即杞县。西周有杞国,都雍丘(今河南杞县)。秦置雍丘县,治今杞县县城。隋、唐时曾设杞州。明、清杞县属开封府。

⑦马布庵:马之驰,号布庵,开封府杞县(今河南杞县)人。为人豪迈,喜读诗书。明崇祯三年(1630)举人。明亡后,放浪觞咏。事略见《(乾隆)杞县志》卷十六。

⑧卢野:指卢仝,唐代诗人。自号玉川子,工诗精文,被尊称为"茶仙"。因隐居旷野,不愿仕进,本文遂称"卢野"。

⑨一枪一旗:一个芽带一片叶子,指幼嫩的茶叶。宋叶梦得《避暑录话》:"盖茶味虽均,其精者在嫩芽,取其初萌如雀舌者谓之枪,稍敷而为叶者谓之旗。旗非所贵,不得已取一枪一旗犹可,过是则老矣。"

⑩北面:指服输于人。

⑪甲辰:清康熙三年(1664)。

⑫充庖:供作食用。

⑬屈到:春秋时楚国人。嗜食芰。有疾将死,嘱其宗人祭必以芰。芰(jì):即菱,水生草本植物,果实有硬壳,有角,称"菱"或"菱角",可食。姬文:即周文王姬昌。昌歜(zàn):菖蒲根的腌制品。又称昌菹。昌,通"菖"。传说周文王嗜昌歜,孔子慕文王而食之以取味。《吕氏春秋·孝行览》:"文王嗜菖蒲菹,孔子闻而服之。"

【译文】

我不习惯饮茶,但是通晓茶道。我的朋友戴惕庵,是我们嘉定县类似茶圣陆羽的人物,我时常去找他领略日铸茶的滋味,以此来满足想要喝茶的兴味。等我到了杞县,有个人叫马之驰,可称作是茶仙卢仝的后继之人。他在品茶方面，竟然独步当地。我曾和他开玩笑说："你如果和我们嘉定的戴亮一起品水论茗，也不知道谁应该臣服于对方。"我在清康熙三年，偶然戒酒，写诗说："我当上奏天帝庭，酒星谪去补茶星。"这也是老头子我说假话，并非事实。我生性喜欢吃醋，没了醋就觉得各种味道都不和谐。又喜欢秋末的螃蟹、夏初的蚕豆，有这两样东西吃，就不想其他东西了。别人以为我喜欢的东西，和屈到喜欢芰、周文王喜欢昌歜没有两样。近年来有吸食烟草的风尚，我常常对别人说："为什么要用火烧五脏呢？请看一看烟囱中的污垢，这让五脏怎么能忍受呢？"闻听此言的人猛然醒悟，发誓再也不吸食烟草了，可不一会儿又想起来了，就违背了戒烟的誓言。沉醉于饮酒的人，等不到第二天就纵情饮酒；遭遇难产的妇人，期盼身体安好哪里能等上一个月呢？嗜好烟草如此之深，以至于像喜好美酒、女色一样，为何如此沉溺其中呢？

　　余家常乏，独衣冠必鲜整。人目之，若雄于财者。然少而惜福，茧丝不以附内体，服之矜重，不轻为尘涴①，即至褛裂②，亦不轻掷。《记》曰："敝帷不弃，为埋马也③。"尝记先大夫于余入泮时④，制一西洋布袍，凡遇佳节良宴，则衣之，几三十年，不之澡濯。有劝余改作裼衣者⑤，贾子曰："冠虽敝，弗以苴履⑥。"先人所赐，吾不忍也。先人之敝庐⑦，不过数楹，团聚家人，三世不易其旧。余日坐卧者，止于半舫⑧，围塞书卷，栉比鳞次，容我头足一席地耳。俯仰之余，不见其窄。出而翔步王公之第⑨，崇构迢峣⑩，霞垂云耸，余处之落落然⑪，了无与也。"公自见其朱门，贫道如游蓬户⑫"，大智之言，岂欺我哉！

【注释】

①涴（wò）：污染，弄脏。

②褛（lǚ）裂：衣服破烂貌。

③敝帷不弃，为埋马也：语出《礼记·檀弓下》："仲尼之畜狗死，使
　子贡埋之，曰：'吾闻之也，敝帷不弃，为埋马也，敝盖不弃，为埋
　狗也。'"敝帷，破旧的帷幔。

④先大夫：汪价自称亡父汪允贞。

⑤亵衣：内衣，贴身衣物。此处亦可理解为私服，家居的便服。

⑥冠虽敝，弗以苴（jū）履：语出贾谊《新书·阶级》："履虽鲜，弗以
　加枕；冠虽弊，弗以苴履。"意为帽子虽然破烂，却不能当鞋穿。
　苴，草。这里用作动词，垫。

⑦先人之敝庐：谦称汪允贞留下的老房旧屋。

⑧半舫（fǎng）：汪价的书斋名，他撰有《半舫词》。

⑨翔步：安步，缓步。

⑩崇构：高筑。迢峣（yáo）：高峻貌。

⑪落落：形容孤高，与人难合。

⑫公自见其朱门，贫道如游蓬户：语出《世说新语·言语》："竺法深
　在简文坐，刘尹问：'道人何以游朱门？'答曰：'君自见其朱门，贫
　道如游蓬户。'"意为您自己觉得那是权宦贵族家，我却以为同贫
　苦人家交往一样。

【译文】

　　我家用度贫乏，只有衣服帽子一定要光鲜整洁。其他人看到我家人
的穿戴，好像是有很多钱的人家。但是我年少时就珍惜福泽，不贴身穿
蚕丝做的衣服，对衣物非常怜惜重视，不轻易让尘土弄脏衣服，衣服即使
到了破烂的地步，也不轻易扔掉。《礼记》里说："破旧的帷幔不要丢掉，
因为可以用来埋葬马匹。"还记得先父在我入学为生员的时候，给我做了
一件西洋布袍子，每每遇到佳节和宴会，我就穿上它，将近三十年，没有

洗过。有人劝我把它改成内衣,贾谊曾说:"帽子虽然破烂,却不能当鞋穿。"袍子是先父送给我的,我不忍心改制它。先父留下的旧房,只有几间而已,全家人聚在一起,三代都没有改变它原来的样子。我每天的坐卧起居,只在半舫中,周围放满了书籍,像梳齿、鱼鳞一样密密地排列着,只容得下我身体那么大的一块地方。我活动时,也不觉得狭窄。出门漫步去达官贵人的宅院,只见楼宇高峻矗立,云霞环绕其间,我身处其中觉得格格不入,没有一点认同的想法。"您自己觉得那是官宦人家,我却以为同贫苦人家交往一样",前人如此大智慧之语,难道会欺骗我吗?

　　余爱楼居及庋板之房①,不耐卑庳下湿②。又爱短檐净几,其窗四辟,晨起披襟,爽受风日。如入暗室幽暖③,便闷欲绝。又爱舟行,放桨芦洲蓼渚之间④,率其宕往⑤,有会心处⑥,嗒尔忘归⑦。余向不喜浴,虽夏月,亦止以巾拭汗,老始习之,乃觉除淹消瑕⑧,体气荣畅,即冱寒⑨,且乐就澡室焉。

【注释】

①庋(guǐ)板:架置木板。

②卑庳(bì):低下,不高。下湿:地势低而潮湿。

③幽暖:幽暗,昏暗。

④芦洲蓼(liǎo)渚:长着芦苇和水蓼的水中陆地。蓼,一年生草本植物,生长在水边或水中,亦称"水蓼"。

⑤宕往:不受拘束地飘荡。

⑥会心:喜爱,符合心意。

⑦嗒(tà)尔:犹嗒然,形容身心俱遣、物我两忘的神态。

⑧淹:皮肤被汗液浸渍。瑕(xiá):同"瑕",污。

⑨冱(hù)寒:极为寒冷。

【译文】

我喜欢住楼房和木板搭起来的房子，不能忍受地势低而潮湿的房子。又喜欢低矮的屋檐和干净的房间，这种房子的窗户四面打开，早晨起来敞开衣襟，舒服地享受凉风和日光。如果进到光线不好的昏暗房间，就感觉憋闷到将要晕倒。我还喜欢坐船，在长着芦苇和水蓼的水洲岛屿间行船，随它任意飘荡，遇到心意相合的地方，就沉浸其中忘记返回。我向来不喜欢洗澡，即使在夏天，也只用手帕擦汗，年纪大了开始习惯洗澡，才觉得清洗汗渍和污秽之后，气血通畅，即使是特别寒冷的天气，也乐意去洗澡。

余得天强固，不婴重疴①，偶尔违和②，亦不用药，医之以至清之酒，医之以至快之书。辛巳午月③，贱体忽恚④，头岑岑然作楚⑤，一日夕不思汤饵⑥，若染时疬者。适有饷余佳酿，呼至床头开看，芬香拉鼻，急命温之。取太史公《荆轲传》连饮连读⑦，瞬息之间，拍案而起。古书难信，切不可以身试方。吾友贾静子⑧，睢阳才人也⑨，体有不适，欲行"倒仓"之法⑩，余净之曰⑪："奈何于腹中演戏法？"不听，一服之后，下泄不止而毙。岂惟药石⑫，即平时饮膳，皆可伤人。余尝于醉后饮养花宿水，不死；于相国寺僧舍误中鲜菌毒⑬，不死，此小人倖免也。子美死于白酒牛脯⑭，太白纵饮采石，捉月而亡⑮。李、杜，诗人之魁也，皆以轻率自殒其生，可不慎哉！

【注释】

①婴：触，缠绕，这里指患病。疴（kē）：病。

②违和：身体失于调理而不适。患病的婉词。

③辛巳午月：明崇祯十四年（1641）五月。午月，夏历以寅月为岁首（正月），所以称五月为午月。

④贱体：谦称己身。

⑤岑岑：胀痛貌。楚：痛苦。

⑥汤饵：烹调后汁特别多的食物和糕饼，泛指食物。

⑦太史公《荆轲传》：即《史记·刺客列传》中荆轲的传记，叙述了荆轲为燕太子丹谋杀秦王之事。

⑧贾静子：贾开宗，字静子，别号野鹿居士，归德府商丘（今河南商丘）人。少负俊才，落拓不羁。曾以白衣入东平侯刘泽清幕府。事见《（乾隆）归德府志》卷二五、汪价《悼亡友诸诗》（《中州杂俎》卷二一）等。

⑨睢阳：古地名，今为河南商丘睢阳区。才人：有才情的人。

⑩"倒仓"之法：古代一种治疗陈垢积滞的方法。据元朱震亨《丹溪心法·论倒仓法》卷五记载，其方法是用牛肉汤催吐，将肠胃内所有的秽物清除干净，"肠胃为市，以其无物不有，而谷为最多，故曰仓。仓，积谷之室也。倒者，倾去积旧而涤濯，使之洁净也"。

⑪诤：直言规劝。

⑫药石：药剂和砭石。泛指药物。

⑬相国寺：即大相国寺，在今河南开封。北齐天保六年（555）始修建。唐延和元年（712）睿宗为纪念自己以相王即位，赐名大相国寺，并御书题额。清乾隆三十一年（1766）重修。现存清代建筑藏经阁和大雄宝殿。

⑭子美死于白酒牛脯：杜甫因为白酒和牛脯而死。《新唐书·杜甫传》记："大历中，出瞿唐，下江陵，溯沅、湘以登衡山，因客耒阳。游岳祠，大水遽至，涉旬不得食，县令具舟迎之，乃得还。令尝馈牛炙白酒，大醉，一昔卒。"

⑮太白纵饮采石,捉月而亡:相传李白在采石矶狂饮后,因捞水中月而溺亡。《唐才子传·李白》:"白晚节好黄老,度牛渚矶,乘酒捉月,沉水中。"采石,即采石矶,在今安徽马鞍山。原名牛渚矶。

【译文】

我生来身体强健,没生过重病,偶尔身体不适,也不吃药,用最清醇的酒来医治,用最快意的书来医治。明崇祯十四年五月,我身体忽然极度疲乏,头胀痛难忍,一整天都不想吃饭,如同染上瘟疫时的症状。恰逢有人送给我好酒,我叫人把酒拿到床边打开来看,芳香扑鼻,急忙让人温酒。取来司马迁《史记·刺客列传》中荆轲的传记边喝酒边读,不一会儿,就拍打着桌子站了起来。古书记载的药方很难让人相信,一定不能用自己的身体去试验药方。我的朋友贾开宗,是商丘的才子,他身体有不舒服,想要尝试"倒仓"的治疗方法,我直言规劝他说:"为什么要把肚子当成取乐的戏场呢?"他不听我的话,吃了一剂药之后,腹泻不停而死。何止是药物,就是平时的饮食,都可以伤害人的身体。我曾经在酒醉后喝养花的陈水,没有死;在大相国寺的僧房里不小心中了鲜菌菇的毒,没有死,这都是我侥幸免祸。杜甫因为白酒和牛肉脯而去世,李白在采石矶狂饮后,因捞水中的月亮而溺亡。李白、杜甫是诗人中的领袖,都因为不慎重而葬送了自己的生命,普通人怎么能不谨慎呢?

壮时不免房帷之好,后乃以渐而淡。至为汗漫游①,遂与色远。即燕赵歌姬②,充列侑饮③,从无一人沾昵者。北妓入席,见客即拜,立而执役④,主人加之诃叱。余命之入坐,诸执事悉令隶人司之⑤,北人且谓介人坏其乡俗体貌⑥。知命之年⑦,便绝婉娈⑧,友人俱诮其假,席间每引为笑资。李滕斋至谓"五十断欲,不如捐馆作泉下人"⑨。彼长余四龄,竟以啖牛蒇⑩,淫一妖姬而殂。夫精、气、神,人之"三宝",

而丹药之王也。先祖遇一异人⑪，授以"龙虎吐纳"之法⑫。习练四十年，道成，夏月盖重衾卧炽日中，无纤汗；冬以大桶满贮凉水，没顶而坐，竟日不知寒。余以骨顽无仙分⑬，不之向学，然于玄牝要诀⑭，颇熟闻之⑮，大要以宝神啬精为主。世之愚伧，纵情雕伐，以致阳弱不起，乃求助于禽虫之末。蛤蚧⑯，偶虫也，采之以为媚药；山獭⑰，淫毒之兽，取其势以壮阳道；海狗以一牡管百牝⑱，翳之助房中之术。何其戕真败道，贵兽而贱人也！且方士挟采阴之说，谓御女可得长生，则吾未见蛤蚧成丹、山獭尸解、海狗之白日冲举也⑲。

【注释】

①汗漫游：世外之游。形容漫游之远。

②燕赵歌姬：燕地、赵地的歌女。燕赵自古多美人，《古诗十九首·东城高且长》有诗句"燕赵多佳人，美者颜如玉"。

③充列侑饮：担任劝进酒食之人。

④执役：服役，服侍。

⑤执事：指官员。隶人：仆人。

⑥体貌：体制，规矩。

⑦知命之年：指五十岁。

⑧婉娈：美貌，借指美女。

⑨李滕（shèng）斋：李更，字君舄，号滕斋（一作字滕斋），清初嘉定（今属上海）人。为人豪放不羁，终日吟咏自得，与汪价等结九老社。事略见《（康熙）嘉定县续志》卷三、王辅铭《国朝练音初集》卷一。

⑩胾（zì）：切成大块的肉。王根林校本作"炙"。

⑪先祖：称已故的祖父汪应期。据《（康熙）嘉定县志》卷十一"封赠"记汪应期"以子允贞覃恩封文林郎、远安县知县"，则知汪应

期为汪允贞之父、汪价之祖父。

⑫龙虎吐纳：指道家修法中的玄牝要诀。

⑬仙分：谓成仙的素质及缘分。

⑭玄牝：道家指孳生万物的本源，此处比喻道、修炼养生的法门。《老子·六章》："谷神不死，是谓玄牝。"要诀：秘诀，诀窍。

⑮熟闻：经常听到。

⑯蛤蚧（gé jiè）：爬行动物，形似壁虎而大，也称大壁虎。中医认为其可以补肺益肾，纳气定喘，助阳益精。

⑰山獭：兽名。宋范成大《桂海虞衡志》："山獭出宜州溪洞，俗传为补助要药。洞人云獭性淫毒，山中有此物，凡牝兽悉避去。獭无偶，抱木而枯。"

⑱海狗：亦称"海熊"，哺乳动物。生活在海洋中，能在陆地上爬行。它的阴茎和睾丸称"海狗肾"，中医认为有温肾壮阳、填精补髓的功效。

⑲尸解：道徒遗其形骸而仙去。冲举：飞升成仙。

【译文】

　　我少壮时免不了喜欢房帏之事，后来心思才渐渐冷淡。等到游历远方之后，就远离了美色。即使是燕赵的美丽歌女，在席间劝酒，也从来没有亲近过一个人。北方的歌女来到宴会后，见到客人就行礼，然后站起来服侍，主人却对她们大声斥责。我让她们就座，而各位官员都让仆从去管理她们，北方人还说我破坏了他们的乡土风俗和规矩。我五十岁的时候，就断绝美色，朋友都开玩笑说这是假的，在宴会上经常拿这事当笑料。李更来了说："五十岁想要断绝色欲，还不如死去做黄泉下的人。"他比我大四岁，竟然因为吃大块牛肉，和一个妖冶的女子淫乱而死。精、气、神，是人的"三宝"，也是修炼内丹中最有用的东西。我的祖父汪应期曾经遇到一位异人，教给他"龙虎吐纳"的方法。他练习了四十年，终于练成，夏天盖着厚被子睡在烈日底下，没有一点汗；冬天用大桶装满凉水,坐在里面任水淹过头,一整天都不知道寒冷。我因为根骨顽劣没有成仙的天分,没有跟着他学习,但是对于道家养生的秘诀,经常能听到,大概以重视心神和爱惜精气为主。世上的人愚笨粗俗,放纵情欲,以至于阳痿不举,就从禽兽昆虫这些末流那里寻求帮助。蛤蚧,是成对而生的虫子,人们采集起来作为春药;山獭,是淫荡的野兽,取其生殖器用来壮阳;海狗因为一只雄性配百只雌性,买它们以助房中术。这是多么毁伤自然本性、败坏正道,是重视野兽而轻视人类啊!而且术士传播采集阴精而补助阳气的言论,说与妇女交合就能够长生不老,可是我也没见过蛤蚧炼成仙丹、山獭遗形骸而仙去、海狗白天飞升成仙。

　　记诵之外,无时不亲操诸务,盥漱泛扫①,不以烦厮役。花则手灌之,草则手薅之,鱼鸟则手饲之。或杂伍渔樵,或混同佣乞②,或时与童稚相嬲③,掷弄䰅䰄以嬉④,故年虽近髦⑤,人以为有童心。举步轻跃,容色亦不衰,不似龙钟齿豁人⑥。年来游兴不减⑦,梦想时在湖湑岳麓⑧。诸子惜余筋力,柅余车不得远行⑨。在家闲极,有花即看,有酒即饮,有对奕者⑩,即终日。老友相值,即解杖头以醵⑪。缁流之上者⑫,乐共余谈,余亦乐坐栴檀之室⑬,谓之"清时小太平"⑭。适与红裙会⑮,方袍骨董⑯,不至以唐突取厌。赠邗水桂姬⑰,有"休将量大欺红袖,但得情痴恕白头"之句,非乞怜语,佳人会生怜耳。

【注释】

①盥漱:洗漱,盥洗。泛扫:洒扫。

②佣乞:佣丐,佣人和乞丐。泛指地位卑下和贫穷的人。

③相嬲(niǎo):相嬉戏,相纠缠。

④觿（xī）：古代一种解结的锥子。用骨、玉等制成。觹（chè）：角。

⑤耄：通"耄"，年老。

⑥龙钟：身体衰老，行动不灵便者。齿豁：齿缺。指年老。

⑦年来：近年以来或一年以来。

⑧漘（chún）：水边。岳麓：山麓。

⑨柅（nǐ）：挡住车轮不使其转动的木块，引申为阻止。

⑩奕：通"弈"，围棋。

⑪杖头："杖头钱"的省称，指买酒钱。醵（jù）：凑钱喝酒。

⑫缁（zī）流：僧徒。

⑬栴（zhān）檀：檀香。

⑭清时：清平之时，太平盛世。

⑮红裙：美女。

⑯骨董：比喻过时的事物、迂腐守旧的人。

⑰邗水：也称邗沟、邗江，是春秋时吴王夫差为争霸中原，引江水入
　　淮以通粮道而开凿的古运河。常代指扬州。

【译文】

我除了默记诵书以外，没有一刻不是亲自操持各种家务，洗漱洒扫，不劳烦仆人。花则亲手浇灌，草则亲手拔除，鱼鸟则亲手喂养。或者和渔人樵夫杂处，或者和佣人乞丐混在一起，或者经常和小孩子一起嬉戏，掷弄觿觹来玩乐，所以虽然年龄接近耄耋，别人却觉得我还有孩童之心。走路轻跳，面容也没有衰老，不像行动不便、牙齿脱落的老人。近年来游逛的兴致没有减少，常常梦想着去湖边山脚。儿子们怜念我筋骨衰老，别住我的车不让我出远门。我在家里非常闲暇，有花就看，有酒就喝，有下棋的人来，就和他下一整天。老朋友相遇，就拿出买酒钱来凑钱喝酒。僧徒中的杰出之辈，乐于和我交谈，我也乐于坐在焚着檀香的房间里，将之称为"清平盛世的小小安宁"。纵使恰巧遇到美女，我这个身着僧袍的老古董，也不至于因为冒犯佳人而遭到厌恶。我赠给扬州桂姬的，有

"休将量大欺红袖,但得情痴恕白头"的诗句,并非乞求怜悯之语,是美
人正好对我产生怜爱之情而已。

　　孙子数人,与长者点定文字①,粗为疏解②。群小则牵
绕衣裙③,分枣栗与之,各餍所欲而往。分之必均,偶有参
差,聚而向老人计较,尤可爱也。

【注释】
　　①点定:修改使成定稿。
　　②疏解:阐释,解释。
　　③衣裙:下裳。泛指衣服。

【译文】
　　几个孙子,和我一起推敲文稿,简单地注解文义。一群更小的孩子
则牵扯着我的衣服,我把枣子和栗子分给他们,每个人得偿所愿后就走
开了。分配的时候一定要平均,偶尔数目有不一致时,他们就围过来和
我争论,尤其令人怜爱。

　　余行李半天下①,所至以客为家。客两河者②,前后十
数年。始于察荒李御史幕③,怀孟薛宗伯知之④,呼至其家,
与仲蒨二兄读书翕园⑤。后为贾大中丞召修省志⑥,别去。
越三年,会吊宗伯之丧,黄门卫公先生正在读《礼》⑦,留与
峄山草堂⑧,商榷今古。又为洛阳太守朱灿煌邀阅试卷⑨,别
去。介人之久于兹土者,实以宗伯父子,恩分滋深,故依刘
御李⑩,马首不能他指耳。时沈宫詹绎堂先生⑪,分巡大梁,
清慈明允,为海内岳牧表⑫。余驱车八郡,历收河岳之英,倦
则以钧阳清署为归焉⑬。其他逆旅主人,无不款昵如戚属。

水行则戒榜人无妨缓棹,河上逍遥;陆行则常与执辔者试走,舍舆马而徒,恣其流览。余之所为通,余之所为介也。

【注释】

①行李:行程,行踪。

②两河:指河南段黄河和运河。清代常称黄河、运河为两河,如清薛凤祚曾撰《两河清汇》,"卷首列黄河、运河两图,一卷至四卷为运河修筑形势,北自昌平通州,南至浙江等处,河湖泉水诸目,皆详载之,五卷、六卷则专记黄河职官夫役道里之数"(《四库全书题要》卷六九)。

③察荒:巡察黄河、运河流域的灾荒情况。李森先时任察荒监察御史,巡察黄、运两河。

④怀孟:指怀庆府孟县。元宪宗七年(1257)以怀、孟二州置怀孟路,治所在河内县(今河南沁阳)。后改作怀庆路。至明、清为怀庆府,辖孟县(今河南孟州)。薛宗伯:礼部侍郎薛所蕴。薛所蕴,字子展,号行屋,怀庆府孟县人。明崇祯元年(1628)进士,累官至国子监司业。明亡时,曾降附李自成。后复降清。顺治十一年(1654)任礼部左侍郎。见白胤谦《礼部侍郎薛先生墓志铭》(《归庸集·归庸斋文录》)、《(民国)孟县志》卷六。

⑤与仲蒨二兄读书翕园:和薛家的二兄薛葳生在翕园读书。仲蒨二兄,即薛葳生,薛所蕴的次子。薛所蕴有诗《次儿葳生诞日》(《桴庵集》卷三),白胤谦《礼部侍郎薛先生墓志铭》亦记次子"葳生,从六品京职"。翕园:薛所蕴的私家园林,在孟县。汪价《中州杂俎》多次提及翕园。

⑥贾大中丞:指河南巡抚贾汉复。贾汉复,字胶侯,号静庵,曲沃(今属山西)人。明末为淮安副将,降清后,曾任兵部尚书。事见陈锡嘏《兵部尚书兼都察院右副都御史贾公汉复墓志铭》(《碑传集》卷

六二）。顺治十四年（1657）任河南巡抚，开馆纂修豫志，聘沈荃
总其事，至顺治十七年（1660）修成《（顺治）河南通志》五十卷。

⑦黄门卫公先生：指薛所蕴的长子薛奋生。曾任吏科给事中，相当
于前代的黄门侍郎，故称黄门。薛奋生，字卫公，一作字大武。顺
治十二年（1655）进士，授户部主事，任吏科给事中、大理寺丞等
职。事略见《（民国）孟县志》卷六。

⑧峄山草堂：薛奋生的私家别墅。汪价记"戊申夏，与薛给谏公坐
峄山草堂纳凉"（《中州杂俎》卷二一《题薛卫公给谏疏后》）。

⑨洛阳太守朱灿煌：河南府知府朱明魁。朱明魁，字灿煌（一作号
灿煌），辽东义州（今辽宁义县）人。清顺治十三年（1656）任长
沙知县，顺治十六年（1659）任河南知府。事略见《（乾隆）洛阳
县志》卷九。洛阳太守，指河南府知府。明、清时洛阳为河南府。

⑩依刘：依赖或依附于别人，特指依附权豪势要。典出《三国志·魏
书·王粲传》："王粲字仲宣，山阳高平人也。……年十七，司徒辟，
诏除黄门侍郎，以西京扰乱，皆不就。乃之荆州依刘表。"御李：
典出《后汉书·李膺传》："荀爽尝就谒膺，因为其御，既还，喜曰：
'今日乃得御李君矣。'其见慕如此。""御李"即谓为李膺驾车。
后用为敬慕名人，受到青睐，以能为其服务而感到荣耀的典故。

⑪沈宫詹绛堂：指沈荃，字贞蕤，号绛堂，江南华亭（今上海松江区）
人。顺治九年（1652）探花，授翰林院编修。顺治十六年（1659）
任按察司副使分巡河南大梁道，累官詹事府詹事、翰林院侍读学
士、礼部侍郎。事见《（乾隆）华亭县志》卷十二。宫詹，詹事的
别称。

⑫海内：国境之内，全国。岳牧：泛称封疆大吏。

⑬钧阳：疑指禹州（古称钧州），据《（民国）禹州志》卷二八记汪价
"遍游河岳，倦则以禹州道署为归焉"。清署：清要的官署。这里
指官署。

【译文】

　　我的足迹遍布半个天下，到一个地方就把寄居之处当成家。客居在黄河、运河间，前前后后有十几年。一开始在察荒监察御史李森先的幕府中，盂县的礼部侍郎薛所蕴知道我后，邀请我到他家里，和薛家的二兄薛蕆生一起在翁园里读书。后来，我被河南巡抚贾汉复征召编写《河南通志》，书编成后离去。过了三年，去给薛所蕴先生吊丧，他的长子给事中薛奋生先生正在读《礼记》，留我在岈山草堂里商讨古今之事。此后，我又被河南府知府朱明魁邀请去批阅科考试卷，结束后离去。我之所以长时间待在河南一带，实在是因为薛所蕴父子对我的恩情越来越深，因此仰赖薛家而愿为其效鞍马之劳，不愿追随别人。当时詹事府詹事沈荃先生，以按察司副使一职分巡河南大梁道，他清廉仁爱而英明公允，是全国封疆大吏的表率。我随他驾车游历河南八府，遍览山河的壮丽，疲倦后就回到禹州官署。其他旅馆的主人，没有哪个不像亲戚一样亲热地款待我。走水路时，告诫船夫不妨慢慢行船，在水上优游自得；走陆路时，经常和手持马缰绳的仆夫一同行走，舍弃车马徒步而行，任意周游观览。我之所以通达，是因为我本性就是这样。

　　余殚精音律①，于古今离合之义，无不博综。吾邑陆君扬弦索化工手也②，从余考订音声，字有讹舛，悉为厘正。遂使八风二十四气③，相为嘘吸④。海内名公卿，以及文章之士，皆与之游，其名直达禁掖⑤。擘阮传人⑥，乃以介人为导师，亦可异也。余尝作一想，取尼父《猗兰操》、桓子野挽歌、孔明《梁父吟》、谢安洛生咏、稽康《广陵散》、袁山松《行路难》、李太白《乌夜啼》⑦，令相如鼓琴⑧，桓伊吹玉篴⑨，高渐离击筑⑩，祢衡挝渔阳鼓⑪，君扬出而欹冠短袖⑫，为之提掇其间⑬，左顾右盼，意气激昂，拨清弦⑭，发哀弄⑮，人声天籁，云委雪飞⑯，一洗梨园法曲之陋⑰，顾不乐哉！

【注释】

①殚精：竭尽精思，精心。

②陆君扬：陆曜，字君扬，清初嘉定（今属上海）人。貌丑，好为滑稽之谈。精于音律，善弹三弦。事见《（康熙）嘉定县续志》卷三。弦索：指弦乐器。

③八风二十四气：泛指自然界的各类风、气。

④嘘吸：大气鼓荡，形成声音。

⑤禁掖：宫中旁舍。亦泛指宫廷。

⑥擘（bò）阮：弹琴。

⑦尼父：亦称"尼甫"，对孔子（字仲尼）的尊称。《猗兰操》：古琴曲名，相传为孔子所作，多抒生不逢时、怀才不遇之情。桓子野：桓伊，字叔夏，小字子野，东晋谯国铚（今安徽宿县西）人。性谦和，善音乐，能挽歌。相传琴曲《梅花三弄》系据其笛曲《三调》改编而成。挽歌：哀悼死者的丧歌。孔明：诸葛亮，字孔明。《梁父吟》：亦作"梁甫吟"，乐府楚调曲名。今传诸葛亮所作《梁甫吟》辞，乃述春秋齐相晏婴二桃杀三士事。谢安洛生咏：《世说新语·雅量》刘孝标注引宋明帝《文章志》："（谢）安能作洛下书生咏，而少有鼻疾，语音浊。后名流多学其咏，弗能及，手掩鼻而吟焉。"嵇康：字叔夜，谯国铚人。"竹林七贤"之一，善弹琴属文。《广陵散》：古曲名。嵇康以善弹此曲著称。袁山松《行路难》：袁山松，东晋陈郡阳夏（今河南太康）人。少有才名，博学能文，善音乐。旧歌有《行路难》曲，歌词疏质，他重加文饰，因醉纵歌，令听者流涕。李太白《乌夜啼》：李白有乐府诗《乌夜啼》："黄云城边乌欲栖，归飞哑哑枝上啼。机中织锦秦川女，碧纱如烟隔窗语。停梭怅然忆远人，独宿孤房泪如雨。"

⑧相如鼓琴：西汉司马相如善鼓琴，其所用琴名为"绿绮"，是传说
　中最好的琴之一。

⑨玉篴（dí）：即玉笛，笛子的美称。

⑩高渐离：战国末年燕国人，善击筑。筑：古代弦乐器，形似琴，有十
　三弦。演奏时，左手按弦的一端，右手执竹尺击弦发音。

⑪祢衡：字正平，东汉平原般（今山东临邑东北）人。少有才辩，性
　刚强傲慢。曹操召他为鼓吏，想要羞辱他，却反被他裸身击鼓而
　羞辱。渔阳鼓：鼓曲名，亦称"渔阳掺挝"。《世说新语·言语》：
　"祢衡被魏武谪为鼓吏，正月半试鼓，衡扬枹为《渔阳》掺挝，渊渊
　有金石声，四座为之改容。"

⑫攲（qī）冠：侧戴帽子。

⑬提掇：提携，指点。

⑭清弦：指琴瑟一类的弦乐器。拨动其弦，则发出清亮的乐音。

⑮哀弄：悲凉的乐调。

⑯云委雪飞：像云和雪一样会合、聚集。

⑰梨园：因唐玄宗时于梨园教习艺人，后以"梨园"泛指戏班或演戏
　之所。法曲：唐玄宗设梨园法部，所奏乐曲，称为"法曲"。

【译文】

　我在音律上竭尽精思，对于古今乐声相符和背离的内容，没有不全面通晓的。我们嘉定县的陆君扬，是弹奏弦乐的妙手，他跟从我一起考订乐音，凡是记载有谬误的，都予以改正。于是使得自然界的各种风、气，能相互鼓荡而发出乐声。国内有名的高官，以及有才学的读书人，都和他交游，他的名气直接传到了宫廷中。陆君扬本是弹奏弦乐器的传人，竟然把我视为他的老师，这事也足以令人惊异了。我曾经有一个想法，选取孔子的《猗兰操》、桓伊的挽歌、诸葛亮的《梁父吟》、谢安的洛生咏、嵇康的《广陵散》、袁山松的《行路难》、李白的《乌夜啼》等乐曲，让司马相如弹琴，桓伊吹玉笛，高渐离击筑，祢衡敲渔阳鼓，陆君扬出场时

侧戴帽子、穿短袖衣服,在中间给他们指挥,左右顾盼,精神振奋豪迈,拨动琴弦,奏响悲凉的乐调,人声和自然之声,相互融合在一起,将以前戏班乐曲的鄙陋之音一洗而空,这难道不是一件乐事吗?

　　博塞之事①,盛于魏晋,近日士大夫,皆以奉十斋、打叶子②,为名流雅尚,相煽成风,浸淫海内,余不之效。只是黑白二子,比势覆局③,"木野狐"之诮④,恐亦在所不免。当余少贱,颇眈戏术⑤,射覆藏钩⑥,与夫"顷刻花""逡巡酒"之类⑦,种种幻化,皆所熟谙。至于召请乩仙,尤极灵响,即非真仙,当亦才鬼。己卯应试失利⑧,情怀悼怆⑨,舞仙童以释闷⑩,令其搬演杂剧⑪,穷姿尽态,有老梨园所不到者。一时传播,男妇聚观,拥塞堂庑,终日哄笑,匝月而不散,窗几悉遭挤毁。余深悔其贱,因逃匿于外以谢之。世俗无聊,动拈骰子以卜⑫。乙亥试玉峰⑬,同寓友人,竞卜休咎⑭。余一呼而六子皆赤⑮,果于是年入泮。先君六旬时,遘疾弥月,医药不能疗。余心焚灼,抱骰盆跽于中庭,祝曰:"大人病果无患,幸赐吉征!"一掷而五子各色,独一子旋转不定。余默恳之,一跃而成顺色⑯,病亦旋瘳⑰。昔寄奴喝子成卢⑱,明皇叱子成四⑲,慈圣之侧立不仆⑳,光献之盘旋三日㉑,精诚所注,符应立呈㉒。樗蒲有神㉓,岂虚也哉!

【注释】

①博塞:六博、格五等博戏。

②十斋:十斋日,佛教语。指于每月初一、初八、十四、十五、十八、二十三、二十四、二十八、二十九、三十等十日持斋素食并禁止屠宰。

打叶子：打叶子牌。叶子，赌博用的纸牌。

③比势：比试棋艺。覆局：棋局乱后，能重新布棋如旧。语出《三国志·魏书·王粲传》："（王粲）观人围棋，局坏，粲为覆之。棋者不信，以帊盖局，使更以他局为之。用相比较，不误一道。"

④木野狐：对棋盘的戏称。宋朱彧《萍洲可谈》卷二："唐人目棋枰为木野狐，言其媚惑人如狐也。"

⑤眈：爱好，迷恋。戏术：戏法。

⑥射覆：古时的一种猜物游戏，亦往往用以占卜。藏钩：亦作"藏驱（kōu）"，古代的一种游戏。相传汉昭帝母钩弋夫人少时手拳，入宫，汉武帝展其手，得一钩，后人乃作藏钩之戏。

⑦顷刻花：忽然开放的神奇花朵。据宋刘斧《青琐高议·韩湘子》，唐韩愈侄韩湘落魄不羁，对酒则醉，醉则高歌，愈教而不听，湘笑曰："湘之所学，非公所知。"即作《言志》诗一首，中有"解造逡巡酒，能开顷刻花"之句。韩湘能让花顷刻而开，类似牡丹，硕大艳美。逡巡酒：传说中神仙酿造的顷刻即成之酒。也称"顷刻酒""须臾酒"。五代沈汾《续仙传·殷天祥》："（殷天祥）每醉自歌曰：'解酝须臾酒，能开顷刻花。'"

⑧己卯：明崇祯十二年（1639）。

⑨惝恅（cǎo lǎo）：潦草，零乱。

⑩舞仙童：也叫"斗阴拳""迷童子""跳童"等，一种降神附体的跳神风俗。

⑪杂剧：指南杂剧。明中叶开始形成的戏曲形式。由北曲之杂剧衍变而成，兼用南、北曲，或专用南曲，唱腔、唱词皆趋委婉、柔和，篇幅一折至八折不等，出现对唱或齐唱。

⑫拈骰子以卜：掷骰子来占卜吉凶。

⑬乙亥：明崇祯八年（1635）。玉峰：苏州府昆山县西北有玉峰山，县城所在地因山而名玉峰镇，故玉峰亦成为昆山县之别称。

⑭卜休咎：占卜考试结果是好是坏。

⑮六子皆赤：投掷骰子，六子都掷成红色。

⑯顺色：此指色泽不同的"顺色"，一种预兆吉祥的征召。

⑰瘳（chōu）：病愈。

⑱寄奴喝子成卢：南朝宋高祖刘裕（小名寄奴）喊着骰子而赌胜。据《晋书·刘毅传》，刘毅和刘裕同一些人赌博，刘裕掷出五子，四子转定成黑，只有一子未定，刘裕大声呼叫，那一个骰子果然成了"卢（即黑色）"。当时赌博骰子共五枚，头彩为五子俱黑，故后因以"成卢"指赌博获胜。

⑲明皇叱子成四：唐玄宗大声呵斥骰子而掷出了四个同色。宋曾慥《类说》卷五二《重四赐绯》："明皇与杨妃彩战，将北，惟重四可胜。连叱之，果重四。"

⑳慈圣之侧立不仆：北宋慈圣光献皇后曹氏（宋仁宗的皇后）掷钱不倒。事见叶梦得《石林燕语》卷七："慈圣太后在女家时，尝因寒食与家人戏掷钱，一钱盘旋久之，遂侧立不仆，未几被选。"

㉑光献之盘旋三日：亦为北宋慈圣光献皇后曹氏掷钱之事。陆游《避暑漫抄》："光献在父母家时，与群女共为撚钱之戏，而后一钱辄独旋转盘中，凡三日而止。"

㉒符应：上天显示的与人事相应的征兆。

㉓樗（chū）蒲：亦作"樗蒱"，古代一种博戏，后世亦以指赌博。

【译文】

　　赌博一类的事情，在魏晋时代很盛行，近来的士人、官员，都把奉十斋和打叶子牌，作为知名人士的高雅风尚，相互鼓动而渐成风气，甚至蔓延至全国，我却不喜欢去效仿。只不过喜好下围棋，一较棋艺，棋局乱后也能重新布棋，我"棋簏子"的外号恐怕也在所难免了。当初我年少贫贱之时，非常沉迷于戏法，像射覆和藏钩，以及那"顷刻花""逡巡酒"之类的诸种幻术，都是我所熟悉的。至于通过扶乩延请神灵，尤其非常灵验，即使延请的不是真的仙人，应当也是有文采有见识的鬼魂。明崇祯十二年，我参加乡试落榜，心烦意乱，借舞仙童来排解郁闷，让附体的神灵去表演杂剧，极尽各种神情体态，有些表演即使是老演员也表演不出来。一时间，消息传播开来，男子妇人都聚集来观看，众人拥挤在我家的大堂、屋廊外，一直大笑，整整一个月都没有散去，我家窗户差一点就全都被挤坏了。我深深悔恨这件事过于轻贱，于是逃到外地以谢绝众人。世人精神空虚时，动辄掷骰子占卜。崇祯八年我去昆山参加考试，同住店的朋友们竞相占卜考试的结果。我大喊一声，掷了骰子后六个子都是红的，果然在这一年被录为生员。我父亲在六十岁时，生了一个多月的病，医生的药物没办法治疗。我心里焦急，抱着掷骰子的盘子长跪在庭院之中，祈祷说："我父亲的病如果无需忧虑的话，希望赐予吉祥的征兆！"一扔下去五个骰子颜色不一，只有一个骰子旋转不停。我默默恳求，第六个骰子一下子跳成了色彩不同的"顺色"，父亲的病也很快痊愈了。昔日刘裕喝叫骰子而获胜，唐玄宗呵斥骰子而扔出了四个同色，北宋曹皇后掷钱时钱能站立不倒、旋转三天，如果投注了真诚的意志，就会立刻显现相应的征兆。赌博也有神仙掌管，这哪里是虚妄不实的事呢？

　　余与汉阳李云田偶过汴市[①]，见有争钱而相搏者。云田曰："古人名'钱'曰'刀'，以其铦利能杀人也[②]；执两'戈'以求'金'，谓之'钱'，亦以示凶害也。"余曰："执两'戈'以求'金'，谓之'钱'；执两'戈'以求'贝'，谓之'贱'；执'十戈'以求'贝'，则谓之'贼'而已矣！"云田曰："两'戈'一'金'，当更有精义。子试说之！"余曰："两'戈'不敌一'金'，钱真神物也！"云田曰："得一'金'而来两'戈'，岂不可危？"余曰："操两'戈'以求一'金'，亦复何畏？"有一老父笑而前曰[③]："此贪者之必济以酷也。敬领两公高论，老夫快极！惜王介甫不得一证斯言^④。"

【注释】

①汉阳李云田：汉阳府汉阳县的李以笃。李以笃，字云田，湖广汉阳
（今湖北武汉）人。贡生。纵游吴越，追欢卖笑。事略见《（乾隆）
汉阳府志》卷四一、《（乾隆）汉阳县志》卷二五。汴市：开封府城
的集市。

②铦（xiān）利：比喻钱如刀般锋利，能驱使人为谋取钱财而杀人
害命。

③老父：对老人的尊称。

④王介甫：王安石，字介甫。王安石好辩论，常语出惊人，"荆公平日
论议，必欲出人意之表"（徐度《却扫编》卷中）；又好究根底，"介
甫无他，但执拗耳"（邵伯温《邵氏闻见录》卷十二）。

【译文】

我和汉阳人李以笃偶然经过开封府城的集市，看到有为了争抢钱财
而互相搏斗的人。李以笃说："古人把'钱'叫作'刀'币，是因为它锋利
到可以杀人；拿着两个'戈'来求取'金'，叫作'钱'，也用来表示它具有
危害。"我说："拿着两个'戈'来求取'金'，叫作'钱'；拿着两个'戈'
来求取'贝'，叫作'贱'；拿着'十个戈'来求取'贝'，就叫作'贼'了
啊！"李以笃说："两个'戈'一个'金'，应当还有更精深的义理。您试着
说一下！"我说："两个'戈'敌不过一个'金'，钱真是神奇的东西啊！"
李以笃说："得到一个'金'但是招来了两个'戈'，难道不是很危险的事
吗？"我说："拿着两个'戈'来求取一个'金'，还有什么可害怕的呢？"
有一位老人笑着上前说："这是说贪心的人一定会随之而生残酷之心。
有幸听闻您两位高明的言论，真让我感到痛快极了！可惜没有办法让王
安石来论证这些话。"

乙巳①，从三衢假道至汾水②，开化道中③，资斧告匮④，伥伥乎靡所骋⑤。适遇一蒙馆⑥，其馆师教读"心广体胖"，"胖"音为"伴"。余入语之曰："先生误矣。胖，蒲官切⑦，当读如盘。"馆师曰："门下精于翻切乎⑧？愿受台教⑨。"因教以上字母⑩，下韵脚⑪，中间过脉⑫，如"经坚丁颠"诸诀⑬，一一指授，呼调数四⑭。令其师弟同余念诵，一堂之中，齐声唱和。初如小儿喤喤学语，舌本都强⑮，少焉渐觉柔利。至数百遍，而趁口以出⑯，自然通协。主人闻之狂喜，出揖余曰："等字切法，里俗罕传，村塾惷儿⑰，肉橐衣椟⑱，何幸得公提诲⑲！请问公姓氏，今将何往？何为停车于此？"余实告以前往江右，行李空乏之故。主人曰："是不难。"命家僮立取青钱文绮见饷⑳。余拜受之，得以即时就道㉑。余于字学，童而习之，音义略无讹舛，不谓浪游乃受其益㉒，以解字而得酒食，以切韵而得钱财，是亦学圃之美谈也。

【注释】

①乙巳：清康熙四年（1665）。

②三衢：衢州府（今浙江衢州）的别称。衢州一说以境内三衢山得名，一说以路通三越得名。汾水：在今江西武宁东北。《（嘉庆）大清一统志》卷三〇八记汾水"在武宁县东北，亦曰分水泉，源出梅崖山，西北流七十里，入湖北兴国州界，合杨新河"。

③开化：县名。北宋太平兴国六年（981）升开化场置开化县，属衢州。治所即今浙江开化。明、清属衢州府。

④资斧：资财与器用。泛指旅费。

⑤伥伥乎：无所适从貌。

⑥蒙馆:对儿童进行启蒙教育的地方。

⑦蒲官切:此处利用古代汉语中的反切注音法,用"蒲""官"两字读音来标注"胖"的读音。具体方法是,"蒲"字的声母"p"代表"胖"的声母,"官"(据《唐韵》"官"字读音不同今音,为古丸切)字的韵母和声调"án"代表"胖"的韵母和声调,所以"胖"的读音应该是"pán"。

⑧门下:阁下。对人的尊称。翻切:即反切。用两个字拼切一个字的音,上字取声,下字取韵。

⑨台教:敬称别人的教诲。

⑩字母:指声母的代表字,简称"母"。

⑪韵脚:韵文句末押韵的字。

⑫过脉:疑指读音时声母、韵母相关联处的停顿过渡。

⑬经坚丁颠:切韵的口诀。

⑭呼调数四:读平上去入四个声调。

⑮舌本:舌根,舌头。

⑯趁口:随口。

⑰惷(chōng):愚笨。

⑱肉囊衣楦(xuàn):躯壳中是肉体,身体外有衣服,比喻村中童子像穿着衣衫的肉体凡胎。囊,喻指外在的躯壳。楦,原指做鞋用的模型,此处喻指人体外型。

⑲提诲:提示教导,启发诱导。

⑳青钱文绮:青铜钱和华丽的丝织物,泛指钱财。

㉑就道:上路,动身。

㉒浪游:漫游,四方游荡。

【译文】

清康熙四年(1665),我从衢州府借道去江西汾水,在行经开化县的路上,因旅费缺乏,没有办法前进而无所适从。恰好遇到一个蒙学学堂,学堂的老师教小孩子读"心广体胖",把"胖"的音读成了"伴"。我进去对他说:"您读错了。'胖'是蒲官切,应该读作'盘'。"老师说:"阁下精通于反切注音吗? 我愿意接受您的教导。"我于是教给他前面的声母,后面的韵脚,以及中间的过渡,比如"经坚丁颠"诸条口诀,一一指点教授,呼喊平上去入四个声调。让老师、弟子和我一起诵读,整个学堂之中,同声呼应。起初像小孩子咿咿呀呀学说话,舌根都很僵硬,一会儿渐渐变得柔和顺畅。读了几百遍,就能随口说出,自然和谐。学堂的主人听到后十分高兴,出来向我作揖说:"这等文字反切之法,乡里罕有流传,乡村私塾的愚钝小儿,就像穿着衣衫的肉体凡胎,很幸运能得到您的提点教诲啊! 请问您姓甚名谁,如今将要去往哪里? 为什么停留在这里?"我据实告诉他要前去江西,因为缺少盘缠所以滞留此地。主人说:"这不是什么难事。"主人便让家里的仆人取来钱财给我做盘缠。我接受了他的赠予,因此能立刻动身上路。我在文字学问上,孩童时就开始学习,在读音语义方面毫无差错,不料漫游时竟受到它的好处,因为解释字义而得到酒水饭菜,因为反切注音而得到钱财,这也算是学界的美谈了。

二氏皆视世人为恚俗①,故一以冲举歆之②,一以轮回惧之③。余明于死生之故,不溺其说。然其标旨清微,振辞高妙,有足豁懵人之阂塞者④,故夫道家之六甲祕文、万毕神术⑤,释氏之三车要义、四谛真言⑥,罔不洞究。我若静地修玄,不在采芝咽液⑦;高座说法⑧,不在竖拂拈槌⑨。将使上清羽客⑩,鳖守丹炉⑪;大善知识⑫,都向篱门外瞌睡也⑬。

【注释】

①二氏:老、释二氏,指道、佛两家。

②歆:羡慕。

③轮回：佛教语，梵语的意译，原意是流转。佛教认为众生各依善恶业因，在天道、人道、阿修罗道、地狱道、饿鬼道、畜生道等六道中生死交替，有如车轮般旋转不停，故称。也称六道轮回、轮回六道。

④阂（hé）塞：阻隔不通。

⑤六甲祕文：道家秘术，又名六甲秘祝、九字真言。万毕神术：西汉淮南学派的《淮南万毕术》，主要谈论人为和自然的各种变化。道教据以炼丹。

⑥三车要义：佛教语。喻化度众生以至涅槃的三乘教法。《法华经·譬喻品》以羊车喻声闻乘（小乘），以鹿车喻缘觉乘（中乘），以牛车喻菩萨乘（大乘）。四谛真言：佛教基本教义之一。指释迦牟尼最初说教的内容，即苦、集、灭、道四谛。

⑦采芝：摘服芝草。古以芝草为神草，服之长生，故常以"采芝"指求仙或隐居。咽液：道教的修炼方法之一，有吞津咽液之道。

⑧高座：亦作"高坐"，指讲席。讲席高于听讲者的座位，故称。

⑨竖拂拈槌：泛指禅师说法谈禅的动作。竖拂，高僧谈禅说理时竖起拂尘，用以难倒对方。语见《景德传灯录·杭州盐官齐安禅师》："有讲僧来参，师问云：'坐主蕴何事业？'对云：'讲《华严经》。'师云：'有几种法界？'对云：'广说则重重无尽，略说有四种法界。'师竖起拂子，云：'遮个是第几种法界？'坐主沉吟，徐思其对。"拈槌，拿起木槌，与"竖拂"同为禅宗禅师示机、应机的常用动作。

⑩上清：道家所称的三清境之一。羽客：指神仙或方士。

⑪丹垆：丹炉。

⑫大善知识：指信解佛法而又学问渊博的人。

⑬篱门：竹篱的门。常借指隐居的茅舍。

【译文】

道、佛两家都把世俗之人看得愚蠢粗俗，所以一个用飞升成仙来让人羡慕，一个用六道轮回来使人惊惧。我懂得死亡和生存的道理，不沉溺于他们的学说。但是道、佛标榜的宗旨清远微妙，宣讲的言辞高明巧妙，有足以为迷惘之人疏通壅塞的义理，所以那道家的六甲秘文、万毕神术，佛家的三车要义、四谛真言，我没有不深入探究的。我如果在清静之地研修玄理，不是为了服食灵芝、吞津咽液；在讲席上谈论佛法，也不是为了竖起拂尘、拿起木槌。而是将要让仙界的神仙，像鳖一样守在炼丹的炉灶旁；让佛法高深的人，都到篱笆门外去打盹。

　　余不信星相家言[①]。李虚中、唐举[②]，世无其人。二家推余限度，按余部位[③]，皆云至贵之格，公卿将相，早于年三四十内得之。人多以此佞余，余初亦喜闻其佞。逮至后来，往往不验。今阅七十甲子矣[④]，黄粱熟矣[⑤]，痴梦不复作矣，虽欲信之，又乌得而信之？

【注释】

①星相家：以星命相术为职业的人，根据天上星象和人的相貌来推断人事的吉凶祸福。

②李虚中：字常容，唐代人。据韩愈《殿中侍御史李君墓志铭》记，李虚中深研五行书，以人之生年月日所值日辰干支推算人的寿夭贵贱，百不失一。唐举：战国时梁人，"举"也作"莒"。以善相术著称。

③部位：面目或人体的某部分。

④甲子：指年岁。

⑤黄粱：化用"黄粱一梦"典故，参见卷四《丁药园外传》注释，常用来比喻虚幻的事和不能实现的欲望。

【译文】

我不相信占星、看相术士的话。李虚中、唐举，如今的世上没有这类人。占星家和看相者推测我的命数限度,按照我的面相体貌,都说我是非常尊贵的命数,高官显位,在三四十岁之前就能获得。旁人大多因此而奉承我,我起初也喜欢听他们的逢迎之语。等到后来,常常不能灵验。如今我已经七十岁了,等得黄粱都煮熟了也没有显达,也便不再做虚幻的梦了,即使想相信命数,又哪里能够相信呢?

又不信师巫之术。吾嫪多有女巫[①],召人先灵与人叙语。余幼随家人往,果于隔户隐隐有声[②]。家人白日见鬼,哭而问讯。余恶之,从后闳密侦,见一人垂首瓮中作语,遂发其奸。余在河南,与李御史同谒嵩岳,见有所谓"马子"者[③],托神附体,俨坐堂檐;执绳棍者,森列左右。愚民朝山者[④],有不谒神座,竟拜"马子"酬愿而去[⑤]。忽而恫喝逻索[⑥],众皆惊窜,财如阜积[⑦]。余恶之,令御史皆缚之至,众"神"叩头,哀乞免死。

【注释】

①嫪(liú):嘉定的简称,因其地唐时为昆山县嫪城乡,故称。女巫:以装神弄鬼、搞迷信活动为职业的女人。

②隔户:隔着门墙。

③马子:指称男巫的方言。

④朝山:到名山大寺进香参拜。

⑤酬愿:还愿,求神保佑的人实践对神许下的报酬。

⑥恫喝:恐吓,以要挟的话或手段威胁人。逻索:勒索。

⑦阜积:堆积如山,极言其多。

【译文】

我也不信巫师的法术。我们嘉定有很多女巫,能召唤别人祖先的灵魂和人说话叙旧。我年幼时跟着家里人去看,果然隔着门墙能听到隐隐约约的声音。家里人大白天见到鬼,哭着向女巫询问消息。我憎恶这种做法,在后门偷偷侦查,看见有一个人低着头在瓮里说话,就揭发了他的诡计。我在河南时,和监察御史李森先一同游览嵩山,见到那些所谓的"马子",假托神灵降附到自己身上,严肃地坐在厅堂的屋檐下面;手中拿着绳、棍的人,森严站立在两边。朝拜嵩山的民众中,有的人不拜谒神像,竟向"马子"叩拜,还愿后就离开了。"马子"忽然出声恐吓、勒索钱财,众人都惊恐逃窜,而"马子"得到的钱财像山一样堆积。我厌恶他们,请李森先把他们都绑过来,那些假神以头叩地,乞求免于一死。

　　声色移人①,余性亦有殊焉者。喜泉声,喜丝竹声,喜小儿烺烺诵书声②,喜夜半舟人欸乃声③;恶群鸦声,恶驺人喝道声④,恶贾客筹算声,恶妇人詈声,恶男人咿嚘声⑤,恶盲妇弹词声⑥,恶刮锅底声。喜残夜月色⑦,喜晓天雪色⑧,喜正午花色,喜女人淡妆真色,喜三白酒色⑨;恶花柳败残色,恶热熟媚人色⑩,恶贵人假面乔妆色。至余平日,有喜色,无愁苦色;有笑声,无嗟叹声。窃谓屈原之《九叹》、梁鸿之《九噫》、卢照邻之"四愁六恨"、贾谊之"长太息"、扬雄之《畔牢愁》、殷深源之"咄咄怪事"⑪,皆其方寸逼仄⑫,动与世忤。惜不与介人同时,为作旷荡无涯之语以广之。

【注释】

①移人:使人的精神情态等改变。

②烺烺(lǎng):明朗,明亮。

③欸(ǎi)乃:象声词。摇橹声。

④喝道:封建时代官员出行,仪仗前列导引传呼,令行人回避。

⑤咿嚘（yōu）：象声词。形容人叹息、呻吟或吟咏声。

⑥弹词：曲艺的一个类别。一般认为形成于明代中叶。但据明臧懋循《负苞堂集》记载，元末时可能已有之。有苏州弹词、扬州弹词、四明南词、长沙弹词、桂林弹词等。现在流行的弹词，表演者大都一至三四人，有说有唱或只唱不说。乐器多数以三弦、琵琶或月琴为主，自弹自唱，坐唱形式。

⑦残夜：夜将尽时。

⑧晓天：拂晓时的天色。

⑨三白酒：一种酒。宋邵雍《梦林玄解》卷十七："熟米、细曲、泉水所酿成者，谓之三白。"

⑩热熟：伪装的。

⑪《九叹》：疑为《九歌》之误。《九歌》是《楚辞》的篇名，原为神话传说中一种远古歌曲的名称，屈原在楚地民间祭神乐歌的基础上改作加工而成，诗歌中创造了大量神的形象，多是人神恋歌。而《九叹》是汉代刘向追思屈原之辞，有《逢纷》《离世》《怨思》《远逝》《惜贤》《忧苦》《愍命》《思古》《远游》九章。梁鸿：字伯鸾，东汉扶风平陵（今陕西咸阳西北）人。有《五噫歌》。《九噫》：疑为《五噫》之误。梁鸿《五噫歌》，全诗五句，句末均有"噫"字。卢照邻：字昇之，号幽忧子，唐幽州范阳（今河北涿州）人。"初唐四杰"之一。因患风痹，作《释疾文》《五悲文》等自伤。后终因不堪忍受病痛折磨，投颍水而死。贾谊之"长太息"：《汉书·贾谊传》："臣窃惟事势，可为痛哭者一，可为流涕者二，可为长太息者六。"《畔牢愁》：西汉末文学家扬雄所作辞赋篇名，已佚。殷深源之"咄咄怪事"：殷深源，殷浩，字渊源，唐人为避唐高祖讳而改作"深源"，东晋陈郡长平（今河南西华东北）人。尤善玄言。会稽王司马昱利用他抗衡桓温，北伐时却大败。桓温上疏责之，被废为庶人。既被黜，唯终日书空作"咄咄怪事"四字。事见《世

说新语·黜免》。

⑫方寸：比喻心。逼（bī）仄：狭窄。

【译文】

声和色可以改变人的精神情态，我生性对此也有特别的喜好。我喜欢泉水的声音，喜欢音乐的声音，喜欢小孩子朗朗读书的声音，喜欢半夜里船夫摇橹的声音；厌恶乌鸦群的叫声，厌恶驾车人喝令行人避开的声音，厌恶商人计算钱财的声音，厌恶妇女骂人的声音，厌恶男人叹息的声音，厌恶盲妇人弹词的声音，厌恶刮擦锅底的声音。我喜欢夜将尽时的月色，喜欢拂晓时的雪色，喜欢中午时的花色，喜欢女人化淡妆时的本色，喜欢三白酒的颜色；厌恶花和柳衰败时的色泽，厌恶虚伪的逢迎之色，厌恶显贵的人伪装打扮的样子。至于我在平时，有欢喜的面容，没有忧愁苦恼的神色；有欢笑的声音，没有叹息的声音。我私下里认为屈原的《九叹》、梁鸿的《九噫》、卢照邻的"四愁六恨"、贾谊的"长太息"、扬雄的《畔牢愁》、殷深源的"咄咄怪事"，都是因为他们心胸狭窄，动辄对人世产生怨恨。可惜他们没和我生活在同一时代，不然我就可以说一些无比豁达的话来开导他们了。

　　余不识金钱之数，不知方物之值，不闻营殖之方①，不设会计之籍。倘然而来者②，倘然而去。室中忽盈忽虚，若与阿家翁无与焉③。年七岁时，族伯亡，应余承祧④，有宗人出而争嗣⑤。郡司马某当谳⑥，得宗人赇⑦，袒之。余起告曰："争为人后者，利其产耳。儿不愿如俗情奉人宗祀。"遽辞以出。司马谓先君曰："有是佳儿，宜不赖此！"其为志大财疏，自童龀已然矣⑧。倾余行箧⑨，从无十金之积。白镪青蚨⑩，亦数来数往，但不恋清寒吾辈人。余曾坐皋比⑪，收诸生修脯⑫；亦曾心织笔耕⑬，卖文字作生活；亦曾以文应采风之使,得受前茅上赏⑭。不以事生产,不以食屠屠八口⑮,床头阿堵,不知何故咄嗟而散⑯。

【注释】

①营殖:经商求利。

②倘然:悠闲貌。

③阿家翁:泛指家长。

④承祧(tiāo):过继给别人作为后嗣。

⑤宗人:同族之人。

⑥郡司马:指苏州府同知或通判,嘉定县属苏州府。谳(yàn):审判定罪。

⑦赇(qiú):贿赂。

⑧童龀(chèn):幼小,童年。龀,小孩换牙。

⑨行箧:行囊,旅行用的箱子。

⑩白镪青蚨:泛指钱财。白镪,白银。青蚨,传说中的虫名。《太平御览》卷九五〇引《淮南万毕术》:"青蚨还钱:青蚨一名鱼,或曰蒲。以其子母各等,置瓮中,埋东行阴垣下,三日后开之,即相从。以母血涂八十一钱,亦以子血涂八十一钱,以其钱更互市,置子用母,置母用子,钱皆自还。"后因以青蚨指钱。

⑪皋比:虎皮。古人坐虎皮讲学,后因以指讲席。

⑫修脯:肉干,后指送给老师的礼物或酬金。修,通"脩",肉干。

⑬心织笔耕:构思创作,卖文为生。语出冯贽《云仙散录》:"《翰林盛事》云:'王勃所至,请托为文,金帛丰积,人谓心织笔耕。'"

⑭前茅:排名在前面的。

⑮屠屠:形容动物或人消瘦露骨。

⑯咄嗟:呼吸之间,指时间仓促,迅速。

【译文】

我不擅长辨识钱财的数量，不了解物品的价值，不听取经商求利的方法，不准备核算财物的簿册。我悠闲自得地来，又无忧无虑地离开。家里忽而富裕、忽而困窘，如果要给家人些东西也没什么可以给的。我七岁的时候，族里的伯父亡故了，家人答应把我过继给伯父，有同族的人出来争抢过继的资格。苏州府的某同知负责审判此事，他收了我族人的贿赂，偏袒那个族人。我站起来说："争着给别人当子嗣的人，不过是为了谋算人家的家产而已。我不愿意功利地奉祀别人的香火。"就告辞出去了。某同知对我父亲说："你有这样的好儿子，应该也不会图谋这点家产！"我志向远大而轻视财物，从小时候起就已经是这样了。倾尽我旅行携带的行囊，从来没有十两银子的积蓄。白银青蚨，也数次赚来数次花掉，但是我们这辈人也不留恋清贫。我曾经坐在讲席上，收取各位学生的礼物；也曾经构思创作，售卖文章过活；也曾经凭借文章接受收集民间歌谣的差遣，得以受到上等的赏赐。我不忙于生计，就无法供养家中消瘦的八口人，床头的钱，却不知道为什么很快就散尽了。

余最僻古器①，幸而购得，宝玩不已。倘或失去，经时怏怏，如忆故人。向在东都②，所得当道之贶③，悉置三代尊彝④，真赝各半。囊负抵舍⑤，家人意其赀重，启视之，确确然皆邙土中物也⑥。余夸而家人笑，不久即星失。假使余囊金以归，要亦垂手尽⑦，不能作临沮守钱翁⑧。人言介人痴，不痴也。

【注释】

①古器：古代钟鼎等器物。

②东都：指洛阳。

③赆（jìn）：临别时赠送给远行人的路费、礼物。

④尊彝：尊、彝均为古代酒器，金文中常连用为各类酒器的统称。因
　祭祀、朝聘、宴享之礼多用之，亦以泛指礼器。

⑤橐（tuó）负：背负行囊。

⑥邱土：邱山坟土，指坟墓。

⑦垂手：表示容易。

⑧临沮守钱翁：临沮县的守奴财邓差。事见《太平广记》卷三六〇
　引《广古今五行记》，南朝梁时邓差守财成性，有商人说："终不如
　临沮邓生，平生不用，为守钱奴耳！"

【译文】

我最喜欢古代的钟鼎，有幸买到，就珍爱赏玩个不停。如果失去了，
很长时间都闷闷不乐，像怀念老友一样悲伤。我以前在洛阳的时候，所
得到的当权者赠送的盘缠，都用来添置夏、商、周时的尊、彝，这里面真假
参半。我背着行囊返回家里，家里人猜想里面是钱财，打开来看，发现里
面确确实实都是坟墓中的古物。我不住地夸耀而家人连连发笑，这些东
西很快就又像星星一样散失了。假如我背着钱财回家，应该也很容易用
尽，人不能像临沮的守财奴邓差那样。别人说我愚痴，其实我并不愚痴。

向有三畏：畏盗，畏猘犬①，畏笑面多机智人。不幸旋
触党人怒，卒吹虿沙②，兴文字狱③，执余而囚之。余日事著
述，若不知有猘犴者④。客谯余曰⑤："子才之不戢以至于
斯⑥，今犹是放宕其辞以自骋乎？"余曰："马迁腐刑，居蚕室
而著《史记》⑦；陆平原临刑曰⑧：'古人立言以垂不朽，吾所
恨者，予书未成耳！'蔡中郎被收⑨，请黥首刖足⑩，继成汉
史。此三贤者，介人之师也。子乌足以知之？"或又引善恶
报应之说曰："子有何恶而遘此刑狱？"余曰："盗跖为暴⑪，

肝人之肉而食之，卒得上寿；柳下惠操行修洁^⑫，以黜辱没其年；崇侯虎进炮烙以痛百姓^⑬，国灭不与其难；西伯修德行仁^⑭，囚于羑里^⑮；司马魋欲杀圣人^⑯，终柄宋国；仲尼贤过尧舜，拘于匡、围于蒲、微服于宋^⑰。信如报应之语，则是盗跖、崇侯、司马之善报为不爽，而柳下、西伯、仲尼之恶报为断如也！有是理乎？"

【注释】

①狾（zhì）犬：疯狗。

②吹蜮（yù）沙：含沙射影。古代传说，水中有一种叫蜮的怪物，看到人影就喷沙子，被喷射的人就会害病，严重者竟至死亡。

③文字狱：统治者为迫害知识分子，故意从其著作中摘取字句，罗织成罪。

④狴犴（bì àn）：牢狱。古代牢狱门上绘有像虎状的野兽狴犴的图形，故用为牢狱的代称。

⑤谯（qiào）：责备。

⑥不戢：不检束，放纵。

⑦蚕室：古代执行宫刑及受宫刑者所居之狱室。

⑧陆平原：陆机，字士衡，西晋吴郡华亭（今上海松江区）人。"八王之乱"中，先依赵王伦，后附成都王颖，被委任为后将军、河北大都督，领兵讨伐长沙王乂，兵败被司马颖所杀。临终之时，感慨"古人贵立言以为不朽，吾所作书未成，以此恨耳"（谢维新《事类备要》前集卷六三）。

⑨蔡中郎：蔡邕，字伯喈，东汉陈留圉（今河南杞县）人。董卓掌权时，强召蔡邕为祭酒。三日之内，历任侍御史、持书御史、尚书等职。拜左中郎将，封高阳乡侯。卓被诛，为司徒王允所捕，自请黥

首刖足以续成汉史，不被允许，死狱中。

⑩黥首：古刑法，于额上刺字。刖足：断足，古代肉刑之一。

⑪盗跖（zhí）：春秋时鲁国人，鲁大夫柳下惠之弟。相传曾聚党数千人横行天下，侵暴诸侯。

⑫柳下惠：展获，字禽，食邑柳下，谥惠，故称柳下惠，春秋时鲁国人。为士师，掌刑狱，多次被黜，人劝其离去，他说："直道而事人，焉往而不三黜？枉道而事人，何必去父母之邦？"（《论语·微子》）

⑬崇侯虎：名虎，商纣王时崇国国君。他获知周西伯昌反商，告密于商纣，商纣遂囚西伯于羑里。西伯获释回国后，举兵伐崇侯虎，被杀。炮烙：商纣时一种酷刑，堆炭架烧铜柱，令人行走其上，以致落火被焚身亡。痡（pū）：危害。

⑭西伯：姬姓，名昌，古公亶父孙，周族领袖，商纣时为西伯。为崇侯虎所谮，被囚于羑里。

⑮羑（yǒu）里：古邑名，又作"牖里"。在今河南汤阴北。

⑯司马魋（tuí）：桓魋，春秋时宋国人，任司马，又称桓司马。有宠于宋景公。孔子过宋，桓魋欲杀孔子，孔子微服离宋。

⑰拘于匡：孔子曾因长相似阳虎而被拘于匡城。围于蒲：孔子逢公叔氏欲起事而被困在蒲地。见《史记·孔子世家》。

【译文】

我向来有三种害怕的事物：害怕强盗，害怕疯狗，害怕带着假笑却很奸诈的人。可惜不幸惹怒了朋党，就被他们含沙射影，发动了文字狱，将我逮捕后囚禁了起来。我依然每天撰写文章，好像不知道自己身陷牢狱。有人责备我说："你放纵文才而沦落到了入狱的地步，如今仍然不检束文辞而放纵自己吗？"我说："司马迁受宫刑，住在蚕室却写成了《史记》；陆机将受死刑之时说：'古人著书立说而流传不朽的声名，我所遗憾的事情是我的书还没有写成！'蔡邕被捕，请求施以黥刑、刖刑，以便能继续完成汉史的编著。这三位贤者，是我效仿的老师。你哪里能知道呢?"有人又引用善恶报应的观点说:"你有什么恶行而遭遇了这等牢狱之灾?"我说:"盗跖行暴行,以人的肝为肉而食用,最后得到长寿;柳下惠品行高尚纯洁,因为被黜落而终生受辱;崇侯虎进献炮烙之刑来危害百姓,国家灭亡却没有给他带来灾难;周文王修养德行施行仁义,却被囚禁在羑里;桓魋想杀孔子,最终执掌了宋国政权;孔子比尧、舜更加贤明,却被拘禁在匡、围困在蒲、微服于宋。果真像报应说的那样的话,那么盗跖、崇侯虎、桓魋得到善报就是不灵验,而柳下惠、周文王、孔子得到恶报就是推翻了这种说法!有这样的道理吗?"

　　知己之恩,侔于生我。古人云"士为知己者用"①,又云"士屈于不知己,而伸于知己"②,又云"感恩则有之,知己则未也"③,又云"天下有一人知己,可以不恨"④,甚矣知己之难也!而余之生也,凡得知己者十。发未燥⑤,应童子试,甬东谢象三先生目之曰⑥:"渥洼之神驹也⑦,困以盐车,恐未得千里腾逸。"此一知己。楚黄曹石霞先生令鄮⑧,月两课士⑨,余辄冠一军。迨解官,放浪西子湖与白门诸山水间⑩,连手吟唱,狂叫绝倒⑪。此一知己。光州唐雪灵先生⑫,选邑士廿人,时校艺于衙斋⑬,文必面阅,必戒诸少隽者⑭,奉余为经师⑮。辛卯之役⑯,谓余必抢元⑰。及报罢⑱,仰天嚘嘻⑲,至于流涕。此一知己。湘潭沈旭轮先生李吴⑳,三简首诸士,曰:"时文中古文,盲、腐二史㉑,其鼻祖也。终恐不利时官之目!"此一知己。之莱李琳枝先生㉒,以省方试士㉓,拔余罪隶之中㉔,弁冕都人士㉕,序余文曰:"介人之文,能令人悲,能令人怒,能令人喜,能令人下酒,能令人已疾。是介人以文生天下,而群伧乃欲报之以杀㉖,忍乎哉?"此一知己。

【注释】

①士为知己者用：有才能的人总会被赏识他才能的人所任用。司马迁《报任少卿书》："盖锺子期死，伯牙终身不复鼓琴。何则？士为知己者用，女为悦己者容。"

②士屈于不知己，而伸于知己：有才能的人在不赏识自己的人那里无法施展才华，只有遇到赏识自己的人才能够施展才华。唐孙过庭《书谱》："夫士屈于不知己，而伸于知己，彼不知也，曷足怪乎！"

③感恩则有之，知己则未也：对您的感恩是有的，知己则算不上。韩愈《上张仆射书》："虽日受千金之赐，一岁九迁其官，感恩则有之矣，将以称于天下曰：'知己知己！'则未也。"

④天下有一人知己，可以不恨：如果天下有一个赏识我的人，我也就没有什么遗憾了。《三国志·吴书·虞翻传》裴松之注引《翻别传》："使天下一人知己者，足以不恨。"

⑤发未燥：胎发未干，指年幼之时，孩童之时。

⑥甬东：此处指宁波。谢象三：谢三宾，字象三，宁波府鄞县（今浙江宁波鄞州区）人。明天启五年（1625）进士。曾任嘉定知县、监察御史、太仆寺少卿。明亡，降清。家有博雅堂，藏书丰富。事见《（康熙）嘉定县志》卷十四。

⑦渥洼：古水名。传说是产神马之处。

⑧楚黄：指湖广黄州。曹石霞先生：曹胤昌（因避雍正帝讳，又作曹允昌），字石霞，湖广黄州麻城（今湖北麻城）人。明崇祯十六年（1643）进士。任嘉定知县，不久弃官奔父丧。事见丁宿章《湖北诗征传略》卷十九、《（光绪）黄州府志》卷十九。

⑨课士：考核士子的学业。

⑩西子湖：即杭州西湖。白门：南京的别称。南朝时，都城建康（今江苏南京）的宣阳门世称白门，故名。

⑪绝倒：大笑不能自持。

⑫光州：南朝梁置光州，治所在光城县（今河南光山）。唐时移治今河南潢川。清雍正时升为光州直隶州。唐雪灵：唐瑾，字雪灵，光州（今河南潢川）人。清顺治三年（1646）进士，授嘉定知县，后任新城知县。事见《（康熙）嘉定县志》卷十四。

⑬校艺：考核武艺、经学等。衙斋：衙门里供职官闲居之处。

⑭少隽：少俊，少年英才。

⑮经师：传授经书的师长。

⑯辛卯：清顺治八年（1651）。此年举办辛卯科乡试，江南乡试。

⑰抡元：科举考试取得第一名。

⑱报罢：科举时代考试落第。

⑲嚄唶（huò zé）：大声呼叫。

⑳沈旭轮先生李吴：沈以曦担任苏州府推官。沈以曦，字仲朗，号旭轮，岳州府临湘（今湖南岳阳）人。明崇祯十三年（1640）进士，清顺治二年（1645）任长洲知县，三年任苏州理刑推官。事略见《（康熙）临湘县志》卷六、《（乾隆）长洲县志》卷八。李，通"理"，指担任推官。

㉑盲、腐二史：指目盲的左丘明和遭受腐刑的司马迁。

㉒之莱：之莱山，在莱州府境内，此处以之莱山代指莱州。

㉓省方：巡视四方。李森先在清顺治十三年（1656）任御史巡按苏州、松江（见《顺治实录》卷一百）。试士：古代为授与官职而考试士子。

㉔罪隶：罪人。

㉕弁冕：魁首，引申为居首。都人士：居于京师有士行的人。

㉖伧（cāng）：粗俗、鄙贱之人。

【译文】

赏识我的人之恩情，相当于生养了我。古人说"士为知己者用"，又说"士屈于不知己,而伸于知己",又说"感恩则有之,知己则未也",又说"天下有一人知己,可以不恨",得遇知己是多么困难啊! 我的一生中,共遇到了十个知己。年幼的时候,我参加童子试,宁波谢三宾先生评论我说:"这是渥洼的骏马良驹,被困在运盐的车子上,恐怕不能够驰骋千里。"这是我的一位知己。湖广黄州的曹胤昌先生任嘉定知县,每月两次考核士子的学业,我常夺得第一名。等到他离任之后,浪迹于西湖和南京的明山秀水之间,和我携手吟咏唱和,开怀大笑而不能自持。这是我的一位知己。光州的唐瑾先生,挑选了本县二十个学子,经常在衙门里考核他们的经学,对学子文章必定当面批阅,一定会告诫各位少年才俊,把我尊奉为传授经书的老师。清顺治八年的乡试科考,他说我一定可以夺得第一。等到我落第而归,他仰望天空大声呼叫,以至于落泪。这是我的一位知己。临湘的沈以曦先生担任苏州府推官,曾写下三封书信将我推为文士之首,说:"你写的科考文章是具有古韵的文章,左丘明和司马迁二人,是这种文风的创始者。但是终究担心你的这种文体难以进入当下考官的法眼!"这是我的一位知己。莱州的李森先先生,巡视苏州府时测试士子,把我从罪人中选拔出来,在京师士人中推扬我是文章魁首,还给我的文章写序言说:"汪价的文章,能够让人悲伤,能够让人发怒,能够让人喜悦,能够给人佐酒,能够给人治病。汪价想凭借文章化育天下之人,但是那群鄙贱之人竟然想要用戕害来回报他,这岂能忍受?"这是我的一位知己。

　　河阳薛行屋先生①,人伦渊薮②,坐余澹友轩③,相与订千秋业。余断梗④,又折角如意也⑤,而先生折官位辈行以交,诧为"珠采玉英,希世之宝"。此一知己。七闽黄石斋先生⑥,讲学湖上⑦,弟子数千人,蚁升庑下。《易正》一书⑧,筌蹄爻象⑨,妙契图先⑩,独以授余,曰:"沧桑而变,惟此子不刊其书。谯周之得文立[11]，藩卫门墙[12]，吾何恨矣？"此一知己。吾乡之文，久没云雾中，潜壶许子[13]，与余力刷之，并草松陵[14]，分题汉上，他无可与语者。尝曰："有志三代[15]，同心二人。"此一知己。上洋妓王翩仙[16]，姿才无辈，颇不近贵人。得余文，必焚檀拜读，读已又拜；相对清谭[17]，无一语堕人间粉泽者。此一知己。有授伪秩官人，偕邑中雕面少年[18]，密谋倾余。事且露，主者曰："斯人制作，胚胎大家，必将羽仪天下[19]，必务杀之。"再击不中，叹曰："才士固不可杀！"爱我之口，无可准的[20]。若辈方欲刳我以刃，而肯称为"大家"、呼为"才士"。此亦一知己。

【注释】

①河阳：孟县的古称。即今河南孟州。薛行屋：薛所蕴，号行屋，清河南孟县人，参见上文注释。

②人伦渊薮：人才集聚之地。

③澹友轩：薛所蕴的书斋名，他的诗文集即名《澹友轩集》。

④断梗：比喻漂泊不定。

⑤折角如意：断了角的如意。比喻无用。

⑥七闽：古时分居于今福建和浙江南部一带的闽人为七族，总称七闽。后泛指今福建地区。黄石斋：黄道周，号石斋，漳州府漳浦县（今福建漳浦）人，可参见卷一《徐霞客传》注释。

⑦湖上：可能指杭州西湖。黄道周曾在杭州大涤书院讲学，《（嘉庆）余杭县志》卷二八记："癸未，四方先正倪鸿宝、黄石斋、刘念台诸公云集湖上，山涛厕牛耳焉。"

⑧《易正》：指黄道周的易学著作《易象正》。该书结合本卦和变卦的卦辞解爻辞，又从六十四卦卦序推步从春秋到元末明初两千多

年的历史兴衰。

⑨筌蹄：鱼筌（捕鱼的竹器）和兔网，比喻为达到某种目的而使用的手段。语出《庄子·外物》："筌者所以在鱼，得鱼而忘筌；蹄者所以在兔，得兔而忘蹄。"筌，同"荃"。爻象：《周易》中六爻相交成卦所表示的事物形象。

⑩妙契：神妙的契合，神妙的领悟。

⑪谯周：字允南，三国巴西西充（今四川阆中西南）人。通经学，善书札。诸葛亮领益州牧，任为劝学从事，后任光禄大夫。炎兴元年（263），劝蜀主刘禅降魏，受魏封为阳城亭侯。入晋，任骑都尉。

⑫藩卫：捍卫。门墙：指师门。

⑬潜壶许子：许自俊，字子位，号潜壶，嘉定（今属上海）人。清康熙九年（1670）进士。康熙十九年（1680）授山西闻喜知县。学识渊博，与汪价诗文酬唱，又与汪价等结九老社。事见《（康熙）嘉定县续志》卷二、《（嘉庆）直隶太仓州志》卷三七。

⑭松陵：苏州吴江县（今江苏苏州吴江区）的别称。因五代吴越建县前该地属吴县松陵镇，故名。

⑮有志三代：有成为三代英才的志气。三代，指夏、商、周。语出《礼记·礼运》："孔子曰：'大道之行也，与三代之英，丘未之逮也，而有志焉。'"

⑯上洋：浙江桐庐县有上洋洲，福建顺昌县有上洋口。

⑰清谭：清新高雅的言论。谭，同"谈"。

⑱雕面：如雕之面目。比喻面目狰狞、猥琐。

⑲羽仪：比喻居高位而有才德，被人尊重或堪为楷模。

⑳准的：射中目标，弄准确。

【译文】

　　盂县的薛所蕴先生，身边聚集着无数才子，他邀请我到他的书斋澹友轩，和我一起筹划能留名千古的事业。我漂泊不定，又像断了角的如意一样无用，但是薛先生愿意屈降官位和辈分和我交往，惊呼我是"美玉做成的珠子，世间罕有的宝物"。这是我的一位知己。福建的黄道周先生，在杭州讲学时，弟子有几千人，像群蚁般聚集在堂下。他的《易象正》一书，用《周易》中的卦象代表事物，在看到卦图之前就让人有神妙的领悟，他把这本书单独传授给我，说："沧海桑田世事变化，只有这本书不需更改。你若能像谯周一样因文才得以任用，捍卫师门，我还有什么遗憾呢？"这是我的一位知己。我们嘉定的文学作品，很长时间以来被湮没在故纸堆中，许自俊和我一起不遗余力地洗刷前耻，一起在吴江起草诗文，在汉水分探题目而赋诗，除此外没有其他可以一起谈论诗文的人。他曾经说："我们二人都有成为三代英才的志气、志同道合的想法。"这是我的一位知己。上洋的歌妓王翩仙，姿色才华无人可比，很不愿意亲近显贵之人。她得到我的文章，要焚香礼拜后才读，读完又拜；她和我对面而坐时谈论清雅，没有一句话沾染俗世的脂粉之气。这是我的一位知己。还有个被授予南明伪职的人，跟着县里面目狰狞的年轻人，密谋要倾轧我。事情将要败露时，这个主事的人说："汪价的文章，已算得上名家大师的萌芽，日后一定会被天下人奉为楷模，务必要杀了他。"但两次谋划杀我都没有成功，他感叹："有才之人本来就不能够被杀害！"夸奖我的话，没有谁能说得这样准确的。这些人想要用刀宰割我，但是愿意称呼我为"大家""才士"。这也算是我的一位知己了。

李献吉[①]，前朝之文人也，葬于崆峒山，冢已崩阤[②]，几出狸首[③]，颍人无过而问焉者[④]。余语禹州史太守[⑤]："张良洞旁黄石冢[⑥]，聂政墓侧姊嫈坟[⑦]，大抵荒唐，为士人耳食语[⑧]。独明诗人李献吉墓，埋骨不过百年，没于丰草，碑识无存焉。为太守者，所当急为表治，以培风雅。"守即鸠工往葺，余亲为舆土而封，出故碑而重渰之[⑨]，曰"明诗人李梦阳之墓"。云间彭燕又[10]，当代之文人也。以五十年老孝廉，授汝宁司李[11]，才华震荡，不屑以肺石绳人[12]。或议其有文才，无吏干。一日来谒李御史于汴署，余从屏后觇之[13]，见其内衷红褶[14]，心为窃骇。御史甚加礼遇，肃之坐，谈论甚洽，茶凡三点，燕又渐忘分位，以足加膝，哆口横议[15]，旁若无人。御史微哂，无憎意，入而呼余曰："子见夫狂司李乎？"余曰："见之，才不检制，幸夫子怜而恕之。"御史曰："我无责乎尔。天下岂皆爱才者？恐终以是祸。"未几，巡方使者会稿至[16]，御史谓余曰："彭司李挂弹章矣[17]！款迹累累，罪且不测。"余切恳御史转旋，为文人留一生地。御史难之，曰："直指驻节彰德[18]，汴之去邺也远[19]，疏发，追无及矣！"余为踾请，乃删其重大者数条，遣一干役[20]，策飞骑诣直指所，追还原疏，更为改缮。燕又得从薄谴以归[21]。余初不令燕又知也。

【注释】

① 李献吉：李梦阳，字献吉，自号空同子，明庆阳府（今甘肃庆阳）人，徙居开封。尝谓汉后无文，唐后无诗，以复古为己任，诗宗杜甫，文则诘屈聱牙，时人视为宗匠。有《空同子集》。

② 崩陁（zhì）：塌毁。

③ 狸首：指棺柩。

④ 颍：此处指禹州地区，附近有颍水。

⑤ 禹州：明万历三年（1575）改钧州置禹州，属开封府。治所即今河南禹州。史太守：据《（民国）禹县志》卷二八记"禹旧有李梦阳墓已崩陁，鲜过问者，价语知州史廷桂"，则史太守指史廷桂。

《(雍正)河南通志》卷三六记,史廷桂为浙江萧山人,顺治十八年(1661)任禹州知州。

⑥张良洞:相传是汉张良早年读书求道的洞穴,位于禹州颍河河畔。黄石冢:黄石公冢,在张良洞附近。

⑦聂政:战国时韩国轵(今河南济源东南)人。初因杀人避仇,与母、姊迁居于齐,以屠狗为业。韩哀侯(一说烈侯)时,严遂和韩相侠累争权结怨,求聂政为之报仇,以老母在,未敢相许。后母死,乃入相府刺死侠累,然后割面抉眼自杀。其姊聂婪(yīng)在韩市寻认弟尸,伏尸痛哭,撞死在聂政尸前。其事迹见《史记·刺客列传》。

⑧耳食:传闻。

⑨泐(lè):通"勒",铭刻。

⑩彭燕又:彭宾,字燕又,江南华亭(今上海松江区)人。清顺治十四年(1657)任汝宁府推官。事略见《(光绪)重修华亭县志》卷十六。

⑪汝宁:府名。元至元三十年(1293)升蔡州置汝宁府,治所在汝阳县(今河南汝南)。明、清沿置。司李:指主管狱讼刑罚的推官。

⑫肺石:古时设于朝廷门外的赤石。民有不平,得击石鸣冤。石形如肺,故名。

⑬觇(chān):偷偷地察看。

⑭内衷红襵:贴身内衣露出红色的襵纹。

⑮哆(chǐ)口:张口。横议:恣意议论。

⑯巡方:指天子派大臣巡察四方。

⑰弹章:弹劾官吏的奏章。

⑱直指:指专管巡视、处理各地政事的巡按,参卷十《沈孚中传》注释。驻节:身居要职的官员在外执行使命,在当地住下。节,符节。彰德:府名。金明昌三年(1192)改相州置彰德府,治所在安

阳县（今河南安阳）。元改为彰德路。明复为彰德府，清沿之。

⑲邺：指彰德府。

⑳干役：办事老练的差役。

㉑薄谴：薄责，轻微的责备或责罚。

【译文】

李梦阳，是前朝的文人，埋葬在崆峒山，他的坟墓已经塌坏，棺椁也几乎暴露，禹州没有去拜访吊问的人。我对禹州知州史廷桂说："张良洞的旁边有黄石冢，聂政坟墓的旁边有他姐姐聂嫈的坟墓，这些情况大都荒诞离奇，来自士人们的传闻。只有明代诗人李梦阳的坟墓，埋葬尸骨还没超过一百年，已湮没在茂盛的荒草里，碑上的标识也没有留存。您身为当地知州，需要赶紧为他树立墓碑、修治坟墓，以促教化。"史知州立即召集工匠前往修葺，我亲自运土、培土，取出旧碑而重新雕刻，刻写"明诗人李梦阳之墓"。松江府人彭宾，是当代的文人。他以五十岁的老举人身份得任汝宁府推官，才华赫赫，不屑于用肺石来拘束百姓。有人议论他有文学才能，却没有当官的能力。有一天，他来开封府衙谒见李森先御史，我在屏风后面偷看他，看到他露出内衣的红色褶皱，心里暗暗感到惊惧。李御史对他礼遇有加，躬身请他入座，两人交谈非常融洽，加了多次茶水后，彭宾渐渐忘了官阶之别，把脚放在膝盖上，张开嘴恣意议论，全然不顾别人的态度和感受。李御史微微笑着，没有厌恶的意思，进去喊我说："你看见那个狂妄的彭推官了吗？"我说："我看见了，他有才华却不约束自身，幸好您怜悯而宽恕他。"李御史说："我没有责怪罢了。天下难道都是爱惜人才的人吗？恐怕他最终会因为狂放而招惹祸端。"不久，巡查四方的巡按送来一份需要一起署名的奏稿，李御史对我说："彭推官被人上了弹劾奏章了！所列弹劾事项很多，其罪难以料想。"我极力恳求李御史代为斡旋，为文人留下一点生还余地。李御史因此为难，说："巡按停驻在彰德府了，开封府离彰德府也很远，奏疏已发出去了，追不上了！"我为此长跪请求，李御史于是删去了彭宾的好几条重大罪状，派遣一位办事老练的差役，骑上快马前往巡按驻所，追讨回了原来的奏疏，将之改换成修改过的这份。彭宾只受到轻微的责罚便回去了。而我原本就没想着让彭宾知道此事。

　　余方童丱^①，尝梦一人，纤细娟好，自称"金銮否人"，以绿沉笔一矢授余曰^②："乾德初^③，蒙公见借，今以奉还。"由是文思大进，放骋词涂^④，不可捉搦^⑤。患难后^⑥，于资善僧寮^⑦，曾昼梦作文，有朱衣人裂而掷之地。余启之曰："岂以文受祸，不当更费隃糜耶^⑧？今后但为蹄涔杯水之文^⑨，不复为惊涛怒壑之文；但为软面滑口之文，不复为聱牙棘齿之文；但为依篱傍闼之文，不复为开疆凿嶂之文；但为女子镜奁娇眤之文，不复为丈夫榮戟森峨之文。如是可乎？"朱衣人色霁而去^⑩。及余提笔，匠心独诣，其为砰奇如故也。又梦朱衣人怒诃曰："违吾意旨，由汝虎视文林，但无望龙门烧尾^⑪！"余乃绝意金闺^⑫，日与曲生者为友^⑬，上追风人^⑭，下逮三唐吟老^⑮，遥相鼓吹。

【注释】

①童丱（guàn）：童子，童年。丱，古代儿童束发成两角的样子。

②绿沉：凡器物之浓绿或被漆染为浓绿色者常冠以"绿沉"。

③乾德：前蜀王衍的年号（919—924）、宋太祖的年号（963—967）皆为乾德，本文可能指宋太祖。

④词涂：文坛。

⑤捉搦（nuò）：握持，捉摸。

⑥患难：指汪价因文字狱而被捕入狱事，据上文应在顺治十四年

（1657）（"丁酉遇祸，皂隶入吾室"），当时李森先以御史巡按江南（"以省方试士，拔余罪隶之中"）。

⑦资善僧寮：资善寺僧舍。资善寺，在嘉定城南，初名资福寺。元仁宗延祐六年（1319）僧普济建，明万历三十三年（1605）僧道林重建，清顺治十三年（1656）僧宗化再建。见《（光绪）嘉定县志》卷三一。

⑧隃糜（yú mí）：又作"隃麋"。隃麋县（今陕西千阳东）以产墨著称，后世因借指墨或墨迹，引申指文墨。

⑨蹄涔（cén）：牛蹄踩出的小坑中所存之水。比喻容量、体积等微小。语见《淮南子·氾论训》："夫牛蹄之涔，不能生鳣鲔。"

⑩色霁：怒气消释，脸色转向平和。

⑪烧尾：鲤鱼跃龙门，跃过龙门之时，天雷击去鱼尾，鱼乃化身成龙。

⑫金闺：金马门，代指朝廷。

⑬曲生：亦作"麹生"。指酒。《开天传信记》载有酒名"麹生"，"麹生麹生，风味不可忘也"。

⑭风人：疑指采集自民歌风俗的《诗经》之类的诗人。

⑮三唐吟老：指唐代诗人。明人有三唐之说，如姜宝《海上老人别集序》"此后，汉魏及唐代有作者，初盛中三唐诗，并蔚然称名家矣"（《姜凤阿文集》卷二九），又如焦竑《戴司成集序》"文必秦汉，诗必六朝三唐"（《澹园续集》卷一）。

【译文】

我还是孩童的时候，曾经梦到过一个人，身材纤细而长相清秀，自称"金銮否人"，他把一杆绿沉笔送给我说："乾德初年，承蒙您把笔借给我，今天将它返还给您。"自此，我作文思路大有长进，驰骋文坛，成就无法预测。我因文字狱被囚后，住在资善寺的僧舍，某一个白天曾经梦见我正在写文章，有个红衣人折断绿沉笔然后把它扔在地上。我受到启发，说："难道是因为我写文章遭遇灾祸，不应该再继续浪费笔墨了吗？以后只写如蹄印中的雨水或杯盏中的茶水那样的小文章，不再写如澎湃波涛或幽深沟壑的大文章；只写态度平和易于诵读的文章，不再写批评严厉、佶屈聱牙的文章；只写依傍篱笆、倚靠门户的沿袭文章，不再写拓展疆域开凿高山的创新文章；只写像女子凭依镜匣一样柔弱亲昵的文章，不再写像大丈夫手执木戟一样森严巍峨的文章。这样可以吗？"红衣人怒气消失，离开了。等到我拿起笔，构思精巧，仍像原来一样写奇妙的文章。又梦到红衣人愤怒地呵斥道："你违背我的意思，任由你威蹑文坛，但是再没有希望跃过龙门了！"我于是断绝入仕的念头，每天以酒为友，向上效仿周代诗人，向下学习三唐文士，与他们隔空遥遥唱和。

　　余壮盛时，力为时文，若科目可旦暮掇焉者。甲午①，同考官某②，与余有神契，欲收之夹袋③，密相招，授以关节。余惊，复之曰："科名为何物，可以暗汝获之④？且余命多蹇剥⑤，恐非桂籍中人⑥，文之售不售⑦，无所逃命。若使一日诡遇⑧，是与命拗也，人祸天谴，均有之矣！"当事怪恨，便与余绝。老而力为古文。岁戊午⑨，薛黄门卫公先生，谋之要津⑩，欲以"博学宏词"荐⑪，余上劄启谢曰："价夙遭屯难，沉痼书城，雕虫琐事⑫，不足名家。实乏史材⑬，无容忝窃⑭，宏博之称，非所据也。且也山麋野性⑮，不乐冠裳⑯；岂其濛汜余年⑰，顿忘丘首⑱？孝然窜河渚⑲，仲蔚没蓬蒿⑳，匹夫有志，不可回也。"固辞而后已。刑部伴阮刘公㉑，结三十年中州缟纻㉒，近为侍从亲臣，出督芜关税㉓，迎余栾江之署，饮酒赋诗。公于署前方池之上构一新亭，镌御赐"松风水月"字为之额，朝夕瞻对，题曰"敬亭"，志不忘君也。余为之颂，系之以诗。复命日，拟以余才缓颊左右㉔，余恳止之曰：

"草泽寒蜩,久甘噤伏,岂可以不祥名字,上干帝座?"公为默然,退语幕客曰:"此公老钝,命与才违。"余之古今文,洵非逢年之物,天下钜公,谬以富贵相贻,此世人诩为奇遇,蠖屈鼠拱感涕以受者㉕,而余顾麾而去之,若将浼焉㉖。然则介人七尺,其为不翥之末翎、早飘之败叶也审矣㉗!

【注释】

①甲午:清顺治十一年(1654)。

②同考官:明清乡试、会试中协同主考或总裁阅卷之官。

③夹袋:即"夹袋中人物",指当权者的亲信或预备选用的人。语见朱熹《五朝名臣言行录》卷一:"公夹袋中有册子,每四方人替罢谒见,必问其有何人才,客去随即疏之,悉分门类。或有一人而数人称之者,必贤也。朝廷求贤,取之囊中。故公为相,文武百官各称职者,以此。"

④暗汶:不光明,不正当。

⑤蹇剥:时运不济。

⑥桂籍:科举登第人员的名籍。

⑦售:考试得中。

⑧诡遇:用不正当的手段去追求、取得某种东西。

⑨戊午:清康熙十七年(1678)。

⑩要津:要路。常指显要的职位、地位。

⑪博学宏词:科举名目的一种。清康熙十七年康熙帝召试擢用天下博学名儒,于次年三月设博学鸿词科考试,从各地举荐的人才中选拔了五十人,授予他们侍读、侍讲或翰林院编修等职,并在京城东华门外设馆编修《明史》。

⑫雕虫:比喻从事不足道的小技艺。常指写作诗文辞赋。

⑬史材：编纂史书的才能。康熙十八年（1679）博学鸿词科试所选拔的人才皆在史馆中修撰史书。

⑭忝窃：谦言辱居其位或愧得其名。

⑮野性：喜爱自然、乐居田野的性情。

⑯冠裳：官吏的全套礼服。

⑰濛汜：喻人垂暮之年。

⑱丘首：犹首丘。相传狐死时必正首向故丘，后因以喻怀恋故乡。

⑲孝然窜河渚：焦先，字孝然，汉末隐士。避乱扬州，汉献帝建安初还留陕界。关中乱，避于河渚间，结草为庐，食草饮水，饥则为人佣作，不冠不履，佯狂避世。

⑳仲蔚没蓬蒿：张仲蔚，东汉扶风平陵（今陕西咸阳西北）人，隐居不仕。明天官之学，又好为诗赋。闭门养性，不治荣名，所居之处蓬蒿没人。

㉑伴阮刘公：刘源，字伴阮，河南祥符（今河南开封）人，隶汉军镶红旗。清康熙间为刑部主事、内廷供奉，监督芜湖、九江两关税。善画山水人物花鸟，所绘《凌烟阁功臣像》镂刻行世，流传颇广。事见《清史稿·刘源传》。

㉒缟纻（zhù）：比喻深厚的友谊。典出《左传·襄公二十九年》："（吴季札）聘于郑，见子产，如旧相识。与之缟带，子产献纻衣焉。"

㉓芜：地名，即今安徽芜湖，地处长江下游，清代时有重要的商埠。

㉔缓颊：婉言劝解或代人讲情。

㉕蠖屈：形容像尺蠖一样的屈曲之形。

㉖涴（měi）：污染。

㉗翎：鸟翅和尾上的长而硬的羽毛。

【译文】

　　我壮年气盛之时，致力写时下盛行的八股文，好像觉得科举得中是早晚的事情。清顺治十一年，乡试某考官，和我志意投合，想要将我招揽为亲信，秘密邀请我来到他家，向我传授考试的重要信息。我惊讶地回复说："功名是什么，怎么可以用不正当的手段获得呢？况且我命里多时运不济，恐怕不是登第名单中的人，至于文章是否会被录取，都无法逃脱命运的安排。假使有一天用不正当的手段求取了功名，这是和命运相对抗，人为的灾祸和上天的责罚，都会招致而来啊！"这个考官心中责怪怨恨，就和我绝交了。我年纪大了以后致力于写古文。康熙十七年，给事中薛奋生先生，向朝中显宦谋划，想要以"博学宏词"的名义推荐我，我写信谢绝说："我早先遭遇艰难，沉迷书籍，写文章这样的小事情，不足以成为名家。我实在是缺乏撰史才能，没有颜面愧领推荐，像博学宏词的称号也不是我能占有的。况且我的本性喜爱山野自然，不乐意穿戴官服；难道会在暮年的时候，突然忘记了故土吗？焦先跑到河渚间，张仲蔚居处蓬蒿没人，我这个平凡之人怀有隐居的志向，不愿改变自己的心志。"我坚持推辞，这事才作罢。刑部主事刘源先生，和我在中原结下了三十年的友谊，近来成为随侍帝王的亲近臣子，出使督查芜湖的关税，在栾江署衙款待我，我们一起喝酒作诗。刘源在署衙前面的方形水池中建造了一座新亭子，镌刻御赐的"松风水月"四字作为匾额，早晚瞻望，题曰"敬亭"，表明不忘君主之意。我为他写颂扬之文，结尾附了一首诗。刘源完成使命后要回禀皇帝时，打算向皇帝誉扬我的文才，我恳切地制止他说："我像草泽中的寒蝉，长久以来甘愿噤声蛰伏，怎么能把我这不吉利的名字，向上禀告以冒犯皇上呢？"刘源因此沉默不语，回去对门客说："这个人年迈愚钝，其命运和文才相违背。"我的古文和八股文，确实不是能得到旁人赏识的作品，天下的王公大臣，错将荣华富贵赠送给我，这让世间的人将此类事夸耀为奇遇，他们会像尺蠖一样弯腰、像老鼠一样拱手感激涕零地接受，但是我却挥手离去，好像这样做会玷污品性一般。然而我七尺之躯，却像飞不起来的羽毛、早早飘零的枯菱叶子，也就由此而知了！

　　向集自少至老所为诗古文辞，删九而存一。客见之，问余曰："其中所称最快意之作,可得闻乎?"余曰："流落散人,实多笔墨之乐,试为足下略言一二。"

【译文】

先前整理从小到老所写的诗文,删去九成而只保存了一成。客人见了,问我说:"这里面可称得上最得意的作品,能够给我讲讲吗?"我说:"我这个穷困失意的闲散之人,真写下了很多趣文妙篇,试着为您略说一二。"

李御史察荒两河,时驻节归德①,余入谒,御史手授《丙申诗刻》一册,凡百有余首。余回寓,命从者焠灯酾酒②,依韵和之③,漏五下而卒业④。黎明投入宪府⑤,御史立邀进署,大呼曰:"君以一夕敌我一年,才之相去,奚但百倍而已!"遂留幕内。可为大快者,此其一。

【注释】

①归德:府名。金天会八年(1130)改应天府置,治宋城县(今河南商丘南)。明初降为州,嘉靖中仍升为府。明清时治商丘县(今河南商丘)。

②焠(cuì):点燃。酾(shī)酒:斟酒。

③依韵:按照他人诗歌的韵部作诗。韵脚用字只要求与原诗同韵而不必同字。

④漏五下:漏壶落到五更,相当于后半夜三点到五点。

⑤宪府:这里指李森先御史的办公府衙。

【译文】

李森先御史到黄河、运河查看饥荒情况,当时停留在归德府城,我前去拜见,李御史亲手赠给我一本《丙申诗刻》,里面共有一百多首诗。我回到寓所,吩咐仆从点灯斟酒,按照他的韵脚撰写和诗,到五更天最终完成。天亮时,把和诗送到李御史府衙,李御史立即邀请我去府衙,大声说:"你一晚上写的诗作相当于我一年写的,我们才能的差距,哪里只有百倍而已呢!"我就留在了他的幕府内。可以称得上得意的作品,这是第一。

河阳妓小红儿,性貆善饮①,常倚其量以压人。一日,余取大觥容数升者奉之,红儿不辞,曰:"我善酒,尔善诗,尔成一诗,我尽一爵②。今日试以诗酒一决楚汉③。"余吟红饮,酬对数巡,红儿微有醺态。余乃一连叠咏,红不能支,跽而乞降。余纵之睡,自吟自饮,坐客各举杯称贺。可为大快者,此其二。

【注释】

①貆(huān):顽劣。王根林校本作"豪"。

②爵:饮酒的器皿,三足。

③一决楚汉:一决高下。秦汉之际,项羽、刘邦分据称王,争夺天下。

【译文】

孟县娼妓小红儿,生性顽劣,擅长饮酒,经常依仗自己的酒量来压服别人。一天,我拿着一个可容纳好几升的大酒杯给她敬酒,她没推辞,说:"我善于饮酒,你善于作诗,你写成一首诗,我就喝光一杯酒。今天就用诗和酒来一决高下。"我吟诗,红儿饮酒,相对畅饮数次,红儿略微有了醉态。我就连着吟咏了好几首诗,红儿无法继续,跪在地上告输求饶。我让她去睡觉,独自吟诗、独自喝酒,在座的客人们都举起酒杯向我致意。可以称得上得意的作品,这是第二。

　　缪侍读念斋先生过嘐①，有青楼何媛，以诗晋谒，备陈堕落苦状。侍讲心恻，呼其嬷尽偿所值②，听其择人而字，无他染也。余作《种德记》以赠之。一夕，余病不能饮，而为酒纠③，为之约法曰："苟有犯，不能饮者，罚以酒；能饮者，罚以诗。"即以缪侍讲捐金与何媛落藉为题④。众闻以诗赠缪，皆应曰："诺！"一客曰："奈何能饮而不罚之酒？"余曰："若以酒罚能饮者，则是赏也，非罚也。"余乃随罚随吟，令小童录之，计所为诗，竟得免罚酒三十二瓯。侍讲笑曰："昔人宴集，诗不成者，罚依金谷酒数⑤，未闻有不与饮而罚之诗者。有之，自介人始矣。"余私喜曰："不意于风雅林中，而得逃酒法。"余素负酒人之名，每罚即俯首受之，无可解免。此番乃得以诗硬抵，公然强项不饮⑥，众不敢哗。可为大快者，此其三。

【注释】

①缪侍读念斋先生："侍读"当作"侍讲"，指翰林院侍讲缪彤先生。
　　缪彤，号念斋，参见卷十五《述怪记》注释。

②嬷：指何媛鸨母、养母。

③酒纠：饮宴时，劝酒监酒令的人。

④落藉：即落籍。妓女从良，脱离乐籍。

⑤金谷酒数：指宴会上罚酒三杯的常例。语出晋石崇《金谷诗序》："遂各赋诗，以叙中怀，或不能者，罚酒三斗。"

⑥强项：刚硬不屈。

【译文】

翰林院侍讲缪彤先生经过嘉定时，有个叫何媛的青楼女子，拿着诗作来进见他,向他详述自己沦落青楼的悲苦情状。缪侍讲心生同情,叫来她的鸨母偿还了她的身价,任凭她选择人家出嫁,此后和她不再有其他的纠葛。我写了《种德记》赠给他。一天晚上,我生病不能饮酒,而担任酒纠,为他们约定规则说:"如果有人犯规,不能喝酒的人,用喝酒来惩罚;能喝酒的人,用作诗来惩罚。"就以缪侍讲捐钱帮何媛脱离乐籍为试题。众人听说要写诗赠给缪侍讲,都回答说:"好!"一位客人说:"为什么能喝酒却不罚喝酒?"我说:"如果用酒来惩罚能喝酒的人,就是奖赏,不是惩罚了。"我就一边罚酒、一边罚诗,吩咐仆人予以记录,统计众人所写的诗,竟然得以免罚三十二杯酒。缪侍讲笑着说:"从前的人聚饮,没能写出诗的人,被罚饮三杯酒,没听说过不让人喝酒反而惩罚他写诗的事情。如果有,就是从汪价开始的。"我自己开心地说:"没想到在士林雅集中,却找到了逃脱喝酒的办法。"我一向自负于善于饮酒的名号,每次被罚酒就低头接受,没有办法逃脱。这次才得以用写诗强行抵赖,明目张胆地不愿饮酒,众人也不敢喧哗。可以称得上得意的作品,这是第三。

　　戊子入乡闱①,号舍中啾然有声②,其鸣甚哀。余信为场屋文鬼③,大声诵余向日《秋啸》诗曰:"三年龌龊逢逻卒④,七义光芒吓主翁⑤。"其声遂灭。有顾香王者⑥,邑之才士,以不得青其衿而死⑦。余为立传,人阅之,喜其描情绘意,有若写生,无不颐解⑧。己酉⑨,客上箬僧伽舍⑩,邻寓有二生,披而读之,忽相抱痛哭,至于失声。余惊问之,彼亦负奇侘傺⑪,而不得一遇者,其为此态也,盖重有所伤也。我之诗,可以妥鬼精灵;我之文,可以役人情性。可为大快者,此其四。

【注释】

①戊子:清顺治五年(1648)。乡闱:科举时代士人应乡试的地方。

②号舍:号子,科举考场中生员答卷和食宿之所。人各一小间,每间有编号。

③场屋:科举考试的地方,又称科场。

④逻卒:亦作"逻倅",巡逻的士兵。

⑤七义:清顺治二年(1645)颁布《科场条例》规定,乡试首场考试四书义三篇,经义四篇,称作"七义""经书七义"。

⑥顾香王:顾荃,字香王,江南嘉定人。清贫自守,清康熙五年(1666)闭户守饥,险遭饿死。工于诗文,但十次参加童子试,皆被督学黜落。四十八岁时仍未曾中秀才,遂郁郁而亡。他去世后,汪价撰《顾香王小传》(录于《(康熙)嘉定县续志》卷五),称"独与三侬老人汪价善,时过半舫,读架上书"。

⑦青其衿:考中秀才。青衿,青色交领的长衫,古代学子和明清秀才的常服。

⑧颐解:开颜欢笑。

⑨己酉:清康熙八年(1669)。

⑩上箬(ruò):箬溪,在今浙江长兴南。《太平寰宇记》卷九四记长兴县:"箬溪者,顾野王《舆地志》云:夹溪悉生箭箬,南岸曰上箬,北岸曰下箬,二箬皆村名。"僧伽:僧众。

⑪负奇:胸怀奇志。侘傺(chà chì):失意而神情恍惚的样子。

【译文】

清顺治五年我进入乡试科场,听到号舍里发出啾啾唧唧的声音,声音非常哀切。我怀疑是科场里的文鬼,便大声背诵着之前写的《秋啸》诗:"三年龌龊逢逻卒,七义光芒吓主翁。"那声音就消失了。有个叫顾香王的人,是嘉定县的有才之士,因为没有考中秀才而去世。我为他写了篇传记,人们读了后,赞赏这篇传记描绘情意,好像绘画一般逼真,没有不开颜欢笑的。康熙八年，我在上箬的寺院中坐客，邻房住着两个书生，他们翻开这篇传记阅读，突然抱头痛哭，以至于泣不成声。我吃惊地询问他们，他们也都是胸怀奇志却失意潦倒，没有遇到一个赏识自己的人，他们表现出这种情态，原来是再次触动了伤心之情。我的诗作，能够安抚鬼的灵魂；我的文章，能够影响人的情感。可以称得上得意的作品，这是第四。

　　周少司农栎园先生①，被蜚语中以闽事②，穷极栲讯③，终无赇证。时臬司、李官以谳决失轻④，比次逮问⑤，与司农同系刑部，死者数人，滞于狱者八载。世祖忽念无辜⑥，有贷死意⑦，廷议改流宁古⑧，将为散戍征人。升遐之日⑨，特谕放令还乡。辛丑⑩，偕王过客司李束藁南归⑪，道经云苑⑫，留宿宋公牧仲家⑬。余适邂逅。宋出上赐先相国古画同观。司农一一赏鉴毕，列坐开宴。余曰："姑缓之，请再观今画。"取余所著《火山客谵》阅之⑭。诸公叫读不已，都忘杯箸，鼓掌而笑，巾帻尽欹。主人劝且饮，诸公曰："得此奇文，愈读愈快，正如身入龙藏，争看宝贝，惟恐其尽，谁肯撤而去之？"竟阅达旦，不备宾礼。可为大快者，此其五。

【注释】

①周少司农栎园先生：指周亮工，别号栎园，曾任户部右侍郎。参见卷一《盛此公传》注释。少司农，清代户部侍郎的别称。

②被蜚语中以闽事：清顺治十二年（1655）六月，新任浙江福建总督佟岱上章弹劾都察院左副都御史周亮工，说他任福建左布政使时在审理南社、西社、兰社案中"滥杀无辜"，并贪污四万余两银子。奏上，周亮工被解职回闽候审。

③栲讯：拷打审讯。栲，通"拷"。

④臬司：明、清朝按察使之别称。李官：审查刑案的推官。

⑤逮问：逮捕问罪。

⑥世祖：指清世祖爱新觉罗·福临，即顺治帝。

⑦贷死：免于死罪。

⑧宁古：宁古塔，城名。有新旧二城，旧城即今黑龙江海林海浪河南岸旧街镇，康熙五年（1666）迁建新城，即今黑龙江宁安。从顺治年间开始，宁古塔成了清廷流放人员的接收地。

⑨升遐：帝王去世的婉辞，亦指后妃等死亡。

⑩辛丑：清顺治十八年（1661）。

⑪偕王过客司李束藁南归：偕同泉州推官王仕云出狱南归。王仕云，字望如，号过客，江宁县（今江苏南京）人。清顺治九年（1652）进士，授泉州推官，康熙五年（1666）任乌程知县，后任潮州知府。事见《（乾隆）江宁新志》卷十九。束藁，卷起狱中受刑的稻草，指出狱。周亮工南归之事，汪价《赠周栎园先生诗》记："少司农周栎园先生以非罪系诏狱有年。世祖升遐日，特赐省释。辛丑夏，归江南，道经梁园，时余从宋牧仲嘉禾堂中，相与痛饮。"（《中州杂俎》卷二一）

⑫云苑：疑作"雪苑"，河南商丘东北有梁孝王所筑台，相传谢惠连赋雪于此，又名雪苑。商丘人侯方域亦自号雪苑。上引汪价《赠周栎园先生诗》言周亮工"道经梁园"，梁园即位于商丘的梁孝王东苑，则周亮工道经商丘"雪苑"当是。

⑬宋公牧仲：宋荦，字牧仲，归德府（今河南商丘）人，参见卷十《筠廊偶笔》注释。

⑭《火山客谯》：汪价的杂著作品，下文记"蒙难时，作《火山客谯》十五卷"。

【译文】

户部右侍郎周亮工先生，因为福建的事情遭到流言中伤，备受拷打审讯，但朝廷始终没有找到他受贿的证据。当时的按察使、相关审案官员因为判决太轻，次第被逮捕问罪，和周亮工一起关在刑部，后来死了好几个人，周亮工则在牢里被关了八年。世祖皇帝忽然念及这个原本清白的人，有意赦免他的死罪，在朝廷上讨论将周亮工改为流放到宁古塔，将要成为戍边的征夫。世祖驾崩前，特意下诏释放周亮工，让他返回家乡。顺治十八年，周亮工偕同泉州推官王仕云出狱南归，路过商丘雪苑，留宿在宋荦先生家里。我和他正好不期而遇。宋荦拿出皇帝赏赐的某位前大学士的古画一起观赏。周亮工一幅一幅地品鉴完毕，大家依次坐下开宴。我说："暂且等等，请诸位再看看当代的'画作'。"拿出我所著《火山客谵》让大家欣赏。众位先生争相阅读、叫好，完全忘了喝酒吃饭，拍手而笑，头巾都歪斜了。宋荦劝大家一边饮酒一边看，众位先生说："得以看到这样的奇文，越读越痛快，正像是进入了神龙宝藏中，争相观看宝物，只担心读完，谁愿意撤退离开呢？"众人竟然读到了天亮，毫不顾及接待宾客的礼仪。可以称得上得意的作品，这是第五。

　　覃怀沈云门①，嵚崎异人②，与余订金石交③。艰得子嗣，颇制于内，不容置妾媵。祕一人于外宅，产一男，聪颖明俊，且八龄矣。托为里人儿，携至家。夫人见而惊异曰："阿渠家生此九苞凤④？"云门进启曰："此即夫人子。"讯得其实，夫人大喜逾望，涓日为育麟之宴⑤。亲朋制锦称庆⑥，文皆属余捉刀⑦：一为中书段玉美，一为给谏薛卫公，一为河北大将军鲍济宇⑧，一为大总戎鲁璧山⑨，一为怀庆太守彭悟山⑩，一为张乾雅诸同学兄弟。一日之内，横笔挥霍，悉副其请，无一雷同门面语。可为大快者，此其六。

【注释】

①罩怀：古地名，在今河南武陟以西、孟州以东地区。据汪价《中州杂俎》卷二一《豫酒不甜》记"河内沈云门"，则罩怀当指怀庆府治所河内县（今河南沁阳）一带。

②嵚（qīn）崎：比喻品格卓异。异人：不寻常的人，有异才的人。

③金石交：比喻交情深厚，如金石般坚固。

④阿：加在称呼上的词头。渠：谁。九苞：凤的九种特征。后为凤的代称。

⑤涓日：涓吉，选择吉祥的日子。育麟之宴：得到麟儿的庆祝宴。

⑥制锦称庆：裁制锦缎以庆祝。

⑦捉刀：代人作文或顶替人做事。据《世说新语·容止》，曹操将接见匈奴来使，自以为形陋不足以雄远国，使崔季珪代，自己捉刀立床头。会见完毕，使人问匈奴使："魏王何如？"使答："魏王雅望非常，然床头捉刀人，此乃英雄也。"

⑧河北大将军鲍济宇：疑指河北总镇（即总兵）鲍敬。鲍敬，奉天人，清顺治十年（1653）任怀庆府河北道总镇（《（雍正）河南通志》卷三九）。又清康熙二年（1663）"陕西总督白如梅奏：提督王一正率兴安总兵官于奋起、河北总兵官鲍敬进剿逆贼"（王先谦《东华录·康熙三》）。

⑨大总戎鲁璧山：总兵鲁宗孔。鲁宗孔，字璧山，德平（今山东临邑北）人。明锦衣卫镇抚，曾率军驻怀庆，后降清。事见《（乾隆）重修怀庆府志》卷二三。总戎，总兵的别称。

⑩怀庆太守彭悟山：彭清典，字畴五，号悟山（一说字悟山），孝感（今属湖北）人。清顺治二年（1645）任池州推官，顺治十五年（1658）任怀庆知府。事见《（康熙）孝感县志》卷十八。

【译文】

怀庆府河内县的沈云门，是个卓异不凡有奇才的人，和我结下了深厚的友谊。他得子嗣艰难，又很受夫人的管制，不被容许纳妾。沈云门悄悄在外宅养了一个女子，给他生下了一个男孩，孩子聪明俊朗，将近八岁了。他假托这是同乡的孩子，将他带回家里。他夫人看见后惊奇地说："谁家生了这么一个堪比凤凰的孩子呢？"沈云门进去告诉她说："这是夫人你的儿子。"他夫人经查问得知了事情真相，惊喜过望，便挑选了一个吉日为孩子举办喜宴会。亲朋好友写文祝贺，都嘱咐我代写文章：一个是中书段玉美，一个是给事中薛奋生，一个是河北道总镇鲍敬，一个是总兵鲁宗孔，一个是怀庆知府彭清典，一个是张乾雅等诸位同窗兄弟。一天之内，我纵笔书写，全部满足了他们的请托，诸篇作品里没有一句相同的门面话。可以称得上得意的作品，这是第六。

　　庚子修《豫志》①，午日②，贾大中丞邀饮开府③，谈次论及诸葛孔明、王景略二人优劣④，互有异同。适襄城余令献襄酒三百器⑤，陈列阶前，诸同事并启分觊⑥。中丞笑曰："请诸公各草《葛王优劣论》一篇，佳者悉持去，不须分也。"诸同事闻言贾勇，各就席构思。余伸纸摇笔⑦，不加点窜⑧，俄顷而稿毕。中丞令余口诵，余音辞郎邑铿戛⑨，中丞为之击节叹赏，诸同事皆撤笔长嘘，自坏己作。余进揖谢赐⑩，督军校四人儋酒于前⑪，余拥之徐步而出。可为大快者，此其七。

【注释】

①庚子：清顺治十七年（1660）。

②午日：端午或干支逢午的日子。

③开府：指河南巡抚的府署。

④谈次：言谈之际。王景略：王猛，字景略，十六国时北海剧县（今山东寿光东南）人。博学，好兵书，识度深远。与苻坚相见，深得

符坚器重。符坚即秦王位,引为股肱之臣,委以重任。协助符坚
改革内政,严明吏治,打击豪强势力,使符秦朝政清明,国力逐渐
强大。

⑤襄城余令:指襄城知县余二闻。按《(康熙)襄城县志》卷五,顺
治、康熙间余姓知县为余二闻。襄城,秦置襄城县,属颍川郡。治
所即今河南襄城。明清时襄城县属许州。

⑥贶(kuàng):赠,赐。

⑦摇笔:动笔。谓写字作文。

⑧点窜:删改,修改。

⑨郎鬯(chàng):应作"朗鬯",朗畅,声音响亮流畅。铿戛:铿金戛玉,
形容文词音节铿锵,不同凡响。

⑩进揖:上前拱手行礼。

⑪儋:同"担",负荷。

【译文】

　　清顺治十七年编修《河南通志》,端午时,河南巡抚贾汉复在府衙邀
请众人饮酒,言谈间谈论到诸葛亮和王猛两个人的高下,众人多有不同
意见。正好襄城知县余二闻进献了三百坛襄酒,放置在台阶前,各位撰
写《河南通志》的同事一起打开封盖、分发赠酒。贾巡抚笑着说:"请各
位分别写一篇《葛王优劣论》,写得好的人可以把酒全部拿走,不必再分
了。"各位同事听到这话后鼓足勇气,分别到席上用心思考。我展开纸张
动笔作文,文不加点,片刻间就写完了。贾巡抚让我朗读出来,我的声音
响亮流畅,音调铿锵有力,贾巡抚为此十分赞赏,各位同事都停笔长叹,
放弃了写作。我上前拱手行礼,感谢赏赐,让四个军校在前面担着酒,我
跟在后面缓步而出。可以称得上得意的作品,这是其七。

　　尝见馆孩村腐,妄为诗文,多有口自吟诵、扴手点头①、
自鸣其得意者。若稍知痛痒,则不然矣。韩愈曰:"小称意

则人小怪，大称意则人大怪②。"刘蜕曰③："十为文不得十如意④。"则求余所为最快意之作，当又绝少也。

【注释】

①抃（biàn）手：拍手，鼓掌。

②小称意则人小怪，大称意则人大怪：出自韩愈《与冯宿论文书》："小称意，即人亦小怪之；大称意，即人必大怪之也。"

③刘蜕：字复愚，号文泉子。唐宣宗大中进士。累迁左拾遗、中书舍人。忤宰相令狐绹，出为华阴令。工文，有《文泉子》。

④十为文不得十如意：语出刘蜕《梓州兜率寺文冢铭》。

【译文】

我曾经见过私塾里的小孩和酸腐先生，胡乱写作诗文，有很多口中诵读、拍手点头、自己觉得很满意的人。如果稍微知道些文章好坏之分的人，就不会这样了。韩愈说："自己有点小得意，别人就会有小惊怪；自己大为得意，别人就会有大惊怪。"刘蜕说："十次写文章不会十次都满意。"所以寻求我写得最得意的作品，应该又极少了。

有议余文多游戏者。余曰："方朔之《客难》①，假难以征辞；崔寔之《答讥》②，因讥以寓兴；崔骃之《达旨》③，寄旨以纬思；韩愈之《释言》④，凭言以摅志⑤；扬雄之《解嘲》⑥，托嘲以放意；班固之《宾戏》⑦，随戏以逞怀也。"客曰："子云拟经之徒⑧，孟坚述史之士，奈何鼓其舌颖⑨，以笔墨为游戏乎？"余曰："昔孔子目冉父为犁牛⑩，斥宰予为朽木⑪，睹仲由之好勇⑫，取暴虎以示规⑬；闻言偃之弦歌⑭，举割鸡以志喜⑮。游戏之语，虽圣人有所不废，而况为圣人之徒者哉？"

【注释】

① 方朔之《客难》：东方朔的《答客难》。东方朔，字曼倩，西汉平原厌次（今山东惠民东）人。善辞赋，性诙谐滑稽，常侍从汉武帝，应对敏捷，谐变迭出。《答客难》，见于《汉书》本传，用主客问答的形式揭示了士人因时代变化而境遇不同的必然性以及修身的必要性，抒发了怀才不遇的情绪。

② 崔寔之《答讥》：崔寔的《答讥》。崔寔，字子真，一名台，字元始，东汉涿郡安平（今河北安平）人。《答讥》一文以客难主答的形式抒发了淡泊名利的隐逸情怀。

③ 崔骃之《达旨》：崔骃的《达旨》。崔骃，字亭伯，东汉涿郡安平人。博学通经，善为文，少游太学，与班固、傅毅齐名。《达旨》拟扬雄《解嘲》而作，以道家观念解释自己不汲汲于富贵的原因，表示"士各有志"的态度。

④ 韩愈之《释言》：韩愈的《释言》。《释言》从自己被进谗言一事开始谈起，引证典籍解释谗言对才子的伤害，表达不满，期望"聪明则视听不惑，公正则不迩谗邪"。

⑤ 摅（shū）：抒发或表示出来。

⑥ 扬雄之《解嘲》：扬雄的《解嘲》。扬雄，字子云，西汉蜀郡成都（今四川成都）人。辞赋有《甘泉赋》《长杨赋》《校猎赋》等，著有《太玄》《法言》《方言》等。《解嘲》用主客问答的形式抒发愤懑之情，表达了主张重用贤能的思想。

⑦ 班固之《宾戏》：班固的《答宾戏》。班固，字孟坚，班彪子，东汉扶风安陵（今陕西咸阳东北）人。奉诏继续修史，历时二十余年完成《汉书》，开创断代体史书。善辞赋，有《两都赋》《幽通赋》等。《答宾戏》一文以主客问答的形式抒发了苦闷之情，又从正面反驳，进行自我鼓励。

⑧ 拟经：扬雄仿《易》作《太玄》，仿《论语》作《法言》，后人谓之"拟

经”。

⑨舌颖：舌头和笔头。颖，笔头，毛笔头上尖锐的毫锋。

⑩孔子目冉父为犁牛：语本《论语·雍也》："子谓仲弓曰：'犁牛之子骍且角，虽欲勿用，山川其舍诸？'"冉父，冉雍，字仲弓，春秋末鲁国人。孔子学生，在孔门中以德行与颜渊、冉耕等并称。犁牛，杂色牛。

⑪斥宰予为朽木：语本《论语·公冶长》："宰予昼寝，子曰：'朽木不可雕也，粪土之墙不可杇也，于予与何诛？'"宰予，一名宰我，字子我，春秋时鲁国人。孔子学生，利口善辩。在孔门中以言语著称。曾与孔子讨论丧礼，对孔子坚持三年之丧表示怀疑，孔子斥之为不仁。

⑫仲由：字子路，又称季路，春秋时鲁国卞（今山东泗水）人。性情直爽，勇敢好胜。

⑬取暴虎以示规：借徒手打虎来表示规劝之意。典出《论语·述而》："子路曰：'子行三军，则谁与？'子曰：'暴虎冯河，死而无悔者，吾不与也。必也临事而惧，好谋而成者也。'"

⑭言偃：字子游，春秋时吴国人。孔子学生，擅长文学。任武城宰，提倡礼乐教化，孔子认为他谙熟文化教育。

⑮举割鸡以志喜：举杀鸡的例子来表达喜悦。典出《论语·阳货》："子之武城，闻弦歌之声。夫子莞尔而笑，曰：'割鸡焉用牛刀？'子游对曰：'昔者偃也闻诸夫子曰君子学道则爱人，小人学道则易使也。'子曰：'二三子，偃之言是也！前言戏之耳。'"

【译文】

有人评论我的文章大多是游戏之作。我说："东方朔的《答客难》，假借被诘难而表明其言辞；崔寔的《答讥》，因为别人的讥刺而寄托自己的心意；崔骃的《达旨》，传达意旨而蕴含思考；韩愈的《释言》，解释谗言的伤害来抒发志气；扬雄的《解嘲》，假托嘲讽来释放胸臆；班固的《答宾戏》，回复客人的戏弄来展现心怀。"客人说："扬雄是拟写儒家经典之人,班固是撰写史家著作之人,他们为什么卖弄口舌、拿起毛笔,把写文章当作玩游戏呢?"我说:"当初孔子把冉父看作毛色不纯的牛,斥责宰予是朽木,看到子路的好逞勇武,借徒手打虎来表示规劝之意;听到子游用弦歌之声教化百姓,举杀鸡的例子来表达喜悦。游戏的话,即使是孔圣人也不偏废,更何况是孔圣人的学生我呢?"

　　少辨方言,作《侬雅》四卷①。蒙难时②,作《火山客谯》十五卷③,《广禅喜》一卷④。会有感喟,作《鼠吓》五卷⑤。豫游最久,作《中州杂俎》二十四卷⑥。同人问讯,作《千里面目》六卷⑦。老闲半舫⑧,作《化化书》十二卷⑨,《人林题目》八卷⑩,《蟹春秋》一卷⑪。《三侬赘人诗文全集》⑫,未定卷数。今虽衰载⑬,踵门而乞文者,必应之,如偿夙逋,不以为疲。后有作者,得吾书而祕之中郎之帐⑭,听之;如李汉序韩文以行⑮,寿之百世,听之;即不然,如张伯松不喜《法言》⑯,叱覆酱瓿⑰,亦听之。

【注释】

①《侬雅》:据翟灏《通俗编》所引数条,应是一部释词的音韵书,如卷十二引《侬雅》:"小儿被为褓,如俗呼绽裙、绽被是也。今则转呼为抱矣,误。"

②蒙难时:据上文"丁酉遇祸""不幸旋触党人怒,卒吹蜮沙,兴文字狱,执余而囚之"等,知此指汪价于清顺治十四年(1657)因文字狱而被捕入狱事。

③《火山客谯》:《(康熙)嘉定县志》卷二四、《(光绪)嘉定县志》卷二六著录十五卷,今未见。

④《广禅喜》:《(康熙)嘉定县志》卷二四、《(光绪)嘉定县志》卷二

六著录一卷,今未见。

⑤《鼠吓》:《(康熙)嘉定县志》卷二四、《(光绪)嘉定县志》卷二六著录六卷,今未见。

⑥《中州杂俎》:分天、地、人、物四部分,汇载了关于中原河南地区的轶事琐闻,多征采小说家言。成书于清顺治年间,其刻本今已亡佚,现有北京大学图书馆藏民国十年(1921)三怡堂排印本二十一卷。

⑦《千里面目》:《(康熙)嘉定县志》卷二四著录。其书名来自颜之推《颜氏家训》:"江南谚云:尺牍书疏,千里面目也。"

⑧老闲半舫:指年迈时闲居书斋半舫中。

⑨《化化书》:《(康熙)嘉定县志》卷二四著录,题为《汪子化化书》。《(光绪)嘉定县志》卷二六著录,"秦藻曰:是书托鸟兽虫鱼草木以寓讽刺",今未见。

⑩《人林题目》:《(康熙)嘉定县续志》卷五著录,今未见。

⑪《蟹春秋》:《(光绪)嘉定县志》卷二六著录,今未见。

⑫《三侬赘人诗文全集》:今未见,当为作者晚年时整理平生所作诗文的集子。按《(康熙)嘉定县志》卷二四著录有《三侬赘人集》,或即《三侬赘人诗文全集》。

⑬耋(dié):通"耋",年老。

⑭祕之中郎之帐:引用蔡邕藏书于帐中的典故。《艺文类聚》卷五五引《抱朴子》:"王充所著《论衡》,北方都未有得之者。蔡伯喈常到江东,得之,叹为高文,恒爱玩而独祕之。及还中国,诸儒觉其谈论更远,搜求其帐中,果得《论衡》。"

⑮李汉序韩文以行:唐李汉为韩愈《昌黎先生集》作序而流传于世。李汉,字南纪,唐宗室。少事韩愈,通古学,属辞雄蔚。《昌黎先生集序》评价了韩愈的文章特点和文学成就。

⑯张伯松不喜《法言》:张竦不喜欢《法言》。语见《论衡·齐世》:

"扬子云作《太玄》,造《法言》,张伯松不肯一观,与之并肩,故贱
其言。"张竦,字伯松,西汉张敞之孙。博学文雅,官至丹阳郡守。
《法言》,西汉扬雄模仿《论语》而作的政论著作。

⑰酱瓿(bù):原指盛酱的器物,后用为"覆酱瓿"之省,喻著作的价
值不为人所认可,只能用来盖酱瓿而已。语出《汉书·扬雄传》:
"时有好事者载酒肴从游学,而巨鹿侯芭常从雄居,受其《太玄》
《法言》焉。刘歆亦尝观之,谓雄曰:'空自苦! 今学者有禄利,然
尚不能明《易》,又如《玄》何? 吾恐后人用覆酱瓿也。'"

【译文】

　　我少年时辨识方言,写了《侬雅》四卷。因文字狱而入狱,写了《火
山客谯》十五卷,《广禅喜》一卷。适逢心有感慨,写了《鼠吓》五卷。游
历河南时间最长,写了《中州杂组》二十四卷。朋友们询问音讯,写了
《千里面目》六卷。年老时闲居半舫书斋,写了《化化书》十二卷,《人林
题目》八卷,《蟹春秋》一卷。《三侬赘人诗文全集》,尚未确定卷数。如
今我虽年老,对上门来请求写文章的人,还是一定会答应他们,如同在偿
还往昔的拖欠,并不会因此而感到厌倦。以后的作家,将我写的作品像
蔡邕作品一样秘藏在书帐中,任凭他去;像唐代李汉为韩愈撰写《昌黎
先生集》序文那样要让我的作品流传于世,留存百代,任凭他去;即使不
是这样,像张竦不喜欢《法言》一样,叱骂着要将我的作品覆盖在酱瓿
上,也任凭他去。

　　　张山来曰:文近万言,读之不厌其长,惟恐其尽,
允称妙构。予素不识三侬,而令嗣柱东①,曾通缟纻,
因索种种奇书,尚未惠读,不知何日方慰予怀也!

【注释】

①令嗣:称对方儿子的敬词。柱东:汪价的儿子汪岱实。汪岱实,字

柱东。

【译文】

　　张潮说:这篇文章接近万字,读起来并不厌烦其冗长,只担心它就此结束,可称得上是篇构思奇妙的作品。我以前并不认识汪价,而他的儿子汪岱实,曾经和我互相赠送过礼物,于是向他索要汪价的各种奇书,现在还没有拜读,不知道哪天才可以快慰我的心怀啊!

板桥杂记

余怀(澹心)①

　　金陵为帝王建都之地,公侯戚畹②,甲第连云,宗室王孙,翩翩裘马③。以及乌衣子弟④,湖海宾游,靡不挟弹吹箫⑤,经过赵、李⑥。每开筵宴,则传呼乐籍,罗绮芬芳,行酒纠觞⑦,留髡送客⑧。酒阑棋罢,堕珥遗簪⑨。真欲界之仙都⑩,升平之乐国也。

【注释】

①余怀:参见卷四《寄畅园闻歌记》注释。本篇节选自余怀《板桥杂记》,该书记载狭邪之事,共分三卷:上卷《雅游》,记南京妓院盛景,妓家习俗;中卷《丽品》,为当时名妓小传;下卷《轶事》,记当时与妓院相关的各色人等的轶事。

②戚畹:帝王外戚。

③裘马:轻裘肥马,形容生活豪华。语出《论语·雍也》:"赤之适齐也,乘肥马,衣轻裘。"

④乌衣子弟:出身贵族的年轻人。东晋时王氏、谢氏等达官显宦子弟住在建康乌衣巷,故称其子弟为"乌衣诸郎"。

⑤挟弹：持弹弓外出以打鸟，比喻少年游乐。

⑥经过：交往。赵、李：汉成帝皇后赵飞燕及汉武帝李夫人的并称，二人都以能歌善舞受到天子宠爱。后谓能歌善舞者，多指歌妓舞女一流人物。

⑦行酒：监酒，在席间主持酒政。

⑧留髡（kūn）：妓女留客住宿。典出《史记·滑稽列传》，汉淳于髡一日参加宴会，会后主人送走其他客人，独留淳于髡痛饮。后亦指妓女留客住宿。

⑨堕珥遗簪：耳环与簪子都掉落在地上，形容女子在游玩、交际时志气轻狂忘情的景象。典出《史记·滑稽列传》："前有堕珥，后有遗簪，髡窃乐此，饮可八斗而醉二参。"

⑩欲界：原为佛教语。三界之一，包括地狱、人间、六欲天等，以贪欲炽盛为其特征。后用以指尘世，人世。

【译文】

南京是帝王建立都城的地方，高官贵戚，豪华宅第接入云霄，皇室子孙，轻裘肥马行动迅捷。至于出身显贵的年轻人，五湖四海的宾客游士，没有人不持弓打鸟、吹奏箫管，结交歌妓舞女。每次摆设筵席，就传唤歌妓，那些妓女衣着华贵、香气馥郁，在席间主持酒政传杯递盏，留客送客。酒筵将尽、棋局结束的时候，娱乐至欢。真是凡尘俗世中的仙境，太平盛世中的乐土。

旧院人称"曲中"①，前门对武定桥②，后门在钞库街③。妓家鳞次，比屋而居，屋宇精洁，花木萧疏，迥非尘境④。到门则铜环半启，珠箔低垂⑤；升阶则猧儿吠客⑥，鹦哥唤茶；登堂则假母肃迎⑦，分宾抗礼；进轩则丫鬟毕妆，捧艳而出；坐久则水陆备至⑧，丝肉竞陈⑨；定情则目挑心招⑩，绸缪宛转。纨袴少年，绣肠才子^⑪，无不魂迷色阵^⑫，气尽雌风矣！妓家仆婢称之曰"娘"，外人呼之曰"小娘"，假母称之曰"娘儿"，有客称客曰"姐夫"，客称假母曰"外婆"。

【注释】

①旧院：南京的地名，明朝为妓女丛聚之所。曲中：妓坊的通称。

②武定桥：南京秦淮河上桥梁名。始建于南宋淳熙年间，旧名嘉瑞浮桥。明代时，桥旁是开国功臣魏国公徐达的府邸，其谥号"武宁"，因此称"武宁桥"。清道光时，避其讳"旻宁"，遂取"文能安邦，武能定国"之意改称"武定桥"。

③钞库街：位于秦淮河南岸，东北起文德桥，西南至武定桥。明朝钱币为"大明通行宝钞"，钞库街是国家金库宝钞库之所在，街以库名。

④尘境：原为佛教语。佛教以色、声、香、味、触、法为六尘，因称现实世界为"尘境"。

⑤珠箔：珠帘。

⑥猧（wō）儿：小狗。

⑦假母：指鸨母。肃迎：作着揖引进客人。

⑧水陆：水中和陆地所产的食物。

⑨丝肉：乐声和歌声。

⑩目挑心招：眉目传情，心神招引，形容女子诱惑人的情态。

⑪绣肠：绣腑，比喻才华出众、文辞华丽。语出李白《冬日于龙门送从弟京兆参军令问之淮南觐省序》："常醉目吾曰：'兄心肝五藏皆锦绣耶？不然，何开口成文，挥翰雾散？'"

⑫色阵：指美艳女子聚集之所。

【译文】

南京旧院被称为"曲中"，前门对着武定桥，后门在钞库街上。妓院像鱼鳞那样依次排列，所居屋舍相邻，房屋精致洁净，花草树木稀疏清丽,远不是一般尘世的样子。到了门口则瞧见挂着铜环的门微微开着,珠帘低低垂下;走上台阶则瞥见小狗朝客人叫唤,鹦鹉喊人倒茶;登上厅堂则见到鸨母作着揖迎接客人,施礼引导宾客;进到屋里则看到妓女都化着妆,艳丽四射地走出来;稍坐一会儿,各种食物就都准备好了,乐声和歌声竞相响起;男女钟情后就眉目传情,心神招引,情意殷切,依依动人。穿华服的青年,有文采的才子,没有人不在美艳女子聚集之所神魂颠倒,其志气颓废于女子温柔娇媚的姿态之中!妓院中的妓女叫作"娘",外人称呼为"小娘",鸨母称呼为"娘儿",有客人就称呼客人"姐夫",客人称呼鸨母为"外婆"。

乐户统于教坊司①,司有一官以主之,有衙署,有公座②,有人役、刑杖、签牌之类③。有冠有带,但见客则不敢拱揖耳。

【注释】

①乐户:妓院的别称。教坊司:管理乐舞和乐户承应事宜的机关。

②公座:官吏办公的坐席。

③人役:差役,差人。签牌:一种竹制的凭证。

【译文】

妓院统属于教坊司,教坊司有一位官员来主理事务,有官署,有办公的坐席,有差役、刑杖、签牌等。官员戴帽束带,只是见到客人时就不敢拱手作揖了。

妓家各分门户,争妍献媚,斗胜夸奇。凌晨则卯饮淫淫①,兰汤滟滟②,衣香满室;停午乃兰花茉莉③,沉水甲煎④,馨闻数里;入夜而抚笛挡筝⑤,梨园搬演,声彻九霄。李、卞为首,沙、顾次之,郑、顿、崔、马,又其次也⑥。

【注释】

①卯饮:早晨饮酒。淫淫:流落不止貌。

②兰汤:熏香的浴水。潋潋:水浮动貌。

③停午:正午,中午。

④沉水:沉香的别名。甲煎:香料名。以甲香和沉麝诸药花物制成,可作口脂及焚爇,也可入药。

⑤挜(yè)笛:按笛奏曲。挏(chōu)筝:弹奏古筝。

⑥"李、卞为首"几句:所指人物为李大娘、卞赛与卞敏姐妹、沙才、顾媚、郑妥娘、顿文、崔科、马娇与马嫩姐妹,其事迹皆可见于《板桥杂记》卷中《丽品》。

【译文】

妓院分成不同的派别,竞相逞美讨好客人,争胜称奇。天快亮时还饮酒不止,熏香的浴水上下浮动,衣服的香味充满房间;正午时则用兰花、茉莉、沉香、甲煎,香味在数里以外都可以闻到;到了晚上就吹奏笛子弹奏古筝,演员把戏剧搬上场演出,声音响彻云霄。李大娘、卞赛与卞敏姐妹居第一,沙才、顾媚居第二,郑妥娘、顿文、崔科、马娇与马嫩姐妹,又在其后。

长板桥在院墙外数十步,旷远芊绵①,水烟凝碧②。回光、鹫峰两寺夹之③,中山、东花园亘其前④,秦淮朱雀桁绕其后⑤,洵可娱目赏心,漱涤尘襟。每当夜凉人定,风清月朗,名士倾城,簪花约鬓,携手闲行,凭栏徙倚⑥。忽遇彼姝,笑言宴宴⑦,此吹洞箫,彼度妙曲,万籁皆寂,游鱼出听,洵太平盛事也。

【注释】

①芊绵：绵延不绝貌。

②凝碧：浓绿。

③回光：回光寺，始建于南朝梁天监七年（508），原为梁武帝萧衍故宅。南唐保大年间仅存地数亩，更名法光寺。北宋时寺僧募资重修，正殿依岩而筑，塑佛像十六尊，改称鹿苑寺。明永乐年间，西域回光大师以修建大报恩寺的余款重修此寺，更名回光寺。鹫峰：鹫峰寺，现存建筑初建于明天顺五年（1461），因纪念唐朝名僧鹫峰而得名。

④中山：中山园，即瞻园。原是明太祖朱元璋称帝前的吴王府，后赐给中山王徐达作为府邸花园，故称中山园，或徐中山园。清乾隆帝巡视江南，曾驻跸此园，并御题"瞻园"匾额。

⑤朱雀桁（háng）：亦称"朱雀航"。建康（今江苏南京）南城门朱雀门外的浮桥，横跨秦淮河上。三国吴时称南津桥，晋改名朱雀桁。桁为连船而成，长九十步，广六丈。因在台城南，又称"南航"。秦淮河上二十四航，此为最大，又称"大航"。

⑥徙倚：徘徊，逡巡。

⑦宴宴：安闲喜乐貌。

【译文】

长板桥位于旧院墙外几十步的地方，辽阔绵延，烟霭迷蒙，水波浓绿。回光、鹫峰两座寺庙夹绕着它，中山园、东花园横亘在它的前面，秦淮朱雀桁环绕在它的后面，确实能够让人赏心悦目，荡涤襟怀中的世情俗意。每到夜凉如水人声静默的时候，微风清凉，月光明朗，知名士人、倾城佳人，在鬓边插着花，携手漫步，身倚栏杆，徘徊不定。忽然遇到那些美丽的女子，安闲逸乐地谈笑，这边吹着洞箫，那边唱着美妙的歌曲，四周一片寂静，游动的鱼儿也出来聆听，这确实是太平时代的美事。

　　秦淮灯船之盛，天下所无。两岸河房[1]，雕栏画槛，绮窗丝障[2]，十里珠帘。客称既醉，主曰未归。游楫往来，指目曰"某名姬在某河房"，以得魁首者为胜。薄暮须臾，灯船毕集，火龙蜿蜒，光耀天地，扬枹击鼓[3]，蹋顿波心[4]。自聚宝门水关至通济门水关[5]，喧阗达旦。桃叶渡口，争渡者喧声不绝。余作《秦淮灯船曲》，中有云："遥指钟山树色开[6]，六朝芳草向琼台[7]。一园灯火从天降，万片珊瑚驾海来[8]。"又云："梦里春红十丈长，隔帘偷袭海南香。西霞飞出铜龙馆[9]，几队蛾眉一样妆。"又云："神弦仙管玻璃杯，火龙蜿蜒波崔嵬。云连金阙天门迥[10]，鹤舞银城雪窖开。"皆实录也。嗟乎，可复见乎！

【注释】

①河房：此指南京秦淮河两岸的精美房舍。河房是妓女聚集之地，张岱《陶庵梦忆》卷四："秦淮河河房，便寓、便交际、便淫冶，房值甚贵，而寓之者无虚日。画船箫鼓，去去来来，周折其间。"

②丝障：用丝织成的步障。障，贵族在道路两旁设置的遮蔽风尘的帐幕。

③枹（chuí）：鼓槌。

④蹋顿：踏顿，谓歌舞时以足击地打节拍。波心：水中央。

⑤聚宝门：今称中华门，是明南京城的正南门。水关：穿城壁以通城内外水的闸门。通济门：明南京城城门之一，明初由原集庆路旧东门截城壕增建，门向东北为皇城，向西南则是商业区，为南京咽喉所在。

⑥钟山：在南京市区东北。因山石呈紫红色，阳光照映呈紫金色，故又名"紫金山"。

⑦琼台：形容楼台华美瑰丽。

⑧万片珊瑚：此处形容灯船如珊瑚般装饰华美，数量众多。

⑨铜龙馆：饰有铜龙的馆舍，比喻秦淮妓家屋舍华美。

⑩金阙：道家谓天上有黄金阙，为仙人或天帝所居。

【译文】

　　秦淮河上张设彩灯的游船极为繁盛，是天下其他地方所没有的。秦淮河两岸的房屋，栏杆雕花饰彩，窗户绘饰精美，覆有用丝织成的帐幕，珍珠缀成的帘子绵延十里。客人口称已经醉了，主人言道不要回去。游船往来不绝，众人手指而目视着说"某位有名的歌姬在某间房内"，都把能得到花魁当作胜者。傍晚时分，张设彩灯的游船都聚集起来了，成串的灯火曲折萦回，火光照亮了天地，举起鼓槌敲鼓，在水中央蹴踏打节拍。从聚宝门水关到通济门水关，直到天明方结束喧闹。在桃叶渡口，争着渡水的人喧闹不止。我写了《秦淮灯船曲》，其中写道："遥指钟山树色开，六朝芳草向琼台。一圆灯火从天降，万片珊瑚驾海来。"又写："梦里春红十丈长，隔帘偷袭海南香。西霞飞出铜龙馆，几队蛾眉一样妆。"又写："神弦仙管玻璃杯，火龙蜿蜒波崔嵬。云连金阙天门迥，鹤舞银城雪窖开。"都是如实记录。唉，还能见到这种场景吗？

　　教坊梨园①，单传法部②，乃威武南巡所遗也③。然名妓仙娃，深以登场演剧为耻。若知音密席，推奖再三④，强而后可⑤，歌喉扇影⑥，一座尽倾。主之者大增气色，缠头助采⑦，遽加十倍。至顿老琵琶、妥娘词曲⑧，则只应天上，难得人间矣！

【注释】

①教坊：古时管理宫廷音乐的官署。专管雅乐以外的音乐、舞蹈、百戏的教习、排练、演出等事务。明代设教坊司，隶属于礼部。

②法部：唐时皇宫梨园训练和演奏法曲的部门。法曲原为含有外来

音乐成分的西域各族音乐,后与汉族的清商乐结合。

③威武南巡所遗:明武宗正德帝朱厚照南巡时留下的宫廷乐曲。威武,正德帝南巡时自称威武大将军。明黄佐《翰林记》:"正德十四年,宁庶人宸濠反。既就擒,上犹南巡,以亲征为名,自称威武大将军。"

④推奖:推许奖誉。

⑤强而后可:经强求后才答应。

⑥扇影:女子歌舞时摇扇的风姿韵态。

⑦缠头:古代歌舞艺人表演完毕,客以罗锦为赠,称"缠头"。后来又作为赠送妓女财物的通称。

⑧顿老:明代金陵琵琶手,名噪一时,人称"琵琶顿老"。妥娘:郑妥娘,一名如英,又作女英,字无美,小名妥娘。明末名妓。

【译文】

南京梨园的教坊乐曲,只流传下来其中法部的乐曲,这是明正德帝朱厚照南巡时遗留的宫廷乐曲。但是有名的娼女妓子,十分耻于登台表演。如果有知音罗列席间,不断推举赞誉她们,在强求后她们才答应演奏,美妙的歌声和舞扇的风姿,让满座之人都为之倾倒。举办宴会的人神情流露出喜悦,赠送妓女财物以助兴,所获财物的数量要比平时多上十倍。至于顿老弹琵琶、郑妥娘唱词曲,就只应该天上才有,人世间难以听到了!

裙屐少年①,油头半臂②,至日亭午,则提篮挈榼③,高声唱卖逼汗草、茉莉花④。娇婢掩帘,摊钱争买,捉腕捺胸⑤,纷纭笑谑。顷之,乌云拥雪⑥,竟体芳香矣。盖此花苞于日中,开于枕上,真媚夜之淫葩,殢人之妖草也⑦。建兰则大雅不群⑧,宜于纱幮文榻⑨,与佛手、木瓜,同其静好。酒兵茗战之余⑩，微闻香泽，所谓"王者之香""湘君之佩"⑪，岂淫葩妖草所可比缀乎？

【注释】

①裙屐：裙，下裳。屐，木底鞋。原指六朝贵游子弟的衣着。后泛指富家子弟的时髦装束。

②油头：涂了油的头发。半臂：短袖或无袖上衣。

③榼（kē）：泛指盒一类的器物。

④逼汗草：香草名。散发的香气能驱除汗液气味。

⑤捺胸：用手按胸。

⑥乌云拥雪：乌黑的头发遮掩着雪白的肌肤。

⑦瘝（tì）：迷恋，沉湎。

⑧建兰：兰花的一种。

⑨纱幮：蒙有纱布或钉有铁纱的储食橱。文樆：饰以彩画的台樆。

⑩酒兵：指酒。语出《南史·陈暄传》："故江谘议有言：'酒犹兵也，兵可千日而不用，不可一日而不备，酒可千日而不饮，不可一饮而不醉。'"茗战：斗茶，品茶。

⑪王者之香：指兰花。语见蔡邕《琴操·猗兰操》："（孔子）自卫返鲁，隐谷之中，见香兰独茂，喟然叹曰：'夫兰当为王者香，今乃独茂，与众草为伍。'"湘君之佩：语见《楚辞·湘君》："捐余玦兮江中，遗余佩兮醴浦。采芳洲兮杜若，将以遗兮下女。"湘君，湘水之神。

【译文】

装束时髦的轻浮少年，头上涂抹着油，身上穿着短袖上衣，到了正午时分，就提着篮子和盒子，大声叫卖逼汗草、茉莉花。娇美的婢女卷起门帘，拿出钱争相购买，彼此握着手腕按着胸口，嬉笑戏谑乱成一团。项刻之间，女子乌黑的长发堆积在雪白的肌肤上，全身都散发着芳香。原来这种花在正午时长出花苞，开放在床枕间，真是媚惑夜晚的淫逸之花，使人沉迷的妖冶之草。兰花高洁雅致不同流俗，适宜放在蒙有纱布的橱柜和饰有彩画的台榭边，它和佛手、木瓜，都一样安静和美。饮酒品茶的时候，微微闻到香气，所谓"王者之香""湘君之佩"，哪里是淫逸妖冶的花草能比得上的呢？

南曲衣裳妆束①，四方取以为式，大约以淡雅朴素为主，不以鲜华绮丽为工也。初破瓜者②，谓之"梳栊"③；已成人者④，谓之"上头"。衣衫皆客为之措办，巧样新裁，出于假母，以其余物，自取用之。故假母虽年高，亦盛妆艳服，光彩动人。衫之短长，袖之大小，随时变易，见者谓是时世妆也⑤。

【注释】

①南曲：此指南京旧院的娼妓。

②破瓜：喻女子破身。

③梳栊：梳拢，指妓女第一次接客伴宿。妓院中处女只梳辫，接客后梳髻，称"梳拢"。

④成人：妓女破身。

⑤时世妆：入时或时髦的妆饰打扮。

【译文】

南京旧院娼妓的服饰打扮，被各个地方拿来当作样式，大概是以素净雅致为主，不擅长于鲜艳华丽。初次破身的，叫作"梳栊"；已经破身的，叫作"上头"。衣服都是客人为她们置办的，新巧的样式和新颖的剪裁，出自鸨母之手，至于剩下的布料，就被鸨母拿去使用了。所以鸨母虽然年纪大了，也画着浓艳的妆容、穿着艳丽的服装，光亮华丽，引人注目。

衣服的短或长，袖子的大或小，随着季节时令而变化，见到的人把这称作
时髦的妆饰打扮。

　　曲中女郎，多亲生之女，故怜惜倍至。遇有佳客，任其
留连，不计钱钞；其伧父大贾①，拒绝勿与通，亦不顾也。从
良落籍，属于祠部②。亲母则取费不多，假母则勒索高价，
谚所谓"娘儿爱俏，鸨儿爱钞"者，盖为假母言之也。旧院
与贡院遥对③，仅隔一河，原为才子佳人而设。逢秋风桂子
之年，四方应试者毕集，结驷连骑④，选色征歌⑤，转车子之
喉⑥，按阳阿之舞⑦，院本之笙歌合奏⑧，回舟之一水皆香⑨。
或邀旬日之欢，或订百年之约⑩。蒲桃架下⑪，戏掷金钱；芍
药栏边，闲抛玉马⑫。此平康之盛事⑬，乃文战之外篇⑭。迨
夫士也色荒⑮，女分情倦，忽裘敝而金尽⑯，亦遂欢寡而愁
殷。虽设阱者之恒情，实冶游者所深戒也⑰。青楼薄倖⑱，彼
何人哉！

【注释】

①伧父大贾：粗俗鄙夫，庸俗富商。

②祠部：官署名。明代称作祠祭清吏司，为礼部四属部之一，教坊
　隶之。

③贡院：士子们参加江南乡试考试的场所，即江南贡院。

④结驷：一车并驾四马，用以指乘驷马高车之显贵。连骑：形容骑从
　之盛。

⑤征歌：征招歌妓。

⑥车子：指善歌者，东汉末薛访的车童。典出繁钦《与魏文帝笺》：

"都尉薛访车子,年始十四,能喉啭引声,与笳同音。"

⑦阳阿:古之名倡阳阿善舞,后因以称舞名。

⑧院本:金元时,行院(妓院)演唱用的戏曲脚本。体制与宋杂剧相
　　同,是北方的宋杂剧向元杂剧过渡的形式。演时仅用五人,又称
　　"五花爨弄"。明、清时泛指杂剧、传奇。笙歌:泛指奏乐唱歌。

⑨回舟:掉转船头,驾船返回。

⑩百年之约:即婚约。

⑪蒲桃:即葡萄。

⑫玉马:古代屋檐头悬挂的玉片,能于风中撞击发声,用以惊鸟雀。
　　常用作男女定情信物。

⑬平康:借指妓女聚居之地。唐长安城有平康坊,为妓女聚居之地,
　　亦称平康里。

⑭外篇:古人因事理有别,故书分内外篇。内篇为作者要旨所在,外
　　篇则属余论或附论性质。这里比喻科考之外的游冶青楼之事。

⑮色荒:沉迷于女色。

⑯裘敝而金尽:裘衣穿破,钱财用尽。形容处境穷困潦倒。典出
　　《战国策·秦策一》:"(苏秦)说秦王书十上而说不行。黑貂之裘
　　弊,黄金百斤尽。资用乏绝,去秦而归。"

⑰冶游:狎妓。

⑱青楼:借指妓院中的女子。

【译文】

旧院中的娼妓,大多是鸨母的亲生女儿,所以很受怜爱疼惜。遇到
好的客人,任由他们住宿,不计较钱财;那些粗鄙的人和大商贾,则拒绝
和他们来往,也毫不顾忌。脱离娼籍之事,归祠部管理。如果是亲生母
亲的话,索要的钱财就不多,如果只是鸨母的话,索要的价格就很高,谚
语所说的"娘儿爱俏,鸨儿爱钞",大概就是说鸨母的话。旧院和贡院遥
相对应,只隔着一条河,原本是给才子佳人设计的。遇到秋风吹拂、桂花

飘香的乡试之年,四面八方参加考试的人都聚集在这里,车马骑从浩浩荡荡,挑选美女征招歌妓,善歌者运转歌喉,善舞者跳起舞蹈,演奏院本时各种音乐一起演奏,驾船返回时一条河都弥散芳香。或者邀度短时的欢愉,或者订立一生的婚约。在葡萄架的下面,欢笑着投掷钱币;在芍药盛开的栏杆旁,悠闲地投掷玉马。这些青楼中的美事,是科举考试的额外篇章。等到文士沉迷于女色,妓女情感厌倦,忽然一天文士衣服破旧而钱财散尽,妓女也就欢笑稀少而忧愁增多了。即使这是布设爱情陷阱的妓女常有的事,狎妓的人也应该深深戒备。青楼女子薄情负心,那是些什么样的人啊!

曲中市肆,精洁殊常。香囊云舄、名酒佳茶、饧糖小菜、箫管瑟琴①,并皆上品。外间人买者②,不惜贵价;女郎赠遗,都无俗物。正李仙源《十六楼集句》诗中所云"市声春浩浩③,树色晚苍苍。饮伴更相送,归轩锦绣香"者是也。

【注释】

①云舄(xì):绣鞋。饧(xíng)糖:麦芽糖,糖稀。小菜:泛指下酒饭的菜肴。

②外间:外地。

③李仙源:李泰,字叔通。据褚人获《坚瓠集》二集卷四《金陵十六楼》记:"鹿邑李叔通泰号仙源,洪武中进士,博学知天文,曾掌钦天监,遂入钦天监籍。有《集句诗》二卷,中有《咏金陵十六楼诗》。"

【译文】

旧院的商铺,精致洁净不同寻常。有香囊绣鞋、名酒好茶、饧糖小菜、箫管琴瑟,都是上品。外地人购买这些东西,不在乎其昂贵的价格;年轻女子们赠送这类物品,完全没有俗气的意味。正像李仙源《十六楼集句》诗中所说的"市声春浩浩，树色晚苍苍。饮伴更相送，归轩锦绣香"。

　　虞山钱牧斋《金陵杂题绝句》中①，有数首云："淡粉轻烟佳丽名②，开天营建记都城。而今也入烟花部，灯火樊楼似汴京③。""一夜红笺许定情，十年南部早知名。旧时小院湘帘下，犹托鹦歌唤客声。"<small>旧院马二娘，字晁采。</small>"惜别留欢恨马蹄，勾阑月白夜乌啼④。不知何与汪三事⑤，趣我欢娱伴我归。""别样风怀另酒肠，伴他薄倖耐他狂。天公要断烟花种，醉杀扬州萧伯梁⑥。""顿老琵琶旧典型，檀槽生涩响零丁⑦。南巡法曲谁人问？头白周郎掩泪听。"<small>绍兴周禹锡⑧，喜顿老琵琶。</small>"旧曲新诗压教坊，缕衣垂白感湖湘。闲开《闺集》教孙女，身是前朝郑妥娘。"<small>郑女英，小名妥娘，诗载《列朝诗选·闺集》中⑨。</small>新城王阮亭《秦淮杂诗》中有二首云⑩："旧院风流数顿杨⑪，梨园往事泪沾裳。樽前白发谈天宝，零落人间脱十娘⑫。""旧事南朝剧可怜，至今风俗斗婵娟。秦淮丝肉中宵发⑬，玉律抛残作笛钿⑭。"以上皆伤今吊古、感慨流连之作，可佐南曲谈资者，录之以当哀丝急管⑮。黄涪翁云⑯："解作江南断肠句，世间惟有贺方回⑰。"倘遇旗亭歌者，不能不画壁也⑱。<small>以上纪《雅游》。</small>

【注释】

①虞山钱牧斋：钱谦益，字受之，号牧斋，因故乡常熟西北有虞山，故被学者称作虞山先生。曾撰《金陵杂题绝句》二十五首，收于《牧斋有学集》卷八。

②淡粉轻烟：淡粉、轻烟皆指妓馆。明祝允明《野记》："国朝于京师官建妓馆六楼于聚宝门外，以安远人，故名曰来宾、曰重译、曰轻烟、曰淡粉、曰梅妍、曰柳翠。"

③樊楼：泛指酒楼。樊楼原是宋代东京（今河南开封）的大酒楼，又称白矾楼。楼高三层，五楼相向，各有飞桥相通，华丽壮伟，日常顾客常在千人以上。

④勾阑：勾栏，这里指妓院。

⑤汪三：据《金陵杂题绝句》所录此诗后小字注"新安汪逸字遗民"，则知汪三指汪逸，字遗民。

⑥萧伯梁：参见下文"瓜州萧伯梁"事。

⑦檀槽：檀木制成的琵琶、琴等弦乐器上架弦的槽格。亦指琵琶等乐器。

⑧周禹锡：据钱谦益《金陵杂题绝句》小字注"绍兴周锡圭字禹锡"，知指周锡圭。

⑨《列朝诗选·闺集》：钱谦益编选的明代诗歌总集《列朝诗集》，其《闰集卷四》收郑如英（妥娘）七首诗歌。闺集，当作"闰集"，《金陵杂题绝句》小字注"郑如英，小名妥，诗载《列朝·闰集》中，今年七十二矣"。

⑩新城王阮亭：指新城（今山东桓台）人王士禛，参见卷九《剑侠传》注释。

⑪顿杨：明代金陵名妓顿文、杨玉香的并称。顿文，字小文，琵琶顿老之孙女，善鼓琴。杨玉香，善琵琶。

⑫脱十娘：明末南京妓女。王士禛《带经堂诗话》卷二八："金陵旧院有顿、脱诸姓，皆元人后没入教坊者。顺治末，予在江宁闻脱十娘者，年八十余尚在。万历中，北里之尤也。予感而赋诗云：旧院风流数顿杨，梨园往事泪沾裳。樽前白发谈天宝，零落人间脱十娘。"

⑬中宵：中夜，半夜。

⑭玉律：玉制的标准定音器。相传黄帝时伶伦截竹为筒，以筒之长短分别声音的清浊高下。乐器之音，则依以为准。分阴、阳各六，共十二律。古人又以配十二月，用吹灰法，以候气。后亦指管乐器。

⑮哀丝：哀婉的弦乐声。急管：节奏急促的管乐。

⑯黄涪翁：指宋代文学家黄庭坚，号山谷道人、涪翁。下引诗句出自黄庭坚《寄贺方回》："少游醉卧古藤下，谁与愁眉唱一杯。解作江南断肠句，只今惟有贺方回。"

⑰贺方回：贺铸，字方回，号庆湖遗老，宋卫州（今河南卫辉）人。工诗文，尤长于词，有《庆湖遗老集》。

⑱倘遇旗亭歌者，不能不画壁也：典出唐薛用弱《集异记·王之涣》记"开元中，诗人王昌龄、高适、王之涣齐名……一日天寒微雪，三诗人共诣旗亭，贳酒小饮"，忽有梨园伶官十数人，登楼会宴，"昌龄等私相约曰：'我辈各擅诗名，每不自定其甲乙，今者可以密观诸伶所讴，若诗入歌词之多者，则为优矣。'俄而一伶拊节而唱，乃曰：'寒雨连江夜入吴，平明送客楚山孤……'昌龄则引手画壁曰：'一绝句。'……"三人每逢伶人唱到自己的诗歌，便在墙壁上画了记号。后以"旗亭画壁"比喻评论诗人的高下，也用以比喻诗人聚会赛诗。旗亭，酒楼，因悬旗为酒招，故称旗亭。

【译文】

虞山钱谦益的《金陵杂题绝句》中，有好几首写道："淡粉轻烟佳丽名，开天营建记都城。而今也入烟花部，灯火樊楼似汴京。""一夜红笺许定情，十年南部早知名。旧时小院湘帘下，犹托鹦歌唤客声。"旧院的马二娘，字晃采。"惜别留欢恨马蹄，勾阑月白夜乌啼。不知何与汪三事，趣我欢娱伴我归。""别样风怀另酒肠，伴他薄倖耐他狂。天公要断烟花种，醉杀扬州萧伯梁。""顿老琵琶旧典型，檀槽生涩响零丁。南巡法曲谁人问？头白周郎掩泪听。"绍兴的周锡圭，喜欢听顿老琵琶。"旧曲新诗压教坊，缕衣垂白感湖湘。闲开《闺集》教孙女，身是前朝郑妥娘。"郑女英,小名妥娘,诗记载在《列朝诗选·闺集》中。新城王士禛的《秦淮杂诗》里有两首诗写道:"旧院风流数顿杨,梨园往事泪沾裳。樽前白发谈天宝,零落人间脱十娘。""旧事南朝剧可怜,至今风俗斗婵娟。秦淮丝肉中宵发,玉律抛残作笛钿。"以上都是感伤今日凭吊旧日、感叹流离转徙的作品,成为了青楼中的谈论内容,记录下来配以弦乐管乐。黄庭坚曾说:"解作江南断肠句,世间惟有贺方回。"倘若遇到酒楼中的歌女,肯定要在墙壁画上记号以斗诗。以上记《雅游》。

　　　　八琼逸客曰[1]:此记须用冷金笺[2],画乌丝栏[3],写《洛神赋》小楷[4],装以云鸾缥带[5],贮之蛟龙箧中[6],薰以沉水、迷迭[7],于风清月白、红豆花间,开看之可也。

【注释】

①八琼逸客:未详。

②冷金笺:冷金纸,带白色的泥金或洒金的纸。

③乌丝栏:亦作"乌丝阑"。指上下以乌丝织成栏,其间用朱墨界行的绢素。

④《洛神赋》小楷:《洛神赋》是三国时曹魏文学家曹植的辞赋作品,虚构了自己与洛神的邂逅,并表达思慕之情。清初姜宸英曾以小楷字体书录《洛神赋》。

⑤云鸾缥带:饰有白云和凤凰图案的淡青色带子。

⑥蛟龙箧:装饰有龙形花纹的箱子。

⑦迷迭:常绿小灌木。有香气,佩之可以香衣,燃之可以驱蚊、避邪气,茎、叶和花都可提取芳香油。

【译文】

　　八琼逸客说:这篇记载必须用冷金笺,画上乌丝栏,用《洛神赋》小楷那样的字体书写,装饰上有白云和凤凰图案的淡青色带子,贮存在饰有龙形花纹的箱子里,用沉香、迷迭香来熏染,在清风吹拂、夜月明净时,置身红豆花中间,打开看才可以。

余生万历末年①,其与四方宾客交游,及入范大司马莲花幕中为平安书记者②,乃在崇祯庚辛以后③。曲中名妓,如朱斗儿、徐翩翩、马湘兰者④,皆不得而见之矣。则据余所见而编次之,或品藻其色艺⑤,或仅记其姓名,亦足以征江左之风流⑥,存六朝之金粉也⑦。昔宋徽宗在五国城⑧,犹为李师师立传⑨,盖恐佳人之湮没不传,作此情痴狡狯耳。"风乍起,吹绉一池春水"⑩,干卿何事⑪?"彼美人兮,巧笑倩兮,美目盼兮"⑫,"中心藏之,何日忘之⑬!"

【注释】

①余生万历末年:余怀出生于明神宗朱翊钧万历四十四年(1616),终于清康熙三十五年(1696)。参见范志新《余怀生卒年考辩》。

②范大司马:兵部尚书范景文,字梦章,号思仁,河间府吴桥(今河北吴桥)人。明万历进士,授东昌府推官。天启中,官文选郎中,不附魏忠贤,亦不附东林。崇祯时,累官工部尚书兼东阁大学士,入参机要。李自成入京师,投井死。事迹见《明史·范景文传》。莲花幕:幕府,又称"莲幕"。语出《南史·庾杲之传》:"安陆侯萧缅与俭书曰:'盛府元僚,实难其选。庾景行泛渌水,依芙蓉,何其丽也。'时人以入俭府为莲花池,故缅书美之。"

③庚辛:指明崇祯庚辰(崇祯十三年,1640)、辛巳(崇祯十四年,1641)间。余怀当时二十五六岁。

④马湘兰:名守真,字玄儿,又字月娇,善画兰,故号湘兰。明南京人,秦淮歌妓。

⑤品藻：品评。

⑥江左：江东。长江下游以东地区。古人在地理上以东为左，以西为右，故江东又名江左。

⑦六朝：三国吴、东晋和南朝宋、齐、梁、陈相继建都建康（吴名建业，今南京），史称为六朝。金粉：喻指繁华绮丽的生活。

⑧宋徽宗：赵佶，宋神宗之子，宋哲宗之弟。擅书法、绘画，能诗词。五国城：辽时在今黑龙江依兰县东至乌苏里江口的松花江两岸有剖阿里、盆奴里、奥里米、越里笃、越里吉五个部落归附，设节度使统领，称为五国城。越里吉在今依兰县，称五国头城，宋徽宗被金人囚死于此。

⑨李师师：原姓王，宋汴京（今河南开封）人，丧父后入娼籍李家。色艺双全，慷慨有侠名。与周邦彦等往来，以歌舞名动京师。靖康中，家遭籍没。后流落浙、湘。

⑩风乍起，吹绉一池春水：出自五代冯延巳的词作《谒金门》。

⑪干卿何事：南唐中主李璟对冯延巳"风乍起，吹绉一池春水"的评价。

⑫巧笑倩兮，美目盼兮：出自《诗经·卫风·硕人》。

⑬中心藏之，何日忘之：出自《诗经·小雅·隰桑》。

【译文】

我出生在明万历末年，和天下各处的朋友相结交，等到进入兵部尚书范景文的幕府中任平安书记，则在崇祯十三年、十四年之后了。旧院有名的妓女，比如朱斗儿、徐翩翩、马湘兰等人，我都没有见到。就根据我所见到的编排整理，或者品评她们的美貌与技艺，或者只记录她们的姓名，也足够说明江东的风韵才致，存录江南繁华绮丽的生活了。当初宋徽宗被囚在五国城，还为李师师写小传，大概是害怕美人被埋没而事迹不能流传，于是作了一篇痴情之人的玩笑之文吧。"风忽然吹起，吹皱春水荡起阵阵涟漪"，关你什么事呢？"那个美人啊，嫣然一笑动人心，秋波一转摄人魂"，"心中藏有深深爱意，哪一天也不能忘记！"

尹春,字子春,姿态不甚丽,而举止风韵,绰似大家。性格温和,谈词爽雅,无抹脂鄣袖习气①。专工戏剧排场②,兼擅生旦③。余遇之迟暮之年,延之至家,演《荆钗记》④。扮王十朋,至《见娘》《祭江》二出⑤,悲壮淋漓,声泪俱迸,一座尽倾,老梨园自叹弗及。余曰:"此许和子永新歌也⑥,谁为韦青将军者乎⑦?"因赠之以诗曰:"红红记曲采春歌,我亦闻歌唤奈何。谁唱江南断肠句,青衫白发影婆娑。"春亦得诗而泣,后不知其所终。嗣有尹文者,色丰而姣,荡逸飞扬,顾盼自喜,颇超于流辈⑧。太守张维则昵宠之⑨,惟其所欲,甚欢。欲置为侧室,文未之许,属友人强之,文笑曰:"是不难,嫁彼三年,断送之矣。"卒归张。未几文死,张后十数年乃亡,仕至监司⑩,负才华,任侠,轻财结客,磊落人也。

【注释】

①鄣(zhàng)袖:以袖遮颜。形容故作姿态。鄣,同"障"。

②排场:舞台演出。

③生旦:生角和旦角。生,传统戏剧里扮演男子的角色。旦,传统戏剧里扮演女子的角色。

④《荆钗记》:南戏剧本。作者说法不一,有元人柯丹丘作一说。今存本为明人改本。叙钱玉莲拒绝富豪孙汝权的求婚,宁嫁以荆钗为聘的穷书生王十朋。王中状元后,因拒绝入赘为丞相女婿,被派往潮阳。孙汝权伪造休书,玉莲投江自杀,遇救。后经种种曲折,夫妻团圆。

⑤《见娘》:《荆钗记》第三十一出。《祭江》:《荆钗记》第三十出。出:戏曲的一个独立剧目。

⑥许和子永新歌：许和子唱的歌曲。许和子，唐代著名宫廷歌手，吉
　州永新（今江西永新）人，据其出生地名改名永新。参见卷十二
　《看花述异记》注释。

⑦韦青：唐京兆杜陵（今陕西西安东南）人。玄宗朝，官至金吾将军。
　能歌。大历歌人张红红曾为韦青姬妾，备受器重，善于记曲谱。

⑧流辈：同辈。

⑨太守张维则：知府张维则。张维则，疑为张锦。据《（乾隆）江南
　通志》卷一〇七"职官志"、《（嘉庆）重刊江宁府志》卷二一"秩
　官表"，明末清初南京张姓知府唯有张锦，翼城（今属山西）人，清
　顺治六年（1649）任江宁知府。

⑩监司：负有监察之责的官吏。明朝为提刑按察司。清朝为司、道
　之统称。因藩司、道台有监督府县之责，故称。

【译文】

尹春，字子春，容貌体态不是很秀丽，但是举手投足的仪态风度，绰
约柔美好似名家。她脾气温柔平和，言辞爽快文雅，没有涂脂抹粉故作
姿态的习惯。精通戏曲演出，擅长生角和旦角。我在她的晚年遇见她，
邀请她到家里，演《荆钗记》。她扮演王十朋，到了《见娘》《祭江》二出
时，唱得悲哀雄壮十分酣畅，一边演唱，一边流泪，满座都为之倾倒，年纪
大的戏曲演员都自叹不如。我说："这真像是许和子唱的歌，可谁又是韦
青将军呢？"于是赠给她诗："红红记曲采春歌，我亦闻歌唤奈何。谁唱
江南断肠句，青衫白发影婆娑。"尹春得到我的赠诗后泪流满面，后来就
不知道她的下落了。尹春有个孩子叫尹文，外貌丰润娇美，自由放任，自
怜自爱，远超同辈之人。知府张维则宠爱她，满足所有她想要的东西，两
人相处非常融洽。张维则想要纳她为妾，尹文不同意，张维则就嘱托友
人勉强她同意，尹文笑着说："这也不是难事，嫁给你三年后，就断送我们
间的情意。"最后嫁给了张维则。不久，尹文过世，张维则在十几年后才
死，官至监司，富有才华，任侠仗义，轻财而广交宾客，是个坦坦荡荡的人。

李十娘,名湘真,字雪衣。在母腹中闻琴歌声,则勃勃欲动。生而娉婷娟好①,肌肤玉雪,既含睇兮又宜笑②,殆《闲情赋》所云"独旷世而秀群"者也③。性嗜洁,能鼓琴清歌,略涉文墨,爱文人才士。所居曲房密室④,帷帐尊彝,楚楚有致。中构长轩,轩左种老梅一树,花时香雪霏拂几榻。轩右种梧桐二株,巨竹十数竿。晨夕洗桐拭竹,翠色可餐,入其室者,疑非尘境。余每有同人诗文之会,必至其家。每客用一精婢,侍砚席、磨隃麋、爇都梁、供茗果⑤。暮则合乐酒宴,尽欢而散。然宾主秩然,不及于乱。于时流寇讧江北⑥,名士渡江,侨金陵者甚众,莫不艳羡李十娘也。十娘愈自闭匿,称善病,不妆饰,谢宾客。阿母怜惜之,顺适其意,婉语逊词,概勿与通。惟二三知己,则欢情自接,嬉怡忘倦矣。后易名贞美,刻一印章,曰"李十贞美之印"。余戏之曰:"美则有之,贞则未也。"十娘泣曰:"君知儿者,何出此言?儿虽风尘贱质,然非好淫荡检者流⑦,如夏姬、河间妇也⑧。苟儿心之所好,虽相庄如宾,情与之洽也;非儿心之所好,恐勉同枕席,不与之合也。儿之不贞,命也如何?"言已,泣下沾襟。余敛容谢之曰:"吾失言,吾过矣!"

【注释】

①娉(pīng)婷:姿态美好貌。

②既含睇兮又宜笑:含情注视,巧笑嫣然。语出屈原《山鬼》:"既含睇兮又宜笑,子慕予兮善窈窕。"

③《闲情赋》:东晋陶渊明的赋作。题旨标榜为约束感情,然通篇用热烈深情的言辞、大段的比喻渲染男女之情,文辞流宕,色彩丰

艳,穷极铺排。其中有"夫何瑰逸之令姿,独旷世以秀群"。

④曲房密室:内室,密室。

⑤磨隃糜:磨墨。都梁:香名。

⑥流寇:明末对农民起义军的蔑称。讧:扰乱。

⑦荡检:行为放荡,不守礼法。

⑧夏姬:春秋时人,郑穆公之女。初嫁子蛮,子蛮早死。再嫁陈大夫夏御叔,生子徵舒。夏御叔死,又与陈灵公及其大夫孔宁、仪行父私通。河间妇:指淫荡的女人。事见柳宗元《河间传》:"河间,淫妇人也,不欲言其姓,故以邑称。"

【译文】

李十娘,名湘真,字雪衣。还在母亲肚子里时听到弹琴唱歌的声音,就活泼地想要舞动。出生之后姿态优雅,清秀美丽,皮肤像玉和雪那样洁白,既含情注视又优美巧笑,大概就是《闲情赋》所说的"卓然独立而秀丽绝伦"吧。她生性喜欢干净,能够弹琴唱歌,略微涉猎文书辞章,喜欢知书能文的有才之士。她居住的内室,帷幕床帐和各种酒器,陈列整齐而富有情趣。房子中间修了一条长长的走廊,长廊左边栽种着一棵老梅花树,梅花开花时就飞舞着飘过几案床榻。长廊右边栽种着两棵梧桐树,十几株高大的竹子。早晚清洗擦拭梧桐和竹子,显得翠绿异常,进入她房间的人,都怀疑她所在的地方不是人间。我每次和志同道合的朋友举办写诗作文的宴会,一定要到她家里去。每位客人挑选一个美丽的婢女,服侍席间、研磨好墨、燃都梁香、提供茶果。到了晚上就一起在酒宴上嬉戏,尽情欢乐之后才散去。但是宾客主人都井然有序,不至于淫乱。当时流寇在长江以北地区作乱,知名人士渡过长江,侨居南京的有很多,大家没有不爱慕李十娘的。李十娘却愈加有意闭门藏匿,声称自己经常生病,不化妆打扮,谢绝客人登门。鸨母爱护她,顺从她的意愿,婉转谦逊地谢绝客人和她接触。只有两三个知己,她主动欢快地接待,嬉笑喜悦间忘记了疲倦。她后来改名贞美,雕刻了一枚印章,上面写"李十贞美之印"。我调笑她说:"美是有的,贞却没有。"十娘哭着说:"你是了解我的人,怎么说出这样的话呢? 我虽然身在风月场中,但是绝非喜好淫冶、行为放荡之辈,不是像夏姬、河间妇那样的人。如果是我心中喜欢的人,即使像宾客那样恭谨相处,和他的感情也是亲密的;不是我心里喜欢的人,恐怕即使勉强同床共枕,和他的感情也不会融洽。我沦落到不贞洁的地步,不就是命运吗?"说完,泪水流下来沾湿了衣襟。我端正神色向她道歉说:"我出言失当,是我的错!"

十娘有兄女曰媚姐,十三才有余,白皙,发覆额,眉目如画。余心爱之,媚亦知余爱,娇啼婉转,作掌中舞①。十娘曰:"吾当为汝媒。"岁壬午②,入棘闱③,媚日以金钱投琼④,卜余中否。及榜发落第,余乃愤郁成疾,避栖霞山寺⑤,经年不相闻矣。鼎革后,秦州刺史陈澹仙⑥,寓蓑桂园,拥一姬,曰姓李。余披帏见之,媚也。各黯然掩袂。问十娘,曰:"从良矣。"问其居,曰:"在秦淮水阁⑦。"问其家,曰:"已废为菜圃。"问其"老梅与梧竹无恙乎?"曰:"已摧为薪矣。"问:"阿母尚存乎?"曰:"死矣。"因赠以诗曰:"流落江湖已十年,云鬟犹卜旧金钱。雪衣飞去仙哥老⑧,休抱琵琶过别船。"

【注释】

①掌中舞:即掌上舞。相传汉成帝之后赵飞燕体态轻盈,能为掌上
　　舞。后指体态轻盈的舞蹈。

②壬午:明崇祯十五年(1642)。

③棘闱:棘围,科举的考场。

④投琼:掷骰子。

⑤栖霞山寺:即栖霞寺,位于南京栖霞山中峰西麓。始建于南齐永

明七年（489）。梁僧朗于此大弘三论教义，被称为江南三论宗初
祖。南唐时改称妙因寺。宋代曾称普云寺、景德栖霞寺、虎穴寺。
明洪武二十五年（1392）勒书栖霞寺，沿袭至今。

⑥泰州刺史陈澹仙："秦"字讹，据《板桥杂记》当作"泰州刺史陈澹
仙"，即泰州知州陈素。泰州，明、清属扬州府。陈素，字澹仙，一
字涵白，桐乡（今属浙江）人。明崇祯七年（1634）进士，授开州
知州，复补江南泰州知州。事见《（康熙）桐乡县志》卷二、《（康
熙）扬州府志》卷二二。

⑦水阁：临水的楼阁。一般为两层建筑，四周开窗，可凭高远望。

⑧雪衣：唐胡璩《谭宾录》："天宝中岭南献白鹦鹉，养之宫中岁久，
颇甚聪慧，洞晓言词。上及贵妃皆呼为雪衣女。……上每与嫔妃
及诸王博戏，上稍不胜，左右呼雪衣女，必飞局中，鼓翼以乱之。"
此处以"雪衣飞去"喻李十娘从良离去。仙哥：唐孙棨《北里
志》："天水仙哥，字绛真，住于南曲中。善谈谑，能歌令。"此处喻
指媚姐。

【译文】

李十娘有一个侄女叫媚姐，才十三岁多一点，肤色白净，刘海盖着
额头，眉眼清秀美丽。我心里喜欢她，媚姐也知晓我对她的喜欢，娇媚哭
泣之声抑扬起伏，能跳体态轻盈的舞蹈。李十娘说："我可以给你当媒
人。"崇祯十五年，我参加乡试考试，媚姐每天用钱掷骰子，占卜我是否
能高中。等到放榜后未被录取，我愤恨抑郁以至生病，隐退在栖霞寺中，
和她好几年都没有来往。明清易鼎之后，泰州知州陈素，住在蘘桂园，有
一个姬妾，说是姓李。我掀开帷帐与她相见，发现是媚姐。各自感伤沮
丧，以袖拭泪。向她打听李十娘的消息，她回复说："从良了。"询问李十
娘的住处，她说："在秦淮河边的楼阁里。"询问李十娘的旧居，她说："已
经废弃成了菜园。"问她说："老梅树和梧桐、竹子都还好吧？"她回答说：
"已经被砍毁成为柴薪了。"问她说："鸬母还在吗？"她回答说："死了。"

于是赠给她一首诗："流落江湖已十年,云鬟犹卜旧金钱。雪衣飞去仙哥老,休抱琵琶过别船。"

　　葛嫩,字蕊芳。余与桐城孙克咸交最善[1],克咸名临,负文武才略,倚马千言立就[2],能开五石弓[3],善左右射,短小精悍,自号"飞将军"。欲投笔磨盾[4],封狼居胥[5],又别字曰武公。然好狭邪游[6],纵酒高歌,其天性也。先昵珠市妓王月[7],月为势家夺去,抑郁不自聊[8],与余闲坐李十娘家。十娘盛称葛嫩才艺无双,即往访之。阑入卧室[9],值嫩梳头,长发委地,双腕如藕,面色微黄,眉如远山[10],瞳人点漆[11]。叫"请坐",克咸曰:"此温柔乡也[12],吾老是乡矣!"是夕定情,一月不出,后竟纳之闲房[13]。江上之变[14],移家云间。间道入闽,授监中丞杨文聪军事[15]。兵败被执,并缚嫩。主将欲犯之,嫩不从,啮舌碎,含血噀其面,将手刃之。克咸见嫩抗节死,乃大笑曰:"孙三今日登仙矣!"亦被杀。中丞父子三人同日殉难。

【注释】

①孙克咸:孙临,字克咸,一字武公,桐城(今属安徽)人。贡生。南明时追随唐王朱聿键,与兵部侍郎杨文聪率军抗清,任监军副使,兵败被杀。事略见《明史·杨文聪传》、《(康熙)安庆府志》卷十九等。

②倚马千言立就:形容写文章快。典出《世说新语·文学》:"桓宣武北征,袁虎时从,被责免官。会须露布文,唤袁倚马前令作,手不辍笔,俄得七纸,殊可观。"

③五石弓:需要五石力气才能拉开的弓。石,古代重量单位,一石为

一百二十斤。

④投笔:投笔从戎,弃文从武。典出《后汉书·班超传》:"大丈夫无
　它志略,犹当效傅介子、张骞立功异域,以取封侯,安能久事笔砚
　间乎?"磨盾:作战。

⑤封狼居胥:指北伐立功复国。典出《史记·卫将军骠骑列传》:
　"骠骑将军去病率师……封狼居胥山,禅于姑衍,登临翰海。"

⑥狭邪游:冶游,狎妓。

⑦珠市:当时南京城中烟花之地。《(嘉庆)重刊江宁府志》卷八记
　"今内桥西珠宝廊,明呼珠市"。据下文记"珠市在内桥傍,曲巷
　逶迤,屋宇湫隘"。

⑧不自聊:无聊。

⑨阑入:无凭证而擅自进入。

⑩远山:形容女子秀丽之眉。

⑪瞳人:指瞳孔。瞳孔中有看它的人的像,故称。亦泛指眼珠。点
　漆:乌黑光亮貌。

⑫温柔乡:比喻美色迷人之境。

⑬闲房:偏房。

⑭江上之变:《板桥杂记》作"甲申之变",指明末农民起义、江山易
　鼎之事。

⑮杨文骢:即杨文骢,字龙友,贵阳(今属贵州)人。明万历末,举于
　乡,后累升右佥都御史,巡抚常、镇,兼督沿海诸军。善书法,有文
　藻,好交游,为人豪侠,颇推奖名士,士亦以此归附。南明唐王时,
　任兵部右侍郎。清顺治三年(1646),奉命援衢州,被俘,因不降
　被杀。事见《明史·杨文骢传》、陶汝鼐《杨龙友中丞传》(《荣木
　堂集》卷八)。

【译文】

葛嫩,字蕊芳。我和桐城的孙临交情最好,孙临字克咸,富有文学

和军事才能,须臾间即能写下千字的文章,还能拉开五石的弓,善用左右手射箭,身躯短小而精明强悍,自号"飞将军"。他想要弃文从武,北伐复国,又另外起字为武公。但是他喜欢冶游狎妓,纵情饮酒高声歌唱,这是他天生的性情。他起先宠溺烟花女子王月,但王月被有权势的人家抢走,他忧烦无聊,和我闲坐在李十娘家里。李十娘极力称赞葛嫩的才艺独一无二,孙临就前往拜访她。他擅自进入卧房中,葛嫩正在梳头发,她的长发拖垂在地上,两个手腕像莲藕一样洁白,面容淡黄,眉毛秀丽,眼珠乌黑光亮。她说"请坐",孙临说:"这里是温柔乡,我要老死在这里了!"当晚两人定情,孙临缠绵葛嫩房中一个月都没有外出,后来竟然娶她为妾室。江山易鼎,山河巨变,孙临搬家到了松江府。后来抄近路到了福建,被任命为巡抚杨文骢的监军副使。战败后他被抓,葛嫩也一起被绑。清军统帅想要侵犯葛嫩,葛嫩大声辱骂,咬烂舌头,口含鲜血喷在他的脸上,统帅亲手杀了她。孙临看到葛嫩不屈而死,就大声笑着说:"我今天就要成仙了!"也被杀了。杨文骢父子三人,也在同一天遇难殉国。

李大娘,一名小大,字宛君。性豪侈,女子也,而有须眉丈夫之气①。所居台榭庭室,极其华丽,侍儿曳罗绮者十余人②。置酒高会,则合弹琵琶筝瑟,或狎客沈元、张卯、张奎数辈③,吹洞箫,唱时曲。酒半,打十番鼓。曜灵西匿④,继以华灯;罗帏从风,不知喔喔鸡鸣,东方既白矣。大娘曰:"世有游闲公子、聪俊儿郎,至吾家者,未有不荡志迷魂、没溺不返者也。然吾亦自逞豪奢,岂效踧踖倚门市娼⑤,与人较钱帛哉?"以此得"侠妓"声于莫愁、桃叶间⑥。后归新安吴天行⑦。天行钜富,赀产百万;体羸,素善病,后房丽姝甚众,疲于奔命。大娘郁郁不乐。曩所欢胥生者,赂仆婢通音耗⑧。渐托疾,荐胥生能医,生得入见大娘。大娘以金珠银贝纳药笼中以出,与生订终身约。后天行死,卒归胥生。胥生本贫士,家徒四壁立,获吴氏资,渐殷富,与大娘饮酒食肉相娱乐,教女妓数人歌舞。生复以乐死。大娘老矣,流落阛阓⑨,仍以教女娃歌舞为活。余犹及见之,徐娘虽老⑩,尚有风情。话念旧游,潸焉出涕,真如华清宫女说开元、天宝遗事也⑪!昔杜牧之于洛阳城东,重睹张好好,感旧论怀,题诗以赠⑫,有云:"朋游今在否,落拓更能无。门馆恸哭后⑬,水云秋景初。斜日挂衰柳,凉风出座隅。酒尽满襟泪,短歌聊一书。"正为今日而说。余即出素扇以贻之⑭,大娘捧扇而泣,或据床以哦,哀动邻壁。

【注释】

①须眉:胡须和眉毛,借指男子。

②罗绮:罗和绮。多借指丝绸衣裳。

③狎客:狎妓的人。

④曜灵:太阳。

⑤龊龊(chuò):拘谨貌,谨小慎微貌。倚门:靠着门,指妓女接客。市娼:都市中的妓女。

⑥莫愁、桃叶间:指南京秦淮河一带。莫愁,莫愁湖,在今南京水西门外。相传南朝齐时,有洛阳少女莫愁远嫁江东卢家,住在湖滨,因名莫愁湖。桃叶,即桃叶渡。莫愁湖、桃叶渡都在秦淮河畔。

⑦吴天行:明末徽县西溪盐商,家筑十二楼,纳妾极多,号"百妾主人"。《(民国)丰南志》卷九记吴无逸"北醵于广陵,典于金陵,米布于运漕,致富百万",其嫡子吴允复,字天行,"姬百人,半为家

乐,远致奇石无数。取'春色先归十二楼'意,名其园曰十二楼"。

⑧音耗:音信,消息。

⑨阛阓(huán huì):借指民间。

⑩徐娘:南朝梁元帝妃,姓徐,名昭佩。徐昭佩年纪很大时还与人私通,后人就以"徐娘半老"形容年老色衰犹有风情的妇女。

⑪开元、天宝:唐玄宗李隆基的年号开元(713—741)、天宝(742—756)。

⑫"昔杜牧之于洛阳城东"几句:杜牧于唐文宗大和三年(829)在江西观察使沈传师幕府供职时,结识名妓张好好,大和八年(834)在洛阳重遇当垆卖酒的张好好,感旧伤怀,赠给她《张好好诗》。下文所引诗句即出于《张好好诗》。该诗序记:"牧大和三年佐故吏部沈公江西幕,好好年十三,始以善歌来乐籍中。后一岁,公移镇宣城,复置好好于宣城籍中。后二岁,为沈著作述师以双鬟纳之。后二岁,于洛阳东城重睹好好,感旧伤怀,故题诗赠之。"

⑬门馆恸哭后:指诗人因为沈传师的去世而痛哭。杜牧曾为沈传师的幕僚,故称门馆,即门客。

⑭素扇:洁白而没有写字绘画的扇子。

【译文】

李大娘,又名小大,字宛君。性情豪放奢侈,虽是女子,却有大丈夫的气概。她所居住的楼台房屋,非常华丽,给她提锦衣罗裙的女婢就有十来个。摆酒聚会,就一起弹奏琵琶、筝、瑟,有时沈元、张卯、张奎等嫖客还吹奏洞箫,唱流行的歌曲。酒过数巡,演奏十番鼓。太阳从西边落下,就继续挂上雕饰精美的彩灯;罗帐随风飘摇,不知不觉间公鸡已喔喔啼叫,东边已经隐隐发亮了。李大娘说:"世上那些游手好闲的公子哥、聪明俊美的年轻人,到了我这里来,没有不神魂放逸、沉溺不归的。但是我也恣意显示自己的豪放奢侈,难道要效仿格局狭隘靠着门揽客的娼妓，和别人计较钱财吗？"她由此在莫愁湖、桃叶渡一带获得了"侠妓"的名声。后来她嫁给了新安的吴天行。吴天行非常富有，家中财产多达百万；但身体羸弱，向来多病，姬妾里美女很多，他忙于应付而劳累不堪。李大娘闷闷不乐。以前的情人胥生，贿赂仆人向她传递消息。她渐渐假托有病，推荐胥生来医治，胥生得以进去与李大娘见面。李大娘把金银财宝放在药箱里让胥生带出去，和胥生订立了婚约。后来吴天行死了，她就嫁给了胥生。胥生本来是穷书生，家中一无所有，获得吴天行的钱财后，渐渐殷实富有，和李大娘喝酒吃肉一起纵情欢愉，教导几个女妓唱歌跳舞。胥生也因为享乐纵欲而死。李大娘年纪老迈，流落民间，仍旧依靠教年轻女孩唱歌跳舞为生。我还能够见到她，她虽人到中年，但风韵犹存。我们交谈间说到以前来往的人，她便潸然泪下，真好像是华清宫的宫女说唐玄宗开元、天宝间的旧事啊！昔日杜牧在洛阳城东，再次见到张好好，怀念故旧而伤心不已，还写诗赠给她，有道是："朋游今在否，落拓更能无。门馆恸哭后，水云秋景初。斜日挂衰柳，凉风出座隅。酒尽满襟泪，短歌聊一书。"杜诗所言恰恰适合我今天的心境。我立即拿出没有题写字画的扇子送给她，大娘捧着扇子哭泣，有时靠在床边号哭，悲哀之情感染了隔壁的邻居。

　　顾媚①，字眉生，又名眉，庄妍靓雅②，风度超群，鬓发如云，桃花满面，弓弯纤小③，腰支轻亚④。通文史，善画兰，追步马守真⑤，而姿容胜之，时人推为南曲第一。家有眉楼，绮窗绣帘，牙签玉轴⑥，堆列几案；瑶琴锦瑟⑦，陈设左右；香烟缭绕，檐马丁当⑧。余常戏之曰："此非眉楼，乃迷楼也。"人遂以"迷楼"称之。当是时，江南侈靡，文酒之宴⑨，红妆与乌巾紫裘相间⑩，座无眉娘不乐。而尤艳顾家厨食品⑪，差拟郇公、李太尉⑫，以故设筵眉楼者无虚日⑬。然艳之者虽多，妒之者亦不少。适浙来一伧父^⑭，与一词客争宠，合江右某孝廉互谋，使酒骂座^⑮，讼之仪司^⑯，诬以盗匿金犀酒器，意在逮辱眉娘也。余时义愤填膺，作檄讨罪，有云"某某本非风流佳客，谬称浪子端王^⑰，以文鸳彩凤之区，排封豕长蛇之阵^⑱；用诱秦诓楚之计^⑲，作摧兰折玉之谋^⑳。种凤世之孽冤，煞一时之风景"云云。伧父之叔为南少司马^㉑，见檄，斥伧父东归，讼乃解。眉娘甚德余，于桐城方瞿庵堂中^㉒，愿登场演剧为余寿。从此摧幢息机^㉓，矢脱风尘矣。

【注释】

①顾媚：字眉生，一字眉庄，号横波。后为龚鼎孳妾，改姓徐，世称徐夫人。可参见卷三《冒姬董小宛传》注释。

②靓雅：幽静文雅。靓，通"静"。

③弓弯：妇女裹缠如弓形的脚。

④腰支轻亚：腰肢轻柔纤细。

⑤追步：跟上，效仿。马守真：即马湘兰，名守真，号湘兰。

⑥牙笺玉轴：卷轴的美称，象牙或美玉制成的书、画卷轴，借指珍美的图书字画。

⑦瑶琴：用玉装饰的琴。锦瑟：漆有织锦纹的瑟。

⑧檐马：挂在屋檐下的风铃，风吹作响。

⑨文酒：饮酒赋诗。

⑩红妆：代指美女。乌巾紫裘：乌角巾和紫皮衣，代指男子。

⑪艳：羡慕。

⑫差拟：庶几比拟，差不多比肩。郇公：唐代郇国公韦陟，精工饮食，穷治馔馐，《新唐书·韦陟传》记："穷治馔羞，择膏腴地艺谷麦，以鸟羽择米，每食视庖中所弃，其直犹不减万钱，宴公侯家，虽极

水陆,曾不下箸。"李太尉:李德裕,字文饶,唐代宰相。李德裕食尚奢华,"每食一杯羹,其费约三万,为杂以珠玉、宝贝、雄黄、朱砂,煎汁为之。过三煎则弃其柤"(李亢《独异志》)。

⑬虚日:空闲的日子,间断的日子。

⑭浙来:《板桥杂记》作"浙东"。其人不详。

⑮使酒骂座:因酒使性谩骂同座的人。

⑯仪司:泛称地方司法机构。

⑰浪子端王:指宋徽宗赵佶。宋徽宗未登基前,被封作端王,性格轻佻浪荡,爱好笔墨、丹青、骑马、射箭、蹴鞠,对奇花异石、飞禽走兽有浓厚兴趣,尤其在书法绘画方面,更是表现出非凡天赋。宋李焘《续资治通鉴长编》卷十七"徽宗"注引《宋编年通鉴》:"任伯雨累疏言:'陛下即位,时章惇帘前异议,乞正典刑。'盖言端王浪子尔。"

⑱封豕长蛇:亦作"封豨修蛇",大猪与长蛇,比喻贪暴者。

⑲诱秦诳楚:战国时张仪劝导秦国以连衡破合纵,以诡诈手段欺骗楚国背齐向秦。后遂因以表示挑拨离间。

⑳摧兰折玉:毁坏兰花,折断美玉。比喻摧残和伤害女子。

㉑南少司马:指南京兵部侍郎。

㉒方瞿庵:方应乾,原名若范,字时生,号瞿庵,桐城(今属安徽)人。其事迹可参见清钱澄之《方处士子留墓表》。

㉓摧幢息机:指断绝进取功利之心。

【译文】

顾媚,字眉生,又叫顾眉,端庄美丽安静文雅,举止姿态出类拔萃,鬓边的头发像云一样,面色粉嫩如桃花,小脚纤纤,腰肢轻柔纤细。她精通文史,善于画兰花,紧追马守真,但是姿态容貌胜过马守真,当时的人推举她为南京妓女之首。顾媚家里有一座眉楼,楼中窗、帘精雕细绘,珍美的图书字画堆放在几案上;瑶琴、锦瑟,陈设在左右两边;炉中的香烟回绕盘旋,屋檐下的风铃叮当作响。我常常和她开玩笑说:"这不是眉楼,倒像是隋炀帝的迷楼一般令人沉迷。"人们就用"迷楼"来称呼它。当时,江南奢侈之风盛行,饮酒赋诗的宴会上,美女和士子错落而坐,席间要是没有顾媚就让人难以尽兴。大家尤其羡慕顾媚家的厨师做的吃食,都赶上唐代的邠国公韦陟、太尉李德裕家了,所以在眉楼中举办宴会的人从无间断。但是羡慕的人虽然多,嫉妒的人也不少。恰好浙东来了一个粗鄙之人,和一位擅长文词的客人争宠于顾媚,便与江西的某举人一起谋划,因酒使性谩骂同座的人,还向官府去告状,诬赖那个客人偷藏了黄金和犀牛角做的酒器,想要捉拿后以此来羞辱顾媚。我当时胸中充满义愤,写了一篇檄文讨伐他的罪责,说道"某某本不是风流佳客,枉称浪子端王一类的人,在鸳鸯、鸾凤栖息的地方,摆起了如野猪恶蛇般贪暴的阵法;想利用引诱秦国、诓骗楚国的计策,行使摧折香兰、美玉的阴谋。种下凤世的冤孽,损伤美好的景致"等等。那个粗鄙之人的叔叔是南京的兵部侍郎,他看到我写的檄文,便斥令侄儿返回浙东,诉讼因此得以解除。顾媚非常感激我,在桐城方应乾的堂屋中,甘愿登台唱戏以为我贺寿。她从此时起断绝交往求利之心,发誓脱离风月场所。

　　未几,归合肥龚尚书芝麓①。尚书雄豪盖代,视金玉如泥沙粪土,得眉娘佐之,益轻财好客,怜才下士,名誉盛于往时。客有求尚书诗文,及乞画兰者,缣笺动盈箧笥,画款所书"横波夫人"者也。岁丁酉②,尚书挈夫人重游金陵,寓市隐园中林堂③。值夫人生辰,张灯开宴,请召宾客数十百辈,命老梨园郭长春等演剧,酒客丁继之、张燕筑及二王郎中翰王式之、水部王恒之串《王母瑶池宴》④。夫人垂珠帘,召旧日同居南曲呼姊妹行者与燕,李大娘、十娘、王节娘皆在焉。时尚书门人楚严某⑤,赴浙监司任,逗遛居樽下,褰帘长跪⑥,捧卮称"贱子上寿"⑦,坐者皆离席伏,夫人欣然为罄三爵,尚书意甚得也。余与吴园次、邓孝威作长歌纪其事⑧。嗣后还京师,以病死。殓时现老僧相。吊者车数百乘,备极哀荣⑨。改姓徐氏,世又称徐夫人。尚书有《白门柳》传奇行于世。

【注释】

①合肥龚尚书芝麓:指龚鼎孳,字孝升,号芝麓,合肥(今属安徽)人。清时任刑部尚书、兵部尚书、礼部尚书等职。参见卷三《冒姬董小宛传》注释。

②丁酉:清顺治十四年(1657)。

③市隐园:位于今南京信府河东侧的大油坊巷,据《(同治)上江两县志》卷五载,为"姚元白所创"。园中有中林堂、思元堂、春雨畦、海月楼等名胜,且树木广布,颇具山林野趣,故题名"市隐"。

④丁继之:原名丁胤,南京人,明末清初著名的昆曲清客(清唱家)、串客(业余演员),以饰演《金锁记》张驴儿著名。与朱维章、张燕筑并称"三老"。张燕筑:明末清初江南人。《板桥杂记》多次写及,又见钱谦益诗《次韵赠张燕筑》《赠张燕筑二首》。中翰王式之:王民,原名度,字式之,南京人,官明中书舍人(即中翰)。明亡后,纵情音乐,往往寄兴少年场,黄金随手散去。事略见卓尔堪《遗民诗》卷十。水部王恒之:任工部都水司某官的王恒之,其人待考。

⑤楚严某:楚地人严正矩,字方公,号絜庵,孝感(今属湖北)人。明崇祯九年(1636)举人,此年龚鼎孳任湖北乡试分考官,故称严正矩为门人。崇祯十六年(1643)进士。清顺治初任嘉兴府推官,累官户部左侍郎。事见《(康熙)孝感县志》卷十八。

⑥褰(qiān):揭起。长跪:直身而跪。古时席地而坐,坐时两膝据

地,以臀部着足跟。跪则伸直腰股,以示庄敬。

⑦贱子:谦称自己。

⑧吴园次:吴绮,字园次,号丰南,又号听翁。顺治贡生,康熙时官湖州知府。诗词骈文有盛名,才华富艳。有《林蕙堂集》等。邓孝威:邓汉仪,字孝威,清泰州(今属江苏)人。通经史百家之学,尤工诗,与吴伟业、龚鼎孳相唱和。

⑨备极:周备极至。

【译文】

不久,她嫁给了合肥龚鼎孳尚书。龚尚书雄伟盖世,把金银珍宝看得如同泥沙和粪土,得到顾媚的辅助,更加轻视钱财而喜好接纳宾客,怜惜人才并屈身结交才士,他的名声比以前更盛了。有客人请求龚尚书的诗歌文章,并乞求顾媚画兰花,那些写诗绘画的绢纸动辄装满了竹箱,画作上落款为"横波夫人"。清顺治十四年(1657),龚尚书带着夫人再次游览南京,住在市隐园的中林堂。正值顾媚的生辰,挂起灯笼举办宴会,邀请宾客多达百人,让资深演员郭长春等唱戏,宴请的客人丁继之、张燕筑和两个王郎中书舍人王式之、都水司王恒之演《王母瑶池宴》。顾媚垂下珠帘,召集往昔一起住在青楼中以姐妹相称的人一起来宴饮,李大娘、李十娘、王节娘都在座中。当时龚尚书的弟子楚人严正矩,前往浙江任监司,停留在此而参加酒席,他掀起帘子长跪在地,捧着酒杯说"贱子祝寿",坐着的人都离开酒席伏地,顾媚开心地喝了三杯酒,龚尚书对此非常满意。我和吴绮、邓汉仪写了长诗来纪录这件事。后来顾媚回到京城,因病而死。入殓时呈现出僧人圆寂的样子。来吊唁的人所乘之车有几百辆,哀悼极为隆重。她改姓徐氏,世人又称她为徐夫人。龚尚书著有《白门柳》传奇流行于世。

董白①,字小宛,一字青莲。天姿巧慧,容貌娟妍,七八岁时阿母教以书翰,辄了了。少长,顾影自怜,针神曲圣,食

谱茶经，莫不精晓。性爱闲静，遇幽林远涧，片石孤云，则恋
恋不忍舍去。至男女杂坐，歌吹喧阗，心厌色沮，意弗屑也。
慕吴门山水，徙居半塘，小筑河滨②，竹篱茅舍。经其户者，
则时闻咏诗声或鼓琴声，皆曰："此中有人。"已而扁舟游西
子湖，登黄山，礼白岳，仍归吴门。丧母抱病，赁居以栖。随
如皋冒辟疆，过惠山，历澄江、荆溪，抵京口，陟金山绝顶，观
大江竞渡以归。后卒为辟疆侧室，事辟疆九年，年二十七，
以劳瘵死③。辟疆作《影梅庵忆语》二千四百言哭之，同人
哀辞甚多④，惟吴梅村宫尹十绝⑤，可传小宛也。其四首云：
"珍珠无价玉无瑕，小字贪看问妾家。寻到白堤呼出见⑥，月
明残雪映梅花。"又云："《念家山破》《定风波》⑦，郎按新词
妾按歌。恨杀南朝阮司马⑧，累侬夫婿病愁多。"又云："乱
梳云髻下妆楼，尽室苍黄过渡头。钿盒金钗浑抛却，高家兵
马在扬州⑨。"又云："江城细雨碧桃村，寒食东风杜宇魂⑩。
欲吊薛涛怜梦断⑪，墓门深更阻侯门。"

【注释】

①董白：其事迹可参见卷三《冒姬董小宛传》。
②小筑：指规模小而比较雅致的住宅，多筑于幽静之处。
③劳瘵（zhài）：肺痨的古称。
④哀辞：又作"哀词"，文体名。古时用以哀悼夭而不寿者，后世亦
用于寿终者。多用韵语写成。
⑤吴梅村：吴伟业，字骏公，号梅村，参见卷二《柳敬亭传》注释。宫
尹：官名，即詹事，太子属官，总揽太子东宫事。吴伟业崇祯十年
（1637）曾充东宫讲读官，又任左庶子。十绝：下文所引诗歌见吴

伟业《题冒辟疆名姬董白小像》八首，其后又有《又题董君画扇》二首（见《梅村集》卷十八），两题共十首绝句，即此处的"十绝"。

⑥白堤：堤名，在苏州府长洲县西北虎丘山塘。董小宛居于吴门，吴伟业原诗自注"余向赠诗有'今年明月长洲白'之句，白堤，即其家也"。

⑦《念家山破》：词牌名。南唐李煜自度曲。今失传。

⑧南朝阮司马：南明的兵部尚书阮大铖。阮大铖在南明当政后，曾迫害东林与复社士人，据余怀《冒巢民先生七十寿序》记："巢民以兀傲豪华睥睨一世，时有皖人阉儿（指阮大铖）失职家居，诸名士往往酒酣嫚骂，布檄公讨。及至皇舆倾覆，江南建国，权奸握柄，引用憸人，阉儿得志，修怨报仇，目余辈为党魁，必尽杀乃止。余以营救周（镳）、雷（缜祚）两公，几不免虎口。巢民亦以名捕跳身，幸脱罗网。"（《同人集》卷二）

⑨高家兵马在扬州：李自成麾下的高杰率农民军侵掠扬州城外。《明季甲乙汇编》卷一记崇祯十七年"高杰兵围扬州日久，城外庐舍焚掠殆尽，扬人厚犒之，不去，江南北大震"。冒辟疆为避兵祸，遂逃至浙江海宁县，故张明弼《冒姬董小宛传》记："申、酉崩坼，辟疆避难渡江，与举家遁浙之盐官。"

⑩杜宇：传说中的古蜀国君王，号望帝。传说他死后魂化为鸟，名为杜鹃。

⑪薛涛：唐长安（今陕西西安）人，字洪度。幼随父入蜀，沦为乐妓。工诗，韦皋镇蜀，召令侍酒赋诗，称为女校书。暮年屏居浣花溪，着女冠服，创制松花小笺，人称"薛涛笺"。

【译文】

董白，字小宛，又字青莲。天生资质聪慧，容貌俊美艳丽，七八岁的时候，鸨母教她读书认字，她很快就能学会。稍微长大之后，自矜其美，对女工音乐、烹饪泡茶，没有不精通的。生性喜欢安静，遇到幽静的树林或遥远的溪涧，一块石头或孤独飘浮的云朵，就流连不舍。至于男女相杂、歌唱吹奏的喧闹之地，就觉得心中厌烦，面色颓丧，不屑一顾。她向往苏州的山水，搬到了半塘，在河边修筑了房子，是竹篱茅屋。经过她家门口的人，时时能听到屋中有吟咏诗歌的声音或者奏琴的声音，都说："这里面有人。"她后来乘船游览西湖，攀登黄山，登临齐云山，然后仍旧返回了苏州。鸨母死后，她身体患病，居住在租赁的房子中。她跟着如皋的冒辟疆，经过惠山，游历江阴、宜兴，到达镇江府，登临金山之顶，观看大江赛龙舟后返回。后来就成为冒辟疆的妾室，服侍冒辟疆九年，二十七岁的时候患肺痨而死。冒辟疆写了两千四百字的《影梅庵忆语》哭吊董小宛，冒辟疆的很多朋友撰写哀辞，只有吴伟业的十首绝句，能如实记载董小宛。其中有四首写道："珍珠无价玉无瑕，小字贪看问妾家。寻到白堤呼出见，月明残雪映梅花。"又写："《念家山破》《定风波》，郎按新词妾按歌。恨杀南朝阮司马，累侬夫婿病愁多。"又写："乱梳云髻下妆楼，尽室苍黄过渡头。钿盒金钗浑抛却，高家兵马在扬州。"又写："江城细雨碧桃村，寒食东风杜宇魂。欲吊薛涛怜梦断，墓门深更阻侯门。"

卞赛，一曰赛赛，后为女道士，自称玉京道人。知书，工小楷，善画兰鼓琴，喜作风枝袅娜，一落笔，画十余纸。年十八，游吴门，居虎丘。湘帘棐几①，地无纤尘。见客初不甚酬对，若遇佳宾，则谐谑间作，谈词如云，一座倾倒。寻归秦淮，遇乱，复游吴门。吴梅村学士作《听女道士卞玉京弹琴歌》赠之，中所云"昨夜城头吹筚篥②，教坊也被传呼急。碧玉班中怕点留③，乐营门外卢家泣④。私更妆束出江边，恰遇丹阳下渚船⑤。剪就黄绝贪入道⑥，携来绿绮诉婵娟"者⑦，正此时也。在吴作道人装，然亦间有所主。侍儿柔柔，承奉砚席如弟子，指挥如意，亦静好女子也。逾两年，渡浙江，归于东中一诸侯。不满意,进柔柔当夕⑧,乞身下发⑨。后归吴,依良医郑保御,筑别馆以居。长斋绣佛,持戒律甚严,刺舌血书《法华经》,以报保御。又十余年而卒,葬于惠山祇陀庵锦树林。

【注释】

①湘帘:用湘妃竹做的帘子。棐(fěi)几:用榧木做的几案。亦泛指几案。

②觱篥(bì lì):即觱篥,古代管乐器的一种,多用于军中。

③碧玉班中怕点留:担心被乐班点名叫留下。碧玉本是汝南王妾室,此处的碧玉班或指乐籍,卞赛身属乐籍。

④乐营:旧时官妓的坊署。卢家:卢家之女。晋崔豹《古今注》卷中:"魏武帝宫人有卢女者,故冠军将军阴叔之妹。年七岁入汉宫,学鼓琴,琴特鸣,异于余妓,善为新声,能传此曲。卢女至明帝崩后放出,嫁为尹更生之妻。"古诗常以卢女、卢家、卢姬代指色艺俱佳的乐籍女子。

⑤丹阳:县名,明、清属镇江府。下渚:下游水中小洲。

⑥黄缍(shī):道家的黄色粗绸装束。卞赛出家为道,改穿道服。

⑦绿绮:琴名,司马相如有琴名绿绮。婵娟:美女,指卞赛。

⑧当夕:侍寝。

⑨下发:落发,剃发。

【译文】

卞赛,又叫赛赛,后来出家为女道士,自称玉京道人。她有文才,善写小楷,擅长画兰花和弹琴,喜欢画风吹拂下摇曳的兰枝,一下笔,就连画十来张。十八岁时,游览苏州,住在虎丘。她的屋中有湘妃竹做的帘子、榧木做的几案,地上没有一点灰尘。她接待来宾时起初不多说话,如果遇到嘉宾，就时时能幽默诙谐，言辞像云一样多，令满座之人心生佩服。不久回到南京秦淮河畔，遇国家动乱，又游历到苏州。吴伟业写了《听女道士卞玉京弹琴歌》赠给了她，其中写道："昨夜城头吹筚篥，教坊也被传呼急。碧玉班中怕点留，乐营门外卢家泣。私更妆束出江边，恰遇丹阳下渚船。剪就黄绝贪入道，携来绿绮诉婵娟。"写的正是这个时候。卞赛在苏州穿着道人的衣服，但是也偶尔接待客人。侍女柔柔，像弟子一样托捧砚台，侍奉在她的身边，做起事来很是称心如意，也是一个娴静美好的女子。过了两年，卞赛渡过钱塘江，嫁给了浙东的一位官员。过得不是很如意，便将柔柔送给这位官员侍寝，请求落发为尼。后来她又回到了苏州，依附名医郑保御，修筑了别室来居住。卞赛长期吃素食并侍奉佛祖，非常严格地遵守戒律，还刺破舌头用血书写《法华经》，以此来报答郑保御。又过了十多年就过世了，被埋葬在无锡惠山祇陀庵的锦树林。

玉京有妹曰敏，颀而白如玉肪，风情绰约，人见之，如立水晶屏也。亦善画兰鼓琴，对客为鼓一再行，即推琴敛手，面发赪[1]。乞画兰，亦止写篠竹枝兰草二三朵[2]，不似玉京之纵横枝叶、淋漓墨沈也[3]，然一以多见长，一以少为贵，各极其妙，识者并珍之。携来吴门，一时争艳，户外屦恒满。乃心厌市嚣，归申进士维久[4]。维久宰相孙，性豪举，好宾客，诗文名海内，海内贤豪多与之游。得敏益自喜，为闺中良友。亡何，维久病且殁，家中替[5]。后嫁一贵官颍川氏，三年病死。

【注释】

①赪（chēng）：红色。

②篠（xiǎo）：细竹子。

③墨沈：墨汁。

④申进士维久：申绂祚，字维久，清顺治十二年（1655）进士。江南长洲（今江苏苏州）人，官终推官。事略见汪琬《广西提学道佥事申君墓志铭》（《尧峰诗文钞》卷十三）。

⑤替：衰废。

【译文】

卞赛有个妹妹叫卞敏，身材修长，皮肤像美玉、脂肪一样洁白，气质柔婉美好，人们看到她，觉得仿佛像竖着的水晶屏风一样。她也善于画兰花和弹琴，对着客人奏一两遍琴，就推开琴缩起手，面色发红。有人索求她画的兰花，她也只是描画几枝细竹子和两三朵兰花，不像卞赛那样画得枝叶纵横、酣畅用墨，但是两人一个以枝叶繁多而见长，一个以枝叶稀少而为贵，各自穷尽其妙处，赏识的人一并予以珍视。卞赛带她来到苏州，众人争相艳美，她家门外常常挤满了人。卞敏心里厌恶市井喧嚣，嫁给了进士申绂祚。申绂祚是明宰相申时行的孙子，性情豪爽阔绰，喜欢接纳宾客，诗歌文章名满全国，天下的贤士豪杰大多和他交游。申绂祚得到卞敏后更加自得，将她看作是内室好友。不久，申绂祚生病过世，家道衰落。后来，她又改嫁给了一位颍川的官宦，三年后生病过世了。

范珏，字双玉，廉静①，寡所嗜好。一切衣饰歌管，艳靡纷华之物，皆屏弃之。惟阖户焚香瀹茗②，相对药炉经卷而已。性喜画山水，摹仿大痴、顾宝幢③，槎枒老树④，远山绝磵⑤，笔墨间有天然气韵，妇人中范华原也⑥。

【注释】

①廉静：秉性谦逊沉静。

②瀹（yuè）茗：煮茶。

③大痴：《板桥杂记》作"史痴"，指明人史忠，明上元（今江苏南京）人，善画。顾宝幢：顾源，字清甫，号丹泉，又号宝幢居士。明上元人，书画颇有风格。

④槎枒：树木枝杈歧出貌。

⑤绝碉（jiàn）：高山陡壁之下的溪涧。

⑥范华原：范宽，原名中正，字仲立，宋耀州华原人（今陕西铜川耀州区）。性缓，人谓之范宽，遂本名不显。善画山水，师法李成、荆浩。卜居终南、太华山，饱览岩壑云烟，落笔雄伟老硬。

【译文】

范珏，字双玉，谦逊沉静，几乎没有什么嗜好。所有的衣服饰品、管弦器乐，以及奢靡富丽的东西，都被她抛弃了。她只是闭门燃香煮茶，终日面对药炉经书而已。她生性喜欢画山水，临摹效仿史痴、顾宝幢，她所画的枝杈歧出的老树、遥远的山峰和陡壁下的溪涧，在笔墨间皆有自然的韵味，堪称女人中像范宽一样的人物。

顿文，字小文，琵琶顿老孙女也。性聪慧，略识字义，唐诗皆能上口。授以琵琶，布指《濩索》①，然意弗屑，不肯竟学。学鼓琴，雅歌《三叠》②，清泠泠然，神与之浹③，故又字曰"琴心"云。琴心生于乱世，顿老赖以存活，不能早脱乐籍。赁屋青豀里④，荜门圭窦⑤，风月凄凉。屡为健儿伧父所厄，最后为李姓者挟持，牵连入狱；虽缘情得保，犹守以牛头阿旁也⑥。客有王生者，挽余居间营救，偕往访之。风鬟雾鬓⑦，憔悴可怜，犹援琴而鼓，弹"别凤离鸾"之曲⑧，如猿吟鹃啼，不忍闻也。余说内卿许公⑨，属其门生直指使者纵之⑩。后还故居。吴郡王子其长主张燕筑家⑪，与琴心比邻，两相慕悦。王子故轻侠^⑫，倾金钱，赈其贫悴。将携归，置别室，突遭奇祸^⑬。收者至，见琴心，诧曰："此真祸水也！"悯其非辜，驱之去，独捕王子。王子被戮，琴心逸，后终归匪人。嗟乎！佳人命薄，若琴心者，其尤哉！其尤哉！

【注释】

①布指：挥动手指。《濩（hù）索》："转关濩索"的省称。古乐府琵琶曲名。

②《三叠》：即《阳关三叠》。琴曲名。琴谱以唐王维《送元二使安西》诗为主要歌词，并引申诗意，增添词句，抒写离别之情。因全曲分三段，原诗反复三次，故称"三叠"。

③浃（jiā）：融合，融洽。

④青豀里：里巷名。

⑤荜门：用竹荆编织的门。常指房屋简陋破旧。圭窦：形状如圭的墙洞，亦借指微贱之家的门户。窦，孔，洞。

⑥牛头阿旁：佛教谓地狱中的鬼卒。《五苦经》："狱卒名阿旁，牛头人手，两脚牛蹄，力壮排山。"喻指凶恶可怖的人。

⑦风鬟雾鬓：形容女子头发散乱、憔悴落魄之貌。

⑧别凤离鸾：即琴曲《双凤离鸾》。《西京杂记》："庆安世年十五，为成帝侍郎，善鼓瑟，能为双凤离鸾之曲。"

⑨内卿许公：据《板桥杂记》当作"内乡许公"，指河南内乡县许宸，"卿"为"乡（鄉）"之形讹。许宸，字素臣，号菊溪，明崇祯十三年（1640）进士。入清，任丹阳县令，清顺治十三年（1656）任江南按察使。事略见《（康熙）内乡县志》卷八、《（康熙）河南通志》卷二八。

⑩门生直指使者：担任巡按的弟子。直指使者，即清之巡按御史。

⑪王子其长：王发，字其长，吴县（今江苏苏州）人。同声社领袖之
　　一。主：寄住，寓居。

⑫轻侠：为人轻生重义而勇于急人之难。

⑬突遘（gòu）奇祸：突然遭遇祸端。据杜登春《社事始末》记，王发
　　因"逆书之条"被杀。

【译文】

　　顿文，字小文，是南京琵琶高手顿老的孙女。天性聪颖灵慧，稍微懂
得字词之意，就能熟练背出唐诗。教她弹琵琶，她挥动手指弹《濩索》，
但是心里并不在意，不肯继续学习。学习弹琴，伴以雅乐歌唱《三叠》，
声音清越激扬，神魂与乐音相融洽，所以又有字叫"琴心"。琴心生在乱
世，顿老依赖她而生活，无法早日脱离乐籍。她租房子住在青谿里，房屋
破陋，墙洞如圭，清风寂吹，明月孤照。她曾多次被强壮者或鄙俗者所为
难，最后被一个姓李的人要挟，连累进了牢狱，虽然有赖人情得以保命，
却还是被凶恶可怖的人看守着。有一位姓王的客人，带着我在其中设法
援救，我们一起去看望她。只见她头发散乱，憔悴可怜，还拿过琴来弹
奏，弹奏"别凤离鸾"的曲子，像猿猴哀号、杜鹃啼叫，让人不忍心去听。
我向内乡的许宸先生说情，他嘱咐其弟子某巡按御史放了琴心。于是她
又回到了之前住的地方。苏州人王发寄住在张燕筑家，和琴心紧邻而
居，两人互相爱慕。王发为人本就急人之难，倾尽钱财，救助她的贫穷。
将要带着琴心回去把她纳为妾室，突然遇到了出人意料的灾祸。逮捕
王发的人来了，见到琴心，惊诧地说："这真是红颜祸水啊！"怜悯她的无
辜，便赶走了她，只逮捕了王发。王发被杀，琴心逃走了，后来最终嫁给
了行为不端之人。唉！美女命运不好，像琴心这样的人，尤其如此，尤其
如此啊！

　　沙才，美而艳，丰而逸，骨体皆媚，天生尤物也。善弈
棋，吹箫度曲。长而修容，留仙裙①，石华广袖②，衣被灿然。

后携其妹曰嬇者③，游吴郡，卜居半塘④，一时名噪，人皆以"二赵""二乔"目之⑤。惜也才以疮发，剜其半面；嬇归吒利⑥，郁郁死。

【注释】

①留仙裙：有绉褶的裙，类似今之百褶裙。据署名汉伶玄《赵飞燕外传》载，汉成帝于太液池作千人舟，赵飞燕歌舞《归风》《送远》之曲，侍郎冯无方吹笙以倚后歌。中流，歌酣，风大起。赵飞燕扬袖曰："仙乎，仙乎，去故而就新，宁忘怀乎？"帝令赵无方持赵飞燕裙。风止，裙为之绉。"他日，宫姝幸者，或襞裙为绉，号留仙裙"。

②石华广袖：如石上华般华美的服饰。典出《赵飞燕外传》，赵飞燕误将痰吐到其妹赵婕妤的绀色广袖上，不想赵婕妤竟欣赏为石上华，说："姊唾之染绀袖，正如石上华，假令尚方为之，未必能如此衣之华。"石华，一种海生甲壳类动物，生于海中石上，肉如蛎房，可食，壳如牡蛎而大，可装饰户牖。

③嬇：《板桥杂记》作"嫩"，下同。《列朝诗集·闰集》记："（沙）宛在，字嫩儿，自称桃叶女郎。有《蝶香集》闺情绝句一百首。"

④卜居半塘：择地居住在苏州半塘。

⑤二赵：西汉赵飞燕、赵昭仪姊妹。二乔：三国吴乔公的大乔、小乔二女。

⑥吒利：即沙吒利，喻指抢夺女子的权贵。典出唐许尧佐《柳氏传》："天宝中，昌黎韩翊有诗名，性颇落托，羁滞贫甚。有李生者，与翊友善，家累千金，负气爱才。其幸姬曰柳氏，艳绝一时。……有蕃将沙吒利者，初立功，窃知柳氏之色，劫以归第，宠之专房。"后因以"沙吒利"代指强夺人妻的权贵。

【译文】

沙才，美丽而娇艳，丰满而俊逸，骨架身段都很妩媚，是天生的绝色美女。她擅长下棋，吹奏箫管制作曲谱。长大后修饰仪容，身穿留仙裙、石华广袖，衣服鲜丽华美。后来带着她妹妹沙嫩，游历苏州，住在半塘，一时间名气大盛，人们都把她们姐妹视作"二赵""二乔"。可惜沙才因为长了疮，割去了半张脸；沙嫩被迫嫁给了权贵，忧郁而死。

马娇，字婉容，姿首清丽①，濯濯如春月柳②，滟滟如出水芙蓉，真不愧"娇"之一字也。知音识曲，妙合宫商，老技师推为独步。然终以误堕烟花为恨，思择人而事，不敢以身许人，卒归贵阳杨龙友。龙友名文骢，以诗画擅名，华亭董文敏亟赏之③。先是闽中郭圣仆有二妾④，一曰李陀那，一曰珠玉耶⑤。圣仆殁，龙友得玉耶，并得其所蓄书画，瓶研几杖，诸玩好古器，复拥婉容，终日摩挲笑语为乐。甲申之变⑥，贵阳马士英册立福王⑦，自为首辅，援引怀宁阮大铖构党煽权⑧，挠乱天下。以致五月出奔，都城百姓焚烧两家居第。以龙友乡戚有连⑨，亦被烈炬，顷刻灰烬。时龙友巡抚苏、松，尽室以行，玉耶亦殉，婉容莫知所终。龙友父子殉难闽峤⑩，母丐归金陵，依家仆以终天年。婉容有妹曰嫏⑪，亦著名。又有小马嫩者，轻盈飘逸，自命风流。真州盐贾用千金购得，奉溧阳陈公子⑫。公子昵之。未久，并衾具赠豫章陈伯玑⑬，生一子一女，如王子敬之有桃根也⑭。

【注释】

①姿首：容貌。

②濯濯：明净貌，清朗貌。

③华亭董文敏：松江华亭（今上海松江区）人董其昌，字元宰，谥号文

敏。董其昌评杨文骢的画"所作台荡等图,有宋人之骨力去其结,有元人之风雅去其佻"(《容台集》别集卷四)。亟(qì):屡次。

④郭圣仆:郭天中,字圣仆,莆田(今属福建)人。喜藏书画,精通篆隶之学。杨嘉祚任扬州知府时,召请他前往扬州,赠送千金,皆用来购买歌姬书画古玩之物。有姬朱玉耶善山水画,李陀那善画水仙。事见《(乾隆)福建通志》卷六一、清黄锡蕃《闽中书画录》卷六等。

⑤珠玉耶:《板桥杂记》作"朱玉耶"。

⑥甲申之变:指甲申年(明崇祯十七年、清顺治元年,1644)发生的清军南侵、李自成攻破京城、明朝灭亡等事。

⑦马士英:字瑶草,贵阳(今属贵州)人,可参见卷一《姜贞毅先生传》注释。福王:朱由崧,福王常洵子,明崇祯十六年(1643)袭封。次年,北京失守,避难至淮安。凤阳总督马士英等把他迎入南京,称监国。后称帝于南京,年号弘光。性暗弱,好酒色声伎,委政于马士英及其党阮大铖。

⑧构党:结党。煽权:擅权。

⑨乡戚有连:杨文骢是马士英的甥婿,皆是贵阳人,故云乡戚有连。计六奇《明季南略》卷二记:"杨文骢自荐边材,马士英甥婿也。"

⑩闽峤:福建境内的山地。

⑪嫩:《板桥杂记》作"嫩",下同。

⑫溧阳陈公子:疑指陈名夏。陈名夏,字百史,溧阳(今属江苏)人。明崇祯十六年(1643)进士,入清归顺,任吏部尚书、弘文院大学士、太子太保,清顺治十一年(1654)被劾赐死。事见《清史稿·陈名夏传》。

⑬豫章陈伯玑:陈允衡,字伯玑,江西建昌(今江西永修西)人。流离芜湖,后移居南京,事见《(康熙)南城县志》卷十一。

⑭王子敬:王献之,字子敬,王羲之子,东晋琅邪临沂(今山东临沂)人。幼学父书,后自创新体,与父齐名,并称"二王"。桃根:王献

之的妾。

【译文】

马娇，字婉容，容貌清秀美丽，仿佛春天柳条般明净美好，好像出水荷花般光彩夺目，真是当得起"娇"这个字。她懂得音律，通晓乐曲，能很好地掌握音准，有经验的乐工推誉她是举世无双。但是她一直因为误入风月场而心生憾意，思量挑选一个良人去服侍，不敢轻易以身相许他人，最终嫁给了贵阳的杨文骢。杨文骢字龙友，凭借诗画而闻名，华亭人董其昌多次赞赏他。起初，福建的郭天中有两个妾室，一个叫李陀那，一个叫朱玉耶。郭天中死后，杨文骢得到了朱玉耶，并且得到了郭天中所收藏的字画，以及花瓶、砚台、坐几、手杖等各种赏玩的珍贵古董，又拥有了马娇，他整天抚摸古器，与佳人谈笑取乐。明、清改朝换代，贵阳人马士英拥立福王为帝，自己担任首辅，引荐怀宁人阮大铖结党擅权，扰乱政局。以至在顺治二年五月仓皇出逃，南京的百姓烧了马、阮两家住宅。因为杨文骢与马士英既是同乡，又系亲戚，其家也被百姓焚烧，片刻之间就化为了灰烬。当时杨文骢担任苏州、松江等地巡抚，全家一起前往任所，朱玉耶也死了，马娇不知道落到何处。杨文骢父子在福建山中为国殉难，杨母行乞回到南京，依靠家里的仆人得以养老送终。马娇有个妹妹叫马嫩，也很有名。还有一个小马嫩，姿态纤柔，举止灵动，风流自赏。仪真的一个盐商花了很多钱买下她，将她献给了溧阳的陈公子。陈公子很宠爱她。不久，又把她和嫁妆一起赠给了建昌的陈允衡，还生了一男一女，就像王献之拥有桃根一样。

顾喜，一名小喜，性情豪爽，体态丰华，跌不纤妍[1]，人称为"顾大脚"，又谓之"肉屏风"[2]。然其迈往不屑之韵[3]，凌霄拔俗之姿，则非篱壁间物也[4]。当之者似李陵提步卒三千人抵鞮汗山入狭谷[5]，往往败北生降矣[6]。汉武帝《悼李夫人赋》有云"佳侠含光"⑦，余题四字颜其室。乱后不知从何人以去，或曰归一公侯子弟云。

【注释】

① 跗（fū）：同"跗"，脚背。

② 肉屏风：又称"肉阵"，形容体胖。《开元天宝遗事·肉阵》："杨国忠于冬月，常选婢妾肥大者，行列于前，令遮风。盖藉人之气相暖，故谓之肉阵。"

③ 迈往：超脱凡俗。

④ 篱壁间物：指称家园所产之物。《世说新语·排调》："桓玄素轻桓崖。崖在京下有好桃，玄连就求之，遂不得佳者。玄与殷仲文书，以为嗤笑，曰：'德之休明，肃慎贡其楛矢；如其不尔，篱壁间物，亦不可得也。'"

⑤ 李陵：字少卿，李广孙，西汉将军。善骑射，谦让下士，颇得美名。天汉二年（前99）奉汉武帝之命出征匈奴，率五千步兵与八万匈奴兵战于浚稽山，最后因寡不敌众兵败投降。文中"步卒三千人"有误。鞮（dī）汗山：在今蒙古国西南南戈壁省境。

⑥ 生降：投降。

⑦ 汉武帝《悼李夫人赋》：汉武帝刘彻为悼念早逝的李夫人，自作《悼李夫人赋》，其中有"佳侠函光，陨朱荣兮"，指佳丽光彩照人，却如鲜花般凋零。

【译文】

顾喜，又名小喜，秉性豪放爽直，身体姿态丰满美好，脚不是很纤细，人们称她为"顾大脚"，又叫她"肉屏风"。但是她有睥睨凡世不屑尘俗的气韵，挺拔凌云超逸脱俗的姿态，绝非寻常之人。和她境遇相符的似乎是李陵率领徒步作战的三千士兵到达鞮汗山进入狭窄的山谷，而常常失败投降。汉武帝《悼李夫人赋》中有一句"佳侠含光"，我为她的闺室也题写了这四个字。江山动荡后，不知道她跟着谁离开了，有人说她嫁给了一位官家子弟。

　　米小大，颇著美名，余未之见，然闻其纤妍俏洁，涉猎文艺，粉揂、墨痕①，纵横缥帙②，是李易安之流也③。归昭阳李太仆④。太仆遇祸，家灭。

【注释】

①粉揂、墨痕：古代的作画技法。粉揂即粉揞，按画稿施粉于纸上，然后依照粉痕着墨。墨痕，先用墨勾勒线条，再上颜色。

②纵横缥帙：在卷轴上纵横笔墨。

③李易安：李清照，号易安居士，赵明诚妻，宋齐州章丘（今山东济南章丘区）人。工诗文，以词擅名，词作为南宋婉约派宗主，语言清丽，善白描。有《漱玉集》。

④昭阳：地名，兴化县（今江苏兴化）的古称，清属扬州府。

【译文】

米小大，声名极好，我没有见过她，但是听说她身材窈窕俏丽雅洁，通晓文学，善粉揞、墨痕，在卷帙上笔墨纵横，堪称李清照一类的女子。她嫁给了扬州府兴化县的李太仆。李太仆遭遇祸事，全家覆灭。

　　王小大，生而韶秀，为人圆滑便捷，善周旋。广筵长席，人劝一觞，皆膝席欢受①。又工于酒纠、觥录事②，无毫发谬误。能为酒客解纷释怨，时人谓之"和气汤"③。扬州顾尔迈④，字不盈，镇远侯介弟也⑤，挟戚里之富⑥，往来平康，悦小大，贮之河庭⑦。时时召客大饮，效陈孟公、高季式⑧，授女将军酒正印⑨，左右指麾⑩，客皆极饮沾醉⑪。有醉而逸者,锁门脱履,卧地上,至日中乃醒。时吴桥范文贞公官南大司马^⑫,不盈为揖客,出入辕轼,有古任侠风,书画与郑超宗齐名^⑬。

【注释】

①膝席:跪在席上,直起身子,亦名"长跪"。

②觥录事:会饮时执掌酒令的人,同酒纠。

③和气汤:原是中医舒气止痛的药剂,此处喻王小大能调剂他人关系,发挥润滑调和的作用。

④顾尔迈:字不盈,明扬州(今属江苏)人。曾做过范景文幕僚。其事可参见范景文《眉寿集序》(《范文忠集》卷六)。

⑤镇远侯介弟:镇远侯顾肇迹的弟弟。镇远侯,明初将军顾成因功封镇远侯,爵位世袭。至明天启、崇祯间,第九代镇远侯为顾肇迹。介弟,对他人之弟的敬称。

⑥戚里:泛指亲戚邻里。

⑦河庭:《板桥杂记》作"河亭",或指河边的房子。

⑧陈孟公:陈遵,字孟公,西汉杜陵(今陕西西安东南)人。嗜酒,每与宾客饮,关门使不得出,非醉不休。高季式:字子通,北齐渤海蓨(今河北景县)人。从高欢起兵,豪爽不守常礼,曾强留司马消难连夜狂饮,阻其上朝。

⑨酒正:古代掌管有关酒的政令,为酒官之长。

⑩指麾:同"指挥",发令调遣。

⑪极饮:痛饮,剧饮。沾醉:大醉。

⑫吴桥范文贞公官南大司马:指吴桥县(今河北吴桥)人范景文,字梦章,死后谥文贞。曾任南京兵部尚书,故称南大司马。

⑬郑超宗:郑元勋,字超宗,号惠东,歙县(今属安徽)人,侨居扬州。明崇祯十六年(1643)进士,官至清吏司主事。工诗善画,善山

水，尤工山水小景。事见张云章《郑超宗传》(《朴村文集》卷十
三)、《(康熙)扬州府志》卷二四。

【译文】

　　王小大，天生秀美，为人处世圆滑灵活，善于交际应酬。在盛大的宴
会上，人们劝她喝杯酒，她都会跪到席上欣然接受。她又善于执掌酒令，
劝人喝酒不会出现一点儿错误。能为喝酒的人调解纠纷、消除怨忿，当
时的人称她为"和气汤"。扬州的顾尔迈，字不盈，是镇远侯顾肇迹的弟
弟，带着亲戚中的有钱人，往来于妓院中，喜欢王小大，把她养在河边的
房子里。顾尔迈经常邀请客人喝酒，仿效陈遵、高季式，授予王小大女将
军酒正印信，让她在一旁发令调遣，客人都痛饮大醉。有人喝醉了而溜
走，锁上门脱掉鞋子，睡在地上，到了中午才醒来。吴桥人范景文时任南
京兵部尚书，顾尔迈对他平揖不拜，出入营帐中，有古代任侠尚义之风，
他的书法绘画和郑元勋同样有名。

　　张元，清瘦轻佻，临风飘举。齿少长，在少年场中①，纤
腰踽步②，亦自楚楚，人呼之为"张小脚"。

【注释】

　　①少年场：年轻人聚会的场所。
　　②踽(jǔ)步：慢步貌。

【译文】

　　张元，清瘦而举止放荡，风度潇洒才情超逸。年龄稍微大一些之后，
在年轻人聚会的场所中，腰肢纤细步态款款，也自有一番美貌，人们称她
为"张小脚"。

　　刘元，齿亦不少，而佻达轻盈①，目睛闪闪，注射四筵②。

曾有一过江名士与之同寝,元转面向里帷,不与之接。拍其肩曰:"汝不知我为名士耶?"元转面曰:"名士是何物? 值几文钱耶?"相传以为笑。

【注释】

①佻达:轻薄放荡,轻浮。

②四筵:四席,四座。借指四周座位上的人。

【译文】

刘元,年龄也不小了,但是轻薄放荡,纤柔优美,目光闪亮,光芒仿佛能照耀到四周在座之人。曾经有一位到江南来的名士和她共眠,刘元转过脸对着床内的帷帐,不和他亲近。名士拍着她的肩膀说:"你不知道我是名士吗?"刘元转过脸说:"名士是什么东西? 值几文钱呢?"世人竞相传说此事以作笑谈。

崔科,后起之秀,目未见前辈典型,然有一种天然韶令之致①。科亦顾影自怜,矜其容色,高其声价,不屑一切。卒为一词林所窘辱②。

【注释】

①韶令:聪慧,美好。

②词林:翰林,或指文士。

【译文】

崔科,是南京妓院后辈中的出色之人,她虽没有见过风月场中前辈的风范,却有一种天然美好的风致。崔科也爱自我欣赏,骄傲于自己的容貌美色,有意抬高自己的身价,将什么都不放在眼里。她后来被一位文士所凌辱。

董年，秦淮绝色，与小宛姐妹行，艳冶之名，亦相颉颃①。钟山张紫淀作悼小宛诗②，中一首云："美人在南国，余见两双成③。春与年同艳④，花推月主盟⑤。蛾眉无后辈，蝶梦是前生⑥。寂寂皆黄土，香风付管城⑦。"

【注释】

①颉颃（xié háng）：不相上下，相抗衡。

②张紫淀：张可仕，字文峙，后又改字紫淀。能诗，有《紫淀老人编年稿》五十卷。事见钱谦益《明士张君文峙墓志铭》（《牧斋有学集补》）、《（康熙）江宁县志》卷十。张可仕悼小宛诗今录于冒辟疆《同人集》卷六《影梅庵悼亡题咏》。诗题作《影梅庵词为辟疆先生悼小宛少君》。

③两双成：喻董氏姊妹为仙女董双成之类的人物。董双成，西王母侍女。王母降临汉宫宴汉武帝，命双成吹云和之笙以娱武帝。

④春与年同艳：明媚春日与董年争艳比美。年，指董年。

⑤花推月主盟：据《同人集》《板桥杂记》"月"字当作"白"，指董白（字小宛）。

⑥蝶梦：《庄子·齐物论》："昔者庄周梦为胡蝶，栩栩然胡蝶也，自喻适志与！不知周也。俄然觉，则蘧蘧然周也。不知周之梦为胡蝶与？胡蝶之梦为周与？周与胡蝶，则必有分矣。此之谓物化。"后因以"蝶梦"喻迷离惝恍的梦境。

⑦管城：管城子，笔的别称。

【译文】

董年，是秦淮河边的绝色美女，和董小宛以姐妹相称，两人艳丽妖冶的名声也不相上下。钟山的张可仕写了悼念董小宛的诗，其中一首云："美人在南国，余见两双成。春与年同艳，花推月主盟。蛾眉无后辈，蝶梦是前生。寂寂皆黄土,香风付管城。"

李香①,身躯短小,肤理玉色,慧俊婉转,调笑无双,人名之为"香扇坠"。余有诗赠之曰:"生小倾城是李香,怀中婀娜袖中藏。何缘十二巫峰女,梦里偏来见楚王②。"武塘魏子一为书于粉壁③,贵阳杨龙友写崇兰诡石于左偏④,时人称为三绝。由是香之名盛于南曲,四方才士,争一识面以为荣。

【注释】

①李香:其事参见卷十三《李姬传》。

②何缘十二巫峰女,梦里偏来见楚王:化用"巫山云雨"典故,见宋玉《高唐赋序》:"昔者先王(楚怀王)尝游高唐,怠而昼寝,梦见一妇人,曰:'妾巫山之女也,为高唐之客,闻君游高唐,愿荐枕席。'王因幸之。去而辞曰:'妾在巫山之阳,高丘之阻,旦为朝云,暮为行雨,朝朝暮暮,阳台之下。'"

③武塘:地名,在嘉兴府嘉善县(今浙江嘉善)境内,此处代指嘉善。检《(康熙)嘉兴府志》卷九记:"魏塘又名武塘,在嘉善县。"魏子一:魏学濂,字子一,号内斋。嘉兴府嘉善县人。东林党人魏大中次子,文士魏学洢之弟。明崇祯十六年(1643)进士,任庶吉士。李自成攻占北京,授以户部司务职,不久自缢而亡。事见黄宗羲《翰林院庶吉士子一魏先生墓志铭》(《南雷文定》卷六)、《明史·魏大中传》。

④崇兰:丛兰,丛生的兰草。

【译文】

李香,身材矮小,肌肤如美玉一般莹白,聪颖俊美,缠绵动人,谈笑戏谑无人能及,被世人称为"香扇坠"。我有一首诗赠给她:"生小倾城是李香,怀中婀娜袖中藏。何缘十二巫峰女,梦里偏来见楚王。"嘉善县的魏学濂曾把这首诗写在墙上,贵阳的杨文骢在旁边画了丛生的兰草和怪异的石头,当时的人称诗、书、画为"三绝"。自此,李香在南京青楼中名声远扬,各地的有才之士,争相以见她一面为幸事。

　　珠市在内桥傍①,曲巷逶迤,屋宇湫隘②。然其中有丽人,惜限于地,不敢与旧院颉颃。以余所见王月诸姬,并著迷香、神鸡之胜③,又何羡红红、举举之名乎④? 恐遂湮没无闻,使媚骨芳魂,与草木同腐,故附书于卷尾,以备金陵轶史云。

【注释】

①内桥:位于今南京市秦淮区新街口南,因系南唐国都宫城(大内)所直之桥,故称内桥。

②湫(jiǎo)隘:低下狭小。

③迷香:迷香洞。神鸡:神鸡枕。迷香洞和神鸡枕都是指妓女接客的上等处所,语出唐时宣城名妓史凤的组诗,她待客分三六九等,甚异者,有迷香洞、神鸡枕、锁莲灯,次则交红被、传香枕、八分羊,下则闭门羹,不相见。事见唐冯贽《云仙散录》。

④红红、举举:指唐代妓女张红红、郑举举。郑举举,唐末长安南曲妓。善令章,巧谈谑,为诸朝士所眷。事见唐孙棨《北里志》。

【译文】

　　珠市在南京内桥的旁边,此地妓院曲折绵延,房屋低矮狭小。但是这里也有美人,可惜受限于场地,无法和旧院相抗衡。我所见到的王月等美人,也有迷香洞、神鸡枕的妙处,又何须美慕张红红、郑举举那些名妓的声望呢?我担心这些人会埋没史尘而无人知晓,以致佳人尸骨、美人魂魄和杂草树木一同腐朽,所以将她们的事迹附写在书末,以补录南京正史之未载。

　　王月，字微波，母胞生三女：长即月，次节，次满，并有殊色。月尤慧妍，善言修饰，颀身玉立，皓齿明眸，异常妖冶，名动公卿。桐城孙武公昵之，拥致栖霞山下雪洞中，经月不出。于牛女渡河之夕，大集诸姬于方密之侨居水阁①，四方贤豪，车骑盈闾巷。梨园子弟，三班骈演。水阁外环列舟航如堵墙。品藻花案②，设立层台以坐状元。二十余人中，考微波第一，登台奏乐，进金屈卮③。南曲诸姬皆色沮，渐逸去。天明始罢酒。次日，各赋诗纪其事。余诗所云"月中仙子花中王，第一嫦娥第一香"者是也。微波绣之于帨巾④，不去手。武公益眷恋，欲置为侧室。会有贵阳蔡香君名如蘅⑤，强有力，以三千金啖其父，夺以归。武公悒悒，遂娶葛嫩也。香君后为安庐兵备道，携月赴任，宠专房⑥。崇祯十五年五月，大盗张献忠破庐州府⑦，知府郑履祥死节⑧，香君被擒。搜其家得月，留营中，宠压一寨。偶以事忤献忠，断其头，函置于盘，以享群贼。嗟乎！等死也，月不及嫩矣。悲夫！

【注释】

①方密之：方以智，字密之，号曼公。南直隶桐城（今安徽桐城）人。明崇祯十三年（1640）进士。明亡流寓岭南，后出家为僧，法名无可。事见《方密之先生传》（马其昶《桐城耆旧传》卷六）。

②花案：指评定妓女名次。

③金屈卮：酒器。饰金而有弯柄。用它敬酒，以示尊重。

④帨（shuì）巾：拭手的巾帕。

⑤蔡香君：蔡如蘅，字香君，号湘渚，又号玉林。善诗词。明天启七年（1627）举人。曾任江南安庐兵备道副使，明崇祯十五年（1642）张献忠攻破庐州时逃走（见《明史纪事本末》卷七七）；《（嘉庆）庐州府志》卷二四则记安庐道参议蔡如蘅被俘后不屈，被杀。

⑥专房：专夜，专宠。

⑦庐州府：元至正二十四年（1364）朱元璋改庐州路置庐州府。明洪武后直属南京。治所在合肥县（今安徽合肥）。

⑧郑履祥：字季旋，饶州府浮梁（今江西浮梁）人，明万历四十四年（1616）进士，授真定府推官。升工部主事、兵部车驾员外郎、南京工部员外郎、平阳知府，终庐州知府。事见《（康熙）浮梁县志》卷七。

【译文】

王月，字微波，母亲生了三个女儿：长女就是王月，次女王节，小女王满，容貌都很出色。王月尤其聪慧美丽，善于梳妆打扮，她身材修长挺拔，牙齿洁白，眼睛明亮，非常艳丽，在王公贵族间艳名远播。桐城的孙临喜欢她，将她带到栖霞山下的雪洞里，住了一个月都没有出来。在七夕之夜，孙临四处邀请多位妓女聚集在方以智居住的临水楼阁中，各处的贤士豪杰纷纷前来，他们乘坐的车马停满了小巷。戏班的演员们云集此处，有三个戏班一同登台演出。楼阁外面停泊的船只密集成群。文士们品鉴妓女名次，设置高台供大家评选出的第一名来坐。在二十多个人中，众人评选出王月为第一名，让她登上高台演奏乐曲，为她奉上金屈卮。妓院中的其他妓女都神情沮丧，相继离开了。天亮后，酒宴才结束。第二天，文士们各自写诗来记录此事。我写诗道："月中仙子花中王，第一嫦娥第一香。"王月将诗句绣在手帕上，爱不释手。孙临更加喜欢王月了，想要纳她为妾。正好贵阳的蔡如蘅字香君，势力强横，用三千两银子利诱王月的父亲，把她抢夺回了家。孙临忧郁愁闷，就娶了葛嫩。蔡如蘅后来担任安庐兵备道副使,带着王月去上任,夜夜宠爱。崇祯十五年五月,张献忠攻破了庐州府,庐州知府郑履祥不屈而死,蔡如蘅被擒获。张献忠军搜查他家里时找到了王月,将她留在张献忠的营寨中,备享宠爱。后来偶然因为某事忤逆了张献忠,被砍了头,她的头被装在盒子里放到盘中,让一群士兵们观看。哎! 同样都是死,王月没像葛嫩那样不屈而死。悲哀啊!

　　王节,有姿色。先归顾不盈,后归王恒之。甘淡泊,怡然自得,虽为姬侍,有荆钗裙布风①。妹满,幼小好戏弄,窈窕轻盈,作娇娃之态②。保国公买置后房③,与寇白门不合④,复还秦淮。

【注释】

　　①荆钗裙布:荆枝为钗,粗布为裙,形容妇女装束简陋寒素。

　　②娇娃:美人,少女。

　　③保国公:朱国弼,夏邑(今属河南)人。抚宁侯朱谦七世孙。明万历四十六年(1618)袭抚宁侯。因拥立南明弘光帝有功,被晋升为保国公。清军逼近南京,他率军投降。事见《明史·朱谦传》、《(光绪)抚宁县志》卷十一。后房:后面的房屋,多指姬妾住处。

　　④寇白门:名湄,字白门,"秦淮八艳"之一。

【译文】

　　王节,容貌美丽。起先嫁给顾尔迈,后来嫁给了王恒之。她甘于清贫恬淡,安然知足,虽然是侍妾,却具有贫家妇女的风仪。她的妹妹王满,年纪小喜欢玩耍,体态纤柔,有美人之姿。保国公朱国弼将她买回后安置在内室,她因为和寇湄不和,又返回了秦淮。

寇湄,字白门。钱牧斋诗云:"寇家姊妹总芳菲,十八年来花信迷①。今日秦淮恐相值,防他红泪一沾衣。"则寇家多佳丽,白门其一也。白门娟娟静美,跌宕风流,能度曲,善画兰,粗知拈韵②,能吟诗,然滑易不能竟学③。十八九时,为保国公购之,贮以金屋,如李掌武之谢秋娘也④。甲申三月,京师陷。保国公生降,家口没入官。白门以千金予保国赎身,匹马短衣,从一婢而归。归为女侠,筑园亭,结宾客,日与文人骚客相往还,酒酣耳热⑤,或歌或哭,亦自叹美人之迟暮,嗟红豆之飘零也。既从扬州某孝廉,不得志,复还金陵。老矣,犹日与诸少年伍。卧病时,召所欢韩生来,绸缪悲泣,欲留之同寝,韩生以他故辞,执手不忍别。至夜,闻韩生在婢房笑语,奋身起唤婢,自棰数十,咄咄骂韩生负心禽兽,行欲啗其肉。病甚剧,医药罔效,遂死。蒙叟《金陵杂题》有云:"丛残红粉念君恩,女侠谁知寇白门?黄土盖棺心未死,香丸一缕是芳魂。"以上纪《丽品》。

【注释】

①十八年来花信迷:《牧斋有学集》卷六作"十八年来花信违"。

②拈韵:指依韵作诗。

③滑易:浮而不实。

④李掌武之谢秋娘:李德裕宠爱的姬妾谢秋娘。唐段安节《乐府杂录·望江南》记:"始自朱崖李太尉镇浙日,为亡妓谢秋娘所撰,本名《谢秋娘》,后改此名,亦曰《梦江南》。"掌武,唐人称太尉为掌武,李德裕曾任太尉。

⑤酒酣耳热:形容酒喝得畅快,酒兴正浓。

【译文】

寇湄，字白门。钱谦益有诗写道："寇家姊妹总芳菲，十八年来花信迷。今日秦淮恐相值，防他红泪一沾衣。"寇家有很多美女，寇湄是其中之一。寇湄娴静美好，放荡潇洒，能够按谱唱歌，善于画兰花，大略懂得韵律，可以吟诗，但是性格浮躁而未能完全学成。她十八九岁时，被保国公朱国弼买走，安置在华美的房子里，就像李德裕宠爱的谢秋娘一样。崇祯十七年三月，京城陷落李自成之手。保国公朱国弼投降清廷，家中人口被没入官府。寇湄给保国公一千两银子以赎身，她骑着马穿着短装，带着一位女婢回去。归来后成为女侠，修筑园林亭台，交接宾客，每天和文人墨客一起交游，喝得畅快的时候，有时唱歌有时哭泣，也哀叹美人盛年难再，嗟叹爱情消逝不复。不久嫁给扬州某位举人，日子过得不开心，又回到了南京。年老之后，她仍然每天和少年们厮混。她生病卧床时，召唤情人韩生前来，情意缠绵，悲伤哭泣，想要留韩生共眠，可韩生借口推辞，寇湄握着他的手不忍离别。到了半夜，她听到韩生在女婢房中谈笑，于是强撑着起身叫来女婢，将女婢责打了几十下，还叱骂韩生是负心禽兽，想要咬他的肉。她的病情愈加严重，医药无效，最终辞世。钱谦益《金陵杂题》写道："丛残红粉念君恩，女侠谁知寇白门？黄土盖棺心未死，香丸一缕是芳魂。"以上记《丽品》。

　　金陵都会之地，南曲靡丽之乡。纵茵浪子，潇洒词人，往来游戏，马如游龙，车相接也。其间风月楼台，尊罍丝管，以及娈童狎客[①]，杂伎名优，献媚争妍，络绎奔赴。垂杨影外，片玉壶中，秋笛频吹，春莺乍啭，虽宋广平铁石为肠，不能不为梅花作赋也[②]。一声《河满》[③]，人何以堪？归见梨涡[④]，谁能遣此？然而流连忘返，醉饱无时，卿卿虽爱卿卿，一误岂容再误。遂尔丧失平生之守，见斥礼法之士，岂非黑风之飘堕、碧海之迷津乎⑤？余之编辑斯编，虽曰传芳，实为垂戒，王右军云"后之览者，亦将有感于斯文"也⑥。

【注释】

①娈童：被当作女性玩弄的美男。

②虽宋广平铁石为肠，不能不为梅花作赋也：宋璟，唐玄宗时名相，刚正强直，守法持正，被封广平郡公。唐皮日休《桃花赋序》："余尝慕宋广平之为相，贞姿劲质，刚态毅状。疑其铁肠石心，不解吐婉媚辞。然睹其文而有《梅花赋》，清便富艳，得南朝徐、庾体，殊不类其为人也。后苏相公味道得而称之，广平之名遂振。"

③《河满》：即《何满子》，曲名，相传是唐开元时歌者何满子临刑前所作，其声哀断。

④梨涡：酒窝，借指美女。

⑤碧海：传说中的海名。迷津：迷失津渡，迷路。

⑥后之览者，亦将有感于斯文：出自王羲之《兰亭集序》。王羲之迁右军将军、会稽内史，世称王右军。

【译文】

　　南京是明朝留都之所在，繁华妓院之聚处。纨绔子弟，风流文人，往来游乐，马匹像游动不停的龙，车辆前后相连不断。此中的风月场所楼台云集，美酒妙乐，还有俊俏男子和狎妓之人，杂技演员和知名伶人，众人诳媚求欢，争相斗艳，纷纷前往此地。垂柳倩影婆娑，玉壶横陈桌案，哀笛频频吹奏，黄莺忽然婉啼，此地此景，即使是像宋璟那样铁石心肠的人，也不能不为梅花作赋。听到一声《何满子》，人怎能承受得住？归来见到美女，谁又能够舍弃呢？但是流连忘返此地，享受无度，你们虽然喜欢狎妓，但一次犯错之后怎么能再次犯错呢？于是丧失了士人往日的节操，被遵守礼仪的人所斥责，这难道不是飘落到恶风中、进入迷罔的碧海了吗？我之所以编写这一部分，虽然说是流传美人之名，实际上也是为了训诫后人,像王羲之所说的"日后读到此文的人,也会因此文而生发感慨"。

　　瓜州萧伯梁①,豪华任侠,倾财结客,好游狭斜。久住曲中,投辖轰饮②,俾昼作夜,多拥名姬,簪花击鼓为乐。钱宗伯诗所云"天公要断烟花种,醉杀扬州萧伯梁"者是也。

【注释】

①瓜州:瓜洲,古代长江中的沙洲,在扬州。这里代指扬州。

②投辖:指殷勤留客。语出《汉书·游侠传》:"(陈)遵耆酒,每大饮,宾客满堂,辄关门,取客车辖投井中,虽有急,终不得去。"辖,车轴两端的键。

【译文】

扬州的萧伯梁,喜奢侈、有侠气,倾尽钱财结交宾客,喜欢游逛妓院。他长时间住在妓坊中,留客狂饮,把白天当作黑夜以狂欢,常拥着名妓,插花于冠,击鼓为乐。他就是钱谦益诗中所写"天公要断烟花种,醉杀扬州萧伯梁"的那个人。

　　嘉兴姚壮若①,用十二楼船于秦淮,招集四方应试知名之士百有余人,每船邀名妓四人侑酒②,梨园一部,灯火笙歌,为一时之盛事。先是嘉兴沈雨若③,费千金定花案,江南艳称之。

【注释】

①姚壮若:据《板桥杂记》当作"姚北若","壮"乃"北"之形讹。姚潜,字北若,又字公涤,嘉兴府秀水县(今浙江嘉兴)人。明崇祯

　　九年（1636）大会复社同人于秦淮河上，几二千人，聚其文为《国门广业》，风行一时。事见《（康熙）嘉兴府志》卷十七。

②侑酒：劝酒，为饮酒者助兴。

③沈雨若：沈春泽，字雨若，苏州府常熟（今江苏常熟）人。诗有唐人风格，善画兰。后迁居南京。事略见《（康熙）常熟县志》卷二十。余怀可能记错沈春泽的籍贯，当为常熟籍。

【译文】

　　嘉兴府的姚涑，用十二艘楼船在秦淮河，召集了各处参加科举的一百多知名士人，每艘船上邀请了四个名妓劝酒，设一个戏班，船上灯火通明，奏乐歌唱，这堪称一时间的风月盛事。先前常熟的沈春泽，花了一千两银子评定妓女名次，被江南士人称作艳事。

　　曲中狎客，有张卯官笛，张魁官箫，管五官管子①，吴章甫弦索，盛仲文打十番鼓，丁继之、张燕筑、沈元甫、王公远、宋维章串戏，柳敬亭说书。或集于二李家，或集于眉楼，每集必费百金，此亦销金之窟也②。张卯尤滑稽婉腻，善伺美人喜怒。一日偶忤李大娘，大娘手破其头上骔帽③，掷之于地。卯徐徐拾取，笑而戴之以去。

【注释】

①管子：即觱篥，一种传统的簧管乐器，民间称为"管子"。

②销金之窟：靡费极多的地方。

③骔帽：同"鬃帽"，一种用马鬃或棕、藤编成的帽子，样子如钟状。

【译文】

　　妓坊的狎妓之人，有张卯吹笛，张魁吹箫，管五吹管子，吴章甫弹拨弦乐器，盛仲文打十番鼓，丁继之、张燕筑、沈元甫、王公远、宋维章演戏，柳敬亭说书。他们有时聚集在李大娘或李十娘家，有时聚集在顾媚的眉楼，每次集会肯定要花费百两银子，这真是挥霍钱财的地方。张卯非常幽默心细，善于观察美人的喜怒之情。有一天，他偶然触怒了李大娘，李大娘用手扯破了他头戴的骔帽，将骔帽扔在了地上。张卯将骔帽慢慢地捡了起来，笑着戴在头上离开了。

　　张魁，字修我，吴郡人，少美姿首，与徐公子有断袖之好①。公子官南都府佐②，魁来访之。阍者拒③，口出亵语④，且诟厉⑤。公子闻而仆之，然卒留之署中，欢好无似。移家桃叶渡口，与旧院为邻。诸名妓家，往来相熟，笼中鹦鹉见之，叫曰："张魁官来！阿弥陀佛！"魁善吹箫度曲、打马投壶⑥，往往胜其曹耦⑦。每晨朝，即到楼馆⑧，插瓶花、爇炉香、洗茗片⑨，拂拭琴几，位置衣桁⑩，不令主人知也。以此仆婢皆感之，猫狗亦不厌焉。后魁面生白点风⑪，眉楼客戏榜于门曰："革出花面蔑片一名张魁⑫，不许复入。"魁惭恨，遍求奇方洒削⑬，得芙蓉露，治之良已⑭。整衣帽，复至眉楼，曰："花面定何如？"乱后还吴，吴新进少年，搔头弄姿，持箫抠管⑮，以柔曼悦人者，见魁辄揶揄之，肆为诋诃，以此重穷困。龚宗伯奉使粤东⑯，怜而赈之，厚予之金，使往山中贩茗茶，得息颇厚，家稍稍丰矣。然魁性僻，常自言曰："我大贱相，茶非惠泉水⑰，不可沾唇；饭非四糙冬春米⑱，不可入口；夜非孙春阳家通宵椽烛⑲，不可开眼。"钱财到手辄尽，坐此不名一钱。时人共非笑之⑳，弗顾也。年过六十，以贩茶、卖芙蓉露为业。庚寅、辛卯之际㉑，余游吴，寓周氏水阁，魁犹清晨来插瓶花、爇炉香、洗茗片、拂拭琴几、位置衣桁如曩时。酒酣烛跋^㉒，说青谿旧事^㉓，不觉流涕。丁酉^㉔，再过金陵，歌台舞榭，化为瓦砾之场。犹于破板桥边，一吹洞箫。矮屋中一老姬启户出曰："此张魁官箫声也！"为呜咽久之。及数年，卒以穷死。

【注释】

①徐公子：据文意当指明末曾任南都府佐，即任明应天府丞的徐姓官员。据《（嘉庆）重刊江宁府志》卷二十、《（同治）上江两县志》卷十三，这名官员为徐石麟。徐石麟，字宝摩，号虞求，嘉善（今属浙江）人。明天启二年（1622）进士，崇祯间任应天府丞，后升吏部尚书。断袖之好：指男性之间的同性恋。典出《汉书·佞幸传》："（董贤）为人美丽自喜，哀帝望见，说其仪貌……常与上卧起。尝昼寝，偏藉上袖，上欲起，贤未觉，不欲动贤，乃断袖而起。其恩爱至此。"

②南都府佐：指明应天府官署中的佐治官吏，即府丞、同知之类。

③阍（hūn）者：守门的人。

④亵语：污秽的语言。

⑤诟厉：诟病，指出他人过失而加非议、辱骂。

⑥打马：古代博戏名。投壶：古代宴会礼制。亦为娱乐活动。宾主依次用矢投向盛酒的壶口，以投中多少决胜负，负者饮酒。

⑦曹耦：曹偶，侪辈，同类。

⑧楼馆：指青楼楚馆中的华丽房屋。

⑨芥（jiè）片：芥茶。

⑩衣桁：衣架，挂衣服的横木。

⑪白点风：即白癜风。

⑫蔑片：篾片，犹清客。旧时豪富人家专门帮闲凑趣、图取余润的

门客。

⑬洒削：指去除白癜风。

⑭良已：痊愈。

⑮抧（yè），用手指按压。

⑯龚宗伯：礼部尚书龚鼎孳。

⑰惠泉水：惠山的泉水。惠山，在今江苏无锡西。惠山泉开凿于唐大历年间，相传唐陆羽品定其为"天下第二泉"。

⑱四糙冬春米：冬日春了四次的精白米。

⑲孙春阳：宁波（今属浙江）人。万历中，以应童子试失利，弃举子业，至苏州开南货店，以"孙春阳"为店名。初为小铺，后为大店，分售各类货物。自明至清代中叶不变。清钱泳《履园丛话》卷二四记："苏州皋桥西偏有孙春阳南货铺，天下闻名，铺中之物亦贡上用……惟孙春阳为前明旧业，其店规之严，选制之精，合郡无有也。"椽烛：如椽之烛，指大烛。

⑳非笑：讥笑。

㉑庚寅：清顺治七年（1650）。辛卯：清顺治八年（1651）。

㉒烛跋：烛将燃尽。

㉓青谿：青溪，南京地区古水名。这里代指南京。

㉔丁酉：清顺治十四年（1657）。

【译文】

张魁，字修我，苏州人，年少时面容俊美，和徐公子是同性恋。徐公子任应天府丞，张魁前去拜访他。守门的人拦住他，说话污言秽语，还大声斥责张魁。徐公子听闻这事后杖责守门人，最后将张魁留在了署衙中，两人欢悦之情无人可比。张魁后来搬到了南京桃叶渡口，紧邻旧院。他和旧院的诸位名妓交往熟络，名妓家笼子里的鹦鹉看见他，就叫唤道："张魁官人来了！阿弥陀佛！"张魁善于吹箫作曲、打马投壶，经常能赢过他的同辈。每天清晨，他就到青楼去，在瓶子里插满鲜花，燃起炉子里的香料,泡好芥茶,擦拭干净放琴的几案,放好衣架的位置,不让主人知道。因此,仆人、奴婢都很感激他,小猫小狗都不讨厌他。后来,张魁脸上生了白癜风,眉楼的客人开玩笑地在门上贴榜说:"开除花脸清客张魁一人,不许他再进来。"张魁羞愧憎恨,四处寻觅神奇的药方来除斑,得到芙蓉露,才治好了白癜风。他整理衣帽,又到了眉楼,说:"花脸好了怎么样呢?"易代之后,张魁返回苏州,苏州新来的少年卖弄姿色,吹奏箫管,凭借婉媚姿容以取悦别人,见到张魁就嘲弄他,肆意诋毁,张魁因此再次落魄。龚鼎孳奉命出使广东,路经苏州时怜悯他而予以救济,给了他很多钱,让他去山中贩卖芥茶,他因此赚了很多钱,家里渐渐富足了。但是张魁生性乖僻,曾经说:"我命相不好,茶不是用惠山泉水泡的,不会沾唇;米饭不是四糙冬春米,不会入口;晚上没有孙春阳店里可以烧一整晚的大烛,不会睁开眼睛。"钱财到了手里就花完,因此常身无分文。当时的人都讥笑他,他也毫不在乎。张魁六十岁后,以贩卖茶叶、芙蓉露为生。清顺治七年、八年间,我游历苏州,住在周氏水阁,张魁仍然像过去一样早上来插好瓶子里的鲜花,燃起炉子里的香料,泡好芥茶,擦拭干净放琴的几案,摆好衣架的位置。等到酒喝畅快、蜡烛将燃尽时,他谈起了南京的往事,不知不觉间潸然泪下。顺治十四年,我再次经过南京,发现昔日亭台楼榭,已变成了断壁颓垣。可他仍在破板桥旁边,吹奏起洞箫。低矮的房屋中有一位老妇打开门走出来说:"这是张魁官人的箫声啊!"为此哭了很久。又过了几年,张魁最终因为贫穷去世了。

　　岁丙子①,金沙张公亮、吕霖生、盐官陈则梁、漳浦刘渔仲、雉皋冒辟疆盟于眉楼②。则梁作盟文甚奇,末云:"姓盟不如臂盟③,臂盟不如心盟。"

【注释】
　　①丙子:明崇祯九年(1636)。

②金沙：指镇江府金坛县（今江苏常州金坛区）。明郑若曾《江南经略》卷六下《金坛县境考》："金坛县亦名金沙，在镇江府城东南一百三十里。"张公亮：张明弼，字公亮，参见卷三《冒姬董小宛传》注释。吕霖生：吕兆龙，字霖生，崇祯十三年（1640）进士，授中书舍人。明末上疏不用，返归故里，绝意世事。事见《（康熙）金坛县志》卷十二。陈则梁：陈梁，字则梁，参见卷三《冒姬董小宛传》注释。刘渔仲：刘履丁，字渔仲，参见卷一《徐霞客传》注释。

③牲盟：《板桥杂记》作"牲盟"，杀牲歃血以结盟。臂盟：即割臂盟，庄重的盟誓。

【译文】

明崇祯九年，金坛张明弼、吕兆龙、海宁陈梁、漳浦刘履丁、如皋冒辟疆在眉楼结盟。陈梁写的结盟之文非常奇特，结尾说："杀牲歃血结盟不如割臂而盟，割臂而盟不如同心之盟。"

中山公子徐青君①，魏国介弟也②。家赀钜万，性豪侈，自奉甚丰。广蓄姬妾，造园大功坊侧③，树石亭台，拟于平泉、金谷④。每当夏月，置宴河房，选名妓四五人，邀宾侑酒。木瓜佛手，堆积如山；茉莉珠兰⑤，芳香似雪。夜以继日，把酒酣歌，纶巾鹤氅⑥，真神仙中人也。福王时，加中府都督⑦，前驱班列⑧，呵导入朝⑨，愈荣显矣。乙酉鼎革，籍没田产⑩，遂无立足；群姬雨散，一身孑然，与佣丐为伍，乃至为人代杖。其居第易为兵道衙门⑪。一日，与当刑人约定杖数，计偿若干。受杖时，其数过倍，青君大呼曰："我徐青君也！"兵宪林公骇问左右⑫，有哀王孙者，跪而对曰："此魏国公之公子徐青君也，穷苦为人代杖。此堂乃其家厅，不觉伤心呼号耳。"林公怜而释之,慰藉甚至,且曰:"君尚有非钦产可清还者⑬,本道当为查给,以终余生。"青君跪谢曰:"花园是某自造,非钦产也。"林公唯唯,厚赠遗之,查还其园,卖花石、货柱础以自活⑭。吾观《南史》所记⑮,东昏宫妃卖蜡烛为业⑯。杜少陵诗云⑰:"问之不肯道姓名,但道困苦乞为奴。"呜呼! 岂虚也哉!

【注释】

①中山公子徐青君:《(同治)上江两县志》卷二四上记:"徐宏基字六岳,应天人,中山王十世孙……嗣子天爵字青君。天爵,于鼎革后或云北去,或云隐遁不知所终。"据此知,徐天爵,字青君,中山王徐达十一世孙。

②魏国:指第十一代魏国公,有徐文爵、徐允爵、徐州爵等不同说法。

③大功坊:在今南京瞻园附近。明太祖朱元璋赐瞻园为徐达王府,并于府邸左右各立一坊,名大功坊。

④平泉:平泉庄,唐李德裕游息的别庄。宋张洎《贾氏谈录》:"李德裕平泉庄,台榭百余所,天下奇花异草,珍松怪石,靡不毕具。"金谷:金谷园,晋石崇于金谷涧中所筑的园馆。

⑤珠兰:真珠兰的省称,即金粟兰。以其蓓蕾如珠,故名。

⑥纶巾:冠名。古代用青色丝带做的头巾。鹤氅(chǎng):鸟羽制成的裘,泛指华贵的外套。

⑦中府都督:南京中军都督。明设有中、前、后、左、右五军都督府,每府设左、右都督。

⑧班列:班次,行列。《板桥杂记》作"班剑",指官员出行时仪仗队所执有纹饰的剑。

⑨呵导:呵道。官员外出时,引路差役喝令行人让路。

⑩籍没：登记所有的财产，加以没收。

⑪兵道衙门：指江宁兵备道衙署，在魏国公西圃，后归为江宁布政使司署。

⑫兵宪林公：林天擎，字玉础，辽东盖州（今辽宁盖州）人。清顺治五年（1648）分守江宁兵备道（《（乾隆）江南通志》卷一〇六）。

⑬钦产：指皇帝钦赐的产业。清朝籍没明皇室赏赐臣子的产业，收归清政府所有。

⑭花石：有多种色彩和花纹的石头。柱础：承柱的础石。

⑮《南史》：唐李延寿编撰的纪传体史书，共八十卷。上起宋武帝刘裕永初元年（420），下迄陈后主陈叔宝祯明三年（589），记载南朝宋、齐、梁、陈四国一百七十年的史事。

⑯东昏：南朝齐皇帝萧宝卷，本名萧明贤，字智藏，齐明帝次子。凶暴嗜杀，科敛无度，穷极奢丽。后萧衍起兵襄阳，进围建康，他被所属将领杀死。追废为东昏侯。南朝齐东昏侯宫妃卖烛事未见史书传载，应为北齐后主高纬后妃卖烛事。《隋书·五行志》记北齐"后主果为周所败，被虏于长安而死，妃后穷困，至以卖烛为业"，余怀误记。

⑰杜少陵：即杜甫，后引"问之不肯道姓名，但道困苦乞为奴"出自杜甫《哀王孙》。

【译文】

　　中山公子徐天爵，是末代魏国公的弟弟。他家财万贯，性格豪放奢侈，日常花费极多。他添置了很多妾室，在大功坊旁边建造园林，树木石头亭子台阁，模仿平泉庄、金谷园。每当到了夏季，他便在秦淮河边的房子里置办宴席，每天挑选四五个名妓，待客劝酒。木瓜、佛手，堆积如山；茉莉、金粟兰，雪白芳香。夜以继日，喝酒唱歌，戴着纶巾穿着鹤氅，逍遥自在真像神仙啊。南明福王时，徐天爵任南京中军都督，有仪仗队走在前列，为他开路前去上朝，他更加荣耀尊贵。顺治二年南京陷落，没收了徐家的财产田地,他于是贫无立锥之地;众姬妾纷纷散去,只剩他孤身一人,沦落到和佣仆、乞丐相伴,甚至替别人受杖刑的地步。他的住处也被改成了兵道衙门。一天,他和受刑人约定好了受杖打的数目及报酬若干。受刑时,杖打次数远远超过了约定次数,徐天爵大声呼喊:"我是徐天爵啊!"江宁兵备道林天擎惊讶地向左右侍从询问,有哀怜徐天爵王公贵胄身份的人,下跪回禀道:"这是魏国公的儿子徐天爵,因贫困所以替人受杖刑。这个大堂原是他家的客厅,所以不由得伤心呼喊。"林天擎因怜悯而放了他,对他恳切安慰,而且说:"你如果还有不属于明代皇帝赏赐而可以返还的财产,我会为你查清返还,让你得以安度余年。"徐天爵跪下感谢道:"花园是我自己建造的,不是御赐财产。"林天擎答应了他,赠给他很多钱,查清此事后便返还了他的花园,徐天爵于是售卖花园中的花石和承柱的础石来养活自己。我看《南史》所记载,东昏侯的妃妾以卖蜡烛为生。杜甫有诗云:"问之不肯道姓名,但道困苦乞为奴。"唉!哪里说的是虚妄之事呢?

　　同人社集松风阁①,雪衣、眉生皆在,饮罢,联骑入城②,红妆翠袖③,跃马扬鞭,观者塞途。太平景象,恍然心目。

【注释】
①松风阁:在南京雨花台附近。《(乾隆)江宁新志》卷十记"张庄节公祠,祀明太子少保左都督张公可大,在雨花台松风阁"。
②联骑:连骑,并乘。
③红妆:女子的盛妆。因妇女妆饰多用红色,故称。也指美女。翠袖:青绿色衣袖。泛指女子的装束。亦指女子。
【译文】
　　文士们在松风阁集会,李十娘、顾媚都参加了集会,饮酒结束,一起骑马进城,美女盛装,挥舞马鞭策马奔驰,观看的人挤满了道路。太平时代的盛景，恍然间浮现在我的眼前。

　　丁继之扮张驴儿娘^①，张燕筑扮宾头卢^②，朱维章扮武大郎^③，皆妙绝一世。丁、张二老，并寿九十余。钱虞山《题三老图》诗末句云^④："秦淮烟月经游处，华表归来白鹤知^⑤。"不胜黄公酒垆之叹^⑥。

【注释】

①张驴儿娘：《金锁记》中的角色。丁继之常在秦淮歌场中客串演戏，扮丑、净角色，擅长演《金锁记》中"说穷""羊肚"中的张驴儿娘以及《水浒记》中的赤发鬼刘唐等。

②宾头卢：即宾头卢尊者，罗汉之一。

③武大郎：《水浒传》中的角色，为人老实忠厚，又懦弱无能，靠卖炊饼为生，后被其妻潘金莲毒死。

④《题三老图》：诗名《题金陵三老图》，见钱谦益《牧斋有学集》卷一。金陵三老，指闽中黄居中（海鹤）、越中薛冈（千仞）、吴中张鬐（玄箸），读书谈道，侨居金陵。

⑤华表归来白鹤知：《搜神后记》记："丁令威，本辽东人，学道于灵虚山，后化鹤归辽，集城门华表柱。时有少年，举弓欲射之，鹤乃飞，徘徊空中而言曰：'有鸟有鸟丁令威，去家千年今始归。城郭如故人民非，何不学仙冢累累。'"后以"华表鹤""鹤归华表"感慨世事的变迁。

⑥黄公酒垆之叹：指朋友聚饮、抒发物是人非感叹的场所，也用作伤逝怀旧之辞。语出《世说新语·伤逝》："（王濬冲）乘轺车经黄公酒垆下过，顾谓后车客：'吾昔与嵇叔夜、阮嗣宗共酣饮于此垆……自嵇生夭、阮公亡以来，便为时所羁绁。今日视此虽近，邈

若山河。'"

【译文】

丁继之扮演张驴儿娘,张燕筑扮演宾头卢罗汉,朱维章扮演武大郎,表演都精妙绝伦。丁继之、张燕筑两位老人家,都活到了九十多岁。钱谦益《题金陵三老图》诗最后一联写道:"秦淮烟月经游处,华表归来白鹤知。"使人难以承受这物是人非的感慨。

无锡邹公履游平康①,头戴红纱巾,身着纸衣,齿高跟履,佯狂沉湎,挥斥千黄金不顾。初场毕,击大司马门鼓②,送试卷。大合乐于妓家,高声自诵其文,妓皆称快。或时阑入梨园,氍毹上为"参军鹘"也③。

【注释】

①邹公履:邹德基,字公履,号二樗,又号磨蝎居士,无锡(今属江苏)人。明末清初书画家。放纵不羁,行事与众不同。

②大司马门:东晋及南朝建康宫的正南门。《(康熙)江宁县志》卷三:"晋康帝因吴苑城筑新宫,正门曰大司马门,今西华门大街当是其处。南对都城之宣阳门二里,今中正街府军营内小桥当是其处。"清代时,其地为西华门大街附近,邻近江南贡院大门,故此处指江南贡院门。

③氍毹(qú shū):毛织地毯,旧时演剧用红氍毹铺地。代指舞台。参军鹘:参军戏的两个角色中,被戏弄者名"仓鹘",戏弄者叫"参军"。参军戏原称"弄参军",是流行于唐宋时的一种表演形式,主要由参军、仓鹘两个角色作滑稽的对话和表演,以讽刺时政或社会现象,起源于秦汉的俳优,宋时也称为杂剧,角色亦有所增加。

【译文】

无锡的邹德基逛妓院,头上戴着红纱巾,身上穿着纸制的衣服,脚上穿着有齿的高跟木鞋，假装发狂沉湎其中，豪掷千金也不在乎。他参加完第一场科考，敲击江南贡院门前的鼓，呈送试卷。在妓院里奏乐欢聚，大声诵读自己的文章，妓女们都跟着拍手称快。有时擅自进入戏园，在舞台上演参军戏。

柳敬亭①，泰州人，本姓曹，避仇流落江湖，休于树下，乃姓柳。善说书②，游于金陵，吴桥范司马、桐城何相国引为上客。常往来南曲，与张燕筑、沈公宪俱。张、沈以歌曲，敬亭以弹词，酒酣以往，击节悲吟，倾靡四座，盖优孟、东方曼倩之流也③。后入左宁南幕府，出入兵间。宁南亡败，又游松江马提督军中④，郁郁不得志。年已八十余矣，间遇余侨寓宜睡轩，犹说《秦叔宝见姑娘》也⑤。

【注释】

①柳敬亭：可参见卷二《柳敬亭传》。下文范司马、何相国、左宁南，均参见卷二《柳敬亭传》注释。

②说书：表演评书、评话、弹词等。

③优孟：春秋楚国以戏谑为业的优伶。常谈笑讽谕，曾谏止楚庄王以大夫礼葬马；又善模仿，着楚相孙叔敖衣冠见楚王，让楚王难以分辨。《史记·滑稽列传》有传。

④马提督：马逢知，原名进宝，字惟善。明末清初山西隰州（今山西隰县）人。初为明安庆副将、都督同知。清顺治二年（1645）降清，加总兵衔。隶镶白旗汉军，改正蓝旗。累官苏松常镇提督。顺治十四年（1657），诏改名逢知。郑成功攻江宁，拥兵不救，以通敌罪被杀。柳敬亭入马逢知军营，可参见吴伟业《楚两生行并序》记"柳生近客于云间帅，识其必败，苦无以自脱，浮湛敖弄，在

军政一无所关,其祸也幸以免"(《梅村集》卷五)。

　　⑤《秦叔宝见姑娘》:弹词,故事内容可见《隋唐演义》第十三、十四回。

【译文】

　　柳敬亭,泰州人,本来姓曹,为躲避仇家而流落四方,因在柳树下休息,于是改姓柳。他擅长说书,游历于南京,被吴桥人兵部尚书范景文、桐城人大学士何如宠奉为贵客。他经常往来于妓院,和张燕筑、沈公宪一起玩乐。张燕筑、沈公宪唱歌,柳敬亭弹词,喝酒尽兴之后,打着拍子悲声吟唱,令四座之人倾倒,大概像优孟、东方朔之类的人吧。后来进入宁南伯左良玉的幕府,进出军营之间。左良玉败亡之后,他又游幕松江提督马逢知军队中,郁郁不欢,襟抱难抒。他八十多岁后,时而来找我,寄居在我的宜睡轩里,还说演《秦叔宝见姑娘》。

　　莱阳姜如须①,游于李十娘家,渔于色,匿不出户。方密之、孙克咸,并能屏风上行②。漏下三刻③,星河皎然,连袂闲行④,经过赵李,垂帘闭户,夜人定矣⑤。两君一跃登屋,直至卧房,排阒哄张⑥,势如贼盗。如须下床,跪称:"大王乞命! 毋伤十娘!"两君掷刀大笑,曰:"三郎郎当⑦! 三郎郎当!"复呼酒极饮,尽醉而散。盖如须行三。如须高才旷代,偶效樊川⑧,略同谢傅⑨。秋风团扇⑩,寄兴扫眉⑪,非沉溺烟花之比。聊记一则,以存流风余韵云尔。

【注释】

　　①莱阳姜如须:姜垓,字如须,号仡石山人。参见卷一《姜贞毅先生传》注释。姜垓与下文方密之(字以智)交好,方以智曾撰《祭姜如须文》悼念他。陈维崧亦曾撰文《祭姜如须文》(《陈迦陵文集》卷六)。

②屏风上行：在屏风上行走，形容身轻如燕，能飞檐走壁。佚名《群书通要》乙集卷五记"李泌少时身轻，能屏风上行，薰笼上立"。

③漏下三刻：古代计时漏壶的箭尺上有100个刻度（汉代有120个刻度），一刻度约为14分钟多，如果从晚上七点漏下，三刻当指初夜。

④连袂：即"联袂"，衣袖相联，喻携手偕行。

⑤人定：夜深人静时。

⑥排闼：推门，撞开门。哄张：吵闹。

⑦三郎郎当：指三郎潦倒。典出宋罗大经《鹤林玉露》："明皇自蜀还京，以驼马载珍玩自随。明皇闻驼马所带铃声，谓黄幡绰曰：'铃声颇似人言语。'幡绰对曰：'似言三郎郎当，三郎郎当也！'明皇愧且笑。"三郎，唐明皇小名，因排行第三而得名。郎当，潦倒，狼狈。

⑧樊川：指唐代诗人杜牧。杜牧别业樊川，有《樊川集》。

⑨谢傅：谢安，字安石，东晋陈郡阳夏（今河南太康）人。死后被追赠太傅，故称。

⑩秋风团扇：又作"秋风纨扇"，指秋日凉风至，扇子遂弃置不用。文人常写入诗中，以喻女子色衰失宠。汉班婕妤《怨歌行》："新裂齐纨素，皎洁如霜雪。裁为合欢扇，团团似明月。出入君怀袖，动摇微风发。常恐秋节至，凉风夺炎热。弃捐箧笥中，恩情中道绝。"

⑪扫眉：即"扫眉才子"，指有文才的女子。

【译文】

莱阳的姜埰，去李十娘家游逛，沉迷美色，藏在她家足不出户。方以智、孙临皆身轻如燕，能行走在屏风上。一天，初夜之时，银河明亮，他们一起偷偷出行，经过妓坊，只见妓坊放着帘子关着门，已是夜深人静。两个人一下子跳进房内，径直到了李十娘的卧室，推门大声喧哗，气势像盗贼一样。姜埰从床上下来，跪地喊叫："大王饶命！不要伤害李十娘！"两个人扔掉刀大声笑，说："三郎郎当！三郎郎当！"又叫来酒一起畅饮，大醉后才散去。因为姜垓在家排行第三，所以以"三郎郎当"来调笑他。姜垓才智过人世间罕有，偶尔效仿杜牧，和谢安的风韶大致相同。文士赋诗秋风团扇，借多才女子而寄寓情趣，这不是沉迷于妓女美色之流能相比的。姑且记载这样一个故事，以此留存前人的风流韵事吧。

　　陈则梁，人奇文奇，举体皆奇。尝致书眉楼，劝其早脱风尘，速寻道伴①，言词切至。眉楼遂择主而事，诚以惊弓之鸟，遽为透网之鳞也②。扫眉才子，慧业文人③，时节因缘，不得不为延津之合矣④。

【注释】

①道伴：指志同道合的伙伴、伴侣。陈梁曾致书冒辟疆自陈他劝告顾媚寻道伴之事，"我力劝彼出风尘，寻道伴，为结果计。辟疆相见，亦以此语劝之"（《同人集》卷四）。

②透网之鳞：穿透渔网的鱼。语见董其昌《画诀》："若能解脱绳束，便是透网鳞也。"

③慧业文人：指有文学天才并与文字结为业缘的人。

④延津之合：又作"延津剑合"，相传晋时龙泉、太阿两剑在延津会合，化龙而去。后用以比喻因缘会合。凌濛初《二刻拍案惊奇》卷三："方知两剑分而复合，以此变化而去也。至今人说因缘凑巧，多用'延津剑合'故事。"

【译文】

　　陈梁，人奇文奇，浑身都奇。他曾经给顾媚写信，劝她早日脱离风月场，赶快寻找一个伴侣，言辞非常恳切。顾媚于是择人而嫁，确实从惊弓之鸟，很快变为了穿透渔网的鱼。顾媚是有文才的女子，龚鼎孳是有文学慧根的文士，两人恰好遇到结合的时机，就那么结成了因缘会合的伴侣。

十七八女郎，歌"杨柳岸晓风残月①"，若在曲中，则处处有之，时时有之。予作《忆江南》词云："江南好景本无多，只在晓风残月下。"思之只益伤神，见之不堪回首矣！沈公宪以串戏擅长，同时推为第一。王式之中翰、王恒之水部，异曲同工，游戏三昧②，江总持、柳耆卿③，依稀再见，非如吕敬迁、李仙鹤也④。

【注释】

①杨柳岸晓风残月：语出宋柳永《雨霖铃·寒蝉凄切》："今宵酒醒何处？杨柳岸晓风残月。"意指只有在杨柳岸边，面对凄厉的晨风和黎明的残月了。这是用景色来写柳永酒醒后的心境，也是他漂泊江湖的感受。宋俞文豹《吹剑续录》记载对比苏、柳之词，说："柳郎中词，只合十七八女郎，执红牙板，歌'杨柳岸晓风残月'。"

②游戏三昧：原为佛家语，佛家谓自在无碍，不失定意。后指得趣于某事或懂得其中奥妙而以游戏出之。

③江总持：江总，字总持，南朝陈济阳考城（今河南民权东北）人。陈后主时，日与后主游宴后庭，多为艳诗，号为狎客。入隋，为上开府。善作文，尤长于五言、七言诗，然多浮艳之作。柳耆卿：柳永，字耆卿，原名三变，宋建州崇安（今福建武夷山）人，排行第七，世称柳七。宋仁宗景祐进士。授睦州推官。官至屯田员外郎，世号柳屯田。词作多抒羁旅行役之情及描写歌妓生活，以慢词独多，语言通俗，音律谐婉，流行于时。有《乐章集》。

④吕敬迁、李仙鹤：唐代艺人，善演参军戏。段安节《乐府杂录》："开元中有李仙鹤善此戏，明皇特授韶州同正参军，以食其禄。是以陆鸿渐撰词云'韶州参军'，盖由此也。……咸通以来，即有范传康、上官唐卿、吕敬迁等三人。"

【译文】

十七八岁的女子唱"杨柳岸晓风残月"，如果在妓院，会到处看到这种场景，每时每刻听到唱曲之声。我写《忆江南》词云："江南好景本无多，只在晓风残月下。"想起来后只是更加伤心，见到后也不忍心回忆往昔之事！沈公宪擅长演戏，当时的人将他列为第一。中书舍人王式之、都水司王恒之，演戏也有异曲同工之效，他们能在游戏中领悟其中的要义，依稀可见到类似江总、柳永的风范，不同于吕敬迁、李仙鹤之类。

乐户有妻有妾①，防闲最严，谨守贞洁，不与人客交语。人客强见之，一揖之外，翻身入帘也。乱后，有旧院大街顾三之妻李三娘者，流落江湖，遂为名妓。忽为匪类所持，暴系吴郡狱中。余与刘海门、梦锡兄弟②，及姚翼侯、张鞠存极力拯之③，致书司李李蠖庵④，仅而得免。然亦如严幼芳、刘婆惜⑤，备受笞楚决杖矣⑥。三娘长身玉色，倭堕如云⑦，量洪善饮，饮至百觚不醉。时辛丑中秋之际⑧，庭兰盛开，置酒高会，黄兰丛及玉峰女士冯静容偕来⑨。居停主人金叔侃，尽倾家酿，分曹角胜⑩，轰饮如雷，如项羽、章邯巨鹿之战⑪，诸侯皆作壁上观。饮至天明，诸君皆大吐，静容亦吐，鬓鬟委地。或横卧地上，衣履狼藉。惟三娘醒，然犹不眠，倚桂树也。兰丛贾其余勇⑫，尚与翼侯豁拳⑬，各尽三四大斗而别。嗟乎！俯仰岁月之间，诸君皆埋骨青山，美人亦栖身黄土，河山邈矣，能不悲哉！

【注释】

①乐户：专门从事吹弹歌唱的人，名隶乐籍，户称"乐户"。

②刘海门、梦锡兄弟：刘海门、刘梦锡兄弟。刘海门指刘余瑺，刘梦锡指刘余瑰。检方孝标《金叔侃招饮桂花下依韵和澹心（刘海门、姚翼侯携静容、湘疑二较书至）》："倚棹吴门遇小怜，故人招我醉秋烟。刘兼姚合俱诗骨，携得琴心满玳筵"（《钝斋诗选》卷二二），则刘海门与余怀、方孝标、姚翼侯熟识，当是明末清初人。龚鼎孳《刘海门冏卿观察通密》（《定山堂集》卷二三），冏卿为太仆寺卿的别称，即刘海门当任太仆寺卿，后又任通州、密州观察；而考《（康熙）畿辅通志》卷十六《职官志》、《（康熙）通州志》卷六，担任通州观察的刘姓官员有顺治六年（1649）任辽东人刘应锡、顺治十一年（1654）任江南人刘余慧。又考《（民国）奉天通志》卷一九六等，刘应锡由大名知府任通州兵备道，而江南人刘余慧则由太仆寺少卿任通密道按察使副使（见《顺治实录》卷八十），则刘海门为刘余慧。据《顺治实录》"刘余慧"当作"刘余瑺"，江南怀宁（今安徽安庆）人，父刘若宰（《（康熙）安庆府志》卷二十）。又《（康熙）望江县志》卷十二《艺文诗》载"刘余瑰字梦锡，怀宁人"，号鹤山，康熙十三年（1674）任诸暨知县（《（乾隆）诸暨县志》卷十六），祖父刘景孟曾任山阴知县（《（乾隆）诸暨县志》卷二十）。考《（康熙）安庆府志》卷十六，刘尚志字士行，号景孟，曾任山阴知县，子十二，有子刘若宰，"参藩余瑺、给谏余谟其孙也"，则刘余瑺、刘余瑰皆为刘尚志（号景孟）之孙，为兄弟也。

③姚翼侯：姚文燕，字翼侯，号小山，桐城（今属安徽）人。清顺治十八年（1661）进士，任江西德安知县。康熙十四年（1675），都御史降任主事，未任而卒。事见《（康熙）安庆府志》卷十五、《（道光）续修桐城县志》卷十二。张鞠存：应作"张鞠存"。张新标，字鞠存，号淮山，山阳（今江苏淮安）人。清顺治六年（1649）进士，授中书舍人，又任吏部考功主事，因失察贬黑水监驿丞。事见

《（乾隆）淮安府志》卷二二、《（同治）重修山阳县志》卷十三。

④李蠓庵：李壮，号蠓庵，济宁（今属山东）人。兵科给事中李用质之子。清顺治十五年（1658）进士，康熙元年（1662）任苏州府理刑推官，后任京山知县。事见《（同治）苏州府志》卷五五、《（道光）济宁直隶州志》卷八。

⑤严幼芳：严蕊，字幼芳，南宋天台营妓。台州知州唐仲友曾命其赋《如梦令》词，后有人告其与严蕊有私，时朱熹任提举两浙东路常平茶盐公事，遂将严蕊以伤风化罪投牢查办。后岳霖继任，严蕊赋《卜算子》词以自白，遂判令出狱，脱籍从良。刘婆惜：即刘婆惜，元末明初抚州临川（今江西抚州临川区）人。歌舞名妓。曾偕其情人宵遁，事觉决杖。可参见《青楼集》。

⑥笞楚：指用棍杖抽打，引申为拷打。决杖：处以杖刑。用大荆条或棍棒抽击人的背、臀或腿部。

⑦倭堕：倭堕髻，古代妇女的一种发式，发髻向额前俯偃。如云：发美长貌。

⑧辛丑：清顺治十八年（1661）。

⑨玉峰女士冯静容：冯静容，名妓，《姤史》卷五五引《悔庵沙语》："冯静容江上名姬也，尝登场演剧，一座倾靡。"

⑩分曹：分对，犹两两。

⑪巨鹿之战：秦末项羽率领数万楚军同秦将章邯、王离所率秦军在巨鹿（今河北平乡）进行的一场战役。最终项羽获胜，秦军主力尽丧，加速了秦朝的灭亡。

⑫余勇：未尽的勇气和力量。

⑬豁拳：饮酒时的一种博戏。两人同时喊数并伸出拳指，以所喊数目与双方伸出拳指之和数相符者为胜，败者罚饮。

【译文】

妓院的乐户有妻子，也有妾室，男女界限最为严格，严格奉行贞操观,不和客人交谈。纵使客人强迫她们见面,她们行礼之后,就会转身进入帘子后面。明亡之后,南京旧院大街顾三的妻子李三娘,流落江湖,而后成了名妓。她被行为不端者所挟持,猝然被关进苏州的大牢里。我和刘余瑮、刘余瑅兄弟,还有姚文燕、张新标全力救她,给苏州府理刑推官李壮写信,仅仅使她得以免死。但是她也和严蕊、刘婆惜一样,受尽拷打和杖刑。李三娘身材修长、容貌俊美,倭堕髻长而美,酒量大,善于饮酒,能喝一百杯都不醉。顺治十八年的中秋节,院子里兰花盛开,她设酒举行盛大宴会,黄兰丛和玉峰女士冯静容联袂而来。寓所的主人金叔侃,倾尽家中美酒,客人两两较量,狂饮闹酒的声音像打雷一样,又仿佛项羽和章邯在巨鹿大战,旁人都在局外观看。喝到天亮,众人纷纷呕吐,冯静容也吐了,她的头发拖在地上。有的人横躺在地上,衣服鞋子散乱堆积。只有李三娘醒着,但是仍不睡觉,倚靠在桂树上。黄兰丛逞勇奋战,还在和姚文燕划拳,各自喝了三四大斗才离去。唉! 在短暂的时间里,诸位故友都埋骨青山,美人也都栖身黄土,山河邈远,怎么能不让人悲伤呢?

　　李贞丽者①,李香之假母,有豪侠气,尝一夜博输,千金立尽。与阳羡陈定生善②。香年十三,亦侠而慧,从吴人周如松受歌③,《玉茗堂四梦》皆能妙其音节④,尤工琵琶。与雪苑侯朝宗善,阉党阮大铖欲纳交于朝宗⑤,香力谏止,不与通。朝宗去后,有故开府田仰以重金邀致香⑥,香辞曰:"妾不敢负侯公子也。"卒不往。盖前此大铖恨朝宗,罗致欲杀之,朝宗逃而免,并欲杀定生也,定生大为锦衣冯可宗所辱⑦。

【注释】

①李贞丽:可参见卷十三《李姬传》。

②陈定生:陈贞慧,字定生,明末清初宜兴(今属江苏)人。参见卷

十三《李姬传》注释。

③周如松：苏昆生的原名。《桃花扇》卷一第二出："苏昆生，本姓周，是河南人，寄居无锡。"精通音律，善歌，为著名昆曲教习。明亡后，流落苏州。

④《玉茗堂四梦》：传奇剧本集，一作《临川四梦》。明代汤显祖所作《紫钗记》《牡丹亭》《南柯记》《邯郸记》四个作品的合集。《牡丹亭》亦名《还魂记》。

⑤阉党阮大铖：阮大铖在明天启时谄附魏忠贤。崇祯时，名列魏党逆案，废斥十七年，故称阉党。

⑥故开府田仰：指明巡抚田仰，参见卷十三《李姬传》注释。

⑦冯可宗：南明时曾任锦衣卫都督。据王士禛《池北偶谈》卷六，冯氏为青州冯起震第二子，其兄为给事中冯可宾。南明时依附阮大铖等，清顺治二年（1645）死于金陵。

【译文】

李贞丽，是李香的鸨母，为人豪侠好义，曾经整夜赌博输钱，顷刻散尽千两银子。她和宜兴的陈贞慧交好。李香十三岁时，亦是豪侠而聪慧，她跟从吴人苏昆生学唱歌，能妙悟《玉茗堂四梦》的节奏，尤其擅长弹琵琶。她和侯方域相好，阮大铖想要结交侯方域，李香极力劝阻侯方域不和他交往。侯方域离开南京后，明巡抚田仰用重金邀请李香，李香推辞说："我不敢背叛侯公子。"最终没有前往。在此之前阮大铖记恨侯方域，罗织罪名想要杀他，侯方域逃走而免于一死，阮大铖也想要杀陈定生，陈定生在狱中备受锦衣卫冯可宗的凌辱。

云间才子夏灵胥作《青相篇》①，寄武塘钱潄广②，末段云："二十年来事已非，不开画阁锁芳菲。那堪两院无人到，独对三春有燕飞。风弦不动新歌扇，露井横飘旧舞衣。花草朱门空后阁，琵琶青冢恨明妃③。独有青楼旧相识，蛾眉零落头新白。梦断何年行雨踪,情深一调留云迹。院本伤心正德词,乐府销魂教坊籍。为唱当时《乌夜啼》,青衫泪满江南客④。"观此可以尽曲中之变矣,悲夫! 以上纪《轶事》。

【注释】

①夏灵胥:《板桥杂记》作"夏灵首"。据所引诗篇知指夏完淳,原名复,字存古,号灵首,明松江府华亭(今上海松江区)人。七岁能诗文,十四岁从父及陈子龙参加抗清活动。事败被捕下狱,赋绝命诗,遗母与妻,临刑神色不变。有《南冠草》《续幸存录》等。《青相篇》:为"《青楼篇》"之误。诗名作《青楼篇与漱广同赋》,见于《夏内史集》卷九。

②武塘钱漱广:钱熙,字漱广,嘉善(今属浙江)人。夏完淳岳父钱栴之子,与夏完淳交好,同时遇害于南京。钱熙为夏完淳妻兄,李聿求《鲁之春秋》卷十三记夏完淳"妻钱氏,栴女,与其姑皆削发为尼"。

③琵琶青冢恨明妃:明妃,汉元帝宫人王嫱,字昭君,晋代避司马昭讳,改称明君,后人又称之为明妃。此句喻王昭君远嫁异域的幽怨别恨。

④青衫泪满江南客:白居易《琵琶行》:"凄凄不似向前声,满座重闻皆掩泣。座中泣下谁最多,江州司马青衫湿。"因以"司马青衫泪"用为洒泪多情之典。

【译文】

松江才子夏完淳撰写《青楼篇》,寄给嘉善的钱熙,最后一段是:"二十年来事已非,不开画阁锁芳菲。那堪两院无人到,独对三春有燕飞。风弦不动新歌扇,露井横飘旧舞衣。花草朱门空后阁,琵琶青冢恨明妃。独有青楼旧相识,蛾眉零落头新白。梦断何年行雨踪,情深一调留云迹。院本伤心正德词,乐府销魂教坊籍。为唱当时《乌夜啼》,青衫泪满江南客。"阅读这段诗句可以看尽妓坊的变迁,悲哀啊! 以上记《轶事》。

附录:盒子会

沈周作《盒子会辞》[①],其序云:"南京旧院,有色艺俱优者,或二十、三十姓,结为手帕姊妹[②]。每上灯节[③],以春檠、巧具、殽核相赛[④],名'盒子会'。凡得奇品为胜,输者罚酒酹胜者。中有所私,亦来挟金助会,厌厌夜饮[⑤],弥月而止[⑥]。席间设灯张乐,各出其技能,赋此以识京城乐事也。"辞云:"平乐灯宵闹如沸,灯火烘春笑声内。盒盦来往斗芳邻,手帕绸缪通姊妹。东家西家百络盛,装殽饤核春满檠。豹胎间挟鲤冰脆[⑦],乌榄分梬椰玉生[⑧]。不论多同较奇有,品里输无倒赔酒[⑨]。呈丝逞竹会心欢,褒钞稗金走情友[⑩]。哄堂一月自春风,酒香人语百花中。一般桃李三千户,亦有愁人隔墙住。"

【注释】

①沈周:字启南,号石田,又号白石翁,明苏州府长洲(今江苏苏州)人。明代书画家,画取法宋元诸家,自成一家,为一代大师,是明代中期文人画"吴派"的开创者,又与唐寅、文徵明、仇英并称明吴门四大家。不应科举,专事诗文、书画,有《客座新闻》《石田集》《石田诗钞》《石田杂记》等。《盒子会辞》,《耕石斋石田集·盒子会辞》自注"弘治己酉",即著于明弘治二年(1489)。

②手帕姊妹:指妓女结拜成姐妹。

③上灯节：《耕石斋石田集·盒子会辞》作"上元节"。

④春檠（qíng）：即果菜之品。关于"春"字，明徐咸《西园杂记》云："肴馔之具曰'春盘'，果菜之品曰'春盛'，又曰'春橀'，曰'春檠'，酒曰'春酒'，饼曰'春饼'，茶曰'春茗'，菜曰'春蔬'，皆春时燕乐之具，他时则无有也。"殽（yáo）核：肉类和果类食品。殽，通"肴"。

⑤厌厌：安乐貌。

⑥弥月：整月。

⑦豹胎：豹的胎盘，为珍贵的肴馔。鲤：《盒子会辞》《板桥杂记》作"鳢"。

⑧乌榄：橄榄的一种。仁肥大，有纹。檰：《盒子会辞》作"搀"。

⑨倒：清康熙刻本高士奇《天禄识余》卷六引《盒子会辞》作"倒"，沈周《石田诗选》卷十《盒子会辞》、《板桥杂记》作"例"。

⑩襄钞稗金：《板桥杂记》作"哀钞裨金"，《盒子会辞》作"襄钞裨金"。

【译文】

沈周写了《盒子会辞》，诗序写道："南京的旧院，有容貌、才艺俱佳的女子，二十或者三十个人，结拜为姐妹。每年到了上灯节，用果菜、奇巧之物、各种佳肴来比赛，叫作'盒子会'。凡是有奇物的为赢家，输的人被惩罚给赢家斟酒。如果心中钟情旧院之人，也会拿着钱来资助盒子会，欢乐的夜饮活动，会持续一个月才结束。酒席间张灯奏乐，各自展示技艺，我撰写此篇来记载南京的欢乐之事。"诗记："平乐灯宵闹如沸，灯火烘春笑声内。盒奁来往斗芳邻，手帕绸缪通姊妹。东家西家百络盛，装殽钉核春满檠。豹胎间挟鲤冰脆，乌榄分檰椰玉生。不论多同较奇有，品里输无倒赔酒。呈丝逞竹会心欢，襄钞稗金走情友。哄堂一月自春风，酒香人语百花中。一般桃李三千户，亦有愁人隔墙住。"

中华经典名著
全本全注全译丛书
（已出书目）